收穫

冬卷

A LITERARY BIMONTHLY HARVEST

二〇二三

长篇小说

上海文艺出版社

目录 冬卷

2 云落图
　289 参差人间的春醒时刻　　张　楚
　296 《云落图》的多重纹理　　黄德海
　　　　　　　　　　　　　　　　杨　毅

308 国宝·山鸣谷应
　454 史诗的『误读』：普通人的命运与民族文化精神　　祝　勇
　　　　　　　　　　　　　　　　　　　　　　　　　　傅逸尘

466 水边的万玛才旦　　龙仁青

494 成为一个不被别人忘掉的作家就够了　　余　华
　　　　　　　　　　　　　　　　　　　　　　魏冰心

云落图

张 楚

第一章　抵　达

"姐，不冷，我。"天青笑着抻了抻那条丹桂色亚麻披肩，麻利地搭在郭姐的肩膀上。她看上去像一只正在放哨的非洲狐獴。

"累不？姐晚上请你吃驴肉，听说最火的那家'常记驴肉馆'，得提前订位呢。"

天青睐眼盯着庭院。桃影浮印燕剪绿风。桃树的旁侧是细脚樱桃，大约五六丛也有了，肃然伶仃，簇白花褶从浅绿枝条中诺诺着挣脱，随时被风吹破的样子。树下踱着几只肥芦花鸡，咕咕咕咕地刨着松腥的泥土，泥土里不时蹿爬出惊惶的蚰蜒。

"好多年没吃驴肉了，"天青瞥了眼手背上的瓢虫，"天上龙肉，地下驴肉。"

"我家养了两条龙，得空给你清蒸了。"郭姐拧了拧他脸颊，"甭跟这儿装深沉啦，出都出来了，好好玩呗。自打一下了火车，你就魂不守舍的。"

"哪儿啊。"天青咳嗽了两声，他咳嗽时肩胛骨犹如两只细弱无羽的翅膀轻柔地抖索。郭姐嘟囔道："瘦得跟老豺狗似的。"随手将香烟从他嘴里拽出，弹地上抬脚踩了踩。天青瞄了她一眼，俯身捡起烟头，窸窸窣窣地从裤兜掏出个坠饰大小的不锈钢烟灰缸，将烟头挤进去。他深深地吸了口气，鼻孔里满是桃蕊、腥泥、臭海蛎、鸡粪、铁粉以及纸浆颗粒混淆的气味。这气味让他……心慌气短。

他从来没想过会随团来云落县。如果不是郭姐替他报了名，他也不会知道北京原来有那么多形形色色的"灵修团"。郭姐说，他们参加的这个团主要是参道。既有妄心，即惊其神；既惊其神，即着万物；既着万物，即生贪求；既生贪求，即是烦恼；烦恼妄想，忧苦身心；但遭浊辱，流浪生死，常沉苦海，永失真道。当这些词句从那个梳着两条粗亮麻花辫、穿着炭灰色套裙的团长嘴里顺口溜般念诵出时，他完全没听懂她到底在讲什么。

"我们何忧？我们何虑？皆因妄心。"团长在临出发前的动员会上板着面孔说，"妄心如何破？妄心如何解？常能遣其欲，而心自静，澄其心而神自清。自然六欲不生，三毒消灭。"他留意到她的牙齿生得跟跟跄跄，牙面布满不规则的颗粒状黄斑，当汹涌的箴言犹如潮水般从她稀疏的牙缝里喷涌而出时，她的面孔瞬息变得丰满盈盛起来，犹如关于基督的油画里，降临的圣光忽然照亮了平庸呆板的修女。他惊讶地发现，原来，语言才是最高级的化妆品，女人会被晦涩深奥的语言梳妆得端庄神秘。说实话，他丝毫窥探不出她的年龄，也许比郭姐年长？女童般清亮尖细的嗓音跟她眼角的褶皱完全不能吻合。他想，或许正是这样的特质，才让她有胆量收取每人三千五百块的入团费。这团费包括此次出行的火车票、四天的住宿费和一顿特殊的灵修晚餐。据说此次灵修最重要的一项活动，是跟涑河里的一条神鱼对话。说实话，当初看到灵修团的日程安排时，他差点打消了参团的念头。不过他还是来了。圆的直径有无数条，圆的对称轴有无数条，可只有圆的起点和终点重合时，圆才称其为圆，用团长的话来说，就是"常清净矣"。当他背着双肩包从高铁上犹豫着跳下，很快就被旅客裹挟出站台，蓝底白字的站牌"云落"二字涌压而至，他难免有些眩晕。不晓得是昨晚失眠的缘故，还是这春日的光格外刺目，抑或是犯了低血糖。还好郭姐稳稳揽住了他的腰身。她的胳膊比他粗壮多了，汗毛也比他的密长。

他到郭姐所在的公司时间不长。按照他的打算，毕业前本来不想实习。他的专业是美术史，导师正敦促他准备毕业论文选题。他最感兴趣的是西班牙画家。论文题目他已经斟酌好，《论戈雅绘画的晚郁时期》。这种偏狭的题目是个危险的选择，但他很是为自己的选题衍生些小小的得意。"晚郁时期"是他自己的提法，还没有研究者从这个角度上剖析论述戈雅的晚年创作。导师对他的题目颇感兴趣，按照他的猜度，导师并不认可他出来实习。可也无所谓了，导师每年拿着三四百万的国家项目基金，最发愁的事是如何将这些钱合情合理合法地花出去并在年底前顺利搞到发票，导师当然不会懂得他的窘迫。如果导师知道他每日将大部分时间和心思花费在平面设计上，可能惊得假牙都会脱落。据说婚礼上，六十五岁的导师跟二十八岁的师母接吻时，那副德国进口的昂贵烤瓷假牙粘挂在师母的下颌骨上，这让久经沙场的司仪瞬间也变成了哑巴……按照导师的谋划，他明年三月应该参加本校的博考，再跟导师四年，如果不出意外，这期间他会得到去美国芝加哥大学艺术学院交换的机会，用通俗的话讲，就是为毕业后在国内985大学找个好教职从理论和硬件上做好充足的准备。

那是一家移动公司。他稍显腼腆的谈吐意外赢得了几位面试官的首肯。也许他们很久没有遇到过这么安静的男孩了。当他清晨骑着共享单车赶到苏州街地铁口，望着直梯上涌动的黑色头颅时，隐隐觉得自己正被强行吸入一头巨兽干燥的肺叶里。犯困是难免的，额头时不时磕到铝制扶手，此时耳机里通常大音量播放着霍尔斯特《行星组曲》里的《木星》。我需要钱，我需要很多很多钱，他这样安慰着自己，伸出细长的手指将干进的眼屎抠擦干净，从背包里掏出香水，摇晃着往腋窝处喷洒。他喜欢这款柑橘味道的香水。这气味让他闭着眼在地铁轰隆着穿越隧道时，犹如置身于乡村夏夜的麦秸垛里：扎得皮肉酥痒的麦芒，耳畔嘤嘤飞舞的灰色细腰豆娘，漫天撒落的星斗……乳名"大力水手"的约克猪啃着他的褐色再生底凉鞋，而墙角翻蹿过铁壳斗的小黄鼬，正流着涎水偷偷地爬向鸡笼……

公司是家声名显赫的国有企业，待了些时日新鲜劲甫过，便难免有些失望。郭姐是他们小组的组长，烟花爆炸头猩红厚嘴唇，香烟不离手脏话不离口。两个人常心领神会地踅到楼顶吸烟。她抽的是种焦油量6mg、烟气一氧化碳量5mg的美国香烟。抽烟的姿势也不像个稳重的女人：她总是近乎凶蛮地将浓烈呛人的烟雾从鼻孔吸纳而进，然后眯眼沉默数秒。当她悄然睁开眼，目光会变得小兽般温柔迷离，而烟雾从她森白的齿间袅然飘出，在空中形成或三角或椭圆的图案。她说，这是前夫教她的吸烟方式，尼古丁不至于吸到肺里。前夫能把烟圈吐成松鼠、大象、玫瑰或鲸鱼的形状，而她只能吐成最简单的几何图形。"科学家们说了，谈恋爱能产生多巴胺，抽烟也是，"她严肃地盯着他说，"一支香烟的多巴胺能维持两个小时。一天半包烟，我们这辈子都不用谈恋爱了。"

也许她说的是真的吧？

"你跟胖子一屋,"郭姐说,"别愣着了,赶紧拾掇去啊。"

"空气真好,潮乎乎的。"天青揉了揉鼻子。他有季节性干燥鼻炎。一到春天,鼻腔内的黏膜就会被大风吹裂。

郭姐叼着烟说:"这样敞亮的院子,不多见。"

院子是冀东沿海平原常见的庭院,三大间平房,每间平房设有两个客房和一个过堂。东边客房是主卧,西边客房是次卧,过堂则通常用作厨房和饭厅。房子无疑有些老旧了,也没有翻修,椽檩被炊烟与风沙吹熏得凛黑裂壁,罂里驻扎着金腰黄蜂,屋檐呢,被老燕筑了泥巢,站在檐下能听到乳燕啾啾。屋顶上白铁皮烟囱静蠢,晃摇着几株蕤嫩的榆钱树——或是被野风吹落到屋脊上的种子生了根,沙沙沙地窃响着。房子周身贴着鳞片般的瓷砖,上世纪九十年代北方城镇流行的那种,如今早褪变成了斑驳的乳黄。因为是临街,大门朝东,门框两侧贴着副对联,手写的,字也辨不太真切,早卷了糙边,红颜料被冬雪春雨淋得洇开去,犹如巨人的泪痕。院子西侧有处矮矬厢房,想必是后来攒盖,门户紧闭,不晓得是否有人栖住。还好院子干净,除了桃树、榆叶梅和樱桃,尚有几畦卡洛尔樱桃萝卜,春韭和大叶菠菜,菠菜顶着鹅黄碎花,招逗着飞蛾般的菜蝶。一只橘猫懒懒地卧在畦垄上打瞌睡,鼻翼处飞着嗡嗡的尖嘴马蝇。

他在窗外听到了李亚峰的鼾声。什么样的人才能挨枕即眠?这个在政法大学读硕士研究生的小个子看起来并不是那种没心没肺的人。在火车上天青听他说,这是他第三次参团。让天青颇为意外的是,李亚峰每次参加的团都不同。按照他的说法,他第一次参加的是佛教协会下属的灵修团,领队带着他们在五台山附近的金阁寺小住了数日。他们修行的方式是打坐、念经、吃斋、冥想。临结课的前夜,领队才说了此行唯一的一句话。他说,我们的享受、欲望、作为,包括看、听、闻、尝、触,感觉一切现象都是虚妄造作的,一切生死、善恶、苦乐体验都只不过是影子的体验,既然一切都是泡影,就无所谓真,无所谓假,无所谓牵念与悲苦。说完之后他踏步上前分抚众人头顶。李亚峰认为领队说得没错,不过他当时最大的心愿却是到新中关大厦的三楼猛吃顿"云海肴",当然,"贵州跑山鸡"也不错。他最喜欢那里的牛肝菌蒸饺、稻草烧鲫鱼、蒙自甜石榴和糟辣脆皮鱼。

"我为啥参团?绝逼不是钱多了烧的。没劲啊,我觉得干啥都没劲,"他抠抠脸上的青春痘,"跟条蛆似的,成天屎坑里瞎鸡巴钻。"天青看着他随即焦躁地搔了搔裆部,终于明白这个男孩最大的问题并不是佛陀能给予的。他只是缺个女人。如果给他个姑娘,他身上浓烈油腻的荷尔蒙气息也就不会那么刺鼻了。

李亚峰真在床上睡着了,他趴在深蓝色床单上犹如冬眠的棕熊幼崽。空气里是臭袜子味儿,天青从旅行包里掏出瓶简装阿迪达斯香水喷了喷,开始置放行李。说是行李,其实也没多少物件,无非是换洗的几件衣衫、绒衣和棉袜。他用简易衣架挂好吊在屋内的铁线上。后来他吁口气望着窗外想,应该给田家艳打个电话。他有些日子没联系她了。

女人挑门帘进来时天青正在铺展自己带的床单。在天青看来,只要是宾馆,无论是星级宾馆还是野鸡宾馆都是可疑的。

毕竟，世界上只有婴孩和傻瓜不会撒谎。他看过一段关于酒店卫生的暗访视频，连某地的五星级酒店都是毛巾擦完马桶擦水杯，擦完水杯擦桌椅，有的顾客酒醉懒得起夜，直接尿到电水壶里。从那以后，他在酒店都只喝未开封的矿泉水。

"我们的……腌臜吗？"

天青徐徐转过身，看到个女人手里拎着铁皮暖壶倚靠着门框。她声音有些沙哑，犹如雨夜传来的断断续续锯湿木头的声响。

"没事，"天青搓着手心笑道，"常出差，养成的臭毛病。"

女人"哦"了声，似乎想说什么偏又忘却，单只盯看着天青。

天青狐疑着问道："你是……"女人忙说："我姓万，是旅馆的服务员。你们缺啥短啥，需啥用啥，尽管跟我说。有换洗衣裳呢，就扔篮子里。"天青随手将衬衣褶皱用力抻了抻说："只是小住几天，就不麻烦了。"女人又"哦"了声，一双眼仍好奇地上下端详天青。天青隐隐有些不快，就问："还有事？"女人这才慌乱着捋了捋额前的头发说："你们要是订早饭，提前打个招呼。"她头发大概好几天没洗，刘海油腻地粘连着。天青懒懒地说："你去问团长吧。"女人垂头嘀咕了声。天青问道："怎么？"女人摇了摇头倒缩出去，顺势将门关紧。天青不禁喊道："敞着好了！"女人忙不迭又搡开，一角门帘挂在左耳上。天青看到她连耳根都泛红了。

羞涩的人不应被轻慢。不过是屋里有些闷热罢，天青有些不落忍，忙说："辛苦了大姨。"女人小声道："哪里哪里。热水要不够，过堂还有两壶。你们城里人费水呢。"

天青站在窗前望着女人在厢房前忙碌。该是空心菜吧？栽种在泥花盆里，她提了把生锈花洒一棵一棵地浇水，腰身轻微耸动间皮肉便时不时露出，生猪油般白。天青盯看片刻难免有些分神。后来女人将花洒撂窗台上坐着马扎歇息。她整个身形都被厢房的屋檐罩着，随着光线越来越弱暗，似乎用不多久就要全被吸进仄影里……一只温热的手掌搭摸着肩胛骨，他哆嗦着扭头。郭姐将食指放在唇边嘘了声，见李亚峰还在酣睡，这才压低嗓子说："走喽，下馆子吃驴肉。"

郭姐提到的那家"常记驴肉馆"坐落于县城西郊。这云落名字听着阔达，貌似烟波浩渺无边无涯，实则地域窄仄偏狭，形似一块生姜，横竖不过八九条主街，开车半个小时便能将云落穿梭个底掉。两人下了出租车，便看到店门口竖埋了两根旧松木桩，桩上各拴一头如墨黑驴。黑驴额宽鼻短颈薄背平，鬃低毛密，脖颈上悬着块棕色木牌，上书"黑驴王子"。郭姐摩挲着驴背转身对天青说："嗯，比你白净了点。"进了店门，但见喧言闹语鼎沸盈棚，屁股没坐稳便颠跑过来一名服务员，戴着破毡帽敞着黄马褂，哈腰问道："您二位可有预订？"

郭姐反问："你们家有啥招牌菜？"服务员想也没想就掰着手指头念诵起来："炖菜呢，清炖驴尾红烧驴蹄，胶艾炖驴腰；炒菜呢，酱爆驴肝蒜蓉板肠，驴鞭烩蚁王；蒸菜呢，驴奶椰肉羹，阿胶蒸芙蓉。看您口味了。要是不得意，还有驴肉火锅王，肉、心、肝、舌、鞭、肺，全套。"郭姐噗嗤声笑了，问："这驴舌头也能吃？"服务员"嘁"了声："那是自然，驴舌养心柔肝，益血滋阴。还有呢，磕巴要是吃半年，能去德云社说相声。"郭姐拍了拍桌子说："那就来套全的！有二锅头没？"

等火锅上来两人闷头便吃。郭姐饭量本来就大，在公司午餐都是点双份外卖。天青呢，更是个吃货，平日里得闲了就钻北京的老胡同，他最好护国寺小吃的酸豆汁和炸灌肠，人家都嘲讽他口味独特……一整天没的胃口，这下闻到火锅的香辣麻鲜之气顿觉前胸贴后背，光驴肝就兴冲冲点了两盘，更别提那削得薄如玫瑰花瓣的艳粉驴腱肉。虎咽一番便略有饱意，酒倒是没喝多少，忍不住去瞄郭姐，吃得也正是兴浓，就说："我去外头抽支烟。"郭姐哼哧两声，嘴巴被驴肉堵得秃噜不出话。

才出了店门，便听到墙根处传来叱骂声，天青并非是个好热闹的人，却也忍不住趋步近前观瞧，原来是个光膀子的后生正怒冲冲踢打一位中年人。这后生前胸文了猛虎后背文了罗汉，肥肉包腰，中年男人呢，裹着件油黑大衣抱头蜷缩，蓬头垢面辨不清眉眼，无疑是个乞丐。那后生边踢边骂："装啥可怜！给我滚！滚得越远越好！"说完抖擞着又是番老拳。

天青便猜这后生肯定醉了酒，醉了酒的人，看天王老子都可能不顺眼，这眼要是不顺了，拳脚也难免不听使唤。他踌躇片刻，还是忍不住上前劝道："息怒，哥们息怒，他不过是出来混口饭吃。"那后生一愣，斜扫两眼晃着膀子骂道："×你妈！跟你有屌毛关系！是不是肉皮子紧了，想让爷帮你松松！"天青赔笑道："大兄弟，好说好商量……"这下面的话尚未脱口脸上便落了两记饱拳，顿觉金光四溅毒虫蹿爬，一摸脸庞满掌的血。天青嗫嚅道："你……你还真是浑不讲理！"后生说："我只跟你妈讲理！"说完又跟跄着挥拳过来，天青方想躲闪，便瞥到旁侧恍惚落进团人影。等再定睛细瞧，那打人的后生却栽仆倒地，抱着小腹龇牙乱唤。他身旁矗着个穿黑皮夹克的后生。

天青听那后生轻描淡写地说道："咦，捻子，活够了？"打人的后生怯怯打量着那人说："泽哥！我……""我什么我，胆肥了是吧？敢动我店里的客人，滚！"转身瞥了眼天青说："哥们，店里有云南白药，给你敷些？"

天青忙说："不碍事，不碍事，误会而已。"被唤作泽哥的后生扒住他鼻脸扫看一番："嗯，皮肉伤。这样吧，这单我免了，权当赔的医药费。"天青支支吾吾地说："这……不合适吧？"泽哥说："有啥合适不合适？听口音你是外地人，权当给你接风洗尘了。"说完甩手入了店。天青去瞄那打人的后生，后生还扶着松木桩俯身咒骂："个怂炮！算你走运！再让我遇到，屎尿都扁出来！"

天青用冷水冲完脸回到座位，郭姐正对镜涂口红，看样子吃得很是如意欢畅。郭姐说："你抽支烟，人家入洞房的孩子都生下来了。"天青懒洋洋地说："我姓慢，我的名字叫慢性子。"郭姐说："咦，眼睛怎么青了？"天青说："怕是吃驴肉过敏？"郭姐皱着眉头说："怪了，那驴鞭我也没见你夹半筷子。难道是花粉过敏？"天青说："婆婆妈妈，越来越像中年妇女。"郭姐就欠起身子笑着扯他嘴巴。

让天青意外的是，结账时吧台还真免了单。郭姐惊讶地看着收银员问："咋回事？我们中大奖了吗？"收银员说，是泽哥吩咐的。郭姐问泽哥是谁。收银员笑了笑说："泽哥就是让你们中奖的人。"天青便想到那个穿黑皮夹克的后生，想聊表谢意，逡巡一番也没有寻到他的踪迹。

他们是散步回去的。不觉间落起了细

雨，雨被夜风一吹，旋裹着花瓣打粘在身上。郭姐倒像头次逛县城般聒噪起来，呦，这不是台北的"小蛮腰"吗？我靠，东方明珠塔，凯旋门！像不像凯旋门？妈呀，这不白金汉宫吗？天青揉着鼻梁说："大姐，你好歹也是京城来的，见过世面，至于这样大惊小怪吗？中国的县城都是一卵多胎，爹妈都辨不清。"郭姐叹道："简直是国际大县了。华尔街也没有这么密的楼。这云落啊，还真不一般。"天青笑了笑没有搭腔。他们走得很慢，反正也没有心思去听团长的灵修课。据说今晚要在桃花林里打坐，用团长的话讲，他们要在星斗流云下参悟万物与欲求的关系。万物与欲求的关系，倘若一夜能参透，这世上也不会有诸多抑郁症患者了。

天青随手摘了朵杏花放鼻下轻嗅，一股寡薄的药香。他猛然察觉，这云落所有的花朵，无论白玉兰、榆叶梅、樱花、海棠、紫叶李还是美人梅，在黑夜里全是白色。他不禁想到了约翰·辛格·萨金特的那幅《西班牙舞者》，低矮的天幕中闪烁着零星白光，不知是廉价的烟火还是坠落的星辰，而天幕之下，看不清面孔的女人们正在跳舞，她们穿着奶白色裙子，双臂如天鹅的翅膀般飘展开去。在寂静的黑夜里，他仿佛听到了她们放荡的、热烈的笑声。

第二章　春醒

春天对于万樱来讲，简直就是有钱人婚宴上的流水席。

过了雨水，这云落的风就酥软了。云落虽离渤海湾不过百八十里，可腊月的风照例割皮削骨，只有下了雪，海睡了，龙睡了，人睡了，猫狗睡了，鸦鹊睡了，那些四处游荡的鬼魂也睡了，风才安眠。而惊蛰一过，铁青的风里倏尔泄出丝暖意，这暖意并不赫然，只是在孤身午夜行走时有谁在耳畔偷呼了口气，气息不绵长，却足以让人心房一颤。这时各种各样的虫子们就被风吹醒了，黑钳蝎、红蚰蜓、酱蝼蛄、白蛴螬、花瓢虫、菜粉蝶与灰老蛛在田间地头，在棘茎草枝，在土里粪外，在房前檐后耕耘疾走，不是忙着孵卵生崽就是忙着狩猎。

到了春分，风就是杨柳风了，荒野里探出苍绿野菜，茵陈蒿、荠菜、蓟菜、蒲公英、苣荬菜……黄脊游蛇和虎斑颈槽蛇也从洞里爬出，日上三竿时在黄泥路边晒着嫩肚皮，而南方飞来的旧燕口衔春泥在老檐下筑着新巢。未及清明，云落的花就探头探脑开了，起初是单瓣花束，譬如山桃，譬如樱桃，譬如连翘，素碎得很，眼怯怯的，仿佛它们不是被春风用舌苔舔开，而是被那些逝去的亡灵轻声轻语地唤醒了。过了清明，风沙渐迷人眼，雨雾骤然稠密，鸟雀多了，西府海棠、千叶桃花、紫荆、复瓣黄刺玫次第卉浪纠纷，直教人心慌慌眼迷离，老觉着将有美事砸落在身。

逢这时节，万樱浑身就有使不完的劲儿，周身燥热骨节嘎巴，有啥东西在血管里东拱西窜，走起路来脚下仿佛踩着闪电，就连湿疼了整个冬天的膝盖也涂了油脂，松俐轻快许多。天亮得迟，灰鱼鳞甩满天，她就蹬着三轮车跑到斯大林路。从中医院到万盛酒店的这条街道是她的地盘，这是她好说歹说从王老黑嘴里讨来的吃食。这地段不在闹市，清扫起来要轻省得多，等人们陆续上班了，活儿也干完了，她就慢慢悠悠地骑着三轮车回家。

在"小蛮腰"附近，有户在路边卖早点的驻马店人，豆腐脑、油炸饼跟胡辣汤均是一绝。最主要的是便宜，油炸饼一块钱一张，嚼起来酥脆香甜，根本不像地沟油炸的。豆浆是老石磨磨就，八毛钱一铁勺，即便掺多了水，喝起来也有股浓郁的豆腥气。只胡辣汤贵，虽没放嫩里脊，也五块钱一碗，不过是真过瘾啊，喝完浑身泚汗，毛孔都舒坦地睁开，咂摸咂摸嘴里子，唇齿间萦绕着胡椒粉和陈皮的酿香。她只是礼拜五早晨来上那么一碗胡辣汤，喝半碗，剩下的半碗带给华万春。当然，华万春的这半碗通常也落进她肚腹。她最难过的，就是迄今为止，还不曾遇到过饭量比她大的女人。要是饿塌了锅，她能一嘴啃六个暄腾松软的发面馒头。来素芸曾极力撺掇她去参加省卫视的"大胃王"节目。里面有个来自泉鹿的女人，是个养猪专业户，豆芽菜般黄瘦，却在五十五秒内吞了三十九个鲅鱼馅水饺。"一千块钱奖金呢。"来素芸见她抹搭着眼不为所动，遗憾地戳着她脑门说，"能买多少包纸尿裤啊！"

头晌就泡在来素芸的窗帘店。来素芸手艺好，揽的活儿下辈子都干不完。万樱自认手拙，只配打打下手。拿剪刀沿粉线裁剪布料，往窗帘襟钉纽环，将价目表殷勤地递送到客户手中等着他们用挑剔的眼光审视着她，或将成品送到客户家，帮安装师傅传锤递剪。这些零碎活儿，傻子崽子闭着眼也能干好。来素芸待她不薄，给她开一千二的月工资。

穿行在瀑布般悬挂的布料间，仿如蹑手蹑脚走在舞台的帷幕后。她时常想起这辈子唯一的一次登台表演。那是一九八八年的六一儿童节，学校排演节目，其中一环是女声小合唱，唱的是中央电视台少儿节目《天地之间》的主题曲。为了能让她参加合唱团，母亲私下里找到大队辅导员，送了她当年最流行的蓝碎花短袖开襟衬衣，当然，辅导员永远不会知晓这是母亲用废弃的寿衣料子裁制的。母亲还承诺，如若辅导员到她那里裁旗袍，除了免除加工费，还要赠她百宝香囊，这百宝香囊有安神助眠、驱蚊逐蝇的神奇功效。不知是母亲宽阔的嘴巴和囊肿的金鱼眼让辅导员隐隐生起怜悯之心，还是那个塞满了艾叶薄荷跟薰衣草的百宝香囊委实让辅导员眼前一亮，反正万樱顺利加入了合唱团。这让自诩小邓丽君的蒋明芳很是鄙夷。

报幕员是位黄头发、扎着羊角辫的雀斑女孩。她普通话并不流畅，常常将二声读成三声，四声读成一声。多年后万樱还能想起她激情澎湃稍微颤栗的嗓音：

"请欣赏下面的节目，歌曲《天地之间》。演唱者：云落县实验小学红领巾合唱团。"

她又把"节"字念成了三声，万樱几乎能想象到女孩的模样：下颌微微翘起，上唇和下唇明快地翕张，露出她引以为傲的白玉米粒牙齿。据说全年级只有她一年四季使用薄荷味的新款"中华牌"牙膏。前奏响起之后，万樱屏住了呼吸，她感觉到左右两侧的女孩们的胸腹在剧烈起伏，她们没有戴乳罩，侧眼瞥去能从纽扣与纽扣的孔隙窥视到小巧如鸽的乳房。当歌声从女孩们的喉咙里欢快地流淌出来时，她也木然地跟着大家一起开合嘴巴，面孔堆砌着微笑，这微笑为了体现音乐老师强调的"纯洁性和神秘性"，嘴角上扬的弧度须保持四十四度锐角，唯有如此，才能成为"蒙娜丽莎的唇角"。她们颧骨上的肌肉还要微微隆起，只有这样，才能让眼睛明亮如星富有少女朝气。万樱打了腮红的脸部肌肉都要僵硬了。当然，老师跟同学从来没有发现她根本没有发声。她只是在心里默念着美妙的歌词，同时将自己的脑袋按照音乐老师的要求如波浪般优雅小摆，当那句"从小学会动手动脑，共同建造幸福乐园"这句唱完，便是"啦啦啦啦啦啦啦啦，啦啦啦啦啦啦啦啦"了。这时会有个瘦高的男孩搬着一架硕大的泡沫飞机模型颠跑到舞台中央，他左腿前弓右腿拉直，将飞机尾翼稳稳地支摆到大腿上，右手仿若拥抱众人般豪迈地伸展开去。台下顿时响起齐整划一的掌声和几声轻佻的口哨。在这喜庆的掌声里，万樱忽觉万分沮丧。

说实话，她不明白为何从排练到演出自己总是这副臭德性，猩红色幕帷快速拉起，女孩们手捏着裙摆喊喊喳喳地次第顺着木梯往下走时，她快速地盘算了下母亲送给辅导员的那件衬衣的价钱，眼泪差点滚下来。她想，啥都不怪，就怪自己的嗓音。她是那种男性因吸烟过多才会有的公鸭嗓，何况，她又那么胖。用蒋明芳的话讲，她是蠢老娘们用没发酵好的面团随手捏挤出来的。的确，万樱的一只眼睛大点，一只眼睛小点，还是鸭蹼手。蒋明芳并不是个嘴巴毒的女孩，也并非记恨没有机会加入合唱团的事，正因如此，万樱才觉得蒋明芳说得没错。她从来没有主动擦过家里那面粘着苍蝇屎描着富贵牡丹的镜子。

那个报幕的女孩就是来素芸。直到如今，要是得闲来素芸也会摩挲着手背说，小时候啊，我的梦想是当个节目主持人，得"金话筒"奖，没想到，却做了八腿裁缝。说完她会咯咯咯地笑起来。她的意思是说，这裁缝比八条腿的灰肚蛛还要劳苦。她的普通话依然不好，店里偶尔会碰到外地来的顾客操着各种奇特的普通话，这时来素芸的瞳孔会如受惊的狸猫般忽而胀大，她跟他们热忱地用云落普通话谈论着窗帘的款式、价格以及室内装修的整体风格。那次她跟客户聊着聊着声音难免尖利起来，万樱看到她扬起倒三角下巴，满脸热切地凝望着那个自称来自佳木斯的男人说："呀，猜对了，你看起来就是个文化人！房子装成中式复古再妙不过。"字一个一个地从她的舌尖下翻滚出来，薄透的小嘴唇随着音节的变化夸张地变成圆形变成椭圆变成平角。万樱快快地想，啥时候她的嘴唇能变成梯形，是不是普通话就标准了？

来素芸这边活儿再多，也不过是半天的活儿。中午万樱会准时到老太太家。老太太这边清闲，不过是洗洗涮涮，再帮着买买青菜扫扫庭院。一晃在这边干了五年，也没摸清老太太的底细，只晓得是从省城来的，丈夫死了，有退休金，有无子嗣倒不清楚，也没见孩子们逢年过节来探望欢聚。听说从前在省戏曲学校教书，怎么老了偏跑到云落，还买了处三进三出的老院子。看样子是要在这里终老了。老太太喜欢花儿，庭院里栽种了不少，这云落县春夏两季雨水旺盛，秋日铺霜长冬卷雪，花也开得妖里妖气。春分过后，老太太就时常挪出厢房到日头下晒奶，怀里抱着那只秃了尾的老橘猫，收音机里播着京剧。万樱将讨来的鸡粪晾干，用锄头敲匀，细细铺撒在新泥下，又将菠菜籽、生菜籽、水萝卜籽、空心菜籽播下，小水浇湿浇透。

老太太最喜欢看她忙活，老太太说，丫头啊，你这么晃来晃去的，我都觉着自个的老骨头痒痒，也想蹦跶蹦跶。万樱说，您老都八十八了，眼可比我的都尖。老太太就笑。老太太满口假牙，纯牛奶那么白，比万樱的还齐整。老太太说，这么大的院子，你又不住这里，难免空荡荡的，改天租出去吧，也沾点人气。万樱就将广告贴到电线杆上、公厕墙上、劳动人事局的广告栏里、火车站旁的旅馆里，又让窗帘店的同事小岑将租房信息挂到同城网。这就断断续续有了房客，房客不多，有来云落打工的年轻男女，有来云落旅行的游客，还有按捺不住的野鸳鸯。老太太又嫌闹腾了，叮嘱道：年轻的小男女就不要租了，昼伏夜出的；乱七八糟的也不要租，难免闹出幺蛾子。万樱觉得老太太说得没错，前排的刘富贵家，租住的两个姑娘夜里死了，身上各挨了十几刀，至今还是云落悬案。据说姑娘们在鸿雁大厦做服务员，手脚干净，也没沾什么淫秽腌臜的事。

后来就专租给游客。云落的游客原本不多，可这些年倒有些春后蔓生的野荆芥般密得择不开。云落县政府修葺了元代风情街，清理了涑河淤泥，栽植了旱莲夏荷，放养了锦鲤彩鲫，倒是有样有貌。这任县委书记姓戴，籍贯沧州，颇具纪晓岚的谋智。先举办了端午节龙舟赛，虽不慎淹溺了物资公司的一位中年妇女选手，暂停了半日比赛，仍引得邻县的千余群众来围观，门票被黄牛贩子炒到一百二一张。又花钱托人联络上籍贯云落的中国田径协会马拉松委员会副主席，将春季赛事搬到云落，上届不仅来了个奥运会季军，还云集了诸多非洲选手，大都是肯尼亚和埃塞俄比亚的运动员，细胳膊细腿的，黑老鸹般围着涑河飞了一圈又一圈。到了盛夏，水佩风裳无数，摇橹行舟采荷弄莲，名声也渐渐传出，竟被兰若市政府网评为冀东八景之一，连乐町、滦州、青龙、昌黎的闲人浪客也闻声而动。吃食呢，云落黑驴肉吃了数百年，没吃出什么新花样，毕竟也老汤老味，此处离渤海湾也近，不过百十华里，生猛海鲜不及浙粤丰盛斑杂，对于北方人来说倒也鲜凉可口。如此一来，云落这些年旅人渐旺，东来西往，俨然有些名城的架势了。老太太的这般庭院云落所剩寥寥，都拆迁盖了高楼，也因此招逗了些游客租住。自入春始，万樱放在这边的心思就多些，难免耽搁了按摩院那边的活儿。

按摩院是郝医生的按摩院。郝医生老婆是万樱职业高中的同学，万樱没从正经门里走过，可好歹也给华万春按摩了这么些年，所谓偏文不羁，久病成医，对这身上的经脉比老中医还熟络，手上的分寸拿捏得也恰宜，那阵恰逢走了两位按摩师，她被郝医生唤来调教几日，便临时助阵。没承想这一待就待了两年，回头客也不少，都知道有个午后坐班的胖女子，手劲刚柔相济，无论肩周受了邪风、腰间盘受损还是小腿麻冷，按捺上三五天保准还你个利索身，丝毫不耽搁白日和夜间劳作。这几天预约的老顾客不少，无奈老太太这边脱不开身，倒有三两日没去了。

这次来的房客，看行头有些不一般。交钱的女人仿佛从棺木里爬出的，夜间晃到难免发怵。那个大眼女看上去也绝非善茬，肩披俄罗斯亚麻披肩，脚蹬齐膝暗红马靴，俨然电影里的吉普赛女郎。男孩倒文静周正，心也细，不过肯定有洁癖，连床单都铺自带的。不过，铁打的旅馆流水的客，春分的斑鸠寒露的雁，过几天人去楼空，斑鸠也忘了觅老窝。

倒不承想，巧不巧的，竟在常记驴肉

馆碰到了他们。不但碰到他们,还碰到了……罗小军。

万樱傍晚时接到了常献凯的电话。常献凯说,樱桃啊,来店里趟。他说话向来是命令的口吻,仿佛别人都是他手底下的兵。万樱边洗床单边问,啥事啊大哥?我这忙得手脚抽筋,恨不得变身蚰蜒。常献凯笑着说,再忙也得吃饭吧?万樱嘀咕道,吃个屁啊,只晌午啃了半块烀红薯。常献凯似乎就不大乐意,说,大哥老了,你们翅膀硬了,哎,算逑。万樱忙说,你这人啊,动不动急头白脸乱扣高帽,你等着我,我正好也有点正经事跟你说。常献凯在那头嘿嘿笑了两声,快来快来,烀驴肉出锅咯。

说起常献凯的驴肉馆,云落的食客没有不知道的。你问他县委书记是谁肯定懵圈,可问起老常家的驴肉,没尝过的还真少。好饭不怕晚,想到这句俚语,万樱就会想到常献凯。有人就这样,前半辈子活得磕磕绊绊,夏天喝口凉水都塞牙缝,下半辈子却顺风顺水,闭眼走夜路都能捡金银。

天光转暗,万樱才将手边事料理好,骑了自行车赶到驴肉馆。常献凯见了她,忙擦净手上血水引她至檐下,先搓了支旱烟慢慢嘬。万樱说:"你呀,不说有事吗,咋又磨蹭起来?"常献凯说:"樱桃啊,这几年饭馆咋样你门清。本来前年就该还你,可去年赶上店里装修,又拖了半载。"说完将手在裤缝细细抹了抹,掏出张银行卡攥她手里:"妹呀,这是那年你借给我的五万块钱。密码呢,是你生日。大恩不言谢,废话也免,只是拖这么久,我这老脸真臊得慌。"万樱愣了愣,将卡小心着塞进兜里,说:"大哥,我也不客气了。"

常献凯说:"我倒常念起开包子铺的日子,穷也穷得乐呵。"万樱撇撇嘴说:"你可别得了便宜还卖乖,多少店家眼红得流脓?搂钱比财神猛,儿子晃成门板,闺女画里人似的,有啥不舍心的?"常献凯摸着下颌说:"这样说倒也没错。"万樱说:"你呀,胡子白了腰佝偻了,好好攒钱给……云泽娶媳妇吧。"常献凯笑了:"这臭小子,天天拉着张茅坑脸不知跟谁怄气。让他辞了钢铁厂的活计,回来给我添把手,偏不听。"万樱说:"谁让他长了块反骨?这性气,倒真不随你。"常献凯抖着腿说:"这兔崽子杀驴倒有一套,手黑劲足,牲牲。随了哪个王八羔子!"

万樱盯着常献凯,倏然捂嘴笑了,说:"我也有桩正经事呢。有个老姐姐叫郑艳霞,年岁跟你相仿,守了半辈子寡,不知啥场合见了你,动了心,一直跟我念诵,想托我做个媒……"常献凯打着哈哈说:"妹子你扯啥闲篇?我这都半截入土的身了……"万樱打断他:"你听我说,郑艳霞长得有点黑,有点瘦,嘴也有点臭,可过日子是把好手。儿子早结了婚,也没拖累。要不,挑个良辰吉日相看相看?"常献凯掐了旱烟说:"得,别跟我废话,前些日子我遇到个退休的老中医,讨了个治疗风湿的药方,你不是年年入冬就膝盖疼吗……"

常献凯老了,心事越来越寡淡,嘴却越来越闲碎,避开提亲的事不提,偏又薅住万樱絮叨起店里的买卖。万樱便说:"大哥,还有个叫小琴的老姐姐,本分人,想夜间来驴肉馆洗碗呢。"常献凯说:"那还等啥?趁热乎来呗,后厨正闹人荒呢……"

夜色渐浓,万樱穿过雾气昭昭的大厅取自行车时,一眼就瞥到了那个男孩。他缩着肩胛骨眼神游离地吃着火锅,还端起酒杯跟对面的人碰杯。对面无疑就是那披肩女人了。万樱低头从另外一条通道快步过去，不承想听到有人唤自己大名。慌张着扭头看去，却是罗小军。罗小军朝她点点头，问："今儿你咋没去老郝那儿？名医了，架子也大了。"他说话时眯缝着小眼，不像在问询倒像在谴责。她张了张嘴，罗小军抹荠着眼皮挥挥手说："去吧去吧，又不喝酒。"万樱转身就走，脚步踉跄间便听得罗小军的狗友浪声浪气地问："罗总，这谁啊？近来眼光可有点瘸！手里要缺货，跟兄弟们言语声嘛。"罗小军啐道："你们这帮孙子，莫乱磕牙，她可是我小学同学，正儿八经的小学同学。"

他们还说了啥万樱没听清，她咋可能听清？她那大象腿捯得比野猫还快，餐桌上的空盘被她刮蹭地上也没敢回头。后来，在街道拐角处的丁香树下，她气喘吁吁地推着自行车偷眼回望。木桩上的两头黑驴还在漫不经心地甩着尾巴，门前的两盏猩红灯笼显得喜气神秘。灯笼旁的大理石台阶上，蜷着团墨汁般的黑影。

她忽觉脸上凉飕飕的，胡乱抹了两抹，是雨丝。环视四周无人，她忍不住伸出舌尖舔了几下。小时，裁缝见她檐下仰着脖颈火鸡般舔雨水，常唉声叹气地说，哎，这孩子，傻就傻了，偏又这么馋，只怕是那饿死的蠢货托生的！

第三章　罗先生的食与色

身边的人，熟的不熟的，都知道他嘴刁。猪马不食，鸡鹅不食，牛羊不食，骡犬也极少碰，"正红旗"的名吃黄泥乳鸽，滦州人和乐町人下班后都要驱车跑百里排队狂买，他也只用筷子扒拉下鸽杂，夹起又放下。当然，心情好了会夹几箸驴板肠，看来"宁舍孩子娘，不舍驴板肠"的古语倒有些道理。刁一鹏常在喝酒时贬斥他，罗总啊，这不吃那不吃，都快赶上和尚道士了，啥时出家？不过现在当和尚也不容易，最次也要佛学院本科，你这没念过高中的，去龙泉寺的话，只能掏厕所喽。又故意东瞅西瞅一番：啧啧，慈眉善目，相由心生啊。也只刁一鹏敢如此挤对他，旁人只得插嘴，吃素好啊，修身养性聪脑明目，菩萨都会多看两眼，要不罗总的生意能做这么大？刁一鹏皱着鼻子瞥着人家说，他吃素？他吃的东西可都是连骨挂肉的。人家问，龙肝凤胆吗？刁一鹏叹说，哎，龙肝凤胆不是吃不起，是买不着。人家问，照你这么说，这世上的吃食也没剩几味……这时刁一鹏兴致就来了，刁一鹏兴致来了真是牛头马面都拦不住。他呢，也斜着眼，不说话，老僧入定般。

刁一鹏给他列了个饮食排行榜，他歪着脖颈听了听，倒八九不离十。这小子就他妈是条成精的蛔虫。他那模样就像，细细长长白白净净，眼不如芝麻粒圆。他一直有种奇怪的想法，刁一鹏要是四肢着地爬行，肯定要比那两条罗圈腿走得快。

1. 金枪

按照刁一鹏说法，罗总最喜欢吃鱼，不是淡水鱼，是海鱼。云落县城离海岸线只有八十里，海边少细沙多滩涂，故盛产花蛤文蛤杂碎蛤，牡蛎蛏子云海螺。不过，谷雨虾白露蟹，皮皮虾最肥是五月。可这些他都不得意。鱼货更多,渔民们常念叨,"一鲆二镜三塔盆,四豚五鲈六白眼"。不说别的,老辈子过年要能吃上条清蒸塔盆鱼尖,这年就没白过。这些他也只应个时令尝尝鲜。说白了,他最得意的是金枪鱼。是的,金枪鱼,硬骨鱼纲鲈形目、肌肉因富含大量肌红蛋白而肉质呈红色、游泳瞬时时速高达一百六十千米、分布在印度洋太平洋和大西洋中部的金枪鱼。蓝鳍金枪鱼,马苏金枪鱼,长鳍金枪鱼,黄鳍金枪鱼,大眼金枪鱼。光是这些鱼的名字默念出来,他嘴里的唾液就兜不住了。可云落的海是渤海,里面要是能捕获金枪鱼简直就是涞河里捞起了河豚。超市里倒有的卖,不过口感欠佳。北京也有日本料理店,金枪鱼都从北海道或挪威空运,然云落离北京还有五百华里,等金枪刺身上了席,不啻于娇美新娘变成豁牙老妇。天下没有难倒吃货的事,如果有,只能说明还是个没有品位的吃货。

他跑南海,自己钓。

云落有个"海狼突击队",说是突击队,其实就是个松散的民间钓鱼组织。突击队的人都是哥们弟兄。他们也做生意,生意不大也不小。他们过了寻花问柳的年岁,渐生慧根,面目也渐趋慈朗,喝着勐海普洱谈着华尔街股市,脖上套着波罗的海蜜蜡项链,手上戴着莫桑比克象牙手环,这掌心里,最次也得攥一对极品麒麟纹官帽核桃。这些人刚开始海钓时只浮游在云落港,钓的无非梭鱼苗黑头崽,运气好了会上几条巴掌大的海鲫。他入队之后路线就变了,"海狼突击队"台风般南下,起初开辆丰田坦途,经长深高速、京哈高速到北京,再从北京上京港澳高速一路杀奔广州。从地图上看等于哆里哆嗦沿鸡脖至鸡腹狠狠剖了一刀。自在是自在,逍遥是逍遥,沿途风景也跌宕,只是把人险些累个半死。后来干脆改坐飞机,一闭眼一睁眼就到,从北京飞,落到珠海或深圳,再租车直抵汕尾或惠东。通常去的是惠东,那里有个租船的老板是丰润人,乡音听起来入耳,价钱谈起来也自如。每人六千块,一条船恰好三万。船长是个老海碰子,独眼,船比索马里海盗开得稳。通常一天一夜到陆丰井,他们就在石油平台附近开钓。

他的海钓纪录是:最小一斤三两的黑石斑,最大九十八斤的黄鳍金枪鱼。他抱着这条比他矮不多少的老金枪鱼照了诸多合影。按照刁一鹏的说法,为了这条黄鳍金枪鱼他差点丧生大海。看过《老人与海》没?刁一鹏瞪着人家说,像海明威写的那样,他跟鱼僵持了足足小半天,那鱼最后垂死一跃,海竿就脱了手,他脚下一滑从船头出溜下去,我们只看到一条黑影瞬间消失在大海里。人家听得额头冒汗,偏刁一鹏此时细嚼慢咽地吃菜,小口小口地喝酒,不再理会人家,等人家意兴阑珊转了话题他才拍拍大腿说道,他那天身上没穿救生衣。为啥没穿?酒喝多了,忘了。我们几个大呼小叫,喊船长,找缆绳,你们猜怎么着?才把救生艇放下去,就看见他从海面冒了出来!人家就说,罗总水性真好啊,蝶泳还是蛙泳?刁一鹏用牙签剔着牙龈,说,我们眼瞅着一只海豚甩头将他拱进救生艇,随后婴儿似的尖叫几声,不见了。众声唏嘘,都说罗总真是命大,连海豚都舍命相救,有福报啊。

他这时才扫刁一鹏一眼,朝人家笑着说,吃菜吃菜,别听这货瞎扯没影的事。他声音平淡温和,懒洋洋的,却自有种慑人的威严。人家问，鱼呢？刁一鹏笑着说，那金枪鱼哪里跑得动？他掉海里时将它砸晕了。众人一愣，旋即大笑。他也不恼，知道刁一鹏在嘲笑他胖。其实也胖不到哪里，只是以前太瘦，好比有人亲眼见到《泰坦尼克号》时的莱奥纳多·迪卡普里奥，后来又见到《荒野猎人》时的莱奥纳多·迪卡普里奥，难免心里会嘀咕，我操，这货吃了多少油炸薯条、三明治、汉堡、冰淇淋、奶酪和果酱啊？

2. 玉蝉

所谓玉蝉，就是甫从洞里钻出、黄壳尚未全然褪去、翅膀尚未全部羽化的蝉，云落人唤"老娃娃"。

七月初，他就开车到独寡城。独寡城里有个光棍叫永七。永七每年这个时节都会捕蝉。这永七圆脸圆眼，看上去比谁都聪俐，其实呢，有点缺心眼，据说小时候他姐抱着他喂驴料草，不当心被驴蹄子踢到。永七娶不到老婆，爹妈又死了，就在村里的小学当警卫，后来小学被并到镇上，他就彻底变成了个游手好闲的光棍。不过他捕蝉倒是拿手。独寡城没有城池，却有成片的速生杨，捱到盛夏夜，在地底沉睡了多年的蝉便趁着月色从洞口攀爬上树干，等到天亮了，身上的泥壳褪掉，翅膀也不再湿漉漉，就能在刺眼的阳光中飞上树冠以野生歌唱家身份享受锦衣玉食的日子了。永七捕蝉是晚上，领数个野孩子，拎上手电筒，仔细觑摸着每棵树木。要是运气好，半宿逮两百只也有。天亮了他就打着哈欠给罗小军打电话，傻子啊傻子！取货吧！他总管罗小军叫傻子。他认为只有傻子才会花钱买这些鬼东西。

罗小军就开车拉着刁一鹏到独寡城。罗小军嘴刁眼更刁，永七的蝉并非各个都收，专挑那些尚带黄壳翅膀只微钻出一厘米的蝉，若是满意，就将蝉扔进空矿泉水瓶里。永七总是紧张地盯着他的手指，逢塞进一只就嘟囔句，一块，两块，三块……通常数到百就不吭声。他只会算百以内的加减法。他给永七双倍的价，两百只蝉，付四百元。

这瓶中之蝉，年年要收上万余只，冻在地下车库的冰柜里。一个冰柜不够，就又增了一台。到了春节宴请宾客，取出洗净，晾干，再用枸杞当归水浸泡半日，再晾，剪掉爪须，方可入食材。要雪花猪油小火慢煎，忌放葱姜蒜，若想味道清宜，可放半棵野生薄荷，待出锅再将薄荷剔出。如此在阳台晾三至五分钟就能佐糖下酒了。味道如何？那年在家里宴请县委林副书记，号称美食家的林副书记连吃了四只，喝了四盅白酒。当然，吃得最多的还是他儿子麒麟。麒麟吃了十三只。

刁一鹏可能不清楚，这些蝉就是他给麒麟买的。他经常揍麒麟，并不代表他真的想拍蚊子般一巴掌捆死他。麒麟十五岁了，个儿蹿到一米八，嘴角耷拉，眼白多，一双丹凤眼跟他母亲分毫不差。

3. 野兔

十一月，霜落了，野兔肥了。

罗小军懒，嫌熬鹰费事。这样的活儿一般都交给刁一鹏。至于刁一鹏是否稀罕，他可就管不着了。反正自立秋至立冬，刁一鹏瘦如人干。谁都晓得，说是熬鹰，其实熬的是活人。

鹰是集市买来。头年的鹰是黄色的，胸腹中间有水滴形状的圆点，此谓黄鹰；次年的鹰胸腹上是黄、黑、白相间的花纹，这叫破黄；三年的鹰就是老鹰了，胸腹有道黑印，余下绒毛俱为白色。黄鹰最是抢手，为何？黄口小儿多好糊弄。

鹰把式熬鹰也要个把月。这三十来天里，鹰白天站鹰把式手臂上，晚上栖木杠上。鹰把式要不断地给鹰喂牛肉、鸡肉，虚膘多了才能变实膘，实膘瓷实方能驾风驭云。二斤二三两的鹰，须将它熬到一斤六两至一斤七两间，才算功德圆满。按老鹰把式的说法，多一两飞不起来，少一两怕被兔子蹬死。喂食也有讲究，须将肉攥手里，手心向下。老辈子讲，圆毛拿打，卷毛拿饿，啥意思？就是像猫呀狗呀的哺乳动物，打它就管事，而夜莺、百灵、鹰这样的鸟类须让它终日饿着，它才乖乖听话。放鹰讲究"膘大扬飞瘦不拿，手工不到就得它"，鹰要太胖，一放就高了，飞了，跑了；瘦的话没劲，逮不着兔子；如果不整天摆弄它，练就胆气，看到身形魁巨的野兔，它就怂了，根本不敢凑前。鹰把式越苦，鹰熬得越好，等能在鹰把式手上吃食，就要到野外叫鹰了。所谓叫鹰，就是将鹰放出，再等鹰乖乖飞回。

他们常去的地方叫十里堡。十里堡是海边的盐碱地，生不成庄稼种不成树，遍地是低矮白刺。野荆棘野草也旺盛，立冬前后如劣质地毯覆了沟渠两侧，野兔窝就藏匿在那草丛里。

罗小军他们的队伍通常只有四人，除了刁一鹏、司机，还有郭子兴。郭子兴是云落拆迁办主任。从云落到十里堡没有高速公路，走205国道，国道至尽头，是黄泥土路，颠簸半个时辰就蹭到了海边。停车，放水，来棵香烟，狩猎就开始了。刁一鹏和司机各手执一杆长竹竿荡着两侧草丛，罗小军和郭子兴臂上架了老鹰紧随其后。老鹰都不老，只四五个月大，鹰腿拴耀眼红线，黄褐鹰爪稳抓小臂，小臂裹厚棉花套袖。野兔胆小，耳力极佳，听闻脚步声和荡草声，倏地就蹿至三米开外，刁一鹏拔着嗓子喊："撒！"罗小军臂上的鹰就冲了出去。他们贴着鹰影惶惶飞奔，等到了跟前，鹰爪早将野兔脖颈折断，首尾对蜷，血淋淋将枯草染红。有时罗小军想，鹰狩猎前从未见过野兔，却晓得那是它的猎物，这动物的本能着实让人惊诧。人呢，屌毛白了，也未必能分清好赖，辨清友敌。

这野兔有土腥味，剥皮切块，拔凉井水撒香叶浸泡整宿，漂洗干净放入沸水锅内汆煮，捞出沥干，炒锅置旺火上，下橄榄油烧至七成热，放入兔块，葱姜椒连玉兰片速煸，下肉注汤，再入会稽山黄酒与潮州竹盐，水沸后投坝上口蘑，糖色烧沸，撇去浮沫，舀入锅内，移至小火煨一个时辰，收浓汤汁，点小磨坊香油六滴于兔块。通常，罗小军恹恹着啃半个兔头。刁一鹏吃得最多。他说自己有糖尿病，这兔肉是最佳天然补品。

狩猎三两日，野兔攒得十几只，罗小军便赴趟省城。自己开车，凌晨出发晌午到。郭平生极瘦，犹如一条干瘪的冷口梭鱼，喜吃舟山大锅炖鱼，好山西竹叶青。别人的脸是越喝越白，越喝越红，他的脸是越喝越黑亮。通常他喝一斤二两，罗小军喝一斤。他总是安慰罗小军说，兄弟，你舟车劳顿，我让你一杯。罗小军不吃这亏，自觉补两瓶黄河啤酒。省会号称北方浴都，街头巷尾，车站埠头，火树银花，宾客如鲫。按摩师只挑女性，捏完腿脚掏完耳朵，便分头行事。郭平生一般都点俩，罗小军点一个，待郭平生左搂右抱入了暗房，他便这一个也遣走，蜷在盘丝洞般的包间里打盹。眯上三十分钟，郭平生伸着懒腰打着哈欠碎步踱出，脸色越发黑沉。下次去省城拜访郭平生时，他便拎两大瓶刁一鹏搜罗来的特制药酒，这酒霸道凌厉，即便肾虚男人啜半口，帐篷也要顶三天。

那时酒驾查得不严，天蒙蒙亮，罗小军开车送郭平生回家，顺便帮他将野兔提入地下室。分别时郭平生总会抱着他大声说，罗啊，咱可是一辈子的好兄弟！是不是好兄弟不重要，况且背后捅刀子的人，大都是自家兄弟，只要他能让钱生出更多的钱，一切都不是问题。郭平生是省农业信用合作协会的副会长。协会是经省民政厅批准成立的非营利性社会团体，专事"三农"。罗小军觉得老郭是个靠谱的人，在他的介绍下，将农民入股的四千五百万连同公司的两千万闲置资金，一并存入了西岗支行，由他们负责投资理财。支行的行长姓钱。罗小军觉得这个姓不错，按照他的人生体验，姓高的男人一般都不会长得太矮，姓花的女人一般都不会生得太丑，而姓钱的，即便不是腰缠万贯，也大都过着锦衣玉食的日子。

4. 青蚕

青蚕都是万永胜送的。万永胜青龙县有远房表亲，是户桑农，上世纪八十年代中期，一过清明，亲戚就披着朝霞怀揣玉米面窝头赶着骡车出山了，一路风尘直到日暮时分才抵达云落。当他将车上的青蚕搬运到万永胜的房间，还能听到纸箱里蚕虫吞噬桑叶的沙沙的响声。他通常在云落留宿一晚，次日再赶着骡子拉着万永胜赠送的干对虾、红薯干酒、花生油、稻米和孩子们穿剩的衣服鞋袜返回青龙。日子一久，渐变成种仪式，立春才过，万永胜就叮嘱他老婆将虾、酒和米备好，只等着门口传来骡子的嘶鸣声、青龙人又艮又响亮的喊话声。

如果清明过后亲戚不来，没亲耳听到青虫吞噬蚕叶的声响，万永胜就觉得焦虑，觉得这年的春天尚未到来，连吃饭都没有盐味。那年，远房亲戚不知何故未访，整个暮春万永胜都郁郁寡欢。后来他忍不住给亲戚写了封长信。在信里他没说别的，只是颇为详尽地叙述了这几年云落县城的变化，他说他马上要承包水泥厂当老板了，亲戚那边要是有人想打工，尽管来云落，包吃包住工资高，要是干得好，还负责给男工找老婆。万永胜知晓亲戚家兄弟众多，光侄子外甥就有十六条。远房亲戚很快回了信，言之凿凿地说生了肺病，咳嗽了整个春天，中药吃了百余副，青蚕也没来得及送，过段日子会派五个侄子和三个外甥去云落谋生，还望表兄多多照看，云云。果然不几日，他正在工地卸砂石料，忽云集过来一众人马，说是找万永胜。他看到其中几人衣衫褴褛，脚上的绿胶鞋都露出黑脚指头，不禁皱起了眉头，不过，俄顷他听到了叶子被青蚕吞咬的沙沙声，那声音宛若春夜细雨，让他的嘴角慢慢翘了起来。他放下手中的铁锹，朝这帮孩子们摆摆手说："都来齐了！走，吃八带叉肉去！"

如今倒好，即便冬天大棚也能养青蚕。四月，年逾古稀的远房亲戚开着辆破长城皮卡运几箱青蚕过来。在亲戚看来，青蚕早成了青龙远近闻名的土特产，用电视里的广告词讲，就是作为一种特殊美食，它富含蛋白质，又能解表清肺，利湿解毒，补虚健脾，是逢年过节馈赠亲朋的最佳礼品。青蚕的烧法简便至极，可烹煎炒炸，佐以青辣椒碎末或配少许干姜丝。这时，万永胜会第一时间打发司机给罗小军送两箱。都是活物，开了箱口，一条一条食指长镍币粗的青蚕慌乱着蠕动，让他的心立马酥痒起来。说实话，他总不能将这青蚕跟飞蛾联系起来。他难免谴责自己浅薄，咂摸不透物与物的联结，可是，他旋即安慰自己，谁能从扑火的飞蛾想到那滑如牛奶的丝绸？譬如当年，谁会想到他罗小军能有今日？

如果没有记错，第一次吃青蚕是1995年。

万永胜跟罗小军他爸是云落汽修厂的老工友，俩人打小穿一条开裆裤长大，八岁同进学堂，十五岁当红卫兵，扒着辆拉煤的火车去保定串联，回来时万永胜掉了两颗门牙，罗小军他爸左耳垂消失。在很长一段时间内，万永胜都是个没有门牙的少年，说话兜不住风，人都叫他西街豁牙万，而罗小军他爸常年留着过耳长发，乱糟糟犹如暗夜刺猬。十七岁那年汽修厂招工，他们又一块被录取，万永胜是钣金，罗小军他爸是漆工。他爸活着时好喝两口，万永胜隔三差五来蹭酒。酒是六毛四一斤的高粱散白酒，菜是虾油萝卜皮，要是心情好，他爸会切块老咸菜疙瘩炒俩柴鸡子。老哥俩也没啥话唠，也许该说的上半辈子都说完了吧。他们盘腿坐掉了漆的方桌两头，你喝你的，我饮我的，偶尔你看看我，我瞅瞅你，咂摸咂摸嘴，核桃般的喉结上下滚动，仍是无话。等两杯下了肚，他爸就慢慢腾腾地说，永胜啊，差不离了，回吧。万永胜舔舔杯沿，拍屁股起身走人。他身坯魁实，虎口如钳，一步顶旁人两步，破铁门哐当一声，罗小军那口气还未喘过来，人就老鹳般匿于黑幕。很少听他们聊厂里的事，印象深的倒是他们身上的气味。那是汽油、机油、润滑油、油漆和轮胎胶皮混淆到一起的气味，有点微臭，可并不缠头。

他爸得的肺癌，咽气前都不如他自己的影子沉实。死活不打杜冷丁，嫌贵，手里从早到晚攥个扫炕的黑笤帚疙瘩，没的声息，只黄豆汗粒从额头不停滚落。罗小军记得最后那晚，他爸命他将万永胜请来，炒了咸菜鸡蛋，还熘了腰花，命万永胜自斟自饮。酒是瓶装酒，两块三一瓶的沧州白，都说邓小平最好这酒。万永胜坐炕沿上不吭声，不动筷。他爸说，老万啊，你倒吃菜。万永胜呼噜着嗓子说，吃呢，这腰花没放料酒，腥臊得很。他爸说，我寿数到了，没想到马克思这么待见我，我就去上头给他老人家修汽车吧。万永胜半晌才说，先替我占个好位置。他爸说，老万啊，你拉屎都比别人粗，命硬着呢。我就这么个伢子，你嫂子精神不济，有今没明儿。日后，可得好好替我看管他。万永胜点头，他爸咳嗽一通，身子都要被震散架，说，要看不好，走了邪路，我可找你算账。他语气如常，吐几个字就停顿片刻，手哆嗦着攥那笤帚疙瘩。万永胜说，老哥，你放心，我就俩闺女，你儿子就是我儿子，你少说两句。他爸嗯了声，双臂挂着发黄的被褥呆望着黑梁上的蛛网。

罗小军爷爷是1943年从河南逃荒来的，云落没亲戚，他姥爷家呢，人丁也稀少，全靠万永胜跟工友们操持的丧礼。他爸百日后，万永胜对罗小军说，你能考上高中不？罗小军不敢吱声。万永胜说，你去学个大车本，跟叔跑车，厂子黄了，操他妈的，全鸡巴下岗了。罗小军就学车本，年龄不够，万永胜托人送了驾校校长两条硬盒红塔山。学了半年，车也顺手，用万永胜的话讲，这孩子天生是个当司机的料。1995年，万永胜从信用社贷款买了辆二手解放141，爷俩黑白颠倒的日子就开始了，他们轮流从滦州往云落的工地拉砂石料，晚上万永胜，白日罗小军。拉一趟纯赚一百三十块钱，一天一宿憋屎憋尿地跑，能跑七趟。砂石料都是自己卸车，他瘦如浅塘草虾，劲儿如断奶豺狗，一车货卸完，手脚俱是血泡，就脱了鞋袜，用石头尖挑破，再用胶布胡乱粘好。晚上这细腰细腿像被热烙铁正反熨烫，翻着翻着身就听到窗前的树上传来云雀的叫声。月底了，万永胜拽着罗小军到他家里吃饭。炒的就是这青蚕，油大，炒碎了，可嚼起来比猪头肉香。喝着喝着酒万永胜从破军用书包里掏出个黑塑料袋，甩给罗小军，说，拿着。罗小军好奇地打开，是钱。一万四，万永胜说，是亲爷俩，也要明算账，是不？罗小军咬着嘴唇将钱推过去说，叔，我不要，这车我又没花一分钱。万永胜拍拍他脑门，说，傻小子，攒着买房娶媳妇。

罗小军没能娶万永胜的闺女。他俩闺女猴精，一个考去上海，一个考去广州，毕业后都嫁给了外地人。罗小军娶的是隔壁老刘的闺女。老刘的闺女长得好，性子好，针线活好，就是命不好，前几年得宫颈癌，只化疗半年就死了。撇下这么个儿子。儿子随他妈，细眉细眼，喜欢躺在阳台的藤椅上读书。读的都是闲书，他瞭了瞭封面，《寂静的蓝》。啥鸡巴名字。儿子

个高，除了读闲书，大部分时间都泡在新建成的涑河篮球场，打完球不爱洗澡，浑身散发着汗碱味。他会扣篮。

男人喝酒都好拉荤嗑，云落大酒店的老板最好吹嘘自己性事，奔六的人了，说某晚连御三女，撒泡尿，那玩意仍比钢筋还硬。众人略疑，就有好事者问，罗总啊，你最年轻，身板最皮实，说实话，搞过多少女人？生过多少私生子？他哼唧两声，只管吃茶。众人讪讪不语。如今一个人了，毛病倒添了，先是失眠，后是腰疼。失眠被老中医治好，腰还是疼，坐也不是，站也不是，仿佛腰椎生了铁棘刺。医生也没好法子，只让静养。去找郝大夫，郝大夫沉吟半晌才说，哎，这腰里的毛病啊，只能别人的手来治。

如今他最舒坦的时候，就是懒洋洋地趴在按摩中心的铁床上，任万樱那双肉乎乎、劲道丝毫不输男人的手按、捺、搓、揉、摇着他酸胀的脊梁骨和腰眼。他难免怀疑自己老了。他爸死的那年，才过了四十岁生日。

他属蛇，今年三十九。

第 四 章　　无 数 个 黎 明

天没大亮，柔光从窗隙漫入，蒙裹住万樱略显虚肿的脸。四月的清晨仿若弥留之际的心跳，屡乏枯静。她没有开灯，窸窸窣窣地套上灰线衣灰线裤，打着哈欠趿拉着底掉了半截的棉拖鞋拐进了厨房。锅里的碗筷还没洗涮，灶台上那盆豆粒熬雪

里蕴中浮着两只溺死的瘦蟑螂，香油瓶倒了，估计饥饿的老鼠又来夜巡过。她叉着双臂望着窗外。窗对面是那栋灰魆的楼房，在稀薄的雾气中犹如一块晒了四十年的干瘪腊肉，没有半点光泽。她揉着黑眼眶从米袋子里胡乱抓了几把大米。米是来素芸白给的，说是湿地蟹田生态米，纯天然绿色食品。被料理机打得稀烂的米糊煮上几分钟就响锅了，还要放白糖呢，黑漆麻乎地在橱柜里翻腾，只翻出个空袋。这才想起白糖昨天早晨就吃光了。她揪扯几下自己的头发，捶着腰眼缓步踅至客厅，打开手机里的音乐，一板一眼地做起第五套少儿广播体操。客厅狭仄，怕碰到茶几上的瓶瓶罐罐、墙旮旯儿的治疗仪、按摩仪和那盆枝叶枯萎却总是忘记扔掉的龟背竹，她的每个动作都底气不足，只做到一半就慌里慌张着撤回，这让她如马戏团的狗熊般拘谨滑稽。到了起跳运动时，她只敢将自己的双臂和臀部尽量向房顶伸展，双脚做出跳跃的姿势却始终没有离地，尽管如此，那半只软塌塌的拖鞋还是随着男人刻板激昂的口令声踹了出去。她捂住嘴巴瞪着眼小心找寻，低头间才发觉右脚上的袜子漏了个破洞。这样，在慢慢朗润起来的曦光中，她觑眼盘腿坐在沙发上，一针一线地缝补起袜子。

缝着缝着，她猛地从左扶手断裂的沙发上弹起，快步走到厨房端起粥锅跨进卧室，开灯，将米糊抽进针管，拧掉华万春脖子上的塑料食管塞，将米糊一寸一寸打进去。华万春发出均匀的呼吸声。等注射完她的额头已沁出细密汗珠。这身坯在床榻上静躺了六年，无论白昼黑夜，他永远闭着眼酣睡，仿佛梦中有精铁锁链锁住了他的魂灵和皮肉。他曾是个短小精悍、满身腱子肉的暴躁男人，如今胳膊腿一般粗细，犹如深秋涑河里挖出来的黄白莲藕。令人惊讶的是这个植物人尽管在无边无际的梦魇里昏睡了近六年，身上却没生半处褥疮。婆婆白天会过来侍奉，隔上一个时辰就将华万春从头到脚、由胸及背涤洗搓擦。晚上则是万樱。在婆婆跟万樱的眼里，这个以前动不动酗酒骂娘、挑衅滋事的男人无异于满月里的巨婴，他头大如斗缺心少肺，除了痴睡就是排泄，全然忘了四季和劳作，忘了斗殴和作乐。

终归是个有福分的人。

婆婆比华万春胖不多少，这位在第一农贸市场卖过三十年活鸡、绰号东南街麻将女王的老女人，如今被华万春死死捆住手脚和嘴舌，别说搓麻将，连亲戚也极少走动，黄的黄，断的断。华万春出事前，万樱跟婆婆往来稀寡，婆婆背后唤她"胖货"，当"胖货"两字吐出时通常往嘴里塞颗咸蚕豆，似乎被啃噬的并非蚕豆，而是这两个听上去软绵绵肉乎乎的怂字。如今，两人倒因这个可能再也不会苏醒的人成了"姐妹"。好是用肉眼能看见的，即便别人看不见，万樱也必须得看见。婆婆隔三差五就给她买吃的送穿的，平生第一次品尝的火龙果就是婆婆晚上八点从超市抢购的，这个点水果都会打六折。等换了季，大红大绿的衣服早早拎过来，没有一件看上眼，也要上身晃荡几天。她知晓婆婆的心思，婆婆也想晓得她的心思，只是除了轮流看护这个死了一半的男人，婆媳倒极少唠闲嗑。有次她正在给华万春喂猕猴桃汁，瞟到婆婆身后杵着。没听到门响，不知何时进来的。当她用手抹掉食管溢出的汁水时，婆婆踮脚用手背蹭掉了她额上的汗珠。婆婆的手背很糙。杀了三十年公鸡的手，指缝里至今能闻到鸡内脏和鸡屎的气味。她赶紧笑了笑，没有听进婆婆说话，只听到一声轻细的、没有半点拖音的叹息。

她用湿毛巾飞快地擦了擦华万春的脖颈、腋窝和脚踝，又将他胯间裹垫了块尿不湿，被角掖好，头发捋好。"睡一辈子，啥也不用操心，命好。"她盯着掉了两块绿漆的房门自言自语。她总是忍不住说话，有时她恍惚觉得身边站着旁人，那人跟她嘚啵嘚啵地聊天、拌嘴，讲人是非，等声音空落落地收束在胸腔，才发觉背后只有自己的影子。或许连影子都没有。

按往日惯例，婆婆这时该来了。她知道婆婆晨起通常到涑河边练陈氏太极。婆婆并不稀罕打太极拳，无非是想多熬活几年，给瘫床上的那团肉多擦洗几年身子。除了割肉疼就是掏钱疼，她花一百二十块钱给婆婆买了套"仙鹤"牌练功服。婆婆笑眯眯地穿上，不像白鹤，倒如秃羽的老草鸡。她恍惚着想，婆婆才是最可怜的人，守着这么个不孝子，迟早是白发人送黑发人。

她系上围巾锁了房门。风有点硬。她稀罕在硬冷的清晨迎着亮出门。这让她心里踏实。她也稀罕街道上那些行色匆匆毫不相干的人。他们大多跟她一样神色疲惫，时不时伸出手指擦抠着眼屎。他们也跟她一样穿行在越来越陌生的楼群之中。这些楼群仿佛一夜间长出的原始森林，疯狂茂密遮天蔽日却危机重重，稍不留神就可能迷路。她哼哧哼哧地骑着自行车绕了几个街口，才在美容院旁边找到家自助银行。锁好自行车，在风中站了会儿，这才扭着腰身趔进。出来后没有离开，垂头盯着手里的银行卡，良久才叹息一声，重又趔进银行。再出来时她脸色和缓些许，吁吁手

揉了揉耳垂。后来她戴着线手套给来素芸发了条短信，说可能要迟到。在清冽的晨风中，她穿过育才路和鹦鹉路，直奔蒋明芳的理发店。

世上可能少有蒋明芳这般勤快的女人，理发店的门早早就打开了。房子是临道的厢房，面东背西，这个手脚闲不住的女人将玻璃擦得连人影都晃不着，只能看到马路对面盛放的绯色美人梅。店门口的土坡躺着几根扫帚苗，可能怕起尘土，又在土坡均匀地洒了水。水是洗脸的温水，散发着猪胰子味儿。万樱见到蒋明芳时，她正照着镜子穿白大褂。万樱撇嘴道："你这哪像理发的？倒像皇后娘娘要早朝。"蒋明芳从镜子里剜着她说："我要是皇后娘娘，就封你当奶娘。肯定把阿哥们喂得白白胖胖。"万樱嘻嘻着说："这地方真肃静，跟坟场似的。"蒋明芳系好最后一颗纽扣，拨楞了下发帘，这才扭头望着她说："晨起就吃臭豆腐了？"万樱四下瞅了瞅鬼鬼祟祟关上门，一屁股陷沙发里，从皮包里拽出个牛皮纸信封朝蒋明芳晃了晃说："齐了。"蒋明芳盯着她没有吭声，万樱从信封里倒出一沓钱，手指蘸着吐沫点起来："总共七千，喏，拿着。"

万樱坐着，比蒋明芳矮不止半头，蒋明芳随手揪了绺她的头发，手指间卷来卷去，半晌才说："都白了，改天给你焗焗油。"万樱说："魏晨不是急等着用吗？收下吧。"蒋明芳抻了个板凳坐她对面，这才迟疑着问道："这钱……哪儿来的？"万樱闷声闷气地说："我的呗。"蒋明芳说："要是你的，早屁颠颠送过来，也不至于等到今天。再说，你哪里能攒下钱呢。"万樱拉过她的手说："你放心，不是偷的也不是抢的。赶紧给孩子汇过去。"蒋明芳垂着眼

脸说："你比我还难。"万樱说："我好歹还有个会出气的男人床上躺着,你们孤儿寡母的……"蒋明芳叹口气,手心来回蹭着她的手背,旭日的光亮透过玻璃窗宁谧地照着她俩脸上浅淡的绒毛,她们隐隐约约听到晨风卷过屋檐的细碎呜咽。蒋明芳问："这钱,不是你跟来素芸借的吧?"万樱连忙摇头说："咋能?咋能?她那么抠的人,才舍不得借钱给我。"蒋明芳勉强笑了下:"那我就收了。"万樱说："这才像话。哪里有我这样求着人家借钱的。"蒋明芳说："你呀,从小笨嘴笨舌,老了咋还油嘴滑舌了?"万樱忸怩着问道："有吗?没有吧?"蒋明芳说："我给你打个借条。"万樱瞪大眼睛说："你有病啊?咱姐俩……"蒋明芳说："这是老祖宗留下的规矩。"万樱从沙发上站起来,弯腰捶了捶小腿,说："在我这儿,从来就没有老祖宗,也从来没有规矩。"

她骑上自行车走了。如果没猜错,蒋明芳肯定还在门口远远地目送。万樱一直觉得,蒋明芳这日子过得真叫是苦瓜拌黄连。蒋明芳比她年长两岁,职业高中毕业后嫁给了同学魏明峰。这两人成一家子真是地设的一双。女的漂亮,男的气派,性子都温顺。婚后魏明峰往东北跑大车,钱不少赚,不承想孩子十岁那年,他开车从葫芦岛驶到山海关时,咋就撞上城墙,没来得及送医院就死了。成了寡妇的蒋明芳没有再嫁,一个人拉扯着孩子。在万樱记忆中,蒋明芳就像是候鸟从南飞到北,再从北飞到南,在海拉尔倒腾过铁轨,沈阳铁西区卖过铁锹,天津卖过热带鱼,济南卖过糖炒栗子,广州批发过服装,有段时间还去中关村贴小广告卖假发票,飞来飞去,除了攒些伤病,大子没落几个,魏明峰留下的那几块钱也都打了水漂。如今可算安稳,在偏僻的街面开了理发店,孩子收五块,老人十块,烫发八十。这么块儿八毛地攒着,紧是紧,好歹是个正经营生。万樱曾托人弄脸打连道办讨了张贫困户申请表,叫蒋明芳填一填,好歹过年过节时能白得几袋米面,运气好些,还能有十斤五花肉两桶金龙鱼花生油,不承想,那表格被蒋明芳揉巴揉巴扔进炉坑。万樱当时就急眼了,骂道,你疯了啊?蒋明芳低眉耷眼,不吱声。万樱埋怨道,我送了人家一罐荤油,好不容易讨来这么张表,哎,你要嫌弃,我填啊!个败家娘们!蒋明芳就变成了哑巴。长大后的蒋明芳很擅长装哑巴,她再也不是那个喜欢唱《小城故事》和《月亮代表我的心》的小邓丽君了。

儿子呢,长得像他爸,干净,懂事,一晃也快专科毕业。想毕业后去北京上创业培训班。收费一万二。万樱听蒋明芳念诵,她手里只有五千块钱,那天硬着头皮跟弟媳借,弟媳说,亲姐呀!我们两口子起早贪黑卖菜,忙得屁滚尿流,也攒了三两万。不过,哎,上个月他胃穿孔,住了好些日子医院,我们都没敢跟你说,怕你心疼,怕你惦记……蒋明芳又跟她表姐借。表姐打小跟她亲近,退休前是哈尔滨一家央企的财务总监。表姐说,芳啊,可真对不住,我那俩闲钱全买了股票,亏得那叫一个磨叽……蒋明芳晓得万樱也没钱,才将这些当笑话讲,讲完又说,哎,也怪不得人家,老话讲,站着放债跪着讨钱,谁不怕诸葛亮草船借箭,有借无还呢?

万樱是在街角被蒋明芳拦下的。她一把拽住万樱的自行车,抓住万樱那个花了三十二块钱从地摊买的LV皮包,拉开拉链将牛皮纸信封硬塞进去。还没等万樱反应过来，蒋明芳就走了。她腿长，屁股瘦，像初中课文里说的，倒真像根细脚伶仃的圆规。万樱想喊她，却没喊出来。她怔怔地想，这女人大清早的就抽羊角风，这钱只能直接寄给魏晨了。

从银行出来又念起郑艳霞托付的事，便跑到奶站寻她。郑艳霞白日在捷克街的奶站打散工，万樱寻着她时正在装箱。万樱便支吾着说，大老郑啊，人家常献凯正处着对象呢，好事多磨，日后再议吧。郑艳霞戴副黑框眼镜，犹如表情威仪的小学数学老师。她边往箱子里哐当着垒奶瓶边说："宁毁一座庙，不毁一门亲。等他们吹灯拔蜡了，大妹子，你再安排我们碰头。真是个标致的人呢！白胖白胖的，腆着将军肚，一看忒有福相。那豹子眼花的，冷不丁瞅我一眼，哎呦呦，我这把老骨头呀，就酥成麻糖了。"万樱捂住嘴笑，半响才骂说："个老不正经的！破房子烧起来还没完了。"

和睁眼瞎扯了会儿有的没的，这才赶往窗帘店，不成想半路遇到了住店的那拨客人。他们衣着奇特，喧嚷着要去涑河拜鱼神，孰料却迷了路。万樱只得先引他们至涑河，安顿好了要回店，却又接到罗小军的电话。他除了预约按摩，平时倒少联络。他的声音懒洋洋的："在哪儿呢你？"万樱喘着粗气没吱声，他便又问："你带身份证没？"万樱嗯啊应着，抽身踅到一家拉面馆，晃着玻璃窗捋头发。待罗小军疯狂地按着车喇叭，她正用焚过的火柴梗刮眉毛。罗小军朝她勾了勾手，她便蔫头蔫脑上了车。罗小军扫扒她两眼，问："你这人，也着实古怪。让你干啥就干啥，问也不问的。"万樱嘴角颤了颤。罗小军又说："你再不吱声，我把你卖了。"她这才看着窗外嘟囔道："卖了好，傻吃蹚睡，神仙开会。"罗小军"咦"了声，不再言语，径直将车开至云落的行政审批大厅，带她跑了一个又一个窗口，填了一张又一张表格，说了一堆又一堆闲话。她像个机器人，人家让她签字，她就签；人家让她按手印，她就按；人家让她照相，她就照。末了罗小军得意扬扬地递给她个薄本，说："这是新执照。"她茫然地看着他，罗小军说："嘻，跟你直说了吧，郝医生要去市里开按摩院了。"万樱惊道："真的？"罗小军蹙眉问道："郝医生没给你们透过口风？"万樱说："他那嘴，可是用缝纫机扎过的。"

罗小军说："我呢，兑了他的店，琢摸着再将隔壁的粥铺和保健品店也盘了，打通装修，开家云落最豪华的按摩院！"见万樱一副落寞神情，便说："有啥可担惊的？跑不了你！等归置完，还要聘十多位技师，到时够你忙活了。"万樱狐疑地凝望着罗小军，罗小军说："你呀，真是笨到家了。"万樱眨么着眼吭哧道："再笨……也比你跑得快。"罗小军先是一愣，继而大笑起来，他的笑声如黄昏的老鸹般放肆，大厅里的人们不禁朝这厢探头探脑。万樱忙捅了捅他，他才正经些，说道："这按摩店，算是我们的分公司，不过，这执照上呢，法人代表可是你。老板不白当，我每月额外付你三千块钱，年底还有分红，咋样？"万樱听闻后忙去翻看营业执照，说："你整啥幺蛾子？我哪儿是当领导的料？这不扯嘛，使不得。"罗小军撇着嘴说："有啥使不得？你是郝医生那儿最好的按摩师，这就是本钱。再说了，无非是挂个虚名，鸟事不用操心。"万樱嘟着嘴还想推辞，罗小军叹息一声："哎，这些年……你是咋扛过来的？"

万樱抬眼去望罗小军，他也正望着她。他的丹凤眼仍微微斜挑，只不过眼角盘了细纹，再不是少年模样。她来回磨蹭着执照的封皮，仿佛小心翼翼抚摸着才诞生的婴儿，半晌才轻声道："不挺好的吗？能有啥不好的呢？"

罗小军没再言语。他不说话的时候，嘴角耷拉，宛若一张沉默哀伤的弓。

第五章　涞河神鱼

天青一大早就接到了田家艳的电话。她问他这些天吃得好不好，睡得香不香，有没有着凉。像往常一样问完这些她就没词了，仿佛一场盛大的晚宴，刚上了盘宫保鸡丁服务员就宣称菜齐了。天青赶紧反问她，关节炎有没有犯？肠胃炎好些没？褪黑素管不管用？上次给她配的老花镜得劲吗？有没有穿他邮给她的靛蓝大花毛衣？那盆发财树是不是七天浇一趟水？冰箱里的牛肉有没有炖萝卜吃？

田家艳上气不接下气地囫囵作答。他能想象到她边说边咧着大嘴，露出前年带她从专科医院镶的两颗门牙。他还记得当初田家艳非要镶金牙，他们争执的结果就是在医生的建议下选择了银牙。当两个人都不晓得再说什么时，田家艳压着嗓子说，徐满福今天又闹了，嚷嚷着回老家。天青的嗓门难免高亢起来，回就回呗！让他死老家得了！你就是他的傀儡！田家艳说，儿啊，生啥气，他这不病了吗？脑瓜子都是别人的。天青说，没生病你也惯着他！那些臭毛病不都是你惯出来的？!

他的声音将睡梦中的李亚峰吵醒了，李亚峰懵懂地瞅着他。他连忙赔笑道，对不起，对不起。到了院子被风一吹，火气就灭了。他能闻到空气里弥漫着桃花的药香，他甚至看到一株桃花的花蕊里睡着只黄豆粒大小的蜜蜂。田家艳的哭声从电话里时断时续地传来，他就说："妈，别哭了。得空了我就回家看你。"他的嗓音比宽甸西瓜都甜，他简直能猜到田家艳破涕为笑的模样。果然，田家艳说："真的啊儿子？你要家来了，妈带你去放风筝。"天青柔声道："你想去哪儿就去哪儿，我陪你。"

"没事吧你？"郭姐不知何时踅过来，喷着烟雾问，"没想到啊，你那小嗓门还挺亮。"

天青讪笑着说："昨晚睡得好吗？"郭姐扯着嘴唇上的爆皮说："好个屁。一宿噩梦。你怎么也描了黑眼圈啊？"天青说："什么都不怪，就怪你驴肉吃多了。"两个人就笑起来。郭姐说："团长今天要去参拜神鱼。"天青说："我不去。我想随便溜达溜达。"郭姐说："你有毛病啊？花钱就是来看这个的。你要不去把钱还我。"天青摊开双手说："没钱。能肉偿吗？"郭姐佯装打量他一番，捏捏他屁股说："瘦得野狗似的，饶了我吧。"

团长出来了。天青跟郭姐的下巴差点掉下来。她竟穿了件道袍。道袍、棕色马尾辫、黄色高跟鞋，还有张拆不下二两精肉的脸。团长说："看什么看？我们穿什么样的衣服，就是什么样的人。"郭姐点头哈腰："道长箴言。"团长说："我们走吧。涞河离这里近，一炷香的工夫就到。"郭姐讨好似的问："需要举行仪式吗？是否买些香烛供品？"团长说："又不是祭祖，买这些干吗？"郭姐说："有导游吗？"团长横她一眼说："你以为我们是出来旅游的？"郭姐噤声，扭头朝天青吐吐舌头，天青说："没事，有手机导航呢。"郭姐说："技术主义往往是非理性的。"天青说："你是怕费流量吧？"

倒真被郭姐说着了，虽然有导航还是在岔口迷了路，走了良久也不见湖泊。问行人，都说他们走错了，待再细问，早慌里慌张骑着车遁走。这时天青瞅到个女人推着自行车朝这厢走来，看着面熟，近了些不禁喊道："喂！阿姨！"那人抬头，正是旅馆里的服务员。她可能没料到在此处遇到他们，眯眼打量半响才"哎"了声："你们这是去哪儿啊？"团长说："去涑河观鱼台。"女人说："你们方向弄反了，该往西处去的。"团长说："哎，小惑易方，大惑易性。大姨，麻烦你把我们领过去？"女人一愣，探手摸了摸脸颊说："我……我……"团长扭头对大家说："你们别喊喊喳喳了，大姨当咱们的向导。"女人就前面慢慢腾腾走，众人随后。天青紧赶几步到她身旁，问道："阿姨您贵姓啊？"女人说："我姓万，叫万樱。"天青说："你是云落人吗？"万樱说："没错。"天青说："我帮你推着自行车吧？"万樱说："你这孩子，咋恁客气？"天青抢过车把，万樱只得随他，低头道："你忒瘦，可得吃早饭。我们家邻居就是不吃早饭，得了胃癌。"说完可能觉得不洽和，却又不知该接什么话，脸面难免僵硬起来。天青笑了，说："你说得倒是实话。"

他打量着这个叫万樱的女人。她看起来是个典型的中年妇女，丰腴瓷实，眉眼间却藏些少女的羞怯，一双眼似乎不敢正眼视人，偏又不会游离，这给人种错觉，仿佛她无时无刻不在盯看着对方的咽喉。这样的人，可能不怕黑夜里的闪电惊雷，却怕陌生人漫不经心的一声叹息。她身上也没有这个年岁的女人惯有的水果微糜之气，倒是那种旷野的清朗，那种深夜隐隐传来的掺杂着玉黍、稻谷和甘草的气味。他不禁问道："你见过神鱼吗？"万樱摇摇头说："没有，我哪里有空来看神鱼呢？不过倒听人提起过。"天青又问："这鱼如何个神法？"万樱神神秘秘地说："他们说念上段经文或咒语，这鱼就从深水里游到岸边，跟人戏耍。"天青笑了，他摸摸鼻子说："兴许从前是菩萨莲池里的鱼，有佛性，来这里渡劫罢了。"万樱左瞅瞅右瞅瞅，见那几人在身后晃荡，这才贴了天青耳根说："你年岁轻轻，莫乱说话。这河好歹流了千年，是死水，也不入海，却从没断流过。也有旱年，庄家歉收树木枯死，这涑河，却照样深得探不到底。我们这里的人都说里面有神龟镇守。"她说话时眉眼间俱是敬畏，天青也不得不正了正脸色，问："这稀奇事，发生多久了？"万樱想了想说："去年小雪过后，莫名飞来群黑天鹅，待了半月才飞走。七九河开不久，人们就发现了这鱼，掐指算来有个把月。不少善男信女专门跑到这儿烧香拜佛呢。"天青点头道："这就是涑河？"万樱光顾着说话，这才发觉涑河就横在眼前，说："没错。我们小时候，这河两岸可不像如今这样，到处是高楼商铺。那会儿全是芦苇丛，水面阔到天边，我跟来素芸她们常来逮翠鸟。逮不着翠鸟，就捉些水蛇去玩。"

这涑河与别的河流倒也没有什么不同，两岸的树木无非黑皮垂柳，才拱开胞衣，芦苇靡黄，荷叶枯干，水草也不盈盛，水倒盈盛，跟河岸齐着，漾着漾着仿佛要淹

了人脚踝。万樱说:"你们要想看神鱼,在观鱼台的台阶上就行。"团长握了握她的手说:"大姨啊,我看你眉宽目阔,肯定福泽深厚。你要参加我们的清修,我倒可以给你打个五折。"万樱忙摆手说:"你们修你们的,我这样的俗人,可不敢劳烦神灵。"团长清清嗓子说:"我们缘何来云落?云落有神鱼。天道运而无所积,故万物成。万物无足以铙心者,故静也。待会你们分别跟神鱼交谈,谈过之后内心就平静了。水静则明烛须眉,平中准,大匠取法焉。水静犹明,而况精神。"说完她蹲在台阶上,台阶部分隐于水中,部分裸露。她撩开道袍,双手做乾坤拜,口中念念有词。须臾,只见青色河水中急射出条水箭,这箭由远及近,水花由小骤大,待离岸十丈有余,已能目测到一条青鱼朝岸边游来。团长嘴中仍是念念有词,天青眼见那鱼瞬息已游到团长手边。团长这才止语,探手去摸那鱼的头颅。奇的是那鱼竟不躲不闪,任那枯手在它腮眼间游荡。

团长扫了郭姐一眼,郭姐瞪着牛眼过去,探手去抚鱼背,鱼也是任她摩挲,一条黑尾悠然地拨着水浪。郭姐闭了眼口中念叨些什么。这时李亚峰按捺不住,一把推开郭姐说:"该我了!该我了!我有满肚子话跟它说。"郭姐弹了弹他脑门说:"你这种蠢货,别把鱼吓走。"李亚峰嘻嘻笑着说:"神鱼就是专门安抚我这种蠢货的。"郭姐朝天青摆摆手,示意他也去摸那青鱼。天青说:"子不语怪力乱神。"郭姐说:"这么稀罕人的鱼,倒真是不多见。"天青说:"你刚才跟它说了什么?"郭姐说:"说出来可就不灵验了。"天青又去看万樱,万樱正蹲在岸上打手机,就小声喊她,她朝这边笑了笑,起身过来,问道:"咋样?神鱼有啥指示?"天青说:"你也去摸一摸吧。"

万樱说:"也是。光听人家说这鱼有多神,可惜没空来瞧。"也就踱步过去,手在水里撩拨了两下。不成想那鱼摆了摆尾从李亚峰手下游过来,鱼唇蹭着万樱掌心。万樱憨笑道:"它知道我累得慌,给我按摩呢。"众人都围圈她背后歪身探颈斜眼瞧观。此时那鱼倏尔腹部朝天倒立水中,它通体银鳞,唯鱼肚处白皙如脂玉。万樱不禁用食指挠了挠,那鱼甩了甩尾,将水花洒溅到万樱脸上。众人大奇,都想如法炮制,不料那鱼一个翻跃,身子滑出去丈余,唏嘘声中再去观瞧已然不见,唯剩波纹静开。团长说:"神鱼都跟你们说话了吧?"又诵了遍谁也听不懂的经文,这才脱了道服说:"芴漠无形,变化无常,死与生与,天地并与,神明往与。芒乎何之,忽乎何适。万物毕罗,莫足以归。"

万樱抻着天青的衣角说:"大侄子,我们老板叫我,先走了。你们忙。"天青问:"你在云落住了多久?"万樱看着涑河上的渔船说:"我啊,从娘胎里出来,就没离开过云落。"天青说:"听说你们这里有条老街,叫两生路?"万樱说:"没错。我以前打工的那家饺子铺,就在这路上。"天青:"饺子铺?"万樱说:"常记饺子铺,当年名气贼大。皮皮虾韭菜馅的蒸饺,酸菜面条鱼馅的蒸饺,把人撑死了,还忍不住往嘴里塞。"边说喉咙边吞咽了下。天青仔细晃她几眼,问道:"现在还火吗?改天也去尝尝。我可是个正宗吃货。"万樱说:"早黄了。老板去开驴肉馆了。咦,我昨个还见你去吃呢。"天青"啊"了声,问说:"这么巧,两家店的老板是一个人?"万樱说:"没错,都是常献凯大哥开的。哎,开饺子铺那会儿,他还嫩生着呢。"天青良久无语,半晌才问:"昨晚吃饭,我们还遇到个地痞,幸亏有个叫泽哥的小伙打抱不平。他说那店是他家的,还抢着给我们免单呢。"万樱说:"你说的肯定是……云泽了。他呀,是献凯儿子。"去看天青,见他愣愣盯着自己,就问:"吃住的可都惯?你们京城来的,偏好辣口,要是嫌清淡,倒可以吃三鲜水煮,海沟子里的对虾,渤海里的章鱼,泥滩花蛤,配那朝天椒煮,滋味好得很。"天青将自行车还她,恰时一阵疾风从水面扑来,万樱见他不停打着哆嗦,忙说:"要是冷,我这毛衣脱给你。我皮糙肉厚,不觉着凉。"天青只笑了笑,背着手转身去了岸边。远处传来水鸟的鸣叫,天青瞧见白眼潜鸭在枯黄荷叶间凫水,潜入又扑棱着钻出,郭姐他们则咋咋呼呼地忙着捞捕淤泥里的河蚌田螺。他忽觉胸口一阵绞痛,忙大口大口地呼气。水中的腥腐之气在阳光下随河风飘浮,闭上眼,光斑斓如雨后彩虹,云落鲜亮又沉默。

第六章 有客访兮

从行政审批大厅出来,罗小军先开车将万樱送至窗帘店,这才急冲冲奔往公司。

他倒是极少来公司。即便如此,公司还是有一间属于他的办公室。二百平米三套间,外间是会客厅,办公桌上插了面微型国旗,墙壁上挂着历届国家领导人画像。当然,引人注目的是那套朋友专门从意大利米兰订制的橘黄真皮沙发,在灰尘飞舞的光线下犹如一块刚出烤炉的松软蛋糕。像大部分商人一样,躺椅后面的咖红色书橱摆满了精装名著封皮,从四大名著到《春秋》《左传》《菜根谭》《厚黑学》再到本地政协编纂的《京东老手艺》《云落名人录》,无所不包。书橱里手是一个棺木般大小的巨型鱼缸,里面终年浮着条比初诞婴儿还肥硕的金龙。会客室东侧是乒乓球室,尽管他十多年没有摸过乒乓球拍,球室的木质地板依然每个礼拜打次蜡。最里侧便是卧室和洗漱间了,一张铺着浓艳床单的席梦思,床上没有枕头。洗漱间的水龙头有些漏水,白色瓷盆被滴答的水滴渍出条黄色锈迹,犹如扭动着破土的雨后蚯蚓。

他一点不喜欢这间办公室,可必须得配一间这样的办公室。财主如果整天穿着打补丁的衣裤,就显得矫情了。当然,有些人可能根本不在乎,比如万永胜。

万永胜早晨九点给他打的电话。他言语向来简短,他说,十点半,我去你公司。六十多岁的人了,声音还那么透亮。罗小军恍惚着想,有多久没见到万永胜了呢?

有人敲门,声音不急不缓。是办公室的云霓。她笑起来时有两枚银币大小的梨涡。云霓说,云落电视台要做民营企业家的系列访谈节目,采访提纲送过来了,请罗总过目。罗小军问道:"这访谈不是推掉了吗?我最烦一本正经说假话的节目了。"云霓说:"你是推掉了,可刁总中途截了胡。刁总说,你要不做他做。他还没上过电视呢。"罗小军将提纲往桌上一扔:"那你告诉电视台,让他们采访刁一鹏好了。让他也好好瞅瞅自己的狗尿苔模样。"云霓抿嘴笑了:"罗总,这档节目是电视台跟宣传部合办的,听说主抓宣传的林副书记也很重视。"罗小军觑眼瞅她,她的嘴唇是那种浅淡的桃红。"前几天市里来云落调研,林副书记还专门提到这档栏目。"这孩子的眼亮嗖嗖的。罗小军就说："原来你长了顺风耳。"云霓吐了吐舌头："我同学在县委办公室当秘书。"罗小军想了想说："那你跟电视台的人商量下，把我的访谈放最后。"云霓问："你的意思是同意了？太好了。"她竟情不自禁地击了几下掌，"这间办公室太空，太呆板，到时可以在公司的院子里取景。过几天樱花跟西府海棠都开了。"罗小军说："你们办公室先帮我把问题答好。"云霓说："这……"罗小军摆摆手，她却没动。罗小军问："还有事？"云霓说："罗总，你的领带打歪了。"罗小军低头瞧了瞧，说："我领带总是打歪了。知道为啥不？"云霓摇头，笑了笑。罗小军摩挲着脸颊说："我的脸是歪的。"云霓说："罗总真够幽默的。你要是不介意，我可以帮你打。"罗小军说："算了，一年也穿不了两次西装。"云霓说："罗总穿西装，是好看。再变个发型，跟胡歌像亲哥俩。"罗小军嘿嘿一笑："你这孩子嘴可真甜。我都老头子了。"云霓眨眼道："谁说的？你可是咱们公司的男神。"罗小军挥挥手说："得，忙去吧。"

在云霓转身时，罗小军才发觉斜对面的沙发上扎着根蒙了灰尘的铁钉。

除了万永胜还会有谁？罗小军竟然没留意到他何时进来的。这么些年来，万永胜总是身穿土黄色夹克，膝盖处磨得发亮的黑西裤，脚上的松紧带老绒布鞋粘着蓖麻大的泥点油点。年轻时浓密油亮的头发如今熬成了地中海，一张四方脸长着长着也裂成了丝瓜瓢，以前黑，如今得了白癜风，左脸颊、脖颈和耳朵仿佛精心涂抹了厚厚的富强粉，西药中药偏方秘方都用遍，也不见丝毫好转。几十年来他一直骑着自行车东跑西颠。那辆凤凰牌二八自行车仿佛成了他身上独有的胎记，人家开着宝马奔驰路虎从背后看到根棍子稳稳插在鞍座上，都要赶紧按喇叭开车窗，亲亲热热喊上声"万爷"。他通常将双腿哈在大梁上，左手将车把抓紧，右手从袄兜里摸索着掏烟。他一直抽七块钱一包的"阿诗玛"。"阿诗玛"当地买不到，就托人从昆明买。人家若是不抽，他就说，咋啦，嫌我的烟丫古？人家只得讪讪接过大吸两口，脸上赔着笑。这时他才满意地点点头，屁股缩回鞍座，左脚一点地，右脚一蹬踏板，老凤凰吱吱呀呀歪歪扭扭骑了出去。人家回去后难免跟旁人吹嘘，万爷今天给我点烟了呢！算是有脸面的事。以前他跟老婆住在东南街的平房，后来搬到涞河边的天鹅雅苑。一个盖别墅卖别墅的人，总不能自己睡在瓦房的土炕上。

罗小军几乎是小跳着过去给他倒了杯白开水。万永胜不喝茶。他的口头禅是，茶叶好是好，就是忒苦。他喜欢喝凉白开。他来之前罗小军早就给他晾了一壶。万永胜说："抽支？"罗小军忙接过他递来的烟。万永胜说："你这水是纯净水吧？"罗小军就喊云霓，喊了几声没动静，忙自己去接了壶自来水烧。他忘了万永胜只喝自来水。万永胜说："腰咋样？"罗小军将后背衣服层层撩起让他瞅，说一直在按摩，快好了。提到按摩时万樱的脸就在眼前浮动起来。万永胜说："半年没见麒麟了。也不带他过去玩。"罗小军掐掉香烟，说："叔啊，他上初三，紧呢。可不像我们那时候，放羊似的。"

万永胜就不说话了。他不说话的意思就是，该罗小军说了。

罗小军太熟悉万永胜的说话方式了。

他喜欢跷腿盯着墙角听别人唠啵，自个呢，漫不经心地竖着两片黑耳。罗小军记得儿时父亲跟万永胜往往两壶热酒入肚，连半个字都听不到的，只有皮蚕豆被牙齿嘎嘣咬碎的脆响。后来跟他跑大车，哼哧呼哈卖苦力，皮肉血骨终日紧绷，夜里做梦都在卸石料，连舌头都懒得捋直，话就更值钱。跑了两年大车，他又花钱找武装部的人让罗小军去锦州当兵，说这孩子蔫，得火炉里锤打锤打。三年后罗小军从部队复员，被他安置到自己承包的水泥厂跑销售。那几年，罗小军将京津冀和东北三省几乎跑遍，吐沫星子若汇一起，怕比涑河水还深。罗小军极少遇到他，据说他常年踏着双破布鞋拎着个假牛皮包戴着顶呢帽子前进帽去滦州坐火车。那时云落还未通车。有回他在火车上喝了瓶假酒险些醉死，直到海拉尔站才猛然惊醒。他呆望着窗外的大雪叨咕，妈逼的，走前单衣，咋回来就大雪连天？见鬼了！如此跑几年，跟北京的一家武警医院合作，开了云落县第一家公私合营医院，名曰扁鹊医院。当时，扁鹊医院比刚营业的云落大饭店还火爆，这里的医生医术未必见得有多高明，听说还误诊将病人的右腿截肢，可他们见了病人比见了自己的爹妈还亲，护士们更是嘴甜如野蜂蜜，脸上笑容能将索尔黑马冰川融化。据说两年后大部分护士都得了半面痉挛，医院不得不按时给护士分发氯硝基安定和安定，还给两位病情严重的护士进行了SDT立体定向治疗，通过靶向坐标结合激光原理修复她们因常年微笑而面部受损的细胞。后来武警医院撤资，医院就变成了私营。2000年左右，万永胜开始包揽工程，建混凝土搅拌站，售卖土石，修路搭桥。人都艳羡，说这黑脸人的脚是铁铸的，肺是钢打的。

"都挺好。"罗小军给他续了杯水，坐在旁侧的沙发上。

万永胜"嗯"了声，继续抽烟。他眼皮耷拉着，脊梁骨在不知不觉地弯塌，双腿则慢慢地抬拱，他的样子犹如才蹦出水面的南美虾。罗小军难免心中一紧，想，老了……是真老了。这些年来，万永胜犹如上了发条的瑞士钟表严丝合缝地转动，没有人听到零部件间因时光耗损而产生的摩擦声。2007年，万永胜涉足房地产。是年秋天，他叫罗小军往家里喝酒。他酒量大不如前，话也愈发金贵。当他抠着眼屎跟罗小军说打算让他入干股合营房地产公司时，罗小军舌下那片油嫩的熘肝尖尚未入喉，竟噎住了。万永胜捶了捶他脊背，说，你去市里的李德荣裁缝铺做身西服，记着，要用"世家宝"面料。

有时罗小军想，万永胜就是只沉默寡言的老狐狸，大地还在沉睡就踩着露珠去捕猎了。他猎取的猎物要比别的狐狸丰厚是意料之中的事。他的耳朵也比别人机敏，能听到四面八方吹来的风声。2007年秋天美国发生次贷危机，罗小军至今还记得，这场可怕的金融危机很快如多米诺骨牌般从美国席卷到日本和欧盟。那天晚上，万永胜喝了两杯白酒，他很久没这么肆意地喝过了。他的舌头有点大了，看罗小军的眼神也扑朔迷离起来。他打着酒嗝说，军啊，美国人出事了，美国人过不好日子，别人家就更揭不开锅。到了明年啊，就轮到咱们了。我琢磨着，这影响最大的还是出口企业，你等着瞧吧，云落的那几家牛逼哄哄的外贸公司，明年肯定要勒紧裤腰带了。

罗小军只管吃。他能听懂万永胜说什

么，但自己说不出来。出事了国家肯定管，爹妈再难也要给孩子喂奶，万永胜又给罗小军夹了一箸子炒蚕蛹，会投大钱的，钱投哪个行当？他嘿嘿地笑，一口黑牙在白炽灯下仿佛隧道入口。你呀，就是懒，不动脑袋！用屁股都能想到，刺激家里人多花钱呗。咱们的水泥厂、煤炭公司和医院我让表弟他们管好了。他们都是好看家狗，不会咬人，叫两声还是会的。咱爷俩啊，又得跑断腿咯。罗小军迷迷糊糊地看着他，他用竹筷敲了敲罗小军的头，说，板上钉钉，这房地产啊，就是最大的一块肥肉。他又扬起脖子擞了杯酒，盯着罗小军说，咱爷俩的好日子，这才开始呢！

之所以直到如今罗小军还记得那个秋天的夜晚，是因为来年所发生的一切刚好印证了万永胜的预言。2008年政府投入了四万亿资金拉动内需，房地产市场风起云涌，他还记得总理在电视里的讲话：值此艰难时刻，关键是鼓起勇气和信心，这比黄金和货币更重要。危机是挑战，也是机遇。罗小军当时想，这话就是总理专门讲给云落县的万永胜一个人听的。

"你要手里宽裕，先给我打八百万。"万永胜吐了口痰，抬脚蹭了蹭。

罗小军一生中遇到过很多尴尬时刻，但哪次也不如这次记忆真切。他张了张嘴，盯着万永胜想说什么，然而也只是端起茶杯吸溜了口。在这花香四溢的清晨，他没有觉得四体通泰，却隐隐觉得胸闷气短。万永胜又点着支烟。屋里的光线越来越明亮，万永胜的脸却在云雾里愈发模糊。罗小军清清嗓子说："叔啊，我……"

"算述，"万永胜站起来，"走了。"

"等等！"罗小军喊了一嗓子。他被自己的嗓门吓了一跳，万永胜也真就坐下。

罗小军木木地拨刁一鹏的手机号码。刁一鹏还没有开机，罗小军长吁了口气，说："叔，刁总还没起来。这事我要跟他商量商量。"万永胜眯眼瞅他，他就说："叔啊，你也知道，我们正在筹建瀚海别苑，这项目涉及西南街的平改，钱倒是不紧，这神经啊，绷得紧。没有一盏省油的灯。"万永胜说："嗯。"罗小军小心翼翼地问："这钱……用得急？"万永胜又"嗯"了声。罗小军的食指和中指不停地敲着桌面，声音不大，每次却都让他误以为听到的是自己的心跳声。这好刁让他镇定了些。

他们是2012年分的家。按照万永胜的说法，就是"爷俩不能老坐同一趟航班"。万永胜没坐过几次飞机，这话从他嘴里说出来倒有点滑稽。罗小军很爽快地答应了。罗小军理解他的意思，一块蛋糕即便做得再大，也永远是一块蛋糕。那几年云落县忽然涌进批身份不明的房地产投资商，用万永胜的话讲，就是南方的侉子们来淘金了。万永胜和罗小军分家当时在云落的商界也算是大新闻。罗小军自立门户，行当却换汤不换药。那年云落来了戴书记，以前是某区区长，最擅长大拆大建，人送绰号"一指没"，坐着轿车绕城一圈，手指向哪里，哪里的旧房就蒸发，新楼春韭般簇长出。他到云落时正是云落最萎顿之时，支柱型钢铁企业因环保不达标被拆了五座高炉，造纸厂也因排污问题整顿停产，曾经号称亚洲第一钢锹生产基地的小南庄废水渗透到深水层，被某报记者曝光后日薄西山。戴书记开了几次全委会，打算把县城周边的十六个村庄进行平改楼。觉得不过瘾，干脆将西南街和东南街的平房也拆掉，招标建商品住宅楼。万永胜和罗小军分家外界传得沸沸扬扬，说是窝里狗咬狗，无非是肉没分匀,其实明眼人心里清楚,万永胜老奸巨猾,虽说分开了,不照样做太上皇?这几年,万永胜最大的工程是涑河北岸盖政府大楼,垫付资金五个多亿,县财政还没拨一分钱。罗小军这边倒安稳,先是拿下了离云落高中最近的地皮,盖了第一期翰林学府。卖楼号的第一天,排队的人从售楼处门厅一直排到周老黑卤肉店。后来云落高中要盖新校址,罗小军又中了标。这是个费力不讨好的活,尾款至今仍未结清,或许出于安慰,他轻易竟到了西南街平改楼项目的标。

"叔,这样吧,我自己手里有五百万闲钱,先拿去用。剩下的我再筹。"罗小军又给万永胜倒了杯白开水。这钱是他给麒麟存的。他老婆死后,他每年都给麒麟存一百万。孩子聪明是聪明,却有好动症,每科成绩都很糟。他想等麒麟满十六岁,就送他去枫叶国际学校读高中,将来去加拿大读预科。这笔钱足够了。

"也好。你打我账上。"万永胜咳嗽着又掐掉支香烟,"不,还是把她身份证给你,办张新卡。"他没说"她"是谁,罗小军也没问"她"是谁。

"知道了。"罗小军瞥了眼他的夹克袖口。袖口洗得发白,有两处已经破损,"我前几天去罗马,给你买了些衣服,下午派司机送过去。"衣服是给自己买的,不过他跟万永胜身材差不多,应该能穿。

"我这干巴老头,穿啥新衣裳?"万永胜说,"你留着吧。"他面无表情地盯了眼罗小军,罗小军赶紧笑了笑,他就说:"你那个合作社入股的钱,去处可靠吗?照我说啊,赶紧弄出来,哪家的驴拴哪家的槽子。"

罗小军"哦"了声,万永胜说:"撤了。"

罗小军忙起身相送,不料却被万永胜一把按捺在沙发里。他的手似乎变小了,不过手劲仍那么大。罗小军挺了挺腰身,动弹不得,瞬息又变成了曾经的腼腆少年。万永胜俯身过来附耳道:"那姑娘不错。你啊,早该讨个老婆了。"他声音急促干瘪,却透出些少有的温柔,这让罗小军想起了暮春时青蚕噬咬桑叶的沙沙声,他使劲拱了拱腰身,说:

"中。"

第七章　　菩萨们

来素芸挑着吊梢眉问:"你这脸咋整的?跟没洗的破抹布似的。"

来素芸正在吃煎饼果子。这是她的早餐时间。在那间十平米的格子间,每到此时,各种外卖就陆续送来。万樱一直怀疑这女人至少有两个胃:她吃掉了一份红油抄手,她不停叨叨着红油放少了,葱花太辣,简直把人呛死,即便如此,还是连汤带油全喝掉,随后转眼间又吞了三个粉丝银耳豆腐小笼包。当她用樱桃小口咬掉煎饼果子表层的金黄色鸡蛋时,万樱忍不住咽了口吐沫。"你是女人吗?整天穿得野男人似的!"她最末一口才把干瘪少油的油条咽掉,端起那杯人参红枣枸杞菊花灵芝和玫瑰冲泡的花茶咕咚咕咚灌起来。万樱盯着她的粉红色舌尖犹如蜥蜴吞蝇般将粘在嘴角的半片葱叶迅速涤卷入口中,感觉自己都想打个饱嗝了。

"财主磕碜长工,不是缺心眼,是缺

德。"万樱抓起桌上的圆镜照了照，确实眼圈有些发黑。昨晚华万春大概是凉了，拉尿三次，等把他擦洗干净倒头再睡，却如何都睡不着，眼睁睁看着光在窗帘上动。

"该离就离，伺候了这么些年，还怕有人放狗臭屁？"来素芸用口红不停刮蹭着薄嘴唇。她脸本就小，如果不留心看，会以为这个是没长嘴巴的女人。除了当女主播，她的最大梦想便是拥有茱莉亚·罗伯茨那样的猩红大嘴，一笑就露出漂亮雪白的犬牙。她曾到县里唯一的那家美容医院咨询过嘴唇手术的问题，那个正处于更年期的女整容师深深地伤害了她。整容师用拿腔拿调的南方普通话说，你是想让自己更像条鲶鱼吗？她这才彻底打消了念头。不过她有的是办法让人注意到她的嘴巴，比如经常使用素黑唇膏，万樱一直感觉那不是嘴唇，而是只郁郁寡欢的瞳孔。

"再这样熬，你也熬成骨灰了。"来素芸将依然浓密的黑发梳成马尾，又将头发帘细细打理一番，"别怪我嘴毒，我可是为了你好。"万樱将来素芸的护手膏挤了半支也有，来来回回蹭着布满了棘刺的手背，"你没长耳朵吗？你就不能不装哑巴？我咋这么命苦，遇到的都是你这样三棍子打不出个屁的主儿。"来素芸噌地下站起，径自扭着细腰在穿衣镜前左转右旋，"我的驼绒大衣咋样？喊，当然贵，三千块呢。"又伸脚出来，"这双鞋咋样？美国代购的，比国内便宜一半。你瞧这款式这颜色这皮子，啧啧。"万樱斜着眼说："再好看也变不成哪吒的风火轮。"来素芸拧了拧她耳朵："你这臭嘴，越来越像蒋明芳。"

万樱知道这段时间来素芸心情好。她新近处了个男友。这男人是镇上的副书记，姓马，年岁跟来素芸相当。万樱见过这男人，他开着辆黑色迈腾来接素芸下班。长得富态，腆着肚子，走起路来像电视上的领导。万樱就想，来素芸可算找了个靠谱的。

来素芸呢，一向自认为长得美，当下最流行的狐狸脸，配了含烟罩雾的黛玉眼。那又怎样呢，又遮掩不住眼角的褐斑，又没能留住前夫。孩子是和前夫生养的，跟着姥姥姥爷。"人是不坏的。"提起那个曾经的海军志愿兵，来素芸总是抠着指甲淡淡地说，就是花心，见到漂亮姑娘就支棱起来。不过，男人嘛，都一个德性。

上任男友是金茂商厦分店的店长，老婆卖保险，有天骑着电动车不慎闯了红灯，被卷进拉着钢锭的大货。男人是居士，常年吃素一心向佛，不成想老婆却遭此劫难，难免意冷，三年了不曾续弦。最后被他母亲绝食要挟，这才勉强来相亲。出于礼貌，他请来素芸吃了顿海鲜大餐。来素芸喜欢吃海鲜，也喜欢请她吃海鲜的人。如此处了数月，众人都觉瓜熟蒂落时，来素芸却愣是黄了这门亲事。她跟万樱说，这男人最爱在她身上嗅来嗅去，仿佛干正经事的不是腰间赘物，倒是他那还算笔挺的希腊鼻。来素芸哪里受得了这般怠慢，难免生疑，一问之下才晓得，保险推销员有轻微狐臭，他非但不厌烦，反倒迷恋那气息，偏在来素芸身上，也闻到了熟悉的气味。操他妈的，我哪来的狐臭？她贴俯万樱身上，嘬着嘴高扬起胳膊。有吗有吗？浓烈的香水味呛得万樱咳嗽起来，忙说，你玫瑰茶天天喝，身上都是蜂蜜的香甜气。来素芸这才哼了声，死胖子，最大的缺点就是不说假话。你咋不学学人家蒋明芳，把自己抬得王母娘娘那么高？

这么些年来，万樱一直搞不懂来素芸

为啥没拿正眼瞅过蒋明芳，蒋明芳呢，好像也不如何待见来素芸。后来万樱在一本杂志上看到句话，说红袄是好袄，绿裤是好裤，可红袄配绿裤，就成了臭狗屁。万樱便豁然开朗，也不再费心撮合两人亲近。

"别愣着了，"来素芸拨拉着算盘说，"咋还添了耳聋的毛病，没听到喇叭直叫唤？赶紧卸货去。属你劲大。"

以前进货，都要雇大解放专程跑白沟的，如今有了网络倒省心不少，不管哪种布料，无论是涤纶、亚麻、棉麻，还是绒布、雪尼尔或真丝，只要甄选好花色品种，物流公司就直接派送到云落。万樱抱着一包棉麻布料吭哧瘪肚地往库房走，脑子里想的却是罗小军。昨个罗小军拉着她往审批大厅溜达几圈，她就变成了按摩店的老板。这事委实透着古怪。自己就是泡狗尿苔，背阴处自生自灭，惯常见的是阴风野鼠，水熊虫树蚁蛉，哪儿成想还被捯饬成盆景了？

罗小军是打去年初冬来店里的。她当时正给一位老头按颈椎。老头迷上了视频直播，日日夜夜捧着手机看妖娆女子跳舞，眼底险些看脱落，颈椎也蜷成疙瘩。郝医生呢？她听到一个男人的声音，这声音让她的手停滞在半空，随后疑惑着朝门口张望。没错，是罗小军，她几乎要窒息了。郝医生不在。有店员答。郝医生不在，万师傅在不？店员说，喏，她忙着呢，且先等会儿……他脱掉外套坐在床边，瞄了她两眼。她垂头问，哪里不舒坦？罗小军没言语，只盯着她看，看着看着忽问，你是……樱桃？樱桃！万樱嘴角抽搐了下，说，难得，有年头没见了，还认得我。罗小军又上下打量她一番，说，我可是火眼金睛。万樱偷偷掐着虎口问，腰椎的毛病吧？罗小军问，你咋知道？万樱说，你们这些大老板，出门坐车进屋坐椅，闲了打麻将，忙了签合同，最费的就是腰。罗小军啧啧两声，你可要给我好好摸一摸，早听说郝医生这儿有个姓万的女师傅，手法杠杠的，没成想是你……那一日后，罗小军便隔三差五来按摩。

"个死胖子，棉麻布放一号库房，老也记不住，榆木脑袋！"来素芸叉着腰站在楼梯上指挥着，"雪尼尔放三号库房！"

罗小军第二次来时，寡语少言，仿佛第一次见面时便将该说的都说尽了，只不过每次她拿眼风笼他，都会察觉到他也在偷眼瞧她，走时他大大咧咧地攥给她两百块小费。万樱强塞他兜里，说，添啥乱，不兴的。罗小军哦了声，也没说啥，只是第三次来时，给她拎了兜花盖梭子蟹。当她的手在他腰眼上游走时，他哼哼着问，你……还蹽那么快吗？她半晌才反应过来，低头盯着汹涌的胸腹嘟囔道，早改相扑了，你呢？你还在搜罗地图*吗？他晃了晃手，说，蒸蟹时撒些竹盐，味儿更鲜。她说，是啊，我都没嗑过螃蟹。他似乎听出了她在讲反话，说，你呀，打小蔫头蔫脑，老了咋还支棱起来了？她没言语，只手上的气力更添两把，他难免嗷嗷小唤两声。第四次来时，他拎了袋化妆品，说是办公室小常送的，他用不着，别过期了作废。她小声道，男人的化妆品，女人也能用？他说，男人脸女人脸，不都是一张皮吗？只不过有的厚些，有的薄些。脸皮厚的，随时撕下来扔地上踩两脚；脸皮薄的，屎尿拉裤裆里也不敢吭声。她犹豫着问，那你是厚脸皮，还是薄脸皮？他只嘿嘿笑两声。他笑的时候一点不像个好人。小时候，她很少见他笑，一年四季都拧着眉头。她问，

35

你傻笑个啥?他说,才有些恍惚,念起了些事……她没接茬,他不紧不慢地揉着太阳穴,嘴角也渐渐耷拉下去……日后,他来得更勤些,似乎他啥也不用干,这辈子唯一紧要的就是按摩。这就是有钱人的日子吧?她还记得从前华万春特别羡慕有钱人,时常念叨,等他腰缠万贯了,说啥也要去云落大酒店海搓一顿,点两盘酱肘子,吃一盘,倒一盘。

"万樱,有人找!"来素芸尖利的小嗓门仿佛随时随地都会在耳畔炸裂。

肯定是罗小军,万樱想,八成是昨个剩的摞连事。让她意外的是,门外挺着两位穿西装的人。一看就是公家的,难免先行发了怵,怯生生问道:"有啥贵干?"其中一位烫着大波浪的女人劈头就问:"你就是万樱?"

原来是老太太那边的事。老太太的房子属西南街,如今要平改楼。打去年立春起,开发商就运作签合约的事宜。这片住户大都是云落的原住民,祖祖辈辈居于此,如今要搬迁,自然杂音频出。年轻人敢情乐意住楼房,干净安全,冬日还集体供暖。老人家呢则大都犹疑,说睡惯了热炕,软塌塌的床咋能睡踏实?物业费、取暖费、煤气费更是无底洞,再说了,马呀骡呀猪呀往哪儿拴养?难不成在楼里建牲口棚?如此这般,拉拉扯扯签了近一载,尚余几家"钉子户"。老太太呢,无疑是其中最扎手的那枚了。先是开发商找,后是西南街的支书找,再是政府拆迁办的人找,找来找去都被硬怼回去。老太太说,我呀,搂着棺材板睡的年岁了,实在懒得挪窝,你们就是把县太爷请来,这字我也不签。后来实在嫌絮烦,顺嘴说道,找万樱商量去吧!她说啥是啥。人家问,万樱是哪位?

她瘪着嘴说,万樱是我保姆,能当我的家,能做我的主。

大波浪说:"啧啧,你长得可真像我学姐,柿饼脸杏仁眼,俊得霸道。胖?这叫匀称,叫福气。姐呀,不跟你来虚飘的,咱打开天窗说亮话,找你啊,就是为了劝老太太签个字。"

万樱说:"这……她……我……"

大波浪哭丧着脸说:"姐呀,我们嘴皮子磨破了,老人家愣是死活不松口。现如今,可算是盼来点光亮,你可得救我们。姐你一副菩萨面相,肯定也是菩萨心肠。"

大波浪紧紧攥着万樱的双手,眼睛热切地凝视着她。有那么片刻,万樱险些以为自己真就是菩萨了。

好不易劝走他们,万樱这才跨车去老太太那儿。院子很是静肃,前天入住的一干人怕是又去哪里悟道,只老太太在桃枝下颤颤巍巍地打太极拳,见了万樱便说:"咦,咋这早?"万樱鼓着腮帮欲言又止,老太太扫她两眼问:"说吧,啥事?"万樱这才挽了老太太的胳膊说起那大波浪,老太太听后说:"傻丫头,咱这是盲人剥蒜,瞎扯皮,你咋还当了真?要是再扰攘你,支他们来见我。"万樱一听傻了眼,老太太点着她额头说:"人家都是七巧玲珑心,你倒好,花岗岩一块。"万樱还想替大波浪言说两句好话,搜肠刮肚想不起中听的词,只得闷闷去墙根拔马齿苋,拔着拔着念起按摩店的事,头就更懵。

按摩店挂了她的名儿,还按月发工资,这等美差,梦里都不敢想。哪个傻子跟钱有仇?三千块!那可是三千块!能买一千三百斤大米,六十包纸尿裤,七十只烧鸡,二十个生猪头……光是这般念想,心就荡漾,可自个拆吧拆吧值几两肉,心下最是有谱，哪儿有那覆雨翻云的道行？虽说只印个名号，可遇事了不还得她抛头陷阵？到时现了原形，罗小军也跟着受憋吃瓜落儿。便恨起那天中了邪，凡事都依了他。不过罗小军的心思，她多少也能揣摸到几分，无非是觉得她日子难，想变着身法挪扶。说穿了，就是可怜她……转念间难免懊糟，他凭啥可怜她？有俩骚钱便成了菩萨？她才不稀罕别人可怜！虽说家里有条只会睡觉的瘫虫，手头紧巴，可有吃有喝，有房有车（自行车），哪里比别人矬了半截？她才不待见当啥老板……浑噩间马齿苋没择干净就下了锅，此时院中人声嘈杂，想是房客们回了巢。果不其然，便听到那个团长捏着女童般的腔调告诫团员，下次灵修时不许接打手机，不许扳谈进食，若要涤心，先须净身净音，云云。万樱正往盘子里盛菜，那个叫天青的蹑脚过来，杵她身旁不声响。她有搭没搭地问："去哪儿玩了？"天青说："不归寺。"万樱叹说："别看我土生土长，这不归寺啊，倒真没逛过。"

不归寺位于云落西南的香木镇，始建于隋末。相传唐太宗东征时路经此寺，曾至佛前烧香，却踌躇是否跪拜。方丈曰：不拜。太宗问何故？方丈曰：现在佛不拜过去佛。太宗微笑而颔之。不归寺虽经历朝战乱，倒安然如故，香火千年不熄，如今的住持是位来自华法寺的高僧。万樱问："抽签了没？"天青嬉笑道："求签不如求你。"万樱说："这孩子，嘴上没个把门的，怹爱胡说。"天青正色道："我可没诓你，倒真有满肚子话要问。"万樱说："我个庄稼老娘们，能有啥见识？"天青笑着说："你可是旅馆的大堂经理，官衔不小呢……"这时郭姐在院子里嚷道："走啦！去'青龙府'吃八大碗葫芦条！"天青咳嗽两声，慌张着瞟了瞟万樱，径自出了屋。须臾万樱连菜带饭端到老太太房间，老太太说："个闷嘴葫芦，还气呢？"万樱说："呦，我啥时变那家雀心眼的？"老太太问："那个细眉细眼的小伙子，你可知道是哪里人？"万樱说："光知道叫天青，旁的倒没问。"老太太哦了声，又细嚼慢咽起来。

后晌去那按摩院，罗小军晃荡着如期而至。见了万樱就问："咋还愁眉苦脸的？"他松了松裤带转身趴床上，"别怕，"他的声音竟有些砂糖般的绵甜，"老话说得好啊，前怕狼后怕虎，一辈子白受苦。"

"我……整不了，真的。"万樱坐在马扎上嘟囔，"我没那本事，没那操持，也用不着……人可怜。"她没说用不着"他"可怜。她可算将这句话秃噜出来了。她看到一只绿头蝇嗡嗡着在他耳畔飞。他薄薄的耳朵在光的照耀下仿佛一片透亮的果肉。

"傻子，"他扭头督她，"傻子，"他的语气起初是愤怒的、犹疑的，可随即柔和明亮起来，"个大傻子！"

她的眼眶湿润了。他离她这么近，她又闻到了那股熟悉的味道……有点像寒冬时红糖泡姜片的味道，热糖水上翻下滚，辛辣的姜片潜水艇般浮沉，温热的水汽则潜龙破云钻熏着鼻孔。华万春完全不同，华万春是家畜的微腥，生猛浓烈中掺杂着汗液和油脂的气味。她想，这么些年了，他的味儿竟始终没变……他重又趴好，仿若一只训练有素的猎犬。她的呼吸难免急促，双臂的力道不由得加重几分。她听到了他的呻吟声。粗大的双手陆续在他腰部游走，肌肉有些松弛，但并非这个年龄男性惯有的浮肥。她能感到他的肌肉随着双手的游动下意识地绷紧，于是小声道，放松，放松。他"哦"了声。她机械地按捺着他的身体，犹如信徒黑夜里抚摸着菩萨雕像。在她并不匀称的呼吸中罗小军似乎睡着了。他闭着眼，整个身体随着她手上的力道轻轻地前耸后动，犹如摇篮里酣睡的婴儿。推至承山穴时，他睁开眼，喃喃道："舒坦。"这两个字不是寻常顾客那种硬邦邦的赞美，相反，倒像是从肺腑里呼喊出来的感叹，有些气短，有些糯米粽子般的软腻。

她问："好受点？"他用一种慵懒的宛若撒娇的腔调答："嗯哪。"万樱支支吾吾着说："我给你……蒸了点玉米面菜包子……虾皮萝卜馅的。"他说："好。"万樱说："待会儿走时可别忘了拿。"他说："好。"万樱说："要就着野蒜吃。"他说："好。"万樱说："稀罕吃了，言语声，给你蒸。"

他依旧说："好。"

他还懒懒地躺在床上，万樱小跑到门外杵着胸口喘粗气。她迷迷瞪瞪地想，他并非可怜她……即便他真的可怜她，那就由着他可怜吧。他欢喜就好。他不丧眉耷眼就好。兴许，是她在可怜他呢……午后的光已隐约有初夏味道，晒得身上的骨节随风膨胀，在越来越馥郁的花香中她恍惚着想，他还是他，即便他的体重是以前的两倍。他鬓角生了白发，他左眼角长了颗芝麻粒大小的痣，他的耳垂小如榆钱，他的腿更像是亚洲象腿而不是从前的斑马腿，可他还是他。唯一不同的是，他说话的声气越来越低，越来越萎靡，那声音不像是从空气中流淌过来，而是从遥远的、幽暗的时光隧道中徐徐传来。

他小时候最稀罕吃虾皮萝卜馅蒸饺。她一辈子都记得。

* 地　　图

1

如果没记错，万樱十岁时就和罗小军成了敌人。很多年来，罗小军的绿军帽、铁皮耳朵、粘着粥米汤的嘴唇和他的小眼睛，仿似被沙尘暴卷到铁门上的塑料袋：择下扔到犄角旮旯，过几天复又卷回，粘挂门角，脱水的干水母那样破琐着旋舞。

万樱第一次和他打交道是小学四年级，那时万樱已是学校里跑得最快的女生。她比来素芸跑得还快。来素芸跑得快是因了腿长，而万樱的腿粗肥短壮，她有幸成为云落实验小学最著名的长跑能手，应当感谢那些小流氓。或许那些男孩称不上流氓，他们的嘴唇上方刚蹭出毛茸茸的胡须。万樱不认识他们，可这不妨碍他们放学后，将她围堵墙角，揪她头发，踢她屁股。当然，倘若他们来了雅兴，就要逼她唱歌。他们的要求不高，也只是让她唱他们想象出的黄色小调，比如一知半解的《十八摸》之类。万樱刚开始只懂得哭。她的哭声让那些毛糙的男孩更为厌恶。通常某个男生撸下樱桃的红领巾，皱着眉头训斥，哭哭哭！除了哭你还会别的吗？把手伸出来！

万樱伸出她的左手。

你个猪猡！耳朵里灌水了？我说的是右手！右手！

万樱就伸出右手：她的手指又短又粗，挨挨挤挤成一团，仿佛刚从泥土里刨出来的长脚花生，白嫩肿胖，手指与手指间几乎没有缝隙，缀着薄薄的膜，宛若鸭蹼一般。男孩子们睁圆眼睛，犹如盯着窝白胖蛆虫。在男孩们天长日久的注视中，万樱对自己的手指已熟视无睹。她不看自己手指，而是窥那些男孩的面孔。就是在那堆如此清晰的面孔中，她发现了罗小军。他和别的孩子不同，他从不看她手掌，而是瞥她眼睛。

这头猪！心里偷着笑话你们呢！罗小军通常提醒哥们，他背着手远远站开，绅士似的欣赏着孩子们继续折磨万樱。

这样，万樱十一岁时，就记下了这个满嘴碎米牙的男孩。他比别的孩子更让她害怕。她甚至想，他的眼睛是条蛇。这条蛇知道她在想些啥。

男孩子们的游戏也快结束了：他们在她胸脯上凶巴巴地捶两拳，用红领巾勒住她的额头，让她看上去更加像白痴，然后，骂骂咧咧地散伙。而她倒希望他们折磨她的时间能更长久些，或许，同回家相较，她更愿意选择如是的闲散时光。

她母亲是裁缝。从万樱懂事起，母亲便天天坐在那架"飞人牌"缝纫机前，佝偻着背，"歌德歌德"地踩着脚踏板，缝制宽大的阿拉伯睡袍。母亲是个不会笑的女人，即便那个煤矿工人来探家，她也只是从那架缝纫机前撤出身，掸掸身上的破线头，从乱糟糟的布料中摸出个发卡，拢住碎发，对这个面皮黝黑的男人说，回来了？她讲话时从不看着人家，眼神探着人家身后，这样很容易让人产生错觉，误以为自己后面尚站着旁人。

男人回时会给万樱带些零食，比如麻糖，比如切糕。切糕本是白的，糯米面，镶着金丝小枣，涂着蜂蜜，咬上口甜死人。可男人带来的切糕，总粘着些黑色煤渣，那些细小的煤渣相当烦人，将这些亮晶晶的矿物剔除，并非是件易事。通常时候，她挑根绣花针，坐门口石头上，挑煤渣。男人在很长一段时间里，给万樱的印象就是，他给她带来甜美食物，同时顺便给她带来些不必要的麻烦。

这个被称作继父的男人，在离家二百里的煤矿上，个把月回来一趟，等他把那些食物塞给万樱时，他会拍拍万樱的肩膀，说，樱桃，去找同学玩会吧。

母亲和男人进了屋子后，窗帘就拉上了。窗帘是母亲缝制的，布料上点缀着串串紫色葡萄和缠绕纠结的绿叶。门被插上，听着风声从门缝里挤压出来，万樱的心脏跳得快捷。她搞不懂大人们的把戏，不过，那些柔软甘甜的食物，足以弥补由好奇带来的沉闷。这个时候，她通常去找来素芸。

来素芸比万樱大一岁，离万樱家有百米，十二岁了，喜欢朗读，还是学校里的长跑运动员。她和万樱比较要好的原因是，万樱竟然比她跑得还快。她一直搞不清，这个长得敦粗矮胖的孩子，怎么跑起来比鬼还快？本应该是练铅球的好手。对于万樱的来访，她既不热心，亦不冷淡。总之，她保持了一个急速发育的女孩子的矜持和友善。对万樱带来的那些肮脏切糕和不干不净的麻糖，她体现出同龄孩子少有的克制和主见。你也别吃了，那么脏，她安慰万樱说，我们家有饼干呢，有大象的，玫瑰的，鸵鸟的也有，你喜欢吃哪种？

罗小军对她的兴趣是日见浓厚起来的。起先，万樱放学要对付的是一群狼和一条蛇，后来她对付的，便单是这条蛇。那帮大些的男孩，早对万樱了无兴致，他们更喜欢尾随在那些漂亮女孩身后，齐声喊着"一二一"，数着女孩子们的屁股在一分钟内扭动的次数，他们甚至已经学会了根据女孩子走路的姿势来判断她们是否已经

"红"过。罗小军显然是档次低一些的,就是说,他裆部的发育情况决定了他的行为,那就是,他每天放学后,开始疯了似的追逐万樱。

情况通常是这样的:万樱在老师说完"散学"后,把花书包挎到肩膀上,慢慢走出教室,而令她惊奇的是,无论她何时出教室,都会发现罗小军猫在教室外的那株杨树后面,露着窄小的脑袋盯着她。在相当长的时间内,她产生了一种错觉,那就是,她把教室外的那棵树当成了罗小军,后来,她再也不敢到那棵树下和女孩子们跳皮筋或者丢沙包。

校园里好歹安全,他不敢在有老师的地方欺负她,最危险的地方是学校的那个小卖部。出了小卖部就是出了学校,这时真正的危险就来临了,罗小军会突然以战斗机滑翔的速度狂奔起来,万樱似乎感觉到这孩子狂热的呼吸声正以闪电的速度朝她劈过来,如她稍有怠慢,那条吐着芯子的蛇便会附进她身体,让她浑身僵硬四肢麻冷。她最好的选择便是:争取变成一架比罗小军战斗力更强大的飞机,让他永远飞在自己身后,让他永远淹没在自己的影子之中。

1988年秋天,很多放学的孩子,每天都会欣赏到一部枯燥的彩色电影:一个肥猪般的小女孩,背着个花书包在柳树下飞奔,另一个精瘦的男孩背着绿军用书包若猎犬随行。当然,他们也会发现女孩比男孩更擅长奔跑。多数情况下,这个女孩和这个男孩之间的距离,始终保持在五米左右。当万樱发觉两人的距离远远时,通常会放慢速度,喘息着走两步,当罗小军渐渐追上,万樱又会麋鹿一样飞奔。有时她把他拉得很远,十米都有了,她安静地站住,窥视着那个老鼠样的家伙甩动着瘦弱小腿,屁颠屁颠地不停奔跑。

他真可怜,他没我跑得快,万樱会突然怜悯起他。她扶着株柳树,远远凝视着他。他脸上的肌肉由于不停跳跃,仿若刚被屠夫剁掉四肢的猪肉抽搐着,一层毛茸茸的汗气从纤细的毛孔里兀自晕开。她才察觉,他的眼睛其实并不小,或者说,他的眼睛其实很大,他的眼睛只是在愤怒或者伪装成愤怒时才变得细小。她甚至想,当他喘息着揪住她头发,有些不相信似的望着她时,他的眼睛一定是水淋淋的,还是双眼皮。她老老实实地伸出右手,无限甜蜜地说,这是我的手,我的手是鸭子手。你打我吧!你为啥不狠狠地踢我的胖屁股呢?

当然这样的事情从未发生,他们的追逐游戏通常在那家"国营第四食品门市部"前休止。这时他们会分道扬镳,罗小军往南走,万樱往北走。他们看着对方,都不相信致命的追逐已经终结,他们闻着从门市部里飘散出的火腿肠的香味,最后忧心忡忡地望对方一眼,各自走开了。

那次,罗小军怎地就打碎了两人的游戏规则,也许是他被那些酱猪蹄和猪头肉的香气激发了兴致。在十字路口,他没朝南走,而是依然疯狂地追万樱。樱桃那天穿着双凉鞋,跑着跑着凉鞋带子就断了,樱桃毫不犹豫地将鞋子拎手里,光着脚飞奔。她的脚很快被一枚玻璃片扎得流了血。她丝毫不敢大意,边哭边跑。那是唯一的一次,因被人追打而哭。由于跑得上气不接下气,她的哭声是安然的,没得声息的,直到来素芸家门口,罗小军还尾随着她。就在这时,来素芸从门口走出来,手里捧着那个鞋盒。无疑,她是出来跳舞的。

她父亲是县政府办公室的秘书，家境算是富裕。她有双红皮鞋，是她爸上北京出差时给她买的。夏天，她总是把它从精美的鞋盒里搬出，顺便把万樱叫来，说，你帮我擦鞋油吧，樱桃，擦完后我给你小豆雪糕吃。万樱对食物永远表现出天生的热忱。她按照来素芸的安排，把白色鞋油挤满鞋面，然后用刷子来来回回地蹭，由于劳动时她的脑袋里满是小豆雪糕，那些鞋油被她弄得满手皆是，可来素芸不在乎这些。她不说话，托着腮凝望着不远处的铁轨。那些铁轨上通常跑着黑色火车，并不很长，火车的鸣笛声也不是很响，慢吞吞地驶向菱角山。通常万樱的鞋擦好，来素芸露出白白的脚趾，将那双红色的鞋子套进去，然后，她开始跳舞。她跳舞的姿势很轻盈。万樱就龇着牙，傻傻地笑着。

那天她看到万樱光着脚奔跑，后面跟着个人，无疑是欺负人欺负到家了。她把万樱拉到身后，看着罗小军。她什么都没说，罗小军也什么都没说，然后罗小军斜背着书包走了。万樱坐地上，用手抹着脚上的血。血被马路灰尘搅拌得黑乎乎的，伤口早被渍死。她望着罗小军的背影想，他要追她追到什么时候呢？他想追她追一辈子吗？万樱在多年后想起这个男孩子的背影，还会经常从梦中耸身而起，用手去触摸仿佛是挂在黑暗中的影子……这影子如此单薄虚妄，只潮湿地悬在夜空。

2

冬天的街是灰的。什么都是灰的，树，鸟，职工俱乐部，人，还有不远处那个火葬厂。在气候极端恶劣的日子里，罗小军仍没放弃对万樱的围追堵截。为了使自己的身体处于巅峰状态，整个冬天，罗小军都没穿棉衣棉裤。而万樱也只套了毛衣毛裤，为了减轻负荷，她连书包都不背。她左手抓着书和作业本，右手夹着铅笔、橡皮和三角板。

那天下了雪，万樱出了教室，看到罗小军蹭着双灰不溜秋的鞋。原来罗小军把他同学的溜冰鞋给穿来了，他早把溜冰鞋系好，靠着那株杨树，单待万樱出现。万樱也没料到罗小军的溜冰技术如此高超。她只听得身后的雪地被冰刃破划开，伴随着一声更比一声近的粗重喘息。尚未来得及回头，辫子就被人抓住了。她听到罗小军激动颤抖的欢呼声，我终于逮着你了！我终于逮着你了！

万樱惶恐地闭上眼。她想象不出这个蛇一样的男孩会以如何的手段折磨她。空气很凉，万樱的鼻涕不时流出。雪其实停了，可没有阳光，万樱很奇怪，一个人即使闭着眼睛，也能看到些东西，譬如，她虽然看不到罗小军，但却窥见了一种白色，以及那种白色所胁迫来的无端香气。她还闻到了一股红糖姜水的味道，有点甜，暖烘烘的……使万樱更奇怪的是，罗小军并没揍她。她睁开眼睛。罗小军正凝视着她。他离她那么近，胸口剧烈起伏，书包带一张一弛，长睫毛麻木地眨着，脸上兴奋的表情缓缓殆尽。他好像很冷，搓搓手，一屁股坐到雪地上，将溜冰鞋脱了，直起身，觑着眼，打量着万樱。万樱抬起右手，举着手指，在罗小军眼前晃了晃。

万樱就走了，边走边回头看罗小军。如果没记错，那是罗小军最后一次追万樱。之后罗小军再也没在学校门口等候过她，即便在上学或者放学路上遇到，罗小军也是直挺挺地从她身旁走过，连头也不扭。

说实话，万樱有些失望。她对自己感到失望有些不安。再后来，她甚至很少见到罗小军，似乎这人从她的奔跑生涯中，就那么着失踪了。在小学最后一次见到罗小军，是在毕业汇演上。

罗小军的个子更高，也更瘦，眼睛似乎也大了。他参加了学校的艺术团。罗小军在那出名为"三个优秀少先队员"的节目中，扮演一位中年丧夫、晚年丧子的孤寡妇人。万樱滞在具具热气腾腾的肉体中，右手揪着红领巾。她看到罗小军的脸被胭脂涂抹成花朵的颜色，额头用碳素铅笔勾勒了几条深线，为了使老妇人形象更逼真，美术老师用两条黑色电光纸把他的两颗门牙包裹起来，为了使罗小军说话时有气无力，美术老师又往他嘴巴里塞了三粒泡泡糖，好让他的舌苔伸卷时漏出气若游丝的效果。万樱看着罗小军躺在两张椅子凑成的床上，艰难地咳嗽，每咳嗽一声，他的躯体都象征性地起伏，每一起伏，他头上的假发髻便剧烈地颤抖。樱桃觉得伤心极了，他为什么要饰演一个没有牙齿的老太太呢？他的脸甚至被胭脂染成了绯红色，他追她的时候，脸也从未这么鲜艳过。

她才发觉，她从未像如今这般厌恶过他，这种厌恶盖过了几年后她对弟弟草莓的厌恶。对这个母亲和矿工生育的男孩，她抱了种天生敌意。从母亲怀孕的日子里，这种敌意似乎便来临了：她发觉自己的胸部也像个孕妇一样慢慢鼓囊起来，最原始的肿块消失后，一种恍惚的力量让她胸脯的肌肉蓬松起来。晚上睡觉时，她时常恐惧地去蹭一下那个部位，感觉到一种无形的手正在肌肉里揣摩，那种磨蹭促使这个地方如放了酵母的面团发酵起来。

母亲临盆之前，万樱的身体不再是那种单纯的肥胖，似乎她身体里的脂肪和液体，每晚都被一只芬芳的管子疏导进母亲的身体之中，甚至当她碰一下母亲，那些汁液也会通过手部的血管和无形的空气，流淌到那个变形的裁缝身体中。尽管胸部膨胀，但身体的其他部位却削瘦起来，比如那双腿，她惊异地发觉，已经和来素芸的一样修长，本来白皙的肉上开始文了一条条暗黄色褶皱，她不晓得这是脂肪消退后留下的痕迹，就连右手的手指，鸭蹼般连接的部位正慢慢分化，手指间的缝隙愈发明显……她不知道这是怎么了，她不喜欢这种变化，她甚至恨起了这种变化。她想，这都是母亲怀孕后发生的变化，那么，是不是自己也怀孕了呢？母亲和继父睡一张床，自己和他们也睡一张床，母亲怀孕了，自己是不是也怀孕了？这想法连她自己都觉得可笑，母亲的肚子大得灌了一袋米，而自己的肚子，尤其是小腹，却光滑平坦，摸起来就像是摸花朵的花瓣一样：柔软嫩滑，隐隐散发着香气。

3

可她就是不喜欢草莓，这男孩嗜哭。他哭起来跟春天野猫在房后嘶叫似的，而更令她腻烦的是，母亲在缝制衣服时，看守孩子的重任就落她头上。她一点都不喜欢那个孩子身上的气味，那是一种怎样的气味呢，尿骚搅拌着乳臭。她把他抱怀里，就没有时间看《射雕英雄传》，而她是多么喜欢看啊。有天傍晚，她领着刚满周岁的草莓在屋前溜达时，看到了罗小军。她知道罗小军家搬到了这片公房附近。他们已经三四年没说过话。

罗小军的胳膊上戴着黑箍。她知道他

父亲前些日子去世了。他母亲也不管他。他母亲是这一带著名的疯子，天天在镇上的大街小巷闲逛。她蹬着双黑偏口布鞋，套着碎花罩衫，独自跳舞，或者唱歌。有几次，她偷偷跟在女人背后，想看看她到底干了些啥。让她失望的是，女人只是走街串巷，串着串着就到了涑河边。女人在岸上跳舞，她跳舞的时候，仿佛一只花蕊里的蜜蜂。她就鼓掌。女人歪头问，我跳得好吗？她说，好。女人问，你叫啥名字？她不想说。女人叹息了声说，多可怜的孩子，连名字都没有。她才争辩似的说，我叫樱桃！樱桃！女人笑了笑，不再搭理她，继续跳舞。有几次，她跟着女人走，走着走着就到了女人家。一想到这是罗小军的家，她忽然眩晕起来。女人蹲在臭樟树下逮黑头蚂蚁，她就看着女人想心事。

罗小军。樱桃轻轻地招呼道。

罗小军的脸上缀着几颗暗疮，他的眼睛更大，脸上好像除了那双眼睛，就再没旁的器官。

嗯。你吃了吗？吃了。吃的啥？蒸饺。啥馅的？虾皮萝卜馅。哦。你……去做啥？不做啥，走走。

罗小军就走了过去。万樱还想说什么，可终归闭了嘴，她感觉到自己的手指正被什么东西吮吸着，蚂蚁爬蹿，酥痒而慵懒着舒服。她低下头，却是草莓把右手的一只手指含嘴里，舌苔壁虎般卷动着。她愣愣地拔出手指，又看看罗小军。他的腿很长，他的肩膀也很宽，他的屁股走起路来很有劲，他和以前一点都不一样了。

继父好像也和以前不一样了。他喜欢上了种叫"沧州白"的劣质白酒。他还会每个月末回来。他不再像万樱小时候那样买些切糕或者麻糖，他似乎把她当成大人了，给她买的东西和给母亲买的东西仿佛，比如一双袜子，短腰的那种，或者一条透明丝巾，有次他还给万樱买了管口红。他喝酒后撒尿时蹭过万樱的身体，万樱正在刷碗，手里正抓着把筷子，她闻到股浓烈的酒气，她的屁股被他碰了下，然后感觉到一只手把某样东西塞进裤兜。

翌日，日头底下，万樱欣赏着那管口红。她发现这种桃红色的口红比她想象的还妖艳。她照着镜子将嘴唇描成瓣桃花。嘴唇上细腻的光泽在镜子里晃了晃，然后她听到背后有人问：谁买的口红？

万樱知道是母亲，诺诺地回了句什么，悻悻走开。她听到母亲似乎叹息了一声。

自那日起，万樱便和母亲和草莓分屋而居。更确切地说，是和继父分屋而居。母亲在厢房给她置备了张床。虽是厢房，也只摆得张狭小的檀木板床，这檀木板床好歹是多年来，唯一属于万樱自己的东西，万樱躺上面，觉得从没如此舒适和安然过。檀木床旁是个三合板凳子，上面摆着一只熊猫闹钟。清晨起来，万樱隐隐兴奋着，随手拉了后窗的窗帘，便有个男孩正自窗外疾走。不是旁人，正是罗小军。

原来罗小军每天上学，都要路过自家门口。万樱极力回想几年前他追逐自己的模样，虽然恍惚了，但想起时心还会快速搏跳。她背了书包，饭也没吃，出了家门。

正是春天，空气中浮动着杨树的涩香。罗小军穿着牛仔裤，两条修长的腿走起路来像蜻蜓掠过水面。万樱也加快了步子。罗小军没有她跑得快，但走路却比她迅捷。不一会儿万樱便呼哧带喘。后来她站停了，心里突然难过起来。

这样每天清晨，万樱都守候在厢房后窗，等候着罗小军路过。他走路的样子其实有点难看,他是罗圈腿。两根修长的麻秆在大腿处稍稍分开,拱出棱角分明的两条弧线。他脚上总是一双黑色运动鞋。有时万樱跟在他身后,便觉得前面这个人,仿佛是两根倒立的黑色铁钉,在铁钉胶合处,是他干瘪的、几是扁平的臀……他每天匆忙赶路,同时身体挥发出铁器冰凉的、恹恹的气息。而这气息,和鼻孔里不时涌动着的各路野花、树木的气息如此相背离,或者说,这个面孔生硬的男孩身上的气味,已经脱离了季节的征候。他的手里还时常攥着卷长长的纸。面积磅礴而被卷得细细的纸,随着他身体运动倾斜着,衬得他身材更为单薄。有天,罗小军突然扭过身体,面无表情地盯着万樱。万樱便低了头,在他的注视下错开身子,急急晃过去。本来她想回头,看看他是否还在望她,但也只是想想罢了。

万樱不得不去请教来素芸。当然她没提到跟随罗小军走路的事情,她只是轻描淡写地问:你还认识罗小军吗?来素芸正在清点情书。来素芸上了初三,出落得清丽怡人,书包里总出现莫名其妙的信笺。当然,她会非常冷静地处理这些东西:一封封欣赏完,然后冷笑一声,再用火柴烧干净。这些她都不瞒樱桃的。她头也没抬地问,罗小军吗?认识啊。我收到他一封信。用血写的呢。他的字可真难看。谁知道是用猪血写的还是用鸡血写的呢?来素芸说完咯咯地笑了起来,笑完把信烧了。

万樱心里有些酸,眼睛盯着已被焚烧的信笺,在地上慢慢打着卷,卷成黑色蝴蝶。她不好再问什么,伸了脚,将那些蝴蝶踩得更碎。来素芸有一搭没一搭地问:你怎么想起问他来了,他小时候可是老欺负你来着。听说,他最近在收集地图,都

有些魔怔了。上课也不好好上,专门去旧物市场搜那些用不着的破地图。

4

很长一段时间,万樱散学后,抱着草莓去镇上的旧物市场闲逛。旧物市场在家老茶馆门口。通常只几个神情萧索的老人,春天了,还紧裹着破棉衣,蹲踞着,摆弄着地摊上的古币、描了细眼的仕女胆瓶、毛主席像章。买客也稀疏,通常是稀稀拉拉的茶客打茶馆里晃悠出,半俯着摸摸这个敲敲那个。万樱抱着草莓在地摊上瞄着人家的物事,并不吭声。这样去了四五天,有个独眼老头便问,丫头,在找什么呢?万樱便急急地走开了。哪里有什么地图,连和地图沾边的字画都没有。

待继父回来时,万樱便和继父说,她想要一张东北三省的地图,不要新的,最好是旧的,是人家用剩的那种。继父那天又喝了些酒,眯缝着眼看万樱。万樱便又重复了一遍,并且说,不光东北三省的,别的省的也成,越老越好。继父点了头,算是应允了。

于是不几天继父又回了。让万樱惊喜的是,继父不但给她拿了一张崭新的东北三省地图,还拿了北京、上海和南京的交通地图,都是散发着墨香的,明显是刚从书店里买回。樱桃感激地笑笑,一个人跑进厢房,将那些地图在床上次第铺开。那些蜘蛛网似的线条便密密麻麻地交织着铺满床。蓝色的是河流和海洋,黑色的是铁路和公路,褐色的是输油管道……罗小军干吗喜欢地图呢?万樱伸出手指,细细抚摩着洁净的图面,慢慢眼睛就花了,仿佛自己变成了只蚂蚁,在那些迷宫似的曲线

里蹩脚地散步。说实话，她不晓得罗小军在想些什么，更不晓得自己在想些什么。

待拿了地图去上学，跟在罗小军身后疾走，却没勇气赶上他，将这些地图亲手交给了他。本来有那么一次，万樱差点就拍拍他肩膀，手都伸出去了，手指僵硬地停驻在他肩膀之上，却无论如何放不下。这时罗小军不知怎地转过身，发现身后伸着一只手，他尖叫了一声。他叫声庞大，很多学生都朝这边好奇地张望。万樱仓促着后退两步，罗小军已飞也似的滑出去十来米。很多年后万樱还记得这个男孩惊恐的不着边际的叫声，以及他仓皇奔跑的姿势：他两条倒立的铁钉腿似乎是笔直地迈出去，同时倏的一下身体也木木地飘出，而他手里本来抓着的一张地图，惶惶落到地上。万樱弯腰拾起。地图用猴皮筋扎着，紧紧的。

罗小军！罗小军！她轻轻地唤着他的名字，而罗小军连头也不回地消失了。万樱确信罗小军是消失了。也许是万樱的眼睛黑了下，不管如何，当她再次逡巡着过往的人群时，那个单薄的男孩子，仿佛月光下唱歌的蟋蟀，突地就隐藏进浮动的花影里。

罗小军掉下的那张地图竟然是张外国地图：《布宜诺斯艾利斯交通地图》。多么奇怪的名字。罗小军干吗喜欢有着如此奇特名字的城市？布宜诺斯艾利斯是哪里的城市呢？很明显这是张老地图，色泽黯淡，图面上点着黄色斑迹，有的路线还被圆珠笔狠狠地画过……除了来素芸，没有人能帮樱桃的忙了。来素芸见到樱桃时只是抿着嘴笑。她笑得很暧昧。万樱的左手按着右手，也只涩涩地笑。后来樱桃说，你帮我把这几张地图给罗小军吧。来素芸说，我又不认识他，干吗要我给他？万樱喏喏地说，他不是给你写过情书吗？你给他，他一定要的。

来素芸摸摸她的头发，没说什么。后来她按住万樱的一根手指，说，你不知道，你这样做，很傻吗？你也……长大了。

万樱没吭声。回到家里，母亲和草莓已睡了。初春的晚上有风，不冷，甚至有略略暖意。月光也暖暖的，伴不远处火车的鸣笛。母亲缝制的阿拉伯睡袍就堆砌在厢房。万樱褪了衣服，将一件睡袍裹了身子，光了脚，在地板上走来走去。后来她出了厢房，推了母亲的房门。母亲的鼾声有节奏地起伏着。在穿堂的立镜前，万樱绷直了身体。她约略着有点羞涩。她的身体早不属于那个叫樱桃的女孩了。先前她厌恶的乳房越发高耸，而她小时候引以为耻的两条腿，摸上去如此细腻。镜子里银色的手指依次滑过她的耳垂、脖颈、乳房和臀部，后来久久驻在她的那张脸上。有两条虫子顺着鼻翼爬下，这让万樱羞愧不已。她圈住自己的身子，蹲在镜子前，像抱住了另外一个人。

5

上学的时候，万樱在窗口再也没见到过罗小军。即便在学校，万樱也很少看到他。在学校的春季运动会上，万樱看到罗小军报了三千米。他穿着条深红色的短裤和件白色跨栏背心，瘦瘦的肩胛骨突兀地鼓将出来。他脚上还是那双黑色耐克鞋。他没有万樱想象中跑得快，或许是他不规范的跑步姿势妨碍了他的水平。万樱想如果罗小军能把小时候追赶她的跑步天赋发挥出来，拿个冠军应该没啥问题。罗小军最后只拿了个第八名。本来班里的体育委员也给万樱报了女子八百米，可万樱没去跑。在报名处点名时她佯装去了厕所。透过女墙上葱茏的蒲公英，她看到男子四百米的预赛又开始了。竟然还有罗小军。罗小军这次很争气，拿了个小组第一名。万樱从墙角拔了棵蒲公英，在手里捉玩了半天。后来她吹了口气，白色降落伞就飘出去了。万樱想，如果有一朵，恰恰就落在罗小军身上，那该多好。

晚上到家，没成想继父又回来了。见到万樱，他朝她点点头，从书包里拽出张地图。万樱笑了笑接过。晚上吃饭时，草莓老是哭个不停，继父正在喝酒，被草莓哭得心烦，顺势打了他一巴掌，草莓便哭得愈发厉害，母亲搂抱了，说摸着头有些热，估计是发烧了，要去附近的门诊看医生。

家里就单剩了万樱和继父两人。那天万樱吃得心不在焉，米粒被牙齿磨来磨去，却不下咽。眼睛也是昏昏的。继父便问，樱桃，是不是有什么心事？万樱没吭声，继父便接着说，女孩子大了，心事也就大了。说罢继续喝酒。万樱吃得没滋味，推了碗，径自去了厢房。把继父新买的那张地图徐徐展开，是张《巴黎交通地图》，万樱真搞不懂这些古怪的地图继父是从哪里寻来的。然而要这些地图有什么用处呢？罗小军干吗迷恋这些与清水镇不相干的东西呢？看不到真的水和村镇，看不到真的街道和人，所有真的，都被虚拟成单调的颜色，所有立体的，都被投影成平面。他想去那里旅行吗？他不喜欢云落的风景和人吗？

万樱恍惚着，似乎便有股酒气袭来。原来是继父晃悠着进了屋。他打着酒嗝，

愣愣地问，你要这些地图做什么？你长大了想周游世界吗？还是想当个地质勘探学家？你的想法倒真是大呢。

万樱没料到继父会挨着她坐下。她站起来说，我妈该回来了，我去刷碗。你歇会吧。

医院离这里远着呢，一时半晌回不来的。继父点着支香烟。吸了没两口，人突然就座山似的朝万樱压将过来。万樱惊乍了声，继父已将她身子支在床上，伸手去解她的腰带。她感觉身下的地图索索着响动，她能想象得到那地图被压成条条褶皱，沉闷地挣扎，而那座叫巴黎的城市，正在以平面的形式坍塌，就像她身上的那具硬邦邦的身体和一条硬邦邦的蛇，它们野兽般吼叫着，正要把她压成一张地图……她没想到男人的气力如此之大，她除了恐惧外，再也没别的办法。恍惚中她的运动裤被男人褪下来了，男人的小腹已贴住了她的小腹，男人粗糙的火热的迸发着酒气的蛇让万樱瞬间清醒过来。她伸着右手，高声尖叫着：

"罗小军！罗小军！你快来啊！罗小军！"

手指被白炽灯泡晃成橘黄，万樱的眼泪倏地蹦了出来，男人的手慌乱地摸着她，樱桃再次大声地叫道：

"罗小军！罗小军！罗小军！"

继父猛地从她身上起来，巡视着厢房。真的有人在开门。草莓的哭声在门外蔓延。是母亲回来了。继父慌乱地整理着衣裤蹿出厢房。万樱躺在床上，顺势抓了被褥，遮掩好身体。不久母亲就进来了。她有些狐疑地问：樱桃，你怎么了？你刚才嚷嚷什么？

万樱的脸蒙着被子，半晌闷闷地说，

没什么，不小心睡着了，做了个噩梦。母亲又问，你没事吧？万樱哆嗦着说，没事。没事就好，母亲抱着草莓出了厢房，边关门边叮嘱说，夜里凉着呢，多盖床被褥啊。

樱桃"嗯"了声，眼泪就洇了枕巾。她打了灯，将门插死，这才想起那张《巴黎交通地图》。她狠狠地把它攥在手里，使劲揉搓着。揉搓成团。后来搂着自己的腰轻泣。不知又想起什么，将那张地图小心着展平，那些细小的褶皱浪费了她很长时间。她盯着自己的手指，在这座她从来没有去过的城市上，一点点划过。她想，明天，一定亲自把这张地图送给罗小军。以后，她再也不为他收集这些华而不实的东西了。

6

第二天，叠被褥的时候，万樱在床单上发现了一抹红。她隐隐地意识到，可能发生了什么事情，以前是从来没有流过的，她突地恐惧起来，她不敢想发生了什么，一点都不敢想。把床单塞在床铺底下，默默地洗了脸，方觉得下身也隐隐疼痛起来，找了些上厕所的草纸，敷衍了事地裹掩了。母亲他们还未起床，出了院子，站在阳光下，攥着那张地图，万樱觉得有些眩晕。

她早早地在学校门口等罗小军。运动会没结束，今天还有男子四百米的决赛，罗小军不会不来上学。渐渐的学生多了，罗小军真就让她等到了。当然，罗小军没想到万樱是在等他。他只是瞥了她眼就迈了过去。他发觉万樱和以往不一样，她在直勾勾地盯着他。她以前可从来没有这么张狂地盯过他。

罗小军。

她的声音很微弱。罗小军听到了。他继续往前走。

罗小军。

万樱又喊。

罗小军转过身。他看到万樱的眼睛红肿，头发凌乱，套着身挂白色条纹的海蓝运动服。

你过来下好吗？我给你件东西。

罗小军摇摇头。

万樱就朝罗小军走了过去。他们之间的距离只有七八米，是小时候他们追逐着奔跑时，通常保持的那种距离。万樱走得很慢，罗小军在她瞳孔里变得越来越真切。他的脸还那么瘦削，他的眼睛还那么大，好像他的脸上除了这双眼睛，再没别的器官。他小时候的铁皮耳朵，并未随着年龄的增长而扩大，这样看上去，他的耳朵便显得失却比例。而他那双修长的腿，他的那双淹着汗渍的运动鞋，似乎在轻颤。他和她只有一米左右的距离，他和她长这么大，还没有如此近地面对面对视。

罗小军……

当万樱还没来得及将地图递出，罗小军突然撒腿就跑了。他没朝学校里跑，而是朝通向镇中心的街道跑了起来。他开始时跑得很慢，比走路快不了多少。然而他很快就加速了，同时边跑边扭头瞥着万樱。

万樱突然就流泪了。她朝他跑了过去，开始也慢慢地，当他们离得越来越远时，她方飞也似的狂奔起来。她手里攥着那张《巴黎交通地图》，脚下的风呼呼地扯动。公共汽车、自行车、马车和拖拉机如魅影一闪即逝，而前面那个男孩子，他时远时近。有那么片刻，樱桃察觉出裹在那个地方的草纸粗糙地摩擦皮肤，一股疼痛缓缓浮腾起来。那是怎样的一种疼呢？她从未体验过。

她到底没追上他。那是她最后一次追他。

他终于跑得比她快了。

7

1994年，万樱读云落职业高中，裁缝的本意是让她学服装设计，将来好帮她裁裁剪剪。班上的女孩不听讲，都在为男生织手套。细绒毛线很便宜，八毛钱能买一小团，色彩极明丽，有暗紫，有艳黄，有朱红，还有果绿。万樱选的是素黑。她觉得罗小军如果戴上露手指的黑手套，就更白净了。器具也简陋，不是闲妇们织毛衣用的棒针，而是纤细的竹针，一尺有余，在手指间穿梭缠绕，即便上课时在抽屉里编织物什，老师在讲台上也不会有丝毫察觉。单是双手套，旁人四五天就完工，万樱的右手做起针织类的细活很不便当，她织了足足半月。织了就也织了，被她藏在被褥下。

初冬时节，听人说罗小军要去当兵了。罗小军父亲病逝后，他书也不念了，跟人家跑大车，当兵或许是条好出路吧？罗小军临行那日，樱桃倒是去偷偷送了。家属们都聚在县武装部门口。先是衣着鲜艳的农民舞龙狮，后是新兵代表发言，再是个唇边缀了颗桑葚般大小黑痣的中年男人"嗯啊"着无休止地演说。新兵蛋子都穿着没肩章的军装，戴着樟脑味的军帽，一撮撮绿硕的萝卜缨子似的。樱桃混迹人群中，眯了鼠眼寻觅罗小军。那几百号人模样也不太像，瘦得瘦肥得肥，可偏偏望不到罗小军。樱桃垂着头，坐到花圃边来回摆弄着线手套。来素芸碰了下她肩膀说，我们

走吧，我们走吧，好冷啊。

裁缝又改了嫁。矿工继父不是死于矿难，也不是罹于车祸疾病，而是失踪了。矿上的领导来过几趟，警察也来过几趟，都跟裁缝问些细情，却问不出个所以然。继父倒是有个弟弟，据说在南方一座城市的动物园里当管理员，不过一封电报过去，却全然没有回音。总之，那个黑糊糊、满脸须髯、一推门就将裁缝按倒在床的男人再也没回过家。隐约听人说，他搞了矿上某工头的老婆，被人砍了手指躲东北去了。在樱桃印象中，那些落魄的人，似乎都会坐着火车逃往东北，仿佛那里是世界上最安全最明亮的地方。樱桃还记得小时，矿工常带切糕回来，切糕上镶着金丝小枣、葡萄粒、芝麻跟亮晶晶的碎煤渣。

母亲再嫁的男人是镇上的鞋匠，住在另一条街上。以前樱桃倒没怎么见过。一脸的碎麻子，鼻毛耷拉到人中，嘴唇呢，满是那种只有过度饥渴才生成的碎皮。用媒婆的话说，这是只没尝过女人味的老童子鸡。倒也不是身体有什么毛病，那年月家里成分不好，地主出身，又没有兄弟姐妹撅扶，一拖两拖就拖成了老光棍。只是个修鞋匠，可不吸烟不嗜酒，平生最喜欢的事就是攒钱。再说了，没贴过女人的肉，如若尝了鲜，定会知晓女人的好，不怕他不疼两个孩子。裁缝边穿针引线边点着头，算是应了。鞋匠送了两千块礼钱过来，过了几日，用三轮车把行李搬过来，草草摆了桌酒席，将媒人和邻里请来，喝了几盏酒，算是"倒插门"，正式做了裁缝家的女婿。

万樱倒极少跟鞋匠说话，也没有心思读书。她开始给罗小军写信。长这么大，她还没给人家写过信，因而格外重视。信

纸是最贵的那种，五毛钱三张，头尾是素粉碎花，朵朵缠着蔓延开去，将整张纸都铺满了。樱桃通常先在白纸上打草稿，打完草稿后方将文字正式誊到信纸上，即便如此，她还是不可避免地将信纸弄脏，留下浅黑的螺形指纹。她不敢署自己的名字。

沮丧是难免的，信里其实并没说什么。说白了，只是流水账似的日记罢了，只不过前边郑重地加了"罗小军"这三字。她说"秋天到了，万里无云，碧空如洗，大雁南飞，丹桂飘香"，这些词都是她从《中学生作文词典》上抄下来的。她还说，院子里的芭蕉枯萎了，蔷薇枝干昨天被她用镰刀割掉，根茎处铺了层薄薄的炉灰，怕的是霜冻来临。她说，母亲为了结婚买了身水红色的羊绒大衣，由于大号和小号都是一个价钱，母亲就要了大号的，穿在身上连脚面都盖住，像马戏团里的女驯兽师。如此而已。

她从同学那里要来了罗小军的部队番号和地址。等跑到邮局，信摁进邮筒过半，她还是硬生生地拽出来，惴惴不安地揣进怀里，东看西望的，怕被熟人瞅见。傍晚了，云落的每条主街，无论是"东方红"路还是"捷克"路，"友谊"路还是"斯大林"路，"两生路"还是"影后路"，都有高音大喇叭播报中央人民广播电台的《新闻和报纸摘要》，然后，云落电台会放些港台流行歌曲。樱桃听到一个吊诡的细嗓门唱着，雪在烧……雪在烧……风中的花朵……绝望地奔跑……便有流泪的欲望。伸了手去挡眼睛，干进进的，没得一滴咸湿的盐水，就越发羞愧，拖了蠢笨的身子伏在加重自行车上埋头憨骑。

那些年，她给他写过多少封信？邮出过多少封？又有多少封偷偷锁在抽屉里？自己也记不得。她从来没有收到过罗小军的回信。她觉得这再正常不过了。她不光没有署名，也没有留邮寄地址。

高二那年，万樱就死活不去读书了。云落跟泰国合资新建了热力发电厂，要招四百名工人，只要初中学历就可，正式工，还能农业粮转商品粮。同学们大都报了名，班里剩不几人。樱桃没去热电厂，一想到烟囱里冒出的浓烟，她就想到了城南的火葬场。裁缝便托人弄脸让她去了锁厂，月工资一百二十元。

她忍不住给罗小军写了封信。她说她的新生活开始了，她是名锁厂女工了，厂里待遇很好，除了定期发线手套，还发口罩和雕牌洗衣粉，日后要是罗小军家的锁坏了，她免费赠他把新的。她还说，镇上最早的那家卡拉OK歌厅倒闭了，变成了超级鞋城，老板是温州人。里面聚集了全世界最新潮的皮鞋，她打算用头月的工资给裁缝、草莓和鞋匠各买一双，要是罗小军不嫌弃，她也舍得给他买，那种长筒皮靴，皮子贼亮，能照出人的眉眼，鞋衬里是雪白柔顺的长兔毛，保暖又舒适，配上军装的话就更威风。当然，要是他不喜欢皮鞋，她就给他买双星牌运动鞋。不过双星牌运动鞋没有黑款，她打算挑双白的，黄斜纹红鞋底，这样，他跑早操的时候，即便乌漆麻黑，别人也踩不到他的脚。

那是她写给罗小军的最后一封信。

她只拿了锁厂两年工资，锁厂就改制了，工厂精简工人，像万樱这种没门路工龄短的第一批下岗。裁缝憋屈得唇角生了连环紫泡，万樱倒没觉得有啥，跑到汽车站旁边的饭馆做洗碗工。洗了几年就混成了凉拼面点，反正门脸小客人稀，多放把盐少放把盐、馒头碱大了还是碱小了，也没人介意，后来听说两生路的常家饺子馆待遇好，又跑到那里捏饺子。

去了才晓得人家生意好不是吹出来的，晨起顾客排队吃面喝汤，中午排队买蒸饺抢免费散装白酒，只到了晚上才清静些。清静了，老板常献凯就叫上厨娘们，在门脸西侧的水泥路上踢毽子。她不会踢，身子蠢，就靠株粗壮的铁线梅绣十字绣。十字绣也是裁缝逼她绣的。裁缝骂道，八指手也能绣出那活鸳鸯！况你这齐全的！

有天傍晚，大概是秋天，她记得铁线梅的叶子快落光了，老板和厨娘们踢毽子踢得正欢，便听到有人问，还有蒸饺没？她的心咯噔一下，手里的绣绷差点落了地。抬眼去看，便瞥到个男人。太阳将落未落，有点模糊，又有点微亮的霞光。可她还是认出了他。除了罗小军还有谁？套着牛仔裤，这么凉了，竟只穿件衬衣。旁边那女人，该是他老婆吧？老板便喊，万樱！来了客！万樱嗯了声，将罗小军和女人引入屋。罗小军肯定认不出她了吧？她偷偷溜进后厨，隔着半截门帘问，想吃啥？她听到自己的声音颤颤巍巍，不禁凑近了洗手池上方的镜子，晃着自己的脸。镜子碎了一半，粘着菜叶面粉，她的半张脸在昏黄的光线下庞大圆润，脸颊有点进刺，无疑是被秋风吹的，"噢，噢，少女之春，给我带来五彩时光"，想到电视里那句广告语时，她懊恼起早晨雪花膏没抹厚实点。

还有虾皮萝卜馅的没？

她听到罗小军问。有，她说，有点凉了，给你热热，我。边说边对着镜子洗了把脸，洗完脸又用餐巾纸慌乱着擦了擦，这才低头含胸挑了门帘，掩在暗处打量着罗小军。罗小军背对着她坐，他肩膀似乎比以前宽了些，她偷偷掐着手指算了算，

她大概有六七年没见他了。那女人坐罗小军对面，刘海黑，眉眼好看，一直盯着罗小军。罗小军啥话没说，她还一直笑吟吟地盯着他。他们真般配啊，她啃着手指甲想。

等蒸饺热好，她忙端了上去，光顾瞅着那人，没瞅到脚底有两颗花玻璃球（事后她想，肯定是常云泽那小鬼落下的），咣当声就坐到了地板上，即便如此，手上那盘蒸饺还端得稳稳当当。罗小军和女人忙把她搀扶起，她身坯粗重，估计他们也是费了吃奶的力气。女人问，摔坏了没？她捂着脸说，皮糙肉厚，不碍事。女人柔声道，没事了还傻站着干啥？忙去吧。她才哦了声，三步并两步旋进了厨房，对着镜子大口大口喘，镜子里的那张圆脸，左腮粘着几绺餐纸碎屑。她迷迷瞪瞪地想，丢人现眼的货，上吊死了算了。

此后有十三年，她再也没见过他。关于他的传言倒是不少，他越来越像个大人物了。于她而言，他仿佛秋后月下的蟋蟀，猛然跳入花丛不见了。而春天，似乎再也没有降临过。

她那时觉得，这样也挺好。

这样能有什么不好呢。

第八章　常云泽不稀罕吃蒸饺

常云泽是越来越厌恶这个浑身散发着驴肉味的老家伙了。老家伙盘腿坐在草垫上，仿佛手艺人那样熟练地拨甩着手指间

的柳条。柳条柔韧白净,在他指缝间如河上月光般迂回跳跃。柳条是去年立秋前从垂柳上剪下的,早已捋叶剥皮晒干。剥皮是有讲究的,先从枝条末端将皮微微掀起,用两半竹片夹住卷起再猛然扯下,犹如他小时剥蛇皮般。晒晾也有说辞,要避雨防霉,以免枝条变质变色。编制前先用水汹透泡软,再用湿麻片包裹,怕的是水分蒸发柳条变脆易折。他的手边还摆着手镰、木锤、钳子、改锥和粘绳。手镰切削柳条,木锤砸实柳条,好让柳条变得柔软便于拧劲,钳子、改锥是当他骨节粗大的手指无法操作时用来抽插柳条,而粘绳则用于束实笊篱把手,以便经条捆扎。

没错,老家伙正在用柳条编笊篱。

如今的孩子怕是没人知道这是何物了。他记得千禧年左右,家里还用笊篱捞饺子、捞米饭和面条……过年炸制海货时更缺不得,焦黄带鱼段从大铁锅里猛然捞出,散发着鱼腥味的热油便从细小孔隙里慢慢地滴流进锅里。如今他觉得,老家伙编笊篱,纯粹是阳痿患者兴致勃勃地拨弄那物事。过了谷雨,老家伙就坐在院子里不声不响地编笊篱,编了一把又一把,编好了挂在后厨墙上悬晾。他越老越抠,凉拼或大师傅若想讨要一把,那真是比涨工资还费劲。他最大的乐趣便是等别人来求他却求不得吧?他不止一次瞎嘚啵,云泽啊,得闲了,我教你咋编笊篱,这手艺,可别就失了传。他通常嗯啊着应允,脚步却比平日里劲疾几分。

有次他喝多了,喝多了的他盯着墙壁上的笊篱怎就生出无名孽火,一把把拽扯下来扔进垃圾桶,怕老家伙捡拾回来,干脆一把火点着。笊篱又干又脆烧得格外熊旺。烧完了,酒也醒了。他暗自得意,明日里老家伙怕要失心疯吧?让他意外的是,老家伙发觉笊篱失踪后只念叨了句,哎,小偷们日子越来越难,咋连笊篱也偷?值几个钱呢。接下去的个把月,只要过了午时,他就骗腿坐院里那棵海棠树下,让那白净柳条在他粗大黝黑的手指间跳跃盘旋,空气里旋即飘忽起春日那种腥甜又干进的气味。

"搭把手!云泽!光傻愣着!"老家伙朝他喊道,"迷迷瞪瞪的!又夜班了吧!"

常云泽忙将整条驴腿从霍师傅肩上卸下,抱怀里小跑着颠进厨房。他又听老家伙嚷道:"别再去轧钢厂挣那俩逼子儿了!家里晒麦子碰暴雨,手忙脚乱,你还卖萝卜的跟着盐担子走,操闲(咸)心。"

常云泽双手在裤缝抹了两抹,抠了抠耳朵。

他打小就厌烦饭店的气味。以前家里开饺子铺。皮皮虾韭菜馅,酸菜面条鱼馅,白菜猪肉馅,羊肉大葱馅,青菜猪肉馅,胡萝卜木耳豆腐馅……人家说起他们老常家的蒸饺,涎水是会流到鞋面的。常客是附近工地上的民工,一屉蒸饺一大海碗劣质散白酒,五块钱就能吃得满嘴流油脖子发歪。他们大声议论着当年的小麦和谷物价格,讨论着工地上的工头如何睡烧饭的女人,眼睛里喷着邪火。而他躲在臭泔水味的厨房里,挤在面板上吞咽着早已吃不出任何味道的蒸饺。他倒喜欢看那些厨娘包饺子。面皮在左手的大拇指和食指上一搭,肉馅轻盈一抹,右手的大拇指和食指三捻两捏,顶着繁复花边的蒸饺就摆上竹屉。那时在他看来,捏饺子是世界上最简单的事,就像若干年后他认为收拾偷情的男人只是举手之劳。那些后厨的女师傅们,他最喜欢的是万樱姑姑。他喜欢她身上那股过期牛奶的味道，甜，又有点酸。有时他故意在她的胳膊肘下钻来钻去，万樱也不恼，只是嘀咕，你个小狗蛋，是不是文具盒又丢了？他也喜欢她说话的声音，沙哑，可不是男人的那种粗哑，而是种细细的用耐水砂纸在水中打磨金属的声响。她那时还没有结婚，大概也没有谈过恋爱吧？夏天都不敢穿裙子，只是套着宽松的圆领汗衫，脚上是双老北京布鞋。她很胖，有次她正包着饺子，他泥鳅般从她腋窝下滑过，不慎蹭到了她的胸脯。多年后想到那种饱满坚挺、肉乎乎的感觉，他心头还能一热。那是他第一次知道男人的勃起是怎么回事。

2001年前后在他看来，是在云落最美的一段时光。继母还没有生病，妹妹上幼儿园，而他散学后常常跟同学们去火葬场的后院逮蛇。那时候，老家伙还是个沉默寡言的人，也不过四十岁吧？混在一群女人当中，像个懒得戴王冠的国王。有一回散学后，他看到老家伙正跟厨娘们踢毽子。他穿着双洁白的回力牌球鞋，一脚踢出，毽子飞得比合欢树还高，然后乖乖地落在女人们脚边。那时候，他佩服老家伙。老家伙尽管常年在厨房和食客间穿梭，身上却没有动物腐肉和汩水的气味。夏天时他总能看到老家伙在院子里冲澡。老家伙喜欢那种五毛钱一小袋的绿色飘柔。洗完澡他坐在花圃旁抽烟，抽了一支又一支，一支又一支，抽厌了就将凤仙花摘下来放碗里，用捣蒜的木杵捣碎，翌日清晨撒几粒粗盐，温水稀释，就能涂在妹妹的指甲上了。

如今他能嗅到老家伙的身体正慢慢衰败，就像一座年久失修的老房子。除了驴肉的草腥味，他还闻到了肉身变腐的气味，这种气味，通常在那些瘫痪多年的老人们身旁弥漫。有时他不得不为自己比秃鹫还敏感的鼻子感到伤心。也许老家伙的一些器官坏了，只是没有察觉。他叮嘱老家伙每年去扁鹊医院做全身体检，据说只要千八百块钱，验两管血，连有没有癌细胞都能筛查出来。可老家伙舍不得钱。老家伙不仅越来越抠，话也越来越多。继母活着时是个话痨，他难免瞎想，继母并没有离开人世，她只是隐居在老家伙的身体里，冷冷地看着他们在这个破烂的世界里疲于奔命，不仅如此，还通过老家伙的喉咙和舌头，喋喋不休地说着自以为是真理的屁话。

"外边那个要饭的，门口睡了好几天，你问问啥情况，给他两块钱，打发他走吧。"老家伙把驴尾巴上的细毛又刮了刮，"能长点眼力劲儿不？能让我少废点话不？"

乞丐在檐下睡着了。他裹着条军大衣，沾满油渍、裤脚撕扯成几绺的黑色运动裤箍在小腿上，露出黑漆漆的脚踝。他头发很短，或者说这是个秃子，暗灰的脑门粘着几只死去的飞虫。常云泽蹲蹴着在他脸上猛拍了一巴掌，他哼唧两声如撒了盐的泥鳅般抽搐下身躯，堆满了眼屎的眼睛悄瞄着常云泽。是个独眼。一只眼的眼皮蜷缩成肉芽，另外一只野狸般机警地盯着常云泽。常云泽从兜里掏出两百块钱塞他手里，问道："外地的？"乞丐嘴角努了努。"抽烟不？"常云泽点着一支，不容分说塞他嘴里，"你老躺我们家店门口，人还以为我们欠债不还呢，别处求财去吧。"他脱下身上的皮夹克扔在乞丐身上，"春天了，老穿棉衣会生蛆的。"乞丐愣愣地瞅他半响，这才畏手畏脚地将皮夹克揽在怀里，朝常云泽点点头。常云泽说："斜对面有个澡堂，泡泡澡。你身上的味儿能把臭虫熏死。"

看着乞丐从地上骨碌着爬起，背着鼓鼓囊囊的塑料袋离开，他叹了口气，转身想要进屋。店门另侧站着个男人。男人摆了摆手，他不禁仔细瞧了瞧，似乎见过，就顺势打了个招呼。不想那人快步走过来，问道："你是……常云泽？"

这是个年轻男子，年岁或跟自己差不离。他大大咧咧地说："没错。你来收油钱？我爸在店里。"他知道每逢中旬，周庄那个榨油厂都要派伙计来收尾款。伙计是廊坊人，白头净脸，说普通话。男子跟那伙计长得像，瘦，一拳头能揿到。男子摇了摇头，说："我那么像卖花生油的吗？"

日后常云泽还能忆起这男子当日的模样，或者说，那个春日的黄昏给他留下了无比难忘的印象：老家伙在厨房里刮驴尾，乞丐穿着双露脚趾的烂解放鞋横穿马路，一个面皮白净的年轻男子操着口洋气的普通话问他是不是常云泽，木桩上拴着的两头黑驴在春风中甩着腿间傲物，而他正在焦急地等着蝎子和186的消息。当他穿着毛衣望着陌生男子时，西边的太阳似乎就要被高魁的楼厦挡住了，如往常般，凌乱的云霞将整个友谊路——4路公共汽车站牌、绿化带的玉兰、木槿以及尚未来得及盛放的花树统统笼罩在温柔的霞光里。风中海蛎子和纸浆的腥味让他忍不住打了个喷嚏，他边擤鼻涕边朝男子说道："你是收电费的吗？电站的大老黑咋没来？"他想把鼻涕在鞋帮上抹抹，可又怕人家笑他埋汰。这时男子递给他两张纸巾。他想也没想就接了，说："哦，我知道了，你是李彤男朋友！我说咋看着这么眼熟！"他跨前两步去跟男子握手，男子迟疑着伸出两根手指象征性地碰了碰，低声问道："李彤是谁？"

李彤是谁？李彤是他们店里的女服务员。常云泽一时不知说什么才好，尴尬地笑了两声。这时男子说："常云泽，我是天青。前天来吃驴肉，你还免了单。"常云泽恍然般哦了声，上下打量一番说："伤好没？捻子真不是人操的！专挑软柿子捏。"男子说："你打抱不平，还没收饭钱，真让我过意不去。今天我是特意来送锦旗的。"常云泽扫他两眼说："这点屁事，用得着送锦旗？"叫天青的男子说："话可不能这么讲。在你看来是举手之劳，在我这个外地人看来，就是难得的义举。"说完将那面锦旗徐徐展开，只见上面绣着八个大字：燕赵侠士，见义勇为。字被霞光染浸成水红，抖动中一漾一漾，映得常云泽的脸也润朗起来，他摸着宽阔的下颌说："哥们，你这么客气，倒让我难为情。不过既然送了，我就挂墙上吧。老葛！"他扯着嗓子朝店里喊，"出来趟！"

叫老葛的是个胖子，头顶上的帽子太小，显得脸跟油锅般大。常云泽说："顾客送的锦旗，挂上吧！"老葛说："挂哪里？西墙还是东墙？"常云泽说："随便！别挂厕所就行！"天青忙说："挂厕所里也没关系。看到的人更多。"常云泽笑着说："那哪儿行，这可是我这辈子第一面锦旗。"天青也跟着笑了两声，说："我前天来时，发现你家的店面装修很有特色。"常云泽说："那可不，花了大价钱呢。设计师牛逼着呢。知道鸟巢不？"天青点点头，常云泽说："我们请的这个设计师，就是鸟巢设计师的师弟。"天青说："好是好，就是墙面上的水粉画有些问题。"常云泽一愣，天青说："我学这个的。你们店里的灯光偏暗，壁上的百驴图要艳些浓些才称。要是你不嫌弃，我重新帮你画，不收费。我可是从小临摹黄胄。"常云泽没想到人家送了锦旗又要送画，而自己不过是顺手赶跑了个无赖，就说："店里的生意我不管。你跟老爷子商量商量吧。他在后厨，我带你去见他。"叫天青的男子沉默良久才说："还是你跟老爷子说吧。我等你信儿。"常云泽说："那我就不跟你见外了。我还有事。你要饿了就去店里吃，挂我的账。"

他是真有事。蝎子给他发短信，说跟186在驴肉馆后身的洗浴中心停车场。看到洗浴中心这几个字，常云泽暗地里骂了两声，妈的，蝎子肯定又带姑娘洗鸳鸯浴了，186则极有可能自己干搓。不过还好，他们到得挺及时，没有耽搁了正事。

这事他念想了很久。即便是屁事，如果想久了，就变得隆重，就上得了席面。再说这事跟郑新宇有关，就不能算屁事。郑新宇是哥们，哥们的事没有小事，全是大事，全是正事。至少在他常云泽眼里如此。一想到郑新宇，他的气就不打一处来。真他妈窝囊！白瞎了那副好皮囊！没错，郑新宇长得精神，女人稀罕，可稀罕他的女人都是破烂货，前两任都跟他离婚了，这么说也不对，是他跟前任们离了婚。现在的老婆是第三任。第一个老婆给他生了个闺女，第二个老婆给他也生了个闺女，第三个争气，前后脚生了俩儿子。这任老婆叫闫菲，胖嘟嘟，大乳房，据郑新宇说，哺乳期乳晕比榆钱还大，碰下就不停泚水，比奶牛都旺。都是晨起挤小半茶缸，撒了白砂糖就着油条喝。闫菲以前在金茂商厦卖鞋，嫁给郑新宇后就啥也不卖了，天天约人打麻将。她妈跟她妹也都住在他们家，请了个保姆，天天变着花样吃。用常云泽的话来讲，就是郑新宇一下子娶回娘仨。

郑新宇对闫菲是真好，iPhone 6刚上市就一口气买了四个，两口子一人一个，另外俩送给丈母娘和小姨子。常云泽当时骂了他，给你丈母娘买咋不给你亲妈买！花喜鹊！郑新宇就笑。他笑起来有两颗葡萄粒大的酒窝，显得特别无辜。

去年闫菲抱怨说，奥迪太土了，哪儿好意思出门。郑新宇就赶紧买了辆梅赛德斯-奔驰，花了五十六万，贷款买的。那时常云泽就觉得不对头，哪个真正的有钱人贷款买车？结果被他猜个准。根据郑新宇的说法，银行骗他把以前贷的七十万连本带息全还了，本来应得好，还完再贷，结果突然说上面来了新政策，有钱撒不出。郑新宇彻底傻了眼。如果他悠着点，就不会出这岔。全云落超市的卫生纸只有两个供应商，郑新宇是其中一个。不用脑袋也能猜到这生意有多火，除了从火葬场烟囱里冒出去的，哪个不蹲厕所？每逢到朋友家串门，卫生纸都把车后备箱塞满，他信誓旦旦地说，亲人们！只要我干这行，你们就能用上全中国最好的竹浆纸！你们永远不会得痔疮！你们的屁股永远是世界上最幸福的屁股！如今再说这话怕是要闪了舌头。资金链一断，要账的就蟑螂般拥上门，他东躲西藏猫了数月，奔驰被顶账，家门口也被讨债公司喷了醒目的红漆："欠债还钱，保你平安！"吓得闫菲带着老娘和妹妹又滚回她那栋六十平米的震后商品楼。

闫菲出嫁前都窝在娘家那间不足八平米、站在窗前一眼能看到煤气站的卧室。据她自己说，整个少女时期她都忧心忡忡，唯恐哪天煤气站爆炸。她始终相信如果不离开那里，早晚有天她的肠子被燃烧着的气体轰飞到斜对面的油漆马路上，挂在修自行车的老头的轮胎上，或落在蔷薇灌木裸露的枯梗中，然后被常年在此流浪的野猫一口口吞下。只要想到这里，她的眼泪就止不住。那时她最大的愿望，就是能搬进间明亮的房子，一觉醒来，能看到透过绒布窗帘的光亮照在君子兰的花瓣上，而不是五大三粗的蓝衣工人扛着油腻肮脏的煤气罐晃进昏黑的灌气车间。

"刚擦黑，你们要是饿了，先去逮碗面。"常云泽一手把着方向盘一手戴上墨镜，他盯着倒车镜说，"186，哮喘又犯了？"186就像他这个绰号般细高羸弱，眼狭长，手指比旁人也长几厘米。在常云泽看来186应该去当钢琴家，而不是轧钢厂的锅炉工。"一到春天就花粉过敏。"186喘息着说，"泽哥放心，带药了。"常云泽看了眼手表说："他们通常七点散场吃晚饭。3号会开着车去祥云胡同吃安徽板面。那条胡同又长又黑，没有路灯，也没有摄像头。"他将车窗打开，空气中的腥味越来越浓，他没有闻到花粉那种稍微呛鼻的味道，"到时候，你们手脚利索点，"他扭头瞥了眼186，"尤其是你，下手狠点。"186说："泽哥放心，我挑了最结实的砖头，按你的吩咐，又裹了层棉布。你说得对，真要弄死了，也不太好。"常云泽似乎对他的回答很满意，多年以来，无论做什么事情，186总是最让他不省心的那个。他们都说186的智商有点问题，但问题也不是很大，如果说常人的脑子一分钟转八十圈，186可能只转了五十圈。可这有鸡巴毛关系。他常云泽可从来没有遇到过这么听话又这么讲义气的哥们。蝎子脑瓜的转数肯定比186高，只是有点口吃，极少张嘴。不说话的时候他有点羞涩，说话的时候，眼神里藏了无数把刀。他长得秀气，却是跆拳道高手，在龙泽武馆里当教练，常云泽一

直想知道他是如何给孩子们上课的。常云泽拍了拍蝎子肩膀："你那个小女友，还真漂亮。"蝎子搔了搔头："小……不……不……懂事。"常云泽说："要是遇上个懂事的，闫菲那样的，不得把你骨髓都吸干了？"

闫菲的事不是郑新宇跟常云泽说的，他是听人家说的。人家跟闫菲是牌友，当然，跟那个保险公司的经理——他们口中的"3号"，也是牌友。闫菲是如何跟3号勾搭上的，理不清。只知道闫菲打麻将输了八万块钱。3号半开玩笑半当真地对她说，美女啊，我养你吧，债呢，我替你还。闫菲第二天就跟他开了房。据说闫菲有点不甘心，八万块就把我买了？真便宜啊。3号是个瘦子，比猴子胖不多少，比猴子也高不多少，但肺活量大，底气也足。他说，这样吧，我给你三十万，你老老实实跟着我。

这事郑新宇也知道了，他知道不是别人传的话，是闫菲告诉他的。她不是个喜欢撒谎的女人，当然，她更清楚郑新宇不是个喜欢揍女人的男人。他喝得烂醉，磕掉了两颗门牙。在很长一段时间里他都没有镶牙，镶不起。每次常云泽看到他咧开嘴巴露出紫色牙龈没有声息地哭，肺就气炸了。气炸了也是别人的事，只能东凑西凑帮他找跑路的钱。据说他头去东北前跟闫菲正式谈判了一次，他小心翼翼地说，你知道我是这个世界上最爱你的人，现在我落窘了，先跟我去哈尔滨受几年苦吧？那边好歹还有哥们罩着。闫菲正在嗑瓜子，她踢了踢脚边的瓜子皮，说，你自己去吧……要是没钱买火车票，我先借给你。

"婊子养的，连句暖心话都舍不得说，婊子养的！"常云泽盯着路灯下的人影说，

"你们还愣着干吗?!"

蝎子跟186抄起家伙开了车门,朝胡同纵深处走去。开始走得慢,后来就小跑起来。常云泽的车速只有十迈,这样当他挪蹭到蝎子他们身边时,他们将好能轻松地撤离。他先看到186猛地一砖拍在男人的后脑勺上,男人嚎叫了声想转身,又被蝎子一脚踢了出去。蝎子最拿手的就是腿上功夫,他腾空跳跃时能在空中连踢三腿。这一脚不偏不倚踢在男人肋骨上,又是一声哀嚎。当常云泽的黑色迈腾开到他们身旁时,186正拿砖头猛砸男人后背。常云泽吹了个响亮的口哨,蝎子立马收了棒球棍打开车门闪了进来,186似乎愣住了,也许他觉着打得还不过瘾?常云泽只好大声喊了声:"闪!"186这才醒过来般晃悠着来开车门。当轿车缓缓行驶过躺在地上的男人时,常云泽朝着他的脸啐了口浓痰。没错,这个尖嘴猴腮的男人就是3号,即便他蜷缩着闭着狗眼呻吟,他也能认出他。他把他的大头照在床头整整贴了半个月。那张照片是他从保险公司的监督台上偷偷撕下来的。

"好样的!"常云泽举起胳膊跟蝎子和186分别击掌。186还在大口大口地喘着粗气,蝎子只是摸着鼻翼玩手机游戏。常云泽点着支香烟:"蝎子,我要去老地方,待会你开车。"蝎子"嗯"了声。接下去的十分钟里,常云泽耳边一直响动着186急促汹涌的喘气声。186可能还处在莫名的亢奋中,这亢奋比任何花粉的颗粒都要猛烈。

当他下了车回头朝他们告别时,他留意到一辆红色出租车从身边锦鲤般滑了过去,他眯缝着眼盯着两辆车先后消失在街道拐角处,就像一个人和他的影子消失在黎明前的黑暗中。

他掸了掸身上的尘土,拽了拽毛衣袖口,又用纸巾细致地擦了擦鞋帮和鞋面,这才朝昏黄的楼口走去。这几栋楼在他还没有出生时就矗立在那里,如今他二十六岁了,它们依然如衰老的胎记般匍匐在云落边缘。尽管这些年里他无数次靠近它进入它再离开它,可他依然听到自己的心脏在剧烈跳动。楼道里没有声控灯,连手动灯泡也被淘气的孩子们打得粉碎。他轻轻地叩了叩门。门缝里传来熟悉的药味,没过多久,门被打开条窄窄的缝隙,有人一把将他抻了进去。她总是那么胆小,总是怕邻居发现他的光临。他反手将门锁好,摸黑将那人箍进自己怀里。她的乳房饱满热烈,似乎永远等待着他温热的大手去轻柔地抚慰。而那个随着时光越来越丰腴的女人,也用粗壮的手臂环住了他的脖颈。他们谁也没有动,就在狭窄的客厅里颤抖着拥抱,他仿佛又闻到了过期牛奶那种有些微甘又有些酸腐的味道,在这种若有若无的味道里,他明显感觉到自己的海绵体要爆裂了。

第九章　　戒指

她醒了。

这是个漆皮蜡黄的圆形闹钟。钟形罩内里蒙了薄尘,壁面挂着只老熊猫,这只熊猫和别的熊猫没有什么差别,怀里抱着两簇嫩竹,只不过由于年份久远,竹子不再是莹绿色,而是呈现出焦糊的草绿。秒针每跳一下,熊猫的头就歪一下。这么多年了，不知道左右摆动的熊猫累了没有。从小学三年级开始，这只熊猫就伴随着万樱，上学时摆在家里那架齿轮坏掉的"飞人牌"缝纫机上，上班后摆在集体宿舍的一张中间裂璺的樟木桌上，结婚后，这只闹钟隐藏在花架上一盆蟹爪兰的旁侧。有多少次她从梦中惊醒，身边传来闹钟沙沙沙沙的秒针摆动声让她稍许安心，她知道，黑夜正在转白，云雀正在酣睡，而她体内的脏器正在随着那不急不躁的沙沙声一点点衰老，当哪天万物都没了动静，属于她的日子就终结了，而那只制造于1976年的上海牌熊猫闹钟，可能还会继续摆动着貌似笨拙的大脑袋。

只是它永远吃不到怀里的竹笋。

她摸索着按了下闹铃开关，一切又重归岑寂。除了闹钟的声音，她听到了常云泽响亮的呼噜声，华万春细弱的呼吸声，城乡接合部传来的鸡鸣声，当然，还有钢铁厂排废气的呲呲声。她拧开台灯，瞅了瞅身边的两个男人。常云泽四脚八叉地躺在她左边，被子蹬到了地下。华万春木乃伊般缩在她右侧，脸庞朝着墙壁。每次她都小心翼翼地将他轻盈的身躯搬弄成婴儿的蜷姿。他什么都看不到，什么都听不到，可她总要跟他背对背，让自己的心脏离他的心脏更远些。有时常云泽粗鲁的咆哮声让黑暗中的她哆嗦着摸摸华万春耳廓里的耳塞。这副耳塞是常云泽从淘宝上买的。常云泽贪图便宜，花了八块九毛钱买了副义乌产的橘红色防噪隔音软耳塞，她自己先戴上，让常云泽唱歌，常云泽唱了两句她就摘下来嘟囔，效果还不如棉花呢！他耳朵可比瞎子都尖。常云泽只得又花了三十九块钱买了副，她戴上近视镜看了看说明书，哎，你买的是游泳用的防水耳塞。

常云泽一赌气，干脆买了副运动型迷你耳机，每当他们要亲热，常云泽就将耳机牢牢捅进华万春耳廓，将手机里美少女合唱团的那首《让我们荡起双桨》调到最大音量。

没错，她最怕的就是常云泽如加速器般撞击着她时，身边这个沉睡了多年的植物人骤然坐起来，扯着嗓门喊她的乳名。有那么几次她和常云泽将客厅的双人沙发吭哧吭哧地打开。沙发太短了，常云泽不得不跪在坚硬的劣质三合板上，三合板咯吱咯吱作响，声音伴随着常云泽的运动频率不停变换，让万樱不得不顶托住他小腹。在那静止下来的十几秒，她对男人的身体、看不见的屋顶、汗腻腻的木板床和飞蛾扇动翅膀的扑棱声感到了绝望。他们家墙壁隔音不好，而客厅西侧就是邻居家的主卧。她哀求他慢点，可她的哀求声在常云泽听来不啻是种变相的调情，他喘息着将臀部摆动得像条发情期的野狗。有次常云泽异想天开，将战场转移到了狭窄的卫生间，她刚羞涩地坐到他腿上，便听到楼上传来女人野猫般的淫叫。他们互看了一眼，默默地重新溜回沙发。有次常云泽建议她重新将房子简单装修下，将门窗换成隔音板，她没吭声。常云泽说，装修的钱他出。她仍然没有吭声。他似乎从来猜不透她心里是如何的想法，她便想，常云泽其实和华万春是一路货色，都是粗鲁急躁、缺心少肺的人。他们如今唯一的区别在于，华万春是条冬眠的蛇，而常云泽是条从寒冷地穴爬到春日暖阳下的蛇。

她揉了揉常云泽。凌晨五点半了。六点钟她就要到斯大林路，中医院到万盛酒店间的马路七点钟之前就要清扫干净。婆婆七点半会准时用钥匙扭动那把生了锈的暗锁。常云泽坐起来又懒洋洋地躺下,胳膊箍住她的腰,手指俏皮地弹着腰上的赘肉。她红着脸薅住他胳膊上的汗毛,说,快走吧,听话。常云泽哼了声,不。翻身将她按捺住……这样,他们在越来越密集的鸟鸣声中紧锣密鼓地重来了一次,当常云泽低吼着贴住她汗水涔涔的小腹时,她看到熊猫歪着头又摆动了几下。

常云泽关门的声音总是很响。她愣愣地看着窗外。啥都看不到。常云泽并没有马上离开,如果没有猜错,他通常蹲在他们家窗户下面吸两口香烟。手痒了他还会敲几声玻璃。她只有浑身颤抖着,祈祷晨跑的邻居没有发现这个幽灵般的男人。

这孩子从小就跟自己亲,在常记饺子铺打工的那几年,常云泽不过十多岁。他是个混小子,上墙揭瓦爬树端鸟窝,啥不让大人省心他就偏偏干啥。他继母气得眼珠疼,手脚并用还不解恨,只得拿针锥子扎他。他离家出走过一次,寻了一年才寻回,自此继母连半根手指都不敢伸,常跟厨娘们诉苦水,真是上辈子欠老常家的啊,管了是后妈心肠歹毒,不管又是后妈抄着袄袖看笑话,这里外全是错。常云泽今天打破别人的头,明天头又被别人打破,哪天脸上不挂彩,继母都要烧高香。不过,每每见到自己,这孩子都格外安生,一双牛眼咕噜咕噜转,转得她只好佯装愠恼,弹弹他的大脑壳,你个小家伙,又打啥鬼主意!他通常一把抱住她,将脸贴住她小腹,小狗般蹭来蹭去。当他仰起头凝望着她时,她发觉这孩子的瞳孔黑得发亮,她甚至能在他的瞳孔里晃到自己的影子……如今他喜欢将头枕在她的乳房上,动也不动,自己的心脏之上仿佛压着块磨刀石。这些年来,她不止一次想过,当他关上房门离开时,就再也不让他回来。可是当她听见楼道里传来他的脚步声,听到他用钥匙扭锁眼的转动声,所有的恐惧、怨恨和迟疑都会变成自己急促跟跄的脚步,当他用那双炼钢工人的大手揽住她的腰身时,她开始为自己曾经的想法后悔,甚至是羞愧……她就这样在白昼与黑夜,在懊恼和幸福之间辗转翻滚,到了后来,她已然分不清,自己到底是真稀罕这个曾经在她怀里撒娇的孩子,还是只是渴望一具男人滚烫坚硬的身体?她死活想不明白。她笨,她清楚,小时候,蒋明芳最喜欢用手指点着她的腮帮子咬牙切齿地说,你个糨糊脑袋!你个猪脑子!后来她看电视,人家说猪是高智商的家畜,尤其嗅觉灵敏,经过训练还能帮警察缉毒呢。她有点难过,可能自己还没有猪聪明呢。

那天清晨她迷迷糊糊听到厨房里传来水流声,忙耸身而起挑开帘角,天色已微白。她不禁打个寒噤,朝地板上扫了两眼,地板上只有两只拖鞋。厨房里传来风箱般的喘息声,除了婆婆还能是谁?她开灯屏息黄鼠狼般匍匐在水泥地板上找寻着什么,不时耸动着肥大的鼻孔嗅来嗅去,没有避孕套,也没有卫生纸。她才披衣趿拉着拖鞋去了厨房。婆婆在切咸菜疙瘩。她瓮声瓮气地问,妈,啥时来的?婆婆不紧不慢地挥动着菜刀说,你这刀啊,切豆腐都卷刃,该磨磨了。她嗯了声,婆婆又说,你整天忙得跟屎壳郎似的,少推几个粪球也饿不死。她嗯了声,婆婆这才转过身,在清晨近乎凛冽的灯光下,婆婆眼里竟全是泪水。她心头一紧,脸莫名就红了。你啊,婆婆说,去学个车本吧,我给你出钱,日后买辆二手车,别老骑着破自行车东跑西颠……她没敢吭声,转身回屋,梗着脖子巡视着屋内的床、茶几、破藤木椅和那盆半死不活的文竹……常云泽走的时候没碰到婆婆吧?她咧着嘴盯着华万春,华万春啥都不说。华万春蜷缩着啥都不说。婆婆该不是察觉到蛛丝马迹?……她摆弄着华万春冰凉的脚趾,将灯熄灭。窗外稀薄温吞的光亮扑上她宽阔的肩膀,瞬息将她变成了披着铜锈的雕像。

她怕婆婆知晓她跟常云泽的事,她不光怕婆婆知晓,也怕街坊邻居知晓,怕常献凯知晓,怕裁缝知晓,怕蒋明芳知晓,怕来素芸知晓。她甚至怕偷油的老鼠知晓,怕下水道里睡觉的蟑螂知晓,怕夜晚的细风知晓,怕窗外的白鹞鸽知晓。她害怕世界上所有的耳朵。即便所有的人都是聋子,三尺之上还有双眼目不转睛地俯瞰她,看她在男人身下蠕动辗转喘息,看她温热体液如暖流般淹没男人淹没床笫淹没整个房间……随后便有无数只庞大的猛兽朝她扑袭而来,它们吞噬掉她的五脏六腑、吞噬掉她腌臢的下体和越来越寡稀的骨髓。它们无形无色,它们无声无息。当它们纷纷跳离这方寸斗室时,床榻之上只剩下她那颗比芝麻粒还小的魂灵。腌臢的魂灵。

倘若来素芸知道她跟常云泽睡了这么些年,嘴巴肯定比茱莉亚·罗伯茨的还大。不过这几天让她惊讶的事情太多了。先是清水镇的奇事。清水镇在云落也算是名镇。上世纪九十年代,清水镇有七十多家线头棉厂,专事回收烂棉花破被褥,机器里轰隆轰隆转两圈,吐出的是炫目的雪花棉,这雪花棉走俏东三省和内蒙宁夏。后来国家整治"黑心棉",明令这些厂子关停并转,这些线头棉厂一夜间改头换面全变成了纺纱厂,产出的纱布细腻光滑,照样行销黄河两岸。尽管2008年之后这些纺纱厂并不景气,好歹也养活了大批工人。工人全是四乡八里的妇女,男人们跑到外面盖楼支桥架线修路,女人们便把孩子撒给公公婆婆,去纺纱厂挣那仨瓜俩枣。话说某纺纱厂有位外聘的技术员,是个沈阳小伙,体态风流长相俊俏,还没结婚,常年住厂里的单身宿舍,平日里好跟女人们打打嘴炮说说荤话。便有俩虎狼之年的妇女动了心思,买了猪头肉、酱菜和狗肉,打了壶散装女儿红,下班后跑他宿舍打平伙。小伙酒量不错,平日里灌七八两还能修理机器,不过那日喝着喝着就头眩目胀起来,何止是眩晕,他四体发热心房紧缩,底下那物事如火烧燎不能自持。女人们便插了门栓脱衣入境,轮番上阵。原来那酒被妇女放了催情剂,这药本是专门喂给那配猪的种猪……行至半途沈阳小伙忽下体出血,据说流了有半酒瓶。妇女才真怕起来,一番纠结撕扯后打了120。小伙子哎呀哎呀地躺在救护车后座,那玩意仍如不锈钢旗杆般耸立……

另一件事情让她惊讶,也让她眼皮跳个不停。她那个副书记才出了事。话说当时副书记正给村主任们召开紧急会议,要求他们动员村民生二胎。当时就炸了锅,村主任们纷纷表示这项政策执行起来怕是鼻孔喝水,够呛。比如李庄的村主任说,我们庄里李茂生的媳妇,十年前偷偷怀了二胎,都八个月了被强行引产,当时昏死过去,醒来跳了两次河,就算被救了,心里早盘了铁疙瘩,你现在硬让她怀,她不得拿剪子剪了我命根啊……喊喊喳喳时办公室秘书推门跑过来,扒着副书记耳朵窃窃私语。原来上面的检查组来镇里突击检查了。检查组不查一般同志,专查戴帽翅的领导。他们从副书记的那辆黑色迈腾里搜出了两瓶低度剑南春、三条硬玉溪和两根煮熟了的驴鞭。检查后备箱的是个女同志，烟酒她认识，驴鞭却头次见到，她问副书记，老马啊，这是啥玩意？副书记当时还没有意识到问题的复杂性和严重性，他跟这女同志以前在某场合喝过酒，也算是旧相识，笑嘻嘻地说，这东西啊，是名贵中药，有时候你身上有，有时候你身上没有。女同志没听明白，但并不妨碍她和手下将副书记关在会议室里审了半天，下午三点了也没让他吃饭。副书记就熬不住了，便说，烟酒是镇上某厂长送的，驴鞭是镇上某熟食店送的。他们为啥送礼？找我有点私事。啥私事？副书记口就哑掉，汗止不住流，话也不会说，瘫在椅子上。他本来就是高血压，又犯了冠心病，住了两天半医院，就被巡视组带走了，至今下落不明。

来素芸哭丧着脸说："他不会被判刑吧？他交待问题咋还扯票拉谎呢？那两根驴鞭明明是我买给他的！常献凯能当证人！"万樱说："你别瞎操心了，公家的事我不懂，可烟酒算啥问题？大不了通报批评。"来素芸吞了口米粉呆呆地嚼，嚼着嚼着抬脸望万樱："你说男人要有心脏病，是不是那方面就不行？"万樱支支吾吾道："这……我哪里知道，我又不是男的。"来素芸叹息声说："也是，问你个活寡妇，有屁用。"万樱憋红了脸，半晌才说："你这狗嘴……"见她满脸担忧的神色，难免心疼起她，就说："把华苑府那家的地址给我，我跟小岑去装窗帘。"来素芸瞄她两眼："你说，老马该不会有事吧？"万樱："老马对你那么好，肯定安然无恙。菩萨最疼你了。"来素芸说："哎，我昨晚半宿没合眼，浑身酸疼，你帮我捏两把。"万樱就憋着劲掐起她那小肩小腰，掐得来素芸哼哼唧唧，不停唠叨她心黑手辣，后来干脆摆摆手说："得得得，你们快去吧。你这身骚肥膘，不当按摩师还真可惜了。"

这家主顾，算是这些时日里的大客户，订制的是欧式水溶镂空绣花窗帘、金蝉窗帘、北欧纯色拼接式金翡翠窗帘和拉敏木窗帘，前后缴费不下五万元，来素芸自然极为重视，派了最好的缝制师傅们连夜赶制，又要派手最巧的小岑去安装。万樱只不过是打打下手，来素芸说："你干活粗拉，不过心细，可给我看管好。小岑好偷懒，别捅啥娄子。"万樱说："你就别操闲心了，赶紧找人，探探老马那边的底。"

小岑开个小货拉万樱去了那户人家。到了门口万樱难免咋舌。这是栋三层的别墅，院子足有半个篮球场那么大，草坪泛绿，缀着蒲公英和紫蓟，两棵细高的柿子树芽苞初展，苹果树也未开花，一条拴着的藏獒透过栅栏冷冷地盯着他们，时不时吐出藏青色舌头和粗锐的獠牙。万樱和小岑对视了一眼，这才小心翼翼地按响门铃。接他们进去的是个黄毛丫头，看年龄不过十七八岁。她一边埋怨他们来晚了，主人候了半天，一边命他们换拖鞋。小岑搔着头说我是汗脚，能不能不换？小丫头说，要是不换，把地毯弄脏了咋办？你赔得起吗？小岑讪讪地脱了鞋，万樱发现他的袜子漏了个窟窿，低声问他，明知道来装窗帘，咋不穿利索点？小岑打着哈欠说，我昨晚玩王者荣耀，一直玩到凌晨三点，到现在还梦游呢。万樱想训他两句，那女孩就递过来两双塑料脚套，说："待会你们干活时动静小点。我们家主人好静。"万樱忙点头称是。等进了客厅万樱竟有些眼晕，探手扶了扶小岑肩膀，小岑问，咋啦姐？

万樱忙摆摆手。后来万樱想起那天上午的事情，觉得眼晕是难免的。她可从来没看到这么单调的装修：地板米黄色，吊灯金黄色，沙发鹅黄色，墙壁橙黄色，低头看看脚上的一次性拖鞋，是明黄色的。她有些恍惚，仿佛自己进入了一块成色并不太纯的黄金里，胸闷气短，嗓子也干痒。这时那小姑娘说："你们先从一楼装。书房订的是木窗帘，客厅是镂空绣花的。"

万樱说了声知道，随手将折叠梯打开，这时她似乎听到有人喊她的名字，不禁扭头张看。楼梯光线淡淡，她看到半空中悬浮的一团人影慢慢由高至低沉进这灰尘浮扬的光里。她觑眼瞥到一粒灰尘旋转着飘到了他的鼻翼上，也许那不是灰尘，而是花粉颗粒。她看到罗小军打了个喷嚏，拧了拧鼻子，朝她点了点头，折到客厅，推门出去了。她长长吁口气，忍不住去瞄他背影。他的背影很快消失在绿色铁栅栏的空隙里。"你们别磨洋工，"她听到女人的声音，"我们明天就要搬进来。"

女人原本尾随罗小军下的楼，只不过万樱没留意而已。她的脸被怀里白白胖胖的男婴遮住，万樱只听到尖稚的声音在说话。等女人把孩子递给了小姑娘，万樱才发现这是个比自己矮半头的女人，肤色在晃眼的阳光下是那种板栗的棕褐，梳着马尾吊辫，辫口扎着朵鸡屎黄的塑料向日葵。"愣着干吗？"女人说的是川普，"你们动静小点，孩子睡觉呢。"她抬手撩了撩头发，露出手腕上的镶金玉镯，镯子有点大，仿佛随时会脱手。"她的脸真够宽的，"万樱想，"头发帘从右边撩到左边，三十秒也不够。三十秒，婆婆能把公鸡的毛拔得干干净净。"她忍不住又瞥了眼，心里这才咯噔下，"罗小军咋会在这里？这女人，该不会是罗小军的……"这么想时先噗嗤声笑了，"竟找了个这么矮的丑姑娘。"笑着笑着顿时酸涩起来，倒吃了烂梨子般，她把钳子递给小岑，"原来他喜欢这种又瘦又小的，还没我好看。"心里忽上忽下，得闲了老要去瞅那女人。与其说是女人，不如说是个才发育的女孩，小骨头小肉的，都还没来得及膨胀，只有那张脸方如扑克牌里的黑桃Q皇后。不过眼神倒鸡贼得很，偶尔冷冷剜万樱两眼。"她可真像个保姆，"万樱的手指摩挲着锤柄偷偷地想，"比我还像个保姆。"

小岑手快，即便如此及至中午才勉强完工，小岑浑身冒着热气，万樱也腰酸背痛。收拾妥当去跟女人结账，没想到女人倚靠在沙发里睡着了。她整个人被正午的阳光暴晒着，那张小脸隐匿在领口，只露出双麻雀般的贼眼。当她被万樱唤醒时明显愣怔了，眼神半响才和缓过来，"我跟你们老板商量好了，银行转账。"她抠了抠眼角，手指搓了搓，"她没跟你们说吗？这么不靠谱！"她站起来，朝卧室喊道，"小莉！孩子还没醒吗?! 该喂奶了！"

他们拾掇好家具刚想离开，忽听到女人喊道："戒指！我的戒指呢?!"万樱和小岑对视一眼，迈出去的脚悬在半空。"你们看到我的戒指没有?!"女人瞪着万樱喊道："你！看到我的戒指没？"万樱哑住，小岑龇牙道："你咋说话呢？"女人说："这女的贼眉鼠眼，从头到尾老偷着瞥我！我怕她手脚不干净，藏了项链和金表，不成想趁我睡着，偷了戒指！"小岑说："你是警犬啊？再满嘴喷粪，我们可要告你诽谤罪。"女人说："这事跟你没关系，小兄弟，肯定是她干的！要是问心无愧，敢让我搜身吗？"小岑说："你要敢搜我姐的身，我就敢打得你满地找牙！"女人倒吸口凉气后撤几步，仿佛小岑的拳头真要打到她宽阔的脸庞般，"小莉！赶紧报警！报警！"

万樱满面通红，还从来没有遇到过如此蛮横的人。她的眼白多，几乎要淹没了瞳孔，仿佛随时随地都在提防别人偷她的东西。这是他的女人，他找了这么掉价的女人。她瞬息可怜起罗小军来了。她想象着罗小军跟这女人一起在餐桌上吃饭，罗小军挽着这女人的胳膊逛商场，罗小军在床上将这女人变成一只温顺的猫，内心升腾起说不清的酸楚。后来，她说话了。她声音过于低沉，女人并没听到，她只得重复了两遍。"你搜吧，"她将折叠梯子横放到地板上，"你要是搜不出来，咋整？"女人一时愣住，似乎没料到万樱如此顺从，她冷笑着说："贼也是笨贼，偷了人家戒指，还敢明目张胆地戴上。"万樱看了看自己的手。手上那枚戒指是弟弟草莓送的，戴了也有七八载。"你眼没瘸吧？"她将戒指摘下来晃了晃，"这是枚铜戒指，我弟从乌鲁木齐大巴扎买的。三十块钱。"戒指在阳光下泛着黑沉沉的光，"你要是稀罕，我送你好了。"万樱把戒指在手里颠了颠，"就当我送孩子的礼物吧。"她瞥了眼缩在墙角的小莉。小莉怀里抱着那个白胖肥硕的婴儿。哪儿都不像罗小军，眼睛像没生鳞的鱼苗，嘴巴噘得像小野猪，耳朵是招风耳，瞎蝙蝠似的……

女人犹豫片刻后一把从万樱手上抢过戒指，眯缝着眼睛打量。"这就是我的戒指，戒面是枝玫瑰。"她剜着万樱说，"看在你们老板的面上，我就不报警了。不过，"她将孩子抱过来，亲亲他的脸，然后盯着万樱说，"千万别栽别人手里。别人可没我这样的好心肠。"

小岑攥着拳头又要上前理论，被万樱生生拽住。等他们上了小货车，小岑的眼里还冒着火。"他多可怜啊，"小岑听到万樱喃喃道，"他多可怜啊……"小岑说："可怜个屁！穿金戴银又能咋样！还不是个土鳖！"觉得不解恨，又摇下车窗朝那条藏獒远远地啐了口痰，"有钱人没一个好东西！"万樱拽了拽他衣角："可别这么说。来素芸对你不好吗？你过生日，她可买了你最喜欢的榴梿慕斯蛋糕。"

回到店里，来素芸正在算账，她算账不用计算器，而是用把老算盘。用她的话讲，就稀罕那大珠小珠落玉盘的声响。万樱看那棋子般的算珠在她指间上下跳跃叮当脆响，鸟悄着拉把椅子坐她身边歇脚。来素芸说："有个小伙找过你。"抬头溜了眼万樱，"那普通话说的，让人听着心里酥软。"万樱问是谁，有啥事。来素芸说："我也忘了问他姓名。瘦，俊得很。只说找你问询些陈芝麻烂谷子的事。你呀，手机咋又关机？"万樱想不起是谁，也不再搭理来素芸，径自去布料间搬布料。这厢把布料抻挂起来，那厢便听到来素芸的叫声："樱桃你给我过来！"

万樱便猜是小岑跟她讲了戒指的事。果不其然，这来素芸劈头盖脸先骂起来："你个腌了两百年的咸菜疙瘩！你个没蒸熟的黏豆饽饽！你个没长舌头的活寡妇！你个没点卤水的软豆腐！"万樱怕顾客听到，忙伸手堵她利嘴，被来素芸一把扇掉，"她有钱她装逼我管不着，她横挑鼻子竖挑眼我管不着，可要欺负我来素芸的人，没门！"万樱忙指了指算盘，意思是别乱了账目，来素芸索性将那算盘甩至一旁，"那戒指我见你戴了多年，怎就成她的了？卖逼就算了，咋还卖成了金逼！你个窝囊废！

咋不将她那骚嘴扯下两绺！"万樱忙将桌上的蜂蜜玫瑰茶端起，掐住她那水蛭般的小嘴强灌两口，来素芸咳嗽了半晌，不停用手拧她皮肉。万樱就说："你这雷神般的火爆脾气，真要嫁给马书记，早晚将他炖了。"来素芸听她提及老马，这嘴巴才安生起来，将算盘捡起，难免唉声叹气。万樱说："有信了没？"来素芸说："有个屁信。怕是又牵扯出别的拉杂事，老账新账一并算呢。"万樱问："那你咋想的？"

来素芸手指胡乱拨拉着算盘，没有言语，等万樱要走开，这才说："我能咋想？我能咋样？我不是王宝钏，也不是任盈盈。我没那耐心等他，也没那能耐救他。你说，我的命咋就那么乍古？樱桃啊，三仙娘娘庙会就近了，陪我去烧烧香吧。"万樱说再看吧，来素芸调门忽就高耸起来："我就不信治不了那逼养的！戒指我早晚跟你讨回来！万樱你给我记着，就是泡隔夜冷屎，我也不给那咬人的疯狗吃！"

第十章　　私家侦探

　　灵修团去海边了。这时节，不能下海游泳，海洋馆正在装修，所谓悟道，无非就是沿着海岸线散步吧？兴许能捡到些贝壳海螺，退潮了，能逮拣些冲到岸边的粉色水母和死掉的海蜇。与其被海风吹得脊骨发凉，倒不如在旅馆安静地读读书，或睡睡懒觉，这里的空气好歹要比京城鲜凉些。这话是天青说给郭姐听的。郭姐说，操，不如我在旅馆陪你吧，我自小不喜欢海，只喜欢山。天青问为何，郭姐说，海让我恐怖，那种窒息感类似宇宙恐惧症，山就不同了，通透开阔，即便层峦叠嶂，山顶上也能一目千里，心怀坦荡。天青说大海的好处，就在于它藏着掖着，在于它的浑浊，你呀，道行尚浅，好好悟道去吧。再说了，你这种单身中年妇女，可不能浑浑噩噩混日子，再等几年，真熬成黄脸婆了。郭姐咬牙骂了他两句，扔给他包香烟，这才磨蹭着上了中巴车。

　　说实话，当天青意识到明天就要随团离开云落时，内心的惶恐陡然被拽至放大镜下，他相信不多久那种惶恐就会攀升到燃点，然后肆无忌惮地焚烧起来。他想找万樱聊聊，好好地聊聊，就像他跟田家艳拉家常那样聊聊。他相信她是一条通往云落的秘密隧道，她就是那把打开所有疑团的钥匙，不出意外的话，他想知晓的秘密都能从她那里得到意料之中的答案。可万樱只有午时才来帮西厢房的老太太洗洗涮涮。他是一刻也不想等了，没错，一刻也不能再等。那种渴望倾听的欲望让他怀疑起欲望的真实性。他知道她住在哪里，却不敢贸然惊扰。也许最安全得体的方式就是向老太太讨要万樱的联系方式。来云落这几天，他只见过老太太一面。那日他从茅厕出来，瞧见老太太慢慢悠悠将草垫放门槛外，杵着墙壁缓缓坐下。没等她坐稳那只桃树下的橘猫早已蹿过去，垂尾卧趴她怀里。当她抬眼见到天青时似一愣，随后她的眼神便钉在他身上。她盯着他从畦垄上踮脚走过，盯着他在水泥地上将鞋上的湿泥蹭掉，又盯着他靠窗台抽烟。当天青的目光挪向她，她抬起左手朝着这厢搭了个凉棚。天青朝她笑了笑。她摆了摆手，似乎是唤他过去。天青并没有动。她

63

或许认错了人。出于礼节他高声喊了嗓子:"晒太阳您哪?"老太太没应答,默然盯看着他。后来她弓腰扶着墙壁站起,抱着草垫入房,那只猫又蹿到桃树干。天青想,这位老人家倒干净得很,不像是乡野老妇,脸上一水的褶子,却也不显得有多老。

在厢房门外他听到了男男女女嘈杂的说话声。有人道:"您老人家琢磨琢磨,这片人家除了您,全都签了合同。您老人家肯定见过世面,有时哇,这胳膊还真拧不过大腿。没听说吗,隔壁的刘万众上吊未遂,不也乖乖签了合同?再说,住新楼房有啥不好,集体供暖,免得冬天还要伸着老鸹爪子烧炕。"老太太的声调低缓,不过仍能辨得清:"我不是跟你们说过了吗?这事我托付给万樱了,你们找她去吧。"

随后又是叽里呱啦一番,老太太却再没吭声。等那帮人陆续出来,天青发现竟有七八人之众,穿着黑裤子白衬衣,胳肢窝夹着公文包。其中一眼泡肿胀烫着大波浪的妇女叹道:"这老太太真轴。腌了多年的咸菜疙瘩,经嚼啊。"一个头发稀疏、鹰鼻鹰眼的瘦高男人接茬道:"看样子不是一般人,据说是省城来的,没准结交过啥大人物,扯来扯去无非就是想多占点便宜。"女人说:"哎,人心不足蛇吞象。都这把老骨头了,钻钱眼有啥用?"男人说:"理是这个理。可那些贪官,金条把地下室都堆满,不还是大把大把敛财?"

天青靠墙根看着他们离开,倒定不下主意是否进屋。老太太估计正在气头上,莽撞进屋估计也没什么好脸面。他在屋檐下吧嗒了支香烟,想起那日去涑河拜访神鱼时,曾在电线杆上看到则广告,当时觉得好玩,忍不住随手拍了张照片。翻了翻相册还真就翻到:

只要给我们时间,没有我们查不到的!除了国家机密,没有我们查不到的!私家侦探恭候您大驾光临,手机138××××××××。

出于好奇,他拨通了电话。这私家侦探的声音听起来很是古怪,像捏着鼻孔讲话,要不然就是用了变音器。他的普通话听起来也有些古怪,仿佛是云落方言跟东北话的混音。他听了天青的讲述后问道:"先生,你只是查万樱的手机号码和工作地址?"他的声音听起来有些失望,或者说有些不屑,"这样的活儿我们基本上不接,不过……"天青忙说:"还有些事,你们也帮我查查。查得越细越好。"当"常云泽"三个字从他嘴里秃噜出来时难免连他自己都有些惊诧。对方说:"你提的任何要求我们都能满足。我们的收费标准是二线城市标准,有点小贵,你最好有心理准备。"天青说:"要是太贵的话就算了,说实话我这也是有一搭无一搭。不是查贪官,也不是查小三,纯粹闲得无聊。"对方就嘎嘎笑了两声,"价钱好商量,你是我们第九十九位顾客,我们公司正在搞活动,可以给你打八折优惠。三千块钱,如何?说实话,我们都是按小时计费的。我们的业务范围上至美国的特朗普,下至云落的屠户李云宝,哪怕翻江倒海五湖捉鳖,也会满足顾客需求。这点您放心。"天青笑了笑说:"我只有八百块钱。我只是个穷学生。"对方沉默了半晌才说:"妈的,八百就八百,权当我们扶贫了吧。"

这家私家侦探公司的办事效率奇高,很快就将万樱的手机号码和窗帘店的位置发送过来,又问他要不要查查窗帘店的老板来素芸？那可是个人物。天青说，算了吧。对方犹豫片刻道，我们送你个免费套餐吧，那人叫啥？常云泽是吧？就他了。你要是满意，到时看着打赏。天青笑着说，看来你们要做赔本买卖了。

万樱的手机关机，看来只有亲自去店里拜访了。

这家窗帘店位于云落县的主街，左手是家功夫包子铺，右手是家米粉店。天青想，他们家的窗帘肯定都有食物的气味。那个叫来素芸的老板细胳膊细腿，嘴巴像饥饿了数日的水蛭般干瘪，说起话来也绵软无力。本来她正在数布匹的花色，当听到天青用京腔问询万樱是否在班时，棕色的瞳孔旋即膨胀起来，看着天青道："咦，你是北京人？"天青摇摇头否认，她上下打量一番，脸色立马活泛起来，又问："你是承德人？"天青只好骗她说老家山东，来素芸撇撇嘴说："不像不像，济南人说普通话有大葱味，青岛人说普通话有海蛎子味，沂蒙人呢，是煎饼味。你呀，普通话怕过了一级甲吧？"她似乎忘记了他是来找万樱的，"我想想，你长得像个电影明星，谁来着，哦，易烊千玺！没错就是他！"天青尴尬地摇了摇头，又小声问了遍万樱在哪儿，来素芸这才"呀"了声说："你问她啊？下户装窗帘去了。你找她干啥？你是她亲戚？哦，你是她朋友？哦，你是她……"眼神在他身上瞟来瞟去，瞟得天青头发也要竖起来，就说："我啊……是她远方亲戚……的朋友，来云落旅游，顺便替朋友看看她。"

来素芸拉了椅子硬将他按座位上，说："我倒从没听说过她有啥远房亲戚呢。自打认识她，连只外地跳蚤都没蹦进过他们家门。她姥姥家是市里的，大地震那年绝了门户。"天青小心翼翼地抽出支香烟，还未说话来素芸就热忱地翻出个简易打火机："抽吧抽吧。我们才不禁烟。再说了，男人不抽烟跟没长胡须一样，咋看咋不牢靠。"眯眼盯着天青喷云吐雾，又问："她晌午大概回店里。你……会唱歌吗？"天青忙弹了弹烟灰，烟灰飞落到来素芸裙子上，来素芸说："不碍事不碍事，我这衣服虽说是从美国的奥特莱斯买的，却也不值几个钱。"天青问道："万樱……的孩子，也不小了吧？"来素芸说："可怜见的，樱桃啊，倒了八辈子血霉，男人被车撞了，植物人，"她探手探脚地做了个躺尸的动作，"还没死呢。心还跳着。哎，苦命的樱桃啊。"天青问："她跟常记驴肉馆的人……倒是很熟呢。"来素芸说："可不咋地，老关系户了，樱桃啊，十几岁就在老常那里包饺子，现在身上还是股馊菜馅味儿。要不是她男人出了车祸，没准还在店里扛活。"天青装作恍然的样子，"哦，我说她跟常云泽咋那么熟。"来素芸一愣，说道："那噶小子，樱桃可是眼瞅着他长大的。咋，你还认得常云泽？"天青笑嘻嘻道："当然认得。他们家的驴肉馆要是开到京城，肯定比海底捞火。"来素芸撇着嘴说："我可不爱吃那脏器，土腥味浓得很，不过我家老马倒稀罕……"眼神怎么就黯淡起来，天青说："您忙着，我先撤了，改日再来访她。"来素芸说："你着啥急啊，多坐会儿呗，我呀，闲得哐当哐当的，哎，钱来得易，也不是啥好事。"天青扑哧一声笑了。来素芸皱着眉头问："你笑啥？我是直肠子有啥冒啥，我要是像樱桃那般忙得连放屁的空都没有，哪里还敢多愁善感？"天青忙说："就是就是。"来素芸瞥了他眼，"你从大地方来的，可别瞧不起我们这帮土鳖。我呀，

65

眼界倒不一定比你低。我资助了八名贫困大学生，每年光学费就要五六万。他们给我写信，寄照片，汇报考试成绩。还有俩男孩要认我当干妈。认啥干妈啊，我自己又不是没儿子。"

天青以往倒没遇到过来素芸这般的女人。他遇到过的女人不可能像来素芸这般口无遮掩。可她们都有一个共通之处：她们都过着一种被矫正过的生活。这种"被矫正"当然不是出于她们的本意，可是也无所谓了，她们并没有意识到，即便意识到，也只能属于维特根斯坦所说的"偶数塑造"。他倒时常念起那个在CBD大楼里上班的女经理。她叫陆静怡。他一直忘不了她的那种疯狂。他曾经怀疑过，这种疯狂到底是出于骨子里的欲念，还是出于对他的技巧的变相赞美——她总是在高潮来临时悄然昏厥，同时身体里喷涌出细弱的、温热的潮水。当她苏醒过来时，她会哭泣着吻他。出于对她的尊重，他通常会再次覆盖她，用自己的肉身重新塑造着她略微变形的肉身，嘴唇婴儿般吮吸、咬噬着她挺脱的乳房……他和她不禁同时呼喊起来，而窗外的曙光也在这呼喊声中如蜂群般涌入。当她再次在他怀里昏厥过去，他松开手，看她顺着墙面缓缓滑瘫到黄色花纹的红色地毯上。他盘腿坐在地毯上闷闷地吸烟，而女人还在昏厥之中。他没有将她抱到床上，相反，他就那样静静地观察着一个漂亮的女人靠在墙壁上，几根黝黑的长发牵拉在嘴角，挺脱但并不丰腴的乳房犹如暗夜里的巨型非洲花朵，泛着一种厌倦的、犹如蒙尘瓷器般的光芒。

他怀疑她儿子知晓他们的事情。那个孩子刚上初一，身高却有一米八。刚开始给他辅导功课时，他的声音还是那种奶声奶气女孩般的童声，等到了正月，他的小胡子就蔓出来了，喉结挂在长颈鹿似的脖子上。他问他是不是喜欢打篮球，孩子俯瞰着他问，你是不是喜欢卖烧饼？他没有听懂孩子的意思，后来猛然意识到，孩子是在嘲笑他个子矮，跟武大郎似的。在领悟到这浅薄的恶毒的瞬间，他忍不住笑出了声。这孩子的英语不好，即便他辅导了将近小半年，孩子的成绩也只是从七十分提升到八十分。孩子或许是故意在跟他作对，不想他的辅导费拿得太容易，或者说是让他的母亲对这位研究生的辅导产生怀疑从而解雇他。孩子的思想简单又可笑，他可能对他和他母亲的关系有微微了了的猜度，但绝对想不到无数个夜晚他在床上将他的母亲弄成一位睡美人。有一回他在孩子家吃的晚饭，孩子的姥姥是上海人，本帮菜做得颇为地道，他的吃相难免难看些，孩子忽然放下碗筷盯着他的母亲问："妈，你是不是喜欢叔叔？"

女人愣住了，孩子的姥姥也愣住了，他倒没什么，仍然将鱼眼附近最嫩的一块肉稳稳地夹到嘴里。他听到了鱼的肌肉组织被自己的牙齿慢条斯理咀嚼的声响。女人用一种平静到近似直线的腔调回答道："儿子，可不能乱说话哦。叔叔的女朋友要是知道你这样没礼貌，会生气的。"他抬头看了眼女人，说实话，他着实佩服女人的冷静。他想，要是她在床上也这么冷静，她还会不会时不时地除了课时费，往他的银行卡上打钱呢？她不是个吝啬的顾客，每次都有五六千块钱。他知道她不缺钱，她那个离婚的丈夫每个月给的赡养费足够令人咋舌。当然他缺钱，他比谁都缺钱，他讪讪地想，作为一个每月往饭卡里充值六百元的硕士研究生来说，这五六千块简直是天文数字了。每当想到这个数字，他在床上都会更卖力些。不过，他不希望自己打破戒律，他还年轻，他相信还有更多好女人在冥冥之中等待着他的光临。这种等待本身甚至比漫长的相处还要迷人。女人时不时会搂着他说，我们结婚吧，好吗？"好吗"两个字通常是犹豫着嘟囔出来的，从某种程度上来说，它更像是一种廉价的羞耻。是的，她比他大十岁，也许在她看来，年龄的差距本身并不可怕，可怕的是意识到这差距并延伸出的羞耻感。那次他差点就脱口而出，好的。没错，他从内心里对她的确有一种热望，这热望跟肉欲和床笫无关，而是与她桃花般的笑容有关，与她纤细的输液时找不到血管的手腕有关，与她腋窝里若有若无的牛奶香气有关，与她那口长有两颗智齿的牙齿有关，与她……所有的所有有关。这难道不是他渴求的男人与女人的关系吗？是，也许不是。他觉得一切都还未做好准备，他虽然被生活这头恶犬矫正过，但是他很清楚，这种矫正本来就是一种对反抗的邀约与挑逗。他跟她不是一条湖泊里的鱼，他们甚至应该永远不会在水藻间相遇，即便遇到了，也该是两条不同空间里的鱼——在空间与空间的罅隙里，擦肩而过也许是最有意义的选择。他一点都不讨厌她的儿子，他甚至想象过她的儿子喊他"爸爸"时是如何的一种场景，这场景并未因年龄的差距而显得局促可笑，一点都不，他肯定会无比诚挚地抱住孩子单薄的肩胛骨，亲吻他光洁的散发着羊肉膻味的额头，给他最纯净的亲吻与祝福。

离开她时，他这样安慰自己，早晚有天她会知道，他是多么爱她，他曾经如何在梦里梦到她的眼睛并无声地抽搐哭泣，

可是他只能选择最无耻的方式离开她，忘记她，然后，等候着另外一个寂寞的女人朝他游过来。女人跟她一样浑身散发着金子的光芒，或者说，浑身长满了金子铸造的鳞片。他会微笑着，将她们身上的金鳞片刮下来，存到银行，然后，给田家艳在县里的高档小区买处房子。他想让全村的人都知晓，他不仅是个学霸，还是个有能力赚钱的天才。他们都会高看田家艳一眼。他们会用他们通红的狗眼高看田家艳一眼。这比什么都重要，只要想到那么一天，他的身体就会哆嗦起来，犹如风寒病患者在冰凉冬日的房子里，躺在一张没有炭火、被褥和毛毯的空床上。

"再见了，来老板。"他貌似羞怯地朝来素芸笑，"改天再来拜访。"

他能想象到来素芸的目光是如何尾随着他的背影拐下楼梯的，没准她还会趴在二楼窗户偷偷看他两眼。他饿得很，想吃两屉包子，却懒得踅进那家看上去脏兮兮的矮小店铺。当他的双腿没有意识地行进时，他想，他应该去趟"常记驴肉馆"，后来他发觉，脚下的这条路，这条绿化带开满了粉艳榆叶梅、铁锈碧桃的"斯大林路"，正是去往驴肉馆的必经之路。他曾经跟常云泽提过，要帮饭馆重新画壁画，也应过常云泽直接找常献凯面谈。可这几天他一次都没去过。那么，在离开云落之前，在离开这座空气中弥漫着粉尘、纸浆颗粒、鸡屎和臭海蛎气味的云落之前，拜访下常献凯，既是一种承诺，更是一种……责任。他舔了舔嘴唇，落在上头的一只小椿象仓皇着飞走了。

当他见到常献凯时，常献凯坐在马扎上，一只手攥着镜子，另一只手攥着电推子，嗡嗡嗡地理着头发。电推子小心翼翼

地剃着后脑勺和鬓角,头发被风吹落到肩膀和地上。理完发后,常献凯瞄他两眼,问道,小子,有啥事?天青摇摇头,帮他掸了掸肩上的碎发。常献凯笑了笑,径自站起来,头也没洗,在院子里哼哧哼哧地刷洗驴皮。他手指粗大骨节膨胀,那把来回挥动的掉毛铁刷让天青有些眩晕。当常献凯意识到他还站在旁边,不禁又瞅了瞅,大概寻思是看热闹的闲客,兀自忙活起来。等他用清水将驴皮冲刷干净,天青仍木桩般未动,就问:"订桌吗?直接跟吧台说声就行。"

天青的嘴唇仿佛钻出蛹洞的蛱蝶翅膀震颤了几下,却没有发出任何声音。

常献凯说:"没事的话帮个忙,将这张驴皮扇桌面上。"

桌子裂璺里是油脂和碎骨末,天青帮他将驴皮展平、押服,又将驴头、四脚和尾处用图钉按死,这才支支吾吾道:"常老板有空没?我想跟您说个事。"

多年之后常献凯应该还会想起那个能把人晒出油的春日上午,这个自称"天青"的男孩是如何磕磕巴巴跟他谈论饭馆装修事宜的。所谓装修,只是要将一楼二楼墙壁上的水粉画重新"修缮"一下,没错,男孩用了"修缮"这个词,他说他已经跟常云泽商量过,是免费"修缮"。之所以免费,是因为他是常云泽的好哥们,常云泽在他初来云泽之时帮过大忙。至于是怎样的大忙,男孩并没有详谈。男孩说话时声音很小,仿佛每句话都是深思熟虑后才说出来的,即便如此,他的声音还是有些颤颤巍巍,他说话的时候眼睛会时不时热烈地盯看着常献凯,而当常献凯貌似威严地将目光挪向他时,他的眼神又闪电般劈游到旁处,譬如正在杀驴的郑师傅、正在剃驴骨的王师傅,或正在洗工作服的李彤身上。他很瘦,很白,脸庞常常因为语言的不流畅而瞬息变得红涨,仿佛做了什么天大的错事,当他结巴着介绍修缮的具体方案时,常献凯有些不耐烦地打断了他:"既然你跟云泽说好了,弄就弄吧,最好是上午,颜料啥的别太刺鼻,中午要上客咧。"男孩慌乱着点头称是,常献凯又说:"你是不是常来我家吃驴肉?咋看着这么眼熟?"男孩说:"常叔真是好眼力,我最喜欢……吃……吃你们家的驴尾了。"常献凯颇为得意地点点头:"嗯。美食家,美食家。"

谈完事后这个自称天青的男孩并没有着急离开,而是继续帮常献凯打了半天下手,磨菜刀、刮驴蹄、切驴板肠、剥蒜、洗红辣椒。倒是个勤快人。现在勤快的年轻人越来越少了,常献凯难免感慨了两句。天青说:"其实你们这代人怕是最苦,娘胎里赶上自然灾害,少年时赶上'文革',青年时赶上改革,中年时赶上下岗,老了还要拼死拼活,为儿女做牛马。"常献凯嘿嘿笑了两声:"小兄弟有才,话全在根上,敢问哪里高就?"天青说:"我是烟酒(研究)生。抽烟喝酒最拿手。"常献凯说:"好,得闲了咱爷俩喝两盅。头次见,倒投缘得紧。"

那天下午,天青手忙脚乱地跑商场买颜料买画笔,又从网络上下载许多关于毛驴的图片和画作。说实话,他可从来没有画过驴,不光没画过驴,别的动物、植物、建筑和人,他也没画过。他大学本科学的新闻,只是硕士专业是美术史。为何弃文从画?说也说不太明白,其实他自己喜欢的是设计专业,可怕考不上,就旁敲侧击报了西美史,考了两年才考上。考上了，费时最多的还是平面设计，美术史对他来讲，倒譬如是正室夫人莫名做了偏房。当他备好行当再次到驴肉馆时，恍然已下午四时。常献凯正在烀驴肉，见到他直接从锅里抓了一小块驴排，二话没说塞天青嘴里。天青烫得哎呀声，连眼泪都差点流下来。常献凯探头问："香不？"天青忙竖起大拇指，使劲点了点头。

等郭姐他们返回旅馆时已月上梧桐。郭姐大概累得够呛，不停发着牢骚，骂那骷髅团长是神经病，好好在海边散步就行，偏要到什么冒牌浅水湾的岛上。说有座道观，里面住着位师父，早已开了天眼，要帮他们开悟。结果光等上岛的游船就等了半个时辰，上了船又晕船，吐得船舱遍地都是，见了那师父，红光满面，金鱼泡眼，净说些不着调的疯癫话，浪费了大半天时光，偏那李亚峰犯了魔怔，让那师父替他消业，师父说消业是佛家之事，李亚峰不干，纠缠了小半天。她只得随另外几个女伴去岛边闲逛，碰到家草药铺，看到味益肾子，便想买些给犯腰椎病的父亲，匀了半袋子又用机器打碎，算账时店家要四千块钱，她当时就懵了，哪里有这样夯人的！结果吵闹良久，才察觉店家的价码表上确实写的是论克售卖，只不过那克字小如蝇头……天青问她到底买了没有。郭姐说："我要不买，明天就回不了北京了！一辈子都被囚在那个破岛上！"天青就塞给她两块驴腱子肉，说吃吧吃吧，败火。郭姐说："我日后再也不来这鸟地方！狗屁人间仙境！狗屁修行！全他妈唬人的！"天青又安慰一番，郭姐问："你行李拾掇好没有？"天青说："没有。"郭姐问："牛逼。你这拖延症比癌症都厉害。"天青说："姐啊，我……我明天暂且不回，要在这里多留些日子。"郭姐"呸"了声："说哪门子傻话！你不上班了？再说待在这破烂地方，有狗屁意思。"天青就说，他应了朋友，帮忙设计下店面，怕是要费些工夫。郭姐半晌无语，后来拍拍他脸颊："待多久？"天青说看工程进度，何时完工何时回京。郭姐说："你可要在这里安生些。"

两人边说边踱到院墙的桃树下。桃树在夜里仍醒着，薄嫩花瓣被阴风吹得窸窣耳语。两人就靠着桃树抽烟，微暗的火苗在夜幕里闪闪灭灭如野兽瞳孔。郭姐其实比他年长不几岁，二十一岁结婚，二十四岁离婚。她丈夫是发小，据说爱她就像爱自己患了风湿的心脏，然后那年她得了红斑狼疮，要死要活地医了几载，全然没有好转。她知道丈夫一直想要个孩子。有天她跟丈夫说，我们离婚吧。丈夫用嘴巴堵住了她的嘴巴，用身体堵住了她的身体。她就吃饭时说，睡觉时说，做梦时也说，反正只要他在身旁，她就喋喋不休地重复着这句话。慢慢的，丈夫的愤怒消失了，他不再咆哮，不再流泪，不再跪趴在她身旁喃喃自语，他们分居了。郭姐时常跟天青念叨那句话，哪怕是谎言，说着说着，就变成了谶语。丈夫跟她分居两年后才找了个央视的女记者。在这两年里她只消一个电话，哪怕大年三十，他也会如上帝显圣般降临在她面前。他舍不得她，却又犟不过她。后来他跟女记者结了婚。她应邀参加了他的婚礼，送了个十万块钱红包。"到了后来，他对我只是怜悯，根本不是爱。"她说，"我干吗要这样的怜悯？我好得很。"他后来的妻子常邀她去家里做客。她一次也没去过。他们生孩子的时候，她从周大福买了把长命金锁。

"你帮我把辞呈交给经理,"天青说,"实习能遇到你,真是我的荣幸。"

郭姐没有说话,径直抱住了他。她的身体饱满瓷实,让他有种低吻的欲望。后来他也记不起他们的舌头是如何纠缠在一起、双手又是如何在彼此身体上抚摸游移的,当他将她小心翼翼地推倒在那棵桃树歪斜的褐色枝干上时,她曾犹豫着反抗了下……桃树的枝条刮蹭着砖墙,他似乎看到大瓣大瓣的花朵坠下,落到她的丹桂色亚麻披肩上,落到他的耳蜗里。当她终于忍不住小声哼哼起来时,他用手捂住了她的嘴。脚下菜畦的垄怕是被他们的脚踹坏了,下午浇灌过的春泥如此惺忪又如此柔软,在他们越来越激烈的纠缠中,脚下的大地正裂开一条狭长的、幽暗的缝隙,他和她就在肉体卑微的撞击声中一点一点、一点一点陷进泥土中。在越来越艰涩的呼吸中,他的眼睛也彻底被黑夜覆灭了——在最后的时刻来临时,他懊恼地叹息了声。

唯一欣慰的是,他从来没有剜过她的鳞。

第十一章　罗先生的烦心事

起因是一双鞋。

那是双 Prada(普拉达)牌的运动鞋,鞋帮和鞋底黑色,鞋面金黄。鞋帮很高,内倾六度锐角,这是保护脚踝的完美角度,据说是经过 Prada 的设计师们多方验证得出的结论。鞋底有两厘米厚,和运动员常穿的跑鞋类似,有规则性胶瘩。可以想象,当这双鞋穿在脚上跑动时,会有一种惯性的推力让人渐渐生出翅膀,既有跑动的快感也有飞翔的欲望。

这双鞋在 Prada 中文官网上的标价是八千二百元人民币。一个叫藜麦辛的小伙子去美国旅行时从圣弗朗西斯科的奥特莱斯买了一双。当时的标价是一千零九十九美元。回云落后,这双鞋穿了三十五天,然后送到光明小区北门一家名叫"彩洁干洗部"的洗衣店干洗。当时他叮嘱店员一定要干洗,他知道有些干洗店为了省钱都是水洗再烘干。怕店员马虎大意,他特意报了这双鞋的价格。他后来说,他还记得那个梳着马尾辫的店员瞪大眼睛的神情,店员还说了句他至今记忆犹新的话:这双鞋抵我四个月的工资了。三天后藜麦辛来取这双鞋,当他把鞋子接过来时眉心拧了个疙瘩。黄色鞋面掉了一块。高级塑料材质的鞋面从脚趾处被撕下来一绺,煞是醒目。藜麦辛对马尾辫说:"把你们老板叫来。"马尾辫说他们老板很少来店里。藜麦辛就说:"他不来也行。你说话算数吗?"马尾辫盯着藜麦辛说,先生有什么事直说好了。藜麦辛就把鞋面摆给她看。马尾辫说,真是不好意思……藜麦辛直接打断她的话:"我没有别的要求,只要你们给我买双新的就行。"马尾辫似乎此时才想起这位顾客,才想起这双鞋的价格,面色骤然刷白,急忙给老板打电话。老板姓王,叫王文鼎,正跟老婆在新加坡旅行。听了事情缘由,王文鼎在手机里对藜麦辛郑重地道了歉,然后说:"你这双鞋才买了三十多天,在保质期内,能否给厂家反映下?我们确实有错,但这双鞋的质量也太次了。"

本来藜麦辛声音很平淡，听了这句话音量骤然大起："你们弄坏了我的鞋，反倒怪起我来了是吧？跟你说实话，你要不给我买双新的，你这店也甭想开了！"王文鼎说："兄弟你可别说大话，说大话容易闪了舌头。"据说藜麦辛冷笑一声挂了手机，转身走了。

　　第二天马尾辫到店里时，藜麦辛也到了。他不是一个人来的，他牵了两条狗。

　　这两条狗身形跟小牛犊相若，一条古牧，一条金毛。藜麦辛二话没说坐在凳子上，将两根塑料玩具骨头随手一抛，那两条狗就疯了般蹿跳出去。它们叼着骨头在衣架间钻来钻去，仿佛在低矮的灌木丛里嬉戏。等藜麦辛一声响亮的口哨，它们就欢天喜地地跑过来，将骨头丢在藜麦辛脚边，伸着长舌舔他的掌心。藜麦辛将塑料骨头拾起，再次铆劲扔出，两个家伙又疯狂地蹿出，仿佛那是块货真价实的肉骨头……如此反复几次，马尾辫就不得不说话了："你的狗钻来钻去，把衣服弄得都是狗毛，我们咋跟顾客交待？"藜麦辛也不搭理她，拿着手机玩游戏。马尾辫又说，我昨天给你道歉了，我们老板也道歉了，出了这种事我们确实有责任……藜麦辛这才慢慢悠悠说道，你们老板不是怕我闪了舌头吗？你不妨告诉他，让我闪舌头的人还没从娘胎里掉出来。说完打个响指，古牧金毛就乖乖随他走了。马尾以为就此平安了。不想第二天清晨前脚进店，这藜麦辛后脚就牵着两条狗来了，他戴着墨镜，头上是顶墨西哥大檐帽，没人能看清他的表情。和昨日一样，他坐在凳子上玩手机，那两条狗在干洗好的衣物中间钻得不亦乐乎。到了第三日，马尾辫虽然舍不得打国际长途，还是咬了咬牙狠了狠心，拨了王文鼎的号码。王文鼎本来就是个脾气躁性的人，在电话里顿时咆哮起来，后来马尾辫说，老板，你跟我嚷嚷有啥用？那两只狗，还在衣服里捉迷藏呢。王文鼎喊道，这人叫啥名字！告诉我！马尾辫忙将收据上的姓名告知。王文鼎一听那名字就愣住了，然后给刁一鹏打电话。他是刁一鹏甥女婿。

　　刁一鹏说："老罗啊，这事只有你出马了。二一个人都不好使。文鼎还在新加坡，要是在云落，看我不扇他几个耳光。"罗小军只是看着鱼缸里的那条婴儿般的金龙。刁一鹏说："咱确实理亏，妈的，早就让那小子别贪图小便宜，偏是不听！活该出事。"罗小军往鱼缸里撒鱼食。他撒得细，一粒一粒地捏。刁一鹏说："后来王文鼎认赔，给他买双新鞋。可藜麦辛说了，网购的不要，都是高仿。新加坡的也不要，要买就从美国买。王文鼎又说赔他钱，他说，我们家的钱用来擦屁股，不稀罕。"

　　罗小军说："咦，你过来瞧瞧，金龙尾巴咋生了白斑？"

　　刁一鹏焦躁不安地说："你再装聋作哑，信不信我把你卖了？最近猪肉可都涨到四十五一斤了。"

　　罗小军笑着说："我很久没去海钓了，哎。"

　　罗小军知道刁一鹏近期脾气有点急。急是有由头的。他在赤峰当兵时有个湖南岳阳的战友，俩人都好酒，性气又相投，私下拜了把子。复员后走动频繁，刁一鹏没结婚时常去岳阳游玩，胡吃海喝一番再拎着岳阳特产屁颠屁颠回来。战友也来过云落数次，都是拉家带口开着私家车从岳阳耍到云落，住十天半月，将海鲜吃遍，顺便北戴河山海关逛逛，这才打道回府。

等孩子们上了学，寒暑假时两家互有走动。一晃刁一鹏儿子十六岁，战友女儿十七岁。今年正月，战友仍携家眷来拜年，出了正月才走。

战友回岳阳后没多久给他打了个电话，说，老刁啊，跟你汇报点情况，一个是好事，一个是坏事，先听哪个？刁一鹏向来喜欢先吃酸葡萄再吃甜葡萄，就说，先说坏事。战友说，坏事呢，我闺女怀孕了。刁一鹏一愣，问，好事呢？战友说，好事哪，孩子是我侄子的。

刁一鹏晓得战友不会乱开玩笑，忙去盘问儿子。儿子初始不认，稍威逼利诱，儿子就怂了。果不其然，俩孩子趁大人们外出，睡了，不止睡了一次，简直是见缝插针。刁一鹏挺上火，忙联系战友，问有啥打算，孩子们未成年，儿子上高一，战友闺女呢，上高二，看来只能堕胎。没想到战友说，死螃蟹没汁！堕胎多伤孩子身体！我跟你嫂子想好了，不如啊，让闺女住你家得了，等孩子生下来，养几年，到了能结婚的年岁，再让他们补办婚礼。两好并一好，哥们变亲家，岂不是天大的美事？儿媳领着孙子进门，双喜临门。刁一鹏拿不准主意，忙跟他老婆商量，没想到他老婆欢喜得犯了心脏病。她在家当了十多年家庭主妇，日日闲得肝疼，想着过不多久能含饴弄孙，竟昏厥在沙发上。让他意外的是，儿子也执意保住胎儿，他说，好汉做事一人当，他不能让女朋友失望，他要给她宽广的胸膛倚靠。刁一鹏看着儿子的鸡胸脯，只能应了。过不几日，战友夫妇将闺女送过来，喝了几天酒，欣欣然回了岳阳。儿子尚在上高中，老婆便天天陪着未来儿媳去做胎教，晚上呢，儿子跟刁一鹏睡，儿媳跟老婆睡。眼瞅着儿媳肚子越来越大，刁一鹏心下越来越不安。至于为何心慌，他也委实闹不明白。反正这些时日，日日皱着八字眉。

"那个藜麦辛，我倒是知道，"罗小军将鱼食放好，"别看年岁不大，在云落，也算是号人物了。他的传闻呢，我也耳闻过不少。"

藜麦辛是王家的姑爷。说起云落王家，没听说过的可能都是聋子。王家老大叫王毅文，原本是云落供销社的办公室主任，1996年供销社改制后承包了那座修建于1983年的大楼，装修一番后改名德福超市。德福超市最大的优势是物价，即便是米面这些农产品也比农村集市便宜七八分。可别小看这七八分钱，谁家不是掰着手指头过日子呢。电器也都是厂家直销，一千块钱能买一台29英寸的长虹彩电。逢年过节都搞有奖销售，特等奖是辆夏利轿车，到了抽奖那天，云落最宽阔的那条街挤挤插插，据说先后有五名儿童被挤丢，还有十三个人光着脚板回的家。这么多年过去，王毅文在云落陆陆续续开了五家超市。2013年前后易初莲花、普尔斯马特和佳世客都曾在云落短暂停留，后来均不知所终。王毅文是个胖子，见了谁都笑，人家就叫他弥勒佛。弥勒佛的二弟是省委组织部的副部长，云落人常在电视里瞧见他，跟弥勒佛不同的是，他极为瘦削，脸像根熟透了的丝瓜，在镜头下泛着青黄光泽，不晓得是灯照的，还是原本如此。弥勒佛三弟是市公安局的副局长，据说马上要去隔壁市检察院当检察长了。四弟叫王毅斌，在旅顺当过兵，转业后养了两艘货船，别人家的轮船只跑短途，无非青岛威海，他的货船跑国外，马来西亚，埃及，土耳其，偶尔也去俄罗斯。老五是个姑娘，叫王乃玲，原本在云落锁厂当配件工，下岗后开起了饭店，云落唯一那家五星级酒店就是她的。她喜欢唱歌，年年都参加云落电视台的歌手大奖赛，当然，年年她都能得个特别奖。这个大奖赛就是她独家赞助的。

藜麦辛就是王乃玲的姑爷，是她参加歌手大奖赛时认识的。藜麦辛武警部队转业后分配到司法局，人长得好，声音也好，据说初赛时王乃玲扫了他两眼，就凑前问他是否结婚，是否有女朋友。藜麦辛大大咧咧地说，大姐啊，我现在还是条光棍。王乃玲满意地点了点头说，小伙，你的婚事包我身上了。半年后在藜麦辛和王乃玲女儿的婚礼上，王乃玲应宾客要求，唱了她最拿手的《边疆的泉水清又纯》。藜麦辛婚后就不如何上班了，跟他老婆开了家夜总会。人家都说，以前"天上人间"的小姐们都跑来了，难怪连附近县区的老板们都开着豪车来捧场。他们家的伏特加都是直接从海参崴用货轮运回来的。

刁一鹏强笑道："罗总眼观六路耳听八方，佩服佩服。"

很显然，王毅文对罗小军的来访并不意外。他们是多年的拳友。只要得闲，他们就相约到涞河边的"斩风厅"练推手。谁都想不到王毅文竟是个练家子，不光是练家子，那套陈氏太极也得自陈家后人真传，据闻他专程在陈家沟学了半载有余。只要不出海钓鱼，罗小军都能在曦光中晃到一尊披着霞光的佛像在缓缓地腾挪推掸，没有跌宕之势，却自有行云流水之态。王毅文似乎对这位小拳友很是心重，指点起来慢声细语，倒如说情话般。他说罗小军的招式里自带野气，全然没有碍手碍脚的规矩约束，再练上几十年，没准也能自成一家。罗小军通常嘿嘿笑两声，说，师父教得好，师父教得好。王毅文似乎很是受用，指点得也越发用心。有很长一段时间罗小军入了魔，他老婆活着时，起夜，看到团黑影在客厅里晃动，惊呼一声，忙开了灯，才发现是罗小军。他一脸茫然地盯着老婆问，啥事？她老婆抚着胸口说，大半夜的你抽什么风？罗小军一板一眼地说，我没抽风，我在练太极。

"孩子们拉的屎，孩子们自个擦屁股，你操个鸟闲心？还特意跑过来，可笑，可笑。"王毅文蜷沙发里，笑眯眯地望着他，"听说西南街的平改楼，遇到点麻烦？不过，瀚海别苑，名字不错嘛。"

罗小军身子往后缩了缩，腰椎又疼起来："你呀，不愧是千眼菩萨，万事瞒不过你的法眼。"

王毅文递给他支雪茄。王毅文只抽古巴雪茄。古巴雪茄都是姑娘们用细嫩的大腿根搓揉出来的，带着南美玫瑰的香气。"尝尝这个，只限一根啊。卡斯特罗的儿子送给老四的。古巴人可真抠，只给了十五根。"

罗小军摆了摆手说："这么好的东西，别浪费了。"

王毅文盯了他半晌。他很胖，眼又细，如果不仔细盯瞧，或误以为这是个没有瞳孔也没有眼白的人："说心里话，我呀，有了好东西，就想跟你分享。只是我惦着你，也是白惦记。"

罗小军将雪茄点着，猛吸了口。他不晓得该如何接话，或者说，他不敢乱接话。烟雾熏着他的鼻子和眼睛，他顺势大声咳嗽起来。没有什么比咳嗽更能遮掩尴尬了。

"你给老哥透个实底，你到底给万永胜扛活呢，还是当家做了主人？这么多年来，我一直想问问你，可话到嘴边总咽回去。"罗小军看到他的眼白其实一点都不少。"你们的关系，云落没有人不知道，可是……"他的眼白全消失了，"可是，孩子长大了，总不能跟大人睡一个被窝。是不？"

罗小军大声笑起来。他的肩膀上下夸张地抖动，仿佛刚听到则世界上最幽默的笑话，"老哥啊，我智商是负数，上学那会儿人家都叫我罗傻子。要不是遇到我万叔，如今没准在美团送外卖呢。"他身子往前拱了拱，盯着王毅文。王毅文也笑了。他拍了拍罗小军的脸颊说："你个臭小子，别给我卖关子。"

罗小军说："我们早分家了，这点破事怎能瞒得过老哥？"

王毅文点点头。他似乎对罗小军的回答很满意："如此说来就好办了。说实话，即便你今天不来找我，我明天兴许就去拜访你了。"他用打火机将罗小军嘴里的雪茄又点了次火，"你别给我装傻。我是你师父，你打个喷嚏我都能猜到你早晨吃的是绿豆粥还是豆腐脑。"罗小军又吐出口烟雾，没有吭声。王毅文说："如果你现在还硬撑着，那可真是墙头上睡觉，翻不了身咯。"罗小军仍是没有吱声。王毅文将雪茄掐灭，小心翼翼地藏进那枚闪亮的白金雪茄盒，"西南街那个项目，我们合伙做吧。我投资入股，到时送我两瓶好酒就行。我眼小肚子大，却并不是个贪心的人。世上贪心的人太多了，监狱的牢房才总是不够用。他们肯定没听说过这句话，老天爷的碾盘转得慢，却磨得很细。"

他此番话说出来，罗小军倒真有些讶异。王毅文做了半辈子超市，手里银子叮当响，怎么也督上了房地产？如果他真想入这行，开道的、提靴抬轿的、敲锣打鼓的、保驾护驾的还不如过江之鲫？他要看上的项目，估计那些晃标的人连面都不敢露，他摆出副谦逊的姿态来提合作的事，还真是给足了自己脸面。

"你这小滑头，回头好好想想。"王毅文打了个哈欠，"昨晚跟戴书记搓了半宿麻将，害得我今儿早起都没起来。哎，戴书记的精力可真旺盛。"他打开雪茄盒，又翻出那根抽了两口的雪茄，点着，笑眯眯地看着罗小军，半响才说：

"我想入这行呢，也想很久了。鸟不能老可着一棵树齐。这超市我早干腻歪了，烦，真他妈烦，不如干脆交给孩子们打点。我呢，老早就觉得房地产这行有点意思，有点嚼头，像太极拳，掤捋挤按、采挒肘靠谁都晓得，可真练来难免轻浮奇舞，总要找个可心的人带带我，试试胆练练手。找谁呢？你也知道，练太极最忌讳走门串户，杂拳通练。得，身边有你这么个小兄弟，咋就差点忘了？你看看，真是人老屁股松，油少肠子细。"

他说这些话的时候声音轻柔、诚恳又低沉，仿佛牧师正在给他唯一的信徒布道。对云落王家而言，世上岂有难事？往前凑、往前够，妄图沾得他们家油水的大有人在。他选自己无非是觉得可靠。不过，如若王毅文真能暗地入股，对公司来讲还真是锦上添花。罗小军站起来，伸了个懒腰，对王毅文说："老哥啊，你要是加盟，那可是我们公司的福分！我可得烧高香，磕响头！我回头跟一鹏合计合计，尽快给你答复。其他鸡肠鸭肚的事，一扔一撂着办。"

王毅文慢悠悠地说："我月底要去巴塞罗那考察项目……"

罗小军"呀"了声："老哥，买卖做大发了！都做到欧洲了！巴塞罗那的美女比意大利的漂亮。"

王毅文眯着眼说："瞧你那点出息。你不是外人，不妨透个底，我呀，想把巴塞罗那的市政厅买下来。那老房子，啧啧，两百多年了，你猜猜多少钱？两千五百万欧元！只要两千五百万欧元。"

罗小军笑着说："老哥真是好胃口！过两年，你干脆把皇马也买下来。"

王毅文懒洋洋地说："有啥大不了？老弟要是喜欢，我不妨买下来送你。"

罗小军嘿嘿笑着说："我还是更喜欢巴萨。要买的话买巴萨吧。"

王毅文拉长了声音问："你……听说那事了吗？"

罗小军狐疑地看着他："啥事？"王毅文捏着雪茄在烟灰缸里轻轻戳了戳，说："哦……没啥，春天了，易变天，忽冷忽热的，你可别乱穿衣。"

罗小军说："我冷库还有条黄鳍金枪，哪天咱们造了？有兄弟前几天从北海道回来，捎了些上好清酒。"

王毅文笑吟吟地说："猪脑子，你咋又忘了，我不吃鱼，酒呢，只喝酱香的。那些乌七八糟的外国酒，我沾都不沾。"

罗小军就笑着捆了捆自己的脸。他能听到手指拍打脸颊时清脆的响声。

辞别王毅文，他没有立即回公司，出了大楼，在停车场的一棵树下站着抽烟。风是热的，脖颈腋窝里蠕动着虫豸。也许在王毅文眼中，他也是条虫子吧？轻轻一捻就能捻死。他选择跟自己搭伙计，一是知根底，谁不想选择个厚道的伙伴？交情呢，说有的话，也是有的，若论起深浅还真不好说，二是自己公司的实力与口碑，这些都是无形资产，甚至是商誉，看不清摸不着入不了账，可卖房的时候自然见分晓。不过他想入伙，要如何的入法？最简单的就是注入资金，利润按成本投入分红，看来如若事成，人事方面王毅文肯定会有动作，估计要派驻董事或会计师。不过最让罗小军意外的是，他轻描淡写地挑这么偶然的契机，商量如此重大的事件。也许他的意思是，这件事对他们王家来说，可有可无，可丁可卯，而挑如此私密的场合谈这件事，则是出于对他罗小军的信任。他们交往多年，也算有师徒之谊，可一想到王毅文笑眯眯的眼，罗小军连骨头缝里都蹿着凉风。

他现在急需名猎人来帮自己对付王毅文这只老狐狸。等万永胜的号码调出来，罗小军却没勇气按下。万永胜肯定会臭骂他一顿，"王毅文就是拉屎套狗的选手！"他会这样告诫他。罗小军简直能想象到他蔑视的眼光。要是他应了王毅文，万永胜肯定不会请自己尝炒青蚕了。

云霓的电话打进来时罗小军正坐在长椅上发呆。四周都是楼厦，天空只微露一角。说实话，他觉得云落越来越陌生，这座他出生的老城，正在以某种超越了自然力量和法则的速度膨胀着，也许比宇宙大爆炸的速度还快，他开车行驶在路上，有时竟念不起以前那条路的名字，曾经又是何等模样。云落犹如正在褪壳的螃蟹，旧壳尚未完全剥离，新壳正随着风声慢慢地氧化，没有人知道这只螃蟹是否还是从前的那只螃蟹，唯一能确定的是，它的心脏依然是从前的心脏。有天晚上他喝醉了酒徒步回家，走着走着，走着走着，两旁的树木消失了，抵着天空的楼厦也渐渐不见，再走着走着，他发觉自己的身躯正随着步伐的摆动慢慢缩小，他的胳膊、手掌、脚和腿都缩成了少年模样，然后当他躺在一棵悬铃木下时,他发觉自己俨然变成了婴儿。他根本动不了,只能透过黑色的树叶和枝干窥望到星辰稀朗的夜空。他迷迷糊糊地想,他马上就要回到他母亲的体内了,他会变成一颗受精卵,分解成一枚卵子和一枚精子,然后,从这个世界上彻底消失,就像那些消失在大海里的雨滴。

"你妈老嚷嚷着回家,"云霓说,"护士根本拦不住!她逃过一次,幸亏被护士们逮回来,你赶紧去瞅瞅吧。你在哪儿?我开车载你。司机小刘家里有事,先走了。"

他想了想说:"我等你五分钟。"

她是开着私家车来的,一辆白色甲壳虫。他闻到了橘子若有若无的香味。他当然知道那是香水的味道。

"我给你买了条领带,打好了,到时候往脖子上一套就行。"她漫不经心地递给他,"别谢我,很便宜,从网上买的。"

这孩子不像别人那样惧他。公司的人见了他都拘谨,他们可能不知道,当他察觉到他们站在他面前的那种不安扭捏时,他比他们更要不安。但云霓不,她会睁着大眼仔细盘看他,有时他反倒被她看得有些手足无措。她可能喜欢他,当这个念头隐隐旋起时,他将领带系到脖子上使劲勒了勒。这是条蓝底白细斜纹的领带,这个牌子不贵,但也不便宜。他说:"小小年纪就知道贿赂领导。"他从反光镜中看到她笑了笑。她笑的时候有俩梨涡,左边浅,右边深。她无疑知道自己笑的时候很美,"算我送你的礼物吧。"她轻柔地弹了弹他的胳膊。这个动作并不突兀,也不会显得过分亲热。

"你知道王毅文吗?"他歪头问她。云霓似乎愣了愣,说:"你说的是弥勒佛?"他点点头。"我听别人说,他还有个绰号。"

"哦?""貔貅狼。"他忍不住大笑起来,云霓被她笑得有些发毛:"咋啦?貔貅只进不出,性情和善;狼呢,是连肉渣都不剩。貔貅和狼都占齐了,可见这个人有多滑头,又有多分裂。"

罗小军以前倒听人说过王毅文这个绰号,可从云霓嘴里如此轻描淡写地说出,倒有种莫名的喜感:"你还知道些啥?"

云霓说:"我还知道司机开车的时候,搭车的尽量少说话。"

罗小军就闭了嘴。

他们到养老院时,母亲睡着了。护士给她打了两针镇定剂。

她被送到这个号称京东最好的养老院七八年了。罗小军每礼拜探望两次。他给老太太请了特殊护理,又从精神病医院重金聘请了两名护士,轮流二十四小时监护。两名女护士都膀大腰圆,嘴上拱着浅黄绒毛,据说曾联手制服过得了妄想症狂躁症、体重达一百二十公斤的省拳击季军。在罗小军记忆中,除了春天,母亲一直是个安静的人。她喜读闲书,父亲在世时,她常在院子那棵合欢树下读《红楼梦》,读累了,就躺藤椅上小憩。她总是比别人易劳累。他还记得那套书竖排繁体,封面暗绿,描着梳发髻的侍女头像,里面夹些碎了的干蔷薇瓣,花瓣的汁水将纸上的字洇透了,闻上去有股寡淡的药香。她有点驼背,可并没有妨碍她给他们煮饭、洗衣裳、纳鞋底,缝缝补补。只是立春后,她瞄他的眼神一日赛一日恍惚,藏着小兽似的警惕,庭院不扫,书也不读,炊烟也不冒,套上那件散着樟脑丸味的花袄,从西南街跑到东北街,再从红星路跑到两生路。她婴孩似的蹦蹦跳跳,嘴里含着棉花糖般嘟囔呓语,没谁能听清她说什么,她到底想说什么。

有回罗小军在涞河沿岸找到了她，她正对着桃花瓣上的土蜂唱歌。他听不懂她的歌词，也不明白她盯着土蜂的眼神为何那般温柔。她可从来没用那样的眼神看过他。于他而言，少年时期最痛苦的事，无非就是在春天的黄昏中走街串巷寻找失踪的母亲。他当时最担心的，是同学们知道他妈是疯子，是发髻插着丁香花的神经病。他顶烦那些同学遇到他时热忱地问询"你去干啥啊"，通常，他煞白着小脸大踏步跨过，佯装没听到。他心里满怀怒气，那怒气会在飘着野花香、初显燥热的空气里慢慢升腾成一种无能为力的宿命感，等他成年后方才晓得，那种感觉其实就是绝望。当他的眼泪偷偷流淌下来时，他咬着牙想，为啥我有这样的妈妈？为何一春暖花开她就变成了陌生人？她身体里到底发生了如何的病变？这季节的浩大神秘在很长一段时间里让他对春天充满了畏惧，当然，更多的是厌恶。他想，要是哪天母亲淹死在河里就好了，或被拉砖的车撞死。他想象着他和父亲在河里打捞母亲细长瘦弱的尸体，或将母亲血肉模糊的身躯从大货的车轱辘下缓慢拽出……这些场景不停地闪回时，他开始惊讶于自己的冷酷，然后，愧疚如毒蝎尾般热烈地蜇着他干瘪的心脏，让他一边疾走一边咒骂自己，仿佛母亲真的死去了般。有两次当他气喘吁吁地回到家里时，母亲早已蹲在庭院的那株臭樟树下，逮树皮下的黑头蚂蚁。她旁边站着个女孩。他知道是女孩把母亲送回来的，他没有说声感谢，反而冷冷地瞥那女孩两眼，女孩就哆嗦着溜掉了。女孩有个又土又俗的小名，叫樱桃。他上小学时，最喜欢跟一帮抽烟喝酒的男孩子欺负她。她长得矮，还胖，不暴揍她一顿简直就对不起她那双绵羊般无辜的眼睛。

父亲死后，他忙着跑大车，当兵，揽业务，母亲在辽阳的大姨家住了数年，直到结婚后他才将她正式接回云落。她老了很多，患轻微脑梗，拴住了舌头。她平日极少与他交言，跟他老婆倒亲近。他老婆性子柔，脸皮薄，把婆婆里里外外拾掇得干净体面，光布鞋就亲手做了六双，鞋底都是自己纳的。春天时，她变成了少年罗小军，日日黑影般随婆婆脚后，不吱声，也不急，婆婆唱歌了她小声和，婆婆喜欢蒲公英了她就采两把，婆婆爬树摘榆叶梅，她也不恼，仰头看婆婆猕猴般在枝桠间爬蹿。只是没想到会死在母亲前头。老婆死后，罗小军将她送到了敬老院。敬老院是万永胜开的，他只要支付那两名护士昂贵的工资就行了。

据那位唇须更浓密些的护士说，她只去了趟厕所，回头就不见了老太太踪影，着急忙慌四处翻找，总算在养老院门口寻到。老太太坐马路牙子上，胳膊拐着包裹，手里捏着蜗牛，恍惚盯着来往的车辆。"幸亏没横穿马路，真吓死我了！"身坯比罗小军宽两倍的护士抚着胸口，仿佛那口气还没有喘上来，"往年这时节也闹，大不了在园子里藏藏躲躲，这次倒好，直接攀栅栏了！老太太年轻的时候是不是跳高运动员？"

罗小军忙好言好语慰抚一番，又解释说老太太从小就有些驼背，没选上运动员。

"老太太睡得挺香。"云霓嘻嘻笑着将被角掖好，"走吧罗总。"

"我饿了，"罗小军说，"我想吃西班牙牛排。"

"我请你，"云霓说，"穷人请富翁吃

饭，面子老大了。"

"我要吃两份。"

"我知道有家牛排店正在搞促销，买一赠一，果汁跟虾片还免费。"

罗小军笑了。他知道自己笑了。他知道自己很久没这么开心地笑过了。

"不过，我要先拜访下万叔。"他听到自己的声音温柔而沉迷，"改天我们再去吃牛排吧。"

云霓叹了声："原来领导们都是变色龙啊。"

罗小军说："你可得记着欠我顿饭呢。下次不吃牛排，吃日本料理。"

云霓说："好，你等着，我明天就坐飞机去南海。你就是想吃双髻鲨，我也能满足你。"

罗小军给万永胜打电话，打了几次都关机。想了想，径自去了医院药房。尽管万永胜将医院交给了妹妹妹夫打点，可也常到他那间盲肠般短小的办公室坐坐。如罗小军猜度的那样，万永胜就待在那间只有十平米的办公室里。他套着白大褂。只要在医院，他就穿那件洗得泛黄的白大褂。也许他很久没有来医院了，办公桌面蒙着层灰尘。他正倒背着手站在墙边看地图。罗小军依稀记得，墙上最早挂的是幅《世界地图》，后来是《中国地图》《兰若市地图》，然后慢慢地变成了《云落县交通地图》。万永胜有次酒后跟他说，军啊，我从前老觉得世界太小，想去哪里就去哪里，现在老了，咋觉得世界越来越阔绰？连个小小的云落，两只脚都量不完。罗小军听不懂他的话，此时他通常保持缄默。

他小时候也稀罕地图，"世界"，只要一想到这个词，无限的空间、纵横交织的经线和纬线就以超越光速的速度延展拓拔出去，仿佛七大洲四大洋瞬间就诞生在眼前。没错，世界，世界那么大，那么弯远，他渴望知道外国有多高的山峰、有多宽阔绵长的河流、有多神奇难觅的物种、有多美轮美奂的宫殿，当然，还有多少密码般的语言。他渴望和陌生的国度发生联系，即便这种联系只是一张颜色单调的地图。他记得那时最喜欢的是一张《布宜诺斯艾利斯交通地图》，上面的山川、河流和道路被圆珠笔勾画得陈旧模糊。他将脸紧紧贴在上面，然后，他闻到了想象中的桉树、棕榈、木棉、奥布和哈卡兰达树的气味。也许，那只是圆珠笔油的气味。

万永胜头也没回："她跟我说，收到了。"

罗小军咳嗽了声："王毅文想入股。"

来时途中他想到种种措辞，种种开篇和结尾，唯独没想到会将此事如此直白地捅出。他没敢抬头，不过他能想象到万永胜的表情：耷拉的眼角挑耸两下，从酱紫色的嘴唇里呼出类似北风呼啸的声响。他骂人的声音一向响亮，他脖颈上的白癜风会因短暂的充血变得微微红润，而他那双蒲扇般的大手，随时都可能扇在他头上。

万永胜只是看着他。万永胜的眼睛仿佛风暴眼，宁静，冷漠，甚至……有些沮丧。

"我还没应他，"罗小军说，"我知道他胃口大，可没料到他是鲸鱼肚。"

万永胜缓缓坐到木椅上，默望着窗外。聪明的猎人不会只有一把猎枪，当万永胜将目光甩向自己时，他肯定想出了世界上最完美的对策。这世上，难倒万永胜的人还没有降生。

"应他，"万永胜一字一顿地说，"应了他。"

罗小军眯眉瞪眼。他没想到万永胜的答案更简单粗暴。

"你别忘了，他是弥勒佛。"万永胜说，"佛渡人，也是常事。他此时入股，对你而言，那不等于帮老虎长出两只翅膀？"

罗小军支支吾吾道："我怕他……最后……连我都吞了。"

万永胜慢条斯理道："铁扇公主也吞了孙悟空。"

罗小军愣愣地盯着万永胜，半晌才说："叔……"

万永胜直起身将窗户打开，远处打夯机和搅拌机的隆隆声比任何时候都刺耳："我们这行，越来越难做。"他吐口痰，探脚踩掉，"日后啊，怕是七十岁的老女人生孩子，有那个心，也没那个卵了。"

罗小军长这么大，还从没听万永胜说过如此灰颓的话。在他印象中，万永胜永远是枚亮飕飕的铁钉，稳稳插进墙壁或木桩，没人敢拔他。他有些惶恐地盯着万永胜重又站在那幅云落地图前，手指在蛛网盘错的城中心蹭来蹭去，"你肯定比我心里有数，云落干咱这行的，到底有多少家，都是啥家底，啥来头。"

"当然，"罗小军说，"算上咱们爷俩，共有九家开发商，坐地户七家，外来户两家。"

"你比我清楚，云落的房子快饱和了。经济下滑，县政府也要给兄弟们发工资。咋办？卖地皮，挣快钱。钱远远不够，咋办？卖更多的地皮，挣更多的快钱。等咱们盖完楼，再收咱们的税钱。税要多收，咋办？逼咱们抬房价，我想卖三千一平米，非逼着我卖五千。房子多了咋办？村里禁批宅基地。你不有儿子吗？你儿子不是该娶媳妇吗？得，买房吧。要是不打云落城买房，你儿子等着打光棍吧！你们家等着绝户吧！你死了清明都没有人给你上坟。这就是咱们云落的逻辑，它的逻辑，就是咱们的紧箍咒，就是咱们的生死符。"万永胜几乎从没跟罗小军说过这么多话，"云落看上去是个养尊处优的胖子，满面红光，西装革履，哎，肚子里哪里有货？不光没货，简直就是用气泵吹起来的塑料孬种。"

罗小军知道他肯定满腹牢骚。坊间都说，万永胜是只打不死的皮耗子，在罗小军心里，万永胜早是尊肉身造的神。神也要吃喝拉撒，神也有七大姑八大姨，神也要魑魅魍魉，神也有神的苦水。万永胜这些年一直走霉运。他跟上届的欧阳书记是哥们，坊间传言，两人1968年在保定串联时就相识了，罗小军听了觉得纯粹扯淡，万永胜跟他父亲去保定那年，不过十五六岁，欧阳书记那时大概还在娘胎里……不过俩人关系铁却是真的，欧阳常去万永胜的平房里喝酒。欧阳酒量不错，从没有醉过，倒是万永胜喝得住过两次医院，当然，住院也方便，毕竟他还是名誉院长。那年县委县政府要搬迁，地址就选在涞河北岸。定完方案那晚，欧阳书记只带了贴身秘书去老万家吃炖大骨头。是牛骨。欧阳说，老万啊，新楼你也来装标吧，你办事，我放一万个心，这风水宝地，你也沾些福气。万永胜还真不想揽这活儿，云落自古以来有句关于泥瓦匠的老话，"莫给衙门修墙院"。欧阳见万永胜的态度模棱两可，就说，你这老奸商，真是无利不起早，这样吧，我把老县委那块地皮一并给了你，如何？万永胜这才嘿嘿笑着敬了欧阳两盅酒。

老县委那块地，位处城心黄金位置，若是开盘，每平米即便比别家楼盘贵上两千，买房的人估计凌晨三点也会拎马扎去排队等号。待万永胜将云落大楼盖好，欧阳说，哎，老万哪，这几年县里情势你也明白，腰里钱紧，说话都肾虚，我向来明人不说暗话，你要有心理准备。我打算从明年开始，让财政分期给你们公司拨款，你有啥想法没？万永胜只是笑了笑。能有啥想法？就是有也不敢妄说。

结果来年未到，便有好事者将云落大楼的图片挂到网上，那图片估计出自某位专业摄影师之手，云落大楼在云霞映衬之下简直比维也纳美泉宫还要富丽华美。网民义愤填膺，都在评说一个县城的政府大楼，凭什么修建得如此阔绰？也难怪，那二十五层高的楼厦傍河而建，直插云霄，楼前呢，是占地十亩的法制广场，广场东西两侧各矗六根大理石华表，上雕盘古开天辟地以来云落的古往圣贤、英雄表率，从河南岸远远眺望，还真是云雾缭绕仙气升腾，俨然天上宫阙。尽管上京城托人弄脸求爷告奶，网站删了帖子，不过数月后上面还是派了专案组来云落，调查违规超标建楼一事。欧阳私下找万永胜说，老万哪，眼下形势有些微妙，看来是有人想利用舆论整我。咱哥俩几年都穿一条裤子，裤子扯烂了谁脸面都不好看，懂不？万永胜哪里不懂，此时如果不配合，那真是飞蛾扑火……按欧阳的意思，机关事务管理局的局长跟万永胜补签了合同，合同上说，大楼法定持有人为万永胜，政府只是租赁此楼，每年支付万永胜两千万的租赁费和维护费……上面查来查去，倒也没查出有何猫腻，欧阳安全脱险，只是管理局的局长背了黑锅，被党内警告处分。政府大楼造价五点二亿，如今每年只得这两千万，塞牙缝都不够，万永胜委实有苦道不

出。更要命的是，欧阳书记过完春节，就调任开发区任书记了，而他曾经承诺的老县委的地皮，新任戴书记完全不提这茬。

过了半年，政府明码招标，地皮被松狮房地产开发公司投中拿下。万永胜只能眼睁睁地让这块没来得及嚼的肥肉被人硬从嘴里撬走，后来明白人私下相告，才晓得松狮房地产开发公司的董事长，是戴书记的表妹夫……他以前只是胸腹生有白癜风，自此后倒是连脖颈、后脑和膊肘处都是了。人家拿他开玩笑说，这老万啊，眼瞅着就变成美国白人了，旅游签证不用张嘴就能过。

"上次跟你说的农村合作社的事，咋样了？早晚是包袱！正规手续是有，可牵扯到的村民太多。万一有风吹草动，准有人煽风点火，到时火燎眉毛，亡羊补牢怕也晚三春。听叔的，早脱手，早省心。"

"您放心。"罗小军摸了摸地图上的云落。云落在地图上是一颗心室偏右的心脏。

"千万不能马虎。钱得盯紧了。"

罗小军若有所思地点了点头。

军鹏农村合作联合社成立时间不长。那年，郭平生代表省农业信用合作协会来兰若市调研，顺便来云落转了转，罗小军作为企业家代表参加了座谈会。会议是主管农业的副县长主持的，会后在云落大酒店就餐。一水的云落海鲜，罗小军见郭平生恹恹的不怎么进食，酒倒喝得猛，便晓得菜肴不顺口。恰巧两人同去洗手间，郭平生说，这螃蟹啊皮皮虾啊，吃起来真他妈麻烦，我顶爱吃的，是烤羊腰子。罗小军就顺嘴说道，这好办啊，我有个哥们开了烤羊馆，都是从呼伦贝尔运活羊过来，那叫一个香。郭平生边撒尿边流着哈喇子说，晚宴结束了，再偷着去整点？别劳烦

副县长了，咱哥俩鸟悄着去。罗小军晓得遇到了吃货，又是省里下来的，也不好推辞，干脆应了他。结果这哥们一口气吃了三串烤羊腰，腥臊并御，入嘴冒油，又吃了俩烤羊蛋，白酒整了半斤。如此算是交了个朋友。

过不几天，郭平生给罗小军打电话，说他也可以在云落成立个农民专业合作社，吸纳农民入股，入股的钱，省里的协会能帮忙投资。罗小军那时正在盖云落中学，钱委实有些紧，就跟刁一鹏念叨了一嘴。刁一鹏大喜，说，前几天拜了菩萨，好事这么快就到了！我们老家清水镇那边，线头棉生意不好，老板们都关了厂子，拿了闲钱观望，这要是能把他们的闲钱吸进来，何止是日进斗金啊。咱们啊，得学会两条腿走路，房地产这一块，狼多肉少哇。罗小军觉得他虽说长得像蛔虫，可比那黑猩猩聪明多了。跟他跑了趟省城，拜访了郭平生。郭平生倒是个爽快人，当场给兰若市协会的会长打电话，又商议了诸多事宜，算是八字画了一撇。罗小军两人回了云落着手操办，走了正规审批手续，办理了营业执照，合作社正式成立。

这刁一鹏是个能耐人，说动了清水镇的几位老板先行入股，最少的入了两百万。这风一吹出去，清水镇的农民先就前来扫听打探，听说是省农民专业合作社的分支机构，利丰钱厚，铁杆庄稼旱涝保收，便纷纷来签合同入股，欢欢喜喜按了红手印。罗小军他们制定了协会章程，原则是社员内部吸股不吸储、分红不分息、入股自愿退股自由，小额短期的，只限股民内部成员用作农民产业发展。如此下来，吸纳的资金就有四千五百万。这钱如何处理？说是用于小额贷款，可业务聊聊，说是分红不分息，可谁都知道农民就是图年底多拿几个钱。放手里烫手，投资又少门路，此时省市协会发文件说，凡各联合社股金闲置，可到省协会指定的银行进行理财，罗小军大喜，开了董事会，跑了几趟省城，这才将那四千五百万，连同公司的两千万活动资金，分八笔，按照郭平生的指示，汇入了省工商银行西岗支行。

"稳住。"万永胜说，"王毅文这块，早签合同早得力。"他猛地关上窗户，"这样的机会抓不住，干脆跳涑河吧！"

罗小军茫然地扫他两眼。眼前的万永胜根本不是他熟识的那个万叔……他从来没觉得万永胜如此陌生过。他咂摸了下嘴巴，迟疑着问道："万叔……你这边……都好吧？"

"好，好得很。"万永胜冷冷地瞄着罗小军，"在云落，谁敢动我一根汗毛试试？"随手递给他支阿诗玛，"我最不放心的，是那孩子。哎，肉嘟嘟，抱怀里，狗崽似的。"

罗小军见他眼神渐渐和暖起来，就斟酌着说："没错，老来得子，怕是人生最快活的事了。"

第十二章 她比县长还忙

万樱要知道这天遇到那么多人，肯定穿上那件苹果绿的百褶纱裙和那双朱红色高跟鞋。高跟鞋是常云泽送她的。常云泽单位组织优秀员工去苏州旅行，他就买了双打折的百丽牌女鞋。鞋跟比小拇指细，比无名指长，难得能买到41码的女鞋。

一大早老太太就让她过去趟，到了才知道，是那个旅行团要退房。除了叫天青的后生，其他人都要返回京城了。天青见到她很是欢喜，说先交一个月的房租，又问及押金事项。万樱说，押金就免了，老人家好静，晚上别归宿太晚就行。天青又说他昨日里找她，鞋都踏破，连窗帘店也去了，也不见个踪影。万樱呀了声说："昨个原来是你啊？问来素芸，也问不出四五六。"上下晃了两眼问，"有啥急事？"这孩子细高矗长，桃花眼，别看瘦，俏得很。天青笑着说："事倒有，可也不急，改天你有空了，我请你喝咖啡，咱们细聊。"万樱说："咖啡老难喝了，贵不说，还贼苦，哪里赶得上红糖水？"天青大笑，说："你咋跟我妈一个说法？"团员们正陆陆续续往大巴上搬行李，天青隐约听得骷髅团长唤他，忙小跑过去，那瘦女人扒天青耳朵耳语两句，天青才又折返，小脸煞白，万樱就问："咋啦？"天青说："没啥。"万樱："你缺啥短啥尽管跟我说，人生地不熟的。"天青说："少麻烦不了你。"万樱看他神思不宁眉头紧蹙，就问："你要在这里常住，饭菜咋解决？"天青说："我属蟋蟀的，喝点东风餐点夜露就饱了。"

众人都过来跟万樱辞别，万樱忙拿衣角擦了擦掌心，弯腰跟他们一一握手，叮嘱他们明年再来云落旅行，到时住宿费给他们打八五折。骷髅团长说，来年还要拜访神鱼，免不了再次劳扰万樱，头上车前又送万樱个海螺挂坠，说是道长开过光，会保佑万樱平安多福。万樱忙道谢，想回送她点啥，摸遍了袄兜裤兜，只摸到串叮当作响的钥匙和一条手绢，手绢又擦过鼻涕，只好干笑着跟团长不停挥手。车快开动时，天青才拎着个红色皮箱出来，身后跟着郭姐，郭姐眼角红肿，可能是哭过。万樱想，看来这修行团还真有疗效。等大巴车稳稳开出，郭姐推开窗子不停朝这厢摆手，万樱也举着胖胳膊慌忙晃动，晃着晃着有些累，眼风扫到天青，天青只是呆立路旁，骨头倒散了架般。万樱说："你这孩子，身子骨咋这弱？别伤了风，赶紧屋去。"天青说："可别瞧不起我，小学时我是长跑运动员，得过县春季运动会的冠军呢。"万樱撇撇嘴，不熟，又不好说啥。天青说："我昨个一肚子话要跟你讲，为啥今天一个字也蹦不出？"万樱说："这有啥好奇怪，我前些日子夜夜梦到只麒麟在身边蹦来跳去，这些天却没影了。"天青很是好奇："世上没人见过麒麟，你的梦还挺稀奇。"万樱嘘了声说："老太太叫我了，你去把房租备好，明儿给我就好。"

租客鸟兽散时老太太猫着，现下肃静了，才搬了马扎坐到厢房屋檐下。她叹了声说："万樱哪，我这里成马蜂窝了，胆大的胆小的，都想来捅一捅。可他们不知道，我哪里是马蜂，不过是只秋后的蛐蛐罢了。"万樱哎了声："天天拆，天天建，乌烟瘴气，也不知道啥时候是个头。"老太太道："我老骨头一把，实在不想动了，在天上住，在地下住，没啥两样。横竖有个窝就行。可怜这帮拆迁的，硬寻思我是狗皮膏药。"万樱想了想说："等他们再来，就按咱娘俩早先商量的，扯蒜皮。"老太太说："你本乡本土，说中听的，说难听的，他们都得听。"

这厢刚安抚完老太太，便接到了蒋明芳的电话，接通了，那厢却半响没有动静，万樱"喂！喂！喂！"地嚷了数嗓，蒋明芳还是没得声息，万樱寻思是她误拨了号码，才要掐，便听到蒋明芳问道："你……忙不?"万樱说:"你说呢?我撒泡尿都要掐点。"蒋明芳又是番沉默,电话却没有挂。万樱觉得有些稀奇,蒋明芳素来心细如发,平生最怕的就是烦劳别人,就问:"啥事啊?你倒是吱声,咋还学会装聋作哑了?"蒋明芳仍不言不语,万樱说:"姑奶奶啊,算我求你了,你就吭一声吧。你在哪儿?是不是犯了心脏病?"蒋明芳说:"没。"万樱问:"骑车撞了人?"蒋明芳说:"没。"万樱问:"上厕所没带手纸?"蒋明芳说:"没。"万樱问:"去超市结账没带钱?还是理发失了手,给人理成了秃瓢?"蒋明芳说:"你说得倒像是你自个。"

万樱说:"你这磨叨劲儿,我真受不了。我挂了啊,这泡尿憋一早晨了。"蒋明芳说:"樱桃,你说,我是不是个妨人败家的女人?"万樱觉得哪里不对劲,说:"蒋明芳啊,你活这把岁数了咋还不明白?败家都是男人败的,吃喝嫖赌抽,坑蒙拐骗偷。女人呢,跟长虫一样,都是保家仙,专门旺家护院的。"蒋明芳叹了口气,那口气缓慢、悠长,细听之下仿佛有人捏拿着她的嗓子,颤颤悠悠,似乎有千言万语又不能言。万樱忙说:"乖头,告诉老妹我,到底哪儿呢?我现下就去找你。"只能听到蒋明芳越来越薄的呼吸声,万樱说:"你不说是吧?我可报警了!你是不是被人强奸了?"蒋明芳这才道:"你晓得民盛路吧?"万樱说:"外贸公司盖的二层小楼?"蒋明芳说:"你过来吧,2栋3门。"顿了顿又说,"你莫急,别再磕了碰了。"

万樱就骑了自行车往民盛路赶。路有点远,偏赶上云落开中学生春季运动会,各个镇上的孩子们坐了大巴车来参赛,一辆辆首尾相接,红灯变绿灯了,车屁股也挪不上半米。正在这里唉声叹气,身边便停了辆车,车窗摇下,却是来素芸。来素芸大概还没梳妆打扮,小脸蜡白如纸,鼻翼下那颗蚕豆没得血色:"你鬼鬼祟祟地瞎跑啥?天天迟到,看我不扣你工资。"万樱强笑道:"没有嘞!"来素芸哼了声说:"今天店里盘库,活儿多,可别惹我生气。"万樱说:"你快走吧,待会交警该罚你款了。"不等来素芸啰唆径直拐入条胡同,撅着屁股一通猛骑,又三拐五拐,就到了民盛路。

民盛路的小别墅建于上个世纪九十年代中期,红顶黄檐,庭院阔然,当时县两委班子的领导大都迁住那里,如今年份长了,有些破落,居住的大都是外贸的老职工和从镇上调入县城的教师。万樱慌里慌张将自行车停好,伸着脖子东瞅西瞅,好歹找到蒋明芳说的那家。敲了敲门,门是虚掩的,大声喊了声"蒋明芳",蒋明芳没应答。她匆匆退回院外,睁大眼睛瞅了瞅门牌号,才又重新跫进去,扒着窗外往里观瞧。玻璃大概很久没有擦拭了,模模糊糊观不真切,又吆喝了两嗓子,干脆推了屋门闪进。

这户人家的客厅很小,沙发也很老,茶几上摆着盘水果,一个削好的苹果咬了两口,上面落着几只苍蝇。电视机的上面挂着幅字,蒙了灰尘,能依稀看出是"上善若水"。万樱常在门诊部看到这四个字,不知道是啥意思,又从来不好意思跟旁人打听。这时她听到卧室内有人轻声招呼:"樱桃,樱桃,是你吗?"不是蒋明芳是谁?万樱忙操门而入,却瞬间石化。

蒋明芳坐在床铺上,脚上趿拉着双棉拖鞋。除此之外,她啥都没穿。

万樱还是上初中时跟她一起洗过澡。那时蒋明芳胸比她平,屁股没她鼓,只有两条腿比她长，在她印象中，蒋明芳就是条涑河里的白鲢鱼，当淋浴喷头里的水洒到她身上，她瞬间散发出耀眼的白光，身体在水汽中叠生出千万片银色鱼鳞。万樱知道，那是浴室窗户里透过的阳光漏在了她身上。万樱赶紧低下头，盯着自己宽阔而肥硕的脚面。蒋明芳洗搓着黑长的头发，她总是用"海鸥牌"洗发膏，一块钱一罐，味道跟洗衣粉差不多，只不过多了点蜂蜜的甜味。蒋明芳欢快地哼着歌。她的声音本来就醇厚，在湿漉漉的浴室里越发显得巨大空荡，仿佛她不是在大众浴室里唱歌，而是站在金丝绒帷幕刚刚拉开的职工俱乐部的舞台上。当蒋明芳让她帮忙搓背时，她不敢看蒋明芳的身子，只好盯着下水道的入口，罩眼里都是缠绕的头发，后来，她装作不耐烦地说，我从没有给人搓过澡，我手劲大，别把你搓秃噜层皮。蒋明芳笑着说，那我给你搓吧，我常常帮我妈搓澡呢。万樱刚想说不用，她的手已经搭上了万樱的肩膀。或许她对万樱略显浓重的汗毛有点意外，明显停顿了几秒，万樱听到她轻声说道，老天爷，你是母猴子托生的吗？

而这条白色鲢鱼再也不是从前的那条白色鲢鱼，她的乳房松弛耷拉，她坐着，小腹上的赘肉堆卷着，泛着油腻的光泽。万樱扶了扶自己的下巴，磕磕巴巴问道："明芳……明芳……你……不冷吗……"

蒋明芳瞥了她一眼。许多年后万樱还能想起她的眼神。她觉得，只有当女人唯一的孩子死去时，她才会如此张望别人。万樱忙低头寻蒋明芳的衣裳，尽管屋内光线有些黯然，她还是在空花盆上找到了蒋明芳的内衣和乳罩。蒋明芳呆头呆脑地套上，万樱又连忙帮她找衣裤。当她掀开床上的被褥时，她不禁用手捂住了嘴巴。来素芸时常嘲讽她有张比鲶鱼还阔气的嘴巴，可此刻她的嘴比鲸鱼的还要大，如果不是她紧紧地攥住了下颌，没准下颌还会脱臼。

那是个男人，她首先留意到的是他的下体。事后她曾经为看到过的一切感到羞愧。当她的目光顺着他卷曲的体毛向小腹延伸时，她发现他的年龄肯定不小了，他的小腹微微隆起且皮肤松弛，当目光蔓延过他的脖颈时，不规则的老年斑让她有种莫名其妙的失望。最后她仔细地张看着男人的脸庞。那是张属于老人的脸庞，皱纹、雀斑和雪白色的胡茬鬓角让他的睡容显得格外肃穆，仿佛他是个婴儿，正沉浸在无边的梦境中。

万樱瞄着蒋明芳道："这……这是哪个？他……他……"她明显觉得男人哪里不对，内心隐隐地划过丝不安，却又不敢妄然推断。

蒋明芳说："他死了。"

万樱一屁股坐在床边，呆呆盯着蒋明芳。当她真正意识到蒋明芳的话是如何的一句话时，她花斑豹般蹿跳上了床铺，双手对准男人的心脏就是一通铁捶，她在电视的科教频道看过如何做人工呼吸。当她将嘴巴对准男人的嘴巴猛然吹气时，才觉察到男人的皮肤如此冰凉，仿佛她触摸的不是男人，而是只冷血动物。当她再次擂鼓般将男人的胸腹擂得咚咚作响时，蒋明芳幽幽地说道："没用了。"万樱瞥她一眼，并不搭腔，又将厚重的嘴唇贴上男人的嘴巴。她本来身体庞大粗壮，男人裸露瘦弱的身躯被她摆弄过来摆弄过去，倒像是具玩偶。当她听到门外传来"嗷"的一声尖叫时，她还在用拳头猛击男人的心脏。说实话她已不抱啥希望了。男人一点动静没有，他的皮肤被她的拳头捶得绯红，犹如被淹死的火烈鸟。

"有人来了。"蒋明芳慢条斯理地套上衣裤，仿佛她终于清醒过来，"有人来了。"

万樱跳下床铺，挑开门帘，脚底下差点被啥东西绊倒，垂头惊看，却是那来素芸。来素芸向来胆子小，恐怕是被眼前情景吓到，已然昏厥过去。万樱将她抱起来，随手扔到客厅的沙发上，冲进屋道："来素芸咋来了？我半路上还遇见她。"蒋明芳已将衣裤套好，正在捋头发，这么多年了，她的头发丝毫不见少，又浓又密，她嘴里叼着根猴皮筋说："有啥大惊小怪，我倒霉的时候，总也少不了她。"万樱又探了探那男人鼻息，说："这咋整……咋整呢……"她的眼睛忽然亮了亮，似乎找到了最恰宜的法子："你快跑吧明芳。快跑吧，跑得远远的。跑到东北去。"

蒋明芳望着万樱。万樱不晓得发生了何事，也不晓得其中的来龙去脉，她首先想到的是让她逃。小时候万樱总是被调皮的男生追打，她跑得比来素芸还快，比鬼还快，这么好的苗子可惜没有被体育老师发现，不然至少能拿个省级冠军。她摸了摸万樱的脸颊，轻言轻语道："我为啥要跑？我又没犯法。"万樱怔怔地盯着她说："你……你们……咋回事？"蒋明芳说："咋回事呢……咋回事呢……他是我对象，处了也有小半年，却没料到他有心脏病。昨晚住这里，晨起我倒了趟垃圾，回来他又闹。哎，六十多的人了，身板一点不比小伙子弱……"

万樱总算明白是如何一档子事。她嘘了口气说："我也糊涂，跑又哪里跑得掉？"又眨巴眨巴眼，问："叫救护车？还是……叫警车？"

蒋明芳只是一时瞪瞪乱了分寸，才给万樱打了电话，如今静了心，倒有些后悔召她过来，来了也只是添乱。她扭头望了望窗外。窗外的阳光和平日里没啥不同，耀眼，被风吹得四处流淌，风中夹杂着美人梅的香气和鹧鸪的叫声，用不多久，整个云落县的人便会知晓这桩桃色丑闻了……她闭上了眼，阳光依然在眼皮上跳跃，她能听到万樱胸腹里急促的呼吸声。等睁开眼，万樱竟又跳上了床给男人做人工呼吸。她一把将她拉下，说："你快走吧。我要打110了。不管别人看没看到，你都要说没来过这儿。"万樱说："我不怕，我怕个啥！你也别怕，他们问啥你就说啥。谈恋爱死了人，谁乐意呢！"蒋明芳不再搭理她，去给男人套衣衫，怎奈男人已然僵硬，手脚动弹不得，这衣物如何也套不上，蒋明芳忽就落了泪，自语道："你向来是个体面人，走了，我却让你如此难堪。"

万樱本想安慰她几句，又实在无处下嘴，只得快快退到客厅，见来素芸正坐在沙发上玩手机，就问："醒了？"来素芸剜她眼说："是不是想我睡一辈子？跟你们家华万春似的。"万樱说："你这人，咋就生了张狗嘴。"来素芸说："想听我说好话？呸，你们俩寡妇，把男人弄死了，还想我装哑巴？"万樱急急道："莫瞎说！莫瞎说！"来素芸从沙发上直起身，轻轻捆了捆她的脸说："你等着，看我月底不扣你工资！就知道跟我嘴硬。有本事，把你那戒指讨回来！"万樱张了张嘴，又合上。来素芸说："我让你跟蒋明芳少来往，你偏是不听，这下沾包了吧！这就叫报应。"万樱拽了她的手往外走，还没出庭院，便听到门口传来警笛的响声，她转身便想往屋里跑，男人的衣裤肯定还没穿好,这光秃秃的抬出门,不定要传出啥幺蛾子。不想手却被来素芸死死拽住。来素芸拍拍胸脯说:"跑啥跑!跟你没半根屌毛关系!哼,是我报的警。我是证人。你放心,我可是个从来不说谎的人。"

第十三章　供词

派出所里录口供时,来素芸还真是没说谎。她跟那个鼻翼旁边长了颗大黑痦子的年轻警察说,一大早碰到她的员工万樱,就察觉哪里不对劲,这傻胖女人鬼鬼祟祟的。为啥?能为啥?她俩认识了快三十年了,她连她哪天来月经都摸得清清楚楚。警察大概还没有结婚,咳嗽了声说,这些你就不用说了,拣重点说。来素芸撇了撇嘴说,她一扯票我就瞧出来了,可我怕打草惊蛇,只得先稳住她,开车尾随。她那两条腿,还真是飞毛腿啊,将自行车蹬得比汽车还快,要不是我新买的这辆宝马车,早就被她甩没影了。到了外贸楼,她贼头贼脑地进了户人家。小偷?你有毛病啊,她咋可能是小偷,手脚干净着呢,手脚不干净我能派她下户吗?你们不能随便怀疑好人嘛。是啊,她可是个好人,不是好人能活这么窝囊?我呀,等停好了车,也进了人家。门没锁嘛,我咋知道为啥没锁?又不是我家。我家门户紧着呢!双层防盗门,锁芯都是德国进口的,我还养了条狼狗,就是怕小偷有事没事瞎串门。我为你们省了多少事啊。我知道你们也活得不容易,协警不是临时工吗?每个月能开两千块钱不?哦,好吧,我还寻思问问你情况,给你介绍个女朋友呢。啥?结婚了?可真不像,那你咋养活一家老小啊?啃老?啃老婆?哦,我接着讲。我怕他们听到动静,就脱了高跟鞋,轻手轻脚地走进去。你知道地板有多凉吗?这人家咋不铺地毯!又花不了几个钱!害得老娘这脚直抽筋!对了,我的鞋你们放哪里了?为啥还不还我?我呀,就扒着门框,偷偷听里面动静。我为啥不进屋?我干啥要进屋。我跟蒋明芳不说话!为啥不说话!你管得着吗?我就是看她不顺眼,我都十几年没正眼瞅过她了!她老觉得自己能耐,老觉得比我活得好,我呸!不还是个寡妇!找了个男人还被她折腾死了!男人又不是输油管道,又不是大庆油田,哪里禁得住黑夜白日地流!我咋知道?我知道个屁!这不是刚偷听到的!她自己说晚上弄了,早晨又弄。没错我晕倒了,我可是吓坏了!只能假装晕倒。那当然,我呀,从小就想当播音员,这形体表演啥的可一样没落下,要不是我……兄弟啊,你门牙上有条韭菜叶子,我憋了半天了,憋死我了,你快把它剔掉,再说大早晨的,你吃啥韭菜盒子啊?是不是也吃蒜了?哦,好吧,我这心到现在还突突的。可不,我啥都听到了!你说我看到蒋明芳光着身子坐床沿上,你说我看到傻胖子给男人做人工呼吸,能不怕吗?男人还光着!死了下面还那么大!傻胖子给他做人工呼吸,还弹过来跳过去的!妈呀,还真没见过那么大的!蒋明芳可真能挑啊!真是吃泡屎也要抢着吃屎尖!哼!他们说了啥?能说啥啊,男人死了,蒋明芳想报警呗。为啥叫傻胖子过去?你说一个女人家,死了男人,心里能有底吗?当然要找人商量商量，你老婆要是死了，你不也得给你哥们打个电话？我呸呸呸，放心我这吐沫吐出去，霉运就不会落你头上。我还没说完呢，为啥要我走啊？我的时间宝贵得很，员工们还等着我盘库呢……这不人命关天嘛，哎，好奇害死猫，要不是我跟着傻胖子瞎跑，我这库好歹盘一半了！你寻思我愿意在这陪你聊天啊！大兄弟，你对自己相貌也太自信了点……哦，没啥了，没错，我先打的120，又打的110，我可真是没事找事。我呀，就是刀子嘴豆腐心，心肠比新出锅的卤煮还热乎，那是自然，下次你们推荐守法公民代表的时候，可千万想着我点，我呀，就好管这天下不平事。我要生在古代，不是聂隐娘，也是顾大嫂！哦，顾大嫂太胖，我还是当穆桂英吧。穆桂英多漂亮，杨宗保要不是出身好点，哪里配得上她！武艺比不上她！胆识比不上她！真是白瞎了眼！大兄弟啊，我还没交代完呢，你咋老催我啊？我是忙，可我再忙也得把事情交代清楚啊。交代清楚了？可以走了？好好好，我这就走，行，你们要是还想问啥，我随叫随到，我没啥钱，可有的是大把时间……兄弟啊，警察兄弟啊，你别老撵我行不？啥？我的高跟鞋也是现场证据？你的意思是让我光着脚回店里？你知道我那双鞋花了多少钱吗？！不想知道？我这双鞋是从巴黎老佛爷买的！顶你五个月工资！你要是把它弄破了皮，我跟你没完！别以为我一个女人家就好欺负！我认识你们副局长！你赶紧把鞋还我！那可是 Veo 及踝靴！啥？我脚上这拖鞋是你的？咋可能！一个男人的脚咋可能这么小！天哪，大兄弟，你……你没脚气吧？大兄弟？警察兄弟？警察同志？咦，你咋还蹽了呢！

第十四章　罗先生去了娘娘庙

在罗小军看来，人分为两种，一种是长得像人的"人"，一种是长得像动物的"人"。"动物人"又分两种，一种是长得像动物魂灵也像动物的"人"，比如那个年年上《福布斯富豪榜》的"蜥蜴人"扎克伯格；一种则是长得像动物魂灵像人的"人"，比如貌似蛔虫、最喜欢挖苦调侃他的刁一鹏，还比如……郭子兴。没错，郭子兴像只金雕*，圆眼钩鼻，头顶几绺白发倒背至后脑，当他晃动着双臂走动时，犹如云层里的金雕漫不经心地行走在悬崖峭壁之上。人为何长得像动物？按照罗小军浅薄的思维方式，肯定是人类的某支祖先在进化过程中长期猎获并食用某种动物，从而使他们的细胞结构、面部器官和行为方式得到了一种肉体和精神上的传袭，用俗话讲，就是被传染了。每当他想到这狗屁逻辑，就会想到郭子兴的鼻子和眼角。

罗小军盖云落中学前就跟郭子兴打过交道。罗小军稀罕跟他喝酒。官场酒场浸淫多年，郭子兴却从不偷奸，有时罗小军会产生种错觉，郭子兴如果不是茅台酒厂的品酒师，就是五粮液酒厂的品酒师，最次也是泸州老窖的。他不仅爱喝，还喝不醉，不说酒后混话，不办酒后糗事，不忧酒后无德。无论言商言官，这样的人算是麟角了。罗小军隔三差五唤他喝酒，他从没拒过，他不仅爱喝酒，还爱吃生鱼片。

他吃生鱼片跟罗小军大不同，罗小军嗓门细，吃上三四片就噎住，筷子也懒得动，这郭子兴呢，连芥末和海鲜酱油也不蘸，薄犀的嘴唇努上两努，一斤上等的马苏金枪鱼片就落了肚。罗小军稀罕看他吃东西。这时，郭子兴就是那种典型的不太像"人"的人。

当郭子兴邀请罗小军去三仙娘娘庙烧香时，罗小军想也没想就应了。他们公司开了董事会，对于王毅文投资入股事宜，一致投票通过。他跟王毅文电话里沟通了两次，已经商定好定合约的日期。一想到万永胜说的那句，长了翅膀的老虎，即便他这岁数了，也难免有几分雀跃。

郭子兴的车是辆奥迪Q7，不新也不旧，不难看，也不奢侈。原本是罗小军的车，罗小军买了宝马后，转给郭子兴开着玩。郭子兴没推辞，不过上班时都开辆二手凯美瑞。除了他俩，还有郭子兴的夫人和一位女士。他夫人是云落医院内科的护士长，热心肠，一直张罗着给罗小军续弦。那位女士，大概是夫人新瑾摸来的人选。罗小军坐在副驾驶，郭嫂和女士坐在后座。他一路听两个女人嘀嘀咕咕，似乎在探讨孩子念辅导班的事。车程过半时郭嫂开了腔，军啊，我这老糊涂忘了给你介绍，这位是云落高中的宋老师，教语文，北师大研究生，以前在京城私立学校，父母身体不好，这才屈尊纡贵回了云落。你儿子上初几？要是请家教，宋老师可是最佳人选。罗小军侧身回望，见那姑娘也在笑。别人当面赞美自己，还能笑得这么坦然，难得。就说："我那伢子，就喜欢看书，一摞摞的，全是科幻作品。宋老师要是不忙，倒可以辅导辅导。哎，除了看书就是打篮球，进考场就像进刑场。"宋老师说："男孩就该淘，性子要是太绵，倒叫人担心。"如此有一搭没一搭聊着，就进入桑镇境内，车速也缓下来。郭子兴和罗小军打开车窗，两杆老烟枪喷云吐雾。

这桑镇位于海边，是云落古镇，相传唐王李世民东征高句丽时不仅路过"不归寺"，也曾路经此地。桑镇最有名的还属这娘娘庙。娘娘是三仙娘娘，除了妈祖，尚有她两位姊妹。三位娘娘佑护渔民千百年，香火甚旺。逢农历诞辰，这百里之内的渔民，无论是跑深海的还是摸蛤蜊的，都着新衣戴新帽进香祈福。欧阳书记在时，庙小门窄，只一座主殿，这香客多如蝼蚁，要提前三日订宾馆候着。戴书记来后，修了主殿，娘娘凤冠霞帔，披金溢彩，又盖了两座偏殿，专侍妈祖姊妹，将前庭拓延百米有余，植松种柏，都是花数十万从长白山老林里买来的。从前只有位桑镇的老鳏夫守庙，续香扫垢敲钟掩门，现下又添了十余位，或专司香火，或专司解说，或专司账务。据说还要在庙旁盖三星级宾馆，庙会时等那求平安富贵的暂住，闲暇里则供那游手好闲的游客长宿。也是，这桑镇离海边不过七八华里，这些年又置了些譬如淤泥洗浴、海上垂钓、春季皮皮虾节之类的游玩项目，倒显得愈发蕃昌。

"这路早该好好修修，堵了都半个时辰了。"罗小军掐掉了第四根香烟，"要不我们把车停到冷冻厂，走路过去？"郭子兴探了探头，说："走着？哼，怕是要走到酉时。"罗小军问道："那咋整？"郭子兴笑了笑："咋？庙里约了人不成？心急火燎的。"罗小军说："要约了人，还敢搭你的车？"郭子兴说："你这人，专干那不寻常的事，我又不是不晓得。"罗小军就扭头看了看郭嫂说："嫂子啊，我手里攥着大哥成捆的秘密,你想听还是不想听?"郭嫂笑着说:"那拈花惹草的不消说,赌钱闹鬼的也不消说。哎,你把他卖了,我心里才干净。"罗小军说:"嫂子真狠心。"郭嫂探手拍了拍宋老师说:"这里倒有尊心善的菩萨,你要不要?"没待罗小军放言,宋老师嗔怪道:"嫂子……"郭嫂说:"你这读书人,就是脸皮薄。脸皮薄,会被男人压一辈子。"罗小军张望下宋老师,说:"那倒不见得。我大哥可是插空就练仰卧起坐。"宋老师问郭嫂:"罗老板这话啥意思?"郭嫂说:"他呀,向来是歪嘴和尚,念不出正经。"宋老师就笑吟吟盯着罗小军。她眼不大,内双,向鬓角懒洋洋挑着,倒妩媚温喜得很。

好不容易到了庙前,停车场又没车位,郭子兴只得将车泊到桑镇镇政府,等他回来,罗小军他们正吃驴打滚,满嘴角红糖汁水。站也没地方站,说话只看到对方白牙,说了啥倒一句听不真,就嚷道:"正门还要候着,我们走偏门!派出所的警察接我们!"拉扯了他们从人群中硬蹚过去,扣子被挤掉了两颗。到了庙侧,果真有穿警服的候着,老远就晃着胳膊喊话,大概认得郭子兴。等到了偏殿后腰的厢房,苏所长正在里面喝茶,一阵嘘乎,郭子兴说:"还来亲自坐镇啊?"苏所长哂笑道:"不敢不来啊,去年丢了俩小孩,三十七部手机,还有老上访户跪在庙前撒泼哭闹,影响坏得很。嗯,坏得很。"又问罗小军:"罗总啊,你那平改楼项目听说有几栋商品楼,记得给老哥留套。我儿子考上了信用社,一晃啊,就结婚啰。"罗小军说:"没问题没问题,你儿子就是我儿子,到时我给你狠狠地打折。"苏所长说:"这位美女……可是弟妹?"罗小军和宋老师互相瞅了眼,未及搭话郭嫂就说:"这槽子糕啊,才刚和面,还没发酵呢。"苏所长恍然大悟般,说道:"哦,倒是有夫妻相呢。嗯,夫妻相。"宋老师"咦"了声说:"这话我可不爱听,我长相有罗总那么磕碜吗?"众人哄笑,罗小军说:"我年轻时,可比银幕上的狗屁小鲜肉漂亮。"郭子兴说:"没错,他以前长得像林志颖,现在像郭德纲。"罗小军说:"少扯淡。香备好没?"苏所长说:"咱是现上轿现扎耳朵眼的人吗?早备好了!香火钱就免了,算老哥送的。"郭子兴说:"那不成。上香不割肉,没诚意,娘娘要怪罪,烧了也白烧。"

这厢说着话,外头喧嚷如烟花炸裂。郭子兴说:"时辰不早了,我们去正殿。"苏所长说:"你们紧跟着我,可跟好了,不然稍不留神就被挤到墙外头。没听说吗?去年有个大姑娘,挤得怀了孕,也不晓得孩子爹是谁。"众人咋舌忍笑,尾随其后,虽半晌不挪窝,好歹蹭到了主殿。罗小军说:"你们先拜,我殿后。"郭子兴他们也没推辞,鱼贯燃香叩头,等到罗小军,整衣冠净手脸,点香三拜,又跪蒲团上磕头。这蒲团是两个,左右各一,拜完起身,便听到身边有人惊喊道:"罗小军!"扭头看去,却是万樱。

万樱套件石榴红夹袄,领子袖口滚着金边,只是洗得旧了些。罗小军看到她咧嘴笑了笑。她笑的时候浑身散发出一种懒散的、微醺的光,瞬间就将罗小军从头到脚、由外至里团团裹住。他不禁打了个愣怔,然后她那圆滚滚的手指已窸然着在他脊椎、尾椎、腰头、臀部和大腿处捏拿按掐。当他习惯性地要叹息时,才察觉其实他们束手束脚地站在神像前。殿内光线黯淡,只有数缕粗壮耀眼的金光直愣愣地扑在香炉上,香烛静焚,刺鼻的烟雾银蛇乱舞,将那大粒的灰尘与光吞噬。他盯着她白皙的脸颊,盯着她发黑的眼圈,他听到自己说:"这么巧?"万樱眼神垂扫片刻,重又盯到他身上。他听到她说:"嗯哪。你跟谁来的?"边说边朝罗小军旁侧左瞄右瞄。罗小军说:"约了朋友。你不认得。"万樱说:"我这两天杂事缠身,没顾上去按摩店……"罗小军说:"不碍事。你那天安窗帘,我着急忙慌,都没顾上跟你寒暄。"万樱说:"哦……孩子白白胖胖,招人稀罕。"

罗小军看了看槛内的香客说:"出去说话,"轻拽万樱出殿,觅了个能探脚的地方,说,"我正寻思找你呢……"万樱说:"哎,我也是。"罗小军问:"咋?又变卦了?你还真是变色龙啊。"不待她插嘴又道:"我就那么像骗子?就算真是,我宁愿骗刁一鹏,也轮不到你啊。"他笑眯眯地望着她,"再说了,你有啥可骗的?"

万樱并未辩驳,只是说:"我有正经事……想求你呢。"

她穿了件明艳艳的衣裳,脸上却怏怏无趣,罗小军说:"看来真愁到你了。说吧,啥为难着窄的?"万樱却又不说了,随手摘朵海棠扯着花瓣。海棠开得好,一树的粉白,起舞回雪。罗小军说:"你还真是耐琢磨,有时候是蝉,有时候是鱼。"万樱这才说:"你听闻前个的事没?"罗小军问道:"你说的哪个?这几天新闻不少,老太太被手机诈骗两万块,仨男孩在商场偷窃被抓,还有个老头跟人偷情,死在家里……"说着拿眼去笼万樱。万樱红着脸吭哧道:"哪里是偷情,俩人谈恋爱好不?不成想男人犯了心梗。"罗小军说:"你要说的,难道是这事?那女人,不会是……"幸好"你"字及时咽回,万樱倒没察觉,问:"你记得蒋明芳不?"罗小军摇摇头。万樱说:"就是绰号'小邓丽君'的那个。"罗小军仍摇摇头。万樱说:"她命不好,男人撞死在山海关,好歹把孩子拉扯大,寻户人家,不成想摊上这事……公安局扣了二十四小时,放出来,没料到昨个下午又唤去审讯了。"

罗小军看着她。她语速缓慢,声音低沉,音色又暗哑,嘴唇爆了层白皮,在喧闹的人群中,这个站在西府海棠前的丰腴女人让他有种想抱揽入怀的冲动。他不晓得为何有如此古怪的念头。他打小就认得她,她又矮又胖,手还是鸭蹼手,难免被男孩们当小丑戏耍。可她跑得比鬼还快。他记得那时常常吓唬她,可她就像被上帝踢了一脚的皮球,总也撑不上。他那时常为此事赌气,觉得自己废物,连个胖女孩也不如。那年冬天,他借了双溜冰鞋,早早躲在树后等她放学。当她奔跑起来时,他听到冰雪的尖叫声,听到大地被他剖开了的沉闷的喘息声,这些快感,都比不上她的辫子被他抓住的刹那。他大声喊叫道,我终于逮着你了!我终于逮着你了!他看到她哆嗦着闭上了眼,她的眼不小,只是眼角粘着风干的眼屎,鼻涕泡不时从鼻孔里冒出,瘪掉,又冒出,又瘪掉。她的样子就像只等着被屠夫宰杀的小羔羊。这个小女孩真可怜,脸也洗不净,不仅洗不净,还被风吹得满是倒荆刺,她身上冒出的气息飘到他鼻子里,热乎乎,是那种酸甜的、类似煮山楂的味道。他本来想踢她两脚,却没狠下心,就脱下溜冰鞋走了。后来他再也没追打过她。

上了初中,她家搬到他家附近,每日上学都要路过她家门口,有时厢房窗子敞着,他忍不住偷睐两眼,他看到她稀里哗啦地洗脸,他看到她笨手笨脚地拾掇花书包，他看到她吸溜吸溜地吃面条，他看到她往空酒瓶里塞采来的小野花，他看到她脱掉上身的背心换衫子……有天晚上做梦，他怎么梦到了她，她在前面跑，他在后面追，她个子高了，也瘦了，跑得也比神仙快了，可他还是追上了她，揪住她长辫子的瞬息，他顿觉万马奔腾，一种奇妙酥软的喷涌让他骤然醒来……那是他第一次梦遗。他极为懊恼，怨恨自己为何梦到的是她，而不是别的女孩。在街上碰到她，他昂着脑袋跨过去，招呼也不打，即便她唤他，他也佯装没听到，仿佛唯有如此，才能惩戒梦中惊现的她。相对于自己的清白，她便是莽撞钻入他人梦境的盗贼……

他从来没想过多年后还会遇到她。有些人注定要消失，犹如夜幕中匀速行驶的彗星，当彗尾的光斑被天际线彻底淹没，关于他们的记忆也被黑夜悉数抹除。这种消失甚至谈不上遗憾……如今，那个狭窄明亮的按摩室让他摆脱了所有的焦虑，当他躺在硬邦邦的床上时，似乎变成了聋哑人，世界在万樱魔术师般的手中趋于宁静，甚至是死亡前的那种灭寂。间或晃到她的眼睛，他胸腔内便充盈着一种……安全感。是的，可疑的、莫名其妙的安全感，从未在其他女人身上体验过的安心喜悦流淌在身体的每个神经末梢。作为云落鼎鼎有名的钻石王老五，他惶恐不安。他怎么可能对这个曾经鄙夷、欺辱的女人有想法？扯淡！荒唐！可是，这半年来，他的确想靠近她，也的确在靠近她。他稀罕听她讲话的腔调，稀罕看她麋鹿般明净、温顺又倔强的眼。越是如此念想，越是不敢贸然接近。他听说过她家里的事，也有意或无意地在帮衬她，可她总是副不耐烦乃至嫌弃的神情。她愈如此，他对她愈敬重。她像只披着斗篷的刺猬攥着生锈的剑在月光下行进，斗篷腌臜寒酸，布满了窟窿，可她仍以为自己是个骄傲的女王。她不知道，此时的她，比别的女人都美。

"我只认得你这么个能耐人。"罗小军恍惚听到万樱哽咽着说，"……可怜见的……"他问："在哪个派出所？"万樱说："西城。"罗小军说："哦，西城……西城……老夏在那儿当所长。"万樱一把拉住他的手："你认得？忒好了！"罗小军笑着说："喝过糟酒，打过麻将。不过，他不光酒量差，手也臭得很。"万樱说："那最好不过……你跟夏所长言语声，把明芳放出来吧。她可真冤枉，谈对象死了人，怪谁呢？"罗小军说："老天咋会冤枉好人？你放心，我跟老夏念诵念诵。估计也就是走程序，没啥大事。"万樱脸上立马放晴，朝正殿拜了拜，嘴里嘀咕道："娘娘真灵验啊……娘娘真灵验啊……明年给您送猪背腿。"又攥住罗小军手腕，"是不是要送礼？玉溪还是中南海？"罗小军说："你这手劲啊，老虎钳似的。"万樱忙松了手说："要是送酒，我找商场的同学买两瓶打折的酒鬼。"罗小军摆了摆手说："啥也不用送，你听信儿就好。不过……"万樱问："不过啥？"罗小军说："我也要你帮我个忙……"万樱正要竖耳细听，不料耳边倏地滚过声尖叫："死鬼！会野男人也不吭声！老欻欻啥！害老娘找半天！腿遛细了，耳环也丢了！"

除了来素芸，还能是谁？她早晨特意穿了件典藏印花内衬棉质嘎巴甸 Trench 黑色风衣，戴了对金色圆框耳环，天刚破晓就开车拉万樱来烧香，烧完了等万樱，万樱磨磨叽叽，似跟娘娘有道不尽的话，她等得不耐烦，便去偏殿拜了拜，回来却不见了万樱，绕院两匝，耳环丢了一只，新鞋也被人踩了两脚。"我让你来,你装紧,求爷告奶,可来了,却是会相好的来了!"她拧了拧万樱的腮帮,"败家玩意!你得赔我耳环!"边骂边瞄罗小军。罗小军跟她有些年头没见,她估计也认不好,不过那嘴倒没闲着:"咋这面熟呢?咦?难不成,你是……你是……罗小军?"罗小军说:"没错,你是哪位?"来素芸哈哈大笑两声,说:"你猜!你猜!"伸了伸脖颈,顺势将头发捋了捋,将那风衣上的胸针摸了摸,似笑非笑地盯着罗小军。罗小军茫然地摇摇头,她就提醒道:"我小学时练过短跑!拿过三届的百米冠军。"罗小军仍是摇摇头,她就说:"我是'红领巾合唱团'的领唱!你忘了吗,那年在职工俱乐部演出,你抱着个模型飞机,我就站你身后!"罗小军摸着鼻子嘿嘿两声,来素芸似乎脸面有些挂不住,说:"真是贵人多忘事,连我都不记得。我是来素芸!来素芸啊。你初中还给我写过情书呢!"罗小军瞥万樱一眼说:"我给很多女孩写过情书啊。"来素芸哼了声,将万樱硬拽过去,说:"我们走吧!人模狗样的,那情书估计也是蘸了鸡血写的。"万樱没动,来素芸火气腾就上来,说:"别给我丢人现眼了。连我都忘了,更别提你个邋遢鬼!走!"万樱被她推搡进人群,想要抽身,却动弹不得,顺着人流朝庙门流去,扭头再探罗小军,哪里还有踪影?满眼的蝌蚪鬼泥浆。罗小军朝她晃手,晃了几下,也不见了她,正在发愣便听到有人大声呼他姓名,正是郭子兴。

众人又到那厢房去会合,郭嫂说:"几年没来,这庙会竟比元宵节还烦嚣。"宋老师说:"可不是呢。听说连秦皇岛、葫芦岛和锦州的渔民也赶来。"苏所长叹道:"亏只有三两天,否则我也不用干别的,日日守在这里逮小偷好了。"又问:"罗总啊,刚才跟你说话的女人,谁啊?"说完似觉得不妥,难免扫了宋老师两眼。罗小军说:"哎,小时的同学,也来上香。"郭子兴说:"你们竟絮叨些没用的,难道肚子不饿?我可是连头乳猪都吞得下。"郭嫂就点了下他额头说:"瞧你那没出息的样儿,除了吃,还会啥?"罗小军说:"嫂子啊,这话我可就不爱听了,我哥除了生孩子,啥不会?"郭嫂去拧他耳朵,他一闪,茶水就洒泼上衣襟,还没等他反应过来,宋老师已掏出纸巾替他细细擦拭,他忙说:"不碍事不碍事,这裰子便宜得很,大不了让嫂子给我买件新的。"郭嫂说:"你想得美。我这种铁公鸡,休想拔一根毛。"苏所长说:"拔毛的事日后再提,我在水晶宫定了包间,赶紧着。罗总不是最爱吃海鲜吗?听说正好有条蓝鳍金枪鱼。"罗小军眼睛绿了,郭子兴说:"宋老师,别怪我没提醒你,这家伙嘴刁,难伺候着呢。"宋老师说:"嘴再刁,饿他两天,吃糠都比蜜甜。"郭子兴说:"我看也是。他呀,就是油梭子发白,短炼(练)。"

那水晶宫原来是农家院,除了大厅还有七八个包间,苏所长定的叫"马里亚纳"。进了屋,桌上已摆满煮熟的虾蟹,看来费了不少心思,光章鱼就有三种做法,酱爆、辣炒、生煎,更别提那驴鞭海参、酱香鲍鱼小排、红烧裙边等一干主菜,看得郭子兴直咽口水,手都没洗就抓来吞嚼了两块驴鞭,罗小军说:"三十如狼四十如虎,五十坐地吸土。嫂子,你饶我哥几天,别夜夜缠着啊。"郭嫂说:"去去去,满嘴油荤,人家宋老师该笑话你了。"宋老师只抿嘴乐,也不插言。

大家没如何饮酒,甩开腮帮子只是猛

吃。吃到半截罗小军去小解，路过大厅。大厅的人也乌泱乌泱，扫了圈，看到万樱坐在边角那桌，想了想，便过去张了眼。万樱慌张着问："你也来了？"又对旁坐的人道："这是罗小军。"罗小军见除了来素芸，还有俩年轻后生，一个魁实，一个白瘦，就说："你们吃生鱼片不？我让服务员给你们送些来。"那魁实的先行站起，说："谢谢罗总，不用客气。"罗小军说："也好也好。你们慢吃。来素芸，你多吃点，从小到大，总这么干巴瘦。"来素芸冷笑声道："呦，想起我来了？我记得那时，你们家穷得叮当响，那件海魂衫漏了洞，整个夏天你都穿着，全是汗碱。"万樱偷着掐她一把，眼湿巴湿巴地盯着罗小军说："……你……你忙你的去吧。"这时那魁实的后生说道："罗总，我妹子在贵公司上班，你可罩着点。"罗小军问："谁啊？"后生说："她叫常云霓。"罗小军难免多瞅了后生两眼，说："那孩子比鬼都伶俐，你放心，错不了。"又环顾一番，"我们公司又添了新业务，按摩院，日后各位多去捧场。"去瞅万樱，"告诉你们个好消息，万樱也快走马赴任了……"万樱猛地咳嗽几声，指着白皮后生说："这是天青，京城来的。"又指着那魁实后生说："他呀，叫常云泽，跟云霓是亲兄妹，在钢铁公司上班。"罗小军便猜她不愿旁人晓得当法人的事，笑了笑，跟常云泽碰了杯啤酒，又要跟来素芸喝。来素芸撇嘴道，"心要诚的话，改天单请我们姐俩！小时候你可老欺负樱桃来着，狗捧狐狸似的。要不是我老母鸡似的护着，哼，早被你们这些骚瓜蛋子糟蹋了。"又转身朝万樱骂道，"笑个屁！鼻涕点出息！地旱三年缝裂三尺，人家撒泡骚尿，也欢喜得老寡妇似的！"

*金　　雕

关于郭子兴的逸闻不少。郭子兴祖籍福建泉州，他爷以前是渔民，后来参军，先打辽沈战役，再打平津战役，最后跨过鸭绿江去打美国人，在四十军一一九师的三五七团先后当过副班长、班长、副排长。总共生过四个孩子，三男一女。抗美援朝时他爷有个姓郭的战友，云落清水人，家里有个比他大十五岁的老婆，却未能生养，老郭在砥平里战役中替他爷挡过一颗子弹，交情算是过命的了。战争结束后哥俩一个落泉州，一个回云落，只不过，云落的老郭回家时领回个五岁半的男孩。这男孩就是郭子兴父亲。因而郭子兴有两位爷。郭子兴打小说话咬舌，常被人嘲笑是"大舌头"，十二岁之前他几乎没和同学们说过话，老师提问时也装哑子。有位教中国地理的老太太，忒狠，见他死活不吭声，火就摇着拱，随手从窗台抄了个空酒瓶砸他脑袋，她有肩周炎，劲小，也只砸了三下，他却前额鼓包，跟大鹅的蒙哥马利腺似的，后脑渗血，将白衬衣领子染红了，这孩子也只是伸着脖颈斜眼盯屋顶，不念声。等他十八岁第一次回泉州，才发觉他的口音跟没见过面的叔叔伯伯、堂兄堂弟们有点像，说白了就是平翘舌不分。他泉州的爷曾送他块劳力士手表，一九五六年制造的。他戴上后再也没摘下来。他说，一听到秒针沙沙走动的声响，就仿佛听到他亲爷在说鸟语。他亲爷千禧年去世了。

大学毕业后他分到镇上当组织员，发展党员，收党费，定期走访慰问老干部。他喝酒不见底，办事准成，领导就觉得这孩子牢靠，是棵好苗。恰逢那年政府办招人，镇委书记就举荐了他。他也没丢人，十个后备人选，考了第一名，就此留在办公室信息科写材料，一写写了五六载。

那年来了位新县长，姓冯，本科读的北大，硕博读的哥伦比亚大学，算是官场难得一见的洋派人物。那天见郭子兴读《足球报》，眼睛微微一亮，问道，喜欢哪个球队？郭子兴说AC米兰，冯县长又问，喜欢哪个球员？郭子兴想了想说，范·巴斯滕。冯县长点点头。一日忽然给郭子兴BP机留言，高速口见。那日是礼拜，郭子兴正陪老太太在医院换假牙，顾首不顾尾，忙打车奔往高速。让他惊讶的是，开车的是冯县长，连司机都没带。他偏头看了看副驾驶上的郭子兴说，这段时间辛苦你了。郭子兴没敢吭声，也没敢问去哪里。那时还没有卫星导航，冯县长凭着导航仪一路开到香河收费站，郭子兴才讪讪地问了句，老板，去北京？冯县长轻描淡写道，啊，明天有场友谊赛，范·巴斯滕来了。郭子兴差点从座位上弹起，又禁不住哈哈大笑，使劲按了按冯县长的肩，觉得不妥，偷瞄冯县长，倒也没责备他的意思。

看球回来后，冯县长便将郭子兴调到身边当贴身秘书，跑东跑西，跑南跑北，上嘴唇支天，下嘴唇撑地，中间的舌头耍马戏，既拦跑官要官的，也拦那上访上吊的。三年下来，郭子兴瘦了十五斤，走起路来，更像只仙气袅然的雕。不过，县长跟欧阳书记的关系委实有些微妙。县长是留过洋的，书记不过是粮食学校毕业的中专生；县长喜欢足球，书记则喜欢乒乓球；县长住大院宿舍，书记则每晚命司机开着那辆丰田霸道跑家；县长儿子甫读初中，书记却快要当祖父了。那年郭子兴母亲得了肝癌，在北京肿瘤医院化疗，郭子兴是孝子，日夜陪护憔悴困顿，忽一日收到冯县长短信：我已调任市工信局，你且珍重。郭子兴望着BP机上短短的十二个汉字，不晓得如何回复才好。

后来人家就说，这玩大球的，终究干不过玩小球的，又说书记重情义，县长太过迂腐。警卫室有个看大门的，原本是纸箱厂的下岗职工，姓杨，瘦如金丝猴。欧阳书记每次打球，他都拎着热水壶、抱着脸盆早早候着，谓之观战研习。书记不是个讲究人，大汗淋漓时随手甩了外套，穿着跨栏背心擦汗，杨门卫就疾步上前，将开水烫过的新毛巾递上，嘴里念叨，书记啊书记，你这些天是功力大涨啊！乔五爷那么厉害的反手，也被你闹个闭门！乔五爷是财政局局长的绰号，书记的红人。书记笑着接过毛巾擦脸，擦完脸姓杨的忙去冲洗投涮，说，书记，我给你擦擦背吧，黏糊糊地难受，还有味儿。如果是别人，书记没准就撂了，但一个看大门的说这话，书记就觉得不碍事，反倒有些受用。何况，这姓杨的乒乓球打得不赖，是陪练的最佳人选。如此来往几载，这姓杨的门卫竟调到城管局，当了正式职工，还经常捏着吃饭的条子去财政局找乔五爷报销。人家私下说，这背啊，擦得真值，顶二十万了。有人听不懂，啥二十万？聪明人就说，现在考个公务员，没有二十万能考下来吗？

冯县长调走，可谓走得没头没脑，郭子兴这头呢，留也留得灰头灰脸。按旧例，郭子兴该下派到镇上当镇长，最次呢，也是小镇镇委副书记，可组织部只将他调到外贸科当了牵头副科长，级别没动，待遇倒不如以前。接冯县长手的，是个姓方的胖子，嗓门大，脾气暴。他那个新委任的秘书明着暗着已被骂了十来次，整日皱着眉头，后来干脆添了神经衰弱的毛病，别人轻咳一声也抖动如筛，彻夜不寐，干脆休了病假躲瘟神去了。办公室怎么又想到郭子兴，遣他去侍奉方县长。这在两院里也算奇闻，还从没有过前后两任县长任用同一秘书的先例。更让大家惊讶的是，这方县长很是待见郭子兴，从未给他上过眼药，也没给他穿过小鞋，偶然甩脸子，喝口酒，吧嗒吧嗒嘴也就好了。人家都说，郭子兴伺候领导有两手。这"两手"可不是白给的，冯县长走后，科长们见了郭子兴，只是点头，如今见了，又是递烟又是赔笑，喝酒也要三番五次地诚请，称兄道弟，宛若亲人。

更诡异的是，欧阳书记也私底下派郭子兴干了几件差事。欧阳书记配了秘书，不是一个，是两个，一个负责生活起居，一个负责文秘行程，他不用自己的，倒去使唤县长的，听起来让人狐疑。后来小话传出，说是欧阳书记抛给郭子兴的都是烫手山芋，别人想接也接不住。比如，县委想要主管副省长关于云落拆迁的批件，上头也通融了，找的省办公厅的一位处长，请人家吃了海鲜捏了脚，又送了购物卡，人家只说是小事一桩，不急。个把月也没盼来消息。他不急，欧阳急，欧阳眼巴巴地等着拿上头的批件说事。就又派了郭子兴去，套路还是那个套路，流程还是那个流程，照例吃饭泡脚，抽烟神聊，过不三天，这副省长的批件就辗转传到云落。副省长的字潦草不羁，欧阳书记戴着花镜认了半晌，翌日晨起便捧着批文开两委班子会，开完班子会再开县直一把手会。副省长以前在文化馆当过馆长，批文好押韵喜排比。他夸赞云落的拆迁工作有力度、有尺度、更有温度，让老百姓开开心心住上新房子，骡马有处拴，玉米有地儿晒，拖拉机三马子有敞篷盖。经验值得各地推广。云云。后来郭子兴常被人问，你给处长下了啥迷魂药？咋那嘎巴器脆。郭子兴只嘿嘿笑，笑得别人生厌，也始终无半句说辞。

人都以为郭子兴就此鸿运当了头，乾坤转了运，不成想方县长调离时，郭子兴还是秘书科的副科长，半格也没提，等欧阳书记走马上任滦州，郭子兴仍跟快退休的刘大姐挤在那间不足十平米的办公室，阴面，开春停了暖，肩胛骨要死箍几贴藏传膏药。众人背后难免嘀咕，这一仆侍奉二主，自古以来就没个好下场，仆人哪怕心眼比莲蓬多，也抵不住主人心头滴上两滴醋。说白了，能耐是有，架不住两头腽应，谁也没真把他当屋里人。就算累得嘬屁着凉，也只落个死得不冤的名声。不过，郭子兴毕竟是郭子兴，以前咋样，事后还咋样，见人三分笑，额头分外明，府中恩爱两不疑，酒局沙场秋点兵，更听不到他背后说闲言碎语，吐牢骚鸡肠。年底副科以上公务员全体测评，他得分比县委政府两个大院的办公室副主任高。

戴书记来云落后，拆迁更是如火如荼，为此还专门建了拆迁办，正科级单位，公务员编制。戴书记大概听说过郭子兴旧闻，派他去拆迁办当主任，算是委以重用。

第十五章　魔怔

蒋明芳被警察带走的那个上午，万樱和来素芸在派出所录了半天口供。出来时都中午了，太阳不像是春日的太阳，晒得人身上沁细汗。来素芸回家穿鞋子，万樱回家吃饭。婆婆见到她很是讶异，这个点万樱通常在老太太的旅馆里。婆婆练太极拳不慎崴了脚，仍一瘸一拐地去煮面条，还加了鸡丝、火腿和柴鸡蛋，点了两滴小磨香油，煮好了吹着碗边端给万樱，万樱说不饿。婆婆问，嘴里寡淡？要不给你摊张紫薯鸡蛋饼？万樱忙说不用。婆婆探手摸了摸她额头，喃喃道，没烧啊。万樱说，妈，我啥事没有，你给他打米糊没？婆婆搭着手说，早喂了，又陪他唠了半天嗑。

婆婆每天都陪华万春说话，晨起说，晌午说，后晌说，傍晚说。婆婆一直固执地认为，华万春能听懂她的话，只要她不停地跟他嘚啵，嘚啵得华万春厌烦了，他就能醒过来。他醒着时最恨人瞎叨叨。再说了，电视里和报纸上不常有这样的新闻报道吗？《奇迹！杭州十六岁植物人少女神奇苏醒，一个动作让妈妈潸然泪下》《八百多个日夜的守候，他在等待"植物人"妻子苏醒的奇迹》《整整八十一个昼夜，母亲声声啼唤催"植物人"苏醒》《分娩昏迷成植物人，女子七年后苏醒第一次见到女儿》……只要一播放这类节目，婆婆就从沙发上弹到电视屏幕前，佝偻着背探着脖颈动也不动地盯看，当苏醒后的植物人颤抖着抱住亲人嚎啕大哭，或对着镜头口齿不清地感谢他的母亲或妻子时，婆婆就嘎嘎笑。万樱看过一部叫《非洲》的纪录片，草原上的鬣狗在饥饿时就发出这样瘆人的笑声，连狮子们都慌忙躲进草丛。

爱说就说吧，哪怕吐沫干了，反正婆婆就这么个独子，不跟她儿子说，跟谁说？跟老天爷说？跟菩萨说？跟整天泡在老年活动中心打扑克赌小钱的公公说？跟在超市当收银员的大姑子说？跟隔壁那个得了白内障的老寡妇说？跟谁说，都不如跟哑巴说。万樱很多年没跟华万春说过话了。她没心思说，也不晓得说啥。白天她要跟开垃圾车的马脸司机说，跟挑选窗帘的刻薄顾客说，跟毛栗子似的老太太说，跟按摩诊所的病人说，跟卖雪里蕻的乡里人说，跟碰到的能说上话的人说，到了家里，她庆幸华万春躺在那里不言语。她甚至慢慢地喜欢上了安生的华万春，或者说，是喜欢上了华万春的安生。她并不盼望着常云泽过来。她越来越怕常云泽过来。他犹如危险的动物，老虎、蟒蛇或猎豹啥的，还没开门就能闻到他身上那股动物才有的骚腥气。而当他蹿进屋里时，他就真变成了一只猎食的老虎、蟒蛇或猎豹。他身上总有使不完的劲头，他身上的器官总是轻易就能变得肿胀、愤怒。她不得不安抚他，在这种安抚中她腰酸背痛，却要装出欢喜的样子。她想，自己怕是未老先衰，连这种事都厌烦了。有时她从背后搂着常云泽，幻想着他是个襁褓中的巨大婴儿。她是他的母亲。他除了吃喝拉撒，咿咿呀呀，一直都很安静、听话。

当她在电话里小声问询常云泽派出所是否有熟人时，常云泽大概刚从睡梦中醒来。他一直是三班倒。这种原始的钢厂上班制度让他的声音在手机里听起来无精打采，犹如感冒时的鼻炎患者。"你有什么事？"常云泽咳嗽着问，"找公安口的做啥？"他语气愣性，仿佛万樱做了什么丢人现眼的事。万樱只得支支吾吾将蒋明芳的事了。常云泽半晌才说："我有个同学在派出所当片警……不过是协警。哎，没人拿豆包当干粮。你别急，我找找别人。"

万樱又打常献凯手机，还没拨通就匆

忙挂掉，这事常献凯还是不晓得为好。她又打给王老黑。王老黑扯着嗓子喊："胖妞啊胖妞！你咋知道我找你？"王老黑六十来岁，皮肤比乌鸦黑，"下星期水务局献血，我弄了仨名额。"万樱喜道："真的？太好了老哥！"

云落的行政单位年年均有献血铁任，这任务一般都落男人头上，今年十个名额明年十个名额，戊己庚辛地轮替过来，报名者就寥寥。虽说有点补贴，还能休三天班，可晕血的晕血，甘油三酯超标的超标，对仕途早断了念想的人，凡事往后缩，还有的中医爱好者认为抽血伤元气，影响夫妻生活。单位便想了法子，将这名额偷偷转卖，一个三千五。这等好事王老黑时时盯着，又跟各局办公室的熟络，往往能匀些过来，再倒手给别人。往年都会给万樱留名额。万樱攒了四五张献血证了。"下礼拜三，接着你。"王老黑叮嘱道，"喝点红糖水，一茶缸一茶缸地喝，别太抠，献完血再炖只老母鸡。"万樱忙说："这个老哥别惦念。我买俩，送你一只。"王老黑无疑很受用，说："这个大胖妞，真没白疼你。你老爷们醒过来没？"万樱说："老样子，睡得比猪香。"王老黑顿了顿说："哎，咱都是命苦人。要是哪天他死了，咱俩凑合着过。"万樱红着脸说："你个老不正经，再瞎咧咧，当心嫂子拿针缝了你的嘴。"

王老黑为啥唤王老黑，只缘长相黑？不晓得，反正大伙都这么唤他。啥时认识的？汽车站小饭馆，常记饺子铺，还是锁厂当计件工那会儿？忘了，反正人这辈子，总会遇到另外一些人，这些人眉眼不分高低，衣着只辨黑白，名字相若性子相投，走路俱是外八字，说话都是公鸭嗓，如此点滴聚合拢靠，很多人就变成了一个人，连影子似乎都重叠。这王老黑晨起扫大街，白天骑辆金蛙牌三轮车游逛，通常停在财政局门口，帮他们运垃圾，卖废品，闲了就盘门口跟晒奶的老头们赌钱。他家是城乡接合部的，老婆身板孬，病病歪歪，至于啥症候，医生也未能确诊，反正就在火炕上躺着，横着躺，竖着躺，斜着躺，躺累了就靠墙根躺，反正脚没迈进过庄稼地，手没摸过那猪粪肥。王老黑倒得意得很，常跟人家掰活说，躺着有啥不好？我老婆这辈子省了多少双鞋！王老黑赚的仨瓜俩枣被她囊进腰包，平日里最爱吃鸡蛋，通常是煮一大铝盆，四五十只也有，有事没事就白嘴吞吃两枚。"对了，"王老黑说，"我手里还有些超市的鸡蛋票，一斤便宜一毛，你要不？"万樱想了想说："老哥，还是把鸡蛋票给小琴吧。"小琴是李德海老婆，李德海在汽车站十字路口修了三十年自行车，小琴在小区物业打扫卫生，去年李德海得肺癌死了，小琴白天捡垃圾，夜间去常献凯那里洗碗。"也好，"王老黑说，"我儿子从海上买了些皮皮虾，我顺便送她。"万樱说："我这里有小半桶葵花油，你一块捎着。我呀，恨不得变成蜘蛛，再长几条腿。"王老黑说："行，那我遣别人去送，不然我老婆吃起醋来，会闹出人命的。"

等万樱恍惚着挂了手机，才想起正经事没说。不过，料那王老黑也认不得啥大人物。说实话，给他打电话不过是解心瘾，将亲的近的人都盘问个遍，这肺腑才踏实点。万樱瞥了眼华万春，华万春的脖颈上全是汗珠，她拧了条湿毛巾擦拭，又顺手摸了摸裤裆，湿了，忙找了块干净的尿布换上，这时有人敲门。婆婆说去买点吃食，还没有回来，怕是收水费的，开了门，是来素芸。来素芸手里大包小包，见了万樱也没吭声，将东西扔到厨房，这才说："两包雀氏薄快吸尿不湿，三盒强生婴儿玉米爽身粉。你不爱吃陶山甘蔗吗？快过期了，打折，给你买了两根，削好了，没事你就啃吧，够你那驴嘴啃半天。"眼贼溜溜扫了扫客厅，问，"你婆婆呢？"万樱懒得理她，进屋抱起华万春翻身。来素芸后脚跟进来，嚷道："一股尿骚味！"万樱只是瞥了她眼，来素芸就说："樱桃啊，可别怪我，我当时懵圈了，不然咋会报警？"万樱说："你就那么恨蒋明芳？"一把掸掉来素芸的手，"她是挖你家祖坟了，还是把你孩子扔井里了？"来素芸说："哎，你就别磕碜我了。这个春诸事不顺，先老马出事，如今又轮到蒋明芳，这晦气一缠身，好运躲两年。不如你后个陪我去娘娘庙烧烧香？"万樱噘嘴说："不去。没那闲工夫。"来素芸说："求求你了，你要去，月底给你加两百元奖金。"万樱眼睛亮了下："真的？"来素芸说："我抠是抠了点，可啥时骗过你？"万樱说："两百太少了，打发叫花子？"来素芸说："那就再加五十块。五十块不少了，能买只万里香烧鸡呢。"万樱这才满意地点点头，来素芸仰着下颌抚着她手背说："樱桃，乖。"

果然，那天一大早来素芸就来接万樱。万樱先让她帮着煮粥，又让她帮着拖地，自个则在厕所洗头净身。来素芸一手叉腰，一手攥着墩布头胡乱蹭着地板，说："哎哟，不容易，你打扮打扮，还算有点人模样。"万樱擦脂抹粉，又涂了口红，来素芸说："得，白骨精她奶奶。"万樱翻箱倒柜，好不容易翻到件弥漫着樟脑味的老红色夹袄，来素芸说："嚯，红孩儿他妈呀？"万樱将头发用蝴蝶发卡挽起，来素芸说："咋整得跟阿庆嫂似的？"上了车来素芸仍嘚啵嘚啵。四月黎明，布了层薄雾，雾也挡不住满鼻满口的香，除了花香，还有泥香和土香。耳朵里呢，除了来素芸的尖声尖气，还有洒水车的洒水声、疯子唱京剧的声、露水滚落花瓣的声、老妇人们跳广场舞的声、细碎的风声与鸟鸣声。那些鸟也叫不出名，嗓子都比夜莺透亮。来素芸车开得慢，等上了高速汇入车海这才急怔，骂道："都怪你磨蹭！烧香还涂脂蹭粉！"行程尚未过半，万樱接到了常云泽电话，问她在哪里，又说，他好歹蹚摸到个贵人，外地来的，据说他姐认识云落的常务副县长，蒋明芳那事该是丢了枚绣花针，小事一桩，"要是有空，不妨大伙坐坐，说说详情。"万樱大喜，连忙说道："要是有空，不妨来娘娘庙好了，晌午我请你们吃饭！"常云泽想也没想就说，中，这就过去。

万樱没想到会在娘娘庙遇到罗小军。她早习惯了他孩子般躺在按摩诊所里，在她的手指下昏昏欲睡。当她冷不丁瞅到他，他也正皱着眉扭头。他的脸一半隐在暗处，一半露在明处，明处的半张脸仿佛也涂了金粉，衬得眼角的纹络格外繁细，"他真老了。"她的眼眶也犯了潮。他的眼神在她的注视下渐渐和缓起来，犹如冬晨清冷的海面拱起了日瓣。他跟她站在娘娘像前说了话，说了啥话全然忘了，她只记得娘娘庙外，罗小军爽快地答应帮忙。他的牙齿有些泛黄，无疑是烟渍，风吹过时有几瓣海棠拂到他肩上，他也没察觉。花瓣上趴着黑头蚂蚁和蚜虫。她想起他少年时，常从她家窗下疾走，窗外那棵合欢又毵又细，却开了满树花朵，粉粉绒绒，有时她探了头出去，翕动着嘴唇呼喊他的名字。他怎么可能听到她的声音呢？她的喉咙被风和阳光锁住了。那次,她看到合欢落在他乌黑的头顶上。他就顶着一朵花走路。她不晓得那花啥时候掉下去的。当然她不晓得的事越来越多,他眼里似乎藏着许多话。他老婆死了,他儿子也不安生,那个别墅里的烁女人,看情形也不是省油的灯。还有,那婴孩也过于丑陋,星点也不像他……

当常云泽找到她时,她还坐在石板上被来素芸骂。骂就骂了,反正她左耳进右耳出。让她意外的是,跟常云泽一起来的小伙子,不是天青吗?天青见到她似乎并不意外。"这是我哥们,"常云泽指着天青说,"京城来的,别看他岁数小,可是大人物!他姐是海淀区政协的,认得咱们县领导呢。"万樱瞪大眼,茫然地看着天青,半晌才说:"哪儿还用你介绍,他是我们房客。"这下倒轮到常云泽干瞪眼:"你们认得?那再好不过!"将万樱从石板上拽起来,没声好气地对来素芸说:"你从小骂到大,从店里骂到店外,好不容易进了娘娘庙,还嘟嘟。没男人憋的吗?"来素芸直扯了他耳朵骂道:"小兔崽子,用你替她挣口袋?"天青只束手在旁侧笑,万樱说:"你们有完没完?也不怕人家笑话……"常云泽这才嘻嘻着挪开来素芸的手说:"中午请我们吃海鲜吗?这时节,黄螃正肥。"来素芸"喊"了声,又来扯他嘴巴:"我倒要瞅瞅,哪颗馋虫想黄螃了?天天驴肉涮着,驴鞭啃着,咋还不知足。"万樱摆摆手说:"我请我请,正好也跟天青说点正事。"

没料到正事还没谈,又在饭馆碰到罗小军。罗小军敬了酒,说了客套话。这些有头有脸的大人物似乎都这么着喝酒这么着说话。待罗小军转身离开,天青这才说,他有个亲戚认得云落县的一个副县长,蒋明芳的事,电话里就能解决。

万樱喃喃道:"老天爷真是开了眼,这半晌就遇到俩活菩萨。"常云泽挑着眉毛问:"还有谁?"万樱说:"罗小军啊!我也跟他说了,按照他口风,倒也八九不离十。"天青说:"这再好不过!省了我还去烦表姐。"常云泽说:"这种事,要多寻几条门路,一条堵死,好歹还有个退处。我看哪,你别嫌烦,表姐还得照样找。"天青跟他碰了杯酒,说道:"你倒心细,她白天公务,晚上我再联系她,不过……"万樱忙问道:"不过啥?"天青不语。常云泽端详着天青说:"是不是要这个?"他的中指和大拇指使劲搓了搓,"找公家人,总要意思意思。他要白白帮了别人,别人倒未必见得领情。"天青点点头说:"没错。总要出点血的。他这个级别,万八千也只是条腰带钱吧?"他话一出口,万樱嘴边的鱿鱼须就跌盘子里。常云泽又给她夹了条章鱼,看着天青说:"别急,先通通话,看人家有啥说辞。"天青嗯了声,嘴里嗛的章鱼肚被咬破,一股墨汁泚射出来,恰巧溅到来素芸眼皮上。来素芸没恼,反倒笑着说:"吃吧吃吧,不然再给你点条塔盆鱼?"未等天青言语,万樱就摆着手说:"够了够了,剩下了也只能喂鸡喂狗。"来素芸白了她眼说:"小气鬼,慌啥慌,我买单就是。"万樱讪讪地瞥了眼天青,说:"菜随便点。我轻易不请客,吃欢喜了就好。"常云泽说:"你装啥大尾巴狼,人家来姐请客,凭啥你截胡?"来素芸说:"你这帮腔帮得也太显眼了。至于吗?跟你俩有一腿似的。"万樱瞬时脸色煞白,那鱿鱼须在喉咙里活过来,抓来挠去,不禁哐哐一顿猛咳,常云泽咂摸了口酒,说:"何止有一腿啊,多年的老夫老妻了。"来素芸就捂了水蛭嘴笑,笑着笑着察天青不语，就提着嗓子用普通话说："他这孩子啊，向来是拉琴的丢唱本，没谱。你就算隔条河听他说荤话，这耳朵啊，也保不齐冒荤油。吃菜，吃菜。"

从娘娘庙回来，便寻思蒋明芳平安了。不成想翌日仍没放出来，忍不住给罗小军打电话问细情。罗小军声音懒懒的，说，派出所那边打了招呼，老夏说本不是大事，可在审讯过程中，蒋明芳交待跟男人约完会，男人都会给她点钱，数目不等，有时三百两百，有时八百一千，警察有些可疑，查了银行账目往来，发现这男人还给她打过五千块钱，便怀疑蒋明芳有卖淫嫌疑，当然只是怀疑而已，没有确凿证据。另外男人唯一的儿子在日本东京大学任职，正从东京返程。他儿子已经是日本国籍，这样事情就变得有点复杂，涉及到了国际友人，不过等事情调查清楚，定会还蒋明芳清白。

"你就别胡思乱想了。"罗小军说，"他们哪儿敢冤枉好人？"万樱听了哭笑不得，说："搞对象的男人给女人钱花，算嫖娼？按这个理，该把天下的女人都押起来。"罗小军柔声道："你放心，这事我盯着。我盯着你还不舍心？"

万樱瞅了瞅身边的常云泽，常云泽正在修理那条断了腿的椅子。她叹息声挂了电话。常云泽抬头瞄她眼，摊了摊手说，朽了，得换根新木头。万樱说，修啥，不够费事的钱，买把新椅子吧。常云泽又偷偷瞄她眼，她就问："你鬼头鬼脑的，又动了啥坏心眼？"

常云泽咧嘴笑了，摇摇头，缓缓直起身。他比她高了半头。他将她搂进怀里，手掌哆嗦着摩挲着她的后脖颈。后脖颈全是汗，摸上去黏黏涩涩，散发着粗盐的味道。

第十六章　他的关键词

姓名：常云泽　　性别：男
民族：汉族　　　年龄：26
籍贯：云落　　　身高：180厘米
体重：76公斤　　婚否：未婚
党派：无　　　　血型：AB型
职业：云落中润钢铁公司工人
性格：手黑、冲动、有暴力倾向
爱好：喝酒，约炮，装逼
亲属：父亲常献凯，常记驴肉火锅店老板。生母王秋莲，已逝。继母刘美艳，已逝。妹妹常云霓，军鹏建筑有限公司办公室秘书。
政治：曾经因吸毒被拘10天
男女关系：情人霍起芳，云落中润钢铁公司食堂职工

这个皮肤黝黑的男人戴着副蛙式墨镜，头上箍的那顶黑色棒球帽略小，帽檐破了丝线。他或许对自己的身材甚是满意，上身是件深蓝短袖紧身衣，脖子上悬着条炭黑十字架。他欠了欠身子，将这张单子毕恭毕敬地递呈给天青："哥们，免费的。你是我们公司第九十九位客户，运气杠杠的。"他竖起大拇指晃了晃，随后犹豫着摘下墨镜，端起咖啡饮了两口。他有双貌似狡黠的三角眼，左眼角有块玉米粒大的疤痕，可并不阴沉，相反，或是午后阳光折射的缘故，闪着玻璃球滚动时参差游离的光亮。

天青没想到会跟这位私家侦探会面。前几天，他们帮他查过万樱的手机号码和来素芸的店址，现在，他们将常云泽的资料也送来了。他朝男子笑了笑，溜了两眼窗外。窗外就是冷飕飕的涞河。这座位于涞河沿岸的咖啡馆大概是云落最高档的饮品店了，三层欧式建筑，二楼有个硕大的白色阳台，红色遮阳伞下坐满了顾客。从面相看，这些顾客多半是逃课的高中生，桌上摆着廉价的薯片、鸡柳，小杯鲜橙汁或用柚子粉冲泡的蜂蜜红茶。河流是冷清的幽蓝，去岁的细腰芦苇被水波摇荡，弯成一张张弱不禁风的弓弩，河边的野花尚未盛放，零星的几株榆叶梅枝头闹满了粉俗花朵，不晓得那条神鱼，是否还无恙？

天青磕磕巴巴地说："谢谢……不过说实话，我手头紧得很……"男人无所谓地摆摆手，脊背仰靠在宽大的藤椅背上，双臂鸟翅般徐徐展开，懒懒地搭于扶手上："甭解释，哥是明白人。"天青勉强笑了笑，男人又说，"这只是餐前甜品，正餐在后头。我手里还有他许多料。不骗你哥们，像我们这样物美价廉的公司，全球独此一家。"

天青注视着这个私家侦探，说实话，他更像是个油腔滑调、绞尽脑汁骗人办会员卡的私人健身教练。"你喝酒吗？"天青从背包里掏出瓶二锅头。这酒本来是他打算送给常献凯的。

男人的嘴角始终绷着，也许，他真把自己当成出色严谨的私家侦探了："咱搞不懂你为何对常云泽感兴趣。要是他撬了你的姑娘，我一点都不惊讶。"他想了想，还是将那瓶白酒抓过去，攥住瓶颈晃了几晃，拇指食指猛地一搓，瓶盖刺啦一声拧开了，他放到鼻孔下深吸了两口："纯正的北京二锅头，难得。我们喝假酒早喝习惯了。"天青问道："平时喝两口？"男人的手指在桌上砰砰弹了两下："对我来说，世界上的液体都他妈一个味儿，无论白酒还是咖啡，紫菜汤还是乌鸡汤。知道为啥吗？"

天青假装遗憾地摇了摇头。对这位看上去不太靠谱的私家侦探，他并没抱太大的奢望。

男人撇了撇嘴，说："我的味蕾坏了。"

天青有些惋惜地瞅了瞅他的嘴巴，他说："你最好别惹常云泽。这鸟人……"

天青揉了揉鼻子。干燥性鼻炎越来越厉害。这几天他一直忙着给"常记火锅店"修缮墙画。他不喜欢火锅底料呛人的化学味道。

男人说："常云泽呢，算是街上的名人。他亲妈早早死了，肺癌。云落年年都有批人死于肺癌。有一辈子不抽烟的女人，有天天戴口罩的洁癖患者。他们都说跟轧钢厂有关。"

他抿了口咖啡，伸舌舔了舔嘴角的泡沫，"他爸叫常献凯，从前在粮食局当装卸工，1995年下岗后开包子铺。包子贱，白酒免费，买卖倒是兴隆。常云泽五岁时，他爸又娶了老婆。是个老黄花闺女。人都说，嫁不出去的老姑娘脾气都格色。这话一点不假。常云泽的后妈没啥毛病，长相端庄，待人和善，似乎是个不错的后妈。可隔壁邻居都晓得，她喜欢拿常云泽撒气。这世上，有谁不心窄？男人心窄了，喝糟酒，骂老婆，揍孩子；女人心窄了，一哭二闹三上吊。这个后妈有点轴，要是心不顺，只会蔫摸着拾掇常云泽。她好面子，从不当着外人打。女人嘛，力气小，打人累得慌，她只用指甲掐。专掐胳膊，反正裹着衣裳，任谁也看不出来。常云泽性子软糯，女孩似的，常常是后妈一挥手，他就哼哼唧唧哭上了。后妈最忌惮闹出动静，说了嘛，好面子，他只能流泪。要是哭出声气，连大腿根也掐。有次邻居上房晒虾米，瞅着他后妈在庭院弄他。这孩子伸着脖颈，肩膀抽搐，没有声音，脚底下的水泥地面全泅湿了，雨水似的。邻居故意响亮地咳嗽两声，后妈听见了，忙朝邻居笑着说，孩子手上扎了刺，我帮他挑一挑。

"后妈为啥打他？谁晓得。后妈过门当年就生了个闺女，按理说该将常云泽视如己出，将来好给她养老送终。记着兄弟，以后对老婆好点，疼老婆就是疼孩子。那时常云泽蔫，好跟女孩们跳皮筋、丢沙包。你要是嚷他两嗓，脖子红得跟高粱穗似的。你哪里人？你们那儿女孩跳皮筋不？东北？哦，难怪，口音有股大碴子味。那时常云泽但凡有了空，就帮他爸到后厨刷碗。他个子没墩布长，踮着小脚踩着下水道眼，伸着豆芽胳膊，在洗水池里熟练地刷那些油腻的大海碗。他爸为啥不管？听过乐亭大鼓《鞭打芦花》没？后妈最会做面子活，晓得不？给继子做的棉袄鼓鼓囊囊厚厚实实，看起来忒暖和。他爹可没成想，棉布里面裹的全是芦花，比屁都轻。"

男人端起咖啡一饮而尽，天青没问他是否要续杯，也没正眼看他，而是望着窗外起起落落的白色水鸟。那些水鸟轻盈地滑过水面，又欢叫着栖于水面，波纹仿佛震碎又复原的镜子。它们的翅膀看上去犹如白色的滑翔伞。

"常云泽八岁时，秋天吧？有回，家庭作业留得忒多，写着写着睡着了。第二天下午老师说开家长会。他后妈屁颠屁颠去了，能有好话吗？后妈本来就心眼小，这口气如何憋得住？回了家就弄他，可能觉得不解恨，又用绣花针扎他大腿。那天晚上，这孩子瘸着腿替他爸刷了碗，将地板墩干净，就推开店门走了。出了门，又念起他爸的蓝色工作服没洗，用洗衣粉泡了搓，吭哧吭哧搓完，踩着小板凳晾到铁线上，这才一瘸一拐地走了。这一走啊，就是一年。"男人说到这里，朝服务员打了个响指，服务员没听到，男人扯着嗓子喊："耳朵聋吗？再来杯磨铁！大杯！加奶昔不加糖！"

天青问道："这孩子……离家出走了？"

男人点点头说："他爸只晓得儿子走失了，却不晓得为何走失了，只寻思孩子跟后妈闹气。哪个孩子不跟爹妈闹气？本就是天生的冤家，更何况打小没喂过奶的后妈。派了亲戚、粮食局的老工友、街坊邻居四处张贴寻人广告，汽车站、火车站、大桥、木材厂、炼油厂、面粉厂、玻璃厂、钢铁厂、火葬场……反正只要有电线杆的地方，全贴遍了。又花钱到云落电视台播寻人启事，播了二十多天，屁大点动静也没有。有天，常献凯碰到个在滦州砖厂上班的秃子，说是在云落和滦州交界的大桥下面，常年有群流浪汉，还有些被拐的孩子。常献凯火烧火燎地带了帮亲戚，开着辆松花江去找。可不，还真就找到了。"

天青没有搭话，从前台讨了玻璃杯，将白酒哗哗倒了半杯，直递给男人。男人说："我们公司有明文规定，工作期间禁止饮酒。"天青笑着说："嚯，没想到你还是优秀员工。"说完端起杯子扬脖干了。男人明显一愣，旋即嘎嘎爆笑起来，说："瞧不出你还是个痛快人！也好，再免费给你讲段。操，你可真撞了狗屎运。"

天青说："我穷，可我并不小气，喏，

待会给你发红包……那孩子……后来咋样?"

"这常云泽回家后,起码有小半年,呆头呆脑两眼犯瓷,见了熟人也不搭讪,天天猫屋里头打电子游戏。大伙都寻思,这苦命的孩儿啊,荒田野地的遭了殃,丢了魂,这才变成了哑巴,都劝常献凯请大仙驱驱野鬼野灵。常献凯心里也疑惑,干脆花了两百块钱,请那云落最有名的大仙冯瞎子做了场法事。冯瞎子烧了纸念了咒,还命老常子夜领着孩子绕涑河疾走,凡遇到影子,无论是人的、树的、鸟的、蛇的、蟋蟀的、野狗野猫的,都要用镰刀割个大写的十字。也奇了怪了,自此之后,这孩子终究开口讲话了,不但开口讲话,性情也大变。以前是软性子,这下倒好,领着帮野小子逃课打架,上房揭瓦,掏鸟逮蛇,反正大人厌恶啥他偏干啥,气得常献凯常常咒骂,不如死外面算逑!云落的男人教育孩子,只会一个字,打!再多几个字,就是往死里打!这孩子隔三差五鼻青脸肿,后来倒也安生了两年,帮常献凯在包子铺干点杂活。寻思就定性了,不料念了初中后,闯祸不断。常献凯呢,今儿带着张家孩子上中医院看眼,明儿拎着牛舌饼去被他摸过的女孩家赔礼。气得半死,可毕竟是自己的种,总不能真把他打死吧?况且那时常云泽比他还高,底下的毛比上面的毛浓,壮得跟狗熊似的。

"后来,连隔壁也受不了这孩子了。常献凯东厢的邻居,男人在交通局当巡警,女人在学校教书,有个儿子叫大力,家境好,难免娇惯些,平时大力喜欢啥,家里就给买啥。那时正流行磁力棒。知道磁力棒不?就是磁铁积木,能搭出蛇、狗、鲸鱼、玫瑰、埃菲尔铁塔啥的。有回大力在院子外面拿磁力棒搭教堂,被常云泽碰到。常云泽这狗娘养的!上去一脚把教堂踢飞,不但踢飞了,还扇了大力俩嘴巴,不但扇了大力俩嘴巴,还骂了大力,骂的啥?常云泽拧着大力鼻子说,臭傻逼,你们这些有钱人,没个好东西!早晚把你们全灭光!大力哭着找他爸妈,嗐,好了半辈子的邻居,就此生分了。他后妈呢,连碰都不敢碰他,日夜护着她那小闺女,怕被常云泽欺负。不过,常云泽对他妹倒极好,夏天了,用凤仙花给她涂手指甲盖,还带着她跳绳、踢毽子、逮蝴蝶。他后妈冬天时老胸闷,疼得睡不着,常献凯就带她看医生。后来在天津动的手术,钱花个精光,人也死了。据说是胰腺癌。常献凯拉扯着闺女,又要顾包子铺,这常云泽更无法无天,抢钱闹火,无恶不作。初中毕业,他带着俩小太妹在出租房溜冰,被人举报,拘了十来天……这个老逼,如今瞅着人模狗样,其实满裤裆屎。"

男人语速快,这云落的方言本来就七拐八拐宛若评剧,他边说边夹杂着手势,往往这句话说了前半截,后半截就将前面的囫囵着淹没了。他可能觉得天青也没听太真切,脸上难免流露出歉意。天青将剩下的白酒倒进两个玻璃杯,斜着眼匀好递给他,轻声道:"还有吗?"男人接过酒杯,不晓得是喝掉还是放在旁侧,只得用手指捏着杯沿晃来晃去:"说实话,真他妈怪,第一次见你,却老铁似的,竟成话痨了。"天青将剩下的白酒又一口干掉,大概辛辣难耐,又跟服务员要了蜜汁鸡翅和炸薯条。"我这人,人畜无害。"天青拍拍男人的肩膀说道,"说实话,我也没想到,云落的私家侦探这么牛逼,连人家小时候滋尿和泥、偷鸡摸狗的事,也调查得这清楚。"

男人戴上墨镜盯着往来的顾客。他像是在寻找某人,又像是在躲避某人。后来他打了个响指,说:"奇怪个屁,我就是那个叫大力的。我从幼儿园就认识常云泽,穿开裆裤一起长大的。"

天青盯着男人,良久说不出话,好歹他勉强笑了笑:"世上真有这么巧的事?我想查的人,竟是你的发小。"

男人又将墨镜摘下,在手里百无聊赖地把玩着。他可能觉得作为一名私家侦探,说的这席话有些不符身份,有些后悔,可又不想让天青看出他后悔。"我走了,你若还想要更劲爆的料,随时联系我。我们公司的宗旨就是,即便翻江倒海,也让顾客心满意足。不过,"他腾的一下从藤椅上站起来,"免费的午餐已被你吃掉了。"

天青杵着桌面站起来,握住了男人的手说:"你放心,我们还会见面的,刘大力。"

男人似乎没听真切,只是敷衍地点点头。也许,天青这种又穷又抠的顾客委实让他没有继续交谈下去的耐心了。

天青盯着男人的背影,一直到他的轿车拐入时代广场。天青叹了口气,依然坐在那里,捏了薯条蘸着西红柿酱慢慢地嚼。他从来没有这般饥饿过,胃酸不但将食物全部分解消化,也一并将他的记忆全部吞噬。他需要来份甘甜、香脆、热量十足的食物,比如,这份沙拉薯条,比如,这份嫩香的鸡翅。他闷头囫囵着将盘中的食物全部吞咽进去,仍觉腹内空空,他不得不麻烦那个服务员再给他加份黑胡椒意大利面,一盘水果沙拉和一碗罗宋汤。当他用舌头吮吸着手上的油脂时,手机屏幕闪了几闪。是田家艳打来的。他用下颌顶了顶免提键,又将音量调小,将耳朵紧紧贴上屏幕。他听到田家艳扯着嗓门喊,儿子吗?是儿子吗?你是我儿子吗?他边吞着酸草莓边小声嘀咕着说:"是。"

他知道,漫长的、激愤的忏悔与祷告又行将开始了。对田家艳来说,他是儿子,更是免费的牧师,当然,田家艳连耶稣是谁也不晓得。

说实话,天青真不知该如何宽慰田家艳。田家艳在他面前永远是海底喷发的火山岩浆,而到了徐满福面前,则是被海水冷却的火山灰。田家艳压着嗓子骂道:"徐满福这个老疯子!又办那丢人的事了。他咋不长记性!他咋偏干那丢人的事!你姐夫买了十斤排骨实心实意地送来,你猜老疯子说啥?就这点肉?够蚂蚁塞牙缝不?你好歹是个公司经理,有脸面,西服穿着,皮鞋穿着,抠死拉倒。给我点零花钱吧,我兜比脸干净,你们这群白眼狼,你们这群吃肉不吐骨头的白眼狼,都盼着我早死早托生。你姐夫啊,脸皮薄,闹个大红脸。丢死个人!臊死个人!"

她说话的语气跟徐满福越来越像,也许这么多年以来,徐满福的一切都在慢慢浸入她的骨髓。对于徐满福做出的任何荒唐事天青都不会惊讶。即便哪天他死了,天青相信他的魂灵也会在附近的酒馆里游荡。田家艳又说,她蹬着三轮车送兰兰去幼儿园,压根没想带他,歪嘴斜眼的,怕吓到孩子们,可他腆着老脸说,老太婆啊,我整日圈屋里,跟猪有啥分别?你也让我晒晒光,吹吹风,我这心情好,病兴许就痊愈了呢。她心软哪,比槽子糕还软哪,就应了他。一来二去他识了兰兰同学的妈,姓刘,一个龅牙女人。她也没往心里去。不成想昨天龅牙女人跟她说,徐满福跟她借了一百块钱,还说儿子闺女不孝顺,老婆子就等他死了改嫁,说着说着眼泪噼里啪啦的,人家哪儿见过这么不要脸的老骗子?又白给了他五十块,让他买猪头肉吃。他呀,转身就去小卖部买了桶散白酒……"你说我这张脸往哪儿搁?儿!我的儿!我就盼着他死哩。我看得透透的,他是咱们家的混世魔王,是咱们家的祸根。我这辈子跟了他,上辈子肯定杀人放火了。你咋不吱声啊儿?妈呀,就指望着你有出息,指望着你光宗耀祖。你姐啊,哎,提她干啥,不随我,蔫巴肉心眼……"

天青静静地听田家艳发牢骚。他知道田家艳只要将心里的憋屈吐出来,一转身,还是那个在徐满福面前低眉顺眼的傻婆娘。在过去的几十年里,田家艳才是家里真正的男人,徐满福不过是终日醉醺醺的店客。田家艳五大三粗,黑黑胖胖,穿41码鞋,一双凤泪眼常年泪水涟涟,仿佛一座蓄水丰沛的水库随时准备着泄洪。她干起农活顶俩男人。春天时村里家家户户都要起猪圈,也就是将猪粪从圈里挖出穷沤,等到芒种时就能沤成上等的绿肥。田家艳系着花头巾穿着绿胶鞋抡把铁锹在猪粪里吭哧吭哧地忙活。猪圈旁边是棵歪脖枣树,风一吹,枣花就窸窸窣窣落在她的头巾上。等他中午放学在猪圈旁大声喊着她的名字,她才直起腰身捶捶腰眼朝着他傻笑,搓搓手,从圈门里猫腰钻出。她身上是种奇怪的味道,有猪粪的臭味,汗液的酸味,也有枣花幽微的清香。他用手去揩她额头上的汗水,汗水里全是枣花的花粉。他看着这个大象般庞大的女人,觉得世界从来都不是一个公正的世界。女人甩掉身上的秋衣,露出那件脏兮兮的海军汗衫,将他夹在胳膊肘下往屋里疾走,边走边用甜腻腻的声音问,儿子,跟妈说,想吃啥?他通常涨红了脸支支吾吾,她身上的臭味让他对任何食物都丧失了兴趣。她就拧拧他的脸蛋说,我还从来没遇到过这么嘴刁的男孩呢。你呀,上辈子准是个吃素的和尚。

天青的眼睛有些潮。在嘈杂的人声中,他有一搭没一搭地听田家艳唠叨,眼睛却盯着男人送他的那张纸:

男女关系:情人霍起芳,云落中润钢铁公司食堂职工

大力肯定弄错了。这家伙肯定想不到,常云泽的情人不是什么钢厂食堂职工,而是位比他年长十几岁、臃肿憔悴、守着植物人丈夫的可怜女人。可怜的女人。那晚他曾经打了辆出租车跟踪常云泽,当他看到万樱将窗帘拉起熄灭灯火时,他扶着车窗的手竟有些颤抖,随之而来的是长久的眩晕。事后他想,这眩晕不是出于震惊,而是出于一种……痛苦,是的,痛苦。真正的痛苦是人们默然承受的、不愿别人怜悯和安慰的痛苦,爱默生曾经这么说,而且,这个长久居住在小镇上的人还说过,痛苦是喑哑的。它类似被强暴过的少女,又眼睁睁地目视着另外一位少女被侵犯。他能感到他们的痛苦,没错,这一对野鸳鸯的痛苦。他还想到了他的那些女人,那些身材变形、即便疯狂健身身材依然变形的女人们,她们在深夜里,在柔软的深夜里忐忑不安地喘息、呻吟、喊叫甚或昏厥,当一切温柔以一种喷射的挛动结束时,她们在黑暗中的瞳孔流露出羞愧的神色。他看不到她们的瞳孔,他仍然坚信自己看到了不该看到的一切。在湿漉漉黏糊糊的拥抱中,身体在膨胀中衰老,一些器官在死亡,另外一些器官在犹豫着死亡。

他暗地里观察着万樱张望常云泽的眼神，观察着万樱的穷酸样，观察着这个笨嘴笨舌的女人说着蹩脚的谎话……他丝毫没有偷窃别人隐私的快感，相反，却有种类似彗星穿越恒星时的恐惧……与羞耻。羞耻……羞耻。羞耻是肮脏膝下的长女。他曾为自己的不厚道自责，他不该骗常云泽，说表姐认识什么狗屁副县长，能将蒋明芳捞出来。他始终没有弄清，当这个可笑的谎言从嘴巴里诞生时，为何还要将谎言继续？当他报出一万块钱的价码时，万樱的神色刺痛了他。穷人最能体谅穷人的穷，事后他曾反省自己，得出的结论是：万事皆有原罪，对他们而言，原罪即是常云泽。常云泽，这个他在练习簿上，在书的封皮上书写过无数遍的名字。这是一种正态逻辑。许多年来，他像枚蚕蛹，慢慢用细密的茧丝将自己层层包裹起来，最后完全置于墓床，在寂静的黑暗中睡去。墓室外的风声、落雪声、鸟鸣声、洞穴的呜咽声、田螺在水里的蠕动声、花朵的盛开声、犬吠声、哭泣声、火焰声、忏悔声、弥留声、婴孩的啼哭声、交媾声、铀235俘获慢中子的声音、戈雅在临死前的叹息声……所有所有的声响都在空气中消弭，犹如犹豫的宇航员终于推开沉重的舱门，双脚迈入了虚无的太空。他会在睡眠中全然忘记曾经的故人，以及他们长短肥瘦的影子。他决计未曾料到，自己会抵达这座叫云落的平原县城，在这里等那只上帝的手将蚕茧层层剥撕。他当然可以逃遁，可既然逃离的宿命是回到出发之地，那么，逃遁就变成了伪命题。他只好安慰自己说，他将继续在此处行使天然的使命，让一切回归本来的位置，从哪里来，回哪里去。

他看了看桌上的空盘、空酒瓶、空酒杯、泛着油光的银色叉子。耳边田家艳还在嘀嘀咕咕诉说着徐满福的狗屁劣迹。他的心在河风的吹拂下变得无比肃静，也无比柔软。他爱田家艳，他爱这个无知的老女人、五十六的母亲、风湿症高血压患者、种枣树的农妇、偷藕的贼、被男人欺骗的蠢货。如果说他曾经拥有过短暂的快乐，那么这快乐都源自这个大脚女人。他愿为她做任何事，包括献出自己的命。他也相信，自己那卑微的尊严也都源自田家艳的馈赠。他一直想在县城里给她买套房，他不能让村里人瞧不起她，她做了一辈子的牛马，老了，该有座漂亮的马棚。这是老天欠她的。老天欠她的，也就是他欠她的。

"我要去酒店干活了，姆妈。"他对田家艳说，"我从网上给你买了些大红枣，煮粥了放几枚。"

他下楼，结账，眼神扫过靠窗的座位时，有位穿黑皮夹克的男人朝他殷切地、讨好似的点点头。他想不起在哪里见过这男人。云落空气中流动着菖蒲与河泥的味道。这味道让人怀想起与河流相关的一切。

他将那张叠得四四方方的A4纸掏出，快速溜了两眼，想了想，揉巴揉巴，随手扔进垃圾箱里。

第十七章　　工作史

2005年秋，从云落拘留所出来，小命险些丧常献凯手里。哪怕喝了孟婆汤，这顿死搋他也忘不了。至于是否哪天还给老家伙，他还没思量过。他属黄鼬，记仇。

他的人生信条之一，就是人活于世，要没几个像样的敌手仇家，这辈子怕是白活了。老家伙怂，怕他还手，先用条蘸了水的粗粮绳捆了他手脚，揉扔在后厨的火炕上，这才插了门栓，抡起烧火棍抽他屁股。虽说他比老家伙魁实，烧火棍上身，还是忍不住杀猪般哀嚎。厨娘们早鸟兽回巢，根本没人听到他的呼救声。嚎着嚎着他咒骂起老家伙来，骂得比狗屎还臭，老家伙随手抻了块破抹布堵住了他嘴巴。多年后他还能想起那块抹布令人作呕的气味，那气味里有菜末子的酸臭味，油渣的腻味和蒜皮的辛辣味。他想吐，可死活吐不出来。那根黑漆火燎的烧火棍被抡成了两截，老家伙才消停，叉腰呼哧呼哧地喘。他觉得自己快死了。他晕过去前曾死死盯着炕席角里钻出的小蟑螂。三只，小脑袋，比蚰蜒长，触角像电视天线。那是他此生第一次看到蟑螂这种臭名昭著的昆虫。看电影《古惑仔》时，他寻思这玩意只有香港才有。等他醒来，老家伙正耐心地用碘酒擦他屁股上的伤口。妹妹坐在马扎上，攥着他的手指嘤嘤着哭。看到他睁开眼，她惊讶地张大了嘴巴，露出凤仙花般的浅紫牙龈。入秋后她掉了两颗乳牙，他抱着她将牙齿甩到了房顶。也许，她寻思她哥哥被父亲打死了。

2005年冬天，他跑到红太阳酒吧干服务生。红太阳酒吧在云落职工俱乐部二楼。多年来，坊间一直传言这座外形貌似大黑汀水库的灰色古老建筑将被拆毁，没人想到街上的梭子蟹把它承包下来。梭子蟹以前是石油公司的司机，买断工龄后跑过几年长途出租车。他把它装修成了狭长的似乎永远蹚不到头的酒吧，像是截猩红的九曲十八弯的肠子，在昏黄的灯火中，人们能隐约听到火车哐当哐当的响声，后来干脆管这地方叫"火车厢"。"火车厢"很快成为道上人的据点。所谓道上人，就是混社会的，放高利贷的，讨债的，卖白面的，投机倒把的，骗人钱财的，替人消灾的，还有初中甫毕业胳膊文青龙后背文白虎的小混混。火车厢每晚皆有闹事者，不过，也没啥大不了，不过是用碎酒瓶开了对方脑瓜瓢，或用刀子捅了对方脾胃。警察来了，铐走几个，然后火车哐当哐当的声音会更响，顾客接着拼酒，接着泡马子。他印象较深的是火车厢能点歌，大厅里唱歌，声音便从胰管传至直肠，所有客人都能听到，当然，有的听着像噪音，有的听着如仙乐。后来他分析了下，这闹事者除了跟醉酒吸K粉把妹子有关，还跟唱歌有关。你妈逼的凭啥你唱得比驴叫难听？你妈逼的凭啥你唱得比周传雄好？你妈逼的唱就唱了，盯我马子乳房奏啥……那时他主要负责给顾客开啤酒。开啤酒是门大学问。至于开几瓶，跟客人们酒醉的程度有关，这时服务生不单需要一双察言观色的眼睛，还需要胆量和勇气。有的人抠抠索索，即便喝得不认识老婆，可哪怕你多开了一瓶哈尔滨啤酒，也会跟你磨磨叽叽，闹不好还见红；有的人阔气，即便没喝醉，哪怕你将一箱小瓶假科罗娜全开瓶，也只会朝你竖大拇指。他当时有个绝活，就是不用起子开啤酒。用啥？手指。熊爪子扣住瓶盖，猛地一掀，瓶盖就吧嗒声掉大理石桌面上，清脆悦耳。有个胖子就喜欢看他起啤酒。起完啤酒胖子将他搂过来，命他陪着吹瓶。一吹都是三瓶，中间不能喘气不能吃菜。胖子给过他两百元的小费，算是创了"火车厢"小费纪录。后来他在云落电视台的新闻联播上见过胖子，他穿着制服戴着大檐帽端坐在镜头前,有板有眼地念着红头文件,原来是地税局的局长。"火车厢"火了四五年,年年都有人在那里被捅瞎眼、砍断手指、割掉耳朵、挑断脚筋,或者干脆被捅死,当然,死要死在医院的急诊室。"火车厢"一直没事。听人说,这酒吧,梭子蟹只是个跑腿的皮影,他那贱逼兮兮的孙子样儿,哪儿能罩住一潭虾兵蟹将?这幕后的龙王啊,是王乃玲。难怪,有时连派出所的人都着便衣来吃宵夜。那时王乃玲她三哥在市公安局当副局长,主管刑警支队和审计处。那个怯怯的小服务员,村里来的,没戴过乳罩,没涂过口红。长得不寒碜,就是不爱洗澡,身上老有股酸菜味儿。服务员都住在三楼的集体宿舍。他在男厕所搞了她。他不是第一次,她肯定是。她斜着眼歪着嘴吸溜着不吱声,后来就嘀咕,哥呀,哥呀,疼死我了,哥呀。他断断续续搞过她几次,搞完就塞给她五十块钱。五十块钱不少,那时找小姐也就一百块,小姐还得陪唱陪笑陪喝陪抽。她死活不要。她说,她稀罕他。他最怕欠人情,就从大厦给她买了枚银戒指。戒指买大了,松松垮垮,可她欢喜得很,用红丝线缠了又缠,好歹能套手指上,连洗澡都舍不得摘。他离开"火车厢"前,曾陪她买过乳罩。据她说,那是她人生中的第一个乳罩。黑色,镂空金边,宛若凤尾蝶标本的透明翅膀。

2006年,他在"角斗场"当保安,俗话看场子。没人晓得"角斗场"老板是谁。这个"角斗场"没有古罗马的那个大,可也小不到哪里去。四层楼,每层都有包间,楼中央是个陷落的圆形剧场,八点半之前客人能点歌,八点半后是钢管舞表演。钢管舞演员据说都是莫斯科过来的洋妞,金发碧眼,烈焰红唇,腿比掺了石灰粉的牛奶白,大奶子颤颤悠悠,在钢管上鹦鹉般倒立,蟒蛇般缠绕,杂技演员般旋转跳跃飞腾,客人吹口哨,喝喊,骂娘,声浪能将屋顶震碎。"角斗场"的酒水便宜,菜贵,他记得小盘五香花生米卖十五元,辣炒花蛤卖二十八。不过名声很快打了出去,连乐町、滦州的各路大爷们都开着宝马、凯迪拉克、劳斯莱斯前来捧场。经理是个叫"瞎子"的男人。瞎子的眼没瞎,没近视,也没散光。他那时也就三十岁?或晃上晃下,从来没笑过,咽喉处有条疤痕,蜈蚣似的抓着喉结,他的说话声要比旁人低沉,仿佛怕惊醒了那条蜈蚣。后来听说,他得过大病,在北京的协和医院动过手术。瞎子会功夫,据说给李连杰和赵文卓都当过替身。"角斗场"也委实需要个狠人镇着。进来消费前,客人要存包安检,手上盖荧光戳。后来他在北京第一次坐地铁,发现"角斗场"的安检比"两会"期间的四惠地铁站还严,反正,别说刀子,连根生锈的钉子也带不进去。"角斗场"里面也有"公主",大都来自川黔一带,陪酒陪唱,不陪睡。瞎子是讲究人,无论白天还是夜晚,都穿着身板正的深蓝西服,白衬衣,系条浅蓝碎花领带,头发打摩丝,看上去像工商银行大厅里的业务经理。瞎子酒量好,来了重要客人都要陪。有天晚上云泽正蹲厕所里观摩小黄片,忽听有人呕吐,稀里哗啦的。稍后便听到有人大喊:"找死啊?!妈逼的!"接着是噼里啪啦厮打的声响。他急匆匆擦完屁股蹿了出去,窄小的卫生间里几个黄毛小伙正在围攻一个男人。那男人被逼缩在墙角,手脚俱是伸展不得。他大喝一声,住手!打个屁!其中有个黄毛猛回头,见他穿着身灰狗皮的保安服，反手就是一刀。幸亏他皮糙肉厚不乏激灵，一个闪身，照那人裤裆就是记飞毛腿。被围攻的人似乎才清醒过来，二对四，空手对砍刀，瞬间竟将那些家伙悉数撂倒。这时他才看清，被打的不是别人，是瞎子。瞎子的右耳被砍烂了，血顺着脖颈流到白衬衣上，扎人眼。当派出所来人时，他和瞎子已将凶徒用狗链拴在了厕所的下水管道上，正面对面吸烟。瞎子整了整领带，对警察说，真对不起，我要先去医院缝针，缝好再录口供，好吗？多年后他还记得瞎子这句话。瞎子是难得的讲究人。当然，让他忘不掉的还有，当警察将闹事者铐走时，卫生间门后又鬼鬼祟祟闪出条人影，他想也没想就将那人扑翻在地，看也没看照脸就是两记饱拳。那人哼唧道，泽哥，是我……他这才看清，打错了人。这人叫郑新宇，也是"角斗场"的保安，就骂，你妈×的，吓死我了！寻思还有歹徒呢！你猫厕所里干啥？便秘啊？郑新宇支支吾吾，他便猜个八九不离十，怕是瞎子被人暗算时，郑新宇也在拉屎，胆子小，始终没敢跳出来。他那时就晓得这个玉树临风的家伙其实是个窝囊废，拿老话讲，就是绣花枕头，就是驴粪蛋。事后他常拿这事嘲笑郑新宇。郑新宇也不恼，只是慢条斯理地说，我又没你那本事，难道等着被剁成肉酱？瞎子凌晨一点将耳朵缝好，又回到"角斗场"，郑重地宴请派出所出警的同志，还特意让他去陪酒。喝的茅台。那是他第一次喝茅台，那味呛鼻子，像是喷韭菜的敌敌畏，喝着喝着就吐了。瞎子的窄扁脑袋被白色纱布裹得里三层外三层，说话费劲，他只记得瞎子努着嘴说，白瞎了，白瞎了。后来每逢过年过节，瞎子都招呼他喝顿大酒。每喝必吐胆汁。瞎子老家原来是云落海边的，祖祖辈辈都是跑船的海碰子。瞎子的右耳愈合后，少了块耳坠，便又得了个绰号，"一只耳"。说实话，这名号虽然也跟五官相关，却没有"瞎子"硬气，老让他想起动画片《黑猫警长》。

2007年，他去扁鹊医院当保安。"角斗场"黄了。俄罗斯姑娘们回国了，瞎子去跑船了，郑新宇开着松花江面包车，串着村庄推销一种新型卫生纸。"角斗场"的衰落跟"火车厢"有关系，到底是怎样的关系，也没人说出四五六。去扁鹊医院当保安，还是老家伙找的人。包子铺的万樱有个同学，叫来素芸，来素芸有个表哥，在医院后勤处当科长，听说来素芸在医院里投了不少钱，利息比普通银行高十厘。反正在哪里混都比待在包子铺强，再者，医院当保安也没啥正经事，就是穿制服在大厅、食堂和器材库巡逻。来医院的人都怕死，没谁无理取闹。无理取闹的都是活着的人。闲得蛋疼，他们四五个小年轻的保安就偷偷摸摸在宿舍赌钱。反正院长万永胜一年也不来几趟，替他主事的妹夫是个和事佬，有事没事最喜欢跑各科室跟女护士们谈心。他手气好，半年内赢了两千块钱。只要是赌，他就从来没输过。有回，他们将喝多了的后勤处长忽悠来，赢了他五百块钱。后勤处长身上只带了三百现金，他打着酒嗝说，妈蛋，被你们这帮小兔崽子算计了，剩下那两百就当你们孝敬爷爷了！有个保安，绰号二愣子，说啥也不干，揪着科长的衣服领子说，欠债还钱，你要敢耍赖，我去院长那里告你。第二天，这个保安被解雇了，当然，一起被解雇的还有他。常献凯也没说啥，他就街上晃荡了半年。不是白晃荡，他纠结了几个手黑的崽子，干起了买卖。这买卖好，永不赔本。

主要是没本钱,全靠脸面。街上分帮结派,难免发生斗殴事件,又不敢惊扰警察,只能私下解决。他们就在中间当说客,劝张三赔点钱,让李四道个歉,反正出来混,都是同个墙缝里的蟑螂。事解决好了,双方都满意,就会出点血,甩几百块钱。油水不多,却足够喝酒找小姐。那段日子,街上的人都知道有个才出道的愣头青,拳头硬,心肠黑,荤素不忌,黑白两道都赠他几分薄面。

2008年,老家伙说,云泽啊,马上奥运会,扫黑除恶保平安,别再挡上你。真要蹲了狱,咋捞你啊?咱家官最大的,就是你表姐夫,干了半辈子,熬个副股长。去工地吧,大工一天三百,小工一天一百,你脾气臭,干点体力活,磨磨。他也没驳老家伙,反正一身骚劲,放屁能崩死头山羊,混哪条道都不是孬爷们。老家伙委实不易,开着包子铺,挣仨瓜俩枣,还要当爹当娘拉扯妹妹。穿着大裤衩子就去了,在工地上锄泥搬砖,他胳膊粗,腿也粗,腰板硬,舌头短,工头工友都稀罕,说这孩子别看年岁小,心里能盛事。头月开了两千九百块钱,扣了一百,那天妹妹生日,他带她去了趟市里的动物园,看狮子和斑马,没能全勤。这干活挣的钱,跟赌来的钱、用嘴巴哨来的钱大不同,攥手里有香味。舍不得花。没料到过不几天,汶川地震了,他开始没当回事,有天从工地回来看电视新闻,看得直哭。他从没想过自己还会掉眼泪。他问老家伙,哪里能捐款?老家伙说居委会。他就把两千九百块钱都捐给居委会了。出来后他有点后悔,该留点钱给妹妹。妹妹喜欢读书,新华书店里那套《安徒生童话选》一直没钱买。冬天了,楼盖好了,老板请吃饭,全是公司的人,也请了工头。工头平素待他不薄,将他也领去,说是优秀工人代表。他没料到老板那么年轻,瘦,亮眼嗖嗖。宴请在云落大酒店,云落唯一的四星级。那是他头回吃到龙虾、鲍鱼、烤乳猪跟河豚。老板端着杯白酒打圈,他眼瞅着他跟公司副总喝,跟财务总监喝,跟后勤科长喝,跟办公室主任喝,跟工头喝。马上轮到自己了,他颤颤巍巍站起,酒倒得过满,站立的瞬间难免洒出几滴。可老板只是朝他笑了笑,拍了拍他肩膀,顺势走了过去。他当时臊得脸红。狗眼看人低!好歹他也是道上混过的,太他妈瞧不起人了!何止是瞧不起,简直是侮辱。他赌气坐下,攥着铁拳,看老板慢慢悠悠回到主位,恨不得起拳将酒桌搋翻。工头捅了捅他腰,小声说,好好干,兔崽子,哪天你也当大老板,赚大钱。他铁青着脸,将酒一嘴干掉,又转头问工头,叔,咱这小老板叫啥?工头说,他呀,可是个能耐人,街上的,叫罗小军。他嗯了声,盯着这个叫罗小军的人,再也没夹半口菜。有钱人都是螃蟹,横着走,这是他多年前就悟出的道理。不过他还知道句俚语,螃蟹死了,就没沫了。他那时可万万没想到,多年后最亲爱的妹妹去了罗小军手下当秘书。他妹妹嘴甜,可傻得够呛。这逼要是敢碰她,他保证让他死无葬身之地。

常献凯从前的同事,叫钩虾的,贷款买了辆大车跑新疆配货。云落人上世纪八九十年代喜跑东北,如今则改道西行,直奔乌鲁木齐、哈密乃至喀纳斯一带,搞装潢、包农场、跑配货,即便是在南疆荒漠地带,也能看到云落的车牌。钩虾知晓常献凯有个不省心的儿子,便跟常献凯念叨,让伢子跟我跑几年吧,再烈性的犟骡子,跑着跑着也落辔！常献凯哪里能放心？儿子2009年大车本才到手，跑新疆犹如新出道的驯兽师将脑袋伸进老虎嘴，不出事则已，一出事可性命攸关。无奈架不住钩虾撺掇，末了还是应允。他倒隐隐兴奋，一念想到乌鲁木齐、吐鲁番、火焰山、魔鬼城、喀纳斯水怪、薰衣草、昆仑山、阿尔泰山这些从小在电视里听到的名字，心里慌慌的。这钩虾呢，是个秃头胖子，圆滚滚如芝麻汤圆，屁股比母猪都肥，开起车来倒稳沉，底盘大嘛，压得住仓。开始少让他把方向盘，偶尔喝点小酒，才敢将车给他。他开车愣性，最喜超车，谁挡在他前面他就扫兴，有次超车时遇到路障猛然煞车，睡着的钩虾撞到玻璃，额头肿得像被马蜂蜇了。钩虾没骂他，只是说，侄子啊，这开车跟搞女人一个理儿，起始要慢来，不能急，不能慌，更不能躁，等你知悉她了，晓得捅哪里她最舒坦，晓得啥姿势她最欢喜，你才能把屁股变成发动机，要不然，她疼，她难受，你也不得好。他一直觉得钩虾这话虽粗俗，却比什么哲学家、文学家说得都有道理。等车开得越来越稳，钩虾大部分时间都在副驾驶上打呼噜。说实话，他觉得新疆是天下最美的地方，这美跟云落不同，跟江浙、粤闽更不同，它阔，它荒凉，它野里野气，它甚至能让龇牙咧嘴的鬼魂睡着。反正他稀罕跟钩虾跑新疆。从云落出发，通常拉的是道轨、煤炭、落花生、海米和南美干虾，从新疆回返，配的是葡萄干、哈密瓜、棉花、孜然、杏干、薄皮核桃、沙枣、黑枸杞、骆驼奶和牛羊。回程有时也从新疆跑山东，跑广东，一路上经历着不同的季节，他竟有种恍然如梦的错觉。我是谁？我在哪里？我为啥在这里？有次穿行在巴音布鲁克，

他恍惚着问自个⋯⋯他才知晓这世界究竟有多辽远，这世界究竟有多美妙。这感觉跟他在云落那几条烂街上瞎混简直是云泥之别。他琢磨着，兴许不是这世界变大了，而是他长大了，不是云落变小了，而是他的胸脯宽了。钩虾对他不错，钱不必提，简直是将他当成亲儿子，从来都带他吃最好吃的，喝最好喝的。有时也带他找小姐。小姐们普遍比他年龄大，有的还比他丑，浑身散发着绵羊肉暖烘烘的膻气。他丝毫不介意。男人裆里这条腥蛇，让它吃饱了它才安生，至于吃啥倒没屌大关系。这么多年来，他最难忘的是跑山东那趟，拉了满车厢马头马脚。马头就是马脑袋，马脚就是马蹄子。从新疆塔城市额敏县出发，经克拉玛依、昌吉到乌鲁木齐，再经吐鲁番、哈密至内蒙古自治区阿拉善盟的额济纳旗，一路南行，过巴彦淖尔、包头、呼和浩特，入河北张家口，再过保定抵山东德州宁津县。这路要昼夜不停走三天三夜，有尿了也憋着，简直要将尿脬胀碎。他记得过吐鲁番时恰逢午后，那里是阿尔泰山风口，本来云朵如厚棉花低垂叠游，顷刻间天地无光，大风吞卷着砂砾呼啸而至，前前后后的车辆都悄然不动。他和钩虾忙将车窗摇紧，又用旧报纸仓促糊盖，手忙脚乱后面面相觑，又歪头看那大风瞬息将整个公路湮没。他听说过，不少大货车均在风口遭过殃，有辆列车在小草湖风口的鱼儿沟附近竟被大风吹翻。钩虾纵然是老手，也难免肝颤气短。公路两旁的褐色丘陵、黑色山峦与深绿树木深匿不见，只听得那大风如巨人般疯狂拽动车身的隆隆吼响，随着魔鬼般的啸声，货车如遭八级地震般前后晃荡，有那么片刻他唯恐车身翻覆，他跟钩虾葬身马头之中。瞎子曾带他

到海里捕过鱼，偶遇过小型台风，货船在海面上犹如草纸糊就，随时都有可能被巨浪卷拍进深海。那是他第一次晓得大海的狂躁，而这吐鲁番的飓风，一点不逊于那海上狂浪，装载了三十四吨马头马脚的货车在风中摇摇晃晃，犹如科幻片中穿越小行星带的破宇宙飞船。钩虾胡乱点了支香烟塞他嘴里，两个人谁也不吭声，后来竟在呼啸声中浅浅睡去。等风小些，他看到前面的一辆沃尔沃轿车已然侧翻，车轱辘宛如龟爪不停挠转。他们没敢下车，也没敢前行，只是耐心候着。好歹风渐渐消停，夜色弥漫铺展开来，有警车不断鸣笛，交警用喇叭喊话，他这才敢推车门跳下，将嘴里细沙啐掉，去看那帆布是否被吹散。果不其然，绳索已散车篷大敞，七百多只马匹被砂砾浅埋，还有几只躺在柏油马路的中央。他抱起一只跖脚往车篷里扔掷，不过一只马头足有四十余斤，他纵有一身蛮劲也只得快快放下，唤钩虾来帮忙。抱着马头等钩虾时，才察觉月亮升了起来，阔大的、金黄的圆月周边是圈橘红色光晕，而月亮的下面是连绵的阿尔泰山，夜色中他只窥见山峰如黑色的恐龙骨架延伸至肉眼看不到的暗线，而山顶上间或明晰的白色，该是陈年的积雪和冰川。他不禁低头瞅了瞅怀里的马头。这是匹浅棕色柯尔克孜牧马，它的眼皮紧紧闭合，核桃大的眼珠赫然外凸，耳朵倔强地支棱着，仿佛才在风声中睡着。他的手指胡乱抠摸着马的鼻孔，手指有些温热，似乎那马尚在明月的露水里静谧呼吸。他忽鼻子酸涩，将牧马的头颅勒紧，犹如怀抱梦境中夭折的婴儿。两天之后，这车货物将顺利抵达宁津县，这些马头马脚会在夜晚被偷偷卸到肉联厂，皮被剥下，筋被抽出，剔下的马肉、抽出的蹄筋被低价卖给城里的各种火锅店，冒充羊肉、牛肉和筋头巴脑。他迷糊着想，人这渺小的傻逼动物，跟这些马头有何区别？总有一天他们也要被屠宰——被疾病，被肇事，被凶杀，被外星人，或别的神秘事件，然后，血肉被焚尸炉烧成空气中的烟霭颗粒……他跟钩虾跑了三年大车。他的口音不再是纯正的云落话，而是稍微带些变形的新疆普通话，他甚至学会了简单的哈萨克和维吾尔族日常用语，在加油站他喜欢用哈萨克语跟工人开粗俗的玩笑。他们都爱他，有个梳了三十八条辫子的姑娘还送过他一顶哈萨克帽子，那是顶用狐狸皮缝制的尖顶四棱形帽。整个春天，无论大车开到哪里，那顶狐狸帽都稳稳地扣在他头上。他手指头比美人蕉粗，可巧如老妇，不仅学会了炒新疆大盘鸡，烤红柳大串，还会酿皮子，他对烤馕尤其情有独钟，一闻到那种干爽的面粉香气和火焰的味道，他的肠胃便发出咕噜咕噜的鸣叫。他还喜欢喝乌苏啤酒，据说这是中国劲头最大的啤酒，即便是酒腻子，喝两瓶也嗝屁。那几年，若不是钩虾极力劝阻，他没准就娶了位哈萨克姑娘，生窝崽子，天天骑着牧马在草原放牧。他粗略地算计过，这三年来他跑了大约一百四十五万公里，相当于绕着地球赤道跑三十六圈。钱倒也赚了些，除了喝酒找姑娘，剩下的全扔给了老家伙。老家伙欠了一屁股债。2011年国庆，老家伙在他的劝说下，带着妹妹去北京旅行，妹妹一直想去颐和园划船，他呢，也总算在家喘口气。瞎子来电话，喊他带弟兄去海边喝酒。那天他发烧，仍开着辆破皮卡拉着蝎子匆忙赶过去。到了饭馆才晓得，那晚是鸿门宴，瞎子要跟乐町县的海霸谈判。为了渤海湾某个海汉,他们已各折损了两名弟兄。那晚,双方均带了不少人马,谈着谈着就崩了,转眼间抄砍刀的抄砍刀,抢电棍的抢电棍,还有人跑去后厨抢菜刀。混战中他掏出匕首随手扎了个面上有胎记的小伙子。事后他想,为何偏偏捅了那人?也许是小伙子脸颊上的红色胎记让他仿佛一直在狞笑?忘了扎几刀,没准别人也扎了。等警察赶来时他跟蝎子从茅厕翻墙头跳出,慌乱中皮鞋跑丢了一只。这样,他光着一只脚开着皮卡屁滚尿流一路狂奔。他只觉浑身关节疼痛,穿着粗线毛衣仍是不停打寒噤。将蝎子送回家,他径自猫到包子铺,蹲炕上裹了棉被躺尸,快迷糊时忽听到店门被拧开,他激灵下弹起,将匕首压在腿下。却是万樱。她的手机遗落店里,这会儿方想起来拿。他已小半年没见过她,晓得她男人出了车祸,好歹抢救过来,却落成了植物人。万樱见他大脸通红,就问,你这是咋了?说着便探手摸他额头。她腕上的味道怹熟,是股雪花膏的刺鼻香味。许些年了,他再也没有小时那般抱着她撒娇耍赖。他忙说无大碍,有点发烧。万樱没吭声,他寻思走了,不成想过会又进屋,拿了退烧药喂他吃。他沉沉睡去,梦中那浑身泚血的胎记男人呼天抢地要剐杀他,他大喊几声骇然惊醒,身上水淋淋如落网鲶鱼。灯暗亮着,万樱骗腿坐在炕头定定地瞅他。他察觉到自己的右手牢牢攥着她的左手。她的手又硬又暖,手背已然被他掌心的汗水沁湿。他忙将手臂抽回。她嘀咕,你这孩子,睡了还这么凶蛮,难怪老常总唉声叹气。哎,你这样我也不省心,万一半夜烧起来……她蹙着眉头忽而拍了拍大腿说,不如去姑姑家吧,客厅有沙发,你凑合宿。他一愣,旋即乖乖穿好衣裳找了

双运动鞋随她去了。那是他第一次去她家。他决计没有料到,日后这里是他最暖的狗窝。晨起六点万樱将他唤醒,给他量了体温,见是无恙,将他支走了。后来方晓得,这是怕她婆婆碰到徒添口舌。那日之后,他陡然与她亲近起来,她比几年前胎了点,仿佛春天从墙旮旯硬生生钻挤出的羊角葱,春风稍稍一吹都要膨胀几分,他猜或许是结了婚的缘故。在他印象中,女人但凡嫁了人,都成了发面馒头。歇脚时他抽空去包子铺转悠,跟她斗几句嘴,开不打紧的玩笑,心里痒痒的,仿佛占了她便宜。她嘴拙,只用手擂他的头,他比她高,她就踮起脚来擂。后来,她家里有啥力气活就喊他过去,换煤气,扛米驮面,修保险丝,通下水道……她还把他当成孩子,可他早不是少年时的常云泽。他喜欢往她家里跑,他喜欢她身上微酸的牛奶味,喜欢她笑时的憨傻样,喜欢她家那股阴腐的、散着草药味的气息。从新疆跑大车回来,头件大事就是奔赴她家,向她展示新买来的吃食或小手工艺品,只有当他唠啵完最末句话,他才彻底松懈下来,靠着沙发背点支莫合烟默然吧嗒。她睁着圆眼听他讲述途中遇到的新奇的事,交过的古怪的人,瞳孔里满是艳羡欢愉,仿佛他从别的星球披星戴月凯旋。她有点胖,笑起来鼻翼两侧有涟漪般的短促细纹,可他觉着,她比所有遇到过的女人都好看。他给她买过俄罗斯流苏披肩、乌克兰铜镜、和田的艾德莱斯绸布、巴基斯坦挂毯、印度项链和香料、古楼兰象牙梳、骆驼油、锡制的阿拉丁神灯、羊毛护腕、马鬃制作的假发,他甚至给她买过一个打折的马头琴。当他们蜷坐在乱糟糟的沙发里懒洋洋地摆弄、研究这些新鲜玩意时,他有种奇妙的怦然心动的错

觉——这里才是他的家，这个比他年长的女人，就是他心爱的妻子。当这念头盘旋时，他有些微微了了的愤怒，可这愤怒很快就被她傻乎乎的笑声稀释掉了，连同那接踵而至的微渺的……羞耻。这个女人，这个在灯光下听他吹牛逼的女人，让他的心脏变得软柔、薄嫩，甚至……脆弱。当他驾驶着大货车在阔亮的国道上奔驰时，当黄狗色的戈壁滩不断向身后涌去时，当孤单的土狼蹿过低矮的红柳时，当维吾尔族小伙赶着羊群消失在阿克塔斯草原深处时，当哈密的沙枣花香味飘进鼻孔时，当天上的如席雪花缓缓地降落在赛里木湖的眼泪里时——当这一切都真真切切发生、降落、消逝，成为亡灵或过往时，他总是想到她，想到这个植物人的老婆，想到这个他十来岁就相识的厨娘，想到这个他少年时一想到就勃起的可怜女人。他内心涌动起的波浪会变成太平洋上的飓风，瞬息就将他拽至海底葬身鱼腹。他恍惚晓得，他，是爱上她了。他不是个愚钝的男人。有次他从阿勒泰布尔津县买了只剥好的羔羊带回云落，拾掇完毕叮嘱她用高压锅清炖。他还买了瓶桑葚酒，据说这酒有壮阳功效。那晚她似乎兴致很高，啃了两只黏糊糊的羊蹄子，又吃了骚腰子，当他将斟满桑葚酒的酒盅递给她时，她胳膊肘一抬就干掉，辣得连眼泪都呛出来。他们喝了多少酒？那瓶桑葚酒空了，他又从她家的旧橱柜里翻出瓶陈年衡水老白干，兴许是华万春车祸前藏起的，有些年头了。当他冻醒时，地上狼藉不堪，满是羊骨头、碎肉屑和桑葚酒干掉的酒渍，然后，他惊讶地发现，自己竟枕着她的大腿睡了半宿。她的大腿柔软粗壮，仿佛荞麦皮枕头，却又散着草莓糜烂的香气。他悄然起身坐稳，直勾勾凝望着睡梦中的她。她的脸在曦光中呈现出一种瓷器般的白，他忍不住偷偷摸了下。他穿鞋时她也醒了，慌乱着去摸手机，嘴里发出呼噜呼噜的喘息声，他有点欢愉地想，她婆婆肯定快到了。他们仿佛一部电影按了快进键，打开灰蒙蒙的窗户，清扫油腻地板，擦拭满是花生皮子的饭桌，将酒瓶藏到饭桌下面，当两人不约而同往垃圾桶里扔羊骨头和纸巾时，头不可避免地撞到一起，他们不禁相视一笑，多年后他还能想起清晨时她的笑容，幽暗的光泽在她有些虚肿的脸庞上闪烁，她的嘴角微微上翘，仿佛一片即将落下的花瓣……窄暗的客厅收拾干净时，她一把将他搡出了铁门。听到门关闭的急促声响，想起两人狼狈的模样，他大笑起来，笑着笑着将对门的猫眼用吐沫糊住。那之后他时不时带些酒肉溜达过去，跟她喝上二两。她也不扭捏，敞开量陪他喝。有回他从伊宁带回些上好牛肉，扔给她炖了。那晚他们喝的是云落的本地烧酒，唤作"塑料大曲"，六十二度，喝着喝着有些缠头，他歪歪斜斜地扶着她肩膀，说些颠三倒四的鬼话。翌日凌晨口燥醒来，头如炸裂，他恍惚着摸了摸身边，是团软软热热的肉，他哆嗦着摸了摸下身，却是裸着。他忙拿手机去照身边的人，她无疑也光着，汹涌的乳房露在被褥外面，乳头在微光中仿佛暗夜中的樱桃，而她的右侧，是石头般沉睡的华万春。他哆哆嗦嗦下床，接了自来水咕咚咕咚喝，喝完又哆哆嗦嗦摸上床，犹豫着将她搂入怀中，搂着搂着难免硬了，他侧过身子蜗牛般羞怯地进入，她似还在睡梦中，哼哼唧唧推搡开他，他也不急，等她鼾声再起，又胡乱磨蹭进去……天微微亮他就跑了。那次是先去喀纳斯，再从

114

喀纳斯跑广州,折返近半月,从广州回来时他买了箱荔枝送去。他敲了半晌,门也不开,他就大声喊她姓名,一嗓子未落门开了,她浑身裹得严严实实,犹如寡居多年的阿拉伯妇女。她低头问他有啥事,他径自将那箱荔枝搬到厨房,转身走了,一个字都没吐。有个把月,他没敢去包子铺,也没敢敲她家门。那晚休歇,他闷闷地约郑新宇、蝎子和186吃了顿烧烤,酒未过三巡便接到瞎子电话。说实话,那晚跟乐町人鏖战之后,双方几无音讯。瞎子语速本来就快,手机里更像涂抹了润滑油,他压着嗓子说,阿泽我长话短说,那次你捅的人死了,哥找人给你背的黑锅,花了二十多万,这都是芝麻屁事,可他兄弟晓得是你,我才接到内线,个今他们要来寻仇,你万万当心!他尚在发愣瞎子已挂断手机。胎记男竟死了,且死在自己手,想来想去越发慌张,忙向郑新宇、蝎子和186他们辞别回家。他向来是步行,走到万盛酒店旁边的长胡同,忽从黑魆魆的白杨树后蹿出数条人影,他喝了几杯酒,头脑可还清醒,马上晓得如何一回事,转身撒丫子就蹽。才跑几步就被人从背后踢按在地,双臂被死死箍钳,下身被狠踩两脚,随后太阳穴又猛遭两记铁拳,眼冒金光之际,胸口一阵刺痛,操,他无比清醒地想,刀子,那是刀子,那是把比冰块还凉的刀子……一切都静下来,他双手紧压着胸部,眼睁睁望着天空,天如铁幕,繁星如棋,他吼叫数声,却只听到喉管里挤出如蛇般嘶嘶嘶嘶的声响,他有些沮丧,可并没有想象中那般惶恐,他甚至冷笑了两声,这样也挺好,欠的命,总归要还,阎王从不怜悯谁,不过,太他妈疼了,这帮逼养的……等他睁开眼,发现自己躺在医院里,旁边

守着老家伙、妹妹、钩虾和包子铺的大妈们。他们见他醒来,笑的笑哭的哭,仿佛一群从精神病医院里逃出来的病人。他也隐隐约约听明白,那些人捅了他六七刀就撂杠了,恰逢有个扭秧歌的老汉路过,见地上躺着人,小腹喷血,立马报了警。他命大,心脏比别人偏右,不然早下了地府。就是太鸡巴疼了,放个屁也要龇牙咧嘴。他横竖在医院躺了两三天,她才过来探他,买了板娃哈哈酸奶、几瓶黄桃和山楂的罐头。他勉强朝着她笑,她开始也笑,说他属猫的,有九条命,不过笑着笑着大眼泪珠子啪嗒啪嗒落上衣襟。他不声不语去攥她的手,她抖了抖,并没有躲闪。我给你开瓶罐头吧?她小声问道,吃不?我记得你小时候……顶爱吃山楂罐头。他哼哼着说,医生不让吃凉食。她盯着屋门说,我冰箱里还有羊肉,给你熬碗羊汤吧……果不其然晚上就送来了,不过不是她送的,是老家伙送的。老家伙说,你樱桃姑可真惦着你,熬了仨小时羊骨头,才将骨髓熬出来,趁热喝吧。他小口小口地喝,小口小口地喝,喝一口就念起她的模样,竟从没这般渴望见她,想将耳朵贴到她滚烫丰饶的双乳间,听她心脏花鼓般敲响……出院当晚他去找她,门还没敲就开了,她说,她听到了他的脚步声……他慌乱着将她揉倒在沙发上,胡乱亲吻着她的脖颈。她初始挣两下,后就瘫软了,任他那双火辣的糙手游鱼般在水藻间浮冕。当他在黑暗中褪掉她衣裳时,她哆嗦着说,我们……这是咋了……我们……他舔着她吁吁着说,傻子……我稀罕你。她又哆嗦着说,日后……可咋整呢……他轻柔地顶进,附在她耳边呻吟道,该咋整就咋整……她哼哧了数声,双臂箍着他不停打夯的腰身,闷

声闷气地说道，抽屉里有棉球……你堵紧他耳朵。他当然晓得她口中的"他"是谁，在恍惚的光线中他愣眼扫过去，华万春蜷缩沉默，瘦瘦小小如荒草中死去多日的野兔。他咬着她耳垂说，好……这下身又加了把气力……那晚后，逢休歇日，他都睡她家。睡得不踏实，两眼仍流着蜜水。她似乎也渐渐习惯了他，习惯他暗夜盗贼般潜入，习惯他黎明如盗贼般潜逃。她的耳朵如猎狗般灵敏，当他的脚步声尚在窗外响起，她就轻手轻脚地将房门拧开。他们也不如何讲话，哪怕是喝着小酒吃着牦牛肉干，哪怕是在床上如仇敌般鏖战。有时他想，人都说恋爱中的男人和女人，总有说不完的话，他们却如坟墓中死去的人。是的，死去的人在黑暗中交媾，流着汗水，流着汁液，流着压抑的淫荡的喘息和污言秽语，流着露珠般的泪水。在一个个猫头鹰哀鸣的夜幕中，在一个个夜莺啼叫的黎明中，他的身体进入她的身体，他的身体离开她的身体，他的汗液和她的汗液汇聚成比涑河汛期还要澎湃的河水，他的舌苔与她的舌苔拧成比西府海棠还要繁盛的花……他慢慢地熟悉了她身体的各个部位，石榴花花颈般的脖颈，夏日秧上葫芦般的乳房，赛里木湖水般滑腻的小腹，那拉提公路旁葳蕤的草原，奴羊柔嫩的大腿，以及让他疯狂、担惧、迷失不已的阿尔泰山风口。他们有时在包子铺见面，有时在街上不期而遇，他们再也没有当着别人的面开过玩笑，说过风凉话。他们只是默默地对视一眼，各自走开，犹如陌生的店员与顾客，可内心的狂喜却如火山般肆无忌惮地爆发，他们甚至眼睁睁看着呛人的火山灰随着血液流淌。擦肩而过或注视着她企鹅般笨拙的背影时，他那里坚硬如铁，似乎能将天捅个窟窿。他可从来没有想到过，女人会让一个男人仿佛重新出生了一次，连梦都是新的。他那时隐隐自问，难道，这就是书里所写的……幸福？哦，幸福。这辈子从未体会过的两个字，时常让他的眼眶里充盈着莫名其妙的泪水。

2012年冬天，老家伙说，阿泽啊，别瞎跑了，我心老突突飞。你表舅在钢铁公司当车间主任，说是正招工人，你明个赶紧报名去。他爽快地说了声"中"。她也无数次提及，别再跑新疆了，路途遥远，人烟稀少，万一出了差池，连救护车都喊不到。他跟钩虾喝了顿大酒，就此惜别。钩虾喝着喝着大哭，恨自己没他这么个顶缸的儿子。钩虾有仨闺女。这钢铁公司的活儿，说清闲也清闲，只不过要三班倒，没个白昼黑夜，钱不多，却也将将够花。从前道儿上的兄弟也懒得往来，何况也都鸟兽散了，蹲监狱的蹲监狱，打工的打工，结婚的结婚。他得空了便唤郑新宇、蝎子、186他们喝点闲酒唠点牛逼的嗑。他越来越喜欢喝酒。仿佛只有喝了酒，才能缓减他对新疆的念想。他想吃那里的烤馕，想吃那里的大盘鸡，想吃那里的黑桑葚，想那里热烘烘的女人。他才发现，一个人对一个地方的思念，是从那个地方的食物和女人开始的。越是想念新疆，去她家越勤快。当然，他只能蝙蝠般夜晚飞行至她家，帮她做饭洗衣刷碗，给华万春换纸尿裤，将厨房的角落里均匀撒上老鼠药，给那盆永远病恹恹的龟背竹喷水，她贪吃，可不太会做菜，他猫悄着将褪了毛的柴鸡配好佐料放进高压锅，或将活着的皮皮虾汆进虾油浸一宿，次日早餐时她就能吃到鲜如河豚的皮皮虾膏脂……于她而言，他是小时工，他是男保姆，他是从水缸里钻出来的田螺姑娘，他是暗夜里的丈夫，他是既让她念想又让她胆怯的酒，用鸩的羽毛浸泡过的酒。她给他按摩，用男人般的手指抓挠按捺着他酸疼的穴位和肌肉，让他浑身舒坦劲朗。她给他掏耳朵，将耳蜗里的污垢用棉签小心翼翼地挑出来，再用温热的鼻息吹拂他的耳廓。她给他洗脚，将他那坚硬如龟趾的脚趾用剪子一点点剪除，她给他世间最厚实的拥抱。黎明时分他趁着黯影飞走，栖身到浓烟滚滚的轧钢厂，在那里冶炼钢水，看那艳红色钢水顺着凹槽流向冷却车间，他无数次听闻，不止一位打瞌睡的工人不慎掉进钢水，瞬间连骨头都蒸发成了气体。他不怕。这世间尚没有他怕的。何况只要想到夜晚，想到那间散发着草药和发霉味道的卧室，他内心里就昂扬着抑制不住的欢乐。有时他难免自问，他们，能拖多久呢？只要华万春还活着，他就只能是夜间飞翔的蝙蝠，趁着暗黑逃走的盗贼。可念想这些有屁用？他记得小学时学过篇课文，快冬天了，寒号鸟老也不搭窝，得过且过，最后冻死了……她咋想的？一晃两三年，他也该娶媳妇了。她常在枕边跟他嘀咕，有合适的姑娘了，挑个良辰吉日将喜事办了。她如此说。她只能如此说。只要华万春这口气还吞吐着，她不可能撇下他另嫁。他晓得她心里疙里疙瘩。即便华万春死了，她就能嫁给他吗？他只有用肉身覆盖她的肉身，让他的心脏离她的心脏更近些，唯有如此，才能让她活得舒坦点。他以前没踏足过公司食堂，都是从家里带盒饭，驴肉馆开张后，老家伙常常忘了备饭，要么就从饭店弄些客人吃剩下的驴肉胡乱对付。他膈应得慌，干脆中午在单位食堂吃。食堂是大食堂，阔得仿佛人民大会堂，反正要供三四千号工人集体用餐。他发现同车间的工友都稀罕去八号窗口打饭，哪怕队伍排得再长，也愿意等等。这帮屌玩意，肯定有猫腻。后来渐渐晓得，八号窗口有个姑娘，人给起了个绰号，叫"食堂西施"，也叫"冰雪美人"，他们宁愿排队，就是想多瞅这姑娘两眼。他难免有些好奇，该有多漂亮，才会让这帮糙皮蛋子心心念念？那天也特意排了队候着，轮到他打饭时，发觉这姑娘确实耐看，皮肤白，眼睛大，胸也大，戴着蓝色口罩，冷冷的，眼里只有菜没有人。他点了韭菜炒豆干和红烧鳕鱼块，那姑娘装好餐盘递给他，顺势瞅了他眼，不成想姑娘就愣住了，餐盘当啷声掉到餐柜上。他忙说，不碍事不碍事，姑娘摘掉口罩，笑着说道，这不是常云泽吗？他盯着餐柜上的鳕鱼说，哦。姑娘麻利地又给他盛了份，说，你不认得我了？他说，我眼拙。姑娘叹了口气，说，2005年，我们都在"火车厢"当过服务员呢，一晃都……九年了。她这么一说，他脑子嗡地下，不禁吸了口冷气。没错，这"食堂西施"就是跟他在厕所搞过的小女孩，那时她不爱洗澡，身上老有股酸菜味。他勉强笑了笑，说，女大十八变，差点认不出呢。姑娘还想说啥，后面排队的人早嚷哄起来，快点快点！饿死了！姑娘冷冷朝队伍瞥了眼，嘈杂的人群立马安生下来。她盯着他说，你住厂子里吗？我住女工楼320宿舍，有空了……不妨去坐坐。他点点头，端着餐盘走了。他没有找过她，他怎么会去找她呢？一想到她，他就想起了荒唐的少年时光。他离开"火车厢"后再也没有遇见过她，也没有听闻过任何她的消息，他记忆中的她，只是那个头发蘸黄、瘦弱、浑身散发着异味的小女孩，被他推搡在男厕所的墙壁上。她的胸部还没有发育，乳房摸上去小小的，仿佛两只死鹌鹑，当她忍不住尖叫起来时，他将食指塞进她的嘴巴，像是母亲将奶嘴塞入饥饿婴儿的嘴里。她的舌头蚂蚁般舔舐着他的手指，让他胯部的动作肆无忌惮地粗暴起来……当他厌倦地提起裤子时，她还扶着马桶盖嘤嘤着哭泣。他往她的手里塞了五十块钱……出于内疚，他送过她枚银戒指，花了两百二十元，从商场里买的。她的无名指太细，她用红线绳缠了很多圈，喜滋滋地戴上……这些年来他从来没有想起过她，"火车厢"关门后她去了哪里？过如何的营生？是否有了男人？他将餐盘中的食物以最快的速度扫光，走出餐厅时他难免回望了下八号窗口，川流的人群乌泱乌泱，只看到高高矮矮穿着蓝色工装的工人们。两天后他值夜晚，早晨七点换岗，当他开着那辆破长城皮卡驶出公司大门时，在门口的那棵塔松下，他看到了她在摆手。他停了车摇下玻璃，讪讪地朝她点点头。她搓着手说，今天我休班，想回老家，这个点也没班车，你送送我呗？他没有拒绝她，也许在他看来，拒绝一个漂亮女人的请求无异于犯罪。她快活地跳上车，一屁股坐到副驾驶上，歪头细细瞅他。他目视着前方的柏油路问，你哪个村的？她说了个村庄的名字，声音清脆如云雀，她并没有因为他忘记她是哪里的人而有丝毫不快。她的回答让他很是舒服，仿佛他们是对默契的老夫老妻。2014年的初春跟往年没有差别，灰蒙蒙的天幕，风中卷着细小砂砾，道路两旁的钻天白杨裸露着枝干，枝干上蹦跳着灰家雀，而田里的麦苗才返青，田垄上钻出的蒲公英开始打苞，再过半月，所有的野花都要盛放了，鼠尾草、蓟、荠菜、诸葛菜、地黄、马齿苋、斑种草、夏至草……它们普遍低矮，或者直接趴在泥土上，只有嗅觉最灵敏的野蜂才会嗡嘤着赶来……他吸了吸鼻子。她身上有股香水味，不浓烈，有微微了了的糖果甜味。他们谁也没说话，仿佛只要一开口，荒唐的往事就会在这初春的黎明接踵而至。当路程过半时她才说了句话，你咋还那么闷？她笑着捅了捅他的胳膊，他便说，嗐，别闹。她又问，你啥时候来的公司？我咋从来没见过你？他溜了她一眼，半晌才说，快两年了。我们车间的工人都是重刑犯，哪里像你们食堂的自由自在？她咯咯咯咯地笑起来。她还是副没心没肺的模样。他忍不住问，你这些年在哪里高就？她说，高就个屁啊，"火车厢"黄了，我去了云落酒店当服务员，他们说我是童工，薪水只顶别人的一半，又跑去市里打工，莲花桥衣帽批发市场，银河镇花卉市场，大众汽车 4S 店，南湖高尔夫球场，明星洗浴中心，开心 100 歌厅……哪里都趟过，哪行都干过，啥苦都吃过，啥罪都遭过……横竖也攒不下钱，心里冷，就回来了。女人哪，干啥都比男人吃亏，不过咱们公司待遇挺好，离家近，正好照顾我妈。他哦了声，没再追问别的。不用问，他也能猜度出这些年她肯定有不少故事，遭过不少罪，没准还很离奇，可无论她有多少故事，跟他都没屁毛关系。你车里没有收音机吗？他说有，坏了。她骂了句懒蛋，就打开手机听歌，全是《最炫民族风》那种，听着听着她在座位上不由自主扭动起来，胳膊随着音乐胡乱摆动。他说，你才多大，就跳广场舞？她说，我跟你同岁，今年都二十四虚。难道你不觉着，这地球转得越来越快吗？他偏头盯着她，到你家了，下车吧。她似乎有些恍惚，嘟囔道，是吗？又问，去我家坐坐吧？顺便吃口早饭。我妈说今早炸油炸饼。他说，走了。当皮卡驶出百十米，他从倒车镜里窥到她依然站在村头。她穿着件咖啡色短风衣，土黄色高跟鞋，像棵灰扑扑的树苗。三天后下班，他在工厂门口又碰到她，晚上七点，天黪黪地擦黑，万樱打电话叮嘱他，务必从超市里买些白糖和纸尿裤。他本来想装作没看见，无奈她旋风般刮到车窗旁，急切地敲着玻璃。我等你很久了，她说，为了感谢你上次送我回家，我请你看电影！她摇了摇手里的电影票，笑。他必须承认，她笑的时候，他的心脏怦怦猛跳了数下。她早不是那个毛手毛脚、寒酸稚气的乡下女孩了，在男人眼里，这是只高傲的白天鹅。他摸了摸鼻翼说，我有事，你约别人看吧。她愣了下，盯着他的眼睛。我知道你没有撒谎，她说，快忙正事吧。不过，下次你要请我看电影啊。说完她将手里的电影票撕成碎屑，随手抛到地上。他本来想问，她去哪里，方便的话捎她一程，可还没等他开口，她就走了。她那天穿了身粉红色的运动服，一蹦一跳的，像枝头乱颤的桃花。他将车停在路旁，闷闷地点了支香烟。白砂糖，纸尿裤。他想，他有段时间没搂着她睡觉了。她整日唉声叹气，动不动就抠眼睛。她弟弟草莓，跟她爹妈在安徽养螃蟹，去了七八载，也有小赚，赚了就又包几亩池塘，本金都押在里面，没成想梅雨来临，洪水泛滥，螃蟹都冲走了，亏得血本无归。老天爷就是这样操蛋，让你吃饱穿暖后有点念想，有了念想就会乱作，作着作着，骨髓也被吸干，一切只得从头再来。或许只有这样，人活着，才比死人多点乐趣？他将烟头弹至窗外，猛地踩了踩油门。那个初春，他

常在工厂警卫室旁边偶遇这个叫霍起芳的姑娘。他早忘了她的名字，是她强行将自己的手机号码和姓名存入他的手机。这样方便呢，她眨着假睫毛说，食堂有啥好吃的我能随时通知你，你不用排队，我事先给你留出来。他看着她认真的样子，不知道如何是好。到了夏天，公司组织优秀员工去华东五市旅游，他和她恰巧在一节火车厢。卧铺。他猜，她或许跟别人换了票，不然咋赶这么寸？他在下铺，她则是对面的下铺。火车要走近二十个小时，她带了十来桶康师傅红烧牛肉面、二十个乡巴佬茶叶蛋和两捆金锣火腿肠。他皱着眉头问，你这是要开商店吗？她朝他挤挤眼，说，你傻呀，要不是为了你这饭桶，我至于大包小包像个要饭的乞丐？他说，火车上有餐厅的。她说，听说火车上的饭比猪食都难吃，你能咽得下？他有种不舒服却又颇为享受的错觉，似乎他和她是对新婚夫妇，他们不是公司组织来旅游的，而是去南方秘密蜜月旅行。天甫擦黑她将面泡好，把榨菜、乡巴佬茶叶蛋和金锣火腿肠小心着搅匀，毕恭毕敬地端给他。吃饭后两人在床铺上坐着面面相觑。火车是绿皮慢车，即便是最小的站台，也要停留三五分钟，他通常下去吸两口烟，当火车鸣笛时，才慢慢悠悠跳上车厢。车厢里有空调，可依然闷得慌，晃荡着晃荡着他难免打起了瞌睡，等到了下个站台，喇叭里传来列车员焦躁的提醒声，他才醒过来，在昏暗的灯光下，她正托腮凝望着他。他说，看屁啊？没见过男人吗？她笑了笑，说，丑帅丑帅的。他没听懂，她说，你还记得从前的"火车厢"吗？他的脸皮再厚，也不免有些臊得慌，他寻思，她要提那些不堪的旧事了。我老也忘不了，她说，给顾客上完菜，

我就在吧台后面闲坐，音乐就是这种哐当哐当的声响，车轮碾过铁轨，轻一下，重一下，急一下，缓一下，听着乱，其实节奏很强呢。那时候，我没坐过火车，连云落县也没出过，最远的一趟出门，是我爸用自行车驮着我去三十里外的定陵和，参加我姨奶奶的葬礼。那时我想，啥时候能亲自坐火车呢？啥时候跟自己喜欢的人，一起坐着火车去海边游泳，或到名胜古迹参观呢？说到这里她忽而停顿下来，他狐疑地盯着她。然后，他看到两行泪水从她眼里滚了出来。没错，黄豆大的泪珠，滚了出来。她为何哭泣？她想起了怎样的伤心事？他没有问她，只默然地看着她，后来，他犹豫着跨前两步，俯身坐在她身旁，迟疑着、轻柔地揉了揉她的肩膀，又从裤兜里塞塞窣窣掏出两张皱巴巴的餐巾纸，揾她掌心里。她攥着餐巾纸继续哭，没有声息。他看到她的肩膀随着车厢的晃动来回抖索，浅暗的灯光笼着她黝黑的头发。半晌他说，都过去了……都过去了……她这才抬起胸腹，手背机械地蹭着眼角，也没有正眼瞅他。这时火车又靠站了，透过明净的玻璃窗，他看到了外面的站牌，站牌被灯光和月光照得亮亮：七里河。七里河，多像新疆的地名。后来，火车又哐当哐当、哐当哐当地响起来，车厢犹如被纤夫拉着的巨大轮船，慢慢悠悠地在浑浊的河流上航行。灯火愈见冥暗，只间或路过居民区的高楼才流离斑驳，而月光越来越澄明，乳黄的光亮流过玻璃窗，淌进霍起芳的瞳孔里，静静的。她在光影交错的月光里，朝他努嘴笑了笑，或许是哭泣的缘故，她的笑容有点羞涩，还有点孩子式的拘谨。他听到她嘀咕着问，还有多久才能到苏州？她的口齿有些含混，苏州听起来像是滁州、泸州或是湖州。

他目视着她，半晌才温柔地回答，天亮了，就到了。说实话，我一直想尝尝……苏州的春笋咸肉千张包，到底是啥滋味呢？

第十八章 欢宴

万樱跟婆婆说，晚饭在外头吃。婆婆佝偻着腰坐在厨房的马扎上，戴着老花镜用牙刷洗刷那副发黄的假牙。她低头说，樱桃啊，去吧，你一年到头扎家里，散光散光好，别心急，慢慢吃，啥时家来都行，妈守着他，你有啥不放心的？说罢她抬头瞄了眼万樱，老花镜后的那双鲶鱼眼眨了眨。

万樱先邀请的罗小军。电话里的罗小军声音低沉，他说，哎呦，可惜了，晚上有拨财政局的客人，不如这样，你们且好吃好喝，这边要散得早，我再陪你们榜二遍。万樱不好再搅缠，只说，你可务必赏光，明芳的事要不是你周旋打点，也不会这么顺遂。罗小军说，客气了不是？举手之劳而已，老朋友嘛。万樱又联系常云泽，叮嘱他来时顺便将天青捎上。常云泽爽快应允，又问万樱是否带些酒水。万樱说，这还用问？把你最好的藏酒都拎着，好钢用刀刃上，别等着我待回客，背后都说我抠心，我是那抠心的人吗？常云泽说，没错，你可比来素芸大方多了。

万樱又亲自跑了趟"常记驴肉馆"，没敢惊扰常献凯，只跟大堂经理定了间最豪华的包房。这番折腾后难免呼哧带喘，出了驴肉馆径自寻了僻静处喘气，虽则垂丝海棠都如野火般繁旺，这天依旧忽冷忽热，她素来春日易犯肩周炎，不敢有丝毫大意，保暖内衣外又套了件苹果绿的毛衣。还是结婚前裁缝织的，恒源祥毛线，摸起来厚硬如铠甲。一口气没喘完，转念间想起来素芸。这来素芸跟蒋明芳冷眼互瞧有些年头，请还是不请？越想越理顺不清，犹豫间手机已然拨出。来素芸听她讲明来意后冷笑两声，喊，鬼才去！这不没事抽自己嘴巴子玩！你晓得我向来是个脸皮薄的人！万樱心一横，索性说，你要是不来，日后也不用搭缠我了！就当我没你这姐姐！来素芸似乎意识到宴席的重要性，秃噜着说，那好，我去，我去还不行吗！不过，要把我的座位安排在云泽跟天青中间。万樱悬到嗓子眼的心又落回，忙说，你这老花痴，就喜欢水嫩的。记得带些花茶。来素芸哼唧着说，你这请客的，倒省事，是不是我们带酒带茶，你单出张嘴就完事了？万樱说，哎呀，差点忘了，你那里也有香烟吧？拿两盒。来素芸说，记住了，姑奶奶！万樱又说，吃饭了你嘴可有个把手，别机关枪似的乱扫射。来素芸说，我可是见过大场面的人，想当年得过云落的"五一劳动奖章"，好歹跟主管副县长吃过饭，用你个井底之蛙教我？可笑！万樱思忖半响，说，你……别老端架子，身段该放就放下，有啥解不开的疙瘩……来素芸说，我晓得你想放啥鸟屁，我既应了你赴宴，自然知道哪些是场面话，哪些是背地刀，哎，那天也怪我混账多事……万樱这才放心，说，来老板就是来老板，明白事理，要是在衙门口混，早混上镇委书记了。来素芸说，马屁白拍了，你今儿上午翘班，月底可要从工资里扣五十块钱。万樱心里一麻，说，你是活菩萨，哪能对员工这么心狠手辣？这么多年的姐妹……三十吧，三十就不老少了。来素芸哼了声，说，那要看你表现咯，明早记得给我买两屉牛肉蘑菇馅包子，还要碗老宋家的极品羊头汤。万樱掐着手指算了算，忙说，你还是罚我五十块钱好了……你要不嫌弃，我倒是能给你买碗胡辣汤，她咂摸着嘴说，真好喝呀！人家老板可是正宗的驻马店人。

万樱宴请宾客，由头只一则：蒋明芳从派出所里出来了。

万樱在理发店见到蒋明芳，脚下闪个趔趄，囫囵着将蒋明芳扑搂住，夹着她脖颈嗷嗷嚎起来，眼泪将蒋明芳的头发都打湿。蒋明芳喘不过气，好不容易推搡开她，揩了揩她的眼角，笑吟吟地问："我没病没灾的，你哭谁呢？"万樱鼻涕一把泪一把，上下左右前前后后端详她，又撸起她袖口睁眼观瞧，连摸带揉，闷声问道："在里头受老罪了吧？听说抓进去的人，不问青红皂白，先毒打一顿，立个下马威。"蒋明芳给她倒了杯热茶，说："听谁胡咧咧的？好着呢，就是问了些话，翻来覆去的，剩余时间，该吃吃，该睡睡，你没看我里面待两天，都闷白净了？"万樱将鼻涕在墙缝里抹了两抹，掐了掐她脸蛋，哽咽着说："你还别说，肉都瓷实了。这事……算彻底结了吧？葬礼选日子没？他儿子，有没为难你？"蒋明芳没吱声，将电推子里的毛发用软刷掸掉，吹了吹，这才问道："樱桃啊，水还热吗？要不我再烧壶新的？"万樱说："啥温水热水，平日里我都接自来水喝。就稀罕那漂白粉的味儿。"蒋明芳弹了弹她脑门说："你这身板啊，比骡子都壮。"万樱说："难怪来素芸说你嘴臭，还骡子，你好歹用个中听的词，母老虎，母狮子，母大象啥的。我啊，跟你一样，就是扇门板，哪里敢躺下。"两人你瞧瞧我，我瞅瞅你，各自叹息两声，恍惚间又听那乳燕在春巢里啾啾。万樱攥着她的手说："你这一出事，我劳烦不少人，甭管劲用大用小，好歹该请人家吃顿饭，表表心意。"蒋明芳搓着手指说："亏了还有你……该的……把他们都喊上，我好好请他们。"万樱说："这饭啊，我请，跟你没关系，你又不认得他们。"蒋明芳瞪大眼睛说："这哪儿成？千万使不得，使不得。"万樱拉着她的手嘻嘻笑着说："那就你做东吧。不过，我点菜。我老也没吃驴板肠了，馋得这槽牙都快掉了。"蒋明芳横了她眼说："你这没出息的样儿，可不随了谁。我记得你妈往缝纫机前一坐，可跟慈禧太后似的。"又问，"草莓他们在安徽可好？"万樱说："哎，好与不好，我这当姐当闺女的，惦也白惦着。"蒋明芳便不好再问下去，捋了捋她头发说："乱成野鸡窝了。我给你烫个新发型吧？"

那晚未到五时，万樱就顶着新发型急慌慌奔赴"常记驴肉馆"，怕头发被风吹乱，又轻手轻脚地系了条紫色碎花纱巾，自行车车筐里也塞得满满盈盈。到了驴肉馆，着急忙慌地锁了自行车，唤了服务员，将车筐里的东西悉数抱入。在吧台斟酌半晌，将菜细细点了，点完着实觉得太素，又狠狠心，点了盘酱爆大籽蜜和章鱼卤驴肉，进了包间，万樱先将袋里的瓜子扣进盘。瓜子是过年时买的，也不晓得皮了没，抓了小把嘎巴嘎巴嗑，总算还香脆，这才满意地点点头。不一会儿服务员将皮皮虾端上。皮皮虾是去年王老黑送的，他儿子在海边，时不时买些鲜货给他爹下酒。冰箱里冻了半载，模样倒还饱满，手指掐掐，鼓鼓囊囊瓷瓷实实，也像那么回事。这时常云泽推门而入，后面跟着个男人，万樱觑了两眼，却是蝎子，就说："蝎子啊，咋没带女朋友过来？"蝎子说："大……大姐啊，女……女……女朋友跑了。"万樱说："咋回事呢？哎，跑就跑吧，我兄弟相貌堂堂，能文能武，愁啥？还不挑花了眼？"蝎子说："大……大姐说得对，这……这话我……我爱听。"万樱将蝎子拽自己身旁，命他坐下，嘘寒问暖。常云泽说："看你们姐俩亲的，蝎子先别唠了，把白酒起了，挨杯倒满。"万樱横了他眼，说："客人还没到，酒虫子就叫唤？"常云泽说："谁不喝趴喽，别想踏出这门槛。"万樱说："你要敢耍酒疯，看我不让你爸揍你。"常云泽说："老爷子待会也陪咱喝，我先行将他灌醉，看谁敢在太岁头上动土。"又将窗户打开，楼下那株丁香凝成满树雪，细细索索，腻人的香气旋即闯入，万樱忙说："关上关上！香味忒冲了！素芸来了肯定埋怨，说喷了空气清新剂。"常云泽说："看你把她惯成啥样了，她要敢乱放屁，我保准将她扔驴槽子里。"万樱伸手掴了下他后脑勺："小声点……"话音未落门哐当声被踢开，只听有人喊："万樱！你个死万樱！还不赶紧接驾！"万樱打个寒噤，朝常云泽使个眼色，常云泽大跨步迈到门口，拔着嗓门说："哎呦喂，亲姐，你这是拜年来了？不用给我磕头咯，反正我也没备压岁钱。"一阵喊喊喳喳的打骂声中，来素芸腾挪进房间。她穿了件紫色长裙，披着杏黄披肩，见了万樱先是愣住，问道："你脸咋肿了？"以前万樱头发乱乱蓬蓬，常将脸庞遮挡，蒋明芳精心料理，烫了海藻小卷，脸面就悉数袒露，圆圆润润清汤寡水，素净喜人。

万樱说:"可不咋地,被你气得牙疼,不肿才怪。"来素芸哎呀了声,软软瘫坐木椅上,说:"常云泽,赶紧将那花茶泡好,要八十度热水,才能将香气逼出来。"又抹搭着眼四处张望,说:"这空气清新剂的味,还挺好闻。"常云泽朝万樱眨眨眼说:"来姐啊,你咋还带了只烧鸡?"来素芸说:"万樱这抠心鬼,请人吃顿饭,客人还要带茶带烟,恰好冰箱里有只万里香烧鸡,顺手拎来,她也能少点个菜。"万樱脸腾地下就比窗外的铁锈碧桃还红润,说:"带就带了,偏挑别人不爱听的说,蝎子啊,待会将这烧鸡扔她车里,我们叫花子啊,哪儿敢从地主嘴里叼吃食。"又转头对常云泽说:"咦?我不是让你把天青捎来,他人呢?"常云泽说:"他呀,在店里干活呢。"万樱问:"咋?他来当服务生?"常云泽:"人家是研究生,咋会当跑堂的?他呀,是帮店里画墙画,正在三楼忙活呢。"万樱还没开口,来素芸抢说:"呀!我要看他画画!云泽,快些带我去!"常云泽说:"来姐啊,就要起菜了,消停消停吧。"

这厢正乱作麻团,门被悄摸着搡开,不是蒋明芳是谁?她先瞥见万樱,说:"樱桃,我用玉米面掺秃萝卜顶,蒸了碗疙瘩,你们尝尝。也算头茬。"一听秃萝卜顶蒸疙瘩,万樱涎水就快流下来。这秃萝卜顶是云落本地特产的野菜,俗称小棒槌,叶酸涩,食的是白净粗壮的根须,用老棒子面搅拌了,撒些海盐、胡椒粉和野蒜汁,滴上小磨坊香油,大火猛蒸十来分钟,揭开锅真是奇香扑鼻,嚼起来绵软清透,又渗些甘甜滋味。秃萝卜顶易得,这野蒜可难寻,天性喜旱,愿在那荒野里的沙土地扎根,又通常生在野花草下,畏畏缩缩见不得人,听说这野蒜尚有解河豚毒的奇效,每逢大春,都有饕餮者因食河豚身亡,这野蒜汁,便成了吃河豚的必备佐品。蒋明芳晃了两眼,见来素芸小鸡仔般梗梗着脖子,就说:"哪阵风把素芸也刮来了?"来素芸嘴角下垂笑了笑,未吭声,万樱赶紧说:"你在里面这些日子,素芸可惦坏了,托了不少人扫听。"蒋明芳说:"哎,我这野棘干枣的,真是给大家添乱了。"常云泽说:"芳姐咋怎会贬斥自个?你们姐仨啊,各个国色天香,男人见一个爱一个,见俩爱一双。"万樱说:"又胡诌些啥……"来素芸尖着嗓门说:"我那花茶泡好没?渴死了!这小阳春的天,真要了人命!"万樱忙唤蝎子下楼拎茶,又将蒋明芳扯身边入座,蒋明芳说:"遥控器在哪儿?咋不把空调打开?"万樱就朝蝎子喊:"让服务员上来趟吧!"

四人围圆桌而坐,倒一时静默下来。他们听到楼下宾客的喧闹声,听到跑堂的伙计们疾走着的噔噔声,听到树枝里斑鸠的咕咕声和喜鹊的叽喳声,听到黑驴慢条斯理却俨如惊雷的嘶吼声,他们还听到晚风裹着柳絮吹过海棠树时如细雨般的沙沙声,更远处,则是云落造纸厂排放废气时有规律的呲呲声,在这个春日傍晚,暮色即将四合,他们被嘈杂湿润的声音包围萦绕,面面相觑倏尔无语。万樱盯着蒋明芳和来素芸,她俩有许些年月不曾往来,如今能坐一张桌上,真让她如寒冬嚼了根大甘蔗。她抓了把瓜子,塞来素芸手里,又捧了把瓜子,堆蒋明芳手边,说:"待会啊,咱们姐仨喝两盅。明芳没事,真是菩萨保佑。"蒋明芳说:"这一年年快的,我常想起素芸小学时当主持人,往那里一站,樱花树似的。多少男孩做梦都梦到她。"万樱噗嗤声笑了:"可不是。那小嗓门,比鞠萍姐姐好听。"晚霞映在来素芸脸颊上，宛如不对称的腮红，她摆弄着手上的祖母绿手镯，说："我呀，命不好，高考那几天，又是发烧又是拉稀，考得比煎饼还糊。电视台招播音员，偏又闹急性咽炎，扁着公鸭嗓念稿，也刷掉。谁能想到，我竟成了卖窗帘的？倒入了樱桃她妈那行。"常云泽说："得得得，扯这些老皇历有屁用。天青！紧着过来坐！"

也没留意天青何时进屋，他可能没料到有这么些人，傻傻站着，束手束脚的，半响才说："啥好日子啊？神仙开会啊。"常云泽将他拽到跟前，说："别人你都认得，只这位美女眼生吧？她呀，就是今晚的主角。"天青说："哦，是明芳阿姨吧？"常云泽说："叫啥阿姨，叫姐。"又对蒋明芳说："这是天青，为了你的事，也算跑断了腿。"蒋明芳忙站起来，说："小兄弟的恩情，我会总记着，待会好好敬你杯酒。"天青摆了摆手说："都是一家人，不说两家话。我初来乍到，还望诸位哥哥姐姐多关照。"万樱说："都别客套了，跟唱戏的似的。蝎子，让服务员快起菜。"又将天青按在来素芸右手侧，说："你来姐啊，念叨你半响了。跟你啊，眼缘深着呢。"天青笑着说："那日后我装修房子安窗帘，来姐多打折扣。"来素芸嫣然一笑，说："啥钱不钱的，俗，到时候姐白送你。"常云泽哎呦声，说："那我呢？"来素芸说："你家开着云落最火的驴肉馆，还在乎那仨瓜俩枣？"常云泽说："来姐是见了兔子才撒鹰啊。"来素芸佯装打他，他顺势抓住她手腕，说："要舍不得，不如将这镯子赠我好了。"来素芸说："我还是送你些避孕套吧。"说完自觉有些唐突，兀自吐了吐舌，万樱说："你呀，快当婆婆的人了，聊着聊着就荒腔走板，云泽，老常还磨蹭啥？"常云泽说："管他做啥，懒驴上磨屎尿多。"蒋明芳说："该打，哪有儿子这么损老子的。他要不是为你，何苦累死累活开这馆子？"万樱说："就是。老常还是揍得少。"常云泽说："嗯，打得少，就是差点把我打到阴曹地府。"来素芸嘻嘻道："阴曹地府也不敢收你吧？牛头马面见了，也要躲进油锅里。"众人贬损常云泽，他也不生气，只说："你们晓得小鬼都不敢缠我，还敢欺辱我，胆子都比牡蛎肥。"转头对天青说："瞧见没，千万别跟女人顶缸，否则，你就是白脸的曹操、薄情的张生、该死的李鬼。"天青瞥了眼常云泽，说："李鬼，你都这么说了，我只有闭嘴了。"

除了常献凯与罗小军，人算是齐全。常云泽捅捅万樱胳膊："开席前领导总要讲个话剪个彩吧？"万樱支支吾吾道："有啥说的……这不给明芳洗洗尘，去去晦气？"蒋明芳就耸身而立，道："啥也不用说。我蒋明芳能交你们这些兄妹，是天大福气。日后记得去我那里理发，免费！"说罢将杯中白酒灌了大半口。众人又是鼓掌又是咋舌，纷纷端起酒杯同饮。只有万樱鬼鬼祟祟嘬了口果汁，偏被来素芸溜到，她胳膊长，即便隔着常云泽，仍冷不丁将杯子夺过，瞅了瞅，将果汁泼洒桌下，说："可逮个现行。实惠人咋耍起了小聪明？丢人吧？"万樱附耳窃语："我后天献血，这酒水多了，验血不合格咋整？"来素芸挑了挑眉梢说："能咋整？你献血还献上瘾了？不抽两针管就不舒坦？"万樱轻捏她大腿，嘀咕道："给三千块钱呢，献不成，你赔我啊？"来素芸哼了声："整天钻钱眼里。人家网上都说了，不要只看眼前苟且，要想着诗与远方。"这时常云泽说："她不喝就算了。扯什么扯。"蒋明芳也说:"樱桃喝酒脸红,别让她硬喝。"来素芸说:"你们吵个屁。再嚷嚷,我把这桌子撤了。"大家都知道她脾性,顿时闭嘴,蝎子说:"我……我……我替万姐喝。"此时门又被推开,只见服务生端个硕大托盘踅进,众人只觉一阵异香,都不禁吸了吸鼻子,鼻腔抖了两抖。待他将托盘郑重地摆放桌上,只见白雾缭绕,雾中隐约露出副獠牙颅骨。万樱忙说道:"天亲哪!小伙子,菜走错了!"

服务生也未搭话,笑着转身离开。众人都凝神屏息盯着那托盘,待烟雾散尽,果不其然,中间是劈开的驴头,挂悬着森然白牙,来素芸"呀"了声:"啥玩意,吓死人。"万樱对常云泽小声说道:"这是啥菜?我可没点。老贵了吧?"常云泽也是满脸疑惑,正在此时,常献凯笑呵呵地进屋,他怀里搂抱着堆物事,先摆窗台上,这才巡视一圈说:"啥欢喜事这么闹腾?"蒋明芳才要接话,万樱将她按住,说:"大哥啊,大家闲得慌,打平伙呢。我们都喝半杯了,你来得晚,还不自罚?"常献凯落座,说:"我知道是你请客,特意赠送了个稀罕菜,也是我们店的新品,叫驴头宴。"来素芸说:"胆子小的,一看到那龇着的驴板牙,都要吓晕过去。"常献凯说:"这可是道既费工费时又费料的美味佳肴。要不是你们来,我才舍不得送。晓不得?这驴头要用纯净水浸泡十二个时辰,污血腌臜物去净,再用花椒、小茴香、丁香、良姜、党参、栀子、薄荷、金银花、蒲公英、菱角粉、枸杞腌制六个时辰。"他掰着油腻的手指数完这些大料和中药名号,"在老汤里卤四个时辰,驴头用斧锤劈开,驴肉用弯刀剔除,摆好盘配好干冰,这才上桌。你想想,你们是不是有口福?"常云泽说:"老爷子说得没错,这驴头宴我也是头次见。他这样的小气鬼,能送这么个稀罕菜,还真是给足了面子。"常献凯哼了声说:"你个臭小子,还有脸掰活?店里的事你何尝挂过心?"常云泽不语,来素芸说:"樱桃啊,还不快谢过大哥?菜一端来,你脸都吓绿了,这么个驴头,顶你满桌子菜钱吧?"万樱腼腆地笑了笑,说:"常大哥出手阔绰,我……"话未说完常献凯就打断了,说:"都愣着干啥?快伸筷子!凉了走味儿。"大家忙起身夹菜,来素芸先行夹了块带皮的驴肉放天青餐盘中,笑眯眯地说:"天青是远来的客,得先吃。这驴肉带皮吃,只香不腻。"常云泽也咂摸着嘴说:"尝完了,就舍不得离开云落了。"

天青瞟了眼大伙,又盯着常献凯说:"……叔,您先来……"常献凯说:"你这孩子,客气啥,咱爷俩,投缘得紧哩。"说着也伸筷给他夹了块。天青呆呆望着盘中肉,竟一时暗哑。万樱见他神色有异,悄声问道:"有忌口?"天青的喉结上下滚了几滚,仍是无语。来素芸说:"天青呀,咱云落人都实诚,你要吃不惯,给万樱就好。她是有名的大肚罗汉,狗屎也能吃两盘。咦,云泽,咋还不打通关?"常云泽竖起食指嘘了声,侧身对天青说:"你随我出来趟,有两句不打紧的话。"天青哦了声,也没多问,起身随他出了包房。楼道里宾客送往喧哗嘈杂,常云泽捶了捶他肩膀大声问道:"你小子想啥呢?木头人似的,喏。"他从上衣里拽出个红包,鼓鼓囊囊,不容分说攥天青掌心,又攥住他说:"人没交情,还做了恁多有交情的事,宾服你,这钱不多,哪天转表姐一份,也是万樱心意,剩下的你揣着,这些天忙里忙外,我跟老

125

爷子都不落忍。"天青的嘴角抽搐了下,常云泽又说:"你要不收,就是没把我当哥们。咱不来那虚飘的。"天青盯着他看了很久,盯得常云泽有些发毛,忙用手揩了揩嘴巴,问:"咋?我脸上有苍蝇屎?"天青将红包揣起,这才说:"我要再说别的,真显得我见外。不过,我表姐也确实没帮上忙。"常云泽这才满脸欢喜说:"无所谓,反正明芳都出来了。"又捶了捶他胸脯,说:"你这小身板,看着奏虚,改天带你去健身房撸铁,要么去海边钓钓鱼。"天青说:"你小时长得也挺瘦吧?听说,还离家出走过?"他的问题无疑有些突兀,常云泽明显愣住,他盯着天青打了个呵呵:"耳朵倒挺长,听谁说的?不过,我啥丢人现眼的糗事没干过?也不在乎这一桩。"天青也笑了,说:"酒肯定没少偷着喝,待会啊,我倒要好好领教领教。"常云泽指着他鼻梁说:"好,君子一言驷马难追。我喝酒平生只遇到过俩对手。可惜,一个前年出了车祸,死了;另一个去年脑出血,瘫了。"

两人进屋,蝎子正替万樱张罗酒,见二人勾肩搭背进来,忙说:"该……该……该敬天青兄弟了。"天青说:"我是客,本该客随主便,可来云落几天,却遇到你们这帮兄弟姐妹,如沐春风,破个例,我先打通关。"说完端起酒杯先看着常献凯,常献凯说:"你这孩子,咋恁实诚,可别被他们的甜言蜜语灌醉了……"话未完,那头天青已揿了半杯酒,常献凯说:"爽快人!"也一口揿了。如此打完通关,天青大抵喝了三杯白酒,这脸没红,却煞白煞白,眼神似乎也没有先前伶俐,来素芸说:"乖乖,乖乖,没想到天青还是急性子,赶紧喝点果汁压压,樱桃啊,咋那没眼色,一大桶鲜榨菇娘全咕嘟完了?"蒋明芳忙倒了杯豆浆递给天青,说:"小兄弟,酒量再好,也架不住这么灌,赶紧喘口气。"常云泽端着肩膀说:"哎,才还说要跟我比试比试,看样子要嗝屁。"天青眯缝着眼说:"喝,接着喝。李逵难道还怕李鬼不成?"常云泽说:"别逞强了。来来来,明芳姐,咱们喝。听说当年你跑沈阳,喝过仨小刀酒?"蒋明芳脸微红,说:"那时胆子忒大,为了卖铁锹,敢往死里喝,别人要把我卖到山里,肯定也卖了不少回。"来素芸哼了声说:"这话倒没错,你从小就野,胆子也大。学校那座水塔,男孩都不敢爬,就你逞强爬上去了,上去了,却不敢下来,还是体育老师把你背下来。"蒋明芳说:"素芸记性真好。你一说,我倒真想起有这码事。你晓得我为啥偏要爬水塔?"来素芸翻着眼说:"有些女孩子,从小就爱出风头。"万樱咳嗽了声,忍不住桌下拧了把来素芸大腿,来素芸说:"个死樱桃!拧起瘾来了!"蒋明芳说:"哎,当时我从报纸上看了则新闻,说帕瓦罗蒂要在比萨斜塔上开新年演唱会。我就想,在塔上唱歌是啥感觉?那天去旱厕,看到咱们学校的破水塔,就没忍住,探手探脚爬上去,一首歌还没唱,先被烧锅炉的大爷瞅个正着,虎着脸喊我下来。可从水塔上往下瞅,真挺吓人……"万樱笑了,说:"我可还记着。你差点尿裤子,还写了检讨书。"蒋明芳说:"这些丢人的烂谷子,让老常和天青兄弟见笑了。"

常献凯正听到有趣处,见蒋明芳冷不丁打住,就说:"这有啥丢人的?比我们小时有意思多了。我出生赶上三年自然灾害,我妈天天喂我白薯干,拉不下屎,都是我妈用手抠。等上了小学,又是'文革',天天看人脖子上挂着尿罐和破鞋游街,啥也没学到。哎,我父亲的老手艺,眼睁睁失传了。"众人倒很少听他提及常云泽祖父,见他神色凝重,又不好细问,只得默然盯看着他,他转头对常云泽说:"儿啊,你爷当年在北平,可是梨园响当当的人物。有谁不晓得常二爷?拉胡琴那是大爷。"似乎想起窗台上的物事,歪着身子搂抱过来,从塑料袋里掏出一把把笊篱,笑着说:"京胡我没学会,却学会了编笊篱。这笊篱,比漏勺好使,喏,一人送你们一把,捞饺子捞面条炸春卷炸带鱼,再好使不过。"常云泽撇嘴道:"人家后厨的师傅讨要,你都舍不得送,蝎子啊,可接好了,记得日后传给子孙。"常献凯听出他是在奚落,却也不恼,只说:"你可别瞧不起老子。你倒跟我说说,你除了抽烟喝酒,还有个屁本事?"蒋明芳说:"常大哥,这话我可不爱听。云泽咋了?云泽可是条汉子,炼钢工人,班组的组长。"来素芸也拔着嗓子说:"就是,你们这些老帮菜,可别瞧不起小的少的,日后啊,都要瞅着人家脸色活。"常献凯叹息了声,说:"你们这些当姑姑的,没个正形,我说他两嘴,你们就把撞个没完。你们要真是拿他当亲侄子,赶紧给他寻个好姑娘,早结婚早省心。"蒋明芳笑着说:"这事就不用咱们愁了吧?这么气派的小伙,我就不信没女孩追。"来素芸捂着嘴嘻嘻笑着说:"明芳说得没错,老常啊,你可小心些,没准哪天驴肉馆门外排起长队,姑娘们一人领着个孩子,来认爹呢。"常献凯哈哈大笑,说:"真要这般倒好,我想当爷爷也想了些年头了,照单全收。"

"谁当爷爷了?看来又要出份子钱。"常献凯侧脸观瞧,门口杵了俩人,一位是自己的闺女常云霓,另一位是穿西装的立挺男子,虽则不熟,还是赶紧起身上前:"罗总大驾光临,驴肉馆蓬荜生辉啊。"罗小军没应他,扫了扫众人,说:"万樱请回客,还真是菩萨罗汉满殿堂。"又正色说:"常大哥的驴肉馆火透了,看来迟早要在云落开分店。"常献凯说:"嗐,都是兄弟们捧场,老哥才有碗饭吃,云泽啊,赶紧加椅子。"又朝门外喊服务员,叮嘱加菜。罗小军说:"这满桌子菜,看样子也没动几筷子,可别浪费。我们才吃过,这酒啊菜啊,都卡在嗓子眼。"常云霓说:"罗总说得没错。我看啊,加份驴板肠就好。"

常云霓将众人给罗小军介绍一番,轮到天青时就卡了壳,罗小军说:"这位兄弟我倒认得,京城来的。"天青说:"罗总好记性。云霓……好。"常云霓瞪着甜美的大眼跟他握了握手,说:"呀,你的手好软啊。"天青只笑眯眯望着她,万樱说:"云霓啊,咋才来?赶紧给小军倒酒。"云霓说:"我们那拨客人都是海量,罗总啊,差点被就地正法。"罗小军打了个酒嗝,扯着她的手说:"扯,他们还欠我几千万,该我把他们就地正法!"云霓说:"得,明显喝高了,我说不让你来,你偏来。醉死拉倒,我可不管你了。"来素芸一直没吭声,这时倒吭声了:"罗小军啊,你还欠我跟万樱一顿酒,啥时补上?哎,你们这些大老板,向来狗眼看人低,说话权当放屁吧。"万樱去堵她的嘴,被她扯掉,说:"按云落的规矩来吧,晚到的客,总要先自罚三杯。"云霓嘻嘻笑着说:"姑,他都快醉死了,饶他小命。"这时一直自顾抽烟的常云泽说:"你个傻丫头,他醉死了,跟你有鸟关系?"云霓跳过去揪住他双耳,喊道:"再吐脏字,让你变瞎蝙蝠!"常云泽脸上不耐烦,却也任她扯来扯去。万樱忍不住说:"个妮子,都快嫁人了,还浮里浮气,赶紧坐下吃口菜。"云霓又去搂万樱脖子，将脸颊在她脖颈处蹭来蹭去，哼哼着说："你们都护他，没半个疼我。我命咋这苦？"蒋明芳转身对常献凯说："我可真羡慕你啊，老常，一双儿女都有了出息，我看你赶紧将饭店给云泽，回家颐养天年，好好编你的笊篱。"常献凯咧着嘴说："我倒巴不得。云霓，别跟你哥起腻了，没个正经。罗总，您白的还是啤的？"罗小军说："我来你们驴肉馆，就是打个卯。可来了不喝，总显得酸气。这样，我拿白水敬大家，聊表心意。"常云泽说："罗总干脆别敬了，我们不缺这杯白水。"来素芸说："你懂个屁，向来都是领导喝茶咱喝酒。钢铁厂苦干了那么些年，只熬个小组长，真是没冤枉你！"常献凯忙说："罗总人来了，就是给足了面子，啰唆个啥。入座入座，先尝尝我们店的驴头脸。"

罗小军和常云霓入座，罗小军坐在蝎子跟常献凯中间，常云霓则坐在了天青右侧。天青始终端详着云霓，云霓扭头对天青说："小哥，醉了吧？哪儿来的？"天青想了想说："你不认识我，我可认识你。我从这里去，又到这里来。"云霓嘻嘻着问："这佛家的诳语，被你打得这么正经，看来清醒得霸道。"又朝常云泽喊道："哥！你们咋陪的贵客！光顾着自个喝猫尿！"常云泽脸上堆笑，说："他早喝傻了。我们再灌他，倒真不仁义。"又对蝎子说："你不是老早就想拜会下罗总吗？还不倒满？"蝎子就吭哧举杯敬罗小军，没待罗小军说话先行干掉。罗小军脸色灰颓，身子晃了两晃，常云霓说："蝎子，我替老板回敬吧，俗话说，屋檐底下避急雨，莫忘给主人挑担水。"说完也不待蝎子言语，径自喝了半杯。常献凯拧着眉头说："乱了，乱了，乱

了。"来素芸说："你个老古董，大家难得喝这么欢喜，别扫兴！赶紧下楼杀你的黑驴去吧。"蒋明芳也说："素芸讲得有理，今朝有酒今朝醉，老常啊，少言两句。"常献凯笑着摇摇头，折身离去。

万樱看大家已然尽兴，就佯装去厕所，偷偷跑楼下结账，可吧台的姑娘说，账结掉了。万樱说："别骗我，我可是早早交了押金。"吧台就将四百块现金递给她，说："人说，让把钱退给你。"万樱绞尽脑汁猜谁埋的单，想来想去，定是蒋明芳，可又转念，她可屁股都没挪窝，又念及常云泽，若是他结账，肯定知会一嘴，猜来猜去难免脑胀。本来她点菜时就将现金押候柜台，又跑到后厨找到相识的厨师老葛，让他炒菜时多放些荤油。这是结婚前裁缝教她的，屁股瘦省布，荤油大省菜。迷迷瞪瞪上楼，见常云泽还拉着罗小军拼酒，难免有些恼火，又不便发作，只得闷坐生气。后来干脆踱至窗口，杵着窗台俯瞰着楼下，耳朵却竖得比那黑驴耳还长。外面不晓得何时落起了雨，在灯火下细细密密，歪歪斜斜，白色丁香的气味冲淡许些，这胸中莫名就有些惆怅，扭头张了张常云泽，又张了张罗小军，倏地想到了华万春，这口气就无论如何都喘不上来。又念及远在安徽的裁缝、草莓和鞋匠，觉得这些人如皮影般被人牵扯侍弄，手脚不由己，更何况耳鼻目喉，远不如楼下的那株丁香逍遥，花开有轮回，枯荣有定数……想着想着鼻腔一酸，眼泪吧嗒吧嗒着掉到老常送的笊篱上。身后又是嗡嗡嚷嚷，好歹将泪憋回，转头间却发觉鸟兽将散，徒留满桌残羹冷炙。

常云霓虽饮了酒，仍执意送罗小军回家，常云泽死活阻拦，却架不住脚底跟跄

双目涣散，来素芸将车放置饭馆，打了出租，蒋明芳呢，非要骑电动车回理发店，来素芸本想说将蒋明芳捎回，一转念兀自下了楼。万樱说："咋还说散就散？没待够呢。"蒋明芳显也微醺，搂着她说："老樱桃啊，我管不了你，撤了。"万樱说："让蝎子开车送你程。这模样了，雨也不小，别再有啥闪失。"蒋明芳大笑两声，说："还能有啥闪失？明个就是他的葬礼。"万樱吃惊地捂住嘴巴，万万没料到如此，蒋明芳说："我就是个扫帚星，是吧？谁都克。"万樱这眼泪就又刷刷流，不敢让蒋明芳瞧见，只得佯装耳聋，低头收拾桌上的剩菜。这菜委实点多了，朋友带的，老板送的，杂七杂八铺了满桌，蒋明芳蒸的玉米秃萝卜顶疙瘩最受欢迎，盘中尚剩三两口，打包嫌费事，扔掉又吝惜，万樱干脆探手抓了，慌里慌张塞嘴里，忙不迭地咀嚼吞咽，急了些，噎住喉咙，去寻那豆浆，等一口灌下，再怯怯扫视房间，却半点人影不见，连常云泽也灭了踪迹。

万樱恨恨骂了两句，掏手机拨打他号码，猛然想起婆婆在家里候着，怏怏掐掉。她将桌上的剩菜剩饭拾掇利索，拎了塑料袋打着饱嗝晃晃悠悠下楼。楼梯走了过半旋即想起常云泽带的白酒，尚有剩余，又小跑着去包间查验，果不其然，有一瓶根本未启，还有瓶剩了足有二两，这大包小包的，车筐里根本放不下，她想了想，干脆将那二两白酒一嘴干掉，有点辣，又抓了条谁掉到桌上的驴筋扔嘴里，嘎吱嘎吱地嚼。窗外的雨似乎越发密繁，无数根雨针扎进春日的泥土，扎进白杨枝叶，扎进花瓣叠层，扎进黑魆魆的屋顶，扎进奔驰的车篷、人的湿影上，以及那头庞大的、不停喘粗气的暗夜巨兽的喉咙。

第十九章　罗先生的
　　　　　　黄金夜

椭圆形镜子的右上角，飞着只干瘦的镂金海鸥。每次刮胡须，海鸥狭长的三角形金色左翅都会遮住右眼。他一直闹不明白，妻子活着时，缘何执意买这样一面镜子？在他印象中，洗漱间镜面应该不缀任何饰物，唯有赤裸，镜子才是镜子，照镜子的人才会在镜子里看到想看到的自己。难道妻子喜欢海鸥？喜欢禽类？或者……她喜欢……海？也许吧，她活着时总爱嘀咕，哎，日后有空了，可要去海边走走。他一直寻思她开玩笑，土生土长的云落人，没呛过海水？没在海边捡过海螺？没躺在海滩晒过太阳？这怎么可能！

他那时从没问过她，只当是她的口头禅。人总会有些莫名的口头禅，比如"见鬼了"。没有人真见过鬼，迫不得已，鬼也懒得见人，可总有人喜欢说，"见鬼了"，由此来表达他们内心的惊乍。比如"我操他妈的"，谁的妈都不能瞎搞，他们嘴上这么骂，只是想说，他们的内心无比愤怒。可去过海边的人，总念叨"想去海边走走"，是啥意思？如今细想，她这么说的原因只有一条，那就是……她可能真的没亲眼见过大海。

一切似乎豁然开朗。为了验证自己的判断，他将家里的六本老相册翻了个遍，果不其然，妻子没有任何一张在海边的照片，去衣柜翻检她的旧衣物，也没有泳衣。

后来他讪讪地想，妻子那句话不是口头禅，那是她真实的念想，她确实想去海边走走……她总是那么忙……他又恍惚着想起，电视里出现大海的画面时，无论是剧情里的情侣们在海边漫步，还是纪录片里的非洲狒狒从海礁石上抠牡蛎，虎鲸成群结队地游过加利福尼亚湾，她总是默不作声……而梳妆台上放胭脂口红的盒子，是用红褐花纹的鹦鹉螺制成，如果说她与大海还有何关联，那么可能就是她擅长做海鲜：南瓜螃蟹煲、春韭烩海蝲、三鲜水煮、素烧秋刀鱼、海参芙蓉羹、章鱼红烧肉、辣炒海丁……她总是能将海水咸腥的气味粘附在食物上，然后粘附在家人的舌苔和胃里，而他鲜在她身上闻到过海的气息。她浑身散发着谷雨过后泥土翻新的甜腥气，微微了了毛毛绒绒，从白昼弥漫到挥汗如雨的午夜。

屋里传来欢快的歌声。女孩的歌声。清亮的歌声。让人毛孔扩张的歌声。他的手稍微一斜，鬓角处划开道浅粉的刀口。他有些懊恼，也有些含混的甜蜜。常云霓身上是粉蔷薇的香气，他迷迷糊糊地想，也许这就是少女独有的气味：甜腻、干净、缠绵持久……想到昨晚的亲昵，他时不时有些走神。妻子去世后，很长一段时间内，他对性事颇为冷淡，对女人的欲望变成了对妻子持久的愧疚与想念：如果每年带妻子体检，如果在该死的癌细胞扩散前就能确诊，那么，一切都还来得及。正是这种来不及，让他在两年内过着清苦却快慰的僧侣生活，这快慰对他而言，更像是种变相的施虐，他享受其中，并深深厌弃着生理上的渴望。

这种愧疚何时慢慢消散了？两年后他对女人的欲望简直犹如决堤的涑河河岸，那些魅影穿梭、形形色色的女人与他度过了多少缠缠绵绵的不眠之夜？她们面目模糊难辨，他甚至回忆不起如何与她们相识，又是如何将她们扑倒在床头，一切的欢愉都随决堤河水的肆意流淌而变得索然无味：他体味不到与妻子温存时的美妙亢奋，仿佛他与她们所经历的肉体碰撞，仅仅是为了验证他与妻子曾经的欢愉。在温热腥臊的气息中，他无比沮丧地想，妻子为何要这么早离开他，将他一个人留在这黑魆魆、空荡荡的房子里？她去世前一直握着他的手，她手上的气力在逐渐消退，连同她手心的温度。

他将耳朵贴到她唇边，他听到她说：衬衣领脏了，换换。

那是她在世间对他说的最末句话。

"我先走了。"云霓靠着门框笑，"待会你自己开车去公司吧。今天开理事会，签合同，千万别迟到。"她的手在脖子上比画了下："领带。"

他僵硬地点点头。他不是不想说话，而是不知道说什么。他隐约察觉到她对他的好感，可他判断不出，那到底是下属对上级的敬畏，抑或只是没有任何社会经验的女孩对一名成熟男性的莫名好感？这样的夜晚完全出乎了他的想象，他和她犹如两只疯狂的野兽在黑夜里嘶叫，他们都没有来得及洗澡，他脚上还套着棉袜。当她如女王般将他骑在身下，蠕动着身体驾驭他时，他想，我喝多了，这不过是段春梦……她将房间内的灯熄灭，黑暗降临，他又要了她两次。他清晰记得，当他再次将避孕套戴好时，她嬉笑着问，你是不是老带女人回家？他支支吾吾地回答道，这是我家吗？麒麟呢？当他意识到儿子可能就在隔壁时，酒一下子醒了，他焦躁地揉开她，蹑手蹑脚地走到儿子房间门口，门开着，黑乎乎的，他打开灯，床上的被子叠得很齐整，他这才想起，跟财政局的人吃饭时，他接到过麒麟一条短信，麒麟说，今晚去姥姥家睡。他忘了回复。

他翻开手机看了看，凌晨一点二十八分，当他恍惚着要回短信时，云霓从背后轻手轻脚抱住了他，柔软的手指调皮地弹着他的小腹，次第向下。她的手指温热、灵巧，动作羞怯，却又有些不经意的狂野。他喘息着转身嘬住她草莓冰淇淋般甘甜的舌尖，缓缓地进入了她，后来，他猛然抱起她，将她修长的犹如涂抹了蜂蜜的双腿粗鲁地夹在双臂下。她不禁哼唧了两声。她的声音有种孩子似的无辜，他托着她的臀部喊叫着颠簸起来。他记得以前跟妻子这么做时，妻子总是一只手揽住他的脖子，另外一只手捂住眉眼，仿佛只有如此，她的羞怯才不是她的羞怯，她的身体才不是她的身体，她所有的一切，才彻彻底底属于他。当他呼哧带喘地咬住云霓细嫩白净若春葱的脖颈时，云霓推开了他，她埋怨道，傻瓜，别乱种草莓。他有些失望地将她重新抱回床，下身连着她的下身。他不想他们的身体存在任何缝隙，世界上没有任何人、任何灾难能将他们的身体分开。没错，他们满身是汗，房间里弥漫着海水若有若无的咸味。最后大海彻底淹没了他们，他们的脚趾、他们的大腿、他们的臀部、脊背、头发、牙齿、皮屑，以及他们粗鄙的呼喊声。我快死了，他想，我真的快死了……

他边刷牙边从二楼俯瞰她打开车门，发动引擎驶出庭院。他的身体一直胀着，仿佛随时随地都要爆裂。他不得不冲了个温水澡，当莲蓬里的水流冲洗着他的身体时，他脑海里依然是云霓柔软多汁的身体和温柔的喘息声。他赶紧将水调得更冷些。

这天是签合同的日子。没错，他们公司要和王毅文的公司签合同，这几天他跟刁一鹏无数次商讨的结论是，无论是从公司目前的经营状况还是从公司将来的发展，跟王毅文合作都是有百利而无一害。这样天上掉馅饼的事越来越少了，他们必须镇定自若地抓住，表面上是给王毅文一个机会，实则是王毅文给了他们一个喘息、重装待阵的机会。如万永胜所言，要是这样的机会抓不住，不如干脆跳涑河算了。他跟王毅文嘴上通过气，第一次通电话时，王毅文的声音听起来懒洋洋的，他说，兄弟啊，我等你这句话等得几天都睡不着，你倒真沉得住气。他解释说，除了跟刁一鹏商讨，还要跟其他两位合伙人沟通，董事会总要开的，好饭不怕晚嘛。王毅文说，虚的飘的我也不说，我这边很简单，只派个财务副总过去，帮你们装点下门面就行。这跟他预想得差不离，他打着哈哈说，老哥你可不能稀里糊涂，要派名大将来镇守呢。王毅文说，这你放心，我手下哪里有弱兵？

翌日，王毅文便派了个急先锋来探班，这人三十上下年纪，小平头，胡须修剪得颇为精致，一身名牌休闲装，无名指上戴着枚闪亮的钻石婚戒。他自我介绍说，他的名字叫藜麦辛，舅舅让他过来跟罗总学习。罗小军觉得这名字耳熟，却又忘了哪里听过。刁一鹏扒着他耳朵说了个字，鞋。他才忽地想起前几日正是为了这个藜麦辛，他去拜访王毅文，这才有了突如其来的合作事宜。从某种意义上讲，这个藜麦辛倒是"始作俑者"。按照辈分讲，王毅文是他的妻舅，王毅文没有派老王家的人来，而是派了外室，看来对这个藜麦辛倒是相当器重。藜麦辛貌似是个见过世面的人，听刁一鹏详细介绍了公司的运营情况，又听财务部门的人介绍了瀚海别苑的筹建情况，回头朝罗小军笑着说，听说，拆迁的事卡在一老太太身上了？要不要我这边出马，帮忙解决下？刁一鹏没等罗小军言语，先就说道，这种小事，哪里能劳烦黎老弟出头？不过是个固执的老人家而已，也通融得差不多了，是不？朝罗小军扫了眼，罗小军说，没错，这样鸡毛蒜皮的小事，兄弟不必费心，日后要你操心费力的地方，多着呢。藜麦辛也没有接话，又寒暄了几句旁的，就告辞了。他前脚刚走刁一鹏后脚就嚷道，妈的，这逼一看就不是善茬，以后可得加倍提防点。罗小军瞥他一眼，说，藜麦辛要是没两手，能把歌厅开那么火？听说他还在外面包了女人，他丈母娘可是睁只眼闭只眼。刁一鹏摇摇头，叹息了两声。

他翻了翻冰箱，面包没了，牛奶也没有了，只剩下枚干瘪的芒果。后来他翻到只塑料袋，打开，里面是玉米面菜包子，想了想，是六七天前按摩时万樱送的。嗅了嗅，没什么异味，用微波炉热了热，犹豫着咬了口。虽搁的时间长些，玉米面有些黏涩，可熟悉的萝卜虾皮味道让他不禁浑身一颤，昨夜的酒气也散掉不少。他甚至想到了万樱那张总是羞赧的脸庞，想到了多年前她惊慌奔跑的模样。他笑着摇摇头。穿上西装系上领带换上那双从来都觉得夹脚的意大利小牛皮尖头皮鞋时，他旋即意识到，他们的公司似乎驶上了一条没有路标和指示牌的高速公路，车能否顺利地在高速公路上行驶，他可一点底气都没有。

他锁上门，给小时工发了短信，又联系麒麟。手机关机。这孩子马虎得很，总是连袜子都穿错，除了看那些古怪的书，除了打篮球，他似乎再没有别的爱好。说实话，孩子总是让他有种莫名的担忧，担忧什么？用俗话讲，孩子含着金钥匙长大，在他的世界里，"缺失"两字只跟他母亲有关。他恍惚着想，有两三天没有见麒麟了。当他意识到这点时，他想给岳母打个电话问询，也只是转念之间，随后他启动引擎，推入CD，齐秦熟悉的歌声开始在偌大的车厢里飘扬。二十多年前录制的歌曲，无论是编曲还是乐器，都显得有些简陋粗糙，可是齐秦的声音依然那么清澈，他热爱齐秦，就像热爱他当装卸工的日子……耶利亚女郎、小虎队、Beyond、周润发、张国荣、叶玉卿、蜜桃成熟时、林青霞、双星牌球鞋、李宁运动服、香港回归、真实的谎言、施瓦辛格……他热爱他们，他想，他只有热爱他们，才是真正热爱自己。

轿车尚未驶入主路，便有辆车在拐角处按喇叭，车窗后来也摇下来，卡住个狭长的脑袋，罗小军一看就笑了，车是自己的，脑袋是郭子兴的。俩人心照不宣地招了招手，下车，蹲在马路牙子上抽烟。罗小军问："郭主任大清早的不上班，跑这里堵我，有何贵干？"郭子兴吐了口痰，清清嗓子说："听说，你要跟王毅文合作了？"罗小军说："哎，这事我还没来得及跟你通气，也就这两天定的事。"郭子兴又咳嗽两声，扫了眼往来的行人，小声说："嗯，王家财大气粗，他们入股，你肯定巴不得。不过——"他盯着罗小军，瞳孔在朝阳的照耀下呈焦黄色，这让他看上去更像只神情默然的金雕，"我听到些话风，是关于万永胜的。这节骨眼，王家跟你合作，你多长个心眼。"他扔掉香烟,"好了,撤了。"罗小军一头雾水,想多问几句,郭子兴已钻进车里。王家如何的想法,他焉能不知?可郭子兴提及万永胜时似有难言之隐。万叔那边难道有什么风吹草动?前几天见到万叔,他还极力撺掇自己跟王家同坐一条船。这时刁一鹏电话过来了,他压着嗓子说:"懒驴上磨屎尿多。人家王毅文都到了!喝茶等你呢。"

王毅文坐在他的办公室里,跷着脚笑眯眯地瞅他。他穿了件深灰色中山装,最上面的两颗扣子没系,脚上是双老头鞋,不是布的,是皮的,泛着幽幽白光。他没有起身,或许他太胖了,只是慵懒地抬起只手,软塌塌地跟罗小军握了握。他的手白嫩肥胖,指缝处有婴儿般的酒窝。"咋,又喝多了?"他双手搭在层峦叠嶂的小腹上,盯着罗小军说,"哎,年轻好哇,夜夜新郎,如狼似虎。"罗小军嘿嘿地笑了笑,却忍不住瞥了眼正在沏茶的云霓:"老哥啊,您是过来人。磕碜我就是磕碜您自己。"

王毅文没说话,边小口吸溜着茶水边督罗小军。这眼神罗小军再熟不过,在斩风亭练太极时,但凡他做错了动作,王毅文指点一番后,通常俱是如此倒背着手,不远不近地瞅他,这目光里有苛责,也有兄长般的无奈……罗小军心里忽涌起股热流,这热流让他绷了多日的神经瞬息松懈下来。他想,王毅文并非相传的魍魉,也不是急功近利的奸商,他与自己是有情有义的兄弟,兄弟,这么想时,这几日里对王毅文的猜忌烟消云散,而他也隐隐自责起来。他羞愧地叹息声,掏出支香烟直接塞王毅文嘴里,王毅文吐出来,在烟灰缸里捻了捻,从自己的白金烟盒里抽出根雪茄,放在鼻孔下闭眼细细地闻。罗小军说:

"老兄啊,今天没邀请县里领导。自己的经,自己念,咱们肃肃静静签个可心的合同,再踏踏实实吃口随心的午饭,多好。这要是主管领导来了,虚头巴脑地打官腔,腻腻歪歪,浑身不自在。"王毅文颔首,将茶叶末吐在手掌心里,慢条斯理地说:"嗯,我也这么想的。要是请领导们,不得提前半月预约?他们啊,可是不易,放个屁也要报备。不过,咱哥俩真不是生意人的料。这种你好我好大家好的事,领导们最喜好掺和咯。"

罗小军朝云霓使了个眼色,云霓便从他套间里拽出个硕大的木箱。罗小军说:"老哥,晓得你喜欢雪茄,前几日我特意派司机跑了趟北京,从'哈瓦那之家'买了箱,也是古巴姑娘用大腿根揉出来的。"王毅文"哦"了声:"合同我让藜麦辛看了,也让律师看了,挺好。你办事,全世界的人民都放心。"罗小军嘿嘿笑两声:"这不是师父教得好嘛。"王毅文手指弹着茶杯盖,说:"公司里的事,你们跟麦辛商量着办就行。我呀,这段时日总眩晕,医生说犯了老毛病。哎,这降压片跟女人似的,万万断不得。"

罗小军说:"可不能马虎。我认识位西安的名医,专治神经性疼痛,不妨请他开个药方?毛病无论大小,千万别在云落的医院看。庸医害人哪。"

王毅文说:"可不。不光害病人,连那些有俩闲钱的平头百姓也害了。"

罗小军一愣,王毅文敲着桌子慢慢悠悠地说:"臭小子,就会装傻充愣,真不晓得?万永胜,你叔那边,最近摊上麻烦了。"

罗小军觑着眼问:"这话……是从哪里讲起的呢?"

王毅文盯着他,足足盯了三十秒。后

来王毅文呵呵着干笑两声，拍了拍他的手背，若无其事地摇了摇头，说："人都讲你罗小军是万永胜的亲儿子，看样子啊，不过是抱养的。"

第二十章　　一朵雪

　　罗小军常做些稀奇的梦，譬如梦到母亲不慎坠入涞河，他在河边徘徊，焦灼地盯着河水漫过母亲的头顶，我不会凫水，我不会凫水，他在梦中喃喃自语，而事实是，他曾经游过半个雷州海峡；梦到外星人入侵地球，外星人并非碳基生物，而是黑夜中的深幽蓝光，他抱着年幼的麒麟在狭长地洞里狂奔，没有手电筒，没有油毡，他能听到洞外外星人静电反应般的啪啪的呼吸声；梦到开着大车去滦州拉石头的途中，轮胎爆炸，他钻到挂车下换轮胎，车被追尾，他蜷露在外面的双腿被轧得血肉模糊；梦到父亲在阴间开了家汽车修理店，不善经营，连米粥都喝不起；梦到天空消失，一张巨佛的脸庞低眉含笑，似念经文，他却半句不懂……还梦到过万永胜，万永胜的白癜风越发厉害，他光着膀子在云落的两生路狂奔，一群面目模糊的人在他身后持棍追赶……

　　他最担心的事还是发生了。无聊时他会琢磨些闲情。人到了他这岁数，得好好盘结下伤疤，当然，他并非想当云落的哲学家。罗慧宇，曾经的轧钢大王，五十岁迷恋上《易经》后，渐成圈子里被暗地嘲讽的"疯子"。罗慧宇上世纪九十年代初还在跟他老婆卖油条豆腐脑，后来他姑妈到兰若市任市委副书记，兰若是华北一带有名的钢铁之都，罗慧宇将油条摊撤了，给国有钢厂拉钢锭，不久到家私人钢厂任业务经理。几年后他另起炉灶，自己当了老板，并将总部搬迁到云落。他最硬挺的一件事，是1998年南方洪灾时，省台搞募捐晚会，现场直播，他本来说捐款两千万，等主持人将话筒递给旁边的企业家时，他又抢过话筒，轻描淡写地说，我再补捐八千万。由是他多了个绰号，叫罗一亿。叫着叫着，不熟的人反倒忘了他名号，都唤他亿总。

　　研究起《易经》后，他面目愈发清寡，碰到谁，无论是看大门的警卫还是前来视察的官员，都主动帮人家看面相。他看相跟算命先生不同，算命先生多会拣些中听入耳的说，哪怕是灾星横祸，也多有禳解之法。他呢，是别人越怕听到什么，他偏就讲些什么，且往往是死扣，没得解法，至于是否灵验，他浑不在乎，仿佛那些被他明示过多舛命运的人，只不过是来印证玄学的符号。及至后来，亲朋见到他也要蹑着墙根走。五十五岁那年，罗慧宇生了癌，不化疗医治，只自己熬些中草药调养，如是半载，脸色蜡黄，走两步歇三步，公司干脆交给弟弟打理。后来他失踪了，没人晓得去了何处，只是老友们私下相聚时，难免念叨他两句。有人说他出国了，定居悉尼卖葡萄酒；也有人说他在九华山的小庙里当居士，不再研读《易经》，而是成了佛学大师……

　　罗小军这辈子最怕的，就是众人背后甩着吐沫星子嚼咬他。他可不想成为罗慧宇那般的易经大师。他只是觉得，世间吊诡之事，貌似天际浮云无迹可寻，实则如野湖入涞河脉络清晰。譬如，发生在万永胜身上的事件。

万永胜当年盖云落政府大楼，他曾私下劝阻多次。他觉察到此事颇为蹊跷，投入五个多亿，贷款四亿多，欧阳书记当年打包票分五年付清款项，可云落年财税收入不过十三亿。这钱除了给公务人员发工资，投入各种基础性建设，还要支付政府全年的吃喝拉撒睡，咋能拿出百分之七点六的收入还万永胜？哪怕是数学白痴，哪怕脑子被驴踢过，也不信这番鬼话。

可万永胜信。

也许，是他不得不信。

万永胜每年要还近三千万的银行利息。他知道万永胜是个老财主，除了建筑，还有扁鹊医院、书店、美容院、药店、煤炭公司、养老院等，盘活资金对他而言，只是牛角上挂把草，捎带不费力。况且各大银行，无论是国有的还是民营的，都主动往他腰包里塞钱。坊间传言，万永胜女儿从上海归来，闲谈时问及父亲到底有几多资产。万永胜说，你操啥闲心，我的钱够你花十辈子。女儿有些讶异，万永胜又说，当然，债要还二十辈子……之前云落政府曾将两块不错的地皮廉价卖给万永胜，万永胜的确捞到几桶金，接手政府大楼工程后，欧阳书记更是私下许诺，将老县委政府大院的开发权给万永胜。欧阳调走，两年内政府都没有开发意向，戴书记上任后，更是闭口不提此事，后来公开招标时，竟被海狮房地产拿下。那时起，罗小军的心就一直悬着，他知道，万永胜被涮了。作为云落最睿智最有钱的商人之一，他明显被当成头膘肥体壮的猪给宰了。至于宰得体面不体面，人家才无暇顾及。

他知道万永胜心里憋屈。一般人牙齿被人打落腹内，定会骂爹骂娘，跳脚反击，万永胜呢，注定是哑巴角色。即便如此，他也会有种莫名的安心，此事落旁人头上，早就跳河上吊了，落万永胜头上，或许就是只扰神的绿头苍蝇——能有啥事将万永胜压垮？他骑着辆破凤凰自行车，凡遇到他的人，无论开着宝马还是凯迪拉克，无论是县委书记还是普通商贾，都要将轿车停下，恭恭敬敬喊声"万爷"。万爷若是赏他一根七块钱一包的阿诗玛香烟，可够他炫耀数十天。

而此次事件的起因，恰与云落政府大楼有关。万永胜到底贷了多少款，除了他自己，无人知晓。兴许连他自己也搞不清楚吧？可银行门清。万永胜年年都从一家国有银行和两家民间银行贷款。民间的银行好说好商量，官家的可就要丁是丁卯是卯，年底最后那天，将本金和利息偿还，次日再走新贷款手续，所谓拆了西墙补东墙，再将东墙垒西墙。这次出的状况，罗小军从诸多人嘴里听闻，除了不可思议，更觉诡异。后来他专程跟万永胜打听，才晓得那传闻竟是真的。

原本银行每年年末晚十二时前，都会将储户的贷款年息和本金入账，算是整年放贷收息圆满收官。过了午夜，再把本金当作新贷款重新放出。待一月一号，银行账上前一年的应收账款已收回，利息也实打实计入应收科目，新的一年还有个迎头彩——又成功放出去笔巨款，且是放给了信用良好、还本付息及时的星级客户。这种两厢安好的事，可谓宾主尽欢。

以前呢，俱是手工账户，给信贷科长塞两条红塔山，科长大笔一挥，在账上凭空存上本金，翌日再凭空支走，留下一年利息即可。下了班晚走会儿，提前将账目结好，就能直奔饭店庆祝了。如今俱是网络办公，电脑要走程序，只能等到零点过后再记账，守夜是难免的。万永胜得实打实地东借西凑，临时拆借四亿本金，再加上利息存入银行，次日清早，新年度的四亿贷款甫一放出，立马还"东墙西墙"。这些"东墙西墙"也放心，能有啥不放心的？万永胜是本地财神，财神呢，也难免手头偶有吃紧，大伙挪一天的钱，也是俩小孩抬一根野雉翎，压不着。哪个生意人不愿做顺水人情？况这人情是给万爷的，那可是脸上贴金的事。

去年年底，万永胜备了二千八百万的利息，连同拆借来的四个亿，在三十一号当日存入了银行，就等当晚还了贷款，次日睡醒再做财神。财神也喜欢安稳日子。

孰料偏偏就生了事端。这业务往常都由信贷科长带帮兄弟姐妹守夜，按时间和流程走个样子，一收一放，易如反掌。不成想去年年底，科长去省城培训，担子就落在一名叫苏福进的副科长身上。这苏科长平日里好酒，那晚忙到七八点，纠集了手底下的兄弟们去"常记驴肉馆"吃涮驴肉，天寒地冻的，难免多贪了几杯，手下一干人也未多加劝阻，饭后返回单位继续守夜。万永胜是他们的七星级客户，往年都是科长亲自办理，既然科长外出，自然是苏科长代劳。不成想，苏科长在椅子上打了个盹，等他醒来，已凌晨两点，他将给万永胜的四亿贷款走完放贷手续，这才迷迷糊糊起身回办公室睡觉。

凌晨五点不到，咣咣咣的敲门声将他惊醒。他嘟囔道，妈逼的谁啊，连个安稳觉也不让睡！搡开门，走廊里杵着黑乎乎的五条人，定睛细看，领头的竟是市行行长。他瞪眼看看手表，忙笑问，出啥大事了？公鸡还没打鸣，领导就大驾光临？行长哼了声，铁青着脸问，万永胜的那笔钱咋回事？苏科长初始有些迷瞪，一阵寒风袭来，浑身打个冷战，这才骤然念起，昨晚打了个盹，上来直接睡了，竟忘了将万永胜去年的贷款本息收回！也就是说，从操作系统上看，万永胜不仅没还去年的本金，今年又贷了四亿的新款。这可是旧账未清又欠新账，巨额贷款逾期不还，还再放新贷。明显的违规操作导致信贷系统自动向总行报警。总行连夜给省行打电话问询，并限时回复。省行不敢怠慢，又连夜向市行问罪，市行行长这才带着下属披星赶来……等八点半上班，省行立马召开全省视频会议，此事被定性为一类风险事件。撤了苏福进的职务，罚了他八千元，云落的主管副行长也被记大过处分。

据说消息传到万永胜耳朵里时，他正跟老伴吃早餐。他晨起最喜欢吃奶油馒头小米粥。结果喉咙被馒头噎住，司机赶紧将他送到急诊室抢救。这等大事，落谁头上都哭天抢地。新放的四个亿被收回，账上临时拆借的四个亿和两千八百万利息被扣划还贷，剩余的四百多万余款，被作为罚息一并扣除。

万永胜的资金链一下断掉，一帮债主傻了眼，本来顺水人情的事，倒成了罗网自投。其他两家民营银行的贷款也难以还清。罗小军得知的消息是，有几家债主伙同民营银行，僧面佛面俱不看，硬是走了法律程序，据说法院要封了扁鹊医院账户。万永胜找了县委书记、副书记，找了主管金融的副县长，还找了兰若市银行的行长，拉拉杂杂，磨磨叽叽，直到如今也未掰扯出眉目。当时他问万永胜是否需要周转金盘活。让他意外的是，万永胜想也没想就拒了。"别管我！守好你自己的摊子！"万永胜在电话里吼他。他当时还寻思万永胜尚有别的门路，瞧不上他手里这几块闲钱。

万永胜涉及的行当斑驳陈杂，当年为了周转资金，开始从民间借贷。银行利息就是老鼠尾巴上的疙瘩，能有多少脓水？而万永胜当年给出的利率是十五厘，比普通银行要高十厘，如果存入一百万元，年利息十五万元。谁敢跟钱过不去？那几年，先是吸引了家境殷实的一批公务人员集资，而后是大批普通居民，将从牙缝里挤出来的仨瓜俩枣托人弄脸送给万永胜。当时还出现了中间商，将人家的钱敛上，给的利息却比万永胜的低，再将钱存至万永胜公司，赚个差价，由是也富了一批人。昨晚，法院正式封了扁鹊医院的账号，也就是说，最赚钱的医院成了貔貅，资金流水只进不出，钱先还银行贷款，再还债权人，而后才能发工资。这种消息不出意外的话，一个晚上就能传遍云落。那些人一辈子吃糠咽菜攒了点养老钱，焉能睡得着觉？罗小军见过大海安静的样子，他也知道，海啸台风来临之前，海面如坟墓般死寂。

罗小军在别墅里找到了万永胜。前些日子，他将一张银行卡亲手送到了齐燕手里。当他见到齐燕时，这个矮小如鼹鼠的女人正在庭院里训斥保姆。见到罗小军，她立马欢喜起来，嬉笑着说："呀，喜鹊登枝贵客盈门，老万在餐厅呢。"

罗小军嘘了声，缓步朝餐厅走去。晃着门缝瞅了瞅，果不其然，万永胜怀里搂着个男婴，正用筷子蘸了白酒喂他。婴儿也不嫌辣，竟咯咯咯咯地笑着用小手抓万永胜鼻子。抓着抓着听到万永胜哎呦了声，却是孩子泚了他一身尿，万永胜哈哈大笑起来，边笑边喊道："军啊！傻愣着啥！快点进来！"

却是早察觉他到了，罗小军讪讪地推门而入，将孩子抱过来，万永胜不慌不忙地拿毛巾擦了擦衬衣，说："我寻思你昨天就能过来。"罗小军笑了笑说："看来叔也不总是料事如神。"

万永胜并非他想象中的模样。起码没有他想象中的沮丧或焦虑。这让他心里多少舒缓些，不过他也知道，老渔民面对海上即将降临的暴风雨，脸上也不会有任何表情。

"这崽子，比你小时胖多了。"万永胜说，"你啊，那时还没只猴子好看。"

罗小军咧嘴笑了笑。万永胜转头对齐燕说："去，把青蚕炒下，我们爷俩喝盅酒。记着，别再放你那破辣椒。"

齐燕抱着孩子离开。她身形瘦小干枯，从背影看宛若营养不良的女孩。罗小军默默地坐在万永胜对面，递上支烟，万永胜瞥了眼，从自己兜里掏出一支，罗小军起身点着，万永胜的手指叩了叩他手背，烟呼出，熏得罗小军眼泪差点流出，万永胜问："你跟那个叫云霓的姑娘，如何了？"

罗小军双手交叉大拇指按着大拇指，不晓得从何说起，抬头看万永胜，万永胜望着窗外。他脖子白得耀眼，唯耳根处粉红，就支支吾吾地说："她呀，还是个孩子……"万永胜哦了声，将烟掐掉，不过十秒钟，又窸窸窣窣燃一支："有空了，带麒麟来玩。齐燕啊，单得很。"罗小军叹了口气，万永胜问："快清明了，给你爸上坟时，也替我烧几刀，念诵念诵。跟他说，没准我哪天就去找他，一块给马克思修理汽车。"罗小军说："叔，你身子骨这么健朗，先让我爸那边等着吧。再说了——"罗小军侧耳听着孩子的哭声，"狗崽才半

137

岁，你且得日后为他操心。"万永胜的脸被烟雾笼罩着，他本来就瘦，屋内又没开灯，有那么片刻万永胜似乎消失在缭绕的雾气中，罗小军揉了揉眼，万永胜正盯着他。万永胜的眼珠蒙着层浑浊的光，仿佛一名神情恍惚的白内障患者忧心忡忡地凝望着医生，罗小军说："喝白的啤的？我车里还有两件十五年茅台陈酿。"

万永胜起身，给他沏了杯茶："朋友从福州新近寄过来，尝尝。待会记得拿走，反正我也不喝茶。"罗小军向来对茶没什么嗜好，闻了闻，说："我记得从前你倒挺喜欢茉莉花茶。"万永胜愣了愣，罗小军说："你跟我爸就着虾油花生米喝沧州白，吃咸了，就咕咚咕咚饮茶。"万永胜嘿嘿笑了两声说："论起喝酒啊，老罗还真不是我对手。"

青蚕端上来了，齐燕手艺不错。这青蚕最是难炒，炒得好不好从色泽便能窥出，一盘好青蚕，蚕头蚕尾要扁瘦焦黄，腰部要肥壮油绿，似乎冒着潋滟油光，实则是蚕皮浅薄脂肪渗出的汁水。万永胜用筷子夹了条，眯眼孺进嘴里吧嗒，吧嗒半响才说："今年的青蚕啊，没往年嫩。该是桑叶老了。"罗小军也夹了条，过于清淡了些，蚕的味道有些腥冲，就说："川人将蚕炒出这味儿，不易。"万永胜乜斜他眼说："没有底线的善良，何止是蠢。"

罗小军讪笑着摇摇头。

万永胜扒拉着盘子里的青蚕，横挑竖挑，总算夹了条，放嘴里吧唧吧唧地嚼。罗小军呼了口气，说："真没别的法子了？"

万永胜没回答，而是问道："跟弥勒佛的合同，签得还顺利？"

罗小军说："嗐，走个样子呗。"

"药店账户也要被封了。"万永胜哑摸着嘴说，"法院的马院长，还是没扛住。"

万永胜在云落有十八家药店，或许可以这么说，几乎所有的云落人都是他的顾客。

"我寻思自个就是云落的龙王，"万永胜笑着说，"没想到连虾兵蟹将都算不上，只不过是只水蟑螂。"他用筷子敲了敲碗边，"该找的人我都找了，该送的礼我都送了，该说的话我也说绝了，嗐，还是这德性。"

罗小军没吭声。万永胜说："庆幸的是，去年，我陆陆续续将煤炭公司、螺纹厂、混凝土公司都拍卖了，落下点钱，那些讨债的，谁来得早，谁还能保个底。"

罗小军对万永胜拍卖诸多公司有所耳闻，听说利润最好的煤炭公司也不过拍卖了六百万。当时人们对他贱卖这些公司颇为不解。也许那时万永胜就有了预感？猎人总是在危险来临之前，就能闻到野兽不祥的气味。他默默地看着万永胜，看着这个曾经叱咤云落的老人，又缓缓地夹起条青蚕。他尖利的牙齿是混黄色的，被香烟、烈酒或别的什么侵蚀得有些残缺，左下颌掉的两颗龋齿还没有补齐，说话的时候难免漏风，这让他严厉的表情有时显得滑稽。这头衰老的狮子、这头捕捉过无数猎物的狮子，是他世间的亲人，是他没有血缘关系的父亲，是他夜中行走的一盏灯，如今他老了，牙掉了，还能喝斤八白酒，吃两大碗米饭，让女人怀孕，可还是老了，他眼神浑浊，不再有咄咄逼人的凌厉，他办事优柔寡断，再也没有从前的狠劲，他手上的老年斑犹如一颗颗桑葚，无时无刻不在提醒他，他的手不再是老虎钳，他更适合将娇嫩的婴儿抱在怀里，用软塌塌的胡须蹭着婴儿的脸庞，在呼吸到孩子清澈的奶香时，他会闻到自己因前列腺炎而残留在内衣上的尿骚味。

他总有一天也会跟他一样。一模一样。

"你那个农村合作社到底捋清了没?"万永胜用筷子敲敲他脑袋,"我又没死,你默哀个屁。"

"放心吧,"罗小军听到自己的声音有些哽咽,忙咳嗽声,笑着说,"你这边……"

"银行就是个无情无义的窑姐,你有钱了,脱光了勾搭你,你没钱了,连个屁味都闻不着。"万永胜说,"我这边肯定不能消停了。大鬼小鬼,牛头马面,都要来讨债。"

罗小军将黄瓜掰成两截,递给万永胜一半:"叔,我能从朋友们手里划拉点钱。"

万永胜说:"瞎,又出歪主意!叔哪儿能害你!老寡妇的无底洞,填不满。"

齐燕不知何时进了屋,在墙旮旯束手束脚地站着。万永胜打了个响指,她家猫般乖乖溜他身后,开始捋肩捶背。她可能听到了他们的谈话,抹搭着眼皮。"你哭丧个脸干啥?"万永胜闭着眼说,"瘦死的骆驼比马大,还缺你吃香喝辣的钱?"他声音低沉而温和,仿佛在呵斥自己的孩子,"这手艺,越来越差劲!"齐燕的声音像是白砂糖里又掺了蜂蜜:"你个糟老头子,坏得很,再当罗总的面训我,下次炒菜我不光放小米椒,还要放麻油。"

万永胜扭头嘿嘿一笑:"你哪天再敢把狗崽摔破了额头,我关你禁闭。"

齐燕说:"你这么喜欢娃娃,我再给你生一窝咯。"

罗小军有些坐卧不安,就说:"叔啊,天不早了,我还约了人……"

万永胜眯着眼说:"去吧去吧,年轻人就该干些年轻人该干的事。有空了陪那个叫云霓的姑娘看看电影,逛逛商场。现在

的姑娘,都喜欢花钱,可不像你们那时候。我记得你跟麒麟妈谈恋爱时,花五十块钱给她从百货大楼买了条连衣裙,她嫌贵,逼你退了回去。"

罗小军低着头说:"哎,我要是年年带她体检,也不至于……"

万永胜打断他:"人要老念着从前的倒霉事,干脆别活了。云霓不错,看着稳当。"

罗小军说:"我还真欠她一顿牛排。"

万永胜猛地睁开眼,盯着罗小军。罗小军哆嗦了下,说:"叔……"

"最后一片雪花,总算落下来啰。"万永胜的脸庞在灯光下仿佛逝者的脸,牙白中透着一种黏稠的、慢慢弥散出来的灰,"军啊,终于雪崩了。说实话,这一天我等太久了。你把屁股擦干净,耳朵好好竖着,眼睛好好盯着,两条腿绷足劲,可劲蹽吧。"

第 二 十 一 章　　孕

如往年一样,这几天万樱饮驴似的猛灌红糖水。晌午三茶缸,后晌三茶缸,喝完了就急颠颠跑厕所。来素芸派她往仓库里搬运布料,楼梯爬了过半这尿脬就要爆了,布料一扔转身往影后胡同跑。来素芸有洁癖,店里没设厕所,店员们若是要方便,只能拐过功夫包子铺和黄焖鸡米饭,去影后胡同里的露天旱厕。来素芸乜斜着小眼,不紧不慢地啃着牙签肉问,胖子啊,你这是咋了?吃不干净东西了?万樱也顾不上搭理她。如厕归来,万樱忍不住问来素芸,坏了,你说,我是不是得了前列腺

炎？来素芸上下打量她一番，故作惊诧地问，咋，你长男人那玩意了？万樱有些懵，来素芸搓着光秃秃的牙签，撇嘴道，裤裆里没货，还想得前列腺炎，你咋光想美事呢！

王老黑有辆动辄就猛蹿黑臭烟突突放炮屁的农用三轮车，挤挤插插能圈坐七八号人，往年人凑齐了，他就扒拉着脑袋点名，嘴里念着："一头，两头，三头……"人家问，你叨咕啥呢，啥头啥尾？他说："猪头猪尾。"人家腻应，问他，我们都是猪，那你是啥？他就得意洋洋地说："我是啥？我是猪经纪呗。"这年入手的名额少，出栏的"猪"自然也少，才过七点钟就在万樱家门口候着了。万樱的雪花膏才抹了左边半张脸，架不住王老黑催命鬼般打电话，趿拉着鞋小跑出来，见车上只盘腿坐着小琴跟郑艳霞。小琴吭哧着将她拽进车斗，扯着她的手说："大妹子啊，你上回捎给我的葵花油忒香啊！我昨晚炸了点油炸糕，不多，给你捎了几块，"说着从屁股旁小心着拽出个皱巴巴的塑料袋，"放了糖精，齁甜齁甜的。"又打花格子书包里摸索出两枚鸡蛋塞她手里，"献完血了吃，柴鸡蛋。"万樱最见不得别人的好，忙说："你惦着我干啥？我好歹比你强。"小琴说："咳，我女光棍一条，一人吃饱全家不饿，倒是你，拖着个瘫子做牛又做马，充母又充公。"万樱眼眶一热，说："我这榆木脑袋，家里还剩些驴肉，倒忘了拿给你。"

俩人顾自扯着闲篇，未料想郑艳霞酸溜溜地说："你们又是鸡蛋又是油炸糕的，我可两天没开伙了。"小琴说："我这里还有个鸡蛋，你凑合着吃吧。"郑艳霞梗梗着脖子说："我又不是王老黑那傻老娘们，拿鸡蛋当零嘴，再说了，多难吃，嘴里子全是鸡屎味。油炸糕多香啊。"万樱说："你肚里馋虫可真不少。"揪巴块手纸裹着三块油炸糕攮她手里。郑艳霞眼近视，足有八百度，还散光，平日里都戴着黑框眼镜，眼镜腿折了，用白胶布裹着，远远看去，倒像名威仪的小学民办教师。相熟的姐妹，都管郑艳霞叫"睁眼瞎"。叫就叫了，她也不恼。今儿早匆忙，眼镜也忘了戴，将油炸糕凑眼前瞄了又瞄，放鼻下嗅了又嗅，说："炸得黑漆火燎，这葵花油也不是啥好油，闻着咋怹柴油味。"小琴斜着眼说："你个睁眼瞎！要不得意吃，就还给樱桃。瞧你那没出息的样儿。"

上次睁眼瞎托万樱做媒，想跟常献凯处对象，人家回话说，正处着呢。她晓得是托辞，嘴上没言语，肚子里却憋口气。后来听说万樱将小琴介绍到驴肉馆当钟点刷碗工，埋怨万樱道，你咋那么偏心眼呢！她是寡妇，我也是寡妇，论长相，她跟只田鼠似的，我好歹比她耐看些，年轻时，都说我像潘虹呢！为啥偏偏让她去刷碗，让她去守着献凯？你这不埋汰我吗？万樱只得又找了常献凯，让她也去了驴肉馆。后来常献凯问万樱，有个腰像钩虾脸比炭黑的皮包女人，是你介绍来的吧？万樱一惊，寻思睁眼瞎出了乱子，忙说是的，她这人说话愣性，你可千万别见怪！常献凯说，哪里的话啊，这老妹子可勤快着呢，手脚一会儿也不识闲，大厨们都回家了，她还在后厨擦了油烟机擦马勺，洗了盘子刷地板，真是个难得的人才啊！手还巧，那天我脖子受凉落枕，她那老鸹爪子替我抓抓揉揉，松快多了。万樱听完这才放心，也没敢告诉常献凯，这睁眼瞎就是前些日子要介绍给他的寡妇。

睁眼瞎将油炸糕塞兜里，对万樱说：

"小琴向来吃素,你那驴肉送我吧。我天天在驴肉馆刷碗,天天闻香气,却没福气尝半口,哎,命忒乍古啊。"万樱佯装没听见,只拉着小琴的手说闲话。

年年都在云落实验小学献血,王老黑的三轮车路上熄了次火,等撵到学校,人乌泱乌泱的,仿如蚁穴被洪水冲塌了般。万樱忙搜着小琴和睁眼瞎领体检表,验了血,等化验单出来,又急慌慌排队候着抽血。小琴悄声说道:"你听说没,献血涨到三千二了。王老黑咋说是三千?我待会审审他,黑心肝,还有脸扒咱们层穷皮?"万樱捅了捅她说:"声气小点,莫让王老黑听到。可别小肚鸡肠,你寻思讨要这些名额,不得请公家人搓两顿?从咱这刮点油,权当咱也凑个份子。"小琴说:"就你老护着他。小心他老婆抠花你的脸。"万樱狠狠掐了掐她腮帮,问:"头回献血吧?你胆儿小,医生拿大针管扎你,千万别傻盯着。往年哪,总有晕过去的。"小琴哆嗦着问:"听说……要抽半矿泉水瓶血?"万樱说:"可不咋着,你寻思这钱白拿的?"小琴身子筛起糠来,拽着万樱胳膊说:"妈亲哪,我得多炖几只老母鸡……"

倒真被万樱说准,果真有人献血后晕倒,不过,晕倒的不是旁人,恰是万樱。等医生喊"下一位",她起身就走,没挪两步便觉天地旋腾,忙喊了句,小琴,扶着我点……

等她醒来,却是坐在妇幼医院的挂号大厅,身旁的睁眼瞎正打盹。她捅了捅睁眼瞎,睁眼瞎呀了声说:"你可醒了!吓死个人!眼一翻腿一蹬!四个老爷们使了吃奶的劲,才将你抬进车篷!出栏的母猪也没你肥。"万樱红着脸说:"哎,劳烦你们了。"偷眼四周逡查,病人多如池中蜉蝣,就问:"王老黑他们呢?"睁眼瞎说:"王老黑去领钱,小琴也头晕,脸白得像死人,我让她回家歇息了。"万樱说:"咱也走吧,我屁事没有,想是有些低血糖。"睁眼瞎说:"走啥走?我表姐夫退休前,是中医院妇科主任,现下在这儿坐诊赚外快。他这阵忙,待会让他给你好好摸摸。"万樱说:"走吧,你不想吃驴肉吗?随我拿去。"睁眼瞎吧嗒着嘴说:"驴肉我要定了,不过,医生不能不看。人又不是草纸糊的,哪能说倒就倒?"

万樱倔她不过,只得干候,等表姐夫打手机催睁眼瞎过去,都快晌午了。睁眼瞎眼不好,又没戴眼镜,便叮嘱万樱说:"你领着我走。要是看到长得像仙鹤的老头,就是咱姐夫。"

表姐夫红脖红脸,松弛的皮肤上缀着鸡皮疙瘩,不像仙鹤,倒像是褪了毛的枯瘦火鸡。他先问询了万樱些闲话,这才慢慢悠悠扁起袖口,探出竹节般的手指,眯眼轻搭了万樱的手腕,半晌缓缓睁开,鸡嗓子滚了几滚,对万樱说:"这位女士,你这是有喜了啊。"

万樱和睁眼瞎对视一番,似乎都没听太真切。睁眼瞎强睁着大厚眼皮子问:"姐夫啊,我的亲姐夫啊,她到底咋了?没患啥绝症吧?"

表姐夫哼了声说:"你这舌头,就不怕被风吹折咯?她啊,是喜事,有身孕了。"

睁眼瞎瞳孔顿时缩了几缩,她笑了笑,说:"姐夫啊,你可别瞎扯了。她咋可能怀孕呢?"

表姐夫腿抖了两抖,冷笑一声,说:"咋,难道她是男人不成?"

万樱这口气险些没续上,她唯恐再次晕倒,忙晃晃悠悠站起,嘴上说着谢话,脚忙不迭迈向门外。表姐夫说:"你们要觉得心里没谱,不妨再去妇科做个尿检。"万樱嗯了声,眨眼间已捯了睁眼瞎闪到楼道。睁眼瞎的眼缝比席篾还细,呆头呆脑瞅万樱半晌,旋即大笑起来,说:"华万春真是神人!脑子锈掉,腿脚锈掉,偏那里跟泥鳅似的猛钻。"万樱拧了拧她胳膊说:"别瞎扯!你这表姐夫啊,眼瘸。我咋可能怀孕!"睁眼瞎噘着嘴说:"可不能糟尽我姐夫,人家好歹当了五十年的妇科大夫!老中医老专家呢!"万樱扯着她的手说:"老虎尚会打盹,何况一位老先生?这事你烂肚子里,千万不能外传。要是旁人听到这闲话,我……我……"睁眼瞎舔了舔嘴唇说:"驴肉可真香啊!哎,可惜没口福。"万樱捋了捋她油炸炸的头发,说:"我还有块上好驴腱肉,你放些桂皮小火慢炖,连皮吞下,补血。"睁眼瞎扁着舌头说:"哎呀呀,别说了亲妹子,哎呀呀,再说我这涎水流裤脚了。"

婆婆有笔存款到期,这天去银行办理续存,兴许是人多,这点了都没回来。万樱将睁眼瞎带至家中,翻出块驴肉,又拎出箱酸奶,嘱她统统带走。睁眼瞎的瞳孔仿若烟火亮了几亮,觑着眼说:"拿人手软,吃人嘴短,你放心妹子,怀孕的事,我替你保密!"万樱好不容易将她瘟神般送走,这才靠着房门发呆,半晌长吁口气,顿觉腿脚酸软乏力,煮熟的八爪鱼般瘫滑到地上。后来,她想起街对面有家专卖性保健品的小门诊,迷迷瞪瞪起身蹿了出去。

二楼那位瘪嘴老太太推着轮椅坐在楼前香甜地啃着烤红薯,她热忱地跟万樱打招呼,万樱也没拿正眼瞅她。在街道拐角处她恍惚碰到了天青,她看到天青咧开嘴巴露出石榴籽般的牙齿,至于他说了啥愣是没听清,等她拐弯时天青还在尾随,她龇着牙摆摆手,天青这才狐疑着离开。那个春日的午后,她还碰到了来素芸的表妹,来素芸的表妹在菜市场卖野生鱼,平素与万樱交好,有事没事就送几尾鲫鱼,让她给华万春煲汤。那天,表妹隔着马路手里拎着条草鱼使劲朝万樱晃悠,万樱也只是木讷地点点头。事后,万樱完全想不起是如何走到门诊部,又如何买了早孕试纸。看门诊的是位老太太,一双严厉的三眼角随时审视着别人,当她接过试纸,老太太问了句啥,她哑巴般转身离开了。她唯一记着的,是在门诊部旁边的冷饮店里,跟那个眉心长了颗黑痣的女服务员要了只草莓冰山。她喜欢吃草莓味的冰淇淋……当她掏出钥匙开门时,那只硕大的冰淇淋融化了,草莓汁顺着圆锥形蛋筒流到手腕,黏糊糊的散发着酸甜味,有只绿头苍蝇趴在黏液上,翅膀收束。她瞄了眼华万春,华万春仿佛一条死鱼躺在干涸的沙滩上,她闻到股浓烈的尿骚味。她没有给他换纸尿裤,跫摸进厕所,颤抖着撕开了试纸。

波浪形蓝色。火鸡姐夫的脉摸得准。她将试纸扔进马桶冲走,给华万春换了纸尿裤,坐在床脚摸着华万春的小腿。他的小腿没肉,只是褶皱般的皮箍着细骨,原先布满了浓密的黑色腿毛,如今白净得像削掉皮的莲藕。你咋还不死呢?她听到有人说,你要老活着,我就死了。你咋还不死呢?

婆婆回来时万樱缩在立柜里睡了。那只立柜是他们结婚时婆婆亲自从香河家具市场买来的。万樱身坯大,屁股和上半身蜷在柜里,一对大象腿戳在立柜外头。婆婆将她捅咕醒,问道:"咋成蟑螂了?"万樱哦了声僵尸般爬上床,挨着华万春躺下。

142

婆婆说："万樱啊，你不献血去了吗？咋脚上全是泥？咦，还浸血呢……如今都从脚底板抽血了吗……"万樱睁着眼听婆婆絮叨，脑子里却是糨糊。后来才恍惚想起，出门忘了穿鞋，光脚去的门诊，难怪脚上会有血渍，怕是被玻璃碴扎的。婆婆说："我给你用红糖煮了海参，趁热吃了。"万樱哦了声，婆婆说："哎，献个血咋献傻了？也好，你在家跟万春作伴，我呀，去社保报报药费。"

婆婆一走她便给常云泽打手机。响了半响没人接听。不会儿便听到有人敲门，急一阵缓一阵，她抻了条裤子套上，拢着头发开了门。睁眼瞎戴副眼镜倒背着手嘻嘻笑着说："我中午将驴肉煮了，"她咂摸了咂摸舌头，仿佛驴肉还留驻齿间，"把野猫都招来了。"她荡开万樱的臂膀从门缝里泥鳅般滑进来，说，"我看你冰箱里还有条梭子长的黄花鱼，估摸着再不吃可就臭了……"万樱尚未言语，睁眼瞎拉住她双手压低了嗓门说，"大妹子啊，你放心。你那古怪事，我万万不会传给别人听。你对我也知根知底，咱不是那嚼舌头根的长舌妇。"说着将万樱扯到冰箱前，按着万樱的手拉开冰箱门来回拨拉，"对，就是这条。你家底可真厚，这条鱼有些年头了吧？地主家的粮仓啊，耗子屎都比穷人家的粟米多。"黄花堵在堆黄芪菜后，只露出条硬邦邦的尾鳍，睁眼瞎委实好眼力，"这黄芪菜我可不爱吃，刺嗓子，还要配五花肉和麻蚶子……咦，这袋里的是麻蚶子？"她两眼放光头拱进冰箱，也不怕那寒气裹面，将黄花鱼、黄芪菜跟麻蚶子一并拽出，往地板上猛摔了几摔将冰碴捣碎，又麻利地从裤兜里拽出个干净袋子，悉数吸入，手往鞋帮抹了两抹，眨么着眼问，"妹子啊，你家真没五花肉？"

万樱只得又将冰箱另一层拽开，蹑摸了块炼油的厚肉膘给她。睁眼瞎扶了扶眼镜说："你对我这么好，当姐的咋能不疼惜你？我给你个偏方，是专门堕胎的。"万樱瞄了瞄她，赶紧将瓶新疆黑枸杞塞她袋子里，"我呀，好歹也算半个读书人，要是不稀罕读书，这眼能瞎成这样？多年前啊，我在《故事会》上读到，有个寡妇不慎怀了身孕，天天练习倒立和快跑，竟将那孩子跑掉了……这可是秘方，你要觉得不靠谱，去医院买些药，双管齐下更保险。"万樱攥住她的手，眼泪差点落下。睁眼瞎摸着她手背说："我走了，妹子，有啥事跟姐商量。姐不像小琴，小琴是大老粗，姐可是读过世界名著的人。"说着说着猛地吸了吸宽大的鼻翼，"妹子啊你煮的啥？我咋闻到股甜兮兮的味儿？"说完往厨房探头探脑，这手脚宛如章鱼的爪般就要爬滑过去。

万樱想到了婆婆煮的海参，忙推了推她说："天晚了，睡了睡了。"睁眼瞎说："不对，咋有股煤气味？家里养个瘫子，万一煤气泄漏，出了人命不说，还易招惹火灾，你没看新闻？甘肃有户人家，煤气泄了，着火，烧死一百口人。"说着说着拔腿闪进厨房。"妈呀，这是啥玩意？黑乎乎的？咋恁吓人？啥虫子？"她径自寻双竹筷扒拉扒拉，"妈呀……海参，这就是传说中的海参。"万樱瞅到她的舌头焦灼地舔着嘴唇，只得说："我婆婆煮的，你……要不……尝……尝？"睁眼瞎神情肃穆地点点头，一筷子就夹了两条粗参擩进嘴里，喉咙艰难地蠕了两蠕，清了清嗓子说，"妈呀……一不留神滑胃里，啥滋味都没辨出来。"万樱支吾着说："那你再尝条。"睁眼瞎索性挽起袖口端起大碗，囫囵着将里面

143

的糖水和海参一嘴灌下，大抵烫了喉咙，吱咋火燎，豁着大嘴伸吐着黄舌苔，半晌才缓过劲，说："嘻，这海参真难吃，胶皮似的！你没吃就对了。你婆婆要是再煮，你尽管招呼我，我帮你全打扫光滑！你姐我呀，心善，最爱替别人顶缸。"万樱郑重地点点头，手上加了气力将她揉到门外。睁眼瞎扒着门缝说："我瞅你冰箱里还有盘冰虾……"万樱磕磕巴巴地说："下回……下回，下回啊姐。"睁眼瞎这才心满意足地打了个嗝："妹子你放心，我这嘴巴啊，比水蛭都紧。"

　　送走睁眼瞎，困劲又犯。这一觉睡得天地无光，等她哆嗦着醒来已然半夜。窗外风雨大作，北风，潲雨，厨房的案板上全是积水。她翻了翻冰箱，寻得两只玉米面馒头，也没加热，坐在沙发上生啃起来。她向来好胃口，可也只咬了两嘴就扔掉。馒头太凉，这胃犹如针扎。她强挺着去烧水，水开了，却扒着沙发背睡过去。再醒来，不过凌晨四点，只听得红嘴雀鸣叫，她蹑手蹑脚着进屋，将华万春搂在怀里轻抚着他心脏。他的心比往日跳得似乎迅捷些。又摸了摸自己的小腹，过不多久，就要多一个心跳声了。想到此处她心里犹如打翻了蜂蜜罐，我有自己的孩子了，我要当妈了……可这甜蜜马上又被莫名的恐惧攫住，让她几乎窒息……她迷迷糊糊着想，无论如何，明早要找趟常云泽……

　　醒来时，天大亮，阳光透过窗帘缝隙扑在身上，暖烘烘的。正坐着发愣，婆婆推门进来，说："你呀，怕是献血累住了，喊你半晌，呼噜打得比野猪还响。我给你买了肉包子，你先替我看会儿万春，我去趟你表姑家。孙子订婚，送两块钱。"

　　万樱捂着胸打常云泽手机，这次连声气都没有，关机了。该不会出了啥岔子？不过，他又能出啥岔子？在旁人眼里他虎气彪悍，是个难缠的主儿。又琢磨起到底啥时中的标，他次次都是戴两层避孕套，为了这事他没少跟她抱怨纠缠，嫌不舒坦。如此看来，怕是老天爷来了报应，躲也没处躲了，想着想着念及睁眼瞎那番话，不由得双臂撑地，将象腿顺着墙壁往上缓缓蹭蹭，蹭着蹭着臂膀酸软，整个人趴跌水泥地上，嘴巴饧得火辣辣着疼。她半晌未曾动弹，怎就想起继父鞋匠多年前搬过来时，倒是常练习倒立，他总是双手撑地，将身子紧贴着红墙，黄色解放鞋将壁上的老苔藓划开一绺一绺痕迹，秋日里死去的白蜗牛壳簌簌落下……也不知道裁缝鞋匠他们在那厢如何？虽说做生意赔了些钱，好歹吃喝无忧，又想，是否要将这事说与裁缝听？一想到裁缝那张脸先就断了念想，她仿佛看见母亲鄙夷的眼神冷冷地递过来，嘴里喷着腌臜的毒液。这世上，除了蒋明芳，怕是没人能给她好脸色了……她拐进卧室，摸着华万春的藕臂想，买包耗子药，两人吃下倒也宽裕，还有啥比两眼一翻两腿一蹬更痛快的？不过，如今集市上毒鼠强怕是买不到，敌敌畏也够呛，就想到安眠药。安眠药都是大白片，要是喂给华万春，先要用擀面杖磨成粉末调进稀饭，再打进食管，买安眠药大概要医生的处方，又这么费事，不如选个干脆法子。上吊呢？疼，死了也是个吊死鬼，不受小鬼待见；跳楼呢，一楼摔不死，爬到顶楼跳，落个半身不遂啥的，日后若再想寻死，怕是要好言好语找人帮忙；煤气呢，死得没知觉，不疼，可睁眼瞎说得对，要是着了火殃及四壁邻居，无疑又造了宗孽，阎王怕是除了油炸还要剥皮；跳河倒是省心，噗通两下，呛满腹腥水，肚子再大，保准没人猜到是孕妇……手颤抖着摸了摸小腹，心脏宛如精肉倒进绞肉机。她赌气般穿好衣戴好帽，铿锵着锁了门，骑上她那辆二八老凤凰牌自行车，朝蒋明芳的理发店驶去。

昨夜下了整宿雨，肩胛骨酸疼，万樱哆哆嗦嗦到了理发店，店门四敞，路边停着辆白色轿车。万樱心想，这么早就来了顾客？鸟悄着进了屋，见蒋明芳正跟个男人讲话。男人穿身黑色西服，头发稀疏，戴副玳瑁眼镜，坐在蒋明芳对面有些束手束脚，倒不像是来理发的。蒋明芳见了万樱也没吱声，示意她坐下。万樱听了两嘴，这男人好像跟老肖有关系，听话风不是老肖的儿子，就是老肖的侄子，可老肖又是谁？哪里有闲心理会，盯着蒋明芳瞅了半晌，蒋明芳那般心细，竟没察到异样，只顾跟那男人嘀嘀咕咕，又是颔首又是赔笑，客气得过分。万樱起身离了店，蒋明芳这才追出来说，她跟男人谈点正事，后晌再跟万樱细谈。万樱嗯了声，推了自行车就走，蒋明芳一把拽住说："你昨个献血，我脱不开身，没来得及看你，你稍等。"说完转身进屋，屁大会工夫出来，左手拎着两只白条鸡，右手拎着扇猪排骨，白条鸡堆进车筐，猪排在后座用麻绳揽了，说："五年的老母鸡，要炖足火候，排骨切成小块，放些陈皮香叶。"

万樱哼唧两声，摸了摸她的脸颊。蒋明芳的手脚无论冬夏一向冰凉，万樱给她织过三副毛线手套两条围脖，如今入了春，这脸还窖藏的冰块般凉滑。万樱说："明芳啊，快忙去。你怕冷，要记得春捂秋冻这句老话。"蒋明芳就笑。万樱说："明芳啊，人这一辈子，就是只蝼蚁，地底下钻来钻去，可总要见天日，你也别太伤心，过了这坎，再寻个顺心如意的。"蒋明芳一把捂住她的嘴，说："莫乱磕牙。我有正经事，不留你，忙你的去。"说完摆了摆手进屋。万樱盯着她背影，想到她的种种难处，鼻子发酸，这泪眼瞅着要扑棱下来，又怕遇到熟头熟脸的，紧着撸了撸鼻涕抹了抹眼眶，骑上了车晃荡前行，没得去处，只管穿街过巷，无心观花赏柳，不知不觉间鼻中腥气漫荡，死灰着脸抬头，竟是骑到了涞河岸边。

不过几日，涞河水涨了半尺有盈，风硬且疾，水却流得慢滞，河对岸的柳树芽子绿成烟雾，芦苇也蹿出箭叶，再过些时日就能包粽子了。不过，涞河水尚凉，冰雪融水，要晒整个春天才暖和。她紧了紧衣襟，心想，年年都有精神病人溺水身亡，也有两口子打架想不开的，做买卖亏本睡不着觉的，统统跳了涞河。能在这河里一了百当，总比跳楼肝脑涂地舒坦些，死相也好看点。即便找到常云泽又能如何？他是个未婚后生，难不成还能娶了她？华万春那口气硬得很，看样子再睡十个年头也是白搭。即便去了医院又如何？云落芝麻粒大，不消几日堕胎的消息就会被乌鸦传遍店铺人家，下半辈子怕只能弯着脊梁走路……她将自行车靠上悬铃木树，咬了咬牙顺着岸边斜坡朝下缓行，才出溜两步这脚跟就疼得蝎虎，大概玻璃碴子扎得过深，倚斜坡脱了鞋袜察看，果不其然还在*丝丝拉拉*渗血。她光脚坐在潮湿的野草丛中，瓷眼盯着东边的一团人影发呆。这么死了，省心，再也不用做牛马，膝下没有儿女，囊中没有钱财，房产证上写的名字是华万春，裁缝草莓在安徽养螃蟹，好歹有鞋匠照顾……世上哪里还有这般好事？给自个留了脸面，给亲人留了念想，外人只道她

145

活腻歪了，断不会传闲言碎语……这辈子呢，也没做过怕鬼敲门的亏心事，估计到了阎王殿，牛头马脸也能给个好脸……

忽想起前几天常献凯给她的那张银行卡，难免心中咯噔下。前年常献凯饭店装修，装到中途停了工。他开包子铺攒的那点钱，被两任媳妇花个精光。他多喝了几盅猫尿，难免跟万樱嘴碎几句，翌日万樱跟老太太闲聊时不经意间提及，没想到老太太说，你说的常献凯，我跟他倒有些渊源，我手里还有些闲钱，五万是有了，你替我送去，就说，不急，啥时有啥时还，实在没有，权当我送了他。万樱听完大惊，钱不是大风刮来的，况且是五万块钱？平日也没听老太太念及过献凯，这般大手大脚，真让她上摸不着房梁下摸不着脚背。老太太没理会她，去了银行，归来递给她个包裹。万樱打开扫了两眼，亮扎扎的五捆人民币。老太太说，我拿你当亲闺女，你听我的没错，傍晚前送去，别过夜，钱多招贼，你也不用提我，就说是你结婚时的彩礼……万樱只得照办，常献凯却死活不收，说你守着个瘫子，钱都是嘴里省下的，我哪能要！万樱骗他说，母亲养螃蟹，她投资入股，这是分的红利，如此好说歹说，常献凯才勉强收下……这钱常献凯还了她，她却没还老太太。她隐隐舍不得，即便是别人的钱，手里多搁几日，也能多欢喜几天，蒋明芳儿子去北京培训，她还从卡里支了七千给蒋明芳，蒋明芳没收，她直接跟孩子要了银行卡号汇过去……

念及此事心中愧疚，套上鞋袜朝沿岸瞅了两瞅，就瞅到东边那团黑影，貌似是位老人，抬眼间走到岸上，闭眼间入到水边，如此往返徘徊。离老人不远处还站个人，高擎着手机，像是在拍岸边风景。她难免狐疑，不觉上了岸朝那厢踱去。走到近前不免愣住，果真是位老太太，那位用手机拍摄的则是名年轻男子，只听男子说道："各位老铁，我正在给大家直播的是自杀现场。有位大妈想投涑河自尽，拿不准主意，一会岸上，一会岸下。哎，虽然说自杀不易，可活着更难。父母赠给我们的这副皮囊，说起来属于个人，却没有自由处置的权利。感谢大家对我的关注，喜欢的给我点个红心。"万樱拽住他问："兄弟，这老人真要自杀吗？"男子瞥她两眼继续对着镜头说："老铁们，我这是货真价实的自杀现场，你们不信的话，我不妨让这位路过的大姨说两句，喜欢的老铁们记得打赏……"万樱瞟了眼镜头，只看到自己猪头般的大脑袋，就说："兄弟啊，人可不能不厚道，她要寻死，你该劝慰才对，咋能火里添油，靠死人发财？"男子说："你这话我不爱听了，人都有选择生与死的权利，我为啥要干涉人家的自由呢？"万樱愣了愣，说："大兄弟，我这里有上好的肋排，你拿回家炖去吧，别在这里出洋相了。"男子说："你这话我就更不爱听了，咋叫出洋相？我可是有名的主播，粉丝十八万，年年靠直播风土人情奇闻轶事赚二十万，你凭啥贬损我？你有啥牛逼的？"万樱没理他，径自将那扇猪排抱过，男子瞅了眼说："这扇猪排还真不小，好排骨四十块一斤，这扇，没三百块下不来。"万樱说："猪排送你了大兄弟，你别处耍去吧。"男子想了想说："也好，老铁们，你们瞅瞅，这是粉丝大姨送我的排骨。黄金易得，真情难却，我就收下吧。今天冷，我回家炖排骨去咯，爱你们，么么哒……"

男子怀抱猪排吹着口哨离开，万樱这才扯着嗓子喊："婶子，上来！风硬。婶子!"老太太迟疑着扭过头,万樱这才看清她面庞,眉毛快秃了,剩下的全白了,眼皮如蛛网,一张瘪嘴,唇边的法令纹仿若鲇鱼胡须又深又长。"你招呼我?"老太太问。"你先上来,"万樱勾了勾手说,"我有要紧话同你讲。"老太太抹搭着眼皮说:"我忙呢。"万樱没续话,小心翼翼沿着斜坡蹭下,拽住她衣襟便没敢再撒手。老太太说:"闺女啊,我活够了,好不容易寻个清净地,想了结,你莫打搅我。"万樱说:"这世上的苦命人多如蝗虫,要都像你这样,魂灵怕比活人多。"说着拽了她的手引至岸上。老太太也没挣扎,万樱寻了个长椅将她按捺住。老太太问:"你有啥要紧话?"万樱本想将她稳住再做打算,此时倒语塞,吭哧半晌说:"婶子,我看你身体健朗,眼不花背不驼,有啥心窄的?"老太太盯着万樱,嘴巴翕张如水中青蛙,却一个字吐不出。万樱知道她有满肚子苦水,只是如乱麻般不知从哪儿捋起。自个何尝不是如此?心中难免吞了野梨般酸涩,紧攥住老太太的手,像遇到多年未曾得见的亲人般。老太太说:"哎,也没啥,我女婿从前是物资局的司机,下岗多年,如今总算退了休,却得了脑梗,瘫床上,话不会说,屎拉裤裆也只是傻笑,我那苦命的闺女啊,小儿麻痹症,腿脚不利索,伺前伺后,夜夜噩梦,大把大把吞安眠药。"她窸窸窣窣从裤兜里掏出条手绢,咳嗽着擦了擦眼角,"我那不争气的外甥,开了八年出租,落点钱全买了彩票,从没被馅饼砸中过,三十多了连个老婆也讨不到,前年,从网上贷款,还不起,从十八楼跳下,死了。"她朝万樱咧了咧嘴,只现两排牙龈,"我这胃病是陈年的老毛病,这些天疼得险些背过气,瞒着闺女看了医生,医生说,是胃癌。"她眉心拧成团柳木疙瘩,"让做手术。老么咔嚓眼的,费那钱干啥?你说是吧?这涑河年年招苦命人,我要死了,闺女不过哭儿天,泪干了,往后清明给我烧几刀纸就成,何苦将牙缝里省的钱捐给医院?"她热切地反攥住万樱的手,浑浊的瞳孔里射出几缕柔光,似乎只要万樱点点头,她便能心安理得地去赴死了。万樱磕磕巴巴地说:"……老话都说,好死不如赖活着……老话总没错……你外甥才没两年,你再这么狠心走了,你闺女要是想不开,寻了短见咋办?就算挺过去,天长日久埋了病根,有啥三长两短,你在阎王那边后悔去吧……"只觉这番话不得体,却想不出更体面的话。老太太"嗯"了声,慢声细语地说:"你这丫头,打小笨嘴笨舌,都快孩子妈了,还这么愚呆。"风大,万樱也没听太真切,微微一愣,问道:"婶子啊,你认得我?"老太太沉默了会儿,缓缓道:"我住这涑河边也有些年头……你小时常跟在个女疯子屁股后头,一跟就是一晌午,也不好好去读书,后来常跟一个又黑又矮的小伙子来遛弯,再后来,是半夜三更跟一个又白又高的小伙子来遛弯,遛来遛去,你也老了。"又细细瞅了瞅万樱,嘟囔道:"咋这么胖呢?"万樱惊讶地盯住老太太说:"这个……您老记错人了……"老太太目视着远处的河面说:"我这眼神,比鹞子的尖,我这脑瓜,比黄鼬的灵,我见过的世面,不比云落的灶王爷少。哎,但凡我亲眼见过的,亲耳听过的,就生生世世忘不了。"万樱一想,自己跟华万春谈恋爱时,确常来涑河边走动,后来跟常云泽在夏天的深夜也来过,那天漆黑如墨,他还脱光了衣物游到涑河中央去摘那盛开的荷花。老太太说:"今个我见你在河边走来走去,怕是有心事。你劝我半晌，让我莫钻牛角尖，为啥自个倒想不开?"万樱不敢去看她，眼神躲躲闪闪，只见那涞河水如融化的蓝玉石缓缓东移，西风吹来，野鸭崽在波浪里凫游，"你赶紧回家吧，别再胡思乱想，伤身呢。"老太太伸手将万樱耳边的碎发拢了拢，"这世上，总要有让你睡不着觉、吃不下饭的糟心事，日日磨着你，月月钓着你，年年熬着你，你才活得有心劲，在人世的那口气，才吊得长些。"万樱听得懵懂，只是点点头，说："您也回吧，要不想化疗，暂且吃些便宜的药，走一程看一程，没准是医生误诊呢。"老太太叹息了声，说："你也别光劝我。我看倒不如这样，咱娘俩打个赌。"万樱说："您老人家还稀罕赌钱?"老太太摇摇头说："你听我细说。咱娘俩，都别寻死觅活了，多活一日，便能多吃三餐，便能多见几面那想见的人，何苦两眼一抹黑，费尽心机找孟婆？我呢，回家养病，你呢，回头上班，你这身子骨，再活一甲子也富余。等明年今日，我们在这涞河边碰头，看谁没跟黑白无常走。咱娘俩若都在，我就送你件玉器。你平日里不爱喝两口吗？那玉器是朱雀踏虎衔环玉卮，汉代的物件。哎，他送我的时候，还是巢伯国的乐师……"万樱为了稳住她，便说："婶子好主意。你也记得在涞河等我，我送你……"想了半晌也没想出有啥值钱物件，只得讪讪说道："我送你只猪背腿吧！你那时胃病也痊愈，半头猪也架不住你吃。"老太太说："你这孩子，馋虫钻进骨髓了，啥事都忘不了吃食。"万樱扭头看看自行车，说："我朋友才送了我两只老母鸡，你赶紧拿回家炖。风硬得霸道，可别染了风寒。"老太太慢条斯理地说："你不用惦念我，自有人惦念；我也不用惦念你……哎，不过是云汉一粒尘。"万樱愈发懵懂，不知如何接话，便说："你等我会儿。"拔腿去拿白条鸡，本想给老太太一只，听她讲得那么可怜，便想两只一起送，又隐隐割舍不得，后来想，她都胃癌晚期了，还能吃多少东西呢，就只拎了一只回身去送，眼神拢过，貌似没了老太太踪影。心中大慌，脚下快掉几步，发现那长条椅上根本没人，唯有几只黑头蚂蚁在椅下拖咬蛴螬。难道老太太趁自己拿鸡，已然……跳了涞河？也不太可能，这一去一回不过撒泡尿的空隙，况且根本没听到河里有啥动静。还是放心不下，沿着坡地蹭到水边，涞河水静流，小白条小草虾在浅水处嬉游，又左左右右前前后后探寻，四野阒然，心下暗念：这老太太八成没寻短见，怕是被我说动，弃了死念家去了，不过她这脚力也太强劲了。心中难免渐生欣喜，好歹是救了条人命，胜造七级浮屠，转念念及自身，又黯然神伤悲不自胜，望着涞河水舍不得离去。恰逢此时，狂风席卷而来，马毛猬磔，将黑柳丝绦揉搓撕扯，手中的白条鸡也被吹得晃了几晃，鸡目怒睁，吓得她慌忙搂在怀里，缩手缩脚退到岸上。不久，头顶游过长蛇般的闪电，接着巨雷声响炸裂，声振屋瓦，再朝河面望去，黑魆魆一片，本来凝滞的河水碎成鳞状银屑，汹涌着将岸边的野花草和游船顷刻吞没，连不远处的涞河大桥似乎也在簌簌发抖。她扭着屁股跑到自行车旁，将白条鸡塞进车筐，先推着车把小跑了几步，这才跨上，顶着风前行。这个点了，来素芸还没找她，有些不寻常，不如先去窗帘店报个到，免得来素芸叽叽歪歪又要扣她全勤奖。想到来素芸那张嘚啵个没完没了的嘴，这小腿就蹬得更欢快。才行到半路，大雨点就噼里啪啦砸下，雨瀑哗然，将她七窍都糊住。

第二十二章　骤雨不歇

店里一干人龟缩在楼梯拐角处，见水淋淋的万樱破后门而入，均瞪圆了眼。小岑见状，忙寻了条干抹布塞给她，她擦澡般鼓秋了半晌，见众人还抱胳膊端肩膀地瞪着自己，就问："咋啦？我脸上生了疥疮？"小岑说："姐啊，你脸没生疮，不过这嘴咋肿得腊肠似的？"万樱始觉嘴唇连带腮帮火辣着疼，想起是练倒立时摔的，一想起倒立，又想起了怀孕的事，脸色登时煞白。一个女店员说："姐啊，这暴雨连天的，你不家里安生躺着，瞎跑啥？不昨个才献的血吗？我们还合计着抓空瞅你去呢。"万樱拧了拧抹布说："屁大点事，有啥看头？千万别破费，我心里不落忍。咦，咋都瘟鸡似的挤昝儿里？"小岑竖起食指嘘了声，朝楼上疑神疑鬼地瞄了眼，这才捂着嘴巴道："不知谁惹恼了来老板，一大早就炸了毛，脸比锅底黑，话比蝎尾毒，损了张三贬李四……"话音未落便听到阁楼上传来乒乓叮当的声响，无疑是在砸东西。万樱说："哎，她那个新手机才买了几天。"小岑："你来前，早将电脑显示器摔了。连她最稀罕的金算盘也摔了。"万樱问："她吃早饭没？"小岑说："没，点了过桥米线，说是塑料布，甩垃圾桶里了。"万樱问："她换新衣裳没？"小岑说："没，还穿着从香港买的风衣。"万樱问："她读诗了没？"小岑斜着眼说："读个屁啊，不仅没读，连那套金话筒丛书也撕得稀巴烂。"

万樱这才觉得事情的确很严重。来素芸清晨来店里都要换身行头，美滋滋泡完玫瑰花茶，先噼里啪啦地打算盘盘库，账目清点完毕，这才点外卖吃早餐。丰盛油腻的早餐后，她通常会抄起案头那本《唐诗三百首》，站在镜子前摇头晃脑地朗读，都是读两首，若来了兴致，就读三首，读完后她会抽出那册《播音与主持艺术培训教程》随手翻两页，遇到心仪的句子，就拿红圆珠笔勾出来。这书她读了若干年，也读了若干遍，那些句子被重复勾勒得臃肿不堪，仿佛浑身流着黏血的囚徒。当然，她最钟爱的书籍还是那套金话筒丛书，共六册，是历届金话筒得主的人物传记。闲在了，她就噘着小嘴用普通话给大家讲那些著名播音员的轶事。如今竟连丛书也撕烂，怕是碰到了大事。莫非……老马被判了刑？

店员们晓得她跟来素芸要好，都说，万姐啊，也只有你去探个究竟了，我们胆儿突突的，哪儿敢靠前？万樱哭丧着脸说："你们瞅我这身衣裳，她见了不得喷死我？"便有位店员说："万姐，我恰巧干洗了两件，你要不嫌弃，先换上我的裙子，好歹干爽些。"这店员是个镶金牙的胖子，足有二百来斤，丈夫是船员，常年跑墨西哥湾和波罗的海，净给她买些时髦服装，她舍不得手洗，全拿到干洗店。万樱也不好推辞，接了她的裙子跑到库房换上。换好了才慢腾腾上楼，朝来素芸那厢探头探脑。来素芸正叉着腰，一条腿踏着椅面呼哧带喘，仿佛才跑完全程马拉松，瞥到万樱立马骂道："臭胖子！死胖子！死哪吃垯去了！晚到早退，真把这里当了福利院！"万

149

樱吐了吐舌头，来素芸又骂道："你穿的谁的孕妇裙？个巴西女奴！邋遢鬼转世！"万樱哪敢接话，缩手缩脚近她身前，见她不仅没施粉，连口红都没抹，小嘴像用碱面漂洗了几宿的猪小肚，就战战兢兢地问："你这是咋了？鬼上身了？"俯身去拾地上的电脑和手机，电脑屏摔得粉碎，手机倒还瓷实，万樱心疼地往裙上蹭了蹭，想递给来素芸，怕她又摔，偷偷掖到桌布下。来素芸叹息了声，噗通声落到椅子上，万樱便晓得她这气撒得差不多，轻声问道："到底出了啥窝心事？可别吓唬我。"

来素芸眼圈发红，想是大哭过。多年来万樱只见她哭过一次，就是考云落电视台落榜那次。来素芸说："你头发在汤汁里煮过？"万樱嗫嚅道："你还挺会装傻充愣，我们穷人喝不起菜汤，都是煮锅头发水。"来素芸戳了戳她脑门："赶紧拿吹风机吹吹，感冒了又要误班！你还嫌那些店员背后闲言碎语忒少？"万樱讪笑着给她泡了杯玫瑰花茶，来素芸心不在焉地呷两口，盯着万樱说："我啊，是赔了夫人又折兵。"万樱这几天遇到不少令她惊诧的事，可来素芸还是让她龇出了牙龈。来素芸说："怪我贪心，要不总想着多赚点钱……"万樱问："咋？你赌钱破了产？"她听闻来素芸闲时好打麻将，不是老头老太太一块八毛那种，是一百两百那种，昼夜输赢三五万是家常便饭。来素芸摇摇头。万樱问："你……碰毒了？"这几年，常有那乳臭未干的男女吸了毒进局子，来素芸白了她两眼。万樱托着腮帮蹭了蹭，想不起还有啥。来素芸又是阵唉声叹气，问说："你不会也在万永胜那里存了钱吧？哎，穷得叮当响，料你也没那福气吃这个亏。"

原来，来素芸在万永胜的扁鹊医院投资入股了三百万。用来素芸的话讲，这钱是她这小半辈子吃糠咽菜攒下的，听闻扁鹊医院集资的利息比银行高十厘，就想将闲钱塞进去，不成想不认得正经人，想送人家也不收，这才念起她表哥。她表哥在医院后勤处当科长。表哥倒也痛快，请财务科科长吃了顿驴肉火锅，算是帮了她大忙。这几年倒挺安稳，年底的利息要比银行多拿十几万。这几天忽传来风声，说是万永胜破了产，扁鹊医院被法院执行庭查封了。来素芸昨日听到小道消息，愣是不敢信。谁不晓得万永胜在云落是个厉害角色？谁敢动他半根汗毛？忙给她表哥打电话问询。表哥在那头支吾嗯啊，只说确实有点麻烦，让她静等两日。来素芸哪里放心得下？慌忙开车去扁鹊医院探听底细，不成想被财务科门口排队的人吓得不轻，只见那些人有男有女，有老有少，有电视里常露面的官人，也有街头卖油条豆浆的小商贩，还有坐着轮椅流着涎水的前财政局副局长……这些人从财务科门口一直甩出去两三百米，犹如一条伺捕猎物的乌蛇。来素芸这才真正慌了神，随手抻个人搭讪，问是如何的子丑寅卯。那人五十上下的年纪，戴着顶花呢帽，金鱼眼喷着火，他没接来素芸的茬，倒先骂起了万永胜。骂他贪财好色，骂他不讲信义，且将他祖宗八辈操了个遍。他这一骂，人群渐而骚动起来，队伍也歪歪斜斜散掉，乱糟糟如云落集市，不一会儿里三层外三层将财务科围圈得连风都不透，继而声浪四起，咒骂声伴随着尖叫声哭泣声，将人耳膜都震碎。来素芸只觉满鼻子汗臭味，脚上的新款磨砂皮面豹纹短靴又被谁猛踩了两下，肝疼不已，忙躲闪到旁侧，看那人浪此起彼伏，不时有人被抬出来，却是晕倒过去，还有晕倒后被踏伤的,捂着满脸血渍跑往急诊室……来素芸又给她表哥打电话,表哥说,大形势确实不好,万永胜如今是豆腐佬摔担子,倾家荡产了。不过,表哥说,妹子你放心,别人的钱要不回,咱家的钱还要不回?我在医院干了这么些年,不看僧面看佛面,没有功劳有苦劳,你先回去,有信了我告知你!

来素芸心中忐忑,却也不便再问,快快回了窗帘店。晚上也没心思吃饭,翌日晨起开车去了医院,只见仍是一字长龙,只不过有警察把守。拽了位黄脸大妈盘问,才晓得不到凌晨四点,这讨债的人就排到街心的凯旋门,待到日出,那些陆续来看病的人见到这阵仗,全被吓跑了。财务科的人不敢开门,人们又涌到万永胜办公室,守到九时不见他踪影,便有名急火攻心的屠夫,拿了劈猪排的斧头将房门劈碎,一干人硬闯了进去。那屠夫一时兴起,又用斧头劈开保险柜,一枚钢镚没有,便劈碎了办公桌椅和窗户。医院的人慌忙报了警,等警察来时,万永胜的办公室遍地碎玻璃碎木屑,这要是万永胜在此,不但骨肉被吞吃干净,估计连骨髓也要被吸净。来素芸大骇,又给表哥打电话。打了不下二三十个,表哥愣是没接。恰逢此时乌云盖顶,来素芸这才开车回了店铺,上了阁楼,越想越不安,越不安越恼,这才咬牙砸了电脑跟算盘。

"你说,我那钱不眼瞅着打水漂了吗?"来素芸哭丧着脸说,"妈亲呀,我的妈亲呀,这可咋整呢?"万樱听罢傻了眼。三百万啊,换作是她得攒几辈子?得买多少纸尿裤吃多少碗胡辣汤?她拍了拍来素芸手背,吭哧了两声。来素芸骂道:"真是倒了八辈子血霉!待会雨停了,老娘再去要账!万永胜要不给,我就……光着身子打滚!"说完瞅了两眼窗外,雨似乎停了,"胖子啊,"万樱听她哀求道,"你给我助阵去吧!你膀大腰圆,膘肥肉厚,往那里一站,母夜叉似的,先灭了敌人气焰!"万樱嗫嚅道:"这……我……"来素芸恨声道:"个软面蛋子!个怂货!个没良心的!白疼你了!"万樱咬着嘴唇说:"去就去……求求你,别嘚啵了。"来素芸这才抓起面化妆镜描眉涂唇,半途又瞪着万樱问:"你这裙子,郑海霞送你的吧?"万樱说:"你咋说那对。我这生古命,只能穿人家剩料。"来素芸安慰说:"嗯,好歹比红桃Q苗条点。咦,你那嘴咋了?被种猪啃了?"万樱瓮声瓮气地说:"种猪哪里瞧得上我?自己跌的!跌的!"

俩人互相搀扶着下楼,众人装作若无其事的样子各忙各。来素芸说去小解,让万樱先候着。万樱嗯了声,却踱到门口檐下蹲着个人,不是睁眼瞎又是谁?她披了件黑雨衣,蹲在那里犹如寡瘦的黑老鸹。万樱心里咯噔下,不晓得她来窗帘店作甚。睁眼瞎见来素芸钻进胡同,就展开双臂飞过来,盯着万樱嘿嘿笑。万樱装作吃惊的样子问:"恁大的雨,咋还跑出来?"睁眼瞎说:"大妹子啊,你可把我害苦了。今早进了你家,打开冰箱……"万樱"啊"了声,睁眼瞎说:"那冰箱真是宝葫芦啊,啥都有,面条鱼、秋刀鱼、驴杂碎、鸡胗鸡心冻章鱼……醒来,才发觉是个梦。袜子都没穿奔到你家,谁料锁将军看门,手机也关机。干脆来店候着,候到大雨拍死人,连根屌毛也没候到。你啥时来的?我咋没瞅着?唉,我这双瞎蝙蝠眼哪。"万樱说:"你找我?"睁眼瞎说:"我不找你,难道找那姓来的?"席篾眼上下左右打量着万樱,

151

看得万樱直竖白毛子汗，问："啥事啊……"睁眼瞎叹口气，拉起万樱的手摩挲着说："妹子啊，你这不是明知故问么。我得心病了，一闭眼就是你家冰箱，这可咋整啊？"湿巴湿巴地盯着万樱，万樱支支吾吾地说："我那冰箱……都空了。除了点新疆的核桃跟大枣……"睁眼瞎猛地荡了荡她的手："妈呀，我最爱吃新疆核桃了，薄皮大肉，脆香脆香的，我这种脑子缺根弦的，吃上几颗，肯定比小琴尖多了！"言语间来素芸已小解归来，上了车不停按喇叭，睁眼瞎附着万樱耳朵说："快去快去，省得来老板骂。你晌午几时回？"

万樱忙挣开她手，扭搭着跑来素芸车上，来素芸问："这穿雨衣的谁啊？捂得比产妇都严实。门口蹲半天了。我还寻思是小偷呢，叫小岑她们提防些。"这睁眼瞎跟来素芸倒相识，万樱支吾着说："不是贼，是……劫道的。"来素芸也未细问，绷着脸说："我算看得透透的，这次要账，弄不好就是抗日战争，咱们要做好打持久战的心理准备，千万不能小瞧了敌人。"万樱说："好。"来素芸说："文的不行，就来武的！谁怕谁？哪个生意人没上过刀山没蹚过火海，没下过油锅没走过钉板？"万樱说："好。"来素芸说："要是欺人太甚，把老娘惹急了，老娘玉石俱焚，先阉了这老贼！"万樱说："……好。"来素芸骂道："你除了好好好还会说啥？唯唯诺诺，一副奴才相！"

二人到扁鹊医院时，铅灰的天幕裂开条细缝隙，透丝金光垂下，倒也明媚灿烂。来素芸拉着万樱远远瞄着。虽则暴雨方歇，那人群就像滴在草纸上的墨滴般迅速洇开去，不一会儿就聚了足有四五百号人，他们封锁了医院的挂号厅和急诊室，见到穿白大褂的就呜嚷呜嚷围圈上去，若不是警察来，被围的人估计早被五马分尸。来素芸努努嘴说："瞧见没，一座庙，说塌就塌了。一尊神，说倒就倒了。"万樱听不明白，含混说："乌烟瘴气的，你也别去打滚撒泼了。"来素芸扭了扭腰说："你傻呀？我这件可是钮扣嘎巴甸Trench风衣。"见万樱嘴唇发青额头冒汗，就问："你咋了？来亲戚了？"万樱说："没，就是冷。"来素芸猛然拍了拍大腿："我这狗屁记性，光想着讨债，咋忘了你昨个才献血。等也白等，你紧着家歇息去。"

来素芸将万樱送到家门口，从后备箱拎出两盒燕窝，说："我还从淘宝买了阿胶人参党参地黄口服液，估计明儿能到货。"万樱急道："可别乱花冤枉钱！补品都是骗人的。"来素芸拧拧她腮帮子说："还从肉铺订了几只散养乌鸡，哎，心里憋屈，也忘了拿。"

万樱想宽慰她两句，不知说啥好，半晌才道："素芸啊，你别怕，那钱要真有个啥闪失……那啥……姐……姐养着你。"来素芸没吱声。万樱拽住她袖口说："来素芸，我可没忽悠你。"来素芸梗梗着脖子说："我嘴刁着呢！脾气差胃口大，难伺候得很。"万樱柔声说道："你饭量再大，也是瘦子，好养活；你脾气再差，心也是卤水豆腐做的，硬不起来。不过……"来素芸问："不过啥？"万樱吭哧着说："那海三鲜小笼包啊、鸭血粉丝汤啊、李连贵熏肉大饼、龙虾盖饭啥的，就别吃了。速食食品没营养，用的还是地沟油。"来素芸噗嗤声笑了，说："那我宁愿饿死算了。"又说，"你好好养着，我给你算工伤，月底给你加五百块奖金。"

万樱木鸡般瞅着她，良久才吐了吐舌

头，说："来素芸，你这到底是发财了，还是破产了？我可糊涂了。"来素芸哼了声说："瘦死的骆驼比马大，何况这骆驼还没死透呢！"万樱便忙不迭点头，问说："老马那边咋样了？"来素芸说："哎，能咋样呢？你说，人活着有啥好？赚钱难，搞对象*也难。"说完忽又想起什么，从包里掏出件物什，攮她手里说："完璧归赵。"万樱瞅了瞅，却是枚戒指，不是旁的戒指，正是那日安窗帘时被矮女人污蔑偷窃的那枚。

其实也值不几文钱，不过是弟弟草莓送的，又戴这么些年，难免不舍。她惊讶地盯着来素芸问："你啥时要回来的？"来素芸笑眯眯地说："这还不容易？哼，想欺负我来素芸的人，门都没有！"万樱又问："使了啥招？那女人可是刺猬变的，扎人呢。"来素芸说："我呀，花了点钱，雇了个侦探，把她查了个底掉，刺就全拔了。"万樱惊道："真是闲的，雇侦探花不少冤枉钱吧？还不如直接给我买个新戒指呢。"来素芸也不搭理她，得意洋洋地说："侦探将她约出来，给她看了张照片，她那小脸啊，比搓洗了一百遍的猪肚都白！"万樱更是好奇，问："照片上是谁？"来素芸神秘兮兮地说："是个干巴老头。"万樱问："黑社会的？"来素芸摇摇头："除了这老头，照片背面还有一行字。"万樱急得眼珠都要抠出来，问："啥字？"来素芸说："也没啥，就是四川山区一个村庄的地址。"万樱便有些泄气，说："问了半晌，你可啥都没说。"来素芸白她一眼："该做的我都做了，该说的我都说了，你再这么缠人，我干脆将戒指再还给她。"万樱忙赔笑道："人说男人肚里撑船，女人肚里撑凳，我看呀，你既能撑凳，也能撑船。"来素芸就更不爱听，说："你的意思，我是二尾子？"万樱便不敢再搭腔。

来素芸离开时，万樱手搭凉棚盯着她的车转弯，这才左手拎着燕窝右手拎着白条鸡回房。一想到那睁眼瞎，赶紧将燕窝跟白条鸡藏到卧室床铺底下。忙活完覆层细汗，身子虚，又灌了春雨，躺沙发昏睡过去。等醒来婆婆正煮午饭，见万樱一副瘟鸡样，婆婆放下手中的饭铲恨声道："真是鬼迷了心窍，为那两块钱去献血。薅都薅不住。"万樱也不接话，只愣愣坐着，婆婆说："我用草参给你炖了只老母鸡，可惜忘了买枸杞。"万樱说："妈……"婆婆说："好生躺着，别瞎跑了。"万樱偷偷摸了摸肚子，不禁打个寒噤。

怕是怀孕的缘故，万樱总觉昏昏，踅踅摸摸着要睡。头沾枕头没多久又被雷声劈醒，耸身坐起，蔫头蔫尾眺着屋外。屋外森严漆黑，只有闪电如镶边金菊狂放，方将屋内隐隐照亮。便想起老太太来。这两天请了假没去张望，她吃得可顺口？往年厢房逢夏季就漏雨，虽说年年刷层厚沥青，毕竟老椽子老檩，又是石灰墙坯，难免滴答渗水。几场囫囵暴雨，别再把老太太淋出病来。便盼着这雨早些停歇，别再磨叽个没完，好打点精神去旅馆观瞧观瞧。想着想着又莫名打起了盹，等睁开眼，窗外却亮了。看了看熊猫闹钟，不过傍晚六点，趴着玻璃瞅了瞅，雨停了，不仅停了，西边的霞光松柔美亮，将地上攒的雨水也染红。如是想着，便有些坐卧不安，干脆踏了鞋子，想去老太太那里眊瞭眊瞭。

才穿戴齐整，便听到敲门声。敲门的节奏让她呼吸紊乱。她赌着气推开铁门。

除了常云泽还能有谁呢？这两天一宿地狱煎熬，却寻不到他的影，听不到他的声,不知道死在了哪个狐狸洞。楼道里光线暗,看不清常云泽面皮,进了屋,才发现他手里拎着个保鲜箱。"昨天钓鱼了,夜钓。"常云泽蹲下打开箱子,从里面掏出几条石斑鱼,"清蒸、炖汤,比河豚鲜凉。"见万樱噘着嘴一声不吭,就说:"昨下午开车去的,傍晚才到海边,礁石上蹲到凌晨三四点,不成想出了岔子。"见万樱还是不语,站起来就去抱她,吓得万樱见鬼似的躲闪到龟背竹后,嘴里骂道:"疯了吗你,窗帘没拉。"常云泽笑了笑,去厨房拿了菜刀拾掇石斑鱼,将鳞刮净,剖鱼肚掏内脏,抠鱼鳃时被扎了手,血滋个不停,万樱忙去找创口贴。常云泽说:"哎,谁成想天青掉海里呢……"万樱诧异道:"咋? 天青也去了?"常云泽说:"可不是。他一直想海钓,就约了他。本想让他练练手,等夜深了,堤坝上支顶帐篷让他歇息,偏不听,跟我和蝎子熬到凌晨,怕是打盹了,脚底一滑跌海里了……"

万樱不禁抓住他的手问:"那孩子……"常云泽说:"看把你吓的。有我和蝎子,怕个屁? 妈的,他不会凫水,我跟蝎子吭哧瘪肚差点淹死,才将他捞起。他灌了满肚海水,我们又是压胸又是人工呼吸,怕有闪失,赶紧送到附近医院。"万樱抚着胸说:"没事就好,阿弥陀佛。我现在啊,但凡有点风吹草动就心惊肉跳。"常云泽说:"说没事也有事,这小子醒了屁大会工夫又晕过去。今儿中午,我们将他拉回云落,先去了扁鹊医院,操,人山人海闹什么鬼! 只得跑到中医院。安顿好,这才着急忙慌来看你。"万樱说:"你脑子缺电吗,不会打个电话?"常云泽说:"我跟蝎子的手机都被海水泡了,打个屁啊?"万樱抹搭着眼说:"我就不信医院没公用电话。"

常云泽闷声将石斑鱼冲洗干净,擦了擦手点了支烟,坐沙发上默默盯看着万樱。万樱叹口气说:"饿了吧? 我给你煮碗挂面。"常云泽说:"算逑,还是我给你炖鱼吧。"万樱见他只字不提献血的事,八成是忘了,心里难免灰颓,怀孕的事在肠里绕了十八转最末也咽回,说:"你睡会儿。"常云泽嗯了声,鞋也未脱蜷上沙发,不会儿就传来粗重的鼾声。等鱼炖好雨又稀里哗啦下起来。万樱烫了壶老酒,热了鸡肉,干煸个花生,用咸菜疙瘩炒了个鸡子,这才犹豫着将常云泽唤醒。常云泽揉着眼说:"这鱼一看就没炖好,放油了?"万樱白了他一眼:"炖鱼哪里有不放油的?"常云泽拉着长音说:"这你就不懂了。石斑鱼要清水煮,切姜片斩葱段,油、酱油和醋一概不放,只微撒些盐面就行。"万樱说:"看把你洋气得! 不吃拉倒。"常云泽笑了笑说:"咋几天没见,脾气恁大?"万樱寒着脸给他倒了盅酒,又搛了块鱼肉扔他碗中,说:"少放那嘟噜屁。"常云泽讪笑着给她倒了盅酒,两人相视无言一口捆掉。

他们有段时日没这样安静地面对面吃饭了。他们总是很忙,到底在忙啥,谁也没细思量过。也许一辈子就这样忙下去,一直忙到棺材里。常云泽歪靠在沙发上,一条腿支着,另外那条耷拉着,他没有穿拖鞋,大拇脚趾处的袜子破了个洞。他比从前黑了点,瘦了点,可能没刮脸,胡子拉碴,眼泡也有点肿胀。他再也不是那个在她怀里撒娇的少年了,也不是那个一从新疆回来就急着来敲门的小伙子。她恍惚着念起,他小时人中很短,她喜欢开玩笑时压扁他的鼻尖,抻拽他的上唇,做出副馋猪嘴脸。

她也很久没这样正眼看过他了,很久

没跟他唠过嗑了。他终日来去匆忙，屁股上安了陀螺，仿佛总有要事在远方候着他。这匹野马，最厌恶的就是石槽和缰绳。她从来不敢给他套上辔头，她手上有饲料，喂他的时候也战战兢兢。她知道，即便如此，他的心也是野的。

他肯定饿坏了，先干掉了鱼肚上的肥肉，又剜出颗眼珠扁嚼，嘴里发出吱喳声响，当他端起酒盅跟万樱碰杯时，嘴角耷粘着根细软的鱼刺，万樱探手去捏，他猛地吞咬住她手指。他总这样没轻没重，当她试图撒手时，他哐当声放下手中碗筷，一把将她拽过，熟稔地解开她的腰带，翻身将她覆压在地板上。万樱吭哧两声去搡他，他的双手手铐般死死钳住她的手腕，她惊慌道，窗帘……他嘟囔着，去他妈×的窗帘！……嘴堵住了她的嘴，散发着鱼腥味的蜥蜴舔荡着她的舌苔与牙齿……当他干净利落地进入时，她手里还捏着粒油乎乎的花生米，花生出锅不久，又热又皮，她趁他手忙脚乱时慢慢塞进嘴里……他浑身散发着大海的咸味和汗臭味……当他哼了声瘫在她身上时，她才想起他根本没戴避孕套。她近乎愤怒地推开了他。猝不及防的他滚到桌子那头。她瞥到他那物事软塌塌地悬挂在拉链外。他连裤子都没脱。

两人爬起闷头吃饭。她却没了胃口。他也没有顾及她，一盅一盅自斟自饮。她听到他牙齿嚼花生米的声音，听到白酒顺着他的喉咙滚落的声音，听到他打嗝的声音，听到他被鱼刺卡住急促咳嗽的声音，听到他呼噜着吸烟的声音，听到……外面的春雨急打窗棂的声音。后来，她用了一种商量的口吻道："喂，我跟你说……"

他一直在打量她，后来，他似乎终于下了决心，放下手中的酒盅攥住她手腕说："你先听我说，万樱。"他脸颊黑红，他向来喝酒不上脸，或许是连夜的疲惫让他的脸色透出种铁锈般的呆滞，"你听我说……"万樱哦了声，盯着他。他又干了盅酒，安然地目视着万樱。万樱被他盯得有些发毛，问道："咋？"他长叹两声，摩挲着她的手背说："我要结婚了。"

万樱哆嗦了下，两只耳朵瞬息支棱起来。

他一字一顿地说："我，要，结，婚，了。"

万樱捏了颗花生米塞进嘴里。她坐在马扎上，比常云泽要矮上半头，她仰着粗脖子，一双眼骨碌碌地转着。

"我要结婚了。"常云泽叹息着放开她的手，"她是我们单位食堂的师傅。"他垂下头，盯着露出来的脚趾，"她怀了我的孩子。仨月了。"

万樱嘴里的花生米掉到膝盖上，她慌乱着低头捡起，又擩进嘴里。她听到了嗡嗡的耳鸣声，接着，雷声将谁家轿车的报警器震响，一阵紧似一阵地尖叫，比救护车的鸣笛声还让人心惊肉跳。

"我也老大不小了。"常云泽抬起头盯着黑魆魆的窗外，窗外偶有闪电劈过，将楼宇和树木照得闪亮，"我小时候，老觉得自己活不长久，是个讨人嫌的短命鬼。没想到，操他妈的，我也有儿子了！"他意味深长地瞥了眼万樱，"你是不是该好好庆贺庆贺我？你是不是，心里比我还欢喜？是不是？"

＊搞　对　象

十五岁那年，刘若英父亲车祸一年后，母亲带着她改了嫁。继父姓来，是云落一家面粉厂的厂长，长得五大三粗，说话却细声细气。他女儿先天性心脏病，九岁时动了手术，半年后死了，一年后老婆跟他离了婚。继父对她比亲生的还好，总是念叨，哎，我闺女又回来了，回来了。十六岁那年，她改姓来，名素芸。继父欢喜得很，喝得酩酊大醉。其实他不知道，她同意改姓名，只是因为跟那个叫"刘若英"的台湾女歌手同名同姓。

她顶讨厌跟别人有一模一样的东西。

二十一岁大学毕业，她考取了云落县职业学校，在后勤管食堂。那年国庆节，继父带着全家去湛江看望他的弟弟。弟弟是名舰长，总有开不完的会，就派了名志愿兵带他们四处游玩。志愿兵叫欧勇，河北沧州人，长相呢，用来素芸的话讲就是貌比潘安。船没行驶多久，她便有些恶心，想必是晕船了。怕别人笑话，扶着栏杆动也不敢动，欧勇问也没问，就拿了塑料袋站她身旁。来素芸老也忘不了那个阳光暴烈的午后，天上是大朵大朵的浮云，浮云下是幽深翠绿的海水，船在行进时劈开海水，激荡的白色浪花不时溅到脸上，胳膊上和紫色碎花裙上，而那个叫欧勇的男人在她身边大声唱着《浪花一朵朵》。他的声音被迎面吹来的海风断断续续刮走，可晚上睡觉的时候，她老感觉他就俯在身边，嘴唇贴住她的耳畔轻轻吟唱。

翌日，欧勇又带他们全家去了座没有名字的荒蛮海岛。母亲和继父大概有些疲累，在岸上闲坐，欧勇只带了她去爬山。山路窄仄，时不时有野猪粪，两旁呢，全是她从没见过的硕大红花。眩晕感又莫名袭来，走着走着，小腿就被一棵荆棘扎了，她不禁哎呀着叫唤起来。欧勇想也没想脱下上衣铺地上，叮嘱她坐好，然后蹲蹴下去小心着寻刺。他赤裸的上身灼伤了她的眼，她只得将脸庞挪向海岸。她看到父母如蝼蚁般在礁石上缓慢移动，海鸥拍打着翅膀从一重海浪飞向另一重海浪，那艘白色快艇随着潮水起伏，似乎随时都会被打翻……当她再次看他，他的脸庞贴上了她的小腿，温热有频率的鼻息让她的皮肤有些发痒，也让她的心有些慌乱。当他终于将那根荆刺挑出来时，他的眉毛抖了两抖，随后得意地笑了。

五天后继父和母亲回了云落，她却执意留下，又小住了半月。等不得回不了家，她便跟父母摊牌说，来年五一，打算跟欧勇结婚。母亲听闻后冷冷一笑，说，我早就觉得那小子不地道，天天缠磨你。我私底下跟你叔打听过，他家是农村的，上面还有五个哥哥，其中两个四十多岁了，还打着光棍。你要是真嫁给了他，受苦去吧！她挺着胸脯说，我不怕，跟爱人一起吃苦，越吃越甜！母亲扇了她两记耳光。她还从没有打过女儿。来素芸难免嚎啕起来，寻死觅活的。继父一直没吭声，后来柔声道，素芸啊，你要想吃苦，就尽管去吃吧！吃不下了，再逃回蜜罐来，他耐心抚摸着女儿的头发，说，燕雀不被弹弓子打，总觉着飞来飞去也挺好呢。

来年五一真就结了婚。婚后她不顾父母阻拦，辞去了职业学校的工作，跟公婆住在农村。她没在乡村待过，对那里的一切都充满了好奇，红高粱白玉米，黑玉芝麻红袍花生，驴马骡猪，散发着河蚌味的河流，到处拉屎的鸭鹅，将一切都染成绯红的彩霞……她给万樱写信时曾精心描述过村庄的景色，深信自己能在那里住一百年，并盛邀万樱前去做客。她说的是真心话，在信件末尾，她详细介绍了乘车路线：先坐火车，再倒公共汽车，最后她会让公公赶着驴车去镇上接万樱。当然，她唯一不习惯的是旱厕，放在里面的不是卫生纸，而是高粱杆……

然而也只半年过去，便觉无聊至极。公婆都是老实的庄稼人，几位妯娌却不是省油的灯，最擅长捻酱杆挑拨是非。那日跟婆婆拌了嘴，便托人从北京买了机票，只身去湛江找欧勇。欧勇呢，在海员俱乐部工作，平日里不是忙着举办各种舞会就是陪领导出差，三天两头不着家。她住在招待所，没事了便跟探亲的军嫂们去赶海。有天晚上她站在窗前，看着军港里的舰艇竟有些困惑，不明白自己为何在这里，那个男人，好像离自己很近，不过更多时候，却又像陌生人。恍惚间俯瞰到院墙旮旯有人接吻，等他们分开，才察觉那男人是欧勇。

她匆忙跑下楼，却只看到欧勇一个人蹲在路灯下吸烟。欧勇见到她，咧嘴笑了笑。他笑起来的时候，眼神有些坦荡的轻浮，却又那么明亮迷人。她本想上前拳打脚踢，最后也只是牵了他的手，佯装镇定地问，那女孩，是谁？欧勇没有回答，没回答的意思就是，他没有承认什么，也没有否认什么。后来他猛地将她抱起来，一直抱到房间，然后将她扔到那张发潮的床上。她那时总是疑惑：床单在阳光下暴晒那么久，为何躺上去的时候，皮肤永远是湿涩的？

孩子三岁时，要去城里上幼儿园，她便在县城租了房。欧勇倒是每月都给她邮钱，不过那点工资，将就着能买几罐奶粉和几件衣物玩具，余下的，还是要靠母亲和继父接济。如此也不是长久之计，便去技校学了裁剪，平时接些私活。

孩子六岁时，欧勇退伍，在市里一家饲料公司做销售，东跑西颠，夜夜不着家。他手勤脚快，嘴巴觫甜，不久便升为业务经理。再后来，又私下跟战友开了家保洁公司。他们有位老首长退伍后，在政府办当主任，对曾经的兄弟们照顾得颇为周全。两年后，欧勇买了奥迪，再两年，欧勇提出离婚。他对来素芸说，他外面有了人，怀孕仨月了，急等着结婚。他说话的语气很平静，就像说衣服旧了，要换件新的。来素芸正埋头缝羽绒服，她头也没抬，说，孩子归我，再给我一百万。欧勇点根烟，说，五十万，半晌又说，六十。

欧勇婚礼当天，来素芸也去了。她带了瓶硫酸去的。硫酸没泼欧勇脸上，而是泼在了他小腿上。那年冬天，沧州下了五六场大雪，在拘留所的几天，她时常呆呆望着蒲公英般的雪花安静地在半空融化。她想，男人是靠不住的，能靠得住的，只有钱。这么简单的道理，她怎么才悟透？继父托关系将她弄出去的当夜，父女俩便乘坐绿皮火车返回了云落。继父一路上都没如何讲话，只是默默望着她。他不是她的生父，却更像是给了她一条命的人。她看到老男人的眼里噙着泪花。她当时特别怕他的泪花滚出来。

回云落后，继父托人弄脸，将她介绍到一家服装学校当老师。她早出晚归，只偶尔去包子铺找万樱待会儿。夜深人静时她总睡不着，想，以后再也不碰男人了。男人也许有好东西，可好东西一般都会被别人早早霸占祸害。这世上，只有数钱时的"刷刷"声才最动听。

男人是她在服装学校认识的。标准的国字脸，一双豹眼仿佛随时都会射出精光。男人的老婆心血来潮要学裁剪，男人负责开车接送。那天去早了，还没下课，门敞着，他就靠着门框往教室瞅。据男人说，他第一眼就喜欢上她了。她正在教一名学员如何画裁剪图，他瞄到了她的侧脸。他说，她长得特别像他初中的英语老师，棕色长发，尖下巴，眼睫毛忽闪忽闪，说话声又脆又甜，像夏天吃的冰镇甜瓜。他不知道从哪里弄到了她的手机号码，时不时发些没头没尾的信息。譬如，我在去上海的火车上；譬如，你喜欢吃酱肘子吗；譬如，我昨晚梦到你了，你是不是胖了……当他约来素芸去云落大酒店吃饭时，她没有拒绝。对这个暗中偷偷观察她、时不时骚扰她的男人，她抱了一种戏谑的好奇心。可当知晓他的身份时，她转身就走，只不过，他老虎钳般的大手让她乖乖坐回椅上。

那天他们吃的海鲜自助。她没什么胃口，只是听他滔滔不绝地念着生意经，以及他认识哪位县长，跟哪位副市长吃过饭，去过欧洲哪个国家，当他漫不经心地谈到北京电视台的一位主持人时，来素芸的瞳孔张得比玻璃球还大，你竟然认识她？她可是三届金嗓子大赛获得者！她热切地抓住他粗糙的大手问，你……能找机会……带我会会她吗？

如果他当初没有说出那个名字，也许他们根本不会有交叉点。几天后，他特意带来素芸拜访了主持人，吃了顿奢华大餐，餐后他塞给主持人一个厚厚的红包。素芸整晚一句话没说，只是面色潮红地听他们聊天。

那天晚上，没有事先预订酒店，他们好不容易在芍药居的一个小区内找到家旅馆。旅馆异常简陋，没有空调，只有一台电风扇。来素芸还记得那晚闷得很，在呱噪的蝉鸣中，他们的汗水浸湿了床单，后来，他们不得不转战到水泥地板上。寒入骨髓，她大汗淋漓，仿若一条将死游鱼。

当一切都安静下来时，巨大的懊丧感让她久久不能入眠。她睡了一个女人的丈夫，这女人还是她的学生……她怎能做出如此下作的事？凌晨时呼吸越发困难，仿佛被谁囚禁在密不透风的牢笼中，她鼓足勇气摸黑开窗，发现这个房间根本没有窗户，她只能将电风扇开到最大挡。扇叶疯狂转动着发出吱吱吱吱的声响，她坐在地板上抱着双腿抽泣，累了，才蜷缩到床脚，抻过裙子盖住小腹。当黎明的曦光透过窗帘照着男人脸庞，她发现男人正仔细打量着她。她羞愧地闭上眼，而他又翻爬过来，将黏糊糊的身体覆盖住她，让她什么都来不及细想……他们穿好衣服去吃早餐时，已经十点半，只好从小区门口买了几个茶叶蛋。他左手拎着茶叶蛋，右手攥着她的手腕。当她弯下腰系鞋带时，他边剥蛋皮边清了清嗓子，说，来素芸，咱俩相好吧。我保证一辈子对得起你。他的声音被蛋黄糊住，有些干涩沉闷，却异乎寻常地响。

就那么着在了一起。等断断续续的羞愧感潮水般退去，她已经完全能够坦然地面对她的学生了。他在云落最昂贵的香榭丽舍高尚小区给她买了套三室一厅的房子，又在最繁华的街道给她投资了一家窗帘店。男人嘛，无胆不肥，她后来才知道，他老婆就住对门。如此看来，他绝对是个剑走偏锋的商人。男人做铁锹生意，虽说只念到初中，铁锹却卖到了肯尼亚、埃塞俄比亚和阿根廷，据说还差点请到加布里埃尔·巴蒂斯图塔给他们的"土狼"牌铁锹当形象大使。那时来素芸送过万樱不少把造型各异小巧玲珑的铁锹，这把是铲煤用的，那把是挖野菜用的，这把是栽蔷薇用的，那把呢，是挂在墙上做饰品的。当万樱支吾着问铁锹咋还能挂墙上时，她心里竟旋起一股莫名的愤怒，你个土老帽，谁说挂在墙上的只能是新疆织毯和景德镇瓷盘？很明显万樱被她吓到，大气不敢出，而她，则为自己的愤怒感到不可思议。她不知道这是怎么了。

东窗事发是迟早的事，晚上这厢折腾完哪儿有气力又跑到那厢折腾？男人难免怠慢了原配，生了罅隙。原配左眼斜视，还有些散光，幸运的是耳力超群，某日她听到隔壁传来女人叫床的声响，然后是男人粗重的喘息声。那声音如此熟络，原配忍不住扒住猫眼细看，不久男人从对面推门晃出，边擦着腮边的口红印边掏钥匙。原配就疯了，本来闲得无聊想学如何量别人的胸围腰围和臀围，不成想却被这女教师将自家男人带到床上，量起了只有她能量的物件，知晓了本应只有她知晓的尺寸。翌日万樱见到来素芸，来素芸的脸被抠花了，脂粉也没能藏住眼角的乌青。万樱劝她说，你呀，要找就找个本分人，有钱人哪里靠得住？来素芸戴上从马尔代夫买的墨镜，面无表情地盯着万樱，说，你个泥菩萨，还是想想自己咋过江吧。

似乎，身体内某个隐秘的阀门被硬生生撬开了。那天，她开着宝马去美容院，半路上被一辆尼桑追尾。等怒气冲冲下了车，已有人站在那里，一副手足无措的模样。当那人抬眼看她时，她不免愣住。男人一双桃花眼，水汪汪的，随时都要流出光和蜜来。刹那间，她怎么就想起了欧勇，说，你咋开的车？没长眼啊！男人赔笑道，姐啊，我昨晚没睡醒，真对不住，不过我上了保险，你赶紧报警吧。男人的声音有点奶气，说话时一双眼笑眯眯地盯着她，让她徒生些歉意，仿佛他不是肇事者，而是她撞了他的车。算了吧，她说，只划了道迹，喷些漆好了，报什么警。男人明显不相信的样子，说，姐啊，不如这样，咱俩加个微信，日后车要有啥毛病，你尽管联系我，我负责修。她还从没遇到这么有礼貌的小伙子，就闲聊了几句，知道他是蒙牛公司的大货司机，昨晚才跑长途回来。过了几天，她去洗车，又碰到了他。他笑眯眯地说，姐啊，咱俩的缘分可真不浅，要不，请你喝杯奶茶？

他真就请来素芸喝了奶茶，又过了两天，给来素芸打电话说，家里正装修，想跟她咨询些安窗帘的事。来素芸有些诧异，便问，你咋知道我是干啥的？男人说，谁不知道云落的来老板呢？来素芸听着很是舒心，专门派了小岑对接此事。如此一来二去就熟了，闲时也会互约着吃个便饭。男人最爱吃烧烤，尤其是烤羊腰烤羊蛋。来素芸便批评说，你这么年轻，火力本来就旺，老吃这些干啥？他说，男人保护自己的肾，要从娃娃抓起。他一本正经的样子让她不禁咯咯着笑起来。他就说，姐啊，你笑起来的样子真迷人。她说，滚蛋，小屁孩。他似乎有些委屈，说，我哪里小了？要不你摸一摸？说完就来拽她的手，她的脸红了，呸了声说，没大没小！他说，你别瞧不起我，我打算从现在起追你，信不信？她彻底无语了，只能怔怔地看着他。他就笑了，凑上前，在她的脸上亲了口。

就这么糊里糊涂着好上了，到底算不算好上，她其实也不清楚。不过，年轻的男人真是把火啊，随时能将冰凉的身体烤得炙热。他搬到了她家里，虽然忙，晨起还是变着花样给她做早餐，但凡有空，就见缝插针地发信息，都是些孩子般的问候：你吃午饭了吗？今天冷，多穿些衣服。看到一朵花，想起了你。诸如此类。虽然在她眼里无比幼稚，却也渐渐享受起来。过年时，她买了去三亚琼海的机票，在海边过的除夕。以前是男人为她花钱，现在是她为男人花钱，感觉就是不同。万樱笑话她为男人花钱大手大脚，人民币像是自家印的，她没觉得难堪，相反，内心反倒升腾起一种压抑不住的自豪感。男人能做到的，我照样能做到，她恍惚着想，有什么了不起的呢！情人节那天她忍不住向万樱展示送男友的礼物：一瓶HUGO香水，一枚美国二战纪念版银质打火机，两条金利来腰带，一块金色浪琴手表，七条CK男士情趣内裤（赤橙黄绿青蓝紫，一种颜色一条），还有条阿玛尼限量版中国蓝围巾。

万樱闷声闷气地问，他送你的啥？来素芸说，你猜。万樱说，黄金戒指白金项链？来素芸摇摇头。万樱说，狐狸大氅？来素芸摇摇头。万樱说，最新款的缝纫机？来素芸白了她眼，万樱就睁圆了眼问，妈呀，难不成是你心心念念的价值四千块钱的文胸？真的吗？来素芸瞥她一眼说，你咋这俗？满脑子钱呀钱的，你啥时能高雅起来？他呀，送了我一枝……蓝色妖姬。她眯眼望着窗外，窗外弥漫着大雾，透过迷雾，她仿佛看到了别的女人一辈子都看不到的风景。我还没有遇到过这么浪漫的男人呢，她说，吃完饭，拽着我非要在大街上跳舞，你说我这样的淑女哪能在大街上随便跳探戈？可我喝了点红酒，就忍不住跟他在十字路口比画了两下。他呀，那大长腿，那麒麟臂，那豺狗腰……来素芸的语调旋即细嫩旖旎起来，我们跳完了，他不知道从啥地方变出枝玫瑰，牙叼着……喂到我嘴里。他说，这支蓝色妖姬，只送给这辈子最爱的女人。能有谁！你傻呀万樱，我呗……我就是他生命里最闪亮的星星……

日后想想，她当时真是疯魔了，如果不疯魔，怎么会逼着他结婚？他呢，当时没说什么，只是笑眯眯地看着她。她焦灼地等待着他的回答，而他，不紧不慢冲了杯咖啡，递给她。她有种不好的预感，似乎随着那句话的脱口而出，他们之间的关系也就彻底结束了。加糖吗？他问。她点点头，他就往咖啡里加了块方糖，搅拌均匀，然后盯着她说，姐啊，我就是这块糖，能让咖啡不那么苦，可是没有糖，咖啡的味道照样不错。她不知道他到底在说什么，只不过那日后，他们的往来便少了些，等到了初夏，他几乎从她的生活里消失了。当夏天第一场大暴雨降临，她看着那辆重新喷过漆的宝马，想，自己多可笑啊，奔四的年岁了，还是爱做梦。我怎么就忘了，这世界上最可靠的，只有钱呢？想着想着，她忍不住拎起把锤子，雨衣也没披，推开门慢悠悠地走出去，在混沌的视线中将那辆宝马车砸得稀烂。即便如此，翌日上班时，也没心思吃早餐，在格子间冬眠的蛇般软塌塌趴着。趴也不好好趴，摔剪子，摔尺子，摔手机。万樱心疼她才花了一万二买的苹果手机，说，求你了，你要摔，拣些便宜的摔。她哼哼两声，看也没看万樱一眼。

那几天，她不吃饭不抹口红，嘴巴越来越瘪，犹如脱水的青蛙般偶尔露出白嫩小舌。万樱说，再这样下去，你成不了那啥罗伯茨，反倒成半截口袋了。半截口袋是云落坊间传说中的鬼，没生腿，也没生嘴巴，专在夜晚的空中飘来飘去，伺机摄人魂魄来食。她去照镜，镜子里的女人，还很年轻。至少，看起来还很年轻。她感觉自己什么都不缺，又感觉什么都缺。或许在万樱眼里,她只是个没心没肺、只会贪图享乐的蠢女人吧?她边想边从美团点了一份虾仁水饺、一份乌贼鳕鱼米线、一份燕十三血肠酸菜小笼包和一碗加了三两牛肉的韭叶兰州拉面。

这些食物不紧不慢地被她的舌头统统吸咽进比鳗鱼还苗条的身体。她觉得自己苏醒过来了。终于苏醒过来了。苏醒过来的她,隔些日子经人介绍,认识了一名公务员。公务员姓马,是镇上的副书记,老婆是档案局的,抑郁症,从十七楼跳下。老马的长相比年岁至少老十岁,不过,人倒如秤砣那么稳。来素芸想,她现在就需要个沉实的秤砣,来将她身上那些总是骚动不安、说不清道不明的东西,压一压,狠狠地压一压。

第二十三章　　彼此

这几天,干燥性鼻炎将天青折磨得寝食难安。午夜骤醒,只觉枕边铁腥味弥漫,开了灯,却是满掌的血。在去扁鹊医院的途中,他接到了导师的电话。

导师的教学方式是放养,或许连放养都算不上,据说有的硕士研究生从入学到毕业,都没机会跟导师说上两句话。没错,导师很忙,他以前是艺术学院的常务副院长,退休后辞去了行政职务,却继续担任着研究中心的副主任。他年近古稀,家有娇妻,却常年过着飞行生活,用他自己的话讲,就是当飞机穿越云层时,是他最踏实的时候。天青帮导师整理过发票,发现他曾经三十天内飞过十三座城市,其中包括海德堡和法兰克福。他到世界各地的大学授课、演讲、参加学术会议,用他那口谁也听不太清的赣西普通话讲述着六朝美术史。他是那种典型的靠一本书吃一辈子的学者,自四十五岁那年出版了震惊学界的著作后,随后的二十多年里,他几乎没有发表过像样的学术文章。可这丝毫没有影响到他在学界的声誉,几十年过去,学生们都很争气,混得不如意的,也都在211大学带了博士生。他如今担忧的事情,可能就是高血压、前列腺炎和那口并不牢靠的昂贵假牙了。

导师说,他后天去香港科技大学参加一个国际论坛,让天青给一年级的硕士研究生代两节课。这样的小事,平时连电话也不会打,一条短信足矣。看来导师这天心情不错,还顺口夸奖了天青在《文艺评论》上发表的关于石涛的小文。天青吭吭着应允,脑子里快速盘算着如何将这山芋抛给师妹。好不容易听完导师教诲,他一眼就瞥到了万樱。他快活地呼喊她的名字,她却神情呆滞。她连鞋子也没穿,晃晃悠悠走在脏兮兮的人行道上,仿佛醉了酒般。他放心不下,尾随着走了几步,万樱回过头喊,忙你的去!我没事!这时导师的电话偏偏又打进来。导师说,方才忘了件要事,你师母办了个短期春训班,专招高二年级美术生,你要帮忙张罗张罗。师母是以前的师姐,既有同门之谊又有师道尊严,焉有甩手之理?天青忙一口应允,挂了手机再寻万樱,早不见了踪影。心头疑惑间,又收到了林美琴的短信。

林美琴说,她明天去石家庄出差,在那里旅住数日,他若是能陪同前往,她将倍感荣幸。她用了"倍感荣幸"这个词,天青觉得，她是在变相提醒他，他才应该是感恩戴德的那个人。这半年来，她陆陆续续往他的银行卡上打了三四万块钱。这些钱足够给田家艳买个卫生间。林美琴向来是个快嘴快舌的人，他特意偷偷蹭过她的课，看着她在讲台上激情昂扬地讲古代文学史，他有点走神。这与床上的她完全不同——当她被亲吻、被探索时，他听不到她的喘息声。他在黑暗中默默地耕耘时常常产生种错觉，他是在跟没有语言表达能力的物体做爱，这物体可能是餐桌，可能是冰箱，也可能是一面写满了刘禹锡诗词的黑板。这个三十出头的单身女人，大概从来没有享受过真正的性爱，当他将激情赐予她时，她完全找不到表达身体快感的渠道和方式，也许，她是将所有的汗液、体液、美妙的声音和姿势都以另外一种方式吸纳进肺腑，犹如黑洞吞噬了一颗又一颗的恒星、行星和彗星。

这半年来，她都是礼拜五晚上将他约到家里。她离过次婚，没孩子，家是她最安全的地方。她喜欢在床上做爱，除此之外，她拒绝任何陌生场所，比如客厅、浴室、阳台或地下车库。她看起来热情洋溢，完全嗅不到任何衰败的气味，可天青觉得，她是棵老树，看起来枝繁叶茂葳蕤葱绿，根却萎烂了。有次事毕，她摸着他的小腹问，你喜欢杜甫的诗歌吗？他说小时候背诵过，不过全忘了。这怎么行呢，他听到她惊讶地问道，杜甫是中国最伟大的诗人，你身为艺术史研究生，怎能不熟读老杜？在湿漉漉的床单上，女人兴致盎然地给他讲起杜甫的诗学。他听着听着迷糊住了，等醒过来，她还在一板一眼地解析杜甫那首《闻官军收河南河北》。他只好重新覆盖住她，用舌头卷住她的舌头。当他表演性地冲刺时，她用手指在他的脊背上断断续续写着那句"即从巴峡穿巫峡，便下襄阳向洛阳"。他颇为沮丧地想，她可能并不贪恋他的身体，她只是渴望一种想象中的亲密关系。这种亲密关系有可能以肉体的形式呈现，也有可能以诗歌的形式承载。或许在潜意识里，她更愿意跟一首或玄妙或沉郁的古体诗做爱。

他没有立即回复她。他知道她在焦灼地等待着他的回信。他喜欢女人们的等待。

本来他以为，海边的风能让他的鼻腔湿润些，春天必犯的干燥性鼻炎会不治而愈，没想到即便在云落，该来的还是会来。这注定是个多事的春日午后，去医院途中，他又接到了常云泽的电话。常云泽的声音懒洋洋的，仿佛才苏醒不久。他说，我跟蝎子去海钓，有兴趣没，你？他的声音有些迟疑，缺乏那种邀请者的热忱，不过天青并没有介意，他快速权衡了下："去，当然去。"常云泽笑了声说："好。半小时后到旅馆接你。"他声音依旧懒洋洋的，充满了命令与召唤的双重意味。

天青中途折返回了旅馆。常云泽还叮嘱他，夜风刺骨，最好带件羽绒服，礁石湿滑，千万别穿皮鞋，要是有帽子围巾更把滑。天青备了件夹克，又换了双登山鞋，早早站门口候着。当常云泽开着破皮卡接上他时，他刚将导师的任务转交给了师妹。常云泽说："我买了烤鹅跟猪头肉，带了帐篷和睡袋，你边钓边玩，饿了就吃，困了就睡。"他说话时没正眼瞅天青。天青兴奋地哦了声问："给我备鱼竿没？"蝎子扭过头做了OK的手势："备……备好了。"

午后三点他们准时出发，中途从海港区的海鲜市场买了沙蚕、冰虾等鱼饵。到了海边已近黄昏，站岗的边防人员禁止游客进入堤坝，常云泽给谁打了个电话，又将电话毕恭毕敬递给边防人员，这才握手放行。常云泽将车停在岗楼外，从后备箱将家伙式拎出，三人朝防波堤缓慢步行。防波堤是用工字石构建的，每颗巨石中间都有一寸见方的孔隙，常云泽说，为的是减少潮水压力。远远望去，狭窄漫长的灰色堤坝孤零零地伸向大海，仿佛抛进海里的一根旧鱼线。他们过了几处瞭望台，又过了灯塔，这才安营扎寨搭好帐篷。常云泽给天青备了根简易钓竿，又帮他钩好沙蚕。"甩线，竿动了就拥线。"常云泽嘴里叼着烟心不在焉地瞥天青两眼，"你这种新手，最好就是用沙蚕钓黑头。黑头长着爱因斯坦的大脑袋，却傻得像憨豆先生，有食就咬。"

等他们站在礁石上开钓时，太阳缓坠入海，霞光将轮船、海水、堤坝、灯塔、钓客和海鸥染成了绛红色。四月的晚风吹在脸上，有种咸腥的、凛冽的湿气。常云泽站立的那块礁石离天青有四五米远，蝎子则在十米开外。常云泽的钓竿是那种正宗的矶钓竿，手摇的，还有个精致的纺车轮，天青看到他抡圆胳膊将鱼线稳稳甩出，黄色阿波被拥挤的海浪吞没，旋即打个深旋又蹿浮出水面。他整个身躯被黄昏的霞光笼罩，侧面瞅去犹如潦草的剪影。天青低头看了看手中的鱼竿，小心翼翼地跳上块低矮的工字石，石头上披覆着牡蛎、绿苔藓和紫盖藻。他寻了块波澜不惊的水域将线垂下。未及三两分钟便觉鱼竿猛地一拥，似乎有股暗力要将他硬生生拖吞进海里。没吃过猪肉也见过猪跑，他连忙收竿扯线。果不其然，钓上来条一拃长的海鱼，大头黑，短鳍如刀。他一把攥住，不禁呼喊了声："上货了！"他的声音很快被温吞的海浪声吸走，他攥住鱼身取下鱼钩，笨手笨脚地换了只肥沙蚕。海风吹来，他打了个哆嗦，极目远眺，太阳被大海完全吞食，半丝光亮也没有了，红色的海水渐渐地凝成了黝黑，只有灯塔照耀到的地方，海水才碎成橘色鳞片巡回漾游。他环顾下四周，心中涌起一股难言的恐惧，不禁朝常云泽和蝎子那边瞅去。他们的身影黑乎黏湿，与礁石和夜色融为一体。在无数块粘覆着海藻牡蛎的礁石上，仿佛只有他一个人在急促地呼吸。

他用手电筒朝大海晃了晃，刺眼的光束很快被黑色海浪吞噬了。

他从来没有想到过，会随常云泽来海边夜钓。

当然，他也从来没有想到过，离别云落多年后会重返此地。斯金纳德在那首《Sweet Home Alabama》中深情地唱道："偌大的汽轮旋转不停，带我回家探望我的亲人，口中吟唱着南部的歌曲，我又想念着阿拉巴马……现在水门事件不再困扰我了，你是否受到良心的谴责，实话实说，甜美的家园，阿拉巴马……"他一直警告自己，云落没有亲人，云落不是甜美的家园，至于是否有人受到良心的谴责，他也并不在乎。

从逃离云落的那天起，他以为就将这里的一切彻底埋葬了。埋葬过去，或者被过去埋葬。埋葬他人，或者被他人埋葬。多年来，云落从来没有在他的梦境中出现过。八岁之前的时光仿佛被巧妙的剪辑师剪掉的电影胶片，任何关于云落的场景、人物、风物和往事都随着手起剪落变成了空白，从未诞生的空白，接近于黑洞的空白……他一度钦佩自己，能将云落遗忘得如此干净，仿佛八岁之前，他还没有脱离子宫诞生。大学时他读到过一首墨西哥诗歌，诗人和诗的名字都没记住，那几句诗却时常如白头海雕盘旋在湖沼上空般盘旋在他越来越健忘的海马体：献给被处决者的玫瑰/八月的雪，断头台的月亮/麦穗、石榴、太阳的遗嘱/写在火山岩上的海的字迹/写在沙漠上的风的篇章/你，不是任何人……

你，不是任何人。任何人。不是。你。玫瑰。献给。被处决者。他离开时，从油腻的收款箱里偷了六十五块钱，六张十元的，五张一块的，其中一张十元人民币，中间粘着条黄色胶带，还有一张写着名字，碳素墨水写的，字侉大丑陋，刘玉海，他永远忘不了这个陌生人的名字。他的衣领散发着蒸箱的馒味，指缝里残留着菜叶碎渣，脚上的双星牌运动鞋，鞋帮上全是泔水印渍。他当时的想法不仅简单而且幼稚：只要逃离云落，后妈再也不能拿绣花针扎他了，从来没正眼瞅过他的父亲，再也不能用蒲扇巴掌扇他了，那些喊他娘娘腔的同学再也没机会将他堵在厕所扒裤子了……本来他打算将母亲生前纳鞋底的那枚白铜顶针藏进裤兜，可瞅到墙上的钟表时针指向了五点，功亏一篑的恐惧感霎时笼罩了他。那时，云落还没有火车站。他打听过，云落开往滦州的末班汽车是五点十分。这个点，包子铺人仰马翻，过不多久，附近工地上的建筑工人就蝗虫般云集而来，他们喝免费散白酒，吃猪肉茴香馅包子，抽劣质香烟或旱烟，龇着黄牙吹牛逼，讲下流笑话，还时不时摸两把厨娘们的屁股。父亲盼咐他将两屉皮皮虾馅的蒸饺放进蒸笼，他怯怯地哦了声，男人嘟囔道，蔫了吧唧！大点声气！他红着脸将屉叠好，往炉腔里胡乱塞了两把豌豆根，这

才鸟悄着朝汽车站走去。他一直没敢回头，他怕有人呼喊他的名字。日后想起那个黄昏，他庆幸半路上没有遇到任何熟人，连那个每日傍晚来他家拉泔水的哑巴老头也没有碰到。当他看到太阳即将隐没在地平线时，一种濒死的绝望促使他不由自主地狂奔起来。他的腿又细又长，却是他们班百米成绩最差的男孩。他感到脸上的汗毛像蒲公英的长绒毛般被风陡然吹起，他还听到了心脏数次跳到喉咙里的咕咚声，而眼前上下剧烈晃动的悬铃木和白蜡树的枝叶，时不时掸打着他的耳朵和后脑勺，让他瞬间想起了《动物世界》里被花豹追赶的麋鹿和羚羊……当他喘息着跳上即将启程的长途汽车时，司机长长地瞄了他两眼，不耐烦地问道：

你身高超一米二了吧？买票没？……

"哈哈，海鲫！"天青听到常云泽的呼喊声，他中气十足，声音即便被海风荡掩，也能听得真切，"他妈的！足有三斤半！走了狗屎运！"

也许常云泽一直在走狗屎运。父亲只用了一年就找到了"常云泽"。他曾让私家侦探大力帮忙找到过一张常云泽儿时的照片。那是张彩色照片，从照片上看，当时的常云泽比他略胖，不过，眉眼跟小时候的自己倒有七八分相像。若是细看，他们的眼神却截然不同：他照相时脑袋微微低垂，眼羞涩地上挑，仿佛摄影师正在低声训斥他，而常云泽的目光直视着摄影师，脖子梗着，眼神冷淡，一副桀骜不驯的模样。他一直心存疑惑，到底是什么让父亲相信，那个不知在滦州大桥附近流浪了多久的孩子，就是他的亲生儿子？如果父亲没有停止寻人，自己是否有可能被找到？而命运时常跟人开玩笑，他到达云落的第

一晚，竟在父亲的饭馆吃了涮驴肉。那时，他对此一无所知，他也没有做好去见他的准备。当他第一眼见到阔别十七八年的父亲时，他没有想象中那么平静。这么多年来，他从未想过要回云落找他。如果不是这次莫名其妙被郭姐拉来参加灵修团，他仍然不会见这个男人，这个赐予他骨血的男人，这个总是忙着蒸包子的男人，这个唤作常献凯的男人——他早从记忆中蜕化，最后蜕化成一个名词，一个单纯的名词，一个干瘪的名词，一个任何修饰语都没有的名词，父亲。如此而已。仅此而已。

"操，大鲈子！"常云泽的声音又隐隐传来，或是过于兴奋，他用手电筒不停晃照着那条才上钩的鲈鱼。鲈鱼个头确实不小，在常云泽手里拼命扑棱着。"待会炖了它！"常云泽歪头朝着他喊。他笑了笑，用手电筒朝常云泽那边晃了晃。

他从小胆小，听母亲说，即便被蚊子蹬了两脚，他也会哇啦哇啦嚎哭半晌，有回手背被镰刀划道浅口，渗了几滴血，他竟昏厥过去。"小兔崽子啊，你到底是啥托生的？"他母亲活着时，常将他搂在怀里，边亲他的脸颊边发出嗔怪似的疑问。他胆子小吗？一点都不。那天到滦州火车站时是夜里七点。售票员从椅子上站起来踮着脚才看到窗口外的他。你去哪儿，小朋友？他想了想问，最近的一趟车……是从哪儿……到哪儿？售票员是个烫着波浪卷的女人，也许她见过太多世面，对这个孤身来买票的孩子并没有做太多盘问，只是淡淡地说，天津到沈阳，途经北戴河、锦州、七棵树、沟帮子和大虎山，七点二十发车。我买一张……去锦州的票，他奶声奶气应答着，掏出那些皱巴巴的钱币。带学生证没？能半价，售票员问。没有……他耷拉着脑袋低声说。拿着，赶紧检票去。他听到售票员说，你从外头商铺买几盒方便面，火车上饭贵。他哦了声，连声谢谢都没说撒腿就跑。他警觉地听到了火车的鸣笛声，他当时唯有一个念头：老天爷保佑，千万别让那辆开往东北的火车冒着浓烟开走了。

"收工！"常云泽喊道，"吃饭了！"

天青钓了三条黑头，常云泽钓了两条海鲫三条石斑鱼，蝎子呢，钓了两条梭鱼五只螃蟹。常云泽打开收纳箱，从里面先掏出小酒精炉，又掏出口迷你铝锅。"把那条最大的鲈子拾掇干净。"他吩咐完蝎子又吩咐天青，"你，把鹅肉撕巴撕巴。"他自己呢，则小心着将火点着，往锅里倒了两瓶纯净水，又打开塑料袋，抓出些葱段、姜片、香叶、蒜瓣和竹盐。"海边晚餐，"他盯着温吞的海面从兜里摸索出瓶白酒，"无鱼不成宴，无酒不成席。"

鱼咕噜咕噜炖好。常云泽说："整酒吧，傻等啥？"先端起杯子灌了口。天青也端起酒杯嘬了嘬，火辣辣，一条火线直勾勾从舌根直燎到胃底。常云泽身坯壮实粗魁，灯塔红色的光晕将他的轮廓隐隐放大，让他看上去犹如在半明半暗的夜色中进食的棕熊。天青的影子与他的影子被灯塔拉得狭长吊诡，歪歪斜斜交叠纠缠一起。

"快吃，"常云泽从他肩头捶了两拳，"病猫！这么鲜的鲈鱼，寻常饭馆里有钱也买不到。"

天青微笑着朝他点点头。对这个冒名顶替的家伙，起初他只是充满了好奇与愤怒。他是谁？他从哪里来？他有着怎样的过往？他怎敢鸠占鹊巢？如今，所有的疑问都豁然开朗。这个富有侵略性的人，即便身在埃塞俄比亚，即便是个没鞋穿的难民，也会活得比别人更长久，路也比别人走得更弥远。他浑身散发着粗鄙甚至是野蛮的亲和力，这亲和力不是天生的，而是在后天的摸爬滚打中由无数条屠溪汇流而成。他渴望了解这个人的历史，在过去的十几年间，他替自己在云落活着，他做过哪些亏心事？他吃过哪些苦头？他享过哪些清福？他跟常献凯又是怎样的一种父子关系？他有没有做过噩梦？他有没有想到过那个离家出走的孩子终将会归来？……相反，他觉得自己并不关心常献凯活得如何……不过，这样说有些违心……在驴肉馆见到常献凯的第一眼，他险些崩溃，他忍不住要冲上前紧抱他，抱住这个浑身驴肉味的老人，抱住这个世上唯一的父亲，抱住这个从来没有在他梦里浮现过的暴君，抱住这个他既恨又爱的……亲人。那天下午，他陪着他刷驴皮钉驴皮，陪他唠家常嗑，数次险些脱口而出，爸，我是云泽，我才是你儿子……这念头只要萤火虫般隐约闪烁，巨大的、几乎令人窒息的幸福感就会让他身体颤抖呼吸急促，耳畔嗡嗡轰响。他不敢正眼看父亲，他怕父亲看到自己眼眶里滚烫的泪水，他又不舍得不看父亲，只好斜着眼、目光追光灯般贴着父亲的身影。他悄瞄着父亲的粗手、脸上的老年斑以及身上那件沾染着驴血的长身大褂，喉咙无数次哽咽……可他还是憋住了。他选择了沉默。他选择了……等待。他选择了常人不可能选择的选择。他不得不佩服自己。他是太平洋里那头最能憋气的抹香鲸。

"走一个！"常云泽呼口气撇了杯白酒，又左右环顾下天青和蝎子，"多整点！暖和暖和身子，冻死了可别怨我。"

这酒不知是何酒，劲头贼冲，有些噎嗓。他看到常云泽探手将鲈鱼头抓过去，塞嘴里吱喳吮吸。驴肉馆的壁画修缮完毕，他的旅程也结束了。他要不要与父亲相认？要不要将这多年的秘密和盘托出？还是……他深深地瞥了眼常云泽。常云泽的鱼头啃完了，正舔着油腻的指头。"鹅肉香得很，尝尝？"常云泽盯着他问，"你心不在焉的，打啥小算盘呢？"

天青说："我看天气预报，说云落有暴雨。海边是凌晨两点。"

常云泽说："那你真得小心些才是。海钓是危险的爱好，年年都有人葬身鱼腹。"

天青瞄了他眼说："乌鸦嘴。"

酒足饭饱，抹嘴刷锅重新开钓，天青瞅了瞅表，九点半。"你困了就睡。"常云泽拍拍他肩膀，"天气预报要有准头，瞎猫也能逮到活耗子。"天青笑着问："真要暴雨连天，帐篷被海浪冲走咋整？"常云泽嘿嘿笑了两声："胆小鬼，大不了把你捞上来。"

这次三人间的距离更为弯远，天青在礁石上钓了半个时辰，鱼也没上钩，眼瞅着十一点了，风越发硬，耳朵都要被吹烂，尽管套了毛衣夹克，还是打着寒噤。他收了鱼竿哆里哆嗦钻进帐篷睡觉。睡也睡不着，翻来覆去渐觉昏瞑，听得帐篷发出呼呼声响，稍不留神就要被吹上天空，间或，能听到海面上传来远洋货轮的鸣笛声，由远及近，仿佛黑夜在吹着潜行的号角。他翻身钻出帐篷，抱肩站在堤坝上凝望着夜海。海如此宁静，尽管有风，海浪也只是温柔地舔舐着防波堤和礁石。他四处逡巡，根本笼不到常云泽和蝎子的身形，想必是挪了新窝，只好快快缩回帐篷，和衣睡去。蒙眬中听到帐篷依旧被海风吹得呼啦呼啦响，还有沙沙沙沙的拍打声，如果没猜错，肯定是下雨了。

他将夹克领里的帽子翻出,拎着手电筒沿着堤坝行进。他走得蜗牛般缓慢,仿佛每走一步都要经过深思熟虑。说实话,这些天来,他从未睡过安稳觉,总是半夜骤然惊醒,随后睁眼瞪着黑魆魆的房梁。庭院里不时传来猫的叫声,造纸厂排气的刺啦声,还有风吹过桃树和桑葚的哗啦声,那声音总让他误以为外面在下雨。有时他撩开窗帘角朝外观瞧,只有老太太厢房里的灯还亮着,窗帘也没拉,起夜时忍不住朝厢房瞄了瞄,他看到她缩缩着趴在书桌上,犹如灰扑扑的倦鸟。他回屋,用棉签蘸些清水擦擦鼻孔,和衣躺下望着房梁。

他面临着两种选择:一是和常献凯父子相认,这过程注定是个鸡飞狗跳、狗血淋头的过程,没准还会成为头条新闻,"离家出走十八载,鸠占鹊巢终团圆","孙悟空负气出走十八年,六耳猕猴取得真经成斗战胜佛",诸如此类的标题党新闻肯定漫天飞舞。常云泽没法狡赖,只需做个亲子鉴定,一切将水落石出。从此他将拥有两个父亲,而无论哪一个,都是他心头的棘刺;二是他来了又走了,犹如堂里的暗夜疾风,谁也不打扰。常献凯看起来风光,其实是大氅里面打补丁,这辈子只落下一套商品楼,按照云落房价市值不过三四十万。当然,即便常献凯将家产留给他,他也不会动用一分。他要用自己赚来的钱给田家艳买套房……这秘密他会烂在肚子里,哪天常献凯死了,或某天,他也死了,这秘密就像水消失在水里。"我会来参加他的葬礼。"他安慰着自己,拧开安眠药的瓶盖,将白色药片在指间捻来捻去……

"呆子!过来!快!"

他迎着声音跟跄走去。常云泽的手电筒晃着他的眼睛。

"上河豚了,妈的!"常云泽勾了勾手,"吃过河豚鱼冻没?人间第一美味。"

天青跳下堤坝,一步一步蹭到常云泽站立的那块工字石上。一块石头站两个人委实有点窄仄。常云泽拎着河豚在他跟前摇了摇,咧嘴道:"你小子真有口福,这么大的野生河豚,饭馆得卖五六百块钱。"天青还是头次见到河豚鱼,圆鼓鼓,像是没长刺的刺猬,"这鱼啊,气性大,一离开水,肚子就胀成这鸟模样。"

天青凝望着夜色中的常云泽,如果没猜错,常云泽现在还不知道发生了什么……天青看不清他的脸,不过能想象到,他脸上一定挂着那种狡黠的笑容。常云泽偏了偏头,他立马会意,接过手电筒。常云泽小心着摘鱼钩。鱼钩还是断了,他蹲跪下去将河豚扔到箱里,直起身换了根新子线,又从兜里掏出个鱼钩,三五下系好,将用蜂蜜腌制的秘制虾仁钩紧。他神态自若,整个动作流畅自然,仿佛钓鱼大师在现场教学。天青的心忽而柔软起来,在这无尽的黑夜里,在这满鼻腥气的海边,他打算原谅一切不该原谅的,接受一切不该接受的。他不是教徒,却感觉糠秕被风吹散,身体被突如其来的光照亮。

"就这样吧,"他想,"这怕是最好的选择了。"

"能给我讲讲你小时候的事吗?"天青斟酌着问,"比如……你为什么要离家出走?"

常云泽猛地将鱼线甩出。他似乎没有听到天青说话。天青揉了揉鼻子说:"我八岁时,也离家出走过。"这次鱼线甩得有些松,倒锥形阿波从海里拱出,在不远处发着红光,仿佛野兽的独眼。"那天晚上,也下着雨。我坐在火车上,睡不着。雨水打在火车玻璃上，瀑布似的。那时我就后悔了，这要是在家里，好歹有个暖被窝。"他笑了笑。他的语气很平静，仿佛在讲述别人的故事，"火车在夜里走得很慢，普快，麻雀大的站也停，我还记得有一个车站叫七棵树。这名字到现在我还记得。为什么叫七棵树？而不是八棵树、九棵树？我一直想不明白。"常云泽扭头盯着他，在黑暗中，他们都看不清彼此的脸，却能听到彼此的呼吸声。常云泽掏出香烟点着了两支，顺手递给他一支。他犹豫着接过来猛吸了两口，随即被呛得咳嗽起来："我在火车站流浪了一年零两个月，附近的垃圾箱我都很熟。比如肯德基快餐店旁边的垃圾箱，里面常有扔掉的炸薯条，又硬又凉，像细玻璃碴子。兰州拉面馆旁边的垃圾箱里，经常有羊肉串，不过都是肥油，粘爬着苍蝇，吃后犯恶心。我庆幸自己没被人贩子拐走，没有被割肾，没有被摘眼角膜。"他盯着海面上的阿波，阿波随着波浪的起伏轻柔摇摆，"听说，你逃到了滦州大桥？那里的流浪汉多吗？"

常云泽将香烟弹到海里，默默地盯着天青。天青说："一晃，云霓都成大姑娘了。"常云泽将手里的鱼竿抖了抖，说："这雨，真他妈烦，磨磨叽叽。"天青哦了声，问："你还记得，你老家是哪里的吗？"

常云泽望着海面收了鱼竿。"你为啥要回来？"常云泽掏出手机看了看，"妈的，这么多未接来电。"

天青呼了口气，问："你……"

"我知道你是谁。"常云泽说，"我啥样的货色没见过？流氓犯、杀人犯、纵火犯、流窜犯、吸毒的、拐卖儿童的、碰瓷的、讨饭的、卖淫的、赌钱闹鬼的……我见过的人，比这海里的鲈鱼多，我听过的谎话，比这海里的河豚密。上次吃饭，我就起了疑。你说，'你不认识我，我可认识你。我从这里去，又到这里来'。你还说，我是李鬼，你是李逵。我比你想象中聪明点。"

天青吃惊地看着常云泽。常云泽的语气比他的还要镇定。他早知道他是谁，可他什么都没问，什么都没说，什么都没做。他只是带着他来海边夜钓。

"挺好，"常云泽说，"这样挺好。完璧归赵。"他打了个哈欠，"哪天你想好了，我们就把这事捋一捋，捋一捋，好好捋一捋。估计，老家伙下巴要掉下来。不过，多了个读研究生的儿子，他肯定得意得要死。他可是个死要面子活受罪的人。呵呵，我呀，可真让他操碎了心，气破了胆。"

"你……这……"天青磕磕巴巴地说，"其实……"

"其实，当年我也觉得蹊跷，他凭啥把我当成他儿子？我看过你照片，有点像而已。不过，能有个吃热乎饭的家，谁是你老子谁是你亲妈一点都不重要，对吧？我在大桥边流浪，吃过死耗子活长虫，用茅草烤着吃，生嚼过蚂蚱蚯蚓蝲蝲蛄，还吃过炖死猫肉，猫可能是被毒鼠强药死的，我上吐下泻，发了三天高烧。有个好心的流浪汉从垃圾堆里翻出板过期的消炎药，胡乱塞我嘴里。还是烧，他们后来说，我的皮肤能把鹌鹑蛋煮熟。他们都寻思我死定了，连坑都给我挖好了，可我命大，又活过来。不过，"常云泽瞄了瞄天青，"你命也不小，命也比我好。老天爷还是偏向你。"

"我不是这个意思……我……"天青想了想说，"我没有你想象的那么幼稚。我……说实话……我想……"

"你咋想的，一点不重要。"常云泽将

168

鱼竿握把杵在礁石上,手指来来回回蹭着金属导环。后来他又点了支香烟:"我用你的名字活了这么些年,早他妈烦了,早他妈累了。我都快忘了我自己的名字了。多可笑!你知道一个人的名字有多重要吗?"他笑眯眯地瞥了天青两眼,"人死后,过奈何桥时,要是没自个的名,孟婆汤都喝不着,只能变成孤魂野鬼。"

天青的嗓子仿佛被鱼刺卡住。

"十三年前,你是不是往包子铺打过一次电话?"常云泽没有瞅他,而是盯着夜色中的一艘远洋货轮,谁也没留意货轮是何时出现的,它仿佛一只座头鲸劈开波浪钻了出来,朝着灯塔的方向行进,"是个男孩,说普通话。我问他找谁,他结结巴巴地说,找常献凯。我说,常献凯在劈柴。他问,你是谁?我说,我是常云泽。那个男孩半天没有说话。我还等着扔垃圾,随手将电话挂了。"常云泽伸了个懒腰,"瞧,我记性多好。那个男孩,是不是你?如果当时是老家伙接的电话,呵,一切就都不一样了。一切早结束了。"

"也许吧。"天青浑身处于一种亢奋的状态,他想放声唱歌他想怒声嘶吼他想在礁石上像苏格兰人那样跳踢踏舞,他想在这细雨中扒光衣服在灯塔下狂奔,他想像《马上斗牛士》里那个骑白马穿白衬衣面目模糊的角斗士一样将长矛刺入斗牛的脊背——血喷溅到土棕色裤子和白马肚腹上,大地宛如麦浪在起伏。"我是个胆小鬼,"他说,"我总是不敢承认,我想云落这个鬼地方……想我爸,想云霓,想饭馆那些胖女人,想那些欺负我的小伙伴,甚至,有时还想起我后妈……"他慢慢蹲下,用手扒拉着箱里的河豚,河豚不再是球状,它变成了条普通的鱼,有鳃有尾,安静地躺着。"我就打过那一次电话……在你挂电话前,我早想挂掉了……我害怕听到常献凯的声音……一想到他,想到他们,我就犯了癫痫病似的哆嗦。比见到鬼都怕。对了,我从小就是个胆小鬼。"

常云泽嘿嘿笑了两声,他的笑声被远处的货轮汽笛声遮盖了。"开头那些年,我一直战战兢兢,怕你回来,有段时间,我甚至盼望着你死在了外面。"他摸着下巴若有所思,"我也怕,怕再回到大桥底下……那可真是活阎王殿啊。有个东北来的老头,霜冻得蔫萝卜似的,谁能想到他用菜刀砍死过八个大活人?还有个瞎眼壮汉,每隔半月,就跑到县城搞女人,没钱,专门夜里跟踪下夜班的化肥厂女工,一般都先奸后杀……"他笑了笑。"后来就不怕了。说实话,我甚至有点盼着你回来……打个比方,就像被宣判了的死囚,死期折磨着他,让他吃不好睡不好,到了后来,"他用手比画着朝自己的太阳穴开了一枪,"他就期望着行刑日早点到。"他又笑了笑:"死不可怕,可怕的是你知道哪天死。而那天,还没有来。"

天青犹豫着伸出手,半握住常云泽的手。常云泽的手背很凉,骨节很硬,他能摸到他手背上凸起的刀疤痕迹:"你俩好好的,我就放心了。"

常云泽的大手抖了抖,似乎想抽离,却又任他攥着。密密的雨滴顺着发梢不断滴到他的眼皮上,他也没有眨眼。

天青犹豫着说:"万樱……哎,万樱是个可怜人……你们……"

"你啥意思?"常云泽的声音紧绷起来,"咋扯上她了?"

"你所有的秘密,我都知道。"天青低声说,"我只是有点糊涂,分不清咱俩,到底谁是真的,谁是假的。"

常云泽抹了把脸上的雨水,往海里吐了口痰,说:"跟万樱有屁关系?她是我姑。"

"别装蒜了,你们的事……我都知道。"天青目视着常云泽,他的目光除了同情,还有怜悯,只不过常云泽看不清他的脸,"她是个多好的女人……哪天她男人死了,你们就能名正言顺地在一起了。"天青顿了顿说:"老天爷铁石心肠,可偶尔也睁开眼。"

如果他能看清常云泽的脸,他可能就不会这么说了。常云泽很久没有吭声,只是低头望着脚下的礁石。后来他猛然仰起头,冲着天青说道:"她是个良家妇女,丈夫瘫床上五六年了,她把屎把尿,做牛做马,他那口气才喘这么长。你这么诋毁万樱,不是在糟蹋她名声吗?你知道她是个多要脸面的人不?"

"脸面一点不重要,"天青说,"脸面是最不值钱的东西,连狗屎都不如。我从那些女人手里接过钱时,从来没觉得羞耻。那是我靠自己的本事赚的。"

这是这个海边夜晚他对常云泽说的最末句话,他还记得说完这句话时,两人曾有过长久的缄默。他看了看手机,凌晨两点四十五分。

他就是把手机塞进夹克拉好拉链时滑下工字石的。像他这般谨小慎微的人,如果不是有人推搡他一把,他怎会掉入那黑魆魆翻滚着波浪和雨水的大海?他记得当时身子悬空,噗通一声眼前瞬息一黑,接着是刺骨钻髓的冰凉。他想睁开眼,可只是徒劳,鼻孔和耳朵正被汹涌而来的液体包裹灌溉,他的第一反应是,掉海里了!当他的头猛地蹿出水面时,他的耳朵轰隆轰隆地响着,犹如炼钢厂的冶炼车间发出的巨大声浪。他连忙吐了两口咸水,妄图张开嘴巴呼喊,可咸凉的海水随即涌入喉咙,他咳嗽着胡乱蹬着双腿,想伸起手臂,可双臂早被滚动的海浪裹挟着往海的深处卷去。当他的头颅再次顶出海面时,他呼噜着嗓子喊道:

"常云泽!救我!!! 常云泽!!! 常云泽!!!"

海水咆哮着灌进喉咙,他蓦然想起灵修团团长临别前,曾扒在他耳边说了句话,那句话曾让他一度沮丧不安:"生于土,灭于水……"

……

一盆蟹爪兰。窗外在下雨,黯淡的光线让原本玫红的花朵变成了铁锈色。蟹爪兰的旁边是个忘了塞木塞的暖壶,铝制壶口冒着乳白色水汽。他旁边的病床上,躺着位眼角耷拉胡子拉碴的老人,老人耐心地剥掉葡萄皮,将绿色肉瓤擩进嘴里老鼠般啃咬。几只黑头苍蝇在老人身边嗡嗡着飞来绕去,老人并不理会。葡萄吃完了,他将手指在墙壁上偷偷蹭了蹭。墙壁是白绿两色,大概年久,白色也不白,粘着蚊子血米饭粒和黄乎乎的黏痕。天青的手背插着输液管,瓶子里的液体快滴干净了。他盯着窗台上的那盆蟹爪兰,没有吭声。当他忍不住平躺过来时,听到有人喊道:"你……你醒了!"

蝎子眼角的血丝让这位武馆教练显得疲惫沮丧,当他看到天青平静地盯着他时,眼睛里流露出丝惊喜。"吓……吓死哥……哥几个了。"他欢快地打了个响指,"你……你……你昏迷了……十……十……十二个……小时。"他拎起橱柜上的塑料袋,"肉……肉饼,凉……凉了……都……"又摸了摸天青的额头，"不……不……不烧了……"

天青漠然地朝他点点头。蝎子说："你……你掉……掉海里了……命……命大，我……我俩捞上来……差……差点……陪……陪葬……"天青偏过头，临床的老人扁着嘴说："大侄子啊，你命忒大啊!"老人慢条斯理地撕着葡萄皮，"听说你们去钓鱼，你掉海里了! 要不是这哥俩水性好，你们仨呀，全喂了鱼虾。"天青面无表情地瞥了蝎子两眼，蝎子说："云……云泽有事……先回……回去了……"天青咽了咽吐沫，蝎子忙把一杯凉白开递给他，他咕咚咕咚喝完，这才说："我没事。这就回旅馆。"蝎子说："那……那……那咋行……好……好歹……观察……两天。"天青瞅了瞅输液瓶拔掉针头："蝎子，帮我回旅馆找身衣服。"蝎子忙拎起脚下的袋子，说："云……云泽……早……早拿来了……"天青从湿漉漉的夹克里掏出手机。手机干了，他试了试开机，还好，暂时没有问题。有三个未接来电和五条信息。电话是郭姐打的，信息是林美琴发的。林美琴说，她已抵石，住在红旗南路的逸景酒店。为了证实酒店的品质，她发了两张房间的照片，其中一张是她穿着网状黑色长筒丝袜的两条腿从床沿慵懒地垂下，对面的镜子里能看到墙壁上的油画。那是幅仿制品，梵高的《星空》。天青想了想，回复了一条: 我晚上到。

雨还在下，细如牛毛。云落火车站的票已告罄，他从网上买了张晚六点兰若火车站始发的高铁票，如果不出意外，九点半能到石家庄。为了保证及时抵达兰若，最好的选择无疑是打辆出租。他趁蝎子办出院手续的空隙溜达到马路上，或许是下了雨，出租车并不多，他只得在转盘附近转悠，通往市里的车辆都要通过这里上高速收费站。虽感觉有些冷，他确信已经不烧了，为了防止意外，他买了阿莫西林胶囊和橘子味的泡腾片。雨水渐渐大起来，当他站在悬铃木树下冷冷地盯着来往车辆时，一辆宝马骤然停在他身边。车窗摇下，让他意外的是，司机是罗小军。罗小军笑着问："天青，你在这里免费淋浴吗?"

天青尴尬地笑了笑："我打车去市里。"罗小军问："有啥急事?"天青想了想说："我去石家庄，从兰若坐火车。"罗小军似乎一愣，说道："无巧不成书，我也去石家庄。"他朝后座张了张，说："你把火车票退了，搭我的车。"天青站在树下并没有吭声。罗小军问："咋? 你要是不方便，可就不管你了。"天青抹了把脸上的雨水，笑着说："嗐，我是没想到运气这么好，能搭罗总的车，三生有幸啊。"罗小军摆摆手说："甭来玄乎套。上车，赶紧的!"天青这才在马路牙子上蹭了蹭脚底泥巴，弓腰拉开车门。后座上坐着位女孩。女孩见到他先咯咯咯咯地笑起来："才还在车上跟罗总念叨你，你是千里耳吗?"天青怔怔地看着她，半晌才说："云霓也去?"云霓嘻嘻着说："我现在啊，是罗总身边的大红人。缺了我啊，他怕做不了那槽子糕。"

第二十四章　罗先生进城

车速始终保持在七十迈左右。天气预报说，这几天华北平原局部有雷阵雨，看来天气预报偶尔也有准头。从兰若市到天津，再从天津到北京，这一路暴雨如注，罗小军不得不绷紧神经。这条路平时就老堵车，一路下来，已有两起追尾事件，其中一辆桑纳塔直接冲下护栏。过保定时他们在服务区休息了片刻。天青给他买了筒红牛饮料，他没喝。说实话，表面上谈笑风生，其实他心里火烧火燎。

他的确没想到，万永胜破产的事传得如此之快，流言和谣言宛如超级病毒随风流散。昨日刁一鹏急匆匆找到他，说清水镇的四个大户传话，想要撤股。他当时头就大了，清水镇这四户，从前都是搞线头棉生意的"老经济"，后来环保不达标纷纷关停并转，剩下些手紧心细的，攒着闲钱坐看行情，听说罗小军他们的农业合作社上头有贵人相助，下头有政策加持，加上刁一鹏四处游说，便将闲钱相继投进，满打满算有两千万，虽说算不上熊掌，好歹也是块猪肋排上割下的五花肉。由于他们带头入股，清水镇八百多户闲散小户也纷纷签了入股协议。这些小户有的投了三五十万，有的投了三五万，最少的，投了三五千。当时刁一鹏带着一干兄弟挨家挨户签协议，腿都跑断了，险些成了"半截口袋"。昨晚罗小军在云落大酒店设了酒局，专门宴请四位大股东，本以为熟头熟脸，说和说和，将此事先压下。拆迁平改的事宜还未彻底解决，跟王毅文的合作事项也才八字才有了一撇，他可不想再生事端。可清水镇这些人都是老江湖，没一个是吃闲饭的，尤其绰号"罗大眼"的，算是带头人，嘴上一口一个罗总，一口一个大人不记小人过，面子给得够足，可至于里子如何，实在不好揣摩。

罗小军向来嘴臭，也没省着他们，说你们这些骚蝲蝲蛄，敌敌畏还没洒就翻肚皮，怎的，还怕我们合作社吞了你们的钱不成？罗大眼打着哈哈说，罗总，瞧您这话说的，忒没水平。我们都是小门小户，历来都是小打小闹，没那金玉满堂的命。听说跑新疆配货的都发了财，我们就也想组个车队跑跑，拉一车是一车，虽说只是赚个辛苦钱，可比投资入股回钱快，也省心，我们哪，就是群不成器的野狗，干不了那牧羊犬的活儿。

罗小军打趣道，牧羊犬当不了，就能做得成野狗？配货公司如今满大街都是，还想从里面扛货，你们脑子锈掉了吗？罗大眼没再接话。罗小军当然晓得，他这番说辞不过是个蹩脚的借口，万永胜破产，他们是最害怕的那群人之一。

酒未过三巡，菜未过五味，便有两名股东言称有事拂袖离席。罗大眼说，罗总啊，咱们可是多年的亲兄弟！我这当哥的最好脸面，这辈子最怕的，就是兄弟们为了点蝇头小利，撕破脸皮变冤家。你呢，赶紧想想辙，咋把我们的钱退回来，我们呢，也不是那急等着吃肉的老鹰。这样，钱呢，你先凑着看，等有信儿了，再通知老哥也不迟，哥够意思吧？

他眼大漏神，嘴巴却咬合得紧，说得罗小军一时哑口，只得拍了拍他肩膀。

罗小军这才意识到问题的严重性。看来万叔说的没错，雪崩来临了。只是他没料到来得如此迅疾。人人皆知他跟万永胜不是亲父子胜似亲父子，连万永胜都被请到了法院，罗小军这厢肯定也是悬崖上翻跟头，掉下去是迟早的事。罗大眼他们打的小九九罗小军再明白不过，可这钱如今在银行理财，此时撤资不等于替死人医病，白费了工夫？

他连夜给郭平生打电话，打了四五次才通。估计郭平生又喝得烂醉。罗小军长话短说，先抱怨了一通，又提到取款的事。郭平生打着酒嗝说，妈的，这帮狗崽子，全是糨糊脑袋，活该受穷。撤就撤，怕个屁！

账户是在省城开立，看来要亲自跑一趟了。跑一趟也是该的，钱随时能支领，可人家银行是看郭平生的脸面才帮忙理财，此时火烧屁股引水灭火，虽说顺理，可终归影响到银行业绩，于情于理都该打个招呼，最好呢，是见个面吃个饭。吃什么不打紧，打紧的是吃饭的人要到场。罗小军连夜跟刁一鹏商量去省城的事。刁一鹏说，你走了，家里要没个主心骨，遇到点大事小情不好料理，我呀，还是家里坐镇。罗小军说，得，我自己开车去。刁一鹏说，哪儿有元帅单枪匹马出征的？好歹带个急先锋。罗小军说，你看带谁合适？刁一鹏说，你呀，得带个女将，长得要好，说话要好，酒量要好。你想想，带穆桂英和樊梨花上战场，是不是要比带顾大嫂孙二娘胜算大？罗小军就歪嘴笑了。刁一鹏说，我看哪，常云霓就挺合适，别看小，可主意成，模样俊，笑一笑，男人先醉了。罗小军一愣，没赞同，却也没反对。刁一鹏说，你也甭啰唆，我这就让办公室主任通知她。

这两天他根本没见过云霓。她似乎在躲着他，当然，他也刻意避着她些。几年来，给他介绍对象的媒人不多，也不少，不过，他大都客气地谢绝，有些实在推托不开，譬如哪个局的局长夫人，或某位副县长的夫人亲自保媒的，他就象征性地露个脸，犹如英国老女王会见外国贵宾，完全出于外交礼节。面子呢，算是给了媒人，也给了媒人的枕边人。太太们介绍的女方，完全符合太太们的品位，全是行政机关的公务人员，可聊上几嘴，难免风马不接。

有位姑娘在南开学的金融，是财政局政策研究室的副主任，知道他做房地产，聊着聊着不经意谈到了米尔顿·弗里德曼的《资本主义与自由》，见他没动静，又婉转地谈起罗伯特·蒙代尔的最优货币区理论。罗小军连"嗯"带"啊"，总共没说足十个字。也许在那个戴着红色玳瑁眼镜的姑娘看来，他们这些县城企业家不仅实现了金钱自由，也彻底实现了知识自由。还有个姑娘是云落文联的刊物编辑，父亲是云落政协的副主席，家境优裕。她约他在涞河的"斩风厅"见面，他当时就有些懵，那地方是他跟王毅文练太极的地方。姑娘娇小，体内却燃着火，见他寡言，便大方地朗读起了诗歌。她胸腹面对着他，乳房随着爆破音起伏，让他老是走神。遗憾的是，姑娘朗读的是首外国诗人的现代诗，他没听太懂，只记住句"你的耳蜗是白色的贝壳"。听到"贝壳"二字，他无端地想到了死去的妻子，想到那个一辈子没有去过海边的女人，他的眼睛难免有些犯潮。姑娘明显被她唯一的听众打动了。她看到他泪光闪烁，内心竟涌起几缕柔情，她大大方方走上前拥抱了他。她个子偏矮，虽说是拥抱，却像是树懒吊在桉树上。说实话，为了表示敬意，他当时特别想给她打一套太极拳。日后，他们看过几场电影，吃过几次日料，也上过几次床，别看她身材如霍比特人，床上却是努曼诺尔人。如果不是她突然调到市里的杂志社，看上了一位电视台的主持人，罗小军估计也要跟刁一鹏讨要滋补老酒了。

上次去娘娘庙烧香，郭嫂给他介绍的那位宋老师，他私下倒联络过，本来约了周末看电影，宋老师临时换课脱不开身。翌日宋老师邀他吃驴肉火锅，偏偏公司宴请法院执行庭的庭长。一岔两岔，他的心思就淡了。宋老师那边呢，本来也有点想法，见他这厢按兵不动，脸面挂不住，也就偃了旗息了鼓。至于云霓……他能对她有什么想法？在他眼里，这是个孩子，漂亮是漂亮，懂事是懂事，知底是知底，可终归隔了辈分差了年岁，又是公司员工，最怕落下口舌，日后被好事者嚼咬。可这几天，他老时不时想起那个夜晚，想着想着身下就欢腾起来。三更半夜夜阑人静，他难免朝细处想了想，想来想去，没有豁然，倒也开朗：他单身她未嫁，两厢却也般配，要是她乐意，他也委实没有理由拒绝。不过，那晚之后，她没主动联系过他，在公司里也没打过照面。听办公室的人说，她在忙电视台的宣传事宜。这次通知她随同去省城，她答应得倒爽快，不过，听口风，也没显露出有几多欣喜。

他从后视镜瞄了瞄云霓，她跟天青探讨着近期的股票，喊喊喳喳。他们说话的声音很小，窗外的雨声又大，他只能断断续续听到他们欢快的笑声。实在忍不住，才问："天青啊，女朋友是哪儿的？"天青说："罗总，我屌丝一枚，母胎单身。"他说："都允许大学生结婚生子了，你可要抓紧些。孩子不用多，三四个正好，打麻将还有替补。"云霓从后面拍了拍他的肩膀说："罗总，你寻思女人是猫啊狗啊？一窝生七八个。"他嘿嘿着笑，没反驳。云霓大概觉得话有些欠妥，柔声说："累不累罗总？我开会儿车？"他摇了摇头，说："没听说过吗，女司机女司机，马路杀手排第一。"云霓说："也好也好，上次在鹦鹉路，眼瞅着跟辆迷你甲壳虫撞上了，你们猜猜我当时的反应是啥？"罗小军和天青都笑吟吟地听着，没有接话，云霓满意地点点头，说："没错，不是踩刹车，而是捂眼睛。"三人爆笑，笑着笑着车内渐次静下。云霓大概累了，靠着后座抱着维尼抱枕小憩，天青则呆呆望着窗外。罗小军只听到自己越来越焦灼的呼吸声。

离省城越近，雨越稀小。天青在平安大街下了车。他说，导师住在附近的酒店。罗小军也没顾上寒暄，只问了问他何时返程。天青支吾起来，罗小军不耐烦地挥挥手，说："年纪轻轻，没个干脆劲！不管了，自己坐火车回吧。"天青笑着说："就算借我个豹子胆，也不敢劳烦罗总给我当司机了。"

晚宴设在一家徽菜馆。郭平生他们早早在饭店候着了。除了郭平生，自然少不得支行行长老钱。他才是真正的主角。老钱保养得好，从面皮根本瞧不出年龄，一对丹凤眼常年吊着，一对招风耳常年竖着，一张樱桃嘴常年抿着。罗小军暗自琢磨，这老钱年轻时不知祸祸了多少女人。另外的两位他也相识，一位是省科技厅事业处的徐处长，一位是司法厅的高处长。徐处长和高处长以前是连襟，娶的是对双胞胎姐妹，岳父退休前是农业厅的副厅长，后来他们各自离婚又梅开二度，连襟是做不成了，喝酒却没拆帮，罗小军私下里称他们为"双子杀手"。也是，但凡他俩在场，宾客没有不喝到桌子底下的，通常连亲爹亲妈来了都不相识。罗小军喜欢跟他们喝酒，也喜欢听他们胡侃。在罗小军看来，有知识有文化的官员讲话就是不一样。这哥俩都是燕山支脉的山坳里出来的，口音硬又艮，高谈时不时夹杂着大刀阔斧的手势，仿佛随时准备着将人就地正法，讲起道理、论起世相来呢，也往往一针见脓血，不藏着掖着，很少打官腔说套话。

以往参加他们的酒宴，都是先喝素酒再洗荤澡。省城"洗浴之都"的名头可不是白得，整个华北、西北和京东的商贾政要无不知晓。按摩师不仅来自五湖四海，还来自七大洲四大洋。据说最近比较火的"盘丝洞"，请的技师全来自白俄罗斯和乌克兰，身高均在一米七以上，罩杯都是D罩杯。此次他们见罗小军带着位小美女前来赴约，心中隐隐亢奋，难免先自行预热起来。云霓呢，虽说也算见过场面，酒量尚可，可几番通关打下来，还是被两位前连襟灌得波涛汹涌。幸好餐前服用了几粒韩国进口的解酒药，不然，吐得胃出血是小事，完不成领导交待的陪酒任务才是大事。罗小军呢，云淡风轻地看着他们闹酒拼酒，间或替云霓出出头，装模作样地说句公道话，如是这般，其实呢，他一直在找恰宜的时机，想跟钱行长说道说道。钱行长呢，大概知道他此行的目的，谈话间话题却也没有刻意往那厢拢靠。人家越是回避，他越是不能着急。着急也没个鸟用，再说了，他怕个屁，大不了，情面也不用讲，直接将钱转走就是。

喝着喝着，郭平生才想起正事般，斜着眼问罗小军："罗啊，你的事我跟钱行长说了。"瞅了瞅钱行长，钱行长微微笑了笑，并未言语，只是从烟盒里掏出几支"和天下"，分发给诸位。他发烟的时候并没有起身，依旧坐在那里，将烟一支一支抛投出去，动作自如纯熟，仿佛投篮高手，烟都飞到诸位手边，一根也没有掉到地上。徐处长说："罗总啊，你们的事我一知半解。说句不中听的话，咱们乡下人哪，就是鼠目寸光，就是目光如豆，就是买妻耻

樵。这个节骨眼撤资，不等于烂泥醉汉入洞房，屌事干不成吗？"罗小军方要张嘴，高处长又道："农民企业家嘛，有见识没知识，有财力没魄力，有运气没志气。人站得有多高，决定了他能看多远。人的局限性，就是人性的弱点，改不了的。"

罗小军苦笑着说："嘻，哥哥们都是公家人，公家人向来站着说话不腰疼。他们都是土财主，手里那两块钱，全是当年卖线头棉攒下的，虽说行业败了，可都还想着有朝一日能咸鱼翻身，哪能不谨慎不吝惜？他们最怕的就是做梦娶媳妇，一场空欢喜。我呀，也实在是没辙，中学那边的财政款项没拨全，又接了平改项目，真是弯腰上山，前（钱）紧哪。你们可得多体谅体谅我这苦命的兄弟。"

他此话一出，徐处长和高处长都不好再打趣，郭平生剔着牙说："罗啊，理财投资，你是门外汉。这时抽资金，真是发了烧又窜稀。"他盯着剔出的仙鹤肉屑，慢条斯理地说："钱行长不容易，你那钱虽说只是芝麻，可好歹也能塞塞牙缝，算是吸储业绩。我看哪，不如这样，先让钱行长给你择一千万，另外那一千万，你找找借借。好歹你也是云落商界的诸侯嘛，这点碎银子还不好拢？另外那五千五百万，接着让老钱帮你打理。到了年底，红利也让人眼红嘴馋。你这个点撤资，那不等于搞女人，那玩意都捅进去了，偏又要拔出来？女人不爽，你也不爽嘛。"

众人哄笑，罗小军却沉默不语。往常的话，凑个千八百万应急还真是三个指头捡田螺，可云落如今这形势，还真不敢拍着胸脯打包票。这时徐处长说："罗总不吭声，就是应了。屌大点事，有啥琢磨的！来来来！喝酒！"罗小军笑着说："也好也

好。大哥们体谅我，我也体谅大哥们。就这么定了。"这时钱行长说话了。他语速缓慢，每个字都咬得极为清晰："罗总够意思，我也不能打幌子。这钱哪，也不是说拿就拿，行里要审批走程序，好歹要等三两天。不如这样，你们先去五台山转转，这时节，拜佛观景两不误，这边就绪了，再回来办正事。"罗小军想了想说："公司还有堆破事，我们明儿就打道回府，大不了过几天再来。"徐处长说："罗总是个爽快人。来来来，整'太阳红'吧！"

所谓太阳红，就是白酒里掺红酒，再打枚生鸡蛋，一嘴闷下。这喝法原本是二十多年前乡镇企业家发明的酒令，曾喝落过不少酒仙酒鬼，如今倒少有人提，嫌此种喝法太过野蛮。徐处长话音甫落，服务员就笑吟吟地将1982年的拉菲倒进茅台酒，又扭着腰肢去拿奈良进口的无菌鸡蛋。罗小军有些傻眼，说："徐处，就别害你兄弟了！去年喝了两杯'太阳红'，我差点被送进火葬场。"

高处长嘿嘿笑着说："没事，今晚对你法外开恩，半杯半杯喝，我们总不能当着云霓大美女的面，对你实施法西斯专政吧？"罗小军脸上堆着笑，脑子里却依然想着那两千万的事，老觉得心有不甘。云霓说："各位大哥，这样胡喝简直煞风景，不如我们玩个游戏，谁输了谁喝？"

众人笑眯眯瞅她，她就来了劲，起身支大腿撸袖子亮胳膊，说："这游戏，连傻子都会玩，叫老虎棒子鸡。谁输了，罚'红太阳'半杯！"

众人鼓掌赞同。第一轮游戏下来，郭平生输了，闷了半杯酒，第二轮下来，又是罚郭平生半杯酒，徐处长说："你看，老郭这智商，还不如幼儿园的孩子，再这样喝下去，可真的要送殡仪馆了。"罗小军环视一圈，见他们并无倦意，就知道都在等下半场，站起来说："撤了撤了！我先将你们送到盘丝洞。钱行长，我那正事你先记着，黄世仁过两天再来催账。"钱行长只笑了笑，郭平生摇摇晃晃地拍着罗小军肩膀说："罗啊，你不去，情有可原。蜘蛛精再风骚，也没这小妮子风情。再说了，我们去那盘丝洞，可真是小虾米游西湖啊。"钱行长慢腾腾地说："老郭啊，可不能比他人志气灭自己威风。咱不是小虾米，洋妞也不是西湖，即便是，我们也要扬国威，将那西湖给淘干了。"

罗小军找了代驾，将一行人送到洗浴中心，先垫付了五万块钱，又留下箱飞天茅台，这才跟云霓回了酒店。在电梯里他忍不住去攥云霓的手，手又软又暖，一时竟舍不得撒开。云霓呢，不晓得是醉了，还是困了，眼紧闭着，均匀的鼻息将玫瑰丝巾吹得轻柔摆动。他直勾勾盯着她看。等下了电梯，他不禁揽住她肩膀，她咯咯笑了两声说："罗总，你这帮朋友，都是大罗神仙，法力无边啊。"罗小军见她目光流转脸颊绯红，心里难免酥痒，哼了声说："要是凡间俗人，怎能入我老人家法眼？"云霓叹了口气，轻轻推开他。罗小军就问："咋？"云霓说："我呀，还是替你担心。"罗小军问道："咦？这话从哪儿说起？"云霓抿了抿嘴，说："哎，没啥，就是眼皮老跳。"

他们面对面站在楼道里。他来过多少次省城？数不清。住过多少家宾馆？数不清。可省城的宾馆，无论是快捷酒店还是五星级饭店，楼道都很狭窄，犹如教堂里阴暗的甬道，楼顶呢，却很高旷。罗小军犹豫着将云霓按在墙壁上，探头去揞她，

176

昔日疯狂的夜晚瞬息也明朗起来，愈想愈燥热，顶贴着她的下身眼看就要爆裂开去，这手也不是自己的手了，轻拢慢捻抹复挑。"别，"云霓猛地将他推搡开，惊恐地盯着他说，"跑了一天路，喝了一晚酒……别瞎闹腾。"她极力让自己的声音显得平稳、镇定，可在罗小军听来，却透露出幼兽被猎人围逮时的恐慌。他惊讶地盯着她，问："你……"说完又囫囵着吻她，双手在她身上搦来捏去。"别这样……不……"云霓的双臂呆缩至胸前，双手握拳死死顶住罗小军腰腹，"那天的事……忘了吧。"她嗫嚅道，"我……"罗小军喘息着说，"个小妖精，想害死我吗？"云霓一时哑住，慌乱着用手掌堵住他呼着浓烈酒气的嘴巴。

这时楼道里传来房客嘈杂的交谈声，无疑有人喝大了耍酒疯，他们的声音在窄仄的楼道辽阔得有些失真。罗小军身子晃了晃，笑了笑，说："我先洗澡，待会见。"

"不，"云霓的手指蹭着他嘴唇，他的嘴唇大抵被风吹得皲裂，她将白色爆皮扯下，"你听我说……"罗小军一口咬住她的手指，眯眼道："我们啊，要少说多干。"

她怯怯地将手指缩回，盯看他良久，才说："罗总，不瞒你说，我有男朋友了。"这话说完，她宛若溺水者得救，前弓的脖颈和紧缩的胸腹也慢慢舒展松弛下来。

罗小军打着酒嗝说："哦？"她眼神游离地盯着楼道尽头的陌生人，缓缓道："他是哈尔滨人，在上海读法律研究生。我们在夏令营认识的，处两年了。"罗小军又"哦"了声，云霓的声音颤抖起来，仿佛她的男朋友此刻就站在她面前，"我们……打算等他毕业了就结婚……"罗小军往后紧退两步，面无表情地凝望着她，也许他的目光吓到了她，她脸色苍白，强笑道："罗总，等我们结婚了，一定邀你当证婚人，到时候你可不能推辞。你呀，可是我男神。"她顿了顿，"一辈子的男神。"

"没问题，"罗小军掏出房卡，朝她点点头，"睡吧，明早还要回云落。"

罗小军在浴室站了许久。他试着将水温调到最低，当茂密冰凉的水瀑淋浇着滚烫僵硬的身体时，他哆嗦着抽了自个一嘴巴。抽打的声音响亮，甚至盖住了水流的哗哗声。在这女孩面前，他显得多下流，多猥琐，细想起来，当她说"不"时，心里肯定是轻蔑的，鄙夷的，而他，多像条急着交媾的野狗被抡了记闷棍。也许在云霓看来，他以为睡了她一次，就能睡她第二次，或者，也许在云霓看来，他误将她当成了那种集邮票的放荡女人……他懊恼地捶着瓷砖……当他稍微冷静，他意识到，不光她受到了伤害，同样，他也受到了伤害，也许，他的还要严重些。没错，这关乎一个男人的尊严。可彼此的伤害是谁造成的？他有些困惑，这困惑蟒蛇般缠着他，越缠越紧，到了最后简直让他窒息。她要是不喜欢他，那晚为何执意送他回家？还在他丝毫没有准备的情况下发生了荒唐事？清晨她离开时，丝毫没有羞怯或悔意，她甚至微笑着跟他告别，还提醒他别忘记戴领带……难道，一切，只是源于酒精的催情作用？

他擦干身子躺进被窝，闷闷地点上支香烟。呛人的烟草味道在房间弥漫，他懒得开换气扇，烟草味让他时不时猛烈地咳嗽一通。这好歹让那种窒息感减缓了些。他再次想到了晚上的酒局。钱行长这只老黄鼬，太他妈狡猾了，屁没放一个，"不"字也没说一个，自己却碍于面子，只能转一千万，表面上，还要对他感恩戴德。整

177

个晚上，别看钱行长沉默寡语，却是宴席真正的主人，无论是郭平生、高处长还是徐处长，均无疑看他脸色行事。剩下的那一千万怎么办？这笔钱，清水镇那帮擅啃骨头的老狗们若是拿不到手，早晚会将他嚼得连渣滓都不剩。没错，老狗们得罪不得，更得罪不起，哪怕他们的獠牙碎了，爪子烂了。还好，盖云落一中的尾款还没有结清，看样子只能再次劳烦林副书记出头，找找财政局了……迷迷糊糊间，仿佛有人鸟悄着缩进了他被窝，轻手轻脚伏盖他身上……他想睁眼看看是谁，却漆黑一片，恍惚间他抱住了她，仿佛抱住了一株散发着香气的植物。当他试探着挺入她的身体时，他对自己说，我在做梦，我在做梦……而事实是，那种被包裹的温暖感觉太真切了……当他哆嗦着喷涌而出，灯忽闪忽闪着亮了，他忍不住去看女人的脸。这一看让他羞愧难当，哎呀一声滚落一旁……身下女人竟是万樱。这怎么可能？他诧异地盯着万樱的脸，万樱只是羞涩地笑着，神情游离，双手却不停地抚摸着他。她手指粗糙，可并不粗笨，那些灵巧的指头弹钢琴般从他的脖颈滑到背脊，弹过之处，无不被电流轻柔地烫了下……醒醒吧，快醒醒吧！他嘶吼起来，然而，世界宛若失聪者的世界……他只能喘息着安静下来……

他怔怔地盯着床单。太他妈扯了。竟然梦到了万樱！他还记得，十五岁初次梦遗时就是梦到了她，他曾经为此愤怒气恼，很长一段时间都没有正眼瞅过她，仿佛她没有经过他的同意，随意潜入他的梦境，还干了那样无耻的事，完完全全是她的过错……如今到了这般年岁，他竟又梦到她。他没有梦到云霓，没有梦到宋老师，也没有梦到死去的妻子……他坐在床头抽烟，越想越气，越气越想，最后不禁哑然失笑。贼偷了邻人的斧头，却谴责邻人没将斧头锁好。他摇摇头，看了看床头的闹钟，凌晨七点了。

云霓没有吃早餐。八点半两人在停车场集合。她神色疲惫，眼圈泛黑。罗小军没吭声，径自上了车。云霓朝他笑了笑，笑容有些僵硬，转瞬即逝。她不声不响地坐到了副驾驶的位置，失神地凝望着街道湿漉漉的树木。当她再次将目光甩向他，眉眼忽而活泼起来，仿佛她终于从睡梦中惊醒。她"呀"了声，麻利地将安全带系好，说："罗总，昨晚我们咋回的宾馆？"她眨着睫毛俏皮地盯着他，让罗小军瞬息有种错觉，她真的喝醉了，她真的忘记了昨晚发生过的事。

他打了个哈哈，说，咋回来的？乌龟那样爬回来的。云霓捂着嘴笑了："想想都后怕，这要是没吃解酒药，我早当场现了原形。"罗小军说："我们在战略上要蔑视敌人，在战术上要重视敌人。况且敌人都是纸老虎，再硬拼下去，不定鹿死谁手。"云霓咯咯笑着说："罗总运筹帷幄，罗总决胜千里。"罗小军没有再搭话，云霓打着哈欠说："罗总，你的衬衣领子上有酒渍。"说完探手摸了摸，"等回了云落，我拿去干洗吧。"

罗小军没有正眼瞅她，只是盯着前方挤挤插插的行人，半晌才挤出一句："不用了。"

中午回到云落，罗小军先急冲冲去拜访林副书记，问能否将盖学校的尾款先拨付一千万。林副书记是自家人，罗小军将话都摆到了明面，非是讨债，乃是救急。林副书记慢悠悠地说，要等县委班子会上再提及此事。辞别林副书记，罗小军又去拆迁办找郭子兴。郭子兴见了罗小军也没省着，直言他没辙了，会过那么多拆迁户，还没见过老太太这样的。一般拆迁户，不签合同只是想多讨些拆迁费，或在新楼面积上找补，可这老太太是油盐不进啊，好的赖的全说了，吐沫星子成河，郭老太太的合同还是不签。他手下一帮兄弟腿都遛细了，愁眉苦脸找他诉苦。他不信邪，亲自出马，才发现是捏眼皮擤鼻涕，愣是使不上劲。"这件事我可不管了，管不了。"郭子兴将香烟掐掉，苦笑着说，"你要有啥阴谋诡计，尽管施展吧。"罗小军闷声不语，脑中却盘旋出个名字，万樱。一想到万樱，他的脸难免先臊红起来。

他晓得万樱在老太太那里当了多年保姆，据说老太太拿万樱当亲闺女，大事小情全交给万樱料理，对万樱呢，也言听计从。本来上次在娘娘庙，他就想跟万樱说道说道，怎奈人多耳杂，一拖就拖到如今。电话里言语声呢，觉得不够重视，如此看来，要亲自找万樱谈谈了。

万樱听到罗小军请她吃饭，似乎极为惊讶，她支支吾吾道："你个大忙人……有啥事电话里讲多好，饭有啥可吃的，费时费钱，可别耽搁了你办大事。"罗小军笑着说："我确实有大事。"万樱说："你看……"罗小军打断她说："我的大事，就是跟你吃饭。"万樱在电话里沉默了，罗小军简直能想象出她憨头憨脑的模样，不禁又笑着补充了句："你喜欢吃周记一品的烤肉呢，还是老常家的涮肉？"万樱忙说："那就吃烤肉吧。烤肉香。"罗小军"嗯"了声说："你的意思是，献凯家的驴肉难吃呗？"万樱那头"呀"了声："你……我……"罗小军嘿嘿笑着说："没错，吃饭的就俩人，你和我。赶紧跟你婆婆请假。"

罗小军在周记一品等了很久，万樱才来。他注视着她缩手缩脚地推开门，慌里慌张地四处张巡一番，这才低眉耷眼朝他这厢凑过来。她穿着件水红色夹袄，裹着条脱了线的苹果绿纱巾，仿佛一只胆怯的鼹鼠怯怯地坐他对面。他笑眯眯地看着她，她快速地扫了他两眼，龇牙笑了笑，随后低头摆弄着筷子。他将菜单递给她，她连忙晃了晃手说："我不饿。你随便点。"罗小军说："这里的雪落香蕉和霜白红薯不错，甜口，你尝尝。"她机械地点点头。她的眼睛发锈，嘴唇噘着，像是肿了，脸颊擦了胭脂，可抹得并不匀称，罗小军忍不住问："咋，你这是跟人打架了？"万樱拨浪着脑袋说："没有。"她说话时手指交叉，两个大拇指不安地蹭着，看上去像个饭前祷告的修女。

罗小军盯着她的手忍不住多瞅了两眼。她的手指短，壮，骨节粗大，愣眼瞅去像是老铁匠的手，看着看着，那双手便在他腰眼上推按捶打起来，想到昨晚的荒诞梦境，他的脸仿佛被烧熟的烙铁烧燎了般。他还念起小时候，她的手是鸭蹼手，他总跟一帮男孩戏耍她。她那时跑得真快啊，比鬼蹿得快，要不是下雪，要不是借了双溜冰鞋，他可能永远追不上她。她老了，可老得慢，眼神有些木讷，可还像少女时那么透亮，不浑，有点羞涩，仿佛在她看来，她生来便是欠着人家的，钱也好，物也好，情分也好，统统是她的错处。她说话时总是底气不足，声音喑哑，有点漏气。他们时常在按摩院相见，却少搭腔，更多时候，她用那双手跟他的腰椎、跟他的颈椎说话。他常常在她的推拿中睡着。她的手是按摩神器。她的手是特效安眠药。

179

他温柔地盯着她，仿佛盯着个流鼻涕的女孩。当她抬头快速地瞄他，他故意咳嗽了声，直了直腰板，说："万樱，咱俩认识多少年了？"万樱想也没想说："二十八年。"

罗小军哦了声，沉吟着说："认识这么些年，总算遇到求你的事了。"万樱狐疑地盯着他，他便用筷子指点着黑椒牛肉说："先吃，可劲吃。你饭量好，我点了六盘牛里脊六盘羊上脑。"见万樱不语，就将煎熟的牛肉夹到她碟中，说："吃，吃，吃吧。"

第二十五章　　东南街麻将女王

用来素芸的话讲，万樱是属猪的，傻吃茶睡呼噜山响。"幸亏华万春傻了，"来素芸常说，"这要三更半夜老听你吹喇叭，早被小鬼拐走了。"

那晚送走常云泽，她跑到厕所吐了半晌，酒菜不仅吐干净，连苦胆都漾出。牙也没刷就上了床，将华万春拽过来抱在怀里，替他换了纸尿裤，又帮他涂婴儿爽身粉。华万春软手软脚，仿佛才捞上岸的面条鱼。万樱摩挲着他心脏，他的心跳得缓慢而沉稳。她抱着他坐到半夜，没有困意，桌上那只熊猫闹钟的指针沙沙沙沙地响着，让她老寻思外面落了雨，索性抓过来擩枕头底下。随后，指针安静了，时间消失了，唯有夜更漫长。她脑子一片空白，云落一片空白，世界一片空白，等听到云雀的欢叫，天色已转炭灰。

她晓得这天迟早会来。她原本以为自己舍不得，会哭，会闹，她早习惯了他身上的香烟味，他油腔滑调的嘴脸，他亲热时的蛮横腻歪，他吃饭时吧唧吧唧的咀嚼声，他狡猾的笑声，他睡觉时的呼噜声……只是，没想到这天真来了，她却如此镇定。这镇定让她意外，也让她有些惧怕。她觉得这一切都如此地不真实，如此地不正常，仿佛暴雨来临前，池塘里的鱼不仅没有跳出水面，反而沉潜到池底。送走常云泽，侧耳倾听着他的脚步声在漆黑的楼道里越来越远，越来越微弱，她内心波澜不惊。她偷偷踱到厨房，透过黑乎乎的玻璃看常云泽。常云泽没有如往常那般蹲房根下抽烟，他直接开了车门钻入。她盼望着他摇下车窗朝这厢瞅两眼，并没有。收拾桌上的剩菜剩饭时，她发现了那把黑色锯齿钥匙。这是她给他配的，多少年了，他几乎没用过。他喜欢敲门。他说，他喜欢门一开，就闻到她的气味。他说，她身上有种酸奶味儿。他说，她像一头春天在桦树林里找吃食的母熊，笨手笨脚，呆头呆脑，看上去暖烘烘懒洋洋。他没读过多少书，可赞美起女人，嘴巴比那些专门写情诗的诗人们还甘甜。

她将华万春撂旁侧，起身去厨房，婆婆炖的那只老母鸡还剩下大半只，她撕了只肥鸡腿。啃完了鸡腿还觉得饿，又啃了鸡翅膀，她拍了拍肚子抹了抹嘴巴上的油，又腰踱步到客厅，脱了鞋练习倒立，为了免得再狗吃屎，特意在地板上垫了棉花垫，或许是吃呛了，老觉得那鸡腿鸡翅快要从喉咙里吐出来，她快快地收了椅垫踱到卧室。想到睁眼瞎说，加速跑对堕胎大有裨益，就翻箱倒柜找运动服。那身运动服还是上职业中学时学校发的，红面白杠，洗得掉色，穿身上也显小，肚脐眼都露出来。她只好脱掉，看了看闹钟，快六点了，该去斯大林路扫大街了。然而这天，她不想蹬三轮车，她不想抢扫帚，她不想扫旁人丢弃的垃圾，她啥都不想干。她闭上眼，手脚闲着，脑子也闲着，她只有一个念头，好歹天亮了，她要去找蒋明芳。

还没等去找蒋明芳，睁眼瞎就喜滋滋地来了。睁眼瞎简直将她当成了世上最亲的人，一晚不见就想得肝肠寸断。睁眼瞎是讲究人，没空手来，拎了捆嫩生生的小白菜，还有两块卤水豆腐。万樱啥话没说，先将剩下的鸡肉端给她。睁眼瞎煞是为难："妹呀，忒凉，吃了胃疼，不吃呢，又显得我挑三拣四，哎，做人咋那难？"嘚啵间已将鸡翅根啃完，又挑了鸡肝慢慢嚼品，边嚼边叮嘱："日后炖鸡肉，可少放些十三香，多放些桂圆。"等两只肥鸡爪也啃得不剩半星皮肉，万樱将她拽到嗡嗡作响的冰箱前，抻开门，说："想拿啥就拿啥吧。"睁眼瞎摘下黑框眼镜擦了擦眼角说："大妹子，你对我真心实意地好，当姐的可咋报答你？"万樱说："我还有些杂七杂八的小玩意，稀罕了你可劲挑。"睁眼瞎说："大妹子啊，别急，我先验验这冰箱，别落下啥贵重东西。嗯，我记得还有盘南美冰虾。"等她红着眼将冰虾寻出，万樱也抱了堆杂物堆她脚边，她忙蹲踞下去瞪眼翻看，有马鬃制的假发，有骆驼油、羊毛护腕、象牙梳、合金红玫瑰，还有些根本不认得，翻看物品介绍，文字蝌蚪般曲里拐弯，更不认得，就哈着嘴问："大妹子，这都啥宝贝？哪个耗子窟窿搜罗来的？"万樱也不理会，又抱了些物件出来，睁眼瞎干脆盘腿坐地板上，一样一样一款一款细研究，那神情仿若化学老师做实验，直研究得眼花缭乱颈椎沉疼，才将物件用手撸净，一件一件塞进随身带来的麻布口袋，紧扎了袋口勒在怀里，说："我上辈子积了啥德，才碰上你？以往咱姐俩走动少，日后可要多亲多近。别看我跟小琴好了十几年，她那个抠心劲，哎，说起来眼多大泪多大。"

送走睁眼瞎，又迎来婆婆。婆婆给她买了油炸糕。万樱让她别再花钱买吃食，自个煮些素面就行。婆婆说："那哪儿成？抽了半瓶血，可不是闹着玩。"万樱也不吱声，坐沙发上看婆婆忙前忙后，抽空说，她要去店里张张。婆婆叮嘱道："你个实心眼，记着点，去了猫旮旯睡觉，别逞强。"

万樱没去来素芸的窗帘店，直接越过鹦鹉路，去觅蒋明芳。本以为来得早，怕理发店没开板，不成想蒋明芳正弯着腰打扫门庭。见到万樱，她显然有些意外，捶着腰眼说："领导这么早来视察，有啥紧急指示？"万樱没有言语，将自行车锁好，径自进了理发店。太阳出来了，理发店里还是偏阴冷，蒋明芳早生好了煤炉，细烟囱冒着黑烟，炉盖上煮着锅白粥，粥已响边，氤氲的白色水汽将屋内熏得略有暖意。

万樱一屁股坐沙发里，瓷眼盯着蒋明芳。蒋明芳边洗手边笑着问："一大早丧眉耷眼的，谁惹了俺家樱桃？说说，我找他理论去。"万樱只是虎着脸。蒋明芳抻了椅子坐她对面，柔声问道："家里出啥事了？"万樱摇摇头，蒋明芳仔细端详她一番，说："病歪歪的。"蒋明芳多少懂点中医皮毛，还给万樱艾灸过，便将她的脸扒拉过来又扒拉过去，拿镊子翻看她眼睑，捏棉签刮探她舌苔，说："脸黄气滞，嘴肿眼歪，内分泌失调。没睡好吧？"

她不搭腔，蒋明芳捋了捋她头发，随手将摘下的樱花别她耳朵上，说："这油才焗了几天，便乱成了柴火垛？不嘱咐过你，隔天用护发素搓洗搓洗？"她也不搭腔，蒋明芳拧了拧她腮帮，说："你肯定好奇那天找我的男人是谁，他呀，就是老肖在日本的儿子。"她依旧不搭腔，蒋明芳摇了摇头，将炉上熬好的白粥盛了小碗，端她眼前说："喝两口。"又添了块豆腐乳，"再装哑巴，我可挠你痒痒。"

万樱恹恹地盯着蒋明芳，说："我怀孕了。"

蒋明芳怕她嫌粥热，正用筷子搅拌，边搅拌边吹气，头也没抬地问："怀孕？谁怀孕了？"

万樱软塌塌地扯住蒋明芳的胳膊，有气无力地说："明芳，我怀孕了。"

蒋明芳身子晃了晃，将碗筷放下，瞅着万樱问："啊？你说啥？"

万樱直勾勾地盯着她，不敢做声。

蒋明芳放下手中碗筷，打量万樱半晌，站起来在屋内来回走动。她脚大，步子也大，这九尺长小屋转眼就被她丈量了数次。当她从万樱身边旋过，万樱都不禁屏住呼吸。等蒋明芳又坐到万樱对面，她看到蒋明芳脸皮皱绷，眉毛团蹙，眼神里满是狐疑。她拉着万樱的手，嘴唇蠕了半晌，才低声问道："……谁的？"

万樱湿巴着眼垂下头。

蒋明芳站起，将理发店门闩插好。她不做声，蒋明芳又焦躁地来回疾走，万樱晃到那两条圆规腿叉来叉去，叉来叉去，忽觉喉咙一漾，嗷嗷两声将鸡腿肉悉数哕出。蒋明芳忙拿笤帚簸箕，边扫边问她："你说的……可是真的？"万樱摇摇头，点点头，又摇摇头。蒋明芳索性扔了笤帚将她拽起，将"今日歇业"的牌子忙不迭挂到门把手，说："还等啥！跟我去妇幼医院，测个准的。"

蒋明芳打了辆出租车，将万樱生拉硬拽进去。出租车行至中途，万樱仓皇着推开车门，想往下跳，蒋明芳眼疾手快将她扯住，狠狠往座位上拖了两拖，万樱这才安稳。到了妇幼医院，蒋明芳叮嘱说："待会用我的名字挂号。你只管检查就好。"万樱捂着大脸不敢吱声。化验完两人在急诊大厅候着。蒋明芳捋了捋她头发，说道："这事儿天知地知，你知我知。"万樱含混着嗯了声。蒋明芳又说："记着，谁知道了，也不能让你婆婆知道。你婆婆当年可是云落有名的红小将，手黑着呢，当年，带着帮学生，用标枪把他们物理老师的膝盖打得粉碎性骨折。"万樱含混着嗯了声。蒋明芳不再言语，万樱偷眼去瞄，却见她眼里泪珠滚动，只悬着没落。长这岁数，认得蒋明芳这么些年，还从未见她如此灰颓，小声叹了口气，缓缓将她的手攥住。蒋明芳仰脖呆盯着天花板，也未拿正眼瞅她。万樱呢，一双眼家雀般机警地盯着往来病人，唯恐碰到那相熟的。后来蒋明芳说："我拿单子去，你等着。"等化验单拿来，蒋明芳默默递给她，她看也没看囫囵着叠好，赌气似的搋裤兜里。蒋明芳说："过两天，我陪你来打胎。"万樱抬手摸了摸小腹，扭头盯着蒋明芳。蒋明芳斩钉截铁地说道："打，必须打。哪怕这辈子再也怀不上孩子，也要打。"

眼瞅着就到响午，蒋明芳打出租将她送回家。下了车，万樱吭哧着说，她想去老太太那里坐坐，几天没打照面，心里不踏实。蒋明芳也没劝阻，叮咛道："你献血没几天，又要堕胎，心身遭罪，可要吃好睡好，切记别胡思乱想。再说了，胡思乱想能解决问题吗？不能。听我的，该吃吃，该睡睡，天塌不下来。天可高得很呢。"万樱低头不语，扯着蒋明芳的手舍不得放。蒋明芳的手总是冰块那么凉。蒋明芳掸了掸她油晃晃的头发，也是半晌无语。

  老太太正抱着老猫晒太阳，见了万樱忙招手唤她尝榛子。别看老太太满嘴假牙，却专爱嗑那带壳的坚果。万樱接过榛子，挑了枚塞嘴里胡乱嗑咬，咬也咬不开，老太太递给她把细钳，说："客人走了些天了，安生得紧，你抓空将被褥洗洗涮涮，天可算是放晴了。"万樱低头说："只那天青还住着。"老太太沉吟着说："这孩子，你可清楚他底细？"万樱说："是个学生崽。家在外地。"老太太说："他那身材眉眼，声腔举止，跟我一位故人太像，若说是双胞胎，也不为过。哎，只不过，我那故人，离世也快四十年了。"万樱没心思听她讲古，起身将被雨水拍倒的秧苗一棵棵扶起，又折些槐树枝丫撑住细茎嫩叶，用细麻绳绑了，见天青那屋没挂窗帘，晃了玻璃看。老太太说："那孩子啊，昨晚没回来。"万樱心生疑窦，转念才想起，怕是还在医院住着，光忙乎着手头这摊糟心事，也没来得及探望。心里愧疚，便想问问云泽，天青是否还发烧？医院让不让探视？电话甫拨出，激灵下慌张着掐掉，坐菜畦垄上动也动不得。念起两人昨晚商约，日后再也不走动往来，用他的话讲，就是她走她的阳关道，他过他的独木桥。这心里终归空落落的，仿佛被炸弹炸的深坑，能见到底，却横竖爬不上来。可空落之后，这心又如踩高跷的两条腿惶惶落地，崴了脚，却异样踏实不惊。

  等将宾馆被褥洗完晾好，手还没来得及洗，便接了个电话。接完电话她匆匆忙忙回了趟家，换了身干净衣裳，又对镜子偷摸着涂脂抹粉。婆婆好奇地盯看她，却也没问旁的。当老太太再次见到她时，她吭哧着说，想跟老太太商量点事。老太太将怀里的橘猫赶走，说，看你愁眉苦脸的，八成不是啥好事，说吧。万樱又是搓手又是挠头，半晌才吞吞吐吐道："姨啊，我……"老太太眯着眼问："是不是有人托你传话？"万樱点点头。老太太说："是不是，跟这破房烂瓦有关？"万樱惊讶地瞪着她，嗯了声。老太太将裤脚边蹭来蹭去的橘猫又揽入怀里，漫不经心地挠着它脖颈，眼呢，瞅着庭院里的桃花。这几天雨水勤，花瓣都被打落，有的落入菜畦，有的被风卷到檐下。

  万樱说："姨呀，这人，这辈子，只求了我这一桩事。"

  老太太将目光锁到她身上，久久未动。万樱不敢抬头。她听到春风卷过菠菜叶，听到街上卖凉粉的摇着拨浪鼓，听到金腰马蜂绕着房梁战斗机般嗡嗡飞，也听到老太太悠长的叹息声。老太太抬手抚了抚她脸颊，问："这人……"未说完话先咽下，停顿良久，才慢声细语地说："樱桃，你伺候了我这么些年，我，就应了你。"万樱抬眼看她，既惊又愧。"不过呢，"老太太咬了枚榛子，万樱听到嘎巴声脆响，"让他们再宽限我几天。我将心事了了，他们想拆就拆。"万樱不知老太太口中所言"心事"是何事，又不敢问，可罗小军所托之事这么快就有了着落，心中难免松俐，赶紧说："姨你放心，新楼盖成前，政府提供廉租房，便宜着呢。"老太太慢悠悠地说："好。你说啥，就是啥。你想咋样，就咋样。"

  万樱抽空联系罗小军，将老太太原话如实相报。罗小军说："就知道你能办成！可算帮了我大忙！感谢的话我也不说，改天请你吃饭!"听他语气欢喜无比,末了他又说:"你托我的事,我也尽量办。等我消息。"放下手机,万樱内心隐隐感到不安,觉得着实委屈了老人家,倒像是把她卖了一般。

　　让她不安的事尚在后头。回家后,婆婆在给华万春擦身,见了万樱,沉着脸未语。万樱再是愚钝,也窥到哪里不对劲,没话找话地问了句:"拉尿了几次?"婆婆努了努嘴,鹰隼老眼盯着她,盯得她小腿肚直酸软。

　　婆婆不单麻将打得好,素有东南街麻将王的美称,做买卖更是把好手。结婚前她就听华万春吹嘘,上世纪九十年代初,婆婆在汽车站胡同卖青菜,同是兑来的茄子豆角,比旁人要卖得好赚得多。为啥?人家豆角卖两毛三一斤,她胆敢卖一毛八,用婆婆的话讲,这叫薄利多销。1994年云落建了第一家室内农贸市场,她借钱抢先租了摊位,弃了蔬菜卖活鸡。猫有猫路蛇有蛇道,卖活鸡的门道可就多了。通常五点半就爬起来给鸡灌饲料,千万别给鸡注水,鸡是火命,注水犯冲,也不能灌砂砾,砂砾多了,顾客肯定拿着鸡胗来耍闹,名声要是臭了,摊位也香不了。灌饲料没事,你管得着我的鸡能吃能拉?灌饲料是手艺活,也是气力活,一人按住翅膀卡住脖子,另一个掰开鸡嘴,将塑料漏斗小心插入,再沿斗壁灌粗玉米面。灌完二十来只活鸡,通常六点半,这才载着满车打嗝的公鸡跑市场。人家都稀罕看她现场屠鸡。她先把公鸡双脚绑紧,左脚踩爪右脚踩膀,将鸡嘴下方四五厘米处舀开水轻烫,扯下绒毛,再抓鸡头喂水,鸡嗓子上下滚动时一刀割下,鸡血顿如箭雨滋入海碗。血流干净用膀裹头,以免它扑棱求命,等鸡咽气,将鸡身按滚烫开水里浸泡。浸泡时间不能太短,也不能太长,太短了鸡皮紧皱不易拔毛,太长了鸡皮老脆。人家就爱看她拔鸡毛,那双老鸹枯手如猴捣蒜,湿漉漉的绒毛片刻铺满地,干迸的绒毛随阴风旋舞。眨眼间她剪掉了鸡尾股掏净了脏器。这套动作行云流水,顾客尚看得入味,她已将白条鸡洗净装袋,叼了官厅烟吧嗒,一双小眼精光四射东张西望,仿佛她方才没杀鸡,只随手超度了个亡灵。

　　"他好得很,一时半会死不了。"婆婆将毛巾拧干搭好,"你后晌慌里慌张地换衣裳,做啥去了?"

　　"啥也没干,"万樱硬着头皮说,"能干啥呢?"

　　婆婆也没再追问,拾掇拾掇走了。万樱坐在椅上喘气,不明白婆婆抽啥羊角风。想起下午换掉的衣裤,要用洗衣机甩一甩,找来找去,却在晾衣杆上找到。盯着那条又肥又长的裤子,她忍不住打了个寒噤。她突然想起,上午去医院的化验单就在裤兜里。她慌里慌张地先去洗衣机上找,没有,又去卧室找,没有,等她垂头丧气地窝进沙发,才发现那张化验单赫然摆在沙发扶手上,单子被打开了,齐整整摆着,只要不是瞎子,任谁都能瞅到。显然,婆婆早看过这张化验单,不仅看过,没准一下午都在胡思乱想。幸亏名字写的是蒋明芳。屋内阴凉,万樱却流了白毛子汗,她将那张化验单小心着折叠,揣入裤兜,琢磨了琢磨,又掏出来甩在沙发扶手上。她惴惴着想,婆婆没察觉出啥蛛丝马迹吧?想到她那双杀了上万只公鸡母鸡的嶙峋黑爪,这口气就悬憋在胸腹,无论如何喘不上来。

　　翌日,早早就去扫大街,扫完大街也

没回家，一想到婆婆那眼神，浑身起鸡皮疙瘩。到了窗帘店，门庭紧锁，干脆蹲铝合金门外瞅那往来行人。瞅着瞅着小岑张哇流泪地来了，估计打游戏熬了夜，见到万樱很是讶异，问，今儿派活了吗？来老板咋没跟我说？万樱说快开门，冻死我了。小岑问，吃早点没？我买包子去。等小岑回来，两人脸对脸吞了两屉素三鲜功夫包子。小岑问，姐你饱了没？要不我再买碗面？没等万樱吱声就蹽出去。等众人陆续进店，俩人刚好把一碗山西刀削面分吃完。来素芸见到万樱欢喜得很，说："缓过来了？赶紧的，陪我去扁鹊医院。"万樱问道："那钱……有眉目没？"来素芸说："有个屁。你不知道，这两天，要账的人山人海，咱去了好歹也壮壮声势。哎，表哥怕是指望不上了。"

万樱默默随了她去。果不其然，墨黑人浪将扁鹊医院裹得密不透风，任蚊蝇都飞不进，有打红色横幅静坐示威的，有坐着轮椅流着涎水狮子般咆哮的，有握着双拳咬牙切齿站在松花江面包车车顶棚上演讲的，还有人大摇大摆地将两个玉米秆扎成的偌大花圈矗放在警卫室门口。万樱竟瞅到小琴在人浪中泥鳅般钻来挤去，披头散发，像是在卖矿泉水。忙跳起来大声喊她，估计也听不到，一挤两挤地就挤丢了，也是，呜嚷呜嚷的声浪让人讲话需贴着对方耳廓。来素芸嚷道："听说没，昨个有人喝了药！"万樱一脸茫然地看着她，来素芸说："有个云落信用社的职工，跟万永胜的秘书有交情，将狐朋狗友三亲六故的钱全投了进去，少说有一千二百万！如今颗粒无收，叫天天不应，叫地地不灵，自觉没脸面见人，一狠心喝了百草枯。肠子没洗完就蹬腿死了！可怜见的，二胎还不满仨月。"

万樱听得一愣，来素芸又说："还有个财政局的科长，私下开了家印刷厂，干了二十年，赚了五六百万，也……"万樱见她那水蛭小嘴努个不停，忙将大脑袋凑过去问："啊？也喝了百草枯？"来素芸嫌弃地摆摆手："你晨起没刷牙？他没喝百草枯，跳楼！跳楼！跳楼！摔成肉饼了。"万樱听得皮肉发紧，来素芸说："剩下的，有上吊没死成的，有剁了脚趾昏死过去的，有失心疯光着屁股在医院里昼夜跑马拉松的。听说，还有九个KTV的陪酒小姐，合伙将多年赚的皮肉钱投进去，眼见钱要打水漂，暗地拢了些相好的地痞流氓，要干掉万永胜。这帮蠢货，哪里有这样解恨的？万永胜活着，还有点亮，要真死了，那钱还真是白白烧给了阎王爷。"万樱没头没脑地问："为啥白烧？阎王爷也得吃喝拉撒睡。"来素芸不耐烦地嚷道："你傻呀？！阎王爷用冥币！冥币！"

万樱闭了嘴，陪来素芸在街拐角的文具店门口站着。来素芸说热，她赶紧从文具店借了学生垫板，不停替她扇着细脖颈；来素芸说饿，她赶紧从红太阳粥屋买了俩牛肉饼，怕来素芸口渴，又添了碗绿豆汤；来素芸说烦，她就讲了个王老黑说过的荤笑话，来素芸听了，冷笑两声，说，低俗；后来，来素芸伸着懒腰说困，万樱说："你等着，我去对面的一元店买俩马扎。"来素芸叹息声，说："算了，回店吧。"万樱说："回去你也坐卧不安。"来素芸说："×他妈的，干脆我也买瓶子百草枯，喝了算述。"万樱呸了三声，说："你儿子才上大学，老马还没出狱，你死了，他们咋活？竟说那没影的话。"不提儿子老马倒好，一提他们，来素芸的小脸便越发阴沉，说："我活我的，我死我的，关他们屁事？"

万樱实在不知该如何劝慰，只得闭了嘴。劝慰什么，她那摊烂事还捋顺不清。无论走到哪儿，婆婆那双精光四射的老眼始终盯着她脊梁，害她老不时遽然回头，逡巡着街边小贩往来人群，偶有身形衣着与婆婆相仿的，这心脏就顶嗓子眼，喘气都不利落。

那晚早早回了家，回了家才发现婆婆在做晚饭。往常这时候，她早回去侍奉公公了。绿豆黑米粥熬熟，婆婆又在烙葱花饼。婆婆有一搭没一搭地说，公公打完麻将，又跟麻友们打平伙，她呢，凑合着跟万樱吃口。万樱便说去熟食店买些酱货。婆婆最喜赵四家的酱鸡爪。婆婆扁着嘴说，费那事干啥？咸菜炒个鸡子得了。等两人上了桌，万樱只低头喝粥，吸溜吸溜的。婆婆挑着长音问："樱桃，魂不守舍的，有啥心事？"万樱吭哧着说："粥……忒热。"婆婆夹了片蓬松的鸡蛋，筷子空中悬了悬，放万樱碗里，说："蒋明芳的孕检单，咋会落你手里？"

婆婆问得轻淡，声腔也肃静，万樱再傻，也能猜出她酝酿了许久，没准昨晚都没舍得合眼，一宿均在合计这事，便说："我陪她去的。"婆婆端着碗没得声响，万樱抬头，见她正剜着自己，瞬息腰里的肋骨便被卸掉了几根，坐也坐不稳当，手里的碗微微颤悠。婆婆抿嘴笑了笑，问道："到底是你陪她去的，还是，她陪你去的？"万樱脸如猪肝，咣当放下碗筷，趿拉着鞋折身进了屋。婆婆没有跟进来，等她忍不住出去张望，婆婆走了。她都没听到门响。

第三天早晨，万樱从斯大林路回来，婆婆买了李连贵熏肉大饼跟小米红枣粥等她。万樱没吱声，顾自给华万春打米糊。华万春这几日有些异样，手脚常无缘无故地抽筋，万樱想是着凉，便将他浑身穴位反复推拿。婆婆站床边安生看着，也不说话。等万樱给华万春换好纸尿裤，婆婆这才说："那个蒋明芳，名声臭大街。前脚克死了相好的，后脚又怀了孕。这样的丧门星，可要少搭讪。"万樱不语。婆婆说："人哪，可不能破罐子破摔。"万樱不语。婆婆说："我的话，别左耳进右耳出，到时吃不了兜着走。"

第四天早晨，睁眼瞎早早来敲门。万樱见她缩头缩脑探手探脚的模样，没声好气地说："咋，我家都被你搬空了。"睁眼瞎喊了声："你个傻妹子，把姐当成啥人了？姐可是个要脸面的人。我呀——"她朝屋内左顾右盼一番，才扒着万樱耳朵说："碰到了个老太太。"万樱见她神秘兮兮，便说："老太太们晨起都去跳广场舞，有啥稀奇的？"

睁眼瞎拨楞着脑袋说："我这不一大早给订户送鲜奶，打人事局胡同过，瞅见了个穿红马甲的老太太，正在广告栏贴广告。瘦，矬，踮着脚，还是罗圈腿，靠墙跟撒尿的贵宾犬似的，我忍不住多瞥了两眼，你姐这眼睛瞎，可还是看到广告印了蒋明芳的大名。那字粗、黑、大，柴禾棍似的。"万樱忙将她扯到沙发上，用热水给她沏了杯红糖水，睁眼瞎心满意足地喝了两口，说："那老太太可忒执着，将广告栏贴满，才拎着糨糊桶夹着摞宣传单走开。我从侧脸一看，妈呀，那不是你婆婆吗？"万樱忙又给她剥了个橙子，睁眼瞎吧唧着吃了两瓣，说："她前脚走了，我才敢后脚去细看。不看不要紧，一看吓一跳。"万樱素来性子慢，此时也不禁急怔怔地问："我婆婆写的啥?"睁眼瞎抚着胸口说:"写的啥?写的大字报。"万樱狐疑地看着她,她就说:"没一个好字,没一句好话,又没公家的章,你说,不是大字报是啥?"说着从裤兜拽出张塞万樱手里,说:"我跟蒋明芳不熟,可回回理发都少留我四块钱。我还知道你们姐俩好,这热闹我可不能看。你婆婆走后,我将那些单子全撕了。粘得忒结实的,可就屁法没有了。"万樱颤巍巍打开,只见那宣传单上写着:"明芳理发店的蒋明芳,养汉的破鞋!生孩子的寡妇!"

字是手写,虽短短二十几字,却字字扎心腌臢,万樱不禁倒吸口冷气。婆婆与蒋明芳素来无冤无仇,只逢年过节打过照面,怎得对蒋明芳这般歹毒?还写了蒋明芳的店名,这不是砸她招牌毁她饭碗吗?万樱瞅着单子越瞅越来气,咬着后槽牙撕巴起来,撕成碎片还不解气,又抬脚狠踹死踩。睁眼瞎睁着席篾眼问:"蒋明芳咋惹着你婆婆了?把孩子扔井里也不过如此。"万樱也是不解,想到婆婆没准就要驾到,慌忙着将纸片扫净,说:"我婆婆轴,估计能贴的地方全贴了。我记得火车站、汽车站、民主广场都有广告栏。"睁眼瞎说:"大妹子啊,你是穆桂英,我就是那烧火的丫头杨排风。你去哪儿,排风跟着。"万樱眼角发潮,说:"你等着。"撅屁股蹬腿地爬进床底,翻拽出箱燕窝塞睁眼瞎怀里。睁眼瞎惊叹道:"天亲呀,竟私藏了软黄金!你可真是孔方兄打哈欠,财大气粗。连我这老鸱子也走了眼!"

果不其然,火车站的广告栏也全是蒋明芳的大字报,不少闲客正伸着鸭脖颈观瞧,嘴里念念有词。万樱拨拉开众人,手忙脚乱地将单子悉数剥下。单子方贴不久,面粉打的糨糊尚留温热。撕着撕着她猛地想到,婆婆跟蒋明芳无冤无仇,这大字报肯定是冲着自己来的。婆婆怀疑那化验单的来处,可无凭无据不好问询,也不便发飙,便使了这下三滥手段。晓得她性气,若是见人这般糟蹋蒋明芳,八成会跳脚,肚子里的屎也再憋不住。越想心越冷,越想心越慌,婆婆那张老脸跟尸首般的腌臢话在眼前交替闪晃。睁眼瞎气喘吁吁跟在她屁股后头,见她呆头呆脑地盯着铁轨,忙说:"妹子,可别有啥想不开。好死不如赖活。我要是早咽了气,哪里有福享用这燕窝?"万樱大刀阔斧地挥了挥手,说:"走!汽车站!"睁眼瞎说:"嘻,没想到你这大象腿,倒比我这梅花鹿灵。你可慢点骑,我这老寒腿还箍着两贴臭膏药。"

她俩哼哧哼哧地将汽车站和民主广场的单子又撕扯干净,扯不下的就用钥匙划得稀烂,任谁也瞅不清字迹,这才偃旗息鼓收兵回营。睁眼瞎劝慰说:"见了你婆婆,先装傻充愣,再慢慢套话,可别上去就搠两棍子。她若犯了心梗脑淤血,不还得你端屎端尿?"万樱只老鸡啄米般点头,脑子里全然是糨糊。

等回了家,婆婆坐在餐桌旁,正慢条斯理地吃昨个剩的冷饼,边吃边活动着手腕跟脚踝。万樱坐她旁侧,压着胸口看她吃。婆婆笑了笑,说:"我这老胳膊老腿,稍干点正经活,就雷劈霜打似的。"

万樱直勾勾盯着她说:"怀孕的是我。"这句话她在心里重复着念叨了数千遍,打了无数遍底稿,等真正说出来,气息仍嫌微弱,好在她说得颇为干脆,丝毫没有拖泥带水。婆婆猛地抬头,眼珠险些飞出,布满褶皱的眼皮勉强眨巴两下,斜着三角眼盯了她小腹,如是良久,愣是一个破字未吐。

万樱怕她没听真切，大呼了口气，说："我怀孕了……"嘴巴旋即被婆婆的手硬生生捂住，婆婆指头全是大饼油脂冷却的香味，万樱肚子难免咕噜咕噜乱叫起来。婆婆慢腾腾地起身，将桌上的饼渣拾掇干净，转身去了厨房。万樱听到水流哗啦哗啦的响声，铁锅碰勺子的响声，随后是一声悠长的、近乎绝望的叹息。后来，她竖着耳朵瞄着婆婆搓着双手夜猫般蹑手蹑脚过来，挨她坐下，不停用手抚摸着无名指上的戒指。那枚戒指，是华万春上班后用首月的工资买给她的。入春以来，云落雨水不断，屋内倒比往年冷峭些，窗外的那株老杏树花期已过，新嫩的绿叶萌生，枝头栖着几只斑翅凤头鹃欢叫个不停。阳光也好，万樱看到明灭的光斑在婆婆的皱纹和老年斑上跳跃，被她呼出的气息顶开的灰尘颗粒，又轻盈地落在她银白色的发髻上。这个春日的上午，一种巨大的、死亡般的宁静笼罩了她，也笼罩了婆婆。她想到华万春出事前，最喜欢坐在餐桌旁喝酒。他最馋赵家的秘制猪蹄和熏鹅肝。她还想到，常云泽好像从来没有跟她在餐桌上吃过晚饭，他们都是挤围着沙发前的那张茶几喝酒。他酒量好，从来没有醉过。

"孩子……万春的？"婆婆抚摸着戒指，仿佛她是在同那枚戒指讲话。她的声音听不出丝毫愤怒，连些微的迟疑也没有。似乎和煦的阳光瞬息将她照耀成了另外一个人。

"是。"万樱听到一个声音说，"不是他的，能是谁的？我又不是雌雄同体的蜗牛。"

婆婆笑了笑。婆婆竟笑了笑。她听到婆婆说："这……可是天大的……喜事。"

婆婆用了"天大的"和"喜事"这些词，可她的声腔里全然听不出欣欣喜悦。她嗓音干巴巴的，像是断了许久的枯树枝终于被狂风从枝干上吹下来。"我们万春，真是命好。"婆婆抹搭着眼说，"我在电视里看过条新闻，说杭州有个女植物人，昏迷时，还怀了孕，生了孩子。"她轻咳了声，"只是没料到，男人成了植物人，也能让女人怀孕。天下间的稀奇事，这也能算一桩了。"她抬眼扫了万樱两眼。她目光浑浊，眼眶里仿佛有碎了的光在闪烁，万樱不知那到底是眼泪，还是紧缩的瞳孔被阳光折射。"几个月了？好生养着。"婆婆抬起那只宰了无数只公鸡的老鸹手触了触她的肚子。她的动作漫不经心，甚至有些敷衍了事，"等孩子满月，我们要好好庆贺一番，杀头牛，宰只羊，再将没黄的亲戚，相好的街坊全请来。哦，也别忘了吃猪头还愿。先前那些年，我可没少去庙里拜菩萨。菩萨啊菩萨，大慈大悲的菩萨，你总算睁了回眼啊。"

第二十六章　小兽

总算是，心里的一块石头落了地。万樱终于明白了这句老话的含义。老祖宗的话简单朴素，却将复杂的道理说得这么透。石头，一块石头，心里的一块石头，落了地。这是块什么样的石头？如何落了地？落到了哪里的地上？这些都不是关键，关键的是，她现在的心情，就是石头落了地的心情。她仍是晨起跑到斯大林路扫大街，扫完大街去驻马店人那里喝豆浆吃油条。

从前是每个礼拜吃一次，如今是三次，从前是一次喝一碗胡辣汤，如今是喝两碗。当她打着饱嗝蹬着金蛙牌半新不旧的三轮车回家，发现一茬花谢了，又一茬花开了。紫叶李、碧桃、美人梅、西府海棠，花瓣都不知落到了哪里，黑绿的叶子长得飞快，就像她日渐隆起的小腹，而花圃或公园里的紫荆、芍药始盛开，一串串一簇簇一朵朵，密密麻麻呼哧带喘，灼人瞳孔。

自那天后，她再也没见过常云泽。不仅没见过他，连他的手机号码也删了。他跟那个食堂的姑娘同居了吧？没准正商议着婚期。偶有次街上遇到常献凯，献凯大哥数叨个没完，说云泽不着家，天天睡外头，驴肉馆也不去，哪怕忙得膝盖骨打滑，也不见他踪影。万樱想，他这是躲着众人呢，不单怕见到她，也怕见到老熟人，当然，也可能不是躲，只是藏在那女人家里，日夜快活腻歪着呢。无论他在干啥，在想啥，在跟谁睡觉，都跟她没半毛钱关系。他应该不单单从她的眼眶里消失，还应该慢慢地从她的脑子里消失，直到那么一天，哪怕见到他杵在她跟前，她的眼睛眨也不眨，心也不会多跳两下。这多好。这没什么不好。本来就该这样。即便如此，晚上逢她独自吃饭时，耳朵里灯管镇流器的嗡嗡声还是让她产生了错觉，误以为身后站着别人，别人在跟她说话。当她嘴里喊着他的名字缓缓扭头，她只看到自己的影子孤独地映在墙壁上。墙上挂着幅毛笔字，字不多，只有四个，厚、德、载、物。这幅小篆还是他从云落书法家协会的一位老先生那里求来的。她想过将这幅字扔到床铺底下，等摘了匾，发觉匾后的墙面要比旁边白净许些，衬得旁侧黑漆火燎，就将字又挂上。她想，也许哪天，这幅字谁送的，啥时送的，为啥送的，她也会忘得干净。人的脑袋就像个漏斗，细细索索的大事小事屁事就像那沙子，从漏斗里流下去，就安生了。

天青那边，她倒是联络过。天青说，他陪导师在省会参加为期十天的国际学术交流会议。会议的名字她没记住，她只记住天青说，过些时日回云落，房子务必给他留着，"我有重要的事跟你说。"她仿佛看到了他在那头捂着话筒左顾右看的模样。这孩子瘦，说话也没大声气。她老觉得他该多吃些，长得粗壮些，男人只有长得粗壮些，女孩才喜欢。"有多重要呢？"天青似乎想描述事情的轻重程度，可一时又没寻到合适的词，"嗯……没错……对，就像地球上来了外星人。"他好像对这个比喻很不满意，马上又说，"我要复印会议材料去了，过些日子我们就能见面了。"

来素芸还是日日去扁鹊医院，有时让她陪，有时不让她陪，陪不陪的，要看来素芸心情。反正来素芸说啥就是啥。她的眼袋越来越大，嘴唇越来越小，比数天没吸血的水蛭还萎缩。唐诗不读了，算盘不打了，金话筒丛书也撕毁了，见了谁都垂着薄眼皮，一副没睡醒病恹恹的模样。示威的人群后来从扁鹊医院转移到云落政府前的广场，换了新阵地后，讨债的人越来越多，地方那么敞亮，能驻扎一个军的部队，多少人都能落脚。他们已经不满足挂横幅、演讲和送花圈了，他们发现高音喇叭的传播力更大，有个满脸络腮胡的男人站在面包车上声嘶力竭地喊着口号："欠债还钱，天经地义！""让子弹飞，让物价飞，别让血汗钱飞！""给我一分利，保你平安一世纪！"诸如此类。此外，讨债的人中还混迹了众多的直播网红，他们准备了精密的仪器设备,声情并茂地现场直播着云落有史以来最大的群众集会。政府先是派了信访办徐主任来做安抚工作,很快被人扔了鞋子和臭鸡蛋,又派了县里主管舆情的副县长,也是被骂得脸红脖子粗。后来干脆让警察前来维持治安,前脚才遣散,后脚又人头簇动如觅食的鸦群。来素芸通常将车停到广场旁边的冷饮店门口,在二楼点杯冰啤,戴着墨镜坐在遮阳伞下,边喝边俯瞰着示威的人群。有时她忍不住站起来,胸腹前倾,脖子如酣战的斗鸡般伸缩,紧攥着双拳,跟着众人一起喊那雄赳赳的口号,不过,她习惯用普通话喊,总是慢了半拍,跟那些人的节奏颇不合拍,这很是让她沮丧。她想,哪怕是用三级乙等普通话喊口号,气势也要磅礴壮观许多。

　　蒋明芳的理发店她去了两次。第一次,是将婆婆知悉她怀孕的事说了说,当然,婆婆贴大字报的事万万讲不得,依蒋明芳的性子,怕是不会依饶。蒋明芳听说她婆婆竟是那般态度,显然有些不信。"做梦呢吧!""根本不可能!""狗屁不通!""没道理!"她用一系列感叹句来表示她的怀疑,不过后来她也默认了。万樱向来不撒谎。万樱就是被鬼子行刑逼供也不会说假话。蒋明芳将热水里的毛巾洗好,晒到屋外的晾衣架上,踅回来时郑重地告诫万樱说:"樱桃,万能不能掉以轻心。你婆婆城府深,没准会变着身法来整你治你。"万樱啃着烧饼说,婆婆好着呢,往常那般来,往常那般走,不过走时,都会将晚饭帮她煮好,倒让她轻省不少。那天婆婆还给她买了两斤猪头肉。"你知道猪头肉多贵吗?"万樱骄傲地拧着脖子说,"要不是有了身孕,我好歹要喝上二两白酒。"第二次,她去的时候,先前见过的那男人,蒋明芳口中"老肖的儿子",正跟蒋明芳唠嗑。男人可能在国外待久了,说起云落方言来像是外国人讲中国话,有些夹生,腔调也古里古怪,不过蒋明芳听得倒颇为认真,一双杏仁眼凝视着那男人,还时不时点头赞允。万樱就想不明白,按辈分来讲,这人是晚辈,要是明芳跟老肖结了婚,这男人要管明芳叫妈,这继子老找后妈,多少有些蹊跷。按常理来讲,老肖的葬礼过去些时日,该处理的琐事,早已料理好,没料理好的事,怕也成了瞎账,这男人咋还不回日本?他不是大学教授吗?难道老不给学生上课,学校也不找他?为何老来缠着明芳?便觉得他不地道,瞅着他不顺眼。那天在蒋明芳那里遇到,蒋明芳热忱地为他们介绍彼此,万樱也只是矜持地点了点头。男人教养不错,看出万樱有些不待见,说了些场面话先行告辞。

　　万樱问蒋明芳,这男人的头发是夏天的韭菜吗?三天两头要割一茬。再说了,来了理发店,毛也没变短啊。蒋明芳爽朗地笑了笑,只说有正事商量,打了岔,将话头引向了罗小军。

　　昨天,云霓来找蒋明芳理发。云霓从不去高档理发店找托尼老师,都是来找她。本来云霓非要办会员卡,蒋明芳笑着说,办啥办?要能把你公司的姑娘们带过来理发,算你能耐。没想到数日后,云霓还真带着几个女孩前来烫头发。一般的理发店,这种费时费工的活,都收三五百块钱,蒋明芳只留她们一百,手艺比旁的托尼老师还精湛,她们也就乐意来捧场。以往,云霓都是携女伴同来,不过昨个却是自己开车过来的,脸色也不好看。蒋明芳便问,这是咋着了?云霓说,最近公司有些麻烦,罗总整日里愁眉苦脸的,哎。蒋明芳笑着说，能有啥事难住罗总？他可是云落的人物，要风得风，要雨得雨，官场也好，商场也好，熟头巴脑，嘴上通通气，坏事变好，大事变小。云霓皱着眉说，话是这个话，理是这个理，可手里没了钱，小鬼咋可能还帮着推磨？蒋明芳听她话里有话，也就没往下细问，不过听云霓口风，罗小军这次是遇到些麻烦。

万樱想到这几天罗小军也没去按摩店，原先说的合并装修事宜也没见动静，原来是遇到了大事情，连云霓这般的小卒子都这么心事重重，看样子还真是棘手。本来寻思，老太太的合同签了，他那头便安枕无忧，不成想竟是糟心事一桩连一桩。咋就没那万事不愁的人？晚上归家途中，顺手买了个潍坊大白萝卜，又买了六块钱的毛虾，和面擀皮，切菜搅馅，捏了两屉蒸饺，冻在冰箱里。翌日赶早去了蒋明芳的理发店，添煤拱火，将那铁皮炉烧得噼啪响，等水滚边，放屉摆饺，焖了半个时辰，虾皮萝卜的鲜凉味就蹿了出来。给蒋明芳留了俩，剩下的全小心夹到方便盒里。怕夹破了皮，先掸洒了些冷水。蒋明芳好奇地问："你这是给谁送啊？"万樱也没说，拎了便当骑了自行车去了罗小军公司。

还不到九点，料罗小军也没上班，就坐传达室等。看门的是个老头，穿身洗得发白的中山装，问她找谁。她不肯说，老头也没再盘问。等渐渐上人，她东瞅西瞅，也没看到罗小军的车。想了想，先行回了旅馆，洗洗涮涮。等邻近晌午，蒸饺都凉透了，热一热，又跑了趟，穿中山装的老头便问，你到底找谁？我们这院子，闲杂人等不能进。万樱便喏喏着说找罗总。老头说，嗐，你咋不早说，罗总出差了，没在。万樱有些失望，忍不住给罗小军打了电话。罗小军的声音听起来甚是疲惫，问她有啥要紧事。万樱支吾着说："没啥。我蒸了些虾皮萝卜馅蒸饺，送你单位来了。"罗小军说："一听这馅，我口水都流出来。可惜啊，我在省城，没口福啊。你咋不早说呢？"万樱犯了愁，登时语塞。罗小军说："这样吧，你先让警卫室收下，帮我冻冰箱里，等回了云落再吃。"万樱说："哎，可惜了，新出锅的蒸饺。"罗小军说："人不都说，回锅的蒸饺更鲜凉吗？"

万樱失望地挂了电话，径直去了来素芸的窗帘店。这一忙活屁股都没挪窝，熬到晌午草草叫了份外卖，秃噜完又去老太太那里，将满院的菜畦除草施肥，黄昏未将，又鸟枪换炮到按摩院。

这天预约的都是老顾客，一位是年满八十岁满口假牙正在热恋的老妇。她对象比她小八岁，退休前是云落京剧团的青衣，年岁不饶人，老是老了，可依旧媚眼如丝，说话拿腔捏调，婉转如月下夜莺，把那守了二十年寡的老妇迷得神魂颠倒，非要与这老青衣扯结婚证，还要将亡夫留下的那栋房子的产权，变更为两人合有，为此，没少跟她六十岁的闺女生闷气闹干火，又是离家出走又是周期性低血糖。前些日子与老青衣去电影院看爱情电影，暖气不足，着了凉，腰上的老毛病又犯，跑到万樱这里推拿。那老青衣端坐她身旁，唱了《春闺梦》，还挑些网络段子讲，讲得万樱脸都红扑扑的。另一位老顾客是民政局的官员，做官之前干了十八年文秘，先是当秘书写材料，后是当副主任改材料，再是当了主任审材料，好歹提了副局长，还要主管办公室的信息宣传，昼夜戴着花镜在材料上勾抹……这些年熬过，眼睛没熬瞎，却将腰间盘熬得畸形，骨刺如荆棘倒扎，整日愁眉苦脸坐卧不安，万事皆烦，如今是到县里开会也要衬着副腰托。他郑重地问万樱，胖大姐，你有孩子吗？万樱没吭声。他就说，将来啊，孩子干哪行都行，就是千万别干文秘，当太监做奴才全是小事，要是把腰糟蹋坏了，哎，老婆整日没好脸色不说，人生最大的快乐也没了。旁边的按摩师傅插嘴问道，那人生最大的快乐是啥？官员哼哧着说，你说是啥，它就是个啥。

晚上婆婆煮的玉米碴粥，用鲜蛤蜊蒸的鹅蛋。婆婆这些天，闲话不多，低头走路。晨起练完太极，便来看护华万春。婆媳俩各忙各，忙完了各走各，水母不挡章鱼路，倒也省心顺意。那玉米碴粥不定滚了几开，煮得嫩生香糯，万樱不禁连吃了四碗，等去盛第五碗，才发觉锅已见底。怀孕后她似乎又生了个胃，简直比终日耕地的骡子还能吃。吃完饭如往常一般烧水端盆，想给华万春擦擦身。才挑了门帘进了卧室，便看到团瘦小的人影在窸窣着动，寻思花了眼，定睛又去细瞅，就瞅到华万春裸着莲藕般的细胳膊细腿，佝偻着腰晃着帕金森患者似的脑袋倚着床帏朝她这厢张望，嘴唇还时不时翕动，仿佛嗷嗷待哺的破壳幼鸟，她便随口问了句："你咋坐起来了？"说完端着脸盆又瞄了瞄。华万春哆嗦着盯着她看，一双小眼胆怯地眨巴着。万樱这才醒悟过来，嗷地大叫两声捂住嘴巴，洗脸盆哐当声摔到地上，盆里的热水哗啦着泼洒到脚面。她全然顾不得疼痛，犹如一只受了惊吓的母袋鼠右腿单跳，龇牙咧嘴地跃向了那只虚弱的小兽。小兽无疑适才苏醒，颤抖着左顾右盼，时不时面无表情地撕扯着咽喉里生出来的、狭长的、犹如赘生物的塑料食管。

第二十七章　罗先生再进省城

偌大的别墅后院没铺种草坪，只零星栽了几株果树。花期正盛，白茫茫一片，引得蜜蜂嗡嗡嘤嘤。万永胜戴着顶草帽在两棵苹果树中间练撒网。那是张旧渔网，有些年头了，铅坠生了锈迹，尼龙网破了丝线，即便真网住了鱼，也早从窟窿眼逃生。罗小军端着胳膊在旁侧观看了会儿，万永胜才收了渔网，递给他支阿诗玛香烟，一屁股坐到苹果树下。不过短短数日，万永胜的白癜风已蔓延到眼角，远远望去，仿佛带了副瘆人的萨满面具。罗小军欲言又止，闷闷点了烟，蹲他旁边。两个人犹如在田间地头看着荒年庄稼的老农，愁眉不展，连声叹息都没有。等烟烧完，万永胜说："多年没摸过渔网了。六二年，三年饥荒才过，生产队还是常断粮，都抢着吃磨成糜粉的花生皮，吃了拉不下屎。我跟你爸偷着去涑河打鱼。一网撒出，没网到鱼，却罩住了我俩。"说着说着大笑起来，他声音响亮，伴随着铿铿的咳嗽声，"河里哪儿还有鱼？连鳑鲏、白条都被逮个精光。我俩在岸边摸河蚌田螺，碰到蚂蟥、水蚤和水虱也不放过……"他叹了口气，"哎，我昨晚梦到他了。他都没认出我来。"

罗小军苦笑两声，说："叔，别惦记我爸了。咱爷俩这泥菩萨，先琢磨下咋平安渡江。这节骨眼，你可千万别出门。公安局找您了没？死者家属先往医院送花圈，又将棺木抬过去，吹唢呐唱丧曲，视频在网络上传得沸沸扬扬。"万永胜眼圈发红哀叹两声，将手关节攥得嘎巴嘎巴响。罗小军说："缺啥短啥跟我言语，我派司机暗地送过来就是，别让齐燕抛头露面。要有知底细的，保不齐会干出蠢事。人急了眼，虎狼也不怕。"万永胜嗯了声："齐燕，哼……他们不敢拿我咋地，公安局跟检察院的请我去协助调查，都是车接车送，客气得很。要是有人敢下黑手……"万永胜拍拍他肩膀，指了指那张摊在地上的破渔网，"大不了如此。我不说话，是他们的福分，我若开了口，这云落，哎，怕是要天塌地陷。"罗小军隐约猜到他口中的"他们"是谁，可没敢接话。他看到不远处的牡丹丛里，保姆正抱着狗崽逮蝴蝶。"这些天我没闲着，一直寻思，好歹也是撅屁股卖苦力，养活了上千张嘴数万口人，没功劳也有苦劳，咋混到了这地步？军啊，最要命的，就是贪心啊。哪个买卖人不是蛇吞象？有钱，有人，有路，傻子也能干大事。不是有人说嘛，站在风口，猪也能飞起来。不过，钱厚了，腰肥了，气粗了，惦记的人自然就多。买卖人哪，最怕被人惦记。"万永胜盯着他，满脸忧戚，罗小军宽慰万永胜几句，将拉来的米面油肉悉数卸下，这才开车回了公司。

云落政府这边，此次审批手续堪称神速，财政局两天内就将一千万欠款划拨到账户。罗小军很是欣慰，林副书记为人严谨，说三分话，办七分事。按理说，钱行长答应的那一千万也该批下来。两千万到了手，就能先将清水镇的四个大户打发掉。堵住了他们的嘴，等于花园口的黄河筑起了堤坝。罗大眼他们也私底下承诺过，拿了钱，决不会将撤股的事往外宣扬。在当地，罗大眼他们可都是有头有脸的人，老百姓事事拿他们当风向标，要是撤资的事泄漏，那简直是凭空扔下枚核弹。刁一鹏说，擒贼先擒王，不如先只还罗大眼的钱，钱到了手，他自然偃旗息鼓，再让他往外放风，说根本没撤股，将剩余的三户大股东稳住，这余下的钱，或许还能派上别的用场。罗小军说，你这纯粹是馊主意！你跟罗大眼称兄道弟多年，还不熟悉他的秉性？都是亲戚窝里的，罗大眼拿了钱，咋会糊弄那三个阎王爷？不如这样，趁热打铁，我再催催郭平生，那笔钱到了手，陀螺可劲用鞭子抽。

说罢先联络郭平生。郭平生甚是惊讶，问道，咋，那点屁事，老钱还没办利索？罗小军说，嗨，女人家生孩子，就算是顺产，也要折腾折腾。不急，我们明天再跑趟省城，催催老钱。郭平生没再言语。没言语不等于是真哑巴，按罗小军的猜度，郭平生私底下肯定跟钱行长通气。毕竟他是中间人，说话还是有斤两的。过了半个小时，罗小军联络钱行长。钱行长素来寡言，只是说，这些天行里忙得很，你那事我心里装着呢。听他口气，郭平生怕是催过他。罗小军打着哈哈说，老钱啊，你可别嫌烦，兄弟明天还要去劳烦你。钱行长沉吟道，来就来吧，先把手续走了也好，免得你整天念叨。

翌日，罗小军便与刁一鹏动身去了省城，下高速前联系钱行长，钱行长压着嗓子说，兄弟啊，市行在开会，汇报首季工作呢。罗小军赶紧说，老哥您先忙，我们先外面溜达溜达。

就开车拉刁一鹏去万象城转了转，他给麒麟买了双最新款的耐克运动鞋。这段日子，麒麟一直住在他姥姥家，算起来也有十天半月没打过照面。刁一鹏呢，除了给他儿子买礼物，更少不得儿媳的。罗小军撇嘴道，人家都是四代同堂，我看你老了，六世同堂都有可能，屌毛比眉毛长，躺着的时候比站着的时候多，久病床前无孝子，怕是要活在晚辈们的白眼里。刁一鹏说，喊，我知道你是羡慕妒忌恨，有本事，也让你儿子生个大胖孙子！

等两人大包小包拎上车，已下午两点半。罗小军约莫着钱行长忙得差不离，就给他打电话。钱行长哎呦了声，说，我这狗尿苔记性，忘了跟你们哥俩知会声，开完会，市行直接派我们几个支行的行长去北京集训业务，这不，才上了火车，哎，你们哥俩先回吧。罗小军皱眉倒吸口凉气，没他签字授权，这手续照样走不了，岂不又空跑一趟？言语间难免有些火气，说，老钱啊，你好歹也是个科级干部，说话咋能没个把手？你要真忙，我们大不了多等两天，把我们折腾来，你却唱空城计，这不是拿兄弟们当猴耍吗？钱行长笑着说，罗总，确实是我大意了，百事缠身，难免漏兜，见谅见谅。集训只一天，等后天我回行里，咱立马就办，公对公的事，你放一万个心。等挂了电话，他将火车票照片从微信传了过来。罗小军瞅了瞅，还真是下午去北京的高铁票。不好再抱怨，扭头跟刁一鹏说，咱哥俩先别回云落了，在这儿候着，傻老婆等汉子吧。刁一鹏颇感意外，说，这钱总，看起来是个谨慎心细的人，办起事咋如此不靠谱？

闲来无事，又没心思走亲访友，罗小军随手给郭平生打电话约饭。郭平生笑着说，臭小子，我看你就是馋酒了，云落寻不到对手，又跑这儿来咋呼逞强，说句不中听的话，来这儿不也是白白送死吗？罗小军嘿嘿着说，牛逼可别吹大发了，这次来的刁总啊，在内蒙当过炮兵，他可是打遍赤峰无对手……

当晚难免又是顿大酒，席间不免提及那一千万的事。郭平生说，得得得，我都快被你折磨疯了，米粒大点事，怎么把你熬成了祥林嫂？刁一鹏就问，祥林嫂是谁啊？郭平生指了指罗小军说，除了他，还能有哪个屌人？罗小军尴尬一笑，说，老哥，你别瞧不起我们乡下人，要不是最近这一干鸟事，这点碎银子，还真是随便打水漂。郭平生笑而不语，举杯跟刁一鹏干了。

翌日醒来后头疼如裂，二人强喝了羊杂汤，驴肉火烧只嚼了两口，恹恹地大眼瞪小眼，不晓得如何消磨时间。罗小军忽说："老刁啊，我老觉得哪里不对劲。好比那娶亲的花轿到了家门口，新娘就是不下轿子，你说就走个手续的屁事，办起来咋这么费劲？"刁一鹏说："这事还真有些蹊跷，按理说，不过是剥葱捣蒜的小事。"罗小军擦了擦嘴说："我看不如这样，干脆先斩后奏吧。就算是老钱到北京开会，行里肯定也配带班领导，这字谁签不都是举手之劳？等了这些日子，我们也给足了老钱面子。他要还挑咱们的不是，那他还真是脸大。"刁一鹏搔了搔头说："理儿是这个理儿，不过……"罗小军说："不过啥？傻老婆等汉子，啥时候是个头？"刁一鹏说："哎，面子再重要，也没命重要。这要是蹈了万永胜的辙，不定闹出啥狗屁娄子。"罗小军就不爱听了，说："你这乌鸦嘴，乱聒噪个啥？万叔可是千斤的秤砣，多大风浪都压得住，别听那歹人胡嚼舌根。"刁一鹏瞥他两眼，没敢再言语。

到了银行，挂了号拿了单子，填好候着。等办事员叫号，罗小军忙跑到窗口。

办事员是个姑娘,小头小脸小嘴小眼的,罗小军摩挲着手中的公章和密码器问道:"妹子啊,这手续要是办好,钱几天到账啊?"办事员没搭理他,只蹙眉盯着电脑。罗小军又问:"怎么了?填写哪里出了差错?"办事员半晌才抬起头,看着罗小军说:"你是开玩笑吗?转这么多钱,可账上显示余额不足啊。"罗小军笑了笑,说道:"妹子别开玩笑了,我这账户上还有六千五百万,咋可能余额不足?我只转一千万而已。"办事员说:"莫不是你填错了账户?这账上显示只有一块钱。"罗小军哈哈大笑,说:"不可能,不可能。开啥玩笑啊妹子?"办事员将转账单递给他,说:"喏,你自己再核对核对。"罗小军细细瞅了瞅,说:"没错啊妹子,你别看我长相老,这眼哪,可没花。"办事员说:"咦,那就怪了。你要不信,我将余额对账单与你打一份。"等罗小军接过单子定睛细看,余额还真是一块钱。手难免哆嗦起来,怕是宿醉未醒眼睛虚花,又凑眼跟前瞅。瞅着瞅着口中"呀"了声,忙唤刁一鹏过来。刁一鹏扫了两眼,没明白如何一回事,问道:"咋了?出啥岔了?"罗小军铁青着脸将那余额戳了戳,刁一鹏斜着眼盯了半晌,不禁也"呀"一声,嘴里念叨:"我操,咋成老和尚的脑袋了?"又去瞅罗小军。俩大活人杵在等候区面面相觑,尤其刁一鹏,脸色渐渐煞白,身子猛地晃了几晃。罗小军晓得他有冠心病,忙搀他稳坐到椅子上,说:"莫急,莫急。我联系联系老钱。"刁一鹏白着脸晃晃手,罗小军知道他意思,坐他身旁,看着大厅里来来往往的顾客。等刁一鹏缓过来,破口便骂道:"逼养的老钱!"罗小军慌忙堵住他嘴巴,左顾右盼一番,说:"你听,我说。"刁一鹏牙险些咬碎,斜眼盯着罗小军。罗小军说:"这事……"忽而语塞,不晓得从何处说起,只觉千万条丝绦纠缠,死活找不到那条活线。俩人又默坐良久,刁一鹏说:"咱哥俩啊,都是他妈的二傻子,眼睁睁被人家骗了。"罗小军不言语,刁一鹏说:"我现在就给老钱打电话,他要是不给我个交待,我他妈捅死他全家!"

大厅内人来人往,罗小军将他硬拽出去,寻了个阴凉处点了烟慢慢嘬。刁一鹏说:"这货胆子也忒肥了!等我先从云落喊几个兄弟过来,绑了这鸟人好好审问!"罗小军横了他两眼,他又说:"跟你没逑关系!天塌了我顶着!"罗小军将烟掐了,说:"老钱是公家的人,公家的人胆子再肥,也不敢这么明目张胆地抢钱。"刁一鹏抚着胸口问:"不是他,哪个员工有这能耐!"罗小军叹息声说:"钱肯定是老钱转出去的。"刁一鹏说:"那还等啥?赶紧报警吧!"罗小军摆摆手。刁一鹏服了丸药,骂道:"这帮孙子,称兄道弟这些年,害起人来,手段比牛头马面还狠辣!"罗小军说:"你就算把老钱绑了,又能咋样?他能把钱吐出来?就算报了警,又能咋样?钱就爬到了咱们账上?他们没公章,没密码器,有法子将钱套走,肯定早想好了阴招对付咱。到时他们反咬一口,将屎盆扣咱头上,咱除了弄身臭味儿,还得想法自证清白。"刁一鹏喘着粗气说:"那也不能干坐着等死!还有王法没!"罗小军说:"老刁啊,这节骨眼,该合计着如何将钱讨回来,穷死不做贼寇,屈死不打官司,万不得已,别走那衙门口。即便在云落,打场经济官司,甭管输赢,皮要蜕三层,命要丢半条,何况这省城?"刁一鹏"哎"了声,问:"那你说咋整?"罗小军说:"钱是老钱转的,老郭呢……"刁一鹏咬牙道:

"这俩鸟人，穿一条屎裤的！妈的，粪到贡门，还他妈演戏！老钱不说明天转账吗？拿鸡巴毛转啊！"罗小军说："我只是好奇，他们神不知鬼不觉地将钱转出，去做啥营生？这老钱，嘴比蛤蜊关得紧，老郭呢，装傻充愣是一绝。说他们是牛头马面，还真没委屈这哥俩。"刁一鹏说："走！现下就去找老郭！他胆敢耍赖，我掐死这龟孙！"罗小军弹着烟灰说："吓唬吓唬得了，真要掐死了，你孙子咋整？"

罗小军给郭平生打电话，说是酒醒了闲来无事，想去他那里摆摆龙门阵。郭平生慢悠悠地道："你们运气可真好，前个，朋友刚寄来上好的正山小种，你们啊，真有口福。"罗小军拉了刁一鹏抢了辆出租车，不会儿就到了民生大厦。郭平生的办公室在大厦十三楼。按电梯开关时刁一鹏的手瑟瑟发抖，罗小军说："稳住。先礼后兵，见了面客气点，我负责套话，你负责敲边鼓，记住没？"刁一鹏不停颔首，目光如梦游症患者般呆滞。

郭平生的办公室不大，屋里有棵巨大幽绿的仙人掌，将余物衬得如玩具般小巧。他正骗腿坐在沙发上下围棋。罗小军还没看到自己跟自己下围棋的人。两人装模作样站在一旁围看了片刻，郭平生才抬起头，笑着说："老罗没撒谎，老刁还真不是吹的，昨晚灌了那么多酒，精气神还这么足。"刁一鹏瞪着眼珠子点点头，坐在围棋盘的另侧。郭平生问道："跟张飞似的，这是吃了枪药吗？"罗小军说："他呀，稍有点不顺心，就吹胡子瞪眼。这不，跟老婆在手机里拌了两句嘴，就这副鸟样了。"郭平生起身泡茶，给二位斟好，不紧不慢坐下，说："哎，这事怪我，提前没跟你们商量。你们恼怒生气也是应该的。谁家的账户上，莫名其妙消失了六千五百万，都会是老刁这副嘴脸。"

罗小军跟刁一鹏俱是愣住。没想到他们一个破字没说，一句责难的话没问，人家就知晓了他们的来意，看样子早排好了兵布好了阵。这心先就虚腾起来。郭平生说："你们坐下，慢慢听我说。"刁一鹏说："既然你也知道我们来干啥了，我不妨打开天窗说亮话。钱呢？我们的钱呢？"郭平生手指弹着围棋盘笑了笑，本来剑拔弩张的气氛忽而莫名松懈下来。罗小军一声不吭地盯着郭平生，笑了笑，将盏中热茶一饮而尽。刁一鹏又说道："我们急得丢了魂，做梦也被恶虎追。你们倒好，喝茶听戏，花天酒地，泡澡打炮，恁没良心！你们再牛逼，也休想瞒天过海！要不想进监狱，趁早把钱给我捯饬回来！"郭平生皱了皱眉，罗小军望着郭平生说："老刁，你咋跟郭哥说话呢？还有礼法没？郭哥啊，你莫生气，瞧，这事啊，还真把老刁惹急眼了，把这辈子学的成语都用了个精光。哎，老刁，这茶不错，你先尝尝，消消躁气。"说完递个眼色过去，刁一鹏这才安稳些，握着拳恶狠狠瞄着郭平生。

郭平生慢悠悠地道："嘻，都是自家兄弟，有啥话不能好好说？"罗小军笑着说："可不，一只手上的手指头，一根绳子上的秋蚂蚱。"郭平生又给他斟了杯茶，说："这事说起来话长，我长话短说。"刁一鹏说："就别放那没影的屁了！"郭平生又叹息声，说："这事呢，确实我们理亏。不过，我们呢，也是源于好意，出于公心。我们当初办合作社的目的，就是要带着情投意合的兄弟们赚钱，赚大钱，赚快钱，赚热钱。"他瞅了瞅二人，用手指掏了掏耳朵，说："今年的春天真热，这才几月，蚊子就乱窜。"罗小军赔笑道："驱蚊器、蚊香、花露水风油精啥的都不好使，我给你个偏方，买捆艾草，屋子里熏熏，保证将蚊子祖宗八代都熏跑。"郭平生说："呦，这法子还是头次听说，得试试。"两人忽然唠起了闲嗑，让刁一鹏很是不爽，他冷哼两声，说："你们城里人，血鲜肉嫩的，啥虫子不稀罕？"郭平生说："老刁啊，我这里还有猫屎咖啡，喝不喝？"刁一鹏撇撇嘴，一口浓痰吐地板上，直勾勾盯着他。

郭平生这才说："老话讲，人心不足蛇吞象，真是没错。你们的钱，本来交给老钱去打理，巧不巧的，我听说一家公司要重组上市，便想，要是将这钱买了原始股份，那红利，可就不是银行理财那点塞牙缝的肉屑了。"罗小军笑了笑，说："你们这是空手套白狼啊，咱们是过命的交情，明算账的亲兄弟，你还忍心摆我们一道，赚个差价，哎，真是伤兄弟们的心哪。"郭平生站起来走到窗户前，摸了摸仙人掌的巨刺，望着外面，半响才说："你不容易，我们也不容易。我们的想法呢，也简单，多搂些银子，将来也好多给你们分杯羹。老钱就跟龚建福做了点手脚，将钱转出去，买了股份。"

罗小军问："龚建福是哪根葱？我可从来没听过。"郭平生想了想说："龚建福认不认识不打紧，关键他是袁公子的人。"说罢饮了口茶，安然地看着罗小军。他虽然一副云淡风轻的模样，那双老眼却始终笼着罗小军。罗小军问道："袁公子又是谁？这倒好，猪还没宰，苍蝇倒招来不少。"郭平生说："袁华公子不是苍蝇，那可是省城响当当的人物。你偏安一隅，不认识也正常。不过省城里的商圈，没听过袁公子名号的，肯定是聋子了。"罗小军探着身子问："这是哪个天门的神仙？"郭平生说："你知道主管金融的副省长是谁吧？"罗小军说："当然知道，袁绍国嘛。"说罢激灵下，身子往后缩了缩，问道，"难道，这袁华，就是袁家的公子？"郭平生说："没错。"罗小军和刁一鹏面面相觑。郭平生说："这袁公子，是哈佛大学毕业的高材生，家世不说了，驷马高门，带金佩紫，偏又出类拔萃，不发财，真是对不起那姓氏。不像咱们，编桑枝当门，立蓬条当枢。我们跟着人家的尾巴根，小打小闹，鞍前马后，抬轿吹喇叭，哎，不过是想钱回笼得快些，给嘴馋嘴紧的兄弟们多加碗红烧肉。"

罗小军一时无语，刁一鹏说："我管他是哪根葱！就是玉皇大帝儿子，也不能白拿了我们的钱！"郭平生说："哎，我跟老钱呢，也为你们的事操碎了心。你们乡镇做生意的，不容易，我们能帮则帮，能扶就扶，人这一辈子，当回别人的贵人，那是福分，积德啊。谁能想到，你们公司出了这样的岔子？为了保你们过江，老钱的嘴皮子磨破了，腿遛细了，那一千万总算是有了着落。"罗小军说："你的意思是……"郭平生摆摆手说："细情你就别管了！你们白跑了这么多趟，我跟老钱愧疚着呢。跟你说实话吧，科技厅和司法厅，三产赚的那些钱，我们也都买了原始股。"听他提及科技厅和司法厅，罗小军就想到了徐处长和高处长，没想到，大家都成了同一条船上的人。不过，这船是豪华游轮还是漏水的乌篷船，还真不好下定论。郭平生说："我跟老钱呢，好歹倒腾出一千万，明天打你账户，你们先应急。放在袁公子那里的钱……"罗小军脸色有些难看，说："老哥，要是今天不来找你，你是不是打算瞒我到猴年马月？这点碎银子在你们眼里，连根牛毛都算不上，可对我们而言，就是身家性命。这半路要是出了意外，我们不是硬把脖子往刀刃上抹吗？"郭平生摆摆手，他摆手的时候，浑身散发出浓烈的白酒气味，他迷离着双眼道："你们想撤资，也没问题，年底连利润一并打到账户，绝对比银行理财要划算。"郭平生打了个嗝，"不放心的话，我让袁公子以他们公司的名义，给你们打张欠条。"罗小军大声笑了，他斟了杯茶，饮了，看着郭平生说："我要是去告老钱，你们是不是这辈子就在监狱里享清福了？哥哥你凭空拿了我们的钱，啥手续都没有，现在只打欠条，这事说给穿开裆裤的孩子听，怕也不信吧？"郭平生说："兄弟，咱们交往了这么些年，哥啥时候骗过你？哪次不是实心实意帮衬你？我们当初将钱撤出买股份，也是用心良苦。没跟你们事先说，就是怕你们这些老呔儿，鼠目寸光，瞻前顾后，屁事也办不成！"

罗小军看了眼刁一鹏。刁一鹏怎么就安生下来，呆呆望着罗小军，眼睛急速眨着。他六神无主的时候，通常都是这副表情。听郭平生的意思，并没有想将买原始股的钱撤回，他的提议是让袁华那边走个借款手续。他说得这么轻巧，这么随性，仿佛那不是六千五百万元，而是六千五百元。他们能在没有他的身份证、密码器和财务章的情况下神不知鬼不觉地将这笔钱转出，已然超乎了他的想象，如果他们要赖，硬说是他将资金提走，到时候对簿公堂，是否有胜算，他还真不敢打包票。如果袁华公司出面呢？副省长家的公子，若是出来作保，分量倒是足的，至少比郭平生他们把稳牢靠，只是不晓得这袁华，到底是怎样的一号人？要是靠谱的话，利润能翻倍，有了往来，日后又多了条财路，

倒不失为一条上策……

他站起来，走到窗前，看着楼下。省城号称是自行车王国，虽然还没有到中午下班的钟点，可熙熙攘攘往来的人群宛若乡村集市。他们上班，他们下班，他们日复一日年复一年地骑着自行车行驶在干燥的柏油路上，他们中间有穷人，大部分都是一辈子没有住过酒店没有跨越国境旅行过的普通人，他们的梦境中，也绝对不会有他这样的困境和苦恼，命运和选择。他想起少年时开着大货车拉石子，黑夜中常常迷糊住，有次直接撞到了一棵歪脖柳，险些丧命，那时他想，等有了钱，他就去山里隐居，过逍遥快活的日子。二十多年过去了，他依然奔走在路上，稍微不留神，就会走上不归路。他运气不错，这么多年，还没遇到过真正的风浪，即便有，也都被万永胜轻而易举地化解掉了，如今，万永胜自身难保，又有谁能陪他往前走呢？……手机这时响起来，瞄了眼，是万樱打来的。万樱支支吾吾地说，她蒸了些虾皮萝卜馅蒸饺，送他单位来了。罗小军的心莫名软糯起来，他强打精神，说："我在省城，没口福啊。"那厢就哑了，罗小军柔声道："你先让警卫室收下，帮我冻冰箱里，等回了云落再吃。"

他转过身，望着郭平生，望着这个看起来整日醉醺醺其实却比谁都清醒狡猾的骗子，清了清嗓子说："好的，郭哥。要是方便，晚上请袁公子吃个便饭吧？顺便把手续也走一下。"郭平生犹如钻出了渔网的冷口梭鱼般从沙发上跳起来，三两步游到他身旁，拍了拍他肩膀说："好兄弟，这事不叫个事。你听着，我现在就约袁公子。袁公子啊，可是人中龙凤，能结识袁公子，是咱前世修来的福分哪。福分哪，兄弟！

我的亲兄弟!"

第二十八章　跑呀，跑呀

多年后万樱还记得婆婆那晚气喘吁吁奔来时，先是被门槛绊了一跤，摔倒后她没有直接站起来，而是双臂杵地跪蹲着爬行，当万樱慌忙着去搀扶，她已从地板上溜溜球般弹起，二话没说就弹进了卧室，扶着立柜吊着脖颈瞪着华万春。华万春也蔫头蔫脑地扫看着她，鼓着猴腮说不出话。万樱刚想问婆婆有没有磕碰到筋骨，她已狸猫般蹿跳上床头，鞋也未脱，照着华万春脸颊就狠狠扇了两记耳光。她终日苦练陈氏太极拳，虽年过花甲却元气盈沛，气力不减盛年，这两记耳光尤听得万樱心惊肉跳，不禁大喊了声："妈!"婆婆如饮醍醐般晃了晃头，猛地将华万春箍在怀里，仿如华万春尚是哺乳期的婴孩。搂了片刻又远远揉开，上下左右细细打量，手心搓揉着华万春的蜡黄脸不停嘟囔，疼不疼，乖儿子？疼不疼，乖儿子？华万春不语，她蓦然放声大笑起来，声如饥肠辘辘的鬣狗，边笑边嚷道，个没良心的败家子，个坏心肠的不孝子，总算醒了!你咋不接着睡呢!接着她放声嚎啕起来，宛若子夜猫头鹰栖枝哀鸣。万樱怕她骤然失心疯，忙抱住她大腿往床下拖拽，嘴里念叨着，妈，醒醒，醒醒。婆婆不耐烦地甩弹开她，嚷道，管我做啥？割五花肉去!万春最得意这口!万樱口将言而嗫嚅，婆婆喊道，你个蜗牛!你个树懒!你个懒驴!万樱哽咽着说，妈，他才醒，胃口没开，先吃些清的淡的……我去蒸点鸡蛋羹。婆婆跺着脚嚷道，胖货!听我的!听我的!天杀的胖货!咋就不听我的!

万樱忙套袜穿鞋去肉铺，楼道里先碰到公公。这么多年来，公公极少上门，整日里去老干部活动中心打牌。他大概也听到了婆婆的喊叫声，哆嗦着闪进屋，招呼也未打。等割肉回来，婆婆和公公分蜷华万春左右，一位抚臂按手，一位摸腿捏脚，嘴里如滚烫开水冒着气泡，咕咕噜噜辨不清。华万春一对贼眉上耸下动，一双麻雀眼左瞅右瞥，嗓子里呜咽出呼噜呼噜的声响。想是这些年没言语，声带跟舌头早生了锈。万樱将肉洗涮切煎，胡乱扔些调料一通乱煮，撇掉沫子后鸟悄着进屋，不声不响坐在床角，望着玩具般被公婆来回摆弄的华万春。

她从来都没敢想过，真有这么天，华万春能坐起来。

连夜赶到医院复查。值班医生大惊，边给华万春做检查边说，这植物人患者，半数以上六个月就没了，平均存活时间不超过三年，没料到这华万春卧床近六年还能醒来，体征又正常，在云落算是医学界奇迹了。说着扭头叮嘱护士，赶紧给云落电视台新闻频道打电话!婆婆笑眯眯地对医生说，我儿子啊，不光是云落的奇迹，中国的奇迹，还是世界的奇迹。波兰的植物人扬·格莱布斯基，昏迷了十九年醒过来，南非的植物人马丁，昏迷了十三年醒过来，剩下的，就属我们家万春了。她声音捏得细柔，如小女孩般嗲声嗲气，说到外国人冗长绕嘴的名字时口齿清晰语速流畅，倒将医生、护士和万樱等一干人委实吓了一跳。万樱偷眼观瞧，只见婆婆的额头在灯泡下闪着圣洁的白光，皱纹跟老年斑统统消失不见。

就热闹起来了，先是华万春家的亲戚们陆续登门探望，连平日里不如何往来走动的，都拎了水果点心来，抹泪的抹泪哭泣的哭泣，仿佛他们才是这世上最惦念华万春的亲人。想是婆婆挨家挨户都通知了。再是华万春从前的工友们，不晓得哪里听来的风声，三三两两陆陆续续前来探视，见了华万春均惊诧不已。华万春呢，缩在被窝中，只露出鹌鹑脑袋，小眼翻翻着，像是被嗡嗡嚷嚷的阵仗吓到。再后来，连常献凯、来素芸、蒋明芳、云霓他们也来了，空手来的，走时留下两千块钱。婆婆喜眉笑眼，客气端庄得很，见到蒋明芳更是有说有笑，拉拉扯扯，还将今春新做的蔓菁酸酱送了她两玻璃罐。

常云泽终是没来，倒在万樱意料当中。常献凯叹说，云泽啊，眼瞅着要结婚了，跑前跑后，比春天韭菜地里的蝼蛄忙，没置办新居，婚先结老房子里。装修也免了，雇人刷刷涂料，置换些新家具。"这小子，神出鬼没，啥时糊弄来的媳妇？"常献凯叉着腰说，"前个带姑娘到家吃了顿饺子，算是定了亲。姑娘低眉耷眼的，是正经人家的孩子。"来素芸撇了撇嘴："瞧把你乐的，好像谁家没儿子似的。人家云泽这般年岁的，二胎都会翻筋斗打酱油了。"蒋明芳笑着说："素芸哪，哪天等你儿子结了婚，你那樱桃口啊，保准咧得比老常蝎虎。"

就跟老太太告了假，在家伺候着。华万春前几天倒也安稳，靠着床帏凝视着外面。窗外有时没得阳光，炭灰流云迁徙，雾气从窗的缝隙里悄然漫进，屋内便弥散着铁锈和纸浆的糊味，有叫不出名的昆虫莽撞着扑上玻璃，又张皇着展翅逃逸，单

留下黏稠的汁液，汁液顺着玻璃如沥青般缓慢流淌。有时阳光灿然得仿佛是假的，窗外那株老杏树上的嫩叶绿得耀眼，杏树的枝丫间隐匿着嘁嘁鸣啼的野鸟，每啼一声，阳光犹如琴弦般被莽撞人拨弹了下，震颤起来，而盛大的、密密麻麻的灰尘矩阵在屋内被阳光割裂成一块块的格子，随着光线的移动，它们忽上忽下着悬浮飘舞。华万春聚精会神地盯着悬游的灰尘，眼珠仿若泥塑，动也不动。只有当万樱端着鸡汤或米粥进屋，惊得满屋子的灰尘精灵般四处飘逸，华万春的眼珠才间或旋两下。他喉咙上的切口已缝好，怕细菌感染，晨起都用碘酒反复擦拭，冷眼瞅到他，万樱难免浑身泛起层疙瘩。他看上去仿佛适才被褪了羽绒、脖子被割了两刀却依然扑棱着的白条鸡。她耐心地将汤汤水水灌入他嘴中，他的眼依然凝望着窗外，只是喉结艰难地滚动，犹如被遗弃多年的皮猴终于被皮鞭抽甩得旋转起来。当她轻柔地擦掉他唇角的汁水时，他木然地瞥她两眼，唇角微微抽搐。他想说话，却说不出。万樱不知道他是真的说不出来，还是懒得说。没准沉睡了这么多年，面对这个耀眼的、轰鸣的、色泽斑斓的云落，他还处于极度的震惊与不安中。

当他的手指灵活些，他开始用铅笔在纸上乱涂乱画。那支铅笔不晓得谁放在那里，就躺在他枕边，他毫不费力地抓住了它，而那张纸，是半截撕下来的手纸。整个上午他都低着头，颤抖的右手在纸上戳戳点点，当他疲惫地闭上眼时，万樱才发觉，他画了一个圆。一个并不太圆的圆，也许是椭圆。那天之后，万樱晨起都将一张崭新的白纸塞他手边，他呢，总是满怀感激地瞥她两眼，这才垂首绘画。他从来

没画过别的。当万樱将一张张圆形图案展示给婆婆看时,婆婆婆娑着泪眼,说,他这是想打篮球了。万樱方才知道,华万春读小学时,是学校篮球队的后卫。他这猕猴身材,怕是也只能打后卫。婚后,她可从来没见他摸过篮球。在她印象中,除了跟工友们撸串喝酒吹牛逼,他好像没有啥体育爱好。如果非要说有,就是在床上折腾她了。想到那个曾经跟他好过的高碑店女人,她心头一阵怅然。有时盯着他幼儿园的小朋友般认真地画着圆圈,她会念及消失多日的常云泽。他就要结婚了。那个在食堂卖饭的女人将挺着肚子进门。她没有见过这个女人,不过,这肯定是个幸福的女人。这么想时,她没有一丝一毫的妒忌,相反,微风轻柔地拂过耳畔,让她体味到一种清爽舒适的欣慰。

有那么一阵子,华万春对画圆圈失去了兴趣。他热爱上了运动。当然,他只能躺在床上运动。他的腿无法自由屈伸,只有他的双臂如游泳般不停伸展:当他的双手将无形的水划开时,他温柔地探进水流,当双手划拨到身体两侧如蝴蝶的翅膀缓慢飘展时,他的头颅浮出水面滑稽地前后晃动,同时鼻孔里发出急促却匀速的吸气声。这个苏醒不久的人日复一日地重复着这个动作,就像他从前迷恋赌博与沉睡一般。万樱和婆婆怕他劳累,将他强行拖进被窝时,他的喉咙里发出嘶嘶嘶嘶的声响,犹如毒蛇在草丛中焦虑地寻觅猎物,充满怨恨的雀眼机警地盯着她俩,让万樱和婆婆面面相觑,甚至有些胆寒。

婆婆见多识广,这些年又通读植物人医学手册及世界各地植物人轶事、传记,心里倒好像有谱。她安慰万樱说,樱桃啊,科学家们有个说法,植物人在昏迷期间,魂魄啊,往往出窍,出了窍的魂魄无色无味,无声无息,初始呢,能像麻雀在空中瞎飞,不过,游荡时间久远了,就会被吸进裂缝或物体之内,这道理呢,就像是铁渣总会被磁铁吸走,河流总会流入海洋。那些可怜的魂魄,有的身陷太平洋海底洞穴,有的被关进深宅大院的黑房,还有的在俄罗斯的石油管道里钻来钻去(万樱忍不住插嘴,为啥是在俄罗斯的石油管道里?婆婆横了她眼说,我哪儿知道,扬·格莱布斯基说的!),无论他们咋挣扎咋呐喊,都没法摆脱。没准啊,万春那个时候,是在大海上漂流,他不停地游啊游啊,一直游到苏醒。虽醒了,下意识里却怕再次昏迷,只好拼命摆着游泳姿势。万樱对婆婆的说辞也拿捏不准,感觉不像是科学家的说法,倒像是算命先生的口吻。若真如婆婆所言,华万春在不见天日的大海上漂流了六年,那该多劳累,换作是她,魂魄怕早被黑白无常勾走了。

有天晚上起夜,她发现华万春坐在床头,依然不知疲倦地划动着手臂。她轻轻地将他的胳膊压下,将他的头按在枕头上,披好被角。迷迷糊糊间,她听到了奇怪的鸟叫声,那声音轻柔又缥缈,仿佛云雀在月光下的枝头呢喃。她侧过身子,声音渐渐浮升起来,她感觉到一只手在羞怯地抚摸着她的乳房。那只手虚弱无力,仿如婴儿在执着地探寻着母亲的乳房。她叹息两声,犹豫着将他搂进怀中,当她的手触摸到他的脸庞时,发觉手上湿漉漉的。

这么多年了,她可从没见他哭过。

不过,嘴倒是越来越壮。由初始的半碗粥、两勺蛋羹,到后来的满碗八宝粥,半只鸡腿,几块红烧肉。他的气色也红润起来,他还在坚持不懈地游泳,万樱和婆婆都视而不见。反正他累了，也会不吱声不言语地睡去，睡梦中的他打着轻盈的呼噜，仿佛随着身体的日趋健朗，任哪儿的器官也都苏醒活跃起来。万樱一直没有跟他提过怀孕的事。她不晓得如何启齿。即便他醒了，两个人也没有行周公之礼。他还不是从前那只凶狠的猎狗，他的下身随着梦境的流逝，已经变得短小，像是没有完全发育的少年。她想，婆婆更不可能跟华万春提及此事了。一切都风平浪静，她却老觉得隐隐不安。那天，来素芸给她打电话，说是下个礼拜，常云泽要举办婚礼了，赶紧抽空将礼钱送去，要不然显得太见外。万樱嗯嗯着，瞄了华万春两眼。华万春也正在瞅她。她就说，待会我去店里找你，咱们搭帮。来素芸说，你还真过起神仙日子了，电话一个不打，店里一趟不来，蜜月度得好哇。万樱只恨自己嘴笨，凑不上话赶不上趟。思忖半晌将电话拨回去，交代来素芸说："哎，我这边真脱不开身。你们给多少礼钱，我随着。话也要帮我捎到。"来素芸说："也好，你先多陪陪他吧。也只有你屁股大性子长，干熬这么些年，换是我，早跑爪哇国了。"

婆婆来得更勤，天天搀着华万春练习走路。他腿脚还是绵软，但凡一撒手就瘫倒在地。婆婆扯着嗓子喊：站起来！站起来！你要是个男人，就给我站起来！华万春目眦欲裂满头大汗，也只能双臂杵地拖着两条腿跪蹭。婆婆在旁边弓腰助威呐喊，华万春就不耐烦，冷冷地瞥着婆婆。婆婆满脸堆笑，将他抱到床上，忙不迭捏胳膊捶腿，万樱呢，端茶倒水，又将婆婆买的西洋参与海参小火熬煮。醒了些天，华万春还是一个字未吐，问他啥话，似是听懂了，却只闭着眼，既不点头，也不摇头。

有时他拧开那台老收音机，歪头听单田芳的评书《白眉大侠》，只这时，他的眉眼才活泛起来，隐约透着笑意，时不时颔首，那天听到徐良将采花贼拿下，竟鼓起掌来。晚上睡觉，会爬到万樱身上抚弄着她的臀乳，摸着摸着颓然哼唧两声，滚瘫旁侧。万樱半夜醒来，还能听到他翻身的动静。

请了这些天的假，老觉得对不住东家们。尤其老太太那头，买菜做饭腿脚都不利落，这要是磕了碰了，麻烦得很。年纪人不像婴儿，就怕摔，多硬的骨头，都硬不过这地。便想着去上班，跟婆婆念叨了两嘴，婆婆也没话说。那天晨起伺候着华万春吃了早餐，这才着急忙慌地梳洗。穿外罩时瞅到华万春朝她招手，她边系袄扣边说，温水在床头柜上呢。华万春仍皱着眉头朝这厢招手，她就大踏步过去，问道，咋？华万春喉咙嘶嘶嘶嘶地响。万樱将耳朵贴到他嘴边，他又嘶嘶嘶嘶半晌，才吐出两个字，胖……丫。"胖"字音拉得极长，"丫"字则极为短促，听起来像是在说"跑呀"。万樱不禁笑了笑，眼眶有些酸。她都多久没听到他这么招呼她了。胖……丫，胖……丫，华万春又喊了两遍，万樱摸着他脸颊说："不跑，不跑。听话，妈待会就来了。"华万春又咕噜咕噜着说个不停，万樱却是半句也听不懂了。

第二十九章　　相见欢

饭馆就在小区门口，脏兮兮的。天青

挑了些茼蒿、鸡腿蘑、鹌鹑蛋和红薯，递给师傅去煮，煮完后添了些芝麻酱、蒜末和辣椒油，拌了拌，看着坐在对面的李亚峰，有些不相信似的问："你真吃素了啊？"

李亚峰明显瘦了些，脸上的青春痘也平滑不少。"师父说了，"他摘下眼镜用餐巾纸使劲擦了两把，"一日吃素，天下杀生无我份。"他夹起薯粉秃噜着吞咽下去，汁水顺着嘴角滴答，"除了积功德，还能预防直肠癌、结肠癌、心脏病、高血压、糖尿病和肥胖症。"他目视着天青，"你找我，有啥紧要事？修行很忙，我可是瞒着师父出来的。"

天青勉强笑了笑。他实在想不到，分别不过数日，李亚峰竟然拜了团长为师，还交了十多万的学费。想到团长，便想到云落临别前她的那句话，灭于水，生于土。常云泽将他推下礁石丧失意识前，他唯一能想起来的也是这句谶语。他对团长一直抱着冷眼观瞧的态度，可如今他改变了想法。也许，在普遍真理之外，还存在着与真理相悖的"个别真理"。谁也说不清楚，到底有多少平行宇宙，而宇宙与宇宙之间是否真的存在虫洞般的通道。"你平时都怎样修行？"他努力让自己说话的腔调显得恭顺谦逊，"课业多吗？"

"我才入道，"李亚峰有些茫然地盯着他，"一切都还是探索。道家的修行很简单，无非是修心、修德、习法。我现在跟着师父读经、采气。"看着天青迷惑的眼神，他朗声道："读经呢，就是读《正一日诵早晚课》《道德经》《北斗经》和《三官经》。采气更好理解，就是采太阳真气和太阴真气。"他指了指窗外，"就是太阳和月亮。"

天青喉头紧了紧："学校的功课呢？你在校外住，导师找你办事，多不方便。"

"我退学了，"李亚峰用勺子舀了口浓汤，"我要珍惜这次机会。你不知道，师父不轻易收徒的，这是我的福分。如今，我跟师父、大师兄和二师妹都住一起。"

夹起的鹌鹑蛋掉进碗里，天青看到一只幼小蟑螂从油腻的桌布下钻出，恍惚间消失在墙角："你……"

"我知道你想问什么，"李亚峰闷声闷气地说，"这是我的选择。长这么大，这是我第一次做主。你知道……啥是自由吗？我现在总算明白了，"他端起碗咕咚咕咚地喝掉热汤，"学道之士，当先立身。自愧得生人道，每日焚香，稽首皈依太上大道三宝。首陈以往之愆，祈请自新之右。披阅经典，广览玄文，屏除害人损物之心，克务好生济人之念，孜孜向善，事事求真。"

他念诵经文时，眼睛怔怔地瞅着墙壁，仿佛墙壁是面镜子。

天青叹息声，说："你父母知道你退学的事情吗？"

李亚峰笑了笑："没跟我爸说，倒跟我几个妈念叨了一嘴。"

天青也笑了："什么？"

李亚峰说："我妈是老二，她当然极力反对，她盼着我毕业后，能接管我爸的一个贸易公司。我大妈倒没说啥，反正她整天吃斋念佛，世上的事，没有能入她法眼的。我三妈理解我，知道我不是学法律的料，她说我应该去蓝翔技校学厨师，将来好接管我们家的龙虾店。我四妈在新加坡陪我弟上学，她可从来没有正眼瞅过我。我五妈，哦，她才给我生了个妹妹，坐月子呢，哪里有闲心管我？"

天青哦了声。李亚峰说："我们家那些

糟心事，要是拍成电视连续剧，简直就是《法律与秩序》和《无耻之徒》。"

"你们那里的风俗也够奇怪的，兄弟们结婚后不分家吗？感觉像老辈子的习俗。"

李亚峰说："什么兄弟分家？我爸就哥一个。"他皱眉盯着天青，似乎猛然醒悟过来，"嘻，我没跟你说明白。我爸有五个老婆。我妈是老二。"

这下倒真让天青觉得稀奇了，他眨了眨眼："好吧……哦，你爸体力可真好。"

李亚峰吭哧了两声："屁，天天用药酒顶着。"

本来涉及家人隐私，天青不好再过问，可李亚峰却一副无所谓的样子，也许在他看来，一切都很正常，他盯着碗里的浓汤说："八十年代末，我爸是化肥厂的质检员，我大妈是财务室的现金，两人结婚后，生了俩儿子。后来工厂倒闭，国企改革，我爸跟朋友从福建、江西一带倒腾橙子和柚子，认识了我妈。我妈是个傻子，怀了我之后，才知道这男人有老婆。你没见过我爸，他对付女人，就像美国打伊拉克。他手里攒了点钱，又跑到长沙、南昌、广州卖彩票。人人都有发财梦，结果买彩票的人两手空空，卖彩票的却成了百万富翁。我爸天天开着辆奥迪到歌厅泡小姐，就把我三妈泡来了。我三妈那时老牛了，是店里的头牌，人家都管她叫小叶玉卿。"他伸出舌头舔了舔唇角，"千禧年后，他开始在省城最繁华的街道开浴池开KTV开饭店，认识了想当演员的四妈，四妈那时候才十七岁，高二，她爸带着她来店里吃小龙虾。"他盯着天青碗里的羊肉，终于忍不住夹了一箸子，镇定地塞进嘴里，"你瞧，男人只要脸皮厚，就能有钱有女人。再后来，他把浴池跟KTV全卖了，跟人开发房地产。他运气一直很好，他总是说，撑死胆大的，饿死胆小的。"

他皱着眉头吁叹了声，仿佛讲述家里的这些难以启齿的事，只是在替父亲忏悔："最后，他成了电影中的土财主，家财万贯，妻妾成群，六畜兴旺，人丁昌炽。我大妈当过会计，主管全家财务，我妈老实巴交，不争不抢，人缘好，负责给她们的银行卡里打工资，大家相敬如宾。咋可能处不好呢？豪宅豪车，保姆司机，要啥有啥。每逢春节中秋，我们全家就聚到郊区的别墅。我爸像个昏庸无耻的皇帝，嫔妃们轮流伺候。兄弟姐妹关系也不错，嗯，不错。"他掰着粗壮的手指头算了算，"我有两个哥四个弟，一个姐四个妹妹，三个侄女一个侄子。"他大概讲得有点累，跟服务员要了杯白开水，"你是不是觉着，我过得挺舒服的？"

天青摇了摇头："你要是没有苦恼，为何要参加各种灵修团，最后还入了道门？"

李亚峰的眼眶蓄满了泪水，天青很怕稍不留神，那些珍珠大的泪珠滚落到桌面上。他害怕看到别人哭泣。他相信他有足够的力量忍受别人的痛苦，可是，他没有足够的力量忍受别人的眼泪。

"我知道在你们眼里，我就是个傻逼富二代，"李亚峰说，"混个硕士文凭，继承点家业，往后的日子，锦衣玉食。可我就是觉得一切都烂透了，我陷在沼泽里，眼睁着泥浆就要没过我的头顶。"

天青斟酌着说："你这是生在福中不知福。"这句话是田家艳的口头禅，她总是嘟囔着说，哎，我多想生在福中不知福啊。

李亚峰说："我操，让你见笑了。这些话我从来没有跟别人说过。挺丢人的。"

天青想了想说："哪里有身上没有尘土

的人呢？"

李亚峰沉默了片刻，问道："你找我到底有啥事？不会是专门来听我痛诉家史的吧？"

天青说："我找你还真有点事。你们同门师兄师姐里，是不是有很多律师？"

李亚峰说："我们这个专业，要不读博留高校，要不入律师行当诉棍。我那些师兄师姐里，在这一行干出名堂的还真如过江之鲫。"

天青说："那太好了！你帮哥们一把，给我找个最好的律师。"

李亚峰疑惑地看着他说："咋，遇到啥官司了？"他身子往后撤了撤，一本正经地问，"别是干了啥缺德事吧？把姑娘肚子搞大了？睡了别人老婆？还是，网贷还不上了？"

天青说："比这都严重。"

李亚峰愣住了。他其实跟天青并不熟，只不过在云落时当过几天室友。虽同处一室，年岁相仿又都在读研，却并未如何交谈。他最熟悉的是夜深人静骤然醒来时，天青焦躁不安翻身的动静。这个瘦削的男孩给他最深的印象，就是他的眼神，淡漠，冷静，仿佛花墙上的野猫望着深夜里的行人。

"放心吧，不是杀人放火抢银行的事，"天青笑了，"不过，我真的需要一名好律师，当然，要是收费时能打个折扣，就更完美了。"

在省城这些天，除了陪林美琴逛博物馆、美术馆和商场，天青还偷偷去了家亲子鉴定中心。他咨询过，刑事案件方面的亲子鉴定要到专门的指定医院，而其他民事纠纷的亲子鉴定，选择的余地就大了许多，只要有许可证，公立私立都行，而且会和当事人签署保密协定。他去的是一家私人鉴定中心。在他的印象中，用来做DNA亲子鉴定的采样方法，除了血液就是头发，到了医院他才知道，方式很多，还可以是指甲、口腔黏膜、口香糖、烟头、牙刷和精斑。不过，采集方法很重要。比如采集口腔黏膜时，先用清水漱口，然后手持棉签深入口腔内侧颊黏膜处反复擦拭十次以上，再将棉签阴干；血痕样本采集相对简单些，酒精消毒，用采血针刺破无名指指尖，采集三四个黄豆粒大小的血滴，阴干后装入信封……而他，只有常献凯的几缕头发。初次见常献凯时，他刚理完发，天青鬼使神差地从地上捡了些头发茬，也许潜意识里，他将这些头发当成了某种信物，他决计没想到，某一天，这些头发将被用来做DNA验证。不过，让他失望的是，医生告诉他，常献凯的这些头发根本派不上用场。用来做DNA验证的头发，必须包括毛发根部，也就是说，必须有清晰的毛囊。这种没有发根的头发，根本不能用作采集标本。

他万分懊恼。本以为是件小事，没成想却束手无策。他当然不可能再贸然回云落采集样本。他不想再看到常云泽，最起码，在没有人身安全保障的前提下，他最好跟这个人渣保持必要的距离。说实话，他委实没想到常云泽是个心黑手辣的货。他已经原谅了他，在海边的礁石上，他将自己的心都掏了出来。他希望常云泽能感受到他的诚意。他不在乎谁是谁，他不在乎这个世界的真相，他内心里对常云泽和万樱的怜悯，从某种程度上打动了他自己，安慰了他自己。谁能谅解人，谁就能拯救人。他从来都不是一个好人，可跟常云泽海钓的那个夜晚，他打算将好人做到底。

他要彻底成全他，成全这个彪悍、庸俗、暴戾的骗子。他为自己的选择感到欣慰，或者说，在某种程度上，他迫使自己使用了选择的权利：彻底离开云落，离开常献凯，离开最原始的伤心之地。然而，多米诺骨牌一倒，常云泽的选择改变了他的选择。他向来是个胆小如鼠的人，母亲活着时，常说他小时候即便被蚊子蹬了一脚，也要吓得去医院。事态的发展超出了他有限的理解能力：常云泽竟然想干掉他！这个冒名顶替的人，这个鸠占鹊巢的无耻之徒，不仅没有感恩，反倒想让大海的鱼虾将他啃噬干净。对于常云泽的选择，他觉得不可理喻。即便他将真相告诉常献凯，最糟糕的，也莫过于常云泽失去财产继承权，或者在道义上受到别人的谴责。可别人的眼光连坨屎都不如……唯一让他疑惑的是，常云泽为何又跟蝎子将他从海里捞出来？是出于良心的自责？还是出于忏悔？抑或是刹那间的怜悯？怜悯一个逃兵，怜悯一个即便跟生父见了面也不敢相认的懦夫、蠢货、傻逼……当他从医院里醒过来时，他最怕的便是常云泽再次下手。他了解常云泽从前的那些烂事，或者说，这是一个没有原则、铁石心肠的恶棍，没有什么能真正地撼动他，让他的心脏柔软片刻，如果有，可能就是万樱了吧……

当然，他最愤怒的在于，他原谅了常云泽，可在他原谅常云泽之前，常云泽似乎先行原谅了他自己。这是可耻的原谅！卑鄙的原谅！导师有句名言，一个伟大的人有两颗心脏：一颗心脏用来流血；另一颗心脏用来宽容。他必须承认，自己终归做不了伟大的人。

从小他就认为，最安全的方法不是当鸵鸟和乌龟，而是主动出击。是的，他打算放弃他的隐忍、他的怜悯和他优柔寡断的选择，来面对面地跟常云泽干一仗。即便不是一个军事爱好者，天青也知道，打仗最重要的便是要准备好粮草和武器。现在，他的第一件武器，DNA认证暂时受阻，那么第二件武器，就是需要一名优秀的律师。他没有跟律师打过交道，但是李亚峰有。当然，李亚峰的痛苦是他不能理解的，正如，这个富家子弟对他的痛苦也不会感同身受。

"屏除害人损物之心，克务好生济人之念，孜孜向善，事事求真。"李亚峰说，"有什么非要经衙门的事呢？你还在读研，你还打算考博，打官司可不是向善之举。"

"别拿你那套来说教我！"天青的嗓门突然高亢起来，说实话，他也没料到自己的音调这么尖锐，吧台的小姑娘紧张地朝他们这边探了探头，"你是蜜罐里长大的，除了享受，你还会什么？你的痛苦也是假的！只有傻子才会把自己攒的私房钱，全部捐给骗子！还认骗子当师父。"

李亚峰张大嘴巴惊讶地看着天青。这个瘦弱的男孩像一颗骤然爆炸的原子弹，让他恐惧之余，更多的是担忧。"你另请高明吧，"李亚峰支支吾吾地说，"我要上午课了。"最后他象征性地跟天青软塌塌地握了握手，"祝你好运，兄弟。"

天青没有起身与他告别，而是在椅上呆坐了良久才起身买单。这是多年来，吃的最莫名其妙的一顿麻辣烫。一想到冰凉咸湿的海水灌进喉咙、身体被波浪牵拽着卷入深海，他的身体就忍不住风寒病患者般哆嗦，似乎暮春海水的寒气还在他的身体内迂回。如果有人尝过死亡的滋味，那么他一定认识牛头马面。天青快速地浏览着手机里的号码簿，犹豫片刻后，拨通了陆静怡的电话。

他将近两年没有见过陆静怡了。自从她儿子住校后，他们就渐渐断了联系。这注定是一段伤感的关系，就像地球永远见不到月球的背面。这么说没有矫情的意思，他想，毕竟他曾经真正地爱过她。追求幸福，免不了要触摸痛苦。她和他都没能抵挡住痛苦，在心领神会中，他们再也没有联系过彼此。她挽留过他，在他怀里哭泣过，她不知道，正是这种软弱，让他加快了逃离的脚步。每逢过年过节，陆静怡会给他发条短信。短信很简单，祝天青如何如何，然后是她的署名。他从来没有回复过她。他爱她，他又鄙夷她的软弱。是的，他爱着那些从他生命中藏匿的女人，可是，大多数情况下，他又痛恨着她们。这种矛盾的心态一方面让他心安理得地觊觎着她们身上的鳞片，一方面让他不安地忏悔。当他意识到唯有抛弃她们才是最好的选择时，他变得坦然起来，仿佛虚幻中的救世主终于浮现在云端，冷漠地俯瞰着蝼蚁们的软肋和盔甲。

陆静怡的声音在电话里听起来还是那么温柔。对于天青的问候她明显有些吃惊，不过，她想也没想就答应了天青的邀请。当他们在海淀南路的眉州东坡酒楼见面时，她伸出手礼貌地跟他握了握。她的手还是那么小，那么柔软。他攥了会儿，才有些依依不舍地撒开。她穿了身浅灰色的套裙，外面套了件 Burberry 风衣，脖子上系着条暗黄色纱巾。看上去，她比他想象中要明亮些。他把菜单递给她，说："你越来越年轻了。"他没有说违心的话，可在陆静怡听来无疑是老套的寒暄，她浅笑着说："你最会点菜了。随便吃点吧。"

看着陆静怡脸上的笑容，天青萌生出一种莫名的冲动：他想把自己的故事讲给她听，原原本本讲给她，她或许会怀疑故事的真实性，不过，貌似单纯实则缜密的女人肯定能给他提供一些实用可靠的建议。坦白最容易博取别人的理解，就像裸露的女人最容易打动男人。他犹豫着在她的手背上轻轻摩挲了两下。她翻看菜单的手静止下来，犹如初练弹钢琴的人不得不停顿了一下。

"我……最近遇到点事。"天青的语气迟缓低沉，"你……还好吧？"

陆静怡抬起头看着他说："再糟，能糟到哪里呢？"她没有正面回应他，却又回答了他所有的问题。

天青语塞。她看上去沉着笃定，实际上却漫不经心。他知道，她犹如一只蜗牛，将身体牢牢蜷缩在壳里面。一种抑制不住的抽搐从心底蔓延到四肢，他的眼睛有些潮湿。他不知道这是怎么了。"孩子学习怎么样？"他的问话一下子将两个人的距离拉到了合适安全的位置，"是出国留学，还是在国内读书？"

"顺其自然吧。"陆静怡盯着自己的指甲。她的指甲是那种油亮的淡紫色，"这孩子，整天浑浑噩噩的，一点不像他爸爸。"

天青假笑了两声，给她续了杯岩茶，"你……你……"她看起来如此陌生，陌生得像是初次见面的人，他的言辞更像是种无聊的搭讪。而现在，他发觉连搭讪的话也变得奢侈了。陆静怡明显感受到了他的尴尬，她从来都是个善解人意的女人，"我还是老样子。"她的声音变得温和起来，似乎她终于从梦中醒过来，看清了对面的男人是谁，"你是不是该毕业了？有女朋友了吗？"她的语气像是他的远房姨妈，客气中透些亲昵，亲昵中又透些适当的关怀。

他咬了咬嘴唇。他什么都不想跟她说了。他忽然明白,他不可能跟她有想象中的交流。本以为曾经相交的两条直线最起码还有个交点,而事实是,如今的他已经身处另外一个平面。这出乎了他的预料。他以前从来没有意识到这一点。天青殷切地给她盛了碗酒酿汤圆。"我记得你最爱吃这口,"他笑着说,"还有黄豆猪蹄汤。"

陆静怡没有吭声,小口咀嚼着汤圆。天青想,这顿沉闷的午餐何时才能结束呢?他不想再看到她,就像她不想再多看他一眼。这个人脉通达的女人,身边围绕着一大群各界精英人士,他本来还幻想着她能给他推介位靠谱的律师,如此看来,他明显低估了她的冷漠。也许,这才是正确的重逢方式:两具曾经依恋的肉体,因为时光的打磨,变得陌生拘谨。两个曾经相互缠绕的灵魂,也被时光这台绞肉机搅拌得糜烂,连臭味都被稀释得干干净净。

"我还有事,先撤了。"陆静怡朝他微笑着,"我男朋友在停车场等我。今晚要去梅兰芳大剧院看张火丁的《锁麟囊》。"

"好的,好的。"天青忙不迭地站起来,帮她拿衣架上的风衣。陆静怡迟疑了会儿,似乎想说些什么,不过,她最后仍然保持了沉默,只是机械地、矜持地摆了摆手,脸上挤出丝僵硬的微笑。

天青从楼上的窗户俯视着陆静怡钻入辆黑色林肯。后来他打开窗户,避开服务员点燃支香烟,注视着街道上步履仓促的陌生人。这座忙乱、庞大的城市,这座他从来没有真正热爱过的城市,散发着只有这季节才有的掺杂着尘土气息的花香。

他却感觉犹如身处荒凉的被废弃的星球上,暮合四野,耳畔是隆隆的、刺耳的星球自转的声响。他站在窗户旁边,拨响了戴幼饶的手机。戴幼饶是中直某机关的公务员,离异后独居在芍药居。她是个绿植爱好者,客厅、书房、厕所、阳台,甚至是卧室的床头,统统爬满了植物,那些植物有白玉虎尾兰、日本大叶伞、琴叶榕、童话树、花叶橡皮树、米兰,更多的,他叫不出名字。他们相处了七八个月,这段日子里,他们亲热的次数有限,更多的记忆,则来自这些郁郁葱葱的植物。他记得她的阳台上,有一棵巨大的、犹如树冠般的非洲植物,夏天的夜晚,他跟她坐在夸张的叶子下面读着闲书。她喜欢一名叫三岛由纪夫的作家,那时她正在读《金阁寺》。他不知道这部小说写了什么,可却永远记住了这个名字。他离开她后,她生了一场重病,据说是血液方面的。他曾经有些懊悔,潜意识里将她的疾病跟自己联系到一起。她从来没有联系过他,仿佛他不过是那些绿色植物上的一颗露珠。而现在,他莫名地渴望见到她,听到她的声音,听到她用略带感冒时的鼻音朗诵着聂鲁达的诗歌,或者将她拥抱在怀里,什么都不做,只是亲吻着她植物根茎般白皙脆弱的脖颈……她的手机彩铃是德彪西的《月光》,弦乐四重奏,小提琴的声音盘旋了很久,却没有人接听。他又拨打了一遍,手机关机了。

他想,这一切多么完美,他获得了他想要的,她们也在黎明时遗忘了他,没有人是真正的受害者。这么想时,他似乎振奋起来,又熟练地按了串数字,不久,里面传来郭姐惊喜的叫声:

"我靠,你丫回北京了呀,天青?"

第三十章　他的名字

那年，他买的是到锦州的火车票，到了沟帮子站时，他被嗡嗡嚷嚷的旅客喧嚷声吵醒。望着窗外冷清的灯光，他忽然起身跳下火车。在包子铺时，他常听到那些工地工人提起这个名字，烧鸡，沟帮子——烧鸡，香！真他妈香！那个夜晚，他毫不犹豫地提前下了火车，是否源于这个名字诱发的饥饿感？凌晨一点的火车站，旅人稀少，他犹如一只刚出生的老鼠哆哆嗦嗦地逡巡着这陌生之地。由于寒冷，他溜进了候车大厅，候车大厅里没有旅客，只有一个驼背老头在扫地。他闻到了泡方便面的味道，他听到了自己的肠子咕咕乱叫的声音。他又踅出大厅走到进站口。进站口不远处有家商店，店家正打着瞌睡。他买了面包和两根火腿肠囫囵着咽下。当困意席卷而来，他发现了一家旅馆。旅馆的名字闪闪发光，他犹豫着走过去，在门口的垃圾箱旁，他发现了一个蓬头垢面的老头裹着件棉大衣睡觉。他用手捅了捅他，老头睁眼瞄了瞄，又呼噜着睡去。

那是他在火车站的第一个夜晚。睡到半夜他被冻醒了，撒了泡尿，挨着浑身恶臭的乞丐昏昏睡去。清晨，老头早早醒了，蹒跚着去附近的垃圾桶翻垃圾，他鸟悄着跟在老人身后，学着他的样子翻捡着矿泉水瓶、扔掉的盒饭。他没有恐惧，唯一让他困扰的是如何填饱肚子。老乞丐的一只眼瞎了，说话也含混不清，可这并没有妨碍他跟他说话。他磕磕巴巴地跟老人讲述着自己如何离家出走，如何来到沟帮子，老人浑浊的一只眼始终盯着他，时不时地点点头，还伸出皲裂的黑手摸了摸他的头颅。

老头不光捡垃圾，还带着他在附近的商铺和饭馆乞讨。店主们都认识老头，见他身后还跟着个面皮白净的男孩，都会问询一句，咋，还收了徒弟？老头吭哧两声，将白色搪瓷缸伸过去，等着人家将零钱投入。他跟着这个老乞丐沿街乞讨，白天吃垃圾箱里的剩饭剩菜，晚上睡在街头或候车大厅。他是个机灵鬼，乞讨的路线走得越来越远，他发现唯一的一家肯德基快餐店旁的垃圾箱里，经常有店员扔掉的炸薯条，又硬又凉，细玻璃碴子似的，可越嚼越香。兰州拉面馆旁边的垃圾箱里常有凝着油脂的羊肉块，粘爬着苍蝇，他吃了口就吐掉……从一个秋天到另外一个秋天，他变成了真正的乞丐。有天他正在家水果店门口，盯着店主挥舞着蔗刀削甘蔗。他等待着店主将甘蔗根扔掉，那样他就能尝尝甘甜的汁水了。这时有个男人走过来，浑身散发着酒气，不过衣衫倒干净，他盯着天青，足有半个时辰，后来他跟跄着走过来，用手死死掐住天青的脸，东张西望一番，嘴里念叨着，挺好，挺好。至于什么挺好，他可没说。后来他坐在马路牙子上打瞌睡，天青坐在一旁啃着甘蔗根。当他醒过来时，歪着头久久盯着天青，后来问道："喂，你哪圪垯的？"天青没有搭理他，他就摸了摸天青的肩膀，又摸了摸天青的手脚，说："跟我回家吧，睡热乎炕。"他说话的语气并不坚定，却不经意间打动了天青。睡热乎炕，他马上想到了包子店，想到了包子店，又马上想到了父亲和妹妹。

当他们的影子在他眼前晃悠时，八岁的天青终于忍不住嚎啕大哭起来。他的哭声在傍晚的街道上显得那么巨大，男人不禁摸了摸他的后脑勺说："妈了个巴子，哭个屁！别人还寻思我个大老爷们欺负小屁孩呢！"他抹着眼泪望着男人，男人说："跟我回家吧，儿子。你妈跟你姐，在家里等着咱爷俩呢。"

这个男人就是徐满福，村里最游手好闲的家伙。街坊邻居见他领回来个孩子，都过来看热闹。徐满福说，他本来去镇上办事，看到个要饭的男孩，瞅着可怜，就领回来了。村人对他说的话似信非信。这个游手好闲的人，是村里最没名誉的人，父母教育小孩子，都会背后指点着徐满福说，哪怕出去讨饭，也不能做徐无赖这样的人，丢人现眼！很久之后天青才知道，徐满福的游手好闲不光体现在懒上，更重要的是馋，谁家婚丧嫁娶，他都早早去候着，帮忙搭搭灶台生个炉火，端端盘子，等开饭了，就啥也不干了，光顾着喝酒，一喝就醉，醉了就骂人，骂人就挨打，挨完打就回家揍老婆。地是从来不耕的，都是他老婆田家艳侍弄。无论何时，天青都忘不了到徐满福家的第一个晚上，田家艳对这个酒鬼丈夫带回家的男孩丝毫没有嫌弃。她打量着这个浑身脏兮兮的孩子，说："你咋那腌臢？婶子给你烧点热水，洗洗澡。"水烧好了，他却不好意思脱衣服。田家艳说："你这孩子，大姑娘似的。西屋洗去吧。烧了一天炕，热乎。"他磨磨蹭蹭地脱了衣服坐进那个偌大的洗澡盆，搓着满是灰泥的身体，搓着搓着他睡着了。等醒过来，发现自己躺在被窝里。暖烘烘的被窝里。屋里黑乎乎的，可他还是借着稀薄的月光，看到了睡在旁边的徐满福夫妇。

叫慧娴的女孩比他大五岁。从进门起，她就没跟他说过话。倒是田家艳，翌日便给他换了干净衣裳和鞋子，晨起给他煮了碗面条，然后教他剥晒干的苞米粒。她粗声粗气地问他，你家哪圪垯的？他支吾着说忘了。你爸你妈呢？他想了想说，死了。田家艳哀叹一声，摸了摸他脸蛋。她的掌心榆树皮那般糙。那你咋跑我们这来了？他没有回答，只是用锥子剃着苞米粒。田家艳说，家里还有啥亲戚？等两天让你叔送你回家。他摇了摇头，说，我没有家了。他半晌没有听到动静，偷眼乜斜时才发觉田家艳用红通通的手掌抹着眼泪。可怜的孩子啊，你要不嫌弃，这里就是你的家，你愿住多久，就住多久。她起身从枣木柜子上的铁盒里掏出两颗大白兔奶糖，剥了块塞他嘴里，说，吃吧，吃吧，老甜了。

多年后天青还常常自问，如果田家艳没有挽留，他是不是还会逃走，继续漫无目地地流浪？那个叫徐满福的庄稼人整天不着家，早晨穿戴齐整，就戴上那顶浅灰色前进帽出去溜达，村里没有红白喜事，就流窜到别的村。反正天凉了，所有的村庄都陆陆续续有患症号的老人被阎王爷带走。他即便跟人家不相识，也像模像样地打下手，帮着择菜烧火，混口饭吃，混口酒喝。要不就去赌钱闹鬼的人家，掏出怀里仅有的几十块钱，跟那些赌徒玩推牌九，等钱输干净了，再跟庄家借钱。他是个天生的败家子，等窟窿越来越大，没有赌徒肯借给他钱，他才趿拉着鞋顶着月色回家。听到家里的牛在嚼草料，母猪在哼唧，山羊在咩咩叫，他嘴里咒骂着，败家老娘们，净养些没用的畜生！抬脚将凑上前来的老狗踢得嗷嗷叫。

人秧子！田家艳总偷着骂，屁能耐没

有，我咋嫁了这么个狗尿苔？她边骂边狐疑地望着天青，满心期待他能给她个明确的答复。即便嘴上这么骂，徐满福一回家，她却如丫鬟般嘘寒问暖烧水温被，早早将尿罐放到墙根。徐满福若是喝美了，通常躺在炕上抽着烟看电视，他喜欢看新闻联播，时不时跟天青聊几句国家大事。对这个捡回来的孩子，他抱着一种难得的耐性。若是挨了人骂，他则横挑鼻子竖挑眼，挑着挑着拳头就不由自主落田家艳身上。田家艳比他高，比他胖，却从不知还手，犹如一只瘸腿的母狗瑟缩在墙角。他通常朝着她的屁股猛踢两脚，如果不解恨，就揪住她的头发左右开弓猛扇耳光。慧娴躲在西屋哭，天青初始不敢言语，等田家艳的哭声把偷鸡的黄鼠狼都吓跑了，他才冲上去紧紧抱住徐满福的腰身。酒气熏天的徐满福愣住了，手闲下来，将他抱到炕沿上亲两口，自己钻被窝睡了。他真的把这个捡回来的男孩当成了自己的儿子。满脸淤青的田家艳跑到过头屋的灶火前淘米烧火，将翌日的伙食备好。慧娴在镇上读初中，要抹黑骑自行车赶路。

有天晚上慧娴正在写作业，他蹑手蹑脚进屋趴在炕沿上看她。她就说，天青，你也该去念书了。后来她抬眼瞅了瞅，摇摇头说，哎，你不是天青，你比我弟乖多了。后来他听田家艳说，慧娴原本有个弟弟，叫天青，两年前的夏天，八岁的天青偷偷跑到村南的河里洗澡，淹死了。都怪我啊，田家艳总是抹着眼睛说，要是那天我不去花生地里除草，他就死不了，哎，都怪我啊。入冬了，他常跟着田家艳去赶集。她夏天种了不少丝瓜和西葫芦，立秋时摘下晒干抠出籽，丝瓜就能用来刷碗，大肚西葫芦能用来盛小米和黑豆。遇到村

里的人、外村相熟的人或八竿子打不着的亲戚，都会好奇地盯看他。田家艳梗着脖子说，这是我儿子啊，咋还不认得了？人家怯怯地问，天青不是那啥了吗？田家艳的脸灰扑扑的，不过她马上摸着他的耳朵大声说，这个是过继来的，跟亲儿子有啥差别？人家定定地看他，说，嗯，模样还挺像呢，看着比天青老实。田家艳就高兴地龇着牙说，那是，那是，脑瓜好使着呢。人家问，叫啥名字啊？田家艳就说，也叫天青，徐天青。

过了个把月，徐满福送天青去上学。读的二年级。孩子们一开始对他充满了好奇，下课时团团围住他，有的摸他的小脸，有的抢他的铅笔盒，有的大声质问他从哪里来，仿佛他是马戏团里正在演出的猴子。他一声不吭，只是在练习簿上写着课本上的生字。很快，孩子们就彻底对他失去了兴趣，他们觉得这只不过是个普通的男孩，除了他满口怪异的普通话，除了他和那个淹死的男孩有个相同的名字，他并没有他们想象中的特别之处。他喜欢读书，喜欢写作业，喜欢考试。晚上睡觉前，他总会给田家艳朗读一篇课文，田家艳听着听着打起了呼噜，天青挠挠她的脚心。她通常打着哈欠流着眼泪羞报地看着他，说，哎，我个懒婆娘，咋又睡着了呢？她咋能不睡着呢？白天她就没有闲下来的时候，本是快猫冬的季节，别人家的女人都打打小牌，赶赶集，买些过年的衣物吃食，她却要铡草喂牛喂羊，剁糠菜喂猪喂鸡，日头最盛时，要去河边割芦苇。芦苇能卖给邻村的加工厂织席子编扫帚。这活男人都懒得干，除了嫌累，主要是嫌赚不了几毛钱，可对田家艳来讲，即便路上捡到五毛钱钢镚儿，也要欢喜半响。这里家家入冬时都储藏大

白菜，田家艳吭哧瘪肚地挖地窖，将白菜顺着梯子搬到窖里，当她从地窖口鼹鼠般探出头，看到天青抱着两棵白菜往这厢跑过来，就扯着嗓子喊，快写作业去，别脏了手！

没错，她对这个突然降临到家里的男孩有种说不清的溺爱，甚至比对死去的天青还要娇惯。年前她咬咬牙，花了一百八十多块钱从集市上给这个瘦弱、眼珠子骨碌骨碌乱转的男孩买了羽绒服、雪地鞋和新袜。天青腊月二十三那晚发了烧，浑身滚烫，吃了几片退烧药，身上还是火烧火燎。他一直做梦，他梦到了面目模糊的母亲将他搂在怀里，仿佛一块柔软的湿棉花将他身上的火焰吸走。半夜醒来，他发现自己缩在田家艳被窝里，她从背后搂住他，粗壮的胳膊揽着他瘦瘦的肚子，大腿贴着他的小腿，乳房贴着他的后背。那一刻，他觉得幸福极了，他迷迷糊糊地想，要是一辈子都被妈妈这样搂在怀里该多好。早晨醒来，他看到田家艳在用大锅滚秫米粥，就蹲蹴着往灶膛里添了把玉米秸，弓腰拉起了风箱。田家艳透过雾气见了他，惊喜地喊道，不烧了啊？可吓死我了。他盯着田家艳说，妈，我没事，待会去学校。田家艳愣住了，他也愣住了，他们在冒着浓烟和雾气的过头屋互相凝望着彼此，有些模糊，有些诧异，谁也不敢吭声，不久田家艳用黑糙的手背抹着眼睛。他知道她又哭上了。他犹豫着走过去，由于个子矮小，他顺手拎了个板凳，稳稳地站上去，温柔地拽下田家艳的手，揩掉她不断滚出来的泪珠。不哭，乖，他小声嘀咕着，不哭，乖，仿佛侏儒父亲在安慰着他高大的女儿。田家艳果真就不哭了，将他从板凳上小心翼翼抱下，摸了摸他的头说，丢了个儿子，老天爷可怜我，又送来一个。他牵着她的手，小声说，妈，你放心，我再也不走了。我给你养老送终。

他管田家艳叫妈，管徐慧娴叫姐，当他跟田家艳背后说起徐满福的时候，都是称之为"他"。他只有一个父亲，他的名字叫常献凯。一辈子都不可能忘。老师让用"不务正业"造句，他写道：他是个游手好闲不务正业的酒徒，如果哪天没喝酒，就像蛇被抽了脊骨。

徐满福倒也不介意，反正，他日日在外头闲逛，眼里除了酒就是赌。腊月二十七，田家艳带着天青去赶集，买了大米和白面、糯米和花生，别人家小年那天就炸了油糕油饼，他们家啥都比别人家晚半拍。田家艳将碾碎的糯米才吊上房梁，讨债的就来了。他们大声喊叫着徐满福的名字，将门踢得哐哐响。徐满福鞋也没穿跑进了牛棚。讨债的人说，徐满福欠了他们五百块钱，眼瞅着年三十了，得拿钱过年。田家艳说家里都快揭不开锅了，哪里还有闲钱？那俩人也没说别的，便要扛走才买的米面。田家艳咧着大嘴理论，却被揉了个仰八叉。天青和徐慧娴尖叫着扑上去，却被人家拎小鸡仔般甩到旁边。等徐满福从牛棚进屋，冷冷地瞥着田家艳说，你个败家老娘们，连袋面也护不住，真是废物点心！田家艳也不言语，系了头巾披了棉袄就往外走。天青机警地拦住她，她苦笑着说，儿子，妈没事，我去你舅家借点粮食。好歹炸盆油饼吧！

他对田家艳的懦弱极为愤怒。她为啥总是一味迁就徐满福？她为啥舍不得甩脸子？她为啥跟被人欺负惯了的傻子一样只会呆笑和哭泣？他对她渐渐厌恶起来，三天没搭理她。年三十那天，田家艳炖了锅肉。这是锅貉子肉。她有个表兄是养殖大户，年年都送他们几只剥了皮的貉子。貉子肉有土腥味，不过徐满福依旧吃得满嘴流油，还喝了几两白酒。吃了肉喝了酒的徐满福看着他们娘仨，笑嘻嘻地说，一家人团团圆圆过年，真好哇。天青哼了声，田家艳却眯眼望着徐满福不住点头。说实话，他对她那种谄媚的笑容觉得恶心。可晚上饺子包好，韭菜鸡蛋炒好，肉冻和素丸子端上来，徐满福拉着他去放鞭炮时，他却感受到了一种莫名其妙的甜蜜。以往过年，继母都带着妹妹回娘家，常献凯一个人炖肉包饺子，脸色铁青。常献凯从来没有给他买过新衣新袜，从来没有拉着他的手放过鞭炮，从来没有像徐满福这样拿胡子扎他脸颊，从来没有像田家艳这样搂着他睡觉。有时候，他怔怔地望着猪圈里忙活的田家艳，分不清到底哪里才是他的家。

等长大些，他越发厌恶这个随时充满了火药味的家，厌恶唯唯诺诺的田家艳，厌恶脚没踏足过庄稼地的徐满福，他甚至也不太喜欢那个终日忧心忡忡的姐姐。可是，可是，当他想起他们，内心柔软得犹如初春融化的河水。徐满福像家里多余的人，可当他心情好时，会蜷缩在炕上教他画画，画屋檐下艳俗的蜀葵，画槐树条挂着的半个月亮，画猪圈里发情的母猪，画热风吹过的千亩麦浪，画手大脚大、嘴大眼大泪大的田家艳。他也渐渐喜欢上绘画，老师让写《我的理想》的作文时，他写，我以后要当个画家，赚很多钱，给妈妈买个明亮、宽敞、没有老鼠和黄鼠狼的别墅。他有些怜悯地想，徐满福年轻的时候，也不是如今这样子吧？可是，是谁将他变成了一只过街老鼠？

有一天，他正在屋里写作业，徐慧娴洗衣服，田家艳纳鞋底，忽然，巨大的声响从房南轰然传来。他跟徐慧娴跑到门口张望，黑色浓烟正滚滚席卷而来。他们听到田家艳喊道，不好了，炼油罐爆炸了，快跟我去牵牲口！

那些年村里的很多人家都炼油，出事是难免的。最大最经常出事的那个炼油罐离他们家南门只有两百米。他跟徐慧娴还在看热闹，田家艳早已牵着毛驴从驴棚旋出，边拽着吃草的黑驴边吆喝，姑娘你去赶羊，天青你去赶猪，出门北走！

在天青记忆中，这样的场景至少发生过三两次：在血色黄昏中，田家艳身体前倾抻着驴脖子上的缰绳，徐慧娴的山羊倒是听话，乖乖追啃着她的脚后跟。那头叫"大力水手"的猪崽最喜欢在猪圈里睡觉，死活不肯挪窝。天青急得快要哭出来，徐慧娴就喊，抱着！抱着！天青马上意会，一把将那头花猪崽搂进怀里，左手攥着它的左前腿，右手攥着它的右后腿，下巴抵住它哼哧哼哧的嘴巴。在田家艳的带领下，他们离爆炸的油罐越来越远，等他们不知不觉地停下来回头远望时，浓烟已消失在低沉的云朵中，红色火焰并没有如他们想象的那样熊熊燃烧，相反，他们闻到了一股好闻的汽油的味道。他呆呆地站在田垄旁想，要是这样一直走下去该多好，走到天尽头，再也不用回来，再也不用看到徐满福。

天青上初一时，徐慧娴读高中，高中没读完，她就去沈阳打零工了。他天天沿着姐姐从前的路，去镇里的初中读书。那时个子也蹿起来了，细高细高，脸上蹦着青春痘，仿佛一棵羞涩的绒花树。他成绩好，老师喜欢，孩子们也崇拜学习好的孩子，他便用老师的赞美和奖状堵住别人的闲言碎语。班上的女孩给他写信，他瞅也不瞅就扔掉。他知道自己不是这里的人，以后也不会留在这里。他每日仰着脖子挺着腰板骑着那辆徐慧娴留下的粉红色公主车去学校，却从来没有人敢嘲笑他。有天，他跟同村的同学一起回家，路过外村的小卖店时，自行车慢撒气，他便跟店主借了打气筒。店主问他读初几？同行的男生抢说道，初一，他学习贼好，回回年级第一名！店主竖起大拇指连连夸赞，又问他是哪个村的？同学是个话痨，又抢着说，我们是徐家湾的，他爸叫徐满福。店主哦了声，打量着天青问，你是徐满福儿子？可惜了，可惜了。天青满脸疑惑地看着店主，店主说，哎，你爸啊，前年从我这里赊了两条三塔牌香烟，到今天还没还账呢！你回去催催他！天青满脸枣红，气还没打完，就推着自行车转身溜了。回到家里，田家艳正呆呆靠在墙根，手里攥个农药瓶子。毫无疑问，徐满福又揍她了。天青夺过她手里的百草枯，厉声喊道，傻子！天下最傻的傻子！该喝农药的不是你，是徐满福！徐满福！田家艳没哭，只是神情恍惚地看着他，问，儿啊，你饿了吗？妈先不喝了，妈去给你烙张饼吃。

那天晚上徐满福回来时，看到天青手里拎把菜刀虎视眈眈地瞪着他。他哆嗦了下，扯着嗓子喊，咋，天青，你要砍谁？天青朝着明晃晃的刀刃吹了口气，面无表情地说，徐满福你听着，要是再敢打我妈，我就用刀抹了你的脖子！我打不过你，不过你总有打盹的时候吧，你总有睡觉的时候吧，我把你头砍下来，踢到猪圈里沤粪！你信不信？

徐满福惊诧地张着大嘴，没吭声，默默抽了支香烟，去西屋睡觉了。

从那天后，徐满福果真没对田家艳动过手。他可能真的害怕自己的脑袋被扔到猪圈里。虽然他整日里喝得迷迷糊糊，可他老觉得这个捡回来的儿子，啥狠事都能干出来。说实话，他打心眼里怕他。

高考报志愿时，天青没有报喜欢的艺术专业，而是报了新闻学。他越喜欢的东西，他越不敢亲近。他个子纤细，皮肤是那种常年不见阳光的白，瞳孔里时常闪烁着狐疑的光。他什么都怀疑，什么都不信，在他眼里，世界就是个不靠谱的恶棍，自己的拳头要随时攥紧，以便冷不防给这操蛋的世界一记勾拳。他谈过女朋友。让他难忘的是同班的保定姑娘。她大概没谈过恋爱，将所有少女时期积聚起来的热情全部奉献给了他，然后等着甘美的回报。当她察觉他并没有自己想象中的那般炙热时，她约略有些失望，可并没有谴责，相反，她焕发出更热烈的火焰去炙烤他。一般的男孩可能就被融化了，可他没有。她越是宽容，越是事无巨细地为他着想，他越是愤怒。你怎能忍受这样的蔑视？难道你就不知道反抗吗？没错，他沉湎于爱欲和肉欲，可他并没有在沉湎中达到快感，相反，怒其不争的"理性"让他对女孩越来越冷淡。后来又处了几位女朋友后，他想，她们过于幼稚，她们以为这个世界是德芙巧克力和西柚伯爵浮乐朵冰淇淋堆砌起来的吗？

到了最后他有些悲哀地发现，他可能更适合一个人生活。那年，他在旁听艺术史时，认识了学校的一位姓覃的讲师。这是个离婚不久的女人，她的第一任丈夫是名牙医，她在矫正牙齿的时候认识了他，在牙齿矫正好之后，他们顺利地结了婚。

她的第二任丈夫是美院的一名教授，他们在研讨会上结识，又因为丈夫在别的研讨会上结识了别的女画家而分手。她看起来漂亮、精明，其实只是漂亮而已。那个关于仇英的明显是门外汉的问题，让她记住了这个面目清俊的男孩。当然，她微笑着回答他，漆工出身的仇英，的确有段时间寄居在江浙一带的富商家中。

他常去蹭她的课，有时会给她带杯咖啡，上课前偷偷放在讲台上。如此几次，她对他说，为了表示感谢，想请他吃顿便饭，他当然没有理由拒绝，他那时已经在偷偷准备考研，不是考新闻学的硕士，而是美术史。

事后想起那个夜晚，他怀疑她早就布好了陷阱等候他，在她面前，他完全就是只初出茅庐的猎物。他们吃了饭，喝了酒，酒后她邀请他去家里欣赏一幅画，李可染的真迹。这样的机会当然不能错过，欣赏完画作之后，他们缓缓地拥抱在一起。分不清谁先抱的谁，反正，他整个夜晚都没有睡觉，到了最后她几乎没了声息。当晨曦从窗帘的缝隙里射进来，她从背后慵懒地抱住了他。她的身体散发着水果微醺的香气，比田家艳身上的气味好闻多了。

那年暑假他没有回家，只给田家艳打过几次电话。田家艳刚从稻田地拔完稗草回来，她的大嗓门让坐在他身边的覃老师吓了一跳。她抚摸着他的小腹轻声问道，看看这款背包，喜欢吗？他扭过头轻轻吻了吻她明亮的额头。她常常给他买东西，衣物、鞋子、背包、内衣，甚至是男士香水。她还常常给他零花钱，有时候多，有时候少，有一次她给了他五千块钱，让他去健身房。你太瘦了，她弹着他的小腹，你要争取练出人鱼线。当然，他的确去了健身房，不过却没有请教练，剩下的那四千块他没有还给她，而是存了起来。村里的年轻人大都在县城买了房，每次回家田家艳总是唉声叹气地说，哎，李家二小子也从城里买房了。李家二小子在建筑工地干了六七年泥瓦匠。妈是个废物，啥忙也帮不了你，田家艳总是以自责的方式结束谈话，而对他来讲，田家艳的话更像是一种诉求。徐慧娴结婚了，男方也在县城中心买了处商品楼，在十六层。田家艳和徐满福参加婚礼时，从窗户望着楼下蝼蚁般的人影，田家艳咋舌道，天哪，赶上坐飞机了！她的话引起了宾客善意的笑声，可在他听来，更像是刺耳的讥讽。有什么了不起的，妈，早晚我也给你买处楼房，他信誓旦旦地对田家艳说，你不用羡慕别人，只有别人羡慕你的分儿！田家艳叹息声，说，天青啊，你好好念书，妈好好养猪，不用愁，妈给你买房。

他最后一次去覃老师家里，覃老师跟往常没有什么不同。她给他煮了鲍鱼海参小米粥，吃完后两个人躺在沙发上看电视，电视里正演脱口秀。那些背诵出来的、貌似幽默深刻的金句让他觉得很无聊，于是去洗澡，当他裹着浴巾出来时，覃老师没有在床上等他，而是依旧躺在沙发里修指甲。他感觉到一种沉默的空白，却不晓得哪里出了差错。小徐，覃老师拍了拍身旁，示意他坐下。我们相处也有段时间了，不过，我只是把你当成了亲弟弟，你明白我的意思吗？她没有看他，只是用指甲锉锉着指甲。看他一时没有反应过来，她就说，我朋友给我介绍了个哲学院的老师，才离婚不久，前几天见了一面，挺谈得来……他甩掉浴巾，默默地穿好衣裤鞋子。他从来没有遇到过这么尴尬的时刻，他想，沉默着离开或许是最好的选择。你等一等，在他关门之前，她递过来张银行卡，上面有两万块钱，你买些学习资料，好好准备考研吧。他愣了愣，她将银行卡塞进他的裤兜，拍拍他的脸颊说，好弟弟，你会找到称心如意的好姑娘的。他强挤出丝笑容，说，谢谢你，覃老师。

　　到底谢她什么呢？他不清楚。在电梯以飞机降落的速度下沉时，他的眼泪流了下来。毫无疑问，他对自己流泪感到意外，或者吃惊。他想象过从这种亲密关系中得到真正的爱、尊重与平等，可他又隐约意识到，从接受她的第一份礼物开始，天平就开始倾斜了。他从心里爱过她，在电梯下沉的时候依然爱着她。当电梯门打开时，他泪眼模糊着大踏步走了出去。在明晃晃的阳光下，他拿出那张金色卡片，从头到尾默念了一遍冗长的阿拉伯数字。当他挥手招呼了辆出租车时，他听到了自己心脏破碎的声音，在那沉郁的、凝重的破碎声中，他似乎看到更多凌乱的、破碎的、陌生的女人在阳光中朝他走来。他下意识地摆了摆手，然后，他听到出租车司机问，您好，去哪儿？他没有立时回答，而是又从裤兜里窸窸窣窣地掏出了那张银行卡，不停用大拇指和食指蹭磨着凸出来的、迷人的、金色的阿拉伯数字。

第三十一章　　立稳，立稳

　　门从里面反锁了，万樱哐哐砸半天也悄无声息，便打老太太的手机。老太太有部老年机，能接听电话。不成想也无人应答。万樱难免忐忑，这些天老太太孤身一人守着宅子，可是出了什么差池？擂鼓般又死捶半响，连路过的流浪狗都被吓得夹着尾巴溜走，仍是坟茔般死寂。这心就没法好好跳了，慌忙给小岑打电话。这孩子高中练过跳高，自诩拿过全县中学生春运会的亚军，翻墙爬壁是把好手。不一会儿小岑就骑着电动车颠来，二话没说蹿过墙头摘了挂锁。

　　万樱慌里慌张冲进厢房，果不其然，老太太和衣躺在地上，颧骨处全是淤青。万樱大声呼喊两声，没得声响，颤抖着手探鼻息，丝丝缕缕若有若无，就吵小岑："赶紧打120！"将老太太抱到炕上不停抚胸。老太太瘪如草秆，风一吹便要折断。万樱又扭搭着去烧热水，红糖水才沏好，救护车就呼啸着来了。

　　到了医院急诊，医生护士一通忙乱，又是吸氧又是量血压又是验血。万樱和小岑一个守着老太太一个办理住院手续。入了病房好歹安稳些。医生说，老人家暂时无碍，只是血压奇高，打了针，等醒过来再问些详情，上了年纪，最怕摔，皮青脸肿倒不怕，就怕断了骨，下午还要拍片定诊。万樱嗯嗯啊啊，将老人家盖好被褥，守着不敢离开半步。几年来，万樱早将她当成了亲祖母好生伺候，也念想过哪天出了意外，该如何料理后事。她知道老太太在省城有俩儿子，年岁也不老小，却从未登过门，逢年过节也没露过脸。老太太也提及过，哪天若是归了西，不用劳烦别人，火化了，骨灰也不要留，找个沟坎撒了就是。万樱忙吐口唾沫说，呸呸呸，满嘴胡呲，您这身子骨，是要庆百岁寿日的。老太太扁着嘴说，人活那么长久，不是享福，

216

是苦熬呢，寿则辱，不如早死早托生，下辈子，最好别当人，托生棵深山里的老树，虫子咬着，月光照着，鸟儿落着，蚯蚓拱着，大雪压着，不比人逍遥吗？

万樱隐约觉得她不是一般人，日日抱着收音机听老戏，偶尔赶着那只老橘猫去晒太阳，虽腿脚不轻便，衣裳也总是干净，隔上十天半月，就催万樱陪着去澡堂搓澡。老太太还有个厚厚的本子，每日在上头写写画画，看来肚子里的墨水着实不少。她知晓万樱家里的糟心事，常跟万樱念诵，你莫想不开，好日子啊，是来得慢些，可总是要来。王宝钏不守了十八年寒窑才等来了薛平贵？

晌午前老太太睁了眼，睁了眼也不言语，眼珠间或旋动。万樱大喜，将买来的馄饨喂她，嘴却紧抿，问她些话语，只婴孩般呻吟。倒了热水，汤匙扛了撬了嘴往里灌。护士都输了两瓶液体，怎地还这么虚疲？不放心，跑到医办室问东问西，医生也没有闲空搭理她，只说下午要去拍片，看看胳膊腿是否无恙。万樱便想，一个人是忙活不开了，要开单子缴费，要推着担架床跑来跑去，好歹找谁搭把手吧？思来想去也只想到蒋明芳。

蒋明芳倒腿快，才过晌午就到。蒋明芳不仅自己来了，还带了毛毯枕巾、洗脸盆暖壶，碗筷和拖鞋。万樱说："你这是搬家呢？"蒋明芳没理她，单守着老太太观瞧。万樱红着眼圈唠叨："都怪我……都怪我……"蒋明芳说："这脸不像跌的，倒像拳头打的。没有擦伤的痕迹，是淤血。"万樱说："咋可能？该有多歹毒，才忍心殴打老人？"蒋明芳说："你家华万春咋样了？"万樱说："能张嘴说话，只是嗓子眼含了核桃。"蒋明芳瞅了瞅房间里的病人，拽拽她衣角。两人出门寻个僻静处，蒋明芳这才轻声问道："我这些天忙正经事，没来得及问你，你是真想要这孩子？"万樱不语。蒋明芳说："这可是头等大事，耽搁不得，别的事都要往后靠。"万樱支吾着说："你说咋整呢……从前花尽心思，愣怀不上，这下可算有了……"

蒋明芳正色道："你那婆婆，眼里可不揉沙子，手段有的是。娃娃小没事，大了些，要是模样像那谁……"她不晓得"那谁"是谁，也从未逼问过万樱"那谁"到底是谁，"闹僵了，鸡飞狗跳檐下放火，吃不了兜着走事小，真要庭上见衙门口里走……"万樱垂头摩挲着小腹，低声说："老天爷给的，就收着吧……大不了，油锅里走两遭。"蒋明芳似乎还从未见过她这般笃定，话是听天由命的丧话，语气却勇士赴刑场般决绝，不由得哎了声，问："你跟万春说了吧？他是啥态度？"万樱面无表情地摇摇头，蒋明芳惊道："你想瞒他到啥时候？这肚子马上鼓起来了！咋，你婆婆也没跟他说？"万樱支吾道："他……八成还蒙在鼓里。"蒋明芳又气又恼，强压住火气说："这着实有些古怪，就算万春还糊涂，这么大的事，你婆婆也该早早跟他知会一声……除非……除非……"万樱狐疑地望着蒋明芳，她唉声叹气一番，说，"除非你婆婆认为这孩子本不是华万春的，这才装聋作哑，隔岸观火。"万樱抹搭着眼皮满脸丧相，蒋明芳先就心软起来，柔声道："傻丫头，你简直就是鸵鸟，遇到凶险，只会脑袋扎沙子堆里，别的不管不顾。我看，就傻大姐下棋，走一步看一步吧。"

说着说着两人踱到病房门口，蒋明芳说："我看老太太恐怕熬不过这关，万一有个啥三长两短，能寻到她后人不？后事咋料理?"万樱闷了半响才说:"这几年,从没听她念叨过家里头的,连春节都在云落,一个人贴窗花煮饺子。"蒋明芳还想问询些旁的,万樱说:"你等等,罗小军的电话。"

罗小军的声音听起来比往常要虚弱,他说,要是方便,今儿想找老太太把合同给签了。万樱解释说,老人家住了院,还没醒来,怕是要缓缓了。罗小军说:"在哪家医院?我去看看老人家。"万樱说:"哎,怕是你要白跑一遭。"

不过十多分钟罗小军就到了。他看着病榻上的老太太,马上联系医院院长,叮嘱他们派最好的医生会诊,用药也要用最贵的。万樱方想插嘴,就被罗小军打断,他说:"你别心窄,医药费我出,能用钱解决的事,就不是个事。"万樱急忙道:"那哪成!我手里倒还宽裕,不用你垫付。"蒋明芳这时问罗小军道:"你们平改楼的合同,是不是单差老太太这一宗?"罗小军说:"可不咋地,老人家偏着呢,死活不签,要不是万樱敲边鼓,我看这楼是下辈子也盖不成。"蒋明芳若有所思盯着罗小军说:"樱桃发现她时,在炕下躺着,想是犯了急症,摔的。不过,看她脸上的淤青,更像⋯⋯"罗小军问:"咋?"蒋明芳沉吟道:"没啥,等老人家醒了再细问。"罗小军盯了老太太默不作声,半响才说:"嗯,是得好好问问。"

拍片结果出来,左侧肱骨轻微骨折,医生说打上石膏就好,旁的部位倒无恙。万樱大喘了口气说:"吓死我了,真要股骨颈摔碎,瘫床上就麻烦了。"又连忙让蒋明芳回,别让顾客久等。蒋明芳说:"也好,我先去理发店,你晚上照料万春,腾不出空,我就陪床吧。"万樱说:"那哪儿成?老人家跟你非亲非故,咋能劳烦你?"蒋明芳瞥她两眼,不吱声,只笑着对罗小军说:"罗总,好饭不怕晚。嘱咐嘱咐你手下的人。"罗小军嗯了声,问:"你咋来的?我把你捎回去?"蒋明芳笑着摇摇头。

罗小军却没急着走,他盯着万樱问:"听说,你们当家的醒过来了?可喜可贺!我这些天跑省城,也没空探望,你可别见怪。"万樱说:"哪儿来那么多礼数?再说了,他生病前你们也不熟,有啥看头。"罗小军说:"你现在抢白的功夫,也是一等一了呢。"万樱语塞,随手挑了个苹果递给他,说:"别干坐着,蒋明芳买的,尝尝。"罗小军倒也没客气,衣襟蹭了蹭就嘎吱嘎吱嚼起来,最后连果核也一并吞下。吃完苹果他从皮包里掏出几页纸,说:"这是合同,一式两份,签字盖章都齐全了。老太太要是醒利索了,先让她签了吧。"万樱接过放床头柜上,用杯子压住,说:"小军,你把心放肚子里。老太太向来说话算话,不是那不着调的人。"罗小军这才起身告辞,不过房门刚关上又闪开条缝隙,罗小军只露出半张脸,笑着说:"你前几天蒸的饺子我尝了,真鲜凉。"

万樱还未搭茬门已缓缓掩上。罗小军脸色灰暗眼泡肿胀,肯定是着急上了火。听蒋明芳说,他好像遇到了大麻烦。至于麻烦到底有多大,她没敢问,也没想问。她推拿时,听别人唠闲嗑,说这花花世界,就是头披着羊皮的饿狼,看上去和善可亲,可不定哪天就吞了你,连骨头渣和影子都不剩。她担心罗小军也被狼给吃了,可又有啥法子救他?要是比谁饭量大,比谁胳膊粗,比谁身坯粗,她倒能搭把手。罗小军那么忙,这回亲自跑来医院,想必也不是关心老太太病情,该是探探虚实,怕老太太有个好歹,这合同泡汤。这么想时难免有些失望。

等医生给老太太打好石膏，又叮嘱万樱说，千万别让老太太翻身，要一直平躺，老人家身子虚，躺得久了容易生褥疮，需每日擦身。万樱又是点头又是作揖，就差磕头了。这时旁边病床上的一位老人说："哎，这老太太命多好，儿媳这么孝顺。"万樱说："我连她儿子都不认识，咋还成儿媳了？"

"不是儿媳，是闺女。"万樱听到老太太的声音，吓了一跳。转身望去，老太太却醒了，靠着枕头觑眼瞅她。万樱欢喜得眉飞色舞，开了瓶黄桃罐头舀了汁水喂她。老太太晃了晃手，万樱忙说："可动弹不得，医生说了，待会打石膏。"老太太说："算了……也不是多疼。"万樱哄孩子般道："乖，要听话哦，到了学校，听老师的，到了医院，就听医生的。"老太太闭上眼，又不吱声了。万樱问道："到底咋回事？哪里不舒坦？咋还骨碌下来了？我早就说过，你那张床着实窄了些。"老太太似乎又打起了瞌睡。傍晚时医生来打石膏，天擦黑时，蒋明芳来了，来了就轰万樱走。万樱低声说："我且脱不开身呢，老太太待会见不着我，怕是要耍闹。"蒋明芳说："那可由不得她老人家了。你家里还有个瘫子，你又不会分身术。"万樱不再执拗，婆婆妈妈叮嘱蒋明芳一番，这才赶回家去。

婆婆给华万春买了个手控轮椅。四个轮子就成了他的腿，想去哪里就去哪里。他面目威仪地坐在轮椅上，犹如一位退休的老干部，先视察了狭窄的厕所，又去了厨房，最后在客厅里像残疾篮球运动员般焦灼地转来转去，他似乎在寻找什么，又似乎遗忘了自己到底想寻找什么，他眉毛紧蹙，喉咙里嘶嘶嘶嘶的声音让他的母亲警惕地随在身后，生怕他再有闪失。当万樱推门进来时，他也没有看见，滑动着轮椅到了卧室的书桌前，吭哧着拉开抽屉，将里面的药品、针线盒翻得犹如飓风刮过。婆婆唠叨了两嘴，他就哼唧着将棕色药品摔到地板上，药丸翻滚着四处散落。婆婆瞄了瞄万樱，说晚饭做好了，你伺候他吃吧，守了一天嘎小子，浑身都散了架！送走婆婆，万樱将华万春推到餐桌前，将煮好的稀饭递给他。他这几天恢复神速，已经能自己拿碗筷。不成想华万春不接。万樱寻思要让她喂饭，说："你可不能偷懒，医生说了，手脚不许闲着。"华万春死死盯着她，嘴里嘟囔了两句。万樱没听真切，将头探过去，他就又嘟囔了遍："立稳。"万樱说："你能坐稳就不错了，哪能一口吃个胖子？"华万春太阳穴上的青筋凸爆出来，嘶拉着喊："立稳！立稳！"万樱摸了摸他耳朵，说："别耍小孩脾气，要不饿，听你的《白眉大侠》去。"华万春又是通呜呜嚷嚷，万樱便吓唬道："你这才欢蹦几天？家里还盛不下你了？人家医生早说了，你这个病，有可能反复，肝火可不能太旺。"华万春这才皱了皱鼻子安静下来，万樱哄着吃了半碗粥，将他硬抱到床上，喂了药。累了一天，头沾枕头就迷糊过去。

第二天小雨，万樱披着雨衣穿着雨靴去斯大林路，扫完街回家，婆婆蒸了黏豆包煮了小米绿豆粥，还用咸菜炒了鸡子。万樱呼噜呼噜吞了四个黏豆包，喝了三碗稀饭，这才急忙去医院。估计老太太跟蒋明芳也没吃早饭，打街头买了两碗细素面。进了病房，蒋明芳正与老太太说闲话，见了万樱却打住。蒋明芳起身说，我给大姨洗了脸擦了身，饭吃过了，热水打好了，你待会且记得喂药。万樱看她神色疲乏，晓得晚上没有空床，定是趴着床边凑合了整宿，忙催她回店里打盹。蒋明芳看着她似有话说，却欲言又止，最后只说："大姨这症候，出了院，也得夜夜有人陪着护着。"万樱说："可不是呢。"嘴里这般说，心里却难免犯愁，白日倒好说，只这晚上抽不得身，要在家料理华万春，难不成，要给老人家请个夜间保姆？听人说，请保姆跟雇月嫂一般贵，少说要每月四千块。想到钱，忽又想起常献凯还来的那张银行卡，到今日还没有交与老太太，这脸涨得难受，从卡里给明芳儿子魏晨打过去七千，此番住院的费用也是从卡里划的，这一时半会凑不立整，可如何是好？瞅了瞅老太太，老太太也正在瞅她，忙拿了苹果去削，切成碎块温水泡了，插了牙签喂老太太。

老太太这厢甫安生些，晌午又接到来素芸电话。她有几日没会到来素芸，来素芸的嗓门像是新安装了高音喇叭："胖子，快到城西派出所来，把老娘弄出去！丢人现眼，一分现金没带！"

万樱顿觉鬼子要进村，心惊肉跳，蹬着自行车快速奔往银行，取了钱又冒雨奔往派出所。交了罚款，来素芸才吊死鬼般晃出来。万樱不晓得她犯了何事，又不敢细问，只得瑟瑟尾随着她，踮着脚尖将手中的雨伞撑得高高的，怕雨水打刮在她脸上，到时免不了挨骂。来素芸绷着脸打了辆出租，万樱鸟悄着跟上，良久才颤颤巍巍地问："素芸啊，你这是……咋啦？"来素芸冷哼一声说："我呀，犯了太岁。半个月进了两次派出所，不知情的，还寻思派出所装修，老娘来安装窗帘呢！"

来素芸这些日子，仍为了投资的事天天跑政府。别人跑政府或示威或明志，她跑政府是看别人示威和明志，坐在广场附近的冷饮店二楼阳台，戴着 LV Snow 护目镜和 Re-Nylon 再生尼龙渔夫帽，跷着小腿喝白啤。这护目镜本是登山或下雪时才戴，她不管不顾，还专门挑了款黄色的，愣眼瞅去仿佛一头营养不良的幼年双髻鲨。她喜欢喝白啤，每日都要换着花样来，短短数日，已经从白熊喝到奥丁格，从奥丁格喝到传教士，从传教士喝到凯旋1664，今日喝的七箭，还没酌享两口，便看那人群如台风来临时的大海般起伏咆哮起来，恶浪拍打席卷，险些将那直插云霄的政府大楼淹没捣毁。原来这两天，县里专门成立了扁鹊医院事件疏导小组，专门负责遣散多日来不断上访的群众。一开始还算好言相劝，从今早起，凡是不听劝阻继续滞留的，都被带去了派出所。来素芸今日来得早，喝啤酒前先点了外卖，在太阳伞下吃着麻辣烫听着雨打丁香，怎料吃着吃着从汤里挑出片手指甲盖，觉着晦气，便在大众点评上留言投诉，要求退款。不想那店主不但没道歉，反倒说那指甲本是来素芸的，想吃白食恶意敲诈，来素芸的火气就慢慢燎烧起来，才喝两口啤酒，便看到警察抓人，霎时火光烛天：不去抓老贼万永胜，反倒将这些可怜的债主拘留，是哪门子的狗屁道理？噔噔噔下了楼，挽起袖子露出胳膊一路小跑，上前去跟人家理论。她声音本来就尖利，警察吓了一跳，难免吼了她两嗓，她那火气便弥漫到天灵盖，蹦跶着骂了几句荤话。警察也没客气，非常配合地将她押上了警车。兵荒马乱的，手包挤掉了也没察觉，录完口供放人，派出所让交罚款，来素芸才发现身无分文。本想让她那混账表哥来交罚款，顺便砢碜砢碜他，可警察说根本联系不上。来素芸也是昏了头，前些日子天天催表哥去讨钱，吓得表哥早换了手机号码，冬泥鳅钻了稻田哪里还肯露面？也只得找万樱了。万樱穷是穷了些，两百块钱还是拿得出手的。

"别问我十万个为什么，别盯犯人似的盯着我，别跟我提倒霉的老马。"来素芸拉着嗓门命令万樱说，"记住，你就是个哑巴，是个傻子，是个菲律宾女佣，还有，这顿饭你请！听清没？"万樱慌忙点头，殷勤地往来素芸的土耳其牛排上撒了点黑胡椒粉。来素芸喜欢七分熟的煎牛排，她说这个火候的牛排没有细菌，肉质最鲜嫩；来素芸喜欢黑胡椒，她说黑胡椒有抗氧化作用和抗肿瘤活性；来素芸还喜欢店里免费提供的苏打水，她说苏打水的pH值呈弱碱性，富含硼锌铬等离子矿物，更容易吸收，能防止便秘和蝴蝶斑。万樱打心眼里佩服来素芸，知识渊博得像电视直销节目里的营养学老专家。她只吃过一次牛排，觉得血淋淋的膈应人，黑胡椒尝起来有股貉子狐狸的骚味咽不下口，她也不喜欢喝苏打水，感觉像是用过期的雕牌洗衣粉泡出来的。

姐俩在牛排店一直待到十点钟，来素芸才说："你不是啥政界要人，又不是啥金融寡头网络大咖，老瞅那破手机干啥？你是不是又胖了？脑袋圆得像猪头。"万樱吭哧着说："我可真没空陪你了。老太太住医院呢。"来素芸问："你婆婆还是房东？"万樱说："我婆婆比我身板硬朗。"来素芸说："你呀，早早辞了宾馆的活儿，那老太太，看着比老狐狸都精。"万樱看她吃得满嘴流油，晓得她火气熄了，就说："你这张狗嘴，一辈子也吐不出象牙来。她摔断了胳膊，身旁又没个亲人，我要不跑腿，难道饿死她？"来素芸将唇角的酱汁优雅地擦拭了两把，说："你还真是王母娘娘，天上地下没你不管的。走吧，小来也当回菩萨，陪你到人间走走。"

来菩萨出手还真是阔绰，去了趟银行，除了还万樱两百块钱，还强塞老太太枕头下五百，说是营养费。走前万樱送她到电梯口，东瞅西看一番叮嘱道："你呀，别再去大楼闹事。闹也白闹，还得我去派出所捞你。两百块钱罚款干点啥不好？够买五只万里香烧鸡了！"说着说着不禁舔了舔嘴唇。来素芸恨恨道："我就是出不来这口气，难道非憋死我？跳楼的那户人家告到了省里，连个屁说法也没有！政府还派七大姑八大姨——凡是沾点亲戚边的都来当说客，让债主们签保证书不再滋事，要是不签，这些八竿子打不着的亲戚们也要被免职处分。赶上连坐了！"万樱忙捂住她嘴说："莫急，我前些日子跟罗小军说起过你的事，让他跟万永胜念叨念叨，他也是应了的。他们老一辈少一辈，关系铁，没准能把钱吐出来。"来素芸慢慢拿掉她的手，拢了拢她油炸炸的乱发，半晌才柔声说道："你个傻胖子，别再去给我丢人现眼了。罗小军是你啥人？亲戚？朋友？家人？屁都不是。人家只是顺嘴说说而已，懂不？那叫面子话。他们都是有钱人，千万别指望有钱人发慈悲。"万樱登时哑口，直待来素芸上了电梯，这才怏怏回了病房。回了病房盯着桌子上的合同发呆，又看看打瞌睡的老太太，便想，才打完石膏，好歹过几天再烦她签字吧？

邻近傍晚，猜那蒋明芳要来换班，赶紧去租折叠床。跑到医办室问询，护士支她去住院处。一打听，床有两种，一种简易，一种海绵，简易的一宿一百五，海绵的一宿二百。万樱合计半晌，仍租了个简易的，又交了五百元押金。蒋明芳来时，她早将这床支好，自己还在上面躺了躺，除了有些硌得慌，还真挺舒坦。回家时小雨还在落，在半路买了斤茭白，想给华万春炒肉吃。没想到婆婆倒勤快，临走前早将葱花饼烙好，蒸了鸡蛋蛤蜊羹。华万春没吃几口，便被万樱打扫个精光。华万春盯着她用舌头将蛋羹舔舐干净，这才说："胖丫……胖丫……立稳，立稳。"万樱瞥他一眼，说："我累死累活，腰杆都折了，还要我站着，你咋恁狠心？白眼狼。"华万春推着轮椅进屋，不会儿出来，手里捏着张皱巴巴的纸，在万樱面前晃了晃。万樱吧嗒着嘴说："你画的那些圆圈，我看过几百遍了。下回啊，争取画得像十五的月亮那么圆。"华万春嘶嘶两声又将那纸晃了晃。万樱只得接了，扫了两眼。

离婚协议书

男方：华万春，汉族，住云落县云落镇西工房×栋×门×室。

身份证号：××××××××××××××××××

女方：万　樱，汉族，住云落县云落镇西工房×栋×门×室。

身份证号：××××××××××××××××××

双方与200×年×月×日在民政局登记结婚，无子女，因感情破裂，没有任何和好可能，现经双方自愿协商达成一致意见，协议离婚。婚前双方各自的财产归各自所有，婚后财产归女方所有，房产归华万春所有，华万春一次性支付万樱三万块钱。

男方：华万春　女方：万樱

2010年10月10日

这是一张学生写字本上撕下来的纸，浅蓝色横格褪了颜色，纸上的字是碳素笔写的，工整流畅的楷书，无疑是华万春的字迹。华万春语文常常不及格，却被婆婆逼着习过两年《庞中华字帖》。男方和女方处，都签了名字按了手印，红色指纹没有随着时光的流逝变得模糊难辨，相反，河道般旋转迂回的螺纹显得异常清晰。时间的落款处是2010年10月10日，如果没有记错，那天正好是华万春出车祸的前一天。如果那晚他没出去喝酒，第二天两人就去民政局办离婚手续了。

万樱盯着这张协议书，瞬息恍惚迷乱起来，她还记得华万春因她拒绝离婚而咆哮的模样，他那么矮矬，却一蹦三尺高，那台长虹牌彩色电视机被烟灰缸砸出了个黑魆魆的窟窿。电视机是结婚时裁缝和鞋匠买的嫁妆。当她在协议书上签好字时，华万春得意地抽了支香烟，然后对着趴在沙发上嚎啕的她说："哭个屁！这么容易就三万块到手，有啥委屈的！"她哭得更凶猛，鼻涕糊了满嘴满脸，他对她没完没了的哭泣声颇为恼怒，不禁跨上前去照着她的屁股狠狠踹了两脚："个傻逼女人，离了再找好的！你好我好大家好的事，哭个屁！丧门星！"他洗了个澡，用吹风机将头发一绺一绺吹干，照着镜子喷了摩丝，换了双刚打完金鸡鞋油的军勾皮鞋，又将袜子箍紧秋裤，哐当声关了门，闪了。不久，她听到了金城摩托发动机的轰鸣声，伴随着两声响亮的口哨，摩托车冒着白烟蹿了出去。她从窗户里望着他的背影，眼泪依然止不住地流淌。

那天晚上接到交警的电话时，她正呆呆地盯着那个抱着竹笋摇头晃脑的熊猫闹钟。这只年龄比她还长的闹钟冷漠地晃动着指针，沙沙沙沙的声音更让她无法平静。她骑着自行车奔往医院。他躺在急诊室的病床上，医生们正用除颤仪给他做电击。他的嘴角流着血，黑色的液体不断顺着后脑溢出，蔓延过棕色病床滴答到肮脏的地板上。他看上去像是一只已经死去的猕猴。他脚上的一只鞋子掉了，露出补过脚后跟的花袜子，另外一只脚上的皮鞋完好无损，在白炽灯泡下闪着油亮黑光。婆婆时不时去摸他的手，可是很快被戴着眼镜梳着马尾辫的护士厉声喝退，婆婆畏手畏脚地蹲在办公桌旁，面如死灰，仿佛此时被抢救的不是华万春，而是泪如泉涌的她。万樱脑子一片空白，他骑着摩托去跟朋友喝酒，庆祝即将到来的好日子。他酒量一向不好，可是敢喝，他那些狐朋狗友都管他叫"拼命三郎"。眼下，这个逞强好胜的矬子躺在那里，安静得仿佛一个破损的儿童玩具。她在旁边守了很久，这才面无表情地踅到走廊。在走廊的厕所外，站着个面目模糊的女人。女人靠着墙壁抽烟，在昏黄的灯光下，万樱还是认出了她，没错，她就是那个高碑店来的女人，华万春的相好。她大概也认识万樱，神态自若地朝万樱点了点头，万樱没有搭理她，木木地缩回了急诊室。在兵荒马乱的仪器响动声中，在婆婆的抽泣声中，在医生吩咐护士的焦灼声中，她默默注视着傍晚还踢了她两脚的男人，随后，那张离婚协议书在眼前闪了几闪，她忍不住伸出手去抓，然而什么都没抓住，只有凉飕飕的散发着酒精气味的空气让她觉得有些冷。

"立稳！"华万春拍了拍轮椅的扶手，"立稳！"他的小眼包斜着她，仿佛她是他这辈子唯一的、真正的仇人。

她这才恍然，他说得不是"立稳，而是"离婚""。他没想让她站起来，而是想让她趴在沙发上继续像六年前那样哭泣。她没有回答他，右手接过那张不晓得从哪个耗子洞里翻出的离婚协议书，左手轻柔地按了按自己的小腹。它好像在跳动。一个还没有出生就失去了一切的受精卵。窗外的雨越发下得密，隐隐听到急促的夜风旋过玻璃的尖叫声。她缓缓地从餐桌前站起来，漠然地盯着华万春，委实不知道该说点什么。

*离　　婚

离婚吧！离吧！给我滚远远的！

以前吵架时他经常这样咒骂，如果不解恨，还会抄起桌上的烟灰缸狠狠朝裂墨的地板砖砸过去。幸亏他们家住一楼。有时万樱想，如果他那晚没有出车祸，如果他还是一蹦三尺高，自己如今会在哪里？她知道那阵他有个姘头，是工厂对面饭店里的服务员。那家饭店华万春带她去过，以杀活羊闻名，每日八九点钟，老板就开始在案板上剥羊皮，正值下夜班的工人骑着摩托车嗡嗡嚷嚷路过，难免探头探脑围观，瞧那内蒙来的老板用把一尺盈余的刀子将那裸羊沿着后腿剖至前胸，再将羊腰羊宝扔到被苍蝇封裹了一层的油腻大碗中。看着看着就觉得饿，跑到店里喝上碗新鲜的羊头汤，那汤漂着黏稠油花，据说是羊骨髓熬出来的，就上张发面大饼，激出一头汗，熬了整晚的身子就热气腾腾了。生意好是自然的，羊肉串跟别家也不同，用新疆红柳串着大块羊肉，烤得滋滋冒油再撒上孜然、井盐和秘制香料，既保持了羊肉的鲜腥气又多了种云落人喜好的十三香味道。

华万春喜欢的那个服务员是高碑店的，柿饼子脸，离过婚，带个女孩。女孩就在云落的镇中读初中。当万樱知道这件事时，只是觉得惊讶，这女人如何会看上华万春？华万春只是个钢厂工人，除了身彪气，就剩藏獒般的狗脾气。

当初若不是裁缝极力劝说，万樱死活也不肯嫁给这又黑又瘦浑身都是尼古丁味儿的男人。裁缝说，傻闺女，你还想瞪摸个啥样的金龟婿？瞅瞅你那模样，粗头笨脑，农业粮，没个正经工作。人家好歹是工人，瘦是瘦了点，矮是矮了些，可人家电视里都说了，浓缩的都是精华，总比那人秧子强吧？再说了，他妈在农贸市场卖了二十多年活公鸡，就这么个儿子，那攒的金山银山迟早不都是他的？他的不迟早都是你的？我要是你，早把嫁妆准备好，等着桑塔纳来接了。裁缝的话虽不中听，但句句皮实。华万春再请她去吃快餐，也就痛快地应允。其实万樱很想看场电影，可云落没有电影院。她一直觉得，谈恋爱起码要看场电影，俩人坐在宽敞的影院里，吃着爆米花喝着可口可乐，看着银幕上的人跑、笑，发生这样或那样的悲剧喜剧，然后她会把肩膀慢慢靠在那个人宽阔的肩膀上。

当然，她确实跟华万春看过一场。那是2002年深秋，他们早早坐了班车赶往市里，买的下午两点的电影票，如果没有记错，那场记不住名字的电影很快让华万春坐立不安，后来就抽烟，抽着抽着被工作人员发现。人家让他把香烟掐掉，他扯着嗓门喊，老子花钱看电影，想抽就抽！工作人员一听他口音，晓得是乡下来的，话语间不免透些蔑视出来，华万春更不买账了，一拳头挥出去，那人门牙当场就掉了……当他们从派出所出来时天都擦黑了，华万春仍气鼓鼓地不停骂娘，后来见万樱不言语，这才抓了她的手问，你说，他们是不是欺负乡下人？在他们眼里我们都是傻逼！都是土老帽！我操他个贼妈的！万樱的手被他攥得生疼，只好喏喏着问，我们……咋回家？末班车都没了。华万春这才愣住，翻翻兜里的钱，又不够打车，便朝万樱喊道，你们女人家，遇到点事就知道唧唧哝哝，你等着！

万樱就等着，蹲蹴在路灯下，捡根笤帚苗在沙地上写字。她害怕他发脾气的模样，也讨厌他身上的汗馊味，更不喜欢他动不动瞪着席篾小眼凶巴巴瞅人家。跟他并肩走着心里也突突跳，怕他那并不宽阔的胸膛里贸然打响雷……华万春推着辆自行车回来时，手里还拎着个袋子，将车支起，从袋子里掏出两张热乎乎的煎饼，笑眯眯递给万樱。万樱小口小口地吃着，也顾不得饼渣落在衣裤上。华万春问，好吃不？万樱鼓着腮帮子点点头，去瞅华万春，却见他喉咙不停攒动，这才红着脸将剩下的半张饼递过去，说，你也吃点。华万春摇摇头，说，我喜欢看你吃饭的样子，跟产完崽的母猪似的。也许他也觉得自己的比喻有点不恰当，于是又说，能吃的姑娘好，好生养。

也许他日后为自己当初的这句话后悔过。两人结婚七八年，万樱的肚子还是盐碱地般没有半点收成。闲是闲不住的，华万春别看人矬腿短，夜夜折腾得万樱睡不好，一身腻滑的肉被侍弄得像放了酵母的面团般发起来，只是肚子始终腊月的燕巢般冷清。看了县里的医生，看了市里的医生，又坐绿皮火车去北京看医生，检查结果大同小异，两人都没毛病……那几年婆婆比他们急，公鸡也不卖了，拽着万樱四处看中医，草药吃了百服，仍没能长瓜结枣。万樱倒没觉得有啥，华万春也总是副吊儿郎当的模样，他妈唠叨久了，他就会吼上两嗓子，皇帝不急宫女急！有没有孩子有啥要紧！他妈就拉着脸不敢再多言，只拿眼珠掐万樱。大多数情况下，万樱一句话都不肯说。这有什么好说的呢，医生都道不出个子丑寅卯。仍是夜夜折腾，华万春那身坯真是铁打钢铸，万樱只有闭着眼不耐烦地哼唧。说实话，她倒时常想念那场电影。尽管去了派出所，尽管被训斥了一顿，尽管只吃了一张半煎饼，可当她跳上自行车的后座搂住华万春的腰身时，心就咕咚咕咚地比平日跳得快。后来她想，这就是小说里写到的那种叫"甜蜜"的感觉？

秋天的风那么凉，华万春如小牛犊拉套般拼命踩着脚蹬子，自行车时不时吱呀吱呀地叫，辐条间或将路边干枯的野草茎卷进，发出沙沙沙沙的声响。天上的月亮黄如脐橙，当她将脸犹豫着贴紧华万春脊背，才发觉他的夹克湿透了，一股属于男人的热气腾腾的汗味钻进鼻孔，让她心房的血流得更快了些。她迷迷糊糊地想，就他了吧，还能找啥样的。夜风凛凛，她还是有点犯困，问华万春，还有多远？华万春只吭哧吭哧地骑车，并不理会她。怕睡着了掉下车，她就小声地哼哼着歌，歌都是老歌，也记不住歌词，没准还跑了调门。华万春嘿嘿笑着说，没想到你个胖丫头，唱歌倒像百灵鸟。她说，你可别瞧不起我，我小时候参加过校合唱团，上过县电视台的新闻呢。华万春又闭了嘴，她就问他，你这自行车哪儿租来的？日后咋还人家？华万春嘿嘿笑着说，还个屁！偷的！

多年后万樱还能想起他俏皮的笑声。那是属于男孩的笑声。这笑声瞬间就将他身上的棘刺拔掉了。那时她决计想不到，有一天，他的梦境和他细长的呼吸声一样绵延不绝，似乎他的魂魄被谁锁在了肉眼看不到的水底，而他就是尾水藻间沉睡的鱼。他睡着，她就不能离开。他要醒了，她干啥都行。她得亲耳听到他说话，听到他用不耐烦的腔调喊，离婚吧！离吧！给我滚远远的！

第三十二章　　篮球之夜

体育馆里的LED隧道照明灯有些刺眼，木质地板由于打蜡过勤，跑动起来顺滑得收不住膝盖。罗小军若有所思地坐在休息区的长凳上，盯着藜麦辛犹如一只彪悍灵活的非洲花豹左突右冲。他打的是控球后卫，运球娴熟流畅，有种花哨的表演性，不过传球稳准狠快，宛若战场上杀伐决断的将军，有时他扬起脖子环视判断着场上的局势，眼神却不自主地朝休息区飘过来。虽然灯光晃得人眼晕，罗小军还是能辨别出他在朝自己这边张望。郭子兴打的中锋，不过这只金雕体型过于庞大，动作迟缓，若不是靠着身高和体型的优势，篮板估计也抢不到几个。当比赛结束，藜麦辛一方以56∶32完胜郭子兴罗小军一方。当藜麦辛和他的球友们欢呼着击掌雀跃时，郭子兴晃着头走过来，他一边擦着汗水一边点着香烟，嘴里念叨着，后生可畏，后生可畏啊。

说实话，罗小军完全没想到藜麦辛邀请他来打篮球。下雨天不该打篮球，该搓麻将。"正是去不了露天篮球场，才劳驾罗总金锣开道，带我们体验下一中的新篮球馆啊。"藜麦辛笑嘻嘻地说，"顺便叫上子兴主任吧。听说，他从前是大学篮球队的主力中锋。"

自从签了合同，王毅文未踏足过公司，倒是藜麦辛登了几次门，不过屁股没坐稳椅子没焐热就撤了。他们的财务人员还没派过来，藜麦辛象征性地巡察一番，无非是刷刷存在感罢了。对于这位口碑堪忧的年轻人，罗小军一直抱了种怀疑的态度。他不喜欢那种自以为掌握了整个世界的人。不过，既然是合作伙伴，交道难免要打的，酒难免要喝的，面子难免要赏的。他才将两千万退给了清水镇的四名大股东，内心不但没有静下来，反而陷入一种更为幽深的焦虑中。他有预感，如果说云落处于前所未有的台风中，他们则暂时位于风暴眼。

"技术不错嘛。"罗小军递给藜麦辛条毛巾。藜麦辛浑身湿漉漉黏糊糊，他一屁股坐下，脱掉跨栏背心擦拭着身体，后来干脆甩掉运动鞋和袜子，直挺挺躺到地板上。这时两个小伙子抬过来几箱啤酒，又小心着端过来几口锅，掀掉锅盖，热气缭绕香味钻鼻。罗小军定睛瞅了瞅，一锅炖排骨，一锅炖大鹅，还有锅炖青鱼。

偌大的体院馆里只剩下了他们三个人。藜麦辛噌的一下坐起，看着罗小军和郭子兴说："两位老兄，尝尝我媳妇的手艺。她可是从晌午就忙活了。"

郭子兴说："没想到乃玲的千金还有这等手艺，罗总罗总，赶紧剪彩。"罗小军夹了块排骨闻了闻，慢悠悠地说："嗯，放了黄酒和香茅草，赶上五星级酒店的大厨了。"藜麦辛递给他罐啤酒，得意地说："再品品莫斯科的黑啤，啥慕尼黑、布拉格、华沙，全他妈扯淡。老毛子的货才最硬。"又指着那锅青鱼说："这可是渔民昨晚打涞河捕捞的，操，十三斤六两！我只让媳妇炖了鱼头。"

罗小军瞅着郭子兴说："郭主任嘴紧，先来先来。呦，一看就是吃客，鱼眼那块最嫩了。"

他当然清楚藜麦辛为何要他喊郭子兴来打篮球。据他所知，两人以前不熟，而藜麦辛定是心如明镜，日后瀚海别苑的大小事宜，拆迁办是最牢固的后盾。跟郭子兴处好关系，就意味着金字塔建好了塔基。不过，藜麦辛也有点意思，明着是打篮球，无非是想跟郭子兴套近乎罢了，套也就套了，也不避嫌，偏拿罗小军当幌子。这家伙，完全不是按套路出牌的人。这种人只有一种可能，就是在赌场上从未输过。只有没有输过的赌徒才会相信，在轮盘游戏中，运气自始至终伴随着他。他可能不知道，在轮盘转动中提高胜率的方式只有一种，那就是，放弃选择。

"罗总，郭主任，不瞒你们说，我开饭店开歌厅是老手，搞建筑这行就完全是门外汉了。二舅派我过来，纯粹是硬让李鬼充李逵。"他颇为郑重地跟两人碰了碰杯，"我比你们小，管你们叫哥，日后可要罩着兄弟。"说完一口干掉，"爽死了！妈的，打完球喝冰镇啤酒，真是比操小姑娘还舒坦！"说完他可能觉得不妥，又干笑了两声，"兄弟是粗人，习惯说粗话，办粗事，讲粗理。哥哥们海涵。"

罗小军没吭声。郭子兴扯了条鹅大腿悠闲地咬了口，望着藜麦辛说："说这话可就见外了，我跟你妻舅是多年交情。按辈分我得管你叫外甥，不过，各论各群吧。"

黎麦辛说："听说郭主任喜欢日料？改天咱去北京的黑牛店吃和牛。"郭子兴歪头看了看罗小军，说："说起日料，罗总才是行家，他最喜欢金枪鱼了。"

罗小军说："嘻！哪儿还有闲心钓鱼？人呐，都是苦命的叫驴，老天爷给戴了眼罩，日复一日围着碾盘转，转来转去，也走了数千里路，其实呢，不过是六尺之内，蹄子底下那点尘土。"

黎麦辛嘎笑了两声说："叫驴命好着呢！胯下的家伙式跟大象似的，又粗又长，比人逍遥快活！"

罗小军有些恍惚。黎麦辛看起来就是那颜良文丑，王家怎硬拿他当典韦？他盯着黎麦辛，盯得黎麦辛浑身起毛刺，问道："罗总，我脸上生腻虫了？"罗小军微微笑了笑："那件事，是你派人做的吧？"黎麦辛一愣，回望着罗小军。罗小军坐在长条椅上，他坐在木质地板上，刺眼的灯光将罗小军的脸映得煞白，仿若一具表情僵硬的蜡像威仪地俯瞰着他，竟有些瘆人。他随手撕了只鹅翅大口嚼了嚼，说："罗总这是让我猜谜语吗？"罗小军没有接茬，顾自说道："手也忒黑了，好歹快九十岁的老人家了。那拳头，咋忍心落下来？"黎麦辛瞅了眼郭子兴没吭声。罗小军说："毅文兄可总是念诵，老天爷的碾盘转得慢，可磨得很细。"黎麦辛将油腻的手指在鞋帮上快速抹了两抹，说："嘻，这种小屁事，不值得罗总操心。就差她那份合同，咱就愣开不了工。活人哪儿能被尿憋死？"罗小军眯缝眼盯着他，他咽了口吐沫，说："嘻！我只是派了个手下的小兄弟吓唬吓唬！放心，咱也是尊老爱幼的人。"罗小军端起酒杯浅酌了口："我记得嘱咐过你，这事我解决，你忘了？年轻人不长记性，不太好。"

黎麦辛显然没料到罗小军不依不饶，他试图站起来，却被空易拉罐绊了下，他嘴里嘟囔着脏话抬脚踢开，易拉罐滑出去十几米，撞到篮球框底座发出刺耳的叫声。"我办事欠考虑，罗总多担待。"黎麦辛笑着说，"以前咱们是两碗鸡汤，一个鸡巴味。如今呢，是穿一条裤踏一双鞋的连体双胞胎。不过，开始都有点别扭，习惯就好了。我结婚前从不吃香菜，这不，被你弟妹培养的，专好香菜炒黄羊肉。"

罗小军揉了揉眼角说："你这孩子，装傻充愣有两手，怪不得毅文兄如此器重。"

黎麦辛也不在乎他话中有话，嘿嘿一笑："罗总是榜样，罗总是指明灯。我呀，除了会摸两下篮球，会吼两嗓黄调，还真是烂泥扶不上墙。"

郭子兴一直没吱声，这时说道："麦辛啊，你可别谦虚。不说唱歌，单说篮球，你可是一等一高手。要说篮球是交响乐，那控球后卫就是指挥，既要当篮球场上的教练，还要鼓舞团队士气，这要是在县委就厉害咯，等于组织部长兼任宣传部长。后卫又不能有私心，不在乎自己得分，纯粹是为队友提供最佳进球机会。这不是雷锋是谁？不是张思德是谁？最难得的是，在进攻的前八秒，要眼观六路，要纵览全局，要根据防守制定机动方案。你能说，他不重要吗？你咋能这么贬损自己呢？"

黎麦辛哈哈着摸了摸头说："靠，原来郭主任才是篮球高手。我呀，就是个技术稀烂的球油子，就是个别人瞧不上眼的球痞子，横竖上不得正经台面。"

郭子兴瞄了眼罗小军，说："我哪里会打篮球？足球倒是还会踢两脚。来吧，我敬敬你们老少兄弟。二人同心，其利断金；

同心之言，其臭如兰。"

罗小军拍了拍郭子兴肩膀说："有郭大主任鼎力支持，我跟毅文老兄的这艘船哪，肯定行得稳。"他没提藜麦辛，不过，藜麦辛很配合地竖起两根手指，微笑着朝他做了个胜利的手势。

直到几箱啤酒全部喝完，三人才醉醺醺勾肩搭背踱出体育馆。藜麦辛的老婆来接他，先行告退。罗小军和郭子兴站在体育馆的屋檐下等司机。郭子兴说："你今天是咋了？说话莫名其妙，那藜麦辛难不成惹了什么祸事？"罗小军说："小孩子嘛，难免意气用事。"郭子兴便不再问。暴雨中的云落黑魆魆的，灯火有些朦胧，他们抽着烟，谁也没说话。直到闪电将夜幕撕扯开一角，郭子兴才突然说："你万叔的事情算是平息了。云落的领导们，真是操碎了心。"罗小军哼了声说："他们要是不操心，日后怕就要操心他们的乌纱帽了。"郭子兴说："这个道理谁都懂，我现在啊，倒是有些担心你。"

罗小军咦了声，郭子兴说："我听说，你们合作社的四大股东都退股了？"罗小军大惊，问道："你……听谁说的？"郭子兴说："哪里有不透风的墙！天知地知你知我知的意思，就是全天下的人都知道。"罗小军骂道："这个千刀杀的罗大眼！当初可是信誓旦旦，说要泄了消息，不但遭天打雷劈，还要断子绝孙！"郭子兴说："罗大眼他们撤股，最怕的是用不了多久，那些散户就要闹上门来了。"罗小军气得直打哆嗦，闷声不语。郭子兴说："走一步是一步吧，知道这消息的人，决计不会超过五个。"罗小军半晌才说："只愿老天爷保佑，他们财迷心窍吧。从我这里拿的利润，可比银行存款丰厚。有这点钱拴着，估计出不了幺蛾子。"郭子兴说："嗐，我就怕将来闹成万永胜事件的翻版。万永胜是云落的龙王，不也照样被抽了筋？就算没进宫，一辈子名声也毁了。这可比杀了他难受吧？他是你亲叔，你最知根底。"罗小军沉默不语，郭子兴说："清水镇民风素来彪悍，古代可是有名的土匪窝子，历来好闹事，你可做好心理准备，兵来将挡水来土掩。"罗小军叹息了声，郭子兴压着嗓子说，"云落这些年最大的暴风雪……眼瞅着就来了。"

郭子兴这番话说得罗小军脊背发凉，他看着郭子兴，半晌才说："那些股东都签了保密协议，撤了股，保证嘴巴用针缝好，好歹也都是有名望的人，说话咋像放屁呢！"郭子兴说："这消息，一时半会没几个人知悉，不过，万一有好事者知道，保证比风刮得快，清水镇的散户，耳朵可比耗子尖。当然，即便他们知道了，也有一种可能，那就是按兵不动，先观观风向。可墙头草说倒就倒的。说实话，老罗，这是我认识你来，你办的最蠢的一件事。"罗小军说："我也是被逼无奈。罗大眼可比饿狼狡诈多了。"郭子兴说："记着老兄这句话，你要事事朝最坏处想，时时将自己当孙子。王家投资入股，你也别寻思是锦上添花。不说王毅文，单说这藜麦辛，也是个难缠的小鬼。"罗小军又是缄默不语，郭子兴说："不过呢，兴许老话说得没错，车到山前必有路，柳暗花明又一村。"

交谈间罗小军的轿车已驶到眼前，两个人跳上车，郭子兴坐副驾驶，罗小军坐后座。车厢里打着暖风，罗小军只觉浑身燥痒面红耳热，他盯着郭子兴的后脑勺，想着他说的这席话，坐也坐不安稳了。

几天后，云落吧里有人发了条八卦新闻。新闻的主角是藜麦辛。这是一组九宫格图片：藜麦辛和一个女人在丽江古城的合影，然后是在喀纳斯湖边，在巴厘岛海滩，在巴音布鲁克草原……照片上两个人很是亲密，有并肩拥揽的，有藜麦辛将女孩抱起来旋转的，还有接吻比心的，这些倒没什么，关键是最后两张照片：一张是在哈尔滨玛利亚教堂前的合影，一张是在长沙渔人码头的合影，这两张照片之所以更加引人注目，是女孩的怀里抱着个男婴。男婴也就三两岁，虎头虎脑，一对吊梢丹凤眼，跟藜麦辛简直是同个模子刻出来的。这组照片引起了众多网友的好奇，倒不是因为美景美人，而是有人含蓄地指出，照片上的那个女孩，根本不是藜麦辛老婆，抱着的那个男婴，也不是藜麦辛儿子。这组照片的题目叫《一个千万富翁隐秘的幸福生活》，看起来稀松平常，实则却是枚点了引线的炸弹。藜麦辛经营着歌厅和酒店，在云落本地小有名气，熟人众多，树敌也不少，帖子才发表，留言人数就过百，到了傍晚，里面简直变成了杀伐论辩的修罗战场。网友们分成了三类：一类认为男人结婚后就该眷顾家庭，不该出轨；一类认为追求性自由是人类的权利，肉体出轨不等于精神出轨，只要藜麦辛还爱着妻儿，他就是个好丈夫、好父亲，好妻子在丈夫出门前，会在旅行箱里备好安全套；还有一类则从法律角度梳理阐述了婚内出轨行为，认为和第三者生育了孩子，不啻是犯了重婚罪，已然触犯了刑法……

听说，王乃玲对此事颇为愤怒。在云落人看来，这类家庭就是完美家庭的典范，没想到也偷鸡摸狗的，而王乃玲最看重的便是面子，至于里子如何，她向来睁只眼闭只眼，如今染了异味的里子被人冷不丁翻出，她那张没有皱纹和老年斑的脸该往哪里搁？即便她平日里视藜麦辛为亲生子，宠纵有加，也忍不住狠狠甩了他两记耳光。藜麦辛老婆连夜领着一对龙凤胎回了娘家。藜麦辛托人找了吧主，花钱删了帖，可这种事，没有影子姑且能传得鼻是鼻眼是眼，更何况有么多张精心PS过的照片为证？这藜麦辛确有几分手段，翌日便查出了发帖人是谁，原来是一家小广告印刷公司的美术设计师。他将设计师拾掇了一顿后，仍然觉得事出蹊跷，自己跟设计师往日无怨近日无仇，他何苦弄这一出？又是番威逼，设计师这才说了实话，这一切都是李鑫佳安排的。

李鑫佳是谁？李鑫佳是云落焦化厂厂长的长子。对于藜麦辛，他历来是台上唱戏台下打鼾，瞧不上眼。一个倒插门的女婿，无德无才，靠着丈母娘和舅爷上位，平日里还牛逼哄哄，不觉丢人现眼，还处处嘚瑟耍派，真是跳着脚膈应人！他跟藜麦辛在酒局上发生过口角，可没翻过脸面。都是云落这盘棋里的棋子，谁也不愿莽撞落子。藜麦辛去找李鑫佳，不成想李鑫佳供认不讳，那帖子，就是我派设计师发论坛里的，有本事，你把我的腌臜事也往外捅捅啊？你靠着你老婆赚俩逼子，还出去搞破鞋，简直还不如陈世美！藜麦辛碰了一鼻子灰，又不能逞强，只得憋了一肚子气打道回府。李鑫佳父亲跟王毅文王毅斌，那是拜了数十年把子的铁哥们。

"雷公不打好人，活该！"刁一鹏捂着腮帮说，"早该有恶人治治他！免得他天天寻思自己是县长儿子。"

罗小军笑了笑。他没有告诉刁一鹏，那些照片是他派人邮寄给李鑫佳的。对付这种对老人动拳头的人，他实在是想不出更好的办法了。王家也不会找李鑫佳麻烦，除了老一辈的交情，更重要的，王家没准也早就想给藜麦辛立个压轴，只是没得机缘。他也打听到，前往老太太家的，是藜麦辛手底下的一个怂喽啰，诨号捻子，最善扒高踩低怯大压小。这个名字他姑且先记下，待秋后再算明账。

"郭老太太的合同……"刁一鹏不耐烦地瞥了眼罗小军，"搞定没？我这几天牙疼，疼得我只想撞墙，连饭都咽不下。"

罗小军说："怕不是牙疼吧？听说你儿子跟儿媳在闹分手？"

刁一鹏斜着眼说："你说气人不气人！傻小子吃排骨，没先给她夹，就闹上了，说要堕了胎回岳阳。这几天啊，把你嫂子气得直输液。没结婚就这德性，这要有了孙子，不得往我们老两口头上撒尿啊？"

罗小军笑着摇摇头："忘了知会你一声，昨个晌午，万樱把合同送来了。"

他是在公司传达室见的万樱，本来邀她到办公室喝茶，她说，家里家外一堆芝麻事，恨不得变成蜈蚣，她也从不喝茶，只喝自来水。最让他不可理喻的是，郭老太太受了偌大委屈，怎却如此痛快地签了字？按照他的猜度，怕是又要一番死磕。察万樱神情言语，似乎她丝毫不晓得老太太受伤的原因。这就更让他疑惑。按常理，老太太早该跟万樱说了实情。这位老人家，还真让人捉摸不透。就派了司机先将那袋沙窝萝卜送万樱家里，再将她送到医院，又私下续交了住院费和押金。

"这万樱，看着呆头鹅似的，没想到办事挺准成。"刁一鹏说，"可惜，命孬了点。"

呆头鹅。呆头鹅。罗小军蓦然想起多年前，春天吧？早晨，上学途中她羞怯地喊住他，说是送他件好东西。她手里攥的该是几幅卷起来的原版地图。她梳着小刷子，猴皮筋扎着粉红塑料喇叭花，身上套着白色条纹的海蓝运动服，大眼忽闪忽闪，身上散发着雪花膏和酱咸菜的气味。他莫名有些怕，并未搭茬，转身跑了。到底怕什么？他从前想不明白，如今也想不明白。如果没有记错，她一直在后面追他。那次，即便没有下雪没穿溜冰鞋，他也渐渐将她甩在身后。他听到风中断断续续传来她大声呼喊的声音。他没有停下脚步，而是一直跑，一直跑，直跑到云落北部的凍河沿岸，这才叉着腰大口喘气。看着水中不断碎掉又不断复合的少年倒影，他哀伤地意识到，他错过了男子四百米决赛。

"清水镇那些人，"罗小军将捏碎的鱼食一股脑倒进去，鱼缸顿时浑浊起来，"别再起什么风浪。我这颗心，老悬嗓子眼。还有，压在袁公子里的那些钱……"

刁一鹏愁眉不展地舔了舔烂掉的龋齿，说："清水镇的散户，都是半死不活的烂虾。袁公子那头呢，你也放一万个心。他可是个神仙人物。再说了，就算天塌下来，不还有他亲爹顶着吗？"

罗小军斜躺在沙发上望着刁一鹏，不知道琢磨些啥。刁一鹏说："我瞅你这些天咋还有些愣怔？老猫思春了？"

罗小军摆摆手，怏怏地说："明天呢，云霓她哥结婚。你，要不要陪我，去喝两盅喜酒？"

刁一鹏歪着嘴说："我可没那份闲心。不过，哪天要是你跟云霓结婚了，我肯定喝个斤八的。"他可能没留意到罗小军横了他两眼，仍拿腔捏调地问道，"咦？这阵子，咋总觉得你俩不对劲？躲猫猫似的。前些日子，可天天狼狈为奸。"

第三十三章 喜宴

云落的婚礼习俗,和乐町、滦州等地倒无甚差别。迎娶新娘的时辰,需算命先生按双方的生辰八字测得。云落人向来喜排场好门面,即便普通人家婚礼,最次也要奥迪,常献凯未能免俗,何况还开着家云落食客趋之若鹜的驴肉馆?便要预定丰田霸道。婚庆公司的人说,老哥啊,如今霸道早落伍了,时兴宝马。常献凯嘈了声说,甭管啥车,就订最贵的。未曾想常云泽听闻后很是不满,说,什么宝马宝驴,我看美团小哥骑的电动车挺好,干脆租来接起芳好了!常献凯劝说,人家起芳就算是村里的姑娘,好歹也是头婚,你要真骑着电动车接她,亲家得多心寒!还寻思嫁了啥破落户呢!换作是我,也怕街坊邻里说闲话!人不能偏私,啥事都要为别人思虑下!常云泽撇嘴道,你们这些老古董,只会唱老调!我就是骑自行车将她接进城,她也欢喜得睡不着觉。

常献凯不怕常云泽跟他顶缸。以前这小子要拧,通常是烧火棍伺候,烧火棍打折了,小子的臭嘴也安生了,大了些,再用烧火棍解决问题显得老子没水平,有了啥纠纷,便请万樱来做思想工作。别看万樱嘴笨舌拙,劝起云泽来简直是荞麦地里捉乌龟,十拿九稳。这次也不例外,常献凯连夜找了万樱,说了前因后果,臭骂常云泽几句,便让她敲打敲打。令他意外的是,万樱哧儿也没打立时拒绝。她说,这

些日子华万春老鼓捣事,让她心烦意乱。至于嘴巴不如三岁孩子利落的华万春如何鼓捣事,鼓捣的又是啥事,倒也没详言,既然万樱没说,常献凯也不好细问。万樱还说,老太太骨折住院,她如今是窗帘店、斯大林街、医院串屁杆子似的瞎蹿……常献凯听她这般一唠叨,忙说再想旁的法子。万樱说,云泽啊,听云霓的话呢,你让云霓敲敲边鼓,保不齐就应了你。

万樱还真没说谎。这些天,她被华万春折磨得连上吊的心都有了。晨起睁开眼,就见华万春蜷缩在床头,还没来得及开灯,他就嘶哑着说,胖丫,离婚,胖丫,离婚。他的口齿比前段时间伶俐了些,即便如此,说起话来还是有些咬舌。万樱穿了衣裤穿鞋袜,不曾理会他,着急忙慌去洗脸刷牙,才出了卫生间就被华万春堵在墙角。他稳稳地坐在轮椅上,脸上是那种幸灾乐祸的神情,胖丫,离婚,胖丫,离婚……万樱将他连轮椅一并推至客厅,自己躲到厨房做饭。等粥啊咸菜啊摆上餐桌,华万春就摇着轮椅不慌不忙过来,押住她胳膊摇晃着说,胖丫,离婚,胖丫,离婚。好不容易出了家门去医院,又要累得腰背酸胀,晚上归家,这个面黄肌瘦的男人如猎狗闻到刚出锅的肉骨头般热忱地扑过来,嘴里念叨着,胖丫,离婚,胖丫,离婚……她铁青着脸淘米洗菜,耳朵机警地竖起,但凡听到轮椅滚动的声响,先就用耳塞堵住耳朵。这耳塞还是常云泽买的,质量不错。她坐在餐桌前,看着华万春嘴巴不停翕动,黄板牙比兔子的门牙还要巨大,她恍惚着想,男人要是婆婆妈妈起来,是会要人小命的。

华万春日日念叨,随时随地念叨,不用想,婆婆定是早早听到了。不过,婆婆

231

倒什么话都没有，仿佛她是个聋子。有天晚上婆婆走得晚些，华万春嘶嘶着将她和万樱叫到跟前，先是疯狂地捶打着轮椅摇臂，后来干脆咆哮起来："我……胖丫……离婚！"他仿佛重又回到了多年前，如若不是腿脚仍不方便，怕是早蹦三尺高了。万樱默默地瞅了眼婆婆，那天下午老年人活动中心有表演，婆婆还套着万樱买给她的仙鹤牌太极服。衣服过于宽大，显得婆婆像根蔫瘪的胡萝卜。

"我……胖丫……离婚！"

华万春又是通呼天抢地，婆婆摸了摸他的头，慢条斯理地说："离婚？你还有脸说离婚？你木乃伊似的躺了六年，要不是胖货日夜伺候，把屎把尿，喂饭喂药，你这口气能喘到今天？换作别人，早抛下你过好日子去了！你就算是良心被白眼狼啃了，也先给我受着！你不怕丢人，我还怕街坊戳脊梁骨呢！"

说这番话时，婆婆一直没瞅万樱，只是盯看着华万春。华万春听着听着，忽而嘤嘤起来，如果没有听错，他是在哭泣。万樱从来没有看他哭过，她一直以为，这是个没有泪腺的男人。他探着头，肩膀剧烈地抖动着，及至后来，大滴大滴的眼泪落到他的膝盖上。婆婆可能也没料到华万春这般伤心，她蹲蹴下去抚摸着华万春鸡爪般的手，说道："有个大喜讯，我们一直瞒着你，怕你太欢喜，得了急症。你呀……"婆婆意味深长地瞥了眼万樱，"过不多久，就要当爸爸了。多好啊，有后了呢。"华万春大抵没听懂他母亲说些什么，眼眶噙着泪花狐疑地瞅瞅万樱，再瞅瞅母亲，半晌没有言语。"你这种情形，也少见呢。"婆婆剔着牙花子说，"我读过那么多关于植物人的新闻报道，看过那么多关于植物人的专题片，也没听闻过植物人生孩子的。你说，你多给妈争脸啊！"

华万春扭转轮椅去了客厅，不一会儿手里拿着那张离婚协议书回来，递给了婆婆。婆婆说："我眼花，这是啥？"万樱将协议书接过去，叠巴叠巴方想揣进裤兜，却被婆婆一把拽了过去，她眯着老眼晃了半响，这才长叹一声，径自窝沙发里盯着万樱。万樱说："吃饭吧。"婆婆起身将协议书塞华万春手里，目视着万樱问："樱桃啊，你到底咋想的？"

万樱一时半会不晓得如何作答，只将碗筷拿好稀饭盛好，先吃起来，吃着吃着，咽不下去了，呆呆盯着墙壁。婆婆蹑手蹑脚过来，抚了抚她后背，良久才说："你们的事，终归你们做主。"又念起什么般问道："明儿……是不是老常儿子结婚？万春醒来时，人家老常探望过，你呀，先替我垫上份子钱。"万樱支吾着说："房东……住了院，白天我得守着，怕没空参加婚礼了。"婆婆说："那哪儿成？这种大事，亲戚朋友总要到场才好。人活一世，不就图个喜庆、图个热闹吗？听妈的，你尽管去，白天我替你守着老太太。"万樱嘟囔道："你还是在家里盯着点他吧。"婆婆哼了声说："他欢蹦得跟兔子似的……去吧去吧，别等着人家老常生气。老常可是个好人。对不起谁，也不能对不起好人。"万樱又盛了碗粥秃噜秃噜喝起，心里万般烦乱，却也不能让婆婆窥出一丝一毫。

自那晚过后，她再也没见过常云泽。昼忙夜碌，也渐忘了他。但凡有他影子闪过，登时硬生生掐掉，但凡有熟人提及那个名字，她也装出漫不经心的样子，该做啥做啥。也就渐渐明白，这世上不曾有谁离不了谁。婚礼就不去了，见不如不见，免得徒生尴尬。

未成想翌日一大早就传来敲门声。万樱皱眉开了门，见是来素芸，才想问她有何贵干，来素芸身后又闪出蒋明芳。她们俩笑着进了屋，催万樱赶紧换身干净衣裳，看着万樱的懵懂样，蒋明芳说："人家云泽八点零八分接新娘，你还磨蹭啥？咱得早早过去张罗，你寻思这姑姑是白当的？"万樱见来素芸和蒋明芳有说有笑，像孩子那般亲密，心里欢喜，说："昨晚又没睡好吧？今个白日我守着，你俩去老常家搭把手。"来素芸说："胖子别瞎操心，我让店里的小岑去陪床了，麻溜的，别扯闲篇。"万樱噘着嘴磨磨蹭蹭梳洗，急得来素芸又是一番嘟啵。蒋明芳抻了抻她衣袖说："少说两嘴。这丫头，气不顺呢。"

昨个下了一天雨，空气潮湿，天还未大亮，晨曦中不时传来黄鹂的鸣叫声。到了两生路的老包子铺，见那车辆早已备好，单待吉时出发，常献凯正挨个给司机发红包和香烟。还是随了老常的愿，租的一水宝马。她们也没跟他打招呼，直接进了庭院。万樱好些年不曾来过，二层小楼粉刷一新，连包子铺外头的白瓷砖也擦得反光。常献凯家里亲戚本不多，来的尽是他粮站的老同事，还有些个年轻人，油头油面的，该是常云泽的朋友。万樱寻了厢房一角束手束脚缩着，缩着也比旁人庞魁，哪里敢吱声？冷不丁瞧见墙上的囍字有些歪斜，心头一紧，慌忙去扶正。摸着艳丽的囍字只觉凉飕飕的。这时旁边有人拍了拍她，扭头去看，不是常云泽是谁？他穿了件白色衬衣，打着条老红色领带，套着身黑西服，正龇着满口白牙朝她笑，头就嗡的一下，一时魄散，身子险些瘫软下去。她张了张嘴，却哑然无声。常云泽的嘴巴才张了张，未及搭腔便听旁侧有人惊慌大喊："云泽！云泽！红薯粉条放哪儿了？"

却是压车的伴郎。云落有老规矩，新郎若是接新娘，随行的婚车里须得有三样物件，一捆大葱、两斤粉条、六斤六两猪里脊。至于是如何的说辞，也无人探究。常献凯要好，专门托人从网上买的山东章丘大葱，五尺盈余，抓手里像把茅枪。粉条是云落新立庄的红薯粉，据说老辈子是随玉田白菜上贡的。肉是黑猪肉，常献凯有个老哥们，粮食局下岗后在村里养野猪，此次专程送了最膘厚油肥的一头。

伴郎不是旁人，是才从东北回来的郑新宇。他欠了银行和高利贷的款，被讨债公司逼得发疯，跑到哈尔滨避风头，云泽结婚倒赐了他一身胆气，此次专程偷跑回来，也算够哥们意思。人家大操早把三样礼品给了他，他明显有些慌乱，竟忘了放在何处。常云泽轻轻拍了拍万樱肩头，转身离去。万樱盯着他背影，潮了眼，尚在发愣便听到来素芸拔着嗓子喊："万樱，万樱！在哪儿呢？懒驴上磨屎尿多。"

原来是洞房里的彩球没粘紧实，打开窗户透风，怎就滑溜下来。女人堆里就万樱个子高，来素芸唤她去襄理。万樱便脱了鞋站椅上，仰着脖用透明胶条勒了个瓷实。

忙完又里里外外转了圈，便发现许些细小纰漏，譬如下水道盖。云落人结婚，都要将铁盖小孔用红纸粘住，免得异味飘出，说白了是图个吉利，喜事无垢无臭。老常家贴红纸的大概是个毛躁小伙，此孔封了，彼孔裸着。万樱跟管事的要了红纸、剪刀和胶带，一孔一孔封好，才直起腰，门口传来一阵紧似一阵的鞭炮声，却原来是新娘接了回来。常云泽将新娘从车里抱出，小伙子们拿着彩带喷罐一通乱射，嘻嘻哈哈声中常云泽手臂遮挡着新娘进了院。万樱捶了捶腰眼，发觉院子门口的气球被谁家淘气的孩子偷走两个，又跟管事的要了玫瑰红色的，鸟悄系上。才系好便听到洞房里传来大笑声，想必是常云泽的兄弟们在招逗新娘，便在门口贴墙束手站着，逢蒋明芳出来，问她："咋？哪里不舒坦？"万樱摇摇头，蒋明芳说："快去看看新娘，芙蓉花似的。"万樱笑了笑顺势进屋，打门缝偷瞄了两眼。新娘正跟新郎家人和娘家人合影留念。虽只两眼，却觉那新娘宛若霞光将屋里都照亮，不禁欣慰起来，旋即又觉空空落落。顷刻间来素芸又拽她佩了红花往门口迎宾。不久王老黑、小琴也穿戴齐整来贺喜。

　　王老黑日日从驴肉馆拉泔水，这份人情总是要还的。小琴呢，近来跟睁眼瞎去饭店刷碗，旁人一小时十块钱，常献凯晓得老寡妇们日子窘蹙，付十三，一晚便多赚个十多块，聚沙成塔，单月就是三四百，账不经细算，若一年下来，可不就多赚了四五千块？据说小琴和王老黑商量了足有半月，这才咬咬牙狠狠心，各掏了三百块礼金。对他们来讲，也算顶了天。自打献血后，小琴还没见过万樱，立时拉着她的手不舍得撒放。万樱这才晓得，小琴儿子在苏州一家饭馆当面点师，寻了个咸阳姑娘谈对象，说是五一带回云落，让小琴摸摸脉。小琴向来是个没主意的，正在犯愁。人家姑娘头回进门，按云落的说法叫"踢门槛"，是要给见面礼的。"你帮我参谋参谋，是给六百六十六呢，还是给一千零一？"小琴眨巴着眼，"我寻思着，将来能结婚还则罢了，万一吹灯拔蜡，不就赔了本？"万樱沉吟着说："账是这么个账，你得跟小子嘴上通通气。姑娘是咸阳人，大城市来的，可别小瞧了咱们。"这厢唠着，王老黑偏又插言，说是他老婆越来越不像话，从前都是煮锅鸡蛋白嘴吃，如今吃腻了，央他去超市买五香鹌鹑蛋。"我看她就是只傻鹌鹑，早晚炖了她！"王老黑愤然嘀咕，小琴便说："你那老婆子，早被惯成了慈禧太后，要想让她当回烧火丫头，我看你是白日里做美梦。"一帮人这厢说着闲话，蒋明芳前来敦促，说大部队需立时去饭店候着，免得结婚仪式开始，人陆陆续续入场显得不庄重不雅肃。

　　饭店就是常献凯家的饭店。本来常云泽要定云落大酒店，被常献凯否了，他说："你这不扯淡嘛，家里有媳妇，谁还跑外头浪？"驴肉馆浑身披了彩带彩球，连门口木桩拴的那两头黑驴，头耳也裹了大红彩绸，驴背驮着大红囍字。进了大堂，灯火明晃晃的有些刺眼，王老黑跟小琴交头接耳番后去上礼钱，见坐那里记账的是个女人，穿件艳红夹袄，发髻上还插了朵塑料蜀葵，抬头间却是睁眼瞎，俱是吓了一跳。但见睁眼瞎的黑枣脸颊抹了胭脂，大抵没抹匀，深深浅浅的，倒像出了层湿疹。她见了众人龇牙一乐，王老黑的心肝又是哆嗦了下。小琴便说："哎呦，没想到艳霞妹妹也是肚里有墨水的人，都做账房先生了！"睁眼瞎嘿嘿笑着说："让老姐姐见笑了。我呢，好歹也是半个读书人，献凯老弟青眼有加，我也不能撂挑子不是？"小琴将钱从红包里拽出，绷着脸蘸着吐沫点了点，点完又放心不下，钱在手里死攥着，睒着睁眼瞎问："我的天亲哪，你咋没戴眼镜？可别把账记混了。"睁眼瞎说："老姐姐啊，你啥时见我做过那唱戏敲铜盆，不着调的事？我呀——"她探出黑老鸹爪子抠了抠眼珠说，"早跟人借了副隐形眼镜。嗐，真是又舒坦又亮堂。"小琴跟王老黑这才把礼钱数报上，睁眼睛往身旁威严地瞄了瞄，一个小伙子忙将钱接过。小琴贴着万樱耳朵说："常老板可真放心，这个老娘们，可怜是可怜，就是有时候三更半夜见太阳，太离谱。"万樱自从跟睁眼瞎说了婆婆知晓她怀孕的事后，睁眼瞎再也没登门拜访过，隔了这些日子还挺想她呢，念及她佝偻着腰随自个跑街串巷撕婆婆贴的大字报，心里更暖热，就扯着小琴的手说："也是个热心肠的人。瞧瞧，她那一手楷书，比华万春写得还好。"小琴撇着嘴说："喊，这样说来，她跟孩子他爸，都是文化人*呢。"

等仪式开始，场子陡然静下。常云泽倒从没这般严肃过，笔杆条直地拉着新娘的手。等司仪宣告入场，他一个早地拔葱跳上台阶，或许没有穿惯皮鞋，身子一个趔趄。众人哄堂大笑，他吹了个短促响亮的口哨，小心着将新娘牵上台。来素芸笑说："这才装了几秒正经人，就原形毕露了？"蒋明芳道："你还别说，云泽穿上西服，比电视里的明星好看。"来素芸说："比天青差远了。咦，这么些天，这孩子跑哪圪垯去了？难不成回了北京？真是个没良心的崽子，走时也没念诵声，好歹请他吃个便饭。"万樱接话道："他陪导师去省城开会，眼瞅着回云落了。"来素芸喃喃道："哎，我要是小上十来岁，跟天青倒般配呢。"蒋明芳正在喝茶，一下子被呛到，咳嗽了半天说："素芸啊，啥时等你结婚了，可要请我跟万樱当伴娘。"来素芸盯着手指甲说："胖子就算了，上不得席面，不过，倒能给你安排个节目，唱首《甜蜜蜜》啥的。"姐几个这边窃窃私语，台上司仪已然在采访常云泽。常云泽说："老天有眼让我活到今天，又当老爷们又当爹，欢喜！今儿谁要喝不醉，别他妈想离开驴肉馆！"宾客又是大笑，最乱哄的几桌该是他从前道上的朋友，剃着板寸戴着金链子喷云吐雾叫声震天。来素芸说："我咋没看到云霓这妮子？"蒋明芳说："在新亲那桌呢，瞧见没，挨着新娘奶奶呢。"万樱便朝那边瞄了眼，没扫到云霓，却扫到了罗小军，跟几个年长的男人坐在一桌。这时司仪又让新娘说话，新娘说："十五岁那年认识泽哥，我就老做梦，梦到长大后嫁给了他。我只想说，站在这里，我感觉还像做梦一样。"众人心中不免讶异，多数新娘都说些甜蜜的套话，细声细气矜持羞赧，这新娘声音虽然甜美如砂糖，话却直白炙热，也忒有些把持不住，好在并不轻佻。来素芸说："我看云泽这老婆，相夫教子是把好手，将来有云泽罪受。"万樱垂头不语，默默喝酒。来素芸说："你个死胖子，宴席还没开，就喝上了？"蒋明芳也捅了捅她，小声道："你可是个怀孕的人，哪里能沾酒？"万樱笑着说："云泽结婚，高兴着呢，咋能不喝两口？"蒋明芳直接将她杯子夺下，换了杯果汁。此时证婚人上了场。证婚人一身蓝色西服，像个银行大厅的办事员，留了披肩长发，看上去像个摇滚歌手，来素芸不禁拍起掌来，说："这男人有范儿，说话声音也好听，低音炮似的，不晓得是不是单身？"蒋明芳说："云泽大喜的日子，千万别说破字。"来素芸拢了拢头发说："我要是有你这么个婆婆，早就离婚了。"蒋明芳拿她没办法，只得扭头对万樱说："你可得管管她，啥都瞎秃噜。"万樱悄咪咪拿了酒杯喝酒，蒋明芳这一扭头，只好笑了笑。还好，蒋明芳眼神笼着舞台，并未察觉。这身子就缓缓躁热起来，自语道："挺好的，挺好的。能有啥不好呢。"

等司仪带着新郎新娘挨桌敬酒，万樱偷喝了三四两白酒也有，红着脸站起，常云泽朝她们笑了笑，说："这一桌全是姑姑，我敬杯酒。"他喝的原本是矿泉水，命霍起芳倒了盅白的，一饮而尽。来素芸说："个臭小子！老话说，花喜鹊尾巴长，娶了媳妇忘了娘。你日后要是敢不听姑奶奶们调遣，看老娘们咋拾掇你！"这时霍起芳笑着说："咋会呢，云泽母亲去得早，全凭你们这些姑姑们拉扯，跟亲妈一样。云泽，不如我们再敬姑们一杯？"来素芸说："真是个爽快媳妇！好！等你们生了娃娃，我们再喝满月酒！"常云泽又扫视了一圈，眼光并未在万樱身上停留。万樱朝他笑了笑，也不知道他留意没。

待宴席结束已然下午三时，杯盏狼藉，万樱她们忙着收拾残羹冷炙。小琴跟几位服务员也是临上轿马撒尿，手忙脚乱，只那睁眼瞎拉着常献凯的胳膊在舞台边说闲话，还抽上了香烟，嘴里吐着烟圈，眼神热烈地罩着常献凯。小琴就喊："郑艳霞，洗碗了！"睁眼瞎龇着满嘴黑牙嫣然一笑，竟没做理会。小琴一肚子气，却又不便多言语，只得将碟碗摞得叮当响。

蒋明芳、来素芸又扯着万樱去婚房。按云落规矩，新婚夜吃水饺。她们又是剁馅又是和面，将饺子包得比指甲盖稍大些。老辈人说了，饺子越小姻缘越牢。直到天快擦黑了才张罗着走。常献凯拦着不放，说："你们当姑的，总要留下来陪新媳妇吧？"蒋明芳便说，医院里还躺着病号，万樱要顾着老华，素芸去店里盘库，日子长着呢。常献凯便不好再硬留，给她们一人捎了根烀熟的驴尾。

蒋明芳和万樱推着自行车顺着两生路的花树慢走。她俩好久没这么悠闲地散步了。雨丝骤密，将头发打得发潲。两人都没说话，只听到脚步响和雨滴落在树叶上的沙沙声。蒋明芳幽幽地说："樱桃，跟你说个事。"万樱寻思她又要催着堕胎，没敢吱声。蒋明芳站住，盯着万樱说："我要走了。"万樱问："去哪儿？"蒋明芳抿了抿嘴唇，万樱便问："哦，出去旅行，还是探亲？"蒋明芳说："我要出国了。"万樱说："啥？"蒋明芳说："樱桃，我要去日本了，手续都办得差不离了。"万樱瞪圆了眼望着她，夜色弥漫，一切都那么不真切。蒋明芳说："老肖儿子不是在东京吗，他让我……"万樱大惊道："天哪，他可是老肖儿子！按规矩管你叫妈的！"蒋明芳说："一惊一乍的，你那糨糊脑袋乱想个啥？他在东京教书，有个表弟在奈良开农场，专从国内招采摘女工，一个月稳赚一万五，包吃包住，活儿也不累，就是摘紫苏叶。"万樱傻傻盯着蒋明芳。蒋明芳说："魏晨一晃也大了，再过几年也要成家……"声音越发低沉，"在国外熬个三五年，也够在云落给他置办处房子。"万樱抹了抹脸上雨水，将自行车支好，走到棵丁香树下，树下有个石凳，她也不嫌凉，缓缓坐了，双手扶着膝盖。蒋明芳说："说实话，我这一走，最放心不下的，不是魏晨，是你。"见万樱目光呆滞，与她并肩坐了，拉着她的手说："我们小时候，不都盼望着跑云落外头张张吗？我记得你最想去的地方是南极。你说，想抱几只帝企鹅回来孵蛋，煎着吃，蒸着吃，煮着吃。"

万樱嘴角抽搐了下，蒋明芳说："这事怪我，没事先跟你商量。我呢，是硬着头皮摸黑赶路……"她的声音本来和缓，说到此处倏地哽咽了。两个人就这般在石凳上肩挨肩坐着，雨越发密，却谁都没动。半晌蒋明芳笑着说："傻樱桃，你不最稀罕听我唱歌吗？"万樱囫囵着嗯了声。蒋明芳说："你们老笑话我，爬水塔上唱歌，才清了清嗓就被烧锅炉的大爷凶巴巴吆喝下来。其实呢，我后来又偷着爬过水塔。黑灯瞎火的，校园里连个鬼影都没有，我站在塔顶唱了好多歌。没人听，我就唱给夜里的瓢虫听，唱给草丛里的蟋蟀听，唱给怀孕的猫听。"万樱朝她这厢挪了挪，大抵累了，将头缓靠她厚肩上。"跟魏晨他爸谈恋爱，夏天去北戴河游泳，也晚上，浪不大，我站在块礁石上唱《浪花一朵朵》。他爸说，有回看电视，抹香鲸在月光下也唱歌。他说我比抹香鲸唱得好。"万樱不禁迷离着眼笑了笑，仿佛那天她也站在沙滩上，竖起耳朵听蒋明芳宽阔温润的歌声如何被海浪卷走。"在沈阳卖铁锹，有个男的稀罕我。甘肃人，在铁西开茶楼。那年初冬，他带我去天水考察投资项目。路过麦积山石窟时，我们停了下来。游人稀少，天阴沉沉的，怎么就飘起了雪花。我们走了一个又一个佛洞，看了一尊又一尊菩萨。后来有群游客，三四十人也有，全跪在佛像前祈祷吟唱，有的还泪流满面。他们该是韩国来的信徒，唱的是啥，一句没听懂。他们走后，我觉得嗓子痒，就忍不住也在菩萨前唱了歌。我呼气吸气，雪花被鼻孔里的热气顶开，落菩萨身上，菩萨没有埋怨我，菩萨只是笑。只是笑。"万樱将她的手攥了几攥，她的手永远那么凉，"你困了？我也给你唱首歌吧？"她将万樱轻轻推开，抬腿迈上石凳。万樱仰头看她。路灯昏黄的光线透过黑色花朵和摇晃的树叶漏下，一块块橘黄色光斑在她洁净的脸庞上浮游。她目视着天空，双手拘谨地按在胸膛上，仿佛潜心祈祷的修女。她的歌声很小，似乎怕惊扰了雨中呼吸的万物，她的音色饱满透亮，又湿漉漉的，犹如被密密麻麻的雨滴彻底洗刷过。当最末个音符散落在夜色，她笑着从石凳上跳下，一把将万樱拉起，说："回吧，樱桃。我去医院了。"

万樱舔了舔嘴唇说："电视里讲，日本在地震带，海水还有核辐射。你可千万记得，别住高层楼，别吃海鲜。"蒋明芳快活地嗯了声，掸了掸她发梢上的雨水。

万樱眺着她背影，只觉喉咙被人死死扼住，那口气无论如何喘不上来。她拼命掐着虎口，鼻子一阵赛一阵地酸楚。从两生路到家，她分不清无声无息流入嘴里的，到底是雨水还是泪水。当她推开房门，华万春摇着轮椅神情激昂地打量着她。无疑他等了她很久。他没有像往常那般鹦鹉似的念叨"离婚"，而是郑重地将一张纸递给了她。她溜了两眼，是新拟的离婚协议书。华万春出不了门，那么，协议书怕是婆婆从复印部打印的。这张离婚协议的内容，跟先前那张有了些变化。万樱想过，如果真要离，婆婆最担心的怕就是这处破房子。果不其然，协议书里写道：房子归华万春所有，华万春支付万樱六万块钱补偿费。万樱目光涣散地接过华万春递过来的笔，想也没想在协议书上签了名。华万春又将印泥盒拧开，攥着她的食指在泥里使劲按了两按。万樱盯着手指上的红色螺纹，想到蒋明芳孤身去日本，不知何年何月回来，终于"哇"的一声嚎出来。她的哭声那么突兀，那么僵硬，又那么高亢急促，似乎肺腑中所有的憋屈都被这一嗓硬生生拽了出来。

华万春冷冷睃她一眼，小心着将协议书抻过去，鼓足腮帮，对着红色指纹拼命吹了两吹。

*文 化 人

这睁眼瞎前夫原本是村里的一名代课老师，虽是代课的，却聪慧过人，一个人教全年级的语文、数学，外加美术、音乐、自然和体育，毛笔字也写得漂亮，春节时街坊邻居的对联全出自他手。他先是自学考试拿下了专科和本科文凭，孩子四岁时又考取了武汉大学的研究生，毕业后留校任教。寒假回来时跟睁眼瞎说，艳霞啊，跟你商量个事，咱们离婚吧。为啥？我稀罕上了学校的一名女博士。睁眼瞎无论如何哭闹，男人仍铁板一块，即便睁眼瞎上了两次吊，他也只是踩着板凳将她卸下，等她睁眼，他的第一句话仍是，艳霞啊，听话，离婚吧，乖。他的声音温柔笃定，让本想去拿菜刀的睁眼瞎动弹不得。一哭二闹三上吊无果，睁眼瞎再无良策，只得应了他。他又说，儿子跟着你受罪，跟着我享福，你要真心疼孩子，就让他跟我走吧。如是，男人带着儿子去了武汉。

四年过去，十一岁的儿子捧着男人的骨灰盒在一位女士的陪伴下回了云落。女人说，孩子爸得急症死了，也没来得及通知你，孩子呢，还是跟你亲，我就把他还给你。那是秋天的午后，睁眼瞎正在院里收白菜，她握着镰刀看着藏在女人身后的儿子，良久才扶了扶眼镜框，盯着女博士说，你长这么硌碜，咦，孩子爸咋样上你的？

睁眼瞎从未在背后说起过男人的不是，相反，提到那个曾经抛弃她的狠心男人时，她总是笑眯眯地说，真是个好爷们呢，性子好，脑子好，身板子更好……

第三十四章　绿皮火车

当售票网站提示只有慢车可选时，天青有些恍惚。他多年没坐过绿皮火车了。自从有了动车和高铁，绿皮火车就从他的旅途中消失。郭姐开车将他送到北京南站，看着乌乌泱泱的旅客，她掐掉香烟说："何苦遭这罪呢，不如我直接送你到云落得了。"

天青笑着摇摇头。他对女人的善意向来充满了警惕："不碍事，我喜欢慢车。"

这些天，郭姐帮他找了个靠谱的律师。律师跟郭姐都是在箭厂胡同里长大的，如今在长安街开了律师行，据说是东城赫赫有名的一家。和想象中一样，这位西装革履的律师对他的经历丝毫没有吃惊，他应允会让手底下的人以最快的速度做好起诉书。"按程序走，别急哥们。"他时不时摸一下腕上的手表——那是款百达翡丽鹦鹉螺，面无表情地看着他，"一切尽在把握中。"天青笑了笑，同时将手腕上的那块漫威钢铁侠联名电子表往衬衣袖口里掖了掖。

一切尽在把握中。他叮嘱自己，稳住，别慌。上车前他饶有兴趣地审视着这辆狭长的、退了色的绿皮火车，难免回想起多年前的那个傍晚。有那么片刻，他怀疑这辆火车就是当年乘坐的那趟。他上了车，顺利找到了自己的座位。这是个靠窗的位置。他喜欢靠窗的位置，他喜欢在车轮碾压铁轨的哐当哐当的机械声响中，心不在焉地欣赏着外面的风景。那些慢慢倒退的枫树、河流、海滩和坟茔，让他对时间和死亡充满了由衷的敬畏。

这是趟从北京开往哈尔滨的火车。一路上他迷糊了若干次。他不累，却在不知不觉中打着瞌睡。他清醒地意识到自己其实并没有睡着，他能听到邻座那位衣着朴素的阿姨不停打着手机，用葫芦岛方言叮嘱才当父亲的儿子一定要记得用温水冲奶粉；过道那侧的母亲正小声呵斥着孩子，声音甜美的小女孩老也记不住"world"这个单词，她总是把"world"和"word"弄混；而时不时拎着草原奶片售卖的列车员用一口地道的哈尔滨话侃侃介绍着食品功效……每次睁开眼，车窗外的光线就随着飞驰的树木和田野暗了些，灰了些，他不由自主地将手伸进背包，摸摸装在档案袋里的起诉书。当手指触摸到光洁的纸张时，那根绷紧的弦才松弛些。

火车快到草甸站时，对食物的渴望让他匆忙点了份晚餐。看着烧黑的土豆和炸糊的银鱼，又丝毫没有胃口。他想，他根本不饿，只不过即将达到的云落让他诞生了焦虑，焦虑迫使他的胃部产生了错觉：它需要用一顿廉价美味的晚餐来填充对未知的恐惧。他去了趟洗手间，顺手扔掉了盒饭，当重新坐到位子上，广播提醒下一站就到云落了。他深呼了口气，先给万樱打了个电话。他好几天没有联系她了。万樱并没有接。他又拨通了云霓的手机，也没接。

火车终于停靠在云落。车门被拽开，夜风灌进，他靠着车厢盯着站台的灯火。身后的旅客不耐烦地喊："油了！油了！"他忙缩到洗手台旁。将要来临的一切，真的……有必要降临吗？他打碎的不光是常云泽的生活，还有跟常云泽有关的一切，是的……一切……后来，他只能安慰自己：物体破碎时，原子核和电子虽然在物理状态中被分割，但从化学状态来讲，一切都还是完整的……在列车员关门的瞬间，天青猛地拨划开他的胳膊从火车踏板上跳了下去。列车员在身后大声吼骂着，他没有生气，相反，他微笑着朝他挥挥手，然后盯着疲于奔命的绿皮火车继续向寒冷地带蠕动。当那枚发霉的绿色斑点终于融进地平线，他才吁了口气。

辞别不过一个多礼拜，空气里潮湿黏糊的腥气全然褪去，一层覆一层的热浪席卷而来。春天就要过去了。春天总会要过去。他打了辆出租车直奔旅馆。让他意外的是门从外面紧锁。这个钟点万樱有可能回了家，可老太太呢？他打开檐灯，院子里的樱桃和桃花谢了，枝干萌着怯叶，菜畦里的菠菜打了籽，那只橘猫安静地栖在桃枝上，眯眼凝视着红墙。他再次拨响了万樱的手机，仍是枯燥的嘟嘟声。旅馆旁边的人家都签了拆迁合同搬走，夜晚的街道，除了远处传来的纸箱厂排泄废气的滋滋声，便只有风旋过屋檐的声响。他想，该来的，总会要来。晚来不如早来。他调出常云泽的号码，想也没想按下去。常云泽的铃声是一首轻摇滚歌曲，可能信号微弱，时强时弱的乐器打击声听起来杂乱不堪，一个男人沙哑的声音盘旋了许久，然后女人说，您拨打的电话暂时无人接听，请稍后再拨。

天青决定步行去驴肉馆找常云泽。即便他不在，常献凯也该在。他不想再做一条沉默的鲸鱼。一刻也不能。他需要呼吸，他需要浮出海面，他需要将废气、乳剂、黏液从鼻腔里尽情喷出，然后看着它们和冷空气相撞形成白色水雾。他要在这白色水雾中观看他们大惊失色的表情。也许，他会享受这种表情。

他有多少年没有这样漫步在云落？每条街，每棵树，每个路人，都不再是从前的街道，从前的树，从前的人。没有谁能抵御时间的屠宰肢解。

驴肉馆的门口粘贴着硕大的囍字，那两头黑驴王子在树桩旁悠闲地晃着尾巴，让他惊讶的是，驴耳和驴背也驮着大红囍字，看上去既喜庆又滑稽。看来这两天饭馆接待婚宴了。华灯初上，饭店该是最喧闹，为什么店内黑漆一片，连盏灯火都没有？近了细瞅，却是门户紧闭，玻璃门上贴着"暂停营业"的字条。

正惴惴着暗自揣摩，忽然从后院里蹿出来辆摩托车。天青一眼就瞅出来是饭店的葛师傅。他脸如油锅，倒是好记。他亲热地喊了声："葛师傅！"葛师傅不光脸大，还长了对堪比蝙蝠的招风耳，他瞥了瞥天青，扯着破锣嗓子喊："打烊了！"天青快步上前抓住摩托车车把，笑着问道："咋，常老板出门了？"葛师傅冷冷睃他两眼，也许看着眼生，并没有做声，摩托车轰的声猛然蹿了出去。天青心下生疑，忙挥手拦了辆出租，叮嘱司机紧跟着葛师傅。正是夜间出行高峰，葛师傅的摩托车骑得时快时慢，遇到堵车就疯狂地按着喇叭。天青摸着背包里的起诉书，一种不祥的预感缓缓弥漫开来。后来，透过车窗，他看到葛师傅将摩托车胡乱停在云落医院门口，车把也没锁就如轮胎般疯狂滚动起来。

第三十五章　　在德福

常云泽侧身盯着身边的霍起芳。霍起芳还裹着那身桃红色新娘套装，头上的珠花、百合跟羽毛头饰也没拆卸。她睡得那么沉，嘴角微翘，脸上漾着若有若无的笑意。他淘气地刮了刮她的鼻梁，又捏了捏她鼓嘟嘟的嘴唇。她嗯嘤了声，眼睛却依然紧闭。他轻手轻脚下了床，刚出房门就踢到个空啤酒瓶，酒瓶翻滚了两下，发出清亮刺耳的刺啦声。他捂住嘴巴朝洞房瞅了瞅，还好，霍起芳只是翻了个身，并没有醒来。客厅里空气浑浊，满是酒糟与食物的气味。他站在阳光明媚的客厅，这才隐约觉得有些头疼。这种宿醉的滋味掺杂着微醺的幸福感，让他既沮丧又快慰。

昨晚闹腾得太晚了。瞎子手下的俩小弟不光是自来熟，还是酒腻子。要不是蝎子、186和郑新宇联手，估计他们能耍到天亮。瞎子倒安生，蜷在沙发里玩着手机游戏。

这些年来，瞎子是越混越不济了。跑船时跟临县的海霸争地盘折损了几名兄弟。当然，对方也吃了瓜落儿。虽说海上的事海上了，年年有葬身海底的海碰子，可心里这口腌臜气实在憋闷。恰巧有哥们在孤竹县包了山头，公司缺后勤部长，便邀他前去助阵。说是后勤部长，其实就是保卫科科长，带着十来名保安日巡夜查，防那地痞流氓摸矿偷料。瞎子好酒，终日醉醺醺，跟拉矿的买家时有口角。向来和气生财，朋友请他的本意是镇场子，不成想场子是镇住了，却也镇住了不少客户，只得怂恿他入股，平日里只管喝酒吃肉，年底等着拿红利。瞎子便将所有身家压进去。本是稳赚不赔的买卖，谁料想上面忽来文件，先是减产后是限电，再赶上澳大利亚铁矿石疯狂降价，头年下来清汤寡水。瞎子那点老棺材本是赔光了。哥们挺上火，瞎子也挺上火。哥们上火是糟蹋了瞎子的钱，瞎子上火，却是觉得时运不济牵连了哥们。后来，哥们好歹攒挤些碎银子给瞎子，瞎子倒也能大船载太阳，勉强度（渡）日。

他哪里受过这般委屈？干脆从银行贷了款，跑到码头开起了海鲜馆。他这种性气的人，喝高兴了随手免单，相熟的随手记账，不相熟的随口赠菜，仨俩月好说，年底就现了原形。赊着渔民货钱，欠着银行贷款，横竖不是办法，干脆闭了店门攥着满把白条四处索账。世上最难的事怕就是索账了。撕破了脸面不说，还不慎将一个老酒鬼打断了肋骨。偏这老酒鬼的妹夫是云落交通局的副局长，虽说向来不待见舅爷，可架不住夫人昼夜吹耳边风，如是，老酒鬼那边拉起了硬杠。如此这般又是番輾輾扯皮，最后不光替老酒鬼付了住院的钱，还另赔了他五万元误工费营养费……近来见快手抖音挺火，不少农民靠装充傻，一夜间斩获的打赏钱也有数万，瞎子便动了心思，想成立一家文娱公司，名字都请算命先生起好了，叫"叽里咕噜"，专门包装些散落在云落各角的奇人异士：譬如精通《奇门遁甲》、打得一手好螳螂拳的耄耋盲人；会唱《十八摸》、跳绳时乳房能触碰到嘴唇的女精神病患者；在吴桥学过杂技，擅长表演喷火吞剑，还做得一手好湘菜的农业局种子站售货员……瞎子信誓旦旦要将"叽里咕噜"办成全云落乃至全兰若市流量最大的娱乐账号。常云泽老觉得医生给他耳朵动手术时，肯定眼花搭错了哪根筋络，脑子不像从前灵光了。想到彼时他深更半夜头裹纱布陪派出所的民警喝茅台，那气度那排场，心下难免感喟，英雄老了，还真吃下几碗干饭。

瞎子是凌晨两点半撤的。他那俩小弟已然喝得五迷三道，被蝎子强行擩进后座。车子启动了瞎子才摇下车窗，塞给他一个厚实的红包。瞎子不会用微信转账。常云泽痛快地接了，叮嘱他慢点开。瞎子的眼在夜色中犹如闪亮的玻璃球，常云泽听到他一字一顿地说："兄弟，大轮船抛锚，稳稳当当。好！"细密的雨丝糊住了常云泽的嘴巴舌头，他微笑着冲瞎子打了个响指，又做了个剪刀手的姿势。

他把昨晚的剩菜全部倒进垃圾桶。他不喜欢剩菜。他也不喜欢这间镶满了老式瓷砖的厨房。厨房是老包子铺的后厨，一钻进去，仿佛就能闻到菜馅馊烂的气息和泔水的臭味，就能听到厨娘们放荡粗鄙的笑声。霍起芳在捷克街贷款买了处高层楼，正在装修，他们早商量好了，秋天就正式迁过去。他隐约意识到，一切都在这个春天变得不太一样。他将彻底离开这座从没喜欢过的庭院，离开浑身散发着驴肉味儿的老家伙，离开那些他再也不愿回想起的小破事。从今往后，用电视上的话讲，就是所有过往皆为序章。这天清晨，他小声吹着口哨，系着围裙煮了锅皮皮虾馅水饺，炒了盘螺纹椒虾仁，用青萝卜皮拌了海米，又炸了盘黄豆芽肉丝馅春卷。他蹑手蹑脚地将饭菜端到餐厅，又踮脚入了房间，坐在床边托腮凝视着霍起芳。当他终于小声着将霍起芳唤醒时，已是上午九时，灰喜鹊在悬铃木枝丫间喳叫，收长头发旧手机破铝锅的南方人骑着电动车在后街叫嚷。他亲了亲霍起芳的脸颊，起身哗的一声拉开窗帘，满屋顿时跳跃着明亮的、毛茸茸的光斑。

去洗漱间时他难免吓了一跳：书房的沙发上缩着个胡子拉碴的男人。他无疑也才苏醒，正揉着眼打哈欠。

郑新宇这货，竟跟他一起度过了新婚之夜。

郑新宇昨晚喝了不少酒。他人怂酒也怂。说实话，这一年来他老相了不少。不过，但凡男人麒麟臂公狗腰，口活好，会哨，即便落魄潦倒，也自会有女人迫不及待地来拯救。常云泽知道他在哈尔滨找了个相好的。那女人待他不错，日日开着辆跑车去健身房接他下班。女人的丈夫是做国际商贸的，常年在上海、墨尔本和蒙特利尔间飞来飞去，这个云端上的男人可能根本没料到，他那位温柔贤惠、婚后做了家庭主妇的老婆将大把的时间用来跟那些陌生的男人谈恋爱。郑新宇本想带女人一起回云落参加婚礼，被常云泽断然拒绝。多一事不如少一事，尤其是大喜的日子。他明白郑新宇那点小心思，带个漂亮有钱的女人回来，好让那些狗眼们别再把他看低了：就算他郑新宇满屁股饥荒，照样在东北花天酒地。他可不是个只会卖卫生纸的男人，如今，他更擅长给别人戴绿帽子。

"太晚了，怕打搅我妈睡觉，索性没回。"郑新宇顺手从果盘里挑了块太妃糖，慢慢剥着糖纸，"放心，我睡觉老死了，啥动静都没听到。"

常云泽只得又添了副碗筷。对这个绣花枕头他无话可说。前些日子，他替他收拾了那个保险公司经理。听说那家伙脑震荡住了院，连老婆也认不得了。这事从本质上讲，兴许跟郑新宇屁关系没有，只是他自己想出口恶气。他最看不惯那些仗着有俩糟钱就随便将别人当猴耍的傻逼。当然，他也没有告诉郑新宇。跟他说有屌用？他不但不会感激，反而有可能贱兮兮地去给闫菲通风报信。他就是那种男人，只要闻到女人的气味，就会如发情期的公狗，情不自禁地想到交配。

这是顿沉默中饱含着喜悦的早餐。三个人的早餐。郑新宇喋喋不休地讲述着在哈尔滨的奇闻轶事，讲着讲着他会不自觉地停顿下来，常云泽知道，那是他编不下去了。不过，常云泽并没有点破，只是时不时地瞥霍起芳两眼。让他意外的是，每次，霍起芳也都在凝望着他。她的浓妆卸掉了，眉眼在阳光下显得清澈含蓄，左脸颊的那颗酒窝在他看来简直就是整个银河系的中心。他差点忍不住起身探头咬她一口，身子才动了动，霍起芳就皱着鼻子摆摆手。她是他肚子里的蛔虫。他象征性地咳嗽两声，不耐烦地盯着郑新宇问："你啥时候滚蛋？你妈可是想你想疯了。"

"后响，"郑新宇吞着春卷说，"回得仓促，屁也没买。待会去趟商场。"

"太巧了，"霍起芳插嘴道，"我家缺个烤箱，正寻思着跟云泽去超市逛逛。"

常云泽朝霍起芳撇了撇嘴，霍起芳说："老常啊，人可不能过河拆桥。人家新宇大老远……"

常云泽悻悻地说："这烂桥上全是灯泡。"

郑新宇嬉笑着说："最烦你这种重色轻友的人。哎，男人要是靠得住，母猪都能爬上树。"

为了表示自己不是个重色轻友的人，

常云泽只好开车拉着霍起芳和郑新宇一块去德福商场。郑新宇坐在副驾驶,等红灯时,他悄悄将女人发给他的微信让常云泽查看。常云泽明显被那些调情的话恶心到,当着霍起芳的面又不好嘲讽他,就说:"女人啊,就怕遇到你这种海王。"

郑新宇说:"对天发誓,我对她可是死心塌地。"

常云泽说:"你吃着人家,喝着人家,睡着人家,第三条腿要是再不安分,还真就是渣男了。不过,死心塌地有屁用?人家男人回来了,你只能灰溜溜钻回耗子洞。"

郑新宇"喊"了声说:"你还有脸说我?我记得你那个时候,脚下可不止踏了两条船。老实交代,往新疆跑大车,你到底祸祸了多少姑娘……"还没说完头上就挨了常云泽一巴掌。霍起芳便问:"哟,我咋不知道呢?新宇快给我讲讲。我最爱听老常的桃色新闻了。"

三人扯着闲篇不知不觉到了商场。这商场是王毅文1996年扩建的,二十年过去,仍是云落规模最大人气最旺的购物中心。商场唯一的问题是地上停车位太少,又没建地下车库,开车购物颇为不便。常云泽吩咐道:"你们俩,先去门口候着!"

找来找去,也只能将车停到德福对面的老物资局家属院。这家属院也有些年头,只有两栋灰扑扑的四层楼,荒草蔓生黄鼬乱窜。住户基本全搬走,只剩两户人家,各由老鳏夫把守。前些日子听说由于未缴费停了水电,俩老头去县政府上访,其中一位情绪激昂现场犯了冠心病,送到医院也没抢救过来。此事被闲人在网上披露,弄得云落政府极为被动恼火。不久剩下的鳏夫被女儿送进敬老院,这家属院便单只剩下院子,不见家属了。偌大的庭院,倒是最好的停车场。不过,一般顾客并不晓得这院子的奥秘,来此停车的极少。倒车时,常云泽瞄到不远处有辆红色宝马,宝马车不远处的草丛里,散落着几个男人,像是在聊天。也没往别处想,只管锁了车去找霍起芳。快踅出大院时,忽听到身后隐约传来女人的喊叫声。若换作往常兴许拔腿走了,可这天,他心情不错,人要心情不错,难免想管一管闲事。他踅回院子四处瞅了瞅。这一瞅就觉得哪里委实不对劲。原本闲聊的三个壮汉围圈住那辆宝马车,一个脚踩着轮胎,一个好像正从车里拽人,还有个家伙手里拎着棒球棒东张西望,见常云泽往他们那边瞄扫,单手抡起球棒往空中猛烈抽击了两下。那车里的女人估计气力不小,边挣扎便大声嘶喊,扯拽她的男人一时半会儿竟没得逞。

常云泽晃晃悠悠溜达过去。那三个家伙顿时定住了,拽人的那位面色黝黑,他上下晃了晃常云泽,说:"哥们,这是我们家私事,你去别处散光散光吧!"常云泽笑了笑,说:"兄弟,不认得我吗?"黝黑脸未搭茬,那位手拎棒球棒、面色白嫩的小伙子问:"咋?难道你是县长?"常云泽说:"错了。我姓抱,我叫抱不平。"小伙子说:"我管你姓鲍还是姓鱼,奉劝你一句,别耗子舔猫逼,没事找事。"常云泽踢了踢脚下的石子说:"听口音,你们不是本地人。不过,倒挺横啊?"小伙子破口骂道:"是不是关你屁事!哪儿远滚哪儿去!"常云泽斜眼朝车里扫了两眼,车里的女人也正在窥他。女人小脸小眼,满脸惶恐之色,见常云泽跟他们明显不是同伙,便大声喊道:"大哥!大哥!救救我!他们想绑票!救救我!"

霍起芳的电话过来了，常云泽没接，掐掉，盯着那个面色黝黑的男人说："你们消消火，有话好好说。啥年代了，还动不动绑人？这要进了宫，好歹蹲二十年。"常云泽说话时盯着第三个人。那人极瘦，三角眼，手里攥把弹簧刀。那肯定是把锋利无比的刀子，在阳光的反射下刀光在他脸上跳来跳去。很明显，这是三个外地人。如果是本地混子，哪个不认识他？哪个敢不买他常云泽的账？外地人跑到云落绑人，牵连的肯定是要人大事。不过，这胆子也忒肥了些，连个面罩也舍不得戴，看意思，是人跟财都想要了。说实话，有那么片刻他想拔腿走掉。现在世上最重要的事情，是买烤箱。他答应过霍起芳买台飞利浦烤箱，那样的话，无论是冬天还是夏天他们都能吃到烤羊肉串了。这时女人又尖叫起来。她看上去矮小瘦弱，可声音犹如被屠宰的猪猡般瘆人。男人们明显有些不耐烦，面色黝黑的说："我操，闪吧。"棒球小伙吼道："说啥呢！蹲了这些天，狼才上套，咋能说闪就闪！这对狗男女，比狐狸都猾！"他俩说完瞄着三角眼。三角眼乜斜了眼常云泽，慢声慢语地问："哥们，你知道这女的……是谁吗？"

常云泽笑了笑说："就算她是潘金莲，也不能光天化日下绑架吧？好歹你们挑个月黑风高的晚上，青天白日，我还寻思拍电视剧呢。"他不慌不忙地环顾了下四周，"这院子别看破落，可安装了不少摄像头。"

小伙子说："屁！拿爷当傻子啊？别说摄像头，连个出气的都没有！"三角眼狠狠瞪了他一眼，盯着常云泽说："这位兄弟，你要是云落人，肯定知道万永胜。这女的，就是万永胜姘头。这对野鸳鸯干了多少饭桌上拉屎、脸盆里撒尿的缺德事，你指定比我们心里有数；多少债主被他们逼上绝路家破人亡，你指定比我们有发言权。但凡能喘口气的，可都在等他们露头。我们干候了这些天，才候到这女人。兄弟，大路朝天，各走一边。借光了！"

常云泽闷声不语。关于万永胜的事最近传得沸沸扬扬。那些债主上吊的上吊，自残的自残，精神失常的光着屁股绕着涑河裸奔，动静真是堪比多年前的云落大地震。不过，此事最后被上头强压下来，这两天还算风平浪静。看来这仨男人是被债主雇来寻仇的：万永胜寻不到，只得找了只替罪羊，钱拿到拿不到的，羊肯定要被宰。

"我们带走她，你自当没看见。"三角眼将弹簧刀收了，递过来支香烟，"看哥们也是道上人，该理解我们的难处。拿人钱财，替人消灾。"他的话很客气周全，声音却如地窖般阴冷。常云泽接过烟，点着，似乎还在犹豫。"他们坑了百姓的钱，照例吃香喝辣，你觉得他们冤枉吗？就这女的，"男人指着浑身颤抖的女人说，"骂保姆打孩子，把旁人都当臭狗屎，决计不是只好鸟。"

常云泽将烟扔地上，抬脚踩碎，说："你的话一点错都没有。不过……"

男人说："我们是瞎子，从没见过你；你是聋子，啥也没听见。"

女人还在厉声尖叫。霍起芳的电话又打了过来。常云泽掐掉，盯着三角眼说："这样吧，兄弟。我想了个两全其美的法子。你先放了这女人。等她出了这大院，就跟我没半毛钱关系了。你们就算杀剐凌迟，蒸煮烹炸，我也绝不插手。"

拿球棒的小伙子嚷道："你妈逼的！给

脸不要！你咋这能耐呢！你寻思你谁啊！"

常云泽冷不丁蹿过去，一个外手勾将小伙子撂翻，拎了球棒指着他脑袋问："你没爹没妈吗？说话又臭又硬！我是谁？我是常云泽！我是云落的常云泽！"说完猛踢了他两脚。很快，血筷子顺着他鼻孔直喷。

三角眼说："兄弟身手不错。咱们不打不相识，今儿就按你说得办。"他朝车里勾了勾手，女人忙不迭下来，车也没锁就大呼小叫着朝院外疯跑，那般矮瘦竟一晃两晃不见了踪影。

常云泽搓了搓手，笑着说："我要陪老婆逛商场了。哥几个辛苦了。"他将棒球棒扔到小伙子身边，"别天天就知道打王者荣耀！出来混，好歹要蹲蹲马步！"

跟霍起芳郑新宇会合时，郑新宇先就嚷嚷起来："又跑哪儿浪去了？啧啧，还真是见缝插针。"常云泽笑着说："救人去了。"郑新宇说："屁！"又抻了抻自己的西服袖子，"我这衣裳是跟人借的，待会儿买完烤箱，你得给我买身好西服。"常云泽白了他眼说："咋啦？你比别人长得美，还是你是我儿子？"郑新宇嬉笑着说："爸爸，爸爸。"霍起芳说："老常，你就别那么抠了。你要舍不得，我给新宇买。"郑新宇哼了声说："瞧见没？还是我娘有良心。"

三人先去四楼买烤箱。付完款常云泽说："新宇，你抱着。"郑新宇说："凭啥我抱着啊？你虎背熊腰的。"霍起芳说："你们别斗嘴了，我来吧。"郑新宇忙将纸箱扛到肩头，嘻嘻笑着说："哪儿能让您老人家动手呢，我可是个怜香惜玉的人。"如此三人又去二楼服装部。郑新宇："我不要雅戈尔、海澜之家啥的，我要套 HUGO BOSS 的。"常云泽没听太明白，说："个要饭的，还挑三拣四！真没见过这么不要

脸的。"郑新宇说："我脸皮比猪皮厚，你随便骂，爸爸。"

郑新宇才把西服换好从试衣间出来，便听到有人喊他名字，一扭头，见是两个陌生人，以为耳惊了，对霍起芳说："妹子，得闲了可要去趟东北，我带你们吃大马哈鱼，喝格瓦斯，游松花江。"霍起芳还未搭话，旁边那人又大声呼喊郑新宇名字。郑新宇怔怔地看着那人，看了半晌才问道："哥们，我老年痴呆了。请问哪里贵干？"

喊郑新宇的那人穿件黑夹克，夹克里套件黑衬衣，衬衣上系条烫金黑花领带，半截眉毛耷拉着，站在货柜前像只腊月的乌鸦。紧身边那位则穿了身橘黄色西服，系着条铬黄领带，下颌浑圆，几乎没得脖子，看上去犹如一条直立起来吐着信子的黄金蟒。乌鸦盯着郑新宇说："欠债还钱，天经地义，就算老年痴呆了，也不能赖了账玩失踪啊。"

郑新宇脸色登时惨白，嘴唇抽搐着扭头望常云泽。常云泽便晓得，这肯定是讨债公司的人了。没想到他们消息这么灵通，郑新宇不过回云落两天，他们就如蛆附骨了。

"我兜比脸都干净。"郑新宇结巴着说，"不信你们搜搜……搜搜……"

乌鸦慢悠悠地说："鬼才信你那一套。你要没钱，咋买得起五千块钱一套的西装？"他声音沙哑，却细细的，时不时肺病患者那样咳嗽两声。

"这是朋友给买的。"郑新宇皮笑肉不笑地指着常云泽说，"不信你问问他，问问他。"

乌鸦说："既然朋友有钱给你买衣服，肯定也有钱帮你还债了？"说完打量着常云泽，"你朋友，郑新宇，连本带利欠我们两

245

百八十万。你是打算先还利息呢，还是先还本金？"

常云泽叹了口气。这是个多么操蛋的上午。婚后第一天，先碰到有人绑架，又碰到有人讨债，他们看上去都不像善茬，若是放到从前，他早就犯毛了，谁他妈敢在太岁头上动土？不过，他结婚了，身边就站着新娘，如果没有意外，他将和这个女人过完下半辈子。现在他不想被人打扰，更不想被人威胁，他只想安安静静地度完蜜月。莫名的烦躁就是此时从胸口盘旋到太阳穴的。"他来参加我的婚礼，"在哄哄嚷嚷的顾客喧闹声中，他尽量让自己的声音显得冷静，可他还是听到了自己腔调里的火药味。"你们要账的话，尽管跟他要。不过，谁要敢动他半根汗毛，"他攥了攥拳头，他听到自己的指节在嘎巴嘎巴脆响，"我保证打得他满地找牙！信不信？嗯？"

他们的声调虽然不高，不过，还是把商场保安吸引过来。让常云泽颇感惊讶的是，这个五大三粗的保安不是别人，正是来素芸表哥。他以前在扁鹊医院保卫科当科长，想必是医院破产后来这里谋生计。见到常云泽他同样很惊讶，热忱地握住常云泽的手说："臭小子，多少年没见了，还认得我不？"常云泽笑着说："大表哥，你就是化成灰，我也认得你。你嘴边这大黑痦子，比桑葚都圆了。"表哥嘿嘿笑了两声。他明显比以前苍老许些，满脸褶子用烙铁也熨不平整，胡茬也是白的。十来年前他可彪悍气派得很，跺一跺脚，半个云落的地皮也要颤三颤。他手里拿着电棍，指着乌鸦和黄金蟒问道："你们咋回事，啊？人家买衣裳，你们捣哪门子乱？走走走！别耽误我们商场生意！要是我们董事长知道了，没你们好果子吃！知道我们董事长是谁不，嗯？"他无疑对自己这番话很满意，说完倒背着手腆着肚子威严地盯着他们。乌鸦的半截吊梢眉蠕动了几下，皲裂的嘴唇舔了几舔。黄金蟒朝他摇摇头，又做了个手势，然后，两个人就消失在人群中。他们来得诡异，去得也诡异，仿佛他们只是贸然闯入梦境中的人，一睁眼，就不见了。来素芸表哥又跟常云泽寒暄几句，这才迈着四方步走了。郑新宇搓着手望着常云泽说："泽哥，我得先闪了。待会可别忘了把西服钱付了。"说罢又随手翻了翻常云泽衣兜，掏出叠现金，数也没数揣自己口袋里。常云泽见怪不怪，只是懒洋洋地问："你小子闪了，谁替我扛烤箱？"郑新宇吐了吐舌头，麻利地将脱下的衣服胡乱塞进袋子，看也没看他和霍起芳，转身小跑着奔往电梯口，边跑边扭头喊道："别跟我妈说我回来过！"

常云泽摇着头说："妈的，这小子，翻脸比翻书还快。"霍起芳笑了笑说："还不是你惯的？"常云泽说："那俩讨债的，嘻，咋看咋心里麻麻悠悠。"霍起芳说："就是，瘆得慌。"

常云泽攥住她纤细的手指笑了笑。霍起芳问："还买别的东西不？"常云泽说："有你就够了。"霍起芳刮了刮他鼻梁，说："那你等我会儿，我去趟洗手间。"她还没走两步常云泽就扛着烤箱跟上来，说："我陪你去。"霍起芳柔声道："在这儿等我吧，乖。"常云泽一只手扶着肩上的烤箱，另外一只手攥住她手腕，轻捻着。霍起芳老觉得哪里不对劲，可又说不出来，只得嗔怪道："你呀，咋跟个小傻子似的？"

洗手间在商场最南侧，过一段走廊，右转，穿过两个仓库就到，僻静得很。霍起芳大抵有些肠胃不适，很久都没有出来，常云泽将烤箱踏在脚下，随手点了支香烟，透过窗户望着外面的街道、街道上的行人。一只七星瓢虫一会从玻璃上腾空而起，一会又束翅落在上面，也许，它迷路了。他眯缝着眼将瓢虫捏起，拉开窗纱朝空中扔去。瓢虫在急速下坠中忽然展开双翅，一个漂亮的弧形闪过，消失在刺目的阳光中了。他就是在盯着瓢虫时头部仿佛被什么钝器猛击了两下，一阵剧痛后他缓缓地瘫倒在水泥地板上，紧接着胸部一阵透心地凉。他不可思议地摸了摸，鲜血像喷泉般涌泄出来。他蜷缩着身体将手掌在阳光下晃了晃，黏稠的血液正顺着手指滴答在他的白色衬衣上。他歪着脑袋去看那团疾跑的人影，然而视力有些模糊，什么都没看清，只听到慌乱纷杂的脚步声。操他妈的，又被人捅了，他有些懊恼地用手按捺住伤口，不断喷出来的鲜血让他闻到了铁锈的腥味。真他妈操蛋，他想，操蛋极了，他连凶手的模样都没看清楚。他想喊霍起芳的名字，可他发觉自己的喉咙只是发出嘶嘶的声音，他用手摸了摸脖子，才发现，喉咙也在喷血。他竟丝毫没有察觉那人也抹了他脖子，也许是刀子太过锋利了吧？他苦笑了两声，随后听到了女人惊慌的尖叫声。女人歇斯底里唤着他的名字，他能听出她的声音由于紧张有些变形，宛如高音喇叭没电时发出的奇怪声响。她好像用纱巾勒住了他脖子上的伤口，然后一只手哆嗦着按捂住他胸腔，一只手打120。这是个多好的女人，他睁眼盯着天花板。天花板是那种劣质三合板，铺满了乱七八糟相互缠绕的绿色枝条。他想到了多年前他们在"火车厢"打工时，他陪着她在商场买过乳罩，还买过戒指。那枚戒指她至今都还戴着。结婚时他想送给她枚卡地亚钻戒，可她拒绝了。从前她很瘦，戒指用红线缠了很多圈才能勉强戴上，现在她胖了，拆掉红线，那枚十几年前的戒指不大不小正好合适……他猛地抽搐起来，他感觉到天花板开始旋转，眼也睁不开了……他听到了越来越嘈杂的脚步声和此起彼伏的尖叫声……他觉得自己宛若刚出生的婴儿，有些委屈，也有些懵懂的欢愉……一切就这么结束了吗？操他妈的……那个叫天青的男孩还没有回来，他肯定恨透我了……他是个挺好的小伙子……他感觉到自己被人搂在怀里，脸颊贴着柔软的乳房，沾满血的手被人紧紧攥着，很凉。他听到耳畔有人在不断念诵他的名字，醒醒，云泽，醒醒云泽，云泽……云泽，云泽，云泽……他苦笑了下，我不叫云泽，我不是常云泽……我是谁呢……我到底是谁呢……他极力回想着自己的乳名和学名，然而却想不起来了……有人将他抬起来放在担架上，闭着眼，他也能感觉到整个世界都在晃动，犹如坐过山车时那般剧烈地旋转……他听到了救护车独特的鸣叫声，他总觉得救护车的声音和消防车的声音很像，旋律单调古怪惊悚的声音仿佛一遍又一遍地告诉他，通往死亡的门已经彻底打开了……当他勉强睁开眼时，女人正在不停亲吻着他的额头……一股酸奶的甜味……酸奶……万樱，万樱……他的嘴唇焦灼地蠕动着……我不是个东西……空中的铁锈味道越来越浓烈，他的呼吸越来越急促，他下意识地去抓女人的手……春天可真好啊，他恍惚看到包子铺外，女人们和老家伙正欢快地踢着毽子，毽子犹如斑鸠那样轻盈地飞来飞去，地上的海棠花瓣被她们的脚风带起，粘到了才出锅的热气腾腾的包子上，万樱那个傻女人，坐在棵榆叶梅下绣着十字绣……她笨，只会绣单瓣黄刺玫……他像只小狗在她的胳肢窝下钻来钻去……钻来钻去……万樱……万樱……在彻底失去意识之前，他想，万樱哭了吗……她的眼泪，落我脸上了……

第三十六章　夜话

天青看到一群人挤在ICU重症监护室门外。没有人留意到他的到来。他在人群中先晃到了常献凯。四五个老年男人夹拥着他，他只间或浮出头颅。不过，他脸上焦灼的表情似乎提醒着天青，出事的肯定是常家的人，那么，不是常云泽就是云霓了……目光流转间他还看到了来素芸。她身旁站着位黑炭似的干巴老太，黑炭老太旁边是蒋明芳。他佯装咳嗽两声，捂着嘴蹑脚过去，小心着抻了抻蒋明芳的衣襟。

蒋明芳见到他一愣。她探头张了眼常献凯，将他拉到僻静处，压嗓问道："你咋来了？啥时回的？"天青急怔怔问道："出了啥大事？"蒋明芳脸色蜡黄，贴他耳畔道："云泽被人捅了。"她声音低沉，又夹杂着哽咽，天青没听真切，满脸疑惑地盯着蒋明芳。蒋明芳只好又说了遍："云泽……怕是不行了。"天青"呀"了声，不禁往后缩退了两步，步子大，后背直撞到墙壁。蒋明芳磕磕巴巴地说："昨个……才结的婚，今儿陪媳妇……逛商场，被人捅了……"天青磕磕巴巴问："没啥危险吧？……警察咋说的？……"蒋明芳道："够呛了，失血过多……刑警队的立了案，

也做了笔录，不过没啥眉目。那条走廊没安摄像头。"天青面色死灰，寻了个空椅跌坐下，蒋明芳随脚跟过，说："哎，最可怜的是起芳啊……警察盘问一后晌了，她也说不出个四五六，只记得从洗手间出来，就见云泽躺地上，满身满脑的血……"天青仰头朝人群鹅望，问道："万樱呢？万樱咋没来？"蒋明芳说："咋可能不来呢……我们都是看着云泽长大的……她天生胆儿小，当场晕过去，被罗小军派车送家去了。"

天青转身入了洗手间，躲在隔间抽烟。有那么片刻他万念俱灰。犹如一个决意豁出命去决斗的人，决斗前夕却被人告知，对手在途中死于非命。难言的失落感侵袭了他，他丝毫没有察觉到一丝快慰，相反，细碎的哀伤在全身蛇游蔓延，让他原本心律不齐的心脏仿佛被看不见的银针扎成了蜂巢。不久，他听到楼道里传来哭声，起初是女人们，后来是男人们，再后来，无数哀痛的嚎啕声如飓风来临时的海浪拍打着防护堤，让他嗡嗡着耳鸣。如果没有猜错，肯定是医生下了死亡通知书。他死了……他怎么能死呢？天青哆嗦着将香烟扔进抽水马桶，面无表情地盯着门板。门板上涂着救护车和寿衣店的电话号码，墙角处的蛛网上粘着飞蝇花蚊……他胡乱吹了口气，蛛网晃悠着飘落。他探手摸了摸公文包里的文件。装订齐整的文件犹如一本没有开封的书籍，冷冰冰的。他的手不知道怎么被纸划了下，一条肉眼看不见的伤口沁着谷粒大小的血珠。他将手指揳进嘴里嘬了嘬，想，常云泽死了。真的死了。

当他重新踅回走廊，人头攒动哀鸣嗷嗷，他在人群中竟晃到了私家侦探陈大力。他朝陈大力晃晃手，陈大力并未察觉。在

常云泽被医护人员推往太平间时，有人咕咚声摔倒了。人群如树冠马蜂炸窝，嗡嗡嚷嚷着呼医生唤护士。天青三两步跑过去，见是云霓，便随众人将她抬到医办室。常云霓两眼发直，口中咕咕唧唧不知所言。护士跑过来又是摸脉又是掐人中。便听有人尖声问道，天青，你回了？天青抬眼侧瞧，却是来素芸。来素芸眼如烂桃，下颌的那条水蛭不停蠕动。天青闷闷地哦了声，未多言语，来素芸便拽了他胳膊，嘤嘤着哭。

出了医办室，天青见常献凯坐在长廊的暗绿座椅上，两位警察正站着跟他攀谈。谈了没多久，警察走了，天青这才轻手轻脚过去，紧挨了他坐。常献凯垂头塌腰，丝毫没察觉身旁添了人息。天青点了支烟捅了捅他，他才迟缓着抬头，见是天青，漠然颔了颔首，接过去猛吸两口。他脸上看不出任何神情。他的冷静让天青有些担忧，他犹豫着抚了抚常献凯的肩膀。常献凯浑身抖了两抖，笊篱般的双手这才缓缓蒙住脸庞。天青只默然陪他坐着。半响常献凯似乎缓过神，掏出香烟递给天青，"打他小时起，我就怕有这么一天。"常献凯目光呆滞地盯着医办室的玻璃门，"初中那会儿最牲性，我夜夜噩梦，总算熬过去，寻思他结了婚，安稳了，我只管抱孙子，谁料……"他再次蒙住脸庞，肩膀不停筛动，"我知道你们哥俩识得晚，却合得来。你来陪他最后一程，他肯定忒欢喜。"天青只是抽烟，良久才斟酌着说："叔，我送你回家吧。"常献凯说："天青啊，我咋能回？我得在太平间陪他两晚。我可就他这么个儿子。这个短命犊子！"天青掏出纸巾犹豫着替他擦了擦鼻涕："有件事……我一直……"常献凯拍拍他手背说："忙去吧，孩子。"天青说："我……"常献凯说："公安局派法医来尸检，问我要不要解剖，我没签字！天青啊，我咋能落忍这王八羔子没了，还落不个全尸？你说是吧？"天青站也不是坐也不是，沉默也不是安慰也不是，恰时踱过来个男人，年岁跟常献凯相仿，圆滚滚的身材，镶了两颗金牙，坐到常献凯身边说："这兔崽子，干啥都着急！昨个才喝完他的喜酒！"常献凯抽噎着说："钩虾呀……"钩虾没应他，哇啦哇啦嚎起来。常献凯小声说："你这嗓门，叫驴似的，别惊扰了病号。"勾虾说："个老不死的！我干儿子没了，还不兴我哭！"说罢哭声越发庞大。常献凯哀叹声，说："这崽子，不知道惹了哪个阎罗王。我这下半辈子，怕也别想安生了。"钩虾说："你怕个屁！看我勾虾的！就是翻江倒海，我也要把狗操的凶手揪出来！妈逼的，要不抽他的筋扒他的皮，挫他的骨扬他的灰，我就不是钩虾！"

天青默然走开，一时想不起身去哪里，只觉天地间哪里都不是归处。忽就想起灵修团团长在涞河边说过的话，那话很是拗口，事后他还特意查了下资料，却是出自《庄子·天下》，当时他心中难免讥讽了她一番，组织这么个旅行团似的灵修团，还要背诵这些聱牙佶屈的文章，也算是费尽心机……芴漠无形，变化无常，死与生与，天地并与，神明往与。芒乎何之，忽乎何适。万物毕罗，莫足以归……昏昏然下了楼，在停车场附近晃悠，晃着晃着天又飘起小雨，便觅了个长廊躲避。

长廊三十米也有，幽深僻静，被瀑布般的紫藤覆着，紫藤花未全谢，香气尚在细弱弥漫。他找了把靠里手的椅子。那个困扰了他许久的疑问再次浮升盘旋：常云泽缘何将自己推下大海后，又冒险将自己捞出？……

间或有雨滴从紫藤叶缝隙漏下，滴在身上。他听到身旁传来窸窸窣窣的声响。

"是天青吗，"一个女人的声音，"天青……"

她声音沙哑，犹如生锈的老锯断断续续锯着湿木头。天青猛然侧身，才察觉廊柱另侧的椅上恍惚坐着人。他惊讶地盯着那团黑影问道："……万樱？"

"是我。"黑影说完，沉默便如瘟疫在紫藤瀑布下蔓延开去。天青只听到雨滴拍打着叶子。叶子在说话。他听不懂它们想说些什么。长廊里有檐灯，只不过有的短路，有的被孩子们打碎，本就昏黄的灯光愈发黯淡，如若不仔细观瞧，唯有紫藤枝蔓与花叶随柔风曳摆。天青慢慢踱到万樱身边。他看不清她的眉眼。

"走了，"万樱说，"他走了。"

天青才听蒋明芳说万樱来过医院，晕倒后被送回家，怎地又独自猫在这长廊？

"昨儿他结婚，我连句热乎话都没说。"万樱的声音颤颤巍巍，他仿佛听到她在不停叩牙，"他死了，想说话，也说不成了，是吧？天青。"万樱用一种商量的口吻问道，"你说，人死了，真的有魂灵吗？要是有，去了哪儿？"

说实话，天青在省城时合计过，回了云落，就将所有的秘密原原本本告诉万樱，可如今却犹豫了，现在他该做的，是要安慰一个失去恋人的女人。他失去过很多女人，他没有变成魂灵，可他极少给她们重逢的机会。

"我真傻，他从新疆买的新鲜玩意，全白送了睁眼瞎。"她歪头扯着他袖口痴痴地问，"你说，我是不是天下最蠢的女人？"

天青不敢插言。她看起来神情恍惚。也许她根本不晓得自己在哪里，又说了哪些话。

"我怀孕了。"万樱嘟囔着，"他也不知道。"

天青猝然惊出身冷汗。他知道万樱和常云泽暗里交好，却万万想不到万樱怀了身孕。她丈夫瘫痪在床多年，若真要怀孕生子……在镶着黑边的弱光中他渐渐看清了万樱庞大的轮廓，然后是她圆月般的脸，她明亮羞怯的眼。他能为她做点什么？什么都做不了，他唯有牢牢攥住她骨节粗大的手，好让她感觉暖和点。

"我要离婚了。"万樱说，"华万春醒了。"

天青此时不单单是吃惊了，离开云落不过短短数日，却发生了这么多匪夷所思的事。万樱还在絮叨，只不过声音愈发低迷，到最后简直是在对着潮湿的空气喃喃自语。天青怕她失了魂落了魄，心生魔障，才想劝她回家，却听到长廊外传来时强时弱的争吵声。那声音渐渐逼近，最后竟也踅转进长廊，只不过，他们的座位离他跟万樱有些距离。在黑紫藤下，他们肯定察觉不到长廊深处尚坐着旁人。

"你冷静冷静！"一个男人低声吼道，"在医院闹个球！人家医生又没见死不救，你扇人家耳光啐人家吐沫，不明摆着欺负人吗？"

这下更让天青惊讶了，说话的不是别人，正是常献凯。这时另一男人道："你个窝囊废！我就扇他吐他，爱咋咋地！"听声音是那个叫钩虾的男人。常献凯说："你骂得咋那对！我要不是窝囊废，云泽怕也不会是今天。"说完一派静默，天青只听到紫藤里间或传来一两声野鸟的惊叫。万樱的

250

手还是那么凉,她歪着头嘟嘟哝哝,仿佛睡熟的孩子在梦中含混地哼着歌谣。

"这也不能怪你!"钩虾的声音软下来,"这崽子啊,兴许就是这命数!"说完抽噎起来。他身材矮小,圆滚滚如枚汤圆,说话却雷公般,连抽噎起来也要比旁人声气磅礴。

"我们这股子,怕就这么绝了后……日后我是没脸去见云泽他爷了。想当年,老爷子是何等的风光……"

天青打小知道祖父是个琴师,解放前在北平的梨园,人人都尊称他一声"常先生"。不过,祖父在他出生前就过世了,他没亲眼见过,只在相册里看过一张模糊的黑白照片。他骗腿坐在琴凳上,腿上架着二胡模样的乐器。

"哎……你大哥要是当年没去北大荒……"

大伯?天青倒是从没听常献凯提起过,自己尚有位伯父在世。

"大哥要在,老爷子的手艺也不至失传。我这粗手粗脚的,除了编笆篱,京胡连个准音也拉不出。到了云泽这辈,只会炼钢杀驴了……"

"老常啊,认命吧……日后见了老爷子,他也不落忍责怪你……"

一声短促的叹息,随后又是无边无际的缄默。万樱似乎要睡着了。

"你去买瓶好酒,钩虾,"常献凯终于说道,"我先去跟法医会个面签个字。这崽子,最稀罕喝酒,今晚我陪他喝两盅。"他声气如常,仿佛主人才备好一桌佳肴却发觉没备美酒,只得怏怏差人去打。接着一阵咚咚咚脚步声,想是钩虾撤了,过了会儿,天青朝那厢张了张,却是常献凯也不见。他将万樱搀扶起来说:"我们回吧。"

万樱哦了声:"我……我想上厕所。"

天青扶她去门诊楼。出来时她脸色煞白,一把揪住天青说:"我有点不舒坦。"天青问:"怕不是着了凉?"万樱抿了抿嘴没搭腔,俯身翻看着裤脚,半晌直起腰说:"你……你去挂个号。"天青忙问:"咋了?"万樱嗫嚅着道:"怕是……"天青问:"怕是啥?"万樱扭捏着说:"你只管去就是。"天青不好再问只得照办。等挂完号到了急诊室,只坐个年轻医生,医生正在刷抖音,不停发出鸭子般嘎嘎的笑声,见到天青他们才绷住脸,一本正经地问道,哪个是病号?啥症状?万樱哭丧着脸说,她怀了孕,方才却见了红。小伙便开了单子让她做B超。天青愣愣地搀扶着万樱去B超室。等B超结果出来,医生翻来覆去看了几遍,这才扶着眼镜说,看样子的确怀了孕,不过有流产的迹象,又叮嘱说,胎儿还未成形,先观察个把月再来复查,到时刮宫也为时不晚。万樱丧眉耷眼一声不吭。天青悄声道:"这医生连胡子都没长,八成是才毕业的大学生,生手的话信不得。明天咱去妇产科复查。"万樱这才杵着椅背缓缓站起,瞄了眼天青晃晃悠悠往外走。天青追上,帮她打了辆出租车。万樱说:"我回旅馆。"天青说:"也好。"万樱说:"老太太还在医院。"天青"咦"了声,说:"有护士呢。"万樱盯着车窗上的雨瀑说:"今年,雨水倒是勤。"天青看着一杆杆路灯错落滑向身后,蓦然想起跟常云泽去海边夜钓的那个夜晚,不禁喃喃道:"夏天快到了。"

一路无话回了旅馆,天青将万樱安顿到对屋,待她换完衣物又将被褥铺好。万樱和衣躺下,天青守了会儿,这才欲起身回房,万樱抹搭着眼说:"可怜见的,可怜见的。"他替她掖了掖被角,攥住她的糙手半晌没敢撒开。"老常说,刚捡到时,才七八个月大。"她说话时盯着房梁,仿佛房梁上尚悬栖着盗贼,"老常媳妇没开过怀,哪里有奶水?都是老常去农户买羊奶……是不是喝羊奶长大的孩子,都牲性呢?……"天青瞅着她虚白的脸,不晓得她嘟囔什么。"八岁时,被云霓妈打过几次,别看蔫头蔫脑的,气性贼大,跑了,好不易才从大桥下找回来。"

天青这才晓得她在说常云泽。他不安地摸摸她额头,有些烫,忙寻了体温计嘱她夹好,这才有搭没搭地问:"你才说,谁是捡来的?"

万樱喃喃道:"能有谁呢,云泽啊,苦命的云泽啊。"天青不禁打个寒颤,说:"睡吧,睡吧,竟说那没影的话。"万樱说:"我咋能胡诌歪咧……老常啊,老婆嘴老常,从前呢,偷摸着跟我念叨过好几回。可怜的云泽,生来不知道亲爹亲妈是谁,死了也不知道死谁手里。你说,他是不是,天下最冤枉的那条鬼?"

天青的嘴巴此时简直能硬生生塞入一条狗鲨。万樱呢,精神似乎济了些,她迷迷瞪瞪地爬起,手忙脚乱地将棉被卷裹住上身,倚着墙壁愦眊地瞅着窗外。窗外疾风卷着细碎花瓣连落叶,将玻璃都糊住。她仿佛在等待着有人敲门,然而也只是听闻几声凄切的猫叫。天青命她取出体温计,觑眼看了看,三十七度二,便翻出袋板蓝根冲了,哄她喝下,等闲了,这才一字一顿问道:

"你是说……常云泽……是……养……子?……常献凯……跟他老婆王秋莲,压根……没生过孩子?"

万樱呆头呆脑地望着他:"秋莲嫂子病恹恹的,不能生养,云泽五岁时,犯了心衰,早早走了。"天青又问:"常云泽……是从哪儿……抬来的?"万樱慢吞吞道:"那年,晨起,老常出门扔垃圾,见家门口扔着条小破被,忍不住掀开往里瞅了瞅,竟是个婴儿。小白耗子似的,睁眼看他,不哭,也不闹。老常说,他还特意摸了摸婴儿的脸,冰窖似的。那时才过谷雨,早晚凉得很。他抱着孩子跑到马路上,东张西望,连个人影都没有,这才做贼般跑回家,给孩子冲了碗黑芝麻糊……"说到婴儿时她慌乱着抚摸起小腹,摸着摸着陡然大哭起来。出乎意料的是天青并未宽慰她,任她哭疲累了,这才问:"饿不?"他的声音听起来生硬干冷,仿佛冬日荒野的旧电线被西风凛冽地吹过,不等万樱回话他就跟跄着去了厨房。等他端了两碗素面回屋,万樱还在扶着窗棂抽抽搭搭。

天青说:"紧着吃吧,暖暖身子。"万樱擤了擤鼻涕,垂头秃噜秃噜地扒拉起来,等整碗面下肚,红着眼问:"还有没?"天青又给她盛了满满一碗,汤水都漾出。她擦了擦细汗问:"你咋不趁热吃?"天青傻笑两声,面条夹到嘴边,筷子却硬生生驻在半空,嘴巴连张都没张。万樱掸掸他头发上的水珠说:"可得擦干净,别感冒。比不得云泽。他啊,身板皮实着呢,一年四季连个喷嚏都不打。"天青笑了笑,说:"我大学的时候,可拿过校春运会的三千米冠军。"

万樱吸溜着鼻涕,盯着他小声道:"别哭了,吃吧。"

天青说:"我没哭。"

万樱说:"你跟云泽,不过一个春的交情,值不起。"

天青说:"我……没哭。"

万樱欠起屁股拽了条毛巾攥给他,说:

"新换下的，干净着呢。"

天青咬着嘴唇说："我没……哭。"

万樱不再呱噪，默然躺下，将棉被从头到脚捂严实，捂严实了也不安生，桑叶里的春蚕般焦躁蠕动……等她鼾声渐浮，天青才叹息着将灯熄了，轻掩房门，屏气挪至那屋檐下。屋檐断断续续滴着如帘雨水，很快将他浑身上下打得精湿。他呢，破门板般动也不动，只垂手傻傻望着院墙，豰觫不已。

第三十七章　　长相依

老太太死倔死倔的，日夜吵嚷着出院，医生只得开了些口服药剂，叮嘱居家服用。万樱跟蒋明芳租了辆救护车，将老太太接回旅馆。在门口喊天青出来抬担架，天青磨蹭许久，才蓬头垢面趿拉着拖鞋晃过来。他们将老太太安置稳妥，老太太才说，嗟，就是住皇宫，也不如自个的寒窑好。万樱煮了小米红枣粥喂她，她草草吃了几口，便倚着被褥打起盹来。再去瞅天青，倒从没见他这般邋遢过，黑眼圈挤了半张脸，唇边冒着几粒青春痘，万樱难免心虚，问："我昨晚打呼噜了？"天青打着哈欠说："没事，比雷声小多了。"这时蒋明芳说："我先回店里，等晌午了咱去看老常。"万樱替她揩了揩眼角，说："也好。"

这日的阳光委实好，万樱便和天青坐院里晒太阳。有风，却是温的。天青忽然问："常云泽……真的是养子？"

万樱惊道："你……你听谁说的？"天青没再问旁的，只说："有空了，你记得去妇科做复检。"万樱恍然念起昨晚自己说了很多话，可到底说了啥，愣是混沌着念不起，喃喃道："你都知道啥了？……"天青柔声道："别怕，该忘的，我都忘了。"

这是多年来她第一次夜未归宿，回家路上，没成想碰到睁眼瞎。睁眼瞎挺着腰板骑着辆掉漆的小鸟电动车，车筐里坐着口烟熏火燎的洋锅。没等万樱开口，睁眼瞎先就泪眼婆娑："老常太平间守了整宿，连口水都没喝。我呀，起早给他蒸了锅麻蚶子五花肉的蒸饺。"她龇了龇满口黑牙，"老妹子，要不你……先尝尝？"说着不禁探出老鸦爪子揭紧了锅盖。万樱忙说："才吃过。"睁眼瞎似乎这才放下心，娇羞地抻了抻脖颈上的贝壳项链说："老妹子，这是你送的，我戴着洋气不？"

那串项链，是常云泽送她的。她只觉心脏被无数把尖刀割剐，嗓子哽了又哽。睁眼瞎说："哎，可怜的常大哥，我的常大哥，中年丧妻老年丧子，要是没了我，可咋活啊？"

万樱只觉这话哪里不对劲，可也没心思去细想，到了家，华万春和婆婆都在客厅，一个坐在轮椅上嘶吼，一个插着袖口冷眼旁观。他们，似乎正等着她归来。

华万春套了身灰西服。如果没记错，这身西服是他们婚礼时穿的。在箱底压了这么多年，皱巴巴的散发着樟脑丸的气味，他瘦，套在身上空荡荡的，仿佛随时都会从肩头滑落。见到万樱他咧开了嘴巴："胖丫，离……婚，离婚。"万樱去看婆婆。婆婆叹息了声说："樱桃啊，我被这狗操的逼疯了……"

他们没问她昨晚去了哪儿，他们甚至连个电话都懒得打。若是往常该是问长问短,恨不得连几点拉屎都要盘问,看来不管是华万春还是婆婆,早就铁了心,无非等她松口罢了。她端起杯灌了半缸凉水,望着华万春慢条斯理地问:"啥时办手续?"

华万春和婆婆惊讶地看着她,似乎完全没料到她这般痛快。尤其是婆婆,或许万樱的态度让她颇感意外,她反倒有些不甘。她拉着万樱的手说:"个傻樱桃,可想好了!离婚不是儿戏。"万樱将手抽回,冷冷说道:"这一天,我等很多年了。"

婆婆坐到沙发上小声着抽泣,不晓得是在为万樱伤心,还是为华万春高兴。华万春呢,坐在轮椅上不停摩挲着那份离婚协议书,嘴里嘟嘟囔囔。万樱翻出块凉馒头,坐婆婆身旁木木地啃。婆婆说:"你们的事,你们当家作主。说心里话啊,妈是真舍不得你。"见万樱不语,又说,"这混账东西……我也是没辙了。"她摸摸万樱手心里的老茧,"这些年,你做牛做马,妈看在眼里疼在心上……你不还怀着身孕吗?孩子……"万樱说:"孩子没了,流产了。"

婆婆倒吸口冷气,又瞅她两眼,怯生生地问:"啥时的……事?哎,命里不该有的,强求也枉然。流产也是小产,伤身,可得坐小月子。"万樱不语,婆婆又问,"要不,这事先缓缓,你们冷静冷静?"万樱瞅了眼华万春,不语。

婆婆说:"我跟你爸在这老房子里住了小半辈子,有感情。万春呢,名下也只这一处房产……"万樱说:"房子我不要。"婆婆眼里顿时放出光,磕磕巴巴道:"这……可当真?"万樱说:"我有手有脚,哪儿能饿死冻死?"婆婆眉眼渐渐舒展开来,连皱纹都蕴着笑意,似怕万樱窥到,忙又耷拉下眼皮说:"那就按协议上说的,给你六万块补偿费?"

这房子虽说是老房子,可听说要拆迁,按平米折算,好歹也能分处七十平米的新楼,照云落的房价,也有小三十万。这六万块钱,还真是寒碜了些。

婆婆说:"少是少了点,不过你也晓得家里的难处。万春这些年吃凉不管酸,你爸那两块退休金也全搭进去,虽说我杀了多年公鸡,可架不住手指缝稀拉,不然的话……"又哽咽起来,万樱问:"啥时办手续?"婆婆瞅了瞅华万春说,商量着问:"要不……就今儿后晌?"万樱嗯了声进里屋,盯着那张散发着霉味的席梦思,后来,她将床头柜上的熊猫闹钟握在手里,看那熊猫晃着脑袋左右摇摆。闹钟发出轻柔的、沙沙沙沙的声响。

手续倒简单。华万春捏着离婚证在阳光下晃来晃去,嘴里发出痴痴的傻笑。办事员是个枯瘦的中年妇女,怕是寻思万樱嫌弃瘫子才离婚,难免对她有些冷淡,反倒歪头安慰起华万春:"大兄弟啊,养好身子,手脚利落了,啥好姑娘娶不到?前些日子,我表弟老婆有了外遇,非闹离婚,这不,才分了俩月,表弟就娶了黄花大闺女,还是政府的公务员呢。"华万春嘿嘿笑着,颤颤巍巍伸出手臂握了握办事员的手。办事员说:"大兄弟,等着吃你喜糖。"

出了民政局,婆婆缩手缩脚尾随着万樱。走着走着万樱扶住门口的老海棠咳嗽起来。婆婆踱上前,拉住万樱的衣袖欲言又止。万樱说:"这一半天的,我就搬家。"婆婆说:"樱桃啊,着实委屈了你。他这个没良心的,死了也没人送葬!你有合适的就处……挑那老实本分的,别选那虚头巴脑的,更提防那狼心狗肺的。"将随身的红布兜递给她,说:"这些年,你一把屎一把尿伺候着,妈这心里真不落忍……"又指了指布兜,"这里头是十万块钱。妈咋能委屈你?"

万樱倒愣住,委实没料到婆婆出手这般阔绰,就说:"婶子,日后有啥事了,尽管找我。我脑子笨点,劲儿却还有两把。"

婆婆登时老泪扑面,顾不得手舞足蹈的华万春,扶着海棠树哀嚎。万樱说:"婶子,别哭了,人家笑话。"婆婆擤了擤鼻涕说:"樱桃啊,我还囤了些海参,你才小产,记得拿些炖汤喝。"

也委实没啥好拾掇的,婚后多年也只攒了堆破鞋烂袜,唯一簇新的是结婚时裁缝送的两套描龙绘凤的被褥。万樱说:"我有要紧事,过两天取。"婆婆说:"樱桃啊,别看你们分了,可这耗子洞啊,你想钻就钻,我呀……"又抻着袄袖抽噎。万樱说:"他吃的那些药,全在床头柜。"婆婆忽破口大骂起华万春,骂他是畜生没人性,咒他早死早托生,省得连累亲人。万樱晓得她不过是骂一骂而已,骂也只是骂给自己听的。婆婆拖着哭腔说:"你个傻丫头,日后谁敢欺负你,记得来找妈!别看妈老了,打架干仗没服过软!"万樱纵有千言万语也只如鲠在喉,将钥匙放在餐桌上,说:"换把新锁吧。"

出了门阳光扑身,有种说不出的舒坦。她先去了银行,拿出七千存到常献凯给老太太的卡上,又将余钱打入自己账户,恍惚间觉着也算有钱人了。从银行出来,一时想不出去哪儿,不知不觉怎就溜达到涑河。岸边的芦苇也有婴孩高,柔嫩明黄的叶子间不时有小鹧鹕掠过,荷叶尚未杂生,只去岁的枯黄老梗曲挣着,而两岸的黑皮柳满头碧绿,隔不几天就满城飞絮了。她心不在焉地望着河水,想,没出嫁时,好歹有个家,如今是连个热乎炕头也没了,裁缝草莓久无联络,蒋明芳要东渡日本,再没能惦念的人,再没可不舍的事,要是此时投了河,还真是一了百了,痛快自在。如是思忖着踱至水边,又从水边踱至岸上,后来骤然想起那日邂逅的老妇人,念起了与她的赌约,便想,做人咋能言而无信?既然应了她,哪里又有自寻短见的道理?好歹熬过这年再说。也不晓得这老妇人的胃癌可好些?那日她唉声叹气,又讲了些不着调的古怪闲话,可别再添旁的症候。便怨起当日没问她家住哪里,不然的话倒能买些黄桃罐头去探看探看。懊恼间又念起与蒋明芳的约定,已然后响,她也没声响,不知常献凯那边如何了?想到常献凯,又想到常云泽,难免嚎啕起来。她的哭声不但将河畔的水鸟惊飞,也吸引了游览散步的闲人。她只不管不顾地哭,哭得天昏地暗,哭够了,这才蹲水边洗了脸,没事似的骑了车奔往蒋明芳的理发店。

蒋明芳正给客人做头发。她嘟囔着问,看老常了没?蒋明芳说,老常在家补觉,等晚上再瞅两眼吧。她在一旁闲极无聊,就帮蒋明芳浇起堂前的芍药,浇完芍药顾客还戴着宇航员般的头盔,她就抄了把笤帚扫起门庭。

蒋明芳说:"你要真闲得肝疼,不如将西墙的镜子摘了。"万樱问:"好好地挂着,摘它干啥?"蒋明芳瞥了她眼说:"将店面收拾立整,把会员卡余额退利索,我就安心了。"见万樱嘟着嘴不吱声,就说:"走前我可得宴请宴请你们,以后啊,不知猴年马月才见。"万樱说:"那倒也不难。大不了买张机票去看你。"蒋明芳说:"发财了你?"万樱溜了眼顾客,小声说:"不如你别去日本了。日本有啥好?话听不懂,吃食也不随心,咱姐俩搭帮过日子吧?"蒋明芳笑说:"我倒没意见,就怕你家华万春不乐意呢。"万樱不禁脱口道:"我们……离了。"蒋明芳说:"啥?成天扯那没边的。"万樱将摘下的镜面用掌心蹭了蹭:"可没骗你……才办的……手续。"蒋明芳呀了声放下染发剂,走过来瞪她半晌,说:"也好,也好,地狱走了遭,可算换了人间。"笑了笑说,"我信你个鬼。谎话连篇。"万樱苦笑道:"可不,我就稀罕骗你这种傻子。"蒋明芳又左右瓣看她良久,这才信了,默然盯她,盯着盯着问:"日后可咋整呢?"万樱说:"懒鸟不搭窝,我成了女光棍,还不横着走?"蒋明芳恨声道:"你婆婆一根毛没拔吗?"万樱按了按她瘦削的肩,又偷偷摸了摸裤兜里的银行卡。

那晚她没陪蒋明芳探望常献凯,而是回旅馆给老太太做了顿好吃食。如今正是上面条鱼的时节,这面条鱼除却味道,最诡异的便是只生在云落海湾,黄海的渔民怕一辈子都无缘得见。它长得像银鱼,食指长短,可比银鱼白嫩软糯,肚肥腹硕,浑身无骨无刺,肉质又比虾潺弹实,虽说一斤四十五块钱,可想了想存款里有那么些钱,她咬了咬牙,干脆买了两斤。

面条鱼的吃法颇多,常见的是干煲、摊蛋和熬雪里蕻。万樱先用烤箱煲了,撒些孜然粉黑胡椒,又打了笨鸡蛋搅匀,小火温油慢煎。雪里蕻呢,有些干柴,不过倒衬面条鱼的鲜凉。她惊讶地发觉,在灶台间奔走时,内心如此平静,充盈着一种稀稀拉拉、毛茸茸的幸福感。在她点火时,在她往锅里倒葵花油时,在她手忙脚乱地将面条鱼小心着撒到沸腾的雪里蕻茎叶上时,她忘了常云泽,忘了华万春,忘了蒋明芳,忘了所有不该忘的人……耳中只有面条鱼上下翻滚的咕嘟声,只有煤气灶的蓝色火焰燃烧的噗噗声,只有街上卖凉粉的独眼龙摇着拨浪鼓的扑棱声,鼻子里则是海盐的咸味、雪里蕻的艮涩味、鱼的鲜味、太阳炙烤着菜地的甘味……她懵懵懂懂地想,要是这样一辈子不停闲地为吃食操心忙活,是不是,就能忘了这世上愁肠难熬的事?

她想起常云泽也喜欢折腾着吃。他厨艺比她好,很多个夜晚,她躺在沙发上懒洋洋地看着电视剧,他在厨房里静悄着忙碌,当菜肴上席前,他习惯用手指抓着炖熟的鱿鱼须或羊蝎子硬塞她嘴里……她本寻思一切都过去,他是他,她不再只是她。可他死了,一切又变了,死了的他成了一枚颅内拔不掉的铁钉……动不动就疼……等钉子生了锈,烂透了,就好了吧?

万樱强打精神,又用陈年酸浆拌了嫩菠菜,摔了个沙窝紫心萝卜,这才张罗着开席。天青陪老太太待了一后晌,看样子倒也不如何生疏。老太太说:"樱桃啊,这么好的嚼物,你们姐俩不喝两盅?我屋里,还有坛灵芝泡的老酒。"

天青挥着手说:"算了,我喝半口就变死狗,"又说:"万姨也别喝了,咱陪奶唠嗑。"万樱给他们一人盛了碗雪里蕻面条鱼,说:"外地人能尝到这鱼,口福不浅呢。"老太太说:"我可不稀罕这玩意,软啦吧唧,没嚼头。"万樱说:"可不,你那副假牙比我们的硬实多了。"老太太问:"听说,献凯儿子,没了?你咋没吱声?"看来是天青跟她讲了云泽的事。万樱的眼眶就又浅了,老太太说:"可怜的玉才,老天待他可真薄啊。"

万樱忙从兜里掏出张银行卡递给老太太,说是前些年借给常献凯的钱,如今总算还回来。老太太看也没看,说:"你也老大不小，还这不懂事？他家里遇到这么大的变故，先让他垫用好了。"万樱有些话一直想问，却从没问过，这时方说："您老人家，跟常大哥素没来往，为啥恁大方借钱给他？"老太太说："我是他跟素不相识，可他父亲常玉才，却是我的知交故友。"万樱秃噜着面条鱼说："常老爷子，不过是云落一个寻常老头，你们咋认得？"老太太说："瞧你这见识，短了不是？玉才先生可不是俗人，想当年在北平，即便梅老板见了，也要喊声常先生的。"万樱问道："难道他也在戏曲学校教过书？"老太太似懒得应她，只说："解放前哪，我们倒还真是老搭档。"万樱就更懵懂，却也没心思详盘细问。

老太太说："那时候，日本人还没打进来，我跟着我姐唱梆子，我哥呢，拉胡琴。晚上，我哥在戏园子里卖香烟吃食，我买不起票，就扮成小厮模样混进去。我十一二岁吧？那时，常先生是程老板的人。程老板不过三十出头，人清瘦，扮相唱腔犹如天人。常先生呢，是他的御用琴师。"她语速不紧不慢，似乎并没有说话的兴致，之所以谈及这些旧事，无非是顺了樱桃的话头，"当年京城有两大琴师，'秋鸣社'的杨银芳是一位，另一位呢，便是常先生。瞅他一眼，模样便一辈子忘不了。唇上一抹油亮胡须，修剪得连苍蝇都站不住脚，身上是件宝蓝华丝葛的袍子，袍子外面呢，套着团花缎子琵琶襟的坎肩，胸前挂着金表链，表链上缀着翡翠坠子。上场时，先将一截白纺绸小褂袖头卷起，再往二郎腿上垫块黄色纺绸，三两声，就把胡琴弦调好了，这才悠闲地取出金烟盒，怡然自得地抽烟……"

万樱听得迷糊，天青的眼倒是时不时闪着光亮，不过却如彗星滑过。说者本是无意言说，听者也是无心聆听，俱是兴致索然。万樱边轰苍蝇边说："吃，吃，吃。"老太太自顾自道："谁不爱常先生那派头？谁不爱程老板那唱腔？我们兄妹俩呀，躲戏楼的角落里听戏，他记胡琴唱腔的工尺谱，我呢，记戏的唱念身段。冬天可真冷啊，散了戏，我跟哥从金鱼胡同往家走。"她歪头笑了笑，倒如少女般烂漫，"边走边说着当晚的戏，说着说着难免拌起嘴来。那天下了大雪，一簇一簇，把城墙楼宇覆住，胡同里阒然无人，我哥哼着胡琴伴奏，我边唱边舞，走着身段，倒像走在空旷的戏台上。没有镜子，影子落在雪地上，我就盯着影子左瞅右看，挑毛病，哪里像了，哪里又不像。哎，老辈子的雪……咋下得那么大？"

天青随手点了支烟，抽两口就咳嗽起来。老太太说："烟要少抽，常先生就是犯了心肺病，手艺大不如前的。"天青揉了揉眼问道："你跟常先生可熟？"老太太说："日本鬼子打进北平后，程老板封了山，携全家去黑山扈种地，戏班也散了。只我们这些先前上不得席面的虾兵蟹将，为了混口饭吃，还在三两家半死不活的戏园子里奔波。常先生呢，没得去处，我便请他过来做琴师。角儿不多，听戏的也少，不过是勉强糊口。常先生陪我吊完嗓，通常会闲聊几句。我这才晓得他籍贯云落，无父无母，也没有婚配……"

天青见她神色有些拘谨，面色也柔和红润起来，便迟疑着问："那你和常先生……"老太太摆摆手说："他是兄，我是妹。不过，我这条命，倒是他救下的。"天青本来死灰的脸庞渐渐活泛，若有所思地盯着老太太。老太太说："那年，有个叫松本的太君常来听戏。他是当年驻守北平的紧要人物，却对京戏痴迷得紧，最爱听我的《红拂传》和《青霜剑》。后来他被地下党盯上。八月十六，一九四一年，日子如今我还记得，松本头部中了两枪，当时一片混乱，双方激战，日本兵朝戏台胡乱扫射，我吓得动弹不得，躲大幕后傻了眼，若不是常先生将我扑倒在台上，估计早被子弹射成筛子眼。常先生呢，腿上和小腹各中了一枪。"天青呀了声，老太太继续道："不过，常先生命大，送协和医院，愣是救了过来。他本就有心肺病，日后又添了枪伤，身子骨大不如前。我跟他说，但凡我有口饭吃，就绝不会饿着他。"

万樱又给老太太换了碗新汤，老太太说："跟你说了，不得意这口，死心眼。"万樱哄孩子般说道："鲜得很，再尝尝。"用勺抂了汤喂她，她皱着眉勉强咽了半口，看着天青说："解放后，常先生回了云落老家，娶妻生子，安稳度日。我在省城教书，嫁人生子，跟他渐断了往来。1969年，革委会批斗我，说我专给日本人唱戏，是汉奸，先将我押送到干校改造，又罗列了六大罪证，要判刑。常先生不晓得如何听闻了消息，坐火车连夜赶来，说：她要真是汉奸，为何日本人还杀她？要不是我拦着，早死了！又扯开衣裳给革委会的红卫兵看他身上的疤。哎，即便如此，我也蹲了十年牢狱。他本来清白，却因我受了牵连，被判了八年。你说，常先生，算不算义士？算不算我的恩人？"

天青不禁长叹两声，满目萧瑟。老太太说："文革后，我出了狱，给他写了几封信，却杳无音讯。便想着有朝一日退了休，再来云落拜访他。不成想，俗事琐事羁绊，竟没成行。活到七老八十，便想，这把老骨头，也熬活不几年，再要拖延，怕只能下辈子见了。这才来了云落，托人打听，又到派出所问询，才知道常先生早已过世。哎，他活着时，我还是没能如愿，见他一面。"她慢条斯理地叙着旧事，一双眼却钉在天青身上。天青听得入迷，说："他救了你的命，又替你出头伸冤，不是恩人是什么？"老太太说："谁说不是？后来，我见这云落是块宝地，便买了房，索性定居下来，倒也舒心逍遥。你呀，眉眼神情，倒跟年轻时的常先生如出一辙，要是再留抹小胡子，还真辨不出真假。这些天，你在我眼前晃来晃去，我老寻思着，莫不是常先生回来看我了？"

天青哑口无言，半晌才说："我倒想是常先生后人，可惜没这个福分……"

老太太摇着头说："是与不是，谁又拎得清？今生难预料，也算团圆在今朝。"又扭头叮咛万樱，"常家出了这么大的事，少不得用钱用物，你先把卡收了，改天给献凯。"万樱云里雾里的，却也只能点头称是。老太太又问天青在云落待多久？天青犹豫着说："我这里的事……也算了结，再住个三两天，就回北京。"老太太说："我看你愁眉不展的，可有啥心事？"天青苦笑道："不过是些鸡毛蒜皮的小事。"老太太沉吟道："回首繁华如梦渺，残生一线付惊涛。虽说是戏文，也是有道理的。"天青未语，只将目光挪开，不敢再看她。

吃完已然恋黑，万樱哄着老太太歇息，又叮嘱天青若是睡不安稳，不妨戴着耳塞睡，说完随手递给他一副。天青很是惊讶，说，你还有这东西？万樱的脸红一阵白一阵，转身去了灶台刷锅洗碗。

翌日，万樱先去了趟窗帘店。来素芸爱答不理的，趴桌上百无聊赖地拨拉着算盘。金算盘被她摔碎,后买了个银的,声音倒比先前的更清脆。两个人面对面坐着,谁也没说话,坐了会儿万樱起身下楼,去老万家买了碗羊头汤,又买了屉水晶包。来素芸仍懒洋洋趴着,细弱的手臂宛若鱿须。万樱将盖子掀掉,屋里立时飘着羊膻味儿,来素芸吸了吸鼻子问,没放胡椒粉吧?万樱斟酌着说,昨个……你去老常家没?来素芸有气无力地答,去是去了,没唠上两句,老常就急着去了医院,说是多陪陪云泽。你说这可咋好?我看他是真魔怔了,老寻思云泽能活过来。今天是云泽的三天,晚上我们给他烧些纸钱。

常云泽的案子仍是悬案,倒是蒋明芳那边传来消息,说是签证到手,飞机票也买好,眼瞅着要出发。万樱便和她私下商量,走前将大伙拢一起小聚,也算是告别宴。老常的驴肉馆去不得了,免得他见景生情。最好选家肃静的,说说体己话。至于请谁,两人又密谋多时,来素芸是铁定叫的,天青孤苦伶仃,喊过来吃顿热乎饭也好,云霓带着公司的姐妹办理了不少会员卡,虽是这关口,还是见个面为宜,至于旁人,一时半会儿倒也念不起。拟了名单便分头通知,谁晓得才挂云霓电话,常献凯那头就气势汹汹地打过来。他声音沙哑,显然有些愤怒,明芳啊,你也忒不讲究!出国这么大的喜事都不跟老哥吱声,饭也不请老哥吃一顿,眼里还有老哥没?蒋明芳和万樱面面相觑。常献凯又说:老老实实的!给我来驴肉馆!家里开饭店,跑别人家吃,丢不起那人!不由分说挂了电话。

蒋明芳说:"百密一疏,云霓的嘴比百灵还快。"万樱说:"听人劝,吃饱饭。去吧。"

万樱将前两天剩的面条鱼用酸菜炖了,拎着跟天青急匆匆赶往驴肉馆。本寻思来得早,先帮明芳点些便宜菜,不料常献凯早就安顿好,才进屋,冷菜凉拼就陆续端上。来素芸来得迟,不过倒阔绰得很,带了两瓶青花郎。椅子没热常云霓也来了,不光她自己,还有罗小军。蒋明芳很是惊讶,问:"罗总,哪阵风把你吹来了?"罗小军说:"这些天都是晦气的事,可有你这桩好事,我不得沾沾喜气?"又对万樱说:"你个糨糊脑袋,老太太出院也没打招呼。房子替她租好了,改日请老人家搬过去。"这时来素芸说:"罗总大驾光临,是特意来买单的吗?"罗小军说:"不足挂齿,不足挂齿。"来素芸白了他眼,还想讥讽两句,被万樱拽了拽袖口,她便又转身骂起万樱:"老动手动脚的!毛病!"

蒋明芳忙笑着打圆场,说:"本不该叨扰大伙,可不跟你们念诵声,你们定会背后指摘我。你们是我的姊妹,我的亲人,这些年,你们怜惜我,顾恤我,替我出头,为我把撞。要不是你们在前头遮风挡雨,我早撑不住了……这日子也不是相宜的日子,只当挑个由头,说两句掏心掏肺的话。"说完端起杯酒泼在地上,"第一杯酒先敬云泽。"众人未语,也纷纷仿效洒了酒水。"你们日后谁家有大事小情,千万告诉我,谁要装聋作哑,我跟他没完。"她自己又喝了满盅。这时常献凯推门而入,手里端着盘热气腾腾的酱驴骨。万樱见他眼角耷拉面色灰颓,一时不知如何是好。未成想常献凯大笑两声,说:"今儿是好日子,不该说的话都先给我憋着,咱像模像样地欢送欢送明芳!"蒋明芳说:"赶紧坐老哥,吃口菜垫巴垫巴。"常献凯说:"咋去机场?要不我差人送你?"来素芸说:"老常啊,别瞎操心了,送的话也我送,轮不到你。"蒋明芳说:"谁也别送。等我啥时回云落了,你们记得接我。"常献凯说:"也好,大伙敬明芳一杯吧,祝她在那边吃得好,睡得香,赚得多。运气再好些,保不齐领个妹夫回来。"来素芸说:"恁大岁数了,说着说着就离壶。不过明芳啊,真要有那有钱的老实人,可要用套马杆套住。"

蒋明芳笑而未语,又干了满盅。万樱忙扯她的手,低声说:"疯了?悠着点。"几杯下肚场子渐暖,空气不似先前那般冷滞,众人七嘴八舌讲着话,倒也喧腾,只不过常常笑到一半,剩下半声就了无声息。如此喝到前半场,倒也觥筹交错好不热闹,万樱去洗手间,出来盯着墙上镜子,潮了眼,这时隐约听到男厕有人讲话,听声音是常献凯和天青。只听天青问道:"倒是真的?"常献凯唉声叹气,没得回应。天青又问:"你当年把云泽找回来,没发觉他根本不是你丢失的儿子?"常献凯说:"提这些陈芝麻烂谷子,有屁用?无论真假,我当儿子养活了那么些年,不是亲的也是亲的了!"天青道:"也是,听说,本就是捡来的。"万樱正听得愣怔,常献凯跟天青次第出来,见了万樱二人又闭了嘴。万樱擦着手说:"爷俩少喝口。"天青说:"还数我万姨最惦着我。"常献凯并未搭话,黑脸疾步离开。万樱难免惊讶,问天青道:"出了啥事?爷俩咋拌嘴了?"天青答非所问地说:"常叔是个敞亮人,好。"

宴席早早散去,众人跟蒋明芳依依辞别。其实最让万樱不解的是罗小军咋来了?他跟蒋明芳没啥交情,这时来饯行,也不晓得顾及了谁的面子?也想不太多,跟天青送了蒋明芳回。临别前拉着蒋明芳的手愣是说不出话。蒋明芳附耳道:"我最放心不下的,是你。怀了身孕要定期体检,别豆腐拌腐乳,越办越糊涂。"万樱嗯了声,说:"明早我送你。"蒋明芳说:"送啥送,又不是生离死别。"又对天青说:"日后啊,要常来云落看你万姨。"

天青看起来有些心不在焉,他拘谨地摸了摸鼻尖,大步走上前来,犹豫着抱了抱蒋明芳,又转身抱了抱万樱。

他那么瘦,骨头把人硌得直疼。

那晚万樱翻来覆去睡不踏实,半夜摸黑数豆,等睁眼醒来已上午九时,万樱袜子也没穿跑到蒋明芳家,却大门紧锁。打了电话过去,也无人接听。在蒋明芳家门口蹲了会儿,这才蔫头蔫脑回了旅馆,先将晌午的米淘洗好,又铲了鸡粪施肥。等饭闷好,想到天青还没起床,便去敲门,却没有动静。门是虚掩的,窗帘还拉着,被子却叠得豆腐块般,空气里弥漫着淡淡的橘子味儿。狐疑间在写字台找到张便条,上面写着:

万姨:我回学校了。

就这么冷冷的一句,连落款和日期也没有。便想,这孩子,话咋比地底的蝉还少?

又仿佛回到从前,晨起扫街,上午窗帘店,晌午给老太太做饭,陪她说说话,后晌去按摩店。这些日子,按摩店也没啥动静,罗小军先前说的店铺虽然搬走,却并未装修,外地请的按摩师也迟迟不见踪影,自己这个老板,仍是光杆司令。待等夜晚降临,服侍老太太躺下后,她难免呆坐院子里看着没有颜色的天空。四周岑寂,纸箱厂的呲呲声也被夜色吸纳干净,只听到青菜根和蚯蚓在土壤里蠕动的声音。一些人的影子在眼前晃，也只是晃了晃而已，她竟一时叫不出他们的名字，想不起他们的模样，以及，他们又散落在哪里。

老院这边一直慢慢拾掇。罗小军租的房是精装修，能拎包入住。老院里的桃树、樱桃树和美人梅被常献凯讨要走，说是移栽到驴肉馆后院，正好去去驴骚味儿。菜畦里的菠菜、樱桃萝卜、空心菜长势正盛，弃了可惜，便寻个傍晚全拔了，正在清理时有人进来，她头也未回地问，小军吧？罗小军懒洋洋地问，都收拾利索了？明儿我派大车来搬家，又晃了晃手里的烧鸡说，晚上在你这儿混口饭吃，你扒拉个菜？

万樱快活地哦了声，扔了青菜去厨房，炒了几个家常菜，将烧鸡拆了，又从老太太屋灌了瓶散白酒。老太太言说不饿，窝炕头听收音机，懒得出屋。俩人便在院里摆了方桌，坐马扎上吃起来。罗小军看上去神色疲乏，眼角皱纹似乎更细密。她犹豫着给他夹了个鸡腿。罗小军也没客气，埋头啃起来，啃完吧嗒吧嗒嘴，重重叹息了声。万樱小心着瞄他两眼，问，咋？又犯了腰椎病？罗小军盯着酒杯若有所思。万樱又给他夹了个鸡腿。罗小军三下五除二啃完，将手指上的油脂也吮吸干净。万樱说，倒少见你这么狼吞虎咽。罗小军哂笑道，他姑啊，我两天两夜没吃饭了。万樱说，明儿搬完家，后响你去店里，我仔细给你按按。罗小军没说去，更没说不去，只呆呆伸了个懒腰。夜色弥漫开来，那么安生，瞬息间她有些恍惚，仿佛他们是过了大半辈子的老夫老妻，正在初夏的屋檐下漫不经心地嚼着粮食，嚼着青菜，嚼着那年复一年、说不清道不明的东西。

后来罗小军看着她问，樱桃，你离婚了？

万樱心头一凛，没敢拿正眼瞅他。

罗小军说，好！离得好！别心窄，日后我给你踅摸个好男人！

万樱夹了筷子空心菜放他碗里。他说，嗐，我不爱吃空心菜。万樱勉强笑了笑。罗小军眯着小眼说，樱桃啊，我要结婚了。万樱攒着眉乜斜他，罗小军显然有些意外，他埋怨道，这么喜庆的事，你咋不恭喜我？

万樱便念起那日安装窗帘时的矮矬妇人，嘟囔着说，挺好……就是瘦了些……个儿矮了些……孩子丑……瞅着也不像你这么漂亮。

罗小军瞪眼望她，说，啥孩子？云霓烓吗？可比你高半头，向日葵秆似的。

这下倒轮到万樱瞪眼望他了。罗小军呢，却旋即沉默起来，他不停转动着手里的酒盅，动作迟缓沉重，仿佛他转动的不是酒盅，而是驮着大海、山峦、星辰和光的地球。他们也都没再说话，仿佛只有沉默，也唯有沉默，才是此时此刻，这世间唯一的道理。

第三十八章　罗先生的暮春

罗小军一向宾服自己的预感。这种预感犹如涞河中的游鱼知晓暴雨何时到来一般。有那么几天他骤然从睡梦中醒来，心慌气短，屋内漆黑如墨鱼汁，只听到冰箱轰隆的声响。黎明还未降临，万物都在沉睡，他靠着床头抽支烟，然后在呛人的气息中恹恹入睡。

果不其然，常云泽结婚当日的上午，清水镇的一帮人来了，他们从门厅鱼贯而入，有的脸上挂着讪笑，有的脸上写满愤怒。他们的口径很一致，那就是请求退股。罗小军认识他们中间一个叫卡头的。卡头蓄了两撇油亮的八字胡，常年戴着副宽边变色墨镜，这给罗小军造成一种错觉：这是位油光满面、财大气粗的盲人。

卡头笑着说："罗总啊，我们是无事不登三宝殿。这不，新近政策有些松动，线头棉市场又活泛了。我们呢，想把投合作社的钱拿出来，趁着东风擂战鼓，赶紧去东北进原料。"他弯腰递过支香烟，"利息按银行活期利率就行，嘿嘿，我们理解你们的难处。"说完他帮罗小军将烟点着，毕恭毕敬垂手侧立。剩下那几位躲在他身后，盯着罗小军。罗小军感觉南向的玻璃都被他们的影子挡住了，阴恻恻的风从窗隙旋来，让他不禁打了个寒噤。他跷着二郎腿说："信合的事不归我管，你们找刁总。"卡头赔笑道："找过了，他不在，这才斗胆来打搅你。"罗小军慢吞吞地说："入股的钱拿去风投了。中途撤股也不是小事，要开董事会商量的。"

卡头说："罗总您说这话就不厚道了，我们将钱存进合作社，跟存进银行是一个理儿，不管活期定期，只要储户愿意随时能支领。"罗小军扫他一眼说："你们买的是股份，入股跟存款能一样？咱们都签过协议，白纸黑字的，哪儿能送信的丢邮包，失信于人？"卡头赔笑道："罗总您行行好吧，我们去黑龙江的火车票都买好了，着急打货款呢。"罗小军笑着说："你们急，也是干着急。投资又不是产房里女人生孩子。"卡头扶了扶墨镜说："那为啥罗大眼他们的钱拿出来了？他们能撤，我们为啥不能？"罗小军心头一凛，说："你听谁说的？纯属满嘴放炮！你把罗大眼给我叫来，我跟他当面对质！"卡头干笑了两声。罗大眼在清水镇一带出了名的心黑手辣，旁人走路都要避着他。罗小军说："我要去参加婚礼，恕不奉陪了。"卡头悻悻地朝众人使了眼色，这帮人才又鱼贯而出。楼道里传来的脚步声每铿锵着响一下，罗小军的心脏就仿佛被狠狠踏踩了一脚。

真如郭子兴所言，有人故意将大股东撤股的消息泄露出去了。这件事迟早会发生，只不过没料到会这么快。他边开车边联系刁一鹏。刁一鹏正跟老婆陪儿媳做孕检，听完罗小军的话忍不住骂起罗大眼来，骂完又说："这种事，要稳住，柴别烧太旺，否则落咱一身灰。你放心，那几个嘴紧拿了钱的大爷，断没脸跑跟前来作证瓣活；再就拖呗，本就是他们理亏，咱只能泥水塘里洗萝卜了。我记得卡头在社里投了三十来万，这样的户清水镇有二十来家，算是中户。掐头去尾，把中户稳住了，拖住了，散户们也就吃了个定心丸。"

卡头他们向来不是顺毛驴，却也只能用此下策了。在常云泽的婚礼上，罗小军时不时会走神。常家将他跟领导们安排在一桌。所谓领导，就是粮食局退休的副局长、工会主席，常云泽所在车间的主任、副主任，以及常献凯自认为是有头有脸的人。他谁也不认识，倒也省却不少客套话。一双眼倒忍不住朝万樱那桌瞥。来素芸在万永胜公司入股了三百万，他跟万永胜念诵过，说是至亲朋友，还望他想想办法。万永胜应是应了，不过也没着落。他心里对万樱充满了愧疚，每次见她都莫名心虚，除了装聋作哑还能如何？原先说好的按摩店装修事宜，更是一拖再拖，何时启动谁也说不准，又是一张空头支票。他自己手头要是宽裕些，将钱先垫付给来素芸也未尝不可，可目前的状况明摆着是泥船渡河。这个春天，是有生以来最难的一个春天，所有事情宛若没有轨道的彗星，朝着不可预知的黑暗滑去。一种他从没体验过的无助感无时无刻不在折磨着他，羞辱着他。他唯恐稍有不慎，所有看似坚固的东西统统都要被打碎，宛若镶着金边的官窑瓷器落到地上。

让他稍感意外的是常云霓。宾客散尽，她私下找到他，说，我喝了点酒，能送送我不？这倒不符合她谨慎的风格，按理说，作为新郎的妹妹，她还有更重要的任务，那就是鞍前马后地侍奉新亲。他漫不经心地问，去哪儿？他知道她这段时间住在公司。常云霓抿了抿嘴，先跟他上了车，然后说："去你家喝茶吧。"她声音笃定，仿佛是深思熟虑后才若无其事地说出来。他稍稍一愣，说，这……她抱着小熊靠枕，目视着前方鸟兽散的宾客："我好累啊，想清净会儿。"

就这样，他将她带回了家，在露台席地对座烧水煮茶。两个人谁也没有主动说话。从露台上能看到不远处的纸箱厂和火葬场。乳白色的浓烟扶摇直上，到了最后，分不清是纸浆的颗粒还是骨灰的粉尘，浅灰空中偶有飞鸟掠过，仓促的叫声似乎在提醒他们，他们是如此熟悉，又是如此陌生。后来常云霓盯着他说："我分手了。"罗小军看着她，淡淡哦了声。又是一阵令人心慌的沉默，常云霓说："我们……在一起吧。"茶盅里的水洒了出来，罗小军感到滚烫的热水淌过皮肤，一股焦灼的疼痛感让他皱了皱眉头。常云霓静静地注视着他，他撩了撩眼皮，说："好。"

常云霓这才笑着问："怎么感觉你挺勉强呢？嗯？"

这段日子，形形色色的破事烂事缠在一块，让他根本无暇顾及云霓。自省城归来，她和他明着暗着互相躲避，连刁一鹏都能看出来。对他而言，这躲避中饱含着自责，他怕在公司里看到她，怕听她说话，甚至当别人提到她的名字时，他的心脏也像坐过山车一样。也许在她眼里，他只是个妄图利用身份占员工便宜的猥琐男人吧？他本来以为那晚的欢愉后，会是段美妙、充满了鸟语花香的日子，却不成想在她眼里却是噩梦的开端。这是省城之行后他悟出来的道理。这种后知后觉造就的羞耻感无时无刻不在提醒他：离这个女孩远点，直到彻底忘了这事。看来他还是误解了她。也许她跟他一样，一直都处在矛盾与纠结中。

"我最近有点耳聋，"他笑着说，"琐事缠身，焦头烂额。"常云霓拿纸巾擦了擦他手背，说："我也是想了很久，"她不慌不忙地又用纸巾拭着桌上的水渍，"我想跟你在一起。永远在一起。"

她用了"永远"这个词，说明她还是太年轻了。他有些揶揄地望着她，她说："我知道你们这种老男人，皮糙肉厚，老奸巨猾，早不信感情了。"她将废纸扔进垃圾桶，快活地说，"不过，只要我信，就万事大吉，对不？"她朝他这边挪了挪，将头靠住了他的肩。他一动不动，她调皮地眨着眼说："我们去旅行吧。你不是喜欢杭州吗？现在正是烟花三月下江南的好时节。"

他从来没经历过这样的旅行：没有提前规划路线，没有事先筹谋攻略，没有劳烦当地熟人，甚至连多余的衣物都没有带。用流行语讲，就是来了一场说走就走的旅行。下午三点钟,司机把他们送往北京国际机场,晚上七点,他和常云霓坐上波音738穿越云层在月亮的护送下飞往萧山机场。登机前,云霓先在西湖边预定了家五星级宾馆,只消走上三五分钟,就能看到传说中的西湖和断桥。那晚,他们在西湖边坐聊到深夜。她一直喋喋不休,他呢,只是微笑着倾听。她的声音轻柔、安逸,宛若他们身旁逐渐浓起来的水雾,既像是透明的,又有一种欲说还休的遮掩。她讲到她脾气古怪的母亲,讲到她从小就爱惹是生非的哥哥,讲到那个喜欢给她指甲涂凤仙花的父亲,讲到她自闭症患者般的少女时期——她那时最渴望的便是在某个春天自杀,她老觉得云落这个地方就像个巨大、厚重的玻璃罩,将她牢牢扣在里面,她能看到外面的天空、飞鸟、大型客机、小型广告飞机、飘飞的蒲公英,却听不到任何声音,这让她感觉到窒息和恐惧。她还讲到她的初恋,一个眼睛有些斜视、读书刻苦的男孩,后来因白血病去世的时候,他才十七岁。他没有自己的墓地。他父亲在回家的途中,将他的骨灰均匀地撒在了自家的麦子地里。最初那几年,芒种麦收前,她都会一个人偷偷跑到那片麦田,光着脚坐在垄隙里给他唱歌。除了蚜虫、灰飞虱、吸浆虫、蝼蛄和金针虫,委实没什么听众,可她还是怕惊扰到那些陌生的人或虫子,她的声音通常渺小而胆怯,而被风拂动的麦芒时不时扎到她的耳朵,她的脚趾和她容易过敏的鼻子。她闭着眼想,或许,这是男孩在拿麦穗逗她玩吧?或者埋怨她挑选的歌过于老旧,不是他喜欢的那种浓烈缠绵型。他活着时,最喜欢读聂鲁达的情诗。对于那位尚在读研究生的前男友,她倒语焉不详,并没怎么述说。也许,对前男友的愧疚让那些难忘的事情被她选择性地遗忘了。

直到湿气和露水让他们察觉到寒意,这才手牵手回宾馆就寝。她先洗的澡,当她披着浴巾出来,他忍不住亲了她。她的舌尖仍是冰淇淋的凉甜味儿。那是女孩独特的味道。赶紧去冲凉!她装出嗲声嗲气的腔调,老男人了,还这么猴急……他洗了很久,将身体的每个部位都搓了遍,打完沐浴露又打了遍香皂。他很享受这个过程,仿佛只有将所有旧日的污垢洗掉,才配得上这神秘、奇妙又荒诞的杭州之夜。

等他洗完澡出来,云霓在床上睡着了。她蜷缩的样子让他紧缩的心脏舒展开来。他将她轻手轻脚搂进怀里,全身缓缓荡漾着一股细碎的柔情。这个春天的夜晚,这个西湖边的春天的夜晚,这个空气中弥漫着莫名香气的夜晚,这个寂静得有些忧伤的夜晚,他很快搂着她睡着了。他很久没有睡这么香甜了,可笑的是,他在梦里没有梦到云霓,而是梦到了万樱:从工地上回来,他和妻子去包子铺打尖,他一眼就认出了那名服务员是万樱。他并没有打招呼,多年未曾相见,少年时的记忆也没删除干净,可他却保持了意料中的沉默。她摔了一跤,傻乎乎地坐在肮脏的地板上,而双手却稳稳托住餐盘,看到她眼眶里的泪水和脸上的碎纸屑,他更加不敢吭声,只有低声让妻子上前将她搀扶起来……为何会做这样的梦?一个没有脱离记忆和逻辑的梦,仿佛只是时光倒流,让曾经发生的重新上演了一遍……他努力睁开眼,发觉万樱就在暗中注视着他,他惊讶地问道,你也在这里?万樱只是笑了笑。她的笑容在朦胧的月色中清澈羞涩,他不禁摸了摸她光滑的脸庞……当云霓的手机铃声急促响起,他骤然苏醒。看着云霓,他的脸倏地红了。多么诡异的夜晚,他躺在一个女孩的身旁,却梦到了另外一个遥远时光里的女孩……云霓接电话时,他满怀愧疚地抚摸着她的小腹,可云霓的声音顿时尖利起来,他听到云霓喊道,赶紧收拾行李!回云落!他呆呆地望着她问,你在开玩笑吗?说完翻身将她压碾在身下,云霓边胡乱挣扎边急促地喊道,我哥出事了!天哪,我哥出事了!……

他们是傍晚五点到的云落医院。他决计没有料到,新婚第二天,那位看起来脾气暴躁的舅爷会以这样一种惨烈的方式结束一切。那天晚上他陪云霓在医院待到深夜,这期间他跟主管刑事的公安局副局长通了番电话,委婉地叮嘱他们尽快破案,与案件相关的费用他全包,绝不会让兄弟们吃亏受累。也许,他只能以这种方式来哀悼这位并不相熟、也并不亲近的未来舅爷。直到快凌晨,他才开车将云霓拉回家。她一直在哭泣。他劝她吃点夜宵,她根本听不到他说话,也许,哀伤让她暂时丧失了听觉。她蜷在沙发里,宛若沙滩上即将死去的美人鱼。后来他抱着她在沙发上睡去。半夜醒来,云霓仍在抽泣,黑暗中他心疼地舔掉她的眼泪,她小声地嘀咕句什么,他低声问,啥?

云霓说:"罗小军,我们结婚吧。"

这是她第一次当着他的面喊他的姓名。以前她总是管他叫罗总。她为何偏偏此时提结婚的事?她看起来那么柔弱、哀伤,她的身体时不时像发高烧那样抖两下,神志看起来也并不清醒,可她说,她想跟他结婚。他能说什么呢?在这个阴雨连连的凌晨,他一边谨慎地亲着她的脖颈,一边温柔地回答道:

"好。"

早晨他是被刁一鹏的电话喊醒的。刁一鹏说,清水镇的人又来了,这次不是小分队,而是大部队。他的吐沫星子都没了,他们还固执地坚守在楼道里,公司保安都驱赶不走,后来报了警,见到警察时他们才骂骂咧咧地离开,不过看样子,他们是铁了心要撤股,"你快来趟公司,妈的,我快疯了!"

即便真疯了,躲不过的,还是会如期降临。他和刁一鹏立时召开了公司紧急会议商量对策。商量来商量去,也没有个折中的方案。刁一鹏斜着眼说:"要不,咱们就厚着脸皮,把袁公子那里的投资抽回来?"罗小军只是一根接一根地抽烟,烟雾将他笼罩着,然而并不能遮掩住他紧锁的眉头,"先等等,"他起身拿鱼食,面无表情地盯着那条庞大的龙鱼,"不管是屎是尿,先憋着。"他往鱼缸里一粒一粒撒着鱼食,"我先想想别的办法。"

所谓别的办法,无非是跟哥们张张嘴通通气。那些"海豹突击队"的钓友,虽然不是什么大老板,可每人择个四五十万该是如汤灌雪。上次他没跟他们打招呼,是自忖没到山穷水尽的地步,而如今如若再刻意保持身段,还真就摔个狗吃屎了。当然,结果也确实如他所料,那帮哥们毫不含糊,一通电话下来,凑了有三百万。他很知足。有这三百万垫底,也够先应付一气,当然,口子是不能乱开的,否则就真如大坝决堤了。如今最紧要的,是要好好陪伴云霓。虽说这起恶性案件市里颇为重视,专门成立了重案组,还从北京请了刑事专家,可几天过去仍无任何头绪。云霓的情绪虽说安稳了些,可每晚都会从噩梦中惊醒若干次,他将她箍在怀里,用自己的体温将她冰凉的身子焐热。她再也没提结婚的事，可他知道，她那天说的是真话。他并不了解她，甚至连她的身体也不是很了解，可当她在怀里安稳睡着时，他默默地想，这个看上去聪慧实则傻气的女孩，或许就是陪伴他下半辈子的女人了。

然而，事情的发展还是超乎了他的想象。不过三四天，来公司闹事的人越来越多，用刁一鹏的话讲，就是比泥坑里的蝌蚪还稠，庆幸的是，蝌蚪还没有蜕变成青蛙，这要是四处蹦跶乱叫，真正的大麻烦没准就接踵而至了。他每日都感觉不到饥饿，他的胃似乎对食物越来越缺乏依赖，即便云霓偶尔下厨，他也只是胡乱吃口。唯一的那顿饱饭，却是在蒋明芳的饭局上。

他跟蒋明芳不熟，小时没有往来，长大后也交往稀薄，如果不是她进局子的事，他早就想不起他们口中的"小邓丽君"了。她要去日本务工了，对于她的过往，他一知半解，她到底遭遇到了如何的变故？她为何偏要去日本？他却不清楚，也没兴趣去打探。他向来对别人的苦难抱着敬而远之的态度。可云霓非要拉着他赴宴，为了平复她的心情，他只能随她前往。跟他猜的一样，除了蒋明芳，还有万樱和来素芸，唯一让他意外的是，会碰到那个叫天青的男孩。

这孩子比以前更瘦，眼神游离若梦游症患者。他是个愚钝的人，可还是强烈感受到天青身上一定发生了大变故。他装作若无其事的样子陪天青喝了两盅，得知他不日也要离开云落。他想跟这个满腹心思的男孩多聊几句，比如，他何时从省城回来的？什么时候毕业？论文准备得如何了？毕业后有何打算？是留在北京，还是去上海深圳？如此种种也只是闪念而已。这世上的人，哪个不是在海里扑腾？满眼望去，只有死亡般寂静的海水，看不到岸，稍不留神就可能呛水溺亡，有些人游着游着就累了，任由海水裹挟着奔往葬身之地。多年来，他从没像如今这么疲劳，他甚至预感用不了多久，滔天汹涌的海水就要将他彻底淹没，他唯有强打精神，将手脚扑棱得更迅捷些，将气息调节得更平稳些。他不知道，也不想知道，能否顺利抵达岸边。

而清水镇的那帮人，见公司迟迟没有动静，又跑到政府去闹了。信访办的徐主任跟他相熟，电话里千叮咛万嘱咐，叫他赶紧筹钱了事，免得变成第二个万永胜事件。一天中午，郭子兴约他吃饭，席间也是徐主任那般的言辞腔调。罗小军只有倾听颔首的份儿，除此之外，他还能有什么好辩驳的话？没有，连句屁话都没有。"我手里有二十万的私房钱，"郭子兴最后说，"虽然杯水车薪，不过你若用得着，我随时打你账上。"罗小军盯着这个面似金雕、看起来冷漠矜持的男人，忽地眼眶一热，连忙摆手笑着说："得，你还是留着养老吧。"

罗小军一直相信，世上最了解他的人非万永胜莫属。当万永胜邀请他共进晚餐时，他二话没问就连忙赶过去。万永胜仍住在独栋别墅，花事已过，树木葳蕤，万永胜正在苹果树下拾掇小稻穗。他说这鱼是涞河渔民用密网打的，才送来。罗小军便陪他蹲在树下挤膛破肚，又将去年埋地底的酸酱掘出。云落人都知晓，过冬的酸酱煎小稻穗可谓咸香无双。爷俩摆弄干净，万永胜又亲自下厨烹饪。等酒菜上桌，万永胜打电话催促食客，不久便有人推门而入，罗小军并不认得，只见那人长得颇像扑克牌里的黑桃K，方脸大耳，络腮胡，便点了点头。这人带了只辇老头烧鹅，万永胜又让保姆拆好。

罗小军问:"咦?奇了怪了,咋没见齐燕?"万永胜笑了笑说:"跑了。"罗小军不明所以地望着他,他就说:"卷了金银细软,跑路了。"罗小军说:"这……"万永胜摇摇头:"管她死活!见我落窭,抛夫弃子,是个狠主儿。"罗小军不知该安慰他还是该庆贺他。他一直觉得那个鼹鼠般的女人并不值得信赖。

万永胜笑了笑说:"哎,齐燕也是苦命人,山沟里生山沟里长,上头三个姐底下两个妹。十五岁那年,被村里的老光棍糟蹋,怀了孕。她也不敢跟父母说,等肚子慢慢大了,才慌了。父母都是老实人,跟光棍讨了两万块钱,就将齐燕嫁了他。孩子才过满月,她就跑东莞打工去了,再也没回过山里。前些年辗转来到云落,在饭店当服务员,也算伶俐体贴。好歹遇上我,过了几年舒坦日子……嗐,夫妻本是同林鸟嘛。"

罗小军倒不晓得齐燕还有这样一段过往。万永胜说:"忘了给你介绍,这是银行的苏科长。"苏科长说:"早不是科长了,如今在大厅办业务。"让罗小军没想到的是,万永胜先敬了苏科长杯酒,说:"冤有头债有主,都怪我……"说到一半瞥了罗小军两眼。罗小军就问:"找我啥事啊,叔?"

万永胜比前些日子更瘦,白癜风不光蔓延到脖颈脸庞,连手指也是白一截红一截,灯下的他看上去有些瘆人。他叹息了声。这些日子以来,罗小军最怕听到别人的叹息声,所有的叹息里都埋藏着秘密、痛苦、不甘甚至绝望。他尽量挤出丝微笑,问:"叔这边的事都平息了,还有啥为难着窄的?"

万永胜乜斜他一眼,说:"为啥?个臭小子,还不是为了你。你们公司集资的事传得连聋子都跳脚,动静可真不小。"

罗小军讪笑着说:"小事,小事,叔别操心了。"

"我不操心谁操心!"万永胜猛地拍了拍桌子,他本长手长脚,胳膊肘一下将酒盅刮倒。罗小军哆嗦了下,嘴唇动了动却没得声息,"早让你把合作社的事做个了断,说了几次!偏不听!猪脑子!猪脑子也不如!都闹到县里去了,你还做黄粱梦,我也真是服了气!"骂着骂着,他眼里的火焰一点一点冷却,直到最后彻底熄灭了。

罗小军重新斟满酒,双手递给万永胜。万永胜没接,晃晃头说:"哎,跟你发火有屁用?赶紧把这事摆平了,别等到水漫金山,法海也救不了你。"没等罗小军作答,他掏出一张银行卡和一张身份证:"你叔就这点能耐了。里面是七百万。五百万,是我先前借你的,剩下的二百万,是叔的一点心意。"罗小军瞥了眼身份证,是齐燕的,"放心,她有好几张身份证,就是没有一张是真的。别的事你别管,到时福进帮你处理。"罗小军望了望苏科长。原来苏科长叫苏福进。苏福进,这名字怎地如此耳熟?

万永胜说:"咱爷俩敬敬福进吧。这么些年来,我一直失眠,从没睡过安稳觉。人家都说我是云落的龙王,要风得风,要雨得雨,手下夜叉无数蟹将一窝。狗屁龙王!其实啊,我不过是耗子洞里一只老鼠,又老又瘸,又瞎又脏,见不得光,更见不得人。洞外头,是虎视眈眈的猫,洞里呢,满是气盛彪悍的小耗子。"他说这番话时并没有看罗小军和苏福进,而是呆呆地盯着那盘酱煎稻穗。"出了洞,被猫吞,藏洞里，被小耗子咬。"他嘿嘿冷笑了两声，"你说，我能怎么办？嗯？怎么办？"罗小军并不清楚他到底想说什么，只得摇头，"除了装死，你说，老瞎猫还能有啥好出路？"他扭头威严地盯着罗小军，"换作是你，你有啥好招数？"罗小军的喉结只是动了动，万永胜说，"这事，还得好好感谢感谢福进呢，要不是他帮忙……"

他没有继续说下去，而是又敬了苏福进个满盅，苏福进慌忙着先行干掉，说："万爷，您可千万别这么糟践自个。这云落的买卖人啊，要论智谋，您老排头一位啊！您不是老鼠装死，您是金蝉脱壳……"万永胜"呸"了声说："那帮孙子，我看透了！早见惯了世态炎凉，没想到他们落井下石的功夫更是一绝，真让老龙王寒了心哪。"他将银行卡和身份证赌气似的塞进罗小军兜里，慢悠悠地说："你叔，就这点狗屁能耐了。你呢，赶紧想方设法收拾烂摊子。再这么娘们着叽歪下去，早晚死得比我难看。我呢，好歹有几道护身符，你呢？……你趁啥？"

罗小军一句话都不敢说，一动也不敢动。

从万永胜家出来，罗小军只觉浑身躁热。他一直在琢磨万永胜的话，脑中又不时蹦出苏福进扑克牌般的模样。这名字听着极其耳熟，可的的确确没有正面打过交道。苏福进，苏福进……他猛然想起，苏福进不就是云落银行信贷科的副科长吗？正是他操作失误，才导致万永胜贷款失败，进而引起了一系列可怕的蝴蝶效应：万永胜被民间银行起诉，被法院执行庭封了扁鹊医院的账号，被成千上万户集资人上门讨债……那么，他为何要感谢这名叫苏福进的始作俑者？

恍然间他想起苏福进那句"您不是老鼠装死，您是金蝉脱壳"，顷刻间醍醐灌顶。难道，这雪崩的真正源头，不是别人，而是万永胜吗？连那最后一片雪花，也是他亲手撒下的？他强调自己是只洞里的老耗子，也许，他早厌倦了这商界的猫鼠游戏，厌倦了见不得光的日子，这才自导自演了这出别人眼里的悲剧……他越想越怕，越怕越想，越想越觉得难以置信，然而转念间，又觉得一切都那么顺理成章，所有被肢解的细节、片段都能严丝合缝地铆合到一起，所有不可思议的失误和咄咄怪事都有了合情合理的解释……

他倒吸口凉气，又想起万永胜去公司找他借钱时，叮嘱他要处理好合作社的事，后来又三番五次地念叨此事。莫非，那时他就预见到，可能出现的多米诺骨牌效应会殃及合作社？

从本质上讲，他们从事的都是民间集资。他没有明说，却提醒了多次，怪只怪自己欺瞒了他，并没有讲实话。另外他跟自己借那五百万，是否怕自己会有今日，这才事先替自己攒点救命钱？身上的冷汗就更细密。可万叔为何不直接把话说透？难道怕走漏风声？可自己是他的亲人哪！没有他万永胜，他罗小军就是泡狗屎。既然他处心积虑下这么大一盘棋，好歹给自己安排个角色，哪怕当个小卒子，也能替他胡乱拱一拱。

他越想越莫名地伤心。到了家，云霓窝在沙发里翻看什么。灯下的她表情严肃，嘟着嘴唇念念有词。他一把搂住她，或许只有温暖的身体能让他冷静下来，可云霓却一把将他搡开，挑着眉问道："罗小军，这些信，都谁写给你的？连署名都没有。"

罗小军一头雾水地拿过她手里的信件，

心里难免咯噔了下。

这些信，是多年前一个女孩写给他的。那时他在锦州当兵，每隔七八天，他都会收到一封云落来信。让他奇怪的是，这些信从来没有署名，也没有邮寄地址。那时他想，或许是某个暗恋他的女同学闲极无聊时写的情书？也许不能算情书，里面没有缠绵炙热的话语，只是东拉西扯地讲着她自己的心事，她遇到的有趣的事。他从来没有给她回过信，他隐隐约约猜到是谁写的，可她的模样和她亲热的口吻让他感觉到羞涩，甚至是一点点厌恶。多年后，他也从来没有正面问过她。他将这些信封在双星牌球鞋的鞋盒里，外面用宽胶带纸粘贴得结结实实。那年春节打扫卫生时，他把这些信件全扔进了垃圾堆，可当他转身离开不久，又忙不迭地捡回来。他想不明白，为何舍不得将这些泛黄的、字迹稚嫩的信件扔掉？搬家搬了那么多次，每次他都鬼鬼祟祟地将这个破鞋盒混进衣服堆，再藏到老婆不易发觉的地方。没想到，云霓却把这些信翻出来了，不仅翻出来了，好像还生了气。

"别看了，"他笑着将信一封封塞回鞋盒，"管她是谁写的！二十年前的破事了。"

"我可不这么想，"云霓冷笑两声，"宝贝似的藏在衣橱隔断里，要不是做贼心虚，何必那么胆小谨慎？"女人不讲道理的时候，男人最好闭紧嘴巴。罗小军闷头将早就失效的胶带纸小心着粘贴妥帖。云霓一把将鞋盒夺过狠狠摔地板上，解恨似地踩了两脚，这才噔噔噔地上了楼。罗小军看着那个被踩扁的盒子，不晓得是重新捡起来，还是随手扔进垃圾箱。后来他百无聊赖地打开电视机。他很多年没看过电视了，回到家里他只想躺在床上挺尸。那是他感觉最安全、最惬意的时候。

电视里正在演宫廷剧，他换了个频道，是部修仙穿越剧，再换，一名战士正威猛地拿着冲锋枪横扫飞机。他叹了口气，最后按了下新闻频道。

晚间新闻先是播报了一则国际新闻，叙利亚中部城市霍姆斯和首都大马士革接连遭遇连环袭击，截至目前已造成一百四十六人死亡，接近三百人受伤。然后是华北小麦长势良好的报道，接下去，是一名贪腐官员被纪检人员从会场直接带走的消息。当他听到袁绍国的名字时，脑子轰的一下。袁绍国，不就是省里主管金融的副省长、袁公子的父亲吗？他呆呆看着屏幕，斜躺在沙发里的身子如遭雷劈。

这是一则极为简短的新闻，画面却极具震撼力。一名正在会场发言的官员被戴上手铐，从主席台直接带走。在迈最后一个台阶时，身材矮胖的官员身子忽然晃了晃，直接瘫软到地毯上……播音员还在字正腔圆地介绍着袁绍国的简要履历和违法违纪事实，而罗小军却什么都听不见了。他按了回看键，暂时无法播放。他颤抖着从手机里搜索信息，这才发现相关报道已铺天盖地。他极力迫使自己镇定下来，睁大眼拨袁公子的手机号码。关机。片刻后他又重拨，关机。随后，他先后拨打了郭平生、钱行长和龚建福的电话，提示音冷冰冰地说，您拨叫的号码是空号，请查询再拨。他灌了几口凉茶，重新上网搜索袁绍国的相关信息，在一则不起眼的八卦里提到，袁绍国的夫人和儿子也已经被"双规"了。

罗小军起身时一个踉跄，险些被绊倒。低头看了看，却是那个陈旧的、布满灰尘的鞋盒。鞋盒的棱角早就开裂，在昏黄的灯光下，仿佛一张哀伤的大嘴。

罗小军和刁一鹏连夜赶到省城，随便找个小旅馆眯了会儿觉，天就亮了。上午八时，他跟刁一鹏急匆匆赶往省农业信用合作协会。跟他们猜的一样，大门紧锁鹤去楼空，透过玻璃门，依稀能看到郭平生办公室那棵巨大的仙人掌。

刁一鹏哭丧着脸瞅他，他挥了挥手说，咱们去找钱行长。

钱行长倒在，他正在办公室里喝茶，只不过眼红肿得厉害。见到罗小军和刁一鹏，他一点不吃惊，热情地打着招呼，让哥俩先喘口气，歇一歇，并责怪没事先给他打电话。他还说，这几天患了眼疾，待会要去医院动个小手术，早预约好了。至于郭平生，他已经有些时日没见。说实话，他跟郭平生也不是很熟悉，只是酒局上打过几次照面，论起交情来倒是没有的。谁会料到出这种事？如果没猜错，郭平生跟袁公子该是蛇鼠一家，暗地里为袁公子敛财洗钱罢了。

罗小军见他把自己择得一干二净，格外不舒服，说，按你的说法，你倒是跟他们没有任何瓜葛了？当初我们那笔钱，可是你偷偷转出去的！你要是不帮我们找到郭平生，我们就告你们银行非法挪用储户存款。我还就不信，没了王法了！

钱行长说，罗总啊，你这么说就不厚道了，你有真凭实据证明是我转出的资金吗？那笔钱，可是你当着那么多人的面，跟袁公子的手下龚建福签的合同。你要是不敢承认，我当时可是用手机录了视频的。天亲啊，真是好心没好报！这屎盆子咋还扣到我头上了？

刁一鹏气得一拳打在他左眼，钱行长嗷的一声顺势倒下，嚷嚷着又是喊保安又是要报警。

罗小军拉着刁一鹏拔腿就跑。等寻了个安静胡同，罗小军喘息着说："你打他有屌用？还寻思先稳住他，慢慢套话。这一闹，他怕是再不敢见咱们了。"

刁一鹏气呼呼道："他敢！他要敢使诈，我弄不死他个龟孙子！"罗小军说："弄死他又如何？我们要找的是郭平生和龚建福。"刁一鹏忽说："你不是认识老郭他们家吗？去他家蹲着。"罗小军说："他又不是傻子，连公司都关门了，哪里还敢回老巢！哎，他到底是被逮了，还是跑路了？"刁一鹏说："你不是跟司法厅的高处长熟吗？赶紧问问他。"罗小军哀叹一声说："他也是郭平生的人。"话虽这么说，还是忍不住联系了高处长。高处长的手机倒开着，只不过打了数遍也不接。罗小军想起省高检有个同乡，虽然往来寡淡，好歹是抹光亮。便将大致情形跟同乡说了，同乡听他讲完很是惊惧，说，罗总您别急，我想方设法扫听扫听，你们姑且先回云落，这种事，盘根错节，牵涉了这么多政要和商界人物，一时半会儿捋不清楚。等过些时日有点眉目了，我再随时跟您沟通。罗小军忙说，辛苦了兄弟！啥时候回老家了，一定记得找我小聚。

罗小军和刁一鹏又联系省委办公厅秘书处和省国资委的朋友。说是朋友，也只不过逢年过节送些家乡特产，倒没有深交。不过此时也只能乱投医了。他们呢，说法倒是和高检的同乡如出一辙，都劝他别着急，如今能做的，也只有慢慢等了，如果袁公子真的将资金投了原始股还好说，走法律程序就行。潜台词就是，如果这笔资金挪作他用，怕真就是有去无回了。罗小军和刁一鹏又在省城住了一晚，将能想到的人都联络个遍，最后，连刁一鹏那个在省国税局当门卫的老战友也找了……睡到深夜，罗小军从床上爬起，将刁一鹏叫醒，说："老刁，我琢磨来琢磨去，咱们的家底连同集资款，怕是要打水漂了。"刁一鹏迷迷糊糊并未搭腔。他又说："你不用发愁，我们盯紧钱行长就行。咱先要将清水镇的人处置好，免得节外生枝。"刁一鹏睁着眼一声不吭，不久，就传来呼噜声。睡到深夜刁一鹏忽从床上弹起，手舞足蹈，嘴里喝道，钱！钱！还钱！喊完倒头便睡。罗小军望着黑魆魆的窗外，一宿无眠。

翌日二人怏怏回了云落。才到办公室，云落信访办的老徐打电话来说，清水镇的那些人，事闹得越来越大发，你们要是还不解决，县里可能就先解决你了。你赶紧来我这里一趟！他说话的语气愤怒急促，让罗小军出了身冷汗。罗小军知道，投资入股的户大概有七八百户，这要是每户人家都去信访，阵势指定比当初万永胜那边还喧闹。万永胜那边，多以云落城里的小老板、公务员、家底殷实的人家为主，念过书识过字，相对稳当些，即便如此，也折了两条人命。自己这边呢，全是脸朝黄土背朝天的农民，若真闹起来，性质更严重，场面更难控制。他连忙开车去信访办，还未下车就见政府大楼前人浪排山倒海，声浪惊得鸟儿都从树上飞走。他忙从侧门溜进。徐主任见到他毫不客气，说，罗总，再这样拖下去，不是我咒你，肯定离监狱不远了！你是咱们云落有声望的企业家，可不能自毁了前程啊！

前程是靠钱盘买的。罗小军算了算，如今手里有一千万，再筹一千五百万，这事就勉强对付过去了。可这个节骨眼往哪里筹一千五百万？政府盖学校的一千万尾款，半个月前就清账了。况且瀚海别苑这边的拆迁工作才完结，后面要花钱的地方多的是。只愿老天保佑，等打完地基去银行贷款，别再遇到什么沟坎。

这是多年来罗小军第一次遇到此种情境：他在海里迷了路，不知道往哪个方向游了。他感觉用不多久，就要淹死在海里了。他甚至想起了海边荒地里的野兔。它们生性胆小，跟大多数食草动物一样，唯一的念想便是苟活。无论白昼还是暗夜，它们总是机警地竖着耳朵，随时辨听草丛里传出的任何动静：哪怕是蟋蟀的三两声哀鸣，哪怕是蒲公英的绒毛被野风拐走，哪怕是蚯蚓在雨后拱出泥土……它们一辈子战战兢兢，无欲无求，可天敌总是如期而至：老鹰、猎人、恶癣缠身的野狗、苏醒的毒蛇、多疑的野狼和无妄天火……然而，它们最怕的，还是枯草丛中传来猎人的脚步声。那是死亡预约的钟声。它们只配拥有最简单的选择：要么跑，要么不跑。不跑，有可能活，更有可能死；跑的话，有可能死，更有可能活。几乎所有的野兔都选择了狂奔。它们知道，待在原地是最危险的选择。

如今，他就是那只卧在荒草中瑟瑟发抖的野兔。他一动不动。如如不动。老话讲，兔子急了蹬死鹰。他搬过砖，锄过泥，铲过砂石料，练过太极，小腿格外健壮，他幻想着弹出后腿蹬死老鹰的瞬间，当然，他也隐隐期盼着鹰爪撕破毛皮、热血喷涌的刹那。

云霓这厢倒是没再无端挑刺，或许知道他夜夜难安夜夜愁，不敢贸然来招惹，每日将饭菜做好，候着他来吃。那晚饭碗才端起来，便接到了藜麦辛的电话。

藜麦辛问道："罗总啊，朋友才送了我

一条蓝鳍金枪鱼，我也不会摆弄，劳烦你过来帮我收拾下？"他的语气很客气，罗小军便推脱说，恰巧有点急事，改天再说吧。藜麦辛又道："我知道你最近烦心事不少，来吧，兄弟帮你解解心宽。"

藜麦辛既然这么说了，罗小军倒也不好再拒绝。让他意外的是，藜麦辛那间临靠涞河的高级会所里，王毅文竟然也在。在狭长的红木餐桌一头，王毅文正低头摆弄着雪茄烟盒。他认真的样子仿若一位侍弄庄稼的老农。见到罗小军他笑了笑。他的笑容有些疲惫，甚至有些仓促。罗小军跟他握了握手。他的手还是婴儿般肥嫩白皙，软软的，让人完全感觉不到这是个手里攥着巨大财富和权力的男人。

他随手递给罗小军一支雪茄，慢腾腾地说："你来晚了，我找了师傅，把金枪鱼处理好了。"罗小军说："你可真吝啬，连我展露才艺的机会也不给。"王毅文划了根火柴，罗小军看到红色的火苗将他的白衬衣映红了一块。"我是急性子。"王毅文闭上眼猛吸了口雪茄，脸上是种坠入美妙梦境的神情，等他将烟雾优雅地吐出，空气中立即弥漫着一种奇异的香气，"我这段时间没顾上去公司，听说，麦辛跟你配合得挺好？"罗小军看了眼藜麦辛，藜麦辛正小心翼翼地斟酒，"那当然，小黎兄弟可是将才，大事小情处理起来都得心应手。"他看到藜麦辛的胳膊抖了下，"有他在，我可是高枕无忧了。"他接过王毅文递过来的雪茄，放在鼻子上轻轻嗅了嗅，"真不错，确实有股姑娘大腿上的玫瑰味儿。"

王毅文嘴角翘了翘，似乎对罗小军的俏皮话很欣赏："军啊，咱哥俩认识多少年了？"罗小军想了想说："感觉从生下来就认得老哥。"王毅文摆了摆手说："油腔滑调。我记得咱们练太极拳时，你儿子才出生。"罗小军故作惊讶地问道："这么久了？麒麟可都虚岁十六了。"王毅文将雪茄捻灭，上下打量着罗小军，似乎他是第一次见到他。罗小军说："师父啊，我又不是小媳妇，你把我瞅得都不好意思了。"

王毅文叹了口气说："你太极一直打不好，太极虽说讲究掤、捋、挤、按、采、挒、肘、靠，可下盘功夫才是关键。你呢，打得像模像样，可根基轻浮，不牢靠。"罗小军说："没错，师父批评得是。"王毅文不慌不忙夹了块金枪鱼鱼片，搛进嘴里慢慢咀嚼："我不爱吃这些生冷食物，可是，我的好奇心比较重，啥都想尝一尝。"他将鱼片吐到餐巾纸上，"当初想跟你合作搞房地产，也是心血来潮。"罗小军说："那是我的荣幸啊，有您的加持，我腰板不更硬挺？"王毅文漱了漱口，藜麦辛忙将痰盂端过来，弯腰伺候着他将口水吐掉。"我听说，你最近遇到了不少麻烦事？"王毅文用消毒纸巾擦手，他擦得很仔细，不仅将手指手心手背都擦了，连手指间的缝隙也没放过，他的动作缓慢而流畅，就是像装卸工人用笤帚清扫着垃圾，"外面传言不少，我也是昼夜替你担忧，可你从没找过我。"他的眼皮耷拉着，似乎说了这么多话，又品尝了金枪鱼，着实让他受了累，"孩子大了，自然讨厌大人们多管闲事。可是，转售地产开发权这么大的事，你咋还瞒着我呢？"

这下倒真让罗小军诧异了，他慌忙问道："你说啥呢师父？真把我弄糊涂了。"王毅文不相信似的盯着他，罗小军发现他的瞳孔神奇地消失了，他看到的是一双满是眼白的眼睛，"师父，我可从来没藏着掖着的，不是不想，而是不敢。"他嘿嘿着笑着往前挪了挪椅子，搭着王毅文的手背问，"我反射弧长，我哪儿做错了？您尽管骂我。师父骂我，我舒坦。"

王毅文的嘴角这才有了丝笑意，他又将雪茄点着，吸了两口说："哦，没事，肯定是有人诳我了。我听几个有头有脸的人说，你们公司出了问题，不光合作社的钱被人骗走，连你们的钱也血本无归。你为了还债，想把瀚海别苑的开发权卖掉。我还寻思呢，卖的话也得先卖给我啊，咱们可是正儿八经的合作伙伴。"

罗小军脑子里急速盘旋着他方才讲的话。看来跑省城要账的事也传开了，可这事除了他和刁一鹏，云落没第三个人知道，王毅文是如何知晓的？另外卖开发权的事纯属扯淡，他可从来没有过这般想法，又是谁在背后造谣生事？他满脸疑惑地看着王毅文。或许王毅文也被他的神情弄得有些糊涂，问道："咋？难道这些传言都子虚乌有？"罗小军这才笑着说："岂止子虚乌有！简直是满嘴跑火车！我哪儿有胆量想这些？再说了，就算有，能不跟师父您先汇报商量吗？"

王毅文满意地点点头，又夹了块金枪鱼寿司入喉，舌头卷了几卷咽下："谁做生意没入过坑呢？坑蒙拐骗是常理，家破财亡也是常事。合作社的钱被拐，可不是假的吧？"

罗小军垂头不语。王毅文拍了拍他脖颈说："你们那个合作社，从头到尾就是个笑话。你没能力消化，揽那么多钱烧给死人吗？你下盘功夫弱，该做些实打实的才是正道。听说那些人都闹腾到政府了，阵仗比万永胜那边还大。徐主任不是找过你了吗？你可有解决的法子？"

罗小军茫然地摇摇头。他知道此时此刻不该在王毅文面前显露出任何软肋，可人家早把自己的软肋摸得清清楚楚。他简直就是裸露着站在他跟前，除了被奚落，还能有何脸面辩解？半晌他才给王毅文夹了块寿司，说："师父要稀罕，多尝两嘴。"

王毅文没有理会他，而是说："你说实话，还要多少钱，才能摆平合作社的麻烦？"

罗小军从王毅文的雪茄烟盒里抽出一支，点着，攒眉嘬了两口，烟雾呛得他猛烈咳嗽起来，王毅文拍了拍他后背，说："咱们师徒不妨开门见山，你若真不想做这一单了，我可以兜底。行不？"罗小军抬起头看王毅文。王毅文的脸在烟气中时隐时现，他看不清他的面目，也不知道如何回他。王毅文说："这世上，除了万永胜，最心疼你的，怕就是你师父我了。我要不替你解忧排难，难道要眼睁睁看着你被那些急红了眼的蠢货五马分尸？"

藜麦辛这时给罗小军端来分酒器，说："罗总，我舅句句都是实话，你往心里走一走，是等着法院来贴封条，还是等着进局子呢？"又加了鱼片放到罗小军眼前的碟中，说，"这两块是蛇腹和霜降部位，你最得意的。"

藜麦辛的话不好听。他向来不会说好听的话。不过这句说的倒是实情。罗小军说："这……这……我可真没想过。"王毅文说："想没想过不重要，重要的是要不要做。我替你算过，前期买地的钱，税钱，拆迁款，还有旁的，拉拉杂杂一千两百万也差不离。你要是放心交给师父开发，我给你凑个整，给你两千万。等楼盖好了，再给你提百分之十的利润。如何？"

罗小军夹了块金枪鱼不紧不慢嚼起来。雪狼突击队很久没去南海垂钓了，他也很久没有吃过这么新鲜的蓝鳍金枪鱼了。藜麦辛倒是有手段，不晓得从哪儿淘来这么一条。蓝鳍金枪鱼的味道微酸，可蛇腹和霜降部位脂肪最多，吃起来清爽却不油腻。他感觉到自己的味蕾被柔软细腻的肉质包裹，有那么片刻他感受到了一种许久不曾体验过的幸福感。这幸福感让他有些眩晕，他端起酒盅一饮而尽，盯着王毅文说："师父，一切听从你的安排。"

王毅文将雪茄在烟盒里磕了磕，望着罗小军笑了。他真正笑起来的时候，还是有些像弥勒佛的。"这就对了，军，"他像父亲抚摸儿子般摸了摸他硬扎扎的头发，"我素来把你当亲兄弟，决计不会亏待你。你才三十九岁，日后哪里会缺柴烧？再说了，有师父给你做靠山，还怕没有东山再起的时候？"

罗小军将目光移向窗外。窗外黑漆火燎，只有涑河上的渔火萤火虫般晃着。

两天后，罗小军将瀚海别苑开发权全权转让给王毅文的新闻传遍了整个云落。最欢喜的无非是清水镇的股民，无论是入了五十万的，还是入了五千的，都等着拿退款。就像糟糕的节日终于结束，一切恢复如常，公司又清净起来。公安局那边也递来消息，说是德福超市凶杀案的犯罪嫌疑人，已经被逮捕了。这些时日，他们一直藏在城乡接合部的出租屋里不敢露面，一日三餐都是点外卖。让警察吃惊的是，被抓时这几个嫌疑人全被五花大绑捆在椅子上，嘴里塞着破抹布烂袜子。在储存大白菜的地窖里，警察还发现了一名被绑架的外地女子。她被嫌犯关了数天，滴水未沾，不过经医生抢救已无大碍。当罗小军将这消息告诉云霓时，云霓初始很镇定，不紧不慢吃着罗小军烙的手抓饼，只不过嚼着嚼着，疯了似的跑到院子里，扶着枣树大声呕吐起来。

省城袁公子那边仍音信全无。罗小军和刁一鹏每日都焦灼地刷新闻，期盼有新动向。罗小军跟刁一鹏商量，如果月内再无消息，他们就正式起诉老钱他们支行，无论如何，是他们先把资金凭空转移走。他们还托朋友从北京请了国内最著名的经济案律师。

有一天，来素芸打来电话，非要请罗小军吃个便饭。罗小军当然知晓缘由。前几天，他往来素芸的账上打了三百万，告诉她，是万永胜托付他转交的。来素芸的表情到现在他还记得：她水蛭般的小嘴一直疯狂翕动，可却没有任何动静，后来她径直走上前来死死抱住了罗小军。别看她瘦弱，劲儿却不小，他屏住呼吸像俘虏般乖乖举起双手。当她撒开，又忽然亲了亲他的脸颊，并用一口流利的普通话说道："我早就知道，你这个男人一言九鼎！等着，改天我请你吃大餐！"她永远不知道，他是打肿了脸充胖子，他这么做，纯粹是因为他应过万樱。一想到万樱听闻消息后嘴角上翘满脸傻乎乎的模样，他心里就踏实许多。他委婉地谢绝了来素芸的邀请，说公司正在紧要关头，分身乏术，等哪天尘埃落定，叫上万樱一块来他们家吃蒸饺。来素芸梗着脖子说："好主意！胖子包蒸饺，那是云落一绝！"

罗小军和云霓去养老院探望母亲的那个傍晚，天格外朗润。正好是大力士护士当值，见到罗小军她颇为兴奋，说春天过去了，他母亲最近的状态好极了，再也没有耍闹过，脑梗后遗症也有所缓解，说话利落了许多，每日午后都乖巧地坐在合欢树下看书。"老太太有文化呢，看的《西厢

274

记》。"她热忱地握了握罗小军的手,"我们还打算下个礼拜,让她在读书会上分享下读后感呢。"罗小军笑了笑,扭头去看母亲。母亲正在泡茶。她喜欢那种最便宜的茉莉花茶。泡好后她先递给云霓一盏,又微笑着审视云霓一番,说:"这么多年了,你咋还这模样?只是瘦了许些。"罗小军说:"妈,这是云霓。她可从来没胖过。"母亲狐疑着说:"咋还改名了?以前不是叫樱桃吗?"罗小军"嗐"了声说:"您真是越老越糊涂。"母亲说:"我才不糊涂,前天麒麟来看我,我一眼就认出来,蹿得房梁那么高。"罗小军说:"这个王八犊子,我有日子没见过他了!就稀罕天天黏他姥姥家,从不落家。"母亲说:"麒麟说,要出远门了,特意来看我,还给我买了最爱吃的牛舌饼和香油果子。这老吃食,如今可难买得很。"罗小军问道:"出远门?他没上课吗?"边说边给岳母打电话。岳母说:"麒麟没在我这儿啊。不是三天前回去了吗?"罗小军一听,觉得哪里不对劲,忙联系班主任。班主任说:"罗总啊,你没事吧?麒麟说你病了,陪你去北京看医生。咋?你们回云落了?"

罗小军的脸顿时煞白,忙拨麒麟的号码,拨了数遍无果。云霓安慰道:"男孩都淘气,不定跑哪儿野去了。"罗小军嚷说:"三天!三天了!失踪三天了!还愣着干吗?赶紧报警!"云霓这才手忙脚乱打110,罗小军哭丧着脸踱步至窗前,等再想转身,却动弹不得。他方才察觉,小腿肚抽筋了。

这座养老院足有二十层高,视野极为开阔,位置也颇佳,位于城北地带,周围悉数是庄稼。为了清净,他将母亲安排在十九楼。从楼上俯瞰,能看到成片成片的绿色随风起伏,无疑是正在拔节的麦田。到了六月底,满目就是耀眼的黄金了。麦田南端便是古老的涞河。涞河那么窄,那么细,看不到游船跟水草,只有巨大的白色水鸟间或倏地飞起,如斑点朝天空缓慢移动。

第三十九章　麒麟之海

男孩跨过高速护栏撒了泡尿,顺手摸了摸背包里的东西:一个红皮笔记本、一支派克金笔、一把瑞士军刀、一瓶云南白药喷雾剂、ZIPPO打火机、手机充电器充电宝无线耳机、一板普热息痛、两瓶青瓜味脉动饮料、八个芒果、一本《寂静的蓝》、两件长袖T恤衫,还有个厚厚的红包,红包里是过年时姥姥给的三千块压岁钱。此外,还有火腿肠、压缩饼干、卤蛋、烧鸡和钥匙。食品、药物、服饰、猿猴的工具、枷锁。当他跨过护栏继续前行时,老忍不住回头张望。他倒不是担心时不时从身边呼啸而过、满载铁矿石或钢坯的大货车,而是那个看起来鬼头鬼脑的男人。

男人尾随他在高速上走了足足半天了。他腿长步大,可那个短腿男人总能以同样的速度如影随形。等男孩脱掉鞋袜挤脚上的水泡时,男人才晃悠悠从身边闪过。男人穿着件黑色皮夹克,脚上却是双绿色军用胶鞋。从背影看,这个邋遢的男人更像个乞丐。他肩上的那个破尿素袋子也许是最好的证明,里面没准装满了捡来的破烂和馊掉的食物。在路过独莫城时男孩掏出笔记本，记下了这个拗口而富有神秘气息的名字，随后他写道：

春天对抗春天，光背叛光。

男孩也不清楚这句话是什么意思。母亲活着时，苦口婆心地劝他每晚记日记。她说，如果从小养成记日记的习惯，高考了就不发愁写作文。从那时起，他就在本子上记录着他认为值得记录的事。当然，很多时候，那些语义含混、胡乱连缀的词语让他头疼。母亲去世后的第三天，他写道：

水归于海洋，云朵归于星空，点与线归于圆。

"云朵"和"圆"字被打湿，洇开去。

在母亲的葬礼上，他一滴眼泪没流。瞻仰遗容时，他察觉母亲的脸上覆着层薄薄的冰霜，他老想伸手将霜抹去，可父亲将他的手硬生生拽了回来。他从来没见过父亲哭泣，不过，那天，父亲一直泪流不止。当哀乐响起时，父亲将他死死箍在怀里，似乎唯有如此，才能让他的疼痛减少些。他是个多么可怜的人。当晚男孩在笔记本上写道：物质与反物质，最后都被沉默的黑洞吞没，在死亡中成为永恒。

母亲去世后，笔记本成了他的器官。

男孩总是梦到她。她顾不上说话，披散着头发在厨房忙碌。她擅长做海鲜，尤其是南瓜螃蟹煲和海参芙蓉羹。等她托着腮坐在餐桌前看他狼吞虎咽，脸上是那种惯常的笑容。每次醒来，他都觉得腹内肿胀，似乎那些梦境中的食物真把他的肠胃撑坏了。在很长一段时间内，父亲常因他不吃早餐而大发雷霆。他喜欢看父亲愤怒的样子。他比这个初中毕业的男人聪明多了。这位云落大名鼎鼎的生意人，这个户口本上有着又老土又滑稽名字的公民，本质上愚蠢又脆弱。他从心底怜悯他。他从来没有想跟他相依为命。母亲去世两年后，深夜归来的父亲总是醉醺醺地带着不同女人回家。女人们的叫声让还没发育的他感到困惑：她们的声音，到底是临终前的叹息，还是诞生时的欢哭？

他从来没有责怪过父亲。这是个外强中干的人。他小心记录着这个很少顾家的商人、直系血亲。他沉默不是因为丰富，而是因为无知。

一辆轿车在他身边停下。车窗摇下，探出个女人。女人看起来年龄不小，有眼袋和皱纹。如果母亲还活着，肯定也像她一样老了吧？"你去哪儿啊，孩子？"往来车辆太多而声音过于杂乱，女人扯着嗓门说："我去山海关！捎你一程啊？"

他对别人的善意向来充满了怀疑，不过，这位年岁和母亲相仿的女人让他有种天然的亲近感，他狡黠地笑了笑，摆摆手，说："谢谢你，阿姨。"

他以前想都不敢想，有朝一日会步行前往北戴河。母亲活着时喜欢看电视，尤其是关于海洋的纪录片。有段时间她的口头禅就是，哎，啥时能去趟海边呢？她是个多么奇怪的女人。云落有海，虽多滩涂，却有港口有码头，常年停泊着货轮，开车半个时辰就到。要是洗海澡，可以去北戴河，走沿海高速，一个小时就到，如果懒得开车，可以坐大巴，还可以坐火车。总之，云落离大海那么近。"哪天我要有空了，就去看海。走着去。"她边淘米边嘀咕，"我连件泳衣都没有。"没错，她总是忙，忙着照顾糊涂的祖母，忙着照顾父亲和他。在她的时间表和字典里，"我"这个第一人称，还没有被创造。

"找死啊！"一个大货司机恶狠狠地骂

道,"小兔崽子!"他的声音粗暴愤怒,很快被风吹走了。男孩狐疑地盯着卡车,不明白为何挨骂,后来才发觉自己在沿超车道行走。这确实是个危险的选择。他应该像前面那个男人一样紧贴高速护栏,每惊慌着走一段,就谨慎地往身后瞅一瞅。我们都在奔往死亡的路上。回头意味着怯弱。死神钟爱怯弱的人。

在泥井镇高速口,男人和他先后跳出护栏,鬼鬼祟祟在护栏外的枫树林里穿行。男人走起来一瘸一拐,估计是跳护栏时崴了脚。当男孩快步超过男人时,男人哎呀了声跌入灌木丛。男孩继续前行,不过走了百十米,男人还没跟上。等他疑惑着扭头,发现男人还在灌木丛里挣扎。他的样子仿佛一只不慎落入陷阱的野兽。男孩想了想,吹着口哨溜达过去。他没说话。

男人仰头望他:"妈的,崴脚了。"

这男人是独眼,睁着的那只眼野狸般机警地盯着男孩。他嘴里还叼着根松针。听口音是外地人,不过掺杂些云落独特的腔调。"我有云南白药。"男孩漠然俯视着男人。男人立马撸起裤脚露出脚踝。男孩捂着鼻子朝他脚踝处喷了几下,说:"你真走运。"

男人用松针剔着牙说:"可不,我命生古,可老能遇到好人。"

他递给男人香烟,男人摆摆手说:"戒了。"又疑神疑鬼瞄了他很久,说:"省钱。"

他噗嗤一声笑了,问:"你为啥老跟着我?我也是个穷光蛋。"

男人也笑了,那只独眼里的神色稍微柔和明亮起来:"这说明,我们在朝着一个方向走呢。"

男孩有些失望地摇摇头。跟踪者的核心是秘密。宇宙观测者跟踪地球。地球在靠近仙女座星系。仙女座星系将于四十亿年后与银河系相撞。融合意味着毁灭,也意味着诞生。

绕过收费站,便能肆无忌惮地上高速了。除了清洁工,男孩以前从没有在高速上看到过步行的旅人。这次为了安全考虑,他套了件橘黄色连帽衫。"你去哪儿?"问完他有些后悔,他看到男人站了起来。

"去讨债。"男人吐掉松针,那只眼球在树木的阴霾下仿若玩具熊的纽扣眼睛,"去旅顺讨债。"

男孩心中有些暗喜。这男人确实跟他同路。只不过,男人将走得更远。

他貌似镇定地问:"你为啥不坐火车?"

男人说:"我怕被人跟踪。"他拍了拍裤兜,"连手机都扔了。"

这是个绝顶聪明的乞丐,男孩想,只要顺着高速公路走,无论走多少天,只要朝着北方,就一定能到沈阳,到了沈阳再朝南方走,一直走,就一定能到旅顺。他地理成绩一直不错。可男人为啥害怕被人跟踪?怕被谁跟踪?他狐疑着扫了男人两眼。只是个邋遢鬼而已。

当然,男孩没有料到长途步行如此耗费体力,比打两天篮球还累,在抵达梨箭收费站前,太阳越来越毒,他感觉内裤都湿透了。高速护栏外是户村庄。奶牛哞哞叫。等他在树荫下悠闲地吃着芒果,男人终于赶上来。男人摇着手臂喊:"我有洋柿子,吃不?"

这样,他们一起躲在树荫下吃起了西红柿。男人的手很脏,指甲黑乎乎。男孩母亲活着时老跟他说,人呀,要干净,为啥?人分两盆,一盆是肉身,一盆是魂灵,肉身是魂灵的宫殿,宫殿要脏,魂灵也会被熏臭。他母亲总会讲些奇奇怪怪的道理,也许是她在厨房里想出来的？母亲去世前对父亲说的最末句话他还记得：衬衣领子脏了，换换。如果母亲的魂灵，知道几年后父亲的宫殿又脏又臭，会不会生气？

"你个小屁孩，上哪儿？"西红柿汁水顺着胡子滴答到皮夹克上。

"你管我。"男孩不耐烦地扔掉西红柿，"这么热，还穿夹克，闷蛆哪？"

男人并没有因他的嘲讽而生气。也许到了男人这岁数，肝火早烧尽了。肝里的火是有数的。"朋友送的。"男人将黑皮夹克脱下，露出了里面的外罩。竟然是件美团小哥的制服，黄色。他不禁大笑了两声，说："原来你是送外卖的。"

男人摇摇头，说："走吧，傻大个。"

男人竟管他叫傻大个。个邋遢鬼！他们走走停停，停停走走，天擦黑时路过大名镇地段，他在草丛里撒尿时猛地蹿出条野狗，野狗开始只在不远处默然盯着他。也许它饿了，这么想时他忍不住伸手去背包里掏火腿肠。野狗就是这时疯了般扑上来，照着他的小腿就是一口。他哇呀着大叫两声，疼得眼泪险些掉下。等他俯身捡石头，野狗早消失在密林中。出血了，咬得还挺深，他龇着牙一屁股跌坐地上，这时男人一瘸一拐过来，问："咋了？"

他没声好气地喊道："被野狗咬了！"

男人愣了会儿，说："家狗还好，野狗的话……"男人摸着下巴绕着他走了四五圈，说："这里是大名镇，应该有医院。你去打狂犬疫苗吧！"

男孩用矿泉水不停冲洗着伤口。他不想去医院。他讨厌医院。他讨厌跟死亡有关的一切。"没事，"他装出满不在乎的样子，"死不了。"

"我弟就是被狗咬了。"男人的声音听起来有点感伤，"三年后死的。我带你去打疫苗。走。"他的声音听起来更像是命令，男孩犹豫着站起，男人则从灌木丛里撅了根树枝给他做拐杖。他们先进了村子，从村子绕到乡道，拦了辆三马子车。那是个串亲回家的农民，他热心地将他们送到镇医院。

打完疫苗已晚上八点。男孩说："我们住镇上的宾馆吧。"

男人撕着嘴唇上的爆皮说："不。"

男人转身就走了。男孩寻了家旅馆，店主要身份证，他说，丢了，店主便收了他双倍的钱。他不敢用身份证，就像他不敢用旧手机卡。只要有蛛丝马迹，他们就能发现他。他们无孔不入。他们无所不能。他们是这个世界的主宰。那天晚上他睡得很香，第二天在镇上吃了碗豆腐脑，才打了辆出租车，让人家送到高速口。腿倒不怎么疼，不过医生说，五天之后要打第二针。总会有办法的。束手无策的，只能是丢失了宫殿的人。那根木棍不停敲打着高速公路的柏油路面，像啄木鸟在笃笃地啄着树干。这天比前一天还热，走到德古高速口，他在树丛里将内裤脱掉扔了。他后悔没多带几条。他母亲总是埋怨他懒惰。懒惰是一切不幸的根源之一，母亲好像这样说过。也许她根本就没说过，也许只是视频平台上某些蠢货的胡言乱语。谎言往往比真相更容易让人信服。谎言戴着草莓味的面具。

从清晨到中午，男孩大约走了三十里。他是在前往周庄高速口途中发现男人的。男人的那件美团外套太显眼了，即便大车司机打盹，梦里也不敢轧他。

"你昨晚睡哪儿了？"

"坟地，"他在嚼苹果，"冻死了。"

他不得不佩服男人的胆量。他连白天都不敢从坟地里穿行。每年清明，他都去骨灰堂给母亲烧纸。他不怕骨灰盒，他怕坟地。他害怕坟地里的黄鼬。

"你的脸比猴屁股还红。"他好奇地盯着他，"你，没发烧吧？"

"没，"男人冷冰冰地说，"从小到大，我没输过液。"

他上前探了探男人的额头。"你烧得很厉害，"他说，"会得肺炎的。"

男人没有搭理他，继续往前走。他跟着。他们走得慢，毕竟，一个被疯狗咬过，一个崴了脚。他们中途休息了四次，分别吃了面包、鸡腿、馒头和榨菜。当天慢慢黑下来，他们到了黄金海岸附近。到了黄金海岸，离北戴河就不远了。他一直在劝男人吃粒扑热息痛，可男人根本没理会。在高速口他们跳出护栏，沿着灌木丛往前走。他看了看高德地图，离海边还有四公里。拐上乡道，恰巧有过路的出租车经过。

他对男人说："我去海边，你去不？"

男人脸色黑红，也许他中暑了，也许他昨晚在坟地着凉了。男人犹豫了片刻，含混着点了点头。

这样，他们顺利抵达了黄金海岸。黄金海岸没有黄金，只有沙子。沙子很细，很白，很多。他们就坐在海边吃晚餐。男孩向来是个大方的人，有啥好吃的零食、好玩的游戏、好听的音乐、好看的电影，都喜欢跟别人分享。有时候，别人甚至是他厌恶的人。分享是孤独症患者的自我拯救。他从笔记本上撕了几张纸铺在沙滩上，把烧鸡堆上面。他将唯一的鸡腿给了男人。男人接过，吧唧吧唧啃。他或许真饿了，接下去，男人又吃掉了他递过去的火腿肠、芒果和卤蛋。

"你是个好孩子。"男人舔了舔唇边的肉屑，"我会报答你的。"

他笑了。他笑的声音很大，笑声在空荡荡的海滩上显得那么空洞。男人或许被他的笑声惹毛了，厉声喝止了他："闭嘴！"男人嚷道，"你给我闭嘴！嘴上没毛的蠢货！"

他愣住了。他没想到男人会因为笑声生气。他吐了吐舌头，又递给男人一块压缩饼干："吃吧，吃吧。"他的声音轻柔而胆怯，"吃吧。"

"你是个好孩子。"男人沮丧地说道，"我会报答你的。"

他没敢接话。男人的脸被海风吹得白了些，也许他一直在发烧。

"我知道好赖，"男人说，"我也记仇。你知道我为啥从北京逃到云落吗？"

他摇摇头。他对陌生人的秘密不感兴趣。他人的秘密，都终将变成契约。

"我从前在工地上做饭，做了三年。"他接过男孩递过去的矿泉水咕咚咕咚喝，"有一天，赵六说我偷了他的钱。我就跟他吵起来。我最恨人家冤枉我！"他望着大海，"赵六先踹了我屁股，我没还手，他又疯了般踹我裤裆。我还没结婚呢！我当时正在切圆白菜，就随手砍了他两刀。"

男孩睁大了眼问："他……被你……砍死了？"

男人大大咧咧地说："也许吧。也许没有？要是他真死了，妈的，我也逃不掉。我不想死，就沿着高速公路逃。我想去旅顺。旅顺有个人，我们村的，借过我一千二百块钱，八年了都没还。八年了！我想讨回来。我最恨别人欠我，更怕欠别人！"

"这是个好习惯，"他谨慎地瞟了男人一眼，"你在云落待了多久？云落是个好地方。"

"他妈的,警察肯定在通缉我。我不敢住店,不敢租房,不敢打零工,不敢用手机,只能讨饭。"他抓起把湿沙子蹭着额头,像是猫在用爪子洗脸。也许他烧糊涂了,"本想在云落歇歇脚,不料生了场大病,"男人侧脸看他,不过他只看到男人那只瞎掉的眼睛犹如肉芽般蜷缩着,"只好在常记驴肉馆外讨饭。"乞讨者是宇宙里的哈雷彗星,他们没有固定的轨道和信仰。

"他们家的驴肉真好吃,"男孩忍不住咽了咽口水,"我姥姥顶喜欢。"

"他们家驴肉好,人更好,"男人摸了摸垫在屁股底下的黑皮夹克,"这衣裳就是常云泽送的。"

"哎,好人不长命,"男孩说,"听说,婚后第二天被人捅死了。"

"好人不会屈死,孩子,"男人说,"知道不?凶手被抓了。"

"真的?"男孩的瞳孔在膨胀,"我咋没听人说过?"

"当然是真的!"男人得意地哼了声,"那天晚上,我在物资局家属院的草丛里睡的。妈的,半夜拉肚子,第二天醒得晚。还没等爬起来,就看到仨老爷们跟常云泽吵架。还有个男人拿刀子吓唬他。"男人垂下头沉默了很久。男孩只能听到海水温吞多情的呼吸声,不远处的海面上,有一艘巨大的豪华游轮在缓慢航行。

"后来,常云泽就死在德福超市了。多好的人!给过我两百块钱,让我去搓澡。"

他不认识常云泽,他也不想听男人讲凶杀案。男人肯定在发高烧。他会烧死的。

男人又说:"那三个怂货,藏在城乡接合部。嘿嘿,哪怕是风放了个屁,也瞒不过我!我要了些手段,在他们点的朝鲜冷面里,下了点药……然后……"

男孩没有追问他是如何在外卖里做的手脚,更没追问他是如何机敏地对付那些坏人的。男人可能有些失望,他扭过头问:"你个小毛孩,为啥出来瞎跑?你爹妈不担心吗?"

男孩面无表情地说:"我妈死了。"

男人哦了声,说:"我妈……也死了。"

男孩扭头对男人说:"我妈活着的时候,最想去的地方,就是海边。可不知道为啥,一直没去成。前几天我梦到她,她说:'麒麟啊,我买了泳衣,要去北戴河游泳了。你在那儿等着我。'"

"你这名字起得挺大,"男人又用湿沙子蹭脸,"麒麟可是神兽。"

"我妈生我前,早偷偷给我起好了乳名,叫小鲸,抹香鲸的鲸。可我爸说难听,像女孩的名字。"

男人眨了眨眼,撕了块鸡皮慢慢嚼。他眨眼的时候,肉芽也闪着光:"为啥走着去北戴河?云落到那儿的长途大巴,有好几班。火车就更多了。"

男孩没有回答,而是问:"你真要去旅顺吗?"

男人突然指着大海喊道:"看!你看!快看!"

男人的牙齿有些漏风,声音含混不清,也许香腻的鸡皮糊住了他狭窄的喉管。男孩懒洋洋地顺着男人手臂的方向瞅过去,却是那艘游轮在放烟花。烟花真美啊,只不过,在海水温吞的咆哮声中,夜空中盛放的花瓣顷刻间就跌散到明暗交织的海面上。美包括了自然的不可企及的神秘目标。宇宙六级文明能够在不同维度空间穿梭。你能跟另外一个平行世界里的你打街头篮球,也能跟另外一个平行世界的妈妈,共进晚餐。妈妈，妈妈，妈妈。夜海与游轮重归宁静，而海面上大朵大朵的白色浮云，被湿润的风迅速地吹向更远的远方。没人知道云最后栖息在哪里。

"忒冷，"男人套上黑皮夹克，望着海面直打哆嗦，"都小满了，还这么冷。"

男孩看着满嘴油腻的男人，想了想说："往北走，越走越冷。不过，从沈阳往南，越走越热。你放心。"

男人绷着脸，似乎不屑再搭理他，他约略有些失望，就讪讪地说："知道为啥不，邋遢鬼？那是因为，离赤道越近，就离太阳越近了。"

第四十章　　秋来

那天，万樱去涞河北的一家店铺买懒豆腐。六月中旬的云落，这吃食倒不常见。懒豆腐是用花生、黄豆和晒干的白菜叶乱炖而成，花生黄豆四季皆有，干菜叶就难觅。也不知道这家店铺是如何储存的。自从搬到罗小军租来的高层楼，老太太就终日腻在阳台晒太阳，病恹恹的，老橘猫卧在她脚边懒懒打着呼噜。虽说少走动，饭量倒添了，这些天老嚷嚷着吃懒豆腐。

快行至云落政府，便隐约望到那厢黑压压一片，近些才看清，原来是百十号人。看样子不是一般来头，高举着刺眼的红色条幅推推搡搡，呼天抢地，声浪将云彩都震碎。万樱本不是个好热闹的人，可不一会儿就听到刺耳的警笛声，眨眼的空档警察就将人群围堵起来。即便如此，他们仍声嘶力竭地喊着口号，万樱听到有人大呼"罗小军"的名字，想是耳朵超惊，未做细辨，径自赶往豆腐店。老板是个胖男人，正跟一名顾客欸欸，只听他说："有帮人早躲过围追堵截，顺利进京。看来是要吃不了兜着走了。"那顾客挤眉弄眼道："不是说，老王家收购了他的股份吗？"老板说："哪知道是啥细情？这罗小军啊，怕是彻底玩完了。"

万樱难免愣住。这些日子，罗小军倒接长不短来探老太太，次次都大包小包，虽说是撂下东西拍屁股走人，可也没见他神情有啥异样，忙问："大哥，这罗小军摊上啥事了？"老板说："咱也说不好。不过那些来政府诉冤的，全冲他来的。"万樱又问："是清水镇的人吗？"老板却闭了嘴，一勺一勺地抓起懒豆腐。

回去的路上便给罗小军打电话。罗小军说："我正忙，待会儿回你。"等老太太将懒豆腐吃完，罗小军也没动静，万樱便觉得委实不对劲，忙跑去窗帘店问来素芸。来素芸说："哎，我也是才听说。"万樱惊道："出啥大事了？"来素芸说："你知道王毅文吗？"万樱摇摇头，来素芸说："知不知道不重要，重要的是他跑路了。"万樱问："跑哪儿去了？"来素芸说："西班牙。"万樱问："跑西班牙干啥？看球赛？看斗牛？"来素芸白她一眼："他兄弟不是省里的大官吗，有个副省长被抓，他兄弟受牵连，进宫了。一根绳上的蚂蚱，还有好？王毅文多鬼，连夜带着老婆跑了。"万樱更是摸不着头脑："那跟罗小军有啥关系？"来素芸说："嗐，罗小军集资，欠了不少钱。王毅文说帮他还，结果合同签了，钱没入手，人却没了影。"瞅了瞅万樱，说："可别打我的鬼主意！那三百万，是罗小军替我讨回来的!"

万樱呆坐到椅上,手心直沁汗,却原来,罗小军遇到了大麻烦。他呢,可一个字都没提。近来,他们家可着实不太平。先是儿子麒麟失踪,又是报警又是重金悬赏,十天后孩子坐火车回来,轻描淡写地说,去北戴河看海了。罗小军母亲见到晒得黝黑的麒麟,抿嘴笑了笑,脖子往后一仰,再没醒来。她随来素芸、常献凯参加了葬礼。葬礼上听常献凯念诵,云霓和罗小军本来打算十一月举办婚礼,老太太这一走,怕是要拖到猴年马月。常云泽去世后,常献凯关了驴肉馆,日日去麻将馆打麻将,输了十来万也有。万樱瞅了瞅披麻戴孝的云霓,心里说不出是什么滋味。再后来,听说他们公司的副总刁一鹏哪根筋搭错了,带着几个兄弟绑架了省城某个银行的官员,被侦破后潜逃,还没过山海关就被捕,目前正在羁押审讯。便想,这老话最可怕的地方就在于,说得都忒准,真是屋漏偏逢连夜雨,船迟又遇打头风。

来素芸冷不丁拍了拍她后脑勺说:"你呀,省点心吧。我看这回,罗小军怕是倒了血霉。"万樱瞄她两眼,想驳斥两嘴却无话可讲。来素芸瞪着眼说:"你可别犯傻!你婆婆给的那点碎银子,是保命钱,别不知好歹!"

来素芸不提倒好,一提反倒让她通了七窍,忙去了银行,查了查,卡里还剩九万块,便想,虽则自己顶稀罕钱,平日里比谁都抠心,可钱到底是啥东西呢?光棍一条,有吃有喝,有房有车,无病无灾,无老无少,攥自己手里,跟白纸没啥两样,到了罗小军手里,兴许就能救命。便蒸了屉萝卜虾皮馅蒸饺,拎了去公司寻他。远远地看到大门口挤攒了几百号人,那阵仗比当初的扁鹊医院还喧闹。心头一沉,怕是罗小军被困里面,出也出不来,她呢,进也不敢进,只得快快回窗帘店,才进屋便被来素芸派去下户。魂不守舍的,连小岑都看出来,问她,万姨,咋了?跟你要膨胀管呢,没要冲击钻。万樱哦了声,慌忙将螺丝刀递给他。

午后去了按摩店。店门口赫然杵着七八个男人。一名男师傅正跟他们吵得脸红脖子粗。万樱方想上前劝和,那帮人怎就忽然炸了锅,拾起马路边的砖头猛砸玻璃窗,砸着砸着骂声愈发凶烈,径直闯进按摩室,将木桶、消毒柜、修脚灯和理疗器械也砸得稀烂。两名正在推拿的顾客吓得光脚跑出屋,万樱和几名店员躲到屋檐下,捂着嘴大气不敢出。等那帮人骂骂咧咧走掉,这才想起报警。万樱便问师傅是咋回事。师傅说,这帮人刚来时挺安静,他还寻思今儿是啥良辰吉日呢,这么多顾客盈门,便请他们先进屋喝茶歇息,他们也不动,便预感不是来按摩的,果不然,一盏茶的工夫,带头的那位便盘问起他,这店是不是罗小军的店,他在哪儿。师傅说,我就一打工的,别的哪儿知道。那人上来便捶他两拳,这才动起手来。万樱倒吸口凉气。这执照换了两个多月,法人明明写的她,那帮人咋知道是罗小军投的资?

那晚回了家,将蒸饺给老太太热了,又胡乱煮了小米粥,没咽几口便发起呆。蒋明芳去了日本也有些时日,联络却寡少,蒋明芳打着哈欠说白天摘紫苏叶累得慌,到了晚上腿也不想动,嘴也不想张,又叮嘱她尽早去医院复查。万樱劝她回云落,她只笑笑。她好像比从前白了,戴着顶白色宽檐帽,像个风景区的导游。天青呢,手机号怎地就注销了,销了也不吱声,日后往哪儿去找他？这孩子，忒不懂事。如此又念起常云泽，想起常云泽时不免摸了摸肚子。等满三个月了，如蒋明芳所言，定去查一查，若真像医生说的，刮宫就行，倒也安心。正胡思乱想便听到门铃响，扒了猫眼窥探，却是罗小军。开了门却不进来，只说在楼道里说两句。万樱觉得蹊跷，问："你咋还玩失踪？蒸饺我们可全吃光了。"罗小军笑嘻嘻地说："下次你蒸些五花肉麻蚶子馅的，别老可着萝卜虾皮糟。"万樱将按摩店的事讲了，罗小军说："砸就砸，你们平安就好。我这次来，倒有正经事。"说完目视着她。万樱问："咋还支吾上了？"罗小军说："我公司出了点状况，一时半会儿也掰扯不明白，不过，要是有警察找你，问按摩店的事，你千万记着，一嘴咬定是我拿了你证件，私自办的执照，别的你一概不知。"万樱便愣住，说："这执照，是咱俩一起办的，手续上的字也是我签的。"罗小军蹙眉道："你别这么轴行不？别跟刁一鹏似的，净给我添乱。"万樱急道："到底咋了？你倒跟我说道说道。"罗小军脸上的肌肉似乎松懈下来，说："个傻子，照我说的办，准保没错。"万樱哦了声，从兜里掏出银行卡，说："你最近手头紧，我这里有些积蓄，拿去用吧。"罗小军一愣，没接，半晌无语，只是笑着看她。昏黄的灯光下，她看到他的眼珠仿佛破碎的玻璃球。"我可是要收利息的，"万樱将银行卡搡他手里，"也不急，啥时有钱了啥时还。"罗小军将卡轻柔地塞回她手里，说："不够我塞牙缝，你好好留着。"万樱说："咋，跟我还见外？"罗小军说："我要跟你见外，当初就不能逼着你当老板了。"说完转身下楼，电梯没坐，头也没回，连脚步声也没有。

便等着警察来找，等到七月中旬也不见动静，便想，兴许是罗小军多心了，再说，按摩店只是挂了名，都没正式营业，能牵扯到啥腌臜事？如此想就心敞了。热死荒天的，顿顿给老太太鼓捣些爽口的吃食，闲了就去窗帘店。按摩院那边一直干撂着没修整，员工们也都鸟兽散。那天正在窗帘店卸货，两名警察忽然找上门，说是有事询问，让她去趟派出所。万樱在店员们困惑的目光中上了警车，心里却异样宁静。警察问了些杂七杂八的问题，譬如她和罗小军是什么关系，她新开的按摩院是否罗小军投资，投了多少，先后花费多少。她便想起那晚罗小军教的，只说不清楚。警察又问，我们可查过监控视频，当初是你跟罗小军一起去办的手续。万樱说，不清楚。警察便有些恼，说道："你可别耍什么花招。现在专案组正查罗小军，你要知道啥内幕，一定要坦白交代，争取宽大处理！"万樱面无表情地盯着那个面色绯红的年轻警察，说："不清楚。"

凌晨时换了个老警察审问，问来问去还是那些事儿，她困得很，不知不觉竟睡着了。天蒙蒙亮，警察说，你先回吧，不过，我们会随时找你。万樱喃喃着说，不清楚。她想必是把警察也搞懵圈了，只听那位小警察嘟囔道，这罗小军也真够狡猾的，找了个傻子来洗钱。

鳞云密布，万樱朝着斯大林路走去，走到一半想起没带扫帚，便直接踅到驻马店人的早点摊，点了胡辣汤和棋子烧饼。看来罗小军真在水深火热中了，她呢，只是个扫大街的，也只能眼睁睁看他受苦受难。困得要死，胡辣汤无味，烧饼也只咬两口。打开手机，瞥到四五个老太太的未接来电，想必她担忧了整宿，此时该是迷糊住了，便直接去了窗帘店。等小岑来开门，她靠着门脸睡得正香。

来素芸听了她的遭遇并未开口，而是扶腮帮凝神许久，后来才骂说："你个闷嘴葫芦，这么大的事也不跟老娘商量！"万樱自觉理亏，只管抹搭着眼打瞌睡。"你寻思装死就能蒙混过关吗？"来素芸不依不饶，"罗小军八成是想让你劝老太太签字，这才骗你接手了按摩店。赏你点甜头，你就找不到北，去做推磨的小鬼，等出了事，还不得你兜着？一石两鸟，真是聪明妈给聪明开门，聪明到家了。"万樱辩道："罗小军哪儿有你说的这么损？他要成心害我，不留情面，哪儿会还你那三百万？那钱，可是他自个垫付的！"来素芸听闻大惊，道："可是真的？"万樱懒得再搭理她，伸手将她眼皮底下的重庆小面抻过，大口大口吃将起来。吃着吃着便听来素芸说："老马出来了。"万樱抬眼望她，她就说："算是平安，只是丢了官职。哎，人也半死不活，前几天，索性跟他黄了。"万樱将那碗面全吃完，默然擦着嘴。"我不稀罕没精气神的男人，跟死长虫似的。你说，找个可心如意的对象，咋这么难？"万樱依旧没吭声，舔了舔嘴唇，又悄然打起瞌睡。

那天午后，万樱去了趟医院，又是验血验尿又是做B超。医生检查后说，孩子虽受了折，可心脏和肢体发育得都齐全，你到底是留……还是不留？万樱思忖半响，才截铁般说，留！留！医生嘱咐道，要留的话，可得万事小心，将来早产的话，更要遭罪，切忌剧烈运动，保胎药也要吃。万樱忙不迭点头，手在小腹上来回摩挲。她仿佛听到了婴儿急促的呼吸声。

如此便安心保胎，一晃便夏末。布料是不敢搬弄了，再不跟来素芸泄底，这肚子委实没法遮掩。来素芸听后又喜又气又惊，喜的是胖子终于有了后，气的是胖子瞒了这么久，惊的是胖子怀了谁的种？万樱啃着来素芸买的芒果，一声不吭，满嘴黄汁。过了两日便跟老太太也说了，老太太只抿嘴笑，旁的一律没问，叮嘱她从集市买些红绒布，十二色彩线也要两绺。万樱就买了，也不晓得老太太有啥用处。自那天后，老太太倒添了精神，拄着拐杖早早去附近的菜市场转悠，炖乌鸡，煎牛排，炸春卷，炒羊肝，味道虽古怪，万樱倒也吃得满嘴流油。老太太还托小岑从阿克苏买了箱木马核桃，慢悠悠砸碎了，守看着她嚼吃，念诵着要给孩子补补脑，千万不能生个像万樱这般粗笨的。

那天跟小岑去安窗帘，半路上遇见睁眼瞎。睁眼瞎看到她便大呼小叫，鼻涕一把泪一把，说那常献凯真是狼心狗肺啊，她把他当祖宗供着，当儿子养着，当心肝捧着，他却拿她当屎壳郎，夜不归宿，只晓得泡麻将馆，棺材板都输光了，又借那高利贷，"妹子啊，我的亲妹子！你好歹劝劝他，"睁眼瞎的老鸹爪子险些嵌入她皮肉，"这世上啊，他只听你的。"

常献凯何时听过自己的？若要找人劝，罗小军该是最好的人选。也有些日子没见他，消息倒是有，全是没头没尾的传言。有说政府本想力保他，好歹是省里的政协委员，市里的劳动模范，县里的商界才俊，只是清水镇的居民彪悍至极，换着身法去京城告状，政府腰疼肾虚，后来连林副书记都不敢吭声了；有的说万永胜也想救他，那是他干儿子！可万永胜穷得只剩裤裆里的蛋和枪，从前是爷，现下连要饭的都不如；还有的说公安那边早就立了案，罗小军涉嫌非法集资，数额不大，可性质恶劣

284

范围广泛，不彻查不足以平民愤，光搜罗的证据就备了两麻袋，他进局子是迟早的事……万樱听着心烦，越心烦越想听，越听越后怕。可既然应了睁眼瞎，只得壮胆给罗小军打电话，那头接也不接，回也不回。便想，他这是过的啥日子啊，昏天黑地的。恰逢小琴跟她手机视频，说在鹿儿岭商场看上条三十八块钱的裙子，让她给参谋参谋。也就作罢，暂时忘了这茬。

两天后的黄昏，万樱才出了窗帘店，便晃到墙旮旯蹲个人，寻思是睁眼瞎来了，走近细瞧，却是多日不见的罗小军。他猫在晦暗的角落，像只病歪歪的野猴子，见到万樱这才直起身笑说："你这催命符一道连一道，啥重要指示啊？"万樱说："你有空了劝劝你丈人，别再给骗子们白白送钱去了。睁眼瞎快得精神病了，搞不好哪天再出了人命。"罗小军没理会，只说："吃饭没？我请你。"

万樱看着他灰头土脸的模样，说："难得，难得。我想吃海底捞。"罗小军便说："你这没出息的样儿。"万樱说："你样儿好？越长越丑，还寻思自个是齐秦吧？"罗小军嘿嘿一笑："难不成你是王祖贤？"万樱佯装"呸"了声，说："走吧，我请你。"两人便寻了最近的一家饺子馆，点了牛肉大葱馅和猪肉青椒馅的。饺子很快上来，两人你看看我，我看看你，都没言语，只闷头吃。吃完后罗小军抹抹嘴，抢先去结账，万樱也没谦让，站在门口等他。罗小军出来后说："要不溜达溜达，消消食？"万樱说："好啊，去哪儿？"罗小军说："我们去涑河吧。"万樱说："好。"罗小军说："我骑自行车驮着你。"万樱低头看了看自己的身坯，说："好。"

罗小军就骑了万樱的自行车，驮她往涑河边走。万樱猜他有一肚子话，却憋着不讲，也知道他是没笑强笑，却不知如何劝慰，就说："罗小军，我给你唱首歌吧。"罗小军弯着腰吭哧吭哧地蹬着脚踏板，说："好好给大爷唱，唱好了有赏。"万樱攥紧拳头轻轻捶他脊背，他哎呀着乱叫，她就自顾自哼起那首《耶利亚女郎》。她声音喑哑，歌声才出嗓，就被野风吹散了。罗小军说："一句都没听清。"万樱也不管他，径自胡乱地唱，唱着唱着调跑了，词也忘了，说："我小时候可参加过合唱团呢。你呢，要么搬个飞机模型跑来跑去，要么躺床上装生病的老太太，还没我有出息。"罗小军只努力拱着腰身，后背摸上去热乎乎的，怕是出了汗。

两人将自行车锁好，顺着"斩风亭"前行。天擦黑了，岸边的柳树仿佛一群沉默的僧侣，水中的荷花谢去，唯剩孤零零的荷梗箭镞般射向星空，偶有翠鸟鸣叫，然后巨大而纤细的白色水鸟从黑黢黢的水面滑翔出去，消失在大团大团的墨汁里。走着走着罗小军突然说："喂，樱桃，你还有我跑得快吗？"樱桃撇嘴道："喊，是谁尾巴似的，老在我身后甩来甩去？"罗小军说："士别三日，当刮目相看。不服的话，比试比试？"万樱说："谁怕谁啊？"

罗小军就拿石头画了条迹，两个人屏息凝神站在起跑线上。罗小军拉着长音喊道："预备……跑！"跑字才落万樱就猛然蹿了出去。她早已不是那个短胳膊短腿的小女孩，尽管她怀了六个月身孕，可奔跑起来仍像闪电滑劈过夜空。跑了一百米也有，这才停住脚往身后瞄，朦胧中罗小军气喘吁吁地贴身过来。她大笑了两声，才想继续前冲，却冷不丁被罗小军拽住。她转过身，瞪大眼睛望着他。罗小军犹豫了下，一把将她抱住。他的身体热乎乎的。他的脸热乎乎的。他的鼻息热乎乎的。他的手也热乎乎的。

她听到他说："你咋还……还踩这么快？"

她没敢动，双臂缓缓背向身后。他的喘息声渐渐平息："你的事我摆平了。日后，再也没人敢打搅你了。"她"嗯"了声。他说："房子租了五年，你们安心住着。"她"嗯"了声。他说："你怀了身孕，可不能再这么疯跑。"她惊讶地看着他，看也看不清楚。他说："来素芸跟我讲的。没想到她挺义气，非要将那三百万退给我。我怎么能要呢，是吧？"万樱迷迷瞪瞪地点点头，又摇摇头。他说："麒麟是个好孩子，虽然跟你不熟，日后你蒸了饺子，也记得叫上他。他顶爱吃蒸饺。"万樱哽咽着说："好。"他将她缓缓推开，夜色让他的声音显得格外温柔："我有个纸箱，怕丢了，下午送你那儿去了。你先帮我存着，日后可记着还我。"万樱没听懂他想说什么，就问："你个话痨，都咧咧了些啥啊？"他说："说了些最想说的，说了些早该说的。"

那晚他送她回的家。他没有上楼，挥了挥手就走了。万樱站在楼口注视着他的背影，恍惚又回到二十多年前。只不过，他跑得更慢了，也不费心搜罗那地图了。

上了楼，老太太早已歇息。沙发茶几上摆着双老虎鞋。鞋底镶了手工钉纳的五层骨布，鞋面是十二种彩线绣成的老虎。茶几旁侧，有只脏兮兮的纸箱。她半蹲着拽出来，迟疑了片刻后窸窸窣窣地打开，却是一封封摆放齐整的信件。信封上的字那么熟悉，虽歪歪斜斜却无比端庄，她恍惚着抽出张泛黄的信纸，哆嗦着铺展开。

在明亮的灯光下，无数流星瞬息滑向她的瞳孔。

第四十一章　　一封信

罗小军：

你好！

近来怎么样？给你写了五封信，你咋一封也不回？是没收着，还是没空？地址没错啊，是我专门跟刁一鹏要的。

今年的春风大，沙多雨少。上午我推着儿子去公园散步，姑娘小伙都穿裙子短裤了。我还套着薄棉裤。你那儿也冷吧？去年立冬给你邮的保暖内衣，还暖和不？要不暖和，再给你邮套，反正也不贵。皮皮虾下来了，忒肥，籽也多。素芸认识看守所的警察，我们托他给你带了箱熟的。知道你嘴刁，我可是连嘴吃了二十只还不解馋。本来我还想蒸些萝卜虾皮的饺子给你捎去，素芸非说怕馊了。我想想也是，就算了。素芸这个二傻子，有时候也挺尖呢。她新近又搞了个对象，是食品加工厂的副经理，模样不赖，就是脖子粗，嘴有点歪。他给素芸买了条铂金项链，素芸反手给他买了块劳力士。

我招呼过麒麟几回，可惜只来过一次。长得真高啊，葵花秆似的，饭量忒小，只吃了两碗小米饭、一个五香猪蹄、三只茉莉红螃蟹和十只东方虾。他住姥姥家，好得很，还会刷碗。多招人稀罕的孩子！总是随身带本书，得空就瞄两眼。我觉得他将来肯定比你还有出息。

287

最近的好事真不少！献凯大哥娶了睁眼瞎，知不道结婚证领没，反正办了婚礼。我随了五百块份子钱，四百给献凯，一百给睁眼瞎。睁眼瞎说，她来年要给献凯生个大胖小子。知不道是真是假。反正我总觉得在她身上，啥事都有可能发生，就是哪天她变成嫦娥升了天，我也丝毫不吃惊。

还有个最好的事！昨个晌午我正在店里卸货，有人招呼我，你猜是哪个？天青！这孩子回云落看我们来了。说是秋天就去海德堡大学读博士。两年没见，他至少胖了三圈，留着浓密的小胡子，一看就是个有福气有文化的。他在云落待了好几天，我领他去涑河看了神鱼，逛了不归寺，拜了娘娘庙，吃了驴肉火锅。他知道了你的事，说保证从北京找个最好的律师，帮你打赢跟银行的官司。他还说，过段时间去看你，亲自商量这码事。

唠叨了这么些，你肯定烦了吧？不过，最后还有个蚂蚁大的事，我总觉着该说给你。云霓找了个男朋友，是县财政局的公务员，老家东北锦州的。我见过一回，大脸大嘴，小眼厚唇，挺好的。

不跟你多说了，老太太这些天总睡不踏实，猫头鹰似的，动不动半夜就醒，醒了就缠磨我。我陪着她说话，说啊说啊，说啊说啊，一直说到天亮。春天的鸟雀醒得可真早，东叫西叫，南叫北叫，叫着叫着，日头就出来了。日头出来了，她就睡着了。她睡着了，世界就肃静了。

万樱
2018 年 5 月 18 号

［特约编辑：王继军］

参差人间的春醒时刻
——张楚的《云落图》 黄德海

一

读一部长篇，仿佛要来一次长途旅行，路程不能太短，短了就有些不够过瘾；时间感受上又不能太长，长了就容易觉出乏味。张楚的《云落图》有近四十万字，路程不算短；情节发展的主要时间段自春至秋，时间很集中，差不多正好是比喻意义上舒适的旅行安排。自然，并非有了足够的字数和恰当的时间长度就有了杰作，否则，符合"三一律"（Classical Unities）的戏剧早就都成经典了，不是吗？读长篇的旅途不能缺了充实感，因此需要叙事提供足够的空间，人物成为接连不断的风景。叙述者呢，最好是个可靠的旅伴，不能太沉默，也不便太饶舌，最好还有副好性格，容得下难免的龃龉和可能的波折。

《云落图》叙事很从容，整个云落城就是人物活动的空间。作为县城的云落算不上大，但作品里，小城的每一寸土地都是活的，路边的花树迎风而动，河中的神鱼游弋自如，角落里的橘猫偶尔闪现，窗帘遮挡着每个人的私密，暗影里深藏着欲望的喘息……张楚（起码是小说中的叙述者）太熟悉这样的小城了，他看得见璀璨笑容背后深藏的无奈，听得到喧闹市声里隐含的孤单，闻得出繁盛人间烟火里的辛劳之味。如此，这个长篇里就没有单向的情感和单独的人物，每个人都携带着自己的历史，喜怒哀乐这些不同的情感互相牵系在一起，人人处于综合的人际和情感关系中。

这个小城里行走的人，性情真是千差万别。或许，写出千差万别的性情，本来就是小说的题中应有之义。叙事性文体在由史诗和传奇转变为小说的过程中，人物也就由英雄和骑士降落成普通人，于是，英雄或骑士个人性情主导的悲剧或罗曼史就变成了人间喜剧。在人间的剧情里，人物平民化，叙事充满人间味，每个人都可以在小说中显示自己的性情。不过，"可以"并不是"必然"，很多小说中的人物性情并非千差万别，有时候甚至是千人一面。《云落图》的特点之一，是作者能够耐心地写人的性情，无论周围环境发生了怎样的变化，无论人物因性情问题已经遇到了多大的麻烦，耐心的叙述者都不轻易改变人物行事风格的稳定，也因此才呈现出千差万别的性情。

"性情对人而言就是命（运）"（ēthos anthrōpōi daimōn），每个人的主导性情基本划定了人的命运轨迹。徐天青敏感纤弱，因此才会有他的离家出走和离奇身世；常云泽鲁莽仗义，因此才会一步步走进自己的命运窠臼；万永胜精明沉稳，因此才争取到了免于万劫不复的小小机会；罗小军心细如发，因此才能在风云席卷的时候给自己和别人留下小小的余地；蒋明芳拘束谨慎，因此才能在遇到巨大人生难题时艰难地转危为安。或者，就拿来素芸说吧，她聪明浪漫，意志力略显薄弱，容易陷入对所爱之人的沉溺中，经历了一次失败还不够，差不多的情形很快便再来了一次，直到时间拿走她可能犯错的青春年少，她性情中的这一主导因素才潜藏起来。

这个平凡小城里的人，跟世界上任何地方一样，即便性情再稳定（哪里有稳定到毫无变化的性情呢?），也并不单一。徐天青敏感纤弱却也果决干练，常云泽鲁莽仗义却也明察秋毫，万永胜精明沉稳却也略显倔强，罗小军心细如发却也落落寡欢，来素芸聪明浪漫却也尖酸刻薄。即便如蒋明芳，虽然做事束手束脚，可真到了做决定的时候，也有丝毫不亚于任何人的孤绝。不止如上的主要人物，这部小说中出现的绝大部分人，虽都有着自己稳定的性情向度，但也往往展现出多样化的趋势，或许每个人都称得上不同程度的"圆形人物"（Round Character）?

我有点怀疑，张楚写出各种圆形人物，并非出于抽象的艺术追求，而是因为他对每个人物都愿意体贴。他敏锐地意识到每个人的性情局限，却总是心怀善意，能够报之以同情。"如得其情，则哀矜而勿喜"，哪里有什么发现别人缺点的得意，只有共同的命运在等待着我们罢了。这个心怀善意的写作者，愿意贴着每个人去写，去思考，去体谅。即便贪财无趣如郑艳霞，张楚也能给予理解,让她充分展示自身的缺点,也偶尔流露出微小的善意。每个人的性情都有轨迹,命运是人们自己写就的,原用不到作者来冷嘲热讽,说长道短。天地间因性情而生的矛盾和冲突,携带着每个人的过往,自有来处和去处,不能用任何笔直的尺子去丈量。或许正因为体会到了这点,张楚写就的《云落图》,里面每个人在自身范围内都是对的,有其自洽(Self-consistent)的理由。

栖居在云落这块土地上的人中,差不多是最不起眼却也最值得珍视的,是万樱。她笨拙、鲁钝、操劳,似乎安于任何社会给予的现状,也接受任何人可能的抱怨,就连有意而为的算计,她也似乎安之若素,连心理上有意的抵抗都没有。万樱好像并不是为自己活着,无论身处怎样艰难的情境,她都操心着别人的事,为每一处可能的生活中断而不停奔忙,却很少想到自己的现实处境,就那么无知无识地在世上劳作。即便切近到不得不立刻应对的事情,万樱也是处理完之后又回到无思无虑的状态。她身上有伤痕,心里有忧愁,可这一切都不会停留,稍稍的困顿过后,万樱就又回到了日常的劳作中,似乎只有人生长勤才是她的使命。这样性情的人,看起来没什么值得留意的地方,可有她们在,便少了点红尘的戾气,多了分世间的安稳,就像徐天青眼中的万樱:"她身上也没有这个年岁的女人惯有的水果微糜之气,倒是那种旷野的清朗,那种深夜隐隐传来的掺杂着玉黍、稻谷和甘草的气味。"

二

对人物的体贴和塑造,应该是张楚小说一贯的长处。就像有人已经意识到的那样,张楚的中短篇似乎永远处于是非之间的宽阔地带,永远有那么多伸展出去的枝权、没有来由的转折、极其微细的心思、不用明言的温熙、可被理解的凉薄。即便写到人间的恶意,张楚小说中也很少以直报怨,而是凭借人物的行为和细密的叙事,试着消除其间的敌意,在宽阔的人世和当下的时刻达成和解的盟约,共同走进绵长的生活之流(Stream of Life)。我很怀疑,是张楚中短篇里累积的善意,最终化成了万樱这样一个地母般的人物(有那么些瞬间,我忍不住会想到鲁迅《阿长与〈山海经〉》里的长妈妈)。说不定,这也是我们信任张楚小说中那些可靠的叙述者旅伴的原因?还有,除了已经谈到的部分,在这个张楚目前唯一的长篇里,又提供了些什么新鲜的东西呢?

《云落图》集中叙事的时间是自春至秋一段,却因涉及过往,慢慢就牵连出人物长时段的命运起伏——这是张楚过去小说中少见的,或者本就是长篇小说的优势。万永胜和罗小军情同父子，1990年代中期，万永胜从汽修厂下岗，爷俩不得不跑长途拉货维生。此后，市场逐步开放，万永胜投资了水泥厂、煤炭公司和医院。2000年左右，基础建设风起云涌，万永胜开始包揽工程。2007年，美国次贷危机，万永胜从危机里看到商机，开始涉足房地产，同时拉罗小军加入。果如万永胜所料，2008年，政府投入了四万亿拉动内需，房地产市场遍地黄金，爷俩就此成为风云人物。如罗小军所见："万永胜就是只沉默寡言的老狐狸，大地还在沉睡就踩着露珠去捕猎了。他猎取的猎物要比别的狐狸丰厚是意料之中的事。他的耳朵也比别人机敏，能听到四面八方吹来的风声"。正因为万永胜的机敏，爷俩的发迹之路与近三十年的社会发展之路，几乎若合符契。

不只万永胜和罗小军，在社会发展的总体进程中，云落的每个人差不多都获得了施展的机会。来素芸开了个窗帘店，收入不菲，又对万永胜办的医院投资三百万，利息丰厚，算得上生活裕如。常献凯下岗后，先是开包子铺，后是开驴肉馆，生意越来越红火，日子称得上小康。其他如万樱的婆婆凭杀鸡闯出一条活路；蒋明芳靠理发拥有自己的收入来源；即便笨拙如万樱，也能打四五份零工维持艰难的日子；更不用提徐天青在云落之外的非常规生活；常云泽不时游走在灰色地带。这看起来算不上光鲜的生活，其中还暗含着窘迫与艰难，却因为出路够多，容纳性够强，足以见出时代生机勃勃的一面。那些灌木野草般的人们，虽枝叶横斜，东倒西歪，竟攀攀扯扯繁衍出恣意的活力，荫庇了贫薄的土地，是自发秩序（Spontaneous Order）带来的深厚朴茂。

需要说明的是，《云落图》中的时代之感，并非拙劣学者随意划分（或某种有意引导）的叙事性证明，而是作者因共情于人物得来的切身感受。正因张楚对小说中每个人的经历都感同身受，他就需要不停思考每个人在时代中的样貌。如此，则生活在时代里的人就不会一劳永逸，更不会始终坐收时代红利，而是随着时间演进不断发生变化。即便机敏如万永胜，也不会一直是受益者，他对自己的判断也完全不同于常人："人家都说我是云落的龙王，要风得风，要雨得雨，手下夜叉无数蟹将一窝。狗屁龙王！其实啊，我不过是耗子洞里一只老鼠，又老又瘸，又瞎又脏，见不得光，更见不得人。洞外头，是虎视眈眈的猫，洞里呢，满是气盛彪悍的小耗子。"小说着力书写的自春至秋这段时间，万永胜商业大厦的雪崩，罗小军民间集资的失败，甚至蒋明芳的远走他乡，似乎都让人敏感到某种时代顿挫（Decline）的到来。

或许我有些过于强调时代了，很可能会让人误以为这是一部以时代为框架的作品。其实，以上描述的时代状况，在这部长篇里的占比并不高，也没有刻意强调,不留意甚至会忽略过去。之所以提出来,是这部分内容的出现,让张楚以往中短篇里偶尔略显片断的情节,有了一个开阔的参照系,并在某种意义上给了这部细节为主的长篇以骨架。想得稍微深入点,时代能在作品中显现出来,是因为具体人物和细节里深藏着时代的秘密,从作品中看出时代,就"好比从飞沙、麦浪、波纹里看出了风的姿态"。无论怎样的人,都置身于强大的社会力量之中,也受到社会的约束和牵绊,抗争也好,顺受也罢,最终携带着各自的生活感受,慢慢地与时代生长在了一起——人的形状,也恰恰能够标示出时代的形状。《云落图》里的时代,正是显现在人物和细节里的,大地上繁衍生长着的人们和他们身经的一切,才是小说的主角。

就像时代需要人一样,人也需要置身其中的世界。《云落图》牵丝攀藤,缠缠绕绕,空间和人紧密交织,每一处空间都有着不同人的气息,每个人也改变着自身所属的空间,人和空间共同建造起了属人的饱满世界。无论云落这座小城有怎样单调的生活和窘迫的生计,张楚似乎能在每一块地方发现动人之处,从而写得活色生香,五味俱全。那些大地上的草木,那些香气袭人的食物,那些身体感受的欢愉,那些深藏的妩媚和骄纵,那些人与人之间因交往而来的深情厚谊,都从张楚笔下奔涌而出,进而倾倒出整个的小城世界。或许是为了让这个小城世界更富鲜活感,张楚不仅在对话中,甚至在叙述中有意使用了方言,那些不影响理解、回味起来却准确生动的当地语言,让小说的根须扎进了云落这块土地的深处,扎进了这块土地上每个人的内心角落,也因此揭示出一个值得深深思量的时代运行与顿挫的秘密。

三

如果真要谈论跟时代相关的问题,就不能只注意经济或社会阶层的变化,同时需要关注人的"自然德性"(Natural Virtue)与不断变化的礼俗(Nomos)之间的关系,也即非精英层面的时代精神状况。所谓自然德性,简言之,就是人天然分清或分不清什么是好、什么是坏的能力;所谓礼俗,则是不停变动的文化习惯和伦理标准。时间每往前移动,生活方式每有所改变,礼俗就随之发生变化,人的自然德性也就不得不面对挑战。《云落图》涉及不断变化的社会情景,置身其中的人们需要面对是与非、对与错、欲望与禁忌之间的种种错综关系,小说不得不紧紧跟随这些关系,在书写中标示出新旧之间的复杂变化,刻画出多样的文化向度,为人世某种可能的精神线索留痕。

从表现来看，这部长篇中的绝大部分人，很少在自然德性方面天生恶德。即便对人凶狠的万樱婆婆，不识好歹的万樱丈夫，或者曾经心生恶念的常云泽，甚至派人打伤老太太的蔡麦辛，坑走罗小军集资的郭平生和钱行长，或许在某些方面称得上恶，但行事上也很难说是天生恶德。另一面，除了劳而无怨、总是对人心怀善意的万樱以及心怀旧恩的老太太，也没什么人看起来天生善德。作品中的大部分人，性情都是善恶相间，用不上善德或恶德这样严厉的词儿，否则，怎么会有前面提到的圆形人物呢？不过，这并不说明人群中没有人天生恶德，只是在小说涉及的三十年左右的范围内，社会相对稳定，人群的基本伦理清晰，轻易不会有人跨过底线。或许，这就是自发秩序带来的重要结果之一，它因其自发而天然把不同的人牵连在一起，也就将人的天生恶德抑制在相对的范围之内，从而为社会提供了相对稳定的运行规则。

稳定带来了发展，人们的生活水平从温饱向富裕过渡，人的自然欲望开始崭露出自己的多样要求，虽然旧的礼俗仍在运行，但此前靠塔布（Taboo，禁忌）维系的部分却开始崩塌。《云落图》中写到了旧礼俗，比如人们知道生死的郑重，也明白照拂弱者的意义，更不断强调劳作的重要。这些看起来并不显眼的习传规范，起码在小说的世界里维系着人世的秩序，让社会不致走向混乱。除此之外，重要如性与婚姻的礼俗，就在小说中发生了巨大的变化。万永胜包养女性；罗小军跟数名女性及云霓发生关系；来素芸多次更换男友；蒋明芳的男人死在交欢过程中；更不用提常云泽数不清的露水姻缘；徐天青在云落之外靠床笫之欢赚钱。这些行为都非传统礼俗所允许，但自然欲望不管不顾地冲决了塔布的罗网，并在变化中让禁忌成为了日常。

或许，万樱与侄辈常云泽的关系，最能见出塔布的作用和那些破坏塔布的力量。每与常云泽发生过身体关系，万樱都会生出恐惧："她害怕世界上所有的耳朵。即便所有的人都是聋子，三尺之上还有双眼目不转睛地俯瞰她，看她在男人身下蠕动辗转喘息，看她温热体液如暖流般淹没男人淹没床笫淹没整个房间……随后便有无数只庞大的猛兽朝她扑袭而来，它们吞噬掉她的五脏六腑、吞噬掉她腌臜的下体和越来越寡稀的骨髓。"那对耳朵和三尺之上的眼目的恐惧，正是塔布"这件事做不得"的意思。可即便在如此压力之下，万樱仍突破了这一禁忌，她自己也弄不清原因是什么，"到了后来，她已然分不清，自己到底是真稀罕这个曾经在她怀里撒娇的孩子，还是只是渴望一具男人滚烫坚硬的身体？"只要来自本能，无论是出于对撒娇男性的有意呵护，还是对异性身体的渴望，都会成为破坏塔布的隐藏动力，自然情欲会在某些时刻成为冲决性的力量，于是，旧的礼俗部分坍塌，新的礼俗缓慢生成。

几乎可以确定，张楚并非有意写什么旧礼俗的转化和新礼俗的形成，他只是把自己的细致耐心贯穿到了每个人、每件事，我们才从中看出某些可能的新旧交替。或许也可以这样说，作品悄悄提醒我们，礼俗必然存在于每个人类生存空间中，它是一个群体能够长期存在的必要限制。但小说也同时提示，礼俗的限制不能太过严苛，否则会斫伤社会的生机。平头百姓面对的礼俗，应该存在于一个自为的空间，其中有男耕女织，也有男盗女娼；有快乐的瞬间，也有无奈的叹息；有种种的艰辛，也有各色的如意……人可以在其中宽裕地爱或恨，欢欣或失意。平常的日子已经够忙碌操心了，用不着再凭强力来维护什么呆板的必然，就让人们自为地在新与旧的礼俗转化中好好生活如何呢？

这样一路看下来，是不是可以说，张楚贴着人物，用密密匝匝的细节写出了参差多态的性情；隐含在参差性情背后的时代境况，借助小说中的人物显现出自己的面貌；而在礼俗与自然德性的交互错落中，一个可以容纳人间哀乐的自为空间豁然显现，《云落图》于是就写出了一个蕴藏着无限活力的自为生活共同体？现在，比喻意义上的长途旅行已近终点，不妨暂时放下所有离题的喋喋不休，来好好感受一下张楚所见的人间"春醒"时刻——

惊蛰一过，铁青的风里倏尔泄出丝暖意，这暖意并不赫然，只是在孤身午夜行走时有谁在耳畔偷呼了口气，气息不绵长，却足以让人心房一颤。这时各种各样的虫子们就被风吹醒了，黑钳蝎、红蚰蜒、酱蝼蛄、白蛴螬、花瓢虫、菜粉蝶与灰老蛛在田间地头，在棘茎草枝，在土里粪外，在房前檐后耕耘疾走，不是忙着孵卵生崽就是忙着狩猎。

[特约编辑：俞东越]

《云落图》的多重纹理

杨 毅

无论从何种意义上说,"70后"作家张楚的长篇小说《云落图》都是部值得期待的作品。从创作历程上看,自新世纪初发表作品以来,张楚很快因一系列风格独特的短篇小说受到瞩目,在二十余年的写作生涯中,更是凭借作品较高且稳定的质量跻身为中国当代文坛的中坚力量。值得关注的是,在同代乃至整个当代文学中,张楚应当是为数不多依靠中短篇小说"取胜"的作者。在如今的环境下,这种对中短篇小说的用心经营,足以见得他对此的喜爱以及对创作的理解。实际上,作家运用何种文体类型,与作家本人内心的格局和对世界的理解程度相关。张楚曾在访谈中表明,最初写中短篇的出发点是作为写作训练过程,并且从中体验到了快乐。但是,"到了现在,我发觉自己在写中短篇时,往往不自觉地旁逸出很多意外想法,而且想说很多废话,或者说,这种废话其实是应该在长篇里出现的。我想,可能自己想描摹的世界、想表达的世界观、想塑造的人物,中短篇的体量已经不足以承载。"从这个角度说,《云落图》既处于张楚此前中短篇小说的延长线上,也在很大程度上,成为以往创作无法容纳的剩余物。

《云落图》几易其稿的过程和三十多万字的篇幅,都显示出作家对首部长篇小说的野心。这部以城镇为背景的小说,几乎全景式、多维度地展现了中国基层的社会生活和人物众生相。这种城镇书写,与作家的生活经历和创作风格有关,以至于县城几乎成为张楚小说的代名词,但从更大的背景上说，则离不开中国城市化进程中，横亘在城市与乡村之间形成的复杂格局。在小说中，张楚不厌其烦地细致描摹县城世界里的各色人等以及围绕他们发生的种种故事。这种极其日常化的叙述策略，使小说在书写城镇故事的同时，带有中国传统世情小说的意味。简言之，《云落图》以县城和乡镇为背景，创造独属于中国式经验与技法书写当代中国故事。这些都使得小说文本极具厚重且富于阐释性的内涵，触及到长篇小说对内容和技术的探索。

一

熟悉张楚小说的读者大概对云落这个地点并不陌生——它固然可以看作某种文学版图，但更多还是作家对中国式县城的文学赋形，不是某种实体的存在，而是观察城镇中国的角度。这体现在《云落图》虽然以云落为故事发生的背景，但并没有过多描写云落县城的地理空间，而更多聚焦在这里的人和事的层面，通过赋予小说充分的细节，编织成细密扎实的网状结构。这很容易让人想到，张楚迄今极具标识性的对县城故事的书写。论者对此已经多有阐释，以至于很多评论者将张楚笔下的县城和宇宙相连，来证明县城故事本身的丰富性和延展性。但《云落图》对县城的书写没有太多传奇性，主要将故事寓于人物长时段的命运起伏中把握，尽可能地将故事还原回人物自身的行动和情感逻辑之中，从而有效地实现故事的文学转化。

正如小说题目所揭示的，《云落图》全方位展现了云落县各色人物构成的社会生活的图景，几乎是事无巨细又从容不迫地描绘生活在云落县和清水镇的人们在新世纪以来的日常生活。这表明《云落图》致力于描述县城人物群像而非个体，也即带有某种"浮世绘"的意味。小说从天青随团来到云落写起，以此牵引出生活在县城的人物众生相及其发生的日常琐事。中年女性万樱平日的生活极其充实，早上起来就要清扫大街，吃完早点泡在来素芸的窗帘店，中午准时到老太太家顺带经营旅馆，晚上回家，还要照顾因车祸而变成植物人的丈夫华万春。但围绕万樱发生的还远不止这些：她在照顾丈夫的同时，暗中与驴肉馆老板儿子常云泽偷情；时常回忆起和昔日同学罗小军上学的时光，似乎两人至少在心理上，彼此保持着某种好感。这使《云落图》借助万樱的行动和视角，几乎串联起整个县城从上到下的形形色色的人和事：既有常年生活在县城经营生计的饭店、窗帘店和理发店老板，也有罗小军这样的民营企业家——前者描述县城日常的生活细节乃至家长里短（包括常云泽和天青互换身份的命运安排），后者从县城出发连带起省城更为错综的关系和商战（万永胜和罗小军于民间集资的问题）。总体上看，这部致力描摹中国县城经验的小说，涵盖邻里、婚姻家庭、伦理故事和社会问题。

《云落图》运用丰富的细节支撑起众多人物和故事，其意不在于整饬出富有逻辑的线索，并不负责直接输出思想或观念，很难提炼出某种明确的主题，而更接近当代中国县城风俗画。毋宁说，《云落图》是按照生活本来的面目深描，将县城中的人事置于小说的前台加以展现。吊诡之处在于，因为生活本身其实没有太多逻辑可讲，这种写法反倒更接近于生活的原生态。巴尔扎克在《人间喜剧》前言中，认为英国作家司各特"给小说注入了古朴之风；他使戏剧情节、对话、肖像、风景和描写浑然熔于一炉；他兼收并蓄了神奇与真实这史诗的两大要素；他让高雅的诗意与粗俗的俚语辉映成趣"。但巴尔扎克认为，司各特"没有构想出一套体系"，因而希望写出描写法国社会风俗史的作品，"编制恶习与美德的清单，搜集激情的主要表现，刻画性格，选取社会上的重要事件，就若干同质的性格特征博采约取，从中糅合出一些典型。"巴尔扎克将《人间喜剧》开篇系列设定为"风俗研究"，以文学的方式将日常生活载入史册，认为或明或暗的事实对个人生活的行为原则的重要性，并不亚于历史家对公共生活的重视，被恩格斯认为"给我们提供了一部法国社会特别是巴黎'上流社会'的卓越的现实主义历史"。以巴尔扎克为代表的现实主义文学，将想象寓于风俗画中，通过对法国社会世俗生活的描摹，基于叙述结构的因果关系理解现实，在社会矛盾中探索真理，时间上指向通往未来的乌托邦。这既和恩格斯说的直接为作家思想代言的"倾向小说"不同，也和自然主义文学拉开了距离——后者以实证为目的追求的客观真实，不仅可能只是作家的幻想，也和现实本身相去甚远。

鲁迅在分析宋元话本时，认为宋朝的志怪和传奇小说并无太多的独创性，"然在市井间，则别有艺文兴起。即以俚语著书，叙述故事，谓之'平话'，即今所谓'白话小说'者是也。"这种类型的文体经过宋元话本和拟话本，发展为元明的"讲史"（如《三国演义》《水浒传》）以及明清之际的"人情小说"（如《金瓶梅》《红楼梦》）和拟宋市人小说（"三言二拍"系列）："当神魔小说盛行时，记人事者亦突起……大率为离合悲欢及发迹变态之事，间杂因果报应，而不甚言灵怪，又缘描摹世态，见其炎凉。故或亦谓之'世情书'也。"美国学者浦安迪的观点与之不同，认为明清小说"与其说是在口传文学基础上的平民体创作，不如说是当时的一种特殊的文人创作，其中的巅峰之作更是出自于当时某些怀才不遇的高才文人——所谓'才子'——的手笔。我们不应忘记，'平民集体创作'说仅流行于20世纪的中国小说史研究界，而较古的明清学者却大部分都认为这些作品是文人的创作"。不仅如此，"它在本质上完全不同于宋元的通俗话本。它是当时文人精致文化的伟大代表,是明清之际的思想史发展在艺苑里投下的一个影子,是以王阳明为代表的宋明理学潜移默化地渗入文坛而创造出的崭新虚构文体。"不论此观点本身正确与否,这种带有文人创作性质的"世情书",虽然此后并未成为近现代文学的主流,但恰好接续至新时期,汪曾祺等开创的地域风俗小说。但张楚的《云落图》没有地域风俗小说过多的风景、风俗的描写,也无意于明确的社会分析,且不急于传达思想倾向,更像"风俗研究"和"世情小说"的结合,或者说中国式的风俗画。

不妨说,《云落图》对"风俗研究"和"世情小说"的传承与开拓具有相当程度的意义:在内容上,结合上述两者对社会风俗和世态人情的深刻体悟,细致描摹世俗社会里的众生相;在技法上,没有过多的主观介入和感情倾向,尽可能不露声色地和书写对象保持平视的共情。这个时候,思想和观念让位于写作的冲动和行动本身,意义和价值则在故事世界中自动显露。这些都使得张楚的《云落图》呈现出风俗画般的意蕴和效果,即表面上看是故事的层层累积,但内在是富有层次的渲染勾勒,好比"有巧密而精细者"的工笔画而非气韵生动的写意画。这种以工笔画技法完成的风俗研究,发生在张楚熟悉且擅长的,典型的中国式县城图景之中。简言之,《云落图》以全景图的方式展现县城风俗画,内容和技法承接起中国古典世情小说,但在今天面对的早已不是市民社会初期的市井生活,而是如何书写 21 世纪中国县城的生态。这对书写时刻变动的当代社会的写作者而言,无疑构成相当大的难度和挑战。从这个角度说,《云落图》借助古典技法讲述现代经验,可谓书写当代中国故事的典范之作。

二

《云落图》显示出张楚为县城绘制风俗画和全景图的野心,以至县城本身成为主人公。"这云落名字听着阔达,貌似烟波浩渺无边无涯,实则地域窄仄偏狭,形似一块生姜,横竖不过八九条主街,开车半个小时便能将云落穿梭个底掉。""中国的县城都是一卵多胎,爹妈都辨不清。""云落犹如正在褪壳的螃蟹,旧壳尚未完全剥离,新壳正随着风声慢慢地氧化,没有人知道这只螃蟹是否还是从前的那只螃蟹,唯一能确定的是,它的心脏依然是从前的心脏。"这是典型的中国式县城,作为夹在城市和乡村之间"中间状态"的灰色地带,既不同于有着悠久农耕历史的乡土中国社会,也不同于晚近以来日新月异的城市经验,但在作家笔下成为观察城镇中国社会的空间,更在张楚这里,有了独特生命经验和别样意义。张楚始终坚持不断书写县城故事，聚焦小县城里的芸芸众生，不仅为城乡叙事提供多种维度，更关注到他们生活之上的精神内涵。不妨引用张楚《在县城》证明县城之于张楚意味着什么。

> 县城发生变化是近十年的事。之所以变化，是因为这里开了几家私营钢厂。每个钢厂都很大，都有很多工人，闹哄哄的，热腾腾的，空气里的粉煤灰落在他们脸上，让他们的神情显得既骄傲又落寞。慢慢地高楼越来越多，而且前年，县城终于出现了超过 20 层的高楼。这在以前是不可想象的，因为我们这里还经常地震，人们都怕住高楼。而现在，人们似乎什么都不怕了，不但不怕了，有了点钱还专门买好车。我很多小时候的同学，现在都是这个公司的老板那个公司的董事，坐在几百多万的车里朝你亲切地打招呼。就像《百年孤独》的马孔多小镇一样，这个县城越来越光怪陆离越来越饕餮好食，空气中的味道也发生了质的变化：以前虽灰扑扑、干燥，但骨子里却有种干净的单调和明亮，我相信那不是气候的缘由，而是人心的缘由。如今，小镇上虽有了肯德基，有了各样专卖店，有了各种轿车，可人却越来越物质化和机械化，谈起话来，每个成年人的口头都离不开房子、金钱、女人和权力，似乎只有谈论这些，才能让他们的身上的光芒更亮些。我想，或许不单单是这个县城如此，中国的每个县城都如此吧？这个步履匆忙、满面红光的县城，无非是当下中国最普通也最具有典型性的县城。在这样的县城里，每个月都会出现一些新鲜事，当然，所谓新鲜事，总是和偷情、毒杀、政治阴谋、腐败连接在一起，归结到底，是和俗世的欲望连接在一起。可是由于这种欲望如此明目张胆又如此司空见惯，我总是忍不住去关注一下，于是，我发现了很多有趣而悲伤的故事。

张楚这篇被反复引用的文字写于 2015 年，恰好和《云落图》故事发生的时间基本吻合。文中提到的"高楼越来越多"呼应了郭姐从北京初到云落对"国际大县"的感慨，但对童年成长在这里的天青来说，多年后重返带给他的不是新奇，而是要直面尴尬的处境。天青本是驴肉馆老板常献凯的儿子（小说后来交代是养子），在八岁时离家出走被夫妇收留；而此时同样在流浪的常云泽，却被常献凯误以为是自己的儿子，阴差阳错地在常献凯家生活，直到天青的归来才打破局面。这种身份互换带给两人命运的差别，不得不让人感慨造化弄人。但张楚对人物的刻画并不依赖故事的猎奇性，而是将人物置于环境中，呈现人物的心理空间。天青把不幸的原罪归结为常云泽，"对这个冒名顶替的家伙,起初他只是充满了好奇与愤怒",此时重返云落的目的正是要揭穿云泽的身份,并且为此做好准备,想要夺回属于自己的东西。然而在和常云泽真正相处过后,天青的态度似乎也发生了转变:"他浑身散发着粗鄙甚至是野蛮的亲和力,这亲和力不是天生的,而是在后天的摸爬滚打中,由无数条潺溪汇流而成。"小说有意安排了海钓的情节,让两人正面对决,但常云泽其实并没有想要把云青推搡到海里,但在双方步步紧逼的对话中,似乎不受控制地暴露了潜在的欲望,但最终还是奋力救起天青。天青在短暂离开云落回到北京,而后再次重返时,得知常云泽去世和自己同样是养子的真相。

天青虽然童年不幸,但凭借自身努力读研读博,似乎和在社会上摸爬滚打的常云泽不同,但《云落图》将天青和常云泽的故事交叉并置,不仅是以名字为契机讲述了身份互换的故事,暗示出姓名其实只具有符号而非实体的意义,很多时候,人只是扮演某个名字而非自我本身;也以此揭示县城青年在缺失家庭中艰难成长,童年得不到爱的结果,可能是对爱变本加厉的渴求。这或许可以解释,常云泽何以投入万樱的怀抱,以及天青为何始终辗转在多个中年女性之间。如果说,天青的情感对象尚且有着物质的需求,双方在某种交易的性质下召之即来挥之即去,那么常云泽对万樱的渴望,更多的却是情感本身和心理层面的需求,甚至夹杂对母性的依恋。常云泽从小顽劣成性,长大后有着相当丰富的社会经验,混迹在各个社会阶层中间,却沉溺于有夫之妇的万樱,或许是从小在万樱身边长大的常云泽,在她身上弥补缺失的慰藉。

和这种略带传奇性的故事相比,云落县城里发生更多的还是乡亲邻里之间的日常。这些家长里短的日常生活,真正构成了云落人真实的生存状态,体现中国式县城的基层逻辑。《云落图》刻画的县城女性人物令人印象深刻,比如窗帘店老板来素芸和理发店老板蒋明芳。同样是成长在云落的女性,来素芸和蒋明芳的人生轨迹大致相同:童年时代有着艺术的梦想,幻想成为主持人或歌唱家,但热情逐渐被生活消磨,虽然曾经有过浪漫或者令人欣羡的爱情,但如今因为离婚或者丈夫意外去世,独自带着孩子经营着各自生计,过着普通人的平淡生活。尽管小说中两人的关系似乎并不融洽,但真正当蒋明芳遇到难事时,来素芸同样会伸出援手。不仅是来素芸和蒋明芳,还有万樱安装窗帘被客人诬陷偷窃戒指,也是来素芸替她讨回公道;再有,万樱怀孕担心被婆婆知晓,也是蒋明芳坚持陪她去医院,以自己的名义替她掩盖真相。这些事情似乎都表明,云落县城这里,还残留着中国传统乡土社会遵循的朴素民间价值伦理。他们虽然可能在小事上斤斤计较,但真正遇到难事或者原则问题时，就会联合起来互帮互助。这或许是县城保留乡土社会，而尚未被城市经验彻底覆盖的结果，或者说城市人的利益至上，并没有泯灭朴素的道德操守。《云落图》中的县城经验准确地说是民间伦理形成的心理积淀。

不过这并不意味着云落完全被朴素的民间伦理支配，因为县城同样受到商业逻辑的制约。这体现在罗小军和万永胜这条故事线。罗小军在父亲生前好友万永胜的带领下办民营企业，涉足工厂、医院、房地产等多个行业，通过民间集资经营农村合作社，成为炙手可热的商人。但因为万永胜资金链的断裂，牵连到农村合作社遭到各大股东撤资，接着引发整个信用危机，去省城和商业大佬们几经交涉无果，到最后发现整个事件只是商业圈套，只有自己浑然不觉。罗小军意识到："难道，这雪崩的真正源头，不是别人，而是万永胜吗？连那最后一片雪花，也是他亲手撒下的？他强调自己是只洞里的老耗子，也许，他早厌倦了这商界的猫鼠游戏，厌倦了见不得光的日子，这才自导自演了这出别人眼里的悲剧……他越想越怕，越怕越想，越想越觉得难以置信，然而转念间，又觉得一切都那么顺理成章，所有被肢解的细节、片段都能严丝合缝地铆合到一起，所有不可思议的失误和咄咄怪事都有了合情合理的解释……"罗小军迫于无奈，最终将房地产开发权全权转让给王毅文，但王毅文跑路牵连到罗小军入狱。梳理整个事件的前因后果，就不难发现这里处处隐藏着危机，其实是没有胜利者的殊死博弈。

三

《云落图》的人物活动分为两个区间：一是当下正在发生的时间，二是已经过去的时间。前者运用丰富的细节，编织起云落人日常生活的琐碎，极其饱满地呈现云落县城日常的生态；后者则在回望中，呈现出某种含混和迷离——尽管也是真实发生的过去，却不似当下的真切。这直接体现在小说文本中，以注释的方式附在某章结尾处的副文本，对本章正文内容的补充——它往往是对人物前史的交代（比如万樱和罗小军的过去、来素芸曾经的爱情婚姻故事），在长时段的个人史中交代人物的来龙去脉，并且提升到精神层面，形成某种虚实结合的意味。《云落图》由此呈现出某种复调式的张力，"有着众多的各自独立而不相融合的声音和意识，由具有充分价值的不同声音组成真正的复调"。但这不仅是巴赫金叙事学意义上的众声喧哗，而是独属于张楚式的温情时刻。张楚虽然很大程度上节制了早期过多的主观式抒情话语，但对普通人的体恤和温情，则是张楚小说近来的转变，只是这种体恤和温情隐藏在叙事本身。

《云落图》第七章以"地图"为线索交代了万樱和罗小军的前史。熟悉张楚小说的读者,大概会联想到《樱桃记》《刹那记》中樱桃的故事。而如今的万樱其实是樱桃的翻版和改写。问题在于,张楚何以对樱桃的故事念念不忘,以至于《云落图》几乎把万樱当作主人公刻画?这个出生和成长在县城的女孩从小和母亲生活,被继父侵犯,但渐渐对同学罗小军有了好感,起初两人玩着你追我赶的追逐游戏,后来热衷收集地图,罗小军当兵后不久万樱也成为女工,给罗小军写着讲家长里短的信,但从未收到回信(小说后来交代,罗小军一直珍藏着这些信)。但这段感情并没有升级,即便直到功成名就的罗小军重返云落,两人才得以相见,但也只是默默关心和支持着对方,仿佛维系着曾经对彼此的好感。

万樱和罗小军的感情并非通常意义上的男女之情。童年时代的万樱有着不幸的原生家庭,罗小军可能只是满足了少女渴望被关注的心理,而"地图"这个意象则象征着对远方的憧憬。这个外表并不出色的女孩,同样有着内心的渴望和憧憬,即便从未收到回信但依然固执写信。这种感情在多年后的相见依然清晰,以至她永远记得"他小时候最稀罕吃虾皮萝卜馅蒸饺"。而就当罗小军重返云落见到万樱时,"如今,那个狭窄明亮的按摩室让他摆脱了所有的焦虑,当他躺在硬邦邦的床上时,似乎变成了聋哑人,世界在万樱魔术师般的手中趋于宁静,甚至是死亡前的那种灭寂。间或晃到她的眼睛,他胸腔内便充盈着一种……安全感。"此时的罗小军早已不是和万樱做追逐游戏的男孩,却在重返云落后更加依赖万樱,从中获取到安全感。这种安全感是罗小军,在社会经营各种手段谋生中不具备的,而只有这种看似无利益的关系,才能让他找回童年的纯真,给他带来脱胎换骨般的感觉。即便是在罗小军深陷债务危机之时,两人似乎回到了童年时光,开始做起追逐游戏。罗小军这时候才把珍藏多年的信交还给万樱。小说以万樱的视点写道:"万樱站在楼口注视着他的背影,恍惚又回到二十多年前。只不过,他跑得更慢了,也不费心搜罗那地图了。"

万樱和罗小军的故事不妨看作童年的回响。那个时候虽然纯真但也有着来自远方的梦想,而如今的万樱,却只能侍奉在植物人丈夫华万春的病床前,还要随时应对婆婆的监视和盘问。万樱和丈夫华万春的感情早已破裂,但就在两人准备离婚的前天,华万春因车祸成了植物人。这种永无天日的苦闷和绝望,恐怕是女性万樱和常云泽不断偷情,乃至耽溺其中的直接原因。小说写:"她就这样在白昼与黑夜,在懊恼和幸福之间辗转翻滚,到了后来,她已然分不清,自己到底是真稀罕这个曾经在她怀里撒娇的孩子,还是只是渴望一具男人滚烫坚硬的身体?"如果说华万春只是肉身存在且折磨着万樱,那么，罗小军和常云泽才是万樱生活世界的两面。这里呈现出的万樱自愿被他人分割的状态，即心灵和身体、纯真和享乐、梦想与现实的分裂。万樱把内心的纯真和梦想，留给了童年时代的罗小军，只得把此时此刻的身体留给了常云泽。只不过，这种感情注定没有结果。因为无论是罗小军还是常云泽，都不可能对万樱承担责任。因此即便万樱怀孕，等来的也不是常云泽的关心，而是他要结婚的消息和华万春的离婚协议。

不妨说，《云落图》虽然塑造了主人公万樱的苦闷和压抑，但无意也无法为她寻求出路。尽管小说以万樱写给罗小军的信作为结尾，但故事的结局，其实已然结束在两人最后的见面，也就是在这个时候"恍惚又回到二十多年前"——这毋宁说是张楚留给万樱最后的仁慈。因为她除了沉浸在这种浪漫想象的回忆之外，就再也没有任何现实的希望支撑她未来的人生。《云落图》不仅描摹出县城女性的日常生存状态，更通过万樱呈现出她们的心灵史和情感史。这种心灵史和情感史在时间层面上发挥作用，就像本雅明说的"思考不仅包含着观念的流动，也包含着观念的梗阻"。也正是在时间而非空间机制下，《云落图》在风俗画和全景图基础上，对人物的刻画平添历史的纵深。这种纵深并非波澜壮阔的宏大历史，而是日常生活的个人史。这延续了张楚对个体命运的关注，特别是对深陷生活泥淖的普通人，埋藏在内心深处的隐秘。张楚写的是热气腾腾的生活，却在生活里生长出并不属于它的现实，淬炼出生活之上的东西。不妨说，如果我们的生活本身出现了问题，那种困在生活经验里的意识反而离现实越来越远。从这个角度说，《云落图》既是县城生活史，也是人物的心灵史和情感史。

四

《云落图》在叙事上还有两个从古典小说里借鉴的技法。首先是富有暗示性的细节频出。如小说开头天青和郭姐来到云落，郭姐说："甭跟这儿装深沉啦，出都出来了，好好玩呗。自打一下了火车，你就魂不守舍的。"此时读者未必理解天青为何"魂不守舍"。直到第十章，天青先是想找万樱解开云落的秘密，后来找私家侦探打听万樱的电话、地址和常云泽的经历。第十六章通过私家侦探讲了常云泽的历史。这时读者可能开始意识到两人之间发生的故事。而在第十八章的欢宴中，常云泽无意间说出"李鬼"，天青瞥了眼常云泽，也称他为"李鬼"，随后天青猛喝白酒微醉被常云泽嘲讽酒量，天青略带醉意地说："李逵难道还怕李鬼不成?"后来常云霓问天青从哪来，天青说："你不认识我，我可认识你。我从这里去，又到这里来。"这个时候的常云泽显然已经知晓天青的身份，但小说真正揭露事情的原委，是在第二十三章，天青和常云泽海钓的正面对决彼此袒露心声。此时小说已经过半，读者已然知晓两人的关系。小说正是依靠大量暗示性的细节或者说伏笔，"真相"才在抽丝剥茧的叙述中逐渐浮出水面。类似的情况还有很多，再如老太太初见天青时格外的关心，暗示出她与天青祖辈的渊源颇深。这显然借鉴了古典小说"草蛇灰线"的笔法，即在交代事情的原委前做好充分的暗示和铺垫。

这种伏笔的运用不单是细节上的缜密，也关联到小说在整体叙述过程中内在的结构设计。《云落图》整体的叙事线索较为清晰，但铺陈的细节描摹相对繁复，通常是故事线交叉展开，整体有条不紊地进行，达到自如甚至无痕地连缀起故事线和情节点，类似毛宗岗说的"接榫"，即"一件进行中的事情被提前纳入邻接的另一个情节，不露马脚地为引出新的情景起了桥梁作用"。比如上述天青和常云泽的情节展开，就先是穿插在其他故事之中起到暗示性的作用，然后在层层渲染中揭露事件的前因后果，之后的叙述，依然会按照这个事件的结果顺次展开。而在其中盛大热烈的"欢宴"中，不合时宜地插入天青和常云泽富有暗示甚至挑战性的对话，则是古典小说常见的，在皆大欢喜的场面之中适时宕开一笔，构成某种巧妙的平衡和错位感。典型的正如《红楼梦》常常在极尽奢华的盛会宴饮之中，隐约透露出繁华落尽的哀伤和败落。这些都使得《云落图》的结构更加接近中国传统评点家说的纹理，"处理的是细部间的肌理，而无涉于事关全局的叙事构造"，读来带有中国古典小说的意味。

浦安迪在分析中国古代奇书文体时，用形象迭用来指称小说章法中对人物、情节、场景、事件、概念等反复使用，认为"它们并不是可有可无的闲笔，而是一套丰富缜密的叙事针线"。这同样适用于《云落图》在叙事技法和人物塑造的使用，特别在刻画万樱时体现的尤为明显。小说写道万樱的外表并不突出，但反复提到万樱身上有股"过期牛奶的味道"吸引着常云泽；反复描写万樱和常云泽在家中的性爱；也反复回忆万樱和罗小军童年时代的故事。再有，戒指的意象反复出现，而且只有缠线才能戴牢，暗示着最初的感情无论如何难以抛弃；而海钓的情节除了上述直接发生在天青和常云泽这里，也出现在罗小军和好友刁一鹏处……这样的例子还有很多。这种形象迭用可能不是每次都有着明确的指向，但却是作家有意为之。某种程度上，张楚有意识地构造这些要素的相似性，使得《云落图》拓展了故事的叙述方式，从不同层面丰富了事件的内涵，在刻画人物形象的同时，显示出人物内心及彼此间的复杂性，"通过互相映照的手法烘托出种种隐含的意蕴"。这个角度说，《云落图》是值得重读的作品。

不妨说，《云落图》从日常生活出发，又有着超脱日常的现实；写的是俗世人情的冷暖，呈现的却是精神世界的卑弱；写的是当下发生的县城故事，又分明有着人不甘于当下的龃龉。而《云落图》的故事既在云落之中，又在云落之外；既是云落县城故事，又是中国当代故事。用古典小说技法讲述中国当代故事，蕴含书写城镇故事的中国经验与技法，造就了《云落图》的多重纹理。

[特约编辑：俞东越]

国宝·山鸣谷应

祝勇

献给
中国人民抗日战争胜利八十周年
（1945—2025）
故宫博物院成立一百周年（1925—2025）

你说岁月不惊，
是因为你没看到离乡背井；
你说红尘无忧；
是因为有人在为你负重前行。

——作者题记

第一部　草木震动
（内容提要）

不管过去了多少年，梅遇影依然清楚地记得，丈夫那文松在薄暮中走出家门的那一天，是民国二十二年，公元1933年2月5日。丈夫一只脚踏出门槛时，扭过身对她说：我把这批古物护送到南京，马上就回来，前后最多半个月。说完就走了，此生再也没能踏进这个门槛。

那文松与梅家的相识，还要回溯到两年前。民国二十年（1931年）"九一八事变"，日军占领沈阳城，残忍杀害了保护沈阳故宫的那永城一家，那永城的两个儿子那文松和那文柏却幸免于难。当时弟弟那文柏正在南京中央大学读书，在东北大学读书的哥哥那文松则在父亲生前的筹划下趁夜逃出沈阳城，流亡到北平，欲寻父亲的老友、故宫博物院院长易培基相助。那文松一路上历尽坎坷，走进北平时已成叫花子，无法进入故宫，偶然发现古玩店

"品梅轩"刚刚购进元朝画家赵孟頫的《双松平远图》卷，百无聊赖之际进店赏画。那文松的父亲那永城是著名收藏家，那文松从小耳濡目染，在书画鉴赏方面天赋异禀，发现这卷《双松平远图》竟是赝品，将实情告诉给"品梅轩"老板梅从云，令梅从云刮目相看，从此引为忘年交，二人一起寻找赝品的制造者。

这一年是梅从云的本命年，霜降那一天，正是他四十八岁生日，他决定举办一个摹画会，请来了北平城的武生泰斗丁铁竹唱戏助兴，清唱了一折《长坂坡》，还请来北平城八位摹画高手一起仿摹《双松平远图》，想借此断一断到底是谁造的假。在他看来，能仿此画者，就在这几人当中。

那文松在梅从云的帮助下见到了易培基，易培基安排那文松在故宫博物院看大门。就在那文松与梅从云之女梅遇影成婚这一年，日本关东军自东北向长城发起攻击，占领了山海关，北平城旦夕可下，危如累卵。为了故宫文物的安全，易培基力主将故宫里的文物全部迁出，运到安全地方，却受到许多官员的极力反对，经过一番苦斗，终于在民国二十二年二月将一万九千多箱文物运出故宫，送往首都南京。文物在漫天大雪中运出紫禁城的那一刻，易培基终于长出一口气。

文物运出前，一百多万件文物需要打包装箱。那文松在故宫文物打包时显露出过人的才能，令故宫博物院古物馆副馆长马衡大为吃惊，把原本人微言轻的那文松列入南迁人员名单。此时梅从云自以为是，斥重金误买明代董其昌《林和靖诗意图》的赝品而受到打击，一病不起，那文松于是拒绝随故宫文物南迁的安排，意欲留在北平照顾岳父，没想到受到梅从云、梅遇

影父女的痛骂，不得已踏上了南迁的旅程。

那文松临行前，妻子梅遇影取出她珍藏的一件已经断为两截的梅花玉饰，把一半塞到丈夫的手里，希望等他回来时，再将这分成两半的玉饰合到一起。文物抵达上海后，那文松心心念念要回家照顾岳父并与妻子团圆，没想到事与愿违，他意外陷入一件"莫须有"的案件中——

检查署人员不期而至，将存入上海库房的南迁文物全部封存检查，原因是法院接到起诉，故宫博物院院长易培基等人制造赝品，以假换真，监守自盗，中饱私囊。漫长的司法调查开始了，那文松回家的日期，也被无限拖延。检查署指派的书画鉴定师，正是当年岳父梅从云做寿时请来的八大高手之一黄山岳。黄山岳是画家，是摹画高手，并非专业鉴定家，因此在鉴定这批被查封的故宫文物时指鹿为马，把一些真迹断为假画，成为易培基"犯罪"的"证据"。

就在即将返回北平的那一天，那文松突然被警察抓走，并遭到突击审讯。那文松并不知道，此刻，他的同事吕医农、石不言等人也被警察抓捕。警察显然是在"帮助"检查署寻找"人证"，以坐实所谓"故宫盗宝案"。那文松遭到严刑拷打，左手五个手指被先后掰断，那文松始终没有服软。此时警官王楚材暗示那文松承认岳父家的"品梅轩"是协助易培基销赃的据点，里面卖的都是易培基等人监守自盗的文物，否则就要把那文松全家抓来"法办"。那文松为了保护家人，更为保护院长易培基，在酷刑逼问之下，一个人承担了所有的罪名。

梅遇影收到了那文松从上海寄来的家信，说他终于要回来了，但她等待多日，不见丈夫的身影。又过几日，传来了那文松被捕的消息。梅遇影看出了事态的严重性，不顾自己几个月的身孕，决定趁着父亲身体略有好转，带着使唤丫头鸾凤前往上海寻找丈夫。她们到达南京，准备由津浦铁路转乘沪宁线前去上海，在渡江转车时，被几个化装成人力车夫的神秘人物劫持到一座不知其名的深山里。

梅遇影在山中度过了几个月的时间，生下了一个孩子，取名那小簋。绑架她的人叫蓝星宇，本是奉系军人，在孙殿英的麾下供职，参与了孙殿英在清东陵的盗墓活动，获得一批无价之宝，跑到镇江附近的宝华山隐藏起来，在宝华山里建起了他的高墙大院，还建了一个地下室，用于藏纳他盗来的部分国宝。后来日军进攻热河，蓝星宇跟随长官孙殿英参加了那场血战，在那场战役中敌人的一颗子弹不偏不倚，准确地打在了男人的命根子上。他不想断子绝孙，于是决定劫持一名孕妇，派人在浦口火车站张网以待，梅遇影正好落到了这张网里。梅遇影的使唤丫头鸾凤，则被蓝星宇卖给了人贩子，嫁到遥远的广西。

那文松被法院判处六年徒刑，被送进南京老虎桥监狱。此时日本加紧侵华步伐，华北、华中战云密布，存放在上海的故宫文物，也不再安全无虞。在南京读书的弟弟那柏来监狱探望哥哥，表示要放弃学业，从军抗日。过了一段日子，监狱里新来的典狱长召见那文松，竟然就是审讯过那文松的王楚材。王楚材见到那文松，立刻换了一副嘴脸，和颜悦色，恳请那文松帮他鉴定他收藏的几幅字画。

鉴画那一天，王楚材请来一个特别的客人，竟然是黄山岳。令那文松感到错愕的是他又看见了赵孟頫的《双松平远图》。

那文松有着非同寻常的记忆力,他在脑海中回忆着已被付之一炬的《双松平远图》的每一个细节,与眼前这卷反复比较,发现它们竟完全一致,说明它们都是赝品,因为不可能存在两件完全一样的真品。此后的一段日子,那文松在监狱里看到了越来越多的故宫藏品,令那文松更加困惑不解。故宫南迁的书画是那文松一一过手的,对每一件书画都了如指掌。那文松努力把眼前的古画与记忆中的故宫藏品相比对,发现他在监狱里看到的全部是赝品,但制假的水准极高,一般人根本看不出来。

那文松把他在狱中见到书画赝品的情况通过被释放的狱友报告给当时故宫博物院院长马衡,马衡急忙找到因所谓"故宫盗宝案"而被迫辞职的前院长易培基,二人一起商讨对策。易培基主张马衡给行政院写信,并在南京官场紧急活动,将被法院封存的故宫文物交还故宫保管。

淞沪战事爆发,蓝星宇率部奔赴战场,行前放走了梅遇影。梅遇影没法再去上海,准备先去南京,坐津浦铁路返回北平,再做打算。不料国军兵败淞沪,日军围困南京,梅遇影和那小簋被困在南京城里。

王楚材奉命在南京城破之前杀光狱中囚徒,唯独对那文松网开一面,想助他逃走,原因是他想留着那文松继续帮他鉴定书画。但那文松已与狱友约定了越狱计划,于是放弃了独自逃生的机会。越狱那一天,那文松发现所有的牢门都没有上锁,狱警已全部逃光,原来狱警在最后时刻给犯人们留了一条生路,那文松就这样走进了被围困的南京城。

此时那文柏正在光华门与日军苦战,梅遇影和那小簋在人群中奔逃,易培基在南京的贫民窟里度过了最后的岁月——他的居所被日军炮弹击中,他的遗体被掩埋在瓦砾中,再也没人找得到。那文松逃到下关江边,遇到了正在急运文物的故宫人,他帮助他们将最后一批文物运离南京,因交通工具所限,他把离开南京的机会留给了同事。

南京城破,那文松与正进行巷战的那文柏在街头相遇,那文松劝那文柏丢下武器,二人一起逃入安全区。在安全区,他们又与黄山岳相遇。在面对死神的最后时刻,黄山岳说出了全部真相:梅从云当年所买的《双松平远图》和《林和靖诗意图》,都是他造的假。因为他的书画造假技术已独步天下,所以被"宝绘堂"以重金纳入门下。"宝绘堂"是一个专门为南京、上海的政界要人和商界大佬制造假画的团伙,有着精密的流水线,那文松在监狱里见到的那批古画摹制得如此天衣无缝,天底下只有"宝绘堂"可以为之。"宝绘堂"的幕后老板就是当年与易培基竞争故宫博物院院长而未能成功的民国元老林逸尘,他想当故宫博物院院长的最大动因是想控制故宫文物,作为他的个人资产去行贿官场。竞争院长未果,他就利用手中权力,买通司法系统,炮制了所谓"故宫盗宝案",查封并且控制了故宫文物,将大量制造的故宫书画赝品流向社会。黄山岳把他费尽心机保存下来的《双松平远图》真迹交给了那文松,请他缝在衣服里,有朝一日交还给故宫。他想以这样的方式为自己赎罪。

那文松与那文柏在险象环生的安全区有惊无险地存活下来。民国二十七年(1938年)元旦到了,日本人要粉饰太平了,在所谓的"自治委员会"的"管理"下恢复秩序。二月里,那文松和那文柏一起去了豆菜桥，在那里找到了同样没来得及撤出南京城而不得不隐藏下来的故宫同仁唐知微，又通过唐知微找到了同事吕医农和迟笑然。几人一起从水西门逃出南京城，前往津浦路和陇海路的交会点徐州。此时离北平已近，那文松犹豫是回北平与妻儿团聚，还是西去寻找故宫文物南迁的队伍。反复思量，他还是选择了沿陇海线徒步西行，寻找故宫文物南迁的队伍。在离开徐州之前，那文松给北平家中寄了一封信，信中写道："在这个世界上，没有人不想念自己的家，但故宫里的古物，是中国人共有的家。它连接华夏的历史与文明，情感与记忆，我们寻找古物的路，其实就是回家的路。"

第二部　山鸣谷应

第四卷　饥饿

第一章

故宫文物列车北行的道路并不太平。南京城硝烟未散，日军第十三师团就北渡长江，向着淮河一线挺进；侵占了北平、天津等华北地区的日军第十师团则南渡黄河，占领了济南，进至济宁、蒙阴、青岛一线，实行南北对进，以图攻占华东战略要地徐州，打通津浦铁路，使南北战场连成一片，然后沿陇海铁路西取郑州，再沿平汉铁路南夺武汉。故宫文物列车所要经过的广袤大地，刚好是他们划定的战场。

虽然大兵团战役要迟至民国二十七年的春天才真正打响，但故宫文物列车经过华北平原时已经战云密布，国军与日军的先头部队已经缠斗在一起。故宫的文物列车不仅要躲避日军的枪炮，更要躲避不期而至的日军飞机。此时的气氛，比起当年故宫文物列车沿着津浦铁路南下时要紧张严峻得多。为了躲避日机轰炸，列车通常昼伏夜行，一旦得到前方遭到日机轰炸的情报，马衡就会下令临时停车，让车上所有的国军战士和故宫工作人员把文物一箱一箱地搬下火车，在附近寻找掩蔽之所，可能是一条山谷，也可能是一片树林。如果附近有一个巨大的山洞，那简直就是中了头彩了，等风平浪静，再搬上列车。当时从浦口转移出来的，不仅仅是故宫的文物，南京的政府机关、工厂企业、图书馆、大学等，多如牛毛，有一些通过水路，还有一些是通过陆路，与故宫文物西迁北路的路线相同，更有大批从上海、南京，以及周边各大小市镇、县城逃出来的难民，黑压压的一大片，沿着铁路往北走。列车就成了稀缺资源，所有沿着铁路而行的逃难人群都如狼似虎，故宫的文物一旦脱离了列车，就可能再也回不到列车上，因为争夺列车的战斗，几乎成了生死之战——千钧一发之际，谁抢到车皮谁才是爷，抢到车皮就等于抢到了活下去的机会。谁的命不是命，难道还要分出个三六九等？反正要死大家一起死，我走不了你也甭想走。何况许多人来头不小，手里不是拿着汪兆铭的手谕，就是宋子文的命令，害得故宫人不停地与他们吵架。吵架的时候，没有人去听对方说什么，只是不断地提高嗓门，要把对方的声音压下去，好像不是比谁有理，而是比谁的声量大。他们嗓子吵哑了，但还得哑着嗓子吵。至于保护故宫文物的卫队，早被人潮冲得七零八落，纵然是朝天鸣枪，也无人理睬。马衡衣服被撕烂了，眼镜歪在脸上，一面保卫着他的列车，一面通过随行卫队的电台紧急与当局联系，却不知那时的国民政府也在奔逃之中，连鬼影子都摸不着，越是关键时刻越是联系不上。故宫文物就这样，不知换了多少趟列车，不知把列车上的几千箱文物搬下又搬上了多少回，才磨磨蹭蹭、走走停停地抵达了徐州城，所幸那时徐州大战还没有打响，他们的列车终于在徐州转上了陇海线，跨越中原腹地，一路奔向莽莽苍苍的大秦岭。

列车往西，过了开封，过了郑州，过了洛阳，距离秦岭越来越近了，马衡才感到了些许轻松，有闲之时，还与属下聊起他当年在殷墟考察发掘甲骨文的情形。但是车过三门峡，抵近黄河最后一个大拐弯时，马衡的面孔又阴沉下来。此时已到三月上旬，故宫人身上的冬装已换成了薄衫，然而就在故宫文物沿陇海线西进的同时，从华北进入山西的日军则沿着汾河河谷一路南下，五个师团从太原、邯郸、安阳等地出发，呈扇形向晋南压过来，其中主力第二十师团自2月11日发起进攻，一路攻下平遥、孝义、隰县、蒲县、汾城、河津、禹门，于三月七日到达了风陵渡。

风陵渡在黄河北岸，位于黄河最后一个大拐弯的内侧，是山西、陕西、河南三省交界，隔河相望，就是潼关。潼关是连接西北、华北、中原的咽喉要道，是陕西的东大门，也是由华北、中原进入陕西的大门。它北邻黄河，南靠秦岭，西邻华山，东接崤函通道——一条东起洛阳、西至潼关，蜿蜒数百里的羊肠小道，杜甫《石壕吏》写"暮投石壕村，有吏夜捉人"，这"石壕村"就是崤函古道上的一个村庄。古道周围山连山，峰连峰，山高路狭，谷深崖绝，中通一条狭窄的羊肠小道，往来仅容一车一马，乃一夫当关万夫莫开的险要之地，所以元代文学家张养浩写下一则散曲《山坡羊·潼关怀古》：

> 峰峦如聚，
> 波涛如怒，
> 山河表里潼关路。

日军攻占风陵渡之后，就开始隔河炮击潼关，中国军队缺乏炮兵部队，只能缩在掩体里，大气儿也不敢出，任凭日军炮弹一轮一轮地翻耕土地。风陵渡失守，潼关危在旦夕；一旦潼关被破，陕西就无险可守，日军机械化部队就可沿渭河河谷高歌猛进，潼关至西安一百四十公里路程，四五个小时就可以抵达；一旦西安失守，日军就可以南下成都、直逼重庆，后果不堪设想。因此，这多米诺骨牌的第一张就是风陵渡，风陵渡倒下，后面的骨牌也将站不住了。

没有人知道，在以后的七年中，风陵渡的日军在潼关到底倾泻了多少发炮弹。潼关城钟楼的一位敲钟人，在钟楼被炸坏后，每听见一发炮弹爆炸就往盆子里扔一粒豆子，抗战胜利后一数，竟有一万四千八百多粒，这还不是潼关城接纳日军炮弹的全部。

日军并不知道将有一列火车满载故宫文物进入潼关，但他们攻下风陵渡，却给即将进入潼关的故宫文物列车造成了极大的威胁。

故宫文物列车当时停在潼关之外的焦村,马衡心里无比焦急。假若故宫文物列车被日军炮火阻挡在潼关之外,无法进入相对安全的陕西、四川,就会"搁浅"在日军肆虐的中原大地,战争会像绞肉机一样把故宫文物裹挟进去,倘如是,故宫文物危矣。多年以后,马衡不止一次地回想过,每思至此,都让他后怕不已。

第二章

从南京保卫战撤离的杜梦龄旅长,此时已经带着他的部队到了潼关。黄河对岸,国军正在运城、风陵渡一带与日军鏖战。杜梦龄旅长到达潼关后,料定了日军意欲渡河,直取西安,进犯西南大后方,直捣陪都重庆,于是在潼关一带紧急加筑工事。当地老百姓为了保卫家乡,拆房子、拆寺庙,甚至把潼关城楼都拆了,建筑材料一批一批地送到国军阵地上,没用几天工夫,潼关城北、黄河沿线,每三十米一个重机枪防御工事和地堡群就构筑完毕,而且是钢筋水泥的防御工事。

危急之下,第四集团军总司令、西安行营主任蒋鼎文再三请求国民政府军事委员会,调派炮兵部队支援。三月中旬,炮兵十团——中国历史上第一个机械化重炮团三营,终于在团长彭孟缉带领下进驻潼关。这个炮兵团参加过淞沪会战,虽然支援潼关的只有一营兵力,但这个营下辖两个连,皆配备有当时世界上最先进的重炮"三十二倍十五榴"四门,射程可达十五公里,对付对岸的日军绰绰有余。有了这个炮兵营,日军更难踏入潼关一步。

在晋南打疯了的日军冲到黄河边,果然止住了步伐。面对滔滔黄河水,日军寸步难行,只能与中国守军隔河相望,打也不能打,走也不能走,一天天地耗下去。日子久了,双方士兵竟然开始拿对方调侃解闷儿。日军士兵有时会脱光衣服,只穿着一个兜裆布,对着潼关扭屁股放屁,意思是你能奈我何?潼关守军当然不会示弱,于是有狙击手端枪瞄准了日本士兵的屁股眼儿准备给上一枪,打穿他的腚眼子叫他凉快凉快,没想到那日本兵算好了中国狙击手瞄准的时间,等狙击手就要扣动扳机的一刹,突然跳入战壕,踪影全无。这边的中国守军便公然站在防御工事的上方,朝着对岸的方向撒尿,一边撒还一边晃着小鸡儿,把尿线撒成S形。心里计算着日本狙击手瞄准的时间,在对方扣动扳机的一刹,一个箭步跳回战壕,一任对岸射来的子弹在工事上方激起一片土烟儿。

两岸都是男人,没有女人,所以这身体的恶作剧,你来我往,谁也不怵谁,狙击手也都变成了狙"鸡"手。但日军的兴趣点还是夺取潼关,把战争引向中国西部,直捣重庆的中国最高统帅部,逼迫中国彻底投降。

3月23日后半夜,黄河北岸的日军突然开始对潼关进行密集的炮击,一百五十毫米榴弹炮和一百毫米加农炮火力全开,炮弹如冰雹般在国军阵地上倾泻而下,国军阵地一时间土浪汹涌,比翻滚的黄河水还要猛烈。杜梦龄意识到,日军就要强渡黄河了,他下令全旅官兵掩蔽在战壕里,严阵以待。许多士兵就背靠着战壕,双手抱着头,闭起眼睛坐在原地,等着被炸飞的土疙瘩如暴雨一般落在身上,好在国军战壕修得坚固,这阵密集的炮火除了把一个个活的士兵变成了兵马俑,几乎没有任何杀伤力。十分钟后,日军炮火向后延伸,杜梦龄知道,日军开始抢渡黄河了。硝烟尚未散去,杜梦龄果然在望远镜里看见数十艘橡皮艇正向潼关奋力划来。日军是从上游的渡口出发,借助黄河的流速,呈四十五度角挺进,好在黄河水流太快,抵消了那些橡皮艇的速度,使得他们没能在日军炮火减弱的时刻冲到岸边。这时那四门"三十二倍十五榴"重炮的重要性得到了显现,杜梦龄见日军还在水中挣扎,立刻下令开炮,国军火炮数量虽然不多,但目标明确,四门重炮集中火力瞄准河中的橡皮艇猛轰,够渡河的日军喝一壶的。只见一枚枚炮弹在水中掀起一个个冲天水柱,把橡皮艇,连同日军的残肢断臂抛向空中,化成一片片血雨。

第一批试图抢滩登陆的日军被炸到黄河里喂王八去了,日军并不甘心,此后组织了多次进攻,都被国军炮弹砸到黄河里,士兵与橡皮艇的残骸被河水冲走,在滔滔黄河里,一点痕迹也没有留下。日军只能望河兴叹,黄河真的成了他们无法逾越的天堑。

杜梦龄朝地上狠狠吐了一口唾沫,说:呸!我就是要让你们明白明白,什么叫不见棺材不落泪,不见黄河不死心!

杜梦龄痛快至极,六十公里外的马衡院长却愁眉不展,因为故宫文物列车正停在焦村车站上,这不就是砧板上的鱼肉嘛,说不定哪一天日军飞机来了就成了活靶子。一泡尿憋倒英雄汉,马衡觉得不能坐以待毙,他找来火车司机姜念祖、随车押运文物的北平宪兵司令部中队长郭之南,还有几名故宫骨干一起商量对策。

姜念祖说:我能冲过去。

马衡问:你有把握吗?

姜念祖表情严肃地说:报告院长,我有把握。

马衡又问:如果赶上日军开炮怎么办?

姜念祖说:放心,他们打不着我。

马衡问:为什么?难道你的火车可以挡炮弹?

姜念祖说:我们火车司机,不只会开火车,还练就了躲避枪林弹雨的本领。我从出生到现在,就没见过太平岁月是个什么模样,在这兵荒马乱的世道里开火车,本身就是一项最高危的职业。道理很简单,火车再快也跑不过炮弹啊,没别的办法,咱开火车也要学会躲炮弹。首先要提前知道哪里打仗,没打仗的地方可以撒开了跑,遇到打仗的地方就得留点神,能不过去就不过去。倘若像您所说的非过不可,那就得耍一点花招,与日军斗智斗勇。

郭之南急了,问道:这还有什么花招可使,火车不就得沿着铁轨跑,难道还能跑出花儿来不成?

姜念祖喝了一口水,用手背擦拭了一下嘴巴,说:是,行车轨迹变不了,但快慢可以变啊,停车的位置可以变啊。谁也没有我们火车司机熟悉地形,哪里有山、有桥、有涵洞,都了如指掌。我们完全可以跟他们玩藏猫猫,让敌人捉摸不定。这游戏不叫猫捉老鼠,这叫老鼠逗猫。

郭之南并不知道,他眼前的这个姜念祖,虽然年纪很轻,只有二十三四岁,却是颇经了一些历练,可谓胆大心细、有胆有识,是一位非同寻常的火车司机。就在前不久,他还驾驶着一列载满了汽油的火车,在日军炮火下闯出潼关,驶向了中原。

原来民国二十七年(1938年)一月,

苏联政府赠送给中国政府五百辆吉斯五型三吨半卡车，载着中国政府从苏联购买的一千五百多吨汽油，从苏联进入新疆后驶入新疆古驿道，经玉门、嘉峪关、酒泉、武威、河口，硬是在本来就没有路的沙漠戈壁上压出了一条"大道"，于三月初到达兰州。为了能把这些汽油迅速输送到中国东部战场，这些汽油被装上火车，经陇海线运往徐州。没成想姜念祖驾驶火车行至潼关时，日军已经攻占了风陵渡，不断向黄河对岸的潼关进行炮击。当姜念祖驾驶着火车进入敌人大炮的射程时，他就故意鸣笛、冒烟，吸引着日军的炮火不管三七二十一猛轰一阵，这时姜念祖则把火车停在涵洞里一动不动。通常情况下，日军发炮都有间歇，不可能一天二十四小时漫无目的地浪射，否则他们的弹药也供应不上。而姜念祖，已经对日军炮轰的节奏掌握得一清二楚，所以他专等日军炸过之后，立刻开足马力，以最快速度从敌人炮口下冲过去，关键是提速要快、通行要快，还没等日军反应过来，重新装弹发炮，他的火车已经从炮口下冲过去了。整列火车的汽油，由是安然无恙。

其实，这个道理，同中日双方士兵朝着对方撒尿放屁一样，是刀尖上的游戏，关键是掌握节奏感，一分一毫都不能错，否则就会酿成大祸。姜念祖虽然只是一个小小的火车司机，但他知道，上海、南京虽然丢了，但战争还在继续，日军机械化兵团一定会跨越华北平原向西部进军，如果他车上的这批汽油能安全送到东部战场，给飞机、坦克、装甲车提供燃料，就会焕发出强大的战斗力，抵挡日军的步步紧逼，所以绝对不能让这批珍贵的汽油被日军的大炮击毁。

听了姜念祖的讲述，马衡点了点头，说：这个招数是不错，但我听说依然有许多火车司机在日军的炮火下壮烈牺牲了。

马衡说得不错，据潼关县建国以后的文史资料记载，抗日战争时期先后有一百余名火车司机和司炉工牺牲在这段铁路上，还有许多冒着炮火抢修损毁铁路的养路工人也死在敌军的炮火下，某次被日军炮火炸死者竟多达三十余人。

姜念祖看马衡眉头紧蹙，就说：请院长放心，日本的大炮再厉害，你让他伤咱们一根毫毛试试？如果马院长一定要带着这一车的古物进潼关，我可以保证万无一失。

马衡摇了摇头，说：可是我们还是不能莽撞。我们的火车太长了，这等于拖长了通过敌人炮口的时间，增加了被炮击的风险。汽油无论多么珍贵，都比不上我们的国宝珍贵。国宝不是汽油，是血脉，我们民族的精神血脉。没有了这些精神血脉，我们的民族在这世界上就失去了立足之地。小姜啊，我不是不相信你，我是不能拿这成千上万件国宝去冒险，万一撞到日军炮火之下，我就成了中华民族的罪人。

马衡思来想去，决定亲自前往潼关看一看，等摸清了情况再决定下一步棋怎么走，如果真的必须硬闯，他也认了。

郭之南说：院长，我陪您去。

两人于是一起徒步朝潼关走去。

第三章

前往潼关的路上，他们看见当地老百姓拆下自己的房屋，连坚固的城墙和漂亮的城楼都拆除，然后用这些土方和木料给陇海铁路筑起了一道屏蔽墙，用这道高墙来遮挡火车的行迹，让对岸的日军炮兵看不到墙后面的火车。马衡心头百感交集，心想中国老百姓真是伟大，他们连自己住的房子都可以不要，却建造出这么漫长的一道墙，他明白了什么叫地无分南北、人无分老幼，全体中国人都不惜用自己的生命和财产，筑起一道无法被越过的长城。抗战胜利以后，马衡在南京的广播电台里向听众讲述故宫文物南迁的经过时，眼前立刻就浮现出了潼关百姓拆掉自己的房屋，为火车搭掩蔽墙的场面。尽管潼关百姓建起这道墙并非只为故宫文物南迁，但故宫文物南迁的成功，却依仗着中国百姓的努力与支援。

马院长和郭之南趁着敌人炮轰的间隙进了潼关城。县城一面靠山，一面对着滔滔黄河，城内街衢狭窄古朴，两边是一些木板房，夹杂着若干体量不大、中西合璧的青砖小楼。城中间是一座钟楼，当时已经设了防空监视哨，若有敌机来犯，随时可以寻踪报警。他们一路看到许多人家仍在拆房，把拆下的梁柱木料堆在街边上，组织起来统一往城外运，也许过不了许久，这座有着一千多年历史的古城、历代兵家必争之地，就找不出一间房、一片瓦了。

走着走着，他们听见一片吵闹之声，他们循着吵闹之声走过去，发现在一条支巷里，一对男女正在吵架。男人个子不高，面容瘦削，唇上一行短髭，戴着圆眼镜，身穿蓝长袍黑马褂，标准的"国民礼服"，正在指挥一群壮劳力拆房，那房子虽然谈不上轩敞壮丽，却也小巧精致。透过大门往里看，是一个四合院落，当街是厚厚的山墙，上面长满了青苔，院中有天井，天井青砖铺地，上面摆放着一些花盆，四周的房屋，一律有着镂刻精美的门窗，显得精雅而古朴。如此安逸的庭院，说拆就要拆了，让马衡不胜感慨，战争岁月，生活真是无常。男人指挥着拆房，女人则奋力阻挡着那些民夫，拖着哭腔嚷道：

不许拆！谁让你们拆的？

男人说：我让拆的！怎么着？

女人喊：我的房子，你凭什么拆？

男人说：我是一家之主，得听我的！

马衡听明白了，是一对夫妻，在为拆不拆房子争吵。

女人说：你是一家之主？我嫁你的时候，你有房子吗？我还不是看你爱读书、有学问才嫁给你的？这房子是我的父亲母亲一砖一瓦挣出来的，你有什么权利说拆就拆！这叫什么来着？这叫崽卖爷田心不疼！

男人说：现在大敌当前，不能够听你妇人之见。你没看见日本的大炮天天往城里轰？炮弹不长眼，说不定哪一天这房子就被日本轰没了，还不如拆了去修工事，挡住日本人。

女人说：你怎么知道这房子会被日本人轰没？日本人要是不轰呢？

男人说：日本人要侵略中国，全中国都要生灵涂炭，难道只把你家留下来？

女人说：我不管那么多，就算日本人来了也不能让中国人都睡在大街上。

男人愤怒了，嘴唇抽搐着说：你！你难道宁肯当亡国奴、当汉奸，也不肯拆房子？

女人说：我不当汉奸，也不拆房子。我这一大家人，四个孩子，不能没住的地方。

男人说：有地方住，县政府都安排好了，拆掉房子的家庭晚上一律安排住县中学的教室。

女人说：我不去！我从小在这长大的，我的爹娘都是在这院子里死的，你们谁也别想毁了我的家！

男人说：必须拆！我是县长，我不拆，你让我怎么服众？你少给我丢人现眼，来人，把她架下去！

女人说：谁敢动！谁动一动我就在你们面前撞死！

几名壮汉原本想把县长夫人架到一边，但听了夫人这一声高喊，立刻谁也不敢轻举妄动。

马衡心里一惊，原来他就是潼关县县长孟宪则。

县长带头把他的大宅子拆了，一则让他惊讶，二则让他感动。只是堂堂县长，当街与夫人吵嘴，的确有点看不下去。他想劝开他们，就走上前去，在一边发话：

好了好了，二位不要吵了。自家人有事好商量，好商量。

孟宪则把胳膊一抢，说：你少管闲事！

接着把手一挥，向众人发号施令：拆！

县长夫人立刻扑到房前，一屁股坐在地上，大有决一死战的架势。

马衡见场面僵持住了，就故意转移话题，说：孟县长，自我介绍一下，我是国立北平故宫博物院院长，我叫马衡。

孟宪则上下打量了一眼马衡，见他身上穿着一件旧西装，皱皱巴巴的，上面落着斑斑尘土，显得有些寒酸；他身边立着一个大个儿的军人，虽然军服上同样沾满灰尘，但那更像是征尘，与那身军服倒是不违和。孟宪则不解地问：北平故宫？这里天高皇帝远的，怎么跑到这儿来了？

马衡从口袋里掏出一张皱巴巴的纸，用手展平，递给孟宪则，说：我是奉国民政府之命，迁运北平故宫博物院的文物至此，请孟县长慷慨相助。

孟宪则接过那张纸一看，是故宫文物南迁的行政院令。他看完交还给马衡，把两手一摊，说：你看看，你看看，我这是泥菩萨过河，自身难保了，还能帮你什么忙？

马衡说：我们装载文物的列车就停在潼关外，我们想入潼关进陕西，正遇日本人炮轰潼关，特来向县长讨教。

孟宪则一时气还没消，话语里还带着点情绪，说：讨教？炮轰不轰我说了又不算，我看应该去向日本人讨教。

郭之南正要发作，被马衡拦住，和颜悦色地说：列车上每件物品都是我们祖上留下的国宝，千百年流传下来，实在是不敢毁在吾辈的手中。

孟宪则闻听，沉默了片刻，说：卑职人微言轻，手无缚鸡之力，一时也帮不上什么忙。

突然，他眼前一亮，说道：不过，卑职倒是想起一个人，他或许管用。

马衡迫不及待地问：谁？

孟宪则说：杜梦龄。

杜梦龄旅长在旅部接见了马衡。不等孟县长介绍，两双大手已经紧紧地握在了一起。马衡紧紧拉着杜梦龄旅长的手说：天下竟有此等巧事，我们刚刚在南京下关见过，如今在千里之外的潼关又见面了。您真是我们的贵人啊，我们的文物运离下关时，正是得益于您的护佑，没想到我们快要山穷水尽的时候，您又出现了！

与马衡相遇，虽说不上是他乡遇故知，但杜梦龄心里也十分高兴。他听马衡说明了来意，心里立刻有一个主意。日军不断向潼关发炮，炸得这千年古城一片狼藉，还动不动就来偷袭国军阵地，企图登陆黄河南岸，已经让杜梦龄十分不爽，正考虑着打到对岸去，好好教训教训狂妄的日本人，这次故宫文物列车在潼关外受阻，更给了他一个充分的理由。他拍了拍马衡的肩膀，说：不就是要文物列车开进潼关吗？我还以为多大事儿呢，怎还劳院长亲自跑一趟？小菜一碟，包在我杜梦龄身上了。等事情解决了，我请你们二位喝酒。

杜梦龄说得越是轻巧，马衡的心里就越是没底。假若杜梦龄多强调一些困难，马衡的心里还会踏实一点。

杜梦龄当然明白，指望日军不放炮是不可能的，进攻才是最好的防御，老是这样被动挨揍不是个事儿，必须主动出击，打掉日军的这个炮兵阵地。就在他与马衡、孟宪则谈笑风生的时候，一个军事行动计划，悄悄在他的心里生成了。

三天后的深夜，趁着月黑风高，杜梦龄带着潼关守军一个团九百多人乘船突袭了风陵渡。在日军眼里，中国军队都是怂包，一听见枪响就跑，作战意志犹如景德镇瓷器，一碰即碎，何况还有黄河天堑作为天然的工事，完全没有想到对岸的中国军队居然会杀过河来，所以只布置了一个明哨，就安然睡大觉了。中国军队就在他们睡梦正酣之际不期而至了，杜梦龄采取了日军惯用的偷袭战术。参加行动的士兵，大多是从山西、陕西一带应召入伍的，日本人烧他们的家乡、杀他们的亲人，使他们的作战意志分外坚强，再加上他们都是在黄河岸边长大的，不仅渡河不在话下，对地形也十分熟悉。小卒子过河顶大车，他们借着夜色悄悄爬上断崖似的河岸，突进日军炮兵阵地，悄没声息地把放哨的日本兵抹了脖子。部队趁着日军熟睡未醒发起攻击，一些炮兵连眼睛还没睁开就见了阎王，一些炮兵听见枪声醒来，急去摸枪，杜梦龄的部队已杀到眼前，与他们展开近身肉搏。炮兵不是步兵，不擅长近身搏斗，只能干吃哑巴亏，很快就躺倒了一大片。不等保护炮兵的日军闻声赶到，杜梦龄已率领自己的部队撤出了战斗，安然地回到对岸。撤出前，杜梦龄部队把带来的所有M24型手榴弹和炸药都慷慨地送给了日军的火炮，把它们纷纷炸上了天，变成一堆废铜烂铁，赶来支援的日军不能炮击，只能一阵乱射，眼睁睁看着中国军队全身而退。潼关至此消停了一段时间，等日军新的炮兵部队抵达风陵渡，重建炮兵阵地，已经是几十天以后的事了。

杜梦龄派兵来火车上送信，请马院长去县城里喝酒。马衡知道事情成了，心想战事紧急，说不定日军什么时候就重建了炮兵阵地，事不宜迟，还是快点走吧，就婉谢了杜梦龄的美意，说日后一定请杜旅长喝酒，感谢他的相救之恩。

就在日军炮兵哑火的间隙里，年轻的火车司机姜念祖驾驶着故宫的文物列车大摇大摆地开进了潼关，还特地拉响了汽笛，冒起了白烟，好像生怕对岸的日本人听不见，要故意气气他们。失去了火炮的日军就像被阉割了的太监，心有余力不足，雄壮不起来了。列车就在日本人的眼皮底下驶过，经过潼关，沿着平畴万里的渭河谷向西行进。它的前方，就是中华文明的发祥地之一、十三个王朝在此建都的壮丽古城——西安。

第四章

从南京城的尸山血海里死里逃生的那文松无论如何都没有想到，他远在北平的家，已然发生了惊天的变故。

自打民国二十六年（1937年）七月底日本人占领北平，还未举行入城式，北平的街头就时常出现无头的尸体，双手反绑着，他们是被日本人砍头的。为什么被砍头？没有人知晓，据说是被当作"反日分子"处决的，至于什么是"反日分子"，只能由日本人去定义了。他们的尸体趴在地上，不知姓甚名谁，无人前来收尸，那曾经鲜活的肉身只能在滚烫的空气里溃烂着，腐臭不堪，最后还是维持秩序的警察组织劳力给他们收了尸。所有人都闭门不出，躲在各自的院子里，大气儿都不敢出。东单、西单、东四、西四、王府井、大栅栏、琉璃厂、隆福寺……所有的商铺都关了门，曾经热闹的商业街上空无一人。

那文松的岳父梅从云听说日本人要进城时就匆匆关了"品梅轩"，把一些值钱的宝物都转移到家里来。没过几天，梅从云就听到自己的街坊、李天鹿李老太爷上吊自杀的消息。李老太爷在东四开着一家杂货铺子，他借高利贷在铺子里囤了一批货，指望借着物资紧张发一批横财，没想到物价连日暴跌，他还不上高利贷，贷主每日上门，暴力逼债，打砸他的宅院，还侮辱殴打他的家人，他扛不过去，就上吊寻死了。但谁也没想到，他死去的第二天，物价就开始猛涨，没过几天，他的那批货就已经价值万金了。

举行入城式那一天，日军由永定门、正阳门、广安门、齐化门（朝阳门）拥进北平城，沿途中国人的家已经被搜查过，靠近齐化门的梅家也不例外，北平的中心区，交通停止达四小时之久。日军新闻片说：日本军队取得了辉煌的战绩。大日本帝国万岁，万岁！为了东亚的和平，为了东亚的繁荣，我们来了！

这一天，日军六大主力之一的第二十师团五千余人进入故宫，有日本军官骑到故宫的石狮上，手举军刀照相。日军在太和殿广场举行阅兵式，以宣示日本人占领了这座六百多年的古都①。故宫，真的落入敌手了。

日军在故宫阅兵时，梅从云和夫人萧桂花一直坐在家中，一天没敢出门儿。第二天一早，萧桂花起身，照常去东四菜场买菜，心想日本人进城，难道还让这一城的老百姓都饿死不成？梅从云此时已慢慢恢复了行走能力，一早就拄着拐杖出了门，坐祥子的洋车去了故宫筒子河，实际上想出去探探风声。见到日本兵从街上走过，梅从云就像所有的北平人一样低头躲在路边，等日军过去，才溜着路边往前走。

萧桂花走到东四牌楼边，看见通向齐化门的大道被两排蛇腹形铁丝网封住，只留下一个只够单人通过的缺口，一排日本宪兵，正对来往路人进行盘查，没有"问题"的，才被准许从那个缺口通过，凡是发现了"蛛丝马迹"的，则被推在路边上，站成一排，等着被日军带走。萧桂花看见日本宪兵，心里有些害怕，犹豫了一下，就转身往回走，没想到正被日本宪兵看到，觉得她这个动作很可疑，"哗啦"一声把三八式步枪一横，枪口对准了她，招呼她回

---

① 北京（北平）建城史可追溯到周武王灭商以后，达三千多年，元朝至元九年（公元1272年），中都大兴府正式改名为大都路（突厥语：Khanbalik，义为"汗城"，音译为汗八里、甘巴力克），也就是元大都。从这一时期起，北京成为全中国的首都，至抗日战争北平沦陷时已有六百余年，至今已有七百余年。

来。她心想躲不过，就只好朝那几名日本宪兵走去，日本宪兵就开始对她搜身，搜来搜去，没发现可疑之物，唯一的违禁之物，是她手腕上戴着的一只金手镯。她当年出嫁时，母亲把这只金手镯戴在她的手腕上，她从来没有从手上摘下来过，早已经习以为常。萧桂花万万没有想到，正是这只金手镯闯了祸。

萧桂花平时不看报纸，也不听广播，像所有的家庭妇女一样，喜欢在街上打听小道消息，所以她并不知道，黄金是日本急需的战略物资，必须无私地"贡献"给大日本皇军，假如"私藏黄金"，就可以定一个"反日分子"的罪名。日本兵不由分说，把这只镯子从她手腕上撸下来，这还不算完，用刺刀对着她，让她站到街边等候处理。萧桂花的脸变得煞白，心思一下乱了，仿佛身体里的血液突然退潮，只留下空洞与苍白。她对日本兵说：这只手镯不要了，是不是就可以走了？日本兵连连摇头，不知是表示她不能走，还是表示没听懂。总之，萧桂花是走不了了。

梅从云从筒子河回来，在家等了许久，还不见萧桂花回来。若按平常，她早上去东四转一圈儿，此时早该在厨房里洗菜弄饭了。梅从云想到这几天日本兵进城，心里便不消停，就到胡同口张望，刚好撞见丁铁竹。丁铁竹是京城的武生泰斗，梅从云得赵孟頫《双松平远图》那一年，曾请八位摹画高手前来赏画，还请来丁铁竹唱了一出堂会，只不过因为在舞台上遭了暗算，他已多年不唱了。丁家也住大方家胡同，与梅家只隔了一个院子，走路三分钟就到，是梅从云的街坊和好友，尤其丁铁竹歇嗓以后，平日里除了到护城河遛鸟儿，没事就到梅家来切磋画艺。

此时丁铁竹看见梅从云，说：梅老板，您怎么还在这儿稳坐钓鱼台呢，您媳妇被日本人抓走了。

梅从云浑身一激灵，连说：不能够，这不能够。

梅从云心里想的是，一个小老太太，不招谁不惹谁，平时连一只蛾子都不敢打死，日本人抓她干什么呢？他既不解，又着急，一股血往头上涌，差一点没背过气去。

梅从云大步流星地往东四牌楼赶，到了东四牌楼，连萧桂花的一根汗毛也没看到，梅从云的汗毛倒是竖了起来——他看到路口设了卡，有几名日本宪兵，手里持着明晃晃的刺刀枪，正在盘查来往路人。他在北平过了大半辈子，这情景还是第一次见到。但他寻妻心切，于是不管不顾，拄着拐杖踉踉跄跄向哨卡奔去，用手拉着一个日本宪兵问：

看到我媳妇没有，我媳妇去哪儿了？

日本宪兵凶巴巴地瞪了他一眼，叽里呱啦地嚷着，意思是让他滚，但梅从云一个字也没听懂，依然急急地用手拉扯着那个日本宪兵的军衣，问：

看到我媳妇没有？我媳妇说是去买菜，到现在还没回来。

那个日本宪兵二话不说，飞起一脚，正踹在梅从云的肚子上，梅从云一个趔趄，一屁股坐在地上。他艰难地爬起来，还想上前理论，突然被人一把拦腰抱住，恳求着说：老梅，你疯了你！镇静，不要拿鸡蛋碰石头！

梅从云回头一看，正是丁铁竹。刚才丁铁竹看见梅从云急匆匆而去，心里捏了把汗，就一路尾随着他。

丁铁竹一边拍着梅从云身上的尘土一

边说：胳膊拧不过大腿，咱们先离开这儿，再从长计议。

见丁铁竹来，梅从云瞬间有了底气，于是瞪着大眼珠子对日本兵喊：日本鸡屁股大的地方，还真成了精了。我梅家在北京城住了好几百年，哪个不知道我梅家？你他妈的算老几？

日本兵把枪一横，雪亮的刺刀对准了梅从云的胸膛，发起一个即将攻击的姿势。

丁铁竹说：好汉不吃眼前亏，快跑！

梅从云还没反应过来，丁铁竹就拽着梅从云的胳膊赶紧躲开。日本兵没有追，爆出一阵狂笑。

第五章

萧桂花跟着十几名被查出"问题"的人一起被推上了军车，送到北平日本宪兵队本部"留置场"。所谓"留置场"，就是拘留所的意思。在这里关押的，其实基本上没有真正的"抗日分子"，真正的"抗日分子"日本人是抓不住的，只有一些像萧桂花这样莫名其妙地犯了"经济罪"，或者在茶楼酒肆里因言语不慎而触犯了日本人的北平百姓。今天的年轻人很少有人知道，这个所谓的北平日本宪兵队本部"留置场"，就在沙滩北大红楼，这个中国新文化运动的发祥地，其时已被日本占领军变成了一座杀人工厂。在这座红楼的地下室，他们对一些有"情报价值"的人严刑拷打；而对于一些他们认为毫无价值的人，就用成群的狼狗活活把他们吃尽；对于被抓的女性，他们则肆意凌辱，连中老年妇人都不放过。

萧桂花被带到地下室，日本兵示意，让她把衣服脱了。她以为只脱外衣，就把旗袍外面的小外套褪下来，折得平平整整，放在旁边的凳子上。日本兵一抬下巴，示意她还要脱，要彻底脱光。她突然间感到一阵无法抑制的愤怒，心想你这小日本鬼子，胎毛儿还没褪尽就学会耍流氓了，这是谁教的？萧桂花没有多少文化，是本本分分的中国妇女，一个普普通通的妇道人家，只想着安安生生过日子，但她懂得礼义廉耻，有自己的尊严底线。现在，日本兵什么都没做，只表达出这样的企图，就已经让她感到了奇耻大辱。她停在那里，什么都没做。日本兵见她未动，又对她厉声地呵斥一声，刺刀抵到她的鼻子前，刀尖儿距离她的鼻尖儿只有两厘米，甚至随时准备把这两厘米化为零甚至负数。这时，他们看到了奇怪的一幕——眼前的这位瘦弱的老妇人，脸上不但没有流露出丝毫的恐惧，反而露出一丝微笑，是那种浅浅的、若有若无的、有些轻蔑的笑容。日本兵定睛再看，发现那笑容不见了，换成一种庄严的表情。几名日本兵不容分说，要上前动手，说时迟那时快，老妇人几步冲到墙边，头部重重地撞击在墙上，刹时间鲜血横飞，如暮春里的花瓣，纷纷飘落。

黄昏时分，日军的黄绿色军车载着几十具尸体开出了"留置场"，萧桂花的尸体就在其中。她只是一具尸体，一具无关紧要的尸体。她是谁，她从哪里来，她的家人在哪里，一点都不重要。每天都有数十具这样的尸体从"留置场"拉出来，往野坟冈一丢，他们就从这个世界上消失了，仿佛从来就不曾来过。

萧桂花一头撞死的时候，梅从云正坐在堂屋的圈椅上，一边疲倦地眯着眼，一边等待着妻子回家。这一刻他心里忽然"格登"了一下，隐隐中，屋子里有萧桂花的声音传来。

萧桂花说：从云，给我一双鞋，我的脚冰凉冰凉的，快走不动路了。

他循声望去，发现四下里空无一人。他又揉了揉眼睛，往传出声音的方向看，一个人影也没有。

他想：我真是魔怔了，还以为我家桂花回来了呢。

他就这样坐在那里，心神不定地等待妻子归来，一直到暮色渐浓。

他无论如何也想不到，妻只是去买个菜，就再也回不来了，他们将从此天人永隔，临走，连个话也没能说上。

他等得太久了，坐不住，还是决定出院去寻。他拉开门栓，正要迈步出去，一个人影蹿过来，差点与梅从云撞个满怀。梅从云抬头，见是丁铁竹，说：你吓死我了。

丁铁竹神色慌张地说：老梅，不好了！

梅从云抬头，用犹疑的目光望着他，问道：出什么事了？

丁铁竹说：我听说，你媳妇被日本人……杀了。

什么？

梅从云仿佛受到雷劈，立刻感到天旋地转，险些栽倒在地上。丁铁竹上前扶了一把，他才勉强站住，有气无力地倚在门框上，不甘心地问：这消息可靠吗？

丁铁竹说：我下午和一个朋友喝茶，他从前是票友，如今给日本人当翻译。他说今儿个在"置留场"见到有一个妇人，看上去瘦瘦弱弱、斯斯文文的，没想到性子那么烈，一头撞死了，脑浆子都迸出来了，甭提多惨了。他看过名册，记得叫萧桂花，我一听就孬了，那不正是嫂夫人吗？

梅从云嘴里喷出愤怒：小日本鬼子，我操你姥姥！

丁铁竹说：我的祖宗，您小点儿声，叫日本人听见，您这不是找不顺序吗？

梅从云说：我老婆被日本人害死了，我还有什么脸活着？我找日本人算账去！

丁铁竹说：您跟人家算账，还得问问人家搭理不搭理您呢？一枪子儿把您崩了，还不比碾死个臭虫还简单？您要是没了，谁来发送嫂夫人呢？

梅从云从无限的悲戚中清醒了一下，问：到哪里去找遗体呢？

丁铁竹说：我已打听好了，日本人从"置留场"里运出来的遗体，都从东四牌楼转北奔安定门，往城外野坟冈一扔，就等着野狗去啃了。反正"置留场"您甭打算进去，您可以在安定门外候着。

梅从云如梦方醒，连说：对，对，我这就去。

说完，他就撇下丁铁竹失魂落魄地往胡同深处走去。

梅从云在胡同口坐上了祥子的车，赶到安定门时，拉尸体的日本军车早已驶过去了。他等了半天不见军车，就直奔野坟冈去了。果然，他看到野坟冈上横七竖八地丢弃着一些尸体，有的仰面朝上，有的趴在地上，有的被野狗啃过，面部大多残缺不全，无比狰狞可怖。天还没有黑透，老天爷还是给他预留了辨认亡妻的时间。梅从云记得萧桂花今天是穿着一件简约朴素的深蓝色印花旗袍，干净利索地出的家门，所以他就在一堆尸体中寻找蓝色印花旗袍。终于，有一个熟悉的身影进入了他的眼帘，穿着的正是那件朴素的蓝色印花旗袍，只不过旗袍上现在沾染着泥土与血污，已经变得凌乱肮脏。她侧躺着，一条腿弯曲着搭在另一条腿上，好似已经熟睡梅从云慢慢地走过去，说不出是希望她是萧桂花，还是希望她不是萧桂花。其实看身形，他心里已经确定无疑了，因为这世上没有人比他更熟悉萧桂花了。他蹲下来，轻轻地扳过她的身体，把她抱起来，抱进自己的怀里。他看见了她紧板着那张瘦削白净的面庞，好像受了无尽的委屈，鲜血已经凝结，覆盖了她的半张脸。梅从云还看到，萧桂花的脚上没有穿鞋，她的那双绣花鞋不知什么时候弄丢了，两只脚冻得青紫，怪不得她嘱咐他给她备一双鞋呢。他紧紧地抱着萧桂花已经僵硬的遗体，把自己的脸贴在她的脸上，好像要用自己的体温，焐热她冰凉的身体，良久，才说：

桂花，桂花，你怎么不吱一声就走了？把我一个人留在这世上，孤孤单单的，让我怎么活下去呀！桂花，你为我们梅家辛劳了半辈子，是我没有照顾好你，我对不起你，你可千万别生气啊。桂花，你别走，别走，我离不开你。咱们回家，回家……

说着，说着，他眼前的世界，一片模糊。

第六章

入殓那一天，梅从云亲手把妻子萧桂花抱进了棺材，又亲手给她穿上一双新崭崭的绣花鞋，嘴里喃喃自语：

夏之日，
冬之夜。
百岁之后，
归于其居！

冬之夜，
夏之日。
百岁之后，
归于其室！

是《诗经·唐风》里的《葛生》，意思是：没有你的日子里夏天煎熬，冬夜是那样漫长难耐孤寒。终有一天我也要化作清风，随你而来相会在碧落黄泉！没有你的日子里冬夜漫漫，夏天是那样漫长尤感孤寂。终有一天我也要化为泥土，随你而来相聚在这块宝地！

埋葬了妻子后，梅从云一下子老了十岁。他的头发更花白了，面庞变得更瘦削了，背更弯了，目光也变得浑浊不清了。最重要的是他的反应不那么灵敏了，会陷入经常性的迟钝、走神之中，有时在后罩房里观看书画，常常看了半天，却不知道自己在看些什么。

在这个家里，萧桂花是最不起眼的人，平时几乎感觉不到她的存在，但这个家最离不开的，正是萧桂花。买菜、做饭、洗衣、洒扫庭除、相夫教子，事事都离不开萧桂花。有了萧桂花，才有梅从云"轻吟浅唱度春秋，雪月风花任去留"的洒脱超逸。如今萧桂花真的不在了，这个家的魂儿也就不在了，梅从云的精气神也被抽空了，变成了行尸走肉。

北平沦陷了，萧桂花死了，梅从云心如死灰，他觉得活着就跟死去了一样——活着，就是为了等待死亡降临的那一天。民国二十六年大年除夕，梅从云是一个人过的。这是北平沦陷后的第一个除夕，整座北平城像坟墓一样寂静，只有在子夜时分，市中心才放了一点礼花，显然是日本人扶植的伪"中华民国临时政府"① 在粉饰太平。梅从云冷锅冷灶,一个人坐到深夜才去睡觉。

第二天一早,梅从云醒来,他没有去筒子河,也不愿意出门上街,因为他不愿见到满街的膏药旗,受不了在眼前晃来晃去的日本兵。他躲进小院成一统,眼不见心不烦,至少他的小院还属于他自己,他的"领土"还没有沦陷。他像往常一样把院子打扫得干干净净,就像萧桂花在时一样。扫完肚子饿了,他才想起除夕夜忘记包饺子了。北平人讲究初一不动刀,所以在除夕之夜,全家人一起包饺子,过了子时就是新年了,一家人坐在一起,吃新年的第一顿饺子。他站直了身,拄着拐杖蹭到厨房里,见面袋里还剩下一小撮白面,就倒在青花瓷盆里,和了水,一个人默默地包起饺子。没有肉,饺子是素的,和面、擀皮、拌馅儿,他一个人干。干着干着,他就觉得身边的人多起来。他擀着皮儿,一面"啪啪"往面板上甩,一面叫着桂花的名字,让她接好。日上三竿时,他已经煮好了香喷喷的饺子,一个个肚大脖圆,像一只只小肥猪,憨态可掬。他拿起笊篱哆哆嗦嗦盛在瓷盘子里,放在堂屋的八仙桌上,又从柜子里摸出几个醋碟儿,摆在桌上,一一倒好了香醋,说:过年了,全家团圆了,大家吃啊。如今年景不好,没有肉,但今儿我在馅里多点了点儿香油,打了个生鸡蛋,味道还不错。桂花、文松、遇影,你们吃饱、吃好啊,别跟小日本儿一般见识。那就是一群王八蛋,不是人!咱好好过咱的,圆圆满满,欢欢喜喜,我们一家人,永远不分开!

梅遇影到家,是民国二十七年(1938年)二月的一个昏晚时分,梅从云在拾掇着院子。他听见叩打门环的声音,就把院门打开。两扇斑驳的院门上分别刻写着一列楷体字,一扇院门上刻着"立德齐古今",另一扇院门上刻着"藏书教子孙"。梅从云站在门槛里,一抬头,看见一个脏兮兮的女人出现在门口,手里还牵着一个流着清鼻涕的小男孩儿,他一猛子没有看出是梅遇影,问:

闺女,你找谁?

梅遇影看到父亲,眼泪立刻溢满了眼眶,声音颤抖着叫了一声:

爸!

梅从云愣住了,发现立在他眼前的真的是梅遇影,枯涩的眼神里突然有了灵光,嘴唇颤抖起来,竟说不出一个字。

他没有想到,自己的女儿,还有从未见过面的小外孙子,就这样从天而降了。两行清泪,顺着他苍老干瘪的面颊,无知无觉地流淌下来。

梅遇影拉过那小箎,靠在自己身前,说,这是您外孙子,那小箎,小名豆包儿。

梅从云用手抚摸着那小箎皲裂的小脸,说道:遇影、豆包儿,盼星星盼月亮,终于把你们盼回来了。

梅遇影对那小箎说:跪下,快给姥爷磕头。

那小箎听话地跪在地上,在冻硬的地面上,给梅从云磕了一个头。

---

① 1937年12月14日,南京陷落的第二天,日本侵略者在北平成立了"中华民国临时政府",以北洋军阀政府时期的红黄蓝白黑五色旗为"国旗","首都"设在北平,辖河北、山东、山西、河南四个省公署和北平、天津两个市政府。1940年3月30日,汪伪国民政府成立后,改组成"华北政务委员会"。

梅从云老泪纵横，一把拉起那小簋，说：起来，傻孩子，别把头磕疼了。然后一手拉着梅遇影，说：走，回家！

自从梅遇影一意孤行地离开这座小院，去上海寻找身陷囹圄的丈夫，时间已经过去了四年。四年的时间，不仅改变了梅遇影，也改变了这座小院——她眼前的这座闺庭深院，已不再像她记忆里那样青瓦白墙，令人赏心悦目，像《红楼梦》里讲的，"晨风夕月，阶柳庭花，更觉得润人笔墨"，而是显得荒芜破败，仿佛很久无人打理。她匆匆往院内走，心想母亲一定在屋里收拾打扫，急不可耐地叫了一声"妈——"，却无人应答。等她进了堂屋，没有见到母亲，却见到母亲的牌位，摆在供案上，上面写着：

先室梅母萧氏闺名桂花生西莲位

梅遇影立刻傻了眼，像木雕泥塑一样立在那里。梅从云上前，拉住女儿的手，说：遇影，你妈，没能等到你回来，她先走了。梅遇影问，怎么走的？梅从云就向梅遇影讲述了萧桂花死去的过程。

听完父亲的讲述，无限的悲痛向梅遇影的心头涌来。她无论如何没有想到，自己天天盼着与父母团圆，归来时母亲已不在人世。她扑倒在母亲灵位前，哭泣着说：妈，女儿对不起您，没能给您尽孝，是女儿太自私了，假如女儿当初不走，您就不会死，是女儿害了你！梅从云说：人死不能复生，活着的要好好活着，才对得起你妈。然后拉着梅遇影母子，在牌位前恭恭敬敬地上了香，把女儿和外孙子回家的消息告诉了萧桂花，请她在天之灵保佑孩子平安。

从此以后，每逢有太阳的日子，梅从云就抱着那小簋坐在院子里晒太阳，逗外孙子玩儿。但往事是不可逃避的，有时玩着玩着，他就想起全家人在一起包饺子、过大年的场景，死去的萧桂花、生死不明的那文松就会在他的眼前显形，一股感伤的情绪就不可阻遏地涌入他的内心。他想避开这些回忆，就抱着孩子到胡同和街上转悠，但他看到的，不是满街"中日亲善""庆祝中华民国临时政府成立"的标语，就是趾高气扬的日本兵和苟且偷安、唯唯诺诺的北平百姓。梅从云心想那小簋这孩子自从有记忆开始，看到的就是一个沦陷了的北平，他没有看见过中国人自己的北平，不知他长大还能不能看到一个属于中国人的北平。

梅从云发现，碗里的米粥越来越稀了。那小簋吃不饱，就不停地哭。梅从云怒了，对梅遇影说：你怎么搞的？粥越来越稀，小豆包儿这么小，吃不饱怎么长身体？

巧妇难为无米之炊，梅遇影感到委屈。

是的，北平发生了粮荒。随着日本侵华战争的深入，日军对军粮的需求量越来越大，于是在北平成立"米谷统制委员会"，招募汉奸队，到处强征米粮，抓猪马牛羊，禁止中国人自由种植、运销、交易大米，连食用大米都成了一种"罪行"。因此北平自陷落以后，粮价飞涨，为了"平抑"粮价，北平市政府公布了粮米的"限价"，但粮库空虚，光有"限价"没有粮食又有什么用？供不应求，价格就一路飞涨，这是商业规律，粮商也没办法。日本宪兵队就对粮食商号进行了突击检查，看看有谁胆敢把"米谷统制委员会"的限价规定不当回事，一天之内就抓了一百二十八个粮商，二话没说就给毙了。毙了粮商，粮食还是"变"不出来，因为市面上的粮食都"跑"到了日本兵营里，变成了"皇军用粮"。

过惯了舒服日子的北平人一时想不明白，自己个儿怎么就沦落到了这步田地？他们当然知道这是日本人造的孽，但对于这背后的原因，却不甚明了。此时的粮食，一律由日本人"统购统销"，日本华北方面军参谋部特命三井、三菱、大仓等株式会社在华北设立粮食特殊收购机构，加紧对华北的粮食掠夺。

几十年后，有历史学家记道：到民国二十九年（1940年）年底，日本共掠夺华北本地制面粉九百万袋；用同样方法，民国三十年（1941年），日军统制和掠夺了华北各大面粉厂所制之面粉近千万袋。到太平洋战争爆发，日本丧失了进口粮食的渠道，于是更加强了对华北本地所产粮食的统制与掠夺，以低于市场价几倍的价格从农民手里强征粮食，且资金总不兑现，将农民推入饥饿的绝境。① 至于北平人，"临时政府"会发给他们粮证，粮证按里长统计的人头发放，六岁以下的儿童和六十岁以上的老人没有粮证。这是要饿死老人，为日本人减去负担；也饿死孩子，让中国人断子绝孙。

民国二十七年（1938年）春节，那小蔃还不到六周岁，没有粮证，因此梅家只能领到两个人的粮食。两个人的口粮，两大一小三个人分。有了粮证，还需要有钱，才能买到粮食。同时这些粮证都是一次性的，过期作废。粮证发下来，下一次什么时候发谁也不知道，有时隔个一两天，有时隔个三五天，假若隔上十天半个月才发一次，那恐怕要有一半人口从这座城里消失。一张小小的粮证，给他们带来的却是死亡的消息。平时优悠的北平人，已然看见了死神那飘忽不定的白眼。

每次拿到粮证，梅遇影都会第一时间去排队领粮，担心一旦领不上粮，家里粮食接续不上，老人小孩就要饿肚子。不仅领粮的日期变幻不定，领粮的地点也扑朔迷离，每次都换，有时在东四，有时在王府井，有时则远到了南城。不管在哪里，梅遇影都要提前向里长打听好地点，以免走错地方。假若是在前门外领粮，梅遇影也舍不得坐车，而是一路走着去，一路走着回。回来时手里多了五斤十斤的粮食，她紧紧地捏住粮食口袋不肯撒手，好像捏住了一家人的命根子。累了，她就在马路牙子上坐一会儿，再起来接着走。梅遇影心想，不论多苦多累，只要能领回粮食，不让家里的老小饿肚子就行。

梅遇影经常约上丁家的媳妇楚梅一起去排队领粮。排队的时间很长，排一两个钟头是家常便饭，有的时候是因为粮店里还没把共和面儿磨好，她们只能站在铺子外面等；有的时候则是因为那些形迹可疑的所谓粮食根本就没有运来，害得大家干等，却谁也不敢离开，仿佛守着粮店，她们才有安全感。她们一方面诅咒着无休无止的排队，另一方面却对排队充满了依赖，一旦无队可排，她们的生活就像是釜底被抽了薪，没着没落儿，以至于有时她们走在当街，一见有人排队就条件反射地排上去，至于排的是什么队，等排进去了再说。

---

① 参见居之芬、张利民：《日本在华北经济统制掠夺史》，第239页，天津古籍出版社，1997年版。

第七章

楚梅的公公丁铁竹，曾是四九城①家喻户晓的武生泰斗，当年在北平城的"同德班"唱戏，几乎是无人不知。他不仅精于武打，唱念功夫极佳，而且扮相英俊，长靠一扎，铠甲一套，套底靴一穿，长枪一拿，插在背后的四面护背旗飞扬招展，真是格外英姿勃发，只要一亮相，台下就是一个碰头彩，几百名观众齐呼一个"好"字，地动山摇。

丁铁竹有两个儿子，大儿子叫丁锦云，小儿子叫丁彤云。丁锦云天生爱戏，而且有嗓能唱，功架也优美、稳重、端庄，有大将风度，所以丁铁竹叫丁锦云进了"会德班"，在丁锦云身上花的工夫也多些。

他对丁锦云说：做艺的人都知道一句话——"庄稼钱，万万年；卖艺钱，一日完。"多挣点钱，置下点产业，待年老唱不动了，也不至于过得太凄凉。

小儿子丁彤云，从小对父亲颇为逆反，父亲逼他和哥哥一起学唱戏，他打死也不唱，还说"这辈子死也不当臭戏子"。父亲越是打他，他与父亲越是势不两立，甚至对父亲充满了仇恨，对于学戏的哥哥也充满了不屑。其实丁铁竹心里明白，儿子的话不假，他在台上怎么风光，台下就怎么受人欺负。丁彤云认为戏子因为没有文化才不受人尊重，被轻蔑地称为下九流，因此自小发奋苦读，十九岁时考上了公费出洋，远渡爱尔兰，到圣三一学院学习美术，精通文物修复，学成归国，入故宫博物院古物馆供职，和那文松一起护送着文物去了南方。因此梅家与丁家可以说是父一辈子一辈的交情，楚梅就是丁彤云的媳妇。

每当梅遇影把粮食背回家，往厨房的大瓦盆里一倒，眉毛就立刻锁成了一个疙瘩。她眼前那堆黑黑绿绿的粉末，实在跟粮食建立不起什么关系。可以肯定，里面没有大米、小米、玉米这些人吃的粮食，其中要么是给猪吃的饲料，要么是在田地里施的肥料，总之日本人没拿中国人当人。把中国人当成牲口，日本人已经觉得自己很仁慈了，还为这种不包含粮食的"粮食"起了一个好听的名字：共和面儿。

第一次吃共和面儿的时候，梅从云深深运了口气，才把这团食物嚼碎了，吞下去。可能是因为他一开始的态度不够坚决，有点试探的意思，所以那团食物并没有真的被吞进肚子里，而是卡在了中途，粘在喉咙上，既上不去又下不来，差点把他噎死。他用手慌乱地比画着，示意梅遇影去找水，梅遇影取来了他的茶杯，他咕咚咕咚喝了好几口，才把那团泥巴似的东西送进胃里。至于胃是否同意接受这样的东西，他就一时顾不上考虑了。

起初梅遇影还掰下一小块儿往那小簋的小嘴里送，希望他能吃下去点儿，没想到那小簋的舌头一碰触到那团不明物体就立刻吐出来，因为这种黑黑绿绿的"食物"，味道非但不香，而且是臭的。从此那小簋只要看见那一坨坨从色泽、形状到气

---

① 北京（北平）城的皇城有四座大门（分别是天安门、地安门、东安门、西安门），内城有九座城门（分别是正阳门、崇文门、宣武门、朝阳门、阜成门、东直门、西直门、安定门、德胜门）。"四九城"是对这四座皇城城门和九座内城城门的总代称，也用来指代（北京）城。

味都与屎不相上下的"食物"就本能地干呕，有时把胃里的酸水儿都呕出来了。

梅遇影不知该怎么做才好，一颗泪珠亮晶晶地镶在她的眼角。

那小篦不知多久没有正经吃饭了，梅从云比女儿梅遇影还急，大骂道：

狗日的小日本鬼子，这是要把一城的北平人活活饿死！日本人杀光了南京人，这是屠城。日本人要饿死北平人，这是钝刀子杀人，也是屠城！

梅遇影安慰父亲说：

爸，别着急，天无绝人之路。

天无绝人之路，可是那条不绝人的路，到底在哪里啊？

第八章

吃不饱的北平城，一下就失去了活力，那个充满了祥和与欢乐的北平城就这样从地球上被抹去了。店铺虽然仍然开张——那是日本人为了粉饰太平，强令它们开张的，但店铺里没有商品，只有店员伙计，守着空荡荡的店面发呆，大眼瞪小眼地观看着路过的行人，路过的行人也下意识地去观望那些空荡荡的店铺，彼此之间既尴尬又心照不宣。

北平的古玩行也大多倒闭了，朝不保夕的年月，谁收古董谁是神经病，平时爱美的北平人，对珍珠翡翠已视若无睹。除了生意惨淡，梅从云更担心店铺遭到日军抢劫，所以早早地关掉了品梅轩。梅家虽有些家底，却是收藏多、现金少，这些日子坐吃山空，也耗得差不多了。全家的经济来源，都靠那文松了。但那文松不仅远在天边，而且故宫员工的薪水是重庆国民政府教育部发放的，是中华民国的法币，

法币不要说无法通过银行汇到北平，即使汇过来，在沦陷的北平一点用处也派不上。而留在北平的员工使用的却是伪政府所属的"中国联合准备银行"发行的钞票，简称"联银券"，北平人更愿意称作"军票"。这种"军票"，说白了就是一种印着数字的废纸，连鬼子自己都不要，因为它的背后根本就没有储备金，也不能兑换日元，日本人想印多少就印多少，是否能买到东西是另一回事了，说它是一种"虚拟货币"或许更加贴切，也有人称作"战争白条"，是一种空手套白狼的经济掠夺，用纸来换取沦陷区的财富与物资。北平的老百姓往往一拿到"军票"，就以最快的速度买成东西，能买多少算多少，反正是顾得上今天顾不上明天了，否则这些"军票"扔到垃圾堆里都没人捡。

正当梅家穷愁无计之际，没想到竟然有人拎着一袋白面雪中送炭来了。来人叫常知白，也是当年梅从云请来摹画的"八大高手"之一。常知白的突然造访令梅从云非常诧异，心中暗忖来者不善，但还是把他请入了内院的正房，让女儿梅遇影泡茶。

梅遇影早早就看到了常知白手里的那袋白面，眼神有一点发直，心里想起那小篦不只一次地嚷嚷，要吃白面馒头、炸酱面，可是她去哪弄白面呢？可怜那小篦，吃一顿白面馒头——这平时最普通不过的吃食，竟然成了难以实现的梦想。而有了这袋白面，就有了烙饼、馒头、炸酱面，如果运气好，说不定还能弄到一些烂菜帮子，这个春节不就有白面饺子吃了吗？父亲还藏着一点玉泉酒，自那文松离开北平，他再也没有饮过一滴。

常知白把那袋白面往桌案上一蹾，一

副很有底气的样子,好像把一袋真金白银撂在梅从云面前。这年头,白面是稀世珍宝,梅从云收藏的宝贝却一文不值。梅从云心想这世界没有天上掉馅饼的事,便问道:无事不登三宝殿,不知今日有何贵干?

常知白端起茶碗,眯起水泡眼,不紧不慢地啜饮了一口,问道:我记得令婿是在北平故宫博物院供职吧?

是啊。

我记得令婿带着北平故宫的文物去南方了吧?

是啊。

兄弟今日登门拜访,正为此事。如今这北平城已经归了东洋人,"中华民国临时政府"也已经成立了,您承认也罢,不承认也罢,我们都是"中华民国临时政府"治下的臣民了。在这历史转折时刻,令婿却仍然效忠南京政府,带着北平故宫的文物去南方,恐怕会让东洋人和"临时政府"对梅家产生不良印象。跟您实话实说,我最近跟东洋人走得很近,听到一些风吹草动,总之对梅家十分不利,心里不禁为梅老板捏了把汗。所以此次来就想劝说老兄,给谁当差不是挣钱吃饭,何必呢?老兄不如劝说令婿回到北平,为"临时政府"效力,最好还能动员其他参与南迁的故宫同仁一起回来,为"中日满共荣"贡献一份力量。

梅从云闻听此言,顿时没了好气,冷冷地答道:愚婿现在何处,老夫都说不清楚,如何去劝说他回来呢?

常知白说:我这只是劝兄,兄如不应允,东洋人一定不会答应。您要明白一件事,东洋人既然来了,就不会走了。南京姓蒋的说要抗日,请问他抗日了吗?要是能抗不早抗了?就像当年叫嚷着反清复明那伙人,吵吵半天还不是白吵吵?不过,在下倒是还有一个折中之法。

梅从云说:这可跟"反清复明"不是一码事,明也罢清也罢,都是咱中国人的事儿,是中国人自己的改朝换代,如今却是日本这个外族和咱过不去。

常知白一摆手,说:嗨,不掰扯这么细了。老兄想必听说了吧,前些日子,依照"满洲国"的"协和会",咱们北平成立了一个组织叫"新民会",由"中华民国临时政府"委员长王克敏先生兼任会长,曾经在"满洲国"担任外交大臣的张燕卿来到北平担任副会长,实际负责的是日本华北方面军特务部文化组长小泽开。

梅从云冷冷地插言道:这个张燕卿我知道,大清湖广总督张之洞的第十一子,家父在世时,我曾随家父拜访过张南皮,见过这小子。张之洞为国家殚精竭虑,恐怕想不到自己的亲儿子竟然当上了卖国求荣的"二鬼子"。因为"满洲国"的外交部职权缩小了,成了外务局,这个张燕卿觉得官小了,心里不痛快,就愤而离职,跑来北平,想讨个大官儿做,看来也没当多大的官儿嘛。

常知白说:"新民会"虽然是由各行各业组织起来的一个代表民意的组织,但是东洋人还是很看重"新民会"的。王克敏会长在"新民会"的成立大会上宣布本会的宗旨是"奉行新民主义"……

梅从云突然打断他:您等会儿,我没听错吧?我只知道"三民主义",又打哪儿冒出个"新民主义"?

常知白说:老兄读过《大学》吗?《大学》里说"苟日新,日日新,又日新……作新民",就是这个"新民"。

梅从云说:哦,合着就是这个"苟

（狗）日"的……"新民"？

常知白一拍大腿：没错儿，就他妈这么个玩意儿！

梅从云咂着嘴说：还来个"新民主义"……听着够新鲜的。

常知白说：王会长在"新民会"下属的"新民学院"讲课，还专门讲过《大学》呢。王会长说，"新民会"的宗旨是"奉行新民主义，为与政府一体之团体，而显现中日满之共荣，以彻底灭共灭党，贡献世界和平"。王会长还宣布了"新民会"的五条大纲：一是拥护新政权，以备畅达民意；二是开发产业，以安民生；三是发扬东方文化道德；四是于"剿共"灭党旗帜下参加反共阵线；五是促进友邻缔盟之实现，以贡献人类之和平。

梅从云说：您说得这么热闹，这个"新民会"，跟你有什么关系？

常知白说：本人有幸，凭借与张燕卿的老关系，在"新民会"宣传局谋了个处长的差事。不管它是不是"苟日新，日日新"，反正我们要"苟富贵，毋相忘"。如今兄弟发达了，总不能吃独食吧。老兄如果一时无法劝说贤婿回到北平，那就不妨先参加"新民会"，好歹表明个态度，免得东洋人对令婿的事揪住不放。以兄的资历，我再在东洋人面前替兄美言几句，绝对不成问题。"新民会"是一个很开明的团体，只要你真心拥戴东洋人，愿当天字第一号顺民，又有一技之长，就可以进，不论是会办报、会手艺、会写字画画儿、会唱几句一簧、一两折奉天大鼓，哪怕是会说几段相声，都可以加入。像老兄这样有底蕴的古玩收藏家和鉴赏家，对东亚文化传统又有精深的研究，那就更是受欢迎。我打算保举老兄出任"新民会"下的北平古玩行业协会会长一职，带领北平古玩行的老少爷们儿，复工开业，繁荣市场，造福民生，共建东亚和平。我保你吃香喝辣，不比空谈什么爱国要强过万分？

梅从云说：常先生费心了，不过这个态度，我表明不了。

常知白接着说：我知道，老兄还恋着旧国，可是"雕栏玉砌应犹在，只是朱颜改"，眼下江山易主，您再执拗下去又有多大意思呢？连他蒋中正都抗不过东洋，老兄有本事抗得过东洋吗？俗话说，识时务者为俊杰，该为自己考虑一下退路了，给谁当差不是当差呢？咱们弟兄总不能喝西北风吧？我知道梅家祖上都是当官的，老兄当过北平古玩协会副会长，大小是个官，现在倒成了布衣之身，这不能够啊。如今改朝换代了，亟需用人，这千载难逢的机会，偏被咱赶上了！东洋人我是接触过的，可以说打心眼儿里佩服。要说慧眼识才，那还得是东洋人，绝不会让像您这样的有识之士怀才不遇。

梅从云说：您千万别提什么"大东亚新秩序"，您一提我就得生气。明明是夺，是抢，是杀人，是放火，无所不用其极，却非说是什么"新秩序"，是"共存共荣"，这就叫既要当婊子又要立牌坊，屎壳郎戴面具——臭不要脸！

常知白却很耐心地说：杀人、放火，还不是咱中国人自己招来的？谁叫那"蒋该死"想不开，非跟东洋人过不去？咱们中国人根本就不该和东洋人打仗。中国与东洋，原本就同种同文，但后来东洋学习西方，一举成了世界强国，回头要帮助咱中国赶走白种人，咱中国、朝鲜、东南亚各国，要建立一个黄种人自己的王道乐土，一起对付白种人，这有什么不好？看看咱们中国，这么愚昧无知，这么混乱无序，这么不讲卫生，不搭上东洋人这条船，我们中国人哪辈子才能出人头地，建立一个像日本这样文明的国家？中国人执迷不悟，和东洋人打仗，这不是恩将仇报吗？

梅从云轻蔑地一笑，说：文明？日本人配说文明吗？日本的文明，说白了还不是舞枪弄棒、黩武嗜杀那一套？这有什么文明可言，和茹毛饮血的原始人有什么区别？一国与另一国，比什么不好，非要比残暴比歹毒？有本事比比吟诗作赋、写字画画、唱歌跳舞不好？什么是文明？文明就是告别枪棒，去尊礼仪、从教化。在中国人的字典里，"武"的意思就是"止戈"，就是让天下不再战，共享太平。一天到晚显摆自己胳膊粗力气壮有什么意思？一天到晚欺负比自己弱小的国家又算是什么英雄？咱中国再强大，也从来不去欺负穷国弱国。中国人讲究的是厚往薄来，以德教化，以礼服人，泽被万邦，所以才四夷宾服，万国来朝，那可不是咱们逼他们来的，是他们自个儿愿意来。现在日本人动武动到了中国头上，我看它是蛤蟆顶桌子，耗子扛磨盘，草蜢撩鸡公，泥鳅想翻船。我还不信了，咱泱泱大国能阴沟翻船，折在这小日本手里？

常知白说：是啊是啊，何必打仗呢？只要咱们放下刀枪，与东洋人合作，东洋人也就放下刀枪，成为咱们最可靠的朋友。这样一来，建立王道乐土就指日可待了。

梅从云说：您能耐真不小，把反的说成正的，黑的说成白的，合着都是咱们的错！

常知白说：不管是谁的错吧，总之不能打。日中亲善，共建王道乐土，才是中国唯一的出路，是一条救国之道。"满洲国"你看见没？如今不是成了亚洲最先进"国家"吗？够意思了吧？兄是有学识之人，一定要站得高看得远，与东洋人同心同德，个人前途可期，国家命运有望。

梅从云知道眼前坐着的，是一个完全被洋人打怕了，而以媚外为荣的洋奴。日本人的奴役非但不令他感到痛苦，反而感到无比的舒坦，有如一条狗，没有了主人，反而觉得失落。

梅从云说：我没工夫跟你在这儿瞎掰扯，我只想告诉你——家父和贱内，都是被日本人害死的。

第九章

说起来梅家也是有名有姓的人家，祖上曾随同施琅大将军收复台湾，祖父梅慎言曾在海军衙门任职。甲午那一年，梅慎言去辽东查看炮台还没回来，清朝和日本的军舰就在黄海海面进行了一场血战。梅慎言看到电文，知道在那场血战中，北洋舰队以十二艘军舰对阵日本联合舰队十一艘军舰，激战中，北洋舰队被击沉五艘军舰，而日本军舰竟然无一被击沉，心中不免有些愕然：怎么就打成了零比五，哪怕击沉对方一舰也好啊！但他很快镇定下来，思忖着：就算清军损失了五艘战舰，但那五艘都是一千吨级的旧式巡洋舰，在北洋舰队中实属边缘，关键是北洋舰队还有七艘军舰回到威海卫的水师基地，不仅没有全军覆没，而且"定远""镇远"这两艘七千吨级装甲炮塔舰并没有被击沉，实力仍在，仅这两艘海上"巨无霸"，就足以让日本人胆寒。况且海岸上这些威力巨大的大炮早已封锁了海面，日本鬼子若有胆来犯，让他们全部变成海里的乌龟王八。

然而，七天后，鬼子真的来了。他们选择了一个名叫花园口的地方登陆。花园口是一片断崖，如刀砍斧劈，直上直下几百公尺，鸟儿飞上去都难，人是断然爬不上去的。断崖之下，白浪翻滚，大船不能抵达，小艇会被掀翻，所以清军在那里没有丝毫设防。没想到小日本偏偏从那里上了岸，他们趁着天色未亮，乘小艇到悬崖下，他们的冒险成功了。清军没有发现他们，他们就沿着悬崖峭壁，像壁虎一样攀上山崖，绕到炮台后面，向清军发起突然袭击。

与许多清朝官兵一样，梅慎言死都不知道是怎么死的，因为子弹是从背后射进他的身体，一二三四五六七，一共射了七枪，在他的后背上，排布成一个北斗七星的形状。开始他并没有觉得疼痛，只是觉得自己的后背有些漏风，有一股股寒冷的气流从后背钻进了他的身体，然后就有滚热的、猩红的血液喷溅出来，滋成一大片血雾，飘浮在风中。梅慎言死时趴在地上，眼睛睁着，或许是他觉得窝囊，在日本人面前，就是死也应死得壮烈一些。日本人叽哩哇啦地冲上来，踩踏着清兵尚未僵硬的尸体冲上炮台。李鸿章苦心经营了二十年的钢铁炮台，榨干了大清朝精血的尖端武器装备，一水儿的德国克虏伯大炮，被清兵日复一日地擦得锃光瓦亮，一尘不染，在碧海蓝天的映衬下，仿佛艺术品一样炫目，只可惜没有发射过一发炮弹，就全都白白地送给了小日本。

尽管梅从云从不曾亲眼见到过那一幕，但祖父背后的伤口已然成为抹不去的伤疤，深深地嵌进了这个家族的记忆之中。

对于梅从云的心情，常知白丝毫无感，他半闭着水泡眼呷了口茶说：历史上的恩恩怨怨，谁能说得清楚呢？明朝史可法写《复多尔衮书》，写得那么气宇轩昂、痛快淋漓，你说史可法是英雄，多尔衮难道就不是英雄了？吴三桂引清兵入关，有人说他是汉奸，可有了清兵入关，才有康乾盛世。有那么多人为大明死节，为了那个腐朽变态的大明，值得吗？"嘉定三屠""扬州十日"，死了那么多人，不是白死吗？中国明明打不过东洋人，"蒋该死"非要以鸡蛋去碰石头，祭出了什么"焦土政策"，你想想，中国都成了焦土，人民何安？文明何在？明明打不过东洋，何必去逞能，让生灵白白涂炭？有土地在，有人民在，换个政府又有什么了不得的？"蒋该死"与东洋为敌，完全是为他自己，置国民生死安危于不顾。难道换个政府中国就亡国了吗？你看法国投降了德国，法国亡了吗？没有。荷兰投降了德国，荷兰亡了吗？没有。对中国人来说，与东洋携手前进、共建和平，才是聪明之举。

梅从云说：可惜日本人不是这么想的，他们来中国是为了祸害中国，一心把中国并入日本，我绝不跟他们同伙。

此时可能因为有些激动，梅从云咳得很厉害，他的肺仿佛都要被咳出胸腔。

常知白说：您这可是抱着葫芦不开瓢——死脑筋，我费了半天唾沫，兄自己琢磨吧，过了这个村，可就没有这个店了。

梅从云懒得再跟他废话，阴着脸坐在那里，喝了几口茶，努力让咳嗽平静下来。

梅遇影手里捧着一盅中药，站立在正房门外，屏息敛气地偷听着他们的对话。听到父亲咳得很凶，就跨进门，把药端到父亲手上，轻声说：爹，该吃药了。

常知白敏锐地意识到梅遇影的弦外之音，知趣地说：那好吧，既然梅老板身体欠安，今天就聊到这里，在下告辞了。请梅老板三思，在这褃节儿①上，千万别走错了路，以免悔之晚矣。

最后这一句，劝慰中掺杂着威胁，梅从云听出来了。

说完，常知白跨出房门。

梅从云说：慢着，把您的面拿走！

常知白没有理会。

梅从云抓起那袋面，"嗖"的一声甩过去。那袋白面在空中划过一道优美的弧线落到门口。

常知白没有顾及那袋面，匆匆走了。

梅从云对梅遇影说：把面捡起来，让他拿走！

梅遇影拾起面袋，心有不甘地追出去。梅从云呆在那里，直到手里的中药汤变凉，才把脸对着门外，说出了一句话：

我看他是该吃药了。

第十章

那小箩的小脑袋歪在梅遇影的肩膀上，有气无力地说：妈，我想吃馒头，白白的、软软的，大馒头。

梅遇影的心里凄凉起来，常知白送来的那袋白面变成馒头、花卷儿、大饼、面条、烧卖、锅盔、麻花、油条、发面火烧、吊炉烧饼、炸素丸子、煎饼裹大葱，在她眼前晃来晃去。那袋得而复失的白面折磨着梅遇影，也激发了她对老北平点心的无限追忆。她想起核桃酥、到口酥、薄松饼、厚松饼、鸡油饼、奉拉饼、枣花儿、芙蓉糕、槽子糕、沙琪玛、黄杠子饽饽、茶汤面、螺丝转、豆花糕、豌豆黄、江米条、糖耳朵、蜜麻花……同样的食材，能够变幻出无穷的花样，以变化无尽的味道，去响应味蕾的需求。梅遇影的心在想，胃里更想。这些人间的美味，从前在北平不是到处皆是吗？现在怎么变得遥不可及了呢？凡人心，烟火味，这不是生活本来该有的样子吗，怎么就变得如此面目全非了呢？

梅遇影对父亲也生出了几许怨怼。有礼不打笑脸人，她觉得父亲不应该那么轻易就拒绝了常知白的白面。假若有了那袋白面，现在的梅家就不至于上顿共和面儿，下顿共和面儿，今天共和面儿，明天共和面儿，日复一日，年复一年，无休无止地"共和"下去，她又会看到父亲久违的笑脸，听到儿子富于感染力的笑声。

为了给梅从云、那小箩这爷孙二人准备顿年夜饭，梅遇影决定把自己珍藏的一对玉镯子卖了。梅从云见到梅遇影手里拿着一个绸包，急匆匆往外面走，心里已经明白了几分，就问梅遇影干什么去？梅遇影支吾了半天，见躲不过去，才说了实情。

梅从云说：如此惨淡的年景，大家连共和面儿都吃不上，谁还会花钱去买镯子呢？一只镯子，难道可以当成烧饼吃了吗？最近我总在琢磨一句老话，叫"吃饱了撑的"。我在想啊，"吃饱了撑的"原是一句讽刺人的话，我们说一个人吃饱喝足，闲着没事儿干，尽干些多余的事情，就是"吃饱了撑的"。但现在我倒觉得它不是讽刺人的话，而是夸赞人的话，我们要真能"吃饱了撑的"那就好了。搁在眼下，一个人能活到"吃饱了撑的"的份儿上，才真正算是一个完整的人，而不是一个挣扎在生死线上的饿鬼。

---

① 北平方言，关键时刻、节骨眼儿的意思，也可写作裉节儿。

梅遇影说：早知如此，何必当初？如果我们把常伯父送来的白面留下，今儿个就不至于山穷水尽了。

梅从云说：谁？常知白？我就是饿死，也不吃嗟来之食！

梅遇影说：您要考虑名节，您是不食周粟，可小簜呢？小簜也要考虑名节吗？

梅从云说：挨饿的不只豆包儿一个，全北平的孩子都在挨饿，难道为了这个，大家都去当汉奸吗？

梅遇影说：爸您确认吃了白面就是汉奸吗？白面上又没有写着"日本"两个字，吃白面怎么就是汉奸了？那白面不是咱中国自个儿产的吗？日本人把本当属于中国人的粮食抢走了，我们不吃，不都便宜了日本人？所以我们就该吃，吃越多越好，吃白面才是抗日，不吃白面才是当汉奸！

梅从云被女儿说懵了，脑子一时转不过来。他知道自己被女儿绕进去了，却掰不清楚是在哪儿出了岔子。但他坚信自己是对的，死也不能向这些"二鬼子"妥协屈服，但他不知道该怎样反驳女儿，况且，一见到外孙子那副虚弱不堪的样子，他的心就软了下来。

梅从云思来想去，决定从自己的藏品中选一些，拿到哈德门（崇文门）外晓市上碰碰运气，哪怕能换回几个鸡蛋、几只土豆也好，总之是给钱就卖，给东西就换。他在后罩房里转来转去，选出一幅费丹旭的《昭君出塞图》，用绸布包好，天不亮就拿到晓市上去卖。有人上来问价，梅从云说：

五十斤小米。

那人说：您可真会逗乐！说罢摇摇头，走了。

又有人问价，梅从云还说：

五十斤小米。

那人咂咂嘴，说：画是好画，只是这价，我想还都还不了。说完站起身走了。

眼看着晓市要散了，来了一个人，在《昭君出塞图》前蹲了许久，看过来又看过去，看过去又看过来，最后怯怯地说：我有十个鸡蛋，换这幅《昭君出塞图》，您看行不？

梅从云有些失落，但转念一想，没有空手而归，就值。

一轴清代的《昭君出塞图》换十个鸡蛋，梅从云并不觉得心疼，因为他最心疼的，是他的外孙那小簜。跟那小簜比起来，其他的都够不上分量。只是他稍觉亏欠的，是费丹旭费老爷子，好歹也是清代仕女画的一代宗师。此际，十个鸡蛋的诱惑已经势不可当，他眼前已经出现了这十个鸡蛋做成的美味，至少可以给外孙蒸十次鸡蛋羹吃，没有什么比鸡蛋羹更能抚慰那小簜饥饿已久的胃了。

这么一想，他就答应了。他用手里的绸布包好那十个鸡蛋，比捧着薄如蛋壳的填白脱胎瓷器还小心。

第十一章

等那小簜把十个鸡蛋吃完以后，梅从云又挑出一幅八大山人的《古梅图》，想再拿到晓市卖了。他手里为数不多的宋元书画，他舍不得拿，但是太无名的画者又没有人关注。晓市不是古玩店，哪怕是王原祁、赵之谦，一般老百姓也不知何许人也。八大山人人们是知道的，况且他是明末清初人，距离当下不过两百多年，时间还不算久远，他还豁得出去，哪怕能换上三五斤棒子面，给女儿、外孙做一顿棒子面窝头，也算值了。

北平人有早起的习惯，但不论你起得多早，哪怕是披星星戴月亮到了晓市，眼前都是人山人海。北平人喜欢借着早起遛弯儿的时机，在晓市顺手买点便宜的旧东西，买的时候，还要摆出一副可买可不买的架势与摊主侃价，你有来言，我有去语，不急不躁，慢慢磨蹭，打的是"持久战"。

梅从云一到磁器口大街，心里就暗暗叫苦，因为他看到沿街已经蹲了一溜北平爷们儿，都在摆地摊儿，看来也都是家里断了顿，想变卖家中一点值钱之物去换点粮食。他找了一个空位，从怀里掏出一块布铺在地上，把那幅八大山人真迹展开一尺，搁在布上，等着识货的人将它买走。但他一连等了三天，却始终无人问津。

磁器口大街并非僻静之地，街上人来人往，但他们一律目不斜视，对这些摆地摊儿的人看都不看一眼，仿佛他们根本就不存在。

到了第四天，梅从云坐在路边，因为饥饿，正头昏眼花间，突然间闻听有人凑到他跟前儿说话。

"八大山人的《古梅图》，纪年为甲子春，题款是个山①，钤印却是'八大山人'，八大生于明天启六年丙寅，六十岁以后才以'八大山人'为名号，甲子年八大才五十九岁，此画上却出现了'八大山人'印章。"

梅从云听到此，不禁抬头一看，站在他眼前的，是一位瘦瘦的中年人，脸上戴着圆眼镜，五十多岁，一副朴素模样，却不失文质彬彬。听到他言语中有点夹枪带棒，梅从云心里有些恼怒，心说你算老几啊，敢在这儿髭毛儿，于是很不客气地回道：虽说八大六十岁以后才用"八大山人"这个名号，但在六十岁以前的作品中出现过"八大山人"印章，仁兄难道没听说过？

梅从云说话时嗓门有点大，或许，他把心里的怒气都撒到这位中年人头上了。周遭几位地摊的摊主闻声抬头，一看蹲在梅从云身边的那位戴眼镜的中年人，不禁恭敬地叫道：

七爷来了！

被称作七爷的中年人微微一笑，好像自言自语道：

所以我也没说这画假啊。在画的右上角，还有一方小印，这印很少见到，是八大专门给自己设计的。许多人看不出是什么字，其实它不是字，而是由"人"和"山"两个字组成的图形。你看，它的右下是一个"山"字，左上是一个"人"字，二者用一个略带弧形的横线连接起来，合起来就是"山人"之意。再看这幅《古梅图》，梅树主干已然空心，虬根露出，光秃的几根杈丫，点缀着寥寥几个花朵，一副饱经风霜、劫后余生的样子，让人想起宋末元初遗民画家郑思肖，他在南宋灭亡后隐居吴下，画兰花露根不画坡土。人问何故，他回答土地都被人抢夺去了，你难道不知吗？意思是国家沦亡，人民已经无土无根了，就像这无根的兰花一样。八大这

---

① 朱耷（1626年—约1705年），明末清初画家，中国画一代宗师，明太祖朱元璋第十七子朱权的九世孙，原名朱统𨨯，字刃庵，号八大山人、雪个、个山、人屋、道朗等，出家时释名传綮，明亡后削发为僧，后改信道教，住南昌青云谱道院。早年书法取法黄庭坚，花鸟以水墨写意为主，形象夸张奇特，笔墨凝炼沉毅，风格雄奇隽永；山水师法董其昌，笔致简洁，有静穆之趣，得疏旷之韵。清代中期的"扬州八怪"，晚期的"海派"以及现代的齐白石、张大千、潘天寿、李苦禅等巨匠莫不受其熏陶。

幅《古梅图》就是仿照郑思肖画意，表达国破家亡的悲凉与忿懑，着实是一幅好画，不知这位仁兄怎舍得出手呢？

听到这里，梅从云心想这是一位懂画之人，心气平和了些，说：人都快饿死了，留画还有何用？且问仁兄，您说得这么热闹，是想入手吗？

七爷叹了口气，指了指自己胳膊肘夹着的一个锦缎包袱，说：唉，这光景，简直就是武则天的名字——日月空，咱俩是猴儿笑兔子没尾巴——都是一码事儿。我这是杨志卖刀，把自己心爱之物拿出来换食儿吃啊。

七爷一边摇头，一边悻悻地朝前走，人们纷纷给他让出一块地盘。

七爷往腰里一摸，摸出一条锦缎，轻轻铺展在地上；再往腰里一摸，摸出一只扇套。梅从云凑近一看，这是一只满纳万字曲纹锦地花卉纹扇套，扇套开口的一端系着金黄色绦带，绦带与扇套相连处，串饰着一块桃红色的椭圆形琉璃，一端还坠着一枚钮扣形白玉扇器。整个扇套于清淡中见优雅，于简单中见奢华，一看就知道是皇家的物件，非寻常人所能拥有。七爷拉开扇套口，从里面一抻，抻出一把折扇，"唰"的一声把折扇抖开，放在锦缎之上。金笺纸的折扇，在朱红的锦缎上显得明亮而耀眼，反衬出扇面上绘画小品的古朴素净。扇面上画的是一株枯树，树叶飘零，荒草间有一高士策杖独行，意境十分萧疏，画右有几列题字：

　　兀兀小桥外，
　　独行人不知。
　　秋风将落叶，
　　故向鬓边吹。

下钤"沈氏启南"朱文印，竟是明代"吴门四家"之一沈周沈石田的亲笔。

梅从云小声问身旁的一位大爷：这位七爷是谁啊？

大爷说：啊？您连他都不认识！他是七爷！

梅从云说：废话，我知道他是七爷，我是问七爷是谁？

大爷说：您问七爷是谁？新鲜，这可真是新鲜。他就是道光帝的孙子、光绪皇帝载湉和摄政王载沣的弟弟、宣统皇帝的叔叔载涛啊。

梅从云闻听，心头不由一惊，嘴里嘀咕道：原来他就是末代皇叔爱新觉罗·载涛！不得了，这权倾一时的皇族，怎么也败落到这步田地了？

大爷说：皇叔算个屁啊，连皇帝爷不是也被赶出紫禁城了吗？皇帝一倒，皇亲国戚只能自生自灭了。您看这位七爷，大清朝关张以后，原本每年还能领上几百块大洋，至少温饱不成问题，但张勋扶溥仪复辟帝制，违反了《清室优待条例》，民国政府就给皇室断了供。溥仪提前把一些宫中的宝贝字画偷运出宫了，眼下又把它们带去了那个什么，可是七爷一家老小几十口人，靠什么吃饭呢？没辙，就把王府卖给辅仁大学了。溥仪叫七爷去他那个"国"当大官，吃香喝辣，七爷有骨气，死活就是不去，饿死不当亡国奴，听说溥仪还埋怨"载涛不以祖宗之事为己念，今日还目无圣上！"从那以后，叔侄就生了嫌隙，不再往来了。没想到北平也被日本人霸了，大家一起吃共和面儿，把脸都吃绿了，七爷还不是得腆着脸，和我们一样找饭辙？

正说着，梅从云一抬头，看见一个穿

着马靴披着日军土黄色军衣的人走过来。

那名日本人目不斜视地走到蹲在地上的载涛面前,"啪"的来了个标准的立正,用半文半白的中国话说:载涛大人阁下,我代表令侄——"大满洲国皇帝"陛下,邀请阁下前往"大满洲国",共建王道乐土哉。

载涛抬头,把眼皮一翻,瞥了对方一眼,表情里充满不屑,说道:荒木苍介,你这人怎么这么磨叽,我不是早就跟你说过了嘛,我哪儿也不去,就呆在北平。如果你真能见到内侄,你就告诉他,这辈子当啥也不能当狗,给我麻溜儿滚回北平来,别给祖宗丢人现眼。

梅从云并不知道,此人就是杀人如麻的刽子手荒木苍介。他早年毕业于日本陆军士官学校,后供职于日军参谋本部。早在民国十九年(1930年),日本在中国华北设立特务机关,荒木苍介就在这个机关里当特务,因此练就了一嘴蹩脚的中文,可以用中文粗读《三国演义》和《水浒传》,后来加入日本关东军,参加了"九一八事变""七七事变",此时正担任日本驻华北方面军少将,正是志得意满之时。

听到载涛的回答,荒木苍介脸上的笑容不见了,他板着脸说:希望阁下不要辜负了皇军的好意也哉。

载涛站直了身板说:我要是辜负了呢?

荒木苍介冷不丁从怀里掏出手枪,顶在载涛的太阳穴上,说:我相信阁下不会辜负皇军的好意也哉。

载涛说:别舞舞喳喳的,哉哉哉哉哉,我看你们早晚得"栽"。

载涛也是行伍出身,从小秉承乾隆老祖宗的旨意,打拳踢腿,飞刀舞剑,内练一口气,外练筋骨皮,不愿废了马背民族的一身功夫;后来又留学于法国索米骑兵学校,系统学习了近代军事,出任过清朝的军咨大臣,手里掌管过禁卫军。荒木苍介这点小把戏,载涛压根儿看不上眼。只见载涛伸出右手抓住荒木苍介的腕子,顺势一拧,荒木苍介的手枪就掉落了,载涛左手一伸,刚好接住。他左手握枪,右手把枪栓一拉,枪口就指向了荒木苍介光秃秃的脑门。荒木苍介的表情骤然紧张,一身的肥肉木在那里,却见载涛微微一笑,说:对不住了您呐,我必须得辜负你们,因为我不能辜负咱中国人。

说完,载涛把枪扔还荒木苍介。荒木苍介说:阁下不要把皇军的好意当成儿戏也哉。否则,后果不堪设想也哉。

载涛说:会有什么后果呢?不就是想要我的命吗?你们对我的命这么稀罕,随时拿去好了。实话告诉你,老子早就活腻味了,你要能让我死在这儿,陪伴我列祖列宗,老子打这儿给您道声谢。

梅从云没有想到,自己在无意中看到了这样一出好戏,好久没有这么过瘾了,于是忍不住喝了一声:

好!

四周的人们也异口同声地高叫:

七爷!

牛逼!

够爷们儿!

梅从云在磁器口晓市上连蹲了七天,那轴八大山人的《古梅图》始终没有人正眼看一下,只好臊眉耷眼地捧回来,放进了后罩房里,从牙缝里甩出一句话:

没有人识货,老子还舍不得呢。

第十二章

然而谁也没有想到,缺粮,只是北平

灾难的第一步，更恐怖的，是冬天到来时，市面上的煤也异常稀缺。唐山的煤已被日军控制，山西的煤则因战事正酣而无法运进北平。北平不仅仅是无粮之城，北平人赖以过冬的煤也成了稀罕之物。日本人恍如吸血鬼，简直就要把华北大地上的血脉吸干。不能生火，一到晚上，整个家就成了一个冰窟窿。天不黑，梅从云就上了炕，瑟缩在被子里。梅遇影则把浑身如筛谷一般发抖的那小簋搂在怀里，娘俩的身上，盖了三层被子。

仿佛有意跟北平人过不去，这一年的冬天，天气酷寒，北平城连降大雪，把古城变得一片缟素。梅从云的咳喘病愈发厉害，嗓子里吸进冰冷的空气，刺激了肺部，引发了剧烈的咳嗽。他喘不过气来，喉咙好像被一只手掐住了。恍惚中，他似乎看见掐住他脖子的是日本人，肥胖肥胖的手，竟然非常有力，他使劲晃动着头颅，也无法摆脱那只手的控制。他的肺得不到空气，正如他的胃得不到食物，饥寒交迫，正是此时最真实的处境。他最怕的是黑夜，激烈的咳喘令他无法入睡，只能叠起一床被子，靠在身后，身上再压一床被子，一坐就坐到天色发亮。没有药，药比饭贵，他连饭都吃不起，哪里还有钱去吃药呢？没有人再关心他的古书画了，他敝帚自珍的那些古代艺术品连十个鸡蛋也换不了，它们再奇崛，再高远，再传神，也没有人会正眼看它们一眼，艺术在这个时代里已一文不值。他只能干挺，等待奇迹的发生，但他发现自己什么也抵抗不了——抵抗不了饥饿，抵抗不了寒冷，抵抗不了疾病，更不用说抵抗日本人了。这样的日子，梅从云这辈子还是第一次经历。

他心里总是在默想，假若没有战争该多好，假若中国明天就能打赢该多好。假若没有战争，萧桂花就不会无辜死去，故宫文物就不会南迁，女婿那文松就不会远走他乡，一家人就会其乐融融在一起，像过往一样吃饱穿暖，平平安安地过日子，喜气洋洋地过年。其实梅从云这辈子没有什么太高远的理想，只要能过一个平常人的日子，保持一点个人的雅好，让后代子孙有吃有喝就足够了。这个愿望算不上奢侈，但日本人偏偏不让他遂了心愿。他知道，这样的自我安慰是一厢情愿，是自欺欺人，这场惨烈的战争一时还看不到尽头，但他还是想欺骗一下自己——他欺不了别人，欺自己还不行吗？这小小的欺骗，可以使他无依无靠的生命得到暂时的安慰。他诅咒日本人，把如诗如画的北平变成活地狱，把千千万万的中国人当成牺牲品。他老实本分，没招谁没惹谁，却被不知不觉地推向了生命的绝境，不知道今夜上床睡去，明朝还能不能醒来。他忽然间明白，将北平人推向这样一种悲惨的境地，不仅仅是因为日本人要剥夺原属于北平人的粮食、煤炭，更是因为他们将北平人，乃至中国人都推向生与死的边缘，让他们在生与死的边缘上，为喘一口气而挣扎，中国人就会丧失抵抗日本人的意志和能力。

那小簋时不时地拉肚子。他并没吃多少东西，却不停地拉。其实他已经没有什么东西可拉了，拉的都是水。他的身体像面条一样绵软，脸比绿豆芽还要细。

梅从云知道，这都是吃共和面儿造的孽。吃下这由几十种"非粮食""共和"而成的"粮食"，不是腹痛窜稀就是大便干结。

惊蛰刚过，故宫总备处赵庭苇处长就

派人给梅家送来了一封信。梅从云接过信，心中纳罕，这年月，还有谁会给他家写信呢？信封上留的，是一个完全陌生的地址。梅遇影心有预感，接过信一看，心里立刻狂跳起来，她急迫拆开信封，取出信瓤，目光刚落到纸页上，就感到血往头上涌，让她差点晕倒在地上。是那文松的信。那俊逸洒脱的黄庭坚式的字体，没有人比她更熟悉。

那正是那文松走到徐州时发出的那封信，在邮路上周折了将近一年，才风尘仆仆地飘进了大方家胡同。那文松在信中告诉妻子：他和那文柏已经从恐怖的南京城逃了出来，即将西去追赶故宫文物南迁的队伍。他没有告诉她他们的终点在哪里，但可以确定的是，那文松还活着！这个消息足以令梅遇影欣喜若狂。她立刻把这个消息告诉了父亲。

那文松后来才从史料中得知，全面抗战爆发后，随着战事的推移，越来越多的中国土地沦入日本军队之手，国统区的面积日益萎缩。"八一三"淞沪抗战爆发后，中华邮政总局虽然先后撤退至武汉、昆明、重庆，然而，原国民政府的邮政系统并没有撤出，而是留在原地（也就是沦陷区）维持运营，只要日、伪对沦陷区的邮政尚未公开下手干涉，未强迫贴用伪政权的邮票，原有的邮局就不撤退，中华邮政总局甚至任命外国人掌管沦陷区的邮政，以保证原来国民政府的邮政系统在沦陷区的有效运营。比如华南地区沦陷后，中华邮政总局就把当地的邮政事务交给英籍邮务长睦朗主持。随着战事的深入，沿海重要交通商埠和铁路干线相继沦陷，国民政府一面煞费苦心地开辟国际邮件的路线，一面千方百计在交战区寻找秘密邮路，使得国统区与沦陷区之间的邮路，依然能够通过一些隐秘的通道得以衔接。中华邮政总局为了保持国统区与沦陷区之间的邮路畅通做出了最大限度的努力，不能不说是世界战争史上的一个奇迹。

那文松的第二封信是从宝鸡发来的，他告诉梅氏父女，他已经追上了故宫的队伍，与故宫人会合了。还说他想把全家从北平接出来，全家在宝鸡团聚。这让梅家父女的心放宽了许多。此后又很长时间没有了音讯。梅遇影按照信封上的地址去了信，却不再有信来。她并不知道，此时的那文松正在炼狱中经受着一场巨大的煎熬。梅遇影心想，毕竟是战争岁月，驿寄梅花，鱼传尺素，岂是一件寻常的事呢？

梅遇影把"九九消寒图"找出来，将笔墨纸砚备好，手把手地教那小簠描红：

庭前垂柳
珍重待春风

描着描着，春风就吹到了北平。

民国二十八年（1939年）的春天，来了。

第十三章

民国二十八年春天的北平不是往常的北平，民国二十八年春天的北平与春天无关。故宫文华殿前的海棠花开了，梅从云院子中央的海棠花也开了，但北平人心里的花没有开，北平人的心还停留在冬天里，一片死寂。民国二十八年春天的北平是日本人占领下的北平，是一群早已被时代淘汰的贪官污吏拼凑起来的傀儡政府"治理"下的北平。在这个春天里，梅从云坐在他的院子里，教外孙子那小簚背诵杜甫《春望》：

> 国破山河在，
> 城春草木深。
> 感时花溅泪，
> 恨别鸟惊心。
> 烽火连三月，
> 家书抵万金。
> 白头搔更短，
> 浑欲不胜簪。

民国二十八年春天的北平，城还是原来的城，砖还是原来的砖，路还是原来的路，树还是原来的树，但日本人占领下的北平已经割断了跟原来那个北平的联系。日本人正千方百计地要把这座古城变成他们主宰的城。

对于普普通通的北平人来说，这样的断裂，首先是从胃开始的。通过胃，日本人不动声色地控制了北平人的身体，进而掌控了北平人的命运——北平的郊区连谷子、玉米、高粱都不让种了，原因是日本人害怕青纱帐里埋伏着共产党游击队，所以他们只允许种白薯，因为白薯秧子是趴在地上的，就像直不起腰身的亡国奴一样，让他们觉得安全。因此，此时的北平，除了他们"发明"的共和面儿，白薯成了最奢侈的食物。好吃、会吃的北平人，嘴头从来没有像这样苦过。原来的北平人可以享受各种美食，富人有富人的美食，穷人有穷人的美食。富人有什刹海会贤堂的火腿菜胆炖包翅、隆福寺福全馆的水晶肘子、西城聚贤堂的炸响铃双汁①、南城外春华楼的大乌参嵌肉，穷人有路边小摊的爆肚、炸酱面、豆腐脑儿、卤煮火烧、小枣儿切糕、糖炒栗子，但这些统统消失了，比水中月、镜中花更加遥不可及。每每想到这里，梅从云都会悲从中来，吟诵起父亲梅慎言的朋友、晚清四大词人之一况周颐的《定风波·未问兰因已》：

> 未问兰因已惘然，
> 垂杨西北有情天。
> 水月镜花终幻迹，
> 赢得，
> 半生魂梦与缠绵。
>
> 户网游丝浑是胃，
> 被池方锦岂无缘？
> 为有相思能驻景，
> 消领，
> 逢春惆怅似当年。

民国二十八年的春天，梅家只剩下最后一个鸡蛋了。

那是梅从云用一幅仇英的册页《柳园图》换来的。

梅遇影把最后一个鸡蛋蒸成了鸡蛋羹，就"蛋"尽粮绝了。

梅遇影把那小簚搂在怀里，眼睛里布满泪水，用小勺盛了一点鸡蛋羹，说：宝宝乖，吃一点儿，再吃一点儿。

那小簚刚刚吃了几口，梅从云就听见有人轻叩门环。

门外站着常知白，一只手拎着皮包，另一只手拎着几盒捆在一起的点心匣子。

这一次，常知白手里提着的不是十斤

---

① 北平人把烤好的乳猪脆皮回锅再炸，称作"炸响铃"。

白面,而是用白面精制而成的"大八件"①。所谓"大八件",是指北平城八种形状、口味不同的糕点,一般做成扁圆、如意、桃、杏、腰子、枣花、荷叶、卵圆等八种形状,放置在八只盘子里,摆成各种图案,所以称为"大八件",又分为酥皮大八件、奶皮小八件、酒皮细八件三种。它们的共同点是都有馅儿,而且多为炒馅儿,主料分别有白糖、山楂、枣泥、澄沙等,再加上一些瓜子仁、桂花、玫瑰、蜂蜜。区别则在于:酥皮大八件是酥皮类点心,酒皮细八件和奶皮小八件是硬皮类的点心,加黄酒、白兰地或鲜牛奶,具有酒香和奶香,外形上比酥皮大八件略小一些,花样也没那么多。

梅从云把常知白引入堂屋坐定,叫梅遇影上茶,上一次的不悦,好像都已抛到九霄云外,一切都重新开始。梅遇影没有听清他们在说什么,因为她的眼睛被那三套"大八件"牢牢地吸引,好似她的目光稍一松懈,那三盒"大八件"就会不翼而飞,她必须用目光逮住它们,把它们牢牢地固定在自己的视线里。倘在以往,"大八件"是多么平常的食物,但在此时,这平常的吃食竟成了不可企及的宝物,饥饿凸显了它们的价值,比吴道子的画、柳公权的字还要珍贵。梅遇影无法想象,在沦陷的北平,"大八件"依然倔强地存在着,只不过它们的主顾,已不再是平常的北平市民,而变成了日寇和汉奸,只有他们才能消受得起如此的美食,她替父亲、替儿子、替自己,更替所有的北平人感到不公。

对于父亲"不食周粟"的倔强,梅遇影并不认同,不知跟父亲争论过多少次。父亲外号"梅傻子",在女儿眼中,父亲的确够傻,够愚。在她看来,气节固然重要,但生命更加重要。假如连生存都不能维系,又如何去奢谈气节?倘若中国人都像伯夷、叔齐那样"不食周粟",中国不就亡国了吗,还怎么去抗日、怎么去复国呢?要抗日,不妨吃饱了再抗,小不忍则乱大谋,哪怕是权宜之计也行。

梅从云却始终信奉着西晋陆机在《猛虎行》中写下的名句:"渴不饮盗泉水,热不息恶木阴",一旦接受了日本人和汉奸的"赏赐",就等于上了他们的贼船,就等于缴了枪、俯首称臣,就等于跟日本人穿了一条裤子,就等于跟汉奸沆瀣一气,就等于心中没有了善恶、丧失了人格,就等于永远被日本人牵着鼻子走,就等于什么希望都没有了。

梅遇影没有离开堂屋,她准备为五斗米折腰,她必须为五斗米折腰。她决心把脸皮揭下来,丢进粪坑里,因为在她眼里,脸面无论多么重要也没有父亲、儿子的命重要。

梅从云表现出一如既往的淡定,问道:常先生此番所来何事?

常知白呷了口茶,问道:怎么样?给令婿写信了没有?

梅从云摇摇头说:我不知小婿的地址,如何写信?

常知白说:信还是要写的。不光是你,所有带着古物离开北平的故宫人的家属都必须写,必须动员他们回来,为"中日满共荣"服务。如果扛着不写,怕是没什么

---

① "大八件"分别担负着各种吉祥的寓意,如福字饼、禄字饼、寿字饼、喜字饼分别寓意福、禄、寿、喜,卷酥饼寓意书卷飘香,枣花饼寓意早生贵子,等等。

好果子吃。

梅从云默然安坐，不动如山。

常知白说：这件事，还是希望梅老板认真掂量掂量，别执迷不悟了。不过我此次登门，倒不是为了令婿，而是向梅老板道喜。

梅从云好奇地问：喜从何来？

常知白说：梅老板想必知道了吧，就在前不久，"新民会"进行了改组，将宣传部、社会部、党部与青年团合并成一个总机关，下设几个处，在下被任命为宣传局副局长，负责宣传工作，把工商界都组织起来，为皇军的"大东亚战争"服务。眼下正有一个好机会，就是皇军占领南京两周年就要到了，"新民会"正筹划着在北平举行一场展览会，以宣扬王道乐土、体现"日华协力"的精神，本人有幸被"临时政府"王克敏委员长看重，出任展览会筹备组组员。这样的好机会，岂能把您梅老板落下？所以啊，在下特别向东洋人推荐了梅老板。东洋人一听就十分高兴，"新朝廷"正值用人之际，已把梅老板的名字列入了博览会筹备组，还诚邀您携古物出席博览会，共襄"大东亚共荣"之盛举。

梅从云一脸怒意地说：谢谢您，真拿我当盘菜！

常知白说：梅老板何必客气呢，您同意也好，不同意也罢，反正您的名字是列进去了。您看，东洋朋友不会白用人，这是他们特意委托我向您表达的一点心意。

说完，常知白从皮包里取出一个大牛皮纸信封，信封上印着"北平市新民会"几个鲜红的字样。常知白把信封递给梅从云，梅从云接到手里，觉得沉甸甸的，打开信封一看，心里也不由得震了一下，因为里面是两封用红纸包着的"袁大头"。

第十四章

常知白说：这可不是"军票"，这是光洋一百块，响当当的硬通货，每一块光洋上，都有袁世凯在冲着您笑呢。您看这袁大总统那么富泰，那就是财神爷下凡啊。有了这些光洋，你们一家三口就不至于像老百姓那样挨冻受饿了。只要梅老板能把贤婿叫回来，跟东洋人干，不说吃香喝辣，生活无虞那是没问题的。这钱若还不够，东洋人那里还有的是。咱们放下令婿不说，单说像梅老板您这样诗书满腹之人，怎能让您一身本事，找不到用武之地呢？

常知白激情四溢地讲到这里，斜眼看了一下梅从云，梅从云沉着脸说：东洋人是看上了我呢，还是看上了我的古董呢？常知白淡淡地一笑说：说实话，都看上了。梅从云说：那你们是准备明夺呢，还是暗抢呢？

常知白说：啥叫明夺？啥叫暗抢？梅老板无须担心别人说三道四的，艺术是无国界的，文化也是无国界的。梅老板参加庆祝皇军攻陷南京两周年，那是为"大东亚共荣"作贡献，为东亚文明作贡献，谁能说什么呢？谁又敢说什么呢？梅老板不要去理会这些。

梅从云说：这么说，给日本人舔腚，你们觉着还挺香的？

常知白说：其实日本人没有您想象的那么不堪，只要您待见他们，他们也待见您。梅老板，您不说我也知道，府上已经揭不开锅了，为了换点吃喝，您的字画儿也已损失了大半。您这样守下去，恐怕什么也守不住，竹篮打水一场空。日本人既然已经占了北平，北平的一切就都是东洋人的了。别说北平的皇宫、城墙、园林、王府、坛庙、牌楼、店铺、街道，就连树上的麻雀、地上的黄鼠狼都是日本人的。如今东洋人已经占了南京、上海、广州、武汉，用不了多久，就会占领全中国。连中国都归了东洋人，中国的古物新物、大物小物、活物死物，难道不都统统归了东洋人吗？梅老板收藏的这些字画古董，不论您捂得多么严实，东洋人只要想拿，什么时候都可以拿。就算您现在没有交给东洋人，它们也是东洋人的，只是由您暂时保管而已。现在它在您手里，还可以向东洋人邀功；等到东洋人没收了您的资产，就哭都来不及了。所以，请梅老板就不要喝西北风打饱嗝儿——硬挺了，唯有与东洋人合作，才有最光明的前途。您想一想，这些收藏亮相这次展览会，东洋人会多么高兴，您又会多么荣耀。给东洋人长脸，就是给您自己个儿长脸！

梅从云听了常知白这一套言论，心里愈发气愤。明明是他自己的东西，怎么就成了日本人的？这不是强盗混账逻辑吗？世界上有这么不要脸的吗？但他只用一秒钟就想明白了，跟一个强盗讲道理，本身就是愚蠢的行为。这不是一个讲道理的年代，人与人、国与国的辩论不能仰仗嘴巴来进行，只能借助拳头乃至枪炮来完成。

他的嘴动了动，却一个字都没有说出来。此时，他不想跟常知白争，他知道，这样的争论，屁用没有。

常知白说：我是替您着急，守着金饭碗还要饭吃。现在到了节骨眼儿上，梅老板一定要掂量清楚了，切不可走错了路，到时就悔之晚矣。

这时，那小篾的身体突然在梅遇影的怀里不安地扭动起来，面色焦急地说：妈，我肚子疼，我憋不住了，我想拉屎。

鸡蛋羹抚慰了他的胃，然而爷爷和妈妈逼着他吃下的共和面儿，已经破坏了他尚在发育的消化系统。一遇食物，他的肚子里就会咕噜噜地产生各种复杂的反应，不是吐，就是泄。

梅遇影这才意识到，自己忘了嘱咐那小篾，现在日本宪兵和汉奸队到处在找拉肚子的人，要拉出城去"消毒"，所以拉肚子是家里的"最高机密"，绝对不能让任何人知道。

常知白神色如常地说：这孩子怎么了？不行赶紧去西城"小孩王"那看一看，人家是几代名医，你们一定带小篾去看下。

常知白撂下这句话，就站起身向梅从云告辞。

梅从云叫梅遇影送送常知白，又抬手指了指常知白带来的"礼物"，示意常知白把它们带走。

梅遇影心中恼怒，但她不能当着客人的面违逆父亲的意志，只好拎起点心，又拿起光洋。

常知白似乎吃透了梅遇影的心思，走到大门口时，他回过头，对梅遇影说：你这个爹，什么都好，就是太固执。

他略微沉吟了一下，又说：不过，我还是挺敬重你爹的，在这样的关头，还能保持中国人的气节。话说回来，又有谁愿意去助纣为虐呢？你爹说的理，我不是不懂，只是没办法罢了。我家上下十几口，全靠我一人儿，不去日本人那找活路，又去哪里找活路呢？唉，在人屋檐下，怎能不低头啊。我知道在你爹眼里，我常知白不是人，是个十恶不赦、没有民族气节的汉奸，然而死之将至，谈民族气节有点太奢侈了。国民政府有气节，可国民政府在哪儿呢？我咋连他们的影子都看不见呢？他们跑得比兔子还快，留下我们一群手无寸铁的小民与日本人扛，我扛得动吗我？这年月，说啥都没用，留命最有用。好死不如赖活着，我还是先活着再说吧。我现在什么都没有了，只剩下烂命一条，但那毕竟是命啊。所以我得活着，我要活着，我必须活着。生活生活，既然生下来，就要活下去。但如今这世道，想活又何其艰难！我什么都没有了，我什么也都不能要了，包括脸面、尊严、气节，我只要活着。我活着，全家才能活着，高堂老母、膝下孩童才不会眼睁睁地挨饿；我活着，我才能为街坊朋友们干点好事，积点阴德。

梅遇影想说，那也不能帮日本人干事儿，咱毕竟是中国人。但不知为什么，话到嘴边，她没有说出来。

常知白把两封光洋塞到梅遇影手里，说：点心我拿走，光洋你留下。你把光洋藏好，别让你爹看见，说不定什么时候可以派上用场。

梅遇影犹豫着，常知白硬塞进她手里，她就半推半就地拿住了。

临走时，常知白又转过身，补了一句：

小箩拉肚子这事，一定不能大意了，您可多留神！

梅遇影送走常知白，悄然走进堂屋，看见父亲面色铁青，呆呆地坐着，纹丝不动。

梅从云正心烦意乱。他掂量着常知白话语的分量，思忖着他收藏的宝物会不会像常知白说的那样落到日本人手里。

梅遇影问：爸，您打算怎么办？梅从云深深地叹了口气，说道：我土埋半截的人了，怎么办都不要紧。梅遇影问：那什么要紧？梅从云说：爸手里的这些古董，不怕贼偷，就怕贼惦记着。

第十五章

丁铁竹始终拒绝劝说儿子丁彤云回来，但日本人拉他去唱戏，他思量来思量去，还是答应了。他原本不打算去，但他的两个孙子，已经饿死了一个，小儿子又远在天边，眼看丁家就要绝了后，面对着一袋白面的"戏份儿"（报酬），一辈子没低过头的丁铁竹低了头。

唱戏的地方不是别处，正是吉祥茶园，那个曾经令他丢尽了脸面的地方。而为日本人唱戏，他将丢更大的脸面。他不怕死，但他怕孙子死，思来想去，他答应了日本人的要求。

丁铁竹同意去吉祥茶园，还揣着一个自我安慰的想法：吉祥茶园是他栽倒的地方，他必须在那里爬起来，才能死而无憾。今天，就是他在吉祥茶园重新爬起来的日子。

一到吉祥茶园，他看见"同德班"的成员们悉数到齐了，他想这些人一定是和自己一样，被日本人的刺刀逼来的。那一天的大池子（观众席）黑洞洞的，持枪的日本兵贴着墙把大池子三面围住，只留出舞台的一面。大池子的中央，只放着一张有束腰旋涡枨方桌，上面摆着精美的茶具，还有四鲜果四干果。半围着方桌摆着三把圆后背雕卷草纹交椅，一把正对舞台，左右也各有一把。正对舞台的"头把交椅"上，坐的就是荒木苍介，一身笔挺的黄呢子军服，手上戴着雪白的手套。旁边有一名军官，手里还牵着一条半人高的大狼狗，看一眼就让人胆寒。

此时有日本士兵已经把几十袋粮食堆

在舞台一侧，一个军官指着那堆粮食说：这些是"满洲国"生产的大米，是大日本帝国的军粮，如果你们今天的表演能让将军满意，这些大米就是对你们的犒赏。

班主来问想听什么。荒木苍介说，他知道中国京戏有武生，日本人讲武士道，想看看中国的武生和日本的武士道有什么区别。既然丁铁竹号称四九城里最好的武生，被尊为武生泰斗，那就要唱一出打得最热闹的。也就是说，他们对唱功不感兴趣，注意力全在打功上。大家一商量，说那就唱《闹天宫》吧，《闹天宫》最热闹。

当年溥仪的叔叔爱新觉罗·载涛演过《闹天宫》，轰动了整个京城。丁铁竹演猴戏，得了载涛的亲传，还经载涛引荐进了宫，在宁寿宫畅音阁大戏楼参演《闹天宫》给老佛爷看，丁铁竹扮演花果山上的小猴儿。此时丁铁竹扮上了孙悟空，在台上一亮相，台下的日本人就叫起了好。

锣鼓声起，大戏开场，演员们在台上闪展腾挪，轻若飞鸿。丁铁竹更是武艺非凡，任凭"四大金刚"的兵刃如疾风暴雨般袭来，他的金箍棒依然耍得风雨不透；与哪吒对打时，孙悟空一边用琵琶迎击对方长枪，一边用脚变换姿势舞弄乾坤圈，看得满场观众大气都不敢出。二人战得正酣，荒木苍介突然把手一扬，喊了一嗓子，不是"好"，而是"停"。现场火热的气氛突然凝固，胡琴不拉了，锣鼓不敲了，演员都僵在台上，你瞅我我瞅你，谁也不知道出了什么问题。

荒木苍介站起身来，用蹩脚的中文冲着台上大声说：你们中国人，大大地不好，用的都是假刀假枪的干活，全都是花架子，

分明在糊弄我们日本人也哉。不像我们武士道，用的都是真刀，真刀就得喝血，得先不要自己的命，才能要别人的命。在我们的武士面前，你们这些唱戏的"武士"不堪一击也哉。因此，我们要用武士道精神来改造中国的文化也哉。今天，我要你们都换上真刀真枪的干活，把真本事拿出来，把刚才那段戏，重新给我打一遍！

荒木苍介这番话，让丁铁竹和孙玉昆浑身起了一层白毛汗，心想这不是捧场，这是奔着砸窑①来的。有一个短打武生壮着胆，上前说：太君，用真刀真枪来打，从来没有演练过，俺们不会啊。

荒木苍介沉默不语，突然，他从腰间抽出长刀，在空中划过一条弧线，像一只鸽子一样，轻灵地落在短打武生的脖颈上，稍一用力，武生白嫩的脖子上就裂开一道口子，鲜血如一条蜿蜒的蚯蚓爬到刀背上。

许多人看到那条血色蚯蚓在荒木苍介的刀背上蜿蜒蠕动着，越来越粗壮了，不禁发出一声声的惊叫。

荒木苍介却和颜悦色地说：这下会了吧？

短打武生浑身颤抖着说：会……会了。

一名日本军官上前，递给荒木苍介一张白手帕。荒木苍介接过手帕，动作优雅地擦拭着刀刃上滚动的血滴，然后把武士刀插回雕满鲜花的刀鞘。

丁铁竹心想：老鬼子，你今天是想要了我们的命啊。

戏班的管事人心想：祖宗，我到哪儿去找真家伙啊。

荒木苍介把手一摆，日本兵就把他们准备好的真刀真枪抱到台上。丁铁竹俯身

---

① 北平方言，踢场子的意思。

348

拾起一杆长枪，沉甸甸地掂在手里，不禁倒吸一口凉气。

在日本人，以及日本狼狗的注目下，他们连犹豫的时间都没有。事情已然被逼到了这里，想退却自然是不可能了。丁铁竹把心一横，把手里的长枪扔了出去，对弟兄们说：接家伙！

他把这些真家伙一一扔出去，开了刃的刀枪，纷纷落到众"神将"的手中。锣鼓一响，台上又开打了。

丁铁竹手持真铁棒，必须拿出十二万分的精神来应对。他眼观鼻，鼻观口，口观心，一招一式都不敢马虎，小心翼翼地穿行于枪林剑雨之间。兵器相撞的声音在他耳边叮当作响，听得他头皮发麻。饶是他十分小心，腿上还是挨了一击，所幸是钝器，没伤着骨头，还没等反应过来，胳膊上又挨了一刀，这一次雪亮的刀锋划破戏服，鲜血立刻流溢而出。

台上一见血，荒木苍介立刻来了精神，大喊：打得好！打得好也哉！

那条狼狗闻见了血腥，也浑身躁动着，"嗷嗷嗷"地狂吠不停，仿佛立刻要扑到台上。

丁铁竹失血越来越多，手里的铁棒越来越无力，"天兵天将"的刀锋与枪尖贴着鼻尖划过，密不透风地将他围困，令他感到窒息。他咬紧牙关挺住了，终于打败了所有的"天兵天将"，被猴兵簇拥着，在齐天大圣旗下来一个亮相，放眼一望，活脱脱就是那"九天难捕我，十万总魔君"的齐天大圣！

荒木苍介也站起来，一边猛拍巴掌一边说：好好好，大大地好！你们的京戏，这样才有进步也哉。

然后竖起一根食指，指着丁铁竹说：皇军庆祝攻陷南京两周年，你要来演也哉！

当众人俯身抱起浸染着鲜血的米袋子时，丁铁竹流泪了。他自小苦熬苦练，不仅练"四功五法"①，还练就了一身武艺。在戏里，他是顶盔贯甲、勇冠三军的大英雄；一下台，他就成了低眉折腰、人人可欺的怂包蛋，他感觉自己并没有从当年摔倒的地方站直身板，而是跌得更重、摔得更惨。这份屈辱压迫着他，让他喘不过气来。他在心里咬牙切齿地说：小鬼子，你们这样欺负中国人，早早晚晚总会有个报应！

第十六章

梅从云打开院门，抬头看见门前站着一队日本人，总共四名，都穿着军装，握着步枪，步枪一律上着刺刀，明晃晃的，在阳光下闪耀着寒光。

梅从云以为他们是抓那小簏去"消毒"的，后悔没有早点让梅遇影带着孩子走。就在前不久，日本宪兵从大方家胡同押走了几名拉肚子的街坊，像拖死狗一样把他们拖上了汽车——收纳病人和死人的"鬼车"，此后，那几名街坊就再也没有回来。有人说他们被拖到齐化门外的乱坟冈，挖坑活埋了。

每次看到"鬼车"都让梅从云心里发麻，因为"鬼车"是鬼子开的车，是死亡之车。日本鬼子，就是阎罗殿里的大鬼小鬼，是黑白无常，他们给人间带来死亡的消息，告诉北平城里的人们，谁都不要认

---

① 唱、念、做、打为"四功"，手、眼、身、法、步为"五法"。

为自己的脑袋长得很牢，他们都像古希腊传说中叙拉古国王的宠信一样，头顶上悬着一把达摩克利斯之剑，不知什么时候就会掉下来，把脑袋剁了去。

梅从云抬眼看了看，并没有发现"鬼车"的踪影，只有那四名日本兵，举着刺刀对着他。他心里放松了一些，问道：你们要干什么？

没有人搭理他，只有一名日本兵用半生不熟的中国话说：你的，跟我们走。

梅从云跟着那队日本兵，走进了沙滩红楼的"置留场"。一进"置留场"，一阵阵惨叫就向他袭来，像一把把尖锐的刀刃，穿透了他的身体。他不知自己为什么被带到这里，但他自我安慰，只要这队日本兵不是冲那小簏来的就好，自己一件老古董了，已经没有多少存世的价值了，死了就死了吧，死在北平日本宪兵队本部，反而凸显出他是一个北平爷们儿。几个月前，老伴萧桂花就莫名其妙地死在这里，假如他也死在这里，正好与他逝去的老伴做个伴儿，也让梅遇影和那小簏得到了解脱。

但他很快发现，在这里，死并不像他想象的那样简单。

他被带进地下室，跟在日本军官的身后，走过狭长而幽暗的走廊。那个日本军官好像是一名导游，故意向他炫耀他们的残忍。走廊两边的墙体都被拆了，安上了通天接地的铁栅栏。透过两边的铁栅栏，他像看风景一样看着里面摆放着的刑具，这些刑具形状各异、五花八门，淋漓尽致地彰显着大和民族的想象力与创造力。而在那些令人胆寒的刑具之间，站着、躺着、趴着、倒立着血肉模糊的中国人。日本军官回头看他，目光中有些得意，突然间说话了，竟然是一口标准的中国话：

你是有文化之人，看出了什么究竟？

梅从云不想搭理他，默默地摇了摇头。

日本军官有点失望，说：你没看出来？这些审讯室，是按照金、木、水、火、土的格局分布的。五行是中国文化的精髓，我们日本人，非常欣赏中国的文化。

经他一提示，梅从云才发现，他经过的这五间刑讯室的风格各自不同。那间以"金"为主题的刑讯室，正中摆着一张刑床，刑床周围的台子上摆着各种各样的刀具，犯人被绑在刑床上，身体的不同部位将接受那些刀具的"伺候"，审讯者可以用那些精致的刀具，划开受刑者紧绷的皮肤，切割甚至肢解他们身体的任何部分。以"木"为主题的刑讯室里，刑具皆为上好的木器，假如是中国人，一定会用那些木材打造最好的家具，一丝不苟地缔造最美的生活，日本人却拿它们打造害人的刑具，这些刑具充分利用了杠杆原理，对犯人的身体施加暴力，施刑的力度、着力点，都经过缜密的演算，以达到不同的效果。以"水"为主题的刑讯室呢，主要是用来施加水刑，这是一种古老的刑罚，同样是灵活多变的，其中一种方式，是将犯人绑成脚比头高的姿势，脸部用毛巾盖住，然后把水倒在犯人脸上，使犯人产生窒息感，至于让犯人窒息多久，那就要看施刑者了。以"火"为主题的刑讯室，当然是充分发挥火的威力，对犯人进行火烧。以"土"为主题的刑讯室，实行的是活埋，室内有坑，把犯人推进去，在他身上埋土，埋多少，埋多久，都由施刑者说了算。据说埋到胸口部位，再把土踩实，受刑者的眼珠子就会努出来，七窍流血而亡。

除去这些，还有许多颇具创意的刑罚，比如鞭刑、蒸刑、冰刑、夹刑、猫刑等等，好似一部酷刑大全。梅从云熟读史书,知道世界各国历史上都曾"流行"过酷刑,中国自然也不例外,但中国自晚清以来就废除了酷刑,日本号称亚洲最先进的国家,日本的明治维新已经过去了七十年,日本人心中依然残留着中世纪的野蛮。他们把酷刑当作一门艺术,对它有着食不厌精、脍不厌细一般的追求,迷醉的程度丝毫不亚于他们追求花道茶道。在他们精心打造的地狱里,绝不会草率地杀掉一个中国人,而是要把死亡的过程放得最大,把痛苦的时间拖得最长,以便细细地咀嚼、欣赏、品味着受刑者的痛苦,让他们历经九九八十一难之后才能走向死亡。

梅从云心里明白得很,日本人让他从这些刑讯室之间走过,目的是要给他下马威。这样的"刑罚展览",也的确让梅从云不寒而栗。日本兵带他"参观"一圈儿之后,又带他上了二楼,取下别在腰间的钥匙,打开一个牢门,一把把他推入牢房。

第十七章

梅从云想往牢房深处走,却被人的身体挡住了。牢房里黑漆漆的,窗户已被铁皮封死,过了许久,梅从云才适应了里面的光线,发现牢房里影影绰绰地关了许多人,差不多有十来个,如同暗夜里的鬼影一般在他的眼前晃动。这是一个集体的"站笼",每一个人只能站,不能坐,更不能躺。这也是一种刑罚,不像"金木水火土"五刑那样锐利,它不动声色,不制造太多疼痛,却残酷异常,梅从云给它起了一个名字,叫"站刑"。

日本人越是想用站刑来罚他,梅从云就越是要站得笔直,仿佛笔直地站着就等同于跟日本人较劲(实际上日本人自从把他投入"站笼"就再也没看他一眼)。但假若日本人让他站上几天,他该怎么办?他毕竟是病人,还是老人,或许,到了第二天或者第三天,他就死了。不出所料,牢房里的囚犯在不断地死去,在某一瞬间,梅从云为牢房里有人死去而感到庆幸,至少给他一个可以屈膝蹲下的空间,但他马上意识到这是一个十分恶毒的想法,对不起那些死去的人,他心里暗骂自己不是东西。

一直没有人提审他,这令他颇感失望。日本人好像已经把他彻底忘记了,或者觉得他根本不值得审问,这并不让他感到庆幸,相反倒是伤了他的自尊心。

幽暗的牢房里,梅从云辨不出日夜,只觉得自己越来越饥饿。他的胃,为他报告着时间。实际上,梅从云已经一整天没有吃饭了。他想闭上眼,他想忍住饿,但他屏不住呼吸。他呼吸不通畅,所以他要大口呼吸,但他一旦大口呼吸,肺部就受到了刺激,咳嗽就被绵绵不断地激发出来,每次咳嗽,都使他的肺部疼痛不已。

恍惚中,他似乎看到一团身影在他眼前晃动了一下。他努力睁开眼,想让那团模糊的身影如同相纸上的人影一般在显影液里浮现出来。果然,有一个人在冲着他看,弱弱地叫了一声:梅老板。

梅从云心头一惊,好似一下子从睡梦中猛醒,他盯着那个人看,慢慢看出来了,竟然是故宫总务处处长赵庭苇。

他气若游丝地问:赵处长,您怎么也(被)抓进来了?

赵庭苇说:日本人,想派他们自己人来主理故宫,故宫人不同意,他们、他们就把我、我抓来。他们、他们想要我带着大家伙儿低头服管,所以他们在我身上过招儿,又不想留痕迹,就给我动了水刑、土刑。我还以为我水土不服呢,结果是水土服了,我不服。如今,本爷五行里还缺金、木、火,就等着他们一样一样伺候本爷了,反正我这一百来斤儿是要撂在这儿了,人为刀俎,我为鱼肉,随他们作妖吧,只要我有一口、口气,就绝不答应他、他们。

梅从云说:这下好了,我陪你,你陪我,黄泉路上,咱哥俩儿都不觉得孤单了。

梅从云有很多话想跟赵庭苇说,但他很快就没有力气说话了,因为他在不停地咳嗽,咳嗽几乎耗光了他最后的体力。他心中不禁想起苏东坡的《行香子·述怀》:

　　浮名浮利,
　　虚苦劳神。
　　叹隙中驹,
　　石中火,
　　梦中身。

有阳光从铁皮间的缝隙透过来,稀释了牢房里的黑暗。在微薄的光线中,他看见对面的墙上,散布着许多血迹。有的地方洇了一大片,有的地方则形成水流的形状,渗在砖头里,变成赭黑色,提醒着后来的囚徒,曾有人在这里死去——日本人打死曾经鲜活的他们,就像拍死一只曾经鲜活的蚊子那么简单。

梅从云在"集体站笼"里站了一天一夜,第二天一早,两名日本兵打开了铁栅栏上的小门,像老鹰抓小鸡一样把他拎出去,又像拖死狗一样拖过漫长漆黑的走廊。他用残存的意识去思考,认为日本人不是要提审他,就是要枪毙他。他又想假如是要枪毙他,自己一个将死之人,还用得着去浪费一颗子弹吗?只要让他在监狱中继续站着,过不了多久,他就成了一堆死肉。

晕眩中,他被扔到一辆车上。车晃晃悠悠地开走了,他又想,这是要出城活埋。车子拐来拐去,不知开了多久,减了速。还没等停下来,就有人在他屁股上猛踹一脚,他跌落在马路上,浑身摔得生疼,半天爬不起来。

梅从云心想:这群可恶的东洋鬼子,把我从家里请出来,如今不把我乖乖送回家,却把我丢在了大街上,一点礼貌都不讲,真是有人生没人教的东西!

他一边在心里骂,一边依凭着最后一点体力,一路爬回大方家胡同。出门遛早的丁铁竹发现他时,不禁惊叫:

梅老板,您的灾满了?

第十八章

十多天后,梅从云躺在病榻上,一面急剧地咳嗽,一面回想着自己在"置留场"的遭遇,心乱如麻。他不知道,日本人叫他去地狱游览一圈儿,既不审也不打,又全须全尾儿地放出来,这到底是演的哪一出?当然他不得不承认,到"置留场"走这一遭,是让他开了眼界的,否则他永远想象不出日本人折磨人的招数会如此花样繁多、变幻无穷。想来想去,他觉得这事大概率是与常知白、"新民会"有关。一方面,日本人是想用这种方式吓倒他;另一方面,把他关起来再放出去,无疑在向公众表明,他是投降了日本人才被放出来的,让他跳进黄河洗不清,好死心塌地与日本人合作。当然他们也可以枪毙梅从云,抢走他的收藏,但那样太无脑,太缺乏智慧,日本人自打占领了北平,就改变了对待北平人的策略。他们不需要大肆屠杀,只需要北平人"合作"。他们需要制造一个"良好"的氛围去营造他们的"王道乐土",让他们的侵略显得"师出有名"。

也正是出于这个原因,日本人占领北平之后,并没有派兵强驻故宫博物院。北平都已归了日本,故宫自然已成了日军的囊中之物,想跑也跑不了了,所以他们并不急于掠夺故宫里的文物,而是要沿用他们侵略中国东北的老套路——在武力侵占之后,扶持一个傀儡政府,来一个"以华制华"的把戏。当然,他们还有更深的盘算:一方面,他们一时还不想惹怒伪满洲国皇帝溥仪,把他祖上的"财产"全部盗运出宫,因为伪满洲国是日本人侵华的"战略大后方";另一方面他们已经在计划移都了,把大日本帝国的首都从东京移到北平来,为此他们已经在秘密地对北平这座未来之都进行规划。

日本人沉迷在"以华制华"的把戏里,以为有武力征服,再有汉奸相助,去实行所谓的"文治",这样以"武功"结合"文治",以杀戮配合"王道",以中国人"辅助"日本人,则侵华"大事"可以定矣。但他们把问题想得太简单了,正义不在他们一边,只靠军队和汉奸,怎么可能征服中国人的心?人心没有被征服,中国人对自己民族文化的信仰没有改变,抵抗就永远存在,只不过抵抗有着不同的形式——中国军队在以他们的血肉之躯抵抗,手无寸铁的民众则以自己的心抵抗。

此时,留在北平、未参加南迁的故宫员工陷入了一种无比尴尬的处境——日本人占领了北平,而他们,还要尽力维护故宫的建筑与文物安全。此时,马衡院长及各馆馆长,都已悉数南迁,留在院里的负责人,只剩下总务处处长赵庭苇。对于北平故宫,无论是国民政府行政院,还是故宫博物院理事会,都已经鞭长莫及了。

北平陷落之后的相当一段时间内,故宫博物院的消息是完全隔绝的。那段时间,马衡几乎夜夜失眠。他并不知道,在1937年7月29日北平沦陷那一天,赵庭苇已下令关闭了故宫东西南北四个大门,以阻挡日军闯入故宫。至于故宫坚厚的城墙是否真的能够阻挡住日本兵,就只能听天由命了。

文物南迁后的故宫,空荡、静寂了许多,各陈列室也已经空空如也,有人后来在回忆录中这样描述他看到的故宫:"以皇帝生活原状展示给观众的乾清宫,原来的雕龙金漆宝座、屏风、正中悬挂的顺治御笔'正大光明'匾以及地面上的陈设,通通南运了,殿内只剩下一座空台。养心殿内也搬得七零八落,像抄过家的情景,只好关门。中路的观众还可以从院中穿过,进御花园。西路虽然开放,但储秀宫、长春宫等等地方,隔着玻璃窗,只见桌上还有些不值得装运的东西,如次等座钟、花瓶等一类日常用具。窗台上立着几个洋瓷人、条案上的百代公司大喇叭式的留声机,靠墙放着一辆女自行车,暖阁里的白洋瓷澡盆等等而已。"

日本军方企图在北平的每个机关内安插一名日本人作最高顾问,名为顾问,实际上是每个机关的实际领导人,赵庭苇收到这命令后淡然一笑,以"故宫不属于国家机关"为由,一句话就回绝了。日本人说:那就干脆安排日本人作故宫博物院长吧,没想到故宫员工一致抵制,宁死不从。就这样,故宫俨然成为沦陷的北平城中一个由中国人自己掌管的"独立王国"。伪政府派人来故宫借宫灯，打算装点"中华民国临时政府"的成立大会，赵庭苇断然回绝：故宫里的东西，谁也甭想拿出宫外。

赵庭苇不久设法给当时正在筹划西迁北路和中路文物运输的马衡院长发去一封函件，汇报了北平的情况。马衡读罢函件，立即赶往武汉，在故宫博物院理事会上向各位理事汇报说：

> 平院文物尚由我留守人员维持保管，未入敌伪之手，日后有无变化，殊难逆料……

参加理事会的有孔祥熙、陈立夫、张伯苓、蒋廷黻、蒋梦麟、傅斯年、张道藩、翁文灏、褚民谊、朱家骅等人。

那一天，理事们听到马衡讲述的北平故宫困境后，长时间默然无语。

最后，理事会给北平故宫的答复是：

> 应于可能范围内，尽力维持。

赵庭苇手里拿捏着这份答复，心情格外地沉重，因为他实在是拿捏不住，在日本统治下的北平，这个"可能范围"到底有多大，又该如何"尽力维持"。

他们可以关上大门，不放日本人进来，但他们阻绝了日本人，也围困了自己，让故宫成为一座孤岛，孤立无援。最孤立无援的，是他们的胃。只要人活着，胃的需求无可遏阻，这是人无法逃脱的需求，故宫人也不例外。

故宫几乎断绝了所有收入，故宫人的日子，与梅家的日子没有区别。赵庭苇心知不应该向马衡抱怨，千难万难都必须由他一人来承担，谁让他是此时留守故宫的最高长官呢？他当时也是想走的，但他家里上有老下有小，他实在是走不了。没想到走也难，留也难。此时，他要管的不只是自己一家老小，而是故宫几百号人的吃喝拉撒。如果将几百人再乘以每个员工家庭的人数，那就是上千人，这是一支多么庞大的"军队"，又需要多么庞大的军费，但此时的他，已经穷得叮当山响，只要他肯当汉奸、唯日本人之命是从，难题就不是难题了，但他不想当汉奸。他的心里装满了苦涩的海水，他的眼前是一片虚空，他终于忍不住提笔给马衡写信，除了马衡之外，纵有千种悲苦，更与何人说？

但办法还没想出来，日本宪兵就在清晨时分"突袭"了赵庭苇的家，两名士兵把他从炕上拎到院子里，当着一家老小的面儿，不由分说连扇了他几十个耳光，没等他缓过神来，就把口鼻蹿血的赵庭苇逮到了"置留场"。但他们办法用尽，还是没有达到目的，赵庭苇摆出一副宁肯死在"置留场"也不妥协的架势。这种死猪不怕开水烫的姿态令日本人很伤脑筋，因为日本人的目的不是杀了他，而是要通过他达到控制故宫的目的。院长马衡走了，"古图文"各部门的负责人都走了，理事们也都走了，赵庭苇就成了目前维持着故宫博物院法律与秩序的那个人。假如赵庭苇也死了，他们不仅失去了对话之人，而且有可能彻底激怒留在北平的故宫员工。商量来商量去，日本人还是决定把他放了，这样，至少还可以营造"中日亲善"的"氛围"，与故宫寻找其他"合作"之道。他们依旧用拉过梅从云的那辆车，把赵庭苇拉到景山东街，然后一脚把他从车上踹下去。从景山东街到故宫，短短几百米的路，满脸是血的赵庭苇差不多花了一个小时，才爬到了神武门前。故宫博物院的门岗看到他时，竟然一时没有认出他们的顶头上司赵庭苇。

第十九章

民国二十八年（1939年）的晚春，从蒙古高原刮过来的大风席卷了北平城，从一片片灰色屋顶上扫过，在胡同间横冲直撞，像一群野蛮的入侵者，把花树上绽放的花朵席卷而去，把各家的门窗摇得噼啪作响，连火炉上的铁皮烟筒，都扭秧歌似的摇摆跃动着。天空是昏黄的，太阳是青蓝色的，像一口冷冰冰的铁锅悬在天上。大街上几乎不见人影，即使有人，也会被大风裹携着横冲直撞，像广告传单一样贴到墙上或者电线杆子上。

梅从云已经很久没有去东华门外筒子河遛弯儿了，从大方家胡同到东华门，这段距离几乎成了他无法完成的长旅。他整夜地咳嗽着，应和着窗外的风，两种声音混合在一起，凸显了深夜的凄寒。自打从"置留场"出来，日益沉重的疾病和无法缓解的饥饿，使梅从云的身体每况愈下。他的呼吸一天比一天困难，好像胸口压着一座大山，他永远无力搬走。到了夜里，他更是难以入眠，只能坐等天亮。有时在天亮之前他会睡上片刻，却有各种怪梦在缠绕着他，他一次次在梦中落入陷阱，或者怪兽的围困中。醒来的梅从云回味着自己的梦境，知道自己已成笼中鸟，日本人不会这么轻易就放了他。现在是打明牌了，他手里有什么牌，日本人都知道，而日本人下一步将出什么牌，他不得而知。他徒

有与日本人对抗的心，却没有丝毫的对抗之力。但他并不打算就这么认输，中国人就是被逼到了绝境也不会认输，他要绝地反击。可是，一个手无缚鸡之力的中国老头儿，靠什么来对武装到牙齿的日本人发起反击呢？

他在心里掂量，日本人想要的，是他收藏的这批珍贵的古代书画，日本人固然可以明抢，但那对日本人的"形象"太过不利，他们已经杀过人，已经占了城，所以他们需要粉饰太平，暂时藏起他们的獠牙，去宣扬"日满华互帮互助"，营造"大东亚共荣"的假象，他们尤其需要像梅从云这样有学识有影响的人加入他们扶植的汉奸组织，去装点"王道乐土"的门面，这就是他们成立"新民会"，举办"纪念攻陷南京两周年展览会"的目的所在。因此，他们不只要物，还要人。梅从云想，既不能让日本人得到古董，也不能让日本人得到中国人的"合作"。

春天就要过去的时候，梅遇影收到了丈夫的第三封信。信依旧是从宝鸡寄出来的，信上说，日军扬言要破潼关入陕西，宝鸡不再安全，故宫人要带着文物离开宝鸡，翻秦岭入汉中了。汉中北有秦岭，南有巴山（米仓山），两条山脉高峻雄峙，势如屏障，把汉中城保护起来，又有汉水穿城而过，这支长江的最大支流，润泽着这座城，使它成为水草丰美之地。那文松说，故宫文物在汉中落脚之后，他可以想方设法把岳父岳母、老婆孩子接来，让一家人不再分离，让他们不再在沦陷的北平城忍饥受苦。

梅遇影一边读信，一边在脑海里搜索读书岁月赐给她的地理知识，想了半天，也想不出秦岭巴山的真切模样，以及那座

隐伏在崇山峻岭之间的千年小城。她给父亲读完信,梅从云沉思了良久,说:江山板荡,金瓯破缺,我们这个时代的中国人很不幸,赶上了日本这个对头,全心全意地祸害咱们。你妈被日本人活活害死了,你爸也到地狱里走了一遭,如今也剩不下几口气儿。爸爸这次在"置留场"里想明白了一个道理,其实这个道理简单得很,以前却没想明白,或者不愿意想明白。这个道理就是:我们不能再这么活下去,得换个活法儿了。我们这样吃着共和面儿,在日本人的刺刀下活着,纵然苟延残喘,也多活不了几天,不是叫日本人像宰猪一样给宰了,就是被日本人活活地饿死。我们不能这么不明不白地死,我们要争取活的机会,尤其是下一代——你,还有小簹,必须要活下去。

梅遇影说:可是咱们家老的老小的小,只有文松年轻,还跟着文物南迁了,又能怎么办呢?

梅从云说:你爹我活不了几天了,趁着爸还有一口气,有一件事,你必须答应我。

梅遇影说:爸爸,你不要这么说,你会好起来的。

梅从云说:你带着豆包儿走吧,到内地找豆包儿他爸去吧,那才是一条真正的活路。六年前故宫古物南迁,有那么多人反对,我嘴上虽然鼓励他去,心里却不愿意文松走,咱们一家人在一起,安安静静地过日子多好。现在才觉得他走得对,走得好,国难当头时,他做了对国家有益的事,唯有如此,才活得像个人。

梅遇影说:爸,我哪儿也不去,文松他自己照顾得了自己,我就留在这儿,伺候您。

梅从云说:不行,你和豆包儿必须走。咱们不能上辈子做了亡国奴下辈子还做,祖祖辈辈做定了亡国奴,这不是贱骨头吗?

梅遇影说:女儿没有力量去为国家尽忠,但女儿要为父亲尽孝,不然女儿岂不成了不忠不孝之人?

梅从云说:豆包儿已经五岁了,说话就到了上学的年龄,到时候一进学校就要学日语,每天早晨向日本天皇三鞠躬,吃饭前再三鞠躬;历史课本只讲清朝史和日本史,不全须全尾儿地讲中国历史;以后还开设童子军课,宣扬日本的"武士道精神";遇到日本天皇生日时还强迫学生喊"大日本万岁""天皇陛下万岁",他妈的什么玩意儿!这是要把中国孩子变成日本种,长大以后他们都不知道自己是中国人了。他们不仅要亡国,还要灭种!豆包儿必须说中国话,唱中国歌,做堂堂正正的中国人,这也是抗日。人常说"不孝有三,无后为大",你若不带着豆包儿离开北平,咱老少三口就都得死在北平,一个也活不下来!你们若离开北平——于国,是忠;于父母,是孝。不肯走,才是真正的不忠不孝。

梅遇影说:我们一家人,要死也死在一起。

梅从云说:混账东西!你不去,我现在就撞死在你面前!

说着,梅从云病弱的身体里仿佛突然来了一股邪气,挣扎着要下床,吓得梅遇影赶紧把他拉住,扶回到床上。

其实梅从云想过,女儿梅遇影是乖孩子,轻易不肯扔下病重的老爸远走高飞,因此他必须死。他死了,他们就解脱了。假若自己的死能够为子孙换来生存的机会,那么他会毫不犹豫地选择死亡。这样死,比起被日本人像捏臭虫一样捏死，要有价值得多。

梅遇影说：爸，要不咱们一起走，我们一家永远不分开。

梅从云说：爸不去，山高路远，爸走不动。何况你妈还埋在北平，爸不能把她一个人撇下。

看到梅遇影不知所措的样子，梅从云说：你不用担心，爸爸命硬，死不了。你们一家三口先团聚了，爸爸在北平守着，等你们回来！

梅遇影从来不曾陷入过如此两难的境地。但她一直执拗地拖着不肯走，她不忍心丢下病重的父亲。犹豫来犹豫去，民国二十八年的中秋节到了。

第二十章

每年中秋节，都是北平城最美丽的时光，天空一碧如洗，天气不冷不热，桃、梨、枣、葡萄等时令水果都成熟了，在果子市都可以买到，小贩的吆喝声此起彼伏，比诗人间的唱和还要悦耳动听。家家户户都要设坛拜月，供奉"月光马儿"，就是印有"太阴星君"和"玉兔捣药"的纸像。供桌上摆满供果，但必须是圆形的，诸如苹果、沙果、石榴、柚子等等，取花好月圆之意，只有梨除外，因为梨与"离"同音，上不了供桌。西瓜要切成一半，雕成莲花瓣形，摆在供案两旁，象征着丰收与团圆。供品中自然少不了月饼，城内各家饽饽铺早早忙碌起来，提前数日准备应时糕点，其中最著名的是前门正明斋、东四牌楼芙蓉斋、东四北段芳斋、西单牌楼北毓美斋、地安门外桂英斋的月饼，最讲究的是月饼"自来红""自来白"和"团圆饼"，后来又增加了"提浆月饼""翻毛月饼""酥皮月饼"等等，月饼上一律盖着各家饽饽铺的字号印章。除了这些供果和糕点，供桌上还要摆上花筒，里面插上毛豆枝和鸡冠花，毛豆是献给玉兔的，鸡冠花则象征月宫里的索练树。在这个重要的场合，"兔儿爷"也是不能缺席的，中秋节前半个月，在东安市场，在前门牌楼，在西四牌楼，贩卖"兔儿爷"的摊子满世界①可见，摊上架着木架子，仿佛楼梯一样，一层一层地摆满各种"兔儿爷"，人们称之为"兔儿爷山"。这种兔面人身的泥制玩具，在中秋之夜，在各家的供桌上现身，供女人祭拜，供孩子们玩耍。祭拜的主角是家中的女眷，北平有"男不拜月，女不祭灶"的习俗。除了"拜月"，北平人还有一项颇有情调的赏月活动——水中望月，就是提前在院子里的水缸内贮满清水，一家人围看月亮在水中的倒影，也有人到湖边，去看湖水中的月影。镜花水月，对北平人来说并不意味着虚幻，而代表着日常岁月里触手可及的幸福。

只有在战争年代，这种触手可及的幸福才变得遥不可及。民国二十八年的北平已不是往常的北平，民国二十八年的北平是日本人占领下的北平。就在前不久，日本人还组织了所谓的"七七"纪念会，叫刺刀下的北平人摇着五色旗，去"纪念"他们占领北平两周年。

北平城连共和面儿的供应都朝不保夕了。两次领粮的间隔时间，有时扩大到三天，继而到五天，然后是七天。日本人要

---

① 北平方言，到处的意思。

维系他们的战争，实现"以战养战"，第一步就是要掏空中国人的胃，中国人最好都不吃饭，才能供养他们庞大的军队，接下来就是刮地三尺，连各家各户院门上的门环都被摘走了。

与血洗南京城不同，在北平，死亡不是突然降临的，而是一点点地向北平人逼近。它不是在一瞬间发生的，而是体现为一个过程，就像梅从云经历过的"站刑"一样，缓慢地、细腻地发生着，痛感极微，却无比难熬，它制造的痛苦在时间中不断累加、渐进，一点点地抵达一个人的忍耐极限。北平人于是发现，身边的人一个一个地减少了。他们开始告别亲人，告别与亲人相伴相依的温馨日子，最后是告别自己，告别自己的人生。

更要命的是，冬天将至，北平却没有煤了。去年冬天，梅家就尝到了无煤的滋味，但梅从云还是从市场上高价买了一点煤，舍不得整天烧，只在最冷的时段，每天烧上一小会儿。民国二十八年冬天，据说北平城连一颗煤碴儿都抠不出来了，因为华北、山西的煤炭全部运到了日本。

北平的冬天，最冷时气温可以达到零下二十几度，整座北平城就是一座大冰窟窿，冬天带着凛然的杀气即将抵达北平，没有煤，可能有一半北平人将死在这个冬天。

梅遇影带着那小簋去捡煤核儿了。所谓煤核儿，就是一些没有烧净的煤块儿，将四周的炉灰敲掉，中心部分还残留着一点点没有烧尽的黑煤，可以拿回家继续"发挥余热"。因此凡是有倒煤灰的地方，都可以看到有许多妇女小孩撅着屁股敲敲打打。

梅从云听说外孙子去捡煤核儿，心中充满了哀伤，一种由仇恨和痛苦纠结而成的情绪从他的眼里冒出来。他断然对梅遇影说：绝不许小簋再出去捡煤核儿。梅遇影用诧异的眼神望着他，心想不捡煤核儿，您怎么挺过这个冬天呢？但她把话咽了回去，改成了：不捡煤核儿，一家人怎么挺过这个冬天呢？梅从云说：你不用管，我自有办法。

梅从云的办法大大出乎梅遇影的意料——他开始烧家具了。梅从云不仅收藏书画，还收藏了不少硬木家具，红木、紫檀、黄杨、黄花梨、榉木、铁梨皆有，京式、海式、广式、苏式俱全，以明代为主。在世界范围内，能以"式"相称的家具类型只有三种：明式家具、哥特式家具和洛可可式家具，其中，中国明式家具居于首位，难怪梅从云珍爱不已，平时悉心维护，然而事到如今，人都要活不下去了，还要这些美物何用？日军进城以来，他把店里的一些家具都运回来，密密麻麻堆满了几间后罩房。

思量半天，梅从云决定先对一只铁梨木八足大禅墩痛下"毒手"。这只大禅墩是清中期的造物，也是家具中的精品，这八条墩足都是用整料挖成，有力撑千斤之势。此时这八条造型优美的墩足成了八根劈柴，够烧一阵子了。

以后的日子里，梅从云收藏的四只紫檀无束腰裹腿直枨大方凳、一张黄花梨有束腰炕桌、两把黄花梨禅椅、一张黄花梨五足带台座香几、一张黄花梨独板围子罗汉床，还有十二扇黄花梨寿字龙纹围屏，都被他喊哩喀喳劈成了火柴，投进了火炉，它们在炉膛里燃烧时，半明半暗的火光映照着梅从云的一张老脸，使他脸上的皱纹凸显出木刻般的深度。他的眼眶里闪烁着凄苦的泪水，嘴唇却紧抿着不发一语。

梅遇影并不知道，父亲梅从云此时已有了赴死的决心，他知道不论自己想死还是不想死，死亡都已经来到了他的跟前，触手可及了。既然如此，他就不能再把女儿、外孙拖进地狱了。战事一天天地恶化，死神一天天逼近，时不我待，不能再等了。

第二十一章

日军"占领南京两周年"的日子还没到，丁铁竹就被拉去给日本人唱戏了。说是给荒木苍介过生日，唱戏的地点，依旧是东安市场里的吉祥茶园。丁锦云想跟父亲同去，丁铁竹说：给日本人干活，那就是武大郎娶媳妇儿——凶多吉少。你弟运送故宫的古物离开了北平，现在不知道人在哪里，这一家老小，就全靠你照应了。

到了吉祥茶园，一进化妆室，丁铁竹才发现，今天来的角儿，不只来自"同德班"，还来自北平梨园行的其他戏班，而且以"男女混班"为主。清末以前唱戏的都是男人，戏里的女角也一律由男人饰演，清朝同治、光绪年间才有了女伶，但男女不能同台唱戏，这才分了男班和坤班。一直到袁世凯当上大总统以后，才有男女同台演出，也才有了"男女混班"。

那一天前面几折都唱文戏。第一折出自《拾玉镯》，傅朋看到孙玉姣坐在门前绣花，心生爱慕，双方你来我往，风言俏语。第二折出自《打金枝》，却专演皮氏与赵监生私通一折，让丁铁竹的眉毛拧成了一个疙瘩。等演到《游龙戏凤》时，丁铁竹愈发感到情况不对，戏中的明武宗微服私访到梅龙镇，见李凤姐面容娇艳，轻浮放荡之心顿起，于是呼茶唤酒，趁机戏谑。丁铁竹看到这位扮演明武宗的老生实在是入戏不浅，不只目光淫邪，一副流氓相，念白更是不堪入耳，生把一出好戏，演得龌龊下流。

荒木苍介那一天酒足饭饱，醉眼迷离，两眼紧紧盯着台上的打情骂俏，嘴里不停地念叨着：

好！好！中国的京戏，大大地好！

他是懂中文的，那些词语背后的隐喻，他也心知肚明。

接下来的一折，更是让丁铁竹目瞪口呆，因为那唱词、那装扮，都是他从来不曾见到过的。这折戏，就是失传已久的《葡萄架》，全名《潘金莲葡萄架》，是《金瓶梅词话》中最广为人知的一个段落，西门庆、潘金莲以及丫鬟春梅上场，彼此调笑谑浪，如入无人之境。丁铁竹在后台看不下去了，一把薅住这家戏班班主的衣襟，咬牙切齿地说：京戏是祖宗给咱们留下的宝贝，你们这群王八蛋，怎么敢把它糟蹋成这样？

班主一看丁铁竹怒了，结结巴巴地回答：为，为了活命。

丁铁竹说：活，活个屁！在鬼子面前这样亵渎国粹，还不如死了干净！

班主面带无辜地说：不能死啊，我死了，我一家老小十二口，都得喝西北风！

丁铁竹恨恨地说：真是"商女不知亡国恨，隔江犹唱后庭花"！

班主不服气地说：你能，你厉害，你是"活赵云"，有本事你挑死一个日本人给我看看。

此时台下，荒木苍介被撩得心头火起，忘了这是演戏，竟然几个箭步冲到台上，抱住"潘金莲"就往脸上亲，所有人都傻了眼。丁铁竹没有丝毫犹豫，戴着长靠，手提长枪就冲上台去,背上插的四面肩旗翻飞招展,俨然一个奔跑的赵云。他一只手揪住荒木苍介的后脖领,使劲一拉,手一松,荒木苍介就坐了个大屁墩儿。

所有人都不敢相信,眼前的这个中国戏子敢对日本长官动手。荒木苍介虽酒意微醺,还保持着他的"作战态势"。他一骨碌爬起来,迅速拔出腰间的东洋武士刀,双手擎刀,举向空中,要把丁铁竹的天灵盖劈成两半。但丁铁竹也不是吃素的,那一天丁铁竹要唱《长坂坡》,扮演赵云单枪匹马冲入曹营,单骑救主,那是丁铁竹最拿手的一出戏。照日本人的"规矩",丁铁竹此时手里攥着的涯角枪是开了刃的真枪,所以等荒木苍介的武士刀落下,丁铁竹只把手里的涯角枪轻轻一拨,心想就这一拨,荒木苍介手里那把武士刀就得飞出八丈远。没想到荒木苍介虚晃一刀,他手里的武士刀根本没有落在丁铁竹的枪杆上,而是在空中拐了个弯,直奔丁铁竹的脖颈而来。

丁铁竹虽然自小练的是武生,与真正练家子①不同,但毕竟一身扎实的腰腿功夫,步法准确灵敏,无空招废式,此时面对荒木苍介,丁铁竹手持长枪,怒目圆睁,心想,等着老子今天把你扎成马蜂窝,让你全身前后透气儿。

荒木苍介手持武士刀左劈右砍,气势虽然凶猛,丁铁竹却准确地闪展腾挪,荒木苍介脑门子上渐渐沁出汗来。丁铁竹很长时间吃不饱饭,时间一长也感觉到眼前发黑,身体发虚,手和腿都使不上劲。但这场厮杀,一个不停,另一个也不能停,必须把格斗进行到底,所以他们都在苦力支撑,看谁能撑到最后。

这时台下的日本兵齐齐用枪瞄准了丁铁竹,但他们没有开枪,可能是因为他们对眼前这场"打戏"看上了瘾,也可能因为二人厮打的动作太快,根本分不清彼此,当然更重要的原因,是他们亲眼目睹过荒木苍介手中那把武士刀劈死过无数中国人,相信这一次也一定会把这个不知天高地厚的北平戏子劈成两段。他们忽略了,荒木苍介劈死过那么多中国人,都是在没有抵抗的情况下,这一次不同了,这一次赵云的涯角枪到了丁铁竹的手里,赵云的血性也注入了丁铁竹的身上,不杀个鱼死网破,丁铁竹绝不会罢手。是的,忍耐已久的丁铁竹,这一次终于不忍了。他已经卑躬屈膝了,为了生存把这张老脸都扔到茅坑儿里了,日本人还骑在他头上拉屎,不仅侵犯了北平,侵犯了中国,还侵犯了他心头最神圣的京戏。这个在戏里姿颜雄伟的武生泰斗,在现实中也想做一个顶天立地的中国人。因为他知道。再这么窝囊地活下去,他就不配再当"活赵云"!

荒木苍介的手中刀在空中可以任意拐弯,丁铁竹的身体却在荒木苍介的前后左右时隐时现,涯角枪的枪尖飘忽不定、神出鬼没,像隐伏在草丛里的蛇,不时地探出头来,向荒木苍介发出致命一击。然而丁铁竹毕竟体力不支,他想,必须抓住机会,拼死一搏了。荒木苍介看出了丁铁竹的犹豫,于是在一阵猛攻之后,寻了一个破绽,举刀向丁铁竹的额头劈下来。那个破绽是丁铁竹故意留的,为的是让荒木苍介向他发起攻击。他非但没有躲,反而挺枪向荒木苍介的面门刺了出去,心想咱们拼了,看看谁的兵刃抵达对方身体的速度

---

① 北平方言,指练武功的人。

更快。荒木苍介料想丁铁竹还会像之前一样一躲而过，没想到丁铁竹这次没有躲闪，而是迎着刀刃向他刺来，有一种同归于尽的气势。丁铁竹不躲，荒木苍介赶紧躲，说时迟那时快，还没闹明白怎么回事，丁铁竹的枪尖就穿透了他的耳朵，像竹签串羊肉一样把那蒲扇似的大耳朵挑在枪尖上。荒木苍介的表情立刻凝住了，几乎与此同时，荒木苍介的武士刀距离丁铁竹的面门也只有十厘米了，丁铁竹撒手放弃了手中枪，身体顺势一躲，只迟了半秒，那把力道千钧的武士刀就落在他的左肩上，将丁铁竹的左臂齐刷刷地砍掉了。

丁铁竹没有感觉到丝毫疼痛，只觉得肩膀左边有些麻酥酥地痒。荒木苍介肉墩墩的身体还没有倒下去，他就用右手麻利地把枪拔出来。荒木苍介的鲜血仿佛井喷一样从脖子的前后两头喷薄而出的时候，所有人都听到丁铁竹的高声念白：

剑光如霜马如飞，
单骑冲开长坂围。
保定怀中一幼主，
将军今日显神威！

念罢，他想大笑一声，把长久以来积郁在心底的愁闷震得粉碎。

就在这时，枪响了，子弹穿透了他的身体，把他的笑声，永远留在了他的身体里。

第二十二章

丁锦云泡好了茶，等待着父亲回来。一壶茶快喝干了，也没听见父亲的脚步声。胡同寂静，连猫的脚步声都听不到。不知过了多久，才看见"同德班"里一位小武生慌慌张张闪进堂屋，一个趔趄扑倒在青砖地上。丁锦云上前把他扶起来，小武生却一个劲儿地掉气儿，像一条垂死的鱼，嘴不停地张合着，却发不出丁点儿声音。老半天，他才上气不接下气地说：丁老板被日本人打，打死了。丁锦云闻听此言，头上仿佛挨了一记闷棍，像一尊泥胎塑像似的立在那里，一动也不动了。

丁锦云遵从父亲临走前的嘱咐，立刻收拾一些好带的细软财物，即刻逃出北平城。生龙活虎的丁家，就这样一夜之间在大方家胡同销声匿迹了。

兔死狐悲，丁铁竹一死，梅从云就明显地感觉到自己死亡的进程在加快。霜降一过，梅从云就让梅遇影陆陆续续请来了收藏圈子里的几位朋友，其中包括宋摩诘、林道玄、方提迦、梁谢赫、唐令穰、萧元瑜这六位摹画高手，说如今不能请他们赏画吃酒了，但是要把毕生收藏的书画真迹分赠给他们。北平城八位摹画高手中，常知白投了日本人，黄山岳不知去向，剩下这六位高手，都守持着中国人的气节，不肯与日本人合作，把这些书画珍品托付给他们，梅从云知道他们一定会善待这些书画，不会辱没先人遗物，更不会让它们流失无踪。最后，他让梅遇影请来金百川，就是那位专制假印的篆刻师，指着桌案上的一小捆卷好的卷轴，说：日本人要把这些东西拿去，参加什么展览会，去纪念他们占领南京两周年。他们在南京城屠杀了那么多中国人，咱们去给他们"纪念"，这不是丧良心是什么？所以这样的展览会，咱们死也不能参加。这些祖上留下的东西，与其让日本人生夺硬抢，还不如叫自己人悄悄拿走。

梅从云知道，金百川虽然干着昧良心的买卖，但他绝对不会昧着良心逢迎日本人。金百川当然也知道这些书画的价值，脸上骤然升起庄重的表情，说：梅老板，您既然如此信任我，我一定把这批画保管好。但话说在前面，我只是代为保存，这画儿还是您的，赶明儿北平安生了，我一定还给梅家。

梅从云说：不必还了，铁打的古物，流水的藏家。不论谁收藏，只要它们能全须全尾儿地留在中国，就是后代人的福分。

金百川说：我一定要还。要不我写个字据吧。

梅从云轻轻地摆了摆手，说：今后不要再做刻制伪印的勾当了。

金百川走后，梅从云又用雪梨纸将桌案上几大摞古籍尺牍、碑帖拓本包好分给了他的一些朋友。

明代家具，他一件也没肯烧。此时，他叫祥子拉上车，把这些紫檀、花梨木、铁梨木的珍贵家具，一一分给了邻居。还有一些玉器青铜、瓷器珐琅，虽谈不上名贵，却凝结了梅从云的心血，梅从云让梅遇影统统埋在了院子当中的那棵海棠树下。他想过捐给北平故宫，但北平故宫现在也朝夕难保。还有一部分古董，他叫梅遇影送到当铺，当一些钱来，准备作路上的盘缠。他知道，这些东西也永远不可能再赎回来了。

家里值钱的东西处理得差不多了，梅从云把几幅珍贵书画颤巍巍地在桌案上铺展开，来来回回地看，像是辞别几位亲密的朋友，良久，才小心翼翼地把它们一一卷起。这几轴书画是：南宋马远《竹鹤图》、马和之《清泉鸣鹤图》、明代吕纪《百鹤图》、唐寅《梅鹤图》扇页、谢时臣《选梅折枝图》扇页，清代沈铨《松梅双鹤图》、虚谷《梅鹤图》，还有当年那文松为梅从云鉴定出的、元代赵孟頫代妻子管道昇写下的《秋深帖》等等，共有七卷，是梅从云最爱的宝贝，它们原本是裱成卷轴的，梅从云把画芯揭下来，把它们折叠成信封大小的方块，用雪梨纸包上，又用油纸封好，郑重地交给梅遇影，说：

这些古画交给文松，捐赠给故宫博物院。国宝是国家之宝，人生俯仰，时事变迁，仅凭个人的力量，是保不住它们的。孩子，你把它们缝在衣服里，穿在身上，任何时候，都不能离身。

梅遇影带着那小箩到隆福寺排队领粮的那一天，梅从云拄着拐杖，步履艰难地蹭进了后罩房，后罩房里堆累的各种藏品，几乎已被搬空。他反反复复地打量着这个熟悉的房间，眼中浸满了泪水。良久，他取来煤油桶，把家中最后一点煤油静静地泼洒在房中剩余的木器家具上，然后划亮了一根火柴。

火苗"嘭"的一声蹿起来，体积越来越膨胀，最终变成一只通红的巨兽，吞没了整个后罩房。

梅从云安静地坐在他坐了几十年的那张紫檀缠枝莲纹圈椅上，大火像一件绯红的长袍罩住了他。在呛人的烟火中，他努力止住咳嗽，大声诵出了苏东坡的《行香子·述怀》：

几时归去，
作个闲人。
对一张琴，
一壶酒，
一溪云。

第五卷　逆旅

第二十三章

那文松到达西安城的时候，马衡院长带领故宫同人已押运西迁文物离开西安。那文松并不知道故宫文物已离开西安；马衡院长当然也不知道，吕医农、那文松、唐知微、迟笑然这几名当初没有来得及从南京撤离的故宫员工，已走进了西安城。

此时他们的钱已经花光了，当初的二十六块大洋，吕医农给南京守城门的日本士兵买烟，花去了六块；沿途省吃省喝，但吃饭住店，还是花去了五块；余下十五块大洋，他们买了五张火车票。其实那点钱根本买不起到西安的车票，他们买到商丘，只有两百多公里的路程，全部是三等车票，先上了车再说吧。他们在车厢里东躲西藏，与查票的列车员玩"藏猫猫"，才勉强"蹭"①到了西安，所幸车厢里拥进了大量难民，挈妇将雏，列车工作人员同情难民，查票也是粗枝大叶，点到为止。等到出站时，人流如同洪流一般涌出，根本不可能查票，他们也就随着这汹涌的人潮，出了火车站。

三天的火车，他们没吃一口饭，没喝一口水，因为他们是穷光蛋，是世界上最穷的人，比难民还要穷，难民离家时还带了点值钱的家当，起码有铺盖卷儿吧，而他们的身上，除了一身皮囊，什么都没有。此时他们终于到达了目的地，走进了巨大的西安城，反而觉得茫然若失，内心仿佛陷入了空洞。他们并没有觉得离故宫人近了，而是更远了，他们到哪里去寻找故宫人的踪影呢？

首先要解决的是吃饭问题。他们的肉身已经筋疲力尽了，所有的器官都不想工作，唯有他们的胃没有休息，时刻在翻搅着、抗议着，敦促着他们去寻找食物填补胃部的空间。五个大男人，全是堂堂国立北平故宫博物院的工作人员，他们当然不愿意去要饭，想要也要不到，因为要饭的难民太多，即使有人施舍，他们也不忍心从难民嘴里抢饭吃。他们想去做工，凭力气挣一口饭。然而到哪里去找工作呢？他们沿着尚仁路茫然地向南走，快走到东新街的时候看见了一家顺风车行，那文松眼前一亮，说我们可以去拉黄包车。他们一起走进车行，掌柜把他们上上下下打量了一番，问他们有没有铺保，他们面面相觑，大脑立刻短路，一帮书生，谁都没有想到过这个问题。偌大的西安城他们一个人也不认识，要找个铺保岂不比登天还难？掌柜见他们无言以对，就白了他们一眼，像打发叫花子似的把他们轰了出来。

五个人衣衫褴褛地在站在街上，在民国二十七年（1938年）二月的西安街头，没有人注意他们，因为这座十三朝古都的大街小巷里，早已充斥着像他们一样无所事事的"盲流"。而在那文松他们的身后，在黄河与淮河之间的河汊山峦中，一场大战已然打响。占领南京的日军与占领平津的日军准备南北夹击，一举击溃扼守中原的中国军队，为此，日本把当时总共四十万侵华日军中超过一半的兵力，即二十四万人投入到这场战役中，这是中日开战以

---

① 北平方言，占便宜之意。

来日军投入兵力最多的一次战役。中国军队在第五战区司令长官李宗仁的指挥下，集结六十万大军，与日军展开了大规模的会战，史称"徐州会战"。这场会战后来被列为抗战初期"四大会战"①之一，会战的中心，正是那文松他们刚刚逃出来的徐州城。战火正在逼近，却尚未抵达陇海铁路，这条贯通东西的铁路线于是成了一条生死线，来自华北、华东、中原的逃难者在这里汇集成一支大军，他们沿着陇海铁路，走着，逃着，哭着，嚎着，最终拥入了西安这座气势恢弘、古风醇厚的大城。

那一天，四人走了很远的路，去了几家车站、仓库、堆栈，想找一些卖力气的活儿，哪怕是不给工钱，只要吃饱就好，总要先解决眼下的燃眉之急再说。

他们顺着南大街出了南门，一抬头，看见一座四方楼阁式砖塔。那文松眼前一亮，脱口而出：大雁塔！

唐知微说：既然找不到饭辙，我们还不如去大雁塔参观参观。

大家同意，于是一起向大慈恩寺走去。

大慈恩寺是唐代皇家寺院和国立译经院，也是规模最大的寺院，经过了一千二百多年的沧海桑田，战乱频仍的国民政府无力修葺，已经荒芜破败了许多，但仍能看出它当年的恢弘壮丽。玄奘法师从天竺（印度）取经归来后，把这里作为藏经之处，并开始了他的译经事业，并在大慈恩寺的西塔院亲自督造了一座砖塔，供奉他从天竺取回的上百部贝叶梵文真经、八尊金银佛像，还有一万多颗舍利子，这座塔，后来人称大雁塔。

那文松他们进了山门，一一参观了钟鼓楼、大雄宝殿、法堂，走到大雁塔前，举目相望，看见这座唐代四方楼阁式砖塔高耸入云，在蓝天的映衬下，更显庄严和伟岸，所有人的脸上，都浮现出一种肃穆的表情。

吕医农问：看见这座塔，你们想起了什么？

唐知微说：我觉得它像是航船上的一根桅杆。

那文松说：我看见了玄奘法师身背经箧，挺直身板，行走在黄沙大漠中的样子。

迟笑然说：我觉得我看见了一根大油条。

话音未落，漾起一片笑声。

吕医农说：如果只想着油条，玄奘恐怕一步也迈不出去。玄奘取经之路，是一条义无反顾的路，这一步踏出去，就永远不能回头了。他沿着古老的丝绸之路，过西域，越葱岭（今帕米尔高原），横穿广袤的中亚大草原，抵达天竺北境，其后，遍游天竺，历谒名贤，叩询请益，寻求梵本，游学十二年，往返十七年，行程五万里，哪怕有丝毫的犹豫，都可能使他半途而废，但他坚持了下来。他经历的，何止九九八十一难，这样的旅程，对于大多数普通人来说过于残酷了。然而，这才是宗教精神，才是崇高的献身。所谓"地狱不空，誓不成佛"的地藏誓言，其实并不是一句空话，而是一种从不张扬，也从不忘记的坚韧。

那文松说：我明白吕老师的意思，他是说我们的古物南迁之路，是和玄奘西行求法一样，因其痛苦、艰辛才显出它的伟大。

迟笑然说：可是不想油条也不行啊，

---

① 即淞沪会战、太原会战、徐州会战、武汉会战。

人是铁饭是钢，肚子空空，小命不保，那唐僧唐三藏，不也要孙悟空、猪八戒去给他化斋饭吗？

唐知微说：没想到我们从南京逃出来，却在西安走到了山穷水尽。

那文松说：我觉得能和秦始皇葬在一起，这结局算不错了。

唐知微说：那还不如死在南京，和国父葬在一起呢。

那文柏说：死倒不怕，只是我们这样像蚂蚁一样死掉，死得太没价值了。

吕医农说：山穷水尽，下一步就是柳暗花明。人不能被尿憋死，我们这些大活人、男子汉，有手有脚，不至于就这样被穷死、饿死。

那文柏说：偌大一座城，总会有活儿的，我们接着找就是了。

迟笑然说：我是走不动了，就算我走得动，我的鞋子也要烂了。

说完，每个人都低头看了看自己的鞋子，发现鞋子都到了崩溃的边缘。

唐知微一笑，说：你看，我饿得还没张嘴，它倒先张嘴了。

大家想笑，却发现笑也是费力气的，于是都忍住了没笑。这时那文松突然想到，自己身上还有半块玉璧，于是说：不行就把我这半块玉璧卖掉，先混一顿饱饭再说。

那文柏说：这玉璧是嫂子给你的信物，卖掉怎么行？

那文松说：要是饿死了，还要什么信物不信物的？

那文松一边说着，一边抬头仰望着钟楼，心里蓦然想起了北平的钟楼和鼓楼，心里蓦然沉了一下，激起了对父母妻儿的思念。他心中凄然，默然地低下头，不吭声了。

吕医农说：眼下我们五个人必须暂时分开，否则到哪里都不可能找到五个人的活儿。我们干脆分成四组，往东西南北四方去找，不论找得到还是找不到，今日二更，也就是夜里十点之前，回到这里会合。

听了吕医农的话，大家似乎又看到了一点希望，纷纷像折尺一样，一节一节地抻直了身子，简单商量了一下，五人就分别向着四个方向走去了。

迟笑然往西，向着安定门（西门）的方向走。唐知微往南，向着永宁门（南门）的方向走。吕医农往东，向着长乐门（东门）的方向走。那文松往北，向着安远门（北门）的方向走。

多出来一个那文柏，他是那文松的弟弟，所以和那文松结伴，向北走。

西安城方方正正，街道横平竖直，他们很容易判定方向，只是无法判定，前方的街衢里，藏着怎样的将来。

第二十四章

迟笑然一路往西走，看到路边有一家棺材铺，心想这年头，到处死人，棺材铺老板应该忙不过来了，于是走进了那家棺材铺。店掌柜看见来了一个叫花子，用老鹰似的目光盯着他，说：快滚开，这里没有吃的。

迟笑然一下子很窘，说：我不是来要饭的。

店掌柜更加警觉了，说：那你想要什么？难道要棺材不成？

迟笑然说：我……我想问这里是否需要帮工。

帮工？店掌柜一笑，指了一下店堂，说：你看看这像是要帮工的样子吗？

迟笑然这才环顾了一下店堂，眼前那个漆黑一团的空间在他视线里慢慢清晰起来。店堂中摆着许多棺材的样品，一具一具地竖在墙上，有松木、柏木、杨木，也有上好的梓木、楠木，有的是素面，也有的刻着繁复精美的雕花，迟笑然心想不只这人间划分了贫富，到了阴间也还是要分出贵贱的，这让他由衷产生了一种荒诞感。棺材散发着清新的木香，但店铺里冷冷清清，迟笑然喃喃自语说：这个年月，生意最兴隆的应该就是棺材铺了。

店掌柜从脸上取下眼镜，放在柜台上，说：兴隆？这年月死人倒是不少，但你看死的人不是大兵就是难民，在哪儿死就在哪儿埋了，谁还用得着棺材呢？

就在这时，一个伙计兴冲冲地跑进来，嚷道：老板，老板，来生意了！前街中药铺的钱掌柜死了。

店掌柜问：怎么死了？前两天我看见他还好好的。

伙计说：听说是给难民看病，染上疫了，现在灵棚已经搭起来了，正需要棺材入殓呢。

店掌柜听罢，一闪身就出了门。不一会儿的工夫，店掌柜就回来了，对伙计说：选一款上好的楠木棺，送到钱掌柜府上。

然后对迟笑然说：你，一起去，我给你一块大洋。

那是一座巨大的四合院，院内已经搭起灵棚，钱掌柜安静地躺在灵棚里。依钱掌柜的家境，灵棚可以搭七天，但钱掌柜是染疫而亡，当地防疫官员上门，希望将尸体火化，这引起了家属的激烈反抗。棺材铺的掌柜见双方僵持不下，就上前好言相劝，费了半斤唾沫，最终防疫官同意将死者入土为安，但当日就须入殓下葬。

棺材铺平时没有生意，不养闲人，有了生意又人手不够，迟笑然与另外三四名伙计，和钱掌柜的儿子一起，把钱掌柜的遗体，抱入了棺材。按照防疫官的要求，他们的鼻子和嘴都围上了毛巾。入殓之后，又用消毒水对全身进行了消毒。

迟笑然在陌生的西安城赚到的第一块大洋，竟然是死人的钱，这让他觉得不可思议。他没有见过这个钱掌柜，但他觉得这名老中医是一个慈善的人，人死了还在赏他饭吃。他把棺材铺掌柜给他的工钱视为钱掌柜的赏赐，把这块大洋轻轻放进棉衣兜里，用手捏着。

迟笑然没有想到的是，钱掌柜得的是黑热病，这一场疫病后来席卷了西安城，导致数万人失去了性命。迟笑然更没有想到，为了这一块银元，他也给迁运文物的故宫同人带来了灭顶之灾。

第二十五章

唐知微往南走了很远，一家一家店铺问过去，只看见找活儿干的，没有要雇人的。筋疲力尽之际，他看到一家饭庄，门脸上写着三个大字：萃华居。萃华居的门前，张贴着一张告示，说是要招聘厨师。唐知微心里一阵激动，觉得自己的机会来了，就走进去。一个堂倌上来招呼他：客官吃饭？

唐知微的肚子里咕噜响了一下，他略感羞愧地说：我看到你们在招聘厨师，我来试试。

堂倌立刻请来了掌柜，掌柜上上下下把唐知微打量一番，看他一副落魄模样，并没有把他放在眼里，说：我们要的不是一般的厨师，是专门给公馆做菜的厨师，要会做山珍，也要会做海味。

唐知微是有钱人家子弟，看到店掌柜一脸不屑，瞬间激发了他的好胜心，毫不犹豫地说：这些我都会做。

店掌柜满脸疑惑地望着他，说：你要是做砸了，可要你的好看。

唐知微见不得他一副狗眼看人低的嘴脸，心中不悦，只因眼下腹中无食，身板儿硬气不起来，就强忍了，说：不信我可以做给你看。

其实唐知微也是硬撑，因为他只会吃，不会做，只不过饥饿时时刻刻在折磨着他，他已别无选择。店掌柜就说：你随我来。

唐知微走进后厨一看，不禁倒吸一口凉气，因为后厨琳琅满目，真是摆着许多山珍海味，"上八珍""中八珍""下八珍"一应俱全，心中便浮现起唐朝诗人韦应物写的《长安道诗》，"山珍海错弃藩篱，烹犊炰羔如折葵"，是说山海之中的珍馐美味都当成没用的东西丢弃，牛肉羊肉也当成平常的东西。店门口就有那么多的难民，骨瘦如柴，连一口馒头也吃不上，而在这无人知晓的角落，却堆着这么多的山珍海味。店掌柜见他若有所思，以为他怯场了，就说：你把这些食材的名字报给我。

唐知微说：当真？

店掌柜说：当真。

唐知微没吃过猪肉，也见过猪跑。说起来这唐家，在他们的故乡当涂也算是有头有脸的人家，因此认出这些食材，对他来说并非难事，就指着案上的食材对老板说：这是熊掌、燕窝、猴头、鹿筋、驼峰、狸唇、兕脯、黄唇胶，是为"上八珍"；这是银耳、版鱼翅、广肚、果子狸、鱼唇、裙边、鲥鱼、哈什蚂，是为"中八珍"；这是海参、龙须、口蘑、赤鳞鱼、干贝、竹笋、蛎黄、乌鱼蛋，是为"下八珍"。

店掌柜的脸上露出吃惊的表情，又一次把唐知微上上下下打量一番，说：敢问先生以前在哪里高就？

这一下语气已变，改称"先生"了。唐知微从容答曰：高就不敢，在北平前门外煤市街致美楼混饭吃。北平被日本人占了，日本鬼子隔三差五来致美楼吃饭，我不愿意伺候鬼子，就逃到西安城了。

这套话是他临时瞎编的，却编得滴水不漏。店掌柜说：敢情是北平"八大楼"的师傅，在小店掌勺自然是屈才了。请问您有铺保吗？

此前他们在顺风车行已经被问到过铺保的事，唐知微心里早有了准备，所以在来路上记住了一家店铺的名号，说：有，仙来客栈可以保。

店掌柜走到柜台里边，拉开抽屉，取出一张纸交给唐知微，说：那就叫保人在这里签个字、盖个章，明天带来，就可以上工了。

唐知微接过那张保书，向店掌柜鞠了个躬，就满心欢喜地走出了萃华居。至于能不能找到铺保，那是下一步的事，下一步的事下一步再说。

吕医农往东，一路上游荡着，除了看到大队的逃难者，有的呆坐在路边，有的横卧在墙下，没有看到丝毫的工作机会，相反，倒是看到了一家书报室。刚好吕医农走得很累，索性就进去坐一会儿，看看书报——他不知有多久没有读过书报了。书报室空间不大，靠墙有两排书架，上面零零散散地摆着一些书籍，有《国语运动史纲》《开明国文讲义》《国文百八课》，也有文学作品，像中华书局出版的李劼人的新作"大河三部曲"，还看到了商务印书馆印行的《四库全书珍本》，但并非全套，只有零星的几本。这是故宫文物南迁到上海之后，为了让更多人读到曾经贮藏于帝王宫苑里的文渊阁《四库全书》，而与商务印书馆合作，将南迁文物中的《四库全书》专门一页一页地照相、影印出版的。此时在遥远的西安城，在落魄无计之际，吕医农竟然看见了自己当年在上海辛苦劳作的成果，令他百感交集。

他看到书架上还摞着厚厚的报纸，就顺手拿下一叠《新秦日报》，掸去上面的灰尘，放在长桌上，在微微晃动的灰尘中静静地观看。他已经不知有多久没有看过报纸了，发黄的新闻纸上密密麻麻的字迹吸引着他的目光，突然，一行标题映入了他的眼帘，上写：

南运古物昨抵宝鸡

他逐字逐句地仔细读着那些文字，生怕漏过一个字。

北平故宫第三批南运古物，由故宫博物院古物馆副馆长马衡等押运，于八日运抵宝鸡，至此，已有三列火车载运故宫物先后抵达宝鸡，其中第一列装运古物两千五百三十八箱，第二列装运古物两千九百九十六箱，第三列装运古物一千七百五十三箱，三批总计七千二百八十七箱，其中包含一千三百多年前出土于凤翔府陈仓山的"中华第一国宝"——先秦石鼓。

这则登在报屁股上的、只占两个火柴盒面积的、无人关注的旧闻让吕医农兴奋无比，他"啪"地猛拍一下桌案，拍起一片灰尘，把屋里的几位读者吓了一跳，同时抬头望着他。吕医农看了看报纸的日期：民国二十六年（1937年）12月9日，两个多月过去了，他们说不定还在宝鸡。此时，他的心中升起一个强烈的愿望：刻不容缓，马上去宝鸡！想到这里，他放下报纸，快速地冲出了书报室，连找活儿的心思都没有了，疾步向钟楼走去。

那文松和那文柏兄弟往北行，一无所获。远远地，他们看见了安远门巍峨的城楼，再往前走就出城了。一筹莫展之际，他们看见前面人群涌动，就朝着那片人头走去，走到跟前，心中却暗自叫苦，原来是军队在征兵，说白了就是抓壮丁。为国打仗是应该的，可他们迁运文物的职责怎么办？他看到一些年轻力壮的难民撇妇别子、踊跃参军，有一个年迈的老母抱着儿子的头痛哭，心里一阵感动。正扭头想走，被人一把拉住，抬头看，是一个国军军官。

军官说：不要走了，去当兵吧。军中有吃有喝，还发军饷。

那文松本能地一挣，说：我不去。

军官说：不去也得去，看你们俩高头大马的，不去当兵岂不是浪费了？

那文柏对哥哥说：我去，我本来就是军人。你护送古物，我去打仗。

那文松回答：我支持你抗日，但迁运古物也是抗日。还是等我们到达了宝鸡，见到马院长，再说当兵的事。

军官喝止了他们的谈话，厉声说：你们都得当兵，一个也跑不了！

他把手一挥，跑来几个士兵，不由分说把那文松那文柏兄弟拉进了壮丁群。

那文松想跑，被身边的士兵一把推回到队伍里。

第二十六章

黄昏的光线一点点暗弱下来，街上的房屋都拉下了黑黑的影子，那些黑色的影子会一点一点地膨胀，变成无边无际的黑夜，遮蔽大地上所有的事物。那文松心里着急，他在南迁的队伍里掉了队，眼下又和吕医农他们断了线，自己将彻底错过运送文物的机缘。但他四下张望，茫然无计。他就这样满腹心事地跟着队伍向前走着，走着，一直走进了一座巨大的兵营。

那文松四下打量，发现这地方的中央是一片空旷的操场，操场的一侧有一些平房，应该就是营房。那名军官指挥着一二百号人在操场中央列队站好，高声说：请旅长训话！

旅长走到队伍前列，大声说道：日犯我境，大敌当前，每一个中国人，都应当为抗御倭寇尽一份力！从今天开始，你们就是军人了。军人是光荣的，抗战是光荣的，为国牺牲，也是光荣的！

那文松听他说话的声音觉得耳熟，于是抬起耷拉着的脑袋仔细观瞧。尽管暮色已经一点点地压了下来，但他清晰地认出，这名旅长，正是他在南京下关修工事时遇到的杜梦龄！

杜梦龄旅长讲完，转身就走。那文松望着杜梦龄的背影发呆。这时，那名军官高声喊道：全体都有，向右转！

大家都转过去，唯有那文松留在原地，一动未动。军官正要开口骂人，那文松突然大喊道：

杜旅长，杜旅长——

军官说：喊什么喊，杜旅长是你喊的？

杜旅长突然听见有人在大声喊他，立刻停住脚步，转过身来，发现声音是从新兵队伍里发出来的，心中有些奇怪，就朝队伍走来。

那声音还在喊：我是那文松，那——文——松——

那文松？哪个那文松？杜旅长心中正纳罕，那文松居然从队伍里跑出来，一直跑到杜旅长面前，说：

杜旅长，您还认识我吗？

杜旅长仔细端详着他，觉得似曾相识，又一时想不起来在哪里见过。

那文松说：我是那文松啊，北平故宫博物院的那文松，我是运古物的，您忘了？

杜旅长一下子想起来了，说：原来是你小子！你打哪来，怎么跑到西安显形来了？

那文松把自己怎样在下关把文物搬上火车，怎样留在了南京，又怎样从南京逃到西安的过程言简意赅地说了一遍，杜旅长听了唏嘘不已。那文松又问：杜旅长，您怎么到西安来了？

杜旅长就把他率兵在潼关与日军鏖战的事向那文松简要说明，又说：我这次是来西安行营蒋主任这里开会的，顺便来看一下兵源补充情况。

那文松说：能在这遇见您，我们真是运气了。

杜旅长问：现在我能为你做什么呢？

那文松说：请旅长把我放了，去找押运故宫古物的同事们。

杜旅长沉吟了一下，问道：你们有几个人？

那文松说：五个人。

夜幕降临以后，唐知微从棺材铺，迟笑然从萃华居，吕医农从书报室回到了钟楼。吕医农把他从报纸上看到的故宫文物南迁的消息告诉了唐知微和迟笑然，他们

369

都非常兴奋，一致同意明天一早就朝着宝鸡出发，去与故宫的队伍会合。正说着，一辆发动机箱盖上涂着青天白日标志的军用卡车突然在钟楼前停下，接下来的一幕令他们吃惊——从军车上下来的，竟然是那文松那文柏兄弟。那文松得意地说：怎么样，没想到吧？就把他们被抓壮丁、在兵营遇到杜旅长的事说了一遍，又说：杜旅长已经安排了，今晚我们五人都住在兵营里。明天一早就给我们买好火车票，送我们上火车。

唐知微、迟笑然闻听，立刻欢呼起来。他们逃离了血腥的南京，一路艰辛地逃到西安，这下终于要回归南迁队伍了，怎么能不高兴！几个人忘记了困乏，像猴子一样迅速地爬上了军车车厢，吕医农年纪大些，那文松让他坐在副驾驶的位子上。

第二天鸡鸣时分，那文松一行四人就在西安北站坐上陇海线火车，在晨光中离开了古城西安。唯有那文柏，留在了西安，没有与他们同行，因为那文柏看到了部队就迈不动步了，他向杜旅长道出了他的从军经历，表示希望加入他的部队，上前线与日军作战。杜旅长得知他参加过淞沪会战和南京保卫战，高兴得嘴都咧到耳朵根儿上，因为部队伤亡巨大，需不断地补充新兵，像那文柏这样经历过战争的老兵，简直就是块宝。

临别的时候，那文松那文柏兄弟紧紧相拥，他们知道，战争改变了所有人的命运，他们再也不能朝夕相伴、陪伴父母了，他们一个从文，一个从军，以不同的方式报效着国家。他们只是不知道，此生还能不能见面。

古城的灰墙黑瓦一点点明亮起来的时候，火车已驶出了西安，沿着渭河在广阔的关中平原上一路西行，秦岭莽莽苍苍，横亘在他们视线里，形成一幅永不消失的风景长卷。不到两百公里的路程，火车走了十多个小时，到达宝鸡时，已是向晚时分了。

那文松在炊烟升起的时刻走进了宝鸡城，街道狭窄，两边是青灰色的低矮的平房，平顺地匍匐在大地上，安稳而妥帖；街上走过的布衣百姓，言语温和，面目安详。他们走过了一家铁匠铺，一家面食铺，一家中医堂，一家油坊，一家豆腐坊，一所县初级中学，与光怪陆离的大上海比起来，这里仿佛还停留在上一个世纪里。在这战火纷飞的年代里，小城按照自己的节奏保持着日常岁月的端庄与静美。那文松一边打量着这座古朴宁静的小城，一边在心里想：宝鸡号称炎帝故里、青铜器之乡，故宫南迁文物中的石鼓、毛公鼎，都是出土于此，这座小城南屏秦岭，西横关陇，以渭河为横轴，南、西、北三面环山，把故宫南迁文物安顿在这里，不仅安全，而且称得上是这些文物的绝佳去处。

他们没有像在西安城那样茫然无助，小城虽古老，面积却不大，从城东门走到城西门只要五分钟，在这座袖珍小城里找到故宫人的去处并不难。他们想去县政府打听，但天已黄昏，县政府已经下班。那文松扭头，看见马路对面，飞檐翘角凌空而出，那是他视野里的最高建筑，那文松心想它定然是一座庙宇。存放故宫文物需要一个大的空间，在这样的小城里，唯有庙宇是相对较大的公共建筑空间，就用手向对面一指，说：我们去看看那座庙。

走到门口，他们赫然看到庙前牌坊上有三个大字：城隍庙。正举目端详间，一个人影从门内闪出来，那文松眼尖，脱口喊出那个人的名字：

丁彤云！

第二十七章

那文松四人的到来，给身在宝鸡的故宫同人带来不小的轰动。马衡院长见到他们更是高兴，要知道，每每思及离开南京时，还有多名故宫同人留在南京城未及撤出，马院长就心如刀绞，陷入深深的自责而难以自拔。他在给国民政府的公文里说，把两千多箱文物留在了南京，还有多名故宫同人没有安全撤出，是他这个院长无能，要求国民政府撤换故宫博物院院长，他愿意接受一切责罚。但行政院总是回复他说：战事紧急，车船调集困难，他已经恪尽职守，国民政府体谅故宫的难处，无意追究他的责任。尽管如此，马衡院长一直阴沉着脸，愁眉不展，有时还站在院子里，一声不吭地望着东面发呆。

那段时间，各种怨气在马院长的心里囤积着，身边的人谁也不敢招惹马院长，气喘大了，都可能引发雷霆万钧。直到那文松等人回来，他紧绷的面孔才放松了些许。那文松神情郑重地对院长说：在南京，我看见易院长了。他把易院长在南京病逝的消息报告给马院长，然后把自己身上的褂子脱下来，"唰"的一声撕开内襟，取出一张叠得皱巴巴的纸交给马衡。

马衡展开一看，正是易培基给行政院的那封信，也可以说是他的临终遗言。

　　培基卧病江滨，亲闻鼓角之声，
　　报国有心，抚膺增痛……

读罢，马衡突然觉得有一股温软的东西哽住了他的喉头，他花了好几秒才把它咽下去，平复了一下自己的情绪，说道："出师未捷身先死，长使英雄泪满襟"，易院长是被小人陷害，是为国而死，我们永远不能忘记他。

那文松又把手伸进内襟，探了半天，又取出一叠纸，交给马衡。

马衡展开，吃了一惊，说：这是赵孟頫的《双松平远图》，怎么在你这里？

那文松说：法院借着封存故宫古物，私取了一批古物进行勾摹复制，这是他们当时取出的画，被一个名叫黄山岳的画家私藏了。

马衡说：我给行政院写过报告，把法院贴了封条的所谓"证据箱"交故宫博物院一并南迁，我想只有这样，才能确保万无一失。不然，战争一爆发，这批古物箱就不知流落到哪里去了。

那文松说：这《双松平远图》是漏网之鱼。

马衡说：我们在上海对南迁古物做过一次全面清点，将来一旦条件允许，我们还要再清点一次，绝不允许再有漏网之鱼。发现任何一件流失的古物，都必须收缴回来，完璧归赵。

那文松说："宝绘堂"与法院勾结，把一些古书画偷拿出来，钩摹映写，制造赝品。但据黄山岳说，他们映写之后一律都退回给法院封存，或许这是他们跟法院达成的默契，因此您要求法院将贴了封条的所谓"证据箱"交故宫博物院一并保管，这批古书画应该就回到了故宫库房，今天都在从南京运出来的这些古物箱里。黄山岳私藏未退的，只有这卷《双松平远图》。

马衡说：这些都要通过重新清点得到确认。谢谢你，文松，你为故宫立了大功，我要为你庆功。

那文松问：可不可以包点饺子？

马衡有些诧异，说：到了陕西可要吃面啊。

那文松说：我想饺子了。在监狱里，我最想吃的就是饺子，最好是白菜猪肉馅儿的。

马衡说：好，饺子也下，面也做，让你尝尝什么是正宗的岐山臊子面！

那一天他们饮的是西凤酒，它的产地，正是宝鸡凤翔。酒是马院长自己掏腰包，叫丁彤云他们到街上买的，丁彤云回来时，手里抱着几只沉甸甸的"酒海"，那是西凤酒特有的一种容器，那文松还是第一次看见。这种名叫"酒海"的大篓是用当地荆条编成的，内壁糊以麻纸，涂上猪血等物，再用蛋清、蜂蜡、熟菜籽油等以一定的比例配成的涂料涂擦晾干，这种容器不仅成本低、存量大，更重要的是酒耗少，防渗性能强，利于酒的熟化，适于长期贮存。这些都是丁彤云告诉他的，他俨然已成了宝鸡风物的专家。

马衡端起酒杯，对大家说：各位，我马衡平常是不胜杯杓的。我只有这酒力可以跟苏东坡拼一拼，就是"少饮辄醉"。

大家暗自发笑。

马衡接着说：不过，好酒贪杯也不是什么好事。为什么呢？因为贪杯误事。咱们不是什么政府要员，误不了国，但会误了国宝，误了我们的南迁大业，我马衡吃罪不起。今天之所以破例，一则为了咱北路古物共七千二百八十七箱，已经分三批全部运到了宝鸡，承蒙蒋鼎文先生全力相助，已存入了宝鸡的城隍庙；南路古物先运到长沙，前些日子又经桂林到达了贵阳，承蒙滇黔绥靖公署副主任吴鼎昌先生相助，暂存于绥靖公署城北官邸毛公馆；中路古物呢，也溯长江而上，先运抵武汉，后运抵宜昌，准备向重庆抢运。我南、中、北三路奔波，我这匹老马，跋山涉水，鞍马劳困，也是人困马乏，日暮途穷了。好在日军虽步步紧逼，三批古物总算暂时脱离了险境，这是一件值得高兴的事情。在此，我要表达我马衡对各位的谢意，这是其一。

其二呢，今天，吕医农、那文松他们回来了，咱们故宫南迁同人又团圆了，这是天降的喜事，比过年还喜，因此，咱们共饮此杯，以庆祝这双喜临门！

说罢，马衡举起酒杯，一饮而尽。

那一天马院长兴致很高，不仅一杯一杯地连饮，还用宁波话，为大家咏诵了苏东坡在凤翔写过的一首诗：

> 花开酒美曷不醉，
> 来看南山冷翠微。
> 忆弟泪如云不散，
> 望乡心与雁南飞。
> 明年纵健人应老，
> 昨日追欢意正违。
> 不问秋风强吹帽，
> 秦人不笑楚人讥。

苏东坡是四川眉州人，用宁波话吟诵苏诗，味道怪怪的，却别有一番趣味。不苟言笑的马院长，那一天放得很开，有一点得意忘形，大家就跟着起哄，用筷子敲打碗碟。马院长说：这凤翔有三宝——"东湖柳，柳林酒，妇人手"。东湖原先叫"饮凤池"，苏东坡在凤翔时把它扩建成东湖，又植细柳，栽莲藕，并修筑了君子亭、宛在亭、喜雨亭，才有了这"东湖柳"，也才有了千古名篇《喜雨亭记》。

"柳林酒"呢,就是咱今天饮的西凤酒了,因出产于凤翔的柳林镇而得名。当年汉武帝为霍去病饯行,饮的就是柳林酒。这酒真的好啊。你看这里位于关中盆地和渭北黄土台塬西部,最适宜种粮食酿酒,所以这西凤酒啊,清亮透明,醇香芬芳,清而不淡,浓而不艳,入口甜润,尾净味长,连苏东坡都赞赏不已。凤翔这地方,无酒不成席,连老鼠都能喝上二两酒。

"妇人手"嘛,就是说凤翔的女人手巧,这一点嘛,你们谁娶一个凤翔女人就知道了。

话音落处,扬起一片笑声。

马衡停了一下,又说:大家莫笑,这宝鸡虽小,历史却不可谓不悠久,我们故宫古物颠沛流离,今日在此得以安顿,应当说是对得起这些古物的。当年周先祖之一的古公亶父率族人迁徙到岐山下的周原,就在如今宝鸡岐山县。古公亶父被后世尊为太王,古公亶父死后,周才进入了季历和文王时期,才有了后来的武王灭商。

除了周,秦也建都于宝鸡。秦国定都于此,又以此为中心,只用了几十年的时间,到秦武公十一年,也就是前六百八十九年,西起甘肃中部,东至华山一线,整个关中及渭水流域,基本上为秦国所控制。我们南迁古物中,有一组文物就出于这一时期,各位晓得是什么?

石鼓!那文松脱口而出。

对喽!马衡说,看来你小子还没喝多!就是咱们迁运的陈仓石鼓了。这一宝,可是国宝,因为它是中国最早的石刻诗文,记述了秦始皇统一中国前一段为后人所不知的历史。因文中多言渔猎之事,故又称为"猎碣"。石鼓刚好十面,上面的刻诗刚好十首,这和《小雅》《大雅》以十首为"一什"的结构完全相合,是真正意义上的"石头记"啊。石鼓上面镌刻的文字,堂皇大度、圆活奔放,气质雄浑,刚柔相济,康有为称其"如金钿委地,芝草团云,不烦整我,自有奇采",称它们是"中华第一古物",绝非虚言。

马衡环视大家,接着说:这十面石鼓,既代表了中华文明的源远流长,又象征着中华文明的生生不息。苏东坡怎么说来着?"漂流百战偶然存,独立千载谁与友?"在座的列位,就是这陈仓石鼓的隔世之友。它们自堕入红尘,经历了几世几劫,来到我们身边,就像是一场文明的接力,我们的先辈手把手地递交到了我们手上,我们若不好好保护它们,怎对得起列祖列宗?只要它们安然无恙,能够千秋万世地流传下去,我们故宫人就是付出再大的代价也在所不惜。它们今日落脚在宝鸡,在它们被镌刻了两千余年之后又回到了周秦王朝的发祥之地,这恐怕就是历史的巧合了。我希望在抗战时期,石鼓能够在它的家乡安居下来,我们故宫人也能在这宁静古朴的宝鸡长居下来,再也不奔波了。

第二十八章

中日军队在晋南的黄土地上绞杀成一团,日军叫嚣着要攻入陕西,马衡再一次感觉到风声鹤唳,决定三十六计,走为上。宝鸡与汉中隔着一道秦岭,宝鸡在秦岭北麓,汉中在秦岭南麓,莽莽苍苍的大秦岭,至少会暂时成为一道安全屏障,日军不会很快翻过秦岭,攻入汉中。马衡找吕医农商量转移计划,吕医农面带忧色地问:马院长,您确定要在春天翻越秦岭吗?

马衡说:眼下日军进逼潼关,一旦日

军攻下潼关,旦夕之间可抵宝鸡。到时候,我们想运走存放在宝鸡的七千二百八十七箱古物,可就不那么容易了。

吕医农说:但是此时翻越秦岭也不是一件容易的事啊。

故宫文物翻越秦岭所走的这条路,就是当年被李白称为"难于上青天"的"蜀道"。自古由川入陕、由陕入川,也只能走这一条险路,唐人欧阳詹形容它"阴谿穷谷,万仞直下,莽崖削壁,千里无土"。有些地方修有的栈道,就是在悬崖绝壁间穴山为孔,插木为梁,在木梁上铺上木板,形成"天桥",供人通过,但有些栈道年久失修,糟朽不堪,已不能过人;有些地方则连栈道也没有,只能四肢并用、攀缘而行,艰难辛劳,莫可言状。自民国二十三年(1934年)起,国民政府开始在秦岭上修建公路,名曰"川陕公路",千千万万民工像愚公一样每日挖山不止,在没有碎石机的情况下,单凭手中的小铁锤一点一点地把岩石砸碎,铺设出这条全长一千三百多公里的公路。这条公路打破耸立在川陕之间的秦岭和大巴山这两道屏障,穿越壁立千仞的剑门关、西秦第一的七盘关、铁马秋风的大散关,将九百里名关险塞都连接起来,成为中国公路建设史上的奇迹,将黄河流域和长江流域连接起来,将西部大后方与东部战场连接起来,来自西南地区的物资,乃至自东南亚经由"驼峰航线"运入中国的国际援助,都通过此路输送到中国各大战区。川陕公路意义重大,但公路翻越崇山峻岭,在高山绝谷间回环盘旋,许多路段一面是悬崖,另一面是深谷,稍不留神就会冲入万丈深渊,是中国最险的公路之一。此时虽然已是春天,但春寒料峭,秦岭上依旧白雪皑皑,路况可称凶险,

车毁人亡是常有的事。运送故宫文物,纵然车毁人亡在所不惜,可文物不能冒此凶险啊,哪怕是摔破了一件瓷器、震裂了一件青铜器,也是不得了的事情啊。

所以,吕医农的第一反应是,此时迁移文物,简直可以说凶多吉少。他思忖再三,说道:能不能再等等?再等上一两个月,等天气暖和些,秦岭山顶的积雪都融化了,路况好些,我们再出发?

马衡说:路况好?什么时候路况会好?再等上一两个月,雪是没了,雨却来了。川陕公路全程是碎石路,经多年碾压,早已坎坷不平,车辆若在大雨中行驶,路面不只湿滑,更会泥浆翻卷,车子随时会陷入泥潭。更何况中日两军正鏖战于黄河,日军一心要过潼关入关中,守潼关的将士能不能挡得住日军的立体攻势尚不得而知,万一日军冲入潼关,川陕公路被日军炸毁,故宫古物岂不更加万劫不复?我们只有及时翻过秦岭这道屏障,才有可能辗转退往西部地区,不然我们就可能被封锁在关中平原,坐以待毙。秦岭雪大路滑,不是最大的凶险,日军到来才是最大的凶险。两害相权,只能取其轻了。秦岭是道关,过了这道关,南迁这盘棋才能救活。

吕医农知道马衡去意已决,就像当年易培基坚决要把文物运出故宫一样,就没有再说什么,现在他们能做的,唯有把迁移的方案做得更细一些。想来想去,吕医农的心里还是充满了不祥的预感,于是说:这条川陕公路,我们谁都不曾走过,无论计划如何周密,总会有意想不到的事情发生,说到底还是要看老天爷给不给面子了。

马衡说:山高路险,只是问题的一个方面,现在我最担心的是,车辆不够。一辆卡车,满打满算只能装下二十箱古物,

这七千多箱古物，一辆车要来回跑三百六十多趟，日本人会给我们这么多时间吗？

吕医农说：我们必须要有更多的车辆，韩信点兵多多益善。问题是，战况越来越激烈，交通运输也越来越紧张，我们到哪儿去弄这么多车辆呢？

马衡说：唯一的指望就是西安行营了。蒋鼎文深得蒋中正信任重用，现在，我们只有去找这位"小蒋"了。

第二十九章

西安行营主任蒋鼎文，号称蒋介石的"五虎上将"之一，参加过北伐战争。民国十七年蒋介石联合冯玉祥、阎锡山、李宗仁共同挥师北伐，以七十万大军对抗张作霖的奉军，双方在济南附近的那场大战，蒋鼎文是在场的；后来蒋介石对中央苏区的第三次、第五次"围剿"，蒋鼎文也在场。蒋鼎文被红军打怕了，于是跑到上海装病躲起来，私下里对朋友说，自己打算倚仗着多年来聚敛的钱财，在上海过神仙日子。但老蒋很在意这个同姓兼同乡（蒋鼎文为浙江诸暨人），偏不让他隐退，他就只能继续给老蒋卖命。"西安事变"，他在老蒋危难之际鞍前马后，表现出对老蒋的一片忠心。抗战爆发后，蒋介石任命蒋鼎文为第四集团军总司令、西安行营主任。

故宫文物要想顺利运离宝鸡，翻越秦岭进入四川盆地，必须仰仗的，就是当时大权在握的蒋鼎文的强力支持。

第二天清早，马衡就坐上火车，去西安拜访蒋鼎文了。

从西安火车站出来，他叫了一辆黄包车，忍着肚中饥饿，直奔西安行营官邸。

蒋鼎文正与众参谋焦头烂额地讨论着中条山和潼关一带的战事，国军各个方面耗员都很严重，但蒋鼎文手中已经没有富裕的兵力进行增援了，只能回答他们：要么我就和我的副官两个人去增援吧。正在这时，国立北平故宫博物院马衡院长到访，蒋鼎文心想：不是马衡到，是麻烦到了。

蒋鼎文和马衡不熟，前些日子故宫文物经陇海线到西安后，是蒋鼎文做的安排，把故宫文物安全运抵宝鸡，双方的交道也就仅此而已，此番马衡上门求见，看来必有要事。蒋鼎文在客厅里接见了马衡，见面寒暄几句，蒋鼎文开门见山地问马衡：宝鸡的古物安顿可好，是否还有什么困难？

马衡说：潼关不断受到日军轰炸，说不定哪天连西安、宝鸡也都要受到日本飞机轰炸，到时存放古物的城隍、关帝两庙必会成为日机的轰炸目标，古物存放在那里已十分危险。因此我们决定将古物运往汉中，到日军飞机暂时炸不到的地方去，现急需蒋主任安排车辆，以最快的速度将古物运出。

蒋鼎文眉头紧皱，说：眼下军队正在激战，我军连补给都来不及运，哪里有余力帮助你运送古物呢？

马衡说：我理解长官的难处，但故宫古物乃国脉所系，卑职肩负重任，实在不敢稍有怠慢啊。

蒋鼎文说：陕西人擅长挖窑洞，是否可以在山中掘洞存储，以躲避日机？

马衡说：我们都试过了，但陕西人挖窑洞，都是不急不缓，一点点地挖，要等挖出的土层阴干以后，再继续向内挖。我们却没有那么从容的时间，开出的洞壁没等晾干就往深处挖，所以挖出来的洞很潮湿。洞挖好后，故宫员工做存储实验，把一只古物箱子搬进洞里，箱内装一些旧报纸、旧杂志，几天之后，不但箱子长了毛，报纸杂志也潮得揭不开了。故宫古物中有许多是有机质，像书画、古籍、丝织品，根本无法在如此潮湿的环境中存放，即使是青铜器，也会因为过于潮湿而被锈蚀。

蒋鼎文说：马院长，您说的情况我非常理解，然而我的军队正在作战，急需武器弹药和物资补给，日本人又不断攻击我们的补给线，军车和司机损耗严重。每一名司机、每一辆军车，都决定着一个营、一个团，甚至一个师的生死存亡，实在是难以抽调汽车去运送古物了。

马衡说：蒋主任想过没有，日本侵略中国，不仅是要占我土地，还要亡我文明，所以他们千方百计地毁灭中国文化。在占领区推行奴化教育，教中国人学习日语，以日本的文化为自己的文化，以日本的祖宗为自己的祖宗。假如我们失去了这些国宝，就算我们打赢了，把日本人都赶跑了，但我们的文脉断了，我们的文明消失了，没有人再认我们中国人自己的祖宗了，这跟亡国又有什么区别？亡国亡种亡文化，这不实现了日本人的目的吗？

蒋鼎文说：马院长，这国要是没了，您这宝放哪儿去？

马衡说：蒋主任，这宝要是没了，这国还是中国吗？

一句话把蒋鼎文问住了，他从来没有想过这个问题。作为一个军人，他只知道守土有责，一寸山河一寸血，文物这事儿离他八丈远，那是文人的事儿，跟他这员武将没啥关系。但马衡一句话令他陷入深思，军人奋勇杀敌，固然是为了保家卫国，但保家卫国又为了什么？还不是为了我们的种族能够延续，民族的文化能够传承？

此时副官走进客厅，凑近蒋鼎文耳语几句，蒋鼎文的脸骤然变色，转身对马衡说：马院长，抱歉！军情紧急，我要去开会了。今晚我略备薄宴，为马院长接风，到时我们再详谈。

马衡说：主任军务繁忙，就不打搅了，傍晚时分还有一趟火车，卑职即刻返回宝鸡。车辆之事还请蒋主任三思。鼎文，鼎文，文化之事，还有赖于蒋主任您这只"鼎"啊。

说罢，马衡向蒋鼎文深深鞠了个躬，转身离去。

走出西安行营，马衡的心里是落寞的。守卫潼关的重要性，蒋鼎文不说他也知道。他心知，自己让蒋鼎文陷入了两难，大敌当前，自己的这趟西安之行，大概率是空手而归了。假若换位思考，他是战区的司令，他该怎么做呢？只能是，而且必须是要保战场的。但这"位"是没法换的，他既然是国立北平故宫博物院院长，他的屁股就要坐在故宫这一边，凡事要以文物为重，正如易培基院长当年说过的那句话：土地丢了可以夺回来，古物毁了，中华民族几千年的文脉可就断了。

马衡心情黯然回到了宝鸡，钻进了自己的小屋，心情郁闷地饮了几杯小酒，但越喝越闷，越喝心里越堵。微醺中，他抽了自己一记耳光，嘴里叨叨着：百无一用是书生，我这个院长，真他妈的不中用。他举头望着天空的明月，仿佛面对着天堂里的易培基，心情沉痛地说：易院长，我不配，我不配当这个院长。您的重托，我真的扛不动了。日寇凶猛，我们民族积累了几千年的皇皇古物，这一次怕是在劫难逃了。拜托您在天之灵保佑故宫，保佑我们千百年传下来的古物吧！

他疲惫地躺在床上，睡眠很快覆盖了他。夜半时分，突然有人叫醒他。他睁开眼，见是丁彤云。

彤云，出什么事了？

丁彤云兴奋地说：院长，院长，快起来看！

马衡披衣而起，穿过黑沉沉的院落走到小街上，突然间，一道道雪白的灯光刺痛了他的眼睛。紧接着，他听到汽车引擎的声音。他瞬间愣住了，莫非是——运送文物的汽车到了？

的确，四十余辆汽车排成一路纵队，正在穿越宝鸡的街巷，向着城隍庙驶来。车灯雪白的光柱像一把把雪亮的匕首，撕开了黑夜的围困，马衡突然觉得鼻翼发酸，两行热泪，挂在他枯瘦的面庞上。

第三十章

原来马衡走后，蒋鼎文下令，把陕西最主要的六家运输公司的老板全部请到了他的行营，好酒好肉招待一番。蒋鼎文面带笑容，对客人们不停地寒暄敬酒，老板们原本兴高采烈，但很快意识到，这是一场鸿门宴。席间觥筹交错，推杯换盏，屋外士兵遍布，个个荷枪实弹，没有蒋鼎文的命令，连一只苍蝇都飞不出去。大秦运输公司的顾见实董事长见势不妙，学鸿门宴上的刘邦，假装上厕所，直奔大门而去，想要溜之大吉，没想到士兵们把刺刀一横，架着他的胳肢窝叉了回去。顾老板狼狈不堪地回到了酒桌上，蒋鼎文见状，笑盈盈地向他敬酒。

酒过三巡，蒋鼎文才破了题：今日邀请各位前来，只为一事。眼下日军正从晋南扑过来，逼近潼关，战火即将烧到我们陕西，不才身为第四集团军总司令、西安行营主任，身负抗敌守土之责。大家知道，兵马未动，粮草先行，现代战争，后勤补给的重要性怎么高估都不过分。现亟需征用运输车辆，为部队运送军需物资，在座各位皆为关陕一带的运输大王，恳请得到各位襄助。

蒋鼎文说要征用汽车，没有说出是为故宫南迁所用，是出于保密的考虑，以免泄露消息，防止文物转运途中徒生枝蔓。

各位老板一听面面相觑，不知如何应答。蒋鼎文接着说：其实也不给各位增加太多负担，你们每家公司，派六辆载重卡车，六六三十六，六家公司三十六辆车，就暂时够我们用了。当然政府不白用车，我们按市价给，一个大子儿不少。如有损毁，也一律照价赔偿。

蒋鼎文举起酒杯，说：在此敬各位一杯，我先干为敬，失陪了。

说罢一饮而尽，转身离去。

蒋鼎文离开后，老板们议论纷纷。合同就摆在桌上，士兵们在屋外端枪站着，不签肯定是走不了的。有的老板深明大义，说：商人固然逐利，但我们是中国的商人，当然要以国家利益为先，国若亡了，大家做了亡国奴，还做什么生意呢？有的说：话虽这么说，但在商言商，各家公司的钱都不是大风刮来的，没有钱，公司怎么运转？至少，司机不能不发工资吧。有的说：蒋主任不是给钱了吗？有的说：蒋主任只说了给钱，却没说什么时候给，就算签了合同，政府耍赖不认账的事情还少吗？有的说：就算不给钱，但蒋主任今天给够了面子，面子不是比钱还顶事？不就是几辆破车嘛，大家差不多就行了。如果政府强行征用，我们又到哪儿哭去？议来议去，议而不决。有人不耐烦了，抓过合同，三下五除二地在上面签了字，扭头便走。榜样的力量是无穷的，看到有人签字，大家也跟着在合同上签了字。客厅里的人越来越少了，顾见实坚持到了最后，没见到脱身的希望，只好乖乖在上面签了字。

军需官把合同送到作战室，蒋鼎文接过合同，用手指在上面轻轻一弹，说：这群王八蛋，不进酱油铺就不知道盐打哪儿咸酸打哪儿酸。

然后蒋鼎文伏到桌案上，匆匆写了一封信，交给军需官，说：三十六辆车必须今晚集结，开赴宝鸡。你亲自押车，并将此信交给马院长。

蒋鼎文又派了十数辆军车护行，郭之南带领北平宪兵司令部的一百余名宪兵分散在这些军车上，车上架起了机枪，准备随时应付紧急情况。

凌晨出发时，天空飘起了零星的雪花，让那文松想起离开北平的时刻。其实那不是什么雪花，只是一些雪粒，稀稀疏疏，若有若无，落在脸上，凉冰冰的，转眼就融化。这时妻子梅遇影的脸又在他的眼前浮现，她的声音也在他的耳畔重新响起。民国二十二年（1933年），纷飞的大雪中，他离开北平，梅遇影站在院门口，叮嘱他早点回来，他保证说：最多半个月，一定回来！如今五年已经过去，他却越走越远，走入了千岩万壑、壁立千仞的秦岭。乱世之中，人若飘蓬，能够主宰自己命运的，又有几人呢？

到宝鸡后，那文松曾给北平家里去了一封信，报告自己平安的消息。"烽火连三月，家书抵万金"，在这战乱的岁月里，家人的团聚已成奢望，哪怕是收到一封家人的来信，也几乎成了非分之想。那文松想象着，在某一个清冷的早晨，北平的邮差叩开大方家胡同的那扇木门，将自己的信件送到梅遇影的手中时，梅遇影的那种惊奇和兴奋的神情。这种想象让那文松陷入幸福之中，哪怕它仅仅是想象。

在那文松心里，潼关就像一层坚硬的铠甲，保护着故宫文物安然无恙。那文松曾期望着，借着故宫文物得以暂时安顿的时机，抽空回一趟北平，去看一看久别的父母妻子，尤其是他从未见过面的儿子那小簋，他在故宫文物南迁那一年出生，今年已经五岁了，他已经错过了那小簋五岁以前的时光，他不想再错过那小簋五岁以后的时光。但是，日军占领风陵渡，逼近潼关，逼迫着故宫文物再度开拔，那文松心底的期盼彻底落空。

清冷的雪天里，那文松心底浮现出李白的一句词：

何处是归程？
长亭更短亭。

前路茫茫，他看不见自己的归程，只看见一个接一个的驿站，在前方等待着他。

第三十一章

车队天不亮就从宝鸡城出发了，天色微明时分，已经全部开上了陈仓古道崎岖的山路，那是穿越秦岭的六条古道之一，这六条古道分别是：陈仓道、褒斜道、骆谷道、子午道、峪谷道、武关道。冬春之交的秦岭银装素裹、千峰寒色的壮观景象一点点显露出来，让那文松一瞬间就想起了柳宗元的《江雪》："千山鸟飞绝，万径人踪灭"，想起宋徽宗的得意之作《雪江归棹图》。归棹归棹，宋徽宗画《雪江归棹图》时，的确有大片的土地"归赵"（"棹"与"赵"为同音字），在崇宁至大观短短六年的时间里收复了十个州，这足以让宋徽宗志得意满，而忘记了北宋王朝的内忧外患。仅仅十几年以后，他笔下的江山连同他自己，一同归了大金国。

他留下的这一卷《雪江归棹图》，此刻正沉睡在某一个文物箱里，被运输文物的卡车承载着，上了川陕公路。《雪江归棹图》之外的中国，此时已经山河破碎，那大片沦落的江山，不知什么时候才能像宋徽宗当年期望的那样，完璧"归赵"。

民国二十六年（1937 年）七月，数万民工终于以血肉之躯打通了这条跨越秦岭、连接川陕，几乎不可能打通的道路。他们没有想到，就在同年七月，遥远的北平，发生了"卢沟桥事变"，全面抗战爆发；八月里，日军开始进攻上海，发生了"八一三"事变，中国军队纷纷奔赴上海作战，这条刚刚竣工的川陕公路，立刻成为川军出川参加抗战的大通道。第二十二集团军总司令邓锡侯率领的第一路川军，就是从成都启程，徒步经川陕公路到达宝鸡，然后沿陇海路东进，经潼关、渡黄河，进入山西境内对日作战的。第二路川军由第二十三集团军总司令刘湘率领，从重庆朝天门码头启程，乘船沿长江东下，经武汉转道许昌、郑州，参加南京保卫战；第三路川军由杨森率领从贵州出发，直接开赴上海，参加淞沪会战。从此，三路川军共二十六万将士血战于抗日疆场，以劣势武器，与装备精良之日军进行殊死决战，浴血沙场，马革裹尸，其参战人数之多，牺牲之惨烈，居全国之首。

七年后，民国三十三年（1944 年）夏，日军从中南半岛压过来，前锋深入贵州独山，距贵阳城不到二百公里，由贵阳北上，经遵义下綦江，即可直捣国民政府陪都重庆，而国军主力都在前线，大后方兵力空虚，抗战进入最惊险的一刻。然而攻占独山的日军惊讶地发现，竟然有一支中国军队与他们同一天抵达了独山城。行动最快的第二十九军，就是沿川陕公路徒步行军，用三十九天的时间走完了两千六百华里，又行军两千五百华里赶往贵州，才终于赶在日军攻占独山城的同一天抵达战场。川陕公路使中国军队的机动能力大大增强，从而解除了独山危机，使中国熬过抗战最黑暗的岁月。

而此时的 1938 年春，三十六辆载重卡车正沿着川陕公路小心翼翼地行驶。吕医农乘坐第一辆，作开路先锋；马衡院长殿后。而那文松乘坐的是第十八辆，刚好在车队中间的位置。宪兵队士兵分散在每辆车上，在驾驶室顶架上机枪，故宫人员则坐在车尾，随时监视车厢里的文物箱会不会太过颠簸。铅云低垂，天气酷寒，隐隐地有下雪的迹象，车厢没有车篷，大家坐在露天，喝着西北风，不知什么时候就会被冻成石头。

蜀道难，难于上青天。此时那文松坐在车上，觉得川陕公路就是一条通天的公路。山路的一侧，是悬崖峭壁，直耸而上；山路的另一侧，也是悬崖峭壁，垂直而下。有许多路段，连块巴掌大的平地都没有，只是在壁立千仞的山崖上硬是向内劈出了一道凹槽，当地人叫"老虎嘴"，因为它向内的半边是从山岩上掏空的，向外的半边是敞开的，从横断面看，就是一条一半封闭一半敞开的"半隧道"，如果有一架飞机在空中俯瞰，会感觉汽车是挂在悬崖上的，所以也有人称之为"壁挂公路"。那文松觉得车轮是碾着悬崖边缘行驶的，稍不留神就会"马失前蹄"，坠落于万丈深渊。问题是壁挂公路不仅窄，而且陡，弯道还多，如九曲回肠，弯弯绕绕，没完没了，车子像扭秧歌一样，把坐在车尾的那文松甩得忽东忽西，忽上忽下，如腾云驾雾一般。

好在蒋主任派来护驾的这支军用车队很是靠谱，它拥有全中国最优秀的汽车兵。自打战争开始，日军就没有停止过空袭中国的车队，中国的后勤运输兵伤亡重大，凡是现在还能手把方向盘的，都是从死人堆里爬出来的，他们的驾驶技术，都是在与日军的搏斗中训练出来的。经过了一次次严酷的挑战，无论是天上的飞机，还是地上的险路，他们都能应付自如，不在话下。

眼前这段"老虎嘴"绵延近一公里，车队通过时，需十万分小心，行驶的速度，比走路还要慢。然而屋漏偏逢连夜雨，当他们行驶到"老虎嘴"中间的时候，淅淅沥沥的雪突然浓烈起来，演变成一场暴风雪，能见度疾速地下降为零。车队中的每一个人，都在这个瞬间里变成了睁眼瞎，一臂距离之外，除了漫天飞舞的狂雪，什么都看不见了。这突如其来的变化，使车队陷入了前所未有的险境，他们停车也不是，不停车也不是——假如继续行驶，司机看不清前方，随时可能坠入深渊；假如停车，那么后车看不见前车，有可能发生追尾，甚至有可能将前车撞入深谷。那文松的心提到了嗓子眼儿，坐在那里一动也不敢动，心里却有千万个意念在上下翻飞。他还没想明白，发现车子已经稳稳地停了下来。他太低估这支运输部队的战斗力了，汽车兵们虽然无法用肉眼观察到其他车辆的动作，但他们能够用心来判断，因此在暴风雪突然而至的时刻，他们不约而同、步调一致地选择了停车，就像有人给他们下了一道统一的命令一样，这就是这支车队战斗力强大的表现。绵长的车队，就这样临时"挂"在了公路上，等待着暴风雪过去。

只过了半个小时，大雪就停止了，天空一片蔚蓝。头车开动了，后面的车辆也缓缓启动。那一刻，那文松心中忽然响起韩愈的《左迁至蓝关示侄孙湘》：

云横秦岭家何在？
雪拥蓝关马不前。
知汝远来应有意，
好收吾骨瘴江边。

最艰难的路段过去了。天将黑的时候，车队翻过了秦岭的最高处，开始向下坡行进。然而上山容易下山难，秦岭的下坡，不只坡陡路弯，因为刚经历了一场大雪，还光滑得像一个溜冰场。尽管每一辆卡车的轮胎上都加了防滑链，但因为汽车的载量过大，使得车辆无比笨重，惯性极大，所以每逢弯道，汽车都会打飘。汽车兵们小心翼翼，大气都不敢出，身上穿的棉衣都被汗水浸透了，但事故还是发生了。

第三十二章

那文松乘坐的这辆卡车刚刚转过一个弯道，突然前面出现一个老太太，不知是从哪里冒出来的，背上背着重重的一捆柴，在自顾自地走路。司机一面紧打方向盘一面急踩刹车，坐在车尾的那文松猝不及防，一个跟头翻出了车外。车外就是一道四十五度山坡，上面白雪覆盖，光如滑梯，下面紧接着一道万丈悬崖。那文松在下滑过程中，本能地伸手抓住一棵歪脖树，不巧的是，他抓树的手是左手，正是那只不灵便的手，因此没有抓稳树枝，又开始向下滑落。山崖下面，滚滚的汉江正奔流而过。那文松把眼一闭，心想这一劫，他是逃不过去了。

就在那文松松开左手，身体开始下坠的那一刻，他的右手胡乱一抢，竟然抓到了斜坡的一个棱角，那是一块突出的岩石，好似一个存心递到他手里的把手，他的心里一热，像抓救命稻草一样，紧紧抓住了那个"把手"。他知道，以他的臂力，是坚持不了多一会儿的。他把两条腿展成一个平面，呈蛤蟆状，在斜度极大的雪坡上缓缓探寻，不敢用力，以免失去平衡再度坠落。终于，他的两只脚各找到一个支撑点，减轻了他右手的承重。但现在的问题是，他的身体定格在这个看起来十分难看的姿势上，一动也不能动了。他的身下，是青蓝湍急的江水。他不敢往下看，四肢开始像筛糠一样不停地乱颤。

很快，一条粗绳降落下来，在他的鼻翼前晃动着，把他的鼻子搔得痒痒的，他好想打一个喷嚏，但他忍了，一个喷嚏就足以让他坠入地狱。一个汽车兵已经迅速地系上安全绳，冲下了那道缓坡，把绳子的一头朝那文松甩下来，另一头绑在一棵树上。那文松抬头，但见绳头已经系成了一个绳圈，只要他把手腕伸进那个绳圈，上面的人一拉，就能把他的手腕紧紧捆住了。但他不敢松开那块突出的岩石，只能攀着那块山岩，让右手一毫米一毫米地向那个绳圈移动。终于，绳圈晃动的幅度越来越小了，他用左手攀着山岩，一点点地挪向绳圈，左手大拇指轻轻地扣住绳圈，将它固定住，右手也攀着山岩，缓缓地挪向绳圈，直到把整只手伸进了那个绳圈。

一片昏蒙中，他听见头顶有人在喊：

套住了就说声好，我们就向上拉。

那文松使出浑身力气，大叫：

好——

山坡的上方，司机和士兵们一个抱一个，组成一条人链，最下方的一个兵被拦腰抱着，双手拉紧绳索，拼命地向上拉。那文松感觉自己的身体腾空了，身体的重量全部集中于肩膀，锁骨就要碎裂一般，一丛一丛的崖树从他的眼前掠过……终于，他露出了头，几名士兵一拥而上，连拉带拽，像拖死狗一样，把他硬拖上来。

大家把他放平在路边，有人拿出水壶，在他的唇缝里缓缓地注入一线清水。那文松的心怦怦地跳着，到现在都不敢睁开眼睛，因为他无法确定出现在他面前的是上帝还是阎王爷。马院长和同事们都冲过来，丁彤云、唐知微轻拉着他的手臂活动，又掰着他的双腿动了动，检查是不是受了伤，结果发现他的右手被悬崖上利刃般的石片割破了，一道伤口贯通了他的食指、中指和无名指，鲜血从伤口里渗出，在阳光下显得鲜红灿烂，其他一切完好。

大家心里的石头落了地，唐知微说：你小子，玩儿这一出，吓死我了。

那文松说，"知汝远来应有意，好收吾骨瘴江边。"刚吟诵韩昌黎这首诗，我还以为一语成谶了呢。

唐知微说：这首诗看上去是说英雄末路，实际上是表达他"虽九死而犹未悔"的决心。

那文松说：所以我才不甘心这么就死了。

唐知微说：南迁任务还没有完成，咱谁都不许死。

那文松咧嘴一笑：说话算数啊，咱谁都不许死，谁死我看不起谁。

夜幕垂落时，车队进了汉中。这里是当年刘邦讨伐项羽的根据地，也是诸葛亮六出祁山的基地。但他们屁股还没坐稳，日本飞机就到了，好像他们知道故宫文物的行踪一样。马衡心里骂道：这帮小鬼子，一点眼力见儿没有，连个喘气儿的机会都不给。

骂完，叫郭之南率领他的卫队准备干粮，马上离开汉中，翻大巴山，向四川盆地进发。

临行前，马衡要把那文松留在汉中的医院里治疗，那文松的手指因为没有消毒而感染化脓，肿得像透明的红萝卜。那文松坚决不干，他再也不想脱队了，就是死，也要死在南迁的队伍里。

马衡无奈，只能带上那文松继续前行，只不过这次郭之南主动让出了自己的位子，把那文松安置在驾驶室里。那文松一路发着高烧，车队是怎么翻越大巴山的，他一概不知，更没有精气神去咏诵诗词了。

那文松再次醒来时，人已经躺在医院的病房里，只看见右手缠着厚厚的白色纱布。来自掌心上方一阵空洞的疼痛几乎把他再度击倒。麻药的效力已经消失，好似有利刃在切割着他的手指。十指连心，那疼痛顺着他的右胳膊一路传递，让他感觉那刀刃切割的并非自己的手指，而是心脏。他用嘴咬紧了被子。

这座中式庭院是"新医院"。民国二年（1913年），在成都仁济医院的基础上成立了华西协合大学。民国二十六年（1937年），抗战全面爆发，内迁至成都的中央大学、燕京大学、齐鲁大学、金陵大学、金陵女子文理学院与华西协合大学联合办学办医，组建了中央、齐鲁、华西三大学的联合医院，时称"新医院"，就是后来的华西医院。这所医院与故宫文物南迁多少有些渊源，因为它的前身，是基督教会创建的仁济医院——故宫文物南迁到上海时，政府提供的临时存放地，也是上海的仁济医院旧址。

护士来给他换药了，那白白净净的手，像打开莲花瓣一样，把缠绕的纱布一层一层轻轻展开。当纱布全部取下时，那文松惊呆了——他右手的食指不见了，那只被人称作神仙指的手指不知去了哪里，拇指和中指之间只剩下一个豁口，贴近手掌处可见崎岖不平的创面，凝结着血迹，上面缝着密密麻麻的针脚。缺少了右手食指的他，从此再也不能提笔写字了。

那文松突然感觉一股血在往头上涌，左手狠狠地砸在腿上，痛苦地大叫一声。这叫声是那么凄厉，那么惨痛，那么绝望，好似一条受伤的狼发出的长嗥，能够穿透整个旷野。那不是因为手疼，而是因为心疼。

第三十三章

失去右手食指给那文松带来的摧毁感比在监狱时还要强烈，因为在监狱时他的手指虽被折断，但那是他主动的选择，他知道，即使手指被折断，它们仍然存在着，况且折断的骨头可以重新生长；而现在，他的右手食指已经不辞而别，消失无踪了。他将成为一个无法握笔写字的人，他多年苦练的漂亮书法将从此弃他而去，这等同于剥夺了他作为一名书生的资格，就像战士没有了枪，船夫没有了桨。他清醒地意识到，自己失去的不只是一根手指，而是撬动地球的杠杆，是整个世界。

他不怕死，他见证过太多的死亡，所以他沸水敢蹚，烈火敢踏，对生命早已不再那么怜惜，但他怕活，这种残缺不全的活法，还不如死了好。此后的几天，那文松嘴唇紧抿，不吃也不喝。

护士眼见着那文松面色明显地苍白下去，却又无能为力。

同人们轮流来看他，但看到他手术后那只面目全非的右手，大家都沉默不语了。没有人知道应该说些什么。在这样的时刻，在如此的创痛面前，语言是无力的，说什么都不合适。

那文松目光茫然地望着雪白的墙，一言不发。

现场的气氛，仿佛被冷冻了一样。

这时，马院长进来了。

丁彤云说：咱们滚吧。

大家于是告辞，默然离开病房。

马院长沉默了半晌，才搬过来一张椅子，静静坐在那文松对面，叫了一声，文松。

那文松把头转向一边，没有说话。

马院长说：文松，我知道你的心情不好，现在我不知该说什么。作为院长，我什么也帮不了你，不能代替你疼，也不能感受到你的疼，甚至不能理解你的疼，我很惭愧，真的很惭愧。不能保护好故宫人，我就是一个不称职的院长，想到这一点我心里就受不了。但是，文松，我还是有话想对你说。

马院长注视着那文松，目光炯炯：人家都说，百无一用是书生，尤其在这大敌压境、民族危亡的关键时刻，有多少中华民族的优秀儿女都走上了战场，你没看见吗？在淞沪，在南京，十五六岁的南方孩子，身体那么瘦小，站直了也不比步枪高出去多少，却毅然决然地走上战场，即使胳膊打飞了，腿炸断了，也绝不退缩一步。我们呢？空有一身学问，却手无缚鸡之力，更遑论走上战场，去杀敌报国了，真是宁为百夫长，胜做一书生！

但我们有我们的战场，在战火中守住故宫的国宝，这就是我们的战场。那文松，你把自己的全部性命都押到了这个战场上，你是好样的，是这个战场上的英雄。中华民族到了最危险的时候，然而有你这样的中国人，我相信我们国家不会亡，我们民族的文化血脉就不会断。什么是国宝？我们祖先的心血结晶是国宝，但像你这样的中国人同样是国宝。物质的国宝，是依靠精神的国宝来维系的，没有了精神的国宝，物质的国宝就没有了灵魂。只要精神不倒，再大的困难我们也能扛过去。文松，我希望你在面对大灾大难的时候，精神也会不倒，你的精神不倒，你的未来就不可限量。

马院长说着，眼眶有点潮湿了，他接着说：人都有脆弱的时候，我马衡也有，我有时也问自己，这么大的责任，我马衡能不能扛得起来？我有没有能力把这些古物完好无损地带回北平？然而我们没有选择了，文松，我们必须能，不能也得能，再苦，再难，我们也只能一条道走下去，没有回头路了。我们要是认怂了，我们民族的文化根基就万劫不复了。你也是一样，你没有选择。你不能选择是死还是活，你只能选择活，而且还必须精彩地活着，因为有这么多的古物需要你守护，你好意思说这些事与你无关？你没听过这句话吗，"上坡不得歇个脚，下坡很陡转个弯"？遇上什么困难，咱们就应付什么，文松，相信我。

那文松流泪了，开始是涓涓细流，接着就汹涌澎湃。他像一个乖顺的孩子，在家长的面前号啕大哭。他觉得在这样一个无比伤心的时刻，马衡就是他可以依赖的大树。他用僵硬的左手捂住了脸，也捂住了自己的忿懑与羞愧，泪水却从他的指缝里淌下来。马衡把那文松的头轻轻揽入自己的怀中，用手轻抚着他的头发，在心里面说：你受委屈了，孩子，其实院长的心里也疼，院长也想哭啊！

第三十四章

那文松开始进食了。马院长的话，让他隐隐地看到了一点希望。至于那希望是什么，他还不知道。他只是知道，生活还在继续，世界末日并没有到来。

护士叫沈芷伊，生得白白净净，黑黑的眉眼，浅浅的酒窝，煞是好看。穿着白色护士服，来来去去身轻如燕，仿佛给她插对翅膀她就能飞起来，真像一位天使。那文松躺在病床上一动不动，只有目光跟随着沈芷伊的身影四处游动。沈芷伊给那文松换药、往他手背上的血管里插针头为他输消炎药水，手势都极为小心，目光中充满了怜惜。有时换班，别的护士为那文松输液换药，那文松都会下意识地感到紧张，只有沈芷伊在时，他的心是松弛的。时日一久，他的心中就对沈芷伊生出几许依赖。

沈芷伊也对那文松有了心理依赖。她为他输液的时候，那文松会跟她说从宝鸡翻秦岭一路入川的感受，给她讲李白、杜甫、苏东坡过蜀道出川入川的故事，还有三国时代那段纵横浩荡的历史传奇，当然还有司马相如与卓文君的爱情故事。他讲得投入，她听得认真，没想到这片土地发生过这么多不可思议的事情。她发觉那文松就是一个知识的宝库，她对眼前的这个青年生出了无尽的敬慕之心，敬慕离爱慕，只有一步之遥。

这是民国二十七年（1938 年）的成都。故宫的车队已经翻过了大巴山，走过了最艰难的蜀道，经广元、剑阁、绵阳，一路抵达成都，故宫的文物，也被他们藏入了大慈寺的大雄宝殿和藏经楼里。因感染而一路昏迷的那文松并不知道，路途上发生了故宫文物南迁历史上至为神奇的一幕——自汉中到成都六百公里，中途横亘着五个渡口，却一座桥梁也没有，马衡只好下令找来一些竹排，做过严格的荷载实验以后，将汽车开上竹排，然后依靠纤夫，用人力拉着竹排逆流而上。走一段路程之后，把纤绳放开，再让竹排借着水流，漂到对岸。故宫南迁的卡车和车上的文物，就这样，依次渡过了五条河流。

当汽车晃晃悠悠开上竹排的时候，每一个故宫人都屏住了呼吸。假若汽车翻入江中，后果是什么？他们的手心都沁出了汗，唯有那文松，昏昏沉沉，不知人事。等他醒来，只看到病室窗外满院的桃花。

成都在长江以南，花开得比北平稍早，阳春三月，第一轮花已经开过，此时正梨花胜雪，海棠似火，假若那文松此时能走出医院，走到田野上，还会看到大片大片的油菜花，宛若金色的波浪，随山势起伏，一浪高过一浪，这是长江以南地区才有的景色，在北平是看不到的。

窗外花色迷人、暗香浮动，让那文松想起了故宫的春天。梨花，桃花，杏花，雪白粉嫩，在红色宫墙的映衬下显得格外美丽，特别是文华殿前的那一大片海棠，每到四月初，花开如海，蔚为壮观，差不多一周之后，就到了春尽之时，花落如雨，飘飘洒洒，如梦似幻，更是人间难得一见的美景。那文松觉得，没有什么地方能比故宫的花开时节更加美丽妖娆。每年春天，妻子梅遇影都会到院子里折下几枝梨花、桃花，插在瓶中，摆在各个房间。那文松最喜欢梨花，花冠五瓣，通体洁白，最宜月下、雨后观赏。那文松望着成都平原的绿肥红瘦，心却落在繁花似锦的紫禁城，落在北平千万座四合院中的一座——院子中央的花已经盛开，父母妻儿正站在花树边，脸上露着静美的微笑。

那文松终于在沈芷伊的搀扶下从床上起来，但是，当他走出病房时，走廊里的景象，把他彻底惊呆了。

走廊的一侧，架起了一长排行军床，一张接着一张，如一条长河，一眼望不到头。每一张床上，都躺着一名身受重伤、缠着绷带的士兵，绷带上浸满了血污。由于通风不良，走廊里充斥着药水的味道和伤口溃烂的臭味。他们大部分是从晋南和潼关退下来的战士，由于当地野战医院的承载力有限，西安的大医院也被伤员占满，有一些就被疏散到远在成都、重庆的后方医院。这两座城市，拥有当时中国西部地区最先进的医疗资源，这些来自黄河北岸的伤员就这样出现在那文松的面前。因此在这个莺飞草长、李白桃红的春天，那文松依然嗅到了浓郁的战争气息。他一边缓缓地走着，一边打量着这群伤兵。他看见一个年轻的士兵，一张娃娃脸，眼睛上缠着绷带。沈芷伊说，他的两只眼睛都被弹片刮伤了，很快就要做眼球摘除手术。那文松心中一阵绞痛。他走上前去，抚摸着小兵毛茬茬的头，问：弟弟是哪里人？

小兵答：永济的。

那文松心想，那不就在潼关对面吗？山河表里、重峦叠嶂中，有多少家庭经历了生离死别，有多少农家子弟血洒战场？他俯下身，轻声地问：多大了？

十七。

家里还有什么人？

父母都被日本飞机炸死了，两个哥哥上了战场，还有一个妹妹，十二岁，在老家，跟奶奶一起过。

那文松不知说什么好，想了想，说道：好兄弟，你是好样的，忍一忍，挺过这一关就好了。

他惊讶地发现，自己此时所说的话，竟然与马衡院长之前对他说的话如出一辙。

沈芷伊告诉他：昨天有两名士兵的双腿截了肢。一名只有十八岁，他的左腿受了贯通伤，保不住了，必须被锯掉。他听说自己的左腿第二天就不存在了，一句话也没说，一个人挂着拐杖，在院子里一瘸一拐地走了一夜。

还有一名士兵，双腿已经被炸烂了，里面生了蛆，几天几夜昏迷不醒。医生皱着眉头，在手术室里用止血的镊子夹住血管，再用剪子把创口附近的脂肪和肌肉一条条地剪去，再用钢锯锯断了他的腿骨，锯得骨渣飞溅，血水横流。这个走到死亡边缘的孩子总算保住了一条命。当他从麻醉中醒来，看到腿上盖着的被子下面空无一物时，突然间大惊失色，就在被子里到处找腿，满脸惶恐地大喊着：我的腿，我的腿呢？昨天还好好的，谁看见我的腿了？把腿还给我！我还要回家种地呢，求求你们了，把腿还给我！在场的医生护士没有一人不痛哭流涕。

那文松听到这里也哭了。空气中弥漫着花的馨香和泥土的潮湿气息，他的心中却盈满了悲伤，不是为自己，而是为了眼前这帮苦难的兄弟，为了这个苦难的国家。他感到羞愧，感到耻辱，感到悔恨，为自己的软弱、自怨自艾、自以为是。

第三十五章

伤情刚有好转，那文松就立刻要求出院。战时医疗资源如此紧张，他没脸再去占用一张病床，哪怕多打一次针，多换一次药，他都有负罪感，不如把这针、这药留给那些血肉模糊的伤员。他想回到大慈寺，那才是他该去的地方。

临走那一天，沈芷伊帮他收拾了简单的东西，嗫嚅了半天，才说：文松哥，你不要走嘛，你的炎症还没有完全好呢，再化脓了怎么办？再说，你走了，谁给你换药，谁给你喂稀饭呢？你不要走嘛。

那文松说：谢谢芷伊妹妹，这些天辛苦你了。我好了，我还有许多事情要干呢。你不用担心，我自己什么都能干了，就算不能干，还有我故宫的兄弟们呢。

沈芷伊说：可是你走了我不放心。

那文松说：不走？莫非我还在这住一辈子？

沈芷伊说：住一辈子又有什么关系？

那文松说：那这是医院，还是养老院？

沈芷伊说：我能不能去看你？

那文松说：能啊，这里是国学巷嘛，我们库房就在大慈寺，不算远。

沈芷伊说：那说好了，到时候我就去看你啊。

那文松说：说好了。

丁彤云和唐知微把那文松接回了大慈寺。那文松看到，大雄宝殿和藏经楼里，已经堆满了文物箱。大慈寺是一座修建于公元七世纪中叶（唐朝天宝、至德年间）的古寺，号称"成都第一大佛寺"，在唐代就已经形成了宏富壮丽的建筑规模，仅庭院就有九十六个，共占地四十余亩。故宫要寻找存放文物的场地，在成都，没有比大慈寺更合适的地方。

寺院把客堂腾出来给故宫员工住宿，一日三餐在斋堂。那文松左手不灵，右手又缺了一指，已成半个废人，无法搬运文物，写字更成了难事。这令他无比羞愧，他不想成为同事们的累赘，但他还能干什么呢？他一万个不甘心，开始用左手练习写字，这样，他还能够像他刚入故宫时那样，作一个书记员。他准备好了笔墨纸砚，左手抓住毛笔，但是当笔尖蘸饱了墨汁落在纸页上后，写下的字却比鸡蛋还大。那一笔秀丽的小楷消失了，而他写下的大字，字迹无比凌乱，比例失调，有的笔画甚至重叠错落在一起——他已经失去了对笔的控制能力。这让他感到沮丧，继而陷入愤怒。他越写越愤怒，甚至到了怒不可遏的地步，他把毛笔"啪"一声狠狠摔在地上，近乎疯狂地大喊：

手！我的手——

第一天的练习以失败告终。第二天，他走进大雄宝殿查看文物箱，心中不知为何想起了唐玄奘，也想起了他们在西安看过的大慈恩寺和大雁塔。唐玄奘当年正是从大慈恩寺开启了他西行五万里的艰辛求法之旅，想到了玄奘西行经受的九九八十一难，想到他被向导抛弃，迷失在"上无飞鸟，下无走兽，复无水草"的八百里戈壁，却依然"虽九死其犹未悔"，那文松内心仿佛突然被注入了一股力量，心想重新练字再难，也比玄奘行走在"西路险恶，沙河阻远，鬼魅热风，遇无免者"的道路上要简单许多。他放平了心，开始了真正的练习。

沈芷伊果真来看那文松了，给他带来了一副手套。是她用蜀锦精心缝制的，右手缺失的部分，她用棉絮把它填实。对沈芷伊的细致体贴，那文松由衷地感激，但不知为何，他的心里隐隐地感到某种忧虑。

那文松给沈芷伊看自己努力的成果，那是一些正楷大字，看上去就像小学生的习字作业。那些歪歪斜斜的笔画，艰难地组成了一个个的汉字，但它们至少是汉字，这一点已经让那文松感到满意了。

日子就这样静静地流淌，他每日除了查验文物，防止虫蛀、漏雨和火灾，其他时间都用来读书、聊天和练字。有时，僧人们都去佛堂诵经，他就坐在殿前的台阶上，遥望天上的白云，想自己的心事，长久地不发一语。在他看来，这是他和故宫同人在抗战时期难得的一次喘息机会。这不是遁世，而是让内心获得再生的机会，在沉默中重新积聚能量和勇气。他也时常伫立在佛堂外面，聆听僧人们诵经，那浑朴悠扬的和声，如一种漫长而悠缓的抚慰。

有一天，沈芷伊来了，那文松说出去走走吧，两个人就一起出了大慈寺，走到东顺城街。两人并肩而行，慢慢地聊天。突然，沈芷伊站定，对那文松说：文松哥，我这次来，是有话想对你说。

那文松说：说吧，你看你吭哧瘪肚的，怕啥？

沈芷伊说：文松哥，我喜欢你，我想嫁给你。

那文松浑身一震，心想躲得过初一躲不过十五，他最想回避的那个时刻，终于来了。

那文松嗫嚅了半天，说：不，不行。

为什么不行？

我一直把你当成妹妹看。

可是我愿意嫁给你，和你过一辈子。

不行！

沈芷伊表情奇怪地看着他，说：难道你有老婆了？

那文松微微点了点头，说：是的，我有老婆了。

那文松低着头，又补充道：不只有老婆，还有儿子，他叫那小簋。

沈芷伊怔怔地站在那里，沉默不语。

那文松看到沈芷伊默然，觉得这是一个机会，一定要跟她把话说清楚，就把他当初是怎么从沈阳到了北平，怎么认识了梅从云一家人，怎么进入故宫博物院工作，又怎么和梅遇影结婚的前前后后，一五一十地跟沈芷伊讲了。沈芷伊停了半响，说：文松哥，你很幸运，也很幸福。我很羡慕你，真的。

第三十六章

沈芷伊依然不时来大慈寺看望那文松，一切如常，每次都认真检查那文松伤势恢复情况，给那文松带来营养品和成都美食，像龙眼酥、肉松卷、核桃糕、板栗饼什么的，有时还带来凉粉、凉糕、担担面。她说：寺里的伙食太清淡，修行还可以，养伤不行。养伤得吃好，吃好才有利于养伤。

那文松说：芷伊妹妹，你的心我领了，但你再不能这样了。你想想，你才挣几个钱？要省着点，将来还要嫁人过日子呢，不能这样吃干花净。

沈芷伊说：我不想给别人花，就想给你花。

那文松笑了，说：给我花啥？我也不是你丈夫。

沈芷伊正色道：我只认你文松哥做我的丈夫。

那文松有点急了，说：我跟你掰扯半天，难道都是白说了吗？

沈芷伊说：我知道文松哥你对太太好，越是这样，我就越想嫁给你，因为你不只脾气好、学问好，而且对家庭好。这世上的男人，哪一个不花心？你文松哥就不。

那文松说：莫非你要把我好端端一个家给拆散了不成？

沈芷伊说：我哪能做那样没良心的事？

那文松说：那你要怎样？

沈芷伊说：梅姐姐给你当妻，我给你当妾。

她说这句话时，气定神闲，好像她早已胸有成竹。

这句话却仿佛炸雷，震得那文松浑身发麻。

什么？！那文松吃惊地看着她，说：胡闹，这辈子不许你这么想！

沈芷伊说：为什么不能想？这又不矛盾。你在北平时，梅姐姐照顾你；你在四川时，我照顾你，谁也不碍谁，有何不可？

那文松说：你这样的好姑娘，为什么不去找一个好的婚姻？

沈芷伊说：世道纷乱，人心如狼，我到哪里去找一个好的婚姻呢？哥，我喜欢你，宁可嫁给你作小妾。

那文松说：不行，绝对不行！

沈芷伊不服气地说：怎么不行？文松哥你不是跟我讲过吗，当年苏东坡被贬谪到岭南，就是他的侍妾朝云一路陪伴他。我只要做朝云那样的侍妾就心满意足了。

那文松说：我又不是苏东坡，现在也不是从前那个时代。

现在怎么了？你没看见我们四川的范绍增，一个人娶了四十房姨太太吗？范绍增不就是有点权，有点钱吗？论德，论才，都比不上你文松哥，他能娶四十房姨太太，你凭啥不能纳一房小妾？

范绍曾是川军将领，民国二十二年（1933年）被四川军阀刘湘排挤，赋闲在家。淞沪会战打响以后，范绍曾请缨杀敌，蒋中正急需用人，就任命他为第十一兵团副司令。范绍曾变卖家产自筹军饷、武器装备，组织了一支由袍哥组成的四川子弟兵。

谁也没有想到，这支由鱼龙混杂的袍哥组成的杂牌军，竟然成为淞沪会战最能打的部队之一，这支部队后来又辗转于武汉会战和三次长沙会战的战场，场场都是血战，甚至击毙了日军第十五师团长酒井直次。

听沈芷伊这么说，那文松把心一横，说：你再这样胡闹，我就不让你再来了。

沈芷伊怔怔地望着他，说：文松哥，你嫌弃我？

那文松慌忙解释：不是不是，我哪能嫌弃你呢？我是说，我们都是经过了五四洗礼的青年，不是封建余孽，不能再做那样封建愚昧的事。

那文松伤到沈芷伊了，她静静地打量着那文松，泪水就在眼眶里打转。

良久，她才平静下来，说：文松哥，我冷，抱我一下行吗？

这一刻那文松犹豫了。

他的犹豫，让沈芷伊的心彻底凉了，她冷冷地说：我走了，天快黑了。

那文松决定坏人当到底，从此不见沈

芷伊。

他必须装傻，必须狠心，必须绝情。

但是没过几天，沈芷伊又来大慈寺了，给那文松送来衣食，送来纸笔，那文松都以工作忙为由，避而不见。

在那文松眼中，沈芷伊并不是一个愚昧的乡下妇女，而是一个现代青年，受过现代教育，有文化，又生活在大都市。他无法理解，沈芷伊的奇怪念头是从哪里来的。他以为这纯属小女孩的任性，等她再长大些，这样的荒唐念头就会成为云烟。

他并不知道，沈芷伊是经过了深思熟虑的。沈芷伊虽然身处成都这座繁华的西南都会，但她是一个异乡人，在成都举目无亲，没有人关心她的喜怒哀乐，而身为护士，她触目所见的，不是伤痛，就是死亡。随着越来越多的重伤员的到来，那场正在中国山河大地之间进行的残酷战争活生生地在她面前展开。她曾为一个十几岁的小兵拭去脸上浓重的血污，发现他已没有了鼻子，没有了嘴唇，没有了牙齿，除了一只耳朵，整个脸部什么都没有了。她们与死神抢时间，竭尽全力去挽回伤员的生命，但即使她们成功了，也不能把一个健全的身体交还给他们，不能把他们早已被毁坏的人生复原。他们不是肢残，就是腿断，拄着拐杖，缠着绷带，歪歪斜斜地走出医院，不再被军队所容，不再是万人仰慕的英雄，他们的退伍费只够买四双草鞋，转眼就变成没人愿意理睬的叫花子、流浪汉，被无情地抛入社会的最底层。她的世界从此不再岁月静好、歌舞升平，来自伤员们心头的绝望淤积在她的心里，化作她的绝望。这让她产生了深深的无依感，她觉得生命是那样的脆弱、无助、转瞬即逝而又无可挽回。

这种复杂的情绪每一天都陪伴着她，让她无法摆脱。她想抓住些什么，但她什么也抓不住；她想反抗什么，但她什么也反抗不了。直到她遇见那文松，她才得到一种舐痕抚翅般的安慰。她不明白那文松为什么能给她这样的安慰，她不知道那文松身上有着怎样一种神奇的魔力，总之她就被他吸引着，不知不觉地向他靠近。她没有机会去思量在她和那文松之间该不该有爱情，一切都无关紧要，重要的是此刻能与那文松在一起，哪怕只有一分一秒。

然而此后，那文松没有想到，沈芷伊再也没来"骚扰"过他。

沈芷伊没有来的真正原因，是武汉会战爆发了，日军前后投入三十五余万军队（此时日本全国陆军的总兵力约九十万人），仅留下一个师团镇守日本本土，其余部队则全部被调至中国战场。中国参战的部队约一百万人，实施"战于武汉，而不守于武汉"的方针，依托大别山、鄱阳湖、长江两岸等有利地形，以消灭日军有生力量为首要目标，战场沿着长江铺展开，覆盖了安徽、河南、江西、湖北四省的大片区域，纵横数千里。会战自民国二十七年（1938年）六月一直持续到十月，历时约四个半月，时间之长、参战兵力之多、规模之大，为八年抗战中任何一次战役所不能比。这场会战中，国军以伤亡四十余万人的代价，毙敌二十五点七万人，日军因损耗过巨，此后再也无法组织大规模战略进攻，从而被迫实行战略保守，抗日战争也进入了僵持阶段。拥有现代化武器的日军只能占据中国北部和东部的大部分土地，中国军队则背靠西北和西南地区与日军缠斗，为日后的战略反攻积聚实力。

随着武汉战事的进行，越来越多的伤

员被送进了医院，手术室昼夜不停地为伤员手术，沈芷伊忙得几乎连睡觉的时间都没有了。

武汉陷落以后，日本军机从武汉起飞，飞行半径已深入到中国西南地区，这一年的十一月，成都也遭到了轰炸。炸弹带着狂啸从空中落下的时候，那文松放心不下沈芷伊，想飞奔到医院去，但他的首要任务是保护故宫的文物，所以他必须坚守在大慈寺，哪里也不能去。在大慈寺，他们的目光紧盯着天空，担心炸弹从天而降落在大慈寺里，所幸日军第一波轰炸的目标是成都的机场，因为武汉陷落以后，国军的空军主力转到了成都，尤其是装备着苏制图波列夫SB-2、伊留申DB-3轰炸机的中国空军第一大队和苏联志愿队轰炸机大队主力都驻留在成都，日军此番轰炸成都显然是冲着他们去的，企图炸毁中国的空军基地，取得西南地区的制空权。那文松看着日机在大慈寺的上空掠过，向凤凰山的方向飞去，心中为故宫文物捏了把汗。那一天，敌机在凤凰山机场和太平寺机场投下了百余枚炸弹，长达六年的成都大轰炸自这一天开始了，"跑警报"从此成为成都市民的日常生活。

大慈寺一时无事，那文松就往新医院跑。远远地，他就看见一股黑烟往天上冒，他心里暗叫不好。

第三十七章

新医院主楼那座漂亮的中式大屋顶建筑，已经被炸塌了一半，医院的窗户，也几乎全被日本空军的中岛九一式战斗机的机枪打碎，碎玻璃如雪花般四处飞扬。那文松冲进医院，发现医院已经变成了一座地狱：那些原本躺在病床上的重伤员四处躲避，还是没有躲开日本飞机的轰炸和如泼妇般的扫射，还有一部分伤员被坍塌的建筑活埋了，而身穿洁白护士服的白衣天使，身上也布满了血迹，犹如冬日雪地上盛开的一朵朵鲜艳的梅花。那文松看到一个护士的颈部被飞舞的弹片割开了一个口子，洁白柔软的脖子上仿佛张开着一张血盆大口。显然，她的颈动脉被割断了，鲜血汩汩而出，他立刻脱下衣服，堵在她的脖子上，转瞬之间，衣服就被鲜血浸透了。

他扬起脖子大喊：医生！救人啊！这有医生没有？

话音未落，有两名医生跑来，迅速把受伤护士抬上担架车，朝手术室飞奔。

那文松在硝烟缭绕的走廊里寻找沈芷伊，心急火燎地叫着她的名字：

沈——芷——伊——，沈——芷——伊——

在一个楼梯的拐角，一个影子闪过，一下子扑到他的怀里，他定睛一看，竟然是沈芷伊。

他说：你还活着，太好了，你还活着。

他终于把沈芷伊抱在怀里了。

那一刻，他有了亲吻沈芷伊的冲动，但他忍住了。

他知道，这一步踏出去，就是万丈深渊。

沈芷伊说：大难临头，文松哥能来看我，芷伊心里知足了。

说完，身子一抖，伏在那文松的肩头，痛哭失声。

在沈芷伊的哭声里，传来一阵喘息声，他们听见有人在墙角以微弱的声音呼唤着：

救——我——，快——救——我——

那文松和沈芷伊循声望去，发现一个

伤兵，左手吊在白纱布上，显然是胳臂受了伤，右腿上一排弹孔，汩汩地往外蹿血。那文松扯下自己的皮带，扎在他的大腿根部，为他止血。四周没有担架车，那文松索性把他背起来，往手术室跑。

到了手术室外，他们惊呆了——几十辆担架车上，全都躺着重伤员，个个都处在死亡的边缘，不是头部中了弹，就是肚子开了花，要不就是腿被炸没了。他们不停地呻吟，医生只能先选择伤势最重的伤员进行手术，手术室简直成了一条永远停不下来的流水线。而等在门外的伤员，有的没等到被推进去，就已经流尽了身上的血，咽气了。

大慈寺也不安全了，当敌机飞临成都上空，大慈寺会成为最显而易见的轰炸目标。此时，从西迁中路沿长江运至重庆、存放于重庆安达生洋行的文物，也同样遭受着重庆大轰炸的威胁。马衡院长接到行政院电报，要求将存放于重庆和成都的故宫文物尽快转移出去。

所幸成都的冬季雾气笼罩，能见度不高，重庆更是有名的雾都，接下来的日子里，日机暂停了对成都和重庆的轰炸。这给故宫人留下了一个难得的喘息机会，就在这个间隙里，马衡带着吕医农、那文松等人到处寻找故宫文物的安身之所，最终选定了峨眉。因为成都到峨眉有公路相通，便于运输，峨眉庙宇又多，便于存放文物。西迁中路存放在重庆的文物则同时运往乐山，西迁南路的文物，此时早已抵达了贵州的安顺，藏在山洞里，安全无虞。

民国二十八年（1939年）4月28日，是文物从大慈寺运走的日子。最美人间四月天，去年此时，沈芷伊还带着那文松去白鹤岛看油菜花，今天他们就要分别了。此一别，不知何年何月再能相见了，那文松想起柳永的词：

> 此去经年，
> 应是良辰好景虚设。
> 便纵有千种风情，
> 更与何人说？

临行之前，那文松原本想去医院再见一次沈芷伊，算是告别吧，哪怕是偷偷看她一眼也好啊。他知道，自己没有权利放纵这份感情，相反，他必须把它割舍掉，越是果断无情越好。想了半天，他还是把心一横，决定来个不辞而别。

为了沿途安全，故宫博物院向四川省政府发去蓉字第一六七号公函：

> 案查本院存蓉文物，奉令移运峨眉。业经租定中国联运社汽车三十余辆代为载运，月内即行开始。惟本院文物，关系国家文化，至为重要。警卫方面，自不能力求严密，以策安全。除由本院洽商第三十六军第五师派兵一连专任随车押送外，相应请贵府查照转饬沿途经过之华阳，双流，新津，彭山，眉山，青神，夹江，峨眉等县政府，对于此项载运文物车辆加意保护。至纫公谊。
> 此致
> 四川省政府
> 中华民国二十八年四月二十八日

四川省政府接函，立即向八县政府发文，令"加意保护，是为至要"。

大慈寺内，满载文物的三十多辆汽车启动了，那阵势，令那文松不禁想起了六年前汽车鱼贯驶出紫禁城时的景象。那文松坐在最后一辆车上，眼看着他生活了一年的大慈寺，还有留下过他与沈芷伊身影的顺城街从他的视线里一点点地退去、消失，心里充满了不舍。突然间，他看见了一个身影，出现在他视线的尽头。没错，是沈芷伊。他看不清她的面孔，但他凭身形就能确定那就是沈芷伊。他看见沈芷伊奋力地追赶着汽车，却越追越远，最终她跑不动了，就站定在街上，向他挥手。他也举起戴着手套的右手向沈芷伊作别，他觉得那只手套上，还残留着沈芷伊的温度。

第六卷　河山

第三十八章

夕阳的余晖为隆福寺镀上了一层温柔的光泽，倘在平时，那里是那小篦最喜去的地方，因为这座明朝的寺庙，不仅曾经是朝廷的香火院之一，更有盛大的庙会。每逢庙会，人潮如织，上至朱门权贵、使馆区洋人，下至贫苦市民和近郊农民都来赴"盛会"，一如《燕京岁时记》所记："开庙之日，百货云集，凡珠玉、绫罗、衣服饮食、古玩、字画、花鸟、虫鱼以及寻常日用之物，星卜、杂技之流，无所不有。乃都城内一大市会也。"堪称现实版的《清明上河图》，构成了北京城日常生活中最繁荣、最生动的部分，在那里找得到红尘滚滚的热闹，找得到花团锦簇的繁华，也找得到穷开心的乐呵。

大方家胡同离隆福寺只有一箭之遥，所以梅遇影会经常拉着那小篦出现在庙会上，挤在乌泱乌泱的人群中。梅遇影是来寻找物美价廉的日常生活用品的，那小篦则被那些好看的、好玩的、好吃的事物牢牢地吸引，光是吃的，就有炸灌肠、爆肚儿、凉粉儿、炸丸子、羊霜肠、驴打滚、糖耳朵、馄饨、茶汤、杏仁茶，等等等等，就足以令他心驰神迷。

此时的北平城，既笼罩在无可名状的惊惧与恐怖之中，也充满了曲终人散的凄凉之感。曾经熟悉的一切，说没就没了，犹如一场游园惊梦，说醒就醒了，令人陷入对旧梦的恍惚追思。莫非这个古老文明的荒凉冬天，就这样到来了吗？

日常的北平街头，人迹已然寥落，有如鬼城，只有鬼子，时时列队走过。唯有发放共和面儿的日子，人们才又聚集起来，手里提着空空的面袋子，身上带着空空的肠胃，排成长长的队伍，等待把面袋子装满，尽管装满面袋子的，并不是真正的粮食，而是由几十种连猪狗都不吃的残渣拼凑成的混合物。队排出几里长，人们面如死灰，表情麻木，目光发呆，多日未见，却很少寒暄，因为家家户户都在生死线上挣扎着，所有人都没有力气说话，共和面儿被无声地舀到袋子里，人们拎着面口袋，无声地离开。

正是由于领粮的现场太过沉寂，所以那消防车的鸣笛声就显得格外尖利，仿佛一把利刃，在滞闷的空气中划开一道口子。

梅遇影的注意力都在即将发放的共和面儿上，消防车呼啸着从身后的马路上驰过的时候，她没有投注太多的注意力，直到人们议论纷纷，是大方家胡同着火了，梅遇影才突然被恐惧击中，浑身打了一个寒战，拉起那小篦就往家跑。他们连走带跑，回到院门前时，发现门口已经围了一群人。有人在小声议论着，说梅家老先生已被烧死了。

梅遇影顿觉五雷轰顶。她拉着那小簋挤过人群，冲进院内，一直跑到后院，发现火已被扑灭，梁柱倒成了一片，滋滋地冒着一股股黑烟，满目狼藉，曾经古物琳琅、弥漫着纸墨芳香的后罩房已经变成了一片焦糊的废墟。她屏住了呼吸，心怦怦跳着，终于，她看见了父亲。

父亲的身体佝偻着，蜷成了一个圆球，仿佛要以此来减少身体受火的面积。梅遇影的心里一阵刺痛，她猜到父亲死前一定经历了一番痛苦的挣扎。但他死意已决，没有人能够撼动，所以他才忍得住这炼狱般的痛苦，投向死亡。她也知道，父亲是要用死亡来给她和那小簋换来一条生路。

父亲的死在梅遇影的心头撕扯出一道大口子，永远也无法合拢。她至死不能原谅自己，是自己的疏忽导致了父亲的死。

金百川来了，看到梅从云焦糊的遗体，他的脸上充满了悲戚的表情，目光不敢往他的身上落，想把梅从云从废墟里抬出来，却又一时不知如何下手。没过多久，赵庭苇也带着几个故宫人赶到了，赵庭苇带着大家从院子的二道门上拆下一块门板，横在院子中央的地面上，待废墟的温度降下一些，就和几个同仁戴上厚厚的棉手套，把梅从云的遗体从废墟中抬出来，放在门板上，盖上了一条白色的被单。

赵庭苇把梅遇影母子安顿在东厢房里休息，又派人帮着梅家买来了一口柳木棺材，大家点上香烛，焚化烧纸，把梅从云收殓了。收殓完，梅从云最后一次卖古玩换来的那点钱瞬间就少了一半。赵庭苇问梅遇影，梅从云过世了，那文松运古物去了，他们母子下一步如何打算？梅遇影愣了半响，才说她要带着孩子去西边找文松。

院子里死了人，一时租不出去，梅遇影索性锁上院门，请赵庭苇帮忙照看。赵庭苇说：照看院子好办，不好办的是现在城门被日本兵把守，只准进不准出，怕是没有机会出去。

说到这里，一个念头在赵庭苇的脑海里迅疾地闪过。北平人的坟地都在城外，因此，出殡是可以出城的，给梅从云下葬，正好给了梅遇影母子一个出城的机会，或许，这一切，梅从云早就盘算到了。

赵庭苇从故宫选了四个年轻人充当扛夫，负责扛棺材，还有四个年轻人负责撒纸钱，梅遇影则牵着那小簋身穿重孝跟在灵柩的后面。每到十字路口，或者寺院庵观门前，他们都会将一沓纸钱向空中奋力掷去，仿佛掷得越高，逝者的灵魂就飞得越高。

黄昏到来的时候，他们一行出了西直门，直奔万寿寺而去。又行了半个时辰，他们到了坟地，找到了萧桂花的坟，把坟包挖开，把梅从云的棺材放进去，又把土培好，梅遇影就拉着那小簋跪下，眼泪忍不住地汩汩而出。

梅遇影抽泣着说：爸，妈，你们都走了，我们的家也就散了，属于我们一家的好日子，到头了。

说到这里，梅遇影的心里袭过一阵刀割般的疼痛，但她努力地忍住抽泣，说：不过你们放心，我会把你们的外孙子抚养成人，我会带着他找到他爸爸。总有一天，我们一家三口会重回大方家胡同，把咱梅家的香火，红红火火地延续下去。

梅遇影和那小簋对着梅从云和萧桂花的坟头，磕了三个坚硬的响头。

城门要在天黑时关上，赵庭苇带着那几个小伙子赶在天黑前进了西直门。梅遇影拉着那小簋站在坟地里，寒风吹透了他们的身体，四周除了一个个隆起的坟包，什么都没有，如月球一般荒寒，让梅遇影觉得，这浩大的世界上，只剩下他们娘俩了。

那天晚上，梅遇影在城外找了一家客栈，抱着那小簋睡下，第二天一早就启程西行，东边射来的晨光在他们身前描出一长一短两个影子，在粗糙不平的地面上抖动弹跳着，仿佛向导一般引领着他们。道阻且长，梅遇影却无所畏惧，因为他们每走一步，与那文松的距离就近了一步。青灰的北平城被他们甩在身后，她头也没回。

第三十九章

梅遇影带着那小簋，一路向南走到廊坊，从那里坐上了平津线的火车去了天津，又从天津坐火车直奔徐州。

从天津到徐州，一路无事。从徐州向西，就离开了伪中华民国临时政府的地盘，火车就不通了。梅遇影带着那小簋，从徐州徒步往郑州方向走。她背着一个大包袱，从北平出城的时候，那个大包袱是散开的，里面的东西平摊在棺材里，用一层黄绸，隔在了父亲的遗体下面，所以日本兵没有检查出来。父亲入土的时候，又取出来，捆扎成一个包袱，背在梅遇影的背上，里面是耳环手镯，五十块袁大头，还有那半块梅花玉璧。父亲托付给她的那几张古代名画，则用油纸包好，缝进了梅遇影的棉衣里。一些平常用的军票，她放在口袋里，随时可以取用。但梅遇影一路上尽可能要饭，把身上带的钱省下来，实在饿得撑不下去了，她才会给那小簋买上一个烧饼。只要有好心人能提供一个住的地方，哪怕是睡在马号里，她也不去住店。

他们过了商丘、民权向西走去，不知从什么时候开始，天上飘起了雪花，越向南，雪下得越久，地上的雪积得越厚。那小簋开始的时候很兴奋，一边走一边用他的鞋使劲儿踏着积雪，让积雪在他脚下发出咯吱咯吱的声音。这个游戏令他痴迷，乐此不疲，但他的快乐并没有持续太久，终于，那小簋仰着红通通的小脸，对妈妈说：妈，我累。

不知从什么时候开始，"我累"已然成了那小簋的习惯用语，被他时时挂在嘴边，就像他在北平城的时候，习惯用语是"我饿"。

梅遇影答道：累了就歇会儿，歇够了还要走。

爸爸有多远？

要多远有多远。

还要走多久？

这条路要走到头儿。

可是那小簋很快就意识到，这条路没有头儿，因为每条路的尽头，都是另一条路的起始。寒风侵肌的大地上，路连着路，斗折蛇行，永无止境。他的目光有多远，路就有多长，而且路比目光还要长，还要远，因为在目光不能抵达的远方，依然有路在兀自延伸。远方的路，令梅遇影看到了希望，却令那小簋感到绝望。他甚至觉得，路就是一个骗局，因为在路的尽头，没有爸爸，什么都没有。

那小簋的小脚被冻伤了。这一天晚上，梅遇影带着儿子住进一家小客栈，梅遇影在屋子里升好了炉子，让那小簋凑上去烤火，那小簋终于感到一丝暖流像一条小溪一样蹿入冰冷的空气中，稀薄的热气笼住了瑟瑟发抖的身体，被冻得生疼的脚丫，感到一阵阵发痒。梅遇影端来热水给那小篁泡脚,没想到这一泡,他的脚就肿了。

此后的日子,梅遇影只能抱着那小篁走,背上还背着包袱,所以他们走得无比缓慢。有时候他们运气不错,可以雇到独轮车,梅遇影就会把儿子和包袱放到车上,让车夫推着走。

当他们一路跟跄着走到一座大镇,天上又开始降起大雪。风夹着雪,雪裹着风,仿佛一头头长着白色皮毛的巨兽,向他们轮番猛攻,他们走一步退两步。冷不丁,有一头"巨兽"朝梅遇影脸上猛击一拳,把她打翻在地上,那小篁也被拖带着摔倒。梅遇影半天爬不起来,索性抱着儿子坐在雪地上。饥饿让她的身体失去了力量,寒冷让她的身体失去了知觉。她在心里想,走不动了,我就搂着儿子死在这里,让这大雪把我们盖起来吧。这一路上,她不知看到了多少冻死鬼,像一截截烂木头,栽倒在路边没人管。也许,明天天一亮,有人打这里经过,就会看见有一对母子冻死在昨夜的大雪中,没有人在乎他们是谁,从哪里来,要到哪里去。

"死"这个字眼儿从梅遇影的心里滑过时,就像一把钢刀滑过她的心脏,她想到了母亲和父亲,她的意识越来越稀薄,但有一个念头却愈发清晰——她不能死,小篁也不能死,他们都得活,替父亲、母亲,也替自己从来未曾见过面的公公、婆婆活下去。

她又想起了丈夫那文松,想起了他离开大方家胡同的那个夜晚,同样是风雪交加,她依稀感到丈夫在大雪中召唤着自己,她觉得自己虽与丈夫山远水远,中间却只隔着一场大雪,只要穿过眼前这沉沉的雪幕,她就能够看到丈夫的身影。

此时她不知自己身在何处,大雪是她唯一的地址,她低头看到儿子那小篁已经成了一个小雪人儿,她并不知道自己也已经成了一个大雪人儿。她使尽浑身力气站了起来,然后弯腰把那小篁拉起来,一大一小两个雪人儿,被大雪裹挟着,被暴风掀动着,晃晃悠悠地,向前方走去。

恍惚中她看到一栋房屋,在雪光中,她依稀看出了它的轮廓。她牵着那小篁朝那房子走去,心里祈祷那不是她的幻觉。他们深一脚浅一脚地向它靠近,终于一步一步地挨近了那个房屋。她的手触摸到了房屋冰冷坚硬的墙面,然后顺着那墙面,她又花了很长时间才摸到房屋的门,发现竟然没有上闩。她牵着那小篁进了门,风跟着她漫进来,就像大水漫进了开了闸的堤坝,她转过身,像堵住溃堤一样艰难地堵上那扇门。门关上以后,却陷入无边的黑暗。她一手拉着那小篁,另一只手向前伸,瞎子摸象一样探寻着屋内的空间,脚步跟随着这探寻向前挪动。她摸到了一张床,木质的床榻,柔软的褥子,让她心头一阵暗喜。她把那小篁抱到床上,自己也躺了上去。这个动作用尽了她最后的一丝力气,让她彻底跌入黑暗的深渊。

她仿佛睡了一个世纪,突然被一阵响动惊醒。她不知道那是什么声音,也不知道是从梦境还是从现实世界里发出来的。她警觉地抬起头,生怕有什么危险在暗中袭来。果然,她看到一团黑影,在一步步向她逼近。

与此同时,那团黑影也听到了响动,看见一个身影在黑暗中缓缓坐起来,便发出一声惨烈的大叫:

啊——

凄厉无比的叫声让梅遇影吓得丢了魂

儿，发出一声更加凄厉的大叫：

啊——

他们大叫着，都失去了对于声音的控制，那叫声擅自从他们各自的喉咙里滑出来的，并在空中短兵相接，在碰撞中变了形，彼此惊吓。

突然间，黑影的意识好像恢复了，他撒腿就跑。或许在如此恐惧的时刻，逃跑是唯一正确的选择。

过了一会儿，进来了两个人。此时梅遇影已经完全清醒了，她一面叫醒了那小簋，一面在心里估量着可能的危险，并盘算着自己的对策。她稳了稳神，最终打定了主意，假若有人胆敢威胁他们母子的生命，她就是拼死也要让那小簋跑出去。

这时天光又亮了一截，影影绰绰地可以看见屋里的事物。来人把脸凑到梅遇影跟前，看到她一副鸠形鹄面的样子，不禁倒吸一口凉气，怯怯地问：你到底是人，还是鬼？

梅遇影傻傻地反问：你们是好人，还是坏人？

她听到一个女人的声音：我们是这房子的主人。

那女人说罢，伸出一根手指头，朝着梅遇影的身后怯怯地指了指。

梅遇影回头，脸色"唰"地变了。

原来她和那小簋昨夜睡觉的地方是一口漆黑的棺材。

第四十章

梅遇影没有想到，自己和那小簋一路向西，竟然走到了黄河岸边，他们抵达的是兰考城外的一个小镇，后来她知道镇子的名字叫张福镇，她在风雪中摸进的是张万福家。张万福是镇上的一名木匠，兄弟三人，都成了家。这是一个三世同堂之家，虽不富裕，但凭着一家人的辛苦劳作，在平原小镇上，日子过得也平静而怡然。然而去年的一场大水，彻底改变了这个家庭的命运。

民国二十七年（1938年）春天，当北平的百姓因为缺粮而陷入恐慌的时候，中日之间的大兵团战役已在徐州展开。徐州是津浦（天津至南京浦口）、陇海（宝鸡至连云港）铁路的交会点，是华北大地上的交通枢纽，中日两军就以这里为中心，进行了一场大规模作战。国军先是在李宗仁、白崇禧、孙连仲、汤恩伯、张自忠等将领指挥下，在山东枣庄东南、京杭大运河中心点的台儿庄取得了一场大捷，以伤亡约五万余人的代价毙伤日军约一万余人。此后，日军迅速集结十多个师团三十多万人向徐州地区夹击，土肥原贤二率日军第十四师团约二万人从南向北强渡黄河，在陇海线附近形成了孤军深入之势。接下来发生的兰封战役，由第一战区司令长官兼河南省主席程潜亲自指挥，蒋中正亲来郑州第一战区指挥部督战，而蒋中正的爱将、负责镇守兰封的桂永清率领装备精良的国军第二十七军只守了不到一天就全线溃退，让土肥原贤二跳出了包围圈。正当程潜调兵遣将，重新布局，决心全歼土肥原第十四师团时，守卫商丘的第八军黄杰所部又不战而逃。国军两支嫡系部队的临阵脱逃，彻底打乱了程潜的战略部署，兰封战役沦为"战争史上的千古笑柄"。而日军一方，不仅重新占领了兰封，拿下了归德，土肥原贤二率日军第十四师团与参加过南京大屠杀的中岛今朝吾率领的第十六师团在豫东战场迅速合拢，之后直取开封，威逼郑州，让蒋中正起了一身白毛汗。

一旦郑州被日军占领，不但平汉、陇海两条重要的铁路线将被切断，更重要的是日军的机械化部队可以沿平汉铁路线向南长驱直入，威胁当时中国的政治和军事中心武汉。① 慌乱之中，蒋中正决定在郑州花园口挖开黄河大堤，以水淹七军的方式，阻挡日军西进。他在下达命令的时候，身边无一人表示异议。②

6月8日，在日军攻下开封城两天之后，驻扎在花园口京水镇的国军新八师先用大量炸药，后用平射炮，终于炸开了坚硬的黄河大堤。

就如同打开了潘多拉的盒子，在河水冲出河堤之后，八十余万人的生命消逝了，河南、安徽、江苏三省受灾者约达六千万之众。

在黄河肆虐之地，一个新的专有名词应运而生——黄河泛滥区，简称黄泛区。

夏商以来，尤其唐宋之际，洛阳、开封一带一直是烟火繁华之地，那时的人间天堂还不是苏杭，而是这大河奔流的中原沃土。曾经繁华壮美的景象，已经被肆虐的黄河水抹去。一批一批的难民从黄泛区涌出，奔向苍凉的西部。他们一边走一边唱：

> 老蒋扒开花园口，
> 一担两筐往外走。
> 人吃人，狗吃狗，
> 老鼠饿得啃砖头。

第四十一章

张万福的母亲被洪水卷走时，他扎到河水里想救出母亲，但大河奔流的速度远比他泅泳的速度要快，他眼睁睁地看着母亲头顶秋霜般的白发像枯草一般在浪涛中一沉一浮，最终消失在巨浪的尽头。他惊恐地大喊：娘——，娘——但除了滔滔的水声，他什么也听不见。紧接着他发现自己的媳妇、儿子、两个弟弟、两个弟媳，还有五个小侄儿也消失无踪了。这个人丁兴旺的十四口之家，转眼间只剩下了他和父亲两个活人。

他和父亲悲痛欲绝，远走他乡。第二年，他们又回来了，在原来的土地上盖起了房子。张万福重新娶了妻，重开了木匠铺，对过往一字不提。他有一手精湛的雕花手艺，只可惜眼下这手艺没了用武之地。木匠铺最多的生意，竟然是制作棺材，而且是最简陋的棺材，只要能把死人装进去就可以。

无论死亡怎样频繁地发生，张万福的父亲张守财不想再离开这块土地了。他死也要守着这片土地，才不会变成孤魂野鬼。他让儿子张万福给他打了一口棺材，就放在那间堆放杂物的屋子里，他没事就在里面躺一躺。躺在棺材里，自己的身体与棺材的内部完美地契合，就像一个婴儿躺在母亲的子宫里一样，让他感到心安。他无法把握生，但他至少能把握死。

---

① 王树增：《抗日战争》，第一卷，第477页，人民文学出版社，2015年版。
② 一九三七年四月三日，陈果夫曾致电蒋中正，建议在河南武陟县境内掘开黄河北堤，"以水反攻制敌"。四月二十一日，军委会办公厅副主任姚琮致电军令次长熊斌，建议在刘庄、朱口决堤，"虽不能淹没敌军，至少使其行动困难，全局情势必将改观"。

张守财守着自己的棺材，随时从棺材里找到安全感，所以，杂物间里的那口棺材，一直是不会盖上棺盖的。也因此在那个风雪之夜，疲累至极的梅遇影拉着那小簋一头就扎了进去，在棺材里美美地睡了一觉。

张万福听梅遇影讲她的身世，知道她是带着孩子去四川寻夫的，心里想，如今这个世道，有几家是全乎的呢？梅遇影也知道了张万福的家事，心想，战争之下每个家庭都承受着不同的灾祸，只有不幸是我们的共同点。张万福让媳妇给梅遇影和那小簋做了一小盆饸饹面，温暖的面食熨帖着母子的肠胃，梅遇影眼里沁出泪花。

张万福说：你们母子如果想留在小镇上，我可以帮你在镇上找个营生，洗衣做饭伺候人什么的都成；如果你们想走，我家有辆骡车，是拉木柴大料用的，我可以驾上骡车送你去郑州城。郑州还在国军手里，但我听说，为了防止日本人往西边打，国军已经摧毁了郑州到洛阳的铁路。你想去四川，只有走到洛阳，从那里去陕西，再翻秦岭入川。

第四十二章

梅遇影拉着那小簋的小手穿越中日军事分界线的时候，民国二十八年（1939年）的深冬已然来临。张万福对梅遇影说：我只能送到这里了。见到日本兵你们不要怕，你给日本兵买些香烟，就可以过关。梅遇影从怀里掏出些军票，递给张万福。张万福不仅没有接，还转过身去，拿过一个小包袱往梅遇影怀里一塞。梅遇影手往包袱里一探，眼睛立刻潮湿了——里面是一摞厚厚实实的烙饼。

梅遇影轻轻道了声谢，目送着张万福赶着骡车消失在冰天雪地之中。那叠军票，过了这道关就没有用了，梅遇影就在关卡边的小铺子里全部买了香烟，果然，当她把香烟塞到日本兵手里，日本兵什么都没说，一摆手让他们通过了。

自从中国军队在民国二十七年（1938年）的六月在花园口黄河大堤上炸开缺口，在黄河与淮河之间形成一片汪洋，阻滞了日本机械化兵团向郑州挺进，黄泛区也就成为中日之间的军事分界线。大水退去之后，在大地上留下了一片片无边无际的大沼泽。这片黑软的泥浆外面是一层脆壳，看上去很硬实，一脚踩上去，就会陷入烂泥里，好在此时是寒冬时节，大地冻得比石头还要坚硬，沼泽也变成了一片凸凹不平的土地，像铠甲上鱼鳞状的甲片，从脚下一直铺展到地平线的尽头。梅遇影母子跨越这片巨网一样的土地，走了一个多月，惶惶然逃向郑州的方向。

在黄泛区东西两端的敌占区和国统区之间，道路虽然艰难，往来还算通畅。被日军占领的上海、苏州、徐州等地的海盐、五金、布匹、袜子、毛巾、纸张等生活物资要穿越这片军事分界线运往洛阳、西安，而来自西部的粮食、香油、棉花、烟叶，甚至违禁的桐油，又通过这片军事分界线输往沦陷区。双方各有所需，形成了某种"默契"，汤恩伯手下的军队与日伪军合作，建立起"走私统一战线"，共享战争带来的红利，甚至利用救援灾民的船只进行走私，蒋委员长后来动了肝火：军车里运的都是走私货，这仗还能打赢吗？

老蒋身边的人听了训斥没人敢大声出气儿，但也没有人知道老蒋的愤怒是真是假。不走私，老蒋在重庆官邸里那些昂贵的吃喝用度又从哪里来呢？没有这潭浑水，他身边的那班亲信又怎能对他忠心不二呢？不论怎样，黄泛区不只是战争前沿，也的的确确成了走私贸易的前沿，郑州城东南的尉氏县，竟然发展成一座"走私交易中心"，成为黄泛区里的"小上海"，各种各样的商机在黄泛区潜滋暗长，各式各样的商人在这里见缝插针地寻找商机，更有三教九流蜂拥而至，从事坑蒙拐骗的勾当。

梅遇影和儿子已经几天没有吃过一粒米嚼过一口馍了。她包袱里还藏着最后一张烙饼，但她舍不得吃。一个身穿长排扣黑棉袄、头戴三块瓦帽子、身材像个大虾米的男人看见梅遇影拉扯着一个男孩儿，衣衫破烂，面如死灰，便凑上来，用浓重的河南口音说：这孩子有六七岁了吧？怎么样，卖不卖？

梅遇影听到"卖"字，仿佛被针刺了一般，立刻把小篁紧紧搂住，生怕来人一把把孩子抢走。

来人看她舍不得，又说：卖了，你们母子就都有了活路，省得都饿死。说罢，把那小篁上上下下打量了一遍，好像那小篁是一件成色极佳的商品，然后又看了看梅遇影，说：幸好是个男孩儿，把这小脏脸洗洗干净，还是挺中看的，能卖不少钱。八十斤麦子，卖不卖？

那人见梅遇影不理，又纠缠着说：一百斤！中不？一个小孩，值一百斤麦子，不亏！你捏捏这孩子的身子骨儿，他能有三十斤不？

梅遇影不想再搭理他。

那人咂了咂嘴，说：咦，卖个孩子有啥稀罕的？你看你难的！你没见一路上卖孩子的多了去了。

梅遇影母子望着他，目光里充满恐惧。

那人还没死心，问道：卖不卖？到了城里，卖孩子的人可多，恁现在还能卖个好价钱，过了这个村，可就没有这个店了。

梅遇影一面把头摇得像个拨浪鼓，一面紧紧地护住那小篁。

那人无奈地说：现在不卖，我看你们要饿死时卖不卖！

梅遇影心想，我就算是饿死也绝不会把儿子卖掉，要死也死在一起。

第四十三章

进城的时候，中国士兵对每一位难民都进行了搜身，以免日军的密探混入其中。难民众多，检查慢条斯理地进行着，梅遇影随着人流，一步一步地蹭过去。有一个竹竿似的士兵，一把夺过梅遇影紧攥的包袱，丢到地上，用刺刀划开又脏又破的包袱皮儿，发现了那张烙饼，二话不说抓起来就啃。把守城门的其他几名士兵也像发现了敌情一样敏捷地冲过来，七手八脚地抢夺烙饼，看上去不像是威武的士兵，倒像是一群饿鬼。眨眼之间，几个大兵就把一张烙饼撕成了几半，在嘴里叼着，让梅遇影站直了身。一个士兵顺着梅遇影的棉衣往里面摸，梅遇影正要躲闪，士兵的手突然停住了，因为他在棉衣里摸到了几块硬邦邦的东西，他凭本能意识到，那是"硬通货"。他把它们翻出来，竟然是沉甸甸的几十枚光洋。

眼看着"全部家当"被士兵搜走了，梅遇影心里起了急。那士兵又得寸进尺，手在她的怀里肆意游走。梅遇影既愤怒又紧张，愤怒的是士兵下流，紧张的是父亲梅从云珍藏的那几幅画就藏在棉衣里，万一被士兵搜了去，如何对得起九泉之下的父亲?她突然大喊道:流氓!放手,你这下流兵痞!

士兵脸上溢出坏笑,说:还不好意思哩,你啥没见过?还装不好意思!老子今天就要摸,老子是例行公务,想摸哪儿就摸哪儿!

梅遇影气愤之极,抓住他的手不放,二人扭打起来。士兵一个人制服不了梅遇影,立刻大声呼叫援兵:快来啊,有探子,日本探子!

士兵们一齐冲上来,把梅遇影死死地压在地上。

那小簋见士兵打妈妈,立刻冲上来,想用力把士兵们推开,但他力气太小,有人伸出手,把他推了个大屁墩儿,还有人在那小簋幼小的身体上猛踢了几脚。

看到儿子挨打,梅遇影眼睛里充满血丝,放开喉咙声嘶力竭地大喊:你们堂堂中国军人,不去打日本,只会欺负我们孤儿寡母,算什么本事?

尘埃纷纷落下的时候,她看见一双军靴出现在她眼前。她尽量抬起头向上看,看到一名军官,逆光站在她面前。

军官说:放开她。

士兵们一下子放开梅遇影,一个一个站立起来。

梅遇影也从地上慢慢爬起来。

军官问:什么情况?

士兵答:日本探子。

军官盯着梅遇影看了看,又看了看散落在地上的那一堆银元,声色俱厉地对士兵说:放你妈的狗臭屁!什么日本探子,分明是你们在抢劫!你们这副德行,把军队的脸面都给丢尽了!他指了指地面,说:把这些钱还给这位大嫂!又回头对副官说:违反军纪的士兵,每人抽二十军鞭!

说罢,军官一个标准的向后转,准备离去。就在他即将迈开步伐的时候,他的身体突然停住了,又转过身,紧紧盯着梅遇影看,表情突然凝住了。

梅遇影觉得这位长官好奇怪,也仔细地打量着他,突然间惊住了。

是蓝星宇!

当年蓝星宇参加了那场堪称惨烈的南京保卫战,在光华门与日军鏖战了三个昼夜,最终丢掉了光华门。蓝星宇坚持到最后一刻,才含着眼泪撤出光华门。日军坦克轰隆隆地开进光华门的时候,身后的城墙上依然残留着中国守军书写的"誓复国仇"四个醒目大字。

南京陷落后,守卫南京城的十五万国军将士中,仅有三万余人安全撤出,蓝星宇幸运地成为这三万人中的一员,随国民革命军参加了兰封会战,目睹了中原沃土变成人间地狱的全过程,身为一个军人,对于在战争和水患中饱受煎熬的人民充满了负罪感。

蓝星宇把梅遇影母子带回了营部,他们循着城中稀疏的灯火,穿越了曾经繁华、如今凋敝的街道走着,夜色已经降落下来。蓝星宇叫伙夫给娘俩做了一顿热汤面。伙夫见孩子吃得香,又多给他盛了半碗。这一晚,他们睡在军队的营房里,睡得格外安稳。第二天天亮时,蓝星宇又给娘俩每人买了两个油馍头一碗胡辣汤作早餐。那小簋很久没吃这么好吃的饭了,一边吃着一边说:香,妈妈,真香!梅遇影想落泪,心想这么小的孩子,本就应当被父母呵护,吃饱穿暖,现在却饥一顿饱一顿,一个油馍头就当成了山珍海味。

吃过早饭,蓝星宇问梅遇影下一步怎么办。梅遇影说:找丈夫。蓝星宇从怀里摸出几枚银元，说这是我的军饷，我在军中无用，死了就更没用了，你们带在路上应急。梅遇影没有接，而是把他的手推了回去，说：此番得您搭救，已感激不尽了！您为国尽忠，您的饷银我怎敢拿呢？说完，梅遇影攥着那小簋暖暖的小手，告别了蓝星宇，顺着铁路往洛阳走。

　　三百里的路，他们走了一个月，终于走到了洛阳城。洛阳曾经是夏王朝立国和活动的中心地域，周公曾在这里修建王城和成周，眼下，这座有着四千多年辉煌历史的古城已显得荒芜破败。

　　自从花园口黄河决堤，洛阳就像一块磁石，吸引来自北平、上海、南京和三省黄泛区的难民们汇集于此，使这座古朴浑厚的大城变成了一座不折不扣的难民之城。那些面黄肌瘦、目光呆滞的难民充斥着大街小巷：他们有的一无所有；有的抢救出来一些家当，大包小包堆在一起；有的不知从哪里捡来两扇破门板，搭成"人"字形窝棚，人窝在里面，就成了临时的家。政府正在打仗，没有精力去关注他们，他们倚靠在墙角，艰难地躲避着呼啸的北风，但他们生命的元气，仍然一点一点被饥饿与疲惫抽空，丝丝缕缕地消散在空气中。每一个寒冷的夜晚过去，街衢间都会多出一些死者，东倒西歪，面目狰狞，表情里充满了不甘，不甘自己的生命以这样不堪的方式结束。

　　梅遇影带着儿子寻了个简易的小店住下。第二天天蒙蒙亮，她就叫醒了那小簋，娘俩儿走出小店，在早点摊子上买了一屉烫面饺、一碗牛肉汤，吃饱喝足，二人直奔洛阳火车站。

　　车站外的景象立马把他们惊呆了。广场上坐着、卧着密密麻麻的人群，黑压压的一片，大部分人的衣着破烂，面容愁苦，稍微体面一点的带着一个柳条箱，更多的人身边则堆着包袱、箩筐、扁担，甚至还有人带着脸盆、风箱和铁锅。这里与其说是火车站，还不如说是难民营。

　　梅遇影拉着那小簋从难民中小心穿过，此时她的眼里，只有火车站那座青灰色的廊柱式建筑。只要能够坐上火车，自洛阳到宝鸡一千里地车程，两天两夜就可到达。这个数字鼓舞着她。

　　售票窗口外排了好长好长的队，还没有排到，窗口就挂起了"今日票罄"的牌子。梅遇影和那小簋挤在人群中，茫然无措之时，听见身旁同样没有买到车票的难民在一起议论：

　　这车票买不到，咋整？

　　可以扒火车，不要钱。

　　在哪里扒啊？这里的火车站可是进不去。

　　再往前走，在一些小站，像新安、义马、渑池可以扒，反正铁路上有火车停着就爬上去。

　　难民扒火车，早已成为抗战时期各条铁路线上惯常的景观，连抗战时期美国出版的《时代周刊》杂志都做了这样的报道：

　　　　一辆接一辆的火车被人所覆盖，在火车光滑的车顶上，男人、女人和孩子，箱子、包裹、锅碗瓢盆、犁（原文如此）和手推车都混杂着拥挤在一起。一些人被挤到火车的最边上，突兀地悬在那里。他们或被卡在由车钩相连的车厢之间，或是卡在拉杆的下面，或是站在发动机的猫道上，他们与发动机的距离近到可以抱着蒸汽锅炉取暖。

许多饥荒难民从高速行驶的列车上摔下而死亡。①

但梅遇影不可能看到四年后才出版的这一期《时代周刊》，所以当她听到人们的议论，眼前映现出千军万马扒火车的场面，不由得打了一个寒噤。她想，一定要给孩子买一个座位。那小篦是她的命根子，她冒不起这样的风险。

第四十四章

这时，有人凑上来，问：大妹子，去哪啊？

梅遇影疑惑地看着他，怯怯地说：宝鸡。

那人说：这天寒地冻的，你们娘俩在这排队，人多车少，别说买不到票，就算是买到票，也早就冻成冰溜子了。

梅遇影没有出声。

那人说：我有票，你要不要？

梅遇影知道，这是"黄牛党"，但她包里还有钱，所以不妨问问价：你要多少钱？

那人不假思索地说：从洛阳到宝鸡，每张大洋二十。你们两个人，总共大洋四十。

梅遇影下意识地用手捏了捏口袋，那里面装着她全部的四十多块光洋，便说：太贵了，我知道从这里到宝鸡，正常票价只要十块大洋，您这整整翻了一倍。

票贩子说：十块大洋，您倒是去买啊？买不到，还不是白搭！

梅遇影说：那也太贵了，十五，可以不？

票贩子说：这可由不得你，人多车少，你不买我卖别人去。

说罢转身要走。

梅遇影说：等等！

她把心一横，心想先离开这活地狱再说吧，于是说道：我买！

她从怀里把大洋全部摸索出来，当着票贩子的面，数了四十块，两人一手交钱一手交货。

票贩子接过大洋，在手里掂了掂，说：快进站吧，火车快开了。

有了火车票，梅遇影拉着那小篦理直气壮往车站里走。她们随着进站的人流走到检票口，检票员看了她手里的票，用胳膊一拦，说：今日乘客已满，不能上车了。

梅遇影没好气地问：我有车票，为啥不让上火车？

检票员说：没听见吗？今日乘客已满，火车上不去了，明天再说吧。

明天？明天这车票不是废了吗？

那是你的事，跟我有什么关系？

听闻这话，梅遇影怒从心头起，恶向胆边生，但她压住了没有发火，她知道，现在不是发飙的时候，即使她把嗓子喊破也无济于事，在这纷乱如麻的火车站，有谁在意一个难民的呐喊呢？这些日子的底层生存，让她学会了忍耐，忍是老百姓生存的要义，因为除了忍，老百姓只有死路一条。她同时认识到，要对付这些强盗，办法有时是极其简单的，于是从怀里掏出最后一块大洋，塞到检票员手里，客客气气地说：俺这票，您再给看看。

---

① 《时代周刊》，1943年4月1日；转引自〔美〕穆盛博：《洪水与饥荒——1938至1950年河南黄泛区的战争与生态》，第180页，九州出版社，2021年版。

检票员手里摸到了钱,脸上的表情也和善了许多,说:少啰嗦,进去吧。

梅遇影拉着那小篦进了站,那小篦好奇地看到,站台外面是一大片平行交叉的铁轨,在日头下反射着黑亮而刺眼的光,铁轨的尽头,应该是那小篦从未到达过的未知世界。不知等了多久,终于有一列火车驶进站台,梅遇影一看,正是由郑州驶向宝鸡的,心头一阵暗喜,心想终于可以堂堂正正地离开这是非之地了。

火车停稳时,梅遇影又看了看车票上的车厢号和座位号,就把两张车票紧紧捏在手里,然后把包袱扛在肩上,用捏着票的手拉着那小篦往车厢走。走到门口,她把票给乘务员,然后让那小篦先上车,就在这时,有人拉了她一把,在那股骤然的拉力,以及大包袱重力的作用下,她倒在了地上,摔了个仰巴叉。她忍痛起身,正要找那人理论,突然间,她发现她面前不是一个人,而是一群人。人群蜂拥而来,彼此推搡,撕扯捶抢,仿佛个个都有少林功夫,争抢着向车门挤去。车门窄小,人们越抢就越上不去,但人们互不相让,我不上你也甭想上。火车好像生气了,"呜——"地一声,发出一声很长的鸣笛。鸣笛催促了人群,争先恐后地往列车上拥。

车站外的难民不知什么时候也冲进来了,他们就像决了堤的黄河一样势不可当,车站的检票口完全形同虚设。站台上原本站着一排警察,腰里别着枪,此时,那些黑衣警察纷纷吹哨,有人拉着难民的衣襟往下拽,有人还朝天鸣枪,但这些都没有用了。形势突然间失去了控制,刚才还如泥塑一样呆滞地坐在站外的人们,此刻变得如此喧嚣与躁动。成千上万的人仿佛放浪不羁的狂流一般通过细小的闸口往车厢里涌动,以迅雷不及掩耳之势把车厢的内部全部填满,那小篦则像一片被卷进急流的树叶一样被卷进人群,转瞬就不见了踪影。更多的人纷纷在车厢顶上抢占有利位置,像一群黑压压的乌鸦,瞬间就占满了车顶。

梅遇影惨然失色,一面喊着儿子的名字,一面想拨开人群,挤进车厢。但她力太弱,弱得只能喘气儿;她体太虚,虚得只剩下一身空皮囊,面对狂涛巨浪般的人群,她力不从心。她发疯一样地挤着,她发疯一样地叫着,却没有人理她,因为其他人也都发疯一样地挤着,发疯一样地叫着。她的叫声,被湮没在所有的叫声之中,像滔天洪水里的一个小小旋涡,等她终于挤不动了,叫不动了,瘫倒在站台上,她才意识到,那列火车,已经挟着一声不满的长啸,载着她的儿子和满车的难民,向远方驶去。

那小篦——

那小篦——

豆包儿——

我的儿啊——

她发出绝望的叫声。

寒风中,这叫声比火车的长鸣还要凄厉。

第四十五章

民国二十八年(1939年),花落如雨的时节,那文松随着西迁北路的车队告别了成都,告别了沈芷伊,沉重的车胎碾过正在复苏的、变得酥软的泥土,在河汊纵横的川南大地上行驶,向峨眉山下驶去。

那文松押运着文物开进峨眉县城,大家一起小心翼翼地把文物箱搬进了峨眉大佛寺和武庙。七千二百八十七箱文物在峨眉山下刚刚落定,大家气还没有喘匀,马衡院长就命令那文松和唐知微由峨眉火速赶往千里之外的重庆,帮助故宫博物院转运到重庆的故宫文物尽快逃出"火海"。

这批文物自从离开南京下关码头以后,一路经武汉、宜昌,运到了山城重庆,已经在重庆的川康平民银行、前四川禁烟总局的合记堆栈,还有慈云寺边的安达森洋行等处存放了将近一年,其中存放在安达森洋行的文物最多,有三千六百九十四箱。安达森洋行主要经营鬃毛、腊肉和百货生意,有六栋依山而建的巨大仓库,全部是大梁穿斗结构,石质基座,筑土为墙,背靠青山,面对大江,故宫博物院租下了其中四栋,按照故宫规范标准,一箱箱清点、核对、编号、登记入库。这批文物包含了青铜、瓷器、书画和玉器,其中不乏苏轼、黄庭坚、米芾、唐伯虎等大家的传世之作。为了给文物腾出空间,安达森先生用标准的"川普"(四川普通话)沉稳地下令:把仓库里的腊肉全都甩了。

那文松和唐知微自峨眉走水路,从青衣江入岷江,过宜宾、泸州、江津、巴县(今重庆市巴南区),昼夜驱驰,一路向重庆方向驶去。之所以选择水路,是因为走水路便宜,且便于携带笨重行李,但对他们来说,最重要的是能够欣赏江上美景。他们乘坐小火轮离开峨眉时,天色已暗,凉风习习,舱内拥挤而嘈杂,他们安顿好行李之后,就走到船舷边看风景,一直到夜幕低垂,一轮弯月自山影后升起来,那文松不禁诵出:

峨眉山月半轮秋,
影入平羌江水流。
夜发清溪向三峡,
思君不见下渝州。

诗中描绘的景象与那文松眼前所见一模一样。这一瞬间,战争好像不存在了,只剩下山、月,还有奔腾不息的江水。

唐知微说:船舱里乌烟瘴气,反正睡不着,我们去找点酒来。

那文松想起《后赤壁赋》里的句子,说:有客无酒,有酒无肴,月白风清,如此良夜何!

他们从船上商贩那里买来两瓶万县武陵春,一人一瓶,就着一碟花生米,在甲板上对饮。

虽为故宫同事,彼此相熟,但两人平日很少有机会说心里话,对于彼此的过往也并不了解。那天夜里,那文松向唐知微讲述自己与妻子新婚离别,至今已六年有余,他们的孩子那小簋已经五六岁了,他还没有见过一面,真是应了杜子美《新婚别》里的那句话:

结发为君妻,
席不暖君床。
暮婚晨告别,
无乃太匆忙。

说到这里,那文松哽咽了。

他没有念完的句子,唐知微把它念完了:

仰视百鸟飞,
大小必双翔。
人事多错迕,
与君永相望。

那文松平静了一下心情,说:是啊,你看那天地间的飞鸟,无论大小,都是双双相伴而飞,可是在人间呢,夫妻恩爱相守反倒成了一件难事,只能求两地同心,永不相忘,就像苏轼说的,"但愿人长久"。

唐知微说:家是一个人生命的根源,一个人不论走出多远,与他的家、家里的亲人,永远存在着千丝万缕割舍不断的牵连。

此刻,唐知微正在想念自己的母亲。

家家有本难念的经,唐知微的父亲已不在人世,家中只有母亲和一个远嫁他乡的妹妹。

唐家本是安徽当涂的富庶人家,经营绸缎布匹生意,总号在合肥,在全国有多家分号。家中有五进院落,附带一个巨大花园,园中叠山理水,亭台楼阁,暗香疏影,恍若仙境。同江南许多商人一样,唐知微的父亲唐诗成,在经营丝绸生意之余,也笃爱收藏,家中也是古籍充栋、美物琳琅。在别人眼里,这几乎是一个完美无缺的家庭,然而,沉浸在幸福里的人往往会忽略背后的阴影,尤其像唐诗成这样一个成功的商人,有多少人躲在暗影里,等待着向他发出致命一击。

有一天,有一个人向唐诗成介绍了一笔生意:南京一家日本商社藏有一幅苏东坡的画作,叫《枯木怪石图》,这家株式会社为了周转资金,要出手这卷《枯木怪石图》。唐诗成一听说是苏东坡的画作,眼睛就放了光,由朋友引荐,便去那家株式会社看画。唐诗成虽非鉴定家,但多年收藏,使他对绘画真伪有了一些心得。当株式会社的经理人小坂正雄将这卷《枯木怪石图》徐徐展开时,他看到画上树石以枯笔勾皴,石边小竹萧疏几笔,笔法出自苏东坡书法中特有的"偃笔",还有此画信笔绘出,不求形似的风格,心中已有了几分把握。那天他其实还专门请了一个宋画专家与他一起去看,宋画专家仔细辨认了画上的"绍""兴"联珠印,还有"凤阁王氏""黄琳美之""易庵图书"这些收藏印章,确认无误,向唐诗成点了点头。唐诗成大喜,心想,苏东坡的存世画作凤毛麟角,无论如何,也要将这落到日本人手里的苏轼真迹买下来。一问价,日本人要大洋一万,唐诗成倒吸一口冷气,还了几次价,以八千元大洋成交。

唐诗成抱着这卷画出了株式会社,兴冲冲往当涂赶。行至半途,路过一片树林,前方出现几名中国警察,横眉立目,站在眼前。唐诗成心想不好,正犹疑间,小坂正雄出现了,大声斥责道:唐先生,你们中国人大大地不好,我对你们以礼相待,你为什么把我的藏画偷走?

唐诗成大惑不解:偷,什么偷?我偷什么了?

小坂正雄用手一指,说:就是你手里的那幅画。

唐诗成说:这是我买的,八千大洋,你忘了吗?

小坂正雄说:不是买的,是偷的!

唐诗成说:我有证人!

回头一看,向他介绍生意的那个朋友早已不见了踪影,连他带去的那名鉴定师也人间蒸发了。

小坂正雄淡然一笑,说:你说的证人在哪里呢?

唐诗成尴尬无语。

一名警官把手一摆,下令道:光天化日,偷盗友邦财物,无法无天,给我拿下!

警察蜂拥而上,把唐诗成扭送警署。

唐诗成心想，都怪自己大意，当时没有立下字据，但中国人做买卖不用留字据啊，买亏买赚，双方都认，谁能想到日本人如此不讲信义呢？他只能自认倒霉，花八千大洋买的宋画，又被人讹回去了。但他还是把事情想简单了，他万万没有想到，小坂正雄竟然声言，唐诗成手里那卷《枯木怪石图》被唐诗成调包了。

唐诗成哭丧着脸说：我平生第一回见到《枯木怪石图》，怎么可能提前用赝品调包呢？

但无论唐诗成怎样辩白，日本人都坚称要唐诗成偿还真迹，否则就用钱抵偿。

警察把唐诗成关在警署"审"了一个多月，把唐诗成折磨得不成人形。唐诗成终于熬不过了，问此事多少钱可以"了"。

警察署长说：这要和东洋人协商。

协商的结果，是赔偿大洋十万元。

明知是遭了暗算，为了保命，唐诗成也只能卖房卖地卖产业，还上了这十万元大洋，从此一病不起，没过多久，就吐血而亡。

华屋美厦，最终只剩矮屋三楹，供孤儿寡母栖身。

唐知微的母亲带着一儿一女，开始了室如悬罄、炊米无着的生活，但无论怎样艰难度日，她始终没有放弃让儿子读书，期待儿子有朝一日光耀门庭。

唐知微不负众望，考上了清华大学国学门，国立故宫博物院成立那年他刚好学成毕业，就进了故宫工作，八年后随文物南迁，妹妹远嫁天津，当涂故宅只剩下他的老母亲，孤倚寒门，日日期盼着儿女归来。

《诗》曰："我姑酌彼兕觥，唯以不永伤"，那天夜里，他们倚着船舷的铁栏，说得泪眼婆娑，一直聊到月上中天，江上的寒气逼过来，如一把把的飞镖，刺透了他们的衣衫。

第四十六章

那文松和唐知微到达重庆朝天门码头时，已是溽热的六月。先行抵达重庆的迟笑然来迎接他们，准备乘坐轮渡到对岸的野猫溪码头，再雇两辆黄包车，去安达森洋行。

那天碧空如洗，阳光和暖，从江上吹来的微风穿街过巷，吹去人们身上的汗湿，重庆人纷纷聚集在一起，喝茶、打牌、摆龙门阵，总之一片祥和热闹的景象。就在这时，城市上空响起了尖厉的空袭警报声。

那文松没有想到，日本人居然用如此隆重的"仪式"来"欢迎"他们。其实，日本军机对重庆市区的无差别轰炸自上一年的2月18日就开始了（那一次的目标，主要是重庆郊区机场），所谓"无差别"，表明日军可以在战争中明目张胆地以平民和居民街道为目标实施空袭，突破了人类战争的伦理底线。

这种"无差别"轰炸的始作俑者，就是"九一八事变"策划者之一石原莞尔。日本军国主义者从此找到了一种以最小的代价进行最恐怖的杀戮的方式。

对重庆的"无差别"轰炸一直持续到民国三十二年（1943年）8月23日，历时五年半。据不完全统计，日军共出动九千多架次的飞机，轰炸二百一十八次，投弹一万余枚，死难者达一万人以上，超过一万七千幢房屋被毁，市区大部分繁华地区被炸成残垣断壁。日本人为这一连串行动起了一个狂妄的名字：重庆大爆击。

但此时的重庆，日军发动的"无差别"轰炸刚刚开始，重庆人民还要经历漫长的痛苦。在以后的日子里，在重庆的上空，日本飞机翅膀连着翅膀地飞过来，密密麻麻，比黄泛区大旱后的蝗虫还多。为了躲避飞机投下的那些恐怖的燃烧弹，故宫博物院开始将文物分批转运出重庆。重庆码头上，故宫文物的装运昼夜不停。

那文松和唐知微抵达重庆的这一天，他们还没有来得及欣赏江城的如画美景，就有数十架日军飞机飞临重庆的上空，投下一串串黑漆漆的炸弹，在大地上引爆一串串巨大的火光。那文松和唐知微站在朝天门码头向东南望去，看到的是一片地狱般的景象——长江两岸到处是爆炸的火光，在此伏彼起的火光中，房屋在倒塌，肢体在飞翔，人们在嘶喊，城市在碎裂。这是一座活人与死人共处的城，这是一座处于阴间与阳界之间的城，这是一座美丽与恐怖并存的城。或者，更准确地说——这是一座死神时常光临的城。生命，只能在死神到来的间隙里存在着，每个人都必须在这种朝不保夕的处境里，带着深深的恐惧，熬过死神到来之前的每分每秒。

第四十七章

迟笑然拉着那文松和唐知微顺着中正路跑了一阵，躲进了川康平民商业银行防空洞，出来的时候，天已擦黑。迟笑然说：正好，我带你们看一看川康平民商业银行的古物仓库。

川康平民商业银行是由时任二十一军军长的刘湘和二十四军军长的刘文辉以及民营企业家卢作孚于民国十九年（1930年）共同合办的一家银行，民国二十六年（1937年）由川康殖业银行、重庆平民银行和四川商业银行合并而成，改名为川康平民商业银行。

出现在那文松眼前的这座川康平民商业银行坐北朝南，稍稍偏东，面对的是打铜街——这条街位于小什字和东水码头之间，连接着上半城和下半城，在清代是铜匠聚集之地，所以叫打铜街，到了民国，多家银行汇聚在这条街上，又成了重庆著名的金融街。从外立面看，川康平民商业银行是一座钢筋混凝土结构的仿巴洛克式建筑。

天色微暗，那文松和唐知微跟在迟笑然的身后，从银行大楼的侧面进了一个小门，门内是木板楼梯，光线昏暗，楼梯呈回字形向上旋转延伸，回字形楼梯的中间则是接天通地的天井。他们沿着楼梯拾级而上，发现楼共五层，由于大楼前后有高差（这座山城的许多建筑都有前后高差），局部为六层，每一层的内部空间都很大，巨大的厅堂里，已经满满当当地叠摞上了文物箱子，重量越轻的箱子放置的楼层越高，每一层都有士兵把守。那文松惊奇地发现，建筑的主体构造是钢结构的，不由得赞叹道：在这抗战的非常时期，钢材奇缺，川康平民商业银行竟然用钢结构为主体造房，这四川人可是真厉害啊。

迟笑然说：不仅钢材皆是进口的，连制作、装配皆是按国外最先进的标准操作的，你说神奇不神奇？

那文松说：怪不得马院长选择川康平民商业银行作故宫的古物保存库，太有眼光了。

迟笑然说：更神奇的你还没看见呢。

看到那文松一脸疑惑，迟笑然诡秘地一笑，说：跟我来。

迟笑然脚步轻快地下了楼梯，一直走到最底层，那文松和唐知微亦步亦趋地跟在他屁股后面。他们推开两扇木门，走过一条长长的走廊，出现在他们面前的，是一道铁门，铁门上有一个转盘。铁门前，站着荷枪的士兵。迟笑然出示了证件，士兵向他敬了一个礼，转过身去，用双手转动转盘。迟笑然说：这道密码门，是德国造的，一发炮弹打不透。

铁门打开后，出现在那文松和唐知微眼前的，竟然是一间巨大的地下金库，它原本是银行用来存放黄金的，现在已经摆满了故宫的文物箱。他们迈步进去，发现这间库房的起架很高，故宫文物箱密密麻麻，叠摞到接近房顶，而最下的一层，垫了很高的枕木，让文物箱与地面保持一定空隙，以便防潮。在库房的高处，朝街的一面，有一排通气孔，以保持仓库的空气流通。故宫文物放在这里，不仅安全，而且干燥，让那文松和唐知微叹为观止。

那文松说：这里可真是存放古物的不二之选，简直比故宫自己的库房还好。

唐知微说：谁也想不到，故宫的古物放在了这里。

那文松说：看来我在南京坐牢的时候，马院长不知做了多少事情。

迟笑然说：不过，这座建筑再坚固，也扛不过日本飞机的轰炸。

从川康平民商业银行出来，暮色愈发深浓。他们刚刚走过的繁华街道此时已经变成了一片狼藉的废墟，到处是炸歪的电线杆、没有了顶的房屋、熊熊燃烧的梁柱。那文松觉得好像做了一场噩梦。

唐知微说：咱们连日本鬼子的影子都没有见到，就已经尸横遍野、弹痕满地了，这个仗，还怎么个打法？

那文松说：日本人炸我们，就是想吓唬住我们，想让我们尽早投降，这正好证明了他们心虚，没有底气。

唐知微问：那依你看，这场战争还要打多久？

那文松说：看眼前这架势，三年五载怕是打不完。

唐知微急了，说：那我们这辈子等不到战争结束了？

那文松说：那又怎样？你知道英法百年战争吗？不就打了一百多年？别说你，你孙子也未必能看到战争结束。小日本那点兵力，想把中国全占下来，不是件轻而易举的事，只要中国不认输，这战争就成了僵局，谁也赢不了谁。

唐知微说：那我们不是回家无望了吗？

那文松说：回家？我现在想都不敢想，估计是下辈子的事了。

唐知微说：真应了诗僧释函可的那句诗——"相逢恐是他生事，极目鸰原泪自流。"

迟笑然说：我们带着这些笨重如山的古物，仆仆道途，真跟愚公移山差不多。

那文松说：这古物的山，咱不仅移了，而且从北到南、从东到西，移了大半个中国，想想就挺了不起的。

他们一边说，一边往朝天门码头走，准备找轮渡过江，去安达森洋行的文物库房。他们穿越被炸得坑坑洼洼、烟熏火燎的街道，满目是狼藉的废墟和烧成了焦炭的尸体，满耳是凄惨悲凉的哭喊声，不知又有多少家园被毁，有多少家庭破碎。他们看到消防员在用水枪灭火，那时重庆还没有自来水，每辆消防车上都配有两个大木桶，桶里的水是从江里挑上来的，用人力压出来的水最多也只能喷二三十米，细弱的水柱在四处弥漫的大火中显得那么的孤独无依，就像那些无辜无助的百姓一样。军人、警察和消防员一起行动，幸存的市民们也纷纷帮忙，从各处废墟中寻找尸体，尸体很快就堆积如山。

走着走着，还没到朝天门，那文松突然被一阵哭声吸引。他转头望去，看见一个男孩儿，大约四五岁的样子，正坐在马路上痛哭。在他身边，躺着两大一小三具尸体。

死去的大人想必是他的父母。父亲大约三十多岁的样子，穿着一件深灰色大襟棉袍，外套一件黑色丝麻棉毛缝制的马褂，金丝边眼镜歪在脸上，镜片已被炸碎，一块弹片准确无误地锲入他的太阳穴；母亲也很年轻，穿着一件素色棉旗袍，腹部被豁出了一个大口子，鲜血夹杂着内脏从里面喷涌而出。还有一个小孩是一个小姑娘，看上去只有两岁，头发在头顶扎成一个鬏，她静静地躺在母亲身边，一只手还紧紧牵着母亲的衣襟，那显然是男孩的妹妹。

那文松在男孩身边轻轻蹲下，心想他年纪跟那小簋差不多，就摸摸他的头，问道：你叫什么名字？

男孩子没有回答，只知道不管不顾地哭，一边哭，嘴里一边喊着：爸爸——，妈妈——，啊啊——，爸爸——，妈妈——

那文松的心好像要被孩子的哭声捣碎了。

迟笑然说：天快黑了，咱们抓紧走吧，像这样可怜的孩子，在重庆满街都是。

唐知微附和道：走吧，安达森洋行在抢运古物呢，时间不等人啊。

那文松好像没有听见他们的话，又问：小朋友，你是哪里人啊？

孩子依旧哭得专注而无依。

他的家人全都死了，这个世界对他而言已经毁灭了。

几名警察过来收尸，男孩的哭声更加猛烈了，他死死抓住母亲的衣襟，无论警察怎么掰，他都不撒手，只知道拼命地哭喊：爸——，妈——，妹妹——

那文松的眼圈红了，他示意警察再等会儿，等那男孩哭得没劲儿了，警察才纷纷动手，把那三具尸体抬走了。

那文松把男孩抱起来，说：好孩子，从今天开始，我就是你爸。走，跟我回家。

唐知微说：你疯了吗？你现在的任务是抢运古物，战争孤儿自有政府管，谁让你多此一举？你带个孩子，还怎么抢运古物？

那文松说：我撞见了就得我管。

唐知微说：我知道你心疼这孩子，但大敌当前，这只是小仁小义而已。小慈妨大慈，我们的任务不是保护孩子，我们的任务是保护古物，完成了我们的任务，我们才对得起国家，对得起黎民百姓。

那文松急了，说：什么是小慈？什么是大慈？慈就是慈，还分什么大小？一个读书人，看到孩子经受这样的大难，竟然说出如此冷漠的话，一点悲悯之心都没有，你的书都读到哪儿去了？

唐知微说：你跟我急什么？轰炸已经几个月了，像这样的场面，重庆人都司空见惯了。你是刚来，还没习惯而已。

迟笑然说：是啊，我们刚走了不到五百米，你就看见一个孤儿，再往前走，不知道还能看见多少这样的孤儿。重庆城万万千千的战争孤儿，你到底能管几个？

那文松说：管一个算一个。

唐知微说：我问你，你是要运古物，

还是要运孩子？

那文松不再搭理他，扭头对怀里的孩子说：我叫那文松，我不管你以前叫什么，从今天开始，你叫那小罍。记住，你有一个哥哥，他叫那小簋。

那文松又问：你的生日是哪一天？

孩子没有言语。

那文松自言自语：不重要了，不重要，今天六月六日，就是你的生日。这个生日太好了，六月六，六六大顺，小罍一定会像我们来时坐的船一样，一帆风顺。

说完，那文松抱着抽抽噎噎的那小罍，沿着中正路，直奔码头而去，一边走，一边说：乖，不哭，爸今晚给你过生日，给你做好吃的。

唐知微跟在身后骂道：那文松，你就是一个烧不熟、煮不烂、好赖不知、油盐不进的王八蛋！

第四十八章

迟笑然带着那文松、唐知微和那小罍过了江，到达了安达森洋行。幸运的是，在这次轰炸中，洋行毫发无损。安达森洋行是瑞典洋行，瑞典是战争中立国，每当日本飞机"驾临"的时候，洋行的老板安达森就把提前准备好的一面巨大的瑞典国旗铺展在楼顶上，似乎在告诉这群乌龟王八蛋别在太岁头上动土，炸了瑞典的洋行，后果会非常严重。安达森先生企望这面国旗能像"护身符"一样，保护这几座依山而建的文物仓库免受袭击。但他哪里知道，为了加强轰炸效果，日本飞机使用了一种新型的燃烧弹。那是一种铝镁合剂的燃烧弹，爆炸时释放出的温度高达三千多摄氏度，连弹子锁都能被烧成一团铁疙瘩，成千上万枚这样的燃烧弹自天而降，六亲不认，爆炸时生成的巨大火焰会迅速地吞没目标建筑及其周边，再坚硬的堡垒也会顷刻间化为灰烬。

到了安达森洋行，那文松看到成百上千的工友在往山下搬箱子：文物箱先从安达森洋行的库房里搬出来，装到轨道车上，顺着山间铁轨运到山脚下，再装车，运到玄坛庙边上的野猫溪码头上船，距离虽然不远，过程却无比繁琐，加上文物箱又大又重，而且经不起磕碰，运输时要格外小心，只能像唱京戏走台步那样慢慢挪、慢慢蹭。

迟笑然对那文松和唐知微说：你们旅途劳顿，我先给你们安排个地方休息，运古物不是一天两天的事，你们先养精蓄锐。

唐知微本想好好睡上一觉，但看到如此场景，困意消失得无影无踪，说：我们不需要休息，把行李送到宿舍就可以开始干活，说不定明天一早日本飞机就来了。

那文松说：万一古物被炸成粉末，我们想运也没机会了。

那小罍早就在那文松怀里睡着了，一丝晶亮的口水自嘴角垂下，那文松在文物库房里给他找了一个安静的角落，把自己的大衣盖在他身上，让他安睡，自己和所有故宫博物院驻重庆办事处的员工一起，度过了一个不眠之夜。

船是中国联运社为故宫专门配备的货轮，一次可以装载差不多二百箱文物，那文松和唐知微跟着大家干了一夜，也没有把货舱装满。

唐知微犯了急，问：安达森洋行的古物运走多少了？

迟笑然答：已运出二十多批了，但还有上千只古物箱没有运出。

唐知微说：货轮载货量虽然不小，但装满一艘轮船花的时间太长了，就怕船还没有开出去，日本飞机就到了，搞不好一船的古物，全都成了日本飞机的活靶子。

迟笑然说：那怎么办呢？

唐知微说：不用等大船装满，快快征用些普通木船，我们在来的路上看到，这种木船多得是。木船载货量小，反而装得快，化整为零，装满了就走，关键是要快，先把古物运出这个是非之地再说。

那文松说：是啊，我们这是在跟日本飞机竞赛，跟日本的燃烧弹拼速度呢。

迟笑然说：船多了不好管理，万一有一两艘船带着古物跑掉了怎么办？

唐知微说：现在只能相信我们的民众，不会做这样的事情。

那文松说：总比被日本飞机炸成碎片要好。

第二天天亮时分，那文松站立在山坡上，看见大江浩荡，从大山的缝隙里盘绕而过，如一条平稳而安详的经脉，滋润着两岸的土地人民。大江之上，烟雾缥缈，把整座山城晕染成一幅淡墨山水，标准的"米氏云烟"。这是那文松第一次站在半山上俯瞰长江奔流的壮丽景象，他深吸了一口气，空气清甜湿润，浸润肺腑。薄雾很快散了，太阳出来了，为城市镀上了一层金箔。阳光越来越明亮，那文松才发现那原本是一幅沿江展开的青绿山水，连江水的颜色都是分层次的，尤其在长江与嘉陵江汇流处，江水呈现出两种不同的颜色，嘉陵江水是黄色的，长江水则是翡翠般的碧绿色，在阳光的照射下，美若锦缎。

他们一连干了七天，饿了在码头吃，困了在库房睡，好在到了第七天，只剩下最后一船木箱了。这七天中，重庆的天空非常安静，日本飞机鬼魅般的踪影没有出现。他们即将抓住这个空隙，从重庆全身而退。

所有人的心中都浮动着一层暗喜。

然而就在这时，出事了。

装运的最后一天，唐知微听说找来一条大船，便迫不及待地想去看一看。曙色微茫之中，他急匆匆上船查看船舱容量，但舱内光线昏暗，伸手不见五指，唐知微叫工友去取手电筒，自己在船上等。等工友的间隙，他心急，想知道船舱的内部空间有多大，就摸黑在舱内行走，谁也没有想到，脚底下有一块舱板已被掀起，唐知微骤然踏空，跌落下去，头部重重地撞在舱底，鲜血立刻迸溅出来。工友拿着电筒回来，发现船上无人，心里就有了不祥之感，手忙脚乱地下到底舱，摸到唐知微的身体时，唐知微四肢痉挛，已经只有出气，没有进气了。

等那文松赶到仁济医院时，发现唐知微的病榻是空的，刚刚换上雪白的床单。那文松心急火燎地找医生，问唐知微在哪里，医生反问：谁是唐知微？

那文松说：就是刚刚送来，头部受伤的那位。

医生说，死了，已经送停尸房了。

那文松的大脑突然断了篇儿，因为他无法将唐知微这个活蹦乱跳的大活人跟停尸房联系起来，他的大脑像遭遇轰炸的重庆城一样一片狼藉。他想不明白那个同他一路走来的唐知微怎么就死了，那样不管不顾地死了，不管你伤不伤心，不管你能不能接受眼前这冰冷的现实。那文松眼前浮现出他与唐知微在船舷上对饮畅谈的样子，那只是十几天前的事情，却已恍如隔世了。一股尖锐的疼痛自身体内部浮漾上来。

他打心眼儿里埋怨唐知微：你急急急，急了一辈子，现在最后一船古物就要驶出重庆了，你急哪门子呢？这下可好，你想走也走不了了。

那文松后悔，没有向唐知微问询他母亲的地址。但即使有了唐知微母亲的地址，他又该怎样把这不幸的消息告诉那位可怜的母亲？形影相吊、茕独一身的母亲，该如何面对儿子的死讯？

第二天清早，人们把唐知微安葬在重庆南岸的狮子山上，为他立了碑。

安徽人唐知微，脚步永远停止在重庆，再也不能向前迈动一步。

这里并不是他的家乡，却是他流血流汗、工作到最后一秒的地方。

那文松在唐知微的坟头前重重地磕了三个头，泪流满面。

第四十九章

自从那小矗被那文松抱回来，就没有说过一句话。更多时候，他都是面无表情地呆坐着，仿佛一个表情永不变化的布娃娃，不论那文松对他讲什么，他的目光都是定定的，好像在看着那文松，又好像什么都没有看。

迟笑然说：这孩子是不是吓傻了？

所有经历过大轰炸的幸存者，的确都会留下永久的精神创伤。无论清醒还是睡眠，飞机投弹引起的巨大轰鸣会在他们耳畔随时响起；无论睁眼还是闭眼，父母兄妹血肉模糊的景象都会出现在脑海。很多人都忍受着长期失眠的折磨，每天最多只能睡上三四个小时，一辈子难求一梦安枕。那文松心知，那小矗最大的痛，来自亲生父母和妹妹的突然离世。转瞬之间生死相隔，此生此世不能再团聚，这是人间至痛的惨剧，是一个未更世事的儿童不能够承受的，所以那小矗除了沉默，还是沉默。他只能以沉默来对抗这个没有了父母和妹妹的世界，以沉默来追忆那个有着父母和妹妹的往昔，他的生命已经凝滞了，停留在亲人被炸死那一刻的时光里，再也不肯向前一步。

离开炮火连天、弹痕遍地的重庆，轮船向宜宾驶去，大家的心情才放松一些，因为宜宾暂时还是日本飞机未能顾及的地方。那小矗似乎也明白这一点，所以他第一次睡得这样香甜。那文松坐在舱房里，解开大衣扣，把孩子的大半个身体裹在大衣里，用手为他轻轻拭去了泪痕。

看那小矗睡得香，那文松决定帮他脱去衣服，放在床上睡。脱去外衣的一刹，那文松突然觉得他的怀里有什么东西，伸手一摸，果然摸到一张硬纸片。那文松小心翼翼地把它取出来，发现竟是一张全家福。照片上共有六个人，祖孙三代。第一排坐着一对老年夫妇和他们的孙子、孙女，他们身后站着他们的儿子、儿媳——当然也是那对孩子的父亲和母亲。那一瞬间，那文松想到了自己的父母妻子，心中一阵钝痛。他把照片翻过来，背面写着一家人的名字，爷爷奶奶的名字是：吴印国、吴刘氏；父亲母亲的名字是：吴金伞、温小颜；两个孩子的名字是：吴小雷、吴小娟。还写着这个家庭的地址：湖北省第四行政督察区枝江县百里洲镇吴家巷。看来这个家庭，真的是从湖北逃难而来，把全家福放在孩子身上，又写上家中的地址，是以防孩子与父母走失。此刻，照片上至少有三个人已经不在人间，至于孩子的爷爷奶奶是否健在，不得而知。那文松心想，等抗战胜利，他一定要把吴小雷送回家乡，续上吴家的香火。

此时，存放在重庆的文物已陆陆续续运到了宜宾，统一存入中国银行仓库、川康仓库和云集堆栈。埋葬唐知微以后，只剩下最后一批文物还没有运走，那文松将这批文物转运到重庆市二十里地以外的王沙溪，再盘到轮船上，终于装上"华东轮"，四日后到达了宜宾。

到最后一批文物存入库房，已是七月初。那天，马院长和吕医农刚刚从乐山考察回来，马衡见到从重庆回来的那文松和迟笑然等人，就说：小那，小迟，你们辛苦了，敌机的轰炸半径在扩大，宜宾也不安全，我们马上还得搬。

迟笑然说：咱这是憋着尿跑马拉松，不到终点不能停啊。

那文松问：去哪里呢？

马衡说：嘉定（今乐山）安谷乡。

那文松说：马院长，现在的难处在于，长江的枯水期马上到了，假如九月初还没有运完，就很难行船了，古物就只能留在宜宾，走不了了。所以我们要走就得赶快走，不能松气儿。

吕医农说：是啊，一鼓作气，再而衰，三而竭。一定要在枯水期到来之前，把古物全部撤离宜宾。

在宜宾码头，他们重复了在南京下关、重庆野猫溪码头上所做的一切，好像他们就是西绪弗斯，永远要重复同样的劳动。他们几乎天天装船，到八月底，总共运出四千五百九十六箱，连一半还不到。枯水期在步步逼近，此时的宜宾，已然拉响了空袭警报，在线团一般纷乱的迷局里，马衡迅速理出了线头，就是抓住从重庆开来的船只。他清楚地知道，当下运力不够，主要矛盾在于船只太少，有数的船只又被各大机关、企业占用掉不少。当时故宫与友生公司签订了运输合同，马衡把友生公司驻宜宾办事处的主任林宜生找来，劈头盖脸臭骂一顿，说：依照协议规定，古物须在8月31日全部运完，八月三十一日马上就到了，还差一大截没有运走，你怎么解释？

林宜生说：马院长，我们愿意严格履行协议，但现在是非常时期，手头没有船，我也不会变戏法儿啊。

马衡说：我不是在跟你商量，现在我正式通知你——到时如不能运完，我就下令军队强行征用船只装运古物，你有多少船，我征多少船。

林宜生一听就慌了，对马衡说：院长莫急，院长莫急，以后从重庆每来三艘船，就给故宫一艘船装运古物，这样可以吧？

马衡板着脸，一句话也不讲。

林宜生见马衡态度强硬，又改口说：两艘，从重庆来的每三艘船给故宫两艘船，这下总够了吧？

见马衡还是没有说话，林宜生快要哭了，说：院长大人，向后方撤退的人员物资设备多如牛毛，就这几艘船，总不能全给故宫啊！

马衡无奈点头说：好吧。

那段时间，那文松、丁彤云很少睡觉。只有在等船的空隙里，他们才会打一个盹儿。但是就在短暂的睡眠里，那文松居然还会做梦，每一次他都梦见自己在往码头上运文物，库房里的文物怎么搬也搬不完，好像那些文物，一批一批地从库房里生长出来。他梦见自己在码头上等船，望眼欲穿，怎么也等不来轮船，孤帆远影碧空尽，唯见长江天际流。突然间，天崩了，地裂了，一串串的炸弹从空中坠下来，落在堆成山的文物箱上，转瞬之间，那些青铜彝器、秦砖汉瓦、金石碑帖、唐瓷宋碗，那些来自历史的最美之物，在爆炸中形成一个个气流的旋涡，纷纷化作了齑粉，化作了灰尘，升上了天空。

这些日子里，梅遇影的身影也时常在他梦里出现。在炸弹爆炸的强光里，她满脸惊骇，满身是血，奋力向他跑来。

但不等她跑到跟前，轮船的汽笛就响了，他骤然醒来。每一场梦，都是以相同的方式结束。

船来了，他们又要往上装文物了。

8月31日过去了，中国银行仓库里的故宫文物，仍有一批没有运完。

那文松、丁彤云等依然在库房与码头之间奔波抢运，空袭警报尖利的声音骤然响起。这一次日军飞机依旧没有飞临宜宾，而是飞到了宜宾附近的泸州，三十六架飞机投下了两百多枚燃烧弹，将泸州城炸成一片火海。大家的心立刻悬到嗓子眼，不得不加快抢运速度。

那文松密切地关注着从重庆驶来的船舶，但所有人都在抢船，现场秩序大乱。

护卫文物的宪兵队队长郭之南用手枪顶着林宜生的太阳穴，说：让他们全都退后，船舱里的货物全都搬出来，给故宫古物让路！

第五十章

最后二百箱文物终于装入友生公司的"民选轮"，在微拂的秋风中告别宜宾，溯岷江北上，在乐山大佛的注视之下进入大渡河。岷江、青衣江、大渡河三江汇流，形成了一个反"K"字型，上下那一竖是岷江，左上方那条四十五度角斜线是青衣江，左下方那条四十五度角斜线是大渡河。青衣江和大渡河从两个角度注入岷江，形成一股合力，江水直捣山壁，水势猛如野兽，撞击着岷江东岸的凌云山，断岸千尺，江流有声，舟楫至此，往往像急流中的小树叶一样漂来荡去，弄不好就会被江水吞没，转眼就没了踪影。因此选择在枯水期到来之前将故宫文物运往嘉定是一把双刃剑，船到嘉定，三股江流合在一处，相互纠缠，彼此角力，形成了无数的暗流险滩。唐朝的时候，海通禅师在凌云山的山崖上主持修凿一尊弥勒佛坐像，以减杀水势，拯救众生。大佛历经九十年凿成，成为中国最伟岸壮观的一尊摩崖石刻造像。它通高七十一米，头与山齐，足踏大江，双手抚膝，临江危坐，在大佛左右两侧沿江崖壁上，还凿有两尊身高超过十六米的护法天王石刻，与大佛一起形成了一佛二天王的格局。大佛名为"嘉州凌云寺大弥勒石像"，今天人们俗称为"乐山大佛"。

"民选轮"在岷江中行驶，快到三江汇流处，船长看不能再走了，于是下令在近岸处停船抛锚。一只只木船借助水势漂来，向"民选轮"靠拢。"民选轮"的舱门开启，船员们用粗壮的缆绳把货舱里的两百多只文物箱，晃晃悠悠地分批卸到木船里，然后由岸上数十名纤夫喊着号子，协力把木船逆流拉进大渡河。

这些船夫和纤夫是世世代代在水边长大的，对水文状况比对自己的手掌纹还要熟悉。他们好像长着透视的眼，透过河水表面的纹路，就能够准确地判断出水面下的潜流，因此他们会避开那些危险的水域，选择最安全的水域行船。因此从宜宾运来的九千三百多箱文物，前前后后走了几百次船，从没有出过一星半点的差错。那文松在心里面念叨，这也是马院长选择这条水路的原因吧。

但凡事经不起念叨，就在最后一只木船装满，那文松抱着那小曩上了船，木船被岸上的纤夫们慢慢拉进大渡河的时候，突然间，砰一声，纤绳断了，这只木船立刻成了"不系之舟"，像一离弦的飞箭，被湍急的水流裹携着，向着凌云山，向着石质的大佛急驰而去。那文松只觉得两耳生风，头脑发晕，却束手无策。他本能地弯下身子，把那小曩藏在怀里，闭上眼睛，一心等死了。那小曩也懵了，浑身颤抖着，小手紧紧地抱着那文松的身体，紧张得连哭都顾不上了。他们都知道，一旦木船撞在大佛上，结果一定是粉身碎骨。那文松想，他们父子俩，死了不要紧，只是那一船的文物，就要沉入水底了！岸上的人们都看傻了眼，只能惊恐地大喊。

谁也没有想到，那条断了缆的木船在河水里冲了一段，竟然向岸边冲去，搁浅在河滩上，一动不动了。

人与物，都安然无恙。

惊魂未定的丁彤云说：看来是大佛显灵了。

那文松故作轻松地说：放心，古物还没运完，老天爷不让我死。

那文松后来回忆，就在他们的木船冲向崖壁的一刻，那小曩的小手紧紧地拥着自己的，仿佛那文松就是他的救命稻草，他感觉到那小曩两只小手的力度，在那一刻，他真的觉得自己是这个孩子的父亲。

丁彤云把老乡们叫来，把文物箱从遇险木船上搬下来，在岸边找了个干燥的地方摞起来，又发动老乡把所有箱子背到祠堂里去。他在每个老乡手里塞了一张纸条，上面有马衡院长的印章。等他们把文物箱子交到祠堂里的工作人员手上，就可以用手里的纸条换取一枚铜板。

那文松看到一位老人，瘦若竹竿，头上枯发飘动，至少有六十岁了，背起重重的木箱，要往祠堂的方向走，就上前说：大伯，箱子重，您背小一点的箱子。

老人说：不碍事，我背得动。

从河岸边上到祠堂，要穿越树林、村庄，路程不算近，途中也无人监视，却无人背着文物逃走。等文物箱在"一寺六祠"全部码放停当，那文松、丁彤云他们清点数量，九千三百六十九箱，一箱不多，一箱也不少。

那文松感叹道：中国的上层社会，钩心斗角；但你看中国的乡村，民风是多么淳朴啊。

丁彤云说：这些美轮美奂的古物，原本就是这些劳动者创造的，所有没有人比他们更懂得珍惜。

那文松说：我们到安谷乡，什么动员也没有，但你看安谷乡提供的人力、物力，哪一样不是雪中送炭？

丁彤云说：跟那些一心置故宫于死地的大老爷比起来，真是天差地别。

那文松说：所以说，故宫文物南迁，并非只是由故宫人完成的，而是由全体中国人合力完成的。

丁彤云说：这也是抗战，我们虽然手无寸铁，但我们也在抗战。日本人的飞机虽快，但架不住咱们能跑啊。

那文松说：咱们带着石鼓跑，带着《四库全书》跑，带着将近万箱古物跑，还是比它快。

这一寺六祠，散布在田野之间，彼此

间隔着一段距离。故宫博物院驻乐山办事处设在宋祠，一座修建于清代光绪年间的、拥有两进院落的宏大建筑。马衡任命丁彤云任办事处主任，祠堂的内部空间都放满了文物箱件，只留出一个小房间，供故宫职员与工友作集体宿舍，此外还留了一间较大的屋子，作为宪兵部队的营房。

第五十一章

终于，在枯水期到来之前，九千三百六十九只文物箱子全部撤出宜宾，安顿在安谷乡的青山碧水之间。那文松的心情也一点点轻松起来，他对丁彤云说：只要撤离宜宾，这批古物就安全了，日本飞机总不至于连嘉定也要轰炸吧。

但他们没有想到，日本飞机已经在嘉定的上空等着他们了。民国二十八年的八月，日本飞机的轰炸半径已经延伸到嘉定。8月19日，嘉定的老百姓第一次看见日本飞机自东边的天空黑压压地飞过来。几分钟后，三十六架日军飞机分成三组，摆成品字形编队，飞到了乐山的上空，又刷地排成一字形，然后扔下了一串串炸弹，顿时弹片横飞如雨，烈火浓烟熊熊，黑烟热浪遮天蔽日……

嘉定不是重庆，不是战时陪都——这座殷商到西周时期古蜀王国的中心都邑、周太王时代就是"一年成聚，二年成邑，三年成都"的壮美大城，日本飞机为什么如此"看得起"嘉定呢？对此，日本媒体给出了这样的"解释"："嘉定被认为是继重庆之后，国民政府的最后避难地，是加紧迁都准备之所。此次嘉定轰炸与之前的成都轰炸，同样是表明我军决不让已在四川无处容身的蒋介石从我猛鹫的羽翼下逃脱之决心的战役。"

日本人不会想到，蒋中正不会失去他的容身之地，倒是故宫的文物，几乎到了山穷水尽的地步。

日本飞机把炸弹全部丢到了嘉定县城，存放文物的安谷乡并没有受到轰炸，真是不幸中的万幸。

四川人是乐观的，掩埋了逝者的尸体，嘉定人就在废墟上支起了牌桌，一边喝功夫茶一边摆龙门阵。日机大轰炸害得老百姓天天跑警报，但在过年时，市井百姓还会贴上这样一副对联，上联是："早也跑晚也跑，一天到黑都在跑"，下联是："跑得脱跑不脱，看来要把命耍脱"，意思是没被炸死，却要活活跑死，横批："安心睡觉"。

这份乐观看上去好像是认命，实际上恰恰相反，里面包含着四川人的倔强、不肯轻易服输。他们好像要通过这份乐观跟日本人叫板，日本人越是残忍暴虐，不叫中国人过好日子，他们就越要把日子过得热热闹闹、欢欢喜喜、如火如荼。

那文松没有那么潇洒，他望着地平线上冒起的黑烟，狠狠地骂道：狗日的鬼子，我们走到哪里，他们的飞机就跟到哪里。炸炸炸炸炸，我的神经都快被炸断了。我们就是飞毛腿，也没有日本飞机快啊。

丁彤云问：你说我们还会走吗？

那文松说：这得看日本人让不让我们在这儿待了。不过，我是不想走了，这么多的箱子，实在是搬不动了。

丁彤云说：我们在宝鸡的时候，马院长就说，我们要和石鼓一起在宝鸡安居下来，娶妻生子，没想到北路古物翻秦岭入四川，现在中路古物又到嘉定，闹不好也都是权宜之计。四川如果守不住，我们说不定要带着这将近两万箱古物，进西康，去青藏了。

那文松说：到了这里我才明白，马院长和吕老师为啥自今年春天就开始在四川的山林旷野间奔波。你看这安谷乡，濒临大渡河，距离乐山县城只有十多公里，位置不远不近刚刚好。大渡河边又有杜家场、英冠场和杨花渡等许多渡口。

丁彤云说：北路古物存放在峨眉县，两地相距不远，也便于相互照顾。

那文松说：嗯，安谷乡境内还有一百多座寺观祠庙呢，可以说是存放古物的天然仓库。

丁彤云说：是啊，仅古佛寺，再加上宋氏、易氏、梁氏、陈氏、赵氏、朱潘刘三氏祠堂，这"一寺六祠"，就足够我们存放古物了。

那文松说：他们把家族的祠堂都让给了我们，足见他们的无私。

丁彤云说：看去寻常的小人物，平头百姓，是最了不起的。谁看不起他们，谁准得吃亏。

第五十二章

日本人不知道安谷乡，使得战争白热化阶段的安谷乡有如一个世外桃源。天空是清澈的，河水是清澈的，山风也是清澈的，故宫人的呼吸、血液也跟着清澈起来，五脏六腑几乎变得透明，腥风血雨在内心深处留下的印记，也似乎被荡涤干净了。天气晴和的日子，故宫人会在一寺六祠的庭院里放心地晾晒文物，主要是法书、绘画、古籍这些怕潮的文物，等于为这些往日里藏在深宫里的文物做一次田野展览，每一次都会吸引很多观者。一些从北平、南京、上海、武汉等地撤出来的教授、学生、艺术家，索性就跟着故宫文物西迁的队伍走，为的就是能够看到故宫晒古籍书画。

有一天，那文松和丁彤云一起展开一轴《溪山行旅图》。这是一幅不知作者的绘画，虽曾收入清代《石渠宝笈初编》，但当时就注为"无款印"。画上有明代董其昌题写"北宋范中立①溪山行旅"九个大字，但董其昌的出生年代，毕竟比范宽晚了六百年，这六百年中的流传轨迹无从考查，所以在故宫清点文物时，只粗略地把作者写作"宋人"。但这是一件惊人之作，它纵两米多、横一米多的巨大画幅在古画中是少有的，它采用北宋山水画常用的"三段式"构图模式：画面上部是巍峨高耸的山体，高山仰止，壮气夺人；中部是巨大垂直的山体，两峰中一瀑如线，飞流百丈，为画面增加了几许灵动；画面下方，巨岩突兀，林木挺直，前景有溪水在汩汩奔流，山径上有一队运载货物的商旅，正艰难地缘溪行进。

那文松紧抿着嘴唇，聚精会神地观看着那幅大画，巨大的画幅让他感到无比震撼。丁彤云说：文松，你看，在这《溪山行旅图》中，无论是山体还是密林，墨色都是那么的凝重而浑厚，涌出一股雄壮逼人之气势，给人以"如行夜山"的压迫感。在如此威严的大山面前，人看上去是那么的微不足道，似乎画家对人并不重视，实际上却恰恰相反，画家正是借助山的力量，

---

① 范宽（约950—约1032），又名中正，字中立，陕西华原（今陕西铜川耀州区）人，宋代著名绘画大师，与董源、李成并称"北宋三大家"。

来凸显行旅者的意志。

那文松说：你说得对，在山的威逼面前，人并没有却步，一旦出发，他们就不会回头了。远途行旅的艰辛，荒山夜雨的可怖，都不会让他们动摇。所以，山是强大的，但更强大的是人。他们表面上是画山，实际上是画人，把人丢在困境里，以此来反衬人自身的强大。

丁彤云说：宋代商业发达，但那时交通不发达，运载货物，还是十分艰难。

那文松说：我从这幅画上看到了我们自己。你看我们驮着这么多的古物，东奔西走，不也是溪山行旅吗？

马一浮先生也跟着西迁的文物到了乐山，索性在乐山大佛旁边的乌尤寺办起了一座书院，名"复性书院"。"复性书院"设在乌尤寺，原因是《四库全书》到了安谷乡。乌尤寺坐落在乌尤山顶，为唐代高僧惠净法师所建，乌尤山原与凌云山相连，秦蜀郡太守李冰治理沫水，开凿江道，把凌云山与乌尤山分开，使之成为水中孤岛，这里山明水丽，斯文在兹，令马一浮喜不自禁，就把他的"复性书院"，设在了这山水幽静处，借僧寮二十余间作师生住房，以寺内旷怡亭为讲习之所。伴随他的，有乌尤寺的晨钟暮鼓，更有故宫的《四库全书》。在他看来，只要中国文化不死，中国就不会亡。他的原话是："天地一日不毁，此心一日不亡，六艺之道亦一日不绝。人类如欲拔出黑暗而趋光明之途，舍此无由也。"

民国二十八年（1939年）9月15日，千年乌尤寺，响起琅琅读书声。从这一天开始，"复性书院"的学生不断去安谷乡抄写《四库全书》，让这部藏于深宫的浩瀚大书终于为当代学子所用，经过几年的苦抄，他们共抄经部易类、诗类、四书类，史部政书类、传记类、目录类，子部儒家类、术数类，集部别集共二十二种，后来又校抄了四库集部别集明代崔铣《洹词》一种。

马一浮说，多刻一板，多印一书，即是使天地间能多留一粒种子。

秋日里的安谷乡，复性书院的白衣学子们正在马一浮的带领下抄书。目睹这番场景，那文松的心里感到有些急迫。他的右手缺了食指，已不能执笔，左手在监狱中也被折断了指骨，他一直希望自己恢复写字的能力。

整个秋天，那文松都与同事们一起，在安谷乡安静地校勘《荀子考》《荀子增注》《新序考》《孔子家语》《史通通释》这些古籍，后来又校抄了元刊本《群书类要事林广记》《蒙古字书》等。在这份安静里，那文松回想不久前的劳碌仓皇，不禁有隔世之感。

那文松掀动着古旧苍黄的纸页，读道：不登高山，不知天之高也。

那边鸡叫：咯咯咯！

再读：不临深溪，不知地之厚也。

那边鸭叫：嘎嘎嘎！

又读：不闻先王之遗言，不知学问之大也。

那边狗吠：旺旺旺！

那文松笑了，对丁彤云说：你听，连鸡、鸭、犬，都认可荀子他老人家的说法了。

丁彤云感叹道：以华夏之大，终究还是放得下一张平静的书桌的。

那文松应道：那还是好好读书吧，千万别辜负了这张难得的书桌。

重新开始正常写字，那文松才觉得自己的身心全都回到了故宫。

第五十三章

不久，那文松又回峨眉去看守北路文物。

那文松带着那小蠡，乘坐滑竿从安谷乡回到峨眉时，已是腊尽春回。穿过峨眉县城窄窄的街道，远远地，他就看见一个年轻女子站在武庙的门口，她穿着一件破旧的浅灰色粗布袍，他还没走到面前，她就已经朝他走来。

沈芷伊一见那文松就有了要哭的冲动，本能地想往那文松的怀里扑，那文松一惊，身体不禁往后退了一小步。

那文松并非不牵念沈芷伊，但他更牵念自己的家人，牵念着远在北平的岳父母、梅遇影和那小簋。北平早就陷落了，他知道他们在受苦，此时若再有他想，他就不是人了。更何况当年他离开家门的时候，妻子送他的那五瓣梅花造型的玉饰，他一直带在身上，就像不曾丢弃他当初的诺言。看到沈芷伊要哭，那文松心底暗自升起几分怜惜，但他不能表现出来，他只能冷冷地说：你怎么来了？

沈芷伊说她们的医院，被该死的日本飞机炸毁了，医院这救死扶伤之地，已经变成了一个屠宰场，她自己也险些被炸死。沈芷伊说她不敢再在成都呆下去了，但她在这个世上无依无靠，想来想去，还是要来找那文松。然而，故宫文物已经离开成都，到哪里去找那文松呢？她去大慈寺打听，僧人们守口如瓶，后来一个小和尚看她可怜，就悄悄告诉了她，她就一路颠簸地到了峨眉。

那文松问：你多久来的？

沈芷伊说：有半个多月了，我到武庙找你。有人说你不在，出远门了，叫我别等。我不信，要到武庙里看，他们说库房重地，外人不能进入。我就天天在门口等，反正我没有别的地方可去，反正你早晚得回来，哪怕等到地老天荒，我也要把你等回来。

听到沈芷伊这么说，那文松的心里"格登"了一下——真是奇怪了，沈芷伊说的话，怎么和当年梅遇影一模一样？

他突然感觉这话不是沈芷伊说的，是梅遇影借了沈芷伊的嘴在说话。

那文松浑身一阵发麻。

那文松见沈芷伊的脸蛋冻得发紫，就问：身上有钱吗？饿着了没有？

沈芷伊说：带了一点钱，一天吃一顿饭。

那文松心里有点难过，心想怪不得消瘦了许多，又问：住在哪里？

沈芷伊说：找了一家客栈住下。

那文松说：咱们先去吃顿热乎饭吧，看你这又冻又饿的样儿。

那文松领着沈芷伊和那小蠡进了一家小食铺，要了三份砂锅米线，让堂倌在里面多加点蹄花，又点了一只卤鸭。只见堂倌动作娴熟地把三只灰不溜秋的砂锅从炉火上挟起来放到餐桌上，沈芷伊饥肠辘辘，顾不得米线烫就夹起来往嘴里送，那文松说：慢点，烫！

沈芷伊果然烫痛了嘴唇，叫了一声，那文松笑了，说：瞧你那点出息。

沈芷伊用竹筷又挑起几根米线，把嘴唇拢成了一个喇叭形，轻轻地吹了吹米线，挑到一个空碗里，喂给那小蠡吃，一边喂一边问：你是那小簋吧？

那小蠡呆呆地看着她，一句话也不说。

那文松说：不，他是那小蠡，那小簋

的弟弟。

弟弟？

他的父母在重庆被炸死了。

沈芷伊明白了，默默地点了点头。米线终于凉了点，她呼噜呼噜地把米线吞下去。

那文松也挑着米线慢慢吃着。他的右手少了食指，已经不能拿筷子了，所以他是用左手拿筷子的。这一细节立刻触动了沈芷伊，她伸过手，轻轻地抚在那文松的右手上，问道：还疼吗？

那文松把手向后一缩，说：早就不疼了。说着，那文松用左手娴熟地挑起几根米线往嘴里送。

不知为什么，沈芷伊的眼睛里漾出了泪花。她忍了很久，眼泪最终还是溢出来，"啪嗒啪嗒"地掉到砂锅里。

那文松说：你看你，我都好了，你还哭什么？

那一天，沈芷伊终于对那文松道出了她的身世。原来，沈芷伊是云南曲靖人，父亲是当地一个有名的中医。沈芷伊原本有一个哥哥，比她大五岁。沈芷伊五岁时，听到池塘里青蛙在叫，想让哥哥给她逮个青蛙，池塘中央的水很深，哥哥踩不到底，情急之下腿又被水里的藤蔓缠住，就在那池塘里淹死了。这成了沈芷伊一生的痛。自从死了儿子，她父亲就对沈芷伊视如仇敌了。母亲原本身体就不好，再加上失去了儿子伤心过度，第二年就病死了。没过几年，父亲就续了弦，后妈很快就给她生了一个弟弟。这个弟弟却与她处处过不去，时常趁她写字时把她的辫子绑在椅子上，要不就在下雨天把她关在门外不让她进屋。她的后母就更不用说了。她恨这个家，每天都盼着自己早点长大，早一点离开这个家。十五岁那年，看到县城里面有护士学校在招生，她就义无反顾地报名，去了省城昆明，从此永远地离开了她的故乡，毕业后又远去成都，在新医院当了一名护士。

沈芷伊说：文松哥，你知道我为什么总是黏着你吗？

那文松茫然地摇了摇头。

沈芷伊说：因为，因为你长得像我哥。说完，她突然双手掩面，失声痛哭。

食客们闻声，纷纷扭头朝这边看，有人朝那文松瞪眼，心想一定是这个臭小子在欺负老婆。

沈芷伊知道自己失态，悄然止住了哭声。

听沈芷伊讲完了她的身世，那文松心里也在流泪，没想到这个看上去那么弱不禁风的姑娘，竟有着如此痛苦的成长经历。在这样一场残酷的战争中，像她这样一个弱女子，又有谁能够保护她呢？他知道沈芷伊对自己是一片真情，但这份情再真，也无处安顿。他必须给沈芷伊一个交代，否则就会坑害她一辈子。那文松意识到躲避不是办法，他必须直说了。他感觉时机到了，就对沈芷伊说：芷伊，我不是长得像你哥，我就是你哥。

沈芷伊的心，狠狠地抖了一下。

那文松接着说：我没死，因为照顾你的任务，我还没完成呢。以后，你就是我的亲妹妹。

沈芷伊是知礼之人，她知道那文松的潜台词是什么。一瞬间，她内心的孤独、爱情的失意、对亲哥的思念，还有对那文松的感激混杂在一起，千万种情绪涌上心头，她叫了一声"哥——"，就伏在桌上，号啕大哭。

第五十四章

有一件事一直让那文松心心念念，就是他们护送的文物一旦有了落脚之地，他想回一趟北平，去看望家人。这是他当年逃离血雨腥风中的南京城时给自己立下的誓言。但是自从他与故宫西迁的队伍汇合，就一直疲于奔命，日本飞机在天上不停地炸炸炸，他们带着成千上万箱文物在地上不停地跑跑跑，所以无论他怎样牵念着北平家中的老小，也只能将思念压在心底。参加文物西迁的故宫人，哪一个不是上有老下有小？所以每当回家的念头在他心头燃起，他都要亲手把它扑灭。但那个愿望却很不自觉，像白磷一样容易自燃，那文松稍不留意，就会蹿出火苗。自民国二十二年那个大雪的冬天他离开北平，时间已经过去了七年有余，这七年中，经历了沧桑之变，北平城中的家人又是什么样？他简直无法想象。"知我者，谓我心忧；不知我者，谓我何求，悠悠苍天，此何人哉？"有一天他清点古籍，目光落到这行耳熟能详的文字上，终于忍不住给马衡院长写了一份申请，请假回北平，探望家人。

马院长刚刚从贵州安顺，探查西迁南路的文物回来。那文松走进马院长的宿舍，马衡给那文松沏了一杯峨眉雪芽，那是在峨眉山一千米的云蒸雾绕中生长的高山茶。马衡从桌上拿起那文松的申请书，说：我看你的字写得好多了，祝贺你，我一直相信，你是一个坚强的人，没有什么能够打倒你。

那文松默然无语。

马衡说：我这次刚刚从安顺回来。西迁南路的古物自从离开南京下关码头，经长沙、桂林迁到了贵阳，在滇黔绥靖公署副主任吴鼎昌安排下暂存于城北毛公馆，后来贵阳同重庆、成都一样遭到日机轰炸，我们又把古物迁到了安顺县境内的一个山体溶洞中——当地人称"华严洞"。但物有所长，也必有所短。华严洞有个致命的缺点，就是潮湿，还有一条暗河自洞内汩汩流过，用不了多久，古物箱里的书画古籍就会生霉、长毛儿，因此故宫人仿照日本奈良正仓院的样式，在洞内建造了一座存放古物的仓库。你知道正仓院吧？

那文松点头说：知道，在奈良和平安时代，日本中央和地方的官厅和寺院里，都会设置一个专门放置重要物品的仓库，称为"正仓"。正仓院为木构建筑，不用柱子，而是将三角形木材搭成"井"字形，不断叠加而成。为了避免湿气侵蚀和虫害，地板离地面非常高；为避免阳光照射和空气污染，还打造了许多专门的柜子贮存宝物。在这样的条件下，哪怕是极度脆弱、难以久藏的古物也可得到完好的保存。

马衡说：对，我们也要有我们自己的"保险柜"。我这次前往安顺，很高兴地看到我们的仓库已经完工。

马衡把话题一转，又说：我们固然暂时脱离了险境，但也只是暂时而已，还远不到高枕无忧的时候。战争还没有结束，日本鬼子不断地蚕食着我们的国土，安谷、峨眉、安顺这几个地方是否安全，还不能过早言之，说不定什么时候日本飞机又要飞到我们头上，我们又得搬家。前些日子，嘉定城不是挨炸了吗？退一步讲，即使我们可以在这些地方安营扎寨，也还有许多细致的工作要做。古物脆弱得很，经不起风吹草动，任何意外，都可能前功尽弃。古物需要防火、防潮、防盗，还要索引、编目，动起来则需要装车、押车、卸车、抬箱子、开箱整理等等，我们人手本来就不够，因此，你回家的日期，还得再往后放放。

马衡的话令那文松无言可对。但那文松并不知道，马衡不同意那文松回北平的真正原因并不在此，而是因为马衡早已从北平，具体说是从赵庭苇那里，得到了那文松家中的消息——那文松的岳父岳母已经去世，妻子和儿子离开了北平，去向不明。他不能让那文松回家，因为那文松已经无家可归。但他不能把这个消息告诉那文松，也不允许故宫任何知情人把消息透露给那文松。那文松身体已经受到了严重的损伤，家破人亡的消息，将给他的内心带来沉重打击。马衡决定一方面对那文松"封锁消息"，另一方面派人，特别是故宫博物院驻各地办事处的工作人员，竭尽全力搜寻打听梅遇影母子的下落。

第五十五章

却说那小簪上了那趟火车，从人缝里没有看到妈妈，心里立刻焦急起来，大声喊：妈——但车内又哭又闹，鸡飞狗跳，没人在乎他的呼喊。只有一等车厢和二等车厢秩序井然，三等车厢已挤成了沙丁鱼罐头，车顶同样是人满为患，哪怕打个喷嚏都会把人拱到车底下去。车过渑池，火车就开始钻洞了，坐在车顶的人冷不防，就会被突如其来的隧洞把脑袋削了去，红的血、白的脑浆喷洒出来，滋了周围的人一身一脸，还流泻到车窗上。坐在三等车厢里的人不知道怎么回事，正透过车窗看风景呢，车窗上突然就糊满了血，吓得他们骇然大叫。那小簪本来哭着，心里想着妈妈，突然就看见了车窗上的血，吓得立刻闭住了小嘴。陇海线在一年前（民国二十七年）才延长到宝鸡，宝鸡成了陇海线的西部终点，那小簪就一路坐到了宝鸡，跟着满车的人下了车，懵懵懂懂地走出了车站。他不知道这里是什么地方，他只知道，自己再也见不到妈妈了。

那小簪不知哭了多久，哭得有些麻木了，整个人晕晕的。他冷，他饿，但再也不会有人焐热他的小手，再也不会有人把省下一口热饭喂给他了。从母亲温暖的怀抱里出来，他无法想象他将面对的将是一个怎样残酷的世界，有多少劫难在等待着他，从这一天开始，他的童年时代，结束了。

他不会想到，人影纷乱之中，有一道目光在紧紧地跟随着他。这个人叫张二驴，专门做拐卖人口的生意。黄河决口之后，大量难民从黄河周边拥入陕西，为拐卖人口提供了前所未有的商机。张二驴更是一个能耐人，无论男女老少，他都找得到销路。他把女人卖给土豪，卖给穷乡僻壤娶不上媳妇的光棍儿汉，或者卖到窑子里；他把男人卖给日本人开的株式会社，欺骗他们到伪满洲国去挖矿，实际上把他们变成被日本人奴役的苦难劳工；他把老人孩子卖给丐帮，依靠卖惨给丐帮赚钱；但他还有更大的主顾，就是运输鸦片的公司。

此处需要说明，潼关以西、秦岭南北，从渭河流域、关中平原，一直到四川、云南、贵州，中国的西半部，既是抗日战争的大后方，也是种植鸦片的大本营。这里气候湿润、土壤肥美，最适宜鸦片生长。在这广袤的土地上，有大片大片的鸦片田花开如海，在陕、川、云、贵一带，鸦片的种植、加工（俗称熬烟）、运输、销售，形成了一条完整的产业链。几十年后还有人算过这样的账：

"罂粟种植的巨大收益比鸦片的香气更具诱惑。他在一亩水地里采收炼制的鸦片所卖的银元，可以籴回十几亩天字号水地实地所能生产的麦子，十多亩天字号水地种植的罂粟的价值足以抵得过百余亩地的麦子和苞谷了。"[1]

这些来自国统区的鸦片除了"自产自销"，也自宜宾，过重庆，下万州，到宜昌，经长江水路运往敌占区，或者由陆路从成都奔广元，翻秦岭，过宝鸡，到西安，沿着渭河河谷东行，进入黄河流域，再穿越黄泛区运往敌占区，让东部地区的富佬和百姓也沉浸在鸦片的芳香缔造出的极乐世界中，形成一个跨越国统区与敌占区的"鸦片共同体"。

旺盛的鸦片贸易，带动了相关产业的发展。而拐卖人口，就是这产业链上的一环。

张二驴自从干上了贩卖人口的勾当，很快发家致富，他每天都在火车站趴着，等待猎物出现，如果从难民中发现落单的，尤其是小孩子，他就知道他们一定是与家人走散了，他就像等到了骨头的饿狗一样冲了上去。

纷乱的人群中，他一眼就发现了那小簋，那么无助，那么可怜，那么迟疑地从车站里往外走。他只是在走，但他不知道往哪里走，不知道有什么人在前面等他。那小簋突然发现一个中年男人堵在他面前，脸上露出的笑容令他不寒而栗。

是张二驴。

张二驴像一个哲学家一样地发问道：小家伙，你从哪里来，要到哪里去？

那小簋微微地摇了摇头。

张二驴说：我是张二驴，你要找谁，告诉我，我会帮你。

那小簋抬头看了看他，目光里带着疑问，说：我想找我妈。

你妈呢？

我不知道。上火车时我们走丢了。

你们在哪里上的火车？

我不知道，好像是，洛阳。

你叫什么？

那小簋。

那是什么那？

这里那里的那。

簋是哪个簋？

青铜器的那个簋。

铜不值钱，金银铜铁里面，我只认金银，不认铜铁，你得叫个什么金才行。不管这里那里，从今天开始，你跟我姓，就叫张有金，记住了吗？

那小簋默然地点点头。

张二驴突然问那小簋：你叫啥？

那小簋答：那小簋。

张二驴一巴掌劈过去，打得那小簋眼冒金花儿。

张二驴一边打一边吼道：再说一遍！你叫啥？

那小簋答：张有金。

张二驴满意地点点头，说：哎——这就对了，你这孩子不笨。张有金，你跟我走，我带你找你妈。

那小簋就这样，懵懵懂懂地被张二驴领走了。

张二驴给他吃了一碗蘸水面。一碗普通的面条，却让那小簋吃出了玉食八珍的

---

[1] 陈忠实：《白鹿原》（茅盾文学奖获奖作品全集：特装本），第44页，人民文学出版社，2014年版。

味道。他几乎把整个脑袋都探到了大海碗里，吃得盆干碗净。吃罢，他又把碗边上的汤汁用舌头舔得干干净净。

一边舔着，那小簋的眼泪一边"啪嗒啪嗒"掉到碗里。

在那一刻，他想起了不知去向的妈妈，想起了死去的姥爷，想起了北平大方家胡同的家。

一天之后，张二驴把那小簋卖给了贩烟团伙。

第五十六章

买下那小簋的主儿，姓钱，外号叫"钱在这"，因为他谈成生意时的标志性语言就是"钱在这"。他掌握着多家"国际贸易公司"，常年奔走在重庆国民政府辖区及日本人控制的"中华民国临时政府"（辖河北、山东、山西、河南四省及北平、天津两市）、"中华维新政府"（辖江苏、浙江、安徽三省及南京、上海两市）、伪满洲国、伪蒙古联合自治政府等政权之间，所以他的公司就可以美其名曰"国际"了。

来自云贵川的烟土，通过陇海线运到河南，然后又穿过中日的军事分界线运往敌占区。"钱在这"不进敌占区，他的运货路线到河南就中止了，那边有"下家"接手，买走他的生鸦片，他把卖鸦片的收入直接兑换成"梭梭"，再运回川陕。往返途中，都难免遇到各地"禁烟督查署"检查，一旦被查出，通常就被"督查署"独吞了。

为了躲避"督查署"的盘查，"钱在这"在运送鸦片时第一不走铁路货运，第二化整为零，所以他的贩毒队伍分成了许多小分队，这样万一被查出，也不至于全军覆没，查出的部分，他就当成合理损耗，

把成本加到最终的卖价上。他会派遣几名得力的干将，有男也有女，带着他们在川陕一带拐来、买来的儿童，伪装成难民，穿着破衣烂衫，推着大车小车，携家带口地沿陇海线往往返返，往西走的说是去逃难，往东走的说是要返乡，这样很容易躲过"督查署"的"督查"。那小簋，就这样被裹挟在贩卖烟土的队伍中。

小孩子怎么运输鸦片呢？说起来很残忍。鸦片贩子把"白面儿"用小塑料袋装起来，口子扎好，叫小孩儿吞下去，到了目的地再往小孩嘴里喂肥皂水，让他们把塑料袋拉出来。有的小孩子肚子里满满当当地塞进了鸦片，一旦小塑料袋破损，鸦片灌进肠胃，就会中毒身亡。假如孩子死了，对于贩烟团伙来说并不是什么损失，相反还是好事，因为死孩子是更好的运烟工具，他们不会哭，不会闹，更不会跑，他们用衣服厚厚地把死孩子包裹起来，由女烟贩抱着走，只要经过关卡，他们就把烟土取出来。

那小簋的肚子里并没有放过小塑料袋，那小簋的任务，是搬运、看管藏在推车、行李里的鸦片。那小簋他们还有一个"任务"，就是沿途拐骗更小的孩子，因为用小孩来拐骗小孩，最容易得手，因为无论孩子还是大人，都容易对小孩丧失警惕，孩子和孩子，也最容易玩在一起，这样玩着玩着，孩子就不见了。

有一回那小簋在混乱的人群中领走了一个两三岁的小男孩，他对那个孩子说：你跟我回家，我家里有糖稀吃。

那个孩子就信以为真，满心欢喜地跟着他走。他握着那个孩子又胖又软的小手正往前走，这时他耳畔响起了一声撕心裂肺的哭喊声，不知道是他真的听到了，还

是产生了幻觉，总之那个声音自他耳边响起，他仿佛受到电击一样感到浑身一麻。那小簋一转头，就领着那个孩子往回走，直到他看见孩子母亲的身影，才对那孩子说：弟弟，我骗你呢，我家没有糖稀吃。快去找你妈吧，你妈在找你呢。

为了这，那小簋美美地挨了一顿打。贩烟团伙有严格的监督机制，谁都不能自行其是，那天那小簋小脸小手都被打肿了，他哇哇地哭，但他一丝一毫也没有后悔。

那小簋夹杂在这支运输队伍中自宝鸡向东走向洛阳，又从洛阳向西走到宝鸡，一路上挨饿、受累，还不停地挨打，但他心底暗藏着一个心思，就是要找到自己的母亲。因为这个心思，这个刚刚六岁、发育不良的孩子竟然倔强地忍受着所有的饿与痛。那个让他饱、让他暖，给了他无尽关爱的母亲到哪里去了？他与母亲是在洛阳失散的，所以越是向洛阳靠近，他心里就越是鼓起了希望。他甚至有点感谢这些烟土贩子，因为没有他们，他简直不知道该如何返回河南。那小簋并不知道，母亲梅遇影此时早已离开了洛阳，那趟载着那小簋的火车是开往宝鸡的，所以她决定沿着那趟火车的方向，一路往西走。

那一日那小簋跟着烟土贩子到了洛阳，按照事先约定，来到洛阳城外一家客栈。此行为首的干将名叫郑三屁，长得鹰头雀脑、鸢肩豺目，左眼下一条清晰的刀疤，总之一副凶恶相，对待他领着的这群儿童也非常凶恶，那小簋不知挨过他多少次打。

当天下午，买家来了，共有三个人，见到屁三儿正坐在院子里喝茶，就问：你是郑三屁吗？

屁三儿把眼皮一翻，横眉立目地看了看对方，反问：你是胡锅巴吗？

双方对上暗号，屁三儿和他的伙计们就去了胡锅巴的房间，按照一两烟土一两白银的价格成交。谈妥后，屁三儿把男孩子都叫来，把这几箱土饼搬到买主房中。

屁三儿说：张有金，把箱子都给我打开。

那小簋就把箱子一一打开，让胡锅巴验货。那小簋动作稍微慢了一点，屁三儿立刻一个耳光扇过去，打得那小簋眼冒金星，差点摔倒在地上。胡锅巴验过货，说没有问题，叫人把这批土饼放到靠墙的柜子里，叫客栈老板把柜门锁上，说：这么大一笔款子，着实不敢带在身上。我们现在就到钱庄去取，货先放在这里，你派人看着。等我取来了款子，咱一手交钱，一手交货。

胡锅巴走后，屁三儿叫十几个男孩围坐在柜子边，寸步不离，连撒尿都不许去。他自己也搬把椅子，一面抽烟，一面等着胡锅巴回来。可是等了许久，也不见胡锅巴的人影。屁三儿心中犯疑，但人货不离，这是商界的老规矩。屁三儿把一盒香烟都抽完了，胡锅巴那伙人也没有回来。屁三儿对那小簋说：张有金，去把老板叫来。

老板来后，屁三儿说：把柜门打开。

客栈老板从怀里摸出钥匙，把柜门打开。屁三儿往里一看，立刻魂飞魄散。

柜子里面，空空如也。刚才还几乎把柜子的空间全部占满的土饼，一块也不见了。

再仔细看，发现柜子的背板上有一个大洞，透过那个洞孔，隔壁的房间一览无余。

他揪住客栈老板的脖领子，厉声问道：这墙洞是什么时候挖的？

客栈老板浑身颤抖着说：好汉饶命，小的不知。原来，是没有的，一定是客人

425

掏的洞。

屁三儿又问：隔壁的客人呢？

客栈老板说：下午就结了房账，挑担出店了。我还纳闷呢，怎么刚刚住店，连觉也没睡上一晚，就匆匆离开了呢？

屁三儿奋力一推，把客栈老板搡了个四脚朝天。

他自己也一屁股坐在地上，颓丧地说：大意了，是我大意了。这下子门缝里夹鸡子儿——完蛋了。

当天晚上，屁三儿与几名同伙躲在房间里喝了一顿闷酒，说是要商量商量该怎么向"钱在这"交代，没想到几名同伙都不胜酒力，歪歪斜斜醉得不成人样，屁三儿干脆一不做二不休，把这几个同伙捅死，然后就趁着夜色，溜之大吉了。

孩子们是睡在柴房里的，但那小簚没有睡着，半夜里听见有动静，他悄悄爬起来，看见客栈的走廊有血迹，又趴在门缝里看到鸦片贩子们尸首狼藉、血流满地。那小簚被吓住了，想跑，却两腿发软，走不动路了，于是一声不吭地爬回柴房，拿上了衣服，也悄然逃跑了。

第五十七章

梅遇影那天睁睁地看着那趟火车带走了那小簚，肝胆欲裂。此后她搭上了一趟西去的火车，一站一站地往前找，希望那小簚能奇迹般地出现在她的面前。只要看见像那小簚一样大小的孩子，她都要拉近了仔细端详一番，哪怕是跟着父母的孩子，她也一样急切地扑过去，不由分说就拉过来看，孩子父母以为她是疯子，就一把把她推倒在地上。冬日的冻土地把她磕得屁股生疼，半天爬不起来。她知道所有她见过的孩子都不可能是那小簚，因为那小簚已经挤上了火车奔向陕西，但她仍然像患了强迫症一样，宁可错看一千，也不放过一个。

再也拉不到那小簚热乎乎的小手了，梅遇影肝肠寸断，感到自己没有力气再活下去了，但她又必须活，因为只有活下去，她才能找到那小簚。

梅遇影执着地不肯离开陇海线，是因为她和那小簚是在陇海铁路上失散的，所以在她心里，陇海线代表着希望，只要不离开陇海线，她就还有希望，一旦离开了陇海线，她就像被抛进了茫茫沙漠，彻底失去了安全感。

她带来的盘缠都花光了，只能依靠要饭，辗转于陇海线上。但要饭也不容易，因为陇海线上的难民越来越多，大家都吃不上饭，怎么可能还有多余的饭给梅遇影呢？梅遇影就这样东讨西要，在陇海线上捱过了她生命中最寒冷的冬天。

梅遇影从河南到陕西，又从陕西到河南，沿着陇海铁路走了一个折返，也没有见到那小簚影子，心灰意冷。她猛然想到，自己收到丈夫的最后一封信是发自宝鸡，在宝鸡找到丈夫和儿子的概率更大，于是扒上火车，又去了宝鸡。

她像那小簚一样失魂落魄地走出宝鸡车站拥挤纷乱的人流时，张二驴正站在车站外寻找着他的"货源"。他一眼就看中了梅遇影。此时的梅遇影虽然面黄肌瘦、头发纷乱、目光游离，但以张二驴的"职业眼光"，一眼就看出梅遇影眉目清朗、亭亭玉立，虽是一个难民，却绝对不是出自贫苦人家。

张二驴走到梅遇影跟前，又向梅遇影提出了他的哲学之问：这位姑娘，敢问你从哪里来，要到哪里去？

梅遇影没有心思搭理他，更没有力气搭理，只是径直往前走。

张二驴不肯放弃，一面在心里盘算着这女子能够给他带来多少"利润"，一面跟在梅遇影身后紧追不舍。

走了几十米，梅遇影突然停下脚步，转过身来，厉声问道：你是人贩子吧？

张二驴没想到有这么一出，一下子愣住了，不知该如何作答。

梅遇影之所以判断张二驴是人贩子，是因为她在陇海线上走了这么久，见到了太多这样的人贩子。

梅遇影逼近张二驴，问道：你见到过我儿子没有？

你儿子是哪个？

一个五六岁的小男孩儿，瘦瘦的，眼睛大大的，长得很好看。

这样的小男孩我卖得多了。

手臂上有一块青痣，星星点点，像一朵梅花。

青痣？梅花？好像有点印象，让我想想。哦……想起来了，想起来了！那不是张有金嘛，对，张有金！

不叫张有金，叫那小篦！

对，对，那小篦，也叫那小篦。

不是也叫那小篦，就是那小篦。

对，就是那小篦，那小篦，青铜器的那个青，哦不对，是青铜器的那个篦。

梅遇影的情绪忽然激动起来，一把抓住张二驴，生怕他跑了似的，急急地问道：你见过他？你把他卖了？你把他卖到哪儿了？

张二驴乜斜着眼问：你他妈谁啊，敢他妈跟我横！

梅遇影声嘶力竭地喊道：我是他妈，我是他亲妈！

张二驴用手挠着脑袋，心想：他妈的还真是他妈！世上竟有这等的奇事，他把儿子卖了，又差点把妈卖了。这真是缘分，缘分！

他还没有完全想明白，梅遇影一把抓住他的衣襟，歇斯底里地喊道：你把他卖到哪儿了？你把我儿子卖到哪儿了？

张二驴努力搜索着记忆，突然间眼前一亮，说：

钱在这，我把他卖给了钱在这。

钱在这在哪？钱在这在哪？

张二驴脑海里映出"钱在这"那张阴沉凶恶的脸。他不想惹这个麻烦，转身想溜。

梅遇影坐在地上，一把抱住张二驴的腿，大喊：快带我去找钱在这！

路上行人纷纷转头，看着他们。

张二驴只好带着梅遇影去了"钱在这"的"国际贸易公司"，把事情原委一说。"钱在这"横卧在榻上，在吞吸鸦片的间隙里瞟了梅遇影一眼，说：你是说那个叫张有金的小孩儿吧，我还找他呢。他给我戳个窟窿，女娲补天也没见过这么大的窟窿！

梅遇影凛然地问：小孩儿能给你戳多大的窟窿，你说！

"钱在这"斜瞥她一眼，说：他跟着屁三儿押着一票货物去了洛阳，然后把货物给丢了，人都不见了，我还正想找你要人呢。没想到他亲娘来了，正好来抵债，替我运盐！

第五十八章

陇海铁路的东半段成了敌占区，致使东部生产的海盐无法运到西部的国统区，日本人企图借此来困死中国人，却有许多人险中求利，私自运盐穿越黄泛区，将海盐偷偷运到陕西、四川。男人们担心中途被抓夫，不大敢去干这活儿，因此背海盐的苦活儿，大多落到了女人们的头上。"钱在这"的"国际贸易公司"，不仅贩烟，还贩盐，只要有利可图，他什么都干。

梅遇影跟着"钱在这"团伙的运盐队从宝鸡出发，先坐上遣返难民的闷罐车到洛阳，再徒步走到江苏去运海盐，回来的时候也完全依照原路返回。这使她有机会重新走过黄泛区，走过她领着那小篦经过的地方。这令她百感交集。一想到那小篦，她就要掉眼泪。一同背盐的王刘氏以为她怕辛苦，还骂她娇气，又不是财主家的千金娇小姐，至于这么弱不禁风吗？梅遇影只管低着头往前走，一句话也不说。

民国二十九年（1940年）春天来临的时候，黄河两边的冻土已经融化，变成了一片胶泥，一脚踏进去，就很难拔出来，走得越久，脚上的泥就越多，步履就越是艰难。梅遇影不觉得累，因为背盐给了她活下去的希望，更给了她找到那小篦的希望。

有一日她们走到了郑州城外的中牟县，实在是走不动了，她们寻到一家商行，想把盐卖给这家商行，得了钱再返回江苏运盐。商行伙计摸了摸她肩上的盐袋子，连说：中中中，天黑了，掌柜都睡下了。你们先住下吧，明日一早过秤。大家安了心，就放下各自的海盐袋子，谁都没有张罗吃饭，就倒在柴禾垛上睡着了。

夜半时分，梅遇影突然被一阵窸窸窣窣的声音惊醒。她努力睁开困倦的眼睛，影影绰绰地看见柴房里有几个黑影晃动。她大叫一声：有人！所有女伴都醒了，等她们明白怎么回事，想冲上去阻止那几个黑影时，黑影已经消失在黑暗中。有人找来洋火，点亮了柴房里的油灯，发现地上的海盐袋子全都不见踪影，分明是被那几个黑影子偷走，或者说是抢走了。她们冲到街上大喊，得到的只有空荡荡的回音。她们颓然地回到屋里，六神无主地坐在地上。有人追悔莫及，说万万不该睡这一觉，睡也要大家轮着睡，得留个人看着这批盐袋，但大家都太累了，没来得及商量就都睡着了。

这群女人当中只有梅遇影有文化，梅遇影想，海盐已经进了商行，发生了意外，商行就应该负责，应该赔她们钱。天刚亮，她们就找商行掌柜理论。掌柜当然不承认，说这批货他见都没见过，更没有过秤，几斤几两、成色好坏都不知道，怎么能算到他头上呢？况且让她们到商行里睡，也是伙计的主意，他并不知情，一个伙计，怎么能代表商行呢？女人们不服，让掌柜把昨夜那个伙计叫出来。伙计来了，掌柜问：昨晚的事，你问过我没有？

没有啊，我看您睡下了，就想明天一早再跟您说这事。

没有我准许，你为什么擅自留下她们住在店里？

深更半夜的，我看她们可怜，大冷的天，没有地方过夜，心想反正柴房也空着，就叫她们先在柴房里过夜了。

掌柜转过脸，对女人们说：看看，我的小兄弟是一番好心，你们总不至于跟好心人过不去吧。

有人不依不饶，说盐是在你们店里丢的，你们就得赔。

也有人说，你们和小偷是一家，合起伙来算计我们。

掌柜说：话不要乱讲，你们说我们和小偷是一家，我还不相信你们哩，你们说你们袋子里都是海盐，拿什么证明？说不定你们是合伙在讹我们店呢。

一听这话，众妇女又炸了庙①，有人冲上去扯掌柜的衣服，有人上去揪掌柜的耳朵，还有人想上去撕掌柜的脸。

梅遇影也气白了脸，她知道这次是遭了暗算，但她们空口白牙，什么证据也没有，加上人生地不熟，实在是束手无策。

掌柜在妇女们的厮打中一边努力挣脱着一边大喊：不要闹！闹就让警察把你们当成乱民都抓起来！

有人猛推了一把，把梅遇影推倒在地上。梅遇影坐在地上，失魂落魄中，发出撕心裂肺的呼喊：

小簋！我的豆包儿！妈想你，你到底去哪儿了？

第五十九章

梅遇影趁乱逃出了运盐队，又从洛阳火车站爬上了火车，混在难民当中回到了宝鸡，又跟着逃难的人群，翻越秦岭，沿着当年唐玄宗避乱入蜀的道路往成都方向走。公路苍茫，饿死路边的孩子屡屡可见。那些骨瘦如柴的小小尸首，让她看了无比心疼，心里又翻腾起来，惦记起那小簋，不知那小簋此时身在何方。她在一个黄昏时分穿过大安门（北门），走进了成都城。她在暮色中过了府南河，走到华西坝，还没想好在哪里栖身，就身子一软，昏倒在地。那一瞬间，她感觉整个大地都向她的怀里扑来。

① 北平方言，急眼的意思。

梅遇影醒来的时候，发觉自己躺在一张干净的床上，手背上插着针，连着床边吊架上的输液瓶。护士进来的时候，她问护士自己是在哪里。她声音太微弱，护士根本没有听见。这时，一名女医生进来，她脖子上挂着听诊器，走到梅遇影的床边轻轻坐下来，一面观察着梅遇影的脸色，一面从衣兜里取出听诊器圆圆的听头，放在手里焐了焐，然后放在梅遇影的前胸上，神情专注地听诊。梅遇影感到冰凉的听诊器在自己的胸前滑动着，那种轻微的触感激活了她的神经，让她觉得自己形如枯木的身体肌肤正一点点地苏醒。听完诊，女医生收起听诊器，对梅遇影说：没有什么病，唯一的病就是饥饿、营养不良。

梅遇影眼里滚出泪水，略带羞涩地说：大夫，我没钱，我要走。

她还想说更多的话，但那些话只能盘桓在她的心里，她没有力气把它们说出来。

医生说：不要紧，这里是红十字会，专门收容入川难民，你先在这里安心输液，好好吃饭。等你的体力恢复了，你就可以走了。

梅遇影无力地闭上眼睛，什么也没说。

医生站起身要走，突然间想起什么，又坐下来，说：我看到你脖子上挂着半块玉雕的梅花，奇怪得很，我曾看到有一个人的脖子上也挂着一块玉雕的梅花，跟你这块十分相似，不知道有什么特别的意思。

梅遇影眼皮昏沉，意识朦胧，即将沉入睡眠，女医生这句话却跳进了她的脑海。她突然间睁开眼睛，急急地问道：那一块玉饰上一共有三瓣梅花，对不对？

这下轮到医生奇怪了，问道：你怎么

知道?

梅遇影没有回答她,而是继续发问:那个人是故宫的,对不对?

女医生愈发感到奇怪,问:你怎么知道?

梅遇影接着问:那个人叫那文松,对不对?

女医生大奇,问:哦,对,是叫那文松。你怎么知道?

梅遇影没有时间理会她的问题,只是急急地发问:你怎么认识他?

女医生说:我过去在"新医院"当医生,"新医院"被炸毁以后,许多医生护士都来到了红十字会。我在"新医院"时曾给那文松做过手术,我救治过的伤员中,只有他一个人戴着这样的玉雕梅花。手术时不能戴,他还叫我给他好好收起来,手术后又交还给他,所以我的印象非常深刻。

梅遇影一听,心中更急,连珠炮似的问:他为什么要做手术?他好了吗?他现在在哪里?

他右手的食指受伤了,已经溃烂,我给他做的切除手术。不过你放心,术后恢复得很好。至于他现在在哪里,我也不太清楚,听我们医院一个姓沈的护士说,好像是往峨眉那边去了。

梅遇影问:那个护士呢?

女医生答:已经辞职走了。

梅遇影掀开被子,准备挺身而起。

女医生问:你要干什么?

梅遇影说:我要去峨眉。

话音未落,梅遇影动作麻利地揭开了手背上的胶布,拔下了针头。

女医生惊讶地发现,眼前这个面黄肌瘦的难民,走向门口的步履竟是那样轻灵矫健。

梅遇影走到门口,突然间站住,回转身子,向女医生深深鞠了个躬。

第六十章

春末夏初时节,一场疫病袭击了峨眉。梅遇影来到峨眉,刚好踩在这个节点上。

峨眉城边上那一大片灿烂如锦的海棠花纷纷飘落的时候,迟笑然率先发病了。那一天他正在大佛寺的大雄宝殿里检查古籍有没有受潮,查到《古今图书集成》时,感到浑身冷得受不了。他问那文松:下雪了吗?那文松说:你是发烧了吗?庭院里艳阳高照,哪里有雪?迟笑然说:我怎么这么冷?那文松见他脸色苍白,就扶他回宿舍,给他吃了退烧药,让他躺在床上休息。

那文松并不知道,此时的峨眉城,已经有多人发病了。他们不仅发烧,而且腹痛腹泻、流鼻血、心悸气短、面色苍白,成片的丘疹和红斑从脸上浮现出来,越来越繁密。那时四川大学已经转移到峨眉,川大医学系的教授们为病人诊断,发现他们的淋巴结已经长成花生米大小,聚集在腹股沟处,用手一碰,可以轻微移动。

黑热病笼罩了峨眉。吕医农一家也病倒了,他的两个美丽女儿,脸上都长出密密麻麻的丘疹。他的妻子和两个女儿是赶在春节之前到达峨眉的,分别七年的一家人,终于在峨眉山脚下团聚。一家人按照北平的习俗包饺子过年,其乐融融,让那文松羡慕无比,哪想到转眼之间,一家人都已病入膏肓。

迟笑然说:都怪我,是我把可怕的黑热病带到了峨眉。两年前他在西安安葬因得黑热病而死的钱掌柜,事后虽然全身消

430

了毒，但病毒还是附着在了自己身上，一路跟着他走。川大的方教授说：这倒是有可能，黑热病的潜伏期很长，最长的可以达到八九年，所以迟笑然两年没有发病也是正常。但眼下战事汹涌，灾祸横行，赤地千里，饿殍遍野。疫病流行，并不是意料之外的事情。

远在内陆、群山环绕的四川并不是世外桃源，日本军队无法抵达这里，战争却化作另外一种形式降临这天府之国。

痛失两个女儿让吕医农伤心欲绝，他感觉自己活不下去了，想到了自杀，更残酷的是西迁的任务还没有完成，他连死的权利都没有，否则就是抛弃了他信誓旦旦许下的诺言。他们的肉身再苦，他们的内心再疼，都必须坚持着，活下去。

沈芷伊已在峨眉县城找到了一份工作，就是在县医院里当护士。战争时期医护人员短缺，像沈芷伊这样受过专业训练的护士，县医院自然是求之不得。正逢峨眉疫病流行，沈芷伊和护士姐妹们忙得不可开交，没过多久，就染疫倒下了。

那文松病得不算重，能够一边工作一边照顾那小矗。那小矗却是病了很久，不吃不喝，小脸焦黄，像一只小猫一样蜷缩在床上，看得那文松无比心焦。听说沈芷伊也病了，他就更是心急如焚。沈芷伊在峨眉举目无亲，那文松觉得自己既然认她作了妹妹，就应当把她当成亲妹妹看待。他既要照顾好那小矗，也要照顾好沈芷伊，于是就把沈芷伊接到大佛寺内的故宫宿舍里。

梅遇影就是在这个节骨眼儿上来到峨眉的。她从成都向西，一路乞讨走到岷江边上，在岷江边的渡口上找到一艘渡船。船老大见她可怜，没收钱就让她上了船，一路驶向乐山。她在英花渡上了岸，又沿着峨乐公路走了两天，才踏上了峨眉县城凸凹不平的石板街。

故宫博物院的库房设在大佛寺和西门外的武庙，故宫驻峨眉办事处和宪兵队部设在了大佛寺。这是一座建于明万历年间的寺庙，有五进院落、大殿四重，僧房百余间，大雄宝殿供有一尊高达十二米的千手千眼观世音菩萨铜像，终日香火旺盛，信众络绎不绝，故宫文物进来，寺庙只能辞谢香客。故宫在大雄宝殿和毗邻的侧殿内设立了四个库房，又筑了一道高墙，和寺院的僧房隔开，这样就给这些漂泊的文物建起了一个临时的家，安顿着西迁北路总共七千多箱文物。有些殿宇的地板年久失修，无法承受文物箱的重量，那文松想起当年在重庆合记堆栈卸放文物时，楼板发生坍陷，导致了七箱文物受到压损，所字第四二七二号箱内装的八件白瓷爵中，有两件被震碎，一件损一足，成为故宫文物南迁途中仅有的几次不幸事件之一。为了避免这类事件，他和迟笑然、丁彤云一起组织人力，把殿宇中的旧地板全部拆除。大佛寺寺前寺后两座大门都设了岗亭，由宪兵队持枪把守。

梅遇影打听到办事处的地点，就径直向办事处的正门，也就是大佛寺的后门走来，内心有说不出的激动，甚至还有些紧张。

把守大佛寺库房的士兵看见一个叫花子似的女人朝这边走来，立刻提高了警惕。那名妇女走到跟前，尽可能平静地说：请问那文松在不在？我是她的妻子。

士兵盯着她看了半天，心中充满狐疑。便走进岗亭，打了一个电话。没多大工夫，那文松从里面出来了。

那文松走到大门口，目光立刻落在梅遇影的身上。他慢慢地走近梅遇影，仔细端详着梅遇影的面庞，他的表情凝住了，嘴里冒出一个字：

梅……

梅遇影用力地点了点头，手下意识地往领口里摸，扯出脖子上系着的那半块梅花玉饰。

那文松的眼睛湿了，也用他那只手指残缺的手，从领口里拉出那半块梅花玉饰。

一瞬间，他们的记忆接通了，仿佛回到了多年前的大方家胡同，记忆中的家，炉火正旺，

那文松的眼泪喷涌而出。

两个人泪眼滂沱地站在大佛寺门口，不知该如何是好。

没有拥抱，更没有久别重逢后的亲吻，相别七年，他们彼此间既熟悉又陌生。

良久，那文松才拉起梅遇影的手，拉着她往武庙走。在那里，他们新建了六间青瓦房，作为职员的宿舍和士兵的营房。

但那文松并没有住在青瓦房里，因为马衡院长心心念念的那十具石鼓存放在武庙西配殿库房里，他就索性在西门外租了一个小房间，距离武庙只有咫尺之遥。每天早上起床，他就到大佛寺去，在那里办完一天公事；晚间回到武庙，古佛青灯，伴他写下他一生中最重要的学术著作——《石鼓通考》。

当梅遇影走进那文松的房间时，眼前的一幕令她惊呆了——宿舍的一张床上，躺着沈芷伊；沈芷伊的身边，倚偎着一个男孩。

她看清了，那男孩不是那小篪。

眼前的情景，令梅遇影感到悲哀、屈辱、愤怒。那一瞬间，她骤然想起丈夫离开北平前所说的梅报春信的话，想起他对于"生死契阔，与子成悦"的誓言，想起自己千里寻夫所经历的种种非人的磨难，所有的悲哀、屈辱、愤怒就在她的身体里纠在一起，翻搅成一团，化作一腔怒火，自她的身体深处喷发出来。她使尽了所有的力气，抓起桌案上一只梅瓶奋力掷出去，梅瓶落在地上，"砰"的一声化作一堆碎片。所有的美好，都仿佛随着那一声巨响，化作了前尘往事。梅瓶爆裂的一刻，梅遇影的心也碎了。她眼前一黑，感觉自己就像一个纸糊的风筝，飘飘忽忽地，自天空坠落到地上。

第六十一章

梅遇影在县医院一躺就是三天。那三天三夜，那文松始终守在梅遇影的身边。大佛寺里的沈芷伊和那小蠹，只能暂时交给故宫同事照看。那文松觉得自己有说不完的话想对妻子说，但七年中积累的问题太多、话题太杂，他一时不知从何说起。况且妻子一直处于昏迷中，即使他不停地说话，妻子也听不见。

千言万语中，他最想问的，是岳父岳母的身体怎样，儿子那小篪身在何方。在大佛寺门口，他没看见那小篪，心中掠过一种不祥之感。他估计梅遇影从北平出来，是只影孤影，兵荒马乱的年月，她根本就没带那小篪。

三天后，梅遇影依然时不时昏睡，那文松只好趁空回到大佛寺库房，继续对文物进行检查、晾晒和编目。大佛寺库房里的文物箱是两列两列并拢排列的，每两列之间留出一条走道，以便平时检查和提取箱件。七千多个文物箱，每年必须轮检一

次，平均下来，一天要检查二十个箱件，而且对图书、文献、法书、绘画的检查只能在晴天进行，扣除那些雨天，一天平均要检查数十个箱件，工作不可谓不繁重。

阴天的日子，他们就进行检索、编目、缮写文物卡片。为了方便提取箱件、检查文物，那文松和同事们为所有的箱件都做了方位表和索引表，按照文物所在的箱、行、列、库一一编入目录，只要院长说出文物的名字，他马上就可以找到这件文物藏在哪只箱子里，不出五分钟就可以提取出来。

这几天天气晴好，惠风和畅，故宫人正在翻晒古籍书画。此时的故宫人，遵循着在北平时就有的"出组"制度，每组五至六人，由组长、组员、工友组成，每逢晴天，就在上午十点启封进库，提箱开箱，按照文物清册核对后，将文物古籍书画拿到场坝上晾晒，宪兵们在四周持枪护卫，外人只可远观而不可近瞧。即使如此，故宫晾晒文物，依旧是观者如堵，包括西迁到乐山、峨眉的大学教授、学生，还有国学大师、画家，都不愿放弃这个与国宝亲近的机会。

不久，梅遇影有了很大好转，那文松白天在库房里悉心照料文物，下班后先回宿舍看一看沈芷伊和那小罍，然后就往医院跑。梅遇影已然醒转，看到那文松，她一句话也不想说。那文松看到她蜡黄消瘦的脸，早已不是北平时的桃腮杏脸，仿佛是从月份牌儿上走下来的，心底不禁涌起无限的悲伤。他猜到梅遇影为什么生气，就轻轻坐到梅遇影身边，想向她解释，可话一出口，梅遇影就把脸别向一边，摆出一副不想听的样子。梅遇影误会了，她以为那文松有了外心，早已结婚另过，她亲眼所见，事实胜于雄辩。

马衡知道许多事瞒不住了，就把梅遇影的母亲、父亲先后去世的实情告诉了那文松，至于那小罍的情况，他还不清楚，也就没有向那文松说起。那文松听后，如受当头一棒，一时间难以置信，正直、乐观、知书达理的岳父，温雅娴淑的岳母，竟然在日本人的威逼之下，先后自尽而死。他终于体会到，妻子梅遇影经历了怎样撕心剖肝的巨痛才来到他的身边。他必须给妻子多一些时间，让她慢慢愈合创伤。

马衡又去医院看望梅遇影，把那文松这些年的遭遇讲给梅遇影听，从他身陷囹圄、从死亡之城艰难逃生，一直讲到他因为受伤而截掉了手指，听得梅遇影泪眼婆娑。马衡告诉梅遇影，沈芷伊被那文松认作了妹妹，那小罍则是重庆大轰炸的幸存者，是那文松在重庆的街上拣来的。在这样一个命如草芥的乱世里，中国人承受着多重的痛苦，大家只有站在一起，互相支撑，才能活下去。至于那文松的人品，他是你的丈夫，相信你比我更加了解。马院长说完了，梅遇影却只顾着擦眼泪，一句话也说不出来。

梅遇影在医院住到第十天，还没等那文松往医院跑，梅遇影自己就走回了大佛寺。

那文松站在院子里等候梅遇影。梅遇影走到那文松跟前，"扑通"一声跪在地上，哭泣着说：文松，我对不起你。

那文松心中诧异，不过是摔碎了一只梅瓶，何必如此内疚呢？他伸出双手，要把梅遇影扶起来，没想到梅遇影执拗地摆脱了他的双手，接着说道：我把小罍……弄丢了。

什么?! 那文松顿觉五雷轰顶，眼前一

片漆黑，好像突然坠到了地心深处，他与世界的联系，瞬间断裂了，留给他的，只有失重带来的眩晕感。他伸出一只手，想触摸到什么，但他什么也碰触不到，他的眼前已是一片虚空，既看不见，也摸不着。

其实那文松早有精神准备。他见到梅遇影时，那小簋并不在她的身边，而远在北平的岳父岳母已经惨死，那小簋能去哪儿呢？想必是凶多吉少，不是死亡，就是失踪。无论是哪一种结果，都是他无法承受的。他刻意回避着这个话题，一厢情愿地等待着奇迹发生。

但是没有奇迹，梅遇影一句话，彻底抹去了他的所有希望。那小簋失踪了，像一枚无辜的树叶，被疾风暴雨卷走，消失在父母的目光之外，消隐在世界的深处。在这样一个兵戈扰攘、白骨露野的世界上，一个孤身离家的男孩的命运可想而知。那文松觉得自己坠入了十八层地狱，他的心在被刀刃切割。他突然想起了大轰炸之后坐在亲人的尸体边哭泣的那小疊，突然明白了为什么那小疊很长时间不说一句话，因为对于亲人离去的那小疊来说，他的世界已经毁灭、消失、不复存在了，眼前的世界无论怎样光怪陆离、活色生香，都已经与他无关，就像日落以后的大地，沉入了茫茫无尽的黑暗。

有一天夜里，那文松被那小疊的哭叫声惊醒，孩子嘴里面惊叫着，身体还奋力地挣扎，好像在挣脱什么恐怖的东西。那文松不停地叫着他的名字，想把他叫醒，却一点效果也没有。那小疊沉浸在他的噩梦里，哭着，叫着，始终不肯醒来。那文松晃动着那小疊的身体，嘴里呼喊着那小疊的名字，那小疊终于醒了，却依然在抽泣。那文松问他梦到了什么，他神情恍惚，一时反应不过来，半晌，才哭泣着说：我梦见我爹、我妈、我妹妹，都被飞机炸死了，身上到处是窟窿，流了好多血……

那文松流泪了。他把那小疊搂在怀里，轻抚着他的背，说：好孩子，好孩子，都过去了，都过去了。你爹、你妈，都没有死，只要你做梦，他们就回来了，他们在你的梦里活着。

那小疊终于又睡着了，小胸脯均匀地起伏着，鼻息若有若无，像深夜里从植物缝隙里穿过的微风。那文松忍不住抱紧了那小疊。他们并非亲生父子，没有血缘关系，但在那一刻，他们的血液仿佛接通了，他觉得那孩子真的成了他生命的一部分。他终于发觉，死亡可以让人心变冷，让精神与世界隔绝，也可以让人心变热，将一个生命与另一个看似不相干的生命，完全接通。

第六十二章

那文松觉得，此次重逢，妻子梅遇影的性情已经大变，变成黑白分明的两极，有如冰炭同炉。

一方面，她依旧是那个温婉娴淑的妻子，吃穿住用，她操持得有声有色。时局艰困，家中由一张嘴变成了三张嘴，只靠那文松一人的薪水不够，梅遇影识文断字，就跑到报国小学找到了一个教职。家中多了一份薪水，收入增加了近一倍，日子立刻宽裕许多，无须数米而炊了。

报国小学是迁移到峨眉的四川大学教育系创办的，目的是解决川大教职工子弟的上学问题，峨眉当地的适龄儿童当然也可以入学。那小疊就在报国小学上学，每天早上，梅遇影伺候一家人吃完早饭，就拉着那小壘的小手走到报国小学，一个教书，一个读书。那文松则穿过崎岖不平的街面，从武庙宿舍走到大佛寺库房上班，下班后先回家吃饭，再去武庙，守一灯如豆，听巴山夜雨，在石鼓的陪伴下书写他的《石鼓通考》。

梅遇影不知从哪里拾来一截废弃不用的铁管子，擦亮之后插一根梅枝进去，放置在白墙之下，宛如一幅立体的墨梅图，让死寂沉沉的房间立时就生动明媚起来。

而且这铁制的梅瓶，任谁也不能把它摔坏了。

日子平静而单调，像小城街衢上周而复始的叫卖声。生活恍然回到了抗战前的北平，梅遇影还是在教书，那文松还是守着故宫，守着故宫里的国宝，只不过广大而深微的大城北平，浓缩成屋舍俨然的小邑峨眉，五百多年的紫禁城，换作了三百多年的大佛寺。尽管大佛寺的资历、规模都比紫禁城逊色很多，但大佛寺也是古建筑，而且琳宫梵宇，肃穆庄严，是一个微缩版的故宫、一座"战时的故宫"。走在小城逼仄、狭窄的路上，仿佛一抬头，就能看见朝阳门高高的城门楼，拐个弯，就可以走回藏在大方家胡同里的家。

但另一方面，梅遇影又很容易陷入阴郁。她的情绪一分钟之前还是明媚的，一分钟之后就会陷入阴冷肃杀，仿佛她的身体突然之间坠入一个冰窟窿，让所有人猝不及防。她阴郁的时候，整个屋子都会陷入一种可怕的安静，那文松和那小壘都必须敛声屏气，谁弄出大动静，都会构成对她的冒犯。阴郁的尽头是暴躁，好像一颗地雷，纵然是微小的火星，也可能将她燃爆。那文松心疼妻子，但这样的家庭气氛让他透不过气来，他觉得自己正在被活埋，不是被土活埋，而是被家里的空气活埋。

沈芷伊痊愈后回到县医院上班，住在县医院的宿舍里。沈芷伊有薪水，来看望兄嫂时经常一手提米，一手提菜，说那小壘正在长个儿，营养要跟上，耽误不得。但梅遇影见到沈芷伊，嘴上虽然不说什么，不悦却挂在脸上。对于她递过来的食物，她既不接过来，也不说不要，就让沈芷伊在那里举着。

她的心里时常闪过那文松和沈芷伊单独相处的场景，心里就会冒火，尽管这样的场景完全出自她的想象，而没有任何的真凭实据，但这没有真凭实据的场面，却在她的想象中被加工得日益丰满和真实。她虽然相信那文松的人品，却对沈芷伊并不放心，心想：人非草木，孰能无情？两个孤男寡女，相处久了，难免会生出情感。尤其他们相识相处的时期，正是自己带着那小壘千里远行的时日，那是她生命中最艰难的岁月，她和那小壘都走到了死亡的边缘，唯一支撑她活下去的力量，就是一家人重新团聚。每思至此，梅遇影心中就愈发恼怒。她死了父亲，死了母亲，丢了儿子，她的心底堆积了太多的怨怒，却不知道该找谁去算账。除了她的丈夫，她的身边只有这非亲非故的沈芷伊，还有不谙世事的那小壘，她只能把她心中的愤怒发泄在他们的身上。只要沈芷伊在，她就会指桑骂槐地骂那小壘：

没教养的东西……早晚要给你颜色看！

沈芷伊知道她是在说谁，眼睛里冒出泪水，但她强忍着不让泪水掉落下来，紧抿着嘴唇，一言不发，只是默默地放下她买的蔬菜米面，转身离开了。

即使是三个人的世界，也是不平静的。那小壘在外面淘气，回家动不动就挨打。

梅遇影打那小矗时，时常掌掴那小矗红扑扑的小脸，手下没有轻重，所以那文松下班时见到那小矗，脸颊上时常拖着两条泪痕。那小矗被打之后，变得更加沉默，看大人的眼光，更是充满了恐惧。那文松与那小矗刚刚改善的"父子关系"又降到了冰点。那文松有时特地给他做一点好吃的，比如蒸一个鸡蛋羹，把盛着热腾腾蛋羹的小碗递给他，他也犹豫着不敢接。美味的鸡蛋羹吸引着他，但他又不知在这个鸡蛋羹的后面是否隐藏着更深的陷阱。其实那小矗的敌意不是针对那文松梅遇影夫妇的，而是针对整个外部世界的。自从他最亲爱的父母和妹妹被敌机炸死以后，他对外部世界就充满了不安全感，任何风吹草动，都会让他杯弓蛇影般地不寒而栗，陷入无限的惊恐。

看着梅遇影铁石心肠的样子，那文松心里比那小矗还要难受。他极力劝说梅遇影，不要轻易打骂孩子，但那小矗还是不知吃过多少皮肉之苦。那文松并不知道，梅遇影打骂那小矗，其实有着复杂的心理背景。在内心的更深处，她时时惦记着那小簠，她觉得那小矗得到的一切，原本是属于那小簠的，尽管那小矗什么都没有做，她却固执地认为是那小矗夺走了本应属于那小簠的幸福，因此她的心中产生了极强的失衡感，正是这种失衡感，使她对那小矗产生了某种忌恨。这种忌恨藏在心灵的暗角，连她自己都没有发觉。

武庙的大墙外面有一片青葱的菜地，那小矗看家中拮据，饭桌上时常清汤寡水，就和几个小朋友一起跑到菜地里偷菜。梅遇影看到青菜，问是从哪里来的，那文松不会撒谎，梅遇影就问那小矗，那小矗支吾了半天，只好从实招来。梅遇影听说那小矗当了小偷，气得横眉怒目。她说姓那的就算饿死也不能偷抢，你姥爷梅从云宁死也不吃嗟来之食，这才叫志气，没有志气，你就做不了一个男子汉，说着就把那小矗暴打了一顿。

梅遇影在盛怒之下，出手太狠，打得那小矗一佛出世，二佛升天，不停地求饶，嘴里喊：别打了，疼，疼，求你了，别打了。

哭声喊声如刀子般扎心，那文松的心一抖一抖的，但无论那小矗怎样求饶，梅遇影一直不肯歇手。那文松实在看不下去了，上前一把把二人分开。梅遇影没有防备，加上那文松发力狠了一点，一下让梅遇影失去了重心，差一点跌倒在床上。梅遇影随即怒上加怒，站直了身子，用手指着那文松的鼻子骂道：你想干什么？你打我是不是？有本事你打，你打！

那文松站在那里，茫然无措。

梅遇影又骂：那文松，你长本事了是不是？你凭什么打我？你拍拍屁股离开家，这个家上有老下有小，不是我一个人在苦撑？你可倒好，一个人在外面拈花惹草、另觅新欢，你还是不是人？

那文松脸上浮起一片虚白，无力地辩解：你不要瞎嘞嘞，我可没有！

梅遇影的愤怒丝毫没有平息，而是像烈火烹油一样越燃越旺，继续骂道：你说，你为谁打我？为别人的野孩子，为那不知羞耻的女人，你就敢打你老婆！

那文松的愤怒也被这一句话点燃，大吼了一声：你放屁！你一个知书达理的女人，怎么变成这样一个泼妇！说着抬手要掴她一个耳光，所幸内心的理智阻止了这个动作。

他看见了自己的手。那一瞬间，连他

自己都恍惚了——那只被战争摧残、缺少了两根手指的手，那只用来搬运文物的手，怎么能用来打人呢？

何况他要打的不是别人，而是自己日思夜想的爱人。

他面色羞愧地把手放下。

梅遇影无暇理会那文松的心理活动，更加疯狂起来，大喊道：你打，有本事你打死我！

双方的争吵就这样陷入一个死局，尽管争吵的声音震耳欲聋，但双方谁也没有听见对方内心的呼喊。那文松那缺了两根手指的手黯然落下，拉开了门，一个人走了出去。

门在他身后"砰"一声重重关上，梅遇影最恶毒的咒语，也被截断在屋里：去找那骚狐狸吧，脏心烂肺的东西，不得好死！

出了家门，那文松不知往哪里去，梦游般地在街上走着。他的脸上没有泪水，因为他的泪水都流到了心里。油坊的伙计看见他，问：那先生，去河边走耍①？他没有搭理，小学校长看见他，问：老那，散步啊？他没有回应。不知不觉，就走到了武庙。

他打开门锁，进了西配殿，拉开灯绳，晕黄的灯光静静地流泻到石鼓上，有一些飞虫在光影里飞，像小鱼在水里游动，在石鼓上投下变幻不定的影子。那文松面对石鼓站着，在心里想：飞虫的世界里，不知道有没有这样那样的纷争与牵绊。国事不宁，家事又如此纷乱，即使在这大后方的乐山，他也得不到一寸安宁之地。他越想越困惑，越想越伤悲。石鼓经多识广，他向石鼓默然地鞠了一躬，心里默念着：石鼓啊石鼓，你历经磨难，阅尽人间冷暖，求你告诉我，我该怎么办？石鼓铁青着脸，固执地不发一言，不知石鼓是否听见了他的请求……

以后的日子里，他与梅遇影陷入争吵的循环。时间一久，他们都感到疲惫，感到厌倦了。终于，他们不再争吵了，取而代之的是漫长的冷战。他们冷冷地僵持着，谁都没有了说话的力气，甚至不再有说话的勇气。所有的情绪，所有的悲伤，都在冷漠的外表下潜伏着，暗潮涌动。而那小蠡，则在这暗潮里小心翼翼地活着，如一条潜泳的小鱼，一不留神，就会被卷入狂涛巨澜。

那文松白天查检文物，归来已困顿不堪，吃完饭倒头便睡，那小蠡也睡得快，唯有梅遇影辗转难眠。只有在夜里，梅遇影的头脑才格外清醒。她知道，那小蠡不过是一个孩子，也是战争的受害者，理当得到更多的关爱，但一日找不到那小簏，她内心的伤口就弥合不上，情绪就愈发失衡，最终变成咆哮和拳头，施加在那小蠡的身上。她的情绪一时得以发泄，更多的时候却让她陷入自责——既对那小簏自责，又对那小蠡自责。这双重的自责，犹如两座大山，压在她的身上，让她透不过气来。

一到白天，她就恢复了凶悍与暴躁，看到那小蠡就会心烦意乱，只有夜深人静时分，梅遇影才把头埋在被子里暗自哭泣。对那小簏的想念煎熬着她，想起那小簏被火车带走的一刹发出的叫喊，叫喊声犹如一根绳索，把她牢牢地捆绑起来，她无论怎样挣脱都挣脱不掉。

---

① 四川方言，散步的意思。

梅遇影并不知道，她暗自哭泣的时候，那文松也是醒着的。两行清泪，正从他的眼眶里，无声无息地流泻出来。

家破人亡的故宫人，又有谁没有经历过长夜痛哭呢？

第六十三章

时光如水，在峨眉山脚下安然淌过。生活，似乎已恢复了原有的秩序。战争，在重重关山之外十分悠远地进行着，然后出现在报纸上，供人们品读和揣测。他们的任务，似乎只有静待战争的结束。然而直到那场大火降临时，他们才意识到，真正平静的生活从来没有到来过。

这场大火最先是从一家当铺燃起来的。当铺的大老板就是"钱在这"。战争越是惨烈，"钱在这"的生意就做得越大，他的"国际贸易公司"，简直就是一头被战争养肥的怪兽。此时的"钱在这"，除了做烟土转运生意，业务范围更拓展到鸦片馆、私盐、当铺等行业。在峨眉城的黄金地段，江西街与衙门口交界处，就有一家他的烟馆，烟馆旁毗邻的当铺，也是归他所有。其实，鸦片馆和当铺是一对孪生兄弟，因为烟民吸烟越吸越穷，烟瘾戒不掉，只能拿家中的物件到当铺当掉，当来的钱转手就交给了烟馆。"钱在这"把大烟馆和当铺开在一起，这叫一条龙服务，方便了烟民，当然最重要的是自己可以赚双份利润。鸦片馆和当铺构成了一个连接紧密的产业链，互相依托，互相促进，鸦片馆的生意越兴隆，当铺的生意就越兴隆，反过来也是一样。

但是自从故宫博物院、武汉大学、四川大学等机构、学校迁入四川，越来越多的教授、学者、艺术家涌入乐山、峨眉，鸦片馆的生意越来越不好做，当铺也受到了牵连，原因是这些知识分子看不惯当地鸦片肆虐，空气中都飘荡着煽动性的异香，于是鼓动当地民众抵制吸食鸦片。"钱在这"见势不好，先给鸦片馆和当铺上了保险，然后派人趁着黑夜把鸦片馆和当铺里的一切值钱之物悄然运走，在黎明之前点了一把火，目的是把鸦片馆和当铺烧个精光，骗取巨额保金。

没想到那一夜峨眉刚好起了风，风助火势，火借风威，使大火很快成了燎原之势，仿佛一条不断生长的火龙，在小城的上空不断地膨胀，变成一只可以吞噬万物的怪兽，把所有的房屋都吃进去，吐出来的只有渣滓和灰烟。

那文松在大佛寺远远地看到房屋上飞蹿的火龙，心中万分焦急。他想起自己押运文物的木船曾经在大渡河上失控，险些被翻卷的浪涛吞没，此时故宫文物又面临着大火的威胁，水火无情，咋都跟故宫文物过不去呢？此刻他的心里同时冒出两个念头——一个是存放在两座庙宇里的文物怎么办，一个是正在报国小学的梅遇影和那小蠹是否能够跑出来。

小城街衢状如棋盘，大火已兵分两路，向两庙步步逼近，仿佛围棋里的抱吃，亲人的生死关乎一个家庭的命运，文物的存亡却关乎国运的兴衰。不需要大义凛然，每个故宫人心头都掂量得出二者的轻重高低。故宫员工和宪兵们都在奋力把大佛寺库房中的文物箱件搬到空地上，但火势逼近的速度明显比搬文物的速度快。

那文松对郭之南说：不行，还没等古物搬完，大火就烧到这里了。

郭之南一边用手背抹汗一边说：我有

一个办法，这个办法我们在打仗时用过，或许会管用。

那文松说：能不能麻烦你快点说？

郭之南说：就两个字——拆房！

那文松说：拆房？

郭之南说：对，拆房！叫老百姓拆掉自己的房子，拆出一个隔离带，大火就烧不过来了。

事不宜迟，那文松叫丁彤云和迟笑然继续组织员工、工友搬运文物，他与郭之南马上去找峨眉县长，县长叶青满面尘灰，正瞅着被烧成一片焦炭的县政府发愣。那文松和郭之南对叶县长说明了意图，他一时没反应过来，郭之南又说了一遍，这一次叶县长听明白了，而且瞬间就认同这个主意，立刻找人分家劝说，要各家尽快拆除自己的房屋。那文松和郭之南都没有想到，峨眉的百姓几乎一听到这个要求就点头同意了。在大火还没有到来的街上，人们纷纷拆房，那座狭小的、拥挤的、油腻腻的、却充满了烟火气的小城，就这样消失了，变成一片空地，把火龙孤立起来，好像用一张看不见的巨网，把火龙擒住了，再也无法嚣张。

郭之南在城中组织拆房的时候，那文松迅速跑出了西门，发动西门外的百姓拆房，以保全武庙里的文物。拆来拆去，就拆到了那文松自己的家。那文松冲进屋里，把未完成的文稿揣在怀里，然后桌椅板凳搬到屋外，借着它们叠摞起来的高度爬上了屋顶。拆完自家房屋的邻居们也纷纷跟随他爬上了屋顶，七手八脚，转眼之间，他们生活过的那间小屋，不见了，变成一地木头。

他们迅速地清理了地上的木材，在西门与武庙之间出现了一片开阔地，雄浑的武庙在开阔地上巍然独立，犹如一座孤岛。那岛，是"安全岛"。那文松的心情放松了一些，没顾上去武庙查看文物，扭头就往城里跑。他跑过古旧阴郁的西门，跑过青石板铺成的狭长的小街，拼足力气向报国小学的方向跑去，一路上只恨自己没有长出飞毛腿，祈祷着自己能够比大火跑得更快。

跑到报国小学，那文松发现自己还是来晚了。学校不见了，变成一片漆黑焦糊的废墟，废墟上还冒着呛人的黑烟。他探身往废墟里看，废墟里没有人，连死人也没有，这让他稍感安慰。但他不太相信自己的眼睛，从街上拉过一个正在奔跑的人，问：学校里的人呢？

那人气喘吁吁地说：我，我什么都不知道。

那文松放开那人，大声叫喊：梅遇影——，那小矗——；梅遇影——，那小矗——

没有人回答他，四周只有大火燃烧的毕剥声，以及城中百姓行疾如飞的声音。

第六十四章

郭之南把文物安排停当之后，就奔赴火灾最严重的区域救人。他是军人，虽然没有置身战场，但眼前的危情就是战场，他认为自己必须尽一己之力，去保护百姓，否则就不是一个合格的军人。他跑到火情最严重的龙王庙附近，弯腰拆下了自己的绑腿，在口鼻处扎成一个口罩，然后冲进火海，在房屋倒塌之前，救出一个白发苍苍的老人，又救出两个已经昏迷的儿童。

他顾不上歇息，急忙往下风口跑，听见有人在房屋里叫喊，二话不说就冲进那

439

栋房屋，看到一个女人，蹲伏在火焰的包围中，剧烈地咳嗽着。郭之南赶忙用手捂住她的嘴，怕她因为剧烈咳嗽而吸入高温的空气，烧伤喉咙，更怕她吸入大量有毒气体，窒息而亡。他看不清女人的脸，却看到女人身上已经着火，他手上没有工具，于是果断地把自己的身体压在她的身体上，两个人紧紧贴在一起，制造了一个真空，压灭了衣服上的火苗。他一猫腰把她背起来，看好了风向，勇敢地迎着火势往外跑，犹如穿越了火的迷宫，避开了大火布下的陷阱，终于背着她钻了出去，冲到街上。

这时郭之南才低头打量了一下他救出的这个女人，虽然满面烟尘，但他还是一眼认出了，这个被他救出来的女人，竟然是沈芷伊。

沈芷伊不只一次地来大佛寺和武庙，负责警卫的郭之南当然不会陌生。

大火向报国小学烧过来时，梅遇影正走在前往学校的路上。这一天她原本没有课，所以她先去集市上买了点菜，才慢慢往学校走，没想到这一天失了火。学校好似陷入了一场龙卷风，瞬间就被裹挟进去。看到大火奔袭而来，梅遇影大惊失色，没有多想就一头冲进浓烟翻卷的教室，一面用衣袖捂住口鼻，一面大声地呼喊孩子们，让他们站成一队，不要抢路，躬下身子，有序地逃出屋门。梅遇影一面抢救孩子，一面透过浓烟寻找着那小矗，但事与愿违，她把视线所及的所有学生都推出了教室，也没看见那小矗的小脸。她在浓烟烈焰中继续搜寻着，终于在一张课桌下找到了那小矗。那小矗如同一只惊恐的羊羔，蜷缩在课桌下瑟瑟发抖。梅遇影冲上去，抱起那小矗要跑，然而等她站直了身，才发现四周都是火焰。她想在火焰中找到一个缝

隙冲出去，但火焰越来越密集，火焰的缝隙迅速地弥合在一起，让她无路可逃。此时屋梁在大火中断裂，重重地跌落在地上，发出訇然的巨响。梅遇影趴下身子，把那小矗压在自己的身下。

就在这千钧一发之际，有消防队员身穿防火服冲进火海，拉起梅遇影，抱着那小矗往外冲，外面的消防员则拼命地往火屋中喷水。有人找来一辆平板车，大家三下五除二，把梅遇影和那小矗抬到平板车上，推着往城外跑。县医院已经陷入火海，医务人员在城门外搭建了临时救护帐篷。一路上那小矗把头深深地埋在梅遇影的怀里，两只小手紧紧地抱住梅遇影，嘴里不停地叫着：妈，妈，我怕……

这是梅遇影见到那小矗以来，那小矗第一次管梅遇影叫妈。

峨眉这场大火整整烧了三日，梅遇影醒来时，看见丈夫那文松正安静地坐在她的床边。那文松白天在故宫库房检查文物是否受损（比如是否受了烟熏），晚上才能照顾梅遇影，白天就交给了沈芷伊。多亏郭之南冒死相救，沈芷伊只是胳膊上有几处灼伤，并不严重，幸存的医生护士纷纷在"帐篷医院"里重新集结，救死扶伤，沈芷伊也身在其中。沈芷伊知道梅遇影不待见她，所以她总是默默地来，悄然地走。

三天后，那文松来接梅遇影和那小矗回家。一家三口走出西门，走到原来的家门口时，原来那个家已经不存在了，原来的位置上只留下一片纷乱的空场，梅遇影慢慢走到原来属于自己家的地方，躬身在地上寻找着什么东西。那文松不知她意欲何为，半天，才看见她从满地杂物中找出了那截废铁管做成的花瓶，又执着地找到了那根已成干枝的梅枝，把它插入瓶中，

心满意足地擎在手里。

那文松故作轻松地说：你个小气鬼。

梅遇影没有说话，她的肩膀微微靠着那文松，手上拿着梅瓶，另一只手搂着那小矗，面对着眼前的废墟看了很久，才慢悠悠地说出了一句话：

——一切从此刻重新开始。

那文松想，莫非我们真的是凤凰吗，可以在这一堆灰烬里涅槃重生？

第六十五章

民国三十四年（1945年）春天到来的时候，天朗气清，光线有着一种别样的质感，所有的事物浸润在这样的阳光中，都更显其圆润饱满，令那文松时常生起一种别样的感动，仰观宇宙之大，俯察品类之盛，俯仰之间，最令他感动的，还是生命的美好与韧性。时事艰困，国事不堪，但在生命的美好与韧性面前，这些都不值一提。

那文松通过报纸上零零散散的报道，拼贴出有关战争的图景。对于国人而言，上一年是至为憋屈的一年：五月份豫中会战，国军兵败如山倒，经营多年的黄河防线全线崩溃，郑州、洛阳、许昌等中原城市尽入敌手。日军打通了平汉线（北平到武汉的铁路线），占领了长江以北的大片国土，之后又挥戈南下，发动"长衡会战"，在一番苦战后占领了长沙、衡阳两大重镇；接下来又占领了桂林的门户全州，剑指广西，发动了"桂柳会战"，占领了桂林、柳州；然后沿黔桂路西进，占领了贵阳以南的都匀和独山，打通了大陆交通线——一条北起伪满洲国，横穿中国大陆，南至越南河内的铁路交通线。日军所向披靡，而中国军队这一系列多米诺骨牌似的溃败，也导致了存放在贵州安顺山洞里、距离被占领的独山县城只有一步之遥的故宫西迁南路的八十箱文物被迫悉数撤出安顺，穿越天高云淡的云贵高原，一路向北，抵达四川巴县（今重庆市巴南区），在石油沟的崇山峻岭、茂林修竹中隐匿起来，度过了抗日战争的最后岁月。

中国人说物极必反，最黑暗的日子，其实也是光明即将到来的日子。日本人打通了大陆交通线，终于把日本本土与南洋日军连接了起来，这时他们才发现，这个所谓的"一号作战计划"已经没有任何意义。一则，他们企图通过东南亚获得石油资源补给，滋养他们漫长的战线，但在中国远征军和同盟国军队的苦战之下，他们在东南亚战场和太平洋战场上正节节败退；二则，就中国大陆战场而言，他们的战线拉得过长，已经超出了他们的补给能力，那个被他们打通的铁路交通线，在共产党敌后武装力量的袭击之下更是千疮百孔，根本无法连接成线，完成运兵和补给的任务。无奈之下，日军只能放弃了他们已经占领的独山等地，从广西、广东、湖南等地向北紧急收缩。沈阳，是这场侵华战争的起点；独山，则是日本侵略中国国土的最远点。从此，日军没能往前再迈一步。

七十年后，一位作家在他书写抗日战争史的著作里写下了这样的话：

"日军一路向北，沿途有中国百姓在田野里干着农活，偶尔他们会抬起头来对日军长长的撤退队伍瞄上一眼。撤退中的日军官兵发现，这些中国百姓不但不再躲避他们，而且看他们的眼神极其异样"。

"那种眼色令人永远不能忘"。[1]

日本快撑不下去了——野心无限膨胀的日本人,在中国人的顽强抵抗下已经油尽灯枯。就像一个不自量力的拳击手,固然可以逞凶于一时,却最终熬不过漫长的战斗。到1944年的七月,日本海空军所有战机拥有的燃油,连进行一次飞行都不够了。日本人发动的这场以国运相赌的战争,终于走到了穷途末路。

新年以后,八路军、新四军及敌后抗日游击队发动了一系列攻势,中国人称为"漫山遍野杀鬼子"。这一连串的战役,让日伪统治下的六十余座县城尽入共产党军队毂中,解放区面积扩展了二十四万多平方公里,日军的后方愈发岌岌可危。

来自战场上的好消息不断传来,让远在峨眉山脚下的故宫人,心情轻松了许多,目光明媚了许多,表情欢愉了许多,好像他们刚刚穿越了幽深阴暗的山谷,走到一片原野上,眼前豁然开朗。有一句话洋溢在每一个人的心底,彼此心照不宣,却谁都不肯轻易说出,那就是:

回家的日子快到了。

此时距离他们在漫天大雪中离开北平,已经过去了十二年。

十二年,刚好一个轮回。

在回家的日子即将到来的时候,有一件大事必须办了,那就是沈芷伊与郭之南的婚礼。

郭之南不会忘记,当年他背着沈芷伊冲出火海的时候,沈芷伊两手紧紧地箍住了他的脖颈,箍得他几乎透不过气来。对于沈芷伊来说,在那生死存亡之际,郭之南那壮阔的脊背,已成为她生命中唯一的支点,像一个安全岛,即使面对疾风暴雨、刀山火海,也令她感到安全无比。其实郭之南见到沈芷伊第一眼,就对她心生爱慕。在他眼里,她是一个天使,白衣天使,自己则是一个粗俗不堪的乡巴佬大兵,更重要的是在这战乱年代,军人的命不值钱,说不定哪一天就会吃枪子儿,这让他产生了强烈的自卑感。郭之南胆大如斗,这辈子什么都不怕,阎王殿他都敢闯,但她怕女人,尤其怕像沈芷伊这样秀雅精致的女人,那正是他梦中渴望的女人,说是梦中情人,并不为过,但他觉得他们不是一个世界里的人。

郭之南没有想到,自己视死如归、敢于担当的那一份勇气打动了沈芷伊,她觉得他不只是一个好军人,还是一个顶天立地的纯爷们儿,值得把自己的一生托付给他。他们的婚礼是在大佛寺的宪兵部队营房举行的,出席的嘉宾都是故宫同人和宪兵部队的官兵,出于文物安全考虑,没有请外人。马衡院长让厨房特地添了几个好菜,却不准饮酒。文物乃国家重器,无论军人,还是故宫员工,都要随时防范各种危险,不能贪杯。

郭之南是穿着军装参加婚礼的,他浓眉大眼,魁梧健朗,那一身军装,恰到好处地凸显了他的好身材。

没有白色婚纱,也没有凤冠霞帔,沈芷伊穿着一件淡红色的长旗袍,颈上系着一条丝绸花巾,那是郭之南送她的礼物。沈芷伊平素就明眸皓齿、楚楚可人,这样一打扮,更显得秀外慧中、绰约多姿,连梅遇影都看傻了,恍然想起了当年北平城里的自己。

---

[1] 王树增:《抗日战争》,第三卷,第516页,人民文学出版社,2015年版。

没有燃放鞭炮，是为了避免引发火灾。那文松之前带着那小罍从河边采来大大的一束鲜花，证婚人是马院长，他举起青瓷茶杯说：

你们这对年轻人，是因古物南迁而喜结良缘。今天我以茶代酒，祝愿你们二人百年好合。至于喜酒，我们先欠下，等把古物安全运回北平故宫之后，再给你们补上！

第六十六章

半年多后，那文松从隔壁的广播里听到了日本天皇宣布终战的"玉音"。

隔壁是一家商行，有一台戏匣子①，那文松极力把脸贴在木板墙上，透过木板的漏缝，用耳朵努力汲取着声音。尽管广播里传出的声音叽叽喳喳模糊不清，好像那小木箱子里有无数只昆虫在飞，那文松还是从同声翻译断断续续的嗓音中听明白了一句话：

鬼子投降了！

那一刻他的表情十分平静，既没有大喜，也没有大悲，仿佛他早已知道了这样的结局。

然而那文松也注意到，日本天皇从头到尾没有承认过战败。他在诏书里念叨着：

自交战以来，已阅四载②，虽陆海将兵勇敢善战，百官有司励精图治，一亿众庶之奉公，各尽所能，而战局并未好转，世界大势亦不利于我。加之，敌方最近使用残酷之炸弹，频杀无辜，惨害所及，真未可逆料……

到了这个分儿上依然嘴硬，把他们的侵略说成"为东亚解放而努力"，丝毫没有悔过之意，这仗，真的结束了吗？

他听到有人敲着脸盆上街，大声叫着笑着，笑声中有人哭号着，又有鞭炮此起彼伏地鸣响的时候，他才敢相信，战争真的结束了。不管日本人乐意不乐意，这场战争都以他们的失败、中国的胜利结束了。

无须再颠沛流离，不用再担心日本飞机像拉屎一样投下炸弹了。

这天下午，他走到街上，摇头晃脑地哼唱着《草桥关》中姚期的唱腔：

> 终朝边塞征胡奴，
> 扫灭蛮夷定河山。

他步履悠缓地走到集市上，购买了糖果、锅盔、青菜、花生、葵花子、小芝麻饼，还头一次大手大脚地购买了一大条猪肉、一只老母鸡。

那天晚上，他和妻子一起，烹制了十二年来最美味的一餐。

第二天一早，那文松穿上一身中山装，对镜一看，才发现自己瘦弱了许多，中山装里面空荡荡的，自己单薄的身体已经撑不起那身中山装。在这穷乡僻壤，每日干着体力活，搬运、点查文物，想穿中山装也没有机会，因而这身灰色的中山装一直

---

① 东北及北平方言，收音机的意思。
② 自1941年太平洋战争爆发到1945年日本宣布投降，总共为四年。但中国人民抗日战争始于1931年日本发动"九一八事变"，自那时起到1945年日本投降，共历十四年。太平洋战争爆发之前的十年间，中国军队孤军奋战，抵抗日本侵略者。

叠放在箱底，被压出了深深的折痕。梅遇影看到那文松穿上中山装的样子，怵然一惊，那文松看她一脸疑惑，笑了笑，说：你也换一身干净的旗袍，给小鼍也换上一身新衣服，咱一家人去拍个全家福。

那文松拉着梅遇影和那小鼍去照相馆拍了一张全家福。照片上没有梅从云，没有萧桂花，没有那文柏，也没有那小簋。相亲相爱的一家人，再也不可能凑全了。但在这兵连祸结的岁月里，能有这么一张全家福，已实属不易了。

拍完全家福，那文松觉得还少了点什么，想了想，才想起沈芷伊和郭之南。他叫那小鼍跑到宿舍去，叫来沈芷伊和郭之南。沈芷伊和郭之南与那文松一家合照了一张更"全"的全家福。

过了些日子，那文松又从报上看到，中国政府的受降仪式将于9月9日在南京陆军总部大礼堂举行。那天，他干脆跑去隔壁的商行收听电台的广播直播。电台女播音员用激动得有些颤抖的声音说：中方总代表为时任中国陆军总司令何应钦、第三战区司令长官顾祝同等，日方代表则为日本侵华军总司令冈村宁次和总参谋长小林浅三郎等。冈村宁次对着桌子上的投降书凝视了一分钟，才在投降书上签字。之后，由小林浅三郎将投降书双手递交给何应钦。

接下来是中国各大战区内的受降，华北日军投降仪式举行的地点，正是故宫太和殿广场。

那一天是民国三十四年（1945年）10月10日，故宫博物院成立二十周年的日子，北平四九城有二十万人拥向故宫，准备亲眼目睹这一历史时刻，人数占当时北平人口的十分之一。

那文松从广播中听到，华北受降仪式上，曾经参加台儿庄血战的第十一战区司令长官孙连仲将军神态庄严地走到太和殿受降台的正中央，日军代表、华北日军最高指挥官根本博中将、参谋长高桥坦中将、副参谋长渡边度少将等二十人由太和门旁门入场，走到受降台前，向孙连仲将军敬礼，退到左边站立等候。这时有三份日军投降书呈递到受降台上，一份正本两份为副本，先由日军最高指挥官根本博中将签字，再呈交孙连仲将军签字。签字完成后，全场震耳欲聋的欢呼声自收音机喇叭里一浪一浪地翻滚出来。

那文松看不到，那天见证这场庄严仪式的二十万人中，站着一个名叫丁锦云的人。丁锦云不仅目睹了中日代表签字的场面，而且一眼就看见了他的杀父仇人荒木苍介。荒木苍介站在日本军官的队列中，比他记忆中的荒木苍介瘦了很多，两腮已经瘪进去，唇上也留了长胡子。看着他面如死灰，一副失魂落魄的样子，丁锦云心想当年算他便宜，父亲丁铁竹只差一秒钟就要了他的狗命。要他们一死了之实在是便宜了他们，最好是让这些狂热的战争贩子好好地享受一下战败的滋味。

那一年丁铁竹被拉去给荒木苍介唱戏，最终惨死在舞台上。离家的一刻，丁铁竹已抱了必死的决心。丁锦云的哥哥丁彤云已随故宫南迁，丁锦云就带着一家老小去了母亲的故乡扬州，历尽颠沛流离。那时他们与哥哥丁彤云完全失去了联系，千回百转，漂流到南昌、衡阳、永州、桂林，总之他们跑到哪里，战火就烧到哪里，最终母亲和妻子病死于道途，嫂子楚梅被日本飞机活活炸死，如注的血流瞬间就把棉衣洇湿了一大片，楚梅在地上痛苦地痉挛了一阵，就断了气。丁锦云带着儿子和侄子——楚梅和丁彤云的独生子继续逃亡，结果两个孩子在扒火车时被骚动的难民从拥挤的车顶接连挤下去，被卷进车轮活活轧死。丁锦云战后回到北平，已是孑然一身。

丁锦云透过人群的缝隙，看着日军投降代表将自己的军刀放到受降台上，从侧门灰溜溜地退场。孙连仲将军带头高呼：

胜利万岁！

中国万岁！

中华民族万岁！

民众的情绪瞬间被点燃，爆发出的口号声有如雷霆万钧。

丁锦云也跟着举起手臂，奋力高呼：

胜利万岁！

中国万岁！

中华民族万岁！

似乎在替他的父亲喊，替梅叔叔和萧阿姨喊，替千千万万冤死的魂灵在喊。

"王师北定中原日，家祭无忘告乃翁。"

第六十七章

这一年年底，中国各地成立军事法庭，开审日本战犯。中国法庭讲证据，人证物证俱在才能追究罪犯责任。许多日军官兵被押到操场上列队，等待中国百姓辨认，凡认出负有战争犯罪责任者，皆会被追究刑责，一般士兵，则被潜返回国。丁锦云听说保定成立了军事法庭，正在甄别战犯，就只身赶往保定，一心要揪出荒木苍介。他在操场上看到日本官兵已经排列成行，曾经趾高气扬的日本人全像晒蔫儿的苞米叶子一样垂头耷脑，心里顿时有了扬眉吐气的感觉。

日本官兵全把脑袋深深地扎下去，生怕被认出来。如果能侥幸逃过眼前的甄别，他们就可以大难不死、死里逃生地被送到天津，乘船回家了。所以当中国百姓靠近他们的一刹，他们的心快要从嗓子眼儿里蹦跶出来。

天照大神的后裔居然怕死。

以武士精神自诩的日本军人居然怕死。

丁锦云不管这一套，他从第一个军曹起就紧盯着对方的脸看，盯得对方直发毛。荒木苍介隐藏在队伍里，把军帽压得很低，头几乎埋到了胸前，所以丁锦云没有太在意他，从荒木苍介的身边走了过去。

一秒钟后，丁锦云突然浑身一激灵，脚下站定，因为他从这个军官的身边走过去的时候，发觉什么地方不对，回头再看，才发现这名军官少了一只耳朵，原来由耳朵占据的地方歪歪扭扭地盘着一坨肉。丁锦云回转身，走到荒木苍介面前，一把薅住了他的帽子，没想到那帽子一薅就掉了，荒木苍介下意识地一抬头，刚好与丁锦云打了个对脸。他知道丁锦云认出了自己，虚张声势地说：我是大日本皇军少将，你可别胡来！

丁锦云答：我知道！

说完甩手就照他脸上掴了一巴掌，这时国军士兵冲上来，嘴里一面喊着：不准殴打战俘！一面把他们隔开。丁锦云一边挣扎着，一边声嘶力竭地吼道：我不打死他我还供着他！荒木苍介，我弄死你个王八蛋，狼心狗肺的东西，我姓丁的没招你没惹你，你毁了我全家！我先操你八辈儿祖宗，再扒了你的皮，把你千刀万剐！

荒木苍介辩解道：我没有杀死你全家，我只杀死你父亲，那是正当防卫也哉。

丁锦云听他这么一说，心里又燃起了一股怒火，嚷道：我去你个姥姥，你开枪

445

打死我爹，还说是正当防卫！没有你，我一家人怎会逃出北平，我的妻儿怎会被你们的飞机活活炸死？

丁锦云还想冲上去收拾荒木苍介，却被国军士兵死死地压在地上，一动也不能动。

不需要他来收拾荒木苍介了，一年后，保定军事法庭判处荒木苍介死刑。一颗子弹，穿透了荒木苍介的头颅。

丁锦云站在围观群众里，目睹了各种复杂的混合物从他脑袋里喷薄而出，仰天长啸道：

爸——，你听见没有，狗日的荒木苍介死了，被咱中国人一枪给崩了！

汪伪政权里那一群主犯也都每人被喂了一颗"黑枣儿"，许多不可一世的汉奸在被拉上刑场时大小便都失禁了，唯有林逸尘死里逃生、安然无恙。林逸尘在汪记小朝廷里身居高位，不知坑死多少中国人，罪大恶极，本属于被处决之列，命悬一线之际，他手里的宋元古画——严格来说是"宝绘堂"生产的赝品，在关键时刻救了他的命。那些古画赝品，即使在今天高科技条件下都难分伯仲，就不用说当时了；尤其那些出自黄山岳笔下的摹本，连当时的收藏家都难辨真假，官员政客就更是皂白难分，反正林逸尘是收藏古物的高手，还差点当上故宫博物院的副院长，所以大家都信了他。在林逸尘眼里，这些画不是画，是钱，是命，是他向上爬的梯子，也是他生存的底气。

林逸尘的"官场润滑剂"果然奏效，他很快与宋子文重修旧好。他还把一卷文天祥书法《谢昌元座右自警辞》的摹本当作真本送给了戴笠——反正戴笠也看不出来。林逸尘不只保住了命，而且立了功，

得了一份接收大员的美差。《谢昌元座右自警辞》里的谢昌元，在南宋王朝大厦将倾之际写了一篇自警辞，表明自己不投降的决心，文天祥见后折服不已，连夸"先生真仁人哉"，不仅把这篇自警辞全文抄录一份，而且加了一段评语，于是有了这卷光照古今的《谢昌元座右自警辞》。没想到文天祥后来宁死不屈，谢昌元却降了元，当上了元朝的礼部尚书。有些人什么时代都能得宠，谢昌元是这样的人，林逸尘也是。《谢昌元座右辞卷》于草书中杂糅今草和狂草，落落潇洒，风姿如鹤，是文天祥的书法代表作，只不过民族英雄的手迹成了汉奸的玩物，就有点滑天下之大稽了。

第六十八章

战争，结束了。

远行的故宫人，该回家了。

这一年年底，故宫博物院理事会决定，将此前经北、中、南三路迁到四川，分别贮存于峨眉、乐山、巴县的文物，全部由陆路运到重庆。

各路文物到重庆集中以后，将会沿长江水路运回南京，再像来时那样，经津浦铁路运回北平。

所有人都相信，文物回归之路，一定会比来时平坦。

筚路蓝缕的故宫文物南迁，即将走完它的最后一程。

"即从巴峡穿巫峡，便下襄阳向洛阳。"杜甫在一千多年前写下的这首《闻官军收河南河北》，道出了他们共同的心情。

然而，回家之路并不像他们想象的那样平坦。

它同样的崎岖漫长，充满了各种不确

定因素。

南迁的故事，也还远没有结束。

像陕西信天游所唱：

> 百里地走了九十九，
> 最后一里地总是不到头。

后来在重庆，在南京，在北平，又衍生出太多太多情理之中、意料之外、丝丝入扣、荡气回肠的故事来。

那些故事即将在第三部里发生。

海棠花遍地开放时，接文物的车子终于到了峨眉。

战争刚刚过去，大地一片疮痍，到处是残垣断壁，道路破坏严重，还有许多土匪埋伏在山野丘陵之间，道路上危机四伏。"大部队"出发前，郭之南坚持要先去勘路，一旦车队发生不测，文物将万劫不复。

乐山—成都—重庆三个点在大地上连结成一个硕大的三角形，乐山、成都、重庆分别为三角形的三个顶点。两点之间直线最短，由乐山（经过内江）直插重庆的这条线最短，他们却偏偏选择了由峨眉、乐山一路北行，经由成都，再折向西南，经乐至、安岳、大足、璧山奔赴重庆。这是一条舍近求远的路，之所以这样选择，是因为司机胡兆林告诉归心似箭的故宫人，乐山直插重庆的这条公路已被炸得坑洼不平，根本无法通行，更无法运送文物。现实中的道路永远与地图上的道路不同，地图上的道路风平浪静，现实中的道路却充斥着各种不期而至的风险。真实的道路不是用尺子在地图上量出来的，而是用脚走出来、用轮子碾出来的。

从四月到九月，郭之南和那文松们在峨眉与重庆之间来来回回奔跑了几趟，终于把存放在峨眉的文物悉数运到了重庆海棠溪向家坡山腰上的一座仓库里，存在乐山和巴县的文物也运到了海棠溪，故宫文物西迁北、中、南三路的文物终于汇合了。第二年五月，沈芷伊收到丈夫的来信，说存放在海棠溪的故宫文物要全部运返南京了，因为车辆紧张，沈芷伊不能搭车，等文物全部抵达南京之后，郭之南会回到峨眉接她。

郭之南走后，沈芷伊就在峨眉家里数日子，期盼着他们在遥远的南京重新开始他们的生活。她是一个无根的人，丈夫去哪里，她就跟着去哪里。在她心里，家不是一片土地，也不是一座房子，只有他们两个人在一起的地方才是家。或许用不了多久，他们的家就会由两个人变成三个人、四个人。她会为他生一个、两个、三个、更多个孩子，然后看着他们的孩子也生孩子，子子孙孙，无穷尽矣。她对未来充满了好奇，她觉得一个女人是有力量的，那么多鲜活的生命竟然都源于自己。她从未像现在这样期待着未来，想看到未来的模样。

谁想到事与愿违，归来的不是她的丈夫，而是丈夫的噩耗。她万万没有想到，为她报丧的那个人竟然是那文松。那文松铁青着脸出现在她的面前，踌躇了半天，才说出这样的话：芷伊，我带来一个消息，一个不好的消息，你要答应我坚强。

沈芷伊茫然地看着他。

那文松眼睛里晃动着泪光，说道：郭营长，他……牺牲了。

你骗人……

这句话脱口而出，没有经过她的大脑，完全出于下意识。

妹，我没骗你，郭营长牺牲了。

文物从重庆海棠溪启运，大部分文物由水路沿长江运往南京，这支浩浩荡荡的船队由吕医农负责押运，宪兵队排长刘昭贤率领十四名士兵护运。唯有十具石鼓，还有其他少量笨重文物，分乘十辆汽车，由陆路运往南京，由那文松负责押运，郭之南率领十名士兵护运。这原本是为了增加运送石鼓的安全系数，没想到恰恰是这条路上出了问题。

那文松坐在卡车里，在护送石鼓东归的路上，看到的城镇满目疮痍、一片焦土。这些城池活过一个又一个朝代，如今留下的只有一望无尽的破砖碎瓦、残垣断壁。

汽车在蜀中的大地上奔驰，远山如黛，田野如画，客舍青青。天地的长卷上，世界正无穷无尽地展开。几场细雨过去，洗刷了空气中的尘埃，让天地变得通透纯净、不掺杂质，植物的辛香都在这不惹尘埃的空气中愉快地汇集。杜子美说"白日放歌须纵酒，青春作伴好还乡"。青春虽已不再，如此良辰美景，却是旅途中应有的好光景，与他们的心境相吻合，无须再像来时那样度尽劫波、狼狈仓皇。

车队很快钻进了大娄山脉，把平坦丰饶的四川盆地甩在了身后。漫漫长路，为了行驶安全，每辆车由一名司机和一名军官轮流驾驶，车队晓行夜宿，不知不觉间，路况越来越险峻了，急转也越来越多。车过綦江，先要驶过十公里的连续上坡，紧接着又是二十公里的连续下坡，令人胆战心惊。过白马后，先要在山上盘旋十公里，紧接着要向下坡迂回十八公里。道路险峻，司机的手紧紧握住方向盘，不敢有片刻走神。

那文松说：车到酉阳，全队休整一天，养足精神，再继续上路。没想到车过黔江，还差一步就要进酉阳了，在一个名叫高坎子的地方，意外突然发生了。

郭之南坐的那辆车是胡兆林驾驶。为了省油，他在下坡时关掉了油门，在一个转弯处，他突然看见正前方有一辆大车疾速驶来，大白天亮起大灯，晃得他几乎睁不开眼。眼看大车就要与自己撞上，他顺势向右一打方向盘，车子立时冲出悬崖，变成一个自由落体，像一只断了线的风筝，自空中徐徐坠落。千钧一发之际，胡兆林和车上的宪兵都弃车而逃。十几秒钟后，车子重重地落在山涧下，连续翻滚了三周之后就静止不动了，车上装载文物的木箱，又带着巨大的惯性顺着斜坡翻滚，一直坠落到十几丈深的山谷里。

那文松坐在最后一辆车上，前面发生的一切让他目瞪口呆。他赶紧让车子停下，一溜小跑到了事发地点，从地上搀扶起龇牙咧嘴的胡兆林，急匆匆地问：郭营长呢？郭营长呢？你看见郭营长没有？

胡兆林神情恍惚地说：

郭营长，郭营长，我不知道。

那文松环顾四周，没有看到郭营长，再俯身向山下望去，看到丛林当中那辆已成一堆废铁的汽车，突然间感到一阵晕眩。

事故发生时郭之南正在副驾驶的座位上睡觉。连日的驾驶，让他囤积了足够的睡意，没想到车子失控，他在睡梦中和汽车一道滚下了山崖，重重地跌落在十几丈的深渊里。那文松、胡兆林等人在山谷丛林找到他的遗体时，曾经健壮的身躯已被变形的车壳挤压切割，变成了一堆不成形状的血肉，身上不知哪个部位被尖锐的车皮扎漏了，鲜血正像高压水龙一样滋出来，滋出一片血雾。

大家小心翼翼地把郭之南血肉模糊的

身体与车体分开，沿着迂回的山路把郭之南的身体抬到另一辆车上，胡兆林猛踩油门，急速向酉阳县城奔去。那文松给马衡院长发了一封电报，报告了郭之南的死讯。

胡兆林开车带着那文松等人再回到车队时，那几箱跌落到山谷里的文物已经被找到了。那文松又下到山谷里，发现安字第三号木箱已被摔破，他急匆匆让大家打开箱子，看到里面装的文物——一鼎、一甗都毫发无损，唯有一罍肩部破裂；另一只安字第二十一号木箱也被摔破，箱内一罍的肩部也有裂纹。受伤的都是罍，让那文松下意识地想到了自己的儿子那小罍，突然有了一种不祥之感。

只有那只装石鼓的箱子没有找到，这让那文松失魂落魄，心里嘀咕着，莫非石鼓自己长腿儿跑了？他带领着大家气喘吁吁地下到谷底，目光顺着山谷里的乱石荒草一寸一寸地爬梳，却一无所获。那文松心里纳闷，如此巨大的物体，顺着山坡翻滚下来，没有滚到谷底，难道是停在了半路不成？他要求大家扩大搜索范围，附近的山坡都要翻个遍。山坡很陡，连立足的地方都没有，需要手脚并用，抓住丛生的灌木，才能在山坡上勉强挪动脚步，稍不留神，就会滚下山坡，但他们没有放弃，在陡坡上慢慢挪动着身体，漫山遍野地找。那文松面带愁云，心想，如果在天黑以前找不到就不好办了。那十只石鼓在历史中曾经失落过一只，历经了两百年的寻找才终于团圆，假若在那文松手里丢了一只，那文松就是故宫的罪人，历史的罪人。没过多久，他听到有人喊：找到了，找到了！他手抓灌木，快速移动过去，果然看到那只石鼓箱子，仿佛一个受了委屈的孩子，歪歪斜斜地倚在两根粗壮的树杈中间，浓密的枝叶遮覆了大半个箱子，如果不是那文松让大家进行地毯式的搜索，根本发现不了。

那文松指挥大家一起把木箱搬到一个相对平整的地面上，三下五除二捣烂木箱，露出棉纸包裹的巨大鼓体。大家七手八脚，解开了捆绑在棉纸外面的粗麻绳。那文松又叫人从车上取来水桶，下到山谷底部，从小溪里打一桶水来。此时没有毛笔把棉纸轻轻涂湿，只见那文松把水掬在手掌里，轻轻吸到嘴里，口吐莲花般，喷出一口水雾，均匀地落到鼓身上，把棉纸濡湿。水雾在空气中弥散，幻化出一条淡淡的彩虹。那文松的手已残缺不全，他在丁彤云的配合下，手法细腻地揭下棉纸，发现竟然是当年被戴北辰称为"无字天书"的马荐石。大家仔细检查，通体上下完好无损。

直到夜幕降临，大家才把石鼓和青铜器重新包装好，又把这几只笨重如山的箱子搬运到公路上重新装车。第二天，那文松坐在车上，再一次抵达酉阳县城。那文松收到了马衡院长的回电，要求他好生料理郭之南的后事，将遗体就地埋葬。那文松选来选去，选择了当地风水最好的坟地，倚靠着一脉青山，面前是一泓溪水，真的像陶渊明所写的那样，芳草鲜美，落英缤纷，有良田、美池、桑竹之属，阡陌交通，鸡犬相闻。下葬的时候，郭之南的墓面朝东，那是北平的方向，是故宫的方向。

第六十九章

听罢那文松的讲述，沈芷伊并没有大哭，就像一个人突然被掀翻在深海里，她的眼里只有痛苦和恐惧，没有悲哀。

她的大脑，一片空白。

那文松说：芷伊，我们马上就要离开峨眉了，乐山、巴县的同事们也都要集中到重庆了。你跟我们一起走吧。我们在峨眉使用过的所有房屋、库房都已移交给县政府了。你就算不想走，也没有地方呆了。

沈芷伊微微抬起头，用凄迷的目光看着那文松，说：文松哥，你们走吧，我不走，我哪里也不去。我就在这里，等着之南哥回来。只要我不离开这儿，他就一定会找回来。我要是走了，他就永远找不到我了。

那文松不由打了个寒战，起了一身鸡皮疙瘩。他定了定神，说：芷伊，你醒一醒，之南他回不来了，他死了。你不跟我们走，我不放心。

沈芷伊喃喃地说：他回得来，相信我，他一定会回来。

那文松知道，沈芷伊拧得狠，一旦决心已定，谁都无法撼动。

撤离的命令是突然下达的，虽然故宫人期盼了很久，但几个文物库房的维护工作一如既往，突然决定出发，还是让他们措手不及。马衡收拾行李物品时，环顾着自己的房间，目光中充满留恋，但他什么都带不走，索性都不要了，只从书架上拿下一把折扇，上面有马一浮先生的题字。清风明月、峨眉时光，都被折进了这把折扇里。

那文松和梅遇影把要带走的东西装满了一只柳条箱，卡车的空间有限，不能再带了，其他东西只能留给峨眉的朋友。那文松拎着柳条箱，拉着那小礨走出房门。梅遇影最后瞭了房间一眼，突然看到碗橱里还有两颗鸡蛋没舍得吃。她上前拿起鸡蛋，揣进裤兜，就匆匆上了车。车子开出不久，她突然觉得裤子是湿的，低头一看，鸡蛋竟然碎在裤兜里了。

一车人全都笑了。

梅遇影也笑了。

那文松抱着那小礨坐在车上，口中哼起《草桥关》中姚夫人一段二黄摇板：

但愿得四下里狼烟扫尽，
一家人回朝转乐享安宁！

丁彤云背着一把黄花梨四合如意纹圈椅来赶汽车，迟笑然看到他气喘吁吁的样子，面色惊异地问：你背把椅子做什么？咋不把你的雕花大床搬来呢？丁彤云答道：我太喜欢这把明式圈椅了，别的家具都可以丢，唯独这件舍不得丢。那文松说：这车上也没地方搁啊！丁彤云一听也是，说：那我再背回去。那文松说：哪里有时间等，要不你和椅子一起留下吧。丁彤云抬眼，看见一位卖菜老农，手持烟袋蹲在路边，就背着椅子向他走去，把黄花梨圈椅在他身边一蹾，说：您老坐在这把椅子上卖菜吧，这把椅子送您了。

他把卖菜老人搀到这把明式圈椅上，说：这把椅子保您事事如意。说完就转身，爬上了车。车子开出很远，那位菜农还呆呆地坐在椅子上，没弄明白这是怎么回事。

战争结束了，笑容又回到了每个人的脸上。然而，人们脸上的笑容已经与原来的不同，此时的笑容只是笑在脸上，心里面却是空洞的，所以那笑容是没根的，像一股烟，风一吹就散。笑容被吹散之后，裸露出来的，是深不可测的哀伤。战争改变了每一个人，身体的伤痕、内心的煎熬、家庭的离散，全拜战争所赐。只有亲身经历过苦难的人，才能真正明白苦难的含义。

如今战争虽然结束了,但每一个人都不可能再回到从前。他们可以修复文物,却无法修复自己的内心,只能带着累累伤痕,跟跄着走下去。

那文松想起,他刚刚从报纸上看到过的一幅画作。那是蒋兆和先生画的一幅画,名字叫《爸爸永不回来了》,画的是一个小姑娘,双膝跪在地上,手里拿着国旗,双眼却茫然、肃穆地望着天空。蒋兆和懂得中国人的心,所以在胜利的日子里,他没有去描述庆祝胜利的宏大场面,只选择了一个在战争中失去父亲的小女孩来定义这场战争。无论庆祝胜利的典礼多么盛大,对这个小女孩来说,战争带来的伤痛都是永远不可逆转的,那就是他的爸爸永远回不来了。

吕医农出发的时候,从樟木柜里把两个女儿的骨灰小心翼翼地抱出来。金枝和玉叶相继去世后,他并没有把她们的骨灰埋葬在峨眉,他坚信着自己有朝一日会回到北平,他把两个宝贝女儿的骨灰一直保存在骨灰罐里,外面用素色的蜀锦包裹起来,放在樟木柜子里。此时他把它们重新抱出来,准备装进行囊,带回北平。他双手托着骨灰罐,眼泪突然喷涌而出。他不想再忍住眼泪了,他第一次如此纵容自己的哭泣。妻子在一旁抱住他,也号啕大哭。他在妻子的哭声里哭,妻子也在丈夫的哭声里哭。良久,吕医农才慢慢把两只骨灰罐放在行囊里,哽咽着说:孩子,回家的时候到了,爸妈这就带你们回家!

终于,载满了人和行李的汽车缓缓发动了,自峨眉的窄街里鱼贯而出。那文松走了,梅遇影走了,那小蠹走了,丁彤云走了,迟笑然走了,吕医农走了,马院长走了,故宫人都走了,甚至吕医农那两个已逝的宝贝女儿金枝和玉叶也跟着他们走了,只留下她沈芷伊,一个与故宫无关又有关的人,要在这里孤苦无依、日久年深地生活下去。

送别了故宫人,沈芷伊的心里空寂了许多。她回到住处,开始慢慢地收拾郭之南穿过的衣物、用过的物品。她触摸到一个铁盒,打开盒盖,看到郭之南的一把剃须刀,是美国吉列牌刀片式剃须刀。她把铜镀金的刀架轻轻拧下来,想把它从里到外清洗干净。卸下刀片时,刀片上粘着的胡须碎末掉下来,轻落在她的手指间。她仿佛碰触到了丈夫的肌肤,突然间悲从中来,放声大哭。

沈芷伊没随故宫人离开,其实是她抱定了另一个打算。

她知道丈夫不会回来了,于是决定跟着她的之南哥远走高飞。

她在心里对郭之南说:

芷伊生是你的人,死是你的鬼。

她把她和郭之南住过的房间打扫得干干净净,然后穿上结婚时穿过的那件淡红色长旗袍去了县政府,把房门钥匙交给了县政府。办事员梳着油光光的背头,说:沈小姐,晚上有事没得?一起看个电影嚩,摩登大戏院在演《魂断蓝桥》,好莱坞的苦情戏,把好多人哭惨了。沈芷伊一语不发,面无表情地走出了县政府,孑然一身地走向了青衣江。

她踩着岸边的淤泥,断然向江中走去。峨眉的气候在一天天变暖,江水却依旧彻骨冰凉,像她的内心一样凄寒。她的身体被江水一激,起了一身鸡皮疙瘩。她稳住神,一步步朝江心走。她怕水,但她走得很决绝,因为她听人说过,人将死时,能够看到她经历的一切。这样,她就能够在这水中，与亲爱的父亲、哥哥、丈夫重逢了。江水漫过了她的脚掌，江水漫过了她的脚踝，江水漫过了她的腿肚，江水漫过了她的膝盖。

这时，或许因为受到了凉水的刺激，她感觉到腹部跳了几跳。不是肚子在跳，是肚子里面在跳。她惊奇地用手捂住肚子，发现那里又跳了几下，有一个什么东西在肚子里不安分地扭动着。一瞬间，她的眼泪夺眶而出。她知道，自己怀孕了。有一个小生命，已经在她的肚子里安营扎寨了。这小生命在她的肚子里扭了扭，换个舒坦姿势，同时以这种方式通知他（她）的母亲：

妈，我来了。

沈芷伊听懂了他的语言，含着眼泪笑了，说：

之南哥，我就说了，你没有死，你早晚会回来找我的。

我们这个家，永远不会散。

[特约编辑：谢　锦]

史诗的"误读":普通人的命运与民族文化精神

——祝勇长篇小说"国宝三部曲"之《山鸣谷应》读记 傅逸尘

> 而今不只一名理论家认为我们也同样拥有我们的体裁,只是和古典时代不同。我们不再创作悲剧、史诗或田园体,但我们有长篇小说和短篇小说、报道和评论。
>
> ——[法]雅克·朗西埃[1]

一、拂去尘埃,仍然是它固有的青绿与优雅的光泽

祝勇的随笔很有影响,读过一些,也知道他下了很大气力研究故宫文物,写了很多部相关的专著和长篇随笔;但他的长篇小说我却是第一次读。浏览小说的目录,我知道这是一部"三部曲"的巨著,结构恢宏壮阔,一种史诗的气势扑面而来,着实让我惊讶不已。我当然想到了祝勇关于故宫文物研究的系列作品,但小说与那些散文或随笔类的文字终究不同,它需要故事、人物、情节和大量的细节。学问,或学术研究的那些成果在这里似乎很难派上用场,只能作为小说的骨架与思想的支撑,这样的转型并不是所有的学者都能够胜任的。近年来,不少学者,甚至文学批评家创作起小说来,颇

---

[1] [法]雅克·朗西埃著,《沉默的语言》,17—18页,华东师范大学出版社,2016年。

有潮流之态；但如此大部头的长河小说，不下上一番扎实的苦功恐怕是难以完成的。《收获》长篇小说2023冬卷刊发的《山鸣谷应》是祝勇"国宝三部曲"中的第二部，因为不见首尾，多少会影响我的判断；但窥一斑尚能知全豹，三分之一的篇幅似乎也足以让我真切地感受到小说的总体风格与文学性表达。

《山鸣谷应》的故事是以日本侵华战争为背景，小说以故宫文物南迁为叙事主线，主要讲述故宫博物院院长马衡，为避免故宫文物被日军劫掠，带领故宫一干文物专家携万余箱故宫文物南迁的艰难历程。在十二年的漫长时光里，他们由北向南，又由东向西，跨越数省，不间断地转移，历尽劫难，在日军围追堵截、狂轰滥炸中完成了让世人难以想象的文物大迁徙。这条主线作为叙事的动力推动着小说情节的前行。另一条叙事线索则以梅从云为主要人物，涉及北平的古玩界和戏曲界，描写了那文松的妻儿在日本侵略军统治下的屈辱悲惨的生活，以及他们进行抗击的事迹。我知道，故宫文物西迁是历史上发生的一桩真实事件，就像同时期的西南联大西迁一样，具有相当的传奇色彩，即便是以完全纪实的方式书写，也足以震撼读者。很显然，祝勇并不满足于单纯地呈现故宫文物南迁的历史事件本身，而是选择了长篇小说的文体，明显的企图是要描绘更广阔的生活画面与场景，呈现更多人物的命运，将战争/文化与命运/人性交融在一起，展开一幅中国画长卷般的历史图景，在民族危亡的情境里，凸显民族文化精神的独特价值与力量。这样的想法，就不是故宫大管家带领文物西迁这样单一事件所能承载的了。

历史并没有因为相去久远而湮没它的光芒，苦难的家国命运与艰难惊险的文物迁徙历程，仿佛那深埋于地下千年的青铜一般，拂去尘埃，展露出来的仍然是它固有的青绿与优雅的光泽。这是中华民族几千年的历史和文化积淀，不会因为被溅上了丑恶的敌人的血污而变色。

二、复线结构的内在性与总体性

《山鸣谷应》（理应包括"国宝三部曲"的整体结构）采用了一种复线叙事的结构，前文已经提及：一条线以梅从云为主要人物，描写北平古玩界、戏曲界的众生相，尤其是那文松的妻儿在日本侵略军统治下的屈辱悲惨的生活，以及他们以一己之力抗击日本人的故事。另一条线则是故宫博物院院长马衡，带领一干故宫文物专家携万余箱故宫文物南迁的艰难险恶的经历，重点描写了那文松这一普通人物的事迹。表面上，两条叙事线如同铁轨般并行，前一条线的叙事速度相对缓慢，其空间也是固定与局限的，主要集中在北平梅从云家和戏院，以及那文松的妻子携子乘火车寻找丈夫的过程，兼及沿途的生活场景；后一条线则一直是前行的，空间是变动不居的。两条并行的叙事线并非毫无关联，那文松一家的故事是小说的叙述核心，也就是说，两条并行的叙事线索因为那文松一家而有了故事与逻辑的内在联系。换言之，说这部小说是围绕那文松一家展开的也是不错的。

祝勇采用复线结构的内在性需求还在于，作家一方面强调对这一复杂事件的复现，另一方面想表达他对这一事件的独特理解与认知。故宫文物西迁的重要性自不必说，但民众与各界的支持是不可或缺的，尤其是与文物紧密相关的人士，甚至没有多少关联的普通民众的精神状态，才是民族国家挺立于世界民族之林的灵魂所在、力量所系。从这个意义上说，单纯地叙述故宫文物西迁的事件，无法承载更广阔的生活画面与繁复场景的描摹，也无法呈现更多人物的命运。祝勇试图在小说中表现并张扬民族文化的本质属性和精神力量，这种对于生活、命运、历史、思想的"总体性"建构，便成为小说叙事的重要元素和底层逻辑。

在现实主义文论中，"总体性"指文学反映生活的整体，或从整体的视角反映生活。在卢卡奇看来，"总体性"可以分为两个层面：第一，没有破裂的生活之完整性（存在的完整性），充满了对史诗后时代生活与意义、物质与精神之分裂的批判；第二，现实主义反映论中所要求的社会刻画之客观整体性（文学作品的整体性），意味着对碎片化的资本主义社会之本来面貌的总体性把握，将单个的社会现象置于总体性的视野之中，置于事物的来龙去脉中。① 总体性往往勾连着思想性和价值判断，讲述历史，也描摹现实，进而使生活变得真实而有意义。因此，祝勇在以故宫文物西迁为叙事主体的同时，用更加细腻的笔触和较大的篇幅描绘了以梅从云一家为主的京城文化界的诸多人士的经历，叙写他们在生存与文化层面对日军的抗争。中华民族在日本侵略者铁蹄践踏下迸发出的巨大能量，足以彰显几千年来历史积淀的文化伟力，而这一点，恰恰是作家念兹在兹的叙事动力。

进入新时代，历史叙事已经热潮，无论是虚构还是非虚构，多数作品都是以正史讲述为背景。很多小说的素材来自真实的历史事件，大量新材料的解密以及学者们对微观史料的采集与挖掘，保证了历史讲述的真实性；然而作家毕竟是历史事件发生后的两代甚至三代人了，不同的文学观念以及时间与空间所带来的陌生化效应，成为小说叙事超越历史本身的前提。历史叙事不再拘泥于对历史真实性的还原，而被作家赋予了形而上的思考与更深刻的

---

① 参见，[匈]格奥尔格·卢卡奇著，《小说理论——试从历史哲学论伟大史诗的诸形式》，燕宏远、李怀涛译，商务印书馆，2018年。

思想意涵，进而呈现出更为复杂且多向度的美学倾向。这一波次的历史叙事无论处理的是战争还是革命经验，都强调以作家的想象力重新整合历史资源，进而以一种镜像折射的方式超越个体生命的存在与命运，更多地还原和展现具有总体性的"历史化"进程。

三、史诗乎？抑或叙事风格与样貌

上节中对小说内在性与总体性的简要梳理，其实并非掩卷后的沉思。事实上，刚刚打开这部小说的时候，甚至浏览目录的那一瞬间，我就想到了一个词，更准确地说是一个文学概念——史诗。读完小说后，这个概念却让我百般纠结，在内心深处反复咀嚼。其实不仅仅是批评家，也包括某些深究作品内在肌理的读者，他们的阅读目的虽然不尽相同，但跟作家的纠缠与博弈的本质却并无二致。面对这部长篇小说，我的脑海中长久地延宕着围绕史诗的文学性猜想，忽左忽右，摇摆不定。也就是说，我不敢断言这部小说够不够得上史诗的称谓，进而担心我的感觉或判断是否有过度阐释的可能。当然，史诗与否，对于这部小说而言，或许并不影响它的文学成就，但这个问题涉及我的批评视角与阐释角度，并非无关紧要。于是，我专门查看了《辞海》关于"史诗"的词条解释：

> 1. 指古代叙事诗中的长篇作品。反映具有重大意义的历史事件或以古代传说为内容，塑造著名英雄形象，结构宏大，充满着幻想和神话色彩。著名史诗如古代希腊的《伊里亚特》和《奥德赛》。2. 比较全面地反映一个历史时期社会面貌和人民群众多方面生活的优秀长篇叙事作品（如长篇小说），有时也称为史诗，或史诗式的作品。[1]

《中国大百科全书·外国文学》卷中关于"史诗"的词条的解释比较长，我摘录了以下解释：

> 史诗一般以真实历史事件为背景，描写的多为对本民族具有普遍意义的事件。这些事件有口皆碑，世代相传，因而史诗具有很深的民族根源。
>
> 骑士小说和英雄传奇是史诗向当代小说的过渡形式，到了资本主义

---

[1]《辞海》缩印本，725页，上海辞书出版社，1980年。

时期，史诗即被黑格尔称之为"资本主义史诗"的长篇小说所代替。

由于史诗的广泛叙事性质和它所包含的深刻社会意义，现在人们常常把比较全面反映一个历史时期的社会面貌和人民生活的结构复杂、画面广阔、内容丰富、意义深刻的优秀长篇叙事作品，如优秀长篇小说等，称作史诗或史诗式的作品。[1]

概括一下上述词条要点，大致有这样几个方面：一是外国古代长篇叙事诗传统，反映重大历史事件或传说，塑造英雄形象，结构宏大，充满着幻想和神话色彩；二是演变到现代的长篇小说，形式上，要求结构宏大复杂、画面广阔、内容丰富；内容上，全面反映一个历史时期的社会面貌和人民生活，塑造英雄人物。

比照上述关于史诗的要点，《山鸣谷应》有些似是而非。第一条，神话和传说，当然不是，作家也没有刻意塑造"著名英雄形象"，但重大事件应该不容置疑。当然，这是从文化的角度论，而且结构和体量上也不能算小，甚至可以说足够宏大。第二条，小说显然没有"比较全面地反映一个历史时期社会面貌和人民群众多方面生活"，而是集中描写与文物相关的部分人物的生活，而文物圈子和与之相关的这部分人的生活，自然也无法构成"一个历史时期社会面貌"；但小说所触及的文物圈子和与之相关的这部分人的生活，在深度上还是相当可观的。如此说来，至少从表面上看，《山鸣谷应》似乎还无法构成史诗，只能说是一种宏大的叙事风格与结构的样貌。然而，事情果真是这样吗？我想深入一些，进入小说更深层的结构与思想，或许会有所发现，这亦是我所期待的。

我相信祝勇在写作这部小说的时候一定有着史诗的文学性想象与情怀。小说中，日本军队进占华北后，马衡院长带领文物专家及相关人员押运万余箱故宫文物西迁，事件本身便沾染了浓重的传奇色彩。虽然没有着意于英雄人物的塑造，但文物圈子和与之相关的这部分人的生活与命运，在某种程度上折射了中国人或者说中华民族的文化精神。这种精神的开掘与表达，不仅构成这部小说的内在灵魂，甚至可以说是一种独特的思想面向。正是这种独特的思想面向，构成了现代文学所谓"史诗性"的最重要和最根本的艺术特征。冯雪峰写于一九五四年七月十八日的《论〈保卫延安〉》一文[2]，如此论述这部小说的"史诗性"："在它强烈而统一的气氛里，在它对于战争的全面而有中心的描写里，这么集中地、鲜明地、生动有力地激动着我们的是

---

[1] 《中国大百科全书·外国文学》，932—933页，中国大百科全书出版社，1982年版。
[2] 冯雪峰著《论〈保卫延安〉》，《保卫延安》，2页、5页，人民文学出版社，1984年。

这样的革命战争面貌、气氛，尤其是它的伟大精神。""在这样的史诗主题的面前，作家的创造性当然不是表现在被动地服从事件的外表的真实上面，然而一定表现在如何去真正掌握到事件的本质及其根本的、重要的精神上面。"在整篇文章中，冯雪峰用了很大篇幅，反复论述这种精神，以及作家的创造性。可见，在冯雪峰的"史诗"观念里，作品表达的思想精神极其重要。

此时，我想到了近些年文学批评中比较流行的一个词——"误读"。误读与阐释共生，不同的人对同一文本可以有全然不同的阐释。圣人已死，读者与作者之间的"历史距离"会引起误读。解构主义认为语言和文本没有固定意义，而言说者（作者）表达的意义在不同的语境中不断地被阐释，意义的变化也就无终结。因此，所有的理解均是误解，所有的阅读都是误读。但是，文本阐释空间的扩大，会促进意义的增殖。哈罗德·布鲁姆提倡误读，因为误读可以颠覆、否定已确立的阐释，否定权力意志，具有革命性。他断言，诗就是误读的产物，一部诗歌的历史就是一部误读史。[①] 概而言之，所谓"误读"就是强调文学的创造性意义与价值，作家的独创性才是文学发展延续的根本动力。从这个意义上讲，我们就不可以完全地否认《山鸣谷应》的"史诗"性，将《国宝》进行整体性研究可能会发现它更接近史诗。在诸多方面，祝勇对史诗的文学性强调显然有着自己的"误读"。

首先，他并没有刻意于传统史诗的几个重要元素，不仅迥异于古希腊的幻想和神话，也悖离于近现代的一个历史时期社会面貌和人民群众多方面生活。本来，故宫文物西迁是具备传奇元素的，万余箱文物的西迁，可谓颠沛流离、险象环生，他们完成了几乎不可能完成的任务；但作者不去追求它的传奇性，甚至故事性，而是要还原，或者重现那段历史场景。其次，小说没有突出塑造领导指挥文物西迁的主要人物的英雄形象，甚至从笔墨和篇幅上看，也没有对文物圈子和与之相关的这部分人的生活、命运描写过多。小说写的是人物群像，梅从云就算是比较突出了。作为一个文物鉴赏和收藏家，他的身上颇有中国人的气节与骨气，在日本人的威逼利诱下非但没低头，反而以极端的方式——自焚，实现了他的家国情怀与民族大义；但他的生命很短暂，并没有贯穿小说始终。家喻户晓的武生泰斗丁铁竹虽没有梅从云那般刚烈，但在日本军人逼迫下，也是挺直了中国人的胸膛，倒在了日本人的枪弹下，站在了中国人的心目中。小说选择这样两个代表着中华文明的人物，描写了他们对日本军人的以死抗击，其喻意是显著而深刻的。此外着墨偏多

[①] 赵一凡等主编，《西方文论关键词》，621—629页，外语教学与研究出版社，2006年。

的那文松及妻子梅遇影，他们也只是普通人，虽然经历不少艰险苦难，但离英雄也还遥远。尤其是梅遇影，身上甚至还有许多缺点。也就是说，小说塑造的是普通人，而不是某位，或某几位英雄。从这点上看，《山鸣谷应》相较于与二十世纪五六十年代的"革命历史小说"也有着很大不同，尤其是比之于英雄人物的塑造。比如前面提到的《保卫延安》及相近题材的《红日》，更不要说极具传奇色彩与英雄主义的《林海雪原》等，这些作品都着力于革命英雄人物的塑造。再次，我觉得对这几个层面的强调虽然与传统史诗多少有些悖离，但并不影响我对这部小说的史诗性认知，并进一步感受到了作家对史诗性的独特追求；也就是回归到生活的真实状态，在真实的情境中凸显人类的真理，"史诗性"则蕴含其中，这也是现代小说与传统小说的一个很大差异。

论及史诗，不能不想起列夫·托尔斯泰，想起他的巨著《战争与和平》。对于这部只读过一遍的巨著，我没有底气去谈论和评价它。我想引用一段前苏联文艺评论家贝奇柯夫所著《托尔斯泰评传》中的话，为我的观点作一证据："《战争与和平》是世界长篇史诗创作中的一个新成就。用一般欧洲长篇小说的规章准绳去判断托尔斯泰的长篇小说是毫无益处的：它们——《战争与和平》程度大一些，《安娜·卡列尼娜》程度小一些，但不管程度大小，反正都是对传统的叛离，是对传统的大胆破坏，是长篇小说艺术上的崭新成就。仅以史诗式的冷静叙述和雄辩家——说教家的愤怒暴露、抒情诗和政论文字的错综混合这一点来说，就已经破坏了欧洲长篇小说的传统。同时顺便说一句，《战争与和平》也根本不是长篇小说，它是传统的体裁分类中一种从来还没有见过的新的作品类型，它把史诗、历史小说和编年史三种东西的特征别出心裁地结合在一起。"[①] 对托尔斯泰而言，史诗性巨著《战争与和平》就是对欧洲长篇小说传统，尤其是史诗的叛离与大胆破坏，从而进行了他伟大的崭新创造。

四、战争中的人生命运与文化精神

祝勇在《山鸣谷应》这一部中，笔墨的着力之处显然在于还原战争状态下普通人的生活与命运，在真实的描写中凸显民族文化精神的内在力量。战争与文化、命运与人性交融在一起，其细节场景与悲惨裂度，足以震撼人心。自打民国二十六年七月底日本人占领北平，中国人苦难悲惨的生活与命

[①] [苏联] 贝奇柯夫著，《托尔斯泰评传》，258 页，人民文学出版社，1959 年。

运就开始了。由于日本人的掠夺，造成京城粮荒及物价的飞涨，再加上严重缺煤，进一步加剧了京城百姓生活的艰难。饥寒交迫中的北平城，一下子失去了活力。古玩行大多倒闭了，平日喧闹的茶楼酒肆也没了人影，大量的死亡的信息像乌云般笼罩着北平城。小说首先展开的便是这幅悲惨艰难的生存景象。梅从云不做汉奸亡国奴，不让所藏文物遗落日本人之手，毅然选择自焚；丁铁竹在日本军人逼迫下，挺直了胸膛，最终倒在日本人的枪弹下；那文松妻子梅遇影携子寻夫，历经磨难。接二连三的抗争与牺牲、流散与苦难构成了小说的核心叙事线索。而另一条叙事线索则聚焦在了那文松身上，叙写他在跟随故宫文物西迁的过程中经历的生死险境与情感纠结。呈现在读者面前的，是一组风格粗犷简练的花岗岩雕像，彰显的却是五千年华夏文化积淀成的民族文化精神与人格丰碑。

1. 梅从云：自焚的极端方式，却标示了民族文化精神的高度

梅从云显然是小说着重描写的一个人物，他自焚之死的意义是多重的。就所经历的苦难而言，即便是在当时的北平也不是独有的，但他的文化身份却是独特的。作为一个具有代表性的文化人，他没有能力用他的身体去抗击侵略者，但他却用他的人格、气节与文化精神的自信，诠释了中华民族之所以几千年来自立于世界民族之林的底蕴与根本。他的家国情怀、民族大义与他深厚的文化修养是分不开的，而这些正是支撑他理想信念的根本力量；有了这种力量的支撑，他才能宁愿忍饥挨饿也要保护手里的文物古董；面对汉奸的威逼利诱更是不为所动，面对日军的各种酷刑，也是威严不屈。梅从云不是传统史诗中的英雄，也不是革命历史题材小说中的英雄，他是一个典型的传统文人，而且颇具传统人格与独立精神。他的身上闪耀着中华民族文化精神的耀眼光芒。

2. 丁铁竹：武生泰斗的胸膛挺起中国人的脊梁

丁铁竹，戏中的武生泰斗，在侵略者日本军官面前，在饥饿面前也不得不弯腰低头。然而，他的忍耐是有限的，当日本军官侮辱演员时，他挺身而出，抗击日本军官。他的左臂被砍掉了，子弹穿透了他的身体，但他却在侵略者的刀枪前挺起了中国人的脊梁。丁铁竹的形象看上去并不复杂，却有着丰富的象征意蕴，值得咂摸品味。一个戏中的武生，在残酷的现实中转变为英雄。然而这个英雄是"被"英雄的，是外族的侵略将他推上了英雄的祭园。

3. 载涛：虽为没落皇家贵族，人格气节不输日本军官

载涛并非作者着力塑造的人物，这个人物甚至可以说是小说随意宕出的"闲笔"。在中国古代文人的笔墨中，闲笔从来不"闲"，往往还大放异彩。

载涛的"异彩"在于他的身份,他是没落的皇家贵族,而且是满清皇上的叔叔。虽然曾经的辉煌不再,甚至沦落到变卖皇家的收藏以度日;但在面对猖狂的日本军官时,他不但表现得镇定自若、勇敢无畏,甚至还出手狠狠地教训了日本军官,这无疑让近在眼前的梅从云由衷地生出敬佩。在残暴的侵略者面前,载涛彰显的其实并非武功,而是中国人的人格与气节,是厚重民族文化支撑着的底气与傲骨。

4. 那文松:故宫文物西迁经历的视点吗?

小说的第五卷主要是写故宫文物西迁这条线,重点人物是那文松,通过他来叙写故宫文物西迁的危险艰难的经历。那文松不是故宫文物西迁的官员,只是一个普通的工作人员,院长是马衡。但那文松是连接北平文化界的重要结点,他是梅遇影的丈夫、梅从云的女婿,他在离开北平踏上护送故宫文物西迁的途程后,通过信件跟梅家发生联系,最后也导致妻子带着儿子沿着他走过的城市、路径,踏上寻找他的艰难困苦的旅程。祝勇在那文松身上着墨不少,但他似乎被作者当作故宫文物西迁的视点,用他的经历来介绍故宫文物西迁的历程。那文松这个人物一定程度上沾染了叙事工具的嫌疑。就人物描写而言,那文松显得较弱,他的内心思想与性格都没有完全打开,哪个地方都有他的存在,但感觉上他只是一个影子,有如摄像机的镜头,被后面的摄像,或导演操纵着。这一点,他甚至不如妻子梅遇影,虽然在小说的主要人物中梅遇影并非一个让人崇敬的人。

5. 梅遇影:苦难的母亲与狭隘的女人

梅遇影的父亲和丈夫虽然都是文化人,但她却是一个普通妇女。日本侵略者占领北平后,她的苦难人生便开始了。她没有父亲的文化程度与思想高度,也没有什么家国情怀与民族大义,她只知道饥饿在威胁着一家人的生命,尤其是儿子;只知道没有煤烧的冬天没法度过。对父亲拒绝常知白的事,她是有怨恨的,所以才背着父亲收受了常知白的一百块大洋。带着儿子寻找丈夫的路途上,她所经历的苦难是常人所难以忍受的,儿子的丢失更使她受到了严重刺激。这也是两人重逢后,那文松感觉她性情大变的重要原因,这其中也包括对捡来的那小罍的怨气和对沈芷伊的嫉妒。与前面所讨论过的那些人物比较,梅遇影这个人物似乎没有任何值得颂扬的东西。然而,梅遇影的存在却没有拉低小说的总体基调,倒是反衬了那些人物的高度。基于作家对真实性的叙事追求,她更是成为代表战争中普通民众的底色般的存在。有了这样的底色的衬托,其他人物才得以绽放各自的光彩。

小说的结尾处,祝勇这样写道:"战争结束了,笑容又回到了每个人的脸上。然而,人们脸上的笑容已经与原来的不同,此时的笑容只是笑在脸上，心里面却是空洞的，所以那笑容是没根的，像一股烟，风一吹就散了。笑容被吹散之后，裸露出来的，是深不可测的哀伤。战争改变了每一个人，身体的伤痕、内心的煎熬、家庭的离散，全拜战争所赐。只有亲身经历过苦难的人，才能真正明白苦难的含义。如今战争虽然结束了，但每一个人都不可能再回到从前。他们可以修复文物，却无法修复自己的内心，只能带着累累伤痕，踉跄着走下去。"这样的慨叹多少都会让我们感觉到一种忧伤的情绪在蔓延，掩卷思忖，其实也不尽然，因为我们没有经历过真正的战争。战争虽然以胜利结束，但留给人们的却不会是单纯的欢乐。思考一定是多角度、多层面的。作为小说，《山鸣谷应》承载的是祝勇对民族文化精神的价值与意义的独特理解与阐发，如此刻意的强调，在以往的中国当代小说中并不多见。这无疑彰显了历史与现实的双重意味，也构成了小说文本的思想内核。在小说里，马衡院长说，国宝不是汽油，是血脉，我们民族的精神血脉。没有了这些精神血脉，我们民族在这世界上就失去了立足之地。马衡院长还对伤残了手指的那文松说："物质的国宝，是依靠精神的国宝来维系的，没有了精神的国宝，物质的国宝就没有了灵魂，就成了死物，迟早会丧失殆尽。我们中华民族历经多少大灾大难而屹立不倒，是因为我们民族的精神不倒。"在国学大师马一浮先生看来，只要中国文化不死，中国就不会亡。他的原话是："天地一日不毁，此心一日不亡，六艺之道亦一日不绝。人类如欲拔出黑暗而趋光明之途，舍此无由也。"历史证明了这些文化大师们的论断不是虚言，更非枉然。

五、文学是矛盾诗学的代名词

《山鸣谷应》可以商榷之处是大量知识生硬地呈现在细节与场景中。我知道，作为一部以故宫文物西迁为叙事题材的小说，不可能不讨论相关的知识与理论，这也是那些文物专家们之间不可或缺的话题。但怎样表现，如何使其自然地融入小说的细节与场景中，确实是一个不可忽略的、值得讨论的问题。小说终归是一种叙事的艺术，故事、情节、细节和人物才是它最重要的元素；当然，还有思想，但思想不是直接袒露出来的，而是蕴含在上述那些元素之中。知识性的东西也是一样，生硬地拼贴在小说里，会有一种"跳脱"叙事情境的感觉，一种与小说叙述"隔"的味道，多少都会妨碍小说的艺术性表达。

事实上，这个问题在近年来很多学者、批评家创作的小说中都有程度不同的存在，总的来说就是理论性、思想性的东西在小说中的另类呈现。这让我不由得又一次想到了《战争与和平》。《战争与和平》中就有很多托尔斯泰关于历史、哲学的直接论述，作家甚至在小说中大段大段的、独立成章地讨论人民在战争中的作用，而学界历来对此有诸多批评甚至诟病，然而托尔斯泰本人却不这样认为。贝奇柯夫在《托尔斯泰评传》中写道："到一八六二年，托尔斯泰对于历史和历史推动力的看法已经彻底形成，他走向了宿命论的立场，否定个人在历史事件中的作用，断言人民生活含有自发的、'蜂群式'的因素。因为这样，所以他现在最感兴趣的倒是作品中那些谈历史、哲学的章节，并且渐渐认为它们才代表着他这部著作的基本价值。"① 在我看来，托翁的这段反拨，并不能证明他关于历史与哲学等理论方面的论述在小说艺术中具有"合法"性，只不过是强调了他认为自己所做的相关论述，很深刻且很有价值而已。

那么从这个意义上，当真可以说，"如果文学观念能够被一些准则所神圣化、被另一些宣告毫无意义，那是因为，严格地说，文学是矛盾诗学的代名词。"②

[特约编辑：谢　锦]

---

① [苏联] 贝奇柯夫著，《托尔斯泰评传》，156 页，人民文学出版社，1959 年。
② [法] 雅克·朗西埃著，《沉默的语言》，17 页，华东师范大学出版社，2016 年。

水边的万玛才旦

龙仁青

时间：2023年8月6日
地点：青海省黄南藏族自治州泽库县和日嘛呢石经墙

大雨如注。

汽车挡风玻璃上，雨刷器快速刷动着，却又显得无济于事：刚刚刷去一层密集的雨滴，又一层硕大的雨滴瞬间就覆盖了刚刚刷出来的那一块扇形刷痕。车窗外，简易公路忽明忽暗地闪动着，路上除了我们，看不到第二辆汽车。大雨把我们的汽车整个儿裹挟起来，有一种被困在某处、正在迷茫无助地寻找出路的错觉。汽车左右，是宽广的草原，即便是阴暗浑浊的雨天，依然能够看到铺洇绵延的绿草，绿草间散乱点缀着的姹紫嫣红的野花。这个季节，野花们刚刚度过盛放期，正在迎来结果期：茎叶一点点地枯萎着，曾经的茂盛正在萧瑟下去，被茎叶捧举着的花朵依然艳丽，但要仔细去看，就会发现有一种难以抵抗的衰败正在从花瓣的边缘侵入，一点点地侵蚀着花朵，在它灿烂过的地方，即将有一颗花种亮相，花种不像茎叶和花瓣正走向没落，它日渐丰满着，正在一点点地鼓胀成熟起来。这是秋天在向夏天发起倒计时，预告着它即将到来的消息。高地的草原，夏季短暂，大约不足两个月，野花们都要抓紧时间完成从开花到结果的全部过程，这让野花们有一种你追我赶的紧迫感。有人说，在高原的夏天，走进开满鲜花的草原，可以眼睁睁目睹一朵花的渐次盛开，抑或是渐次凋谢，就像是观看压缩后的延时摄影图像一样。此话虽然夸张，但也基本上是事实。

车窗外的雨雾里，草原不断划向车后，绿草滚动起来，流水一样含混不清的绿色里不时闪现的野花，让含混不清的草原有了灵动感：甘肃马先蒿、蓝花棘豆、高山翠雀、瑞香狼毒、异叶青兰、金露梅……它们一丛丛，一簇簇，一片片地开放着，浅粉、深红、淡紫、纯白、金黄……绿色只是草原的底色，如果真正走进草原，草原所呈现出来的，完全是一个色彩斑斓的世界，世界上所有的颜色几乎都聚集到了这里。

眼看着车窗外的野花，忍不住去拍摄野花的冲动，我还是叫停了汽车。开车的嘎旦先是放慢车速，一点点踩紧刹车，汽车惯性地滑行了大概几百米，终于在湿滑的路面上停了下来。我急忙拿起相机，拉开车门，冲向了路边的草原。坐在副驾驶上的宗智，也跟着我拉开车门下了车，随即，大雨从四面八方围拢住了我们，冰凉的雨滴顷刻间落在了我们身上，身体即刻感受到了寒冷。顾不得那么多，我蹲坐在草地上，把相机镜头对准了就近的几种色彩各异的野花。弥漫的雨雾里，光线极差，能见度很低，定格在相机屏幕上的野花比原本真实的她们逊色了许多。但我知道，这已经是大自然最好的安排了。

△泽库草原上的野花

拍完了野花，我和宗智上了车，嘎旦也即刻启动了汽车，我们继续向前走去。我和宗智的衣服都湿透了，冷得瑟瑟发抖，急忙在行进的汽车上换了衣服。这期间我问嘎旦："现在这里的气温是多少？"嘎旦打开手机，把手机屏幕朝向我：9℃。此刻的室外温度是摄氏9度。

就在这时候，窗外出现了一片透迤延伸的草坡。雨雾里，草坡舒缓地向上倾斜着，消隐在了一片朦胧之中，很快就划出了车窗之外。宗智指着车窗外，说："这里就是《静静的嘛呢石》里，小喇嘛的阿爸把小喇嘛从寺院接到家里路过的地方，歌曲《故乡》响起来的地方！"

"是吗？"嘎旦用藏语问着，随即按了一下车内的音响按键，《静静的嘛呢石》主题歌《故乡》便在车内舒缓地响了起来：

高山
净土
河流清澈
无边草原牛羊成群
这里的人们有一颗纯洁善良的心
祝愿世代吉祥安宁……

汽车里一下变得极其安静，雨刷器在挡风玻璃上刷动的声音忽然响亮起来，夹杂在歌声里，似是在阻止着歌声的继续。那片草坡早已消失在了车窗外，电影里的镜头却不断地在我的眼前浮现，一种像外面的雨滴一样冰凉的东西忽然占据了我的心，有几颗雨滴化作了眼泪从我的眼睛里夺眶而出：万玛，我们是循着你的足迹来到这里的，而我们却看不到你前行的背影了……

"把录音机关了吧！"正在这时，坐在副驾驶上的宗智侧身，看了看嘎旦，轻声说道。

嘎旦立刻关了录音机，歌声消失，只有雨刷器不谙世事地不断发出响亮的刷刷声。这首歌，是今年6月26日我去中国美术学院参加万玛的追思会时，在该校工作的德格才让发给我的，是如今这位小有名气的录音师还在执着于音乐梦想时，专门为《静静的嘛呢石》写的主题歌，词曲唱都是由他完成的。今早，我把这首歌发给了嘎旦。

自此，直到我们到达和日嘛呢石经墙面前，汽车里再也没有响起歌声。

汽车在雨雾里继续行进着，草原在汽车的前方不断打开，接着分成两边划向车后，又好似在车后的某处合拢在了一起。

我们是从青海省黄南藏族自治州同仁市政府所在地隆务镇出发，翻过麦秀山，穿越麦秀国家森林公园，先是到了泽库县城，再从泽库县城到了和日镇，接着便径直赶往和日嘛呢石经墙的。

和日嘛呢石经墙，国家级重点文物保护单位。据说其石经墙发端于清嘉庆年间，迄今有200余年的历史。石经墙由几十万计的大小不一形状各异的石块堆砌而成，每块石块上都用藏文或梵文镌刻着经文和佛像图案，内容多为佛教名著经论，其中包括《大藏经》之《甘珠尔》和《丹珠尔》，并有大量文法、诗歌、艺术、天文、历算、医学、律法等方面的作品，单单字数就在2亿字以上，被誉为"世界石书奇观"，是目前所知规模最大、石刻经论最完整的藏族非物质文化遗产。

我们来这里，却不是为了目睹这一世界奇观，而是为了寻找一处小小的印迹——这里是万玛才旦电影《静静的嘛呢

△嘛呢石经墙

石》的拍摄地之一。我们想看看,当年电影的取景地,如今是否还可以找到。比起我,宗智的心情更加迫切。

宗智,青海宗咔大藏经金书文化产业有限公司总经理,电影《静静的嘛呢石》的执行制片之一,同时也在影片中客串了石刻老人亲属的角色。他出场的那场戏就是在嘛呢石经墙下拍摄完成的,也就是因为这次参与电影的演出,他成为此后《寻找智美更登》的投资人和片中男二号人物扮演者。他还曾经在云南创办"静静的嘛呢石"电影餐吧,藏地唯一一个以电影文化为主题的藏式餐吧。

汽车在颠簸中终于到达了和日嘛呢石经墙所在地。

嘎旦停稳车,下车从后备箱里拿出两把伞,递给了我和宗智。我们打着伞,向着眼前的石经墙走去。

我曾几次来过这里,对这座著名的嘛呢石经墙印象深刻。然而,眼前的石经墙却与记忆中的大相径庭:石经墙被铁丝网围了起来,沿着铁丝网,修建了供游人和香客行走转经的木栈道,曾经散乱堆放、显得古朴自然的嘛呢石,也被整齐地砌成了一面墙。

我和宗智走向石经墙时,看到几位身穿雨衣的人正在往石经墙的顶端摆放刚刚雕刻好的几块嘛呢石——这是信奉藏传佛教的民族的一种习俗或仪式,在万玛电影《静静的嘛呢石》里有提及:

小喇嘛(对着刻石老人):这些嘛呢石都是您刻的吗?

老人:是我刻的,我都刻了十几年了。

小喇嘛拿起一块刻有六字真言的精美的石头说:老爷爷,能不能送我一块嘛呢石?

老人:这些都是别人捐刻的。我正在刻的这尊度母像是纳隆村的里科为年前去世的母亲捐的,快刻好了,这孩子真孝顺,他的亲人一定能够往生天界的。

　　小喇嘛在看自己手中的那块刻有经文的石头。

他们看到我们向着石经墙走来,便告诉我们,前方有一处铁丝网塌陷了,可以从那里进入。我和宗智谢过他们,找到了那处塌陷处,走向了石经墙。自从拍摄完成《静静的嘛呢石》后,宗智再也没有来过这里,一晃已经是近二十年。看着眼前已经面目全非的石经墙,他也有些恍惚,曾经的拍摄地,如今已经不知道是哪一处。宗智朝着前前后后看了又看,最后指着石经墙前相对平坦的地方说,应该就是这里。雨雾里,一朵金黄的高山橐吾在这里迎风摆动着,即将凋谢,花瓣上落满了凄凉的雨滴,给人一种孤零又惆怅的感觉。我拿出相机,拍下了那朵金黄色的花儿,背景便是隐约的嘛呢石经墙。

在来看石经墙的路上,我一直抱有一个愿望,那就是从这里眺望不远处的夏德日山。在走向石经墙时,我不由抬起头来,向着夏德日山的方向看去,雨雾弥漫着,天地间一片迷蒙,除了冰冷的灰色,看不到周围的一切。

在我的想象里,万玛一定从这里眺望过夏德日山:说那里是山,其实是一片比和日草原更高的草原,低矮的牧草铺泻在起伏平缓的草坡上,典型的高山草甸类草原。与和日草原一样,牧草中夹杂各种野花,红黄蓝白,把这片草原点缀得煞是好看。在低洼处,是一片沼泽,由于水的参与,这里的牧草开始变得茂密而又修长,色泽由深绿变成了浓绿。牧民的帐篷和帐篷周围散落的牛羊群则是这些风景中最普通的一抹景致。再往下,则是葱茏的绿草和灌木,不同层次的绿色混杂在一起,显得朦胧一片,好似是造物主在地球这块画布上的一处随意涂鸦。沼泽地里的水,滋养着绿草和灌木,继而又从绿草灌木的根部渗透出来,形成了溪流。

　　那里就是隆务河的源头。

　　隆务河,藏语称"隆务苟曲",意为九条河流汇集而成的河,和日嘛呢石经墙就矗立在离隆务河源头不远的地方,这里也是万玛的电影《静静的嘛呢石》开始的地方,这是他的第一部电影长片。

　　我永远记着电影独具匠心的片头:

　　画面上依次出现一双苍老的手在刻藏文的嗡、嘛、呢、叭、咪、吽六字真言,并伴有凿子敲击石头的清脆的声响。每刻完一个字黑场,出一组主创名单。

　　最后六块嘛呢石并排在一起,敲击石头的声音消失。画面上叠出片名:

　　静静的嘛呢石

这个经典的电影片头,在电影里大概只有几十秒钟,但它永远定格在了中国百年电影史的史册里:《静静的嘛呢石》是中国百年电影史上第一部由藏族导演执导的本土电影,第一部反映藏族当代现实生活的故事影片。2005年,中国迎来百年电影史,也就是在这一年,这部电影荣获第25届中国电影金鸡奖最佳导演处女作奖,继而获得第30届香港国际电影节"国际影评人联盟奖"、第13届大学生电影节最佳处女作奖、第9届上海国际电影节亚洲新人奖最佳导演奖、第24届加拿大温哥华国际电影节"龙虎"特别提名奖、第10届韩国釜山国际电影"新潮流"特别奖等大奖,美国旧金山国际电影节、法国南特三大洲国际电影节、法国巴黎中国电影节、荷兰鹿特丹国际电影节、日本中国电影节等影展特别展映。这也是中国少数民族电影的奇迹。或许可以这样说:和日嘛呢石经墙,是隆务河的源头,而嘛呢石,是万玛才旦电影的源头,抑或是藏语电影的源头。

在离开和日嘛呢石经墙的时候,宗智对我说,万玛喜欢嘛呢石。是的,早在《静静的嘛呢石》之前,在他作为学生作业拍摄的短片《草原》里就出现了嘛呢石,而在《静静的嘛呢石》之后,他还写了短篇小说《嘛呢石,静静地敲》。在此后的电影和小说里,嘛呢石的身影也时隐时现。

嘛呢石经墙渐行渐远,我们的汽车正在驶向贵德方向。贵德是依傍在黄河岸畔的一个县,蹒跚学步的黄河离开源头,到了这里便出落成了少女的模样,清澈碧绿,眸子里闪动着清亮的光芒,显得单纯、不谙世事。这里有着"天下黄河贵德清"的美誉。那里是万玛的老家,有个叫昨那的小村子,还有他家的老屋。他的电影《塔洛》就是在他的老屋里开拍的,电影里内景的拍摄,几乎都是在他家老屋里完成的。在这部电影里,万玛塑造了一个在错综纷杂的现实社会里失去了身份的牧人,同时展示了藏族的传统情歌拉伊:塔洛被理发店的姑娘引诱到了KTV,让他唱一首歌,经不住姑娘的一再鼓动,他为姑娘唱了一首拉伊,这也是塔洛唯一会唱的拉伊:

绿松石似的草原上,
奔驰的马儿一对对,
唯我没有奔驰的伴,
骒马你和我驰骋吧!

部落聚集的大村庄,
知心的情人一对对,
唯我没有说话的伴,
姑娘你和我作伴吧……

次日回到他的牧场,他听着收音机又学了几首拉伊,期待着再次见到姑娘时唱给她听,可惜,当他再见到姑娘时,姑娘沉迷于流行歌手的rap(说唱)演唱,不想再听他唱拉伊。紧接着,在姑娘的诱惑下,塔洛卖掉了自己放牧的所有的羊,把所得的钱交给了姑娘,而姑娘在他醉酒后沉睡不起的那个夜晚从此消失不见了……

拉伊,藏语意为山歌,是藏族歌咏爱情的一种民间歌谣。广泛流传于青海湖环湖地区和黄河上游流域的果洛、海南、黄南等藏族自治州,并辐射到甘肃甘南、四川阿坝等藏族聚居区。拉伊语言活泼朴实,比喻形象生动,基本形式是两段体,第一段通过一些相似、相近的事物作比喻,借以开头和起兴,第二段则为本意,或情意绵绵,或幽默诙谐。句数一般不等,主要取决于歌者的表达能力和内容多寡,少则三四句,多则十几句或者更多,八、九、十句的比较常见,每句的字数也长短不一,六言、七言、八言都有。但同一首拉伊中,一般每句字数会大体一致,很少杂言。据说唱腔有四十多种。拉伊即兴演唱、即兴编词,是国家级非物质文化遗产。

拉伊在安多地区是一种不可缺少的民间演唱形式,牧人在放牧途中、农夫在劳动之时,随时就会放声唱起来,经常有男女以唱拉伊互诉衷肠,内容大胆、热烈,甚至露骨。除了在山野，在拉伊流行区域每年都会有大型的拉伊演唱集会，比如在万玛家乡贵德的西河滩拉伊演唱会、黄南"六月会"期间的拉伊演唱会，以及尖扎地区民间射箭比赛期间的拉伊对唱会等等。但与此同时，藏族习俗禁止在有血亲关系的亲友之间和这样的场合演唱拉伊，甚至不能提拉伊这个词汇。这也是把这一演唱形式叫作拉伊——山歌的原因，拉伊是一种在野外演唱的民间情歌。

万玛的电影《老狗》也拍摄于黄河岸畔，那是同德县一个叫河北的小村子，从贵德开始，朝着黄河源头的方向逆流而上，就到了这里。在这部电影里，老人不忍心曾经昼夜陪伴自己和家人的老狗有朝一日会沦为商品，他拯救老狗的方式就是杀死老狗。在这部电影里，时时出现《格萨尔》说唱艺人吟哦《格萨尔》史诗的片段，然而，这古老的曲调却混杂在几近歇斯底里的推销广告的声音里，淹没在嘈杂声中，无法听得清楚。

《格萨尔》史诗，亦称《格萨尔王传》，有世界上最长的英雄史诗之称誉，讲述了雄狮大王英雄格萨尔带领一个叫岭国的部族的勇士们征战四方，降服妖魔，抑强扶弱，救护众生，让百姓过上幸福祥和的日子的故事。讲述以说唱形式为主，分散文体的讲述部分和诗歌体的吟唱部分，语言生动绮丽，曲调悠长动听，在民间有着广泛的受众。《格萨尔》史诗的说唱艺人大都出自民间底层，目不识丁却天赋异禀，有神授、掘藏、托梦等各种神奇的类型，常见一个说唱艺人动辄能说一百多部。《格萨尔》史诗广泛流传于西藏、青海、甘肃、四川、云南、内蒙古、新疆等地区，不但跨越藏族安多、卫藏、康巴三大方言区，

也传播到了其他民族语言区域，如蒙古语、俄罗斯语、土耳其语区等。

2006年，《格萨尔》史诗被列入第一批国家级非物质文化遗产名录，2009年又被列入联合国教科文组织《保护非物质文化遗产公约》人类非物质文化遗产代表作名录。

万玛电影《老狗》中，以画外音方式出现的《格萨尔》史诗说唱片段，系已故著名《格萨尔》史诗说唱艺人尕藏智华所说唱，从内容看，是选自《格萨尔》史诗《重返天界》中的唱词片段。尕藏智华说唱的《格萨尔》史诗，早在上世纪80年代就被青海藏语广播电台录制播出，流传广泛。

万玛依然没有停息他的脚步，他依然沿着黄河逆流而上。就在今年，他在黄河源头第一县玛多拍摄完成了电影《雪豹》，据说这也是世界上第一部关于雪豹的故事片。雪豹，世界上最为稀少的濒危猫科动物，三江源地区旗舰物种。电影讲述了这片草原上久已存在的生存矛盾：人、家畜与野生动物之间，孰轻孰重，谁生谁死？前不久，《雪豹》作为万玛的遗作入围威尼斯电影节。

我们的汽车向着贵德疾驰而去，汽车里再次回旋着《静静的嘛呢石》主题歌《故乡》：

高山
净土
河流清澈
无边草原牛羊成群
这里的人们有一颗纯洁善良的心
祝愿世代吉祥安宁……

时间：2023 年 8 月 5 日

地点：青海省黄南藏族自治州同仁市隆务镇

阴雨连绵。

夜宿隆务镇，一夜未眠。

昨天，在赶往隆务镇的路上，我分别给尼玛太和仁旦尖措两位老朋友打了电话，告诉他们我到了隆务镇。当时，尼玛太去了拉卜楞——甘肃省甘南藏族自治州合作镇，藏语习惯将合作镇称作拉卜楞，因为藏传佛教格鲁派五大寺院之一的拉卜楞寺就坐落在合作镇。这里距离隆务镇一百多公里。就在几天前的 7 月 30 日，黄南州迎来建州七十周年大庆，尼玛太作为大庆献礼的歌舞表演导演之一，没有周末、不分昼夜地忙了几个月，任务顺利完成，他便请了休假与家人一起到拉卜楞散心。接到我的电话时，是他到拉卜楞的第二天，我让他方便时赶到隆务镇一聚，聊聊万玛的事儿，他在电话里稍微犹豫了一下，便答应晚上赶到隆务镇。

尼玛太，本土文化学者，对尖扎地区民族地域文化熟稔于心，多次组织、策划、编排当地大型文化活动。他是万玛电影《五彩神箭》的民俗顾问，也是片中主持人的扮演者。他还参与了万玛《静静的嘛呢石》《寻找智美更登》《塔洛》等电影的拍摄，并参与《太阳总在左边》《旺扎的雨靴》《他与罗耶戴尔》《盲女与花猫》等多部藏地电影的拍摄与制作。

昨晚，我和宗智到达尖扎县城，当天就见到了仁旦尖措，他陪着我们在宗智的工作室里看万玛的电影《静静的嘛呢石》和《寻找智美更登》。他们熟悉电影中的每一个拍摄场景，在每一个场景都有电影情节之外属于他们的故事。今早我们从尖扎县城出发，准备前往同仁市隆务镇时，他又来送我们，并给我们买了早餐。他原本是要去西宁的，听说我来了，是为万玛的事儿而来，便放弃了去西宁的计划，留了下来。到了隆务镇，吃过晚饭，我又联系他，告诉他尼玛太正在从拉卜楞赶来隆务镇，让他也到隆务镇来，他不假思索就答应了，说去西宁的事儿再往后放放。

△电影《静静的嘛呢石》海报

仁旦尖措，藏语作家，出版藏语长篇小说《圆满的虚构》，中篇小说集《古寨》等。近年致力于儿童小说和童话创作，他参与了万玛电影《静静的嘛呢石》《寻找智美更登》《五彩神箭》等的拍摄和制作，担任《寻找智美更登》副导演，并客串扮演片中摄影师一角，担任《五彩神箭》导演助理及藏文场记。

在隆务镇能见到尼玛太和仁旦两位朋

友，此后的行程有他们二人的加持，我心里踏实了许多。

　　隆务河从泽库草原海拔 4600 米的夏德日山出发，撕开草原，冲破峡谷，一路浩荡流淌，海拔却一路下跌，在海拔 2500 米的地方，冲击出了一片宽阔的河谷，这是她最为妖娆的地方，地势宽阔，土地肥沃，气候宜人，日照时间长，无霜期达到一百五十天左右，是青海省粮油的主要产区，主要农作物有春小麦、青稞、豌豆、蚕豆、马铃薯、油菜等。特产黄果梨是生津止咳、清痰化瘀的稀有珍果，由此被誉为我国的"黄果之乡"。时值 8 月，这里已是一番别样的景象：成片的田野接近黄熟，田野之间不时闪现出一座村庄，农家院落里种植着果树，成熟的果实坠满了枝头——除了田野，这里又见到了被人们驯化的果树。在整个青藏高原，能够生长瓜果的地方也就只有西藏林芝等数得过来的几小块地方。随着果树的出现，帐篷和牛羊群从视野中消失了。

　　有专家认为，自然带的方向是水平的即东西向的，如果河流的方向也是东西向的，那么这样的流域内就容易形成统一的文化，这是因为在同一自然带内，气候、降雨、光热的条件大致相同，自然环境比较接近，最早驯化的动植物也大致相同，生产和生活方式较少差异，因此很容易形成同一的文化。相反，如果自然带的方向与河流的方向是不一致的抑或是交叉的，河流就会造成错位的自然带，形成一个个独立的自然区域，而每一个自然区域由于生产生活方式不同，就会造就出相对独立的文化。而隆务河就是这样一条河流，它从源头由南向北，全长只有一百五十多公里，但它却在这短短的流程中，与水平的自然带形成了交叉。穿越了泽库草原纯牧业区、集多个气候带植物种类为一体的麦秀原始森林区和业已成为青海省粮油产区之一的隆务河谷纯农业区、隆务山区的半农半牧区，也在它的岸畔，造就了色彩迥异的各种民间传统文化。

　　在隆务河河谷地区，依次坐落着吴屯、年都乎、郭麻日、尕沙日四个藏族和土族村落。这里是热贡艺术温热的子宫，是热贡艺术的发祥地。这里的农民，90% 以上的男士都在从事热贡艺术的绘塑，素有"村村是画乡，人人是画匠"的美誉——隆务河把它一路见到的所有色彩浓缩成一种智慧，赋予了这里喝着隆务河水长大的人们，并沿着它的流向，走出了这片土地，走向了世界。集绘画、雕塑等多种艺术创作形式的"热贡艺术"是世界非遗，如今，热贡唐卡享誉全球，在万玛的电影里，也成为一道不可或缺的光影风景。

　　隆务镇，是隆务河的宠儿，是隆务河供奉给人类的一座小镇，这里是整个隆务河谷最丰润的所在，黄南藏族自治州 80% 以上的人口聚集在这里，这里也成为黄南州政治经济文化中心，是"热贡艺术"色彩最为艳丽的地方。

　　还不止这些，隆务河谷地区，也是安多"南木特"藏戏的发祥地，万玛才旦从隆务河的源头开始，他的目光先是落在了嘛呢石上，接着，沿着河流延伸，"南木特"藏戏华丽的服饰和闪动的舞姿立刻锁定了他的眼睛。

　　安多"南木特"藏戏，在黄南地区亦称热贡藏戏或黄南藏戏，形成于十八世纪中期（约 1750—1790 年），距今已有 270 多年的历史，据说在明清时期盛行于西藏的"拉姆"藏戏，通过云游僧侣或朝圣香客传播到了青海，先寺院再民间，又经过不断本土化的改造，西藏歌舞的色彩逐渐退场，青海当地的安多藏语方言、民歌旋律和词调等逐渐参与其中，由此形成独具青海安多特色的"南木特"藏戏。上演的剧目有《智美更登》《诺桑王子》《文成公主》《卓娃桑姆》《顿月顿珠》《苏吉尼玛》《白玛文巴》《朗萨姑娘》八大藏戏。热贡河谷地区的民间村落成为黄南藏戏的主要流行区域，2006年被认定为国家级非物质文化遗产。

万玛的第一部电影长片《静静的嘛呢石》的最初拍摄，就是从在民间村落寻找民间藏戏剧组开始的，这也成为他后来的电影《寻找智美更登》的主要内容，甚至可以说，《寻找智美更登》几近真实地记录下了他在宗智的陪同下寻找民间藏戏演出班子，一路听宗智给他讲述自己曾经的一段爱情经历的过程。宗智至今记着那一段艰辛又美好的寻找经历。

那是在2004年的冬天，万玛刚刚在甘肃碌曲草原拍摄完成他的毕业作品《草原》，便来到他的故乡青海，开始筹拍电影《静静的嘛呢石》。根据剧本情节，他需要一个民间藏戏班子在电影中表演藏戏《智美更登》片段。那时，宗智在西宁经营一家朗玛厅，朗玛厅供应藏餐，并有藏族歌舞表演。经人介绍，他们相互认识，一见如故。此前，万玛经过多方打听，听说在青海循化撒拉族自治县的道帏乡有个藏戏班子，便和宗智一起去实地探寻，到了那个叫宁巴的小村子，才知道这个藏戏班子已经有二十多年没有过演出，演出服装都放在党员活动室内的一间仓库里，已经破败不堪。他们在宁巴听说尕让乡可能有藏戏班子，又从宁巴赶到尕让，发现这里的情况与道帏差不多。就这样，他们开始了现实版的寻找智美更登之旅，先后去了甘肃、青海的多个地方。改革开放以来逐渐在藏地恢复起来的民间传统文化，伴随着打工潮的兴起，年轻人都去了城里，又在村庄里逐渐冷清下来，曾经热闹的藏戏演出也把花花绿绿的演出服打包放进了临时的仓库。但万玛并不甘心，几天后，他和宗智重新启程，一起来到了同仁市（时为县），找到了当时担任黄南州民族歌舞团团长的多杰太先生，在他的指点下，他们来到了当时的同仁县曲库乎乡江什加村，在这里遇见了被当地群众称为藏戏班头的李先加老人。

李先加，生于1940年，九岁时出家到了隆务寺，参加寺院的藏戏排练和演出，为藏戏表演打下了基础。1952年，他前往拉卜楞寺学习，在经受青灯黄卷的修习与默想的同时，也系统学习了藏戏技艺。1964年，他还俗回村务农，也把一身的藏戏技艺带到了村里。1979年，他开始组建江什加村民间藏戏表演队，担任藏戏剧本的编写、排练、演出等工作。他的藏戏表演，有隆务寺藏戏的基础，又吸收了拉卜楞寺藏戏的精华，形成了独特的表演风格，他组建的藏戏表演队在他的指导和影响下，逐渐自成一派，在热贡河谷地区非同凡响。

如今，李先加老人已经是国家级非遗黄南藏戏的代表性传承人。

宗智记得，那一天，他和万玛来到江什加村，找到李先加老人时，他们正在排练藏戏《阿达拉姆》。宗智和万玛向李先加老人说明来意，老人立刻叫停正在进行的表演，让演员们换上了藏戏《智美更登》的戏服，开始表演其中的一个片段：王子智美更登把自己的几个孩子施舍给了几位婆罗门，孩子们理解父亲的用心，但又不忍心骨肉分离，悲痛地哭泣着，向父亲告别。万玛和宗智静静地看着，当看到几个孩子匍匐在父亲面前时，万玛侧头看了一眼宗智。"我看到万玛的眼睛里溢满了泪水，"宗智回忆说，"他向我肯定地点了点头！"

江什加村的藏戏表演队就这样走进了万玛的电影《静静的嘛呢石》，这也是藏戏表演第一次走进影像作品，继而又走进了电影《寻找智美更登》，而《寻找智美更登》，更像是一段复原了的历史……

那天，我和宗智一边等着尼玛太和仁旦尖措的到来，一边闲散地聊起了这些往事。天色向晚，尼玛太和仁旦先后到了隆务镇。我们吃过晚饭，就回到酒店，在我的房间里聊了起来。我们随意地聊着，聊到了即将揭晓的茅盾文学奖，聊到了在网络上火得不得了的刀郎的新歌《罗刹海市》。尼玛太还聊起了他参与导演工作的黄南州"七十"周年大庆的晚会表演。我们就这样天南海北地聊着，话题却一直没有碰触到万玛，似是有意避开这个话题。

"说说当年和万玛一起拍电影的事儿吧！"我提示说。

房间里忽然安静了下来。

宗智看看我，又看看尼玛太和仁旦，说起了当年拍摄《静静的嘛呢石》时的一段轶事。"万玛的心比针尖还细！"他用藏语说。有一天，万玛带着剧组正在尖扎县的古哇寺拍戏，那场戏，说的是藏历大年初三，小喇嘛在父亲护送下从家里返回寺院，父亲与小喇嘛的师傅正在院子里说话。藏历新年一般是在公历一二月份，此时的高原，依然是深冬寒冷的模样，冰雪尚未消融，北风时刻吹起，四野里看不到一丝绿色。拍这场戏时，时值4月，寺院里的一株丁香树绽开了三五朵白色的小花，万玛看见了，立刻喊停了正在拍摄的剧组，走到丁香树下，有些不忍地摘掉了那几朵初绽的小花。

宗智说完，尼玛太接着说，"电影里小喇嘛唱的那首《阿克班玛》是我教会他唱的"，说着，便举起双手，作出正在弹奏龙头琴的样子，轻声唱了起来：

阿克班玛耶
你是展翅翱翔的雄鹰
你落在悬崖上
是山峰的荣耀
阿克班玛耶
你是金色羽毛的鸳鸯……

我们都随着尼玛太哼唱起来，突然间，仁旦站起来，猛力拽了一下尼玛太，打断了他的歌声。

"别唱了！"仁旦说。

"怎么了？"尼玛太有些意外地问道。

"阿克万玛已经不在了啊！"仁旦说着，哽咽了起来。

我看着仁旦，立刻明白了——阿克班玛，如果用安多藏语来说，发音则是阿克万玛，意思就是万玛大叔。而这首歌的最后一句则是：阿克万玛啊，没有你，我的心里空落落的……

大家静静地坐着，不再说话。宗智站起来说："休息吧！"说着，自己先走出了我的房间。尼玛太和仁旦也先后走了，留下我一个人呆坐在空荡荡的酒店房间里，我知道今夜对我来说是个无眠之夜。

第二天，阴雨连绵。吃过早餐，我们

和尼玛太、仁旦道别，便又踏上了路途，我们的目的地是江什加村。

我们的汽车出了同仁市区，车窗外便出现了近郊的隆务寺。

隆务寺，一座有着七百年历史的藏传佛教寺院，始建于元大德五年（1301年），原本是一座萨迦派寺院，明万历年间（1513—1620年），随着格鲁派势力的不断扩张，改宗为格鲁派。明天启五年（1625年），明帝题赐"西域胜境"匾额，至今悬于大经堂门首。这里也是热贡艺术兴起的源地。

看到雨雾里隆务寺的建筑群，我忽然想起了我国四大名著之一的《西游记》——上世纪80年代末，曾在这座寺院出家为僧的藏族学者久美腾琼曾经将《西游记》编译为藏语出版，他把书名更名为《唐僧喇嘛传》。而早在清光绪年间，曾为四川省巴塘县珠巴寺寺主的加那珠古·杜度就把《西游记》译写为藏文，书名便是《唐僧喇嘛传》。久美腾琼先生显然是沿用了这一旧有的译法。1986年版的电视剧《西游记》在各大电视台播出后不久，青海电影译制厂就将此翻译为藏语，在当时的青海电视台藏语频道播出，电视剧剧名依然沿用为《唐僧喇嘛传》。这显然也是对藏族传统文化习俗的尊重，其实也表现出了同一部书、同一个故事在不同文化背景下不同的境遇。在万玛的电影《静静的嘛呢石》中，《西游记》也是被称为《唐僧喇嘛传》，并以一段对白，解析了其间的不同与奥妙。小喇嘛回家过完年，把家里的VCD和录像带带到了寺院里。小喇嘛的师父和小活佛分别在两个不同的地方看录像带，可怜的小喇嘛承担起了"跑片"的活儿。当他把录像带从自己的师父那里拿到小活佛跟前时：

经师：你家师父今天看什么？

小喇嘛：因为从今天下午开始是祈愿大法会，没时间，他们就看唐僧喇嘛最后取到真经的部分。

经师：我也认为应该看看唐僧喇嘛取到真经的那一部分，前面没有什么不知道的，就是唐僧师徒四人碰到许多妖魔鬼怪、历尽九九八十一难的故事。

经师转向小活佛：仁波且，看看这个对你也有好处，咱们也看唐僧喇嘛取到真经的那一部分吧。

小活佛：我想看孙悟空。

经师：您是仁波且，仁波且可不能任着小孩的性子行事。

小活佛依然看着电视里的孙悟空出神。

经师（对小喇嘛）：仁波且也看唐僧喇嘛取到真经的那一部分，等他们看完了，你就拿过来吧。

小喇嘛看了一眼小活佛，走出去。

取到真经比遭遇劫难重要，结果比经过重要。

这一段情景，其实反映的是在藏文化背景下，《西游记》这个故事被重新定位，比起那些"入世"的故事，"出世"才是最重要的目的。文化对意义和作用的取向不同，使得这一故事从名字到民间关注的重点都有了很大的不一样。

正是热贡盛大的民间节日六月会期间，我们到达江什加村时，村里的广场上正在演出。人们围拢在广场周围，嘈杂的喊叫声此起彼伏。村道上停满了汽车，不时看到来自外省的游客身上挎着相机，忙碌地跑来跑去。没时间顾及这些，我们通过电话，联系到了这里的藏戏班头李先加老人。

八十多岁的李先加老人依然精神矍铄，他把我们径直带到了村里新修的戏台——万玛电影里演出藏戏的许多场景曾经在这里拍摄，如今这里耸立起了一座高大的建筑物，这是黄南州兴建的第一家集舞台、广场、展厅及化妆间、更衣室、道具房等设施的传习展示中心。李先加老人负责这里的日常工作，他带着我们开始参观——墙上贴着照片，照片里有他们参演万玛电影时的留影，更衣室里挂满了色彩艳丽的戏服。老人找出几件衣服给我们展示，这是电影里演员们穿过的戏服。

"一住就是 27 天啊！"李先加回忆起了拍摄《静静的嘛呢石》时他们村的藏戏表演队离开自己的村庄前往古浪堤村拍戏的事儿，他说这是他自从还俗回到村里之后外出的时间最久的一次。

宗智和李先加老人已经是老熟人了，宗智听了老人的话，便吐槽说："我们拍《寻找智美更登》的时候，剧组演员中也有智美更登和曼达公主扮演者，这老头天天盯着人家看，还偷偷告诉我，智美更登他们的英俊，曼达公主还是你们的漂亮！"说完哈哈大笑起来，李先加老人也跟着笑了起来。

告别了李先加老人，告别了江什加村，我们继续驱车向北。

伴随着隆务河的蜿蜒，我们的汽车进入了麦秀原始森林区。林区内山峦起伏，沟渠纵横，乔木、灌木和草本植物茂盛。有关资料介绍，林区树木约有 800 多种，主要以云杉为主，圆柏、杨树、桦树林也极为丰富，同时还生长少量的油松，这些树种按照自然垂直分布带和地势错杂生长。也就是说，这个只有 1500 多公顷的原始森林中，浓缩了亚热带植物和高寒带植物的许多种类。金露梅、银露梅，以及各种姹紫嫣红的野花不时划过窗外。这里的风景清新迷人，这里的色彩绚烂多姿。望着窗外时隐时现的隆务河，我心里想，或许就是因为这里有这么多绚丽鲜亮的色彩，这里才有了热贡艺术、黄南藏戏。这么多藏族传统文化聚集在这里，是因为这里就是它们的染色体。

如此想着，我便问宗智："万玛拍电影的时候，在麦秀林区取过景吗？"

"没有！"宗智不假思索地说，继而又补充说，"万玛不喜欢风景！"

听了宗智的话，我一下陷入沉思。是的，万玛的电影，几乎刻意错过了青藏高原多彩的夏天，冬春季节的荒芜与粗砺是他的电影里的主色调，万玛也多次在一些场合谈到过他电影里的季节与色彩，或许，他只是想还原青藏高原更加冗长的时间里所呈现出来的本真色彩。夏季的绚烂，对高原来说，就像是一次狂欢，显得有些不真实。

时间：2023 年 8 月 4 日

地点：青海省黄南藏族自治州尖扎县古哇寺、古浪堤村

阳光灼烫。

2023 年 6 月 26 日，万玛去世 49 天，依照藏族习俗，这是亡者脱离中阴，开始重生的日子。25 日，我前往浙江杭州参加中国美术学院次日在该校举办的万玛才旦追思会。我到达的当天晚上，学校安排放映了万玛的电影《草原》和《老狗》。看着电影，我忽然产生了回到青海之后沿着万玛曾经拍过电影的地方走走，去看看那些取景地的想法。看完电影，我就给宗智打电话，告诉他我的想法，他毫不犹豫地答应我，他陪我一起去。

宗智得了尿毒症，正在做透析治疗。治疗时间是每周周一、周三、周五，周末休息两天，接着周一开始继续。为了不耽误他的治疗，我们约好在某个周五出发，周日晚上赶回，利用三天的时间，走完万玛在黄南州沿着隆务河拍摄的三部片子，亦即《静静的嘛呢石》《寻找智美更登》和《五彩神箭》的取景地。

几经周折，到8月4日，星期五，我们的行程终于成行。

那天中午，我径直去了宗智接受治疗的省人民医院，在医院门口等他做完透析治疗后出来与我会合。

12点刚过，宗智在他的司机嘎旦的陪伴下走出了医院大门。我们会合后，在一家牛肉面馆每人吃了一碗拉面，便向附近的停车场走去。在此之前，嘎旦把汽车停在了这里。到了停车场，我们就出发了，宗智身上依然穿着医院的病号服。

心里感念着宗智的好，感念着他无私的帮助，我也想起了我与万玛的相遇相识。

与万玛相识，已近四十年了。

那时候，我们在青海海南的一所中专师范学校上学。恰同学少年，我们共同的爱好就是看书。或许是少了些娱乐或者其他一些杂事分心吧，除了上课，我们几乎把大部分时间用在了看书上，我们的阅读范围或许就这样超越了课外读物这样一个概念。那座草原小镇的文化馆里，还开着一片阅览室，摆放着《人民文学》《收获》《当代》《十月》《章恰尔》等汉藏文杂志，我们经常去借阅，也就经常在那里相遇。

简陋的房舍，油漆斑驳的桌椅，墙面上写着"知识就是力量"之类的标语，标语上落满了尘埃。我们就静静地坐在那里，捧读着一本书。这座草原小镇，是个多风的地方，记忆里，我们的读书声，总是伴着外面呼啸的风声——读书其实是无声的，空寂的阅览室里，除了偶尔的翻书声，几乎没有任何响动，而风声却是强劲的，风把这座小镇上横七竖八的电线当成了一把弦鸣乐器，胡乱地弹奏着，一部庞杂零乱，没有韵律没有节奏且没有休止符的多声部弦乐重奏就这样在阅览室的外面无休止地演绎着，却把阅览室衬托得更加寂静。我们就这样倾听着风声，感受着外面的嘈杂，也感受着阅览室的寂静。

后来我想，这小小的阅览室与外面的风声的关系，多像是这座小镇与外面的世界的关系啊！小镇偏远，民风淳朴，淳朴的民风背后沉积着丰富的传统文化，年深日久，这种文化便有了坚韧的内核，坚不可摧。而世界却日新月异，许多新鲜奇异的东西以声音或者色彩的方式进入小镇，与传统文化的古旧和厚重形成了对比，甚至对抗。

而我们就生活在这样的小镇，生活在这片有着浓郁的藏文化气息的土地上，我们吸呐着外面的空气，我们也坚守着自己的内心。

我一直猜想并且相信，正是这样一种经历，使得万玛才旦后来的许多作品，不论是小说还是电影，都沾染上了一种气息，这种气息是沉寂的，而这种沉寂却围拢在一片嘈杂之中，正是外围的嘈杂，使得这种沉寂有了一种"心远地自偏"的超凡气度。

这也成为万玛才旦自己的一种精神气质。这气质里，有着对故土的眷恋和热爱，也有着对它未来的向往和担忧。《静静的嘛呢石》是万玛才旦的第一部电影，为他带来许多的声誉，这部电影的片名，似乎就是对这样一种精神气质的文化诠释。

第一次看这部电影，影片里一个细节，看似不经意的一笔，却让我看到了万玛的用心：镜头从寺院大经堂对准了门外，门外的阳光与大经堂里的昏暗形成了鲜明的对比，强烈的阳光照亮了挂在大经堂门楣上的布幔，布幔随风飘摇，旗语零乱。响亮得近乎夸张的脚步声忽然从大经堂外面传来，就看到小喇嘛急匆匆跑动的双脚快速地从大经堂门外划过，继而又从另一个方向划来。

看着这个可以用"经典"二字去评价的画面，我眼睛忽然湿润，我恍惚看到了我们的少年时代，看到了阅览室里的我们，看到了摆满了钢架结构的高低床的集体宿舍里，静卧在一张床铺上静静捧读一本厚书的万玛，看到了站在北京的某座立交桥上，孤独地回眸远望着遥远故乡的万玛。

那个来回跑动在大经堂外面的小喇嘛，是在为小活佛——他小时候的玩伴去拿录像带的，小活佛和他的经师、小喇嘛的师父和一群小喇嘛分别在不同的地方看录像，而录像带只有一套，于是，小喇嘛就承担起了"跑片"的工作，结果，他在两头都没有完整地看到录像。他被录像带上的色彩和声音所吸引，他却也经历着偏远寺院里青灯黄卷的孤苦和寂寞。

这样的情景，不时出现在万玛的作品里。比如《八只羊》里那个孤独的牧童向外国人哭诉着自己丢失的羊儿，懵懂地倾听外国人与他谈及美国"9·11"事件；比如《一块红布》里那个用红领巾蒙住了眼睛的小学生从坠落的人造卫星里听到崔健的摇滚歌曲……纷乱的世界就这样在草原的一隅相遇，而它们的碰撞，是那样的毫无来由，却又在所难免。

万玛的作品，沉寂、舒缓，风起云涌的世界被他巧妙地包裹在这沉寂与舒缓之中，以静制动，有一种泰然自若的镇定和气度。

这种体现在作品中的气质，也体现在万玛的自身。就在《静静的嘛呢石》为他带来许多声誉，赞美的词语和仰视的目光向他蜂拥而至的时候，他却考取了北京电影学院的导演系研究生，再一次成为这所知名学府的一名学子，静静地开始了他的学习。在这个研究生班上，一位在我国红得发紫的当红明星成了他的学友，但他在任何场合从来不会提及此事。尽管他在影视圈里，深深知道许多人为了包装宣传自己和自己的作品，不惜制造绯闻丑闻，以提高自己的关注度。一位记者朋友知道此事，感慨地说，若是换了别人，这样的事一定会成为他的一个谈资和宣传噱头。

与万玛相处，他的沉稳和安静，会给整个场合带来一种舒缓安逸的气氛，即便是在嘈杂喧闹的环境里。

这是他的气质也是他作品的气质。

很早以前某期的《文艺争鸣》杂志发表了一位叫冯晓的评论家的文章，题目是《灵魂的宽广与宁静》谈及万玛、次仁罗布和我的小说，其中有这样一段话，或许比较准确地概括了万玛和他的作品：抛却了世俗生活表面的繁杂和喧闹，甚至也摒弃了所有的现代叙事技巧——他们只是用雪域高原赋予自身的宁静和敏感，虔诚地拥抱着家乡，抚慰着家乡的灵魂，让灵魂的

△早年，龙仁青（左）与万玛才旦在北京电影学院大门前合影

每一次轻微的颤动，都在他们的文字里留下清晰的回音……

汽车走出城市，没入田野与草原，一路上依然有城镇与乡村不断交替，车轮下的高速公路迅速向后划动着，冷漠地与这些城镇乡村迎头相撞又弃之背后。大概一个小时后，我们的汽车已经进入了尖扎县境内。

隆务河在这里汇入了黄河，这里的黄河依然是碧绿的，伴随着高速公路的延伸，如影随形地闪耀在路畔。在黄河岸畔，坐落着一个个小村落。袅袅炊烟中彩色的经幡随风飘摇，白色的佛塔掩映在一片绿荫之中。村落周边，是切割成小片的农田，金黄的麦田正在等待着收割，油菜花摇落了金黄，一串串油菜籽已经成熟。更远的地方，还有羊群像白云一样飘动。

前方出现了一座钢铁的大桥，穿过大桥就是尖扎县城。

我们没有去县城，拐出公路，进入一条尚没有铺上沥青路面的乡村公路，朝着古哇寺走去，这里是万玛电影《静静的嘛呢石》开机拍下第一个镜头的地方。

古哇寺，是与隆务寺一样古老的一座寺院，创建于元至正年间。据《安多政教史》记载，该寺创建者古哇旬努绛曲鄂色，曾经与青海化隆县的夏琼寺相关人员过从甚密，而夏琼寺则是有着"西藏第二佛陀"之称的宗喀巴大师出家的地方。据说，宗喀巴出家受戒时，古哇旬努绛曲鄂色是受戒规范师，由此足见这座寺院在藏传佛教史上的地位和重要性。

万玛筹拍《静静的嘛呢石》时，几位主要演员已经选定，却迟迟没有定下来在哪儿拍摄。在万玛的构思里，拍摄地点由寺院、村庄和处在寺院与村庄之间的嘛呢石经墙三个部分构成。嘛呢石经墙是现成的，就屹立在隆务河源头的泽库草原上，而寺院和村庄呢？

那段时间，万玛在宗智的陪同下四处寻找一支民间藏戏演出队伍，也聊到了他脑际里那个寺院和村庄的模样：依山而建，

建筑错落有致，层次分明。有一次，他们在行走途中停下车来，坐在隆务河畔休息，便聊到了这个话题，当万玛说出他想象当中的寺院时，宗智立刻想到了古哇寺。9 岁时，宗智出家为僧，成为了古哇寺的一个小沙弥。从此，这座寺院成了他的家，他在这里生活，修习，一晃就是十几年，他也从一个少年沙弥，长成了一个年轻僧侣。后来，他离开了寺院，但他依然是寺院的供养人。"有时候，我做生意赚钱，就是为了能够给寺院提供一点香火钱。"宗智说。

那一天，万玛描述着他对他的第一部电影里将要出现的寺院和村庄的样子，宗智就想起了自己儿时生活修习过的古哇寺，凭着记忆和曾在寺院学过唐卡绘画的能力，他从地上捡起一支树枝，把寺院的样子画在了地上。万玛一直低头看着逐渐成形的画面，还没画完，便说："走，咱们去看看！"

"这座寺院，就这样走进了我国第一部藏语电影。"宗智对我说。

我们的汽车到了寺院，在寺院山门前刚刚停下来，我就下车向着大经堂走去。刚才，从车窗外就远远看到了略微高出寺院其他建筑的大经堂，那是那么熟悉啊，它已经通过万玛的电影，像一个老熟人一样站在我心里了。

此刻，这位老熟人站在了我的对面，我似乎听到了小喇嘛奔跑而来的脚步声有些夸张地响起来：咚咚咚咚，咚咚咚咚……这个不谙世事的小沙弥啊，他从村庄奔向寺院，从世俗烟火奔向清规戒律，又从寺院奔向村庄，从清规戒律奔向世俗烟火……他迷茫，慌乱，他经受着诱惑，他煎熬着孤独。

后来，小喇嘛的扮演者，那个叫洛桑丹派的小沙弥真的还俗了。万玛专门为他拍了一部纪录片《我的小喇嘛》。

我走向大经堂，跨进大经堂的大门，然后回头，从大经堂向外看去：刺眼的阳光打亮了从大经堂顶部垂下的厚重的布幔，几根红色的立柱挺直高大，对称地矗立在大门两边，有风吹过，布幔有些慵懒地动了几下，却再也没有脚步声传来，小喇嘛已经跑远了，万玛也已经走远了。我拿出相机，拍下了这个寂静的画面。

古哇寺掩映在一片原始林木之中，除了偶尔传来一声不知名的鸟禽的鸣叫，似乎听不到任何声音。这让我想起了藏语里对寺院的称谓。藏语称寺院为"贡巴"，就是寂静之地的意思，在这个阳光温暖的午后，远在深山里的古哇寺正在以自己的寂静无声诠释着"贡巴"的意义。有一位僧侣听到有人走近的脚步声，走出了大门，当他看到宗智时，眼睛一下明亮了起来。他把我们迎请到了僧舍的院落，立刻端来了馍馍、茶水和酸奶款待我们。《静静的嘛呢石》里小活佛和经师的僧舍、小喇嘛和师父的僧舍都在这里，僧舍里的布局，依然是电影画面上的样子。是啊，"贡巴"不单单是指外在的寂静，同时也意味着这些内在屋舍的寂静吧，更多的，它一定指的是人的内心的寂静。

离开万玛电影里的寺院，我们又去走访他电影里的村庄。

寺院的拍摄地确定下来后，村庄的拍摄地在万玛心里就已经有了一个清晰的轮廓：古浪堤，这是一个他在学生时代就耳熟能详的地名，这个地名，曾经出现在端智嘉先生短篇小说《活佛》的文末：1980 年元月 25 日完稿于古浪堤，1981 年 5 月 25 日修改于北京。

这篇小说发表在当时的《章恰尔》杂

志，万玛曾经不止一次地读过这篇小说。

这篇小说写于1981年，那时刚刚改革开放，民族宗教政策刚刚开始落实，但作者如预言大师一样，以警示的方式发出了预言：一些不法分子可能会利用活佛这样一种特殊的宗教身份，在社会上大肆行骗，更有甚者，还会行盗窃、骗色等苟且之事。请虔诚信教、且当时在信教需求上处于饥渴状态的广大民众提高警惕，揭穿这些身穿宗教外衣的违法人员的非法行为，并与之坚决抗争。这篇经典的作品就是基于这样一种担忧，以一个优秀的作家所应具备的良知、担当和敏感，完成了这样一种前瞻性的"授记"。这就是这篇小说的灵魂所在。这篇小说，行文中所洋溢着的青海农业区藏族生活气息具有一种水灵灵毛茸茸的质感，民俗、宗教等元素自然而然地"化"在小说的情节和语言之中，特别是在对白中不断出现的民间谚语，更是为小说生活氛围的营造和小说人物的塑造起到了画龙点睛的作用。这篇小说的另一个特点，就是在人物个性的塑造上鲜活生动，栩栩如生，每一个人物都有着各自的性格和偏好，人物之间又形成了强烈的反差，是一篇具有教科书意义的藏族母语经典作品。三十多年后的今天，回头再看这篇作品，去除时代的局限性，其文本依然具备绵长不息的生命力。

也就是从阅读端智嘉先生的小说开始，一个朦胧的文学之梦开始出现在了万玛和我对未来的向往里。

端智嘉，1953年出生于尖扎县古浪堤村，1964年考入黄南州民族师范学校，毕业后分配到青海人民广播电台藏语部从事藏语节目播音主持工作，1978年考入北京中央民族大学（原中央民族学院）攻读藏族文学硕士，在校期间开始文学创作，很快成为藏族当代文坛上一颗耀眼的明星。他的小说、诗歌、散文等创作在上世纪八十年代风靡藏族文坛，有方家认为其文学创作成果至今未有出其右者。他秉持现实主义文学创作理念，许多作品散发出尖锐、深刻的批判色彩，被人们誉为"藏族的鲁迅"。先生毕业后留任中央民大，但谁也没想到的是，他却逆而行之，从首都北京调到青海省海南藏族自治州，来到了一个只有几万人口的草原小镇恰卜恰，从一所国家级大学来到了一所中专师范学校——海南州民族师范学校。

那时，万玛和我都是这所学校的学生，端智嘉先生的到来，恰似五彩云天上忽然驾临的吉祥天母，让我们看到了这个世界上神迹的存在。万玛和我都喜欢文学，自然而然，我们成为了端智嘉先生的学生，并受他的影响，开始了文学创作。

出古哇寺，进入宁黄公路主道，约四十公里后拐出公路，一条弯曲的盘山公路开始攀缘而上，山上的小村庄出现在眼前，万玛通过电影镜头已经让我熟悉了它。我让嘎旦停下车来，拿着相机下了车，用长焦拍下了阳光下寂静的小村庄，便继续向村庄走去。小村庄看似就在眼前，但要真正走进村落，却要花费一些时间。那一天，从古哇寺出来，万玛就这样带着宗智来到了古浪堤村。后来，《静静的嘛呢石》公映，并大获成功，曾有记者采访万玛：为什么要把拍摄地选择在交通不便的一个小村落？万玛的回答是，那是我老师的故乡，他把我带到了文艺创作这条路上，所以我就以这样一种方式，向他致敬。

此时，我们便沿着万玛当时走过的路，向着古浪堤村走去。

就在将抵达古浪堤村时，路边出现了一座废弃了的小型水力发电站，电站修建在河水湍急的隆务河上。宗智看到了，便让开车的嘎旦再次停下车来。

我们下了车，宗智向我聊起了当年拍摄《静静的嘛呢石》时的一段趣事。

这座小型水力发电站，距离山上的古浪堤村直线距离大概只有一两公里，从电站大坝飞流直下的河水咆哮着冲出闸门，发出震耳欲聋的声音。《静静的嘛呢石》采用的是同期声录制，咆哮的水声却让他们陷入了尴尬，根本无法拍摄和录音。怎么办呢？有人提出了后期配音的方案，还有人提出了沿着河岸安装隔离板的方案，但显然，这些方案都不可行，不但影响影片质量，捉襟见肘的经费也难以支持这样去做。从来都是心平气和的万玛，急得不知道怎么办，满嘴起了血泡。宗智看在眼里，心里也很着急。为了能尽快解决问题，他抱着侥幸心理，到县城买了两瓶青稞酒，拿了一条哈达，便去了水电站，他要让水电站通融，暂时停止开闸放水，给他们一点拍摄电影的时间。

没想到事情就真的办成了。水电站的负责人听说这是藏族导演的第一部电影，立刻表示他们会全力配合全力支持，宗智手里的礼物，他也只收下了那条哈达。"这件事办成以后，我在剧组里牛逼了好几天！"宗智对我说，脸上挂着满足的微笑，好似又回到了当时心里沾沾自喜的情景。

我们的汽车终于到了村庄，嘎旦把汽车停在村里俄康的大门前。

俄康，经咒堂，信仰藏传佛教宁玛派的村庄里开展宗教活动的建筑。在万玛的电影里，这里是"南木特"藏戏的演出场地：

简易的舞台上，

演员们正在排练智美更登王子向三个婆罗门施舍自己的儿女那场戏。

演员们都穿着春节期间穿得较讲究的衣服，没有化妆，和平常一样。

王子在打坐，三个孩子在一旁玩。

穿着西装、皮夹克的三个婆罗门走上主席台，向穿着牛仔服的智美更登王子叩首致意后说：王子智美更登，早就听说您有一颗大慈大悲勇于施舍的心，您看看我们这身破衣烂衫，我们多可怜啊，您难道不想施舍给我们什么东西吗？

智美更登王子：见到你们很高兴，也很想满足你们的愿望，但我现在一贫如洗，实在没有什么东西可施舍给你们。

三个婆罗门：那就请把您的三个儿女施舍给我们吧！

智美更登王子：三个孩子年幼无知，再说他们还离不开他们的母亲。

三个婆罗门：这个不用担心，我们不会伤害他们，我们只是需要三个侍从。

智美更登自语：自己早就发过誓，要对乞讨者有求必应。如果现在不把孩子施舍给他们，就违背了自己的誓愿；如果把孩子施舍给他们，又怕妃子舍不得，我该怎么办啊！

三个婆罗门：原来王子只是徒有虚名啊，我们还以为王子有怎样的菩提心呢。

智美更登王子没说什么，将三个儿女叫过来说：列丹、列白、列孜玛，世上哪有父母不心疼儿女的，但悲欢离合是世间常情，世间众生皆父母，你们就安心跟着这三个婆罗门去吧……

还有一场是智美更登把自己的眼珠子施舍给了婆罗门的戏：

  瞎子：听说王子您是一位菩萨心肠、勇于施舍的人。
  智美更登王子：我舍弃了王位，施舍了所有的东西，可惜我身上没有任何可以施舍的身外之物了。
  瞎子：您身上有我需要的东西，只怕您不肯施舍啊。
  智美更登王子：只要是属于我的，我都可以施舍给你。
  瞎子：我看不到世界的光明，我迷失在无边的黑暗中，我痛苦无比，你能把你的眼睛施舍给我，让我看到光明、远离黑暗吗？
  智美更登王子毫不犹豫地拿出一小刀准备抠下自己的眼珠子给瞎子。

许多人认为，这是一个将佛教施舍思想夸张化了的故事，并认为故事中，智美更登王子将自己的亲生儿女以至自己的眼睛施舍给了别人的情节极其荒诞，已经逾越了施舍这一概念。而万玛在电影中恰好就截取了这两段情节。我认为，就像《西游记》在藏地变成了《唐僧喇嘛传》一样，这是不同的文化背景的人们对民间故事做出的取舍，万玛深知这一点，并完全依照藏民族的思维方式截取了最有藏族文化理念的这两段情节。施舍，对藏族来说，不是一种宗教意义上偶然为之的仪式，而是一种人生态度。藏族，特别是牧人，几乎没有财产观念，认为财产是草尖上的露珠，

没有存留的意义，因此，藏族将财产施舍于寺院和困苦的人们，最终也将自己的肉体施舍于神鹰。这种施舍的人生观的存在，使得这样的故事在藏族文化视野下顺其自然，并且有着非凡的意义。

这两场戏反复出现在万玛的电影《静静的嘛呢石》和《寻找智美更登》里，也是较为凸显地解析着万玛看到的藏地：看似宛若嘛呢石般坚固不变的事物，其实在不知不觉间发生着静静的变化，新生事物正在击破传统文化的外壳，不可逆转地渗透而来，但那些深入骨髓的内在精神依然没有改变，它们存留在人们的内心深处，成为了一种强大的精神力量。

△电影《寻找智美更登》海报

古浪堤村的俄康修建在村庄的前端，俄康左侧是一条向上攀缘的山路，沿着山路，一座座村舍错落有致，或高或低地趴卧在它的左右，再往上，是村里祭祀山神

地祇的地方，几座拉泽（亦名敖包）沿着山脊依次堆砌着矗立着，直至山的最高处。经幡飘扬的俄康、崎岖的山路、看似零乱却似乎有一种内在秩序的村舍、村舍前窄小的院落、山顶的拉泽……我仿佛看到了从寺院回到家里的小喇嘛解脱了清规戒律的羁绊，呼吸着家乡自由的空气，沿着山路跑了上来。他戴着孙悟空的面具，瞥了一眼正在俄康里演出的藏戏《智美更登》，他的哥哥和妹妹都是藏戏里的主要角色；他没有停留接着向上跑来，他看到他的爷爷坐在他家院落一张木椅上在给屋里看电视的他和弟弟放哨，而他的弟弟在等他一起踢毽子玩儿，他听到弟弟在用蹩脚的汉语背诵着课文：弯弯的月儿小小的船，小小的船儿两头尖……他还是没有停下脚步，继续往上跑着，一只硕大的藏羊拴在那里，无奈地挣扎着，那是一只即将要被放生的羊……十八年过去了，村庄没有太大变化，看过万玛《静静的嘛呢石》的人们，或许依然能够认出那一处处出现在银幕上的地方。

我拿着相机，沿着山路一步步攀缘，山路的拐弯处、从山路俯瞰下的俄康、村舍斑驳的门窗、贴在村舍墙上的牛粪饼，还有高处散发着些微神秘色彩的拉泽，我把镜头对准这些景致，把它们定格在了我的相机里。

司机嘎旦一直陪着我沿着山路穿过村舍爬上了山顶，宗智却留在了俄康的门口。刚才走在山路上时，我转身招呼他，他说，他不上去了，就在下面等我们。我和嘎旦从山路下来，我问他为什么不上去看看，他说，他刚才看着我拿着相机停停走走的样子，仿佛看到了万玛导演，心里一下满是悲痛，所以就想一个人安静一会儿。

从俄康往东，村庄里更多的人家居住在对面的一片山坡上，在《静静的嘛呢石》

△拍摄电影《静静的嘛呢石》的村庄

里，小喇嘛回家后在家里活动的内景就是在那里的一户人家里拍摄的。宗智便带着我沿着一条已经荒弃的小路向那户人家走去，嘎旦则开着车从外围绕到了对面。"这里就是小喇嘛和妹妹扶着爷爷从俄康往家里走的那条小路。"路上，宗智告诉我。

荒弃的小路上，依然隐约留着曾经有人走过的踪迹，顺着小路，看到一片用网围栏围拢起来的菜地，有个农妇正在菜地里忙碌着，她看到我们正在往山腰上走去，便问我们："你们这是在找谁家？"

"金巴家。"宗智回答着，停了下来——金巴，施舍的意思，这个名字，后来出现在万玛的电影《撞死一只羊》里，片中的两个男主人公都叫这个名字。

"那是我们家啊！"农妇说，说完，便停下手上的活儿，跨过网围栏，走了出来。

宗智惊讶地看着农妇，问道："你是旺姆吗？"

"我是旺姆啊，你是谁啊？"

"我是宗智啊！"宗智说着，迎了过去，旺姆也迎了过来，两个人紧紧地握住手，寒暄起来。

"你们怎么来了啊！"旺姆说着，依然牵着宗智的手，声音里出现了颤巍巍的哭腔。她邀请我们去家里坐坐，我们便随着她往她家里走去。

"导演他还好吗？"到了家门口，旺姆忽然问宗智。

"他……去世了，所以我们来看看你们……"宗智有些吞吞吐吐地说。

旺姆猛地停下来，惊异地看着宗智："他还很年轻啊！"说着，眼泪就不住地涌出了眼眶，她克制着，让我们进屋坐坐，喝口茶。

我们走进屋里，旺姆即刻端来了切成了块的馍馍，倒上了热腾腾的茶。我们喝着茶，看着家里的布局。旺姆告诉我们，她家男主人金巴到外面忙去了，家里只有她和与她同名的婆婆旺姆，婆婆得了老年痴呆症，很少和人说话。正说着，婆婆旺姆从另一间屋里走出来，热情地向我们打招呼，让我们一定要吃饱肚子。我立时感觉到了一缕热茶一样滚烫的东西氤氲在这有些昏暗的屋子里。

这是多好的一家人啊！

家里虽然经过了重新装修，但依然能够看出万玛电影《静静的嘛呢石》里的样子，看到内侧连着锅台的土炕，我立刻想起了电影里一家人围坐在土炕上热热闹闹一起吃饭的场景。那是藏历新年大年初一，桌子上摆满了各种藏餐美食：手抓羊肉、油炸馓子、水果，还有滚烫的奶茶……在电影里，这个镜头是从窗外往里拍摄的，我想拍一张同一角度的照片，便走出屋门，来到窗前，正要准备拍摄，却发现窗户不好打开。旺姆看到我，立刻明白了我的意图，她跳上土炕，从里往外推开了窗户。我谢过旺姆，拍下了一张照片。看着相机屏上这张空空如也的照片，我心里荡起一丝悲凉：曾经坐在这里的小喇嘛已经还俗了，扮演他爷爷的老人家更桑不在了，他的父亲的扮演者普日哇先生——青海天峻县人，青海藏语广播第一代播音员，在安多藏地几乎人人皆知，这可能也是万玛当初力邀他扮演父亲角色的原因吧——在疫情期间也去世了。如今，导演万玛才旦也不在了……

从旺姆家出来时，天色向晚，灼热的天气清凉了许多。西山顶上的夕阳把公路两旁的原始云杉林渲染出了一种柔和的暖

△电影《静静的嘛呢石》中小喇嘛的家

色调。宗智指着云杉林，对我说："这里就是电影《五彩神箭》里两位箭手比试射箭技艺的地方。"

△电影《五彩神箭》海报

我打开车窗，拍了几张云杉林的照片，对宗智说："到了尖扎的地盘，到处都是五彩神箭的故事。"

"那一定是！"宗智说。

我们赶往尖扎县城，路上我把几张在古浪堤拍下的照片发给了杨秀措，没过多久，杨秀措回复说：激动又难过。

杨秀措，藏族女歌手、演员。2005年，十四岁的杨秀措被藏族导演万玛才旦选中参与拍摄《静静的嘛呢石》，饰演小喇嘛妹妹一角。自此喜欢上影视表演和演唱，2010年参加青海卫视《花儿朵朵》选秀节目，一举跻身全国四强，此后在多部影视剧中饰演角色。2015年她在万玛电影《塔洛》中出演女主角杨措，凭此获得2016年度华语电影最佳女演员奖。2020年出演万玛电影《气球》中的尼姑香曲卓玛一角，广受好评。2022年11月，杨秀措凭借电影《黑帐篷》中的央金一角获得第35届中国电影金鸡奖最佳女主角提名。

汽车在蜿蜒的乡村公路上行驶着，天色渐渐暗淡下来，西天燃烧着一抹红云。"明天可能要下雨哦！"宗智对我说。

此时，我的手机发出滴滴的声音，是杨秀措通过语音跟我说起她与万玛的一次次过往。

十四岁那年，她在海南民族师范学校的音乐舞蹈班学习。有一天，课间休息，她跑出校门到附近的小商店买东西，就看到有两个人站在学校门口，其中一个人手里拿着一台DV录像机，她便好奇地看了他们一眼，之前她在电视里见过DV，知道那是拍电视用的。上了课，老师告诉他们，学校里来了个藏族导演，正在筹拍一部藏语电影，要挑选两个演员，一个男孩儿，一个女孩儿，愿意试试的可以去报名参加测试。那时候的杨秀措并不知道演电影是怎么回事儿，出于好奇，她和几个同学一起去报了名。导演的挑选工作很简单，就是让每个人说说自己的一些基本情况，再就是唱一首歌。轮到她时，导演让她多唱了一首歌。测试结束了，导演并没有宣布结果。不久，学校放假了，她回到了同德老家过假期。有一天，她忽然接到学校老师的电话，说导演选中了她，让她做好准备赶到恰卜恰来。就这样她怀揣着兴奋和好奇，来到了恰卜恰，没过几天，导演就把她和另外几个小演员带到了尖扎县城。那几个人里，她只知道她的同班同学朝本加，他是小喇嘛弟弟的扮演者，后来她也知道，那几个人里还有小喇嘛、小活佛的扮演者洛桑丹派和巨焕仓活佛。

到了尖扎县，万玛导演就把他们带到了古浪堤村，开始了拍摄工作。万玛导演拍电影，对光线的要求很高，一旦天气不好，他们就停下来不拍片子，有时候一连几天都无所事事，这让杨秀措觉得很无聊。有一天，吃了早饭，杨秀措看着没有什么动静，就自己跑出去玩儿，她在一片树林里玩儿得正酣的时候，听到有人在喊她的名字，便急忙应了一声，朝着声音传来的地方跑去。那人告诉她，导演在找她，而且很生气。她一听吓坏了，便小心翼翼地来到万玛跟前，叫了一声老师，便低下了头。万玛抬起头来看看她，问她去哪儿了，她便老实地说到树林里去玩儿了。万玛听了笑了笑，随意离开剧组哪能行啊！说完微微笑了笑。

从此以后，她再也没敢离开过剧组。从此以后，影视表演成了沉淀在她生命里的一样东西，她参加选秀节目，四处参演各种影视剧，在藏地演员中，也算是逐渐走出来的一个女演员了，但她一直惦念着能够和万玛导演再次合作，不是《静静的嘛呢石》里那种无意识的参与，而是真正意义上的表演。

直到十年以后的2015年，她终于在万玛电影《塔洛》里遇见了杨措。

对她来说，那是一次蹊跷的遇见。

一天，在北京，朋友的饭局上她见到了万玛，万玛告诉她，他正在筹拍一部片子，片名叫《塔洛》，说着简单介绍了一下剧情，接着说："我需要一个年龄稍大一些，体型稍胖一些的女演员，你太瘦了。"说着，微微一笑。显然，她是不符合这个角色条件的。"我能看看剧本吗？"听了万玛简单的剧情介绍，故事内容却一下打动到了她，她便大着胆子提出了这样的要求。万玛点点头说："晚上发给你。"当天晚上，她真的收到了万玛发来的剧本。她便即刻打开剧本看了起来。剧本里那个叫杨措的女人立刻吸引了她，她有几分姿色，且风

△电影《塔洛》海报

骚、有心机，听见能够全文背诵《为人民服务》的牧羊人塔洛口中说的羊的数量和卖了这些羊之后的一大笔收入，让她产生了邪念，她开始在牧羊人身上用起了心思……看完剧本时已经是凌晨，但她忍不住给万玛发了一条微信，表示自己非常喜欢杨措这个角色，为了这个角色，她愿意增肥。万玛也还没休息，他回复她说，你自己考虑好！她立刻回复万玛说，我考虑好了！但万玛当时没再说话，之后过去了好多天，也没得到万玛的消息。而这个角色似乎就应该属于她了。有一天，她因为家里有事，买了机票准备赶往西宁，就在机场的候机厅遇见了万玛，她兴奋不已，立刻走到万玛跟前问好，并聊了起来，话题也很快回到了《塔洛》上。奇巧的是，上了飞机，他们的座位居然是挨着的。她觉着这是上天的安排，继续与万玛聊《塔洛》，聊对其中杨措这一人物的理解，并且再一次表示，她愿意为杨措增肥。天上的两个多小时就这样过去。下了飞机，他们在机场道别，各自回去了，没想到第二天晚上，她就收到了万玛的消息：做好出演杨措的准备！

她凭借这一角色，获得 2016 年度华语电影最佳女演员奖。

而遇见《气球》里的尼姑香曲卓玛，同样是那样的蹊跷。

△电影《气球》海报

也是在北京，万玛到她的工作室来找她，她准备了好多干果摆在万玛面前。万玛看着眼前的干果，问她：平时就吃这些吗？她回答说，平时不爱吃零食，现在也开始吃素了，所以，时常吃一点干果。万玛听了，便笑着问她：是不是想出家为尼了啊？她便顺着万玛的话开玩笑说：还真有这个想法。如今面对生活和工作，心里一片迷茫，没有知心的朋友，没有明确的目标，还不如出家为尼，那样心里一定是安静和自在的。万玛听了，当时只是笑了笑，几天后，他给她发来了《气球》的剧本，并且在微信留言说：认真读一读剧本，我想让你出演其中尼姑香曲卓玛一角，接着又开玩笑说，但你要剪掉满头烦恼丝哦。她立刻回复万玛：我愿意！当天晚上，她看完剧本，为香曲卓玛这个从向往爱情到厌离世俗的悲剧人物流泪不止。她给万玛发去微信：我愿意随时剪去长发。

听着杨秀措发给我的一段段语音，我感慨万千。想起在万玛去世的那天，我和杨秀措一起搭飞机前往玉树，参加次日在囊谦举办的藏族说唱组合 ANU 的一个活动，下了飞机，却收到噩耗，这惊人又意外的消息让我们不知所措。当晚，我们决定，放弃参加活动，飞往拉萨去送别万玛。活动组织方非常理解我们，我们也一再向组织方表示，以后，需要我们的时候随叫随到。

欠下的这份人情，一定要还的。我心里想。

到达尖扎县城时，天已经黑了。华灯初上，灯光明明暗暗地闪烁着，马路上来往的车流形成了一道流动的灯河。是的，生活依然在继续，这个小县城依然精神抖擞。

我们去了宗智在这里的工作室。藏族作家仁旦接到我们的电话也赶了过来。宗智安排工作室的工作人员煮了一大盆子手抓羊肉，做了一锅羊肉面片，我们一边用餐，一边看万玛的电影。几个尖扎人相遇，加上每年一度的尖扎县"五彩神箭"国际民族传统射箭邀请赛刚刚结束，他们自然而然就聊起了射箭。

藏语称射箭为"达则"，这个古老传统在尖扎这片土地上已经流传了一千多年。这里的人们执着于射箭活动，对射箭有一种源自骨髓深处的偏爱。也正是这样的偏爱，使这样一种古老的民族文化在这里传承至今。由射箭衍生出来弓箭祭祀仪式，遍及这里的城镇、乡村和牧场，人们制作硕大无比的巨型木箭，安插在山顶的拉泽上，祈求庄禾的丰收、牛羊的兴旺、众生的吉祥平安。弓箭制作工艺几乎也遍及这里的家家户户。

有关这里射箭活动的兴起，还有一则古老的传说至今流传。

据说，在很早以前的吐蕃朗达玛时期，身为藏王的朗达玛禁佛灭法，焚烧佛经、驱逐僧侣、逼迫还俗，佛教遭到了空前的破坏。为了维护佛法，不使佛教惨地灭绝，藏族武士拉隆·贝吉多杰伺机射杀藏王朗达玛，一个类似于荆轲刺秦的故事就这样在藏地历史中上演，不同的是，这位武士居然得手，刺杀了朗达玛。他用来刺杀的武器，就是一张神弓和一支神箭。刺杀成功后，他巧妙躲过官兵的追杀，带着神奇的弓箭历尽千辛万苦来到以黄河为天险的尖扎，藏匿于智合寺下多杰扎岩洞，把弓箭埋藏在岩洞前方的草坡之中。等到时局有所缓和，他悄悄走出岩洞，向周边的人们传授射箭技艺，同时也向人们传播在西藏已经没落的佛教教法，如此，尖扎也成为藏传佛教"后弘期"重要的发祥地。拉隆·贝吉多杰拯救衰败的佛法的英雄壮举和他兢兢业业传授射箭技艺的赤诚打动了当地的人们，热爱射箭的习俗从此开始在这里兴盛起来。拉隆·贝吉多杰埋藏弓箭的地方，后来建成了一座供奉着十万座佛像的本康（佛殿），被人们称为藏弓殿。

尖扎的射箭比赛，是村与村之间展开的竞技赛，历时数日，有许多讲究和习俗，比如必须是左手持弓右手持箭，弓箭不能放在腰部以下，等等。甚至在语言上，也有专门用于射箭比赛的"黑话"术语。万玛在拍摄电影《五彩神箭》时，邀请尼玛太担任民俗顾问，并特别邀请当地民俗学者才让扎西翻译电影里的人物对白，让对白内容符合当地射箭习俗。

2007年，尖扎县被国家体育总局评为"中国民族射箭运动之乡"。2018年，五彩神箭制作技艺入选了青海省省级非物质文化遗产。

夜宿尖扎县城，夜深人静之际，隐约听到浩荡的流水声，那是不远处的黄河在流淌，这天上来的大水，"奔流到海不复回"。忽然想起，还是在海南州恰卜恰镇的中专师范上学的时候，有一次，我找万玛聊天，去了他的宿舍，他正躺在高低床的上铺上看书，我便扒在床沿上和他说话。他忽然问我，你听过"逝者如斯夫"这句话吗？

"我知道啊！"

"那你知道'斯'的意思吗？"

"……"

"就是这个那个，彼时此刻的意思。"万玛解释说。

△2021年5月，万玛才旦、龙仁青两位老友共同进入可可西里，这是在车上的自拍和在冰雪上的合影。

（本文中除剧照外，所有照片皆由龙仁青拍摄）

[特约编辑：吴　越]

——成为一个不被别人忘掉的作家就够了 余华 魏冰心——

（访谈发生于 2023 年 7 月，北京）

谈流量——"我此生奋斗的不是流量，是文学"

魏冰心：近两年您好像突然以一种新的形象进入大众视野，作家余华一夜之间就成了"段子手""被耽误的脱口秀演员"，网上有很多这样的短视频在流传。如何看待年轻人对您的最新"定性"？

余华：我觉得那是调侃我，说我是段子手也好、被写作耽误的脱口秀演员也好……其实我没有看过脱口秀。我还是属于老一代的人，我看郭德纲的相声，尤其是在写《文城》的时候，基本上晚上十一点时睡一两小时，像是午觉，醒来后写到天亮，然后上床躺下用手机看郭德纲和于谦两个人说相声，看几个后正式睡觉。脱口秀我没有看过，没有去尝试过，也可能一看就喜欢看了。所以我认为网友这样评价是一种调侃，他们在心里还是认为我是一个作家的。

魏冰心：我这两天大量看您的资料，就翻出来一篇您"悔少作"的少作，《第一宿舍》，这是您写的第一个小说吗？

余华：这是我发表的第一篇，其实我一直希望别人认为我发表的第一篇就是《十八岁出门远行》，但还是被人找出来更早的。

魏冰心：我之所以提《第一宿舍》，是因为我发现您一出手就非常轻松活泼，里面有"完蛋""他奶奶的"这种词，然后我就想，有没有可能"段子手"余华几十年如一日没变过，只不过搞笑的这一面最近才被大家发现了？您觉得为什么会有这种时间上的延迟？

余华：两年多前我们一家人在一家餐厅吃饭，一个朋友给我发微信说"你上热搜了"，我当时对热搜不了解，我有时候会去看微博，但是我不知道微博热搜是一个什么东西。我儿子知道，他打开一看，说有两亿多人看过了，我心想这个热搜怎么那么厉害。

其实是个旧话题，大概在 1998 年的时候，我在意大利都灵有个演讲，叫《我为何写作》，谈到了我为了去文化馆开始写小说，去文化馆第一天故意迟到俩小时，结果发现我是第一个到的。就这么一句话，还是二十多年前的一句话，被人重新拿出来以后，下面有一千多个人重写，就上了微博热搜。我当时就觉得很奇怪，因为这并不是一个新话题，而且这些年我几乎没做采访。

刚好贾樟柯的电影《一直游到海水变蓝》也上映了，里面流传比较广的那句"要是能给我发表，我从头到尾给你光明"，这也都是真实的事，不是我为了说笑话……之后我才学会了一个词汇叫作"出圈"。

比较巧的是，新经典说《活着》三十周年还是要搞几个活动，我说应该没到三十年，《活着》应该是二十九周年，他们说过虚岁，所以后来我做了 B 站的三个采访。当采访视频片段式地广为流传以后，我就觉得不对了，然后我就说不做节目了，任何节目我都不做，我需要一个冷静期。

冷静一年后发现热度不仅没有下去，反而上升了。我开始发现新媒体和传统媒体的区别了，过去我只要冷静一年左右，基本就在媒体上消失了；现在冷静一年没有用。我差不多一年没有做任何采访和视频，我告诉他们不能做了，再做下去不对了。结果发现越来越多，他们把过去的东西不断再创作出来。我的学生叶昕昀发给我看"余华厂牌",说"你看你都变成说唱歌手了"。"潦草小狗"最早也是叶昕昀发给我看的。

我意识到时代已经变了,冷静的主动权已经不掌握在个人手上,掌握在公众手上。公众想把你遗忘的时候,你确实可以冷静了,但是公众暂时还不想遗忘你的时候,你想冷静不可能,他们有各种各样的方式制造出一些新的话题来。

魏冰心:这个也是我想问您的一个问题,上午来之前我在网上搜了一下,仅仅在过去6个月内,您就上了8次微博热搜,绝对是"顶流"的待遇。我不知道对"顶流"这件事您是怎么看的呢?

余华:被高度关注我肯定心里很高兴,要说我无所谓那是瞎扯,我肯定很高兴,但是一旦被收走了我也不会很失落。流量对于我来说是有些重要的,但不是必需的。

我今年三月份在华师大与安忆有一个演讲,他们准备发门票,结果(前一天)晚上5点开始就排队了,学生们从一楼排到九楼,都坐在地上,我非常惊讶。有记者去了解了一下,这些同学里面并不都是读过我作品的,有些是看了我的短视频才来的,但是我觉得这不是坏事,很可能他们以后也会去读我的作品。

魏冰心:在今天这个时代,流量几乎是人人向往的,从来没有像今天这样,流量能够直接变现。

余华:是的。我已经很明确了,尤其是李健的唱片发布会,我去参加了一下,结果发布的时候上了热搜第一,李健告诉我有4亿多阅读量,吓死我了,我觉得这像个天文数字一样,4亿多。

之后确实带来各种商业活动和广告的邀约,最有意思的是我和俞敏洪对话的时候,那个时候我的头发还很长,有个网友问我是如何保持发量的,结果两天以后,有一个很大的品牌洗发水要来找我做广告了。当然这个分寸我是会把握的,因为我知道自己是干什么的,我知道自己还是一个作家,如果我整天在广告上露面,会很滑稽,人设会崩塌。

魏冰心:您觉得做广告是人设崩塌的一种形式,可能哪天有个热搜是"余华恰饭"是吧?

余华:也有一个朋友说我就应该做广告,说做广告才证明你的价值。但是我还是不能做,不敢尝试。我觉得每个人要给自己一个定位,作家里面也有做广告的,村上春树就在日本做广告,做咖啡广告,我在日本的时候看到过。

魏冰心:我理解所谓的"人设崩塌"可能还不是做广告,也许是更严重的,有了流量以后,大家都关注你了,会放大你好的一面,可能有一天也会放大你不好的一面,这跟做不做广告没关系。您害怕这个吗?

余华:我不怕。我有一天说了一句什么话以后引发了众怒,肯定会有的,现在还没有出现。但是将来很难免会说出这样一句话来,我觉得这一天迟早会来,每一个人都一样,你受到的关注和批评是成正比的,总有一天你突然会被很多人批评。

魏冰心:所以您对于这些还是挺清醒的?

余华:我依靠的还是自己的作品,我不是依靠流量。我此生奋斗的不是流量,是文学,高尚地说。

魏冰心:您有没有想过一个轻松的、好笑的余华,为什么能够收获现在年轻人的好感和共鸣？

余华：毕竟我的读者很多，从我80年代的文学作品，一直到《活着》，到现在的《文城》，但通过作品所了解的叫作"余华"的作者，在读者心中是一个沉闷的、一脸苦相的、带有一点抑郁症或者阴郁的一个人，结果后来他们发现了一个相反的人。

我印象很深，当时《许三观卖血记》刚在《收获》发表，1996年，现在哈佛大学的王德威教授到北京来看我。他跟我之前没有见过、也没有通过信，只是通过台湾地区的出版商来给我们互相转达对方的意思。他第一次见到我之后很惊讶，说怎么是这么一个余华？一个那么开心、充满了阳光的余华……在他心目中是一个整天下雨的、不下雨也是一个阴天的余华。像王德威这样见过很多作家的人，我也是在他认识的作家里反差最大的。

前面他们把我想得太苦了，后面发现我不仅不苦而且过得那么好、那么开心。他们突然觉得有一种反差。

魏冰心：反差萌？

余华：对。我今天来之前还看到三个人给我发过来同一张图片，"好消息：过上了小说里的生活；坏消息：是余华的小说"，我觉得很好玩。

> 好消息：过上了小说里的生活
> 坏消息：是余华的小说

魏冰心：一个轻松幽默的名作家受到大家喜欢，有没有可能是因为年轻人觉得生活里有一些侧面是沉重的，所以他们想通过轻松幽默来化解？

余华：尤其大家都知道，现在年轻人的失业率总体比较高，可以想象他们需要寻找一种东西，让他们暂时忘掉现在生活中的困难，他们需要快乐一下。

李健告诉我，今年应该是经济比较困难的一年，结果演唱会特别多，演唱会比疫情之前还要多。我就马上想到，他们想寻找的是一些能够让他们松懈下来的、能够放松一点的、不要那么紧张的东西。所以"好消息：过上了小说里的生活；坏消息：是余华的小说"这段话看了以后，一方面比较好笑，另外一方面也带有一点辛酸。"好消息：过上了小说里的生活"其实是他们想逃避现实或者暂时离开一下现实，进入一个虚构的世界，进入一个自己想象的世界，想象自己生活在一个比现在好的生活环境里，结果找错书了，找到了我的书。

魏冰心：您曾经不止一次表示过，很同情现在年轻人的生活，因为他们面临巨大的生活压力。那您认为自己是幸运的一代人吗？如果晚出生三十年，觉得自己的命运会是什么样的，还会从事文学事业吗？

余华：不知道。因为我已经做过作家了，而且我发表作品到现在已经40年了，我尝过当作家的甜头了，不用坐班，生活中没有闹钟，我在北师大上课也是晚上，相对来说是很自由的一种生活，所以晚生30年，我不知道是否还能成为作家，但我还是希望能够成为作家，因为我知道做作家的好处，时间掌握在自己的手上。

前两天我儿子跟我说，不知谁说的一句话，他认为说得很好，说艺术或者文学没有什么企图，它唯一的企图就是让时间变得有价值。如何让时间变得有价值？只有掌握在自己手上才能有价值，所以我还是想当作家。

当然现在环境和我当年80年代初出来的时候不一样了。因为我现在北师大工作,如果我现在只有30岁的话,我就想考上北师大文学创作与批评方向的研究生,向苏童和莫言学习写小说。

魏冰心:那之后的路呢?比如说您考上研究生接下来还是有就业的问题。

余华:我希望在苏童和莫言的帮助下,我在毕业之前就已经出名了。(笑)

魏冰心:您觉得自己文学道路的成功,才华和时代,哪个因素更重要?

余华:才华当然很重要。我并不是我们那些人里最勤奋的一个,但是我出来了,因为写作需要有悟性,需要感悟到什么。时代非常重要,时代又可以说是一种时机。我是否掌握到了这个时机,同时我在写作道路上有没有遇到贵人,这都很重要。我就遇到了,我遇到的第一个贵人是李陀,在我26岁的时候,我认识了李陀,他对我的帮助是非常大的。

魏冰心:是他把您推荐给了更多的人?

余华:80年代的时候,我有三个中篇小说眼看着要发表了,结果印刷前全部撤稿,因为我的小说是先锋小说。得到这个消息的时候,感觉是终于从黑洞里面爬出来了、终于看到光明了,又被人一脚踩了回去。当时我在北京的大街上走了很长很长的路。

我绝望了,觉得我的写作生涯可能要结束了。李陀鼓励我,把我这三篇小说中的两篇推荐给了《收获》,一篇推荐给了《钟山》,都发表了。现在回忆起来,都觉得80年代是一个非常美好的时代,但是其实对我们这一代人来讲,可能是既充满希望又充满绝望的经历。在当时,撤稿是件很正常的事情。

魏冰心:在网上您现在最著名的段子还是"文化馆"的段子,如果大家只听这段,可能会有一种错觉,以为文化馆很好

△余华(左)与苏童在《收获》创刊55周年研讨会

进,但其实从1978年您去卫生院当牙科医生,到1983年调入文化馆,这中间有五年的时间。这五年的时光是怎样的?您好像说过那时候觉得人生一下子能看到头,挺惆怅的。

余华: 我是一个有野心的人,我当时感觉,我的一生不应该就这样度过了,我应该改变自己的命运,改变自己的命运就是写作,至于说看到文化馆的人整天在大街上溜达,那只是一个走上文学道路的说法而已。我后来还有一个更好的说法,只不过没有流传开来。我们那个时候读的书,都是前面少了七八页,后面又少了十多页,因为那个时候没有书,一本小说传过好多人的手,到了我们这儿的时候,根本不知道书名是什么、作者是谁,不知道故事怎么开始,也不知道故事怎么结束。

不知道故事怎么开始可以忍受,不知道故事怎么结束就太难受了。那怎么办呢?我睡觉前躺在床上自己就开始想故事的结尾,想了一个又一个——从来没有救世主,从来都是靠自己——后来回忆起来,我那个时候应该是已经开始写作了,因为每一个人走上文学道路肯定有很多原因。然而这个励志的说法却流传不开。"文化馆躺平"那个版本流传很广,现在励志怎么就不受欢迎?我本来觉得以前那个版本说的次数多了都腻了,想换一个稍微崇高一点的版本,结果没有流传开来。

魏冰心: 那个时候天天投稿,您形容说"啪嗒"一声有信件落在院子里,这个时候您父亲就会说"退稿来了"⋯⋯

余华: 对,当时我们家有一个小院子,外面有一道围墙,邮递员当时骑着自行车,根本不会来敲门,直接从墙外给你甩进来。我父亲一听声音就知道是我的退稿。对于我来说没关系,包括《第一宿舍》也是退了好几稿后才在《西湖》发表的。

魏冰心: 那过程中会有怀疑吗?因为您总是投稿然后都被退回来,您怎么知道自己写得行不行?这条路对不对?

余华: 是有怀疑。我内心深处一是有野心,二是有一些高傲的东西,《收获》退我的稿子、《人民文学》退我的稿子,这些我还能理解,不是那么重要的杂志也退我的稿子⋯⋯因为我认为在《收获》上发表的小说、在《人民文学》上发表的小说,也未必比我这个小说好哪去。我开始发现一点,比如《收获》和《人民文学》这两个文学杂志,它们有一个质量的平均线,我一定要高于这个质量的平均线,编辑可能才会用,如果我仅仅达到这个平均线,是不可能用我的稿子的,我必须要写到高于《收获》的平均线,甚至要高很多,我才有希望在《收获》发表,这是我当时给自己的一个定位,我认为这个定位是正确的,所以我一直在努力努力、探索探索,我没有去找别的原因,我没有抱怨,我就一直在想我哪儿写得还不够好。

我没有获过"全国优秀短篇小说奖"和"全国优秀中篇小说奖",这两个奖在当时是很重要的,是让作家一举成名的奖。正是因为我没有获过这两个奖,反而让我写得越来越好。如果第一篇小说或第二篇小说获奖,人很容易自满,自满以后就无法前进了。所以有时候人生中是需要有挫折的,这个挫折最好是什么样的挫折呢?不要太大,也不能太小,小到你能够忽略掉的也不行,太大的话会把你打懵,从此再也振作不起来了。年轻时不断经历退稿、什么奖都拿不到,就会一路再往前走,我要写得更好,我要努力离牙医这个行当更远。我觉得就是当时不大不小的挫折,才能够让我一步一步走到今天。

谈青春——"我起码经历了有二十年,才感觉到写作能够养活自己了"

魏冰心:您当时一个人来到北京,也没有读过大学,会有所谓来自小镇的那种自卑或者失落吗?

余华:没有自卑,我记得当时铁生还跟我掰着手指算,算下来以后他跟我说,好作家里边没上过大学的多。

铁生当时住在一个小杂院,我去看他的时候,他数着手指给我算的,当时算了好多人,安忆没有上过大学,王朔也没有上过大学,还有好些作家,他把莫言也归到没有上过大学里,莫言那个军艺不算,如果莫言那个算的话,我们北师大那个也可以算,所以都不能算。

现在我认为,不管你是不是想做一名作家,你还是要去读大学,要大学毕业。现在时代不一样了,不要因为我没有上过大学、铁生没有上过大学、安忆没有上过大学、王朔没有上过大学、莫言也没有正经上过大学,就认为作为一个作家不需要上大学,因为我们生活在一个特殊的时代,如果当年我们有机会上大学,我们依然会成为作家。

年轻人不要去走那种独木桥,不要走那条很窄的路,刚开始的时候,还是应该走宽广的路、走大家都在走的路,等到这条路走得差不多了、有能力了,你再去走独木桥,再去走一条别人不走的路。但是你一上来就走别人不走的路,你可能会迷失方向。现在没有一个文凭,一个学位,你想去出版社做一名编辑养活自己,这个机会都没有。

我们当时每个人都有自己的工作,铁

△后排左起:刘震云、莫言、余华、王宁、万琦
前排:史铁生
此照片由马原摄于本溪

生当年在街道的福利厂工作，安忆是知青，后来又在当地的文工团工作，她发表作品以后，才有机会去《儿童时代》杂志做编辑，后来才慢慢成为了一个职业作家。谁都不会一开始写作就能够成为职业作家的。

我是一边做牙医一边开始写作，莫言是一边当兵一边开始写作，所以每一个人都不是一写作就找到自己，就能够把写作作为一份职业。肯定要经过一个漫长的过程，除了少数比较幸运的人能够一举成名以外，大部分作家都要经历很多很多年，像我起码经历了有二十年，才感觉到写作能够养活自己了。1998年《活着》开始卖得好起来了，就开始感觉到能够用版税养活自己养活家庭了。

我也写过电视剧，就跟现在年轻一代作家会写电视剧一样，因为相对来说写影视生活费用挣得更多一点。

魏冰心：我还真不知道您写电视剧这份经历。您当时写的是什么电视剧？

余华：写的都是晚上12点以后放的，没人看得见。

魏冰心：什么题材？

余华：改编了好几篇茅盾的小说。

魏冰心：后来您会看自己写剧本的电视剧吗？

余华：从来不看，看了以后我都不想写了。那是为了挣钱，不是为了别的。写电视剧很难受，是很痛苦的经历。

魏冰心：您之前一直不愿意表现自己很努力的一面，包括我看说您在鲁迅文学院，你们毕业的时候要写感言，别人都很认真地写在写作方面的收获，您写的是天天打球，还学会了下围棋。

余华：那确实是我在鲁迅文学院的生活，因为我们只有一个篮球场，有时候在球场上打篮球，有时候在球场上踢足球。确实也学会了下围棋，我们班还进行过一次围棋比赛。

魏冰心：您拿了第几？

余华：大约是第五、第六的样子。

魏冰心：还不错。

余华：当然不错，刚学会。

魏冰心：当时统计鲁迅文学院学习成果的时候，您的表格写得特别满，统计了您在各个杂志发表的小说，也包括即将完成的长篇《在细雨中呼喊》，但是您写感言的时候为什么故作轻松？

余华：我忘了我写过这样的感言，但那确实是我的风格。

魏冰心：您不喜欢渲染努力这件事情？

余华：就好比在意大利都灵时我们四个中国作家，莫言、王朔、苏童和我，我们标题是《我为何写作》，我的理由就是为了不想做牙医，想去文化馆过不上班的生活。

莫言因为当时当兵，他做过一段时间哨兵，在大门口站岗——我都怀疑那是他编的——他就一直站在那儿不能动，但是他的眼睛可以看，穿着皮鞋进出的都是军官，穿着球鞋的都是士兵，所以他也想给自己买一双皮鞋假装军官。没钱怎么买？写小说发表后有稿费，就是这个借口。后来我们在牛津演讲的时候，莫言又换了一种说法，说他为什么会走上文学道路呢？说是"文革"的时候，潍坊的一个作家被批判了，原因是他早晨起来吃饺子、中午吃饺子、晚上还吃饺子……一天三顿饺子，莫言一听一天可以吃三顿饺子，"那我也当作家"。

这是一样的道理。再写我多么努力、我读了多少书、我写了多少作品……这多无聊，可能是我们的性格里更想写一些不是很正统的或者不是正儿八经的东西，还是想写一些顽皮和调侃的东西。当然我们这代作家中谈论自己如何走上文学道路也有很严肃的，但是我们这几个是不太严肃的。

魏冰心：您刚刚也主动提到莫言老师了，当时怎么这么巧您俩被安排在一个宿舍。宿舍里面就你们两个人吗？

余华：三个，还有刘毅然，他在军艺工作，他家在北京，他还有孩子，那个时候孩子在上幼儿园，他基本上不来宿舍，上课时坐公交车过来，跟我们吃一顿午饭以后，在他的床上坐一会，跟我们聊聊天，就马上要回去，因为家里面也比较忙。基本上是我和莫言两个人，不是我们自己选的，是分配的。

魏冰心：我就说怎么分得这么巧，难道是按文学水平分的吗？（笑）

余华：不是。分到了一起完全是一种偶然。

魏冰心：我看到很多当时的描述，说是您俩中间用衣柜隔着？

余华：对，有两个衣柜，其实我们的宿舍只有一个衣柜，其他同学宿舍都有两个衣柜，不知道是什么原因。有一天我从外面晃荡着回来，忘了是上街还是打球了，看到走廊上放了一个空衣柜，可能是某个宿舍有三个衣柜，房间小放不下就搬出来了。我就赶紧回到房间看看莫言在不在，一看他在里面，我跟莫言说，走道上有一个空衣柜，我们赶紧把它搬过来，因为我一个人搬不动，搬过来以后就每人都有一个衣柜了。

两个衣柜可以把我们那个房间隔成两半，但是中间有一条缝，我们的书桌都是朝同一个方向的，当时他在写《酒国》，我在写我的第一部长篇《在细雨中呼喊》。写累的时候身体往后一靠，从缝里面就能看到对方，感觉确实不太好，后来他找了一个挂历，80年代影星们的挂历，一挂上以后互相看不到了，两个人就都写得很顺利了。

魏冰心：要是天天能看见就写不下去了？

余华：反正他看我一眼以后，他没灵感了，我看他一眼以后，我也没灵感了。

魏冰心：您好像提到莫言老师写到激动处会抖腿？

余华：那是他在军艺的时候，抖腿的原因是他当时听Walkman（随身听）磁带机，当时买一个大概一千多块钱，那个时候莫言稿费很多，是富豪，比我们都有钱。他拿Walkman用耳机听音乐，听的时候就会抖腿。军艺为什么只出了一个莫言呢？别人的灵感都被他抖光了（笑）。在鲁迅文学院他没有抖，没有影响到我，我们很安静。

魏冰心：那您写到激动处的时候会干什么？

余华：我写到激动处的时候继续写，激动来的时候得抓住这个机会不能放弃，继续写，写到身体疲惫不堪为止。

谈写作计划——
"我还有几部没有写完的长篇"

魏冰心：从1987年到1989年，您写过侦探小说《河边的错误》，写过才子佳人小说《古典爱情》，也写过武侠小说《鲜血梅花》，当时为什么会密集地进行这种题材上的尝试？

余华：那个时候我属于在文学上的探

502

索时期,还在努力寻找自己。我觉得对于一个作家来说,一生中就是两步,第一步是找到文学,找到文学以后,第二步是找到自己。所以那个时候我属于在寻找自己的过程中,这条路走一走试试能不能走得远,一看好像走得不会太远,那就回来吧,换一条路再走一走。

当时我突然想写戏仿小说,戏仿带有畅销书的性质。《古典爱情》是属于戏仿才子佳人,戏仿冯梦龙的,很残酷,《河边的错误》是戏仿侦探小说,《鲜血梅花》是戏仿武侠小说。《鲜血梅花》是给《人民文学》写的,那时候朱伟是《人民文学》的小说组长,主编是崔道怡。朱伟告诉崔道怡,余华给我们写一篇武侠小说,崔道怡还很期待,拿到稿子发现上当了,里面没武打。

魏冰心: 怎么没打呢?您在《我在岛屿读书》里说,您读金庸的时候是跳过爱情戏,只看打戏的。您自己写怎么不武打了呢?

余华: 我不能让它有武打,有武打的话就不是戏仿了。

魏冰心: "反武侠"?

余华: 可以这么说,我是"反武侠、反侦探、反才子佳人"。

魏冰心: 您从《在细雨中呼喊》《活着》到《许三观卖血记》,五年之内写完了人生的前三个长篇,《活着》和《在细雨中呼喊》分别只用了一年,这种接近"井喷"的状态听起来就很让人激动。当时的写作状态是什么样的?我记得您好像说过《活着》的主体内容是在五棵松附近那个8平米平房的小桌上写出来的。

余华: 对。《活着》是在北京写完"解放前"那部分,然后回到嘉兴写完"解放后",也就是1992年初开始写的,1992年《收获》最后一期发表了。

魏冰心: 当时为什么有这么强的创作力,年轻气盛?

余华: 那个时候生活单纯。而且《活着》写完了后,只是在《收获》上发表,当时中国的出版业处于一种休眠状态,不能说是死亡,是休眠,民营出版当时还没有起来,杂志发表后就结束了,当时出书很困难。

△《活着》首发于《收获》1992年第6期
写毕于1992年9月12日
(时间为余华自注在期刊文章后)
小说从第4页到第42页,共38页,约150,000字

1993年我儿子出生以后,我突然有一种责任感要去挣钱,写了两年的电视剧,挣了一笔钱以后,当时感觉把我儿子养大的钱赚够了,继续回来写小说,写《许三观卖血记》。如果不是为了写电视剧挣钱,我中间可能还会有一部长篇。

我写《许三观卖血记》的时候,莫言

回高密写《丰乳肥臀》，我们大概一个星期会通一次电话，有时候他打过来，有时候我打过去。我们电话里闲聊，问彼此写得怎么样了。我印象很深，当时互相常问你的小说有题目没。我问他有吗，他说有了。我说叫什么，他说叫《丰乳肥臀》，我在电话里面大笑。莫言在生活中是一个喜欢胡扯的人，起码跟我在一起的时候经常胡扯，我以为他又跟我胡扯。等笑完以后我说真的假的，他说真的。然后我就跟他说，这书名真不错，我真的认为这是一个很好的书名。

魏冰心：您大概在什么时候确定了自己是一个出色的小说家？面对这么多同样很优秀的人，是什么时候确信自己写得很好的？

余华：1986年。1986年大概10月份，我带着《十八岁出门远行》来参加《北京文学》的笔会，当时我写完以后自我感觉非常好，我觉得这篇小说写得很好，而且我感觉到，最起码是属于我说的找到文学，是否找到自我，还得继续往前走。

李陀给我一个评价，说"你已经走在中国文学最前面了"，这（对我来说）很重要。然后他很好奇，他说一个他从来没听说过的小镇上的作家，怎么会写出这样的小说。后来我们笔会期间经常在一起聊天。李陀是一个充满好奇心的人，他就问我都读过一些什么书、喜欢什么作家。我跟他一说，他很惊讶。后来我开始发现，北京那帮作家们读过的书，我在海盐都读过。

魏冰心：海盐的书还挺新潮的。

余华：我自己去找的，那时候海盐的新华书店已经不怎么进书了，我专门去新华书店后面的办公室，差不多每周我都会去看社科新书目，我在书目里选书，选好

△1993年2月，肖全摄

余华："当时潘凯雄就住在团结湖公交车终点站的一栋楼里，我跟我老婆在潘凯雄他们家聊天，有一个朋友带肖全过来，来了后说要拍照，然后我们就直接到楼下去，就在这个地方摁了一堆……"

了以后让书店帮我去订。

魏冰心：您好像说过在杭州找到一本卡夫卡，不知道您那个时候读到卡夫卡是种什么样的感觉？比如我现在读卡夫卡会觉得，他怎么能把人类的处境写得这么好。您那个时候觉得冲击在哪？

余华：就是写作的自由，那个冲击很大。当时读卡夫卡对我冲击最大的还不是《变形记》，是《乡村医生》。《乡村医生》里那匹马，说有就有、说没就没、说来就来，说走就走，而且不做任何铺垫。我想小说还可以这么写。《变形记》是扎扎实实、丝丝入扣的写法，《乡村医生》是天马行空的写法，所以当时在写作上对我启发最大的还是《乡村医生》。

魏冰心：您刚开始的三部长篇写得很快，但是慢慢地每一个长篇之间的时间越来越长，《活着》和《在细雨中呼喊》可能一年就写完了，但是从《许三观卖血记》到《兄弟》有十年，从《兄弟》到《第七天》有七年，从《第七天》到《文城》有八年，为什么创作周期越来越长？

余华：主要是因为我们的生活确实越来越丰富了。一个原因是1997年以后出国的机会太多了，因为那时候我30多岁，对出国满腔热情，就想到国外去看一看；第二是在国内的这种那种朋友聚会也变多了，过去没那么多。

还有一个原因，就是我还有几部没有写完的长篇，我的生活不够集中、不够稳定，生活状态不太稳定的情况下，我的写作也不太稳定，写着写着没有写完就搁下了，又去写下一部，写着写着下一部又没写完又搁下了，所以导致今天这种状态。当然归根结底我不是一个勤奋的作家，我不是每天都在写作。

魏冰心：可是您曾经是。

余华：过去也不是每天都写，过去比较勤奋，但是我确实不是一个勤奋的作家。从去年得了新冠后，到今年我就没有再写过东西，因为新冠之后有很长一段时间的后遗症，连注意力都不能集中。最近改善了很多。为什么我剪了短发，就是因为出虚汗，每次睡觉醒来后枕头全湿了，头发一长枕头上就全是湿的，很难受，所以就干脆剪个短发。那个症状延续了有几个月，但是也有好的方面，我痛风没再犯过，但我没去查尿酸。一般情况下，我要是特别疲劳，痛风就会犯，这半年怎么疲劳都不会犯。所以有人告诉我说新冠能治好你某一个病，要是能把我痛风治好就太好了，我可以继续喝啤酒了。啤酒是我最爱喝的酒。

魏冰心：您不是爱喝红酒吗？

余华：其实啤酒好喝，冰啤酒在夏天多好喝。是因为痛风以后不能喝了，所以才喝点红酒。

魏冰心：您是在去年12月份感染新冠的，对吧？

余华：对，12月3号就得了。

魏冰心：到现在没有写作过？

余华：没有写东西，有两三个月连书我都读不进去，读着读着就走神了，注意力不集中，最近慢慢好起来了，能够读一些书了。

魏冰心：您会着急吗？因为您有四个长篇都开了头，放在那里。

余华：原来我充满信心肯定能写完，现在我都怀疑我能否写完了，我不知道。

魏冰心：您现在的目标就是把这四个长篇写完吗？

余华：对，我希望我能够把它们写完。这样我就有十部长篇了。

魏冰心：您还有这个数量的要求，打算要一个十全十美，是吧？

余华：哪怕没有十部，有个九部也可以。

魏冰心：我知道您现在在写一个狂欢式的喜剧？

余华：另外一部跟"狂欢"这部都在写，但是"狂欢"短，所以我想把它先写完。

魏冰心：另外一部是什么？

余华：另外一部是《兄弟》之后开始写的。我现在很后悔，就是2020年我把《文城》完成以后，没有抓住2020年和2021年这两年的时间，这两年还是有很多写作时间的，因为大家基本上都不怎么出门。

那两年的时间就这么一晃过掉了，其实那两年我要是抓紧一点，中间有一部应该已经完成了，我有点后悔没有抓住机会。到了现在，各种各样的事情又开始多了起来。

魏冰心：我刚刚问您创作周期慢慢变长的原因，您说有很多事情要做，有没有可能在写作上也变得有一些顾虑？

余华：没有写作顾虑，因为其实我对自己的要求说起来很简单，第一不要重复，比如我有六部长篇，我的第七部应该跟前面的六部是不一样的，这六部也是各不一样的。第二，这六部长篇已经拉出来一个质量平均线，我只要达到这个平均线就够了，我对自己的要求就是这样，这一点我认为我是能够达到的。虽然可能一部小说出来的时候会有各种各样的声音，但是我自己知道这部作品的质量是怎么样的。

魏冰心：您觉得只要能够达到一个基本的平均线就可以拿出来，而不一定追求它一定要比之前出版的好？

余华：要比我那6部长篇小说写得更好，我好像已经没有那样的能力了。当然从我自己的评价来说，我认为它们都很好，但是读者们会认为这个好、那个不好，或者是一般，或者都不好，这是读者们的看法，我无法左右。我从自己的角度来看，当我把这部作品拿出来的时候，我肯定认为这部作品写得是很不错的。

谈代际——"我们没有资格去告诉现在的年轻人应该怎么做"

魏冰心：我在看您资料的时候，发现1993年对您非常重要，《活着》的单行本在1993年出版、1993年您正式把组织关系调到了北京、1993年有了儿子余海果。我在看《没有一条道路是重复的》的时候，前面好几篇是关于余海果的，能感受到您初为父亲的兴奋，我们也都因此知道了余海果小名叫"漏漏"。

余华：对。

魏冰心："漏漏"长大以后看到这些文章是什么反应？

余华：他好像念中学的时候看过。

魏冰心：什么反应？

余华：他觉得挺好玩。

魏冰心：没有说您泄露他的隐私吧？

余华：没有批评过我。

魏冰心：你们俩的相处方式大概是什么样的？

余华：我们现在就像朋友一样相处。

魏冰心：您应该不是很严厉吧？

余华：我严厉不起来。他1993年出生，今年已经30岁了，各方面都已经很成熟了，尤其是在电影、文学、音乐这些艺术方面，他的感觉非常好，这不是我自夸儿子，他确实是感觉非常好。

原来我们不讨论艺术、文学这些话题。他上高中的时候，我跟太太坐在楼下沙发里聊天，他从楼上下来，手里拿了一张VCD，说要给我们看一部特别好的电影，我们说什么电影，他说是伯格曼的《第七封印》，我们说我们早就看过了，他非常惊讶，"你们知道伯格曼。"

从那时候起我们开始讨论电影、讨论文学作品、讨论音乐，看着他一点点成熟起来，他现在已经常常能够启发我了。

魏冰心：我前两天把《收获》（编者按：此处指《收获》2023年第2期，其中收录了余海果的短篇处女作《全身麻醉》）买回来读了一遍，看文字感觉余海果应该是个蛮有个性的写作者。但我发现您很少对外提及余海果小说家的身份，是不是也不想给他"余华的儿子"这种身份上的压力？

余华：他去年6月份做了一次膝盖关节镜的全身麻醉手术，一两个月后，他说写了一篇《全身麻醉》。他说想把住院的经历写出来，我想住院经历怎么写，有什么意思，结果写成这样。我认为写得不错，我太太看完以后也认为写得不错，我说要不就寄给《收获》试试，结果《收获》给他发表了。发表后确实有好多媒体报道了，网上也有一些议论，一个发表第一篇小说的人会受到这样的关注是因为他有我这样一个父亲，反过来这也给他带来了一些负面的东西，这是他应该面临的，应该去承受的。

我读完《全身麻醉》时，提出一个意见，小说里的对话是不是不要挤成一团——因为每个作家都有自己的风格。我不管是写先锋小说还是后来那些小说，在叙述上都追求一种清晰度——我对他说，你的对话能不能拆分一下，别挤成一团。他不同意，他说要不就没有这个效果了。

我说既然你不同意，那就这样吧。我对我的学生也是一样的，我提我的意见，如果学生不同意我也认可。仍然推荐给文学杂志，如果编辑不同意，你们去商量。我也不都是正确的，但是我能够告诉他们一些我的意见。

《全身麻醉》在《收获》发表后，我重读一遍后跟他讨论，我说我觉得你是对的，不拆分是对的，什么原因呢？1987年我写完《现实一种》后，还想写一篇小说《混乱一种》，写一种混乱状态，结果我写了大概几千字，写不下去了。我说我现在明白了，是叙述的问题，我的叙述由于追求的是一种清晰度，是写不出那种混乱感的，只有像他这种挤成一团的，才有一种混乱感。

魏冰心：他会主动向您寻求写作上的建议吗？

余华：他不让我们看，他只有在写完以后才会给我们看。

魏冰心：对于他要写小说这件事情，您是什么态度？

余华：他以前是断断续续的，大概一年多前才认真开始写作。我觉得写作是对自己思维的训练，无论他将来是不是继续写下去，这都不重要，重要的是他在他这个年龄把自己的思维训练了。

魏冰心：您作为父亲，对儿子其实没有职业上的期许？他想干什么您都挺支持他的？

余华：当然，他想干什么就干什么。

魏冰心：有了儿子之后，您对父亲的理解会不会也有些变化？

余华：我们家余海果还是教会了我一些东西，让我明白了一个道理，因为人都是健忘的，当我20来岁的时候，我会跟我的父母有矛盾，当我儿子20来岁的时候，我跟他之间也会产生矛盾——一代又一代人都在犯同样一个错误，就是拿自己的经验去指导年轻人，但是要知道我们所处的时代、我们成长的环境跟我们的父辈是不一样的。

当年我们父辈用他们的成长环境、用他们的生活经验来教训我们的时候，我们认为不着边际、对我们没有用，个人经验对个人来说也不一定有用；那么我拿我的生活经历、我上中学时整天游荡的经历来教育现在的年轻人、教育我的儿子,也是没有用的,因为生活的环境、成长的环境不一样了,我们所处的时代不一样了,所以我们没有资格去告诉现在的年轻人你应该怎么做。这是在我儿子成长过程中我逐渐意识到的一个问题。

魏冰心:我不知道您愿不愿意谈论您的父亲,在您这个年纪,如何面对亲人的老去是一门必修课。

余华:在我刚刚开始写小说的时候,我父亲是反对的,用各种方式阻止我,因为他是从那个时代过来的,那个时代只要写东西的人都没有好下场,当时有一句话叫"黑笔杆子","黑笔杆子"都是要被打倒的。他基于他的经验,觉得做一个牙医挺好,做一些技术活,平平安安度过一生,但是当我开始发表作品,而且慢慢发表的作品越来越多以后,他对我是全力的支持了,各方面的支持都有。

他经历了一次人生比较大的困难,2019年的时候,本来我是去不了吕梁的(此处指首届吕梁文学季),因为我父亲要在杭州动一个脑膜瘤的手术,脑膜瘤是良性,但位置比较深,我就跟贾樟柯说,很抱歉我来不了。结果主刀医生出国去参加学术会议了,推迟了我父亲的手术,我就告诉贾樟柯我来了,贾樟柯给我回微信说,谢谢医生。所以我去拍了《一直游到海水变蓝》,当时叫《一个村庄的文学》。

后来我父亲手术完了,我又跟莫言、苏童去了趟英国,等我再从英国回来的时候,我父亲基本上已经病危了。因为我父亲动手术时88岁了,所以他手术完以后要过的第一关就是肺炎关。本身手术以后肺炎没有好,因为吃了东西又变成了吸入性肺炎,更加严重、生命垂危,在杭州医院里也没法治好,就回到我们海盐的医院了。

我从英国回来后第二天就回到海盐,那天专门没有给他打安眠那种针,让他看看我。我父亲用一种求助的眼神看着我,我母亲已经开始准备后事了,说是给他穿

△余华幼年时的全家福,中间最小的是余华

什么衣服之类的，我哥哥就放专家会诊的录音录像给我看。

我不死心，说难道一点希望都没有了吗？我跟海盐的医院提出要求，说你们能不能跟上海瑞金医院联系，请他们来会诊一下。后来转院去了上海瑞金医院ICU病房，到瑞金医院后发现医院跟医院太不一样了，瞿洪平主任是一个顶级的好医生，我父亲在那里住院住了两个多月，然后出院坐着轮椅回家。

我认为好的医生和好的作家有一个共同点，总是能在消极里发现出积极来。我在那里学到很多，瞿洪平主任跟我说，他的责任不是让我父亲活下去就够了，是要让他活得有质量，要让他把三根管子全部拔掉。他说不要因为我父亲是老年人，就觉得能活着就不错了，老年人也要追求生活的质量。最后我父亲管子拔掉以后才出院，现在91岁了，可以拿着助步器走路。

我父亲有一个最大的优点：他有爱好。他上午要看一下新闻，下午要看一下新闻，晚上还要看《新闻联播》，这是每天必须要做的。如果不下雨的话，他要坐着轮椅出去转一圈，他很乐观，同时他又有兴趣。所以老年人一定要有兴趣，什么兴趣都没有的话，他就会越来越消极，要是有兴趣的话，就会活得有质量。

魏冰心：您其实在散文里也写到过您的父亲，写小的时候您跟哥哥特别淘，然后在医院的广场上放了把火？

余华：我父亲原来是省防疫站的，当时浙江省防疫站主要工作就是对付血吸虫病。我父亲一生的理想就是要做一名医生，所以他当时到了嘉兴以后，就想留下来去嘉兴的医院，结果没让他去医院，让他去卫校做教务长。

我父亲又下到海宁的医院，当时海盐是海宁下面的，后来两个县拆开了，拆开后我父亲跟他另外的几个战友到了海盐，终于做成了一名外科医生。他那个时候动手术动得最多的一是阑尾炎，二是脾脏切除手术。

当时我们海盐县人民医院的第一辆自行车是给我父亲买的，因为我父亲工作需要，他在礼拜天的时候要骑着自行车去乡下回访动了大手术后出院的那些病人。那时候我跟我哥哥轮流，这个礼拜天你坐后面，下个礼拜天轮到我坐后面，我就跟着我父亲到乡下去。我父亲身上斜挎一个药箱，自行车一骑起来后，小时候能感觉到风吹过来那种爽……

到了下面以后去问他们什么病，然后把药送过去。当时其实农民没有公费医疗，但是好像也可以不收钱，重症病人可能是特殊情况，我对当时的制度不是很了解，但我相信没有现在那么严格。我父亲就能够决定。那种很重的病人再加上农民家又比较穷，可能买不起那些药，所以给他们送药去。

"文革"开始以后，最早造反派没有想到怎么整我的父亲，想着把他弄到乡下去已经可以了，后来发现亏了，因为他们原本可以把他提溜回来打倒的，后来发现找不着他了，他今天在这个农民家、明天在那个农民家……他在农村人缘特别好，好多农民保护他。

把我父亲发配到乡下是有原因的，当时在医院一块空地上支起一个很大的茅草棚，本来是准备动完脾脏手术的病人住不下，安排到这里，可是"文革"来了，这里就变成了开批斗大会的地方。我哥哥去玩茅草、点火，他一点上就让我撒一泡尿把它给浇灭。问题他点第二把火的时候，我没尿了。我没那么快又有尿，又不是消防车的水龙头，消防车的水龙头也会没水的。

魏冰心：你俩没配合好。

余华：他忘了他可以自己撒尿，他看火一大就逃跑了，我也跟着逃跑，最后当然被抓住了。我们只能坦白交代，我说的第一句话是"不是我点火烧的，是我哥哥"。

魏冰心：我记得您好像说当时您的父亲其实是想去救火，是想当个英雄的，是吧？

余华：对。

魏冰心：结果您一张嘴说"这火是我哥哥放的"，变成一个纵火犯了……

余华：后来我父亲被一次又一次批斗，那把火其实救了我父亲，当时的造反派抓住这个理由就把他流放到乡下去了，不让他在县医院，结果想把他揪回来的时候找不着他了，所以那把火其实也救了他。

魏冰心：因祸得福。

余华：对，什么事情都是这样。

魏冰心：您从父亲身上学到最重要的东西是什么？

余华：我父亲最了不起的一点是活到老学到老，而且他有远见，他在"文革"的时候就开始学英语了，当时每天早晨4点多有广播学英语，他再忙再累4点多都要学英语。

他说他要提前学，学一门语言没有坏处，结果"文革"结束后重新开始评职称，他第一次考副主任医师就过了，他的好多同事英语都没过关，他的英语大概考了六七十分，反正及格了，所以他是"文革"之后第一批评上副主任医师的，他是有远见的。

而且还有一点，他很认真，他什么手术都动，普外、脑外、骨科……后来改革开放，要盖房子，需要石头，我们那边就用炸药开山，开山的话经常有外伤，骨折、脑外伤，所以他又学脑外。后来他又学显微外科，其实都已经五十岁了，每天拿线在手上练手指的动作。他特别认真的一点是，明天要有一个手术的话，他在手术前一天吃完晚饭以后，我们不能打扰的，必须要有半个小时到一个小时的时间，他要把那本跟他手术相关的书再重新认真看一遍，他要知道神经、肌肉、血管分配的部位。因为他动的手术太多了，除了心脏他不会动以外，从脑科到骨科太多的手术要动，所以他会担心记不过来、可能记错了，因为年纪大了。

魏冰心：您其实也是一个很认真的人，对吗？

余华：我写作的时候很认真，平时不认真。

谈批评——"只要不让我回去做牙医，什么样的批评我都能够接受"

魏冰心：要不聊聊《活着》？因为刚刚也说到，它的单行本是1993年出的，到今年刚好是三十年。

余华：对。

魏冰心：大家都知道，不管什么时候打开排行榜，《活着》永远排在第一。您有没有想过，为什么出版了三十年、长销了三十年、也畅销了三十年，今天的人为什么还喜欢读《活着》？

余华：书名好。

魏冰心：也不是这一个原因吧。

余华：书名是很重要的，书名"活着"就意味着它永远活着，开个玩笑。其实我也不知道原因，但是确实那本书我自己读过两遍。第一遍是当时白烨、王中忱还都在中国社会科学出版社，他们要给我出一套余华作品集的时候，我就重读了第一遍，读得我哭得不行。后来我又读了一遍，又是哭。因为这是一个关于苦难的故事，其实福贵是用一种幸福的方式在讲述他苦难的一生，可能是这一个原因。

一本书会如此受欢迎，让作者来解释，我觉得很困难。一本书其实和一个人一样，它有自己的人生道路。

魏冰心：有自己的命运。

余华：对，《活着》是走出了它自己的人生道路来了，所以这是我的一本幸运之书。

魏冰心：我不知道您知不知道去年有一个"二舅"的视频很火？

余华：我看了这个视频，当时第一时间就看了。

魏冰心：这个视频出来的时候，很多人就说它跟《活着》是一样的精神内核。所以当时这个视频刚出来的时候一片赞美声，赞美的其实就是二舅对待苦难、对待不公的一种很淡然的态度。但是马上就有反转了，有人就批评说这种一味的逆来顺受忽视了很多结构性问题，缺乏了一些反抗性，也就没有了人之为人的价值。您怎么看待这两种声音？

余华：我可能看得比较早，所以我只听到第一种声音，第二种声音是你刚刚告诉我的。我看的时候是它最热、最火的时候，所以我看弹幕里全是赞扬的声音，第二种声音我现在才知道。

这个也可以理解，我们这个世界上有那么多的人，就会有那么多的人生。二舅有二舅的人生，另外的人有另外的人的一种人生。真实的二舅肯定和视频里不会完全一样，这个我们可以相信，因为一个生活中的人和一个文学作品中的人——当然文艺作品本身是虚构的，它这个视频不能说是虚构——不会是完全一样的，但是它体现出来的一种人生态度可能就是这样。有不少人可能认为他的人生态度和二舅的人生态度是吻合的，他就感觉到安慰、感觉到治愈。另外一些人的人生态度，可能跟二舅不一样，所以他可能就觉得不满意。

假如像"二舅"这样一个视频出来以后，没有任何质疑的声音、没有任何反对的声音，我反而认为是我们这个社会出问题了，有一点质疑的声音、有一点反对的声音，说明这个社会，起码我们这个社会的形态，还是在一个健康的范围里。

魏冰心：那"活着"跟"苟活"有什么区别呢？

余华："活着"积极一点，"苟活"消极一点，我只能这样来区别了。

"活着"这个词汇里包含一种积极的因素，有人认为富贵是一个悲剧人物，我不同意，我认为他是一个喜剧人物，真的，可能别人认为他的一生很痛苦、很悲惨，但他认为他的一生很幸福。

魏冰心：他有最好的老婆、最好的子女、最好的孙子、最好的女婿。

余华：对，都对他非常好。因为人生都会结束，只不过早一点和晚一点而已，但是我们的生活是否值得，要看我们自己经历了什么，福贵认为他所经历的那些很值得，他的人生对他自己来说，就是幸福的。

△电影《活着》剧照，该片获第47届戛纳国际电影节评委会大奖

魏冰心：有宣传语是这样写的，说大家都喜欢《活着》，余华自己最喜欢《兄弟》。想跟您求证一下，您是更喜欢《兄弟》吗？

余华：我曾经两次说过这样的话。第一次是在《第七天》出版前，那时我有四部长篇，别人问我四部长篇你最喜欢哪一部，我说我最喜欢《兄弟》。我做一个比喻，作品就像自己的孩子一样，这四部长篇其实我自己都很喜欢，都是我自己的孩子。为什么我喜欢《兄弟》？因为《兄弟》被人欺负得最多，另外三部欺负的人少。如果你有四个孩子，哪个孩子老被人欺负，你肯定最心疼他，所以我说是这个理由。

后来就是新经典在《活着》二十九周年、虚岁三十周年做活动的时候，我说我自己最喜欢《兄弟》。为什么呢？因为《兄弟》这样的小说属于一个机会，如果我当时没有把它写下来，机会过了就过了——一个国家四十年间那种天翻地覆的巨大变化，这样的变化在世界上任何国家都没有出现过，只有在中国出现了，我抓住这个机会给它写了出来。

虽然《兄弟》出版以后，有人说谁不知道过去那个时代跟今天这个时代是截然相反的。可是谁这样第一个写出来了？我1995年出版《许三观卖血记》的时候，有人说谁不知道卖血，但是谁第一个把卖血的故事写出来？后面有很多人写卖血的故事，问题是谁是第一个写出来的，这是最重要的。

这就跟艺术一样，蒙德里安、马克·罗斯科（的作品）我们好像也会这么画，但问题是他们是第一个。杜尚把小便池搬到美术馆，一个民工也会搬，但谁是第一个？《等待戈多》大家觉得自己也会写，是，我承认你会写，但你是第二个，第一个才重要。

《活着》这样的小说，我在1992年不写，可能还会在1997、1998年写，但是《兄弟》我要是不在那个时候写，现在就不会写了。是那个时代给予了我这种激情，让我写下来了。而且它又是我六部长篇小说里唯一一部全景式的小说，也是我最厚的一部小说，五十万字，所以我到目前为止自己最喜欢的确实还是《兄弟》。

我还想过写比它更长的小说，但是不知道能否完成，头开在那了。

魏冰心：我其实两三年前才看《兄弟》，但我庆幸现在才看，因为我会觉得我更年轻时其实可能看不懂《兄弟》在写什么，我现在看的时候，更喜欢下部那种——我们说它是娱乐至死也好、癫狂也好，尤其跟上部一对比，就显示出来它的力量了。您之前说过，《兄弟》出来的时候，您有一个阶段到处跟别人求证、解释，又得不到回应，所以就有点心灰意冷……

余华：而且当时我有一个很深的感受，我不明白为什么那么多人对这个社会如此不了解。第一是我认为文学界的人可能当时局限于文学界，不关心社会，因为在2005、2006年还有这样一种风潮，你去跟人家谈经济之类的，人家对你不屑一顾，认为你这个人不务正业——当我说出某些经济数据的时候，他们很惊讶地看着我，好像觉得你这个人很无聊，他们认为文学应该是纯粹的、属于象牙塔里边的。

让我很惊讶的是，一些经济学家同样不了解这个社会。谁了解呢？官员。所以《兄弟》出版以后，凡是我认识的官员，没有一个说不好的。甚至当时有一个官员跟我说，你下部里每一个情节都是真实的。因为官员们每天面对的都是社会上一些问题，所以他们是了解的。

为什么《兄弟》在法国没有任何问题，在美国也没有问题，在德国也没有问题，因为粗俗也是一种风格。在德国刚出版的时候，德国很大的报纸《世界报》一篇书评叫《中国鼓》，把它和《铁皮鼓》对比，因为当年《铁皮鼓》出版的时候，遭遇到的批评比《兄弟》还要过分。2009年我去德国文学馆做签售，地方的馆长跟我说，当年《铁皮鼓》出来的时候，德国的书评基本上一致地说垃圾、垃圾、垃圾，包括像《洛丽塔》出来还被禁了。我的命运还是不错的，好多文学作品刚出来时都会面临一些不理解。所以我觉得另外还有一点就是，《兄弟》当时出版的时候，我们的审美相对来说比较单纯，认为只有优美的才是文学，其他的不应该是文学，但是事实上这个世界上的文学丰富多彩，什么样的风格都有。

△《兄弟》德文版本封面

魏冰心：就您自己的观察，随着时间的增长，《兄弟》遭受"冷遇"的状态有改善吗？现在有更多的人喜欢《兄弟》了吗？

余华：《兄弟》现在（受到的评价）基本上很正面，当年批评《兄弟》的几个评论家，现在也已经表示他们改变原先的看法了，所以我就想，作品确实是需要时间的。

其实《活着》和《许三观卖血记》当

年出版的时候，文学界也有很大的批评声音，那个时候他们的批评主要针对我风格的转换，就是一个先锋派作家去写《活着》、去写《许三观卖血记》，甚至还有一个人为此很生气，说一个先锋派作家居然用了赵树理风格的书名……赵树理写得多好，我就觉得这是对我的表扬。可想而知当时有一种比较狭隘的文学观念，认为你就应该这样，认为我应该永远按照《在细雨中呼喊》之前，《十八岁出门远行》之后这样的风格写一辈子。

我记得当时《许三观卖血记》和《活着》受到批评以后，铁生还赞扬了我，他接受了一个采访。我当时说过一句话，我说没有一个作家会为一个流派写作。铁生接受采访时说，"余华这句话说得让我们心明眼亮"。

这是《活着》教会我的。作家跟经济学里所说的"路径依赖"一样——当我刚开始从事写作，掌握了一套自己的叙述系统、它让我得以成功之后，作家对这个叙述系统会很依赖，有些作家会去使用一辈子。但是《活着》教会了我什么？当我面对一部新的作品的时候，我要忘掉之前自己的叙述习惯，要去寻找更适合这部作品的叙述风格，不能用一套叙述风格去套不同题材的作品，这也就导致了我的六部长篇小说是不一样的。但忘掉一部作品可能需要两到三年的时间，这也就导致了我后面的小说越写越慢。

魏冰心：其实刚刚也说到，《兄弟》当时批评声很大，《第七天》也是，我不知道您是打趣还是认真的，您说《文城》出来的时候已经做好挨骂的准备了，结果都不批评了、不骂了。您后来有没有想明白这是怎么回事？

余华：他们肯定也累了，老盯着我骂也觉得没劲，但还是有一些批评声音的，可能对于别的作家来说已经不少了，但是对于我来说已经不算多了。因为我经历过《兄弟》到《第七天》，《第七天》的批评声音比《兄弟》还要多。但是到了《文城》，确实我也不知道为什么，有批评，那些批评是集中在题材上的，不是对于作品本身的，说我进入了一个安全区域，我在逃避现实。

魏冰心：不敢直指当下了。

余华：对。

魏冰心：因为对比来看，《第七天》很明显是要处理当下的。

余华：我写最近的别人不满意，我写更远的别人也不满意。我倒是不同意这样的批评，一个原因是，从文学的角度来说，没有一个时代是旧的，也没有一个故事是旧的，就看你是怎么写、从什么角度切入，切入进去以后，你要找一个新的角度去写。

魏冰心：一直关注批评的声音会不会反而会左右您的写作？或者说，会让您受到伤害吗？

余华：好像没有，我这方面心理比较强悍。就要看如何看待批评，直白地说，走到我今天这一步，批评已经不会再把我打回去拔牙了，所以我已经不那么担心批评了，我不可能改变我的职业了，我会继续写作，只要不让我回去做牙医，什么样的批评我都能够接受。

但是我尽量从批评里去寻找对我有益的东西，因为我觉得要是没有批评的话，我可能也很难进步。因为我记得看过《活着》《许三观卖血记》的批评后，我就想我应该再写一部更加完全不同的作品，我就写了《兄弟》，当时我以为《兄弟》出来以后会好评如潮，结果是骂声如雷。

《活着》和《许三观卖血记》让我已经历了一些批评，《兄弟》刚开始出来批评时，我真有点不习惯；到了《第七天》我稍微习惯一点了。其实我的写作经历就是一个不断被批评的经历。

现在当然没有多少人批评我了，要知道在当年批评有多大，当年就连杂志都不愿意发先锋文学。我记得当时有一个刊物的主编，公开说我们写的不是文学，说我跟苏童、格非，甚至莫言、残雪、马原……整整这一批人写的都不是文学，他当时的文学观念完全是排斥我们的。除了陈晓明、张旭东这样与我们同时代成长起来的那帮评论家对我们极尽认可，其他老一代批评家对我们几乎是排斥的。之后到了《活着》和《许三观卖血记》的时候，我就两头不讨好了。

魏冰心：当初支持先锋文学的人也觉得你变了。

余华：老一代的批评家还没有准备好接受我，所以我两头不讨好，很孤独。所以回顾起来，我觉得从《十八岁出门远行》开始，一直到现在为止，我的作品发表和出版的历史，就是一个遭受批评的历史。

当然同时也有赞扬的声音，所以我觉得我慢慢习惯了。而且我现在已经比过去能够更加正确地面对批评的声音了，我尽量在批评里寻找对我有益的那部分东西，他们说的有些其实是有道理的，我会努力在之后的写作中改进。

魏冰心：在这么多批评声中还能继续往下写，其实已经很厉害了，有的人可能被批评后就不写了。

余华：问题是不写以后可能还会去拔牙。

魏冰心：您不是说靠《活着》活着吗？

余华：我还在写。

谈文学野心——"我指望在中国成为一个不被别人忘掉的作家就够了"

魏冰心：《文城》刚出来的时候，我们朋友之间彼此碰了面都要问，看了《文城》没有？一次活动结束我跟一位青年作家在出租车上聊起《文城》，我说我觉得余华身上还有一种少年感，这是非常个人的感受，我也没有找到理由去支撑它。那如果让您自己说，您觉得自己身上有没有什么特质是从少年时代到现在一直都没变的？

余华：名字没有变，我还是叫这个名字，没用过笔名。

魏冰心：用过！花石。

余华：花石是用过，但余华这个名字从少年时代用到现在了，一直没有变，其他的我想想……我性格中最主要的内容也没有变，我一直认为决定一个作家最终是否能够走得更远的不是才华，是性格。因为到了一定高度以后，作家的才华是差不多的，性格才会让这个作家走得更远。具体到我的话，对自己工作的不满足感，这是我从少年时代一直延续下来的东西，到今天依然有，对自己还是不满足，还是想努力做得更好。

还有一个因素决定了一个作家能否走得更远，运气。一个人和他所从事的职业相遇是一种运气，我和写作相遇就是我人生中一个最大的运气，假如我当时从事别的工作可能做得也还不错，我可能就会误以为那个工作是最适合我的，很多人都是这样。

另外，一个作家在什么时候写什么样的作品又是一个运气，为什么我认为《兄弟》对我来说是特别重要的？因为我在最应该写这部小说的时候写了它，晚几年可能不一定这么写，早几年也写不出来。你看拉美四个最重要的作家，当年通俗的说法叫爆炸文学，马尔克斯、略萨、富恩特斯、科塔萨尔，马尔克斯现在显然是这四个人里面最伟大的，什么原因呢？《百年孤独》。

《百年孤独》别人没有，《百年孤独》就是比富恩特斯、科塔萨尔、略萨他们都要高一截，可能高得并不多，只有两公分，但是你要知道在最高的地方再高两公分是很难的。这两公分是怎么来的？就是马尔克斯运气好，他在最该写《百年孤独》的时候写了《百年孤独》，他自己在回忆录里说，他本来并不准备写作，拿了一笔钱，带着一家人，跟老婆孩子开车出去旅游了，对于拉美人，玩很重要。刚开出城，《百年孤独》的第一段话从脑子里面冒出来了，他就掉头回家写作了，交给他太太四千美金，说我半年写完，结果写了两年。他有幽闭症，必须租一个别墅，租一个house（独栋房屋），要有落地窗的，要在楼上把窗帘拉开，阳光明媚照进来，这时候他就感觉特别好，一旦是阴天他就感觉不太好。他每天写到下午三点收手，然后就跑到楼下他太太的房间里面去跟他太太说句什么话你知道吗？他说"我这哪儿是在写作？我简直是在发明小说"，他认为他是在发明小说，你就知道他当时的状态好到什么地步，几乎每次下楼都要跟他太太说这么一句话，没有说两年也得说了有一年吧。

我作为作家我是能够理解的，只有在你最适合写这部作品的时候写了这部作品你才有这种感觉，这种很好很好的感觉，所以这又是一个运气。

魏冰心：您之前的聊天里用了一个词是"野心"，您说您是一个挺有野心的人，这个现在还在吗？

余华：还在，但是相对来说不像年轻时候那样……怎么说呢？现在的野心就变得比较实际了，不像年轻时候有那么一点点虚无，现在的野心已经跟自己的能力相结合了，就是知道自己能够写到什么程度了。

魏冰心：年轻时候的野心是什么？

余华：我在很年轻的时候，希望自己

△截图选自余华随笔集《我能否相信自己》（2002年，繁体字版）封面

能成为陀思妥耶夫斯基和托尔斯泰这样的作家，现在我已经知道不可能了，达不到那么高的高度，但是我野心依然在，因为我不能指望外国，我指望在中国成为一个不被别人忘掉的作家就够了。

魏冰心：这个您已经实现了。

余华：现在不知道，很可能过一百年以后就没有了。

魏冰心：您是什么时候沮丧地发现自己成为不了陀思妥耶夫斯基的？

余华：《兄弟》之后我已经发现了。

魏冰心：《兄弟》对您来讲还真的非常重要。

余华：对，我写《第七天》的时候也是雄心勃勃，觉得应该写一部类似于乔治·奥威尔的作品，但是后来发现也达不到，然后我就知道自己虽然野心还在，但是变得实际了。陀思妥耶夫斯基也好、乔治·奥威尔也好，任何其他作家都写不出他们的作品来，这是一个现实，但是你要达到相同的水平，这个很难说，因为这是需要更长的时间来积累的。因为文学史不是我们今天的人写的，写今天的文学史的人是谁？是现在上幼儿园的孩子，甚至是现在还没有出生的孩子，是他们来写我们。今天写出来的文学史，很可能后面的人不认可。

魏冰心：您说《兄弟》写出来以后，您就知道成为不了陀思妥耶夫斯基了，您是写完后自己就知道了？还是大家的评价出来以后？

余华：写完以后自己就知道，写上部时候的那种激烈程度，我是觉得在努力靠近陀思妥耶夫斯基，因为陀思妥耶夫斯基的作品是很激烈的，上部尤其到了后面确实很激烈，但到了下部以后，我发现不是陀思妥耶夫斯基，是拉伯雷，或者是其他人，最终当然还是我自己，肯定不是其他作家。

魏冰心：当您意识到这件事情（成为不了陀思妥耶夫斯基）的时候会感到沮丧吗？

余华：不沮丧，因为我觉得我已经竭尽全力了。而且说实话，托尔斯泰和陀思妥耶夫斯基，谁都无法跟他们比较。现在我心目中，如果这个世界上要举前五位作家的话，这两位必定在其中，他们是世界上最顶级的作家。

魏冰心：您说前五位的作家，能不能给我们一个您心中的排名？

余华：托尔斯泰、陀思妥耶夫斯基……

魏冰心：陀思妥耶夫斯基在托尔斯泰之后吗？

余华：陀思妥耶夫斯基在托尔斯泰之后，托尔斯泰第一，陀思妥耶夫斯基第二。第三，我们把剧作家排出去好吧，把莎士比亚排出去，只说小说家，在我心目中第三，从我个人喜爱程度的话，应该是狄更斯，我是尝试排一下。

魏冰心：但狄更斯这些年在国内的受众好像不是很广了。地位上其实没人质疑，但是好像现在看狄更斯的人少了，因为在我小的时候还很多人看《双城记》。

余华：《荒凉山庄》《大卫·科波菲尔》……

魏冰心：但现在好像提它们提得比较少了。

余华：是吗？这我不知道，反正在我心目中他确实是（第三），因为我很喜欢狄更斯在描写人物的时候是略带一些夸张的，我在《兄弟》里面也有这个味道，所以这是我个人的原因。

《兄弟》英文版在美国出版的时候，美

国有一个重要的评论，属于NPR（美国全国公共广播电台）里一个荐书的最重要的节目（此书评栏目为Fresh Air[①]），那个书评人叫莫林·克里根（Maureen Corrigan），她就把我跟狄更斯相提并论，为此她还专门讽刺了美国一个大作家，汤姆·沃尔夫的《虚荣的篝火》，她说这次的便宜货不是中国制造，是美国制造。

我对狄更斯特别喜欢，跟《兄弟》也有点关系，就是因为莫林·克里根的提醒，我发现确实是这样，《兄弟》中的人物到了下部也比较夸张，狄更斯笔下有些人物确实也是比较夸张的，但是又不是那种脱离现实的夸张，是脚踏实地的夸张，因为《兄弟》的原因，我把狄更斯放在第三。

然后第四太难了，司汤达，福楼拜，巴尔扎克，伟大的法国文学不能没人，必须得有一个，就福楼拜吧。第五应该是两个，要不我就没法选了——两个20世纪的，卡夫卡和马尔克斯。可以并列吗？

魏冰心：可以并列。

余华：其实第三就可以并列了。

第三跟狄更斯并列的，好犹豫，其实福楼拜是可以跟狄更斯并列的，但是福楼拜作品太少，除了《包法利夫人》是一部经典外，《情感教育》不是一部特别成功的小说，所以我觉得他唯一真正的作品只有一部，倒也够了。狄更斯有很多作品，而且他的作品质量都很高，没有哪部作品突然往下掉，这跟托尔斯泰和陀思妥耶夫斯基是一样的，他们都是作品比较多的作家。托尔斯泰我们常说的三部长篇是那种大的，他还写了好多十万字左右的，按照中国现在的标准都是长篇了，都可以出单行本的，

他当年在俄罗斯出的也是单行本。

我看看还有哪个作家……还有拉伯雷吧，拉伯雷可以和福楼拜并列第四。

魏冰心：我想了一下不行，你要是把他们并列第四，马尔克斯跟卡夫卡就没法排进来了……

余华：那算了，当然这是我的个人嗜好。

理想晚年——"写到我写不动了"

魏冰心：您畅想的一种理想的晚年生活是什么样的？

余华：晚年的生活努力向我父亲学习，找一些乐趣，每天要有事做，这样的话就能够把（时间）一天一天地过，假如一个人没有兴趣的话，晚年真的是会很苦，因为身体各方面的病痛都会是一种折磨。我父母都很老了，都九十多岁了，所以从他们那儿我已经知道一年不如一年是什么体验。

我也看过一些人在讲述自己的经历，七十岁以前总觉得自己还很年轻，七十岁以后突然发现自己开始衰老了，还有一些人说是到了八十岁以后完全不行了，九十岁就在死里回生……所以，这很快就会来临。

魏冰心：但我觉得写作有一点比较好，就是作家不会退休，像我们这种上班的人会有一个退休年龄，好多人一旦从一个很忙的工作状态突然退休，他就会很失落，因为觉得这个社会不需要他们了。

余华：对。作家的退休时间由他自己来掌握，如果还继续写的话就不是退休。

魏冰心：其实很多人都想问，余华老师会写到什么时候？

[①] 中文名可译为"新鲜空气"。

余华：写到我写不动了，这一天迟早都要来临的。在我大概三十多岁的时候，有一位记者问我，说你有没有担心你的才华会枯竭。我说才华不会枯竭，但是生命会枯竭，因为作家的才华只会越来越成熟，如果不是身体的原因，他只会越写越好。但是由于身体的原因，他可能做不到越写越好，只要能够维持住他自己的水平就够了，因为确实体力跟不上了。

在我三十多岁的时候，进入一种好的写作状态的时候，那种忘我的状态，完全忘记自己的存在，完全进入那个虚构的世界。那个时候，我年轻的时候，我大概能够在里边待一两个小时，现在二十分钟、半小时就出来了，累了，体力支撑不住。

所以写不动的这一天迟早是要来临的，什么时候来就什么时候来，这也是指我在一直很健康的情况下，要是突然生一个什么病的话，那就不知道了，可能随时就中断了。

魏冰心：您害怕衰老这件事吗？

余华：现在还没考虑这个。去年年底得了新冠以后开始有这种感觉了，但是好在最近这一两个月感觉到明显恢复了。前段时间都有一点点失望，就感觉自己是不是一直这么下去了，各种问题都出现了。

魏冰心：最后一个问题，您希望当您不写的那一天到来的时候，大家会怎样评价作为作家的余华？

余华：他们会说这个作家躺平了。

魏冰心：不是。是对您做一个总体的评价，您希望得到的是一个什么样的评价？

余华：我不知道应该是一个什么样的评价，我没有想过别人对我怎么评价，我觉得我得到的已经足够多了，我作为一个作家，得到的已经多得有点过分了。所以差不多就行了，至于别人怎么评价，我已经不在意了。

莫言曾经跟我说，他给我的墓志铭想好了，就是《许三观卖血记》最后的那句话，说到时候给我写在墓碑上。最后一句话比较粗俗，不好说出来。

> "他的血才是猪血，他的血连油漆匠都不会要，他的血只有阴沟、只有下水道才会要。他算什么东西？我认识他，就是那个沈傻子的儿子，他爹是个傻子，连一元钱和五元钱都分不清楚，他妈我也认识，他妈是个破鞋，都不知道他是谁的野种。他的年纪比三乐都小，他还敢这么说你，我们生三乐的时候，这世上还没他呢，他现在倒是神气了……"
>
> 许三观对许玉兰说："这就叫屌毛出得比眉毛晚，长得倒比眉毛长。"
>
> 一九九五年八月二十九日

△ "《许三观卖血记》最后的那句话"

[特约编辑：吴　越]

图书在版编目（CIP）数据

收获长篇小说.2023.冬卷 /《收获》文学杂志社编.
-- 上海：上海文艺出版社,2023.12（2024.3重印）
ISBN 978-7-5321-8914-4

Ⅰ.①收… Ⅱ.①收… Ⅲ.①长篇小说—小说集—中国—当代 Ⅳ.①I247.5

中国国家版本馆CIP数据核字(2023)第225333号

主　　编：程永新
副 主 编：钟红明　谢　锦

发 行 人：毕　胜
责任编辑：张诗扬　景柯庆　吴　旦
封面设计：黄　海
特约法律顾问：王　嵘　光　韬

书　　　名：收获长篇小说.2023.冬卷
编　　者：《收获》文学杂志社
出　　版：上海世纪出版集团　上海文艺出版社
地　　址：上海市闵行区号景路159弄A座2楼　201101
发　　行：上海文艺出版社发行中心
　　　　　上海市闵行区号景路159弄A座2楼206室　201101　www.ewen.co
印　　刷：上海中华印刷有限公司
开　　本：710×1000　1/16
印　　张：32.5
插　　页：2
字　　数：674,000
印　　次：2023年12月第1版　2024年3月第2次印刷
Ｉ Ｓ Ｂ Ｎ：978-7-5321-8914-4/I.7022
定　　价：55.00元

告 读 者：如发现本书有质量问题请与印刷厂质量科联系　T:021-69213456